중국 고전시에 나타난 꽃 이미지

배다니엘

남서울대학교 글로벌지역문화학과(중국지역 전공) 교수. 中國 南京大學校 연구교수, 哈爾濱工程大學校 객좌교수, 미국 Washington 주립대학교(UW, Seattle) Visiting Scholar, 미국 Horizon Seminary(Seattle) 연구교수 등을 역임했다. 「韋應物 詩 研究」(한국외대 박사학위 논문, 1997)를 시작으로 중국 자연시, 중국 詠花詩, 중국 고전문학이론, 唐詩, 중문학과 영문학 비교 등의 분야를 주로 연구하고 있다. 중문학 관련 저서로『중국시의 전통과 모색』(공저, 2003),『중국시와 시인－송대편』(공저, 2004),『중국문학의 전통과 모색』(공저, 2008),『唐代自然詩史』(2015) 등이 있고,『하늘과 바람과 별과 시』(윤동주 시집)를 中文으로 번역하여 중국 吉林大學출판사에서『因, 風, 星星與詩』란 제목으로 출간한 바가 있다.

중국 고전시에 나타난 꽃 이미지

초판 1쇄 인쇄 · 2019년 10월 20일
초판 1쇄 발행 · 2019년 11월 5일

지은이 · 배다니엘
펴낸이 · 한봉숙
펴낸곳 · 푸른사상사

편집 · 지순이 | 교정 · 김수란 | 마케팅 관리 · 김두천
등록 · 1999년 7월 8일 제2－2876호
주소 · 경기도 파주시 회동길 337-16 푸른사상사
대표전화 · 031) 955－9111(2) | 팩시밀리 · 031) 955－9114
이메일 · prun21c@hanmail.net / prunsasang@naver.com
홈페이지 · http://www.prun21c.com

ISBN 979-11-308-1471-1   93820
값 45,000원

이 도서의 국립중앙도서관 출판예정도서목록(CIP)은 서지정보유통지원시스템 홈페이지(http://seoji.nl.go.kr)와 국가자료종합목록 구축시스템(http://kolis-net.nl.go.kr)에서 이용하실 수 있습니다. (CIP제어번호 : CIP2019041387)

이 저서는 2015년 정부(교육부)의 재원으로 한국연구재단의 지원을 받아 수행된 연구임 (과제번호 : 2015S1A6A4A01011788)   (원제 : 중국 고전시를 통해 보는 꽃의 중국문화사)

푸른사상 학술총서 49

A Study on the imagery of flowers in classical Chinese poetry

배다니엘

중국 고전시에 나타난 꽃 이미지

　우리는 꽃의 자태가 발하는 아름다움에 매료당하고 꽃의 의미와 상징성에서 감동을 얻으며 각종 교훈을 되새기게 된다. 중국 고전시 중에서 꽃을 노래한 '영화시(詠花詩)'는 꽃과 각종 식물을 대하는 작가의 소박한 마음을 담은 기록이다. 역대 문인들은 꽃을 통해 느꼈던 자신의 감동을 창작에 연결시킴으로써 감동을 재창출하는 선순환 과정을 이어왔다. 꽃을 노래한 작품 속에는 꽃이 지닌 아름다운 형태미와 천연의 신비감, 시대를 넘나들며 형성해온 특유의 상징성, 주변 여건을 극복하고 역동적인 생명력을 이어나가는 존재감 등에 감화받은 시인들의 다양한 감성이 재현되어 있다.

　본서는 중국 고전시에 나타난 꽃과 나무를 비롯한 각종 식물의 묘사와 상징성을 연구한 저서이다. 고전 시문 중에 나타난 꽃과 나무에 관해 그간 몇몇 학자들에 의해 훌륭한 저서가 출간된 바 있지만 필자들이 대부분 국문학자거나 우리 문화적 관점에서 꽃과 나무를 살핀 것이 많았고 중국 '영화시(詠花詩)'에 관한 전문 연구는 상대적으로 미진했다고 생각된다. 일인 中村公一이 『꽃의 중국문화사』(조성진 역)를 통해 중국 꽃과 나무가 지닌 문화적 의미를 정리한 바 있지만 중국 영화시(詠花詩)에 대한 전문적인 고찰은 여전히 아쉬운 부분이었다. 이에 본서는 중국 고전시에서 많이 회자된 꽃과 나무를 주목하여 봄(17종), 여름(16종), 가을(5종), 겨울(7종) 사계절로 구분하여 정리해보았다. 중국 고전시에 나오는 꽃과 나무 중 중요도가 높은 45종을 살펴보고자 하는 의도에서 비롯된 것이다.

필자는 본래 꽃과 나무에 대한 별다른 흥취 없이 자연을 대하여왔다. 그러다가 2012년 여름, 연수차 갔던 광릉수목원의 한 자원봉사자가 우리 일행에게 꽃과 나무에 대해 열심히 설명해주는 모습에서 깊은 감동을 받았고 그 후로 꽃과 나무에 관심을 갖게 되었다. 아는 만큼 보인다는 말처럼 관심을 갖고 보다 보니 주변의 꽃과 나무에서 오묘한 가르침을 얻게 되었고 각종 식물은 어느덧 필자의 중요한 연구 대상이 되기에 이르렀다. 그러나 식물학에 대한 지식이 부족했기에 이 분야에 대한 이해가 쉽지는 않았다. 작품 분석과 함께 각종 꽃과 나무를 구분해내거나 여러 상징성과 문화적 의미를 정리하는 것은 오랜 시간과 노력을 요구했다. 중국과 우리나라에서 꽃에 대한 명칭과 종류가 다른 것 역시 혼동되기 쉬운 부분이었다. 중국의 '산석류(山石榴)'는 '두견화(杜鵑花)'인데 '두견화'는 우리의 '진달래'와는 이종이며 중국의 '해석류(海石榴)'는 우리의 '동백꽃'인 것, 중국의 '계(葵)'는 '접시꽃', '아욱', '해바라기' 등의 명칭에 두루 통용되기도 하였고 '장미(薔薇)'는 여러 종이 있어 각기 다른 명칭을 요한다는 것, 우리와 같은 명칭을 쓰지만 화목의 특징이 다른 '석남화(石楠花)', '계수(桂樹)'에 대한 구분이 필요하다는 것 등이 일례이다. 그밖에 식물학 이해 부족에서 기인한 본서의 오류에 대하여는 여러 전문가들의 질정을 기대해본다.

　역대 시인들이 꽃의 다양한 상징성을 주목하고 꽃에 대한 작품을 창작하였던 것은 시인의 마음을 가장 아름답게 표현하기 위한 노력의 결과였다. 각종 여건을 극복하고 혼신의 힘을 다해 자라나는 꽃의 존재감을 통해 우리는 스스로의 열정을 되살리는 교훈을 얻게 된다. 꽃과 나무를 노래한 역대 작품을 살펴봄으로써 삶의 아름다움과 의미를 찾았던 문인들의 의식을 오늘날 새롭게 되새길 수 있기를 희망해본다.

2019년 가을 태장마루 서재에서
배다니엘

제1장 꽃과 나무의 상징성과 문화적 의미

제2장 중국 고전시에 나타난 봄의 꽃과 나무

제3장 중국 고전시에 나타난 여름의 꽃과 나무

제4장 중국 고전시에 나타난 가을의 꽃과 나무

제5장 중국 고전시에 나타난 겨울의 꽃과 나무

제1장

꽃과 나무의 상징성과 문화적 의미

1. 꽃을 묘사하는 심리

중국 고전시에서 '꽃(화목)'을 묘사한 부분은 山水詩, 田園詩, 自然詩, 詠物詩 등 자연을 묘사한 시가를 비롯한 각종 작품 속에서 다양한 양상으로 의미를 심화시켜왔다. 중국 자연시에 나타난 자연 미감의 묘사는 '田園美'-'山水美'-'庭園建築美'-'器物美'-'詠物'의 순 즉 자연의 의미를 발견하고 세부적인 관찰을 가하는 방향으로 발전해왔는데, 이 과정에서 '꽃'은 시인의 강렬한 감성을 표현하는 데 있어 매우 중요한 역할을 한 소재였다.[1] 그렇다면 중국 고전시를 비롯하여 각종 문헌에 등장하는 꽃(화목)은 어떠한 표현 심리를 통해 미감을 표출하는 존재로 재탄생하게 되었을까? 중국 고전시에 나타난 꽃의 형상을 본격적으로 살펴보기에 앞서 꽃(화목) 묘사심리에 대하여 다음과 같이 몇 가지로 정리하여 살펴보기로 한다.

먼저, 중국 고전시인들이 꽃을 묘사하는 데 있어 가장 크게 고려했던 것은

1 　본서는 중국 고전 문헌에 나타난 꽃(화목)에 관한 묘사와 상징성, 문화적 의미 등을 고찰하고자 하는 의도에서 집필된 저서로 중국 고전시에 등장하는 각종 꽃과 나무, 화목, 식물 등을 연구대상으로 한다. 꽃을 비롯한 식물은 무한정에 가까울 만큼 종류가 다양하기에 본서에서는 여러 식물 중에서도 그간 고전시에 비교적 많이 등장한 꽃과 나무 등 식물을 몇 가지 열거하여 거론하기로 한다. 일반적으로 꽃은 땅에서 피어난 줄기에 맺히기도 하지만 많은 경우 나무에서 개화하면서 나무와 함께 상징성을 가진 경우가 많다. 여러 초본 역시 미세한 형태나마 꽃을 피우는 경우가 허다하다. '꽃'이라는 개념은 기본적으로 일정한 '꽃'을 지칭하는 것이지만 넓은 의미에서 초본이나 나무 등도 꽃과 기질이 연결되어 있거나 일정한 특성을 공유한 경우가 많다고 본다. 본서의 제목과 장절, 각종 구절에 나오는 '꽃' 또는 '꽃(화목)'이라는 표현은 기본적으로 하나의 꽃을 지칭하는 것이기도 하지만 때로는 꽃을 중심으로 한 여러 식물의 명칭을 편의상 통칭하는 의미도 담고 있음을 밝힌다.

'꽃의 아름다움을 통한 미감의 표현'이라고 할 수 있다. 꽃이 지닌 매력 중 일차적으로 인식되는 것은 '아름다움'과 연관된 상징적 의미이다. 어떤 식물이든 자신의 생애에서 가장 빛나는 지점에 꽃이 존재하며 그 꽃을 피우기 위해 그동안 비축해왔던 모든 역량을 집중하게 된다. 그러한 의미에서 꽃은 아름다움의 정점에 있는 존재이며 화려한 청춘과도 같은 존재이다. 각종 문헌 속에서 미적 존재의 대명사로 꽃이 우선적으로 거론되게 된 것은 꽃이 지닌 아름다움에서 기인한 바가 크다. 꽃을 '미의 화신'으로 보는 의식은 자연스럽게 확장되어 '꽃' = '미인'이라는 상징적인 표현으로까지 고착되게 되었다.

미인의 모습을 묘사할 때 꽃을 들어 비유하는 경우도 많다. 미인의 얼굴은 복숭아꽃, 미인의 눈썹을 말할 때는 버들잎, 입술은 앵두, 미인의 허리는 수양버들, 미인의 걸음걸이는 연보(蓮步), 미인의 가슴은 함박꽃 또는 연꽃, 미인의 피부는 배꽃 혹은 박 속 등으로 비유했던 것이 그 예이다. 우리말에서 복숭아꽃은 요염한 여자, 기생은 살구꽃, 해당화는 창녀, 여자 무당은 접시꽃, 박꽃은 시골의 순박한 여자, 호박꽃은 못난 여자 등에 비유했던 경우도 있는데 이 역시 꽃의 의인화라 할 수 있다. 미인을 꽃에 비유하는 것은 동서양을 막론하고 같았지만 특정한 형을 특정한 꽃에 비유했던 것은 그 꽃의 독특함을 주목한 결과라 할 것이다. 중국 고전시가에서 꽃은 아름다움을 표현하는 데 있어 가장 많이 활용된 소재라 할 수 있다.

두 번째로 꽃이 지닌 화려한 면모를 주목하여 '영예와 영화'를 표현하려고 했던 심리도 중요하게 생각해볼 점이다. 각 계절에 맞추어 피어난 꽃은 그 화려한 자태를 통해 절정의 계절감을 표현한다. 이러한 존재감을 통해 '꽃'은 가장 화려하고 찬란한 핵심의 상징이 되거나 가장 좋은 것, 영예와 영광의 상징으로 인식되기도 한다. 고전시에서 '芳年', '芳花'가 꽃다운, 꽃 같은 좋은 시절 혹은 가장 화려한 것 등의 의미로 쓰인 것은 꽃을 통해 영광과 영예를 표현하고자 하는 심리를 반영한 것이다. 꽃이 지닌 화려한 모습, 가장 좋은 시절에 피어나 사람들에게 화사한 기쁨을 안겨주는 품성, 대하고 있으면 좋은 생각이 일게 하고 좋은 이와 함께 하고픈 마음을 샘솟게 하는 애틋한 정열, 계절을 맞아 만개하여 산 전체를 수놓으며 군무의 향연을 펼치는 풍성한 모습 등은 꽃의 상징성을 '영예', '풍요로움' 등과 연관 맺게 한 중요한 요인이 된다.

세 번째로 꽃을 통해 '사랑과 존경', '기원' 등을 표현하고자 했던 심리도 꽃의 다양한 묘사를 가능하게 한 내면적 요인으로 볼 수 있다. 동서양이나 고금을 막론하고 사람들은 사랑을 고백할 때나 자신의 진실한 마음을 표현하려 할 때 흔히 꽃을 이용하곤 하였다. 꽃이 '사랑'과 '진실'을 상징한다고 본 심리에서 기인한 것으로, 서양처럼 요란하지는 않았지만 중국 고전시에서도 꽃이 사랑의 상징체로 표현된 경우가 흔했다. 꽃 하나하나에는 가슴 시린 사랑의 전설이 존재하며 수많은 꽃말과 의미를 소유하고 있으므로 때로는 열 마디 말보다 한 송이의 꽃이 깊은 마음을 전달하는 데 있어 더욱 효과적일 수 있었을 것이다. 그러므로 꽃을 통해 사랑과 존경, 기원을 표현하는 것은 가장 효율적으로 자신의 내면을 표현하는 방법이 될 수 있었다. 사랑 뿐 아니라 제사나 기원, 숭배의 의식을 할 때도 반드시 꽃이 등장하는데 이 역시 꽃을 통해 자신의 성의를 표현하고자 하는 심리를 반영한 것이며, 꽃 자체가 지닌 자연의 미가 사랑과 존경, 기원의 상징성을 지니고 있다고 본 심리를 반영한 것이다. 꽃을 바라보고 인식함에 있어 신에 대한 기원의 뜻을 투영하거나 꽃 자체를 신성시하며 바라본 것도 이러한 의식과 연관이 있다.

네 번째로 꽃을 개성적인 특성을 주목하여 특정한 의식이나 이미지를 표현하고자 했던 심리도 주목할 만하다. 모든 꽃은 식물로서의 공통점을 지니고 있으면서도 계절마다 형상마다 각기 다른 자신만의 개성을 추구하는 속성을 지니고 있다. 시인들은 다양한 꽃의 자태와 특성만큼 개성적이고 다채로운 의식을 시가 속에서 발휘해왔다. 아리따운 안색에 절개를 겸한 동백꽃, 물 위를 걸어오는 상큼한 선녀 같은 수선화, 군자의 덕과 향기를 나타내는 난, 붉은 피울음을 우는 진달래, 유토피아와 환상의 세계를 창출하는 복사꽃, 봄을 알리되 화사한 눈처럼 눈을 즐겁게 하는 배꽃, 술에 취해 잠든 미녀와 같은 미모를 간직한 해당화, 꽃 중에 禪友로 일컬어지는 치자꽃, 진흙 속에서 나왔으나 절조를 지키고 있는 연꽃, 도연명이 찬양한 동쪽 울타리 가의 은자 국화, 부귀길상의 다양한 상징성을 갖고 있는 모란꽃 등 헤아릴 수 없는 많은 꽃들이 중국 고전시가에서 다양한 의상을 지닌 채 읊어지고 있는 예를 발견할 수 있다.

다섯 번째로 중국 고전시에서 꽃을 활용한 심리를 거론할 때 꽃을 '의지와 기상의 상징'으로 표현한 점도 중요한 시사점을 지닌다. 중국 고전시에서는 꽃 자체가 지닌 기상을 찬양하거나 꽃을 들어 자신의 의지나 기상을 기탁한 작품이 매우 많다. 꽃이 가진 고매하고 우아한 자태, 시련을 이겨내고 미모를 드러내는 성품 등은 찬양받기에 마땅한 철학적 의미를 소유하고 있기 때문이다. 역대 시인들이 예쁘고 향기가 좋은 꽃보다 교훈적인 가치나 윤리적인 의미를 지닌 꽃을 상대적으로 더 좋아했던 것은 이러한 의식과도 연관이 있다.

시인들이 좋아했던 도덕적 가치와 덕목은 절개와 지조를 지닌 모습인데 이러한 모습에 걸맞게 여러 꽃들은 내면의 향기와 절개를 지닌 모습으로 칭송을 받았다. 한 예로 절개와 지조를 지닌 군자의 모습을 표현함에 있어 다른 꽃이 피기 전에 눈보라를 무릅쓰고 피어난 매화를 시인들이 즐겨 선택했던 것을 들 수 있다. 매화는 봄의 도래를 제일 처음 전하는 꽃으로서 추위 속에서 꽃을 피우는 특성으로 인해 절개와 인내, 지조의 상징으로 자주 묘사된 바 있다. 또 모든 식물의 잎이 지는데도 청청하고 푸른 잎을 간직하는 대나무나 소나무 등도 매화와 함께 '歲寒三友(추위 속에서도 자신의 지조를 지키는 세 친구)'로 칭송을 받아왔다. 군자를 상징하는 꽃으로 난초도 빼놓을 수 없다. 아무도 찾아오지 않고 아무도 보아주지 않는 골짜기에 홀로 피어나 그윽한 향기를 주변에 자아내며 고고한 자태를 유지하는 난초의 모습은 군자의 애호를 받기에 충분하다. 연꽃 역시 군자를 상징하는데 그것은 연꽃이 진흙에서 피어나도 아름다운 꽃을 수면에 드리우는 특성을 지녔기 때문이다. 목련화 역시 '北向花(북쪽을 향하는 꽃)'라 하여 충성과 절개를 상징하는 꽃으로 인식되었다. 북쪽을 향해 꽃이 피는 목련화의 특성을 통해 북쪽에 있는 임금을 향한 충성과 절조를 표현하려 했던 심리가 반영된 것이었다. 접시꽃도 충절을 상징한다. 접시꽃과 콩은 태양을 향해 자라는데 태양이 비록 빛을 발하지 않더라도 태양빛을 향해 자라면서 자신의 誠心을 표출하는 특징을 갖고 있다. 접시꽃과 콩이 빛을 향해 자라는 모습을 통해 신하의 임금에 대한 충절과 기상을 노래하려 했던 심리는 시가의 표현 속에서 그 의미를 더하게 된다. '백이숙제(伯夷叔齊)' 고사와 관련된 고사리 역시 충절을 상징하는 식물로서의 의미를 지니고 있다.

시인들은 꽃 묘사를 통해 자신이 지닌 강한 의지나 기개, 자신의 고결한 성품이나 세상사에 대한 우려와 강력한 반항의지, 시대를 살면서 자신의 한계상황에 대한 참회와 회한 등을 담기도 하였다. 이러한 일련의 사고방식과 창작 심리는 꽃을 대하면서 그 내면의 기개와 기상, 시인 자신의 자연관과 시대의식에 따른 개인의 고뇌 등을 다양한 각도로 투영한 결과로도 볼 수 있을 것이다. 꽃을 찬양하는 한편 자신의 의식을 대변하기 위한 창작심리를 반영한 결과라 할 것이다.

여섯 번째로 고전 시문에서 꽃은 '榮枯盛衰'나 일신의 변화에 따른 감회를 상징할 때에도 자주 활용되는 자연물이었다. 꽃은 그 속성상 피는 때가 있고 지는 때가 있어 화려한 모습에서 영락하는 모습으로의 변함에 따라 여러 가지 느낌과 시사점을 제공한다. 사람들은 꽃의 개화를 기다리고 화사하게 만개한 모습을 즐기지만 세월이 흘러 꽃이 시들어가는 모습을 보게 되면 아쉬움과 비애를 느끼게 된다. 개화와 만개, 영락으로 이어지는 일련의 과정은 인생의 어떤 굴곡과도 같은 느낌을 준다. 시인들은 꽃의 이러한 특성에 착안하여 자신이 영락한 처지에 있는 모습을 그려내기도 하였고, 주목받기 원하는 심정이나 현재 준비하는 모습 등을 적절히 비유해내기도 하였다.

꽃은 화려하게 개화하였을 때 사람들의 칭송을 받지만 시간이 지나게 되면 어김없이 영락하며 다양한 모습을 연출한다. 사람들은 꽃의 다양한 개화와 만개, 영락의 과정을 보면서 자신의 처지와 연관된 인생의 비유를 느끼게 된다. 화사하게 꽃잎이 날리는 벚꽃이나 버들가지는 사람의 마음에 화미한 성정을 야기하고, 꽃잎째로 뚝뚝 떨어지는 동백꽃은 아련한 비애를 느끼게 하며, 화려하게 만개한 봄꽃이나 청초하게 피어 있는 가을꽃은 보는 이로 하여금 각기 다른 서정을 느끼게 한다. 매화는 인고의 세월을 겪고 봄을 전하는 전령으로 칭송을 받는 꽃이지만 이 꽃 역시 영락하는 신세를 면치 못한다. 그렇기에 시인들은 '꽃봉오리를 맺기 시작한 매화'나 '만개한 매화'의 형상 못지않게 '지는 매화'의 모습에서도 의미를 찾고자 한 것이다. 꽃이 피고 지는 모습을 보면서 자신의 의식을 투영한 작품은 꽃의 영고성쇠에서 느끼는 철리뿐 아니라 자신의 어려운 처지를 극복하고자 하는 심리를 반영한 표현으로서의 의미도 지니고 있다 하겠다. 꽃이 영락하는 모습은 격동의 시대를 살았던 문인들에게 더욱 비장한 느낌으로 인식되었을 것이다. 특히 조대가 변화하는 시대에 살던 문인들은 꽃의 영락함을 들어 시국에 대해 분개하는 의식이나 자신의 회한을 표출하고자 한 경우가 많았다. 왕조 교체기에 느끼게 되는 비분강개한 심정을 落花詩를 통해 표현한 경우가 많았으니 망국의 아픔과 자신의 회한을 서사함에 있어 꽃의 영락함이 주는 의미가 상대적으로 강하게 인식된 결과라 할 수 있다.

꽃은 매우 다채로운 속성을 지니고 있고 꽃에서 느끼는 창작심리 역시 다양하다. 중국 고전시가에서 꽃을 묘사한 양상을 고찰해보는 것은 역대 문인들이 꽃을 보면서 느꼈던 미감, 상징성, 기개와 절조, 흥취 등을 파악하는 데 있어 좋은 준거가 된다. 역대 시인들은 같은 꽃이라도 각기 다른 환경에 따라 다양한 상징성을 지니고 있음을 주목하곤 하였다. 어떤 이는 태양이 작열하는 중에 화려하게 만발한 꽃보다 밤에 피는 꽃을 좋아하기도 하였고, 화창한 날에 핀 꽃보다는 궂은 날씨에 꿋꿋하게 피어 있는 꽃에서 더욱 깊은 깨달음을 얻기도 하였으며, 달빛 아래 눈처럼 빛나는 매화꽃, 살구꽃, 배꽃 등의 자태에서 별스러운 흥취를 느끼기도 하였다. 비가 오면 비를 맞는 연꽃을 보기 위해 연못가로 달려가기도 하였고 東風細雨 속에 흩날리는 복숭아꽃의 정경에 아스라한 감흥을 느끼기도 하였다. 봄에 비가 내리고 냇물이 불었을 때 그 냇물에 떠오는 꽃잎을 노래하기도 하였고 꽃이 피고 지는 榮枯盛衰의 과정에 따라 인생의 비애와 회한을 표현하기도 하였다. 이처럼 꽃의 다양한 상징성을 주목하고 꽃을 사랑함은 미학적 구도의 정점에 서 있는 시인의 마음을 가장 아름답게 표현하기 위한 노력의 결과였음을 인식할 필요가 있는 것이다.

2. 중국 고전시에 등장하는 꽃과 나무들

중국 고전시에 등장하는 꽃들은 그 자태와 품성이 개성적이면서 미적 가치가 높은 것, 세인들에 의해 보편적인 칭송을 받는 것, 특정 시인이 애호하거나 작품을 통해 유명해진 것, 『詩經』, 『楚辭』 시절부터 일정한 상징성을 내포한 것, 문화적 부호를 지니고 있어서 문화의 상징으로 인식된 것, 특정 시기, 장소, 절기, 단체, 계층, 문화 등을 대표하는 상징적 의미를 지닌 것 등 나름대로의 정서와 상징성을 함유하고 있는 존재이다.

중국 고전시 중에 나타난 각종 초목이나 꽃은 그 종류가 무수하고 다양하지만 일정한 창작규모를 보이거나 지명도를 지닌 花木은 대략 50여 종 정도로 꼽을 수 있다. 자연 속에 존재하는 꽃과 나무의 종류는 무수히 많고 실생활과 연관된 식물의 종류와 숫자도 매우 많지만 문학작품에서 중요하게 거론된 꽃(화목)의 종류는 상대적으로 적은 편이라 할 수 있다. 시가 속에 꽃이 등장하기 위해서는 그 꽃이 일정한 미학적 의미나 상징성을 지니고 있느냐 하는 것이 일종의 전제조건이라 할 수 있는데 모든 꽃들이 시가에서 논의될 만큼 개별적으로 충분한 상징성을 지닌 것은 아니다. 『詩經』, 『楚辭』를 비롯하여 저명한 문인들의 작품에 등장했던 꽃들은 일정한 의미나 상징성을 띠게 된다. 후대 문인들의 작품을 보면 전대 문학작품에서 보편적인 상징성을 발하고 있는 꽃의 의미를 대체로 수용하는 양상을 띠고 있다. 선인들이 언급했던 꽃에 대한 의미의 재창조 차원에서 언급하는 것이 비교적 편리하고 안전했을 것이며 새롭게 여러 꽃들을 예거하며 독특한 미의식을 형상화하는 작업은 또 다른 부담으로 인식되었기 때문일 것이다. 역대 시문에서 자주 언급된 꽃의 종류가 상대적으로 적은 것은 이러한 이

유에서 기인한 것이 아닐까 하는 생각을 해보게 된다.

중국 역대 문인들이 시가에서 꽃을 주제로 선발한 기준을 알아보기 위해서는 먼저 고전 시가집에 등장하는 꽃의 종류와 빈도를 살펴볼 필요가 있다. 어떤 종의 꽃이 어느 정도 빈도로 시가집에 등장하는가 하는 것은 역대 중국인의 화목 애호사상이나 선호도를 파악할 수 있는 준거가 된다. 중국 고전시를 비롯하여 역대 문헌에서 발견되는 꽃의 종류와 빈도에 관한 내용을 대략적으로 언급해보기로 한다.

먼저 중국 고전시 중 중요한 자료라고 할 수 있는 『全唐詩』의 경우 약 57종의 꽃 이름이 등장하는데 그중 각 詩歌 篇名에서 발견되는 화목을 빈도수에 따라 상위 20위까지 열거해보면 다음과 같다.

> 楊柳(1095), 竹(394), 松柏(368), 蓮荷(245), 梅(153), 桃(143) 蘭(139), 牡丹(138), 菊(108), 茶(123), 杏(98), 桂(94), 桑(88), 梧桐(79), 櫻桃(57), 石榴(54), 薔薇(51), 蒲(40), 海棠(34), 蘆葦(34)

이상은 『全唐詩』의 각 시가 편명에 나타난 화목의 종류와 숫자를 나타낸 것으로, 하나의 화목이 온전히 주목을 받아 그 성품과 이미지가 하나의 작품으로 탄생한 경우라 할 수 있는 것이다.

宋代의 작품집 『全宋詞』의 본문에 등장하는 화목을 상위 20위까지 열거하면 다음과 같다.

> 楊柳(3431), 梅(1794), 蓮荷(1873), 桃(1640), 竹(1574), 蘭蕙(1246), 松柏(1052), 桂(1052), 李(552), 杏(545), 梧桐(500), 苔蘚(397), 梨(361), 蓬(349), 蘆葦(324), 海棠(306), 柑橘(271), 蒲(265), 蘋(259), 茅(252)

『全宋詞』의 경우 詞牌가 아니라 내용 중에 나타난 화목을 명칭이나 빈도를 살펴보고자 하였다. 이는 詩題와 달리 詞牌에는 花木名이 있다 해도 전적으로 해당 화목을 노래한 작품으로 볼 수 없다는 점을 고려한 것으로, 본문 중에 나타난 화목을 살펴보고 빈도수에 따라 열거하는 것이 타당하다고 생각했기 때문이었다.

각종 영물을 묘사한 작품들을 모아 清代에 발간된 책『佩文齋詠物試選』에 수록된 편명에 나타나는 상위 20위 花木은 다음과 같다.

梅(225), 竹(198), 楊柳(195), 蓮荷(125), 茶(115), 松柏(96), 菊(78), 桃(75), 牡丹(70), 桂(66), 杏(52), 蘭蕙(50), 橘橙(48), 海棠(47), 櫻桃(45), 荔枝(38), 梧桐(35), 薔薇(34), 蘆葦(33), 木芙蓉(31)

『佩文齋詠物試選』은 화목을 비롯한 각종 詠物 작품을 모아놓은 것이므로 여기에 수록된 편명을 통해 화목의 빈도와 내용을 파악하는 것 역시 나름대로의 의미를 지닌다.

역시 清代에 발간되어 역대 문헌을 모아놓은 책『古今圖書集成』「草木典植物條」에 수록된 문학작품 중에 보이는 상위 20위 화목은 다음과 같다.

梅(617), 楊柳(485), 竹(456), 蓮荷(411), 牡丹(330), 松柏(295), 菊(267), 海棠(239), 桃(205), 桂(203), 梨(127), 蘭蕙(121), 杏(109), 櫻桃(94), 桑(89), 石榴(87), 橘(85), 芍藥(81), 梧桐(81), 水仙(80)

『古今圖書集成』「草木典植物條」에 수록된 韻文과 散文 작품은 草木에 관한 역대 문헌을 모아놓은 것이다. 이 책에 등장하는 花木名을 살펴봄으로써 역대 중국 문헌에 등장하는 화목의 종류와 수량을 통계적으로 파악하는 효과를 얻을 수 있기에 역시 의미 있는 작업이라 할 수 있다.

이상의 분석에서 활용된 4종 자료 중에서 상위 20위에 올라간 화목을 보면 모두 32종에 달하고 있음이 발견된다. 이 花木들을 다시 전체 빈도순에 따라 예거해보면, 楊柳, 竹, 梅, 蓮荷, 桃, 松柏, 蘭蕙, 桂, 杏, 海棠, 梧桐, 牡丹, 李, 梨, 菊, 柑橘, 蘆葦, 蒲, 石榴, 櫻桃, 桑, 茶, 芍藥, 水仙, 薔薇, 芍藥, 苔蘚, 蓬, 蘋, 茅, 荔枝, 木芙蓉 등의 순으로 정리된다. 역대 중국 고전 작품에서 애호한 화목의 종류와 수량을 이 분석 결과와 연계하여 생각해볼 수 있는 것이다.

이상의 문학작품집에 나오는 각종 화목을 통해 중국인들이 중요시했던 화목이 어떤 것인가를 파악할 수 있는데 고래로 문인들이 애호한 화목의 종류와 빈도가 상위그룹에 속하는 것은 대체로 다음과 같은 범주에 들어가는 화목임을 알 수 있다.

첫째, 사군자에 들어가는 매화, 국화, 난초, 대나무 그리고 송백 등은 시대를 막론하고 많은 사랑을 받으며 빈번하게 가송되어왔다. 이는 문학을 담당한 선비들이 평소에 어떠한 꽃을 감상하며 애호하였는지 파악하게 해주는 부분이다. 유가의 덕목이나 군자의 덕을 중요시하는 선비들의 의식을 상당 부분 반영한 결과라 할 수 있다.

둘째, 꽃이 아름답거나 특히 화사하여 민간에서 많은 사랑을 받아온 복사꽃, 살구꽃, 두견화, 장미 등은 상대적으로 많은 주목과 언급을 받아왔고 작품 속에서도 많이 등장한 것을 살필 수 있다. 일상에서 쉽게 접했던 꽃이니만큼 그와 연계된 추억 또한 많았을 것이며 고향이나 과거를 회상하는 데 있어 가장 먼저 떠오르는 요인이 되기도 했던 것이다.

셋째, 모란(부귀), 석류(자손 번성), 버들(이별), 국화(장수), 연(그리움) 등 일정한 문화적 부호와 상징성을 띠고 있는 꽃들은 다양한 감수성을 유지한 채 시문에서 적극적으로 활용되어왔다. 계절의 변화나 특정 절기를 연상시키는 꽃 역시 회향 의식과 향수를 자극하기에 충분한 소재가 되므로 상대적으로 많은 주목과 언급의 대상이 되어왔다고 할 수 있다.

넷째, 귤, 부들, 갈대, 차, 오동 등의 나무나 화초도 많이 언급되었는데 이들은 민간에서 실용적 목적으로 많이 재배하던 식물이었다. 꽃은 미감을 제공하는 존재였지만 일정한 효용성까지 갖추게 되면 그 의미가 더욱 주목을 받을 수 있었음을 보여주는 예라 할 수 있다.

3. 영화시(詠花詩)의 발전

　중국 문인들이 꽃이라는 자연물에 대한 사유와 경험을 역사 속에서 어떻게 수용하고 발전시켜왔는가를 살피는 것은 중국 고전시가가 지닌 미학 연구와 중요한 연관관계가 있다. 꽃을 묘사한 시가는 크게 보아 '詠物詩' 범주에 들어가는데 실제 시가에 등장하는 것을 보면 꽃뿐 아니라 나무, 화목, 풀, 화훼 등 다양한 식물이 등장하는 것을 살필 수 있다. 각 식물들에 대해 세부적으로 '詠花詩', '花草詩', '花卉詩', '花木詩' 등으로 분류하고 명명할 수 있겠지만 본서에서는 꽃을 대표로 하여 '詠花詩'라는 명칭을 사용하기로 한다. 이 명칭이 꽃, 나무, 화초, 풀, 화목 등 모든 식물을 아우르는 명칭이 될 수는 없지만 대부분의 풀과 나무가 나름대로 꽃을 피워낸다는 점을 고려하면 그나마 적절하다고 생각되기 때문이다. 역대 중국 문인들이 창작이나 평론을 함에 있어 花木을 묘사한 작품만을 별도로 다루거나 정리한 경우는 거의 없다. 따라서 詠花詩에 관한 역대 작품이나 평론은 詠物詩 범주에서 접근해 들어가는 것이 비교적 타당할 것으로 생각된다. 淸代 俞琰은 『詠物詩選』 「自序」에서 詠物詩의 발전에 관하여 "『詩經』에서 그 근원을 이끌었다면, 六朝時代에 그 체재가 정비되었고, 唐人들은 그 아름다움을 펼쳐냈으며, 兩宋(北宋과 南宋), 元代, 明代에 걸쳐 그것이 전해졌다. (三百篇導其源, 六朝備其制, 唐人擅其美, 兩宋, 元, 明沿其傳)"라고 평한 바 있다. 詠花詩 역시 詠物詩의 발전과 맥을 같이하여 『詩經』, 『楚辭』 등의 先秦時代, 六朝時代, 唐代, 宋代 이후 등의 단계를 거치면서 발전해온 것으로 볼 수 있다.

　先秦時代에는 개별 화목 자체를 묘사한 작품이 많지 않다. 『詩經』을 보면 제목이 하나의 화목인 경우도 있고 시문 중에서 언급된 부분도 많지만 주로 서사나 서정을 다루기 위한 방편으로 활용되었을 뿐이며 하나의 화목에 대해 독립적인 의미나 미학적 가치를 부여한 경우는 많지 않다. 일례로『詩經』「秦風」「蒹葭」편에 "갈대는 푸르고 푸른데, 흰 이슬 맞아 서리처럼 되어 있네. 내가 말하는 저 사람은, 강물 건너편에 있는데.(蒹葭蒼蒼, 白露爲霜. 所謂伊人, 在水一方)"라고 하여 갈대가 제목으로 등장한 경우가 있으나 이는 갈대를 통해 누군가를 사모하는 상황을 설명하기 위한 상징물로 활용한 경우이다.『詩經』「小雅」「采薇」편에 "이전에 내가 갈 때는 버드나무가 하늘하늘하더니, 지금 내가 올 때는 눈비만 분분하게 내리네.(昔我往矣, 楊柳依依. 今我來兮, 雨雪霏霏)"라고 하여 헤어지는 장면에 버드나무가 등장하기도 하지만 이 부분 역시 헤어짐의 배경을 서술하기 위한 의도로 버드나무를 활용한 경우이다. 또한『詩經』「周南」「桃夭」편에 "복숭아나무 싱싱하고, 그 꽃 활짝 피었다. 아가씨 시집가니, 그 집안을 화목하게 하리라.(桃之夭夭, 灼灼其華. 之子于歸, 宜其室家)"라는 기록에서 발견되는 복숭아나무와 꽃은 딸을 시집보내는 부모가 딸의 행복한 결혼생활과 시댁에서의 좋은 역할을 기대하는 심정을 복숭아나무에 빗대어서 표현한 것이다. 이렇듯『詩經』에는 수많은 식물이 등장하지만 그 식물 자체의 미학적 가치를 주목하여 식물의 아름다움을 노래하거나 감상하기 위한 것이 아니라 시인이 추구하는 다른 의도를 부각시키거나 '比'와 '興'의 수법을 연출하기 위한 수단으로 활용된 것이 대부분이라고 할 수 있다.

戰國時代에 들어와서는 屈原의『楚辭』를 비롯한 여러 작품에 식물들의 명칭이 대거 등장하게 된다. 屈原이 쓴「離騷」,「九歌」등 25수의 작품에는 蘭, 荷, 桂, 木筆, 辛夷 등의 다양한 화목 명칭이 나오는데 이는 대부분 '香草美人'의 형상이나 품성을 그리기 위한 의도에서 비롯된 것이었다.『楚辭』「離騷」중에 화목명이 등장하는 몇몇 구절을 예거해보면 다음과 같다.

朝飮木蘭之墜露兮   아침에는 목련에 내린 이슬을 마시고
夕餐秋菊之落英   저녁엔 가을 국화의 떨어진 꽃잎을 먹는다

余旣滋蘭之九畹兮   나는 이미 구원 넓이의 밭에 난초 재배하고
又樹蕙之百畝   또 百畝의 땅에 蕙草도 심었도다

畦留夷與揭車兮	留夷와 揭車를 밭두둑에 심고
雜杜衡與芳芷	杜衡과 芳芷도 섞어 심었노라
扈江離與辟芷兮	강리와 벽지 향초 옷을 해 입고
紉秋蘭以爲佩	가을 난초를 엮어서 허리에 찼도다
…… …	
蘭芷變而不芳兮	난지가 변하여 이제는 향기가 사라졌고
蕙化而爲茅	혜초가 바뀌어서 띠풀이 되었도다
何昔日之芳草兮	예전에는 그토록 향기를 내뿜더니
今直爲此蕭艾也	지금은 그저 이런 잡초들이 되었구나
制芰荷以爲衣兮	마름과 연꽃으로 웃옷을 짓고
集芙蓉以爲裳	연꽃을 엮어 아래옷을 삼네

'蘭'은 「離騷」를 비롯한 屈原의 작품에 가장 많이 등장하는 화초이다. "추란을 묶어 패물로 삼았지요(紉秋蘭以爲佩)", "유란을 묶어 내 마음을 전하려고 머물러 있다.(結幽蘭而延佇)" 등 다양한 난초를 들어 '香草'의 의미를 전달하려 한 것이 발견된다. '木蘭', '菊花' 등 육상식물과 '蓮', '江離' '辟芷' 등 수생식물들도 자주 등장한다. 屈原이 남방의 장강을 근거로 주로 활동하였기에 수많은 수생식물이 등장한 것으로 보이는데 이러한 화목들은 대부분 자신의 정결한 의식과 기품을 형상화하는 '香草美人'의 개념으로 활용되었다.

屈原이 「九歌」작품 중에서 화목을 활용한 부분을 예거해본다.

山鬼 산귀

乘赤豹兮從文狸	붉은 표범을 타고 꽃무늬 살쾡이의 시종을 받으며
辛夷車兮結桂旗	목련나무 수레에 계수나무 깃발을 묶었네
被石蘭兮帶杜衡	몸에는 석란을 둘렀고 두형을 걸쳤으며
折芳馨兮遺所思	향기로운 가지를 꺾어 그리워하는 이에게 보내네

湘夫人 상부인

築室兮水中	물속에 집을 짓고는
葺之兮荷蓋	연꽃으로 지붕을 삼는다
蓀壁兮紫壇	창포 벽에 자란으로 만든 담벼락

播芳椒兮成堂　향기로운 혜초를 발라 집을 완성하네

禮魂　예혼

春蘭兮秋菊　봄에는 난초 가을에는 국화
長無絕兮終古　영원히 끊임없이 이어져라

「山鬼」에서는 산속의 신녀(山鬼)가 타고 다니는 목련나무 수레와 계수나무 깃발을 통해 위엄과 고결함을 상징화하였고 신녀 몸의 석란, 두형 등을 통해 신녀의 향기와 아름다움을 표현하였다. 목련, 계수나무, 석란, 두형 등은 신녀의 기품을 높여주는 역할을 하기 위한 소재로 활용된 것을 살필 수 있다. 「湘夫人」에 나오는 연꽃, 창포, 혜초 등도 上帝의 딸 湘夫人을 신령하게 묘사하고 屈原 자신의 의롭고 정결한 의식을 표현하기 위해 활용된 식물들이다. 「禮魂」에 등장하는 난초와 국화는 굴원이 추모하는 혼의 영원함을 위한 기원의 의미로 활용된 경우이다.

屈原이 하나의 식물을 비교적 자세히 관찰하며 그 의미를 노래한 작품도 있다. 『楚辭』 「九章」에 실린 「橘頌」은 중국 고전시 중 최초로 귤을 묘사한 시가로 귤나무의 정신적인 기백과 屈原 자신의 의지를 노래함으로써 귤나무의 전형적인 이미지를 형성하게 한 작품이다. 이 작품은 다른 楚辭體 작품과 달리 4언을 기본으로 한 형식을 갖고 있고 그 내용은 귤나무의 외형적 특색에 대한 찬미와 내면의 품격을 칭송하는 것으로 이루어져 있다.

橘頌　귤을 노래함

后皇嘉樹　후황의 아름다운 나무가 있으니
橘徠服兮　귤이 우리 땅에 내려왔도다
受命不遷　자연의 명을 받아 처소를 바꾸지 않고
生南國兮　강남에서 자라는구나
深固難徙　뿌리가 깊고 단단하여 옮기기가 어려우니
更壹志兮　더욱 한결같은 지조를 지녔다
綠葉素榮　녹색 잎에 흰 꽃은
紛其可喜兮　무성하여 즐겁게 한다
曾枝剡棘　겹겹의 가지와 날카로운 가시에

圓果摶兮	둥근 과일이 맺혀 있도다
靑黃雜糅	푸르고 누런 과일이 뒤섞이어
文章爛兮	무늬가 찬란히 빛나는구나
精色內白	선명한 겉빛깔에 속은 희어서
類可任兮	중한 일을 맡길 수 있을 것 같도다
紛縕宜脩	무성한 잎은 잘 가꾸어져서
姱而不醜兮	아름답고 밉지가 않구나

　예거한 부분은 총 36구 18연 중 전반부에 해당한다. 굴나무의 외형에 대한 감상을 표현한 것인데 '皇天后土' 중에서 가장 좋은 나무, 남국에서 살며 뿌리를 강건히 하여 옮기가 어려운 나무, 녹색 잎과 하얀 꽃의 순결함을 지닌 나무, 겹겹이 에워싼 가지와 가시 속에 열매를 맺는 나무, 파란색에서 황금색으로 변해가며 미감을 더하는 나무, 선명한 열매 속에 흰 내면을 지닌 나무 등으로 실로 사랑스럽고 믿음직한 외모를 지닌 존재로 묘사되고 있음을 살필 수 있다. '受命不遷', '深固難徙', '更壹志兮' 등의 언급을 통해 굴나무가 지닌 외면의 아름다움과 함께 내면에 지닌 굳세고 강한 의지를 찬미하고자 하였다. 이 시의 후반부에서는 '托物言志' 수법을 통해 굴나무에 대한 칭송과 함께 자신의 인품을 본격적으로 묘사하기 전에 굴나무의 외양과 속성을 잘 설명함으로써 객관적인 신뢰도를 높이고자 하였다. 『楚辭』에 나오는 어떤 식물보다 자세한 묘사와 직접적인 언급을 가함으로써 식물 자체에 대한 이미지를 강화한 작품이라는 것에 의미가 있다. 그러나 이 작품 역시 식물 본연의 가치를 강조하기 위해 창작된 것이기보다는 屈原 자신의 고결한 성품을 강조하기 위한 의도에서 지어진 것으로 간주된다. 후반부로 갈수록 굴나무가 '심지가 깊고 단단하여 흔들리지 않는 존재(深固難徙)'라는 의미에 걸맞게 '言志'를 강조하고 있는 것이 발견되기 때문이다.

　『詩經』에 실린 식물은 현실 생활과 밀접한 식물이 많은 데 비해 『楚辭』에서는 남방 특유의 각종 향초를 묘사한 것이 많다. 『詩經』에서는 각종 식물을 통해 현실의 애환이나 풍속, 시인의 의지 등을 표현한 것이 많은데 『楚辭』에서는 다분히 비현실적이거나 환상적이고 유미적인 느낌을 창출하기 위해 식물을 활용한 면모를 발견할 수 있다. 서정적인 효과를 높이거나 屈原의 감상이나 의지를 부각시키기 위해서 남방의 이채로운 식물을 등장시켰고 현실을 초월한 이상을 표현하기 위해 식물을 환상적으로 표현한 경우가 많은데 이 점은 『詩經』의 식물 묘사와 비교되는 점이라 하겠다. 전반적으로 『詩經』과 『楚辭』에 등장하는 각종 식물은 시인의 의지나 감상을 서사하기 위한 수단이나 단편적인 묘사에 그치는 경우가 많았으며 허구적이거나 상상 속의 자연을 그리는 경우에 등장하는 경우도 많았다. 곳곳에서 후대 영화시가 본받을만한 좋은 표현을 발견할 수는 있지만 꽃이나 나무, 화초 등 특정 식물 자체에 대해 시인이 진지한 감상이나 느낌을 담아 서사를 했다고 보기에는 무리가 있다 하겠다.

漢代의 賦 작품에도 각종 식물들은 등장하게 되는데 賦 속에 등장하는 식물들을 보면 각자의 품성이나 가치를 비교적 단순하게 나열한 것 같은 느낌을 받게 된다. 이후 魏晉南北朝 시대로 들어오면서 여러 문인들은 각종 시가, 산문, 소설 속에서 여러 식물을 한층 적극적으로 활용하여 창작을 가하게 된다. 劉楨과 左思는 소나무를 노래하였고, 陶淵明은 국화를 애호하여 은자의 꽃이라는 칭송을 받게 하였으며, 沈約은 석류, 蕭繹은 부용, 謝朓와 柳惲은 장미, 王融은 배꽃, 范雲은 桂花, 陸凱는 매화, 劉孝先은 대나무, 庾信은 살구꽃 등을 각각 노래한 명편들을 남김으로써 詠花詩 창작의 범위와 주제를 넓혀나갔다. 이러한 詠花詩들은 화목을 소재로 하면서 화목의 자태와 속성을 언급하는 것을 일차적인 작업으로 하면서 화목을 묘사하는 중에 시인의 사상과 감정을 스며들게 하는 효과를 점차 부가해가는 방향으로 발전해나갔다. 남북조시대 이전에 창작된 詠花詩가 사물의 외형적 특징과 품성을 주로 묘사하는 선에서 창작되었다면 남북조시대를 거치면서 창작된 詠花詩는 점차 서정과 言志의 결합을 통해 사상과 감정을 드러내는 방향으로 발전해나갔음을 작품을 통해 파악할 수 있다. 그렇기에 詠花詩의 발전 맥락에서 보면 魏晉南北朝 시기는 形似, 形神의 단순묘사를 가하던 이전의 창작 시기와 "사물을 빗대어 자신의 뜻을 펼치는(托物言志)" 수법으로 한층 높은 예술적 성취를 이루게 된 唐代 시기를 이어주는 교량 역할을 하던 단계라고 할 수 있다.

魏晉南北朝 시기의 詠花詩에서는 花木 제재의 확대가 이루어졌고, 정교한 시어를 통한 보다 세밀한 묘사가 이루어졌으며, 이를 통해 '외양을 묘사하는(形

似)' 수법과 '작자의 정신을 담아내는(形神)' 수법을 향상시킨 면모가 발견된다. 이 시기에 들어와 묘사된 화목이 많아지게 되자 이전 『詩經』이나 「離騷」에 등장하던 식물의 종류와 범위를 훨씬 상회하는 많은 시적 소재와 주제의 대중화를 이루게 되었다. 이는 魏晉南北朝 시기로 들어서면서 화목에 대한 감상과 창작의 기회가 보편화하게 된 것과 화목을 영물의 대상에서 比興의 의미를 부여하는 대상으로 보게 된 것과 맥을 같이한다. 이전 시인들의 詠花詩 제재가 일종의 단편적이고 개인적인 의식의 편린에 머무른 경향이 있었다면 이 시기를 거치면서 화목을 보는 시각이 좀 더 다양한 각도로 발전해나가게 된 것을 의미하는 부분이다. 그리하여 전대에서 단순하게 '梅花' 혹은 '흐드러진 매화'를 그렸다면 점차 '雪中梅', '매화를 따는 美感', '차가운 눈을 견디고 있는 寒梅' 등으로 다양한 각도를 지닌 작품들도 이 시기에 등장하게 된다.

魏晉南北朝 시대를 거치며 詠花詩 제재가 다양해졌음을 살펴보는 의미로 매화에 대한 시 두 수를 예거해본다. 吳均의 시가 단순히 '지는 매화'를 그렸다면 蕭綱의 시는 '눈 속의 매화'를 그린 점이 비교된다.

梅花落 매화 떨어지는데   (吳均)

終冬十二月 겨울이 다하는 십이월
寒風西北吹 차가운 서북풍 불어오네
獨有梅花落 홀로 선 매화나무에서 꽃 떨어지니
飄蕩不一枝 온 가지마다 흩날리누나
流連逐霜彩 서리 낀 고운 모습마다 꽃잎 따라가고
散漫下氷澌 사방 얼음에도 그득히 날리네
何當與春日 어찌 봄날을 맞이하여
共映芙蓉池 부용지의 연꽃과 함께 피지 않는가

雪里覓梅花 눈 속에서 매화를 찾다   (蕭綱)

絕訝梅花晚 매화가 늦게까지 핀 것에 놀라워하며
爭來雪里窺 궁녀들 다투어 와서 눈 속 매화를 구경하네
下枝低可見 아랫가지에서 꽃을 발견하긴 쉬운데
高處遠難知 높은 곳에 있는 꽃은 찾기 어려워라
俱差惜腕露 찬바람 속에 맨 팔뚝을 내놓는 것 부끄러워

相讓道腰贏　서로 사양하며 허리가 아프다고 하네
定須還剪彩　궁에 돌아가서는 틀림없이 비단을 잘라
學作兩三枝　매화 두세 가지 수놓은 것 배우리라

　吳均이「梅花落」에서 '떨어지는 매화'에 대한 작자의 아쉬움을 평이한 언어로 묘사했다면 蕭綱은「雪里覓梅花」에서 '눈 속의 매화'라는 좀 더 세분화된 제재를 활용한 것이 비교된다.「梅花落」에서 매화의 개화와 소멸을 비교적 담백하게 묘사한 것에 비해「雪里覓梅花」에서는 소재의 의미를 훨씬 넓게 펼친 면모를 보여주고 있으니, '下肢'에서 '高處', '爭來'에서 '想讓', '惜腕露'에서 '道腰贏' 등으로 좀 더 다양한 대비와 심리적 묘사가 가능해지게 된 것을 또한 살필 수 있다. 이는 漢代『樂府』에서 "뜰 앞 한 그루 매화, 추위가 오래되어도 아직 피지 않았네. 그저 꽃이 눈 같다 하더니, 어느 덧 향기가 날아오네.(庭前一樹梅, 寒多未覺開. 只言花似雪, 不悟有香來)"라고 단순히 매화를 묘사하던 것과 宋代 陸凱가 范曄에게 준「贈范曄」시에서 "매화 꺾어 역사를 만나, 농두 사람에게 부쳤네. 강남에서 가진 것이라곤 없어, 그저 매화 가지 하나 통해 봄소식 보낸다네.(折梅逢驛使, 寄與隴頭人. 江南無所有, 聊贈一枝春)"라고 하여 친우에게 전하는 화사한 봄기운으로 매화를 묘사하여 좀 더 확장된 의미를 이루어낸 것과도 맥을 같이하는 부분이다.
　魏晉南北朝 시대에 창작된 詠花詩의 또 다른 특성으로 하나의 화목을 소재로 여러 시인들이 의미를 계속 확장하며 창작을 해나간 것과 동일인이 다양한 화목을 제재로 여러 편의 작품을 쓴 경우도 많이 생겨났음을 들 수 있다. 서로 다른 시인이 동일 제재를 노래한 다음 두 작품을 보면 영물의 범위가 점차 확충되어갔다는 느낌을 얻을 수 있다.

詠梔子花　치자꽃을 노래하다　　　(蕭綱)
素花偏可喜　흰 꽃 두루 피어 있어 기쁘게 하고
的的半臨池　못가에 대비되어 그 모습 더욱 밝게 빛난다
疑爲霜裏葉　마치 잎에 서리가 내린 듯도 하고
復類雪封枝　눈이 가지 위에 얹힌 듯도 하다

日斜光隱見　비스듬한 햇살에 그 모습 보였다 말았다
風還影合離　바람이 불어오매 꽃 그림자 모였다 헤어졌다

詠墻北梔子　담장 북쪽의 치자꽃　　　(謝瑤)

有美當階樹　섬돌 앞의 치자나무 아름다워
霜露未能移　서리와 이슬에도 굳건히 서 있네
金膏發朱彩　황금빛 과실이 붉은 기운 다채로운 것은
映日以離離　햇살 받아 무성하게 열려 있기 때문이지
幸賴夕陽下　다행히 석양빛 아래
餘景及西枝　남은 햇살 서쪽 가지에 비치누나
還思照綠水　녹수 가에 있으면 물의 기운 받겠으나
君階無曲池　그대는 섬돌 앞에 있어 연못과는 멀리 있네
餘榮未能已　남아 있는 꽃은 아직도 지지 않고
晚實猶見奇　늦게까지 남은 과실 신기하게 보이네
復留傾筐德　주렁주렁 열린 과실은 덕의 모습이요
君恩信未貲　그대의 은혜는 실로 헤아릴 수 없어라

　　蕭綱의 「詠梔子花」는 치자꽃의 아름다운 자태를 묘사한 것인데 '的的', '霜裏', '雪封' 등으로 은유와 과장의 수법을 활용하였고 '疑爲'와 '復類' 등의 가설 수법, '隱見'과 '合離' 등의 靜中動과 虛實을 드나드는 수법 등으로 치자꽃에서 느껴지는 몽롱미를 더하고 있음이 돋보인다. 이른바 '외형을 묘사하는 것(形似)'에 공을 들인 면모이다. 여기에 비해 謝瑤의 「詠墻北梔子」는 섬돌 앞의 있는 치자나무의 미를 외형적인 면모뿐 아니라 "獨立不遷"의 기상이라는 관점을 부여하고 있는 것이 대조된다. '照綠水'와 '無曲池'라는 이상과 현실의 대비는 마치 현실적으로 불리한 위치에 있는 작가의 현실을 표현하는 듯하다. 그럼에도 꽃과 과실은 번성하여 덕스러운 면모를 보여주고 있으니 말구 "그대의 은혜는 실로 헤아릴 수 없어라(君恩信未貲)"는 이 시의 전체적인 주제를 대표하는 구절로 볼 수 있다. 詠物을 통한 '托物言志'의 정도가 더욱 심화된 것이라 할 수 있는 것이다. 같은 치자꽃를 묘사한 詠物詩라 하더라도 확장된 주제의식과 제재를 활용한 작품은 대상에서 의미를 찾고 자신의 마음을 기탁하려는 시인의 의도를 한층 더 반영한 결과임을 알 수 있다. 魏晉南北朝 시대에 와서 이처럼 詠花詩

의 제재가 넓혀진 것은 사물에 대한 통찰력과 의미 부여가 일정 부분 강화된 것임을 알려주는 부분이기도 하다.

魏晉南北朝 시대로 들어와 詠花詩는 제재가 확대되었을 뿐 아니라 전대보다 세밀하고 정교한 시어를 활용하여 창작기교의 발전도 도모하게 된다. 하나의 꽃이나 나무라는 제재를 선택한 후 정밀한 구상을 도모하면서 글자를 선택하고 활용하는 '煉字煉句'의 필법을 구사하게 된 것인데 이로 인해 魏晉南北朝 시대의 詠花詩는 전대 詠花詩에 비해 수사기교상 한층 精緻해진 모습을 보이게 된다. 일례로 복사꽃이 피어나는 모습을 묘사한 蕭綱의 「詠初發桃詩」를 보면 구절마다 정교한 對仗을 활용하는 기교를 추구함으로써 후대 율시에 손색없는 면모를 발휘한 것을 발견할 수 있다.

詠初發桃詩 처음 피어나는 복사꽃을 노래한 시

初桃麗新彩　처음 핀 복숭아 꽃 화려하고 새로운 모습
照地吐其芳　온 땅에 그 향기를 토해낸다
枝間留紫燕　가지 사이로 제비 머무르고
葉里發輕香　잎사귀 사이로 가벼운 향기 발한다
飛花入落井　날리는 꽃은 우물로 떨어지고
交于拂華堂　화사한 집에도 흩날리고 있다

복사꽃의 만발함과 흩날리는 꽃잎의 모습, 꽃향기가 운치를 자아내고 있음 등이 표현되었다. 내용상의 화려함 못지않게 '枝間'과 '葉里'의 對偶와 '芳', '香', '堂' 등의 韻字를 활용하였으니 전대 시가에 비해 수사기교가 한층 정교해졌음을 발견할 수 있는 것이다.

특히 南朝로 들어오면서 劉宋代 謝靈運을 대표로 하는 산수시인들이 쓴 영화시를 보면 객관적 사물을 세밀하게 그려낸 면모가 더욱 강해진 것을 발견할 수 있다. 花草樹木의 '형태(形)', '색감(色)', '밝기(光)' 등에 대해 더욱 정밀한 묘사를 시도하게 되었으니 당시 鮑照의 시가 "정교한 언어와 절절한 묘사(巧言切狀)"로 저명해지게 된 것과 연관하여 볼 때 詠花詩가 이러한 기풍과 영향관계에 있었음은 당연하다고 여겨진다. 이후 梁代로 내려오면서 詠花詩의 창작수법은 더욱 정교한 방면으로 발전을 이루어가게 되었으니, 淸代 沈德潛이 『說詩晬語』에서 "梁, 陳, 隋 사이에 전적으로 琢句를 숭상했다.(梁, 陳, 隋間, 專尙琢句)"라고 한 것은 이러한 풍조를 주목한 것이 된다.

魏晉南北朝 시대 詠花詩에서 발견되는 또 하나의 특색은 화목 본래의 외형과 정신을 아름답게 표현하는 중에 자신의 감정을 기탁하는 수법이 더욱 발전하게 되었다는 점이다. 각종 화목을 노래하면서 자신의 깊은 의식을 기탁하는 '以物言志'의 본격적인 단계로는 진입하지 못했어도 개인 성정을 기탁하는 '托物言志'의 초기적 단계를 보여주는 작품들이 다수 등장하게 된 것을 의미한다. 이러한 작품의 예로 단풍잎에 대해 정교하고 세밀한 묘사를 가하고 있으나 비교적 외형적 묘사에 충실했던 蕭綱의 작품을 먼저 살펴보기로 하자.

詠楓葉 단풍잎을 노래하다
菱綠映葭青   시든 단풍 푸른 잎 갈대의 푸른빛과 비교되고
疏紅分浪白   성근 붉은 잎 흰 파도와 또렷이 구분되네
落葉洒行舟   낙엽은 흐르는 뱃전으로 날리고
仍持送遠客   이를 통해 멀리 가는 객을 배웅하나니

눈앞에 보이는 단풍잎의 모습을 '菱綠', '疏紅' 등으로 묘사하면서 '葭青', '浪白' 등의 주변 사물과 대비시킴으로써 오감에 의거한 시각적 효과를 강화하였고 색채어 활용을 통해 각종 미감을 선명하게 부각시키고자 하였다. 이러한 詠物 묘사는 淸冷한 색조를 연출함으로써 友人을 송별하는 시인의 처연한 심정을 묘사하는 데 있어 좋은 효과로 작용한다. 이 작품처럼 사물에 대한 세미한 관찰을 통한 예술적 영물묘사를 이루는 것은 魏晉南北朝 詠花詩의 특징을 잘 나타내는 것이라 할 수 있다.

다음으로 못가에 핀 배꽃을 묘사한 王融의 작품을 살펴보자. 꽃의 외형을 담아내는 것에 힘을 들였을 뿐 아니라 뛰어난 의경을 창출하기 위해 노력한 면모도 발견할 수 있다.

詠池上梨花　연못가에 핀 배꽃을 보고 읊다
翻階沒細草　섬돌 위로 흩날리던 배꽃 잎은 가는 풀 사이에 떨어져 있고
集水間疏萍　물 위 부평초 사이에도 퍼져 있네
芳春照流雪　향기로운 봄에 눈처럼 빛나고 있으니
深夕映繁星　그 자태 저물녘 뭇 별들처럼 빛나는구나

　앞 두 구절은 배꽃의 지는 모습을 그렸는데 '翻', '沒', '集', '間' 네 개의 글자를 활용해서 꽃잎의 떨어짐을 역동적으로 묘사했다. 후반부는 떨어진 꽃잎이 사람의 눈에 들어온 모습으로 '流雪', '繁星' 두 표현으로 마치 눈과 별처럼 몽환적인 분위기를 자아내는 존재로 그리고 있다. 배꽃에 대해 직접적으로 외형적 묘사를 가하기보다는 전반적인 의경 창출을 위해 섬세하고 뛰어난 필치를 발휘하고 있는 것이 발견된다.

　謝朓가 떨어지는 매화를 보면서 자신의 정치적 감회를 술회한 시를 보면 화목을 보면서 시인의 의식을 담아내는 것에 더욱 치중하였음을 발견할 수 있다.

詠落梅　떨어지는 매화를 노래하다
新葉初冉冉　새로 핀 잎사귀 처음에 유약하고
初蕊新霏霏　처음 나온 꽃술도 바람에 떨어져 날리누나
逢君後園讌　그대를 후원의 잔치에서 만나고
相隨巧笑歸　서로 따라다니며 교묘히 웃다가 돌아가네
親勞君玉指　그대가 친히 옥가락지 주듯이
摘以贈南威　매화를 따서 南威에게 주었네
用持挿雲鬢　받은 매화 머리에 꽂아보니
翡翠比光輝　비췻빛 옥처럼 광채가 났어라
日暮長零落　이제 해 저물어 길게 영락한 모습
君恩不可追　그대의 은혜는 가히 따를 길이 없으니

　처음 두 구에서 '冉冉', '霏霏'로 매화의 유약한 모습과 외부적 충격으로 떨어져나가는 모습을 통해 자신의 정치적 지위가 불안함을 암유하고 있다. 이어진 중반 여섯 구는 隨王과의 친밀한 관계를 그리고 있는데 전고를 활용하여 자신의 재능이 뛰어남을 강조하고 있다. 그러나 미연을 통해 기쁨이 슬픔으로 바뀜

을 그렸으니 재주의 고하에 상관없이 정치적 환경에서 '長霖落'의 길로 들어선 자신의 처지를 영탄하고 있는 것이다. 詠物詩이나 '떨어지는 매화'라는 '物'에 대한 묘사보다는 '物'을 빌려 정치적 곤경에 처한 자신의 소회를 기탁하고 있는 '以物言志'의 성격이 강한 작품이다. 자연 본래 특징의 묘사에다 『詩經』과 『楚辭』의 比興을 가미하였으니 '形似'만을 추구하여 영물을 위한 영물을 시도한 이전의 詠花詩와 비교해보면 창작의식의 발전을 보인 부분이 발견되는 것이다.

魏晉南北朝 시대 詠花詩는 꽃과 나무, 화초 등이 지닌 자체의 특성을 표현해 내면서 미처 느끼지 못했던 주변 화목의 아름다움에 대한 인식을 부각시킨 공이 있다. 그러나 이 시기 작품들은 詠花詩 발전의 궤적 속에는 있었지만 梁代를 거치며 宮體詩와 연결되는 과정을 겪으면서 刻畫의 굴레를 크게 벗어나지 못한 느낌도 준다. 비스듬히 비치는 햇살 중에 흩날리는 꽃잎, 비 온 후 신선하게 올라오는 새싹, 아름다운 향기 속에 몽롱하게 흐느적거리는 잎의 흔들림, 주변과 대조를 이루는 꽃의 그림자 등을 생동한 필치로 그려내는 경지에는 이르렀으나 아직까지 외형적 묘사에 그치면서 작자의 사상이나 정신을 담아내는 것에는 다소 부족한 면모를 보이고 있기 때문이다. 魏晉南北朝 시기는 사물을 빌려 작자의 깊은 서정과 혼, 의식과 의지를 본격적으로 투영하기에는 미흡했지만 唐代 이후에 이루어지게 되는 詠花詩의 풍격과 기품을 준비해주는 단계였다는 점에서는 의미를 지닌다 하겠다.

『詩經』, 『楚辭』 등 초기 작품에 등장하는 꽃과 나무에 관한 묘사는 몇몇 특정한 식물을 대상으로 하면서 주로 주제를 부각시키기 위한 배경으로 활용된 것이었으나 魏晉南北朝 시대를 거치며 기존 화목에 대한 묘사보다 좀 더 섬세한 관찰과 사색을 거친 미학적 탐구가 일어나게 되었다. 이는 魏晉南北朝 시대에 와서 산수시가 발전하게 되고 산수 미감을 어느 정도 잘 구현해내게 되자 더욱 세미한 자연물에 대해 시선을 돌리게 되고 세부적 묘사를 추가하게 된 것과 맥을 같이 하는 부분이다. 화목은 고유의 품성을 갖고 있으면서 시절에 따라 변화하는 자태로 사람들에게 참신한 느낌을 제공하므로 시인들이 화목이 지닌 미에서 신선한 의식을 발견하고 좀 더 정밀한 표현을 가하고자 하는 노력을 기울인 결과로도 볼 수 있다. 꽃과 나무를 통해 자신의 정과 의지를 투영하던 시인들은

唐代를 거치면서 화목에 대한 주관적 인식과 의지를 표현하는 방향으로 창작의 틀을 넓혀나가게 된다. 唐代 이후로 시인들은 唐詩의 장점을 반영한 청신하고 정교한 묘사와 宋詩의 특색을 반영한 意趣를 실어내는 등 각종 묘사방법을 통해 꽃과 나무가 지닌 아름다움을 형상화해나갔다. 문인들은 자신이 느낀 꽃과 나무의 미학을 唱和와 酬贈 등의 방법을 통하여 교류하였고, '分題', '同題' 등의 방법을 통해 좀 더 다면적인 묘사를 시도하였으며,[2] 영고성쇠를 하는 화목의 일생을 보면서 자신이 처한 처지나 심정을 '托物言志' 방식으로 투사하는 등의 다양한 창작수법을 발휘하며 영화시의 예술성을 높여나갔던 것이다.

唐代 이후의 詠花詩는 다양한 묘사기법이 총괄되면서 내용과 체재에 있어 완성미를 더하게 된다. 唐代 이후 宋代, 元明清代를 거치며 창작된 詠花詩의 내용과 특성을 살펴보면 대략 다음과 같은 몇 가지 형태로 구분된다. 첫째, 화목의 자태를 잘 묘사하여 그 식물이 지닌 아름다움을 재현해놓은 작품, 둘째, 화목이 지닌 자태와 성품의 특징을 조화롭게 잘 기술하여 식물의 미학적 가치를 향상시켜놓은 작품, 셋째, 화목의 외부 형태 묘사는 최소화하고 기질이나 품성을 부각시켜 그 식물의 특별한 상징성을 부각시킨 작품, 넷째, 꽃이나 나무의 형태 묘사는 생략한 채 화목을 통해 자신의 의지를 설파하는 데 주력한 작품 등으로 정리될 수 있다. 즉 식물의 자태, 성품과 특질, 상징성 등에서 어떤 면을 더 강조하여 서술하는가에 따른 결과라 할 수 있다.

이상의 분류 중 먼저 꽃이나 나무의 자태나 미적 특성을 묘사해놓은 작품을 보면, 대개 한두 개의 화목을 소재로 삼아 집중적으로 그 식물의 품성을 기술하

---

2 詠花詩는 詠物詩에 속하는 것으로 영물시의 발전에 따른 영향관계가 크다. 魏晉南北朝 중에서도 특히 南朝에서 詠物詩가 성행하게 되었는데 그 요인 중 왕족과 文士 집단에 의한 '詠物賦詩'의 문풍이 유행한 것은 중요한 배경이 된다. 齊나라 竟陵王 蕭子良과 竟陵八友, 梁나라 蕭綱, 蕭繹 등의 문인들은 唱和, 分題, 同題創作 등의 창작활동을 함께 하며 詠物詩의 발전을 이루어나갔다. 竟陵八友처럼 궁정이나 藩府를 무대로 활동한 문인들은 호사스러운 생활이나 유희를 즐기는 과정 중에 창작을 하기도 하였는데 이들은 동석에서 分題, 同題 등의 방법으로 짧은 시간에 시를 창작하거나 동석에서 동일한 물건을 놓고 詠物詩의 創作을 시도하기도 하였다. 이로 인해 여러 작자에게 동일 제목의 영물시가 존재하거나, 고인의 시구를 나누거나 운을 나누어 '賦得一'이라는 詩題를 단 작품들이 많아지게 된다. 梁代로부터 陳代에 걸쳐 성행한 이러한 풍조는 詠物詩의 발전과 관련이 있는 배경이 된다.

고 있음이 발견된다. 자신이 선택한 화목을 서사하는 것이기에 식물 자체의 외관이나 성품이 최대한 잘 드러나도록 기술해놓은 것이 특색이다.

中唐의 劉言史가 꽃의 자태를 살피면서 그 속에 자신의 주관을 이입하여 쓴 작품을 살펴본다.

山寺看海榴花 산사에서 동백꽃을 바라보며

琉璃地上紺宮前　푸른 산사 앞뜰에 영롱하게 피어난 동백꽃
發翠凝紅已十年　비췻빛 잎에 붉은 꽃 엉겨 있는 모습 벌써 십 년째라
夜久月明人去盡　밤 깊어 달 밝은 중에 사람은 다 사라졌어도
火光霞焰遞相燃　불빛과 노을이 이글거리듯 번갈아 서로를 태우고 있구나

'海榴'는 동백꽃의 이칭인데, 이 꽃은 산사 앞뜰에 영롱하게 피어나 보석(琉璃)처럼 주변을 밝히고 있다. 동백꽃을 형상화함에 있어 푸른 산사, 비췻빛 잎, 화사한 달빛 등 주변 사물과의 대비를 통한 강조를 시도하고 있다. 밤 깊어 사람이 사라진 산사의 고요한 경지 속에서도 동백꽃의 자태는 불빛처럼 환한데 이러한 모습을 보면서 작자는 달빛과 다투듯 번갈아 서로를 태우고 있다는 비범한 표현을 통해 함축적이면서도 강렬한 형상미를 창출하고 있음이 발견된다.

明代 朱淑眞이 어느 겨울날 '한겨울에 피는 매화(寒梅)'를 찾아 나갔다가 언덕에 그득한 매화를 보고 기뻐하는 모습을 담은 작품을 보자.

探梅 매화를 찾아가며

溫溫天氣似春和　날씨는 따뜻하여 마치 봄 같고
試探寒梅已滿坡　한매를 찾아보았더니 벌써 언덕에 그득하네
笑折一枝揷雲鬢　웃으며 가지 하나를 꺾어 머리에 꽂고는
問人瀟洒似誰麼　내가 누구처럼 아름다운가 물어본다

매화 무리를 발견하고는 기뻐하며 가지 하나를 꺾어 머리에 꽂고 자신의 용모를 타인에게 물어보는 장면은 평범한 아녀자의 모습을 드러내는 부분이다. 매화를 추운 겨울에 꽃을 피워내는 절개를 지닌 존재로 즐겨 묘사한 여타 梅花詩와는 달리 이 시에서는 겨울에 피어난 매화 자체의 아름다움을 드러내는 데 주

력하였다. 겨울 날씨를 '마치 봄처럼 따듯하다(似春和)'라 하였고, '매화를 시험
삼아 찾아보았더니(試探)' '벌써 언덕에 그득 피어 있다(已滿坡)'라고 한 것과 '웃
으며 꺾어(笑折)', '다른 이에게 어떤가 물어보는(問人)' 행위로 꽃의 아름다움에
반한 한 여인네의 소박한 마음을 표현한 점 등은 매화에 대해 순순한 묘사를 가
하고자 한 시인의 마음을 드러내는 것이라 하겠다.

다음으로 화목이 지닌 자태와 성품의 특징을 조화롭게 기술하는 데 공을 들
인 작품을 보면, 특정한 화목의 자태나 성품에 관해 언급하고는 시인의 특별한
감성을 투영하는 방식으로 식물의 미학적 가치를 향상시키는 방식을 활용한 것
이 발견된다.

唐代 許渾은 서경과 서정이 융합된 '情景交融'의 경지를 이루어낸 시를 많이
쓴 시인이다. 어느 가을날 대나무를 대하면서 자신의 감회를 서사한 다음 시는
하나의 식물을 묘사하면서 자신의 감정을 잘 이입해놓은 작품의 예가 된다.

秋日衆哲館對竹 가을날 중철관에서 대나무를 대하며

蕭蕭凌雪霜	대나무는 눈과 서리를 무릅쓰고 흔들리고 있는데
濃翠異三湘	그 짙은 녹색은 三湘의 대나무와는 다르구나
疏影月移壁	성근 달그림자 벽 쪽으로 옮겨가고
寒聲風滿堂	차가운 바람소리 온 집안에 그득하다
捲簾秋更早	주렴은 말아 올리니 가을이 더욱 일찍 온 듯
高枕夜偏長	높은 베개를 베고 자는 밤은 길어라
忽憶秦溪路	문득 진계로 가던 길을 추억하노라니
萬竿今正涼	만 그루 대나무 지금 눈앞에 차갑게 서 있네

가을날 衆哲館에서 바라보는 '대나무'라는 자연물은 시인에게 과거의 고사와
자신의 과거, 현재의 모든 모습을 다면적으로 생각하게 하는 哲理的 상상력을
제공한다. 수연의 '蕭蕭' 구절은 楚辭의 비애를 느끼게 하며 '三湘' 지명 역시
娥皇과 女英으로 인한 '瀟湘斑竹' 고사의 처연한 경지를 떠올리게 한다. 이어진
'疏影', '寒聲'의 이미지 역시 차갑고 소슬한 기운을 발하고 있으니 가을은 한층
가깝고 밤은 더욱 길게 느껴진다. 작자의 수심과 흘러가는 영겁의 시간을 적절
히 대비한 대목이다. 이 상황 속에서 秦溪로 가던 길을 추억하는데 이 회상 속

에서 실제로 보게 되는 현실은 만 그루 대나무가 눈앞에 차갑게 서 있는 현재의 모습이다. 눈앞에 실재하는 '대나무'라는 하나의 자연물을 통해 현실과 과거, 허상과 현상의 조화를 도모하고 있다. 자연물과 철리, 고사와 영회의식 등을 적절히 조합하여 한층 깊은 서정을 부각시킨 작품이라 할 수 있다.

明代 朱淑眞이 버드나무를 묘사하면서 그 자태에서 느끼는 자신의 심사를 함께 그려낸 작품을 보자.

柳　버드나무

萬縷千絲織暖風	버들은 따듯한 바람에 천 갈래 만 갈래 날리고
絆烟留霧市橋東	마을 동쪽의 다리는 연기와 운무에 얽혀 있네
砌成幽恨斜陽里	저녁햇살 비추는 섬돌에는 한 서려 있고
供斷閑愁細雨中	가는 비 내리는 중에 부질없는 근심 끊어지길 바랄 뿐

버드나무 줄기가 수없이 뻗어 있는 모습을 형용한 '천 갈래 만 갈래(萬縷千絲)'는 수 없는 아픔과 미련으로 갈피를 잡지 못하는 자신의 마음을 은유한 것이고, '연기와 운무에 얽혀 있는(絆烟留霧)' 모습은 세사에 얽매여 있으되 해결의 희망을 볼 수 없는 자신의 처지를 은유한 것으로 보인다. 제3, 4구의 '쓸쓸한 한(幽恨)'과 '부질없는 근심(閑愁)'은 버드나무를 통해 느끼는 감정을 응집한 단어로 이 시의 중심어 역할을 한다고 볼 수 있다. 버드나무 자체의 모습을 그리면서도 그 속에 자신의 情을 듬뿍 담아 읽는 이로 하여금 화목이 제공하는 절절한 감정을 느끼게 한다.

明末淸初의 시인 屈大均이 '흰 국화(白菊)'를 묘사한 다음 작품은 국화의 외관을 묘사하면서 가을 한 철 화려함을 선보이는 일반 국화와 달리 한 겨울을 잘 견디어내는 '白菊'의 성품을 부각시킨 면이 돋보이는 작품이다.

白菊　하얀 국화

冬深方吐蕊	깊은 겨울에도 꽃술을 드리운 채
不欲向高秋	가을 한 철만을 향하지 않는다
搖落當靑歲	화려한 한 시기가 지나면 지겠지만
芬芳及白頭	그 향기는 오래가리니

雪將佳色映　눈 내리면 그 아름다운 색 눈에 비쳐지고
氷使落英留　얼음이 얼어도 꽃봉오리는 남으리라
寒絶無人見　추운 계절이면 찾아오는 이 없으나
梅花共一丘　매화와 함께 한 언덕을 이루고 있나니

수연에서 언급한 '白菊'의 자태는 혹독한 겨울에도 꽃술을 드리운 모습이다. 가을에만 화려한 모습을 선보이는 보통 국화와는 달리 의연한 자태를 지키고 있는 품성이 비교된다. 함연에서는 화려한 짧은 시기를 보내도 그 향기는 오래간다는 기술을 통해 국화의 성품을 칭송하였는데 그 내면에서는 淸朝에 대한 젊은이의 변절과 '白頭'에도 그 기개를 버리지 않고 있는 기개 있는 志士의 모습을 비유하고자 하였다. '눈(雪)'으로 하얀 국화의 아름다운 색감을 설명했고 '얼음(氷)' 같은 투명함을 지니고 꽃봉오리를 유지하는 국화의 성품을 그렸는데 이 구절 역시 淸朝에 굽히지 않으려는 자신의 절조를 내면에서 밝힌 부분이다. 말연에서는 겨울에 피어나는 국화의 성품을 지금은 알아주는 이 없는 듯해도 절개를 상징하는 매화처럼 국화도 자신의 의지를 유지하다 보면 언젠가 주목을 받으리라는 믿음을 투영하였다.

특정 화목을 소재로 하여 외관에 대해 묘사한 후 그 화목에서 느껴지는 상징성이나 자신의 의도를 부각시키는 형식의 작품도 있다. 꽃과 나무를 묘사한 영화시에서는 화목의 자태와 품성, 미감을 잘 표현하는 것이 일차적으로 필요하지만 이보다 중요하게 고려되어야 할 점은 얼마나 '比興'을 잘 이루어냈느냐 하는 것이다. 예를 들어 매화를 보면서 청절을 다짐하고, 난을 보면서 그윽한 향기와 기품을 떠올리며, 복사꽃을 보면서 화려한 시절을 추억하고, 국화를 보면서 서리의 엄격함을 깨달을 수 있게 한다면 그 작품은 영화시의 효용성을 잘 발휘한 예라 할 수 있다. 그러한 시가는 대체로 화목의 외부 형태 묘사는 최소화한 채 그 식물이 지닌 성품이나 특별한 상징성을 부각시키는 것에 주력하고 있다.

唐代 孟郊는 여러 작품을 통해 소자연의 형체나 비감 어린 자연물들을 주목한 바 있는데 이는 韓孟詩派 특유의 고삽한 경지 추구에다 자신의 처연한 신세의식과 심경을 투영한 결과에서 기인한 것이기도 하다. 그가 소나무를 소재로 하여 자신의 심정을 투영한 작품을 살펴보자.

衰松　노쇠한 소나무

近世交道衰　근래에 사귐의 도가 쇠해
靑松落顔色　푸른 소나무 모습 기울었다
人心忌孤直　사람의 마음은 외롭게 곧은 것을 싫어하는데
木性隨改易　나무의 본성도 이런 세태 따라 바뀌었는가
既摧棲日乾　이미 꺾어진 나뭇가지에는 햇살이 비치나
未展擎天力　하늘 향해 가지 들어 올릴 힘도 없어졌네
終是君子才　비록 군자의 재능은 다 하였다 하나
還思君子識　군자에 대한 그리움은 남나니

　소나무 중에서도 노쇠한 나무에 관심을 갖고 작품을 창작했다. 외롭게 굽어 있는 소나무의 자태를 형용하고는 세상 사람들의 "외롭게 곧은 것을 싫어하는 (忌孤直)" 경향과 인재를 못 알아보는 세태를 한탄하고 있다. 이 모습은 마치 "사귐의 도(交道)"가 나날이 쇠퇴해가고 있는 상황과도 연관된다고 보았다. 소나무에 관한 묘사는 최소화한 채 나무가 주는 특별한 감정을 드러내는 데 주력한 느낌이다.

　난초의 묘사를 통해 우국의 심정을 드러내고자 한 元代 倪瓚의 다음 작품을 살펴보자.

題鄭所南蘭　정소남이 그린 난에 대하여

秋風蘭蕙化爲茅　가을바람에 난초와 혜초는 한갓 시든 풀로 변하고
南國凄涼氣已消　南宋은 처량하게 기운 이미 쇠했구나
只有所南心不改　그저 정소남의 마음만이 변하지 않고
淚泉和墨寫離騷　샘솟듯 눈물 흘리며 먹을 갈아 離騷를 쓰고 있네

　"정소남이 그린 난에 대해 쓰다(題鄭所南蘭)"라는 시제를 통해 독자는 먼저 鄭所南이라는 인물과 난초의 성품은 어떠한 연관성을 갖고 있을까 하는 호기심을 갖게 된다. 수구에서는 가을바람에 난초가 시든 모습을 그렸는데 이는 屈原이 『楚辭』 「離騷」에서 "난초와 지초가 변하여 향기를 드러내지 않고, 전초와 혜초가 변하여 잡풀이 되었네.(蘭芷變而不芳兮, 荃蕙化而爲茅)"라고 선비들의 변절을 지적한 것을 원용한 내용으로 남송 사대부의 변절을 풍자하는 의도로 기술된 것이

다. '가을바람(秋風)'은 통치자의 잔인함을 연상시키며, '南國'은 난초의 고향이면서 동시에 뜻 있는 선비들의 터전인 '南宋'을 지칭하는 것으로 이해할 수 있다. 난초라는 식물을 묘사한 그림을 통해 시국의 변화에도 '마음 변하지 않고(心不改)' '눈물 흘리며(淚泉)' 슬퍼하는 선비의 의식을 밝히고자 한 의도가 잘 반영된 작품이라 할 수 있겠다.

다음으로는 꽃이나 나무를 언급하되 형태 묘사는 가능한 생략한 채 자신의 의지를 설파하는 데 주력한 작품을 예거해본다. 이 작품 중에는 영화시를 빌려 자신의 처지를 술회하거나 시국이나 타인에 대한 비판이나 풍자를 가하는 등 '以物言志'의 수법을 집중적으로 발휘하고자 하는 의도에서 쓰여진 작품이 많은 것이 특징이다.

中唐의 劉言史가 嶺南지방으로 폄적당하고 金陵, 瀟湘 등지를 떠돌 때 쓴 다음 시를 보면 꽃의 화사함보다 꽃의 속성을 통해 느낀 비애의 감정을 투영하는 데 주력한 것을 살필 수 있다.

別落花   떨어지는 꽃과 이별하며

風艶霏霏去   바람이 꽃잎이 눈처럼 펄펄 날리네
羈人處處遊   떠도는 나그네 곳곳을 유람한다
明年縱相見   내년에 설사 이 정경을 본다 한들
不在此枝頭   꽃은 이 가지 끝에 있지 않겠지

바람이 꽃잎을 실어가는 낙화의 모습에서 시절의 흐름과 떠도는 신세를 연상하고 있다. 현재의 모습이 주는 밝은 면과 낙화한 뒤의 어두운 면을 모두 생각해내는 인생의 지혜를 갖춘 모양새다. 지금 보는 꽃을 내년에 다시 못 볼지도 모른다고 생각하는 것은 작자가 타지를 전전하는 신세임을 강조한 부분이다. 자연을 보는 눈 속에 안정되지 못한 처세로 인해 번뇌가 스며든 것을 발견할 수 있는 것이다.

晚唐 張碧이 꽃이 피고 지는 모습에서 영감을 받아 쓴 다음 시는 화목에 관한 묘사는 생략한 채 담백한 서정을 추구하고자 하는 자신의 의지를 부각시킨 작품이라 할 수 있다.

惜花三首 其三　꽃이 지는 것을 애석해하며 제3수

朝開暮落煎人老　아침에 피었다 저녁에 지니 애가 타 마음 늙어
無人爲報東君道　동쪽 군자의 도리 알리는 이 없네
留取穠紅伴醉吟　붉은 꽃나무 취해 함께 취하며 시 읊노니
莫敎少女來吹掃　소녀여 이 꽃잎 쓸지를 말지어다

이 작품은 東晉의 시인 陶淵明이 쓴 「飮酒」 제5수의 "동쪽 울타리 아래서 국화를 캐어 들고, 아스라이 남산을 바라본다.(采菊東籬下, 悠然見南山)"의 경지를 재현한 것으로 마치 盛唐의 王維가 「田園樂」에서 "복사꽃 밤비 머금어 더욱 붉고, 버들은 푸르러 다시금 봄 연기를 띠고 있네. 꽃잎 떨어지나 가동은 쓸지 않고, 꾀꼬리 우짖는데 산객은 아직도 잠자고 있구나.(紅桃復含宿雨, 柳綠更帶春烟. 花落家僮未掃, 鶯啼山客猶眠)"라고 하며 한가로운 서정을 노래한 것과 맥을 같이한다. 꽃의 생사가 짧듯 우리의 인생도 그와 같은 것을 영탄하면서 '동쪽 군자의 도리(은자의 도)'를 진정으로 아는 이가 없음을 한탄하고 있다. 차라리 꽃나무와 함께 취하고 시를 읊음으로써 세상의 분원을 떨쳐버리려는 초탈의 의지를 발휘해본다. 자연의 도리를 해하는 모든 것을 배격하는 시인은 꽃잎도 쓸지 않고 그대로 감상하려는 한가로운 경지를 추구하는 것이다.

唐末 혼란기를 살아가면서 벼슬길에 들 수 있는 '科擧', '從軍', '入幕' 등의 방면에서 모두 순탄치 않은 경험을 했던 羅鄴이 쓴 시에 등장하는 들꽃은 자신의 서러운 신세를 대변하는 존재가 된다.

野花　들꽃

拂露叢開血色殷　이슬에 씻긴 채 핏빛 붉은 꽃은 무더기로 피어
枉無名字對空山　헛되이 이름도 없이 빈산을 마주하고 있네
時逢舞蝶尋香至　때로는 춤추던 나비가 향기 찾아 이 꽃에 이르기도 하고
少有行人輟權攀　간간이 지나던 행인이 지팡이 멈추고 바라보기도 한다네
若在侯門看不足　만약 제후들의 문 앞에 피어났으면 질리도록 보았고
爲生江岸見如閑　강 언덕에 피어났으면 한가롭게 보였으리라
結根畢竟輸桃李　뿌리 내리기는 필경 도리에게 지노라
長近都城紫陌間　도리는 장안성 큰길 가까이에서 자라고 있나니

출신이 보잘것없고 이름도 알려지지 않은 들꽃은 이슬에 씻긴 청순한 자태나 향기를 품고 있어도 주목해주는 이 없이 그저 빈산만 마주하고 있다. 때때로 나비나 행인이 이 꽃을 바라본다는 표현 속에는 들꽃을 바라보기 원하는 시인의 마음이 역설적으로 담겨 있다. 桃李는 제후와 가까운 곳이나 큰길 가에 피어 있으므로 사람들의 인정을 받는다는 내용을 통해 관직이 형통한 사람과 자신을 비교하고자 했던 것도 발견할 수 있겠다.

淸初의 抗淸 시인 歸庄이 淸朝의 통치가 굳어져가는 현실 속에서 꽃이 지는 모습을 표현한 다음 시 역시 꽃에 관한 묘사보다 망국의 선비가 된 한을 펼치는 데 주력한 작품의 예가 된다.

落花詩 其一　낙화시 제1수

江南春老嘆紅稀	강남의 봄이 다 가 붉은 잎 드물어진 것 탄식하네
樹底殘英高下飛	나무 밑으로는 시든 꽃잎 위 아래로 날리누나
燕蹴鶯銜何太急	제비가 가지 밟고 꾀꼬리가 꽃잎 쪼는 것 어찌 저리 급할까
溷多菌少竟安歸	더러운 물 많고 향기로운 꽃 적으니 돌아갈 곳 그 어디련가

江南의 봄이 다하고 뭇 붉은 잎들이 사라져 가는 모습은 淸朝의 통치가 공고해지고 抗淸 운동의 기운도 소진해가는 시국의 현실을 비유한 것이다. 그러나 '봄이 다 갔다(春老)'나 '꽃이 드물다(紅稀)'라는 표현을 통해 아직 봄이 다 가거나 꽃이 다 없어진 것은 아님을 반어적으로 설파했고, '시든 꽃잎이 위아래로 날린다(殘英高下飛)'라는 표현을 통해 시든 꽃잎이라 해서 바로 떨어지지는 않고 위아래로 흩날리고 있음을 밝혔다. 아직도 抗淸의 희망을 버리지 않고 있는 작자의 마음을 행간에서 읽을 수 있다. 제3구에서 '제비가 가지를 밟고 꾀꼬리가 꽃잎을 쫀다(燕蹴鶯銜)'라고 하여 淸朝의 잔혹한 탄압을 은유하였고, 이어진 제4구에서는 '더러운 물 많고 향기로운 꽃 적다(溷多菌少)'라고 하여 淸朝의 압제하에 운신의 폭이 적어진 漢族 志士들의 안타까운 현실을 그리고 있다. 꽃에 관한 묘사보다는 자신의 한과 의지를 드러내는 데 주력한 것을 발견할 수 있는 것이다.

古代 詠物詩는 크게 사물의 '形神'을 묘사한 영물시, 사물 묘사를 통해 시인

의 소회를 기탁한 '托物言志' 영물시 등으로 양분될 수 있다. 詠花詩 역시 영물시의 발전과 맥락을 같이하므로 역시 같은 기풍과 방향으로 발전을 이루어갔다고 할 수 있다. 그중 '形神'을 묘사한 詠花詩는 시기적으로 南北朝 시기까지 창작된 작품이 주를 이루지만 唐代 이후에도 시인들은 이런 유형의 작품을 지속적으로 창작해나가게 된다. 화목에 대해 寄興을 기탁하는 수법을 발휘한 '托物言志'의 詠花詩는 『詩經』에서도 일부 발견되지만 본격적인 창작이 이루어지게 된 시점은 역시 唐代 이후라 할 수 있겠다. 후대로 가면서 '托物言志'의 詠花詩는 점차 '形神'을 묘사한 시보다 더 많은 비율로 창작된다.

문인이 꽃이나 나무를 통해 자신의 의지를 기탁하는 '托物言志' 詠花詩는 내용상 '歌頌類'와 '諷刺類'로 양분될 수 있다. 歌頌類 詠花詩는 꽃이나 나무의 특성을 포착하여 식물이 지닌 본성을 칭찬하고 시인의 감정을 담는 내용으로 되어 있는데 영화시 중에서 歌頌類의 수량이 가장 많은 편이라 할 수 있다. 한편, '諷刺類' 詠花詩는 『詩經』 중의 「桃夭」처럼 식물이 지닌 강렬한 상징성을 부각시키고 그 속에 시인의 의지, 기원, 풍자 등을 이입하는 것을 특색으로 한다. 形神을 묘사한 詠花詩가 '詠花'을 위한 詠花詩였다면 寄興을 기탁한 '托物言志' 詠花詩는 '詠花'의 형식을 빌려 '詠人'을 도모한 것이라 할 수 있다.

魏晉南北朝 시대에서 唐代에 이르는 기간 동안 詠花詩는 시가의 발전과 맥을 같이하면서 공전의 발전을 이루어냈다. 시가에서 주제로 채택된 꽃과 나무의 숫자와 종류도 대폭 확대되었고 시가 聲律論의 영향을 받아 묘사기법도 더욱 다양하고 정교해지게 되었다. 元明淸代로 가면서도 각종 화목이 지닌 아름다움은 관심의 대상에서 멀어져본 적이 없을 정도로 詠花詩는 창작의 주요 주제가 되었다. 唐詩에서 시가의 체재가 완성된 것처럼 唐代를 기점으로 詠花詩 역시 창작의 틀을 안정적으로 유지하게 된 것이다. 唐代 이후 詠花詩는 꽃과 나무의 외형과 성품을 어떻게 포착하고 형상화하는가에서 '詠花'를 통해 자신의 소회를 어떻게 기탁하는가 하는 방향 쪽으로 발전을 이루어나갔다. 이른바 '사물을 형용하는(形似)' 방식에서 그 사물이 지닌 '의미와 정신(形神)'을 어떻게 표현해내는가 하는 방향으로 창작의 흐름이 이어졌으며, 그 다음 단계로는 '形似'와 '形神'을 어떻게 조화롭게 기술하는가 하는 면에 공력을 들이는 방면으로 발전을 이루

어나가게 되었다.

元明淸代를 지나면서 꽃과 나무에 관한 시가가 지속적으로 창작됨에 따라 전통적으로 시행된 '사물(화목)에 대한 묘사' 방식에 따른 이미지의 중복이나 의상의 고정화, 다소 진부한 경향으로 이입되기 쉬운 시상과 구성 등에서 탈피하고자 하는 시도도 지속적으로 일어나게 되었다. 元明淸代 이후로도 시인들은 꽃과 나무에 관한 묘사를 통해 자신의 의지나 학술, 사상 등을 표현하는 것에 공을들여갔다. 화목은 모두에게 아름다움을 선사하지만 식물에 대한 지식이나 관심이 큰 사람일수록 더욱 정교한 묘사를 가할 수 있으며 그 성품과 의미를 더욱잘 포착해낼 수 있다. 또한 화목은 '榮枯盛衰'하며 순환하는 특성을 지녔기에인생의 영달이나 세사의 부침, 시국의 변화 등을 묘사하는 데 있어서도 더할 나위 없이 좋은 소재가 된다. 역대 시인들은 꽃과 나무에 관한 詠花詩를 자태와품성을 묘사하던 단계에서 '사물을 들어 자신의 의지를 논하거나(托物言志)', '사물의 통해 자신의 정을 펼치고(以物抒情)', '사물에 따라 이치를 설명하는(因物說理)' 방향으로 발전시켜나갔던 것을 살필 수 있는 것이다.

4. 꽃의 상징성과 문화적 의미

중국 고전시 중 '詠花詩'는 꽃이 주는 다양한 감흥을 재현해놓은 기록이다. 꽃을 노래한 역대 작품들을 통해 선인들이 느꼈던 서정과 감동, 문화적 의미와 상징 등을 꽃의 종류와 특성만큼이나 다채롭게 느낄 수 있다. 꽃을 노래한 작품 속에는 시인의 개인적 애호나 의식에 따른 의미가 내재되어 있기 마련인데 그 의미의 상당 부분은 꽃이 지닌 사회적, 문화적 상징성과 연관을 갖고 있기도 하다. 대부분의 꽃은 시대의 흐름 따라 생성되어 온 저마다의 문화적 정서를 소유하고 있으므로 시인이 꽃을 노래한 작품에는 보편적인 문화적 정서가 반영되어 있기 마련인 것이다.

1) 중국 역대 시가에 나타난 꽃의 상징성

중국 고전시가에 등장하는 꽃은 많은 상징성을 갖고 있는데 꽃의 형태, 색깔, 향기, 성품, 계절성 등에 의해 다양한 양상으로 상징성이 인식된다. 또한 어떤 꽃이 어떤 문화와 연관이 되었는가 하는 문제와 특정한 꽃의 활용도, 심지어 꽃을 바라보는 개인의 서정에 따라 상징하는 바가 좌우되기도 한다. 각 식물의 상징성은 각 화목의 특성과 밀접한 연관성을 갖고 있으며 이를 인지하고 활용하는 사람들의 의식과도 연관이 있는 셈이다. 화목들이 지닌 다양한 상징성은 전통적으로 일 년 열두 달을 상징하는 꽃을 통해서도 인식될 수 있고[1] 각 화목이 지닌 여러 꽃말을 통해서도 생각해볼 수 있는 등[2] 다양한 방식과 표현을 통해서 그 상징적 의미를 파악할 수 있다. 역대 시문 속에 등장하는 식물들은 개인의 신세 의식이나 창작 배경에 따라 각기 다른 상징성을 드러내기도 하지만 큰 틀에서 볼 때 대체로 일정한 범주에서 그 의미와 상징성이 표현되고 활용되어왔음이 발견된다. 중국 역대 고전시문에서 활용된 꽃과 나무의 이미지와 상징성에 대하여 다음 도표를 통해 대략적으로 정리해보았다. 예거된 식물 이외도 많은 꽃과 나무가 다양한 상징성을 띠고 시가에서 활용되고 있지만 비교적 소재와 주제상의 활용 빈도가 높은 화목들을 중심으로 예거한 것이다.

中國 古典詩에서 자주 활용된 몇몇 花木 및 그 상징성

植物名	古典詩 중의 이미지, 상징성	주요작품
草木	자연물, 삼라만상	「囝」(顧況), 「春望」(杜甫)
當歸	귀환, 사람을 불러들임	「上山采蘼蕪」(樂府)
芭蕉	형제애, 思鄕, 고귀한 품덕	「芭蕉」(司空圖, 楊萬里, 鄭燮, 喬湜)
茅	소박함, 유혹하는 여인의 손	『詩經』「靜女」
菖蒲	득남, 구애	「孔雀東南飛」(漢代 民歌), 「靑靑水中蒲」(韓愈)

---

1 1년 중 각 달과 연관하여 꽃이 상징하는 의미를 정리해보면 다음과 같다. 매화는 1월과 겨울을 나타내는 꽃으로 선비의 깨끗한 기품을 나타내며, 2월을 나타내는 도화는 벽사의 부적으로 아름다운 미인, 젊은 여자를 상징한다. 모란은 3월 봄을 나타내며 부귀와 명예, 부부애, 여성미, 번영 등을 상징하였으며, 앵화는 4월과 여성미를, 5월의 상징 목련은 여성이 지닌 아름다움과 매력을 나타낸다. 또 석류꽃은 6월의 꽃으로 자손번식을 상징하며, 연꽃은 7월과 여름을 의미하면서 창조력과 고난 속에서도 피어나는 순수, 여인, 천재 등을 의미한다. 배꽃을 8월의 꽃으로 지혜, 어질고 선함, 정치를 의미하거나 청초한 선비를 상징하기도 하였고, 접시꽃은 9월을 의미하면서 차례대로 꽃이 피어오르는 것에 유래하여 관직의 승진을 상징하였다. 국화는 10월과 가을을 나타내며 기쁨과 안거, 공직에서의 은퇴, 유유자적하는 은사 등을 상징하였으며, 치자꽃은 11월을 나타내는데 열매의 끝이 입을 다문 모습과 흡사하다고 하여 입이 무거운 신중함을 나타내었다. 동백은 12월의 꽃인데 청렴, 번영, 다자다남을 상징하는 꽃이기도 하다.

2 中村公一, 『한시와 일화로 보는 꽃의 중국문화사』(조성진 역, 서울 : 뿌리와이파리, 2004), 25~28쪽에서는 색채, 모양, 특성, 계절, 향기나 맛, 諧音, 고사, 전설 등 다양한 요인과 결합하여 생산된 꽃말을 소개하고 있어 참고가 된다. 예를 들면, 색채 : 고결 → 감귤(흰색 꽃), 모양 : 절도, 높은 절개 → 대나무, 특성 : 역경을 견디다 → 소나무, 계절 : 앞서 감 → 매화, 향기나 맛, 약효 : 우정 → 난화, 구애 → 두약, 창포(향기), 諧音 : 행운 축복 → 감귤('橘'과 '吉'의 발음이 비슷함), 고사전설 : 후손을 약속함 → 연리수 등이다.

植物名	古典詩 중의 이미지, 상징성	주요작품
美人蕉	美人	「紅草」(柳宗元), 「紅草」(李紳), 「題美人蕉」(皇甫汸)
萱草	자애로운 모친, 忘憂, 득남	「萱」(李嶠), 「萱草」(朱熹)
蒹葭	사모의 정, 은일서정	『詩經』「蒹葭」, 「蒹葭」(杜甫), 「種葦」(姚合)
浮萍草	정을 실어 보냄, 유랑	「浮萍篇」(曹植), 「浮萍」(皮日休)
苔	古色, 세월의 흐름, 회상	「游虎口山寺」(王禹偁)
菰	외로움, 고독	「池上作」(林逋)
蓼	괴로움, 쓸쓸함	「池上作」(林逋)
竹	지조, 단결력, 선비, 기상, 虛心, 자손번창, 생명력	「漁翁」(柳宗元), 「山居秋暝」(王維), 「庭竹」(劉禹錫), 「竹林」(林逋), 「秋思」(陸游)
牡丹	부귀, 영화	「紅牡丹」(王維), 「白牡丹」(裴士淹), 「牡丹」(薛濤)
芍藥	사랑의 전달, 불굴의 의지	「芍藥」(韓愈), 「戲題階前芍藥」(柳宗元)
杜鵑花	화려함, 전설, 원한, 비감	「杜鵑花」(方干), 「玩花」(徐凝), 「白杜鵑花」(陳至言)
櫻桃花	화사함, 고귀함, 德, 봉사정신	「櫻桃」(張祜), 「櫻桃花下」(李商隱), 「白櫻桃」(于武陵)
木蘭	고결함, 우아함, 정절	「離騷」(屈原), 『九歌』「山鬼」(屈原), 木筆花(張新)
桃李	어진 이, 화려함, 봄	「早秋出塞寄東臺詳正學士」(駱賓王)
梨	화려함, 눈, 봄, 명예	「白雪歌送武判官歸京」(岑參)
桃花	화사함, 정열, 애정, 소인배	「詠桃」(董思恭), 「晚桃花」(白居易), 「桃花」(蘇軾)
杏花	풍성함, 濟世, 인생의 부침	「春遊曲」(王維), 「杏花」(鄭谷), 「杏花」(王禹偁)
茱萸	새 봄, 逐鬼, 명절, 염원	「九月九日憶山東兄弟」(王維)
薔薇花	화려함, 정열, 미색	「詠薔薇」(謝朓), 「薔薇」(儲光羲), 「黃薔薇」(張仲英)
石榴花	새봄, 고아함, 고독, 정열	「詠石榴」(沈約), 「榴花」(韓愈), 「榴花」(張洪范)
柳葉	새싹, 소생, 본색, 피리, 향수	「艶情代郭氏答盧照隣」(駱賓王)
楊柳	이별, 그리움, 섭섭함, 留, 同心結	「竹枝詞」(劉禹錫), 「凉州詞」(王之渙), 「寒食」(韓翃), 「少年行」(崔國輔), 「送元二使安西」(王維)
(翠)柳	신선함, 맑은 덕, 이별, 신기함	「絕句」(杜甫)

植物名	古典詩 중의 이미지, 상징성	주요작품
李花	한거, 고결함	「李花」(董思恭), 「李花」(司馬光), 「李」(蘇軾)
丁香花	신선함, 품덕, 향기	「丁香」(杜甫), 「賦得池上雙丁香樹」(錢起)
梔子花	기개, 몽롱미	「詠梔子花」(蕭綱), 「詠牆北梔子」(謝朓), 「梔子」(杜甫)
梅花	봄, 인내, 강인함, 군자, 덕	「早梅」(張謂), 「梅」(杜牧), 「梅花」(王安石)
蘭	군자, 미인, 향기, 기다림	「感遇」(陳子昂), 「題蘭」(王維), 「蘭」(朱熹)
菊花	은자, 향기, 소박함, 군자	「飲酒」(陶淵明), 「野菊」(王建), 「菊」(歐陽脩)
楓	가을, 세월의 변화, 아름다움	「山行」(杜牧),「楓橋夜泊」(張繼),「春江花月夜」(張若虛)
茉莉花	아름다움, 기개, 향기, 기품	「茉莉」(趙福元), 「末麗詞」(王士祿), 「茉莉」(王十朋)
棕櫚	불굴의 생명력, 기품	「詠棕樹」(徐仲雅), 「棕櫚」(劉敞)
合歡花	농염함, 미모, 남녀의 사랑	「題合歡」(李頎), 「夜合花」(元稹, 「夜合花」(納蘭性德)
灌木	친근함, 무리, 의지함	「秋晚登高城」(李百樂)
荷, 蓮	고귀한 품덕, 깨끗함, 사랑, 연애	「詠芙蓉」(沈約), 「荷」(李嶠), 「白蓮」(陸龜蒙)
棠	인내, 惠政	「在江南贈宋五之問」(駱賓王)
篠	인내, 강인함, 번민, 어지러움	「覇游錢別」(王勃)
松	기개, 절조, 長生, 불변, 인내	「長安春望」(韓愈), 「途中」(楊炯) 「八月十五日夜桃源翫月」(劉禹錫)
栢	푸르름, 충성, 기상, 절개	李賀(老夫釆玉歌) 劉希夷(代悲白頭翁)
榆	풍성함, 강인함, 晚年	「秋蟬」(駱賓王)
桂	향기, 品德, 진기함, 月	「盧山桂」(白居易), 「無題詩」(李商隱)
桑	농사, 농가, 생계, 옷, 전원	「飲酒」(陶淵明), 「渭川田家」(王維), 「代悲白頭翁」(劉希夷)
連理枝	사랑, 불멸, 그리움	「長恨歌」(白居易)
橘	품덕, 황금, 고아함	「橘頌」(屈原), 「橘」(李嶠)
海榴	고난, 본성, 시련, 의지	「移海榴」(韋應物)
椒	고아함, 祝賀	「漢壽城春望」(劉禹錫)

이상의 도표와 연관하여 역대 중국 시가에서 화목을 묘사한 부분에서 발견되는 각종 꽃의 상징성과 감정들을 도출해보면 다음과 같은 몇 가지로 정리될 수 있다.

첫 번째로 꽃은 무엇보다도 아름다움을 상징하는 존재라고 할 수 있다. 아름다운 사물이나 사람을 지칭할 때 흔히 '花'자를 그 앞에 붙였던 것처럼 꽃은 오랜 세월 동안 아름다움이라는 상징성을 지닌 존재였다. 날아갈 듯 아름다운 미인의 자태를 꽃에 비유한 '花月容態', 꽃같이 아름다운 여인의 얼굴을 비유한 '花顔', 아름답고 화려한 옷을 비유한 '花衣', 귀하고 아름다운 모자의 상징인 '花冠', 아름다운 빛깔의 돌을 지칭하는 '花崗巖', 기쁘고 좋은 일이 더해짐을 나타내는 '錦上添花', 결혼식 때 신부의 아름다운 모습을 돋보이게 하는 '花童', 사람을 홀릴 만큼 매혹적이고 아름다운 여인을 일컫는 '妖花', 꽃다운 젊은이가 전쟁터에서 안타깝게 죽는 것을 비유한 '散花' 등 꽃이 지닌 아름다운 미학적 속성과 연결한 단어는 셀 수 없이 많다. 꽃이 지닌 일차적이고 보편적인 상징성으로 '아름다움'을 꼽을 수 있는데 이는 꽃이 '아름다움'이라는 상징성에서 출발하여 사랑, 번영, 존경, 기원 등의 다양한 의미를 확장시켜 왔음을 각종 기록에서 살필 수 있기 때문이다. 꽃은 아름다움을 상징하는 존재였기에 미학을 표현하는 각종 시문에서 중요한 소재로 활용되어왔다. 宋代 楊萬里가 「牽牛花三首」 其一(나팔꽃 세 수 중 제1수)에서 여인의 옷같이 고운 자태를 하고서 하늘을 향해 솟구치는 나팔꽃의 외모를 칭송하여 "흰 비단 삿갓 위로 푸른 비단을 치마처럼 드리우고는, 푸른 치마 풀어헤친 뒤 붉은 적삼을 걸쳤구나.(素羅笠頂碧羅襜, 脫卸藍裳着茜衫)"라고 나팔꽃의 자태를 소녀의 옷차림으로 치환하여 '素', '碧', '藍', '茜', '翠' 등 여러 산뜻한 색감을 활용한 묘사를 가한 것은 꽃의 아름다움을 보다 선명하게 표현하고자 기교를 발휘한 경우이다. 꽃이 지닌 상징성은 다양하지만 그중에서도 외형을 통해 인지되는 아름다움은 가장 근본적이고도 일차적인 의미라 할 수 있다.

두 번째로 중국 역대 시가에서 꽃이 지닌 상징성은 번영과 풍요, 희망과도 밀접한 관계를 지니고 있다. 꽃은 아름답게 피어나며 절정의 계절감을 자랑한다. 역대 시가를 보면 꽃이 번성한 모습을 보면서 번영과 풍요를 비유한 예가 많으며 각종 그림이나 의복과 장신구에도 꽃의 문양을 활용하여 번영의 의미를 투영한 경우가 많음을 살필 수 있다. 왕관이나 의복에 꽃, 잎사귀, 열매 등을 수놓았던 것은 단순히 미적인 효과를 위해 장식해놓은 것만은 아니었다. 화사한 꽃, 푸른 잎, 풍성한 열매가 왕에게는 영예의 상징인 동시에 백성들에게는 풍요와 희망의 상징으로 인식되기도 했으며, 군인들이 각종 장비에 장식했던 꽃 문양은 용맹함을 상징하기도 하였고, 과거급제자가 머리에 꽂았던 어사화는 영화를 상징하기도 하였다. 경사스러운 일이 있을 때 "웃음꽃이 피었다"라고 하거나 좋지 않은 일이 있을 때 "언젠가 꽃이 피겠지"라고 하며 희망을 기원하는 것 역시 꽃이 주는 번영과 풍요, 희망과 관계가 있다. 역대 시문에서 영예와 풍요의 상징으로 꽃을 언급한 경우는 매우 흔한데 唐代人들이 모란을 보면서 영예와 풍요, 부귀의 상징으로 인식하고 표현한 것을 하나의 예로 들 수 있다. 서구에서 장미가 '꽃의 여왕'의 이미지를 갖고 있는 것에 비해 중국에서 모란이 꽃 중에 으뜸이며 번영과 풍요를 상징하는 꽃으로 인식되어온 것은 상호 비교되는 점이라 할 수 있겠다. 석류나무 역시 열매가 지닌 풍성한 이미지로 인해 가정의 부귀와 번영을 상징하는 식물로 인식되어왔으니 자손이 흥하고 부귀가 늘 함께 한다 하여 양지바른 정원에 즐겨 심었던 나무였다. 『詩經』「周南」「桃夭」에서는 "복숭아꽃의 화려함이여, 그 화려함이 밝고 밝도다. 그대 이제 시집을 가면, 그 집에 어울리는 사람이 되리라.(桃之夭夭, 灼灼其華. 之子于歸, 宜其室家)"라고 하여 복사꽃처럼 아름다운 처녀가 시집을 가게 되면 그 집안을 번성하게 하리라는 기원의 내용이 나온다. 복사꽃을 무르익은 아름다움, 인생의 화려한 출발, 집안을 번영하게 하는 복된 존재 등을 의미하는 상징물로도 인식하였으니 딸이 시집가서 그 집안을 융성하게 하라는 덕담을 건넬 때 매우 좋은 소재였던 것이다. 각종 꽃은 소담스럽게 피어난 꽃과 풍성한 잎의 모양을 통해 번영과 흥성을 상징하기에 적합한 소재였다. 그렇기에 결혼, 수연, 축하연 등의 각종 잔치에도 어김없이 등장하여 장식용으로 활용되거나 주고받는 소품 역할을 하였다. 각종 의례에서 꽃을 장식하거나 증정하는 행위를 통해 축하의 의미와 함께 집안의 번영과 영화를 기원하는 마음을 표현해왔던 것이다.

세 번째로 중국 역대 시가에서 꽃이 지닌 상징성은 존경, 숭배, 사랑, 친애의 마음을 표현하는 것과도 관계가 있었다. 사람들은 꽃을 바치거나 선사하는 행위를 통해 자신의 존경심이나 우호의 마음을 표현하는 관습과 문화적 기호가 있었다. 꽃을 신에게 바친다면 그것은 신에게 정성을 바치고 복종한다는 마음을 표현하는 하나의 방식이 된다. 특히 儒佛道나 각종 무속신앙과 관련된 행사와 제사가 빈번했던 아시아 문화권에서 꽃은 중요한 역할을 하는 공양물이었다. 신이나 누군가에게 꽃을 바치는 행위를 하면 꽃을 통해 그 사람의 소망과 정성이 전달된다고 믿었던 의식과도 관련이 있다. 아름다운 꽃을 신불, 성상 또는 고귀한 신분을 가진 자에게 바침으로써 자신의 존경심이나 우호의 마음, 경외심을 전달하는 중요한 수단으로 삼았다. 수연이나 축하연에서 꽃을 드리며 만수무강을 기원하는 행위는 당사자에 대한 존경과 친애의 마음을 가장 밝게 표현하는 수단이라 할 수 있다.

네 번째로 꽃은 '아름다움', '존경', '애호' 등의 의미를 지녔기에 사랑하는 마음과 뜻을 전달하는 정표로 활용되기에 가장 좋은 사물이었다. 구애를 하거나 청혼을 할 때 꽃을 선물하며 상대방에게 정을 표현하는 것은 지금 흔히 볼 수 있는 풍경인데 남녀 간의 이러한 행위는 고금을 가리지 않고 성행했던 것 같다. 『詩經』「召南」「摽有梅」에 "매화를 던졌네. 그 열매는 일곱이네. 나를 찾는 임은 길일을 원한다네.(摽有梅, 其實七兮. 求我庶士, 迨其吉兮)"라는 구절이 있는데 이는 매화와 매실을 상대에게 던져서 애정을 표현한 고대의 '擲果' 풍습을 나타낸 구절이 된다. 복사꽃을 보면서 "요염한 꽃이므로 가람의 품위를 상하게 한다"고 인식하거나 젊은 여자가 있는 집안에 복숭아나무를 심거나 복사꽃을 통한 애정 표현을 금기시하는 문화적 의식이 있었던 것처럼 사랑을 표현하기에 부적절하다고 생각했던 일부 꽃들도 있었다. 그러나 대부분의 꽃은 사랑의 감정을 의탁하고자 할 때 결코 무시될 수 없는 중요한 상징성을 가지고 있었다. 고금을 막론하고 진실하고 아름다운 사랑의 감정을 표현하는 데 있어 상대방에게 꽃을 전달하는 것처럼 강렬한 상징성을 발휘하는 행위는 없을 것이다.

다섯 번째 꽃이 지닌 상징성으로 미인과 여인의 형상화를 언급할 수 있다. 미인을 흔히 꽃에 비유하여 언급하였듯이 미인과 꽃의 관계는 가장 보편적인 상징성을 지닌 것으로 인식되어왔다. 미인의 아름다움을 글로 표현하고자 했던 문인들은 예외 없이 아름다움의 대표적인 상징물인 꽃을 떠올리게 되었고 이에 대해 서는 사회 일반인들도 동일한 생각을 갖고 있었던 것 같다. 宋代 趙福元이 배꽃 을 묘사한 시「梨花(배꽃)」에서 "만약 사람들이 이 아리따운 자태를 보게 된다면, 양귀비가 목욕을 하고 나온 그림으로 그리게 되리.(若人會得嫣然態, 寫作楊妃出浴 圖)"로 표현하여 비를 맞으며 아름답게 빛나는 배꽃의 모습을 천하일색 양귀비 가 목욕을 하고 나오는 모습으로 치환한 장면이나, 淸代 陳至言이 정향의 자태 와 향기를 주목하여 쓴「詠白丁香花(흰 정향화를 노래함)」에서 "작은 동산 동쪽 몇 그루에 달린 예쁜 정향화, 그 환한 모습은 항아가 발을 내린 창가에 서 있는 듯.(幾樹瑤花小院東, 分明素女傍帘櫳)"이라고 하여 소원 동쪽에 몇 그루 피어난 정 향을 전설의 미인 姮娥와 연계하여 묘사한 장면 등은 기존의 아름다운 매력을 극도로 배가시켜주는 듯한 느낌을 얻게 한다. 각종 꽃은 역대 문헌 속에서 '곱고 예쁜 미인', '백설과 같은 맑고 투명함', '옥과 같은 고결함', '청풍과 같은 맑고 그윽한 향기' 등의 다양한 미모와 향기를 지닌 존재로 형상화되어왔음을 살필 수 있다. 한편 꽃을 여인에 비유하다 보니 기생이나 매춘부들의 사회를 일컫는 '花柳界', 길가의 버들과 담장 밑에 핀 꽃처럼 누구나 쉽게 꺾을 수 있는 매춘부 를 상징하는 '路柳場花' 같은 부정적인 말들도 있게 되었다. 화려하게 개화하여 벌과 나비를 유혹하고 씨를 만들어서 그 종족을 유지해나가는 모습을 보면서 매 혹적인 여인을 떠올리는 것은 어쩌면 자연스러운 것이었는지도 모른다.

여섯 번째로 꽃은 영생과 재생의 상징이 되기도 한다. 꽃은 개화하여 번화하 고 종국적으로는 시들어서 떨어지는 생리적 구조를 가지고 있다. 그것은 생로병 사로 귀결되는 인간의 삶과 유사하기도 하다. 그러나 인간의 삶이 유한한 것에 비해 꽃은 다음해에 다시 개화하는 재생성을 지니고 있다는 점은 특기할 만하 다. 娥皇과 女英 '二妃'의 한이 담긴 '瀟湘斑竹' 고사나 두견새로 변한 蜀 望帝 가 두견화를 보면서 피울음을 운다는 고사는 신화의 상징성을 내포하고 있지만 꽃이 지닌 영생과 재생의 상징성을 고스란히 보여주는 경우로도 볼 수 있다. 唐 代 徐凝이 杜鵑花를 보고 노래한「玩花(꽃을 감상함)」에서 "그 누가 촉 땅의 황 제가 새로 변했다고 했는가, 두견새 우는 곳이면 두견화가 절로 피어 있으니.(誰 爲蜀王身作鳥, 自啼還自有花開)"라고 하여 杜宇가 두견새로 변하였다는 전설을 상

기시킨 것에서 일련의 기록을 살필 수 있다. 또한 南朝의 樂府民歌 「冬歌(겨울
노래)」에서 "서리를 겪으면서도 지지 않고, 날이 추워도 다른 마음 품지 않지요.
(經霜不墜地, 歲寒無異心)"라고 하여 松柏이 서리와 추위에도 변하지 않듯 자신의
사랑도 변하지 않음을 노래한 대목은 식물을 통해 불변과 영원의 상징성을 강조
한 내용이 된다. 우리 설화 『심청전』에서 아버지를 위해 물에 빠진 심청이가 연
꽃으로 환생한다는 고사 역시 그동안의 고통이 연꽃의 환생과 함께 없어진다는
상징성을 보여주는 예이다. 착하게 살았던 사람이 곤경에 처해 죽음을 당했을
때 그 사람이 다시 꽃으로 환생한다는 내용을 담은 이야기는 꽃으로 그동안의
삶을 치유하고 새롭게 편안한 삶을 추구하고자 하는 의식을 반영한 것으로 볼
수 있겠다.

일곱 번째로 꽃은 '榮枯盛衰'나 일신의 변화에 따른 감회를 상징할 때에도 많
이 활용되는 자연물이었다. 꽃은 화려한 개화를 통해 일시의 영화를 누리지만
언젠가는 시들어서 영락하는 운명을 지니고 있다. 꽃이 피었다가 지는 일련의
과정은 마치 인생의 굴곡이나 변화의 단계를 연상시키는 듯 자연 속에서 겸허한
의식을 갖도록 하는 무언의 가르침을 내포하고 있다. 金代 元好問이 梨花를 보
면서 자신의 감회를 표현한 시 「梨花(배꽃)」에서 "배꽃은 마치 고요한 여자와 같
아, 봄에 적막하게 피어났다 시들어간다.(梨花如靜女, 寂寞出春暮)"라고 조락을 슬
퍼했던 것이나, 宋代 張泌이 「經舊游(옛날 노닐던 일을 회상하며)」에서 "잠시 고당
에 이르렀다가 새벽에 다시 깨어보니, 정향은 꿈으로 남아 있고 물만 잔잔히 흐
르네.(暫到高唐曉又還, 丁香結夢水潺潺)"라고 하여 신기루처럼 아련하게 지나간 옛
영화와 추억을 회상하면서 그 감정을 정향으로 치환한 것은 꽃이 지닌 '榮枯盛
衰'의 속성을 활용하여 조락이나 변화에 따른 감회를 상징화한 경우가 된다. 개
화하여 절정의 순간을 누린 후 쇠락하였다가 다시 피어나는 꽃의 순환적 진리는
인간이 궁극적인 인식의 범주를 향해 끊임없이 나아가는 과정을 연상시킨다. 역
대 시인들이 꽃을 묘사하면서 '愚意'–'姿態'–'美感'–'象徵性'–'자연의 진리
파악'의 방향성을 갖고 발전을 시켜나갔던 것과 연관하여 꽃의 순환과정을 생각
해보는 것도 나름대로의 상징성과 의의를 파악하는 방법이 된다고 할 수 있다.

꽃이 지닌 상징성은 시가 창작뿐 아니라 각종 예술작품 활동으로서 창작자의

의지를 표현하는 행위와도 많은 연관성을 지니고 있다. 꽃이 상징하는 각종 의미는 사람과 자연사물과의 접근을 더욱 친근하게 인식하도록 하며 각종 창작을 수행하기 위한 정신 활동의 중요한 요체가 되기도 한다. 따라서 화목과 관계된 시문이나 문헌을 정확하게 이해하려면 화복에 담겨진 의미와 상징성을 생각해 보는 일이 필수적으로 요구된다 할 것이다.

2) 꽃이 지닌 각종 상징성과 문화적 의미

꽃을 감상하고 노래하는 것은 일차적으로 그 꽃이 지닌 멋진 자태와 향에서 감동을 받은 때문이었겠지만 이후에도 계속적으로 주목하고 칭송을 가할 수 있는 것은 그 꽃이 지닌 속성과 성품이 그 꽃의 자태 이상의 의미를 지니고 있기 때문이다. 이는 꽃에 대한 초기의 묘사가 우의적 차원에서 이루어졌던 것에서 한층 진일보하여 더 깊은 문화적 의미를 지닌 상징의 차원으로 나아갔던 것을 연상시킨다. 꽃에 대한 묘사는 초기에는 주로 제의적 차원에서 신성한 존재와의 매개 역할을 하거나 기원을 하는 사람의 마음을 표현하는 대상물로 등장하는 것이 빈번했다. 일례로 우리나라의 향가인 新羅 月明師의「도솔가」는 신라 경덕왕 때 두 개의 해가 뜨는 변괴가 지속되자 스님을 모셔서 제의를 올릴 때 부른 노래로서 부처님 앞에 꽃을 뿌림으로써 미륵불에게 예를 올리는 내용으로 되어 있다. 중국에서도『詩經』을 비롯한 초기의 묘사는 주로 자신의 마음을 표현하는 데 있어 배경을 이루는 의미로 활용되었다. 그러다가 점차 꽃 자체의 미감을 드러내게 되니 '미녀', '아름다움', '향기' 등의 미학적 특징과 연관된 묘사가 나오게 되고 이어서 한층 더 깊은 문화적 상징성을 지닌 방향으로 발전해나가게 되었다. 일례로 '봄' 하면 복숭아꽃, 매화, 배꽃 등을 생각하게 되는데 이는 그 꽃이 여러 시인들에 의해 봄과 연관된 상징성을 지닌 존재로 묘사되고 발전해온 것과 연관이 있다 할 수 있다.

많은 꽃은 자신만의 독특한 문화적 의미와 상징성을 지니고 있다. 꽃의 상징성과 문화적 의미는 다양한 상징성만큼이나 다채롭게 해석되기도 했지만 대체로 사회적 풍속과 연관된 문화적 코드를 공유한 채 발전해왔다. 꽃이 지닌 수많은 문화적 의미를 분류하는 것은 지난한 작업임이 틀림없다. 꽃의 종류가 워낙 방대하고 분류의 기준도 모호한 데다 다양한 상징성까지 지니고 있어 어느 한 부류에 이입시키는 것 자체가 무리이기 때문이다. 꽃이 지닌 문화적 의미를 특정한 기준에 맞추어 분류하는 것은 한계를 안고 있는 작업이기는 하지만 몇 가지 공통된 인식의 틀을 활용한 분류는 시도해볼 수 있다. 꽃이 지닌 각종 상징성과 이와 연관된 문화적 의미를 살펴보기 위해 꽃이 지닌 자태, 향기, 품성, 계절감, 효용성, 해음현상, 신화나 전설 등과 연관된 몇 가지 틀에 따라 문화적 의미를 생각해보기로 한다.

(1) 꽃(화목)의 자태와 관련된 상징성과 문화적 의미

꽃의 자태와 관련된 문화적 의미로 꽃의 색깔, 모양 등 외양과 연관된 상징성을 먼저 생각해볼 수 있다. 대부분의 꽃은 아름다운 외관을 통해 사람들에게 미적 즐거움을 선사하는데 어떤 꽃은 특정한 외관으로 별도의 느낌을 제공하기도 한다. 예를 들면, 홍두(붉은 팥)가 그 색깔로 인해 '피눈물'의 의미를 느끼게 한다거나, 장미가 가시를 통해 아름답지만 도도한 미녀를 연상하게 하는 것 등이다. 꽃의 자태와 연관하여 문화적 의미를 지니게 된 몇몇 꽃의 예를 들어 본다.

紅豆 : 피눈물, 그리움, 슬픈 사랑 (붉은색)
감귤 : 황금 (색깔과 연관)
석류, 산초 : 다산, 자손 번창 (열매의 모양)
대나무 : 절도, 높은 절개 (줄기의 마디)
모란 : 화중왕, 미인 (크고 화려한 꽃)
복사꽃 : 미인, 화사한 여인의 뺨 (희고 붉은 꽃 모양)
장미 : 아름답지만 도도하거나 기가 센 여인 (가시)
파초 : 편지지, 그리움 (편지지 같은 넓은 잎 모양)
오동잎 : 편지지 (편지지 같은 넓은 잎 모양)
띠 : 남자를 유혹하는 여인의 하얀 손 (잎 모양)
호리병박 : 다산과 잉태

여러 화목들은 꽃이나 잎, 가지, 줄기 등의 자태와 연관된 다양한 문화적 부호를 지니고 있다. 위의 다양한 예 중 복사꽃을 언급해보기로 한다. 꽃이 미인의 상징성으로 여겨지는 경우는 흔하고 일반적이지만 그중에서도 '복사꽃(桃花)'은 고운 여성의 대명사로 일컬어질 만큼 명성이 유별난 꽃이다. 희고 붉은 자태로 피어나 화사한 봄을 더욱 밝게 빛내주는 '복사꽃'은 살구꽃과 경쟁하며 봄 여신의 자리를 놓고 미모를 다툰다. 아름다운 여인의 얼굴을 '桃臉', 색기가 흐르는 여인의 상을 '桃花煞', 진하고 아름다운 여인의 화장을 '桃花粧'이라고 하는 등 여성의 미와 관련된 언급이 많은 것을 보면 복사꽃의 자태가 주는 미적 흥취가 유별스러운 것을 알 수 있다. 복사꽃에 관한 개별적 항목에서 소개했듯이『詩經』「周南」「桃夭」에서 복사꽃을 시집가는 아름다운 아가씨에 비유한 것이나, 唐代 孟棨의『本事詩』「情感」편에 실린 崔護의 「題都城南莊(도성의 남쪽 장원을 노래하다)」에서 작년에 보았던 미인의 얼굴을 복사꽃에 형용한 '人面桃花'의 고사 등을 생각해보면 고래로 복사꽃의 자태가 지닌 '미인'의 상징과 문화적 의미는 지대했던 것임을 알 수 있다.

桃花는 여러 문인들에 의해 아름다움의 화신으로 주목을 받아 각종 시가나 희곡, 소설 등에서 뛰어난 미인의 상징으로 등장해왔다. 한편으로 그 빼어난 외모로 인해 시대에 따라 의미가 달라지거나 시인에 따라 다른 의미로 해석되기도 했으니 唐宋代에 와서 복사꽃이 일반적인 미인 형상의 범위를 뛰어넘어 歌妓나 娼女들의 모습을 상징하게 된 것이 한 예이다. 또한 宋代 靑樓의 女子들이 흔히 桃花 장식 부채를 들고 있던 풍습은 중국문학에 있어 桃花의 意象을 '艶情'의 상징으로 인식하게 만드는 계기도 되었다. 이와 연관하여 李敏, 吳登雲 등은 논문에서 "宋代 程棨는『三柳軒雜識』에서 복사꽃을 책망하였다. 시전의 광대처럼 경박하고 속되며 요염하다고 보았는데 이는 대다수 문인들이 복사꽃을 보는 시선이라고 할 수 있다.(宋人程棨在『三柳軒雜識』中指責桃花, 如倚門市倡, 輕薄, 俗艶, 可以說這代表了大多數文人對桃花的看法)"[3]라 하여 宋人들이 桃花를 폄하했었다는 기록을 언급한 바 있다. 그러나 程棨의『三柳軒雜識』에 "唐寅은 복사꽃을 아껴서 복사꽃을 재배하면서 안빈낙도하였고 그 속에서 근심걱정 없이 지냈으

---

3   李敏·吳登雲, 「中國古典詩歌中桃花意象的嬗變」, 曲靖師范學院學報, 제29권. 2010.9.

며 복사꽃을 그린 그림을 술과 바꾸었으니 그 마음이 한가롭고 거리낄 것이 없었으며 술에 인생을 풀고 꽃을 동반자로 삼아 꽃 사이에서 술에 취했다 깨곤 했다. …… 唐寅 시가에서 복사꽃이 암유하는 의상은 작자의 초일, 표일, 해탈, 유쾌함, 자적, 스스로 호방함 등을 지닌 문사적 형상이라 할 수 있다.(唐寅愛桃花, 栽培桃花, 安貧樂道, 無慢無慮, 畵桃花換酒錢, 適意自在, 瀟洒人生, 以花爲伴, 在花間酒醉酒醒. …… 在唐寅詩歌的桃花意象中, 暗喻的是作者那超逸, 飄逸, 通脫, 自快, 自適, 自放的文士形象)"라는 구절이 있는 것을 보면 宋代 이후 흐려진 복사꽃에 대한 시선에도 불구하고 明代 唐寅은 桃花에 대한 애호의 정을 특별히 소유하고 있었던 것을 알 수 있다.

한편, 같은 明代라도 袁宏道의 경우 복사꽃에 대한 의미를 달리 해석하고 있음을 살필 수 있다. "袁宏道 필하의 복사꽃 의상은 더 이상 앙모나 흠모, 숭배의 대상이 아니었다. …… 복사꽃은 이미 희롱의 대상이 되어 있었고 미인의 수하에 패장이 되어 있었다.(袁宏道筆下的桃花意象, 不再令人仰慕, 欽美, 崇拜. …… 而成爲被褒玩的客體, 成爲美人的手下敗將)"라는 기록이 있어 桃花가 화사하지 않은 평범한 이미지로 인식된 경우를 살필 수 있고, "謝肇淛는 '도원도중'의 복사꽃의 이미지를 오히려 산림에 은일하는 부정적인 이미지로 보았다.(謝肇淛'桃源道中'的桃花意象却成爲了否定隱逸山林的意象)"라는 구절을 통해 복사꽃이 더욱 세속화된 이미지로 변한 것을 지적하기도 하였다. 후대로 내려갈수록 '桃花'의 이미지는 환상적인 仙道의 이미지에서 현실 세상에서 피고 지는 꽃이라는 쪽으로 인식이 변화되어 간 것과 맥을 같이하는 기술이다. 이처럼 역대 시가에서 꽃을 표현한 작품을 시대와 작가 표현의 흐름 따라 다면적으로 살펴보다 보면 하나의 꽃이라 해도 시기와 작가에 따라 다양한 문화적 의미로 재현되는 것을 파악할 수 있게 된다.

(2) 꽃(화목)의 향기와 관련된 상징성과 문화적 의미

대부분의 꽃은 각자의 독특한 향기를 지니고 있다. 꽃이 지닌 고유한 향기는 그 꽃과 연관된 이미지, 상징성, 문화부호 등을 형성하는데 자체의 향기가 얼마나 강렬하고 독특한가도 중요한 점이었지만 세인들이 어떻게 느끼고 좋아했느

냐하는 것도 주목의 정도를 달리하게 하는 요인이었다. 다른 꽃이 피기 전 눈보라를 무릅쓰고 피어난 매화가 전하는 은은한 향기를 통해 세인들은 절개와 인내, 지조의 상징성을 포착했고, 아무도 찾아오지 않고 보아주지 않는 골짜기에 홀로 피어서도 그윽한 향기를 잃지 않는 난초를 통해 고아한 품성을 되새겼으며, 여인들은 강렬하게 피어오르는 말리화의 향기를 통해 애인을 향한 자신의 애타는 마음을 은유하기도 하였다. 향기가 강렬하거나 독특함으로 인해 문화적 의미를 지니게 된 몇몇 꽃의 예를 들어 본다.

> 매화 : 세한에서의 승리, 인고, 고아한 절개
> 난초 : 고독한 의지
> 말리화 : 여성의 구애, 사랑의 정열
> 정향 : 매력적인 미인
> 모과 : 척과(擲果)를 통한 구애
> 수선화 : 교만, 선녀 같은 몽롱한 매력

예거한 화목 이외에도 자신의 독특한 향기와 연관된 문화적 부호를 지닌 꽃들은 매우 많다. 그중 향기와 연관하여 문화적 의미가 상대적으로 강한 말리화, 정향, 모과 등의 예를 언급해보기로 한다.

'茉莉花'는 『全唐詩』에서 李群玉이 「法性寺六祖戒壇(법성사육조계단)」에서 "땅에는 계급이 없나니, 남은 곳이 여러 자 있네. 말리화의 향기 하늘 아래 열리니, 불가의 나무들 깨달음 속에 떨어지네.(初地無階級, 餘基數尺低. 天香開茉莉, 梵樹落菩提)", 趙鸞鸞이 「檀口(박달나무 술병 입구)」에서 "술잔이 미동하니 그 속에 앵도 열매가 있고, 가볍게 날리는 말리화 향에 기침을 해보네.(銜杯微動櫻桃顆, 咳唾輕飄茉莉香)"라고 한 기록을 찾아볼 수 있는데 이는 모두 茉莉花의 향기를 언급한 것이다. 唐詩에서 茉莉花의 향기를 논할 뿐 꽃 자체에 관한 묘사가 거의 없다가 宋代 이후로 시인들이 꽃을 주목했다는 것은 말리화가 꽃의 자태보다 향기로 더 주목받아왔음을 의미하는 것이다.

茉莉花는 明淸代를 거치면서 사랑에 빠진 여인이 자신의 심정을 토로하는 내용의 민가, 첫눈에 반한 청년에게 말리화를 주며 구애하는 내용을 담은 소설,

여인이 머리에 장식하고 자신의 향기와 매력을 더욱 돋보이게 하였던 풍습 등의 묘사에 자주 등장한다. 말리화 향기가 여인의 구애 심정이나 매력을 돋보이게 하는 매개체로 많이 활용되었던 것과 연관하여 말리화는 여인의 향기, 구애의 마음, 애타는 호소 등의 문화적 상징성을 띤 식물이었음을 알 수 있다. 꽃의 자태보다 향기가 더욱 주목받는 경우라 하겠다.

丁香도 봄꽃 향기의 대명사로 느껴질 만큼 향기가 매우 강렬한 꽃이다. 정향이 본격적으로 시가의 소재로 활용된 것은 唐代로부터 비롯된다. 唐代 杜甫가 「江頭五詠・丁香」을 쓴 것을 시작으로 여러 시인이 정향의 매력을 표현한 것을 통해 唐代로부터 정향의 이미지가 본격적으로 정리되고 형성되었음을 알 수 있다. 丁香은 자태도 아름답지만 그 향은 특히 사람들의 오감과 미감을 자극하기에 충분한 소재였다. 시인들은 정향의 이미지를 계속 신비롭게 형상화하면서 '미인', '사랑스러운 존재' 등의 이미지로 발전을 시켜왔다. 唐宋代 詩詞에서 정향을 표현한 '謝娘'(唐代 歌妓 謝娘에서 유래한 명칭으로 이목구비가 예쁜 여성을 형용하는 어휘)이나 淸代 詩詞에 나타난 '丁娘'(예쁜 여인을 형용한 어휘) 등은 모두 정향의 외형적인 매력과 향을 미인에 빗대어 칭송한 경우이다. 정향이 지닌 아름다운 외형을 칭송함에 있어 향기의 매력을 언급하는 것은 빼놓을 수 없는 것이었음을 알 수 있다.

『詩經』「衛風」「木瓜」에 "나에게 모과를 던져주기에, 아름다운 패옥으로 갚아주었지.(投我以木瓜, 報之以瓊)"라는 기록을 통해 '모과(木瓜)'가 衛나라의 젊은이들이 호감을 품은 상대에게 열매를 던지는 '擲果' 행위에 사용되었던 과실임을 알 수 있다. 모과가 익는 계절이 가을인 점을 감안하면 결실의 계절 가을에 남녀의 사랑도 맺어지기를 기원하는 의식을 반영한 것이라 생각된다. 과실을 던지는 행위를 통해 애정을 표현한 것은 식물이 열매를 맺는 것처럼 사랑이 결실을 맺거나, 꽃이 열매를 맺는 것처럼 상대방이 임신이나 출산을 통해 생명을 탄생시키는 힘이 있음을 무언중에 상징하는 것이라고도 볼 수 있다. 모과 열매의 자태는 그다지 매력적이지 않지만 무엇보다 그 향기가 뛰어나다. 사랑과 구애의 상징으로 많이 활용되었을 뿐 아니라 집안에서 그릇에 담겨져 향기를 높이는 용도로도 선호되었던 점은 모과가 지닌 향기와 문화와의 상관관계를 생각하게 하는 부분이다.

(3) 꽃(화목)의 품성에 따른 상징성과 문화적 의미

꽃은 저마다의 속성을 지니고 있는 존재이며 자신이 지닌 품성에 따라 독특한 상징성과 문화적 의미도 갖고 있다. 꽃의 품성에 따른 상징성과 문화적 의미는 매우 다양하므로 요약하기가 쉽지 않지만 자주 회자되는 내용 몇 가지만 예거해보기로 한다.

> 세한성과 인내 : 소나무, 대나무, 사철나무, 매화, 국화, 동백
> 강인한 생명력 : 버드나무, 창포, 갈대
> 영원, 장수 : 소나무, 대나무, 국화
> 환경에 굴하지 않음 : 연, 난초
> 반듯한 행동이나 처신 : 앵도화
> 타인의 힘을 빌리거나 기생함 : 능소화, 등나무, 칡
> 충성심 : 아욱, 능소화
> 과거급제 : 살구
> 남녀 간의 화합 : 야합화(함수초)
> 불길함 : 동백(山茶花)
> 애끓는 괴로움 : 추해당(베고니아)

세한성과 인내의 상징으로 인식되는 소나무, 대나무, 사철나무 등은 사철 푸른 모습을 유지하면서 추운 겨울을 이겨내며, 매화와 동백은 눈보라를 이겨내며 꽃을 피워내는 강인한 품성을 지녔다. 버드나무는 가지가 꺾인 채로 땅에 심겨져도 잘 자라는 특성을 지녔고, 창포와 갈대는 질긴 생명력을 갖고 자라는 특성을 지녔기에 모두 강인한 생명력의 상징으로 인식된다. 漢代 말기의 서사시「孔雀東南飛」에 보면 아내 劉蘭芝가 남편 焦仲卿에게 사랑을 맹세하는 내용 중 "당신은 너럭바위가 되세요, 저는 창포와 갈대가 되겠습니다. 창포와 갈대는 실처럼 부드러우면서도 질기고, 너럭바위는 꿈쩍하지 않으니까요(君當作磐石, 妾當作蒲葦. 蒲葦韌若絲, 磐石無轉移)"라는 구절이 나온다. 창포와 갈대는 연약한 몸체를 지녔지만 내면에는 강인한 생명력을 지니고 있는 특성을 감안하여 가한 언급이라 할 수 있다.

漢代의『風俗通』에 국화의 자액이 섞인 물을 먹고 마을 사람들이 오래 살았다는 내용이 나오는데 이는 국화를 장수의 상징으로 연결시킨 개념이 된다. 국

화로 담근 술이 중양절 풍속과 결합되면서 장수에 이어 벽사의 개념까지 부가하게 되었다. 도교의 신선사상에서도 인간의 불로장생을 추구하는 심리에 부응하여 국화의 장수 기능을 연결한 내용을 많이 언급하고 있고, 민간에서 국화를 불로장수의 상징으로 보아 '杞菊延年', '松菊延年' 등의 축수 문구를 써서 환갑·진갑 등의 잔칫상에 헌화로 많이 사용하거나, 민화에서 怪石과 함께 층층이 벌어져 피어 있는 국화 그림을 통해 바위처럼 장수하는 이미지로 국화를 형상화한 것 등은 모두 국화의 장수 상징을 활용한 것들이다.

뿌리를 더러운 진흙탕에 담고 있으면서도 수면 위로 아름다운 꽃을 피워내는 연꽃, 알아주는 이 없는 심산유곡에 피어 있어도 자신만의 향기를 은은히 피워내는 난초 등은 환경에 상관없이 생명을 이어가는 상징성을 지닌 식물이다. 반대로 자신만의 힘으로는 생존이 부족하여 타인의 힘을 빌려 살아가는 일종의 기생식물도 있으니 능소화, 등나무, 칡 등의 덩굴식물을 들 수 있다. 이러한 덩굴식물에 관하여는 약한 자신의 신체적 단점을 넘어 생명과 번성의 강인한 욕구를 채우기 위해 노력하는 의지라고 보는 인식과 타인과의 야합을 통해 세력을 키워가는 기회주의적 처신이라고 보는 양면적 인식이 세간에 상존한다. '해를 보고 자라는(向日)' 특성이 강한 아욱의 경우 충성과 절개라는 측면에서 좋은 본보기가 되어온 식물이라 할 수 있다.

櫻桃花는 중국 唐代 조정에서 반듯한 몸가짐과 의식을 징표로 삼아 신하들에게 하사하던 꽃이었다. 봄꽃의 화사함을 지니고 있으면서도 소박한 본분을 잊거나 잃지 않고 자신의 자태를 유지하며, 큰 힘을 들여 가꾸지 않아도 때가 되면 사람들에게 맛있는 열매로 유용함을 제공하니 반듯한 처신과 이타적인 행위를 강조할 때 좋은 본보기가 될 수 있었다.

살구꽃은 과거급제의 의미를 지니고 있는데 이는 시기적으로 과거가 끝난 후 위로연으로 행해지는 시기에 피어나 화려한 자태를 뽐내는 것과도 연관이 있다. 唐代에는 과거시험 후에 曲江 주변에서 잔치를 배설했는데 이 시기 주변에 많이 피어 있던 꽃이 살구꽃이었으므로 민간에서는 살구꽃을 과거급제의 영화에 빗대게 된 것이다.

콩과의 솜羞草는 바람이나 사람의 손길 등 외부의 접촉에 따라 잎을 열고 닫는 특성이 있다. 야합화의 경우 밤이면 잎을 닫는데 이로 인해 '合婚', '黃昏' 등의 별명과 함께 남녀 간 정을 나누는 상징성도 갖고 있다.

동백(山茶花)은 아름다운 외모와 세한의 성품을 지닌 정열의 화신이다. 그러나 한편으로 '불길함'의 의미도 지니고 있는데 이는 동백꽃이 질 때의 모습이 다른 꽃에 비해 특이한 것과 연관이 있다. 꽃이 질 때 모습을 보면 꽃잎이 한두 잎 바람에 흩날리며 떨어지는 형태가 일반적인데 동백꽃은 꽃송이가 통째로 쑥 빠져 떨어지는 특성을 갖고 있다. 바람이 불거나 시들지 않았는데도 뚝뚝 떨어져 보는 이로 하여금 안타까움을 더하게 한다. 마치 목이 통째로 잘라져 떨어지는 것을 연상시키므로 동백꽃의 낙화현상을 '椿首落'이라고도 하면서 불길한 의미로 인식하기도 하는 것이다.

(4) 꽃(화목)의 계절감과 연관된 상징성과 문화적 의미

꽃은 사계절의 변화를 알리는 대표적 존재이다. 사람들은 꽃과 나무의 피어남과 변화를 통해 계절의 흐름을 인지하고 그에 상응하는 행사나 문화적 의식을 치러왔다. 꽃과 나무가 계절과 관계된 상징성과 문화로는 어떤 것이 있었는지를 살펴보는 것은 세시풍속에 대한 이해를 높이는 방편도 된다. 계절과 연관하여 각종 꽃(화목)이 지닌 상징성과 문화적 의미를 봄, 여름, 가을, 겨울의 순서로 언급해본다.

봄은 한 해 24절기를 기준으로 할 때 立春에서 立夏까지의 기간을 의미한다. 추운 겨울이 끝나고 따듯한 봄햇살이 비추면 얼어 있던 지상의 모든 것들은 그간의 오랜 잠을 뒤로하고 하나둘씩 자신의 존재감을 드러내게 된다. 그중에서도 새롭게 피어나 자신의 존재감을 발휘하는 봄꽃을 보게 되면 우리는 새봄의 도래를 더욱 확연히 느끼게 된다. 중국에서는 바람과 꽃을 관련시켜 계절의 추이를 감지하는 '二十四番花信風'을 唐나라 때부터 언급하였다고 한다. '花神', 혹은 '花仙'이라 하는 꽃의 요정이 있어 각종 식물의 생육을 관장한다고 여겼으며 봄에 개화를 시작하는 음력 2월 12일경을 화신의 탄생일로 지켰다. 또한 요정이

꽃의 개화를 알리는 소식을 '花信'이라 하였고 이 시절에 부는 바람을 '花信風'[4]이라고 하였으며 월마다 다른 꽃의 화신이 개화를 관장한다고 여겼다.

　봄꽃은 다양한 종류만큼 많은 문화적 의미를 지니고 있는데 그중에서도 꽃의 도래를 희망하고 찾는 '探梅' 행사는 아직 봄이 오지 않은 겨울에 한두 송이 피기 시작한 매화를 찾기 위해 산과 들을 소요하는 행사이다. 역대 중국의 많은 문인들은 '探梅' 관련 시가를 지은 바 있다. '매화'는 매서운 겨울 추위를 온몸으로 인내하며 기다림의 미학을 간직하다가 다른 꽃에 앞서 봄의 꽃망울을 피워내어 봄의 도래를 알리는 꽃이다. 불굴의 정신을 상징하며 지조 있는 기품과 의지를 지닌 꽃으로 봄꽃 중에서도 으뜸으로 꼽히고 있다. 매화에 이어 여러 봄꽃들이 본격적으로 피기 시작하면 사람들은 꽃 군락지를 찾아 화류놀이를 즐기게 된다. '복사꽃'은 자색이 아름다운 꽃이며 여러 꽃들과 함께 화사한 봄의 전령과 풍성한 아름다움의 주체를 표현하는 꽃이다. '앵도화'는 푸근한 봄을 알리는 꽃으로 푸근한 고향, 아련한 봄날의 추억, 사랑과 이별, 아득한 정회, 비바람 뒤의 낙화 등 다양한 이미지를 지니고 있다. '살구꽃(杏花)'은 淸明節 전후에 곱게 피어나는데 이 시기에 부는 바람을 '杏花風', 이 시기 내리는 비를 '杏花雨'라 한다. 이러한 연유로 살구꽃은 淸明節을 상징하는 꽃으로 인식되고 있고 淸明節 절기와 연관하여 떠올리는 가족과 고향, 어린 시절의 추억 등의 상징성을 지니고 있다. '배꽃(梨花)'은 梅花처럼 고고한 향기와 고아한 품위를 지키는 꽃이면서 桃李와는 달리 한 때의 화려함을 통한 세속적인 미에 빠지지 않은 채 정결하고 고운 意象을 견지해온 꽃이다. 부귀, 영화, 미인 등의 이미지로 인해 '花中之王'의 영예를 차지하고 있는 '모란', 모란보다 훨씬 오래전부터 재배되었으며 중국 '十大名花' 중 '五月花神'으로도 칭송된 꽃인 '芍藥', 강렬한 후각적 이미지와 매력을 지닌 꽃 '丁香' 등도 봄꽃의 상징성을 대표하는 꽃이라 할 수 있다. 唐代

4　음력 초봄부터 초여름까지 5일에 한 번씩 새로운 꽃이 피는 것을 알려주는 바람이 '番風'인데, 이를 '꽃소식 바람'이란 뜻에서 '花信風'이라고도 한다. '화신풍'은 '24번화신풍(二十四番花信風)'의 준말로서 '꽃이 피려 하는 것을 알리는 바람', '꽃이 필 무렵에 부는 바람' 등을 이르는 말이다. 화신풍은 총 24번 부는데 '梅花風'이 가장 이르고, '蓮花風'이 가장 늦다.(이덕일, 「이덕일의 천고사설 : 짧은 봄이 아쉬워」, 『한국일보』, 2015.4.30)

에 특히 번성했던 모란꽃이나 복사꽃 관람, 과거급제 후 위로연을 벌일 때 주변에 특히 많이 피어나 관직 등용의 상징으로 인식되었던 살구꽃, 봄의 끝자락에서 화려한 개화에 이어 영락의 슬픔을 보이는 봄꽃과의 이별을 고하는 '餞春' 행사 등은 봄과 꽃이 연관을 이룬 문화적 상징이었다고 할 수 있다.

여름은 24절기를 기준으로 立夏, 小滿, 亡種, 夏至, 小暑, 大暑 등의 절기를 포함하며 음력 4월에서 6월까지에 해당하는 기간이다. 봄꽃은 나무에 피는 꽃이 많은 데 비해 여름에 피어나는 꽃들은 풀꽃들이 많은 편이다. 여인들이 창포물에 머리를 감거나 봉선화를 물들였던 풍속, 연꽃을 감상하거나 연을 따는 행위 등은 여름 식물을 통해 여인들의 사랑이나 마음을 표현했던 풍속과 연관이 있다. 특히 여름꽃 장미를 가장 아름다운 화신으로 본 시각은 화려하기로는 으뜸이라는 봄꽃들의 소멸을 여름꽃이 대신한다는 의미를 반영한 것이기도 하다. 봄꽃의 화려함을 뒤로 한 후 상춘의 아쉬움을 달랠 수 있는 존재로 여름꽃이 등장했다는 세인들의 시각을 반영한 것이라 할 수 있다.

온유하면서도 기품 있는 자태로 군자, 절개, 향기, 품위 등의 상징성을 나타내며 '四君子(梅蘭菊竹)' 중 여름을 대표하는 '난초', 고운 자태와 강렬한 향기, 긴 생명력으로 여름을 대표하는 꽃으로 칭송받기에 부족함이 없는 '장미', 수명은 짧지만 청아하고 신선한 기운을 소유한 채 번식에 힘쓰며 "가을에는 국화를 감상하고, 겨울에는 매화를 떠받들며, 봄에는 해당화를 심고, 여름에는 나팔꽃을 기른다.(秋賞菊, 冬扶梅, 春種海棠, 夏養牽牛)"는 속담에 등장할 정도로 여름을 상징하는 '나팔꽃(牽牛花)', 닭의 벗을 연상시키는 빨간 꽃술을 지닌 채 여름 끝에서 가을을 이어주며 별도의 미감과 인내의 상징성을 느끼게 하는 '맨드라미(鷄冠花)', 아름다운 등홍색 꽃으로 여름의 아름다움을 드러내면서 가을이면 풍요로운 열매로 '부귀', '자손번영', '풍요' 등의 상징성을 제공하는 '석류', 자기 몸을 다른 지지물에 흡착시킨 채 뜨거운 여름 햇살과 장마, 소나기 등을 고루 견디면서 하늘을 향해 자라는 꽃 '凌霄花', 인가 주변에 피어나 '忘憂', '孝慈', '宜男', '氣品' 등의 이미지를 비롯하여 인간의 각종 감정 투영에 있어 좋은 역할을 해온 '원추리(萱草)', '槿花一日榮', '朝開暮落', '夕死朝榮' 등의 아름다움과 아쉬운 한계를 지닌 '무궁화(槿花)', 봉황의 모습을 닮은 채 신비스럽고 환상적인 미감을 발하며 손톱을 곱게 물들이면서 여인의 한을 아름답게 승화시켜주는 '봉선화(鳳仙花)' 등은 역대 문인들에 의해 자주 노래되던 여름 꽃이라 할 수 있다.

가을은 24절기 중 立秋에서 立冬까지의 계절을 의미한다. 여름 더위가 가시고 선선한 가을바람이 불어오면 여름에 꽃을 피웠던 꽃과 나무들은 가을을 맞아 잎 색깔을 달리하며 열매를 맺는다. 꽃의 경우 봄꽃이 따뜻한 남쪽부터 꽃을 피워내는 것에 비해 가을꽃은 해가 짧은 북쪽부터 꽃을 피워내기 시작한다. 봄꽃의 개화가 온도의 영향을 받아 남쪽에서 북쪽으로 피어나는 것과 비교가 되는 부분이다. 가을바람의 도래를 가장 먼저 알리는 식물은 오동나무이다. 바람으로 인해 큰 잎이 흔들리거나 가을비처럼 잎이 떨어지는 모습에서 세인들은 본격적인 가을을 느끼곤 하였다. 음력 9월 9일 重陽節은 가을의 절정을 수놓는 행사라 할 수 있는데 이때 행하는 '賞菊'이나 국화주와 국화전 음복, 머리에 수유 꽂기 등은 가을 절기의 절정을 이루는 문화적 행위라 할 수 있다. 또한 가을에 각종 식물이 결실을 맺는다는 점에 착안하여 각종 식물의 열매를 채취하거나 기른 식물을 타인에게 선물하며 감사의 뜻을 전하는 것 역시 가을과 연관된 중요한 문화적 행위라 할 수 있다.

가을꽃 역시 종류가 다양하고 강렬한 의미를 지닌 것이 많지만 그중에서도 국화는 가을을 대표하는 꽃이라 할 수 있다. '은자의 꽃'이라는 상징성을 지닌 '국화'는 '신령한 기운을 지닌 선약', '신선세계를 상징하는 꽃', '장수' 등의 이미지와 무서리를 맞으며 피어나는 특성에서 기인한 '절개', '기품 있는 군자', '고고한 기상' 등의 상징성으로 四君子의 반열에 들고 있다. '갈대(蒹葭, 蘆葦)' 역시 가을의 대표적인 식물로 척박한 땅에 굴하지 않는 생명력과 번식력을 상징한다. '桂樹'는 가을 향기를 대표하는 화목으로 급제, 귀한 신분, '建功立業', 남녀의 春心, 그리움의 정서, 순수하고 오랜 우정 등의 상징성을 지니고 있다. '추해당화(베고니아)'는 청아하고 고결한 용모로 가을의 비애감을 상징하는 꽃이며, 낙엽이 지는 소리를 통해 가을을 알려주는 오동나무는 봉황이 깃드는 신령한 나무라는 이미지와 함께 천 년 가락의 흥취를 드러내는 가을의 전령사로 꼽을 수 있다.

　겨울은 절기상 立冬에서 立春까지의 기간으로 음력 10월에서 12월에 해당하는
기간이다. 겨울 서리에 맥을 못 추고 잎과 가지를 떨어뜨리는 많은 식물들 중에서
송백과 사철나무 등 상록수의 푸른 자태가 특히 돋보인다. 변하지 않는 푸르고 싱
싱한 잎을 지닌 채 눈을 맞고 서 있는 겨울나무의 모습에서는 봄꽃의 화려함에서
느낄 수 없는 또 다른 의연한 의지를 느끼게 된다.
　역대 시문에 자주 등장하는 몇몇 겨울 식물들을 통해 겨울 수목의 상징성을
생각해볼 수 있다. '소나무'는 사계절 푸르지만 겨울에 더욱 강렬한 존재감을 발
휘하여 불변의 절개, 변치 않는 忠貞과 友誼, 愛情, 강인한 생명력과 장수, 인내
력과 내한성 등의 상징성을 과시하는 나무이다. '귤나무'는 초여름에 흰색 꽃을
개화한 후 겨울에 노란색 열매를 맺는 나무로 절개와 세한성을 자랑한다. 또한
'橘(jú)'자의 발음이 '吉(jí)'자와 비슷한 것에서 기인한 '吉祥', '吉利', '吉祥如意',
'吉慶平安', '大吉大利', '幸運', '幸福', '圓滿', '神聖' 등의 상징성도 빼놓을 수
없다. 중국에서 '산다화(山茶花)'라 부르는 '동백(冬栢)'은 눈을 무릅쓰고 빨간 자
태를 드러내는 겨울 꽃의 상징성을 발하는 꽃으로 중국 十大名花에 속하며 정
열의 화신, 세한의 인고와 의지, 비애감을 더하는 낙화 등을 표현할 때 자주 활
용되어왔다. 四君子 중 겨울을 대표하는 '대나무'는 충직함과 정절, 사랑과 우정
을 넘나드는 다양한 이미지를 지닌 식물이다. '측백나무'는 소나무와 함께 '松柏
'으로 병칭되며 겨울에도 푸른빛을 잃지 않는 기상을 지녔기에 강한 기상, 불변
성, 내한성, 굳센 절개 등의 상징성을 지니고 있다. '사철나무'는 사철 푸른 잎을
자랑하면서 겨울에도 자태를 흐트러뜨리지 않는 강인한 내한성과 생명력으로
꽃과 열매의 매력이 상대적으로 적은 단점을 상쇄하는 나무이다. 수선화는 가을
부터 꽃을 피워내어 寒梅와 함께 겨울을 이겨내므로 氷雪과 같은 강인함을 느
끼게 하는 꽃이며 세인들이 겨울에 감상할 수 있는 몇 안 되는 꽃 중 하나이다.

(5) 심리치유 효용성과 연관된 상징성과 문화적 의미

꽃은 아름다운 자태와 향기로 보는 이에게 환희와 감동을 선사하는데, 꽃을 통해 환희를 얻는 행위는 심신을 안정시키는 치료행위와도 연관이 있다. 사람들은 꽃을 통해 기쁨과 함께 심리적인 안정과 편안함을 얻곤 한다. 꽃을 비롯한 식물을 키움으로써 보람도 느끼게 되고 꽃이 발하는 매력을 통해 새 생명의 환희와 신선한 도전의식을 얻기도 한다. 꽃의 감상이나 관리를 통해 각종 기쁨을 발견할 수 있는데 무엇보다도 꽃을 통한 미감의 발견은 내성이 생기지 않는다는 점에서 탁월한 효용성을 지녔다고 말할 수 있다. 사람과 꽃은 '자연'이라는 큰 틀 안에서 유기적인 관계를 맺고 살아가는 존재이다. '자연 매커니즘' 안에서 사람과 꽃은 열심히 생을 피워낸다는 점에서 동질의식을 느끼게 된다. 꽃이 아름답게 피어나는 모습을 보면서 인생의 의미와 가치를 반추하고 위안을 얻는다는 것은 꽃의 효용성과 연관하여 중요하게 생각해 볼 점이라 할 수 있다.

꽃이 발산하는 향기는 우울하고 피곤한 상태에서 아로마 향을 맡는 것 같은 향기치료 요법과도 연관이 있다. 꽃이 지닌 다양한 특성에서 얻는 감동과 위안은 심리학에서 말하는 '로고테라피'[5] 같은 효과와도 밀접한 관계가 있는 것이다. 역대 문인들이 영화시 창작을 통해 꽃과 식물이 지닌 특성과 아름다움에서 상징성과 의미를 발견하였던 행위는 정신적 치유효과와도 연관이 있는 행위였음을 생각하게 하는 부분이다. 특히 꽃향기는 인체에 긍정적인 효과를 제공하는데 이는 인간이 꽃향기를 느끼게 되는 매커니즘과도 연관이 있다. 인간이 후각을 통해 꽃향기를 흡수하는 경우에는 "코→실리아→후각구→후각신경→변연계→뇌피질→사상하부→뇌하수체→호르몬→자율신경계" 등의 흡수경로를 따

---

5 삶의 여정에서 상처를 받은 사람들이 꽃의 자태와 의미를 통해 정신적 회복을 추구하는 것은 심리학에서 말하는 '로고테라피'(logotherapy, 의미치료)'와 어느 정도 연관성이 있다고 본다. '로고테라피'는 빅터 프랭클 박사가 아우슈비츠의 수용소 경험을 토대로 자신의 체험을 적은 책『죽음의 수용소에서』에서 언급한 심리이론이다. 이는 수용소에서 의미와 목적을 잃어버리고 절망한 사람들이 더 빨리 죽고 의미와 목적을 가진 사람들이 생존한다는 인식을 바탕으로 강한 목적의식, 사명의식, 유머가 중요함을 강조한 이론이다. 이 '로고테라피'에서는 '자유의지(free will)', '의미를 찾으려는 의지(will to meaning)', '삶의 의미(meaning of life)' 등을 중요시하는데 이 중 가장 중요한 '의미를 찾으려는 의지(will to meaning)'는 꽃이 주는 상징성을 찾고 의미를 부여하는 행위와도 상당한 연관성을 갖고 있기 때문이다.

르고, 호흡을 통해 꽃향기를 흡수하는 경우에는 "코→부비강→인두→후두→기관지→폐포→혈관→온몸" 등의 흡수경로를 따르며, 피부를 통해 꽃향기를 흡수하는 경우에는 "표피→진피→체액→림프계→혈액→온몸" 등의 흡수경로를 갖는다.[6] 인간이 꽃을 좋아하고 이에서 기쁨을 얻게 된 것에는 "꽃의 자태가 예쁜 것" 이상의 어떠한 이유와 효용성이 있어서 였던 것이라 할 수 있는 것이다.

인류 역사를 통해 사람들이 주고받은 여러 물건 중에서도 심리적으로 가장 특별한 기쁨을 주는 것을 꼽는다면 꽃을 빼놓을 수 없다. 사람들은 꽃을 감상할 때나 주고받을 때 진정한 기쁨을 느낀다곤 하는데 이와 관하여는 미국 뉴저지주 럿거스대학의 해빌랜드 교수가 "인간은 왜 꽃을 주고받을까?"라는 질문과 연관하여 행한 실험이 유명하다. 해빌랜드는 일명 '듀센미소'를 이용하여 연구결과를 분석했는데 '듀센미소'란 1800년대 프랑스 심리학자 듀센이 언급한 것으로 "도저히 인위적으로는 지을 수 없는 자연스런 미소"를 일컬으며 이 미소의 특징은 입술 근육과 함께 눈가의 근육이 움직인다는 점이다. 꽃을 선물로 받은 모든 피험자들이 '듀센미소'를 지었다는 것은 꽃 선물을 통해 진정한 기쁨을 느꼈다는 것이니 꽃이 주는 심리적 효과와 효용성이 지대함을 알게 해주는 실험이라 하겠다.[7]

꽃 중에서 심리치유 효용성과 연관된 문화적 의미를 지니게 여러 경우 중 萱草(원추리)의 예를 언급해본다. '萱草(원추리)'는 '忘憂草'란 별칭에 걸맞게 걱정거리를 안고 있는 사람의 고민을 잊게 해주는 효능이 있는 식물로 알려져 있다. 역대 시문에는 萱草를 忘憂草로 비유하여 근심을 표현하거나 근심을 잊게 하려한 내용이 많이 실려 있다. 훤초의 새순은 식용이 가능하며 노란색 향기로운 꽃

6　신동환, 『꽃의 비밀』, 가치창조, 2009, 83~84쪽 참조.

7　해빌랜드 교수는 "인간은 왜 꽃을 주고 받을까"라는 의문에서 출발하여 피험자들이 꽃을 주고받도록 하면서 몇 가지 단순한 질문을 곁들인 실험을 했다. 구체적인 실험 내용은 ① 피험자는 남녀 150명 선정, ② 실험자가 피험자에게 선물을 보내는 방식으로 진행, ③ 선물은 꽃, 양초, 과일 중 하나가 든 상자를 보냄 등이었는데 그 실험의 결과로 꽃을 선물로 받은 모든 피험자들이 듀센미소를 지었으며 과일바구니를 받은 여성은 90%만, 양초 바구니를 받은 여성들은 77%만이 듀센미소를 보았고 그 외의 사람들은 형식적인 미소를 보이는 데 그쳤다는 사례를 얻었다.(위의 책, 44~47쪽 참조)

은 마음을 기쁘게 하므로 바람 따라 하늘거리는 줄기를 보다 보면 어느새 심리적 위안도 얻게 된다. 萱草는 여인들이 거처하는 北堂에 심어져 여인네의 시름을 덜어주면서 여성이나 여성의 심리를 대변하는 '여성적 꽃'이라는 의미도 지니고 있어 唐代를 지나면서 '어머님', '자애로운 어머님의 마음', '어머님을 그리는 효심' 등의 상징성도 추가하게 되었다. 역대 시문이나 민간문학을 보면 근심을 씻어주는 화초인 훤초를 어머님께 선물하거나 훤초를 '모친', '모친에 대한 효심' 등의 이미지로 활용한 예를 흔히 볼 수 있다. 한편으로 萱草는 '아들을 낳는다', '사내아이를 낳는 데 좋다' 등의 뜻인 '宜男花(宜男草)'의 명칭도 갖고 있는 화초이다. 晉代 周處가 쓴 『風土記』에 "宜男은 풀이름이다. 높이는 여섯 일곱 자에 달하고 꽃은 연꽃 모양이며 임신한 부인이 지니고 있으면 반드시 아들을 낳는다.(宜男, 草也. 高六七尺, 花如蓮, 宜懷妊婦人佩之, 必生男)"라고 한 기록을 참조할 수 있다. 훤초의 꽃봉오리가 마치 사내아이의 고추를 닮았기에 생긴 일종의 남근 숭배신앙과 남아 선호 사상의 한 예이기도 하다.

이 외에도 매화를 비롯한 각종 봄꽃들이 만물이 매서운 추위 속에서 떨고 있을 때 인고의 세월을 견뎌낸 후 꽃을 피워냄으로써 새봄의 도래를 알리며 생명의 기운을 북돋아주어 새 희망을 갖게 하는 경우, 보는 이 없이 심산유곡에 피어 있는 난이 자신만의 절개를 갖고 단아한 향기를 발함으로써 시련에 빠진 사람들의 마음에 평정심을 제공하고 세상에 대한 소명의식을 환기시키는 경우, 진흙 속에 발을 담그고 있으나 진흙에 더럽혀지지 않고 맑고 환한 미소를 짓는 연꽃에서 자신의 슬픔을 뒤로하고 새로운 창조를 도모하는 깨달음을 얻는 경우, 묵묵히 때를 기다렸다가 다른 꽃이 다 진 여름철에 따가운 햇살을 이겨내며 피고 지기를 반복하는 무궁화에서 인내와 불굴의 의지를 배우는 경우들도 실험적 결과나 수치를 들어 설명할 수는 없지만 꽃이 주는 심리적 치유와 효용성을 생각해보게 한다. 꽃들은 각자 자신만의 특성을 갖고 사람들에게 심리적 위안과 치유의 효과를 선사해온 존재이다. 사람들은 꽃이라는 매개체를 통해 희열을 느끼거나 심리적 평안을 얻어왔으며 꽃에서 얻은 공통의 깨달음과 문화적 인식을 서로 공유하면서 심리치유와 연관된 의식을 발전시켜 온 것이다.

(6) 식용이나 의학적 치료와 연관된 상징성과 문화적 의미

꽃을 비롯한 여러 식물들은 각자의 특성에 맞는 다양한 실용성을 지니고 있다. 꽃이 피어나는 것을 보고 풍년과 흉년을 점칠 수 있고, 날씨나 계절의 흐름, 시간 등을 파악해 농사에 유용하게 활용하기도 했으며, 태몽, 예언 등과 연관한 상징성을 활용한 경우도 많았다. 꽃과 식물을 통해 인류가 식용과 약용의 실용적 효용성을 얻은 경우는 허다하다. 꽃과 식물의 각종 부위는 식용으로 활용이 가능하며 독특한 약용효과가 있는 경우가 많기에 꽃의 식용과 의학적 효과를 활용한 문화나 풍습 역시 다양한 형태로 발전되어 올 수 있었을 것이다.

'菊花'에 대하여는 『本草經』에서 "줄기는 紫色이 향기롭고 그 맛이 감미로우며 그 잎사귀로 국을 끓일 수 있는 것이라야 '眞菊'이다"라고 하였고, 『抱朴子』에서도 식용 여부로써 진국이나 아니냐를 판별한다고 하였다. 국화는 약초 중에서도 상급으로 분류되어 있으며 장기 복용하면 기를 보완해주는 효과가 있고 노화방지와 장수에 도움이 된다고 알려져 있다. 국화로 담근 술이 重陽節 풍속과 결합되면서 장수와 벽사의 개념을 강화하게 되었고 도교의 신선사상에서도 인간의 불로장생을 추구하는 심리에 부응하여 국화의 장수 기능을 많이 언급하고 있다. 차로 음용하거나 식용이 가능하여 춘궁기를 이기게 해주는 식물로 활용되었고 환난의 시기에 좋은 역할을 하는 사람이나 상징물의 의미도 갖는다. 그 밖에 국화는 머리를 맑게 하는 효용도 있었으니 宋代 林亦之는 "남산의 푸른 풀밭 가에 와보니, 동서 모두 국화밭이네. 손에 긴 광주리 들고 산굽이로 향하여, 한 번에 삼백 곡의 국화를 거두네. 어제는 혼미하여 겨우 일어났는데, 이제는 처마의 작은 글자도 읽을 수 있네. 신묘한 국화는 뭇 신선과 통하게 함을 비로소 알았으니, 모든 약 주머니 응당 버리리.(却來南山靑草邊, 東西盡爲菊花田. 手提長置向山曲, 一下收拾三百餠. 昨者昏迷才起來, 解把擔頭小字讀. 乃知妙物通群仙, 一切藥囊應棄捐)"(「奉題林稚春菊花枕子歌(임치춘의 국화를 베갯속으로 한 베개에 대해 받들어 지은 시)」라고 하여 국화베개를 베고 난 후 혼미했던 정신이 맑아졌음을 밝힌 바 있다.

'아욱(葵)'은 장의 운동을 부드럽게 하는 효능이 있으며 찬 성질을 가지고 있어 가슴에 번열이 나며 땀을 많이 흘리는 사람에게 도움이 된다고 한다. 아욱꽃

을 말린 것을 '동규화(冬葵花)', 씨앗을 말린 것을 '동규자(冬葵子)', 뿌리는 '동규
근(冬葵根)', 잎은 '동규엽(冬葵葉)'이라고 하는데 모두 약재로 사용되기도 한다.
이 중 '冬葵'라는 명칭은 아욱이 가을과 겨울을 거치면서 맛이 좋아지는 특성에
서 기인한 명칭이다. 『本草網目』「草部」「葵」의 集解에 "가을에 아욱을 심고
덮어서 길러 겨울을 지나면 봄이 되어 결실을 맺게 되는데 이를 '冬葵'라고 하
고 약성은 지극히 부드럽고 이롭다.(以秋種葵, 覆養經冬, 至春作子者, 謂之冬葵, 入藥
性至滑利)"라는 해석이 실려 있어 참고가 된다.

'芍藥'은 『詩經』「鄭風」「溱洧」편의 "오직 총각들과 아가씨들은, 서로 즐겁
게 웃으며, 작약을 주고받네.(維士與女, 伊其相謔, 贈之以勺藥)"라는 구절처럼 청춘
남녀들이 즐거운 마음으로 감상하고 주고받았던 꽃이지만 모란과 마찬가지로
꽃 감상 못지않게 뿌리가 약용으로 중시되었던 식물이었다. 작약의 뿌리는 통증
을 완화해주고 맺힌 피를 풀어주며 복통, 이요, 월경불순 치료에 효능이 있는 약
으로 『本草書』에 기록되어 있다. 특히 부인과 질병에 효능이 있으며 안전한 출
산과 임신을 돕는 강장제로서의 역할도 한다고 알려져 있다.[8] 또한 작약은 '將離
草', '別離草', '可離' 등의 이칭도 갖고 있는데 晉나라 崔豹는 『古今注・草
木』에서 "작약은 일명 可離라고 하는데 이별하려고 할 때 이 꽃을 주었다.(勺藥
一名可離, 故將別以贈之)"라는 기록을 남기고 있어 이별할 때 정표로 사용하였음
도 알 수 있다.

'菖蒲'는 상록의 여러해살이풀로서 뿌리, 줄기, 잎 전체에 방향성 물질이 있어
옛날부터 재액을 물리치는 영험한 풀로 여겼다. 강인하면서도 부드러운 잎의 특
성을 살려 방석, 침구 등의 생활용품으로 많이 활용되어왔다. 「孔雀東南飛」에서
아내 劉蘭芝가 남편 焦仲卿에게 "당신은 너럭바위가 되세요, 저는 창포와 갈대
가 되겠습니다. 창포와 갈대는 실처럼 부드러우면서도 질기고, 너럭바위는 꿈쩍
하지 않으니까요.(君當作磐石, 妾當作蒲葦. 蒲葦韌若絲, 磐石無轉移)"라고 한 구절처
럼 이별하기 어려운 남녀 사이를 상징하는 식물로서의 의미도 강하다. 식용과
약용 관련해서 石菖蒲 줄기와 뿌리는 진정제, 위장병, 여성의 냉증 등에 효능이

---

8   나카무라 고이치, 『한시와 일화로 보는 꽃의 중국문화사』, 조성진・조영렬 역, 뿌리와이
파리, 2004, 92쪽 참조.

있다고 알려져 있고 민간에서는 목욕용 세제로 사용하기도 하였다. 우리나라에서 단오에 창포물로 머리를 감는 풍습이 있었던 것도 창포가 지닌 효용성과 무관하지 않다. 5월에서 7월 사이에 피는 꽃은 장수약이라 하여 장기간 복용하면 머리가 세지 않고 장수한다는 속설도 있다.

국화과 식물인 '句節草'는 예로부터 월경 불순·자궁 냉증·불임증 등의 부인병에 약으로 쓰여왔다. 구절초는 음력 5월 5일 단오절 무렵에 5개의 마디가 자라고, 음력 9월 9일 重陽節 무렵에 9개의 마디, 곧 '九節'이 자라는데 이때 채취한 것이 가장 약효가 좋다고 한다. 꽃의 고운 생김새에 비해 이름은 별로 예쁘지 않은 편인데 꽃의 아름다움보다 약효 때문에 이름이 붙여진 것으로 보인다.

'鷄冠花'로 불리는 맨드라미는 꽃을 차로 음용하거나 종자를 한약재로 활용하기도 하였다. 약성 자체는 굉장히 서늘하고 지혈하는 효능이 있다. 민간에서는 배 아플 때 말린 맨드라미를 달여서 마시면 설사를 멎게 하고 손을 베었을 때 꽃가루를 지혈제로 써왔다. 다이어트나 혈압 조절 효능도 있으며 코피가 자주 나는 경우나 피부 가려움을 해소하는 효용도 있다고 한다. 한방에서는 종자를 토혈, 뇨혈, 탈항, 제출혈, 조경, 해수, 하리, 구토, 거담, 설사, 대하증, 자궁염, 적백리, 치루하혈 등의 약재로 써왔다.

이상의 꽃들과 연관하여 민간에서 약용으로 활용되어오던 몇몇 꽃과 식물을 정리해보면 다음 표와 같다.

꽃	약명	효능
갈대(벼과)	노화	진토, 소염, 이뇨, 해열, 해독
구절초(국화과)	선보초	부인병, 강장. 식욕조절
개나리(물푸레과)	연교	옴, 종기, 여드름, 강장
능소화(능소화과)	능소화	어혈 제거
동백나무(차과)	동백산마유, 춘유	토혈, 화상, 이뇨
머위(장미과)	관동화	기침병, 천식
목련(목련과)	신이	진통, 구충, 감기

맨드라미(비름과)	계관화	자궁병, 지혈
민들레(국화과)	포공영	건위, 강장, 소화불량, 자궁병
봉선화(봉선화과)	봉선화	설사, 해독작용
살구(장미과)	행인	진통, 해독, 피부병
수선화(수선과)	수선	백일해, 폐렴, 종기
아욱(아욱과)	동규	해독, 해열, 염증제거
양귀비(양귀비과)	앵속	진통, 해열
엘레지(백합과)	엘리지비늘줄기	자양강장
은방울꽃(백합과)	영란	심장병, 이뇨
작약(미나리아제비과)	작약	복통, 설사
진달래(진달래과)	진달래, 산척촉	調經, 活血, 鎭咳, 고혈압
찔레꽃(장미과)	영실	복막염, 루뇨, 강장
패랭이꽃(석죽과)	석죽화	소화촉진, 이뇨, 항염
해바라기(국화과)	행일화, 향일규	구풍, 이뇨, 치통, 난산

　　표로 열거한 몇 종류 이외에도 여러 꽃과 화초가 직접 생식하거나 각종 재료와 함께 식용되기도 하였고 술이나 차, 발효 등 다양한 형태로 식용, 약용 방면에서 효능을 발휘하여 왔다. 예로부터 두견, 복사꽃, 국화, 매화, 연, 장미, 송화, 백화 등은 술로 음용되어왔고, 장미, 국화 등은 화전으로, 호박잎, 황화채, 부추꽃, 치자, 산초, 유채 등은 나물로, 호박꽃이나 원추리는 탕으로, 매화, 국화, 귤, 매괴, 인동, 연, 맨드라미 등은 차로 음용되기도 했으니 꽃은 심신의 치료와 연관하여 이루 열거할 수 없을 정도로 많은 효용성을 지닌 존재라고 할 수 있는 것이다.

(7) 해음현상과 연관된 상징성과 문화적 의미

　　'諧音'은 同音詞를 이용한 언어수사적 표현으로 단어의 음이 같거나 비슷한 경우를 들어 뜻의 연관관계를 생각해내는 것을 말한다. 언어학적으로 소릿값이 비슷한 어휘군의 친화력은 상징적인 유대와 통합을 유도하기도 한다. 그렇기에 중국어에서는 해음현상을 들어 자신의 희망이나 액막이를 하려는 경향이 강한데 꽃과 나무 등 식물에 대해서도 해음현상과 관계된 상징성을 부여한 경우가 많았다. 많이 회자되는 몇몇 경우를 예시하면 다음과 같다.

> 행운, 축복 : 귤
> 장수 : 菊花
> 재물을 모으다 : 生菜
> 아들의 잉태와 출산 : 蘭
> 이별, 헤어짐 : 버들(柳), 복사꽃(桃花), 배꽃(梨花)
> 연모하다, 사랑하다 : 蓮
> 사랑의 매개자 : 梅花, 玫瑰
> 돌아올 약속 : 當歸
> 결혼 : 合歡花
> 남편의 모습 : 芙蓉
> 다산, 남녀 간의 교합 : 山椒
> 약속, 이별 후 재회 : 芍藥
> 부부 간의 화합, 자손의 태어남 : 荔枝
> 과거급제 : 桂樹
> 죽음과 관련 : 桑
> 인연을 맺다 : 梧桐

귤의 경우 '귤(橘, jú)'과 '길하다(吉, jí)', '축원하다(祝, zhù)' 등의 발음이 서로 비슷한 것에 착안하여 행운을 축원하는 의미로 지인사이에 많이 주고받았던 문화가 있다.

국화는 장수를 상징하고 중양절을 기다려 양기가 넘치는 높은 산에 올라가서 국화주를 마시는 풍습과 연관이 있는데 이 역시 해음을 활용한 부분이 있다. '菊(jú)'은 '久(jiǔ)', '酒(jiǔ)', '救(jiù)', '九(jiǔ)' 등의 글자와 발음이 비슷하여 이러한 상징을 지닌 '類語'로 인식된 것이다.

'익히지 않은 나물'의 명칭인 '生菜'는 '재물을 모으다'는 뜻을 지닌 '生財'와 발음이 비슷하여 재화를 추구하는 상징으로 활용되었다.

'蘭'의 경우 蘭 꿈을 꾸면 사내아이를 낳는다거나 몸에 차고 다니거나 집안에 놔두면 사내아이가 생긴다는 속설이 있는데 이는 '蘭'과 '郎'의 발음이 비슷한 것에서 연유한 속설이다.

'버드나무(柳)'는 '머무르다(留)'와 諧音 관계에 있는 단어로, 이별할 때 '折柳' 하여 송별하는 것은 오랜 문화적 전통이었으니 수많은 시가와 기록을 통해 이와 연관된 문화를 살펴볼 수 있다. 버드나무가 헤어짐을 만류하는 의미가 있다면 '복사꽃(桃花)'과 '배꽃(梨花)'은 이별의 의미를 지닌 화목이다. '복사꽃(桃花)'의 '桃(táo)'는 '도망간다'는 뜻의 '逃(táo)'와 발음이 같고, '배꽃(梨花)'의 '梨(lí)'는 '이별하다'의 '離(lí)'와 발음이 같다. '桃梨' 두 글자가 합해지면 '도망간다'는 뜻을 지닌 '逃離(táolí)'와 발음이 같아지므로 특히 신혼 방 앞에는 복숭아나무와 배나무를 심지 않는 것으로 알려져 있다.

연꽃의 '蓮'은 '戀'과 諧音을 이루기에 예로부터 연꽃은 사랑과 연모의 상징으로 인식되어왔다. 연꽃이 활짝 핀 못이나 강에서 배를 저어 가거나 연밥을 채취하는 총각과 처녀가 있다면 그 자체가 좋은 광경을 이루기에 자연스럽게 사랑의 서사를 떠올리게 된다. 『詩經』을 비롯한 수많은 작품과 기록에서 연꽃을 보면서 사랑하는 님을 떠올리는 내용을 발견할 수 있다. 또한 '蓮'은 '연달아 귀한 아들을 낳는다(連生貴子)'의 의미와도 諧音을 이루므로 연을 선물하며 다산이나 득남을 기원한 기록도 많음을 살필 수 있다.

'梅花', '玫瑰'의 '매'자는 '중매'를 상징하는 '媒'자와 발음이 비슷하여 이 꽃을 통해 좋은 상대방을 만나리라는 희망을 느끼곤 하였다.

'當歸'는 이름 자체가 '당연히 돌아오다'라는 뜻을 지니고 있어 떠나는 이에게 선물하기도 했으며 한약재로 많이 쓰이면서 건강의 회복을 기원하기도 했다.

'合歡花(합환화)'는 명칭이 남녀간의 기쁜 결합이라는 뜻을 함유하고 있고 '夜合花'의 별칭이 '合婚'인 점과 연관하여 '결혼'의 의미도 지니고 있다.

'芙蓉'은 남편의 모습을 의미하는 '夫容'과 발음이 같아서 '남편의 모습'이라는 뜻을 지니게 된 경우이다.

'山椒'는 『詩經』 「陳風」 「東門之枌」 편에 "산초나무 열매 무성히 열려, 한 되 가득 땄네.(椒聊之實, 蕃衍盈升)"라 하여 다수의 청춘남녀들이 모임을 하고 있는 중 여자가 마음에 든 남자에게 산초 가지를 주면서 사랑을 표시하고 싶어 하는 장면에 등장하는 식물이다. 중국어에서 '山椒'의 '椒'는 '교합하다'의 '交'와 발음이 같기에 산초 열매는 다산을 상징하면서 남녀 간의 교합을 상징하는 뜻으로도 사용되었다.

'芍藥'의 '藥'은 '약속'의 뜻을 지닌 '約'과 해음을 이루므로 상호간의 약속이나 헤어진 후 다시 만날 기약을 의미하는 식물로 활용되었다. '芍藥'을 '將離草', '別離草', '可離' 등의 이칭으로 부르며 이별할 때 정표로 사용하였던 것이 그 예이다.

'荔枝'는 열매의 형태가 둥글둥글하여 '圓滿'하다는 의미와 통하므로 부부 간의 원만함을 기원하는 열매로 쓰였고, '荔枝'의 중국어 발음이 '立子'의 발음과 통한다 하여 자손이 태어남을 의미하기도 하였다.

'桂樹'는 唐代에는 공명심의 발휘, 參政에 대한 열정 등으로 은유되기도 했는데 이는 唐詩 중에서 과거급제의 뜻으로 언급된 "折桂", "攀桂", "擢桂" 등의 의미와 상관이 있다. 唐代 玄宗 開元 15年(727)에 와서는 武后時期(684~704)부터 문사를 중시하여 실시한 進士科를 발전시켜 "시부로 인재를 선발하는(以詩賦取士)" 과거제도를 실시하였는바 이로 인해 天下의 庶人들과 文人들의 功名에 대한 열망이 극도로 확장되게 된다. '桂'는 '貴'와 音이 상통하는 바가 있고 급제 여부에 따라 일신의 가치가 크게 차이가 나므로 계수나무를 통해 급제와 귀한 신분으로의 상승의 열망을 은유하기도 했던 것이다.

'뽕나무(桑)'는 실용적인 측면이 커서 농가에서 많이 재배되던 나무였으나 '죽음, 초상' 등을 뜻하는 '喪(sāng)'과 발음이 같아 일반적으로 집 바로 앞에는 심지 않았던 나무로 알려져 있다.

'梧桐'은 '吾同'과 諧音을 이루면서 "나와 함께 한다", "내 님과 인연을 맺고 싶다" 등의 의미를 지닌다. 六朝時代 樂府詩 「秋歌十八首」 중 한 수인 "고개 들어 오동나무를 쳐다보니, 나무의 꽃이 유난히 애달프구나. 원컨대 하늘의 서리와 눈이 내림 없이, 나무열매가 천 년 동안 맺었으면,(仰頭看桐樹, 桐花特可憐. 願天無霜雪, 梧子解千年)" 중에 나오는 '오동나무(梧)'는 '나(吾)'와 諧音을 이룬다. '오동나무 열매(梧子)'가 천 년 동안 맺었으면 좋겠다는 표현을 통해 '내 님(吾子)'과 천년의 인연을 맺고 싶다는 뜻을 밝힌 것이다. '梧桐'과 '吾同'이 諧音을 이루는 현상에 근거한 표현이 된다.

(8) 신화나 전설과 연관된 상징성과 문화적 의미

꽃(화목)은 외관도 아름답지만 각종 실용성도 겸비하여 민간에서 많은 사랑을 받아왔다. 꽃을 통해 자신의 마음을 드러내거나 타인에게 성의를 표현하기도 하는데 이럴 때면 꽃의 각종 상징성을 부각하여 효율성을 높이는 것이 일반적이다. 꽃이 상징성을 갖게 된 여러 연유 중에서 꽃이 지닌 신화나 전설은 꽃의 가치와 느낌을 더욱 고결하고 신비롭게 만들어 준다. 신화나 전설과 연관하여 대표적으로 회자되는 꽃(화목) 몇 가지를 예거해보기로 한다.

'菊花'는 장수와 액막이의 이미지를 갖고 있는 꽃인데 이에 대해서는 다음과 같은 전설이 유전되어오고 있다. 漢代『風俗通』에는 河南省 南陽의 酈縣에 甘谷이라 하여 산속에 맑고 감미로운 계곡물이 흐르는데 그 계곡물이 감미로운 것은 국화 즉 '甘菊'의 꽃잎에서 물이 흘러나오기 때문이라는 전설이 실려 있다. 그 계곡물을 마시고 사는 마을 사람들은 장수하였다는데 그 이유는 국화에 맺혔던 이슬이 계곡물에 섞여 효능을 일으켰기 때문이라고 믿은 것이다. 이로 인해 국화는 몸과 머리를 맑게 해주고 기운을 더해주는 효능을 지닌 것으로 인식된 것이다. 전통적으로 국화는 장수의 상징이 되었을 뿐 아니라 벽사의 상징으로도 많이 인식되었다. 중국에서는 重陽節이 되면 국화주와 국화로 만든 음식, 국화 관람 등 국화를 활용한 각종 행사를 실행하여 왔다. 重陽節은 음력 9월 9일로 陽肴 가운데서 極陽인 9가 겹쳤기에 '重九'라고도 한다. 이날이 되면 사람들은 단풍의 명소나 국화가 있는 곳을 찾아 국화주를 마시면서 시를 짓거나 그림을 그리면서 즐겼다. 즐거운 명절 풍속으로 보이지만 그 내원은 양기가 겹친 날을 액막이하기 위한 벽사의 의미에서 비롯된 것으로 보인다. 중양절에 국화주를 마시면 무병장수한다고 하여 궁중과 민간에서 축하주로 애용한 것은 벽사의 기원을 반영한 것이기도 하다.

'나팔꽃(牽牛花)'은 한국에서는 꽃잎의 모양이 나팔을 닮았다 하여 '나팔꽃'으로 부르고 있고 일본에서는 아침에 피는 특성을 주목하여 '朝眼花'라 부르고 있다. 이에 비해 중국에서는 통상 '牽牛花'라는 명칭으로 많이 부르고 있다. 이 명칭은 이 꽃에 대하여 여러 시문에서 '牽牛織女'의 전설과 연관된 기술을 가하고 있다는 점과 연관이 있다. 역대 문인들은 나팔꽃을 보면서 銀河水, 牽牛와 織女, 牽牛星, 신선 등의 이미지를 투영하여 꽃의 영롱한 미감을 더욱 신비스럽게 표현해낸 경우가 많았다. 宋代 林逋山이 "직녀는 그리움에 눈물 떨구며, 오랫동안 가을 기다리며 이 꽃을 피워냈나니.(天孫滴下相思淚, 長向秋深結此花)"(「牽牛花」)라고 한 것이나, 宋代 秦觀이 나팔꽃의 자태를 은하수의 牽牛星과 연계하여 "은하수가 이동을 시작하여 鐘漏의 물방울 다하려는데, 신선은 옥난간에 기대어 있구나.(銀漢初移漏欲殘, 步虛人倚玉闌幹)"(「牽牛花」)라고 한 것, 宋代 危稹이 "마땅히 견우성에서 꺾어 와서는, 직녀의 구름 같은 머리에 비껴 꽂아 향기 드리우리.(應是折從河鼓手, 天孫斜捕鬢雲香)"(「牽牛花」)라고 한 것 등을 들 수 있다. 새벽부터 피어나 영롱하고 신비로운 자태를 선보이는 나팔꽃을 보면서 '牽牛織女'의 전설을 연상해낸 결과에서 얻어진 명칭이라 할 수 있다.

우리 꽃 진달래와 비슷한 '杜鵑花'는 '杜鵑鳥'의 명칭과도 상통하는 의미를 지니고 있다. 두견화가 '杜鵑花'로 불리며 '두견새'와 연관을 갖게 된 것은 蜀의 望帝 杜宇의 설화에서 연유한다. 전설에 의하면 杜宇는 魏나라에 망한 후 도망하여 복위를 꿈꾸었으나 뜻을 이루지 못한 채 억울하게 죽게 되었고 마침내 그 넋은 두견새로 변하였는데 그 한 맺힌 두견새는 밤이고 낮이고 蜀나라로 돌아가고 싶다며 '歸蜀, 歸蜀'하고 슬피 울었고 두견화가 붉은 것은 두견새가 토해낸 피로 물들여졌기 때문이라고 한다. 두견새를 '歸蜀道', '歸蜀道不如歸', '蜀魂', '怨鳥', '杜宇', '望帝魂' 등으로 부르고, 두견화를 '杜鵑花'라고 부르는 까닭은 이 전설에서 기인한 것이다. 그렇기에 중국 고전 문헌에서는 두견화에서 望帝 杜宇의 두견새 전설을 상기하면서 개인의 한이나 국가의 위기, 망국의 역사 등을 노래한 내용이 유난히 많이 발견된다.

'薔薇'는 한여름을 빛내는 최고의 미인으로 한 번 피어나 대략 반년 정도 자태를 유지하면서 기쁨을 선사하기에 '기쁨을 주는 존재'라는 의미로 '買笑'라고도 불리어졌다. 이 '買笑'라는 별칭에는 漢 武帝가 그가 총애하던 미인 麗娟과 꽃을 감상하던 중 장미를 보고 "이 꽃은 미인의 웃음보다도 한결 뛰어나다.(此花絕勝佳人笑也)"라고 칭찬하자 이를 시기한 麗娟이 황금 백 근을 주고 漢 武帝의 웃음을 사버렸다는 일화에서 유래하였다고 한다.

'節槪'와 '忠情', '虛靜'의 이미지가 강한 '대나무'는 '사랑'과 '진실한 정'의 의미도 지니고 있는데 이는 '湘夫人(湘妃)'과 연관된 '斑竹'의 고사에서 유래한다. 전설에 의하면 고대 舜이 남방을 원정하던 중에 죽어서 蒼梧의 들에 장사지냈는데 그의 두 왕비 娥皇과 女英이 쫓아와서 瀟湘江의 대숲에 피눈물을 뿌리고 강에 투신하여 죽었다 한다. 두 왕비는 죽어 湘水의 신이 되었고 이들을 湘妃 혹은 湘夫人이라 부른다. 그들이 뿌린 피눈물이 대나무에 붉은 반점으로 얼룩졌는데 이를 '斑竹' 혹은 '湘妃竹'이라 부르게 되었다 한다. 西晉 張華의 『博物志』에 "堯의 두 딸은 모두 舜의 처가 되어 湘夫人이라 불렀다. 舜이 붕어하자 두 여인은 통곡하며 대나무에 눈물을 흘렸는데 이로 인해 대나무에 얼룩이 맺혔다.(堯之二女, 舜之二妃, 日湘夫人. 舜崩, 二妃啼, 以淚揮竹, 竹盡斑)"라는 기록이 있는데 이 전설은 후대 많은 시문에서 소재로 활용되었다. 舜帝를 쫓아 瀟湘江에 투신을 한 娥皇과 女英이 보여준 절개와 사랑은 대나무의 節義와도 매우 잘 부합하는데 '斑竹'은 여타 대나무가 푸른색으로 淸高한 기질을 묘사하고 있는 것에 비해 푸른 대에 서린 붉은 반점으로 절개 속에 진실한 정을 담고 있다는 이미지를 형성하였다. 따라서 '斑竹'은 여러 시문을 통해 애정과 충정의 의미로 활용되었고 蕭瑟하고 凄然한 묘사 속에 진실한 정을 담을 때 많이 활용하는 소재가 되었던 것이다.

'桂樹'는 '月桂'라는 별칭과 함께 '桂兔', '桂輪', '桂魄', '蟾桂', '玉桂' 등 달과 연관된 다양한 명칭을 갖고 있는 나무이다. 옛날 중국 신화에 의하면 吳剛이라는 신선이 연회에서 옥황상제의 술을 엎어버리는 잘못을 저질러 옥황상제에게 벌을 받아 달나라로 귀양 가서 높이가 오백 장이나 되는 桂樹를 도끼로 찍는 일을 계속해야 했다. 그러나 吳剛이 도끼질을 해서 넘어뜨려도 桂樹는 다음 날 어김없이 원래의 모습으로 되돌아와서 영원히 그대로 남아 있게 된다는 전설이다. 보름달의 오른편에 있는 어두운 부분이 신선이고 왼쪽에 보이는 어두운 부분이 桂樹라고 한다. 또한 姮娥라는 여인이 남편인 羿가 西王母로부터 어렵게 얻어온 불사약을 먹고 달나라로 도망가서 두꺼비 혹은 토끼가 되었다는 전설도 있다. 시간이 지나면서 이런 저런 이야기들이 뒤섞여서 달 속에 계수나무가 있고 그곳에 토끼가 있다는 식의 전설이 형성되게 된 것이다. 옛 시인들은 이처럼 계수와 달을 연관시키고 계수나무를 상상의 나무로 인식하기 시작하였다. 달과 연관된 '月桂'라는 명칭은 그 전설로 인해 不死, 再生의 의미를 갖게 되었고 신비로운 존재감을 지닌 대상물로 인식되었다. 桂樹가 종종 아련한 상상력이나 그리움의 투사 대상으로 인식되거나 桂樹나 桂花를 제재로 한 시가가 환상적인 의미를 발하게 된 연유가 이것과 연관이 있다.

'水仙花'는 '水仙'이라는 이름이 상징하듯 신묘한 분위기를 제공하는 꽃으로 인식되었고 역대 문인들은 수선화의 각종 전설과 고사를 인용하여 이 꽃을 水神의 이미지로 형상화한 경우가 많았다. 水仙花는 일찍이 曹植이 「洛神賦」에서 洛水의 여신 宓妃를 '물결 가르는 선녀(凌波仙子)'로 묘사한 것에 영향을 받아 洛水의 여신 '宓妃'로 묘사되거나, 屈原이 洛水의 湘夫人을 생각하며 쓴 「湘君」, 「湘夫人」의 구절을 따라 '湘水女神'으로 그려지기도 하였고, 鄭交甫가 漢水에서 두 명의 신녀에게서 패옥을 받았던 고사와 연관하여 '漢水女神'으로 표현되기도 하였다. 역대 시문에서 수선화를 신녀와 연관하여 행한 각종 묘사는 수선화로 하여금 탈속의 기운을 소유한 고매한 꽃의 이미지를 갖게 하는 중요한 바탕이 되었다.

(9) 일화나 작품을 통해 계승된 상징성과 문화적 의미

신화나 전설이 꽃이 지닌 아름다움에 신비로운 느낌을 더하게 하였다면 꽃과 연관된 어떤 일화나 작품은 그 꽃의 실제적인 가치를 높여주는 요인이 된다. 신화나 전설이 덧입혀진 꽃은 일견 아름답거나 감동적이긴 해도 실제로는 허구성을 띠고 있기 때문에 사람들은 상상력이 가미된 허구적 존재라는 인식을 분리시키지 못하게 된다. 반면에 어떠한 인물의 일화나 실제적인 작품을 통해 언급된 꽃은 사실감을 충족시키는 동시에 실제적인 미감을 느끼게 하는 좋은 자료가 된다. 일화나 작품을 통해 가치를 높이고 아름다움을 추가한 몇몇 꽃(화목)의 경우를 살펴보기로 한다.

‘菊花’는 꽃 중에서도 은자의 이미지를 가장 잘 대변하는 꽃으로 알려져 있다. 국화가 은자의 이미지를 얻게 된 연유로는 東晉의 시인 陶淵明이 국화를 애호하였던 일화와 「飮酒」 시에서 “동쪽 울타리 아래서 국화를 캐어들고, 아스라이 남산을 바라본다.(采菊東籬下, 悠然見南山)”라는 名句를 남긴 것에서 유래한다. 국화의 이칭 ‘隱君子’, ‘隱逸花’, ‘東籬’, ‘東籬佳色’ 등에서 국화와 은자의 연관성이 강한 면모를 느끼게 된다. 한편 唐나라 소금장수 黃巢의 시 “기다려라 9월 8일 가을이 오길, 내 꽃이 피고 난 뒤엔 온갖 꽃이 지고 말아. 하늘을 찌르는 꽃향기 장안성에 스미면, 성안의 모든 이들 황금의 갑옷을 두르리라.(待到秋來九月八, 我花開後百花殺. 冲天香降透長安, 滿城盡帶黃金甲)”에 인용된 국화의 이미지는 陶淵明의 은자 이미지와는 극도로 대치된다. 陶淵明의 경우 국화는 은자의 상징이며 고아한 서정을 간직한 꽃인데 비해 黃巢의 시에 나타나는 국화는 반란의 상징으로 인식되고 있기 때문이다.

‘蘭’은 은은한 향기를 발하는 꽃으로 그 향기 속에 이성을 끌어들이는 힘이 있다고 여겨지기에 연인들 사이에서는 구애의 상징으로 인식되기도 한다. 난이 지닌 또 다른 상징성은 ‘아이를 낳을 징조’이다. 이에 대하여는 『春秋左氏傳』 「宣公三年」에 기록된 일화를 참조할 수 있다. “鄭나라 文公에게는 신분이 낮은 첩이 있었는데 이름을 燕姞이라 하였다. 꿈에 천사가 연길에게 난을 주고는 ‘나는 자네의 선조 되는 사람인데 이로써 아들을 낳을 것이네. 난은 나라 안에서 으뜸가는 향을 가졌으니 사람들이 그를 보면서 그렇게 여길 것이네.’라고 하였다. 얼마 되지 않아 연길은 문공의 눈에 들었다. 그에게 난을 주면서 불러들이니 그녀는 말하길 ‘첩은 비천하나 다행히 아들이 생겼습니다. 만약 사람들이 믿지 않을지 모르니 난을 징표로 삼을 수 있게 하십시오.’라 하니 문공이 말하길 좋다고 하였다. 연길이 穆公을 낳으니 그의 이름을 난이라 하였다.(鄭文公有賤妾, 曰燕姞, 夢天使與己蘭, 曰 : 余爲伯鯈, 余而祖也, 以是爲而子, 以蘭有國香, 人服媚之如是, 旣而文公見之, 與之蘭而御之, 辭曰, 妾不才, 幸而有子, 將不信, 敢徵蘭乎, 公曰 : 諾. 生穆公, 名之曰蘭)” 이 일화를 통해 蘭을 지니면 아이를 갖게 된다는 속설이 있게 되었다. 이는 ‘蘭’과 ‘郎’의 발음이 비슷한 諧音 현상과도 연관이 있다. 蘭 꿈을 꾸면 사내아

이를 낳는다거나 몸에 차고 다니거나 집안에 놔두면 역시 사내아이가 생긴다는 속설은 이를 반영한 것이다.

'대나무(竹)'는 민간에서 흔히 볼 수 있는 만큼 다양한 전설이나 고사와 결합된 상징성을 갖고 있다. 절개나 강인한 인품을 상징하는 '節槪樹', '虛心淸節', '琅玕', '寒友', '三淸', '歲寒三友' 등의 명칭이 있고, '此君', '抱節君', '化龍', '妬母草' 등의 여러 이칭도 갖고 있다. '抱節君'은 여러 마디를 지닌 외양과 그것이 상징하는 의미인 절도를 갖춘 군자라 해서 생긴 별칭이며, '化龍'은 대나무 지팡이를 연못에 던졌더니 용이 되었다는 전설에서 나온 것이며, '妬母草'는 어미의 키를 시샘해서 빨리 자라려는 풀이라는 뜻을 지니고 있다. 그중 '此君'이라는 명칭은 東晉의 유명한 서예가 王徽之가 집 주위에 대나무를 심어놓고 "하루라도 '이분(此君)'이 없으면 살 수 없다(何可一日無此君邪)"(『晉書』 卷八十 「王羲之列傳·王徽之」)라고 하였던 일화에서 유래하여 대나무의 별칭으로 많이 쓰이는 명칭이다. 東晉의 陶淵明이 국화를 애호하였던 것에 비교되는 일화라 할 수 있겠다. 한편 대나무 중 '湖南竹', '竹笋竹', '毛竹', '哭竹'이라고도 불리는 '孟宗竹'은 '효성'의 의미를 상징한다. 三國時代 吳나라 江夏에 살던 孟宗은 한겨울에 어머니가 죽순을 먹고 싶어 하자 대나무 밭으로 달려가 울면서 간구했는데 이에 孟宗의 눈물이 떨어진 자리 곳곳에서 죽순이 솟아나 그것을 캐어 어머니를 봉양했다고 한다. 중국 효자들에 관한 기록 『二十四孝』에 실려 있는 '孟宗泣竹', '孟宗雪筍' 고사에서 유래한 것이다.

자태가 곱고 향이 특히 뛰어난 '라일락(丁香)'은 '예쁜 여성'의 의미를 지닌 '謝娘', '丁娘' 등의 별칭을 지니고 있다. 唐宋代 詩詞에서 나타난 '謝娘'은 唐代 歌妓 謝娘에서 유래한 명칭으로 이목구비가 특히 예쁜 여성을 형용하는 어휘로 쓰였고, 淸代 詩詞에서 丁香을 표현한 '丁娘' 역시 '아름다운 여자' 혹은 '자신이 사모하는 여성'을 뜻하는 어휘로 자주 활용되었다. 宋代 晏殊의 詞 「望漢月·憶漢月」 중 "늦은 봄 謝娘은 근심을 먼저 일으키는데, 여기에 어지러이 날리는 버들솜은 마치 눈과 같아라.(謝娘春晩先多愁, 更撩亂, 絮飛如雪)", 史達祖의 詞 「綺羅香」 중 "먼 산봉우리 희미한데, 謝娘이 아름다운 미간에 흘리는 눈물에 화답하네.(隱約遙峰, 和淚謝娘眉嫵)" 淸代 郭麐의 「月華淸·詠丁香」 중 "네모

난 창 주렴 앞, 한 아가씨(丁娘)가 슬프게 앉아 있네. 봄 산을 생각하며, 한 땀 한 땀 수를 놓네.(丁字帘前, 有個丁娘凄斷. 想春山, 綉上重重)” 등에 나타난 ‘謝娘’과 ‘丁娘’ 등의 표현을 그 예로 들 수 있다.

‘丁香’과 연관된 또 다른 상징성으로 슬픔과 우수를 의미하는 ‘丁香結’이라는 표현을 들 수 있다. ‘정향이 피어 있는 모습이 우수를 자아낸다’라는 뜻을 지닌 ‘丁香結’은 李商隱이 쓴 「代贈」의 “아직 파초잎 펼쳐지지 않는데 정향만이 피어나, 함께 봄바람 바라보며 절로 우수에 젖나니(芭蕉不展丁香結, 同向春風各自愁)” 구절에서 연유하여 이후로도 각종 詩詞에서 우수의 형상과 연계된 표현으로 이미지를 형성하여간 경우이다. 현대시인 戴望舒가 「雨巷」이라는 작품에서 ‘丁香’의 이미지를 활용하여 슬픔의 여운을 강조한 것도 한 예로 들 수 있다.

‘베고니아(秋海棠花)’는 엇갈리게 자라나는 잎의 형상과 연관하여 짝사랑이나 괴로운 사랑을 뜻하는 ‘苦戀’의 상징성을 갖고 있다. 여기에 宋代 陸游와 唐琬의 고사에서 유래한 「釵頭鳳」 詞에 등장하는 베고니아 역시 아픈 사랑의 전설을 대변한다. 결혼했지만 어머니의 반대로 헤어져야 했던 두 사람이 이별에 임하면서 唐琬이 陸游에게 한 화분의 베고나아를 증표로 선물하였는데 唐琬은 이 꽃을 ‘斷腸花’로 불렀고 陸游는 ‘相思花’로 부르며 각자의 처절한 심정을 표현한 바 있다. 이별 후 陸游는 王氏女와 재혼하여 10년간 외지로 돌았고 唐琬은 趙士程과 결혼하게 되었다. 후에 陸游가 沈園에 갔을 때 한 화분에 심겨진 베고니아를 보고 唐琬과의 추억을 떠올리게 된다. 그러다 그곳에서 唐琬을 다시 만나게 되자 「釵頭鳳」 一首를 각각 담장에 씀으로써 자신들의 심정을 표현하였는데 특별히 지칭하지는 않았지만 「釵頭鳳」 시가 중에 등장하는 꽃이 베고니아임을 추측해볼 수 있다.

‘荔枝’는 唐代 楊貴妃가 특히 좋아했던 과일로 알려져 있는데 이 과일은 ‘妃子笑’라는 별칭을 갖고 있다. 荔枝는 南海, 閩中, 蜀 등지에서 생산되는데 모두 楊貴妃가 있던 황궁에서 먼 지역인 데다가 상하기 쉬운 고로 운반하여 먹기에는 어려움이 큰 과일이었다. 楊貴妃에게 荔枝를 제공하기 위하여 파발마가 밤낮으로 달려도 온전하게 도달하는 것은 얼마 되지 않았고 운반 과정에서 백성이 피해를 보는 일도 빈번했다. 그럼에도 불구하고 楊貴妃를 사랑했던 玄宗은 荔

枝 운반을 계속하였으니 杜牧은 이 모습을 보고 「華淸宮」 시를 통해 다음과 같이 읊었다. "파발마가 흙먼지를 일으키며 달려오면 귀비는 즐겁게 웃지만, 아무도 이것이 여지가 오는 것임을 알지 못한다네.(一騎紅塵妃子笑, 無人知是荔枝來)" 이 시에 이후로 荔枝를 '妃子笑'라는 별칭으로 불렀다는 일화가 전한다. 유명 시인의 작품을 통해 식물의 별명이 생성된 경우라 할 수 있다.

'오동나무(梧桐)'는 봉황이 날아드는 신령한 나무라는 이미지를 지니고 있는데 역대 문헌을 보면 봉황, 달, 우물, 거문고, 가을비 등의 소재와 결합하여 오동나무의 의상을 더욱 풍부하게 묘사하고 있다. 특히 거문고는 오동나무를 재료로 하여 만드는데 "좋은 오동나무로 만든 훌륭한 거문고"의 관계적 의미를 지칭하여 '知音', '좋은 재주를 지니고 있는 이', '재능이 뛰어난 이를 알아 봄' 등의 의미를 부여하고 있다. 오동나무와 거문고에 관한 여러 고사 중 '焦尾琴' 고사는 특히 유명하다. 『後漢書』 「蔡邕傳」에 "어떤 吳나라 사람이 오동나무로 아궁이에 불을 지피는데 蔡邕이 들어보니 불타는 소리가 요란하였다. 그 나무가 훌륭한 재목임을 알고는 그에게 청하여 꺼낸 후 거문고를 만들었다. 과연 아름다운 소리가 났는데 그 꼬리 부분에 불에 탄 부분이 있어서 당시 사람들이 이 거문고를 '焦尾琴'이라 불렀다 한다.(吳人有燒桐以爨者, 邕聞火烈之聲. 知其良木, 因請而裁爲琴, 果有美音, 而其尾猶焦, 故時人名曰焦尾琴焉)"라는 기록이 있다. 오동나무는 상서로운 이미지와 함께 뛰어난 재주나 맑은 성품을 은유할 때 자주 활용되던 나무였다.

'살구나무(杏)'에서 유래한 '杏亶'은 강학하는 장소를 의미하며 '杏錢'은 백성을 구휼하는 것을 의미한다. '杏亶'은 『莊子』 「漁夫」편에 孔子가 緇帷의 숲을 유람할 때 杏亶에서 쉬며 앉아 있고 제자들은 독서를 하고 孔子는 絃歌를 부르며 琴을 연주했다는 고사가 실린 것으로 인해 강학하는 장소를 의미하게 되었다. 孔子가 杏壇에서 제자들을 가르쳤다는 일화로 인해 과거 합격, 학업 성취 등 급제화의 상징성도 갖고 있다. '杏錢'은 葛洪의 『神仙傳』에 의하면 삼국시대 吳나라 명의 董奉이 廬山에 은거하면서 환자를 치료하고는 돈 대신에 살구나무를 심게 하고는 그 생산된 살구로 다시 가난한 백성을 구휼하였다는 고사에서 유래하여 '은자가 백성을 구휼함' 혹은 '良醫'의 의미를 지니게 된 어휘이다. 이

고사와 연관하여 '杏錢'과 '杏林' 역시 비슷한 의미로 인식되고 있다.

'송백(松栢)'은 내한성이 강하고 사철 변하지 않는 푸른 자태를 지녔기에 굳건한 기상을 지칭하는 존재로 흔히 묘사되는 나무이다. 이와 연관하여 남녀 간의 굳은 약속의 의미로도 활용된 경우도 많았다. 松柏의 고사 중 남녀 간의 굳건한 정을 나타내는 일화로 '蘇小小의 고사'를 들 수 있다. '蘇小小의 고사'는 南朝 徐陵의 『玉臺新詠』, 『樂府廣題』 등에서 찾아볼 수 있다. 蘇小小는 당시 미모로는 견줄 이가 없었던 南齊시대 錢塘의 名妓였다 한다. 어느 날 거마를 타고 봄꽃놀이에서 돌아오던 蘇小小는 당시 재상 阮道의 아들 阮郁을 길에서 만나게 되고 이후 둘은 서로 사랑하는 사이가 된다. 이들은 거마와 말을 타고 호수와 제방을 다니면서 시를 창화하고 서로 혼인서약도 했지만 결국은 명문가 규수를 마음에 두었던 아버지 阮道의 반대로 인해 서로 헤어지게 된다. 사랑을 이어나가지 못한 蘇小小는 슬픔 속에 살면서 시를 짓다가 결국 병사하게 되었다는 고사인데, 蘇小小가 썼다는 시 「蘇小小歌」에서 "저는 유벽거를 타고, 님께서는 청총마를 탔지요. 어느 곳에서 우리의 마음을 맺겠어요? 서령의 송백나무 아래에서입니다.(妾乘油壁車, 郎騎靑驄馬. 何處結同心, 西泠松柏下)"라고 하여 송백을 굳건한 사랑의 상징으로 활용한 것을 살필 수 있다.

'해당화(海棠花)'는 '신선', '선녀'의 이미지와 함께 '잠에서 덜 깬 미인'의 상징성을 지닌 꽃이다. 해당화가 '신선', '선녀'의 이미지를 갖게 된 것은 玉皇上帝가 다스리는 하늘의 廣寒宮에 있던 해당화를 본 선녀 玉女가 이 꽃을 몰래 가져오려다가 이를 본 王母의 분노에 놀라 꽃을 땅에 떨어뜨렸는데 마침 이 꽃을 받아 심은 노인의 딸 이름이 '海棠'이라 그 이름 따라 海棠花로 불리게 되었다는 전설에 따른 것인데 이와 연관하여 唐의 지리학자 賈耽이 쓴 『花譜』에 "해당화는 꽃들 중의 신선이다.(海棠花, 花中神仙)"라는 평도 참고할 수 있다. '잠에서 덜 깬 미인'의 상징성을 지니게 된 것은 양귀비를 해당화에 비유한 일화에서 비롯된다. 北宋 樂史의 『楊太眞外傳』에 실린 "현종이 침향정에서 양귀비를 불러오라 하니 때가 묘시인데 아직 깨지 못하였다. 고력사에게 명하여 시녀들을 통해 부축해서 오라 하니 양귀비는 취한 얼굴에 화장기가 흐트러졌고 머리는 산발에 비녀는 비뚤어진 모습으로 재배를 못 하였다. 황제가 웃으며 말하길 이 어찌 귀비가 취했다 하리오, 해당화가 아직 잠에서 깨지 못한 것이리라 하였다.(上皇登沈香亭, 召太眞妃, 于時卯醉未醒, 命力士使侍兒扶掖而至, 妃子醉顏殘妝, 鬢亂釵橫, 不能再拜, 上皇 笑曰, 豈妃子醉, 是海棠睡未足耳)"라는 일화와 연관하여 해당화는 흔히 미인의 상징 으로 읊어지게 되었으며 '海棠春睡'라는 고사가 유행하게 되었다.

'회화나무(槐)'는 '한바탕 헛된 꿈'의 의미를 지닌 '一場春夢', '南柯一夢' 등 의 고사로 유명한 나무이다. 唐 李公佐의『南柯太守傳』에는 揚州 땅에 살던 淳 于棼이 회화나무 아래서 꿈을 꾼 내용을 줄거리로 하고 있다. 淳于棼은 꿈속에 서 '槐安國'에 초대되어 가서 부마의 자리에 오르고 南柯太守에 봉해져 20년을 다스리며 잘 살았는데 깨어보니 회화나무 아래에 개미집이 있었고 그곳은 南柯 郡의 형상을 하고 있었다 한다. 꿈에서 개미 나라에 살다 온 것이며 이 모든 것 이 일장춘몽이라는 것을 깨달았다는 내용으로 되어 있다. 이 소설에서 유래하여 회화나무는 '一場春夢'의 상징성을 갖게 되었다.

자연은 그 자체가 거대한 공간이며 인간의 심신과 삶에 무한한 힘을 제공하 는 어머니와 같은 존재이다. 자연물 하나하나는 고유의 미적 가치를 지니고 있 지만 그중에서 '꽃'은 시공을 뛰어넘는 매력으로 사람들의 정신에 형용할 수 없 는 많은 미감과 다양한 문화적 풍속을 형성하게 한 소재였다. 꽃은 코끝을 스치 는 향기와 다양한 자태로 오감을 사로잡을 뿐 아니라 역사 속에서 형성된 다양 한 문화적 풍습과 상징성을 통해 사람들에게 깊은 감흥과 철학적 섭리를 깨닫게 해주기도 한다. 사람들은 철마다 새롭게 등장하는 꽃의 여러 색, 향, 형상, 개화 시기 등에서 신선한 감흥과 기쁨을 느끼면서 인생의 진리를 발견해왔을 뿐 아니 라 실생활과 연관된 다채로운 문화를 창출하는 지혜를 발휘해왔다. 꽃이 지닌 문화적 속성은 꽃의 미감을 발견하고 그 미감에다 실생활에서 접할 수 있는 효 용성까지 결합하여 온 사람들의 의식을 반영한 결과라 할 수 있는 것이다.

꽃은 자연 속에 존재하는 사물 중에서 가장 빼어난 아름다움을 지닌 존재이 며 사람들로 하여금 깊고 친밀한 감흥을 느끼게 하는 좋은 자원이다. 꽃은 '아름 다움'의 상징에서 출발하여 다양한 방향으로 자신의 의미를 확대시켜가며 사람 들에게 존재감을 인식시켜왔다. 꽃은 자연의 질서에 따라 성장하면서 강한 생명력을 발휘하는데 계절, 시간, 빛의 광선 등의 주변 환경에 따라 변화된 이미지를 다양하게 연출하기도 한다. 꽃의 아름다운 색상과 형태, 향기 등은 사람들에게 풍부한 정서를 느끼게 하며 자연과 더욱 많은 교감을 이룰 수 있게도 해준다. 그렇기에 사람들은 화사하게 피어난 꽃을 통해 아름다운 존재가 주는 미학적 기쁨이나 '생의 절정기' 같은 환희를 느끼며 꽃의 생성과 소멸의 순환과정과 같은 자연법칙을 통해 인간의 여러 삶과 연관된 가르침이나 의미도 얻을 수 있었던 것이다.

역대 문인들은 각종 꽃의 자태를 감상하면서 그 꽃이 제공하는 아름다움에 매료될 수 있었고 꽃이 지닌 의미와 상징성을 통해 감동을 얻을 수 있었으며 자신의 감동을 다시 창작에 연결시킴으로써 그 미감을 후대에 남기는 선순환 과정을 이어왔다. 중국 고전시 중에서 꽃을 노래한 '詠花詩'는 꽃과 각종 식물을 대하는 작가의 소박한 마음을 담은 기록이다. 꽃을 노래한 작품 속에는 중국의 시인들이 꽃에서 느낀 심상(이미지)이 다채로운 창작기법과 함께 종합적인 의경으로 재현되어 있고, 꽃이 지닌 아름다운 형태미와 천연의 신비감, 그리고 정중동 속에서도 역동적인 변화를 보이는 다중 미감을 한정된 편폭 속에 농축하여 이입한 신묘한 필치가 담겨 있다. 꽃을 아름답게 묘사하는 동시에 대장이나 평측 같은 공교한 기술도 잘 발휘했을 뿐 아니라 자연 정경과 자신의 의식을 교묘히 융합하는 재주까지 훌륭하게 발휘했음을 발견할 수 있다. 우리는 '꽃'이라고 하는 '景' 속에 일렁이는 '情'을 순박하게 풀어놓은 옛 시인의 마음을 읽음으로써 무한한 공감과 활력을 얻을 수 있다. 중국 고전시에서 꽃을 노래한 작품은 무수히 많고 분류의 기준을 세우기도 쉽지 않다. 본서에서는 계절에 따라 다른 자태를 보여주는 꽃의 특성에 주목하여 꽃을 노래한 작품을 사계절로 나누어 살펴보기로 한다.

제2장

중국 고전시에 나타난
봄의 꽃과 나무

'꽃'은 본래 아름다움을 간직한 존재이지만 봄꽃을 보게 되면 그 아름다움의 의미는 더욱 강렬하게 인식된다. 봄을 맞이하여 화목들이 여기저기에서 하나둘씩 꽃봉오리를 맺고 화사한 자태를 드러내면 사람들은 이를 보고 아름다움을 느낄 뿐 아니라 봄이 주는 생동감, 자연 만물의 화창함, 새 생명의 소생, 봄꽃이 조락하는 것에 따른 비애감 등 다양한 의미를 함께 생각해보게 된다. 봄이라는 계절이 지닌 새로움, 시작, 생명력, 귀환 등의 의미가 각종 화목과 연계하여 더욱 구체적이면서도 현실적으로 시야에 들어오기 때문이다. 봄꽃은 대개 꽃이 잎보다 먼저 피어나는 특색을 지녔다. 이는 마치 비탄의 겨울이 가고 따듯한 봄이 오면 고통의 순간을 보내고 새로운 기쁨을 맞이하듯 화사한 봄꽃을 만나 아름다운 자태와 향기로 신선한 기분을 얻게 되는 것과도 같다. 봄꽃은 어느 계절에 피어나는 꽃보다도 화려한 면모를 지녔다. 그렇기에 절정의 개화를 뒤로 한 채 영락하는 모습을 보게 되면 그 화려함과 상반되는 조락의 슬픔을 더욱 절절하게 느끼게 된다. 역대 중국 시문에 등장하는 봄꽃의 모습은 아름다움, 화려함과 번영, 미인, 새로운 생명력, 고귀한 존재감, 조락의 비애 등을 일깨우는 자연의 매개체였다. 봄의 화려함을 수놓는 여러 꽃과 나무 중 개나리, 두견화, 등나무, 매화, 모란, 목련, 버드나무, 복사꽃, 배꽃, 살구꽃, 석남화, 양귀비꽃, 앵도화, 자형화, 작약, 정향, 해당화 등 총 17종을 중심으로 역대 시인들의 작품들을 살펴보고 각 꽃과 나무가 지향했던 상징성과 의미를 생각해보기로 한다.

1. 황금빛 봄의 요정 개나리(迎春花)

봄이면 온 천지를 노랗게 밝히는 개나리(forsythia, 학명 forsythia koreana)는 쌍떡잎 식물 용담목 물푸레나뭇과의 낙엽관목으로 우리나라가 원산지이다. 학명에 우리 나라 이름이 들어가는 몇 안 되는 식물 중 하나이다. '연교(連翹)', '신리화', '영 춘화', '어리자', '어아리' 등의 이름도 있지만 '개나리'라는 명칭이 가장 많이 쓰 이고 있다. 전체 크기는 약 3미터 내외이고 양지를 좋아하며 무리지어 자라는 특성을 지니고 있다. 4월에 꽃이 먼저 나온 후 3~12센티미터에 달하는 잎이 마 주한 채 나오는데 타원형에 톱니 형상을 하고 있다. 언덕이나 야산 등 장소를 가 리지 않고 자생하며 병충해와 추위에 강해 관상용이나 울타리용으로 많이 심는 다.

중국에서 개나리(迎春花)는 梅花, 水仙, 동백 등과 함께 '雪中四友'로 불리는 꽃인데 '迎春', '小黃花', '黃素馨', '金腰帶', '金鐘花', '滿條金' 등으로도 불리 고 있다. 노란 꽃 모양이 예쁠 뿐 아니라 추위에 강한 내한성, 가뭄에 강하고 지 역과 풍토를 가리지 않고 자라는 적응력 등을 갖고 있다고 알려져 고래로 많은 애호를 받아왔다. 척박한 곳에서도 뿌리를 잘 내리며 가지만 꽂아줘도 잘 살아 나는 강인한 생명력을 지녔다는 것과 다른 여러 꽃보다 일찍 개화하여 봄의 전 령 역할을 하는 특성에 주목하여 역대 문인들이 작품을 쓴 바 있고 각종 영화, 가곡, 소설 등에도 자주 등장해왔기에 중국인에게도 매우 친숙한 이미지로 인식 되고 있다.

개나리는 화사하게 만개하여 봄의 도래를 알리는 전령이지만 귀족적인 자태 나 우아한 향기와는 거리가 있다. 민가 주변이나 야산 등 지역을 가리지 않고 피어 있으면서 서민의 마음에 소박한 서정을 제공하며, 연분홍으로 피어나 애상의 서정을 불러일으키는 진달래(두견화)와 대비를 이루며 새로운 희망의 메시지를 담고 있는 꽃이라 할 수 있다. 중국 역대 시가에 나타난 개나리꽃은 고상하고 화려한 기품보다는 새봄을 알리는 전령 역할과 강인한 생명력을 지닌 이미지로 사람들에게 소망과 기쁨을 주는 존재로 주로 묘사되고 있다.

1) 추위를 이겨낸 봄의 전령

우리나라의 산에서 가장 먼저 피는 꽃은 산수유요, 들판에서 가장 먼저 피는 꽃은 유채꽃이며, 울안에서 가장 먼저 피는 꽃은 개나리라는 말이 있듯이 개나리는 여러 봄 꽃 중에서도 비교적 일찍 봄의 도래를 알리는 전령 역할을 수행한다. 차갑고 긴 겨울을 인내하다 문득 시야에 들어오는 황금색 개나리를 발견하게 되면 봄을 맞이하는 기쁨을 얻게 되고 무척 반갑게 느껴진다.

宋代 劉敞이 쓴 다음 작품을 보면 개나리를 통해 새봄을 맞는 기쁨이 잘 드러나 있다.

迎春花　개나리
沉沉華省鎖紅塵　깊고 깊은 궁궐은 세상과 막혀 있는데
忽地花枝覺歲新　홀연히 땅에 피어난 개나리 가지 보고 새해 되었음 깨닫네
爲問名園最深處　묻노니 멋진 정원에서 가장 깊숙한 곳은 어디인지
不知迎得幾多春　부지중에 그 몇 번이나 봄을 맞게 되었는가

궁정에서 근무하는 시인으로서는 세상과 절연되어 있는 것 같은 억눌리고 답답한 감정에 매몰되어 있기 쉽다. '鎖'자는 궁정과 세상과의 단절을 의미한다. 새봄이 되어 노란 꽃망울을 피워낸 개나리를 보고 문득 새봄의 도래를 깨닫게 되니 이는 마치 세상사에 정신없이 몰두하다가 "떨어지는 나뭇잎 하나로 가을이 온 것을 깨닫게 되는 경지(一葉落知天下秋)"와도 같다. 순간적으로 깨닫게 된 황홀한 환희는 시인으로 하여금 '名園'의 가장 깊은 곳을 찾아 꽃을 감상하고 싶

게 만드는 요인으로 작용한다. 개나리의 개화가 새봄을 맞는 큰 기쁨을 깨닫게 해주는 중요한 단초가 되고 있음을 살필 수 있다.

宋代 晏殊는 개나리가 다른 꽃보다 먼저 피어나는 특성을 포착하여 다음과 같이 노래한 바 있다.

迎春花　개나리

淺艷侔鶯羽	옅고 고운 모습 꾀꼬리 깃털처럼 가지런하고
纖條結兔絲	섬세한 가지는 새삼처럼 맺혀져 있다
偏淩早春發	봄이 채 도래하기도 전에 피어나니
應誚衆芳遲	뭇 아름다운 꽃들이 더디 피어남을 꾸짖을 만 하구나

봄을 맞이하면서 어떤 꽃보다 일찍 개화하는 개나리의 특성을 주목하였다. 시가의 전반부에서 '꾀꼬리 깃털'과 '새삼[1]'을 들어 개나리의 섬세하고 가지런한 자태를 묘사하였고 후반부에서는 누구보다 빨리 봄을 알리는 특성을 희화적으로 잘 표현한 것이 눈길을 끈다.

宋代 董嗣杲도 개나리가 어떤 꽃보다 빨리 피어나 봄의 전령 역할을 하는 특성을 주목한 바 있다.

迎春花　개나리

破寒乘暖迓東皇	추위 깨뜨리고 오는 동풍의 따듯한 기운을 맞아
簇定剛條爛熳黃	굳건하게 무리 진 가지에 피워낸 노란색 찬란한 꽃
野豔飄搖金譽嫩	들녘의 고운 바람은 황금색 부드러운 가지를 흔들고
露叢勾引蜜蜂狂	이슬 맺힌 꽃무더기는 꿀벌이 미친 듯 달려들게 하네
萬千花事從頭起	온갖 꽃들의 개화를 맨 처음부터 보는데
九十韶光有底忙	석 달 아름다운 봄빛에 어찌 조급함이 있으랴
歲歲陽和先占取	해마다 따듯한 햇살보다 먼저 자리 잡고는
等閑排日趲群芳	가볍게 햇살을 떨치며 뭇 꽃의 향기 흩어지게 하나니

추위를 헤치고 피어나 찬란한 봄을 알리는 개나리에서 느낀 감동을 투영하고

1　'새삼'은 한국, 일본, 중국 등지에 분포하는 메꽃과의 한해살이 기생식물이다. 줄기는 누런 갈색의 철사 모양이며 잎은 없다. 여름에 흰색 꽃이 가지 끝에서 자잘하게 피고 열매는 삭과로 '菟絲子'라고 하며 주로 약용으로 쓰인다. '샘', '兔絲', '菟絲'라고도 한다.

있다. 들녘의 바람과 이슬을 맞아 매력을 더하는 개나리의 자태를 서술한 전반부에 이어 봄의 시작부터 다른 꽃을 선도하며 꽃을 피워내는 품성을 반어적으로 기술하였다. 자태와 속성에 대한 투철한 관찰을 바탕으로 개나리의 장점을 강조하고 있는 것이다.

개나리는 봄에 개화하는 여러 꽃들과 함께 봄의 전령 역할을 하지만 다른 봄꽃과 비교되는 자신만의 이미지도 갖고 있다. 唐代 白居易는 개나리를 유채꽃, 도리 등과 비교한 시를 쓴 바 있는데 이를 통해 고전 문인들이 인식했던 개나리꽃 이미지의 일단을 유추해볼 수 있다. 그가 노란색으로 피어나는 유채꽃과 개나리에 대해 비교의 감정을 가지고 쓴 시를 살펴본다.

> **玩迎春花贈楊郎中** 개나리를 감상하며 楊郎中에게 쓴 시
>
> 金英翠萼帶春寒 금빛 꽃과 비췻빛 꽃받침은 차가운 봄기운 띠고 있으니
> 黃色花中有幾般 노란색 꽃 중 그 어떤 꽃이 이와 견주리오
> 恁君與向遊人道 그대 행락하는 이들에게 편하게 말하시오
> 莫作蔓菁花眼看 이 꽃을 유채꽃으로 보지는 말아달라고

겨울의 추위를 이겨내고 노란 자태를 환하게 피워낸 개나리를 찬양하고 있다. 밝은 모습 속에 남다른 차가운 기운도 담고 있는 것은 개나리가 지닌 아름다움의 또 다른 의미가 된다. 봄꽃의 화사함을 관람하는 이에게 유채꽃도 눈에 들어오겠지만 시인은 개나리가 유채꽃보다 우아하다는 생각을 하고 있다. 같은 노란색 꽃이라도 개나리가 유채꽃보다 낫다는 언급을 통해 楊郎中(楊汝士)의 재능이 남보다 우수하다는 것을 은유하고자 한 것이다.

개나리를 유채꽃과 비교한 작품에 이어 개나리를 '桃李'와 비교한 白居易의 작품을 살펴본다.

> **代迎春花招劉郎中** 개나리를 빌려 劉禹錫을 초대함
>
> 幸與松筠相近栽 다행히도 송죽과 가까운 곳에 심겨져 있어
> 不隨桃李一時開 도리와 함께 피어나지 아니하였다
> 杏園豈敢妨君去 행원에 그대가 가 보는 것을 어찌 꺼려 하리오만
> 未有花時且看來 개나리가 아직 있을 때 다시 보러 오시게나

唐 文宗 大和 2년(828) 봄에 白居易와 劉禹錫이 좌천되어 서로 수년간 떨어진 상황에서 개나리가 만개하는 것을 보고 쓴 작품이다. '松筠'은 劉禹錫의 인품을 은유한 것이며 '桃李'는 세상 명리를 탐하는 귀족들을 지칭하며 풍자한 것이 된다. '杏園'은 長安 大雁塔 남쪽에 있는 원림으로 매년 과거에 급제한 進士들이 연회를 하던 곳인데 여기서는 '桃李'처럼 명리를 위해 다투는 이들을 암시하는 표현으로 쓰이고 있다. '桃李'나 '살구' 같은 속된 꽃보다 개나리를 보러 오라는 표현은 劉禹錫이 지고한 의지를 간직할 것을 당부한 내용으로 이해가 된다. 시제의 '招'를 통해 친우를 향한 권면의 의지를 펼쳤는데 '豈敢' 표현을 통해 친구의 인품에 확신을 가하였고, 이어서 '且看來'를 통해 다시 한번 권유의 뜻을 은유적으로 표현하고 있다. 개나리꽃을 들어 劉禹錫의 인품을 묘사하고 당시의 정치 성향과 패당의 풍조를 조소한 작품이다.

개나리는 봄의 전령 역할을 할 때는 극도의 화사함을 자랑하지만 이 꽃 역시 다른 꽃과 마찬가지로 榮枯盛衰의 법칙에서 자유로울 수 없다. 宋代 曹彦約의 다음 시는 개나리의 개화를 찬양하면서도 곧이어 零落하게 되는 운명, 즉 존재의 한계성에 대해 겸허한 기술을 가하고 있다.

迎春花 개나리

錦作薰籠越樣新	비단으로 지어진 향주머니 같은 자태 새롭고
迎春猶及送還春	봄을 맞이하다가도 또한 봄을 돌려보내네
花時色與香如此	꽃 필 때 모습과 향기가 이와 같거늘
花後娟娟更可人	꽃 지고 나면 고운 모습 더욱 사람과도 같아라

봄의 전령 역할을 하는 개나리는 비단처럼 곱고 향주머니처럼 향기롭다. 그러나 시인의 시선은 개화의 화사함에만 머물러 있지 않다. 꽃피고 지는 일련의 과정을 통시적으로 관찰하면서 강렬한 개화 뒤에 남는 아름다운 여운을 마찬가지로 아쉬워하고 있음을 살필 수 있겠다.

겨울 추위를 물리치고 새롭게 피어나는 개나리는 생강나무, 양지꽃과 함께 노란빛을 통해 새봄의 도래를 알리는 요정과도 같다. 황금빛 개나리를 보면 새로운 희망과 강인한 생명력을 느끼게 되는데 이는 개나리의 노란색이 정열의 화신

붉은색에 견줄 만한 희망의 상징성을 지니고 있는 것과도 연관이 있다. 봄이 오면 누구보다 앞장서서 황금빛을 발하며 화사한 봄 요정 역할을 하는 꽃, 평범하되 강인한 존재감을 유감 없이 발휘하는 꽃, 개나리는 그런 점에서 봄의 서막을 알리는 전령인 동시에 새로운 희망과 기쁨을 열어주는 아름다운 존재라고 할 수 있겠다.

2) 어려움을 극복하는 강인한 생명력을 지닌 존재

개나리가 개화하여 겨울 추위의 종식을 알릴 수 있음은 추위나 가뭄에 강한 내한성과 적응력을 소유한 저력에서 기인한다. 줄기가 꺾여도 땅에 꽂아주면 잘 살아나며 깊게 뿌리를 내릴 수 있는 것 역시 개나리가 지닌 강인한 면모이다. 그렇기에 개나리는 어려운 환경에도 굴하지 않고 강인한 생명력을 발휘하는 존재라는 상징성을 지니고 있다. 역대 시가 중에는 개나리를 통해 강인한 의지를 펼치거나 용기를 얻기 원하는 내용을 담은 작품도 많다.

宋代 韓琦는 추운 겨울을 이겨내고 꽃망울을 터뜨린 개나리의 강인한 면모를 주목한 바 있다.

中書東廳迎春 중서성 동청의 개나리
覆闌纖弱綠條長　섬약하고 긴 녹색 가지 난간을 덮으며 자라고 있는데
帶雪沖寒折嫩黃　눈 맞고 차가움 이겨내며 연하고 노란 꽃망울을 터뜨렸다
迎得春來非自足　봄을 맞이하며 피어난들 스스로 만족하지 아니하리니
百花千卉共芬芳　온갖 꽃과 풀들과 함께 향기 발하기를 원하기 때문이라

봄의 전령 역할을 하는 개나리의 개화를 찬양한 작품이다. 수구에서 개나리의 가지를 '纖弱'하다고 표현하였지만 제2구에서 눈과 한기를 뚫고 꽃망울을 터뜨린 상황을 언급함으로써 개나리의 강인한 속성을 찬양하고 있다. 그러나 혹한을 뚫고 피어났다 해도 자신만의 만족에 그치기는 원치 않는다. 동시기에 피어난 모든 꽃과 풀과의 향응을 도모하고 있는 모습에서 세상을 향한 외침과 포부가

남다른 것임을 느낄 수 있다.[2] 자연의 섭리를 통해 철학적 존재감을 느끼고 세상에서의 쓰임을 깨닫게 되는 경지에 이르기를 원하는 것이다.

宋代 劉敞은 개나리의 개화가 의미하는 강인한 면모를 세상에서 알아주기 원하는 마음을 표현한 바 있다.

迎春花 개나리

穠李繁桃刮眼明　무성하게 피어난 오얏과 복사꽃이 시선을 빼앗지만
東風先入九重城　동풍은 깊은 궁궐로 먼저 들어오네
黃花翠蔓無人願　노란색 꽃과 비췻빛 넝쿨은 원하는 이가 없으면
浪得迎春世上名　봄을 맞이하여 세상에서 얻은 이름 헛된 것이리니

도리가 아무리 화사한 자태를 하고 시선을 강탈하려 해도 동풍의 힘을 얻어 피어나는 개나리의 순수한 자태보다는 못하다는 의견을 내면에 담고 있다. '東風'이라는 표현을 통해 자연의 섭리를 언급하면서 '九重城'처럼 제약과 장애가 많은 궁중에도 자연의 섭리가 펼쳐지기를 바라는 마음을 표현하였다. 환경을 이겨내고 피어난 개나리의 진정한 가치를 사람들이 알아주는 것처럼 진실이 밝혀지고 인재가 인정받기를 희망하는 시인의 마음을 내면에 투영하고 있음이 발견된다.

개나리는 봄의 전령이라는 점에서 칭송을 받을 만하고 환경을 극복하는 강인한 존재라는 점에서 깨달음을 주기에 충분한 꽃이다. 그러나 주변에 흔하게 피어 있다는 이유로 개나리를 그저 평범하고 통속적인 꽃으로 인식하기도 한 것 같다. 세속에서 드러내기를 좋아하는 인사들에 대해 비판의 뜻을 펼친 淸代 趙執信의 다음 시는 그러한 인식을 반영하고 있다.

嘲迎春花 개나리를 비웃다

2　韓琦는 濟世에 대한 꿈과 포부를 가지고 있었고 일찍이 范仲淹과 함께 陝西省 변새에서 종군을 실천한 바 있다. 또한 그는 정치가로서 조정에서 范仲淹, 富弼 등과 함께 구폐를 청산하고 '慶曆革新'을 도모하기도 하였다. 이 시의 마지막에서 '온갖 꽃과 풀들과 함께 향기를 발하기를 원한다.(百花千卉共芬芳)'라고 한 것은 그의 동료 范仲淹이 「岳陽樓記」에서 "천하의 근심을 먼저하고 천하의 즐거움을 다한 후 즐긴다.(先天下之憂而憂, 後天下之樂而樂)"이라 한 것과 맥을 같이한다.

黃金偸色未分明　황금색을 훔쳐왔어도 뚜렷한 색은 아니라네
梅傲淸香菊讓榮　매화는 맑은 향을 자랑하고 국화는 개나리에게 개화를 양보
　　　　　　　　하였다네
依舊春寒苦憔悴　봄이 주는 차가움과 괴로움에 초췌한 모습 여전한데도
向風却是最先迎　바람을 향하면서 오히려 가장 먼저 맞이하다니

　개나리의 노란색은 온전한 황금색이 아니고 매화와 같은 향기나 기품도 없으며 그저 가을 국화보다 앞서 봄에 피어나는 존재에 불과하다고 보았다. "국화가 양보를 했다(菊讓榮)"라는 표현에서 개나리가 국화보다 개화 순서가 빠른 것에 대한 불만을 느낄 수 있다. 제3구에서는 봄의 차가움을 뚫고 피어났지만 꽃이 먼저 필 뿐 가지는 앙상한 상태인 것을 비유하였고 제4구에서는 그럼에도 불구하고 바람에 맞서 머리를 내밀기 좋아하는 품성에 대해 조소와 풍자의 뜻을 펼치고 있다. 개나리를 들어 덕과 재주가 없으면서도 세상에 드러내기를 좋아하며 허명을 추구하는 인사를 조소하고 풍자한 것이다.

　개나리는 황금빛으로 봄을 환하게 밝히는 봄의 요정이다. 평범함 속에 밝고 따뜻한 이미지를 간직하고 있으며 특유의 여린 자태를 상쇄하는 강인한 생명력을 자랑하기도 한다. '雪中四友'로 명명될 만큼 강인한 내한성을 지닌 꽃이지만 松柏이나 梅花처럼 강인하지는 않다. 가지 끝이 땅을 향하도록 늘어져 있는데다 허공을 이은 덤불 형상을 하고 있어 대나무 같은 곧고 반듯한 이미지와도 거리가 멀다. 강한 자존심을 지닌 채 은은한 향기를 발하는 매화처럼 존재감이나 특별한 향기를 소유하고 있지도 않으며, 두터운 눈을 가지에 얹고 온 몸으로 버티는 松柏의 의연한 자태와도 거리가 멀다. 그렇지만 가늘고 휘어진 가지로 넉넉히 추위를 이겨내므로 강인함은 여느 꽃 못지않다 하겠고, 꺾인 가지를 가지고 새롭게 생을 이어가는 생명력도 지니고 있어 그 적응력 또한 남다르다 할 수 있다. 여린 존재처럼 보이면서도 내면에 강인한 성품을 지닌 것이 개나리의 개성적인 특성이라 할 수 있는 것이다.

2. 붉게 타오르는 봄의 환영 두견화(杜鵑花)

'杜鵑花(azalea, 학명 Rhododendron mucronulatum)'는 두견화과(진달래과)의 낙엽활엽수 관목에서 피어나는 꽃이다. 많은 봄꽃이 그렇듯 꽃이 먼저 피고 잎이 나오는데 잎 끝은 짧고 뾰족한 모양을 하고 있다. 4~5월이 되면 삿갓을 뒤집어놓은 것 같이 생긴 통꽃이 분홍색, 진분홍색, 흰색, 자주분홍색 등 다양한 색깔로 피어나 온 산을 붉은색으로 화사하게 물들이는 봄의 전령사이다. 동시기에 피어나 노란빛 자태를 환하게 밝히는 개나리와 함께 주변을 붉고 화려하게 장식하며 사람들의 마음에 봄의 도래를 실질적으로 느끼게 하는 미적 존재이기도 하다.

'杜鵑花'는 한국에서 '진달래꽃(Korean rhododendron)'의 한문 명칭으로 인식되고 있는데 이는 우리 전통 문헌에서 진달래꽃을 '杜鵑花', '杜宇花', '子規花' 등 중국의 두견화와 같은 꽃으로 인식하고 표기해온 것과 무관하지 않다. 그러나 엄밀하게 말하면 '杜鵑花'와 '진달래꽃'은 중국과 한국에서 서로 다르게 자생하는 '同科異種'이라 할 수 있으며[3] 외견상 비슷한 '철쭉(躑躅)'과는 더욱 분명히

---

3   한국에서는 '杜鵑花'를 전통적으로 '진달래꽃'과 같은 것으로 인식해왔으나 각종 문헌에 나타난 기록을 참조해볼 때 '같은 과 다른 종(同科異種)'으로 생각된다. 진달래를 '杜鵑花'로 번역하기는 해도 중국에 널리 보급되어 있는 '杜鵑花'는 우리의 재래종 진달래와는 다른 색깔과 모습을 하고 있다. 이 부분에 대해 고찰을 가한 팽철호의 논문 「한국에서 다른 식물로 인식되는 중국문학 속의 植物 2」, 『中國語文學』 第67輯, 2014.12)에서는 "두견화는 중국에 약 900종이 있는데 이는 한국 사람들이 익히 알고 있는 진달래의 속성과 다소 차이가 있다"라고 하며 두견화와 진달래의 색이 다른 점, 중국에서 불리는 두견화의 학명이 'Rhododendron simsii Planch.'로 되어 있는 데 비해 한국의 진달래는 학명이 'Rhododendron mucronulatum'인 점, 이 꽃을 중국에서는 한국어 '진달래'의 음역인 '金達萊' 혹은 '迎紅杜鵑' 등으로 하는 점 등을 들어 두 꽃이 서로 다름을 언급한 바 있다. 중국의 '杜鵑花'는 우리의 '진달래꽃'과 세부적으로 차이가 있는 꽃이다. 하지만 우리나라에서 '진달래꽃'을 한자로 '杜鵑花'로 표기해왔기에 '진달래' 명칭을 다른 한자어로 대체

구별되는 속성을 지니고 있다. '진달래꽃'은 우리나라 온대림 식생을 대표하는 관목 가운데 하나이며 한반도를 중심으로 제주도에서 백두산과 만주에 자생하고 중국에서도 한반도를 향하는 일부 화강암 지역에 분포하고 있는 꽃으로, 수종이 39종에 달할 만큼 다양하다. 서식처 조건에 따라 잎의 질감이나 꽃 색감에 미묘한 차이가 있어 한반도 최남단에 사는 진달래꽃과 최북단 연해주에 핀 진달래꽃의 모양이 서로 다르게 보이기도 한다. 한반도를 분포 중심지로 하는 진달래꽃은 햇볕이 잘 드는 경사면처럼 따뜻한 곳을 좋아하고 척박한 토양에서도 잘 자라며 산성 토양에도 강한 면모를 지니고 있다. 식용과 약용이 가능한 꽃이기에 봄의 화전 등으로 한국인에게는 특히 친근한 꽃이라 할 수 있다.[4]

중국에서 杜鵑花를 지칭하는 다른 이름은 山石榴, 山躑躅, 映山紅, 紅躑躅, 艷山花, 山歸來, 艷山紅, 滿山紅, 淸明花, 紅柴牆花, 燈盞紅花, 迎山紅, 迎紅杜鵑 등이 있다. 두견화나무는 외견상 키가 작고 나무라하기엔 볼품없어 보이는 줄기를 갖고 있지만 긴 수명을 지닌 채 끊임없이 꽃을 피워내는 강한 생명력을 갖고 있다. 한국과 중국을 막론하고 杜鵑花는 다른 꽃보다 먼저 피어나 봄을 화사하게 밝히는 선구자적 성품을 지녔으며 주변에서 쉽게 보이는 친근한 이미지로 인해 고래로 많은 시문에 등장해왔다. 특히 중국에서는 杜鵑花를 중국 十大名花[5]의 반열에 꼽고 있다. 望帝 杜宇와 연관된 子規의 애절한 전설까지 더해

하는 것도 쉽지는 않다. 한국인에게 '진달래꽃'이라는 명칭은 '杜鵑花' 명칭보다 훨씬 토속적이고 친근한 이미지를 유발한다는 점에서 의미가 있다 하겠다.

4　우리나라 사람들은 음력 삼월 삼짇날에 새콤한 맛이 나는 진달래 꽃잎으로 부쳐낸 화전을 안주 삼아 작년에 담근 두견주를 마셨다고 한다. 삼월 삼짇날이 되면 진달래꽃과 찹쌀가루를 반죽하여 두툼하고 둥글게 빚어낸 '花煎', 녹두가루를 반죽하여 익힌 것을 가늘게 썰어 오미자국에 띄우고 꿀을 섞고 잣을 곁들인 일종의 화채인 '花麵', 녹말가루를 묻혀 데친 진달래꽃을 오미자 국물에 띄워 만든 음료인 '두견화채', 진달래로 담근 술인 '두견주' 등을 만들어 먹었다. 먹을 것이 부족했던 춘궁기에 먹거리의 즐거움을 준 진달래꽃은 '참꽃'으로 불리었는데 이는 먹으면 배탈이 났던 철쭉이 '개참꽃'으로 불린 것과 대조되는 점이다. 또한 한방에서는 진달래 꽃잎이 調經·活血·鎭咳의 효능이 있다고 하여 약재로도 많이 이용되었다.

5　중국 十大名花로 일컬어지는 꽃들은 ① 花中之魁-梅花, ② 花中之王-牡丹花, ③ 凌霜綻姸-菊花, ④ 王者之香-蘭花, ⑤ 花中皇后-月季, ⑥ 繁花似錦-杜鵑, ⑦ 花中嬌客-茶花, ⑧ 君子之花-荷花. ⑨ 十里飄香-桂花, ⑩ 凌波仙子-水仙 등이다. '繁花似錦' 표현처럼 杜鵑花는 솜과 같이 융성한 면모를 갖고 풍부하고 따뜻한 정감을 제공하는 꽃이라 할 수 있다.

져 두견화는 한층 강렬한 이미지를 발산하게 되었다.

1) 붉게 타오르는 봄날의 환영

우리나라의 '진달래꽃'에 비유되는 중국의 '杜鵑花'는 자생지에 따라 종이 다르고 색과 향, 자태가 다른 특성을 지니고 있다. 우리나라에서 '진달래'는 연분홍빛 자태를 생각하게 되는데 중국에서의 '杜鵑花'는 강렬한 핏빛의 붉은 자태를 흔히 연상하게 된다. 두견화를 바라보면 밝은 갈색을 띤 어린 줄기나 아랫부분에서부터 많이 갈라져 솟아난 가지로 인해 전반적으로 미약한 모습을 느끼게 되지만, 밝고 화사하며 시원스럽게 생긴 붉은빛 혹은 분홍빛 꽃잎으로 인해 강렬한 감흥도 얻게 된다. 꽃 자체의 모습도 아름답고 친근하지만 두견새가 밤 새워 피를 토하고 울어서 그 피로 꽃이 붉은색으로 물들었다는 전설을 생각하면 더 한층 아련하게 느껴진다.

白居易는 두견화의 이명인 '山石榴'를 시제로 활용하여 자연스럽게 피어 있는 두견화의 자태를 칭송한 바 있다.

題山石榴花 두견화에 부쳐 시를 짓다

一叢千朶壓闌干 한 무더기에 천 송이 난간을 짓누를 듯 핀 두견화
翦碎紅綃卻作團 붉은 비단을 잘라 한 덩어리를 만들어놓은 듯
風嫋舞腰香不盡 바람에 하늘거리며 춤추는 듯한 허리와 끊이지 않는 향
露銷粧臉淚新乾 이슬 마르니 단장한 얼굴의 눈물이 마르는 듯
薔薇帶刺攀應懶 장미는 가시를 지닌 채 피어 있어 손대어 잡기가 싫고
菡萏生泥玩亦難 연꽃은 진흙 속에 피어 있어 완상하기 어려워라
爭及此花簷戶下 어찌 비기랴 처마 밑에 다투듯 피어 있는 이 꽃만큼
任人採弄盡人看 누구든지 찾아 그 자태를 즐기고자 하는 꽃은 없음을

과장법과 의인법을 활용한 전반부와 사실적 비교를 가한 후반부를 통해 두견화의 자태를 입체적으로 칭송하고 있다. 한 무더기 그득 피어 있는 두견화가 "난간을 짓누를 듯 피어 있다(壓)", "붉은 비단을 잘라 한 덩어리가 되어 있다"라는

과장적인 표현과 '춤추는 허리(舞腰)', '단장한 얼굴의 눈물(粧臉淚)' 등의 의인법은 두견화의 자태를 환상적으로 부각시키는 효과를 창출한다. 이 꽃이 지닌 아름다움은 환상적인 차원에만 있지 않다. 가시를 지니고 있어 손대기 싫은 장미나 진흙 속에 있어 선뜻 접촉을 허락하지 않는 연꽃과 달리 두견화는 어디서나 잘 자라고 누구나 쉽게 감상할 수 있는 특성을 지니고 있다. 고운 자태와 함께 친근한 멋을 지닌 것이 두견화 본연의 가치라고 본 것이다.

杜牧이 두견화를 노래한 시를 보면 봄 산을 화사하게 수놓은 아름다운 정경을 주목한 것이 발견된다.

山石榴 두견화

似火山榴暎小山　화산처럼 작은 산을 온통 비추며 피어 있는 두견화
繁中能薄艶中閑　번화하면서도 검박하고 요염하면서도 한아하네
一朶佳人玉釵上　미인이 머리 위에 옥비녀를 꽂은 듯
只疑燒卻翠雲鬟　비췻빛 풍성한 귀밑머리에 불이 번져 있는 듯

작은 산 하나를 온통 뒤덮고 있듯 여기저기 붉게 피어 있는 두견화 무더기는 봄날의 서정을 불러일으킨다. 환하게 무리지어 있는 두견화를 보면서 시인은 번성한 꽃무리와 꽃잎의 엷은 색을 주목하고 있다. 1~2구에 걸쳐 원경과 근경, 전체와 세부를 아우르는 다면적인 묘사를 가하면서 곱고도 한아한 서정을 연출해냈다. 후반부에서는 이 꽃의 아름다움을 부각시키기 위해 한 명의 미인을 등장시켰다. 특히 머리에 꽂은 꽃이 푸른 구름 같은 귀밑머리와 대조를 이루며 불타는 듯한 모습을 띠고 있다는 표현은 이 꽃의 색감을 부각시키는 좋은 표현이 된다. '似火'로 시작된 열정적인 묘사가 '燒卻'으로 승화됨으로써 아름다움의 절정을 구가하고 있는 것이다.

두견화 피는 시기에 맞이하게 되는 절기로 寒食을 들 수 있다. 唐代 曹松은 두견화의 자태를 寒食의 풍습과 연관하여 언급한 바 있다.

寒食日題杜鵑花　한식날 두견화를 보고 짓다

一朶又一朶　한 송이 또 한 송이

并開寒食時　한식을 맞아 두견화가 두루 피어 있네
誰家不禁火　누구의 집인들 불을 금하지 않으랴만
總在此花枝　이 꽃의 가지에는 언제나 불이 피어 있구나

　한 송이 한 송이 피어나는 두견화는 寒食을 맞이하며 화사한 모습의 절정을 이룬다. '并開'라는 묘사에서 다투어 피어나는 두견화의 성함을 느낄 수 있다. 후반부에서는 寒食에는 불을 금하기에[6] 집집마다 붉은 기운이 없을 것이지만 두견화는 불일 듯 개화하고 있어 강렬한 인상을 얻게 된다는 묘사를 하였다. 말구의 '總'자를 통해 붉은 자태를 잃지 않고 있는 두견화의 모습을 은유하면서 寒食의 쓸쓸한 분위기를 덮어버리는 효과를 도모한 것도 이채롭다.

　南宋의 楊萬里도 밝은 느낌으로 두견화의 자태를 기술한 작품을 남기고 있다.

明發西館晨炊藹岡
날 밝아 서관을 떠나면서 새벽밥 짓는 연기 가득한 언덕을 보고

何須名苑看春風　어찌 유명한 정원에서만 봄 풍경을 보리오
一路山花不負儂　가는 길마다 산꽃 피어 있어 그대와 나를 저버리지 않으니
日日錦江呈錦樣　매일매일 成都 평원에서는 아름다운 모습 펼쳐지는데
淸溪倒照映山紅　맑은 시내마다 두견화 자태 비추고 있나니

　蜀 땅에 만발한 두견화는 '名苑'에서 피는 것만 고집하지 않고 어디서나 정겹고 소박한 자태를 선사한다. '가는 길마다(一路)'라는 표현에서 주변에 그득하게 성한 두견화의 번성을, '그대와 나를 저버리지 않는다(不負儂)'라는 표현에서는 어디서나 잘 자라나 기대감을 충족시키는 것을 느낄 수 있다. 모두 두견화가 지닌 강한 적응력과 친숙한 이미지를 드러내는 표현이 된다. 시 후반부의 '日日',

---

6　寒食은 24절기의 다섯 번째, 冬至 후 105일째 날로서 양력 4월 5일을 전후하여 淸明과 비슷한 시기에 위치한다. 寒食에 불을 금하는 풍속은 介子推의 고사에서 유래한다. 春秋時代 晉나라 介子推는 文公과 사이가 멀어지자 어머니를 모시고 綿山에서 은거하였다. 후에 文公이 介子推의 충심을 알게 되어 그를 찾아갔으나 介子推가 산에서 나오지 않았다. 이에 綿山에 불을 질러 介子推가 나오게 하였으나 그는 끝내 나오지 않고 불에 타 숨졌다. 그 뒤 介子推의 충성심을 그리고 그의 넋을 위로하려는 뜻으로 寒食날에는 불을 사용하지 않고 찬밥을 먹으며 하루를 지내게 되었다는 고사이다.

'錦樣', '淸溪', '映山' 등의 표현에서도 봄이면 아름답게 피어나 소박하면서도 아름다운 자태를 보여주는 두견화를 밝게 묘사한 것을 느낄 수 있다. 두견화를 밝은 이미지로 처리하면서 깔끔한 감성을 유도한 기법이 돋보인다.

杜鵑花는 봄의 전령으로 표현되는 여러 꽃들 중에서도 가장 친근한 꽃이라할 수 있다. 봄을 알리며 화사한 자태를 뽐내는 다른 봄꽃과 개화 시기를 같이 하면서도 자신의 개성을 지니고 있다는 점에서 주목할 만하다. 평범한 미모를 뛰어넘는 복사꽃의 요염함이나 순간의 절정을 뒤로한 채 낙화의 비애를 떠올리게 하는 벚꽃의 우수와는 다른 미적인 이미지를 지녔다. 민가 주변은 물론이고 산비탈이나 개척지, 암석이 널려 있는 곳 등 지역을 가리지 않고 환하게 피어나 친근하고 정겨운 이미지를 제공하는 점도 장점이라 할 수 있다.

2) 望帝의 한을 투영한 비애의 표상

'진달래'의 한자명 '杜鵑花'는 '두견새(杜鵑鳥)'[7]의 명칭과도 상통하는 의미를 지니고 있다. '진달래'가 '杜鵑花'로 불리며 '두견새'와 연관을 갖게 된 것은 蜀의 望帝 杜宇의 설화에서 연유한다. 전설에 의하면 杜宇는 魏나라에 망한 후 도망하여 복위를 꿈꾸었으나 뜻을 이루지 못한 채 억울하게 죽었고 마침내 그 넋은 두견새로 변하였는데 그 한 맺힌 두견새는 밤이고 낮이고 촉나라로 돌아가고 싶다며 '歸蜀, 歸蜀' 하고 슬피 울었고 두견화가 붉은 것은 두견새가 토해낸 피로 물들여졌기 때문이라고 한다.[8] 두견새를 '歸蜀道', '歸蜀道不如歸', '蜀魂',

---

7 중국 고대 문헌에 보이는 두견새(두견이)의 명칭은 수십 가지나 된다. 杜鵑·杜宇·子嶲·子規·子鵑·嶲周·杜魄·蜀魂·蜀鳥·蜀魄·望帝·怨鳥·寃禽·不如歸·秭鳩·鶗鴂·鷤規·鶗鴂·思歸·催歸·思歸樂·秭歸·子歸·盤鵑·鴂·周燕·田鵑·謝豹·陽雀·仙客·業工 등이 그것이다. 또 우리나라에서는 歸蜀道·주걱새·접동새·임금새 등으로도 불렸다.(정민, 「한시 속의 두견이와 소쩍새」, 『한국한시연구』 제9권, 한국한시학회, 2001 참조) 위의 논문에도 나왔듯이 두견이와 소쩍새는 다른 새로서 중국어에서 두견이는 '杜鵑鳥', '小杜鵑' 등으로 표기하며 소쩍새는 올빼미와 닮았다 하여 '角枭', '紅角枭' 등으로, 뻐꾸기는 '大'杜鵑鳥', '布谷鳥' 등으로 각각 표기한다.

8 두견새 설화에 대하여는 前漢 揚雄의 『蜀王本紀』, 東晉 常璩의 『華陽國志』 「蜀志」 권3 등에 자료가 전한다. 蜀나라 望帝 杜宇의 혼이 두견새가 되었다는 내용의 전래민담인데 그 내용을 보면 조금씩 차이가 있다. 望帝 杜宇가 억울하게 죽어 두견새가 되었다는 내

'怨鳥', '杜宇', '望帝魂' 등으로 부르고, 진달래를 '杜鵑花'라고 부르는 까닭은 그런 전설에서 기인한 것이다. 그렇기에 중국 고전시에는 진달래를 보며 望帝 杜宇의 두견새 전설을 상기하여 개인의 한이나 국가의 위기, 망국의 역사 등을 노래한 작이 유난히 많이 보인다.

唐代 杜甫의 「杜鵑行」은 두견화를 직접적인 주제로 쓴 것은 아니지만 두견 새의 전설을 활용하였다는 점에서 자료적인 의미를 발견할 수 있다.

杜鵑行　두견행

君不見昔日蜀天子	그대여 보지 못했는가 옛날 촉나라의 천자가
化作杜鵑似老烏	두견새로 변하여 늙은 까마귀 같았음을
寄巢生子不自啄	남의 둥지에 자식 낳고 스스로 먹이지 않으니
群鳥至今與哺雛	여러 새들 지금 함께 어린 새끼 먹이네
雖同君臣有舊禮	비록 군신들에게 옛 예절이 있다 해도
骨肉滿眼身羈孤	골육들 시야에 가득한 채 자신은 외롭게 떠도네
業工竄伏深樹里	두견새는 깊은 숲 속에 숨어서
四月五月偏號呼	사월 오월에 온통 울부짖는다네
其聲哀痛口流血	그 소리 애통하고 입에는 피가 흐르니
所訴何事常區區	그 무슨 일을 호소하느라 항상 구구한가
爾豈摧殘始發憤	어찌 그대는 꺾이고 상해야만 발분하는가
羞帶羽翮傷形愚	날개 달고도 그 모습 어리석은 것 부끄러워 한다네
蒼天變化誰料得	푸른 하늘의 변화를 그 누가 짐작할 수 있으랴
萬事反覆何所無	만사가 뒤집어진 일들이 어딘들 없었는가
萬事反覆何所無	만사가 뒤집어진 일들이 어딘들 없었는가
豈憶當殿群臣趨	어찌하여 당년 전각에서 군신들이 바삐 걷던 일 그리워하는가?

'蜀天子(望帝)'가 두견새가 되었다는 전설을 인용하여 安史亂 후 玄宗이 肅宗 에게 제위를 억지로 넘겨주고 유폐된 상황을 비유하고 있다. 두견새에 대해 시 제에서는 '杜鵑'으로 표기했지만 본문 중에서 '業工'으로 표기하여 이 새가 지

용을 비롯하여 汶山 아래 강에서 떠내려가는 것을 구해주고 정승으로 삼은 荊州人 鱉靈 이 대신들을 자기 심복으로 만든 후 여러 대신과 짜고 망제를 나라 밖으로 몰아내고 자 신이 왕위에 오른 것에 격분하여 울다 지쳐 죽어 한 맺힌 그의 영혼이 두견새가 되어 밤 마다 '不如歸'라고 울었다는 등의 이야기가 전한다. 두견새 설화에 대한 우리나라 학자 의 기술로는 이상희, 『꽃으로 보는 한국문화 3』, 서울 : 넥서스, 2004, 제4절 '두견화의 내 력' 부분을 참조할 수 있다.

닌 다양한 이미지를 활용하면서 '區區', '摧殘', '發憤' 등 한을 표출하는 형상으로 그리고 있다. 이 시에서처럼 '두견새'는 望帝의 전설과 함께 망국의 한이나 일신에 서린 한의 의미로 흔히 형상화된 바 있다. '두견새'와 '두견화'는 본래 다른 존재이지만 '杜鵑'이라는 명칭을 같이 쓰며 두견새의 이미지를 두견화에 자주 투영시킨 덕분에 두견화의 묘사에 유독 한의 정서가 많이 스며들게 된 것이라 할 수 있다.

蜀 땅이 고향이었던 李白은 타지에서 두견화를 보자 杜宇의 전설과 고향의 정을 상기하게 되었다.

宣城見杜鵑花　선성에서 두견화를 보게 되어

蜀國曾聞子規鳥　蜀 땅에서 일찍이 자규새의 울음을 들었더니
宣城還見杜鵑花　선성에서 다시 두견화를 보게 되었네
一叫一回腸一斷　새 한 번 울 때마다 애간장이 한 번 끊어지네
三春三月憶三巴　꽃 피는 춘삼월이면 고향 땅을 생각하도다

남방지역인 宣城(安徽 宣城)에서 봄날 화사하게 핀 두견화를 살펴보면서 고향 蜀 땅에서 울어대던 자규새와 그 전설을 생각해내게 되고 고향을 향한 애절한 향수를 느끼게 된다. 후반부에서는 구어체와 俗語體를 활용하여 더욱 친근한 느낌을 담았는데 이로 인해 그 애절함이 더욱 심오해진 느낌이다.

唐代 徐凝이 쓴 다음 작품에도 杜鵑花를 보며 杜宇와 연관된 고사를 연상한 부분이 실려 있다.

玩花　꽃을 감상함

朱霞焰焰山枝動　붉은 노을 이글이글 타듯 산의 두견화 가지 흔들리고
綠野聲聲杜宇來　푸른 들녘에서는 두견새 우짖는 소리 들려온다
誰爲蜀王身作鳥　그 누가 촉 땅의 황제가 새로 변했다고 했는가
自啼還自有花開　두견새 우는 곳이면 두견화가 절로 피어 있으니

두견화와 두견새의 모습을 그리면서 '朱霞'와 '綠野'의 색채를 대조했고, '焰焰'과 '聲聲'의 의태어와 의성어를 고루 활용하여 감각적인 묘사를 이끌어냈다.

제3, 4구에서는 연상법을 이용하여 杜宇가 두견새로 변했다는 전설을 상기시켰다. 산뜻한 색채감에 신선한 감촉, 이어지는 애절한 전설 차용이 두견화를 감상하는 시인의 마음을 더욱 오묘하게 만들어내고 있음을 상상해볼 수 있다.

唐末 韓偓이 한 사찰에 핀 두견화의 자태를 보고 쓴 다음 시에서도 두견화와 두견새로 대변되는 한의 정서를 느낄 수 있다.

淨興寺杜鵑一枝繁艷無比
정흥사의 한 그루 두견화 고운 자태 비길 곳 없어라

一園紅艷醉坡陀	동산 가득 붉게 핀 꽃 산마루에 취해 있는 미인인 듯
自地連梢簇蒻羅	땅에서 가지 끝까지 이어가며 수놓은 비단처럼 둘러 있다
蜀魄未歸長滴血	촉제의 혼 고향으로 돌아가지 못하고 길게 붉은 피 흘려
只應偏滴此叢多	온통 핏방울 떨어진 듯 이곳에 많은 무리 이루었네

산마루에 피어난 야생 두견화가 비단을 둘러놓은 듯 강렬한 장면을 연출하여 시인의 마음도 절로 취하게 된다. 꽃을 대하는 환상적인 느낌을 '醉'자를 통해 표현하여 색채감 못지않게 정감을 배가시켰다. 전반부의 두견화 자태 묘사에 후반부의 望帝 고사가 더해져 아름답고 애절한 이미지는 극치를 이루게 되었다. 화사한 자태 속에 애절함을 간직한 꽃의 형상을 한껏 느낄 수 있는 것이다.

宋代 楊巽齋가 두견화를 소재로 쓴 시는 望帝의 비애와 타향에서 객이 된 심정을 합한 내용으로 되어 있다.

杜鵑花　두견화

鮮紅滴滴映霞明	선홍색 방울방울 노을 속에 밝게 비치는데
盡是冤禽血染成	온통 원한 품은 자규새의 피가 맺혀 있는 듯
羈客有家歸未得	기려의 객은 집이 있어도 돌아가지 못해
對花無語兩含情	그저 꽃 마주하며 말없이 서로 정만 품고 있나니

알알이 선홍빛을 띤 두견화는 노을처럼 찬란한 정경을 이루어 '紅艷'의 미감을 창출하고 있는데 그 내면에는 두견새의 피와 한이 서려 있다. 외면적 아름다움 속에 담긴 한의 정서를 기술하는 데 있어 望帝 고사는 더없이 좋은 소재가

된다. 두견화는 망국의 서정과 나그네의 향수를 함께 표현하기 좋은 꽃이라는 효용성을 지니고 있는 것이다.

南唐시대에 살았던 것으로 추정되는 成彦雄의 작품에서도 두견화와 두견새를 함께 언급하며 '원망 서린 아름다움(怨艶)'을 묘사한 것이 발견된다.

杜鵑花 두견화

杜鵑花與鳥　두견화와 두견새는
怨艶兩何賒　그 원망과 아름다움이 어찌 그리 아득한지
疑是口中血　입속의 피가
滴成枝上花　방울방울 떨어져 가지 위 꽃이 된 듯
一聲寒食夜　한식날 밤에 한 우는 소리 있으니
數朶野僧家　들녘 절간에 두견화 여러 송이 피어 있겠지
謝豹出不出　두견새가 나오든지 안 나오든지
日遲遲又斜　해는 느릿느릿 다시금 기우는구나

두견화와 두견새는 흔히 짝을 이루며 공히 '원망 서린 아름다움(怨艶)'을 창출하는 花鳥로 묘사되고 있다. 두견화가 피는 곳이면 어김없이 두견새가 등장한다는 의식에 근거한 것으로 시인은 한식을 맞아 들려오는 두견새 소리만 듣고도 두견화가 피어 있다는 추측을 해보는 것이다. 미연에서는 虢州에 사는 짐승으로 사람을 보면 부끄러워 얼굴을 가린다는 전설이 있는 '謝豹'를 두견새의 별칭으로 활용함으로써 두견새의 색다른 이미지를 연출하고자 하였다. 미연을 통해 두견화의 비애에도 불구하고 시간은 새롭게 흘러간다는 점을 강조하고자 했던 작자의 마음도 발견할 수 있다.

두견화에 이입된 두견새의 묘사는 특정한 花鳥를 통해 신비하고 애잔한 감정을 창출하고자 했던 의식의 결과물이었다. 두견화의 자태는 두견새의 비애와 맞물려 더욱 처절하고 애절한 정감의 전형화를 이루게 되었으니, '斑竹과 湘妃', '水仙花와 洛神', '萱草와 母情'과 같이 꽃과 연계하여 형상화된 몇몇 이미지를 논할 때 빼놓을 수 없는 중요한 소재라 할 수 있겠다.

3) 榮枯盛衰에 이어진 凋落의 안타까움

杜鵑花는 흔히 望帝의 두견새 전설과 연관된 '蜀魂' 즉 애절한 망국혼의 상징으로 묘사되고 있지만 다른 봄꽃처럼 화려한 개화와 凋落의 비애감도 보이고 있다. 만물이 역동하는 봄의 활기찬 기운과 맥을 같이하면서 화사한 자태로 사람들의 주목을 받지만 꿈같은 봄이 흘러가고 짙푸른 녹엽이 천지를 덮을 때면 다채로운 색상의 봄꽃들은 어느덧 소멸의 운명을 맞이하면서 재기를 향한 기나긴 기다림을 갖게 된다. 두견화 역시 빛나는 봄의 전령 역할을 다하면 애잔한 정감을 남긴 채 시인들에게 '傷春의 情'과 '榮枯盛衰'의 감정을 선사하며 사라질 운명을 지닌 꽃이다. 봄의 절정기에 예쁜 자태를 불태우며 전했던 강렬한 사랑의 기쁨은 시간의 흐름에 따라 새롭게 시작되는 긴 이별의 우수로 대체된다. 역대 중국 문인들은 杜鵑花를 보면서 望帝의 전설이 주는 애상 못지않게 화려한 시절의 끝남, 기쁨의 소멸, 인생의 영락함, 고향에 대한 향수, 사무치는 회한 등의 다양한 감정을 떠올린 바 있다.

施肩吾는 두견화를 미인에 비교하면서 꽃의 아름다움과 상춘의 서정을 안타까워하는 마음을 동시에 표현한 바 있다.

杜鵑花詞　두견화사

杜鵑花時夭艶然　두견화 필 때 요염한 모습
所恨帝城人不識　황성의 사람들이 몰라보는 것 안타까워
丁寧莫遣春風吹　정녕 봄바람 따라 흘려보내지 말지니
留與佳人比顔色　남겨놓아 미인들과 자태를 비교해보고 싶어라

두견화는 필 때 요염한 자태를 가지고 있고 제왕의 도시에 피어 있어도 사람들은 다른 꽃의 화사함에 매혹되어 이 꽃의 소박하면서도 아름다운 가치를 몰라본다 하여 안타까움을 표했다. 그러나 작자가 정녕 한스러워하는 것은 이 꽃이 봄바람 따라 사그라져버리는 것이다. 상춘의 서정에 사로잡힌 시인은 이 꽃을 남겨놓아 뭇 미인들의 자태와 비교해보고 싶을 정도로 이 꽃에 대한 애착을 지

니고 있다.

唐代 문인 중 杜鵑花에 대해 특히 애착을 보였던 시인으로 白居易가 있다.[9] 그가 두견화에 대해 쓴 다음 작품을 보면 望帝 杜宇의 전설과 두견화의 아름다운 자태 묘사에 이어 이별로 인한 슬픔을 차례로 투영한 면모가 보인다.

山石榴寄元九 산석류를 元九에게 부치다

山石榴	산석류는
一名山躑躅	일명 산척촉이라고 하고
一名杜鵑花	또 다른 이름은 두견화인데
杜鵑啼時花撲撲	두견새 울 때면 무성하게 피어난다
九江三月杜鵑來	구강에는 삼월이면 두견새가 날아와
一聲催得一枝開	한 울음으로 한 가지를 재촉하며 피워낸다네
江城上佐閑無事	강성의 상좌는 한가하고 일도 없어
山下劚得廳前栽	산 아래 터를 깎아 이 꽃을 청사 앞에 심었도다
爛熳一闌十八樹	질펀한 한 꽃밭에 열여덟 그루인데
根株有數花無數	뿌리와 줄기는 셀 수 있으나 그 꽃은 헤아릴 수 없네
千房萬葉一時新	천 봉오리 만 이파리 일시에 피어나니
嫩紫殷紅鮮麴塵	연분홍색 진홍색, 담황색이 선명하네
淚痕裛損燕支臉	눈물자국 연짓빛 뺨에 젖어 있는 듯
剪刀裁破紅綃巾	가위로 붉은 비단을 마름질한 듯
謫仙初墮愁在世	막 귀양 온 적선이 세상 근심을 띠고 있고
姹女新嫁嬌泥春	갓 시집온 소녀가 봄기운에 취한 듯 곱구나
日射血珠將滴地	햇살이 붉은 이슬에 비추니 땅에 떨어지려 하고
風翻火焰欲燒人	바람이 화염을 뒤집어 사람의 애간장을 태우려하네

---

9   白居易는 여러 꽃에 대해 애호의 마음을 보였는데 그중에서도 杜鵑花에 대한 사랑은 남달랐다. 그가 江州의 山上에서 야생으로 피어 있는 두견화를 이식한 후 쓴 「戲問山石榴」에서 "작은 두견화 한 그루를 거소 근처에 잘라다 심으니, 붉은 꽃 기운을 반쯤 머금었네. 사마부인이 시기하는 것을 알았더라면, 옮겨다 정원 앞에 심어도 피어나지 않으리.(小樹山榴近砌栽, 半含紅曹帶花來. 爭知司馬夫人妒, 移到庭前便不開)"라 한 바 있다. 또한 元和 9年(819)에 忠州(重慶市 忠縣)刺史로 있을 시 멀리 廬山의 杜鵑花를 가져다 이식하고는 「喜山石榴花開」 시를 통해 "충주 고을에 이제 이 꽃을 심으니, 여산 산꼭대기에서 작년에 가져온 나무로다. 잘라 새로 심은 것이 이미 안타까웠으나, 꽃이 예전처럼 듬뿍 피어나 다시금 기쁨을 갖게 되나니.(忠州州里今日花, 廬山山頭去年樹. 已憐根損斬新栽, 還喜花開依舊數)"라고 자신의 마음을 표현한 바 있다. 이 밖에『白居易集』에는 「題孤山寺山石榴花示諸僧衆」, 「山石榴花十二韻」, 「題山石榴花」 등 여러 수의 두견화 관련 작품이 실려 있다.

閑折兩枝持在手	한가롭게 두 가지를 꺾어 손에 쥐고는
細看不似人間有	자세히 살펴보니 인간 세상에 있는 것이 아니네
花中此物似西施	꽃 중에서 이것은 서시와도 같으니
芙蓉芍藥皆嫫母	부용과 작약은 이 앞에서는 모두 추녀일 뿐
奇芳絕豔別者誰	기이한 이 꽃의 아름다움과 이별한 사람은 누구던가
通州遷客元拾遺	통주로 객이 되어 좌천해 간 원습유라네
拾遺初貶江陵去	습유는 처음 좌천되어 강릉으로 떠났는데
去時正値靑春暮	떠날 때는 바로 푸른 봄이 저물 때였지
商山秦嶺愁殺君	상산과 진령을 지나며 수심 어렸을 그대
山石榴花紅夾路	그때도 두견화가 좁은 길에 붉게 피어 있었겠지
題詩報我何所云	그대 시 지어 나에게 뭐라고 알렸던가
苦雲色似石榴裙	고달픈 구름 색이 석룻빛 치마 같다 하였지
當時叢畔唯思我	그때는 꽃무리 곁에서 오로지 나를 그리워하였더니
今日闌前只憶君	오늘은 난간 앞에서 그저 그대를 그리워한다네
憶君不見坐銷落	그대 생각해도 볼 수 없어 울적하게 앉아 있는데
日西風起紅紛紛	해 기울고 바람 일어 붉은 꽃잎만 분분히 날릴 뿐

望帝 杜宇의 전설을 활용하되 비극적 색채를 절제하면서 두견화의 미색을 최대한 찬미하였고 이어서 그리움의 회한을 애잔하게 표현하였다. '千房萬葉'으로 번화하게 피어난 모습을 그리면서 '嫩紫慇紅'으로 극도로 화사한 색감을 표현하였고, '涙痕', '燕支', '紅綃', '謫仙', '新嫁嬌' 등의 환상적인 표현으로 이 꽃이 지닌 매혹적인 아름다움을 묘사하였다. 두견화를 西施 같은 미인이나 芙蓉, 芍藥 등 다른 꽃보다도 뛰어난 것으로 표현한 것을 보면 백거이가 남다른 두견화 사랑을 지녔음을 알 수 있게 된다. 후반부에서는 이처럼 아름다운 꽃을 함께 감상하지 못하고 헤어져 있는 이에 대한 그리움을 언급하였다. 두견화가 지닌 아름다움만큼 정은 그토록 애틋하고도 절절한 것이다.

方干이 쓴 다음 시에서도 두견화를 보면서 모종의 비애를 느끼고 있는 면모를 발견할 수 있다.

杜鵑花 두견화

未問移栽日	이 꽃 언제 옮겨다 심었는지 묻기도 전에
先愁落地時	꽃이 질 것 생각하면 먼저 근심이 인다네
疏中從間葉	꽃이 성글다 해도 그 사이에 잎이 나기도 하고

密處莫燒枝	꽃이 빽빽하면 빽빽한 대로 두고 가지 꺾지 말지라
郢客敎誰探	초 땅의 나그네를 그 누가 찾겠는가
胡蜂是自知	이국땅의 벌들이 절로 찾아올 뿐
周回兩三步	이 꽃 주변을 두세 차례 거니노니
常有醉鄕期	그럴 때면 언제나 술에 취해 고향 그릴 뿐

재능을 지니고 있었으면서도 평생 벼슬길에 나가지 못한 채 은자의 삶을 살았던 方干이었기에 두견화를 보면서 까닭 모를 비애감을 느끼게 된다. 수연의 '愁'자가 이 시의 전체적인 분위기를 선도하고 있는데 이때 느끼는 애절함은 望帝의 고사와는 다른 凋落에 따른 우수이다. 경연에서 재능을 가지고도 타향에서 나그네 된 '郢客'의 고사[10]를 활용한 것이나 미연에서 술에 취해 꽃 주변을 거니는 의도를 보이는 것은 모두 자신의 신세에서 기인한 슬픔을 꽃의 자태에 투영한 것으로 짐작되는 부분이다.

淸代 陳至言이 두견화를 묘사한 다음 시는 흰색 두견화를 보면서 각종 슬픔과 우수를 느끼게 되는 상황을 서술한 작이다.

白杜鵑花 흰 두견화

蜀魂何因冷不飛	촉 땅의 혼이 어인 일로 차가운 채 날아가지 못하고
空山一片影霏微	빈산엔 온통 두견화 그림자 아련한 모습
那須帶血依芬樹	어찌 반드시 선홍빛 두견화만 나무에 피어날까

---

10 宋玉의 「對楚王問」 작품을 보면 "楚 襄王이 宋玉에게 '선생은 행위에 어떤 허물이 있습니까? 왜 백성들이 많이 칭찬을 하지 않습니까?' 하고 묻자 宋玉이 '예, 허물이 있습니다. 원컨대 대왕께서는 그 죄에 관용을 베푸셔서 말씀을 다 마치게 해주십시오.' '어떤 사람이 都城(郢)에서 노래를 부르는데 처음에는 「下里」, 「巴人」 등을 부르자 都城 안에 듣는 이가 수천 명이었습니다. 그 뒤에 「陽阿」, 「薤露」를 부르자 都城 안에서 듣는 이가 수백 명이었고, 「陽春」, 「白雪」을 부르자 도성에서 그를 따라다니는 이가 겨우 수십 명에 지나지 않았습니다. 마지막에 그 소리를 商音에서 羽音으로 내자 그 소리는 사람들이 부르는 소리와 섞이게 되었고 마침내 도성에서 그를 따르는 이는 겨우 몇 명에 불과하게 되었습니다. 이렇게 볼 때 가곡이 고아할수록 따라하는 이는 점점 적어진다 하겠습니다.(宋襄王問于宋玉曰：先生其有遺行與？ 何士民衆庶不譽之甚也! 宋玉對曰：唯. 然. 有之! 願大王寬其罪. 使得畢其辭. 客有歌于郢中者, 其始曰下里巴人, 國中屬而和者數千人. 其爲陽阿薤露, 國中屬而和者數百人. 其爲陽春白雪, 國中有屬而和者, 不過數十人. 引商刻羽, 雜以流徵, 國中屬而和者, 不過數人而已. 是其曲彌高, 其和彌寡)"라는 구절이 있다. '郢客'이란 고아한 음을 내는 실력을 지닌 가수, 즉 능력이 있는 선비를 비유한 것으로 볼 수 있다.

自可梳翎弄雪衣　이 꽃은 새가 스스로 하얀 눈옷을 뒤집어쓴 듯
細雨春波愁素女　가는 비, 봄 물결에 근심하는 소녀처럼
輕風明月泣湘妃　가벼운 바람 밝은 달빛에 소상강의 여신이 우는 듯
江南寒食催花候　강남의 한식에 꽃소식 재촉하나
腸斷無聲莫喚歸　말없이 애끓는 마음 뿐 돌아간다 하지 못하네

수연에서 '蜀魂'으로 시작된 한의 서사는 '素女'와 '湘妃'[11] 등의 인물을 등장시키고 난 뒤 미연의 '寒食'과 '腸斷'의 슬픔으로까지 이어진다. 흰 두견화를 소재로 한 이 작품에는 매 구절마다 서글픈 한이 이입되어 있다. '蜀魂'으로 암영이 가시지 않은 두견화의 자태를 그렸고 이어서 눈처럼 새하얀 두견화의 모습으로 애상의 정조를 부가하였다. 가는 비, 봄 물결을 배경으로 근심에 찬 거문고를 연주하는 '素女'와 밝은 달빛에 빛나는 흰 두견화처럼 비애감을 머금은 瀟湘江 湘妃를 통해 슬픔의 미학을 극도로 표현하였다. '素女'와 '湘妃'의 전설에 이어 타향에서 寒食을 맞이하는 腸斷의 슬픔을 그림으로써 흰 두견화가 지닌 서글픈 색채를 절절하게 표현한 것이 돋보인다.

가느다란 가지로 겨우내 내린 눈을 그윽하게 뒤집어쓰고 있다가 봄이 되면 척박한 환경에도 굴하지 않고 화사한 자태를 드러냈던 두견화였지만 이 꽃 역시 시간의 흐름에 따라 조락의 운명을 면치 못하는 존재이다. 아련하게 떠오르는 봄날의 서정이나 인생의 세미한 부침을 표현하는 데 있어서 어떤 꽃 못지않게 좋은 소재와 추억을 제공해왔던 꽃인 것이다.

杜鵑花는 자태가 화사한 만큼 친근함도 큰 꽃이다. 붉고 화사한 자태, 여유롭게 펴져 있는 꽃잎, 가늘지만 무리지어 자라나는 줄기, 낙화에 이어 자태를 드러내는 가지 끝 푸른 잎, 한겨울의 서리와 한파에도 굴하지 않는 인내심, 두견새의 한과 전설을 고이 간직한 존재, 산성토양에서도 생장과 번식을 멈추지 않는 생명력 등은 뭇 꽃들과 견줄 수 있는 두견화의 특징이라 할 수 있다. 청순하고 친

---

11 '素女'는 중국 고대신화에 나오는 女神으로 50현 거문고를 너무 애절하게 타서 그 소리가 슬프다고 여긴 太帝가 거문고를 25현으로 줄여버렸다는 전설의 인물이다. '湘妃'는 舜이 蒼梧에서 죽자 그를 따라 湘水에 빠져 죽은 뒤 湘水의 女神이 되었다는 娥皇과 女英 두 왕비를 가리킨다.

근한 杜鵑花의 모습에서 역대 문인들은 많은 감동을 받아왔고 蜀 望帝의 전설에서 한없는 애절함을 느낄 수 있었다. 새로운 희망, 애틋한 소원, 이별의 슬픔, 나그네의 고독, 그리움, 상실감 등 인간 본연의 깊은 정서를 효과적으로 표현하고 전달하는 데 있어 杜鵑花는 어느 꽃 못지않은 커다란 가치를 지니고 있다 하겠다.

3. 향기로운 그늘을 드리우는 등나무(藤)

등나무는 콩과의 낙엽 만등식물로 햇볕을 좋아하며 가뭄에도 강한 특성을 갖고 있다. 포도, 칡, 능소화처럼 다른 나무나 지지물에 의지하여 삶을 살아가는데 다른 나무와 적당히 공존할 수 있다면 풍성한 잎으로 여름에 시원한 그늘을 만들어주고 향기롭고 탐스럽게 피어난 꽃으로 많은 흥취를 제공할 수 있다. 살아서는 풍성한 꽃과 잎으로 위안과 감흥을 제공하고 죽어서는 나무 궤장이나 의자 등 각종 공예품의 재료로 많이 활용되기도 한다. 등나무는 오른쪽으로 뻗어 올라가는데 이는 왼쪽으로 감아 올라가는 칡과 구분되는 점이다. 칡과 등이 각기 다른 방향으로 올라가는 것처럼 의견이 달라 충돌이 생기는 '葛藤'이라는 말은 여기서 나왔다고 한다. 등나무의 잎은 달걀 모양의 타원형이고 가장자리가 밋밋하며 끝이 뾰족하다. 꽃은 5월에 피는데 아카시아꽃처럼 아래로 처지는 '총상꽃차례(總狀花序)' 형태이며, 연한 자줏빛, 붉은빛 혹은 흰색 등을 띠고 있다. 열매는 9월에 협과로 익는다. 등나무는 꽃과 열매, 덩굴성과 연관하여 '紫藤', '藤蘿', '朱藤', '黃環', '藤花', '紫金藤', '招豆藤' 등의 다양한 명칭으로도 불린다.

등나무가 다른 나무를 풍성한 줄기와 잎으로 감싸면서 올라가는 모습이나 아래를 향해 늘어뜨려진 꽃송이에서 향기를 발하는 모습은 보는 이로 하여금 신비로운 매력을 느끼게 한다. 등나무는 宋代 張翊이 『花經』에서 "자등은 나무에 기대어 올라가는데 줄기와 덩굴이 섬세하게 얽혀서 나무와 이어 자란다.(紫藤緣木而上, 條蔓纖結, 與樹連理.)"라고 한 것처럼 다른 나무에 의지하여 살아가면서 한때 고운 꽃을 피우다가 결국에는 감고 올라간 나무를 죽게 만들고 자기 자신도 죽게 되는 운명도 지니고 있다. 역대 시가를 보면 등나무에 관하여 더운 여름에 시원한 그늘을 제공하며 한아한 풍경을 연출하는 것과 스스로 성장하지 못하고 다른 나무를 타고 올라가 그 나무를 죽게 만드는 특성 모두를 주목한 언급을 가한 것이 발견된다. 의존적인 속성을 지닌 탓에 등나무에 대한 포폄은 늘 공존하고 있었던 것이다.

1) 고아하고 한아한 선경 창출

등나무는 무성한 줄기와 잎으로 그늘을 만들고 아름다운 꽃으로 향기를 발하므로 나무 밑에서 쉬는 이에게 시원한 청량감과 심신의 평온을 제공하는 이점을 지닌 식물이다. 역대 시가 나오는 등나무의 형상은 고아하고 한아한 경치 속에서 선경과 같은 아름다운 배경을 창출하는 식물의 모습을 한 경우가 많았다.

唐代 李白은 등나무를 보면서 아름다운 미인의 흔적을 찾고자 하였다.

> **紫藤樹** 자등나무
> 紫藤挂雲木　자등이 높은 나무에 걸려 있으니
> 花蔓宜陽春　꽃과 덩굴이 봄 햇살에 잘 자라누나
> 密葉隱歌鳥　빽빽한 잎 사이에는 새들이 숨어서 노래하고
> 香風留美人　향기로운 바람 일어 아름다운 이를 머물게 하나니

자등수가 높게 뻗어나가는 모습을 '雲木'으로 표현하면서 뜨거운 태양에도 잘 자라는 습성을 주목하였다. 잎은 새가 자취를 숨길 정도로 촘촘하게 자라 있고 꽃은 미인이 머물 정도로 아름다운 향기를 발산한다. 등나무의 자태, 습성, 향기 등을 고루 망라하며 칭찬을 가한 것을 볼 수 있다.

唐代 顧況은 돌 위에 뻗어 있는 등나무에서 신비롭고 조화로운 글자의 형상을 발견한 기쁨을 서술한 바 있다.

> **石上藤** 돌 위의 등나무
> 空山無鳥迹　빈산에는 새들의 자취도 없는데
> 何物如人意　어떤 사물이 사람의 생각과 같을까

委曲結蠅文　굽어진 모습은 마치 결승문자와 같고
離披草書字　흩어져 있는 모습은 초서글자와 같구나

　　맑은 빈산의 모습을 통해 깨끗하고 한적한 기운을 그렸는데 그 속에는 시인의 고적함이 숨겨져 있다. 내 마음을 표현할 사물을 찾던 시인은 문득 돌 위로 뻗어나간 등나무의 형상에서 모종의 의미를 느끼게 된다. 구불구불 이어진 등나무 줄기와 잎의 형상은 고대 결승문자의 모습처럼 인식되고 잎과 꽃이 흩어져 있는 모습에서는 草書의 형상을 떠올리게 된다. 돌과 나무의 형상이 뜻을 지닌 글자와도 같다는 상상력을 발휘하며 자연물을 통해 자신의 마음을 형상화하고자 하는 심정을 드러내고 있다.

　　唐代 白居易는 등나무가 한꺼번에 개화하는 특성과 연계하여 자신의 마음을 표현한 바 있다.

陳家紫藤花下贈周判官　진씨 집 자등화 아래서 주판관에게 드림

藤花無次第　등나무 꽃은 피어나는 순서도 없어
萬朶一時開　만 송이가 일시에 개화하네
不是周從事　주판관이 종사하는 것이 아니라면
何人喚我來　그 누가 나를 불러오라 하리오

　　등나무의 꽃은 작은 꽃들이 아래를 향하여 풍성하게 맺히는 모습을 하고 있다. 방울방울 맺힌 것처럼 무리진 꽃들은 순차적으로 피어나지 않고 일시에 결실을 맺는다. 이 속성에 착안한 시인은 어느 날 周判官이 자신을 부르면 등꽃이 만개하듯 한순간에 상황이 바뀔 수 있음을 언급하였다. 기다림 속에 있다가 일시에 개화하는 꽃처럼 화사한 순간이 도래함을 기대하고 있는 것이다.

　　바람에 꽃과 향기를 흩날리는 등나무의 자태는 때로 환상적이면서도 유미적인 생각을 갖게 하기도 한다. 唐代 獨孤及이 濠州刺史 시절에 쓴 등나무에 관한 시를 보면 莊子와 惠子가 물고기를 보면서 즐거움을 논한 『莊子』「秋水」편의 '知魚之樂' 구절[12]을 인용한 기술이 보인다.

---

12 『莊子』「秋水」편의 '知魚之樂' 부분은 다음과 같다. "장자가 혜자와 함께 호량에서 노

垂花塢醉後戲題 늘어진 꽃무리 속에서 취한 후 장난삼아 짓다

紫蔓靑條拂酒壺　자색 등나무 푸른 가지 술주전자에 일렁이고
落花時與竹風俱　꽃이 떨어지는 순간에는 대나무에 이는 바람과 함께하네
歸時自負花前醉　돌아갈 때 스스로 꽃 앞에서 취하여
笑向鰷魚問樂無　웃으면서 저 피라미를 향하여 즐거움이 있는가 물어본다네

　자색 등꽃과 푸른색 잎이 술주전자 위로 일렁이는 모습은 가히 환상적인 흥취를 창출한다. 대나무에 이는 바람과 함께 흩날리는 등꽃은 청량함과 맑은 정취를 느끼게 한다. 한껏 즐거움에 도취되어 있던 시인은 문득 자신이 느끼는 즐거움이 현실인지 꿈인지 모를 몽롱한 경지에 있음을 자각하면서 그 옛날 莊子가 말한 즐거움의 경지가 어떤 것인지를 느껴보고자 하는 호기심을 갖게 된다.
　淸代 劉因이 등나무를 보면서 몽환적인 흥취를 얻었음을 표현한 작품을 보자.

朱藤 붉은 등꽃

蝶蜂紛午架　나비와 벌은 한낮 꽃 시렁에서 분분하고
花氣濃如釅　꽃기운 농염하여 마치 취한 것 같다
層陰覆四匝　층층이 드리워진 그늘 사방에 펼쳐 있고
唾綠化爲雲　푸르름을 토해내는 나무는 구름처럼 되었구나
鋪席飮花下　자리 깔고 꽃 아래서 술 마시니
飛英落芳樽　흩날리는 꽃잎이 향기로운 술잔에 떨어지네
擧酒和花食　술잔 들어 꽃과 함께 먹으니
可以醉吟魂　가히 취한 채 혼을 읊은 듯 하구나

닐었다. 장자가 '물고기가 편안히 노니 이는 물고기의 낙이네.'라고 하자 혜자가 말하길 '자네는 물고기도 아니면서 물고기의 낙을 어찌 아는가?'라고 하였다. 장자는 '자네가 나도 아니면서 물고기의 즐거움을 내가 모르는 것을 어찌 아는가?'라고 하니 혜자가 '나는 자네가 아니기에 진짜로 자네를 알지 못하네. 자네도 물고기가 아니니 자네는 물고기의 즐거움을 완전히 알지 못하는 것이네.'라고 하였다. 장자는 '본래로 돌아가보세. 그대가 '그대는 어찌 물고기의 낙을 아는가'라고 한 것은 '내가 물고기의 즐거움을 이미 알아서 내게 그리 질문한 일세. 나는 호수의 제방에서 그걸 알았다네.'라고 하였다.(莊子與惠子游于濠梁之上, 莊子曰︰鰷魚出游從容, 是魚之樂也, 惠子曰︰子非魚, 安知魚之樂? 莊子曰︰子非我, 安知我不知魚之樂? 惠子曰︰我非子, 固不知子矣, 子固非魚也, 子之不知魚之樂, 全矣. 莊子曰︰請循其本, 子曰汝安知魚樂云者, 既已知吾知之而問我, 我知之濠上也)"

등꽃이 시렁 위에 그득한 채 푸르름과 향기를 잔뜩 토해내고 있는 모습은 청아하고 신선한 기운을 느끼게 한다. 그 속에서 술 마시는 멋과 그 순간 술잔 위로 꽃잎이 떨어지는 환상적인 풍경은 가히 혼을 쏙 빼어놓을 듯 유미적이고 몽환적인 느낌을 창출한다. 선경이라 부르기에 부족함이 없는 경지인 것이다.

唐代 錢起가 등나무 속에 있으면서 은거하는 이의 한가로운 흥취를 서사한 작품을 보자.

藍田溪雜咏二十二首·古藤
남전계곡에서 노래한 이십이 수의 시·오래된 등나무

引蔓出雲樹　덩굴은 높은 나무 위로 뻗어 있고
垂綸覆巢鶴　실처럼 드리워진 꽃과 잎은 학의 둥지를 뒤덮었네
幽人對酒時　은거하는 이 술 마시는 중에
苔上閑花落　이끼 위로 꽃이 한가롭게 떨어지나니

'古藤'이라는 표현을 통해 한아하고 기품 있는 등나무의 성품을 상상할 수 있게 하였다. 덩굴이 높이 뻗어나간 모습을 '雲樹'와 연결시켜 강한 기세를 지닌 존재로 묘사했고, 늘어진 꽃과 잎이 '학의 둥지를 뒤덮는다(覆巢鶴)'라고 하여 맑고 신령한 기운을 투사하였다. 이러한 정경 속에서 술 마시는 중에 이끼 위로 한가롭게 꽃이 흩날리는 형상은 읽는 이로 하여금 은일서정을 한껏 느끼게 한다. 등나무의 형상 속에 담은 시인의 한적한 정서가 잘 전달되고 있는 것이다.

등나무가 가진 가장 큰 효능은 뜨거운 햇살을 막아주고 청량한 그늘을 제공하는 안식처 역할을 하는 데 있다. 시인묵객들은 그늘진 곳이 시원하고 늘어진 꽃의 자태와 향기가 아름다워서 발을 멈추고 머물다가 어느새 평온한 마음과 함께 한아한 흥취를 한껏 돋우게 된다. 청량함을 제공하는 특성으로 인해 등나무는 唐宋代를 거쳐가면서 그늘과 함께 한적한 흥취를 창출하는 특출한 나무라는 인식을 확립해나가게 되었고 明淸代에 이르러서는 정원 조경에 있어 빠질 수 없는 중요한 나무라는 이미지를 더욱 공고히 하게 되었다.

2) 타자를 의지하는 숙명

등나무는 그늘을 만들어주고 아름다운 정경을 창출하는 효용성을 갖고 있음에도 불구하고 다른 나무에 의지하여 생을 이어가는 안타까운 특성으로 말미암아 자주 비판의 대상이 되기도 하였다. 역대 시가를 보면 등나무의 아름다운 자태와 실용적인 특성을 찬양한 내용도 많지만 등나무가 다른 나무를 의지하여 자라나는 특징을 질타한 내용도 여럿 발견된다. 누군가에게 의탁하여 영화를 도모하거나 피해를 주는 인간의 모습을 떠올린 묘사도 적지 않았던 것이다.

唐代 岑參은 다른 지지물에 의지해서 자라는 등나무의 한계성을 지적하면서 이를 안타깝게 생각하는 마음을 표현한 바 있다.

> **石上藤** 돌 위의 등나무
> 石上生孤藤　돌 위에 외로운 등나무 생겨나
> 弱蔓依石長　미약한 줄기 돌에 의지해서 성장하네
> 不逢高枝引　높이 끌어주는 나무 만나지 못했으니
> 未得凌空上　허공 위로 높이 올라가지 못하누나
> 何處堪托身　그 어느 곳에 몸을 의탁하여야
> 爲君長萬丈　그대를 위해 만 길 높이로 자라게 할 수 있을까

등나무가 돌을 휘감고 올라가는 모습을 보면서 자신이 느낀 안타까움을 토로하고 있다. 나무는 계속 자신의 몸을 키워나갈 수 있지만 돌은 자신의 크기가 정해져 있기에 등나무 역시 성장의 한계를 맞이할 수밖에 없다. 등나무가 높은 지지물을 만나야 만 길 높이로 뻗어나갈 수 있는 것처럼 사람 역시 좋은 지지자를 만나야 뜻을 펼칠 수 있다는 것을 은유한 내용이다.

唐代 白居易는 등나무가 타자를 의지하여 생을 살아가는 속성을 지니고 있음을 언짢게 생각한 인물이다. 다른 나무를 휘감고 자라는 등나무의 모습을 보면서 간신들이 군왕을 미혹하는 행위를 연상하고 비판하는 내용을 담은 작품을 보자.

紫藤 　자등

藤花紫蒙茸	등꽃은 자주색으로 흐드러져 있고
藤葉靑扶疏	등나무 잎은 푸른색으로 무성하게 자란다
誰謂好顔色	그 누가 이를 좋은 모습이라 하였던가
而爲害有餘	그 해로움 또한 풍성하도다
下如蛇屈盤	아래쪽은 마치 뱀이 또아리 튼 것 같고
上若繩縈紆	위쪽은 마치 노끈을 둘러 묶어놓은 것 같다
可憐中間樹	가련하구나 그 가운데 있는 나무여
束縛成枯株	등나무에 묶인 채 말라비틀어진 나무가 되었네
柔蔓不自勝	유약한 덩굴은 스스로 뛰어나지 못하고
裊裊挂空虛	하늘하늘 허공에 걸려 있네
豈知纏樹木	어찌 알리요 나무를 둘러싸고 있는 이것이
千夫力不如	천 명 사람의 힘보다도 뛰어남을
先柔後爲害	처음에는 유약하다가 나중에는 해를 끼치니
有似諛佞徒	흡사 아첨꾼들과도 같다
附着君權勢	임금의 권세에 빌붙어서
君迷不肯誅	임금을 미혹하고 있고 간언하려 하지 않는구나
又如妖婦人	또한 마치 요염한 부인이
綢繆蠱其夫	그 남편을 묶어서는 독살하려는 것 같구나
奇邪壞人室	기이함과 사악함으로 집안을 파괴하려 하나
夫惑不能除	남편은 미혹되어 제거하려 하지 않고 있네
寄言邦與家	나라와 집안에 이 말을 전하노리
所愼在其初	처음부터 삼가고 조심함이 있어야 할지라
毫末不早辨	끝으로 나타날 것을 일찍이 분별하지 못한다면
滋蔓信難圖	줄기가 풍성해져 실로 도모하기 어려워라
願以藤爲誡	원컨대 이 등나무를 경계로 삼아
銘之于座隅	좌우명으로 새길 수 있기를

　　자색으로 핀 등꽃과 잎은 아름답고 탐스러운 모습을 제공하지만 시인은 이 모습 뒤에 감추어진 등나무의 속성을 더욱 주목하고 있다. 다른 나무를 휘감고 자라는 형상이 뱀과도 같고 속박하고 짓누르는 듯도 하다는 곱지 않은 시선을 발하다가 결국은 다른 나무를 고사시켜 버리는 속성을 지닌 존재로 묘사하였다. 군주를 둘러싸고 눈과 귀를 막아버리는 간신들이나 남편의 수족을 묶어 죽음으로 향하게 하는 요부처럼 국가와 집안에 해를 끼치는 소인배들의 언행을 떠올리

게 하는 부분이다. 처음부터 싹을 잘라놓지 않으면 갈수록 처리하기 곤란한 존재로 등나무를 인식하면서 눈앞에 보이는 등나무의 유약하고 아름다운 모습에 미혹되어서는 안 될 것이며 그 속에 실린 품성을 잘 파악하고 경계하여야 함을 재차 강조하였다. 등나무를 부정적으로 묘사하면서 권면의 뜻을 설파한 작품이라 할 수 있다.

唐代 李顒의 작품에서도 등나무가 등장하는데 여기서도 등나무는 여러 단점을 지닌 식물로 인식되고 있다.

愛敬寺古藤歌　애경사의 늙은 등나무를 노래하다

古藤池水盤樹根	늙은 등나무가 호숫가에서 나무뿌리를 둘러싸고 있는데
左攎右拏龍虎蹲	왼쪽 오른쪽을 움켜잡고 있어 용과 호랑이가 웅크린 듯하다
橫空直上相陵突	허공에 빗긴 채 곧게 올라가 언덕 위로 솟아나니
豐茸離縭若無骨	풍성하게 흐드러져 있으되 마치 뼈가 없는 듯하다
風雷霹靂連黑枝	바람과 우레가 번뜩이며 검은 가지에 이어지니
人言其下藏妖魖	사람들은 그 아래 도깨비가 숨어 있다 하네
空庭落葉乍開合	빈 정원에 낙엽 질 때 언뜻 꽃 피었다가
十月苦寒常倒垂	시월이면 쓰라린 차가움에 늘 넘어진다네
憶昨花飛滿空殿	지난날 빈 전각 가득 꽃 흩날릴 때를 추억하노라니
密葉吹香飯僧遍	빽빽한 잎에서 향기 날아와 스님들 밥그릇에 그득했었지
南階雙桐一百尺	남쪽 섬돌에 마주 선 오동나무는 일백 척이요
相與年年老霜霰	서로 더불어 해마다 서리와 눈 싸라기 맞으며 늙어가나니

용과 호랑이가 웅크린 것처럼 등나무는 멋진 형태를 자랑하고 있지만 실상은 굳건하지 못한 존재임을 '無骨' 표현 속에서 시사하고 있다. 나무에 바람과 우레가 내리치면 안타까운 감정을 자아내는 데 비해 등나무는 도깨비가 숨어 있는 듯한 기괴한 형상을 하고 있다고 기술한 것이 이채롭다. 시인은 등나무가 내한 성이 부족한 면도 지적하고 있다. 시월의 날씨를 이기지 못하고 쓰러져가는 등나무는 남쪽 섬돌 가에서 일백 척 높이를 자랑하며 해마다 서리와 눈 싸라기 맞으면서도 기개를 지키는 오동나무와 큰 대조를 이룬다. 꽃향기를 날리며 스님의 밥그릇을 향기롭게 해주었던 등나무는 추억 속에서만 회자될 뿐 이 나무의 현실적인 모습은 그저 참담하기만 하다.

아름다운 꽃과 풍성한 잎을 늘어뜨리고 그늘을 제공하는 등나무의 모습은 보는 이로 하여금 평온함을 느끼게 한다. 다른 나무에 의지하며 생을 이어가는 모습에서는 함께 운명을 개척해나가는 공생관계와 동료의식, 자신의 약점을 극복하고 생명력을 이어나가려는 의지도 느낄 수 있다. 그러나 결국에는 자신이 의지한 식물과 죽음을 공유하게 되는 숙명으로 인해 비판의 대상에서 자유롭지 못하였다. 열심히 생을 피워내며 아름다움을 연출하였지만 결국에는 안타까운 한계를 드러낼 수밖에 없는 것이 등나무의 숙명이라 하겠다.

4. 꽃 중의 으뜸 군자 매화(梅花)

'매화나무(Apricot, 학명 Prunus mume S. et Z)'는 장미과 벚나무속의 낙엽활엽수이다. 매화나무 꽃은 '梅花', 열매는 '梅實'이라고 하는데 꽃을 강조하면 매화나무, 열매를 강조하면 매실나무로도 부른다. 매화는 이른봄의 추위를 무릅쓰고 제일 먼저 꽃을 피우기에 四君子 중 봄을 대표하는 꽃이라 할 수 있다. 우리나라의 姜希顔은 『養花小錄』의 '花木九等品論'에서 제1품으로 분류하였고, 중국에서도 매화는 十大名花에 들어가며, 이 중에서도 으뜸의 의미인 '花中之魁' 혹은 '花魁'로 불리고 있다.

매화의 종류와 명칭은 매우 다양하다. 매와의 종류를 보면, 재배나 접목을 하지 않은 것을 '直脚梅', 동지 전에 피는 것을 '早梅', 둥글고 작은 열매가 맺히는 것을 '消梅', 가지가 굽은 데다 푸른 이끼가 비늘처럼 펴져 있으며 이끼와 가지 사이에 수염처럼 드리워져 있는 '古梅', 꽃봉오리가 풍성하고 이파리가 층지고 겹쳐 있는 '重葉梅', 꽃받침이나 꼭지가 다른 매화처럼 자색이 아니라 순록색이며 가지와 줄기도 푸른 '綠萼梅', 열매가 작고 가지가 조밀한 '白葉緗梅' 혹은 '千葉雙梅', 빛이 분홍이고 무성하고 조밀한 것이 살구와 같고 향기도 살구와 같은 '紅梅', 홍매에 비해 꽃빛이 조금 옅고 열매가 납작한 '杏梅', 매화와 같은 종류는 아닌데 매화와 같은 때 꽃이 피고 향기도 매화와 흡사하며 밀초와 같은 '臘梅' 등이 있으며 이 외에도 많은 매화 수종이 있다. 특히 한겨울에 피는 매화는 그 기질이 매우 출중하다 하여 '雪中梅', '冬梅', '寒梅'라고 별도로 칭하기도 한다. 우리나라에서는 기후 관계상 '冬梅'가 없고 '春梅' 뿐인데 주로 '單葉白梅' 종류로 열매가 많지는 않으나 맑은 향기가 뛰어난 것이 특징이다. 중국 양자

강 이남 지역에서는 매화를 음력 2월에 볼 수 있기에 음력 2월을 '梅見月'이라 부르기도 한다.

'四君子'의 하나로 많은 사랑을 받아온 것에 걸맞게 매화는 다양한 이칭도 갖고 있다. 뭇 꽃들보다 먼저 꽃을 피어나 봄을 알리는 특성을 주목하여 '花魁', '花兄', '百花魁', '一枝春', '一枝春色', '東方第一枝' 등으로 불렸고, 맹렬한 추위를 견뎌내는 인내와 기개에 주목하여 '歲寒之友', '淸友', '淸客', '雪中梅' 등으로 불렸으며, 마르고 거친 가지에서 흰색의 꽃을 피워내는 자태와 향기에 주목하여 '氷肌玉骨', '疎影', '暗香' 등으로도 불렸다. 매화의 종류, 재배 방법, 매화에 대한 문화적 해석이 다양했던 것은 전통적으로 매화를 애호했던 의식과 문화가 얼마나 성행했는가를 잘 보여주는 예가 된다.

매화는 일찍부터 여러 문헌에서 언급되어왔다. 『詩經』「小雅」「四月」 편의 "산에 아름다운 초목이 있으니, 밤과 매화로다.(山有嘉卉, 侯栗侯梅)"는 언급은 매화가 오래전부터 아름다운 화목의 이미지를 소유한 꽃임을 알려주는 기록이다. 중국 고전문헌을 보면 매화보다 매실이 주로 언급되다가[13] 六朝時代를 지나면서 鮑照의 "생각하건대 서리 속에서도 꽃 피울 수 있고, 이슬 속에서 열매 맺을 수 있기 때문이라.(念其霜中能作花, 露中能作實)"(「梅花落(매화꽃 떨어지고)」), 南朝 陸凱의 "매화 꺾어 역사를 만나, 농두 사람에게 부쳤네. 강남에서 가진 것이라곤 없어, 그저 매화 가지 하나 통해 봄소식 보낸다네.(折梅逢驛使, 寄與隴頭人. 江南無所有, 聊贈一枝春)"(「贈范曄(범엽에게 주다)」) 등 일부 시인의 작품 속에 보이다가 唐代를 지나면서 점차 문인들에게 환영받는 창작소재가 되었고 꽃 애호 풍조가 보

---

13 『書經』「說命」에 "만약 술과 단술을 빚을 것 같으면 그대가 누룩이 되어주고, 잘 조화된 국물을 만들려면 그대가 소금에 절인 매실이 되어주오(若作酒醴, 爾惟麴蘗, 若作和羹, 爾惟鹽梅)"라고 하여 국을 만들 때 '鹽梅'로 조절하듯 정치도 잘 해야 한다는 말이 나오고, 『詩經』「召南」「摽有梅」 편에 "가지에서 떨어지는 매실 남은 것은 일곱 개, 나를 바라는 도련님이여 어서 이 좋은 때를 택하시오(摽有梅, 其實七分. 求我庶士, 迨其吉兮)"라는 표현을 통해 매실이 떨어지는 모습을 청춘이 가는 것에 비유하여 시기를 놓치지 말고 결혼을 하게 되길 바란다는 내용이 나오는 것을 발견할 수 있다. 또한 『世說新語』에는 중국 삼국시대 魏나라의 曹操가 대군을 거느리고 출병하던 중 군사들이 몹시 피로하고 갈증을 느꼈을 때 "저 산을 넘으면 큰 매화나무 숲이 있다. 거기서 열매를 따 먹자." 라고 외침으로써 군졸들로 하여금 매실을 생각하여 입안에 침이 돌게 하였다는 '梅林止渴' 고사가 실려 있는데 이 역시 매실의 효용을 드러내는 일화가 된다.

편화된 宋代에 이르게 되자 매화를 노래한 '詠梅詩'는 비약적인 발전을 이루게 된다.[14] 또한 六朝時代 『西京雜記』에 "漢나라 초기에 상림원을 보수할 때에 여러 신하들이 각각 이름난 과실을 바쳤는데 候梅, 朱梅, 紫花梅, 同心梅, 紫蒂梅, 燕芷梅, 麗友梅 등이 있었다.(漢初, 修上林苑, 君臣各獻名果, 有候梅, 朱梅, 紫花梅, 同心梅, 紫蒂梅, 燕芷梅, 麗友梅)"라는 기록이 있는 점으로 보아 일찍부터 다양한 매화 수종이 있었던 것을 알 수 있으며, 宋代 范成大가 쓴 『梅譜』에는 그 시기까지의 매화에 관한 기록이 모두 정리되어 있어 매화에 관한 더욱 상세한 정보를 알 수 있다.

'매화'는 매서운 겨울 추위를 온몸으로 인내하며 기다림의 미학을 간직하다가 다른 꽃에 앞서 꽃망울을 피워내며 봄의 도래를 알리는 꽃이다. 잎보다 꽃이 먼저 피는 특성을 지닌 봄꽃 중에서도 매화는 다른 나무보다 일찍 꽃을 피움으로써 위세를 떨치는 겨울 추위에 맞서는 세한의 상징, 어려움 속에서도 생명력을 이어가는 불굴의 기개, 수려한 미모를 지닌 미인, 세속의 유혹을 초월한 고고한 자태, 계절의 도래를 알리는 새봄의 전령사, 맑고 은은한 향기를 발하는 인격체, 불의에 굴하지 않는 선비정신의 표상 등 매우 다양한 의미를 지니고 있다.

1) 봄의 서막을 여는 전령

'매화'는 매서운 겨울 추위를 온몸으로 인내하며 기다림의 미학을 간직하다가 다른 꽃에 앞서 꽃망울을 피워내며 봄의 도래를 알리는 꽃이다. 매화는 잎보다

---

14 程杰, 「宋代詠梅文學的盛況及其原因與意義(上)」(『陰山學刊』 第15卷 第1期, 2002.2), 榮斌, 「一代詠梅成正聲 - 論宋代詠梅詩詞創作熱」(『東岳論叢』 第24卷 第1期, 2003.1) 등을 참조하면, 『詩經』(305수 중 詠梅詩는 5수)과 先秦漢魏晉南北朝詩(전체 10,500수 중 26수)를 통해 선진시대부터 남북조시대까지 매화가 제재가 된 문학작품과 詠梅詩는 전체 문학작품 중 약 0.28% 정도이고, 『全唐詩』(48,900여 수 중 84수)와 『全唐詩補編』(5,210여 수 중 6수)과 『全唐五代詞』(2,849수 중 2수)를 통해 唐代 詠梅詩詞는 唐代 詩詞 중 약 0.16%에 달하는 것을 알 수 있다. 宋代로 오면서 詠梅詩詞는 폭발적으로 증가하게 된다. 『全宋詩』(254,000여 수 중 4,700여 수)와 『全宋詞』(21,085수 중 1,200여 수)를 보면 宋代 詠梅詩詞는 전체 宋代 詩詞 중 약 2.14%에 달하고 있다. 宋代로 오면서 詠梅詩詞가 이전대보다 약 48배 정도 많아진 것이다.(노은정, 「南宋 四大家 詠梅詩 研究」, 『중국어문학논집』 제39호, 2006.8 인용)

꽃이 먼저 피는 특성을 지닌 봄꽃 중에서도 다른 꽃보다 일찍 개화하기에 '꽃의 우두머리'라는 뜻의 '화괴(花魁)'라는 별명도 얻고 있다. 중국 고전시에서는 매화의 여러 형상 중 눈 속에서 피기 시작하는 '早梅', 음력 12월에 노랗게 피어나는 '黃臘梅' 등에 대해서도 지대한 관심을 보여왔으니 매화의 이른 개화가 봄을 선도한다는 의미를 반영한 것이기도 하다. 봄의 도래를 갈망하는 세인들에게 새롭게 몽우리를 선보이는 매화의 모습은 희망의 상징과도 같이 느껴졌을 것이다.

겨울인 듯했는데 어느새 꽃을 피워낸 매화의 자태를 주목한 唐代 張謂의 작품을 보자.

早梅 조매

一樹寒梅白玉條	백옥 같은 가지를 지닌 한 그루 한매
迥臨林村傍溪橋	멀리 마을길을 향한 시냇가 다리 옆에 서 있네
不知近水花先發	바로 옆의 시냇물이 꽃을 먼저 피우게 한 것을 모르고
疑是經春雪未銷	봄이 왔어도 눈이 아직 녹지 않은 것이라 생각한다네

차가운 겨울을 지내면서 눈도 녹지 않고 뭇 꽃들이 아직 피어나지 않았을 때 백옥 같은 가지를 지닌 매화가 다리 옆에 서 있다. 하얗게 핀 매화의 색깔이 눈과 구별이 되지 않을 정도로 아름답기에 꽃을 피웠음에도 사람들은 눈이 아직 녹지 않은 것이라 생각한다는 설정으로 매화의 자태를 신비롭게 묘사하고 있다.

唐代 齊己도「早梅」라는 시제로 봄의 도래를 선도하는 매화의 품성을 노래한 바 있다.

早梅 조매

萬木凍欲折	온갖 나무가 얼어서 꺾어질 지경인데
孤根暖獨回	외로운 매화 뿌리만 온기를 품어
前村深雪裏	앞마을 깊이 쌓인 눈 더미 속에
昨夜一枝開	어젯밤 한 가지에 꽃을 피웠네
風遞幽香去	바람은 그윽한 향기를 실어 나르고
禽窺素艶來	새는 희고 고운 꽃을 엿보러 오네
明年猶應律	내년에도 여전히 절기를 맞추어
先發映春臺	먼저 피어나 봄 누대를 비추겠지

'모든 나무(萬木)'가 눈과 추위로 인해 맥을 못 추지만 오직 '매화 뿌리(孤根)'
만 온기를 품었다가 매화꽃을 피워낸다. '온기를 품다(暖)'라는 표현을 통해 매화
의 생명력과 활동력을 은유하고 있어 일종의 평안함도 느끼게 된다. "한 가지가
꽃을 피워냈다(一枝開)"라는 표현은 매화가 모든 꽃보다 먼저 피어나 눈과 당당
히 맞선다는 인상을 준다.

宋代 范仲淹은 눈과 서리의 괴롭힘에도 굴하지 않고 새봄을 알리고자 하는
매화의 정신을 칭송하는 시를 썼다.

梅花 매화

蕭條臘後復春前　납월 뒤 새 봄을 맞이하기 전 모든 가지 쓸쓸한데
雪壓霜欺未放妍　눈의 짓누름과 서리의 괴롭힘에 아직 피어나지 않았네
昨日倚闌枝上看　어제 난간에 기대어 가지 끝을 살펴보았더니
似留春意入新年　봄뜻을 펼쳐 새해를 들이려는 듯 꽃이 피려하누나

차가운 臘月을 보냈지만 봄이 오기 직전이라 모든 가지가 아직 쓸쓸한 상황
이고 눈과 서리의 위세가 아직도 대단하여 매화가 피어나지 못하였다. 매화를
기다리는 시인은 가지 끝으로 시선을 돌리니 혹한을 이겨내고 봄뜻을 펼쳐 꽃을
피우는 매화를 기다리는 마음이 그만큼 강렬한 것임을 알 수 있다.

南宋의 楊萬里 역시 봄을 재촉하는 매화의 형상을 묘사한 바가 있다.

正月三日驟暖多稼亭前梅花盛開 四首 其一

정월 3일 갑자기 따스해진 날씨에 다가정 앞 매화가 만개하다 4수 제1수

春被梅花抵死催　봄은 매화에게 바쁘게 재촉받네
今年春向去年回　금년 봄이 작년에서부터 새로 돌아오라고
春回十日梅初覺　봄이 돌아온 지 열흘 되니 매화도 처음 봄을 느끼고
一夜商量一併開　하룻밤 새 의논이나 한 듯 함께 어우러져 피었다네

시가의 전반부에서 '봄'을 주체자로 내세웠지만 실제 봄을 움직이는 주인공은
매화라는 설정을 하고 있다. 주체와 객체의 도치, 반어적인 표현 등을 통해 매화
가 봄을 재촉하는 존재임을 강조한 부분이다. 후반부에서는 봄의 도래에 따른

매화의 만개를 묘사하였는데 '봄을 처음 느낀다(初覺)'라는 표현을 통해 매화가 가장 먼저 봄을 알리는 꽃임을 다시 한번 강조한 것이 발견된다.

매화는 24절기 중 '小寒'을 상징하는 꽃으로 겨울의 끝자락에서 봄의 도래를 기대하는 마음을 대변하는 꽃이다.[15] 唐代 白居易가 봄꽃이 피는 순서인 '春序'와 연관하여 언급한 "봄바람 일렁이니 정원 안의 매화가 가장 먼저 피어나고, 이어 앵두, 살구, 복사꽃, 자두꽃이 차례로 피어난다.(春風先發苑中梅, 櫻杏桃李次第開)"(「春風」)라고 한 구절은 매화가 '花魁' 명성을 지닌 것과 부합하는 부분이다. 빙설이 가득한 한겨울에 봄소식을 알려주는 매화는 세인들의 마음에 새롭게 약동하는 힘과 새 계절에 대한 기대감을 갖게 한다. 오롯이 피어난 매화를 보면서 새로운 시절의 도래, 어려움의 종결, 새 희망에 대한 확신 등을 느끼게 되니 매화는 새봄을 대변하면서 각종 희망을 전하는 역할을 누구보다 잘 수행하는 꽃이라 할 수 있다.

2) 고운 자태와 청아한 향기의 소유자

매화는 흰 눈과 조화를 이루는 빙옥 같은 꽃을 통해 밝고 환한 시각적 기쁨을 제공하며, 꽃술에서 풍기는 은은한 향기를 통해 맑고 청아한 기운을 느끼게 한다. 그런데 자세히 관찰해보면 매화의 자태는 다른 꽃의 화사함과 비교되는 부분이 있다. 풍성한 모습보다는 희소한 것에서 더욱 운치를 느끼게 되고, 유약한 젊은 가지보다는 세월을 먹은 늙은 자태가 더욱 기품 있게 느껴지며, 풍만한 모습보다는 마른 모습에서 진가를 발견하게 되고, 꽃이 활짝 피어 있는 모습보다는 막 피어난 꽃봉오리가 더욱 주의를 끄는 매력을 지니고 있다. 여기에다 진하고 우아한 향기까지 더해져 고운 향기를 내뿜는 순결한 미인의 형상으로도 묘사되곤 하였다. 처음 피어나는 매화는 눈과 비슷한 색의 꽃잎을 지니고 있기에 꽃

---

15 중국의 24절기마다 하나의 꽃으로 風信을 삼은 '二十四番花信風' 중 매화는 제23번째 '小寒'의 風信이다. '小寒'은 음력 12월이지만 冬至 이후 겨울의 끝자락에 해당하는 시기이기에 겨울의 쇠퇴와 새봄의 도래를 기대할 수 있는 시기이다. 매화를 '小寒'의 風信으로 정함으로써 봄의 서막을 갈망하는 의미를 담고자 한 것이다.

형상이 얼핏 눈과 구분이 안 될 수도 있지만 고아한 향기를 발하는 것으로써 자신의 존재를 인식하게 만든다. 매화 향은 '暗香'이라 하여 드러내지 않고 그윽한 기운을 전달하기에 기품 있는 존재로 칭송받기에 충분한 매력을 지니고 있다. 자태 못지않게 그윽한 향기로 스스로의 격조를 높이고 있다 할 것이다.

매화의 자태를 묘사한 작품 중 唐代 杜牧이 쓴 다음 시를 보면 形似, 像想, 典故 등 다양한 수법을 활용하여 매화의 매력을 부각시킨 면모가 발견된다.

梅 매화

輕盈照溪水	매화는 시냇물에 산뜻한 모습을 그득 비추고 있고
掩斂下瑤臺	얼굴을 수줍게 가린 채 요대에 내려온 듯하네
妬雪聊相比	눈을 질투하여 언뜻 자태를 서로 비교하려는 듯
欺春不逐來	봄을 속여 봄이 쫓아오지 못하게 하였네
偶同佳客見	우연히 가객을 만나게 된다면
似爲凍醪開	겨울 내내 숙성시킨 술대접하기 위해 피어난 것 같구나
若在秦樓畔	만약 秦 穆公이 딸 弄玉을 위해 만들어준 秦樓 옆에 피었다면
堪爲弄玉媒	가히 弄玉을 위해 蕭史를 중매시켜 줄 수 있으련만

시가 전반에 묘사된 매화는 신비로우면서 초월의 미를 지닌 자태를 하고 있다. 매화는 수줍은 얼굴로 신선들이 사는 瑤臺에 내려온 것 같고, 秦 穆公이 딸 弄玉을 위해 만들어준 秦樓에 어울리는 형상을 하고 있다.[16] 매화는 눈과 추위에 아랑곳하지 않고 봄을 선도하는 동시에 아름다움을 위해서는 질투와 시샘도 마다하지 않는 여인의 모습을 하고 있다. 그러면서도 자신을 알아주는 가객을 만나게 되면 겨울 내내 숙성시킨 봄 술을 대접할 정도로 정겨운 감정을 지닌 존재이기도 하다. 신비롭고 아름다운 자태를 지닌 매화를 둘러싸고 여러 측면에서 다정다감한 장면을 연출한 것이 발견된다.

---

16 漢 劉向『列仙傳』卷上「蕭史」에 "蕭史는 퉁소를 잘 불어 봉황을 울게 했다. 秦 穆公이 딸 弄玉을 그에게 부인으로 주고, 鳳樓를 만들어주고 弄玉에게 퉁소 부는 것을 가르치게 했더니 감격한 봉황이 날아와 弄玉을 봉황에 태우고 蕭史를 용에 태워 부부가 함께 신선이 되게 했다.(蕭史善吹簫, 作鳳鳴. 秦穆公以女弄玉妻之, 作鳳樓, 教弄玉吹簫, 感鳳來集, 弄玉乘鳳, 蕭史乘龍, 夫婦同仙去)"라는 고사가 있다. 매화가 지닌 신령한 미를 부각시키기 위한 고사 활용이라 할 수 있다.

唐代 張籍은 다음 시에서 직접적으로 매화의 자태를 묘사하지는 않았지만 그 자취를 찾아가는 과정과 마음을 통해 각별한 애정을 표현한 바 있다.

梅溪 매화 핀 개울
自愛新梅好	새로 피어난 매화가 좋아 스스로 아껴서
行尋一徑斜	경사진 길을 따라 매화를 보러간다
不教人掃石	사람들이 돌 위의 낙화를 쓸지 않기를
恐損落來花	떨어진 매화가 훼손될까 두렵나니

경사진 길을 마다 않고 매화를 찾아다니는 모습은 시인이 얼마나 순수한 마음으로 매화를 좋아하는지를 보여주는 대목이다. 후반부에서는 가상의 상황을 설정하여 매화가 낙화하는 슬픔과 안타까운 정을 서사하였다. 실제 상황 묘사에서 허구와 상상을 가미한 정경 묘사로 이어나가며 '虛實相合'의 묘미를 적절히 발휘한 묘사가 돋보인다.

매화시 중에는 매화의 자태보다 향기를 더욱 주목한 작품이 있다. 매화의 暗香이 그만큼 가치가 있음을 인정한 것으로 漢代 樂府詩 중 매화를 노래한 다음 시가 그 예이다.

梅花 매화
庭前一樹梅	앞뜰의 한 그루 매화나무
寒多未覺開	추위가 성해서 어느새 핀 줄 몰랐네
只言花似雪	그저 꽃이 눈처럼 희다고 말할 뿐
不悟有香來	향이 피어나는 것은 깨닫지 못하나니

백화가 추위에 맥을 못 추고 있는데 어느새 매화가 홀로 피어나 있다. '어느새 피어나 있다(未覺開)'는 말은 매화가 추위를 이겨내고 장엄하게 피었으면서도 자신을 드러내지 않는 고결한 품성을 지닌 것을 은유한 것이다. 흰 꽃의 자태가 환하게 눈에 들어오기에 사람들은 이 점을 주목하지만 사실은 매화가 풍기는 은은한 향기와 매화의 지순한 본성이 중요한 것임을 주지시키고 있다.

宋代 王安石 역시 매화의 향기를 통해 그 존재를 깨닫게 된다는 기술을 가하

고 있다.

梅花　매화

墙角數枝梅　담장 구석에 있는 몇 그루 매화
凌寒獨自開　추위를 뚫고 홀로 꽃을 피웠네
遙知不是雪　그것이 눈이 아님을 어렴풋이 알게 되는 것은
爲有暗香來　그윽한 향기가 풍겨오기 때문이라

'담장 구석(墻角)', '홀로 피어 있다(獨自開)' 등의 표현을 통해 매화가 지닌 고독한 정서를 느낄 수 있으나 그 속에는 '추위를 뚫고(凌寒)' 피어나는 불굴의 기개가 담겨 있음을 또한 발견할 수 있다. 하얗게 핀 매화의 자태는 얼핏 눈과 구별이 되지 않을 정도이기에 '어렴풋이 안다(遙知)'고 하였으나 매화가 풍기는 그윽한 향기는 숨길 수 없는 것임을 언급하고 있다. 평이한 시어를 사용하였으나 청신한 이미지를 창출해낸 수법은 매우 뛰어난 작품이라 할 수 있다.

매화를 노래한 작품을 보면 매화의 자태나 향기 한 면을 강조한 작품도 있지만 대부분의 작품들은 매화의 옥 같은 자태와 고아한 향기를 모두 칭송하고 있다. 자태와 향기가 어느 꽃에 뒤지지 않을 정도로 매력을 지닌 매화이기에 자태와 향을 각각 분리하여 생각하기가 쉽지 않은 것이다. 아름다운 모습 속에 그윽한 향기를 띤 매화의 형상을 주목한 작품 몇 수를 살펴본다. 宋代 陳與義는 눈속에 달빛과 어우러진 채 향기롭게 피어 있는 매화의 자태를 다음과 같이 묘사한 바 있다.

梅花　매화

客行滿山雪　나그네 온 산의 눈을 밟고 가는데
香處是梅花　향기 나는 곳이 곧 매화 핀 곳이로구나
丁寧明月夜　정녕 밝은 달밤에
記取影橫斜　그림자 비껴 있는 매화 모습 남겨보리라

전반부에서는 매화가 눈 속에서 피어나 향기를 발하는 모습을 그렸고, 후반부에서는 달빛 아래 빛나는 매화의 격조를 노래하였다. 눈과 매화의 색깔은 모두

흰색이라 얼핏 구별이 되지 않는다는 점에 착안하여 눈 속에서 발하는 매화의 향기를 부각하는 시상을 펼쳤고, 달밤을 시간적 배경으로 설정하여 달빛에 비친 매화와 그림자가 연출하는 명암의 대조를 주목하였다. 매화의 고결한 기품을 눈 속에 발하는 은은한 향기와 달빛에 비친 성근 가지로 형상화한 수법도 뛰어나다.

宋初에 매화를 아내 삼고 학을 아들로 삼아 西湖 孤山에 은거했다는 일화와 함께 매화시로 유명했던 林逋의 다음 작품을 보자.

山園小梅 동산의 작은 매화

衆芳搖落獨暄妍　모든 꽃 다 졌는데 홀로 곱게 피어나
占盡風情向小園　아름다운 풍광을 모두 차지하며 작은 동산을 향하고 있네
疎影橫斜水淸淺　희미한 그림자 맑고 얕은 개울물 위로 비스듬히 드리우고
暗香浮動月黃昏　그윽한 향기는 황혼 달빛 속에 떠서 요동을 한다
霜禽欲下先偸眼　학은 내려앉기 전 이 꽃을 살짝 곁눈질로 보고는
粉蝶如知合斷魂　마치 흰나비가 혼이 빠져 있는 줄 알았으리라
幸有微吟可相狎　다행히 나직하게 시 읊조리며 서로 친할 수 있어
不須檀板共金尊　단목 악기와 금 술잔 모두 필요하지 않다네

수연에서 '홀로 곱게 피어 있다(獨暄妍)'라고 한 것은 추운 겨울에 모든 꽃들이 모두 사라진 현실에서 봄을 뚫고 꽃을 피워낸 절개를 주목한 것이며, 함연에서 '황혼의 달빛(月黃昏)'을 배경으로 삼은 것은 잎이 나기 전 앙상한 매화 가지가 달그림자에 비치는 모습에서 특별한 감흥을 느꼈기 때문이다. 은은하게 번져오는 '暗香'은 특별히 드러내지 않아도 느낄 수 있는 고고한 인품을 의미한다. 달빛 아래 은은한 자태와 향기를 지닌 성근 매화 가지가 주는 운치가 남다르다.[17] 얇은 꽃잎을 한 매화의 모습이 곱고 희기에 흰 새(학)는 흰나비와 착각할 수도

17　이 시의 함연 "疎影橫斜水淸淺, 暗香浮動月黃昏" 구절은 五代 江爲의 殘句 "대나무 그림자 맑고 얕은 개울물 위로 비스듬히 드리우고, 계수 향기 황혼의 달빛 속에 번져온다.(竹影橫斜水淸淺, 桂香浮動月黃昏)" 구절을 차용하여 두 글자만 바꾼 것인데 여러 시인들에 의해 매화를 형용한 佳句로 칭송받게 되었다. 후대 매화 그림에도 단골 畵題가 되어 달과 함께 그린 '月梅圖', 물가에 가지가 거꾸로 자라는 '倒垂梅' 등의 그림이 유행하게 되는 계기가 되었다.

있다고 보았다. 매화는 빼어난 자태와 기품, 고결한 향기를 지녔기에 시와 술로 벗하기에 충분하며 그 자체가 뛰어난 흥취를 발하기에 별도의 악기도 필요하지 않다는 칭찬을 가하고 있다. 매화를 감상하다 어느덧 매화와 혼연일체가 된 은자의 감정을 느낄 수 있는 것이다.

宋代 朱淑貞은 黃梅의 자태, 향기, 품격 등을 전반적으로 관찰한 작품을 남기고 있다.

詠梅 매화를 노래하다

雪格氷姿臘蒂紅　눈 같은 격조와 얼음 같은 자태 지닌 납매는 불그스레하고
水邊山畔淡烟籠　물가와 산비탈에 옅은 안개처럼 둘러 있네
江風也似知人意　강바람은 사람들의 생각을 알아차린 듯
密遞淸香到室中　매화의 맑은 향기를 몰래 집안으로 전해주나니

黃梅의 자태를 그리면서 노란 꽃 속에 비치는 암홍색을 강조하여 '紅'이라고 서술을 가한 것이 이채롭다. 물가와 산비탈을 두루 뒤덮고 있는 매화의 모습은 연기처럼 은근하며 몽롱한 아름다움을 느끼게 한다. 그 맑은 향기와 청아한 기운이 집 안으로 퍼지기를 기대하고 있는데 '몰래 전해준다(密遞)'라는 표현을 통해 쉽게 드러내지 않지만 고결한 지조를 숨길 수 없는 매화의 격조를 주목하였음을 밝혔다.

宋代 曾幾는 정원을 홀로 거닐면서 발견한 매화의 매력을 다음과 같이 기술하고 있다.

獨步小園 작은 정원을 홀로 거닐며

江梅落盡紅梅在　강매는 다 졌는데 홍매가 있고
百葉緗梅剩欲開　흰 잎을 띤 상매가 남아서 피어나려 하네
園里無人園外靜　정원 안에 사람 없고 정원 밖도 고요한데
暗香引得數蜂來　그윽한 향기가 몇 마리의 벌들만 오게 하누나

작은 정원에서 시인 홀로 거니는 상황이지만 정원에는 '江梅', '紅梅', '緗梅' 등 여러 매화가 연이어 다채로운 정경을 연출하고 있고 暗香까지 그득하니 실

제 느껴지는 서정은 한껏 풍성하다. 매화가 주는 매력으로 인해 고요한 중에도 충만한 기쁨을 누리고 있는 것이다.

꽃은 흔히 향기를 머금은 미인의 형상으로 의인화되는데 작품 속 매화의 자태를 미인으로 치환해보면 가냘프고 야윈 모습에 눈처럼 희고 청순한 자태를 띤 미인의 형상이라 할 수 있다. 날씬하고 야윈 몸매를 지닌 '玉骨'의 형상에서 눈과 추위에도 굴하지 않는 고고한 미인의 강단을 느끼게 되고, 얼음처럼 투명한 '氷玉'의 자태에서 맑고 깨끗한 순연의 미를 발견하게 된다. 농염하지 않고 기품 있는 '暗香' 역시 고결함과 순결함으로 스스로의 품격을 높이는 매화 이미지에 잘 부합한다. 있는 듯 없는 듯 은은하게 퍼지는 매화 향은 담박한 운치를 상징하는 데도 제격이다. 역대 문인들이 순결하고 기품 있는 미인을 형용함에 있어 매화만큼 적절한 꽃을 찾기가 어려웠던 것은 매화만큼 강인한 성품과 빼어난 자태, 향기를 모두 소유한 꽃이 많지 않았기 때문일 것이다.

3) 추위나 시련에도 굴하지 않는 절개의 표상

매화가 피어 있는 경치나 정취는 계절을 불문하고 매력과 기품을 느끼게 한다. '氷玉' 같은 자태는 맑고 투명한 깨달음을 얻게 하고, 눈과 추위와 싸우는 '寒梅'의 모습은 세상의 권세나 압력에도 굴하지 않는 군자의 지조나 절개를 연상케 한다. 매화가 역대 작품 속에서 중요한 제재로 자리매김을 하게 된 것은 무엇보다도 추위와 싸우며 절개를 지켜내는 인내심과 강인한 생명력을 지녔다는 특징에서 비롯되었다고 할 수 있다. 역대 문인들은 국가나 사회가 어려움에 처하게 될 때 매화의 모습을 떠올리며 용기를 얻었고 자신의 의지를 설파하기 위해 매화의 절개나 성품을 칭송하기도 하였다. 절개와 지조가 으뜸인 매화는 고결한 품성을 표현하는 데 있어 최적의 소재가 되는 꽃이었던 것이다.

宋代 辛棄疾은 매화를 보면서 屈原의 맑은 품성을 떠올린 바 있다.

和傅巖叟梅花兩首 부암수의 매화시 두 수에 화답하여
靈均恨不與同時 굴원의 한은 매화와 동시에 펼쳐지지 않았으니

欲把幽香贈一枝　　그윽한 향기 풍기는 매화 가지 하나 전해주고 싶네
堪入離文字否　　감히 離騷 문장 속에 이 꽃을 끼워 넣을 수 있는지
當年何事未相知　　굴원이 살던 시기에는 어이하여 매화를 서로 몰랐던가

　매화를 보며 그 옛날 屈原이 각종 향초로 자신을 비유하면서 한을 서사했던 일을 회고해본다. 屈原은 「離騷」를 비롯한 25수의 시에서 연꽃, 계수, 난초 등 각종 화초를 예거하며 군자의 품격을 논한 바 있는데 기이하게도 매화는 각종 언급의 대상에서 빠져 있었다. 이에 대해 의구심을 표하면서 「離騷」의 구절 중에 매화를 넣었다면 屈原의 인품을 더욱 효과적으로 표현할 수 있었으리라는 상상을 해본다. 매화의 기품을 간접적으로 묘사하고 있지만 屈原의 인품에 결부시킬 만큼 높은 품격을 지닌 존재라는 설정을 하고 있는 것이 특징이다.
　宋代 范成大는 매화 중에서도 古梅가 지닌 연륜과 기질을 주목한 기술을 가하고 있다.

古梅兩首 其一　고매 두 수 중 제1수
孤標元不鬪芳菲　　고고한 격조를 지닌 매화는 원래 다른 꽃과 향기를 다투지 않고
雨瘦風皺老更奇　　비에 수척해지고 바람에 주름진 채 늙어가니 더욱 기이하구나
壓倒嫩條千萬蕊　　연한 줄기에 피어나 천만 송이 다른 꽃을 압도하는 것은
只消疏影兩三枝　　그저 성근 그림자를 지닌 매화꽃 두세 가지라네

　풍상을 맞아 늙어가며 수척하고 주름진 모습을 한 '古梅'[18]지만 다른 화초들과 다투지 않고도 자신의 품격을 스스로 높이고 있다. 비바람을 꿋꿋이 이겨낸 그간의 세월이 연륜으로 쌓여 외모를 뛰어넘는 풍격을 지니게 된 것이다. 성근 그림자를 지닌 매화꽃 두세 가지가 천만 송이의 다른 꽃을 압도하는 모습에서 연륜을 소유한 노인이 지혜와 덕성으로 젊은이를 압도하는 것 같은 인상을 얻게 된다. 古梅의 품성을 의인화하여 서술하면서 교훈적인 지혜를 담고자 했던 작자

18　'古梅'란 가지가 굽은 데다 푸른 이끼가 비늘처럼 번져 있는 형상을 한 매화이다. 이끼가 가지 사이에 수염처럼 길게 드리워 바람이 불면 푸른 실이 나부끼는 것 같아 관상 가치가 높으며 매화 기르는 사람에게는 가장 사랑받는 품종으로 여겨진다. 古梅를 만들기 위해서는 야생매를 파종한 대목에 重葉梅(꽃봉오리가 풍성하고 잎이 층지고 겹으로 나며, 활짝 피면 小白蓮과 같고 열매가 쌍으로 열리는 매화 품종)를 접목해야 한다.

의 기지가 느껴진다.

　元代 薩都剌이 매화를 옮겨 심으면서 그 정신을 흡수하고자 했던 기록에서도 매화의 고상한 절조를 중시했던 면모를 살필 수 있다.

移梅　매화를 옮겨 심으며

幾夜幽香惱夢魂	그윽한 향기로 인해 몇 밤이나 꿈에서 놀랐는지
殷勤來侜隴頭人	매화 향기 은근히 찾아와 이 북방 사람을 흔들어대네
鑿開東閣窓前地	마당을 개척하여 동각을 짓고 앞뜰에 창을 내고
分得西湖雪裏春	서호 孤山의 매화를 얻어다 심네
瘦影翻來新體態	마른 자태가 변하여 새로운 자태를 띠게 되었으나
疏枝猶帶舊情神	성근 가지에는 아직 옛 정신이 남아 있도다
今朝伴我淸吟處	오늘 아침 나와 벗하여 맑게 읊조리는 이곳에는
不許詩懷更有塵	시를 짓는 정회만 있을 뿐 또 어떤 세속의 기운이 있으리오

　매화는 향기를 통해 북방에서 항주로 내려온 시인을 은근히 유혹하면서 그 기운을 전하고 있다. 창 앞에 서실을 지은 후 西湖에서 얻어와 심어놓은 매화는 이전보다 실해지고 새롭게 활기를 띤 모습인데 이는 매화를 감상하게 된 시인의 기쁨을 대변하는 내용으로 볼 수 있다. 제4구에서 매화를 '雪裏春'이라 칭한 것은 눈 속에서도 의연히 봄을 피워내는 매화의 품성을 강조한 표현이다. 매화는 '瘦影'과 '疏枝'의 앙상한 모습을 하고 있지만 본래의 기품을 잃지 않고 있다. 이 모습을 보고 있는 시인 역시 맑고 고결한 기운을 충만히 받게 되는 것이다.

　明代 于謙은 매화의 자태와 정신을 모두 주목하면서 그 절개를 누군가와 나누고 싶어 하는 마음을 다음과 같이 표현한 바 있다.

和梅花百詠　매화를 노래한 백 수의 시에 화답하여

玉爲肌骨雪爲神	옥을 肌骨로 삼고 흰 눈을 정신으로 하였으니
近看蘢葱遠更眞	가까이 볼 때 무성한 자태더니 멀리서 보매 더욱 확연해지네
水底影浮天際月	물속에 매화 그림자 떠 있는데 달은 하늘가에 걸려 있고
樽前香逼酒闌人	술잔 앞으로 향기 몰려오는데 술은 나를 취하게 하네
松篁晚節應同操	소나무와 대나무의 고상한 절개 응당 매화와 어울리지만
桃李春風謾逐塵	도리는 봄바람에 속아 속세 먼지를 따라가네
馬上相逢情不盡	길 다니다 친구를 만나게 되면 그 정이 한없어

一枝誰寄隴頭春　그 누가 가지 하나 선물하여 북방 친구에게 봄을 알렸으면

　매화는 옥 같은 외형과 눈 같이 맑은 정신을 지녔기에 그 자태가 고결하고 절조가 고상하다. 물속에 비낀 매화의 그림자와 하늘에 떠 있는 달, 그리고 그 속에 풍겨오는 향기는 나로 하여금 넉넉히 술 취하게 한다. 매화의 고상함은 松竹과 비견할 만하니 봄바람 따라 이리저리 날리는 세속의 桃李가 어찌 매화의 뜻을 알겠는가? 남방에서 매화의 서정에 취해 있던 시인은 문득 북방 친구에게 매화 한 가지를 전함으로써 春意를 느끼게 하고 싶은 충동을 느끼게 된다. 매화가 지닌 자태와 기질을 누군가와 나누면서 그 의식을 함께 소유하고 싶은 마음을 담았다.

　매화는 봄꽃의 추위와 시련을 견뎌내는 인내력을 통해 불굴의 정신과 지조 있는 기품을 발휘하는 꽃이다. 은은한 향기처럼 맑은 기질을 내면에 소유하였기에 세간의 불의에도 굴하지 않고 홀로 절조를 지키는 강인함을 발휘할 수 있는 것이다. 세인들은 고결한 정신세계를 유지하고 싶을 때 흔히 세한에 홀로 피어나 맑은 영혼을 드러내는 매화의 기품을 떠올리곤 하였다. 어려운 시국을 살았던 志士는 물론이고 맑은 정신을 함양하고자 했던 禪師나 道學家들에게 있어 이 꽃은 절대적인 가치를 느끼게 하는 존재였을 것이다. 환경에 굴하지 않는 매화의 형상은 자신의 강인한 의지를 표현하고자 했던 시인들에게 있어 더 없이 좋은 상징물이었던 것이다.

4) 청고한 고독과 비애의 상징

　매화는 깨끗하고 고아한 기품을 지녔으면서 세상의 불의와 타협하지 않는 선비의 의식을 선도하는 꽃이다. 남이 알아주지 않더라도 자신만의 올바른 길을 바꾸지 않는 고독한 자세를 표현하기에 매화만큼 적절한 꽃도 없다. 그러나 절개를 지키는 일이란 때로 고독하고 외로운 길을 가는 것을 의미하기도 한다. 역대 시가를 보면 때로 매화가 홀로 절조를 지키는 고독감이나 비애를 상징하는

대상물로 표현되는 경우도 많이 발견된다. 기나긴 겨울을 이겨내야 하는 매화의 숙명은 현실에 힘들어하는 자신의 모습을 표현하는 소재로도 적절하다. 고독하고 불우한 삶을 표현하는 데 있어 매화의 형상은 좋은 거울이 되는 셈이다.

唐代 盧照隣은 매화 개화의 상징인 大庾嶺[19]과 변새의 애잔함을 대비하면서 매화가 주는 감흥과 현실의 아픔을 서술한 바 있다.

橫吹曲辭·梅花落　횡취곡사·매화꽃 떨어지고

梅嶺花初發	대유령에 매화가 처음 피어났는데
天山雪未開	천산의 눈은 아직 녹지 않았네
雪處疑花滿	눈 있는 곳은 마치 매화가 만발한 듯하고
花邊似雪回	꽃이 핀 매화령에는 다시 눈이 내린 것 같겠구나
因風入舞袖	바람이 불어와 소매 자락을 흔들어대니
雜粉向妝臺	각종 꽃들도 여자들의 화장대 향해 날리네
匈奴幾萬里	낭군은 몇 만 리 떨어져 흉노족과 대치하고 있으니
春至不知來	봄이 와도 온 줄을 모르는도다

매화 개화의 분수령인 大庾嶺에는 매화가 피어났는데 멀리 변새의 天山에는 눈이 아직 녹지 않고 있다. "남쪽 가지에는 꽃이 피었는데 북쪽 가지에는 꽃이 피지 않았다.(南枝開北枝未開)"라는 大庾嶺과 관계된 성어를 연상하게 한다. 함연에서 매화와 눈이 모두 흰 색깔을 띠고 있다는 점에 착안하여 눈 쌓인 정경을

---

19 大庾嶺은 중국 5대 준령의 하나로 江西省 大庾縣 남쪽과 廣東省 南熊縣 북쪽에 위치하고 있으며 漢 武帝 때 庾勝 형제가 南越을 정벌하고 이 嶺을 지킨 것에서 그 명칭이 유래한다. 江西와 廣東 사이에 있는 험난한 준령이라 이 고개를 관통하는 교통로의 건설이 필요하였다. 마침내 唐 玄宗 때 張九齡이 길을 관통하는 임무를 완성하고는 역로 변에 매화를 심어놓았다. 이후 大庾嶺은 唐나라 白居易와 宋나라 孔傳이 찬한 것을 합친 類書 『白孔六帖』의 "大庾嶺의 매화는 남쪽 가지의 꽃은 이미 떨어졌는데 북쪽 가지의 꽃이 비로소 피기 시작하니 춥고 따듯한 기후가 다르기 때문이다.(大庾嶺上梅花, 南枝已落, 北枝方開, 寒暖之候異也)"라는 기록처럼 매화 개화의 분수령이라는 의미로 통용되게 되었다. 大庾嶺에는 매화가 많이 자라게 되었고 이 교통로를 이용하는 사람들은 매화를 사랑하여 大庾嶺을 '梅嶺'이라고도 불렀다. 五代 이후 대유령 역로가 점차 황폐되어가자 宋나라 文宗 연간에 蔡挺이 다시 고개 위에 관문을 열고 '梅關'이라는 표석을 세웠다. 唐代 李嶠가 「梅(매화)」의 첫 연에서 "대유령에 겨울빛이 걷히고, 남쪽 가지에 홀로 꽃이 피었네.(大庾斂寒光, 南枝獨早芳)"라고 하였듯 시인들에게 '大庾嶺', '梅嶺', '梅關'은 봄의 도래를 선도하거나 혹한을 이겨내는 매화의 생동적인 의지를 상징하는 지명으로 인식되기에 이르렀다.

매화가 만발한 것에, 매화가 피어 있는 모습을 눈 내린 것에 각각 교차하여 비유하였으니 그 수법이 정교하다. 눈과 매화의 융합과 합일을 도모하여 이루어낸 이미지인 셈이다. 봄바람과 함께 매화가 날리는 중에 강남 여인의 소매 자락이 흩날리는 모습은 문득 처연한 감정을 창출한다. 낭군은 멀리 떨어진 변새에서 흉노와 대치하고 있어 봄이 와도 돌아오지 못하고 있다. 이러한 상황에서 봄을 알리며 피어나는 매화는 현실의 슬픔을 인식하게 하는 존재가 된다.

宋代 蘇軾은 당쟁에서 맛본 비애감을 매화에 담아 다음과 같은 작품을 써냈다.

梅花兩首 其一 매화시 두 수 중 제1수

春來幽谷水潺潺　봄이 오니 그윽한 계곡에 물이 졸졸 흐르고
的皪梅花草棘間　환한 매화가 풀과 가시 사이에 피어 있네
一夜春風吹石裂　하룻밤 새 봄바람이 바위를 가르듯 맹렬히 불어
半隨風雪度關山　원치 않게 눈과 바람 따라 관산을 넘게 된 상황이라

이 시는 매화를 통해 자신의 처한 정치적 상황을 서술한 일종의 '政治詩'이다. 매화는 봄빛이 따스하고 개울이 흐르는 계곡에 피었다가 다시 풀과 가시가 많은 거친 곳에 피어 있다고 하였다. 현재는 험난한 지경으로 이관된 처지임을 암유한 것이다. 하룻밤 새 봄바람이 맹렬히 불어 눈과 바람 따라 관산을 넘게 되었다는 언급은 외부의 힘에 의해 다른 곳으로 옮기게 된 매화처럼 갑작스럽게 밀려나게 된 자신의 처지를 묘사한 것이다.[20] 절개를 소유하고 있음에도 뿌리째 옮겨가게 되면 힘을 잃는 매화처럼 자신도 억울하게 어려움을 겪고 있음을 비유하였다. 매화를 들어 자신만이 느끼는 고독한 비애를 표출하고 있는 것이다.

宋代 惠洪은 시들어가는 매화의 모습을 통해 凋落의 슬픔을 표현하였다. 새봄의 서막을 알리는 매화의 강인한 이미지와 대치되는 내용을 담은 작품이다.

20　이 시는 神宗이 王安石을 중용하여 변법을 시도할 때 蘇軾이 '烏臺詩案'으로 인해 체포되어 감옥에 가서 거의 죽을 뻔하다가 간신히 免死하여 黃州로 폄적가게 된 상황을 은유한 것이다. 시어 중 '관산을 넘는다(度關山)'라는 말은 蘇軾이 폄적되어 黃州로 가는 도중 지나가게 된 麻城縣의 虎頭, 黃土, 木陵, 白沙, 大城 등 다섯 개의 關을 말한다.

殘梅 시든 매화

殘香和雪隔帘櫳　매화의 잔향은 눈과 함께 창 너머에 머무르며
只待江頭一笛風　그저 강가에서 불어오는 한 줄기 봄바람을 기다리네
今夜回廊無限意　오늘 밤 회랑에 무한한 뜻이 펼쳐지건만
小庭疎影月朦朧　작은 정원에 있는 성근 매화 그림자에는 달빛만 몽롱해라

창 너머 피어 있는 매화가 아스라한 잔향을 지닌 채 눈 속에 흰 자태를 겨우 유지하고 있다. 강가에서 따뜻한 봄바람이 불어오기만을 기다리고 있으나 실제 상황은 여의치 않다. 수명을 다해 사라져가는 매화의 성근 그림자를 보면서 무한한 생각에 빠져보지만 현실은 몽롱한 달빛처럼 아득하기만 하다. 매화를 표현함에 있어 기존의 작품과는 달리 여성적인 어휘와 표현으로 연약한 이미지를 추가하고 있다. 자신만이 느끼는 서글픈 정감을 표현하는 데 있어 매화의 청고한 이미지를 적절한 소재로 활용한 느낌이다.

'早梅'는 봄을 선도하는 기질과 능력을 가졌지만 홀로 추위를 이겨내야 하는 어려움을 원천적으로 소유한 꽃이다. 남보다 뛰어난 능력을 지녔으면서도 시기가 맞지 않거나 빼어난 절개로 인해 핍박을 받을 때 시인은 더욱 고독함을 느끼게 된다. 의지와 환경이 대치를 이루는 상황에서 자신의 마음을 표현하려 한다면 매화는 그 어느 꽃보다 적절한 소재가 될 수 있다. 시인들은 고난을 이겨내는 매화의 모습에서 세속과 타협하지 않는 자신의 모습을 발견하기도 하였다. 강인한 의지만큼 실의와 고독함이 상대적으로 컸을 때 매화는 더욱 큰 의미로 인식되는 존재였을 것이다.

역대 작품 속에 등장하는 매화는 다양한 상징성과 의미를 지니고 있어 몇 마디로 그 특성을 요약하기가 불가능하다. 폭넓은 관심과 사랑을 받아온 만큼이나 다양한 의미를 창출하고 있지만 대체로 봄의 선도자, 그윽한 향기와 자태로 신선한 의식을 제공하는 자, 굳고 강인한 절개를 소유한 자라는 점에서는 어느 식물보다 강력한 상징성을 지녔다. 매화의 조락을 슬퍼하거나 매화의 개화가 야기하는 감정을 부정적 측면에서 표현한 작품에서도 강렬한 느낌을 얻을 수 있다. 세상이 나와는 상관없이 분주하게 돌아가며 매화가 흐드러지게 피어나 있을 때

시인은 때로 고독감도 느끼게 된다. '花中之魁', '花魁'의 칭송에 걸맞은 가치를 지닌 꽃이니만큼 상대적으로 느껴지는 상실감도 컸을 수 있다. 역대 시가의 소재 중 매화만큼 지대한 영향력을 발휘한 꽃이 별로 없었다는 점은 이 꽃이 지닌 의미나 가치를 생각하는 데 있어 필히 고려해야 할 사항이 된다 하겠다.

5. 화왕(花王)의 명예를 안은 모란(牡丹)

牡丹은 唐代 이전까지는 큰 주목을 받지 못하다가 唐代를 거치면서 왕후귀족들로부터 대중들에 이르도록 큰 인기를 얻게 된 꽃이다. 황실에서 애호했던 꽃이었기에 '권력'과 '권위'의 상징성을 얻게 되었고 비싸게 거래되었던 꽃이었기에 '부귀'와 '풍요'의 이미지를 더할 수 있었다. 모란은 唐代 대중들 사이에서 '富貴', '榮華', '豐饒', '美人' 등의 이미지를 얻게 되었으며 고귀한 위엄과 품위를 지닌 '花中之王'의 칭호와 영예도 얻게 되었다. 唐代 사람들은 모란을 하늘 아래 둘도 없는 미녀라는 뜻인 '國色天香'이라고 부르거나 '꽃 중의 왕'이라는 의미인 '百花王', '萬花王', '花王' '花后' 등으로 부르면서 감상하고 즐기는 풍속을 유행시켰으니 다른 꽃과 비교할 수 없는 절대적인 애호를 누린 셈이다. 서구에서 장미가 꽃의 여왕으로 일컬어지는 것과 비견되게 牡丹은 귀하고 풍요로운 이미지를 지닌 채 중국을 대표하는 꽃으로 인식된다.

모란이 대중 앞에 의미를 갖게 된 시점이나 이미지를 형성하게 된 시점을 논할 때 唐代를 빼놓을 수 없다. 唐代에 모란을 묘사한 작품은 모란 애호 문화를 반영하며 唐代 사회상을 담아내기도 하였고, 시국의 변화에 따른 민중의 아픔이나 시국의 비애감을 투영하는 피사체 역할을 해내기도 하였으며, 유별나게 형성된 唐代의 모란 중시 풍조나 사회의 비판 의식을 담기도 하였고, 고독하고 처량한 개인의 신세를 표현하는 데에도 자주 등장하였다. 그렇기에 모란은 '唐代의 시류를 반영한 꽃', '唐代를 이해하는 중요한 키워드가 되는 꽃'의 상징성을 지녔다고도 볼 수 있다.[21] 모란을 노래한 역대 시가를 보면 모란의 화사한 자태를

---

21 모란은 '唐代'를 대표하는 꽃이기는 하지만 같은 唐代에서도 작가와 시기별로 다른 형

칭송하거나 이 꽃을 애호하는 사람들의 심리, 唐代의 모란 문화를 언급한 작품, 모란에 감정을 이입하여 자신의 신세를 표현한 작품, 모란을 통해 통치자나 당시 풍조를 비판한 작품 등 다양한 내용으로 이루어져 있음을 살필 수 있다.

1) 풍요롭고도 아름다운 자태

牡丹은 서양의 장미처럼 긴 세월을 통해 중국에서 최고의 꽃으로 칭송받아왔다. 牡丹은 현란한 아름다움과 기품으로 장미와 서로 비교를 이루지만 소담스럽고 풍요로운 이미지로는 모란이 단연 돋보인다. 노란 꽃술과 자줏빛 비단을 오려놓은 듯 두텁고 풍성한 넓은 꽃잎을 소유한 모란의 자태는 보는 이로 하여금 깊은 미감을 느끼게 한다. 넉넉하고 풍요로운 크기, 화사한 외관, 농염한 색채, 봄을 대표하는 향기 등 특유의 여유와 품위로 가장 중국적인 꽃이라는 영예를 얻고 있는 꽃인 것이다.

唐代 元稹은 西明寺에 심겨진 모란을 보면서 밤에서 아침으로 이어지는 영롱한 기운을 칭송하는 작품을 남겼다.

西明寺牡丹 서명사 모란

花向琉璃地上生　모란은 달을 향해 땅에서 피어 있고
光風徙轉紫雲英　빛과 바람에 자색 구름 같은 꽃잎 번뜩이며 펄럭인다
自從天女盤中見　천상의 선녀가 쟁반 같은 달 속에 보이는 듯하다가
直至今朝眼更明　오늘 아침 되니 눈에 더욱 선명히 들어오누나

상을 지닌 면모도 발견된다. 예를 들어 李白의 「淸平調」 3수를 위시하여 총 6수에 달하는 盛唐代 작품을 보면 대체로 盛唐 시인들의 적극적인 감상의식과 평화로운 묘사가 주를 이루고 있어 일종의 '治世之音'이 반영되어 있음이 보인다. 中唐代에 이르면 모란에 대한 유행풍조가 극을 이루게 되어 이에 대한 묘사나 이러한 풍조에 대한 풍자의 내용이 등장하게 된다. 특히 안사의 난을 거치면서 白居易 등 일부 시인들은 왕조의 번영과 쇠망을 모란의 형상에 담아 '寂寞', '서글픔', '영락함' 등의 기운을 노래하기도 하였고 모란 애호의 광풍 이면에 담긴 쓸쓸함이나 처량한 현실을 반영하기도 하였다. 晚唐과 五代를 거치면서 모란은 화려한 옛날이나 唐代의 영화를 추억하는 꽃이 되기도 하였고, 현실 속에서 어쩌지 못하는 한계의식을 투영하는 꽃이 되기도 하였다.

밝은 달 아래 피어 있는 자색 모란은 달 속에 빛나는 선녀처럼 몽롱한 미감을 자랑한다. 밤에 핀 모란은 선녀처럼 환상적인 자태를 선보였지만 아침에 보게 된 실물은 더욱 확연한 실체를 선사한다. 허상과 실상을 교묘히 조합한 자태의 묘사가 돋보이니 모란이 주는 미적 흥취가 환상적인 경지에 있음을 느낄 수 있다.

모란에 대한 묘사가 특히 많았던 晚唐에 지어진 羅隱의 작품을 보면 '花中之王', '傾國之色' 등의 인식이 깊게 투영되어 있음을 발견할 수 있다.

牡丹　모란

似共東風別有因	동풍과 특별히 인연이라도 있는 듯
絳羅高捲不勝春	진홍 비단을 높이 들어 올린 모습 춘심을 이기지 못하누나
若教解語應傾國	만약 그대가 말을 할 줄 안다면 나라를 기울게 하리니
任是無情亦動人	무정한 듯하지만 사람을 움직이네
芍藥與君爲近侍	작약은 그대에게 가까운 시종이 되겠지만
芙蓉何處避芳塵	부용은 어느 곳에서 고운 먼지를 피해 있는가
可憐韓令功成後	가련하다 韓弘은 공이 이루고 난 뒤에
辜負穠華過此身	고운 꽃을 저버려 이 생명을 흘려보냈나니

동풍에 춘심을 이기지 못하고 붉은 꽃잎을 세상에 선보이는 모란은 가히 나라를 기울게 할 만큼 빼어난 미모를 지녔으며, 미인을 연상시키는 모란의 자태는 작약이 시종 들게 하고 연꽃을 숨어버리게 할 정도로 '花王'의 지위를 지니고 있다. 결미에서는 꽃을 모두 잘라버린 韓弘의 일화[22]처럼 아름다움은 알아주는 이가 있어야 진정한 가치를 발할 수 있다는 주장을 펼치고 있다.

韋莊은 모란이 지닌 향기를 인품에 비유한 묘사를 가한 바 있다.

白牡丹　흰 모란

閨中莫妒新粧婦	규중에서 새로 단장한 신부여 흰 모란을 시샘하지 말지니
陌上須慚傅粉郎	모름지기 길에서 만난 何晏도 부끄럽게 하누나

---

22 唐代 韓弘은 과묵하였으나 용기와 지략이 있는 이였다. 明經科에 합격하지 못하자 말타기와 활쏘기를 연마하였다. 憲宗 元和 시기에 宣武節度使에 임용되어 공을 세워 許國公에 봉해졌다. 그가 장안의 사저로 돌아왔을 때 "내가 어찌 아녀자와 같은 정서를 본받을 수가 있는가?" 하면서 집안의 꽃들을 모두 잘라버린 일화가 있는데 羅隱은 이 일을 안타깝게 여기며 언급을 가한 것이다.

昨夜月明渾似水　어젯밤 밝은 달과 물처럼 혼연일체 되어
入門唯覺一庭香　문을 들어서니 정원에 오로지 모란의 향기만 그득하네

흰 모란을 칭송함에 있어 새로 단장한 규중의 신부나 魏代에 흰 얼굴 미남으로 소문나 '傅粉何郞'으로 불렸던 何晏도 모두 못 따라갈 정도의 자태를 지닌 존재로 형용한 것이 시선을 끈다. 흰 모란의 자태는 밤이면 더욱 정결하여 빛나는 달빛과 혼연일체가 되고, 그 향기 역시 정원의 모든 향기를 압도하는 절대적 존재감을 발휘한다고 보았다. 모란의 자태, 기백, 향기에 대하여 전반적인 칭찬을 가하고 있는 것이다.

晚唐 시인 殷文圭 역시 모란의 자태와 향기를 사람의 인품에 비유한 작품을 남기고 있다.

趙侍郎看紅白牡丹因寄楊狀頭贊圖
조시랑이 붉고 흰 모란을 보고는 양상두를 칭송하며 그림을 보내다

遲開都爲讓群芳　늦게 피어나 뭇 꽃들에게 향기를 양보하더니
貴地栽成對玉堂　귀한 땅에 심겨져 마침내 옥당을 이루었네
紅艶裊煙疑欲語　붉은 모란은 하늘거리는 연기처럼 마치 말을 하려는 듯하고
素華暎月只聞香　흰 모란은 달빛에 빛나면서 그저 향기를 흩날린다
剪裁偏得東風意　꽃을 마름질해놓은 것은 오로지 동풍의 뜻이었나
淡薄似矜西子粧　담백하고 엷은 모습 마치 西施가 단장한 듯
雅稱花中爲首冠　그 우아함은 꽃 중에 으뜸이라 칭할 만하니
年年長占斷春光　해마다 오랫동안 봄빛을 점유하고 있기를

수연에서 모란이 다른 꽃모다 늦게 개화하였지만 결국 玉堂을 이루었다 함은 楊狀頭가 화려한 가문 출신인 것을 비유한 것이며, 붉은 모란이 하늘거리는 자태를 지닌 것과 흰 모란이 향기를 흩날리는 것은 楊狀頭의 文彩를 칭찬한 부분이다. 모란을 미인 중 대표라 할 수 있는 西施처럼 '花王'의 지위를 지닌 꽃으로 보면서 오랜 시간 봄빛을 누릴 수 있기를 희망하는 마음을 서사한 것 역시 楊狀頭의 이름이 오래 가기를 기원한 내용이라 할 수 있다.

晚唐 溫庭筠은 모란이 지닌 매력은 자신의 생활을 협소하게 만들 정도로 대

단한 것이라는 표현을 하기도 하였다.

夜看牧丹 밤에 모란을 보면서

高低深淺一闌紅　높고 낮은 형태로 진하고 옅게 난간에 온통 붉게 피어 있고
把火慇勤繞露叢　등불 잡고 은근히 바라보니 새벽이슬에 무리를 이루었네
希逸近來成懶病　晋代 謝庄은 근래에 게으름 병에 걸려
不能容易向春風　봄바람을 향해 쉽게 밖으로 나가려 하지 않나니

고요한 새벽 시간에 각각의 크기로 자란 모란 무더기가 저마다 진하고 옅은 색을 뽐내며 난간을 붉게 물들이고 있는 모습을 바라보는 흥취를 그렸다. '慇勤'이라는 어휘로 자신만의 별다른 감상의 묘를 소유하고 있음을 드러냈다. '希逸'은 평소 병이 많았다는 晋代 謝庄의 字로서, 자신을 謝庄에 빗대어 '게으름 병'에 걸린 환자로 치환하였고 이로 인해 외출을 잘 하지 않고 있다고 하였다. 모란의 매력에 침잠하여 시선을 외부로 돌리지 않는 자신의 심리를 부각시키려는 의도를 담고 있는 것이다.

정결한 품격을 지닌 꽃의 이미지를 바탕으로 '梅蘭菊竹'이 전통적으로 四君子의 지위를 누려왔다면 모란은 唐代에 와서 새롭게 주목되고 특유의 이미지가 형성된 꽃이라 할 수 있다. 四君子가 주로 문인들의 애호를 받는 남성적인 꽃이었던 것에 비해 모란은 귀족과 서민, 남녀 모두의 애호를 받았던 점도 비교된다. 모란보다 훨씬 재배 역사가 오랜 芍藥의 경우 모란과 비슷하게 생겼고 모란과 같이 심어 감상하는 경우도 많았기에 자주 비교되기도 하였다.[23] 모란이 작약보

23　鄭나라의 풍습을 그린 『詩經』「鄭風」「溱洧」를 보면 "오직 총각들과 아가씨들은, 서로 즐겁게 웃으며, 작약을 주고받네(維士與女, 伊其相謔, 贈之以勺藥)"라는 기록이 있어 『詩經』 시기부터 청춘남녀들이 芍藥을 주고받으며 사랑을 확인했음을 알 수 있다. 牧丹과 芍藥을 비교해보면 모란은 2미터가 넘는 목본식물이고, 작약은 1미터 안팎의 왜소한 초본식물이라는 점이 차이 난다. 모란은 줄기가 겨울에도 죽지 않고 다음해 줄기에서 새 잎이 나는데, 작약은 겨울이 되면 땅 위의 줄기는 말라죽고 뿌리만 살아 이듬해 봄에 뿌리에서 새싹이 돋아나온다. 牧丹은 보통 4월 중하순에 개화하는데 작약은 5월 상중순에 개화하니 두 꽃의 개화 시기는 약 15일 정도의 시차가 있는 셈이다. 모란은 잎이 넓고 정면에 약간 노란빛을 띤 녹색이며 작약은 잎이 좁고 정면과 뒷면 모두 짙은 녹색으로 광택이 있다. 모란 잎은 셋으로 갈라지는 형태이고 작약 잎은 홑잎이다. 모란은 꽃 지름이 약 10~17cm 정도인 데 비해 작약은 그보다 약간 작은 10cm 정도로 꽃의 크기가 차이가 나며 모란이 작약보다 꽃의 색깔이 화려하고 풍부하다. 전체적으로 모란이 남성적인

다 먼저 피어나기에 牡丹을 '花王', 芍藥을 '花相'이라 부르기도 하지만 전통적으로 제왕의 이미지가 강한 것은 역시 모란이었다. 모란이 여러 꽃들 중에서 花王의 지위를 누릴 수 있는 중요한 이유 중 다른 꽃을 압도하는 모란의 풍요롭고 화사한 자태를 빼놓을 수 없다.

2) 唐代 모란 애호 문화와 시가 창작

牡丹을 애호하는 풍조는 일정 부분 唐代의 번영과 궤적을 함께하고 있다. 웅혼한 기상을 드날리던 盛唐시대에 제왕들이 궁중에서 모란을 감상한 것을 기회로 모란은 부귀와 번영의 상징으로 인식되기 시작하였고, 安史의 난 이후 중흥을 구가하던 中唐시대에 와서는 귀족들과 서민들 모두에게 풍요의 상징으로 중시되기에 이르렀다. 中唐의 모란 애호 풍조는 사치의 표상으로 변질되기도 하여 편집광적인 심리로 모란을 감상하는 경우도 많았다. 晩唐代에 와서도 모란은 풍요와 부귀의 상징으로 인식되며 애호를 받았으나 盛世의 화려함을 추억하는 매개물이나 심리적 위안을 위한 미적 존재로서의 의미가 더욱 강해지게 되었다. 모란을 애호하는 문화는 唐代의 시대상을 시기별로 알려주는 하나의 바로미터가 되는 셈이다.

『全唐詩』와 『全唐詩補編』을 통해 모란이 盛唐代에 와서야 본격적으로 시가의 제재로 활용된 것이 발견할 수 있으니 모란에 대한 애호 의식과 위상에 비해 작품에 등장한 시기는 비교적 늦은 편이라 하겠다. 『全唐詩』의 시가 篇名에서 발견되는 식물 상위 20위 중에서 모란은 제8위를 점하고 있다. 시제로 많이 활용되기는 했어도 최다 빈도를 보인 것은 아닌 것이다. 시가 내용 중에 나타나는 빈도 또한 세인들이 많이 애호했던 화목 '桃', '梅', '菊', '杏', '梨' 등과 비교할 때 상대적으로 적은 숫자를 보이고 있음이 발견된다. 다른 화목보다 작품에 늦게 등장하였고 빈도 역시 최다인 것은 아니었지만 모란이 세간에서 '花中之王'의 영예를 얻고 있었음은 이 꽃이 빈도를 뛰어넘는 특별한 애호의 감정을 얻고

이미지가 강하다면 작약은 여성적인 이미지가 더 강하다고 할 수 있다.

있었다는 것을 추측하게 하는 대목이다.[24]

『全唐詩』와『全唐詩補編』에 등장하는 모란 묘사 작품을 작가와 시기별로 살펴보면, 初唐代에는 모란을 시제로 한 작품이 보이지 않다가 盛唐代에 들어와서 李白(3수), 柳渾(1수), 裴士淹(1수), 王維(1수) 등 4명의 작가가 모란을 제재로 총 6수의 작품을 창작한 것이 집계된다. 이를 통해 모란을 제재로 한 본격적인 묘사는 盛唐을 기점으로 시작되었음을 알 수 있다. 알려진 것처럼 李白이「淸平調」3수를 통해 모란을 노래하기는 했으나 이는 楊貴妃의 미모를 형용하기 위한 재제로서의 활용이었으며 동시기의 杜甫는 모란을 언급하지 않았다. 盛唐代 柳渾의「牡丹」, 裴士淹의「白牡丹」, 王維의「紅牡丹」, 岑參의「左仆射相國冀公東齋幽居」 등의 작품에서 모란을 노래하기는 했으나 내용을 세부적으로 살펴보면 이들 역시 특별한 의식을 갖고 모란을 찬미한 것은 아니라는 생각이 든다.

中唐代에 들어오면 화목에 대해 많은 관심을 가졌던 白居易(13수)를 필두로 元稹(7수), 劉禹錫(5수), 王建(3수), 徐凝(3수)을 포함한 총 17명의 시인들이 총 42수의 모란시를 창작하게 된다. 中唐 시단의 중요인물로 꼽히는 元稹과 白居易를 위시하여 많은 시인에 의해 작품이 나왔다는 점은 中唐에 와서 모란의 위상이 굳건하게 확립되었음을 알게 해주는 부분이다.

晩唐代로 오면서 徐夤(9수)와 李商隱(5수)을 비롯한 총 36명의 시인들이 총 65수의 모란시를 창작하게 된다. 晩唐代에 모란을 노래한 작품의 창작이 극성을 이루게 된 것이다. 唐 이후 五代에 와서도 모란에 대한 주목은 계속 이루어지고 있었으니 孫魴(8수), 李建勳(2수)을 위시한 9명의 시인들이 총 15수의 모란을 제

---

24 『全唐詩』와『全唐詩補編』에서 발견되는 빈도를 통해 모란이 유명세에 비해 최고의 빈도를 차지하지 못한 것은 唐代에는 모란이 다른 꽃보다 진귀하고 비쌌던 것과도 연관이 있다. 姚合이「和王郎中召看牡丹」시에서 "만물 중에 저보다 진귀한 것이 있을까, 천금을 주어도 사서 채울 수 없네. 이제는 더욱 구하기가 어려워졌으니, 선궁에서나 볼 수 있겠네.(萬物珍那比, 千金買不充. 如今難更有, 縱有在仙宮)"라고 했던 것은 모란이 唐代에는 매우 비싸고 진귀한 꽃이었음을 알려주는 대목이다. 唐詩 중에 묘사된 모란이 '百花之王'의 영예를 얻고 있는 것은 모란이 비싸고 귀해서 공급이 수요에 못 미쳤기 때문에 '富貴之花'의 이미지와 특성을 더욱 얻게 된 것과도 연관이 있다. 宋 周敦頤가「愛蓮說」에서 "唐代 이래로 세인들은 모란을 아낀다. 또한 말하기를 '모란은 꽃 중의 부귀한 것이라'고 한다.(自李唐來, 世人盛愛牡丹. 又曰 : '牡丹, 花之富貴者也')"라고 한 것은 이를 방증하는 기록이라 하겠다.

재로 한 시가를 남긴 바 있다. 그 밖에 생존 시기나 이름이 불분명한 唐代 작가 9명이 총 10수의 모란 관련 작품을 남긴 것도 특기할 만하다. 晚唐과 五代에 이르는 동안 모란은 원산지인 북방을 비롯하여 남방까지 재배되게 되었고 唐代 시인들의 작품 속에서 '花中王', '國花'의 지위를 더욱 굳건히 확립해나가게 되었다.

唐代 전체를 놓고 보면 총 75인의 작가가 모란을 주요 제재로 한 시가 132편을 창작하였고 작품 수로 보면 白居易(13수), 徐夤(9수), 孫魴(8수), 元稹(7수), 劉禹錫(5수) 등의 순으로 여러 작품을 남기고 있다. 『全唐詩』 전체 총 263곳에 '牡丹'이라는 화명이 등장하고 있어 모란이 매우 중요한 회목 제재였음을 알 수 있다. 이상의 내용을 바탕으로 唐代 모란 시가를 창작한 작자와 작품 수를 간략하게 도표화하면 다음과 같다.

	모란 시가 작자 수	모란 제재 시가 수	모란 제재 시 비율(%)
初唐	0	0	0
盛唐	4	3	2.3
中唐	17	42	31.8
晚唐	36	65	49.2
五代	9	15	11.4
時代不詳	9	7	5.3
합계	75	132	100

『全唐詩』와 『全唐詩補編』에 모란을 제재나 소재로 한 작품이 132수, '牡丹'이라는 어휘가 263회나 등장하게 된 것은 唐代를 걸치며 "그 누가 모란을 사랑하지 않을 수 있으랴(何人不愛牡丹花)"(徐凝, 「牡丹」)라고 할 정도로 모란을 애호하는 문화적 영향이 컸던 결과였다. 모란은 唐初에는 帝王后妃를 위시하여 귀족과 상류층 문인들 사이에서 감상된 꽃이었지만 점차 세간으로 애호의 대상과 범위가 확산되기에 이른다. 柳宗元 「龍城錄」의 기록[25]이나 李肇의 『唐國史補』 기

록²⁶ 등을 통해 모란은 唐代에 들어와 高宗, 則天武后, 玄宗, 楊貴妃 등 황실에서 애호했던 꽃이었으며 귀족들 사이에서도 많이 감상되기 시작하였고 盛唐代를 전후한 시기부터 본격적으로 세인들 사이에서 귀한 꽃으로 주목받게 되었음을 파악해볼 수 있다. 唐代 白居易, 徐夤, 孫魴, 元稹, 劉禹錫 등 주요 시인은 물론이고 齊己, 歸仁, 殷益, 謙光 등 여러 方外人士들의 작품에까지 모란이 자주 등장하게 되었고, 지역적인 면에서도 초기에는 수도 長安과 洛陽을 중심으로 많이 재배되다가 점차 남방으로 재배영역이 확대되기에 이른다. 많은 시인들에 의해 노래된 모란은 어느덧 전국적으로 유행되며 세인들 사이에서 '國花'의 인기를 누리는 꽃으로 이미지를 굳혀나가게 되었다.

唐代에 모란을 애호하게 된 것과 연관하여 모란꽃 자체의 아름다움은 매우 중요한 이유가 된다. 모란은 원래 '木芍藥'으로 불리며 초기에는 별다른 관심을 얻지 못하다가 唐代로 오면서 점차 枝葉이 무성하고 꽃송이가 크며 현란하고 아름다운 빛깔과 깊은 향을 지닌 존재로 점차 주목받게 되었다. 처음에는 제왕이나 귀족들이 감상하는 귀한 꽃이라는 이미지가 강했으나 종에 따라 각기 화사한 미감을 발하는 꽃 자체의 아름다움이 세인들의 눈에 들어오게 된 것이다. 시간이 흐를수록 모란을 감상하는 행위는 전국적인 유행으로 자리 잡게 되었고 예물이나 선물로 많이 사용될 정도로 정표의 상징이 되기도 하였다. 穀雨 전후에

---

25 柳宗元의 「龍城錄」에 보면 "고종황제가 여러 신하들을 거느리고 「두 개의 꽃봉오리를 지닌 모란을 감상하며」라는 시를 지었을 때 오직 上官昭容만이 한 구절을 절묘하게 지어내어 '꽃 형세는 벽에 잇대어 있는 친구와 같고, 마음은 향기로 사람을 가로막는 것 같구나.'라는 구절을 남겼다.(高皇帝御群臣, 賦「宴賞雙頭牡丹詩」, 惟上官昭容一聯爲絶麗, 所謂'勢如連壁友, 心若臭闌人.'者)"라는 기록이 있다. 모란이 궁중에서 길러지고 있음을 나타내는 기록이다.

26 李肇『唐國史補』중의 기록을 보면 "경성에서 귀족들이 노닐 때 모란을 숭상한 지가 삼십여 년 되었다. 매번 봄날 저녁이면 거마가 미친 듯이 질주하였고 모란을 찾고 탐하지 않으면 이를 수치스럽게 여겼다. 가게나 관청 이외에도 절이나 도관에서 심어 이익을 구하는 경우도 있었으며 한 뿌리에 수만 냥이나 하는 것도 있었다. 원화 말년에 韓令이 장안에 처음 이르렀을 때 처소에 모란이 있는 것을 보고 '내가 어찌 아녀자들의 취미를 본받겠는가?'라며 명을 내려 모두 잘라버리도록 하였다.(京城貴游, 尙牡丹三十餘年矣. 每春暮車馬若狂, 以不耽玩爲恥. 執金吾鋪官圍外寺觀種求利, 一本有直數萬者. 元和末, 韓令始至長安, 居第有之, 遽命斷去曰: '吾豈效兒女子耶?')"라는 기록이 있어 장안의 귀족들 사이에서 많이 감상되었고 세간에서는 이재의 수단으로 활용되는 등 귀한 대접을 받았던 것을 알 수 있다.

피어난 후 약 20일 동안 만개하다 사라지는 모란의 매혹적인 자태는 세인들로 하여금 더욱 애절한 향수를 느끼게 하였으며 수많은 시인들이 이 모습을 작품으로 형상화하게 되었다.

唐代에 모란이 귀한 꽃으로 인식되게 된 것과 관련하여 '진사 급제한 이들이 꽃을 찾아 감상하는 행사(進士探花)'를 했던 것도 생각해볼 만한 점이다. 五代 王定保가 쓴 『唐摭言』에 의하면 進士에 급제한 이들은 曲江 서쪽에 있는 杏園에서 '探花'하는 풍습이 있었다. "행원에서 처음 연회를 열며 이를 '探花宴'이라 하였는데 선배 중 약간 덜 뛰어난 자 두 사람을 정하여 보내서 두 거리에서 꽃을 찾아오도록 하였다. 만약 타인이 모란이나 작약을 먼저 꺾어 온다면 각각 벌칙을 내렸다.(杏園初宴, 謂之探花宴, 便差定先輩二人少俊者, 爲兩街探花使; 若他人折得花卉, 先開牡丹, 勺藥來者, 即各有罰)"라는 기록을 통해 급제한 이들 사이에서 모란과 작약이 귀한 대접을 받고 있었음이 파악된다. '牡丹宴' 행사를 열 만큼 모란을 애호했다는 것은 唐代人의 마음속에 '杏花'나 다른 꽃이 아니라 '모란'이 '國花'의 의미를 지니고 있었음을 말해주는 것이다.

모란의 금전적 가치가 높았기 때문에 唐代에는 궁전뿐 아니라 慈恩寺, 興善寺, 興唐寺, 崇敬寺 등에서도 사원 주변에 모란을 많이 심어 사원경제에 보태거나 대중들이 절을 찾는 기회로 삼았으며 獻佛花로 활용하거나 그림의 제재로 삼기도 하였다. 모란으로 유명한 사원을 찾아 꽃구경을 하던 세인들의 풍습 역시 唐代 모란 애호의 풍조와 깊은 연관성을 갖고 있다. 『全唐詩』에 실린 모란 시가 중 胡宿의 「憶薦福寺牡丹」, 元稹의 「西明寺牡丹」, 張祜의 「杭州開元寺牡丹」 등의 작품을 위시하여 18수가 사원의 모란을 제재로 창작된 것은 이러한 풍조를 반영한 것이라 할 수 있다. 모란은 盛唐 번영기에 이루어진 창작을 필두로 '富貴', '豊饒', '華奢' 등의 이미지를 굳혀가며 唐代人들의 심미관 속에 자리를 잡아나갔다. 모란 시가 중에 자주 등장하는 '貴', '貴氣', '富貴', '金', '金蕊', '金粉' 등의 시어는 이러한 唐代 문화를 반영한 것이라 할 수 있다.

모란이 唐詩 중에서 '富貴'의 이미지를 형성하게 된 이면에 사회에 대한 비판이나 세태 풍자의 소재로 사용된 경우가 많았다는 점도 특기할 만하다. '梅蘭菊竹'을 비롯한 다른 꽃들이 자태의 미감, 품성의 고결함, 애상의 소재 등으로 많이 노래되는 데 비해 모란은 시대를 반영하고 풍자하는 꽃의 이미지도 갖게 된 것이다. 盛唐 裴士淹이 지은 다음 작품을 보면 제왕들이 모란을 귀한 꽃으로 인식한 것과 연계하여 세인들 사이에서도 모란에 대한 애호의 감정이 일고 있는 현상을 언급하고 있다.

白牡丹 흰 모란

長安年少惜春殘	장안의 소년들은 봄이 다함을 안타까워하고
爭認慈恩紫牡丹	다투어 자은사로 모여들어 자색 모란을 감상하네
別有玉盤乘露冷	특별히 옥쟁반에 차가운 이슬을 받아놓은 듯한데
無人起就月中看	일어나 달밤에 흰 모란을 바라보는 이가 없나니

자색 모란에 마음을 쏟으나 흰 모란이 지닌 정결한 이미지는 미처 깨닫지 못하고 있는 풍조를 주목하였다. 붉은색이나 자색을 띤 모란에 대한 인기를 실감할 수 있는 내용이다. 화사한 자태에 시선을 두는 세태를 비판하면서도 '長安年少'라는 표현을 통해 나이가 어리고 식견이 짧은 이를 비유하였음을 은연중에 시사하고 있다. 모란에 대한 관심은 높아졌지만 열광적인 애호의 문화는 아직 형성되지 않았음을 추측해 볼 수 있다.

劉禹錫이 모란 애호의 풍조를 개괄한 시가를 살펴보면 中唐으로 오면서 모란이 온 국민의 사랑과 애호를 받는 '花王'의 지위를 누리게 된 것을 알 수 있다.

賞牡丹 모란을 감상하며

庭前芍藥妖無格	뜰 앞의 작약은 요염하나 품격이 낮고
池上芙蓉靜少情	못 위의 부용은 고요하나 정이 적네
惟有牡丹眞國色	오로지 모란만이 진정한 나라의 꽃
花開時節動京城	꽃 피는 시절 되면 온 장안을 들뜨게 하네

芍藥은 화사하고 밝지만 은근미가 떨어져 요염하되 품격이 낮다고 보았고 芙蓉은 연못에 고요히 피어 있어 깨끗한 품격은 있으나 도도하여 정이 적다고 보았다. 이에 비해 牡丹이야말로 온 나라 많은 이들의 사랑을 받고 있고 외모와 품격 모두 '眞國色'에 합당한 '花中之王'이라고 보았다. '動京城'은 모란의 향

기[27]로 인해 온 경성이 진동할 정도로 들뜨게 된 상황을 기록한 것으로 당시 唐人들의 극심한 모란 애호 문화를 살필 수 있는 표현이 된다.

中唐의 白居易 역시 「買花」 시를 통해 세인들이 모란을 다투어 고가에 매입하는 풍조를 언급한 바 있다.

買花　꽃을 팔다

帝城春欲暮　장안의 봄이 저물어갈 때
喧喧車馬度　오가는 거마도 시끄러운 속에
共道牡丹時　사람마다 모란이 제철이라며
相隨買花去　서로 줄지어 꽃을 사러 간다네
貴賤無常價　귀하고 천한 것 정해진 가격도 없어
酬值看花數　꽃송이 수만 헤아려 값을 치른다네
灼灼百朶紅　눈부시게 붉은 백 송이 꽃값으로
戔戔五束素　층층이 쌓은 다섯 묶음 흰 명주를 내라 하네

唐代 長安의 한 시장에서 관상용 꽃을 생필품 명주보다 훨씬 귀하게 여겼다는 기록은 모란을 통한 사치 풍조가 극에 달했음을 보여준다. 이처럼 唐代人들의 모란에 대한 애호가 높았다는 것은 모란이 이미 부귀와 영화, 영예와 풍요의 상징으로 세인들의 인식 속에 깊게 자리 잡고 있었다는 점을 말해주는 부분이다.

모란을 감상하는 열기가 강해지고 사치와 과시의 수단으로 흐르는 모습을 보면서 일부 시인들은 모란을 사치와 허영의 상징으로 인식하기도 하였다. 柳渾이 모란 숭상의 풍조를 바라보면서 지은 작품을 살펴보기로 한다.

牡丹　모란

近來無奈牡丹何　근래 모란의 가치가 어느 정도인지는 어쩔 수 없네
數十千錢買一顆　수만 냥을 주고 겨우 한 송이를 사들인다네
今朝始得分明見　오늘 아침에도 이 모습을 똑똑히 보게 되었나니

27　우리나라에서는 선덕여왕의 고사와 연관하여 모란이 향기가 없는 꽃이라는 인식도 있지만 실제로 牡丹은 꽃의 자태뿐 아니라 향기로도 주목을 받는 꽃이다. 蘭草의 향기를 '幽香'이라 하고, 梅花의 향기를 '暗香'이라 하는 것에 비해 모란의 향기는 '異香'이라 한다.(손광성, 『나의 꽃 문화 산책』, 을유문화사, 1996, 111쪽 참조)

也共戎葵不校多   촉규화와 비교해서는 그 얼마나 차이가 나는지

수구에서 말하고자 하는 바는 唐代 사람들이 모란을 아끼면서도 돈이 없어 살 수 없는 모순된 심정을 의미한다. '數十千錢'과 '一顆'라는 숫자의 대립을 통해 애호의 심리와 현실 사이에 존재하는 머나먼 거리감을 상징적으로 표현하고 있다. 특히 '始'와 '也'자를 시구 중에서 활용한 것은 시인의 마음이 침울한 상황임을 간접적으로 표현한 것이 된다. 시가 전체에 포폄을 가하는 표현을 하지는 않았지만 모란에 대한 비정상적인 애호를 안타까워하는 시인의 마음은 충분히 인지될 수 있는 것이다.

唐代에 들어와 제왕들의 애호를 시작으로 화사한 외모를 세간에 선보이며 풍요와 부귀의 상징으로 자리 잡은 모란은 시간이 흐를수록 가치를 높여가며 사치의 상징으로까지 변모하는 모습을 보였다. 궁중과 민가에서 다투어 심었고 이웃 新羅에까지 '牡丹圖'와 함께 씨앗을 보낼 정도로 唐代人은 유별난 애호 의식을 갖고 있었던 것이다.

3) 비애나 신세 한탄의 감정 투영

모란은 봄날의 화사함을 표출하면서 제왕의 지위에 걸맞게 온갖 영화를 누리는 꽃이지만 이 꽃 역시 한 달을 못 넘기고 영락하는 신세를 면치 못한다. 凋落의 애상을 보여주는 것은 봄꽃을 비롯한 여러 꽃들의 공통인 특성이지만 모란의 경우는 '國花', '花中之王'의 상징으로 인식될 만큼 유난히 화려한 지위에 있다가 짧은 개화 시기를 거친 후 凋落해버리므로 화려했던 만큼 조락의 비애가 클 수밖에 없었을 것이다. 唐代 여러 시인들은 모란을 보면서 화사함 이면에 담긴 영락의 슬픔을 주목하고는 자신의 신세에 대한 특별한 의식이나 감정을 토로하기도 했다.

盛唐代 王維는 모란을 보면서 傷春의 감정을 느낀 바 있는데 이는 일반적인 자연의 섭리와 궤를 같이하는 시각으로 보인다.

紅牡丹　붉은 모란

綠艷閑且靜　초록의 고운 잎이 한아하고 고요한데
紅衣淺復深　붉은 옷 꽃송이는 옅다가 다시 짙어지네
花心愁欲斷　꽃의 마음 시름겨워 애간장 끊어지려 하니
春色豈知心　봄빛이 어찌 그 마음을 알아주리오

붉은 모란을 통해 惜春의 정을 노래한 작품이다. 모란의 녹색 잎과 광택을 통해 잎이 지닌 그윽한 품성을 찬양했고, 꽃이 피어남에 따라 짙어가는 붉은색 외양을 생동감 있게 표현하여 봄의 서정을 한껏 살렸다. 잎이 고요한 서경을 창출하며 배경을 이루고 있다면 꽃은 역동성을 띠며 감흥의 변화를 표출하고 있다. 그러나 화사함이 깊을수록 상춘의 시름도 깊어지는 법, 작자는 일시의 화사함 뒤에 이어지는 낙화의 슬픔을 연상하면서 꽃의 마음을 빌린 자신의 심정을 투사하고 있는 것이다.

令狐楚는 京城을 떠나가면서 모란을 바라보는 소회를 다음과 같이 남겼다.

赴東都別牡丹　낙양으로 부임하면서 모란과 이별하며

十年不見小庭花　십 년 동안 작은 정원의 꽃을 보지 못하였는데
紫蕚臨開又別家　붉은 꽃술이 막 피려할 때 또 집과 이별하네
上馬出門回首望　말 위에 올라 문을 나서며 고개 돌려 바라보니
何時更得到京華　그 어느 때 다시금 경성의 화려한 시절 이를 수 있을까

唐 文宗 大和 3년(829)에 令狐楚가 東都 洛陽의 留守로 임명되어 長安을 떠날 때 지은 작이다. 長安 집에 핀 모란화를 보면서 離鄕의 서글픔을 더욱 진하게 느끼고 있다. 붉은 꽃술이 막 피려 할 때 집을 떠나는 모습과 말 위에서 모란을 바라보며 좋은 시절을 회상하는 모습은 모란의 화려함과 좋은 대비를 이루며 서글픈 서정을 더하고 있다.

薛濤가 모란을 보며 한탄하는 다음 작품은 애정과 연계된 자신의 신세에 대한 회한을 담고 있다.

牡丹 모란

去春零落暮春時	봄이 흘러가며 꽃이 지니 봄이 저무는 시기로구나
淚濕紅箋怨別離	붉은 편지지에 눈물 적시며 이별의 한을 담아보네
常恐便同巫峽散	언제나 무협의 꿈처럼 사라짐을 걱정하였는데
因何重有武陵期	그 어떠한 연유로 다시 무릉에서 만날 기약을 할 수 있으리
傳情每向馨香得	모란이 정을 전해올 때마다 그 향기를 맡게 되니
不語還應彼此知	말하지 않아도 서로 마음을 알아주고 있다
只欲欄邊安枕席	그저 바라기는 난간 가에 피어 잠자리를 편안하게 하고
夜深閑共說相思	밤 깊으면 한가하게 서로의 그리움을 이야기할 수 있기를

화사하게 피었다 지는 모란을 보면서 시인은 자신의 신세를 강렬하게 떠올리고 있다. '紅箋'[28]은 자신의 하고 싶은 말을 상징하는 매개체요 이 속에 담을 내용은 눈물 젖은 이별의 한이다. 꿈같은 사랑을 뒤로 하고 사라져간 '巫峽의 애정고사'[29]와 찾아도 실체를 알 수 없는 武陵에서의 기약을 언급한 것은 시인이 현실에서 이루기 어려운 사랑의 성취를 은유한 내용이 된다. 이때 실체로 등장한 모란만이 낙화의 우수와 그리움의 정서를 지닌 채 서로를 위로해줄 수 있는 존재로 인식된다. 자신의 애정을 은유함에 있어 모란만 한 투영체가 없다고 보았다. 어느덧 시인은 꽃을 보며 물아일체의 감정에 몰입하여 있는 것이다.

晩唐의 吳融은 표현할 길 없는 자신의 우수를 순결한 흰 모란의 자태로 치환하여 노래하기도 하였다.

僧舍白牡丹 其一 절에 피어난 흰 모란 제1수

膩若裁雲薄綴霜	마치 흰 구름이 마름질한 듯 서리가 엷게 깔린 듯
春殘獨自殿群芳	봄이 다할 때도 홀로 끝까지 무리지어 향기를 발하고 있네
梅粧向日霏霏煖	매화 장식한 미녀가 해를 향해 따스한 모습을 흩날리고
紈扇搖風閃閃光	흰 비단 부채 바람에 흔들며 햇살을 번득이고 있는 듯
月魄照來空見影	밝은 달이 비쳐 내려와 허공에서 그림자를 보이듯

---

28 『蜀箋譜』에 "설도가 몸소 짙은 붉은색 편지지를 만들었으니 당시 사람들이 이를 일러 설도전이라고 하였다.(濤躬撰深紅小彩箋, 時謂之薛濤箋)"라는 기록을 통해 薛濤가 자신의 개성을 살린 '薛濤箋'이라는 편지지를 만들어 활용했음을 알 수 있다.
29 '巫峽散'은 戰國時代 宋玉이 쓴 「高唐賦」에서 楚王이 꿈에 巫山 高唐의 神女와 雲雨의 情을 나누고 헤어진 애정고사를 언급한 내용이다.

露華凝後更多香　이슬 머금은 꽃 응어리진 후에 더욱 향기로워라
天生潔白宜淸淨　하늘이 깨끗하고도 정결하게 낳아주었으니
何必慇紅暎洞房　어찌 반드시 검고 붉은 꽃과 함께 동굴 안에 갇혀 있으리

　흰 모란을 보면서 자신의 고결한 의지와 한을 표현해내고자 하였다. 흰 구름
이 마름질한 듯 서리가 엷게 깔린 듯 하얀 자태를 머금고 있는 모란을 보면서
봄이 다할 때에도 지조를 지키며 향기를 발하는 존재로 보았다. 흰 모란은 대낮
에도 환한 햇살을 받고 있는 미녀와 같이 아름답고, 밤에 달빛이나 이슬을 머금
어도 향기를 잃지 않는 존재이다. 하늘이 정결한 천성을 주었으니 雜花와 함께
동굴 안에 갇혀 있기에는 아까운 존재이다. 모란의 희고 고운 자태와 고결한 품
성을 논하면서 폄적을 당하여 離鄕의 서러움 속에 있는 자신의 한을 서사하고
있는 것이다.
　晚唐 李商隱도 回中(현 甘肅 固原)에 있을 때 모란이 비에 지는 모습을 보면서
자신의 신세를 한탄하는 내용을 표현한 바 있다.

牡丹爲雨所敗 其二　모란이 비에 지다 제2수

浪笑榴花不及春　석류화가 봄을 따라가지 못한다고 비웃지 말고
先期零落更愁人　먼저 영락할 운명이라 사람으로 하여금 더욱 근심 짓게 하네
玉盤迸淚傷心數　옥쟁반에 흩어진 눈물 같은 빗방울은 상심을 드러내는 듯
錦瑟驚弦破夢頻　고운 거문고 현의 놀라운 소리는 빈번히 꿈을 깨우는 듯
萬里重陰非舊圃　만 리 무겁게 구름 끼어 있어 옛 곡강 동산가 같지 않으니
一年生意屬流塵　한 해의 생기가 흐르는 먼지 속에 있네
前溪舞罷君回顧　前溪村에서 춤이 파한 뒤에 그대가 회고해보면
并覺今朝粉態新　오늘 아침 꾸민 자태가 새로웠음을 깨닫게 되겠지

　모란이 여름에 꽃을 피우는 석류를 향해 봄에 피는 자신보다 못하다고 비웃
지만 사실은 먼저 영락하는 신세를 면치 못한다. 빗속에 피어 있는 모란의 자태
는 옥쟁반 위의 눈물처럼 아름답고 내리는 빗소리는 서글픈 거문고 소리 같이
심금을 울린다. 시청각 효과를 동원하여 아름다움을 창출하고 있으나 그 속에는
특별한 비애가 담겨 있다. 시가의 후반부에서는 시간의 흐름을 이용한 서사를
도모하고 있다. 曲江의 동산에서 노닐던 추억은 이제는 먼지처럼 흘러가버렸다.

前溪村에서 춤이 파한 후에 지금을 생각해본다면 그래도 지금의 자태가 새로웠음을 깨닫게 되리라는 상상을 해본다. 시인은 시간이 흐를수록 더욱 비탄에 잠기게 될 것이라고 보며 감정의 추이를 예단하고 있는 것이다.

　모란 역시 화려한 절정의 순간을 뒤로 하고 한순간에 사라지는 찰나의 아름다움을 지닌 꽃이다. 화사함을 지닌 만큼 아름답지만 이에 대비되는 슬픈 이미지도 이면에 지니고 있다. 시인들은 모란의 속성을 관찰하면서 강렬한 개화에 이은 조락, 화사함 이면에 감추어진 현실과의 괴리를 표현하기도 하였다. 융성했던 왕조가 쇠락해가는 현실이나 濟世의 재능을 발휘하지 못하는 개인의 한계, 신세의 변화에 따른 비운의 감정 등을 노래하는 시문에서 모란을 활용하면 더욱 강렬한 효과를 얻을 수 있었던 것이다.

4) 위정자나 시류에 대한 풍자와 비판

　모란이 처음에 황실에서 사랑을 받으며 가치를 높여갔고 그 이미지를 형성해갔다는 것은 모란과 위정자와의 관계, 모란과 치세와의 연관성이 컸음을 생각하게 하는 부분이다. 꽃 중의 제왕이라는 칭송을 부여하며 비정상적일 정도로 애호를 가했던 唐代의 모란 문화는 시간이 흘러감에 따라 세인들에게 현실과의 괴리감을 느끼게도 하였을 것이다. 白居易를 비롯한 中唐代 일부 시인들이 모란을 보면서 화사한 내면만 중시하고 실질을 잘 모르는 세태를 풍자했다면 晩唐代 시인들은 이 꽃을 통해 거대한 풍우를 겪은 唐代 사회와의 연관성을 떠올리고 회고와 반성의 의식을 담고자 하기도 하였다. 모란은 한 시대의 번영을 표현하기에 적합한 꽃인 동시에 시국을 비판할 때에도 적합한 꽃이었던 것이다.

　王睿은 모란을 바라보면서 마음을 어지럽게 하는 요희와 같은 이미지를 느끼기도 하였다.

牡丹　모란

牡丹妖艶亂人心　모란은 요염하여 사람의 마음을 어지럽히나니
一國如狂不惜金　나라 전체에서 미친 듯이 애호하며 돈을 아까워하지 않는다

曷若東園桃與李　어찌하여 동쪽 정원의 복사꽃과 오얏꽃이
果成無語自成陰　과실을 맺으며 묵묵히 그늘을 이루고 있음을 모른단 말인가

　　모란이 '사람의 마음을 어지럽히는(亂人心)' 존재가 되어 있음을 폭로한 작품
이다. 세인들에 의해 찬사와 비판을 함께 받고 있는 桃李가 차라리 과실을 맺고
그늘을 이룬다는 점에서 모란보다 의미가 있는 존재라고 보았다. 과열된 인기를
누리고 있는 모란의 모습을 보면서 더 이상 순수한 미감을 찾기가 어렵다는 생
각을 하게 된 것이다.
　　翁承贊이 절에 핀 모란에 대해 누구 할 것 없이 마음을 뺏기고 있는 현실을
우려하면서 쓴 작품을 보자.

萬壽寺牡丹　만수사 모란

爛熳香風引貴游　모란은 찬란하고 향긋한 바람으로 귀인들의 노닒을 이끄니
高僧移步亦遲留　고승들도 걸음을 옮겨 역시 이 꽃에 머물러 있누나
可憐殿角長松色　가련하구나 불사 한모퉁이의 오랜 소나무여
不得王孫一擧頭　왕손이 한 번 고개 들어 바라봄도 얻지 못하나니

　　모란에 마음을 뺏기고 감상하는 세인들에 대한 안타까운 마음을 담았다. 귀인
들뿐 아니라 고승들도 유혹에 빠져 오랜 시간을 보내고 있다는 표현으로 안타까
움을 표출하고 있다. 절 한 쪽에서 오랜 시간을 지키고 있는 소나무의 굳센 의지
는 깨닫지 못하는 부족한 의식도 탄식하며 풍자하고 있다.
　　徐夤이 모란을 바라보는 시각에도 사회에 대한 비판의 의미가 담겨 있다.

牡丹花二首 其二　모란화 두 수 제2수

朝日照開携酒看　아침에 꽃 피면 술병 잡고 가서 구경하고
暮風吹落繞欄收　저녁 바람 불어 꽃잎 떨어지면 난간을 돌며 거둔다
詩書滿架塵埃撲　시서로 가득한 서가에는 먼지만 들이치는데
盡日無人略擧頭　종일토록 머리 들어 바라보는 이 없구나

　　모란의 유혹에 빠져 본연의 의식을 내던지고 꽃만 감상하고 있는 세태를 비

판하고 있다. 시서로 가득한 서가에 먼지가 들이쳐도 이에 대한 인식 없이 꽃의 화려함에만 눈을 돌리는 풍조는 시인으로 하여금 깊은 회한에 젖게 하는 요인이 된다.

白居易가 모란의 향기를 주제로 쓴 다음 시를 보면 모란이 지닌 다양한 특성과 이를 바라보는 시인의 풍유 의식이 담겨 있음이 발견된다.

牡丹芳　모란꽃 향기

牡丹芳, 牡丹芳	모란꽃 향기여 모란꽃 향기여
黃金蕊綻紅玉房	황금 꽃술이 붉은 옥방을 터뜨리고 있네
千片赤英霞爛爛	천 조각 붉은 꽃잎마다 노을이 찬란히 비추고
百枝絳點燈煌煌	백 개의 가지에 붉은 점이 휘황찬란하게 불 밝힌 듯
照地初開錦繡段	땅에 비추니 비단 여러 자락이 열리는 것 같고
當風不結蘭麝囊	바람을 향하니 묶지 않은 난초 사향의 주머니 같구나
仙人琪樹白無色	신선의 옥나무는 희고 색이 없고
王母桃花小不香	서왕모의 복사꽃은 작고도 향기가 없네
宿露輕盈泛紫艶	밤새 내린 이슬은 가벼이 차서 자줏빛 고운 모습 넘치고
朝陽照燿生紅光	아침 햇빛 비추니 붉은 광채를 발하네
紅紫二色間深淺	붉은색과 자주색 두 색깔이 깊고 얕은 차이를 두고
向背萬態隨低昂	등 돌리니 만 가지 교태가 아래위를 따르네
暎葉多情隱羞面	잎에 비친 다정함은 부끄러운 얼굴을 가리고
臥叢無力含醉粧	꽃떨기에 힘없이 누워 있으니 취한 화장을 머금었네
低嬌笑容疑掩口	애교 띤 웃는 얼굴을 내리어 입을 가릴까 하니
凝思怨人如斷腸	사람을 원망하는 생각이 엉기어 애가 끊어지는 듯
濃姿貴綵信奇絶	농염한 자태와 귀한 채색이 참으로 기이하니
雜卉亂花無比方	잡풀과 어지러운 꽃은 비할 바가 없구나
石竹金錢何細碎	석죽과 금전화는 어찌 가늘게 부서지나
芙蓉芍藥苦尋常	부용과 작약은 괴롭게도 항상 찾네
遂使王公與卿士	마침내 왕공과 경사를 부리어서
遊花冠蓋日相望	꽃놀이하는 관리들의 거마가 매일 서로 바라보겠네
庳車軟輿貴公主	낮은 수레에 부드러운 연은 귀한 공주요
香衫細馬豪家郎	향기 나는 소매에 날씬한 말은 부호의 낭군일세
衛公宅靜閉東院	위공 李靖入 댁은 고요하여 동쪽 집을 닫았고
西明寺深開北廊	서명사는 깊어서 북쪽 곁채를 열었구나
戲蝶雙舞看人久	노는 나비가 쌍쌍이 춤추는 모습을 사람들이 본 지 오래고
殘鶯一聲春日長	남은 꾀꼬리 한 소리에 봄날이 길기만 하다

共愁日照芳難駐　모두 근심 중에 해가 비추니 향기가 머무르기 힘드니
仍張帷幕垂陰涼　이에 휘장을 펴서 그늘의 서늘함을 드리운다
花開花落二十日　꽃 피고 꽃 떨어지기 이십 일이니
一城之人皆若狂　온 성안 사람들 모두 미친 듯하네
三代以還文勝質　삼대 이래로 문채를 내용보다 좋게 여기니
人心重華不重實　인심은 화려함을 중히 여기고 내실을 중히 여기지 않네
重華直至牡丹芳　화려함을 중히 여김은 모란의 향기이니
其來有漸非今日　그것이 천천히 오게 됨은 오늘날의 일이 아니로다
元和天子憂農桑　원화 천자는 농사와 뽕 길쌈을 걱정하고
恤下動天天降祥　아래 사람을 근심하니 하늘을 움직여 상서로움을 내리도다
去歲嘉禾生九穗　작년에는 좋은 볍씨가 아홉 이삭을 생산하였어도
田中寂寞無人至　밭 속이 고요하여 오는 이가 없어 적막하였다
今年瑞麥分兩歧　금년에 상서로운 보리가 양쪽으로 나누어지니
君心獨喜無人知　군왕의 마음이 홀로 기쁜 것을 아무도 모르리
無人知, 可嘆息　아무도 모르니 가히 탄식하리로다
我願暫求造化力　나는 원컨대 조화옹의 힘을 구하여
減卻牡丹妖艷色　문득 모란의 요염한 색을 줄이고자 하네
少回卿士愛花心　경사의 꽃 사랑하는 마음을 조금 돌려
同似吾君憂稼穡　우리 임금처럼 곡식을 심고 거두는 근심을 함께 하였으면

　　모란에 대한 다양한 기술을 시도한 시가이지만 이 시의 "훌륭한 천자는 농사를 걱정한다.(美天子憂農也)" 注를 통해 백거이가 모란의 묘사를 통해 위정자의 책임을 지적하고 농사를 걱정하는 내용을 담고자 했던 의도를 파악할 수 있다. 전체 시는 내용에 따라 3분할 수 있다. 첫 번째 단락은 처음부터 "부용과 작약은 괴롭게도 항상 찾네(芙蓉芍藥苦尋常)"까지로서, 모란의 아름답고 화려한 자태와 환상적이면서 고결한 품성, 다른 꽃을 압도하는 존재감 등을 서술하였다. 두 번째 단락은 "마침내 왕공과 경사를 부리어서(遂使王公與卿士)"에서 "그것이 천천히 오게 됨은 오늘날의 일이 아니로다(其來有漸非今日)"까지로 볼 수 있는데 왕공과 귀족들이 모란을 귀히 여기고 그 화려함을 찾아다니지만 정작 외면의 화사함만 볼 뿐 내면의 가치는 볼 줄 모르는 풍조를 탄식한 내용이다. 세 번째 단락은 "원화 천자는 농사와 뽕 길쌈을 걱정하고(元和天子憂農桑)"부터 끝까지로 볼 수 있는데 이 부분을 통하여 군신이 농사를 중히 여기고 백성의 질고를 걱정하는 마음

을 지닐 것을 권유하고 있다. 白居易의 여러 풍유시처럼 이 시 역시 시폐에 대한 지적과 풍자를 가하고 있음을 살필 수 있는 것이다.

　문학은 현실을 반영한다는 명제를 떠올릴 정도로 모란은 한 시대의 문화와 현실을 극명하게 보여주는 중요한 키워드 역할을 하였다. 적당한 감상과 애호의 정도를 넘어서 광풍의 경지를 달린 모란 애호 열풍은 모란의 진정한 가치를 오히려 반감시키는 결과를 낳기도 하였다. 모란에 대한 비판과 풍자의 감정을 담은 작품들은 모란이 지닌 진정한 가치를 아쉬워하면서 화려하게 번성했던 조대를 회상하거나 모란의 가치를 올바르게 인식하고픈 시인의 마음을 반영한 것으로도 볼 수 있다. 역설적으로 말해서 모란의 상징성이 그만큼 컸음을 드러내는 부분이기도 하다.

　모란은 풍성한 외관과 화려한 이미지를 통해 미인으로 형상화되면서 봄의 화사함을 드러내는 꽃으로 주목을 받아왔고, 동시기 桃李나 杏花 같은 꽃이 가지기 어려운 '花王'의 권위를 지니고 있었으며, 군자의 품성을 갖고 고결한 이미지를 발산하는 '梅蘭菊竹'의 기품에 버금가는 존귀한 존재감을 소유하고 있었다. 또한 비슷한 외모로 오래전부터 회자되던 芍藥의 위상을 뛰어넘어 國花의 반열을 차지하기도 하였으며, 시대에 따라 내용과 풍격을 달리하며 한 조대의 영화를 대변하는 꽃의 역할을 감당하기도 하였다. 비록 다른 화목보다 문헌에 늦게 등장하였지만 모란이 세간에서 '花中之王'의 영예를 누렸다는 것은 이 꽃이 다른 꽃들과 비교할 수 없는 특수한 상징성과 권위를 지녔음을 의미한다. 중국의 꽃 문화를 이해하는 데 있어 모란이라는 키워드는 분명 중요한 의미를 함유하고 있는 것이다.

6. 맑고 포근한 감성의 창조자 목련(木蓮, 木蘭)

'목련(木蓮, Kobus Magnolia)'은 낙엽과의 소교목으로 5~10미터의 높이로 자라나는 화목이다. 가지는 굵고 많이 갈라지는 편이며 목질에서 향기가 난다. 잎은 어긋나며 넓은 난형 또는 도란형을 하고 있다. 꽃은 대략 4월 중순에 잎보다 먼저 피는데 외부는 자홍색을 띠고 내부에는 백색을 띤 좁고 기다란 여섯 장의 꽃잎으로 이루어져 있다. 물기가 있는 땅과 양지를 좋아하고 충분한 햇볕을 받아야 꽃이 잘 핀다.

목련에는 백목련, 자목련, 별목련 등 꽃 색깔과 모양에 따라 다양한 종류가 있다. 중국에서는 '木蓮'을 '木蘭'이라고 부르고 있으며 목련(꽃)의 이칭으로는 '辛夷花', '木筆花', '望春花', '玉蘭花', '紫玉蘭', '玉樹', '玉堂春', '林蘭', '桂蘭', '杜蘭', '黃心', '女郎花' 등이 있다.[30] '목련(木蓮)'은 '나무에 달린 연꽃처럼 생긴 아름다운 꽃'이라는 뜻으로 '부용(연꽃)' 명칭을 이입하여 흔히 '木芙蓉'으로도

---

[30] 한국에서는 '목련꽃(木蓮花)'의 모양을 '나무에 달린 연(蓮)'으로 보는 데 비해 중국에서는 백목련의 향이 난초와 같다고 하여 백목련을 '목란(木蘭)'으로 부르고 있는 것이 서로 비교된다. 『本草綱目』에는 목련을 '두란(杜蘭)', '임란(林蘭)', '황심(黃心)' 등으로 기록하고 있는데 이 중 '황심(黃心)'이라는 명칭은 나무 속이 황색인 것에서 유래된 것이다. 일본에서는 목련의 꽃봉오리가 벌어지기 직전의 모양이 아이의 주먹을 닮은 것과 연관하여 '주먹'이라는 뜻을 가진 'コブシ(고부시)'라는 이름으로 부른다. 한국의 '木蓮'과 중국의 '木蘭'이 같은 꽃인지, 또한 목련의 이칭인 '辛夷'가 목련과 같은 화목인지 등에 관하여는 좀 더 전문적인 고찰과 검증이 필요하다. 이 부분에 관하여는 팽철호, 「王維의 시 '辛夷塢'의 '辛夷'에 대한 연구」(『중국문학』 제88집)의 "'辛夷'는 한국에서는 소위 '목련' 종류에 속하는 모든 나무를 통칭하는 이름으로 '목련'이라는 말을 쓰지만, 중국에서는 한국에서는 자라지 않는 상록수를 가리키는 말로 쓰고, 일본에서는 붉은 꽃을 피우는 목련과의 식물로서 한국에서 '자목련'이라고 부르는 식물을 가리키는 것이다." 언급을 참조할 수 있다.

불린다. 꽃봉오리가 붓과 같이 생겼기에 흔히 '木筆花'라고도 불렀다. 우리나라에서는 북쪽을 향하여 꽃이 피는 목련의 특성을 보고 '北向花'라고 부르기도 하였고, 이 모습은 마치 신하를 '南面'하여 대하는 임금을 향한 것 같다 하여 '忠臣花'로도 부르기도 하였으며 절에 많이 심어서 '向佛花'라고도 불렀다.[31]

잎이 나오기 전 앙상해 보이는 가지에 새하얗고 커다란 꽃을 아름답게 피워 내며 봄의 흥성을 알리는 화목으로 많은 사랑을 받아온 목련은 시가에서 시인의 맑고 고결한 의지, 풍성하고 화려했던 시절에 대한 반추 등을 담아내기에 적절한 소담스러운 형상을 하고 있다. 마치 '木筆'처럼 생긴 꽃봉오리 모양 역시 시인들의 창작 감성을 자극하는 역할을 하기에 충분했으니 목련은 꽃 자체가 발하는 매력과 함께 각종 서정을 유발하는 감성의 매개체였던 것이다.

1) 고결한 의지

중국 시가를 보면 목련을 고결한 영혼의 상징으로 보고 고매한 마음이나 의지를 노래한 경우가 많았다. 깨끗하고 담백한 자신의 마음을 표현하거나 고상한 절개를 형상화하는 데 있어 목련은 매화나 대나무, 난초 등에 뒤지지 않는 청순함과 소담스러운 자태를 지니고 있기 때문이다. 屈原이 『楚辭』 「離騷」에서 국화와 함께 목련을 언급한 것도 그러한 맥락에서 생각해볼 수 있다.

朝飮木蘭之墜露兮　아침에는 목련에 내린 이슬을 마시고
夕餐秋菊之落英　　저녁엔 가을 국화의 떨어진 꽃잎을 먹는다

목련의 고결한 이미지를 통해 자신의 깨끗한 절조를 형상화 한 것이다. 목련을 직접 먹을 수 없기에 '목련에 내린 이슬을 마신다'라고 하였는데 이슬의 깨끗한 이미지가 부가되어 고결한 인상을 더욱 깊이 느끼게 해준다.

---

31 木蓮의 이칭 木筆花는 중국에서도 사용한 명칭이지만 '北向花', '忠臣花', '向佛花' 등의 명칭은 중국 문헌에서는 찾아볼 수 없는 우리나라의 고유명칭이다.(기태완, 『꽃 들여다보다』, 푸른지식, 2012, 105쪽 참조)

屈原이 고결한 존재감을 강조하기 위해 「九歌・山鬼」에서 목련나무를 활용한 부분을 살펴보자.

九歌・山鬼 구가 산귀

乘赤豹兮從文狸	붉은 표범을 타고 꽃무늬 살쾡이의 시종을 받으며
辛夷車兮結桂旗	목련나무 수레에 계수나무 깃발을 묶었네
被石蘭兮帶杜衡	몸에는 석란을 둘렀고 두형을 걸쳤으며
折芳馨兮遺所思	향기로운 가지를 꺾어 그리워하는 이에게 보내네

산속의 신녀가 사랑하는 이와의 만남을 이루지 못한 안타까운 마음을 그린 부분이다. 신녀가 타고 다니는 수레는 목련나무이고 거기에 계수나무 깃발이 묶여 있는데 이는 위엄과 고결함을 상징하는 징표가 된다. 신녀의 몸을 꾸미고 있는 석란, 두형 등이 향기와 아름다움을 상징한다면 신녀가 타고 다니는 목련나무와 계수나무는 신녀의 기품을 높여주는 역할을 하는 것이라 할 수 있다.

唐代 李商隱은 목련꽃을 빌려 자신의 불우한 사정을 술회한 바 있다. 다음 시에 등장하는 목련은 본래 자신의 의지가 고결하고 맑았음을 대변하는 존재가 된다.

木蘭花 목련꽃

洞庭波冷曉侵雲	동정호 물결 차가운데 새벽 구름이 침노하고
日日征帆送遠人	매일매일 돛단배는 사람을 멀리 보내네
幾度木蘭舟上望	목련나무 배를 몇 번이고 올려다보았던가
不知元是此花身	원래 목련꽃의 전신이었음을 모르고 있다니

물결 차갑고 구름이 끼는 중에 동정호수에서는 매일 같이 사람들을 멀리 떠나보낸다는 기술은 떠나온 이의 처연한 심정을 표현하기 위한 은유적 표현이다. 제3구에서 목련나무 배를 올려다본다는 표현은 현재 정권을 잡고 있는 令狐綯 문관을 향하는 마음을 드러낸 것이다. 李商隱은 일찍이 牛黨의 令狐楚 부자와 잘 알고 지냈으나 李黨 쪽 사람인 王茂元의 딸과 결혼함으로써 牛黨으로부터 배신자로 배척당하게 된다. 李商隱은 이 시를 통해 자신이 배은한 이가 아님을

강변하고자 하는 심정을 실은 것으로 추측된다. 시어 중에 나오는 목련은 고귀한 집안, 고결한 마음 등을 대변하는 화목 역할을 하고 있음을 살필 수 있다.

南宋代 范成大는 추위를 뚫고 나온 목련이 흔들림 없이 자태를 유지하고 있는 것을 주목한 시를 남긴 바 있다.

窓前木芙蓉 창 앞의 목련

辛苦孤花破小寒　외로운 목련꽃 소한 추위를 힘겹게 뚫고 나와 있네
花心應似客心酸　꽃의 마음은 응당 나그네처럼 아프겠지
更憑青女留連得　서리의 여신을 청하노니 오래 머무르기를
未作愁紅怨綠看　근심과 원망 때문에 목련이 울긋불긋해 보이지 않게

수구의 '破'자를 통해 목련이 소한의 추위를 무릅쓰고 외롭게 피어난 것을 강조하였고 이어서 고독한 투쟁을 하는 목련을 나그네의 마음에 빗대는 의인화 수법을 통해 '物我一如'의 경지를 연출하려 하였다. 후반부에서도 곤혹스러운 환경에 굴하지 않고 꽃을 피워내는 목련의 정신을 칭송하고자 하였다. 서리의 여신 '青女'가 머무르면 다른 꽃들은 추위에 시들어가지만 목련만은 근심과 원망의 모습을 겉으로 드러내지 않은 채 꿋꿋하게 위용을 유지하고 있을 것이라는 믿음을 투영한 부분이다.

화창한 봄을 상징하는 목련꽃은 앙상한 가지 꼭대기에 잎보다 먼저 나와 커다란 꽃을 한 개씩 피워낸 모습을 하고 있다. 전체적인 외관을 통해 고고한 기백을 느끼게 되며, 순백색 꽃으로 인해 청신한 기품과 격조를 느끼게 되고, 소담스럽고 풍성한 꽃망울들을 통해 풍요로운 봄 서정을 느끼게 된다. 시인이 소유한 청정한 의식이나 맑은 절개를 은유하기에 적합하며 감성과 의식에 풍성한 느낌을 주기에도 적합한 꽃인 것이다.

2) 아름다운 봄과 화려한 번영

화창한 봄 날씨를 배경으로 희고 화사한 자태를 드러낸 목련을 대하다 보면

어느덧 그 아름다움에 마음을 빼앗기게 되고 마음까지 환해지게 된다. 이러한 자태에서 영감을 얻은 시인들은 화사한 번영과 아름다움의 상징으로 목련을 자주 활용하곤 하였다. 고전시에서 목련이 한가로운 봄의 서정, 화사한 봄의 얼굴, 번영과 영광, 융성했던 시절 등의 의미로 활용된 예들은 자주 등장한다.

唐代 王維의 『輞川集』 20수 중 목련을 노래한 제18수를 살펴본다.

辛夷塢　목란 언덕

木末芙蓉花　나무 끝의 목란꽃
山中發紅萼　산중에서 붉은 꽃망울 터뜨렸네
澗戶寂無人　개울가 집은 적막하여 인적 없는데
紛紛開且落　분분하게 피었다가 또 지는구나

시제의 '辛夷'가 정확하게 '木蓮'인지는 식물학적으로 이견이 있을 수 있지만 '辛夷'를 목란을 지칭하는 범주로 이해해도 무방하다고 본다.[32] 인적이 있을 것이라 생각되는 개울가 집에 사람의 흔적이 없다 하였으니 자연만이 공간을 차지하고 있는 느낌이다. 자연 속 한가로운 서정과 맞물려 산 속의 목련은 절로 피었다 졌다를 반복하고 있다.

明代 王女郞이 봄날의 한가한 정을 서술한 시에서도 목련은 중요한 소재로 등장하고 있다.

春日閑居　봄날에 한가하게 거하며

濃陰柳色罩窓紗　짙푸르게 익어가는 버들 색은 창 망사에 비쳐오고
風送爐烟一縷斜　바람은 화로 연기 한 줄기를 비스듬히 실어 나르네
庭草黃昏隨意綠　정원에 난 풀들은 황혼녘에 제멋대로 푸르른데
子規啼上木蘭花　목련꽃 위에서는 두견이가 울고 있구나

---

32 '辛夷'는 '木蓮'의 또 다른 이름인데 간혹 '辛雉'라고 하기도 했다. 목련 꽃봉오리가 처음 돋아날 때의 모습이 띠의 싹(荑)과 같고 그 맛이 매워서(辛) '辛夷'라는 이름이 붙여졌다고 한다.(기태완, 앞의 책, 102쪽 참조) 한편 식물학적으로 '辛夷'가 정확하게 '木蓮'을 지칭하는 것인지에 대해서는 의문이 남지만 적어도 목련의 범주로 보는 것은 무리가 없다고 본다.

버들이 짙어가는 화창한 날씨에 한 줄기 화로 연기가 잔잔한 바람을 타고 하늘로 올라가며 한가로운 봄날 서정을 펼치고 있다. 정원은 '제멋대로(隨意) 자라는 풀'로 가득하고 뜰 앞 목련나무에서는 두견이가 한아한 울음을 선사하고 있다. 화사한 목련은 봄날의 신선한 기운을 느끼게 해주는 좋은 친구인 것이다.

唐代 白居易는 미인처럼 아름다운 목련의 자태를 보면서 자신의 흥취를 한껏 드높인 바 있다. 목련을 미인에 비유한 두 작품을 차례로 살펴본다.

戲題木蘭花　장난삼아 목련 꽃을 노래하다

紫房日照胭脂拆　자줏빛 꽃에 햇살 비추니 단장한 자태가 갈라진 듯
素艶風吹膩粉開　희고 고운 꽃에 바람 부니 곱게 화장한 모습 피어나는 듯
怪得獨饒脂粉態　홀로 풍성하게 단장한 자태를 하고 있어 의아했더라니
木蘭曾作女郎來　일찍이 아름다운 여인이 목련으로 변한 것이었구나

꽃피는 계절에 맞춰 꽃망울을 터뜨리고 있는 목련의 모습은 마치 곱게 단장한 여인이 화사한 자태를 빛내고 있는 것과도 같다. 목련의 전신이 미인이었기 때문에 화사한 모습을 지녔다는 허구적 설정을 통해 꽃이 선보이는 아름다움을 극대화하고자 한 것이 발견된다.

題令狐家木蘭花　영호 집안의 목련화를 노래하다

膩如玉指塗朱粉　고운 모습은 마치 소녀의 손가락에 붉은 분을 바른 듯
光似金刀剪紫霞　그 빛나는 모습은 마치 금도가 붉은 노을을 잘라낸 듯
從此時時春夢里　이 순간부터 때때로 봄꿈을 꾸게 된다면
應添一樹女郎花　미녀 같은 한 그루 꽃나무를 꿈속에서 맞이하게 되겠지

목련의 화려함을 노래한 시이다. 목련은 소녀가 거울 앞에서 손가락을 붉게 물들인 것처럼 아름다운 자태를 하고 있으며 꽃이 발하는 빛깔은 마치 하늘에서 붉은 노을을 잘라놓은 것과도 같다. 꿈꿀 때마다 목련을 맞이하게 되리라는 희망을 통해 그 아름다운 모습을 잊지 못하는 시인의 마음을 은유하고 있다.

화려하고 풍성한 자태를 지닌 것만큼 한 철을 보내고 나면 목련에 대한 그리움과 아쉬움도 더욱 컸을 것이다. 역대 시가에서 화려했던 옛날이나 고향에서의

추억을 반추할 때 목련을 활용한 예도 많다. 唐代 王播가 목련꽃이 번성했던 시절을 그리워하며 쓴 시를 보자.

題木蘭院　목란원에서 짓다

三十年前此院游　삼십 년 전에 이곳 목란원에 와서 노닐었는데
木蘭花發院新修　목련꽃 만발했고 목란원은 새로이 단장했었네
如今再到經行處　지금 다시 이곳을 지나가게 되니
樹老無花僧白頭　나무는 늙고 꽃은 없이 스님의 머리만 희였구나

소싯적에 가난하여 惠照寺 木蘭院에 기거한 바 있던 王播가 30년 세월이 흐른 후 관리가 되어 다시 이곳을 찾은 소감을 기록한 시이다. 이 시에 등장하는 목련은 청순한 이미지와 함께 번영과 흥성의 기운을 상징하는 화목으로도 활용되었다. 말구에서 '목련 나무는 늙고 꽃은 없다(樹老無花)'라고 하여 세월의 흐름에 따라 쇠락한 이미지를 나타낸 것과 비교가 된다. 목련꽃이 지닌 희고 환한 이미지가 번영과 흥성의 표상이 되기에 충분한 것임을 파악할 수 있겠다.

宋代 范仲淹이 蘇州에서의 옛 영화를 생각하며 지은 시에도 목련이 등장한다.

蘇州十詠 其二 木蘭堂　소주에서 읊은 10수의 시 중 제2수 목란당

堂上列歌鍾　목란당 위에 진열된 음악 종들
多慚不如古　옛날과 같지 않아 심히 참담하네
却羨木蘭花　그저 부러운 것은 목련꽃이라
曾見霓裳舞　일찍이 예상무를 지켜볼 수 있었으니

「木蘭堂」이라는 시제와 내용을 통해 목련은 화려한 시절을 대변하는 화목임을 알 수 있다. 말구에 나오는 '霓裳(羽衣)舞'는 唐 玄宗이 꿈에 본 달나라 선녀들의 모습을 본떠 만들었다는 춤으로서 楊貴妃가 특히 이 춤을 잘 추었다고 한다. 화려함과 번영을 상징하는 이 춤을 목련이 지켜볼 수 있었다는 표현을 통해 극대화되었던 번영의 이미지를 부각시키고자 하였다.

봄의 절정을 알리는 목련의 화사한 자태는 번영과 영화의 상징이 되기에 충

분했다. 꽃봉오리 자체가 크고 풍성한 데다 꽃이 진 다음 가지에 남아 있는 잎역시 커서 절로 넉넉한 마음이 들게 된다. 봄꽃의 화려함과 여름 관상수로서의가치를 함께 가지고 있는 멋진 화목인 것이다. 시인들이 한때의 영화와 영광을형용할 때 풍성한 꽃봉오리를 지닌 목련을 활용했던 것은 현재의 그늘이 번영의시기에 비해 그만큼 큰 것을 표현하기 위한 것이 아니었을까?

3) 절묘한 文才

木蓮의 자태는 보는 이로 하여금 다채로운 상상을 하게 만든다. 희고 화려한모습에서 봄날의 풍요와 번영을 일차적으로 느끼게 되며, 꽃의 형상을 세부적으로 살펴보다 보면 마치 나무에 부용(木芙蓉)이나 연꽃(木蓮), 난초(木蘭) 등이 달린것 같은 인상도 받게 된다. 목련의 꽃봉오리 형상을 보면 붓과 닮았다는 인상을느끼게 되니 역대로 목련을 '木筆花'라는 이칭으로 부른 것이 근거가 있음을 알수 있다. '木筆'로 불리는 것과 연관하여 역대 시문에서는 신묘한 문재나 글재주를 지칭할 때 목련을 자주 활용하기도 하였었다.

明代 陳繼儒는 목련을 보면서 역대 문인들의 화려한 재주를 그리워하는 마음을 표현했다.

辛夷　목련
春雨濕窓紗　봄비가 창호지를 적시는데
辛夷弄影斜　목련은 비스듬한 자태를 흔들고 있네
曾窺江夢彩　일찍이 살펴본 江淹의 문장처럼 화려하고
筆筆忽生花　송이송이는 李白의 재주를 펼치던 붓과도 같구나

봄비 오는 중에 아름답게 피어난 목련을 보고 발생한 흥취를 담아낸 시이다.봄비 내리는 중에 보이는 창밖 목련은 비스듬히 흔들리는 자태로 몽롱한 아름다움을 발하고 있다. 그 모습은 마치 일찍이 보았던 江淹의 문장처럼 화려하고 재주를 펼치던 李白의 붓과도 같다. 목련의 아름다움은 극치의 경지에 있는데 자

신의 재주로는 그 아름다움을 충분히 표현하지 못할 것 같아 江淹과 李白의 문장과 재주를 떠올리게 된다는 의미를 행간에 담고 있다.

明代 張新 역시 목련꽃을 보면서 뛰어난 문재를 연상한 바 있다.

木筆花 목련꽃

夢中曾見筆生花	꿈속에서 일찍이 붓에 꽃이 피어나는 것을 보았는데
錦字還將氣象夸	빼어난 문사로만 이 꽃의 기상을 자랑해낼 수 있다네
誰是花中原有筆	그 어떤 꽃이 붓을 지니고 있는가
豪端方欲吐春霞	단정한 꽃의 자태는 바야흐로 봄 노을을 토해내려 하나니

꿈에서 붓에 꽃이 피어나는 것을 보았다는 수구의 내용은 『開元天寶遺事』「夢筆頭生花」에 소개된 李白의 '夢生筆花' 일화를 인용한 구절이다. 이어진 제 2구에서도 비단 위에 쓰여진 '錦字'와 같은 뛰어난 문사를 통해서만 이 꽃의 화사함을 표현할 수 있다는 말로 몽롱한 서정을 부각시켰다. 목련은 꽃이 붓처럼 생겼으며 그 꽃에서 봄 노을 같은 아름다운 느낌이 표출된다는 구절 역시 이 시가 지닌 奇特하고 飄逸한 기상을 대변해주는 표현이다. 표현이 신선하고 구상이 독특한 작품이라 하겠다.

처음 맺힌 여러 봄꽃들의 봉오리를 보다 보면 새로운 감흥을 얻게 되는데 목련은 특이하게도 붓과 같은 모양을 하고 있어 또 다른 감성을 자아내게 한다. 역대 시인들은 이 자태를 보면서 신선한 창작의 욕구를 느끼거나 뛰어난 문재에 대한 흠모의 정을 투영하곤 하였다. 봄꽃이 봄의 서정을 일깨우는 존재였다면 목련화는 창작의 의지까지 더하게 하는 계도자 같은 존재였던 것이다.

봄은 시기상 화려함의 절정을 이루는 계절이며 꽃은 이 시기를 더욱 밝히는 화려한 등불과도 같다. 자그마한 꽃송이를 지닌 여러 봄꽃들이 군무를 추듯 바람에 흩날리며 저마다의 화사함을 뽐낼 때 목련꽃은 앙상한 가지에 피어나 송이송이마다 밝고 풍성한 자태를 선보인다. 흰 목련이 순백의 아름다움을 드러낼 때 자목련은 파스텔 색채를 자랑하며 봄의 화사함을 한껏 수놓는다. 흰 목련꽃의 꽃말은 '고상한 영혼'으로 중국에서는 스승의 날이 되면 선생님에 대한 존경의 의미로 목련꽃을 선물하는 관습이 있다. 또한 여성 주인공 花木蘭이 아버지를 대신해서 종군한 고사를 실은 담은 古樂府「木蘭辭」의 내용과 연관하여 목련꽃은 대범하고 용감한 이미지를 상징하기도 한다. 애니메이션 영화 <뮬란>으로 인해 木蘭 고사가 더 알려졌고 목련꽃의 여성 영웅 이미지가 한층 강화되었다고도 볼 수 있다. 백목련으로 만든 배를 '木蘭舟', 목련으로 만든 노를 '木蘭櫓'라고 하는 등 일상 속에서 목련이 목재로도 널리 활용되는 점을 생각해보면 관상용 목적과 실용 분야에서 목련이 주는 만족감이 실로 지대한 것임을 알 수 있는 것이다.

7. 추억과 이별의 미학을 공유한 버드나무(柳)

    버드나무(柳, 학명 Salix koreensis ANDERSS)는 버드나뭇과 버드나무속에 속하는 낙엽교목이다. 전 세계에 분포하고 있으며 특히 물가에서 잘 자란다. 암수 나무가 있으며 꽃은 4월에 피고 열매는 5월에 익는 대표적인 봄 나무이다. 높이 20미터, 지름 80센티미터에 달할 정도로 크게 자라는데 가지가 산발한 모양으로 아래로 축 처져 자라는 특이한 수형을 지녔다. 잎은 가늘고 긴 피침형으로 어긋나며 가장자리에 안으로는 굽은 톱니가 있다. 4월에 가지에서 잎보다 먼저 피어나는 꽃은 강아지풀과 비슷한 모양이며 벌레가 찾아드는 충매화이다. 5월경 열매가 익어서 날리는 솜털 같은 버드나무 씨앗을 '버들솜(柳絮)'이라 부른다. 버드나무속에는 전 세계적으로 약 400여 종이 있으며, 우리나라에는 수양버들, 호랑버들, 왕버들, 털왕버들, 갯버들, 버드나무, 꽃버들 등이 분포하고 있다.

    중국에서는 버드나무를 '楊', '柳' 혹은 '楊柳'라고 칭한다.[33] 東北地方에서 華北地方에 걸쳐 많이 자라며 가뭄과 추위에도 잘 견디며 햇볕을 좋아하고 생장 속도가 빠른 것이 특징이다. 버드나무의 각기 다른 특색에 주목하여 '垂柳', '蒲

---

[33] 중국에서 전통적으로 버드나무를 지칭할 때 북방인은 '柳', 강남인은 '楊柳'로 주로 통칭한다고 하는데 어떻게 이 두 갈래 명칭이 생겼는지는 확실하지 않다. '柳'와 '楊'은 같은 나무라는 설도 있고, 明代 李時珍의 『本草綱目』에는 "똑바로 심어놓으면 柳, 거꾸로 심어놓으면 楊이라 한다.(順揷爲柳, 倒揷爲楊)", "楊은 가지가 강하고 세워서 자라기에 楊이라 하고, 柳는 가지가 약하고 밑으로 늘어져 있기에 柳라고 하며 한 나무의 두 종류이다.(楊枝硬而揚起, 故謂之楊, 柳枝弱而垂流, 故謂之柳, 蓋一類二種也)"라는 설명도 있으나 두 나무의 구분이 명확하지는 않다. 한편 隋나라 煬帝가 버드나무를 좋아하여 汴河 양안에 버드나무를 심어놓고 자신의 성을 따서 하사하였기에 "황제가 버드나무에게 필사하여 성이 양(楊)이 되었다.(御筆賜柳姓楊)"라는 민간의 전설도 있다.(李暉, 「唐代折柳風俗考略」, 『中央民族學院學報』 1998. 제1기 논문 참조)

柳’, ‘澤柳’, ‘烟柳’, ‘花柳’, ‘細柳’, ‘翠柳’, ‘嫩柳’, ‘弱柳’, ‘醉柳’, ‘顚柳’, ‘柳綿’, ‘烟花’, ‘河柳’, ‘山柳’, ‘杞柳’, ‘人柳’, ‘鬼柳’, ‘觀音柳’ 등 다양한 명칭으로 불러왔다. 중국과 우리나라에서 지나가던 과객이 물가에서 아낙에게 물을 청할 때 체하지 말라고 물 위에 띄워서 주는 잎이 버드나무 잎이었다는 얘기가 있을 정도로 서민들의 생활과 밀접한 나무가 버드나무이다. 버드나무속에 속하는 수종의 목재는 대부분 강도는 약하지만 가볍고 연하며 조직이 균일하기에 각종 생활 공예품의 재료로도 쓰였으며 이를 ‘유기(柳器)’라 하였다. 버드나무 껍질과 잎은 해열, 진통 작용을 한다고 알려져 있으며 버드나무의 뿌리(柳根), 가지와 뿌리의 껍질 부분(柳白皮), 잎(柳葉), 꽃(柳花), 씨앗(柳絮) 등은 모두 약용으로 사용된다.

봄이 되면 수많은 가지마다 길고 좁은 잎을 늘어뜨리는 버드나무는 봄 정경을 읊은 작품에 흔히 등장해왔으며 솜털처럼 날리는 버들솜 역시 아련한 상상을 자극하는 소재로 자주 활용되어왔다. 역대 시문에서 버드나무는 각종 환경과 어울리는 다양한 명칭으로 등장하고 있는데 그중 가장 자주 회자되었던 주제로는 봄날의 서정이나 추억, ‘버드나무(柳)’와 ‘머무르다(留)’의 諧音 관계에 따른 ‘折柳’ 풍속과 연관된 이별, 봄날 날리는 버들솜(柳絮)처럼 정처 없이 떠도는 신세 등을 들 수 있다.

1) 봄날의 서정이나 향수

봄이 오면 물오른 푸릇푸릇함을 자랑하는 버드나무는 산과 들에서도 잘 자라지만 물을 좋아해서 시냇가나 강가, 호숫가와 같은 곳에서 특히 많이 자란다. 성장 속도도 빨라서 주변 환경과 맞으면 어느새 우람하게 자라나 시원한 청량감까지 느끼게 한다. 역대 시문 중에서 버드나무는 봄날의 서정이나 인생의 절정기, 사랑과 그리움, 고향에 대한 향수 등을 묘사하는 데 있어 흔히 활용된 소재였으며 봄날 그리움의 대상이 되는 사람이나 추억을 다루는 장면에도 자주 등장했다.

버드나무를 소재로 한 초기의 작품으로『樂府詩集』에 실린 北魏 胡太后의 시를 보면 버드나무가 情人을 은유하는 존재로 활용된 것이 발견된다.

楊白花歌　양백화가

陽春二三月	봄 이삼월이 되니
楊柳齊作花	버들은 모두 꽃을 피워냈네
春風一夜入閨闥	봄바람이 하루밤새 규방에 들어와
楊花飄蕩落南家	버들꽃이 흩날려 남쪽 집에 떨어졌네
含情出戶脚無力	정을 품고 문을 나서니 걸음이 무력해져
拾得楊花淚沾臆	버들꽃을 주우니 눈물이 가슴에 차오르네
秋去春還雙燕子	가을 가고 봄이 드니 제비는 쌍쌍이 돌아오고
願銜楊花入窠里	원컨대 버들꽃이 둥지에 들기를

이 시는 胡太后가 그녀의 情人 楊白花[34]를 생각하며 쓴 시이다. 수연에서 봄에 버들이 꽃을 피워냈다고 하는 것과 봄바람이 하룻밤새 규방에 들어왔다는 언급은 정인과의 사랑이 꽃처럼 피어났다는 것을 암시한다. 이어 楊白花가 태후를 떠나 남쪽으로 가서 梁朝에 투항한 사실을 들어 "버들꽃이 흩날려 남쪽 집에 떨어졌다"라고 하였다. 떨어진 버들꽃을 주우며 정인을 생각하고 쌍쌍이 돌아가는 제비처럼 자신의 사랑도 다시 돌아와 합칠 날이 있기를 기대하는 마음을 후반부에서 담았다. 작품 중에 등장하는 버들은 애틋한 春情과 사랑을 대변하는 존재로 활용되고 있다. 직접 화법을 피하면서 버들을 들어 자신의 마음을 밝히는 비흥의 수법을 잘 활용한 작품이라 할 수 있다.

唐代 李嶠의 작품 중 버들을 들어 사람을 그리워하는 마음을 표현한 시를 살펴본다.

柳　버드나무

楊柳鬱氛氳	버드나무들 울창하고 성하여
金堤總翠氛	금제에는 비췻빛 기운 그득하구나
庭前花類雪	뜰 앞에 핀 꽃들은 눈처럼 하얗고
樓際葉如雲	누각 끝에 깔린 잎들은 구름처럼 성하다
列宿分龍影	열 지어 늘어선 버들은 용 그림자처럼 보이고
芳池寫鳳文	방지에 비친 모습은 봉황 무늬 그려놓은 듯

---

34 楊白花(혹은 楊華)는 北魏의 명장 楊大眼의 아들로서 무예가 출중하고 용모가 준수한 인물이었다. 당시 과부로 있던 宣武帝의 妃 胡充華와 사랑에 빠졌으나 자신에게 화가 미칠 것을 염려하여 남방으로 가서 梁朝에 기탁하였다 한다.

短簫何以奏　단소는 어찌 연주하는지
攀折爲思君　버들가지 꺾어 그대를 그리워하는 마음 표현해보네

　버드나무의 청신한 색감, 울창한 자태 등을 사실적으로 묘사하였고 이어서 용과 봉황을 등장시키는 허구적 상상까지 부가하여 버들과 주변 모습을 더욱 부각시켰다. 미연에서는 버들가지가 단소로도 활용된다는 것에 착안하여 버들피리를 통해 친구를 송별하는 정을 담고자 하였다. 버들이 지닌 각종 특징에 주목하여 자태의 정면 묘사와 측면 묘사, 실제적 묘사와 허구적 묘사, 직접적 묘사와 간접적 대비 등의 수법을 모두 동원함으로써 친구를 생각하는 자신의 마음을 효과적으로 표현한 작품이라 하겠다.

　唐代 劉禹錫이 노래한 「竹枝詞」에서 나오는 버드나무는 사랑의 마음을 표현하기 위한 배경으로 활용된 경우이다.

竹枝詞 其一　죽지사 제1수

楊柳靑靑江水平　버들은 푸르고 강물은 잔잔한데
聞郎江上唱歌聲　강에서 부르는 님의 노랫소리 들리네
東邊日出西邊雨　동쪽에선 해 뜨고 서쪽에선 비오니
道是無晴却有晴　맑지 않다 말하다가도 맑다고도 하네

　버드나무와 강물, 그 속에 들려오는 노랫소리가 어우러져 맑고 시원한 느낌을 주고 있다. 제1구에서 '靑靑'과 '平'으로 맑고 그윽한 이미지를 창출했고 강에서 들리는 노랫소리를 통해 낭만적인 서정을 투영했다. 동쪽과 서쪽의 상반된 날씨를 들어 이채로운 모습을 묘사했고 그 풍경을 통해 교묘하게 애정 표현을 가하였다. 無情과 有情 사이를 오가는 남녀간의 심리를 긴장감 있게 서사하면서 아름다운 청춘의 배경으로 버드나무를 활용하고 있음도 살필 수 있다.

　杜牧은 홀로 있는 버드나무의 정경을 그리면서 그 속에 한 여성이 느끼는 사랑의 갈등을 심어놓았다.

獨柳　홀로 있는 버드나무

含烟一株柳　연기를 품고 있는 한 그루 버드나무

拂地搖風久　땅에 끌리어진 채 바람에 오랫동안 흔들렸네
佳人不忍折　아름다운 처녀가 참지 못하고 가지를 꺾어버렸다가
悵望回纖手　황망함에 다시금 고운 손을 거두어본다네

연기를 품은 듯 무성한 줄기를 지닌 한 그루 버드나무가 땅에 가지를 늘어뜨리고 있다. 이 모습을 보다 못한 한 처녀가 땅에 닿아 있는 가지를 꺾어 정리하다가 문득 자신의 행위에 스스로 놀라는 정경을 그려냈다. 표면적으로는 땅에 닿아 흔들리는 버드나무의 형상을 그리고 있으면서 그 모습 속에 '佳人'을 등장시켜 오랜 기간 연인과의 관계에 갈등하다 버드나무를 꺾어 이별을 한 처녀의 후회스러운 감정을 비유한 묘사를 가하고 있다.

唐代 賀知章의 시 중에서 봄날의 서정을 대변하는 버드나무에 대해 신선한 시선을 투영하여 이채롭게 노래한 작품을 살펴본다.

詠柳　버드나무를 노래하다

碧玉粧成一樹高　푸른 옥 같은 버드나무 한 그루 높이 솟아 있는데
萬條垂下綠絲縧　만 갈래 늘어진 가지는 녹색 실띠와도 같구나
不知細葉誰裁出　이 가는 잎을 그 누가 잘라냈는지 모르겠다만
二月春風似剪刀　이월 봄바람은 마치 가위와도 같네

높이 솟은 버드나무는 벽옥같이 신록의 잎을 드리우고 있는데 만 갈래 늘어진 가지는 가늘게 흔들리니 마치 바람에 흩날리는 녹색 실띠와도 같다. 시인은 가늘고 긴 버들잎 모양을 보면서 누군가가 잎을 잘라냈다는 허구적 상상을 떠올린다. 따뜻하게 불어오는 봄바람이 버들잎을 나오게 하면서 가위처럼 잎을 잘라가며 모양을 만들어냈다는 재치 있는 묘사를 통해 신묘한 자연의 조화를 찬양하고 있다.

宋代 志南이 봄 정경을 한아하게 그린 작품에서도 버드나무는 푸근한 이미지로 등장하고 있다.

絶句　절구

古木陰中繫短篷　고목의 그늘 아래 작은 배를 매어놓았는데

杖藜扶我過橋東　명아줏대 지팡이는 나를 도와 동쪽 다리를 건너게 하네
沾衣欲濕杏花雨　살구꽃에 흩날리는 이슬비는 내 옷을 적시려 하고
吹面不寒楊柳風　버들에 부는 바람은 얼굴에 닿아도 차갑지가 않구나

　시인은 높이 솟은 고목 밑에 작은 배를 묶어놓고 지팡이에 의지하여 작은 다리를 건너간다. 아름답고 한가한 봄 정경을 그리고 있는데 "명아줏대 지팡이가 시인을 도와(杖藜扶我)"주는 형식으로 기술하여 자연에 순응하는 시인의 마음을 간접적으로 표출하였다. 살구꽃에 흩날리는 이슬비로 봄 서정을 부가하였고 '楊柳風'[35]이 차갑지 않다는 표현을 통해 버드나무가 하늘거리는 정경을 경쾌하게 표현하고자 하였다. 평범하고 청순한 언어를 사용하면서도 생기발랄한 봄 서정을 놓치지 않은 필치가 돋보인다.

　버드나무는 봄날의 서정이나 과거의 추억, 이별 장면 등에 자주 등장하며 특히 강이나 호수 등 물가와 연관하여 서정을 표현하는 데 있어 대표적으로 활용된 나무였다. 산발한 채 아래로 늘어진 가지와 길쭉길쭉하게 무수히 달려 있는 잎을 물에 닿을 정도로 늘어뜨린 자태를 보다 보면 이 나무에 대한 인상이 특별하게 각인될 수밖에 없었을 것이다. 버드나무는 헤어짐의 순간에 머물러 있기 바라는 소망을 대변하는 나무였는데, 시인들이 실제로 잡아두고 싶었던 것은 사랑하는 대상과 함께 자신이 소중하게 생각하는 진정한 추억이었을 거라는 생각도 해보게 된다.

2) 이별과 송별의 상징

　'버드나무(柳)'는 '머무르다(留)'와 諧音 관계에 있는 단어이므로 이별할 때 '折柳'하여 송별하는 것이 전통이 되어왔다. 『詩經』 「小雅」 「采薇」 편을 보면 "이전에 내가 갈 때는 버드나무가 하늘하늘하더니, 지금 내가 올 때는 눈비만 분분

35　小寒에서 谷雨에 이르는 총 24개의 절기에 맞추어 불어오며 꽃소식을 전하는 바람을 '花神風'이라 한다. 그중에서도 淸明節 말기에 '柳花'를 花神으로 하여 불어오는 바람을 '楊柳風'이라 한다.

하게 내리네.(昔我往矣, 楊柳依依; 今我來兮, 雨雪霏霏.)"라고 하여 헤어지는 장면에 버드나무가 등장하는 것을 볼 수 있다. 梁代 樂府詩「折柳歌辭」에도 "말에 올라 채찍을 잡지 않고, 오히려 버드나무 가지를 꺾어드네. 말에 앉아 긴 피리를 불어보니, 여행객의 수심이 사라진다.(上馬不捉鞭, 反折楊柳枝. 蹀坐吹長笛, 愁殺行客兒)"라는 기록을 통해 예로부터 이별의 순간에 '折柳'하는 풍습이 있었음을 알 수 있다. 이별과 연관된 '折柳' 풍습은 唐代에 들어와 극도로 성하게 된다. 劉禹錫이 「柳枝詞」에서 "장안 길거리에는 무수한 나무가 있지만, 오로지 수양버들만이 이별을 관장한다네.(長安陌上無窮樹, 唯有垂楊管別離)"라고 읊을 정도로 봄날 이별이나 송별의 순간에 거의 빠짐없이 등장하는 중요 소재로 자리매김하게 된 것이다. 버드나무가 지닌 서정성을 이별의 장면과 분리하여 생각하기 어려운 연유라 할 수 있다.

唐代 施肩吾가 이별의 순간에 '折柳'하는 풍습을 내용에 이입하여 쓴 작품을 보자.

折柳枝 버드나무 가지를 꺾으며

傷見路邊楊柳春 길가 버드나무에 봄이 들면 상한 마음으로 살펴보나니
一重折盡一重新 한 가지 꺾고 나면 새 가지가 생겨난다네
今年還折去年處 작년에 꺾은 곳을 올해 다시 꺾지만
不送去年離別人 작년에 이별했던 사람을 올해 보내는 것은 아니라네

길가의 버드나무는 해마다 이별하는 사람들에 의해 꺾이는데 이 정경을 보면서 시인은 서글픈 심정을 느끼게 된다. 버드나무는 해마다 꺾여도 다시 새 가지를 피워내며 그 자태를 유지하는데 이별하는 사람들은 해마다 새롭게 바뀌고 있다. 이별하는 과정을 통해 누군가를 떠나보내지만 자연 사물은 해마다 다시 자태를 유지하며 서정을 유발하고 있다.

버드나무는 唐代 王維가 쓴 이별시에도 어김없이 등장하고 있다.

送元二使安西 안서로 가는 원이를 송별하며

渭城朝雨浥輕塵 위성에 내리는 아침 비 가볍게 먼지를 적시고

客舍靑靑柳色新　객사에는 푸릇푸릇 버드나무 새로워라
勸君更盡一杯酒　그대에게 권하노니 한잔 술을 더하시게
西出陽關無故人　서쪽으로 양관을 나가면 아는 이도 없으리니

　이 시는 「渭城曲」, 「陽關曲」, 「陽關三疊」 등 여러 제목으로도 불리어지며 唐代 이별시를 대표하는 시로 인식되고 있는 작품이다. '渭城'은 秦代 咸陽 古城이 있는 곳으로 長安의 서북쪽, 渭水의 北岸에 있으며 현재의 陝西省 西安 서북쪽에 해당하는 지역이다. '客舍'와 '柳色'으로 친구와 이별하는 상황을 강조하였는데 버드나무가 푸릇푸릇 새롭게 물이 오른 모습과 '輕塵', '靑靑', '新' 등의 시어를 통해 경쾌하고 밝은 느낌을 창출하고자 하였다. 그러나 멀리 떠나는 친구에게 술 한 잔을 더 권하는 장면이나 "陽關을 나서면 아는 이도 없다"고 하는 언급은 시인이 이별의 슬픔에서 자유롭지 못함을 드러내는 부분이다. 버드나무를 통해 이별을 묘사하는 부분에서는 밝은 기운을 잃지 않고 있으나 '西出'이라고 하는 무거운 현실 앞에서는 종래 석별의 깊은 정을 떨쳐버리지 못하고 있는 것이 시인의 마음인 것이다.

　唐代 王之渙이 이별을 노래한 작품에도 버드나무가 등장한다.

送別　송별

楊柳東風樹　봄바람 맞으며 서 있는 버드나무
靑靑夾御河　長安의 강 언덕에 푸릇푸릇
近來攀折苦　근래에 꺾기가 힘들어진 것은
應爲別離多　유난히 이별이 많아진 덕분이라네

　봄바람을 맞고 서 있는 버드나무는 푸릇푸릇 물이 올라 있다. 이 시기에는 출행하는 일들도 많아져 長安의 東門(靑門) 밖 경성을 방어하는 강가(御河)에서는 많은 이가 이별을 하고 있다. '折柳'하여 떠나는 이를 송별하는 것이 당시의 풍습이라 이별하는 이마다 버드나무 가지를 꺾어드니 버들가지 꺾는 일도 근래에는 쉽지가 않다. 이별이 주는 슬픈 정서가 마음을 짓누르기 때문임을 행간에서 밝히고 있다.

　唐代 鄭谷도 버드나무를 등장시킨 송별시를 남긴 바 있다.

淮上與友人別　회상에서 친구와 이별하며
揚子江頭楊柳春　양자강 언덕 버드나무에는 봄이 한창인데
楊花愁殺渡江人　버들솜은 강 건너며 이별하는 이의 근심을 사르게 하네
數聲風笛離亭晩　바람 속 몇 곡 피리 소리 이별 정자에 늦게까지 퍼지는데
君向瀟湘我向秦　그대는 瀟湘江을 향하고 나는 秦 땅을 향하는구려

　시제의 '淮上'은 지금의 '揚州'를 의미하며 수구의 '揚子江'은 江蘇 鎭江과 揚州 일대를 흐르던 장강 지류를 지칭한다. '楊柳'를 함께 언급하면서 '柳'와 '留'의 諧音 현상을 이용한 '挽留'의 뜻을 완곡하게 펼치고 있다. 이별의 근심이 깊지만 흩날리는 버들솜으로 그 근심을 사라지게 했으면 좋겠다는 뜻을 제2구에서 담았고 늦게까지 바람 타고 흐르는 이별의 피리 소리를 통해 선뜻 이별에 응하지 못하는 정을 행간에 실어놓았다. 친구는 湖南 일대인 瀟湘江을 향하고 시인은 長安이 있는 秦 땅을 향하는 상황을 언급함으로써 이별의 서정을 객관화하려한 것이 보인다.

　諧音 현상으로 인해 버드나무는 헤어짐을 대변하는 식물로 인식되어왔다. 그러나 버드나무를 들어 이별의 순간을 묘사한 시의 행간을 보면 헤어져 떠나가는 이가 버드나무처럼 강인한 생명력을 갖고 무사히 여정을 마치기를 소원하는 뜻도 함께 담았음을 발견할 수 있다. 이별 장면에 등장하는 버드나무는 '逗留', '挽留'의 뜻과 함께 '順路'를 소망하는 이의 응축된 정서를 대변하는 상징물이었던 것이다.

3) 정처 없는 처량한 신세

　버드나무는 수많은 가지와 푸릇푸릇한 잎으로 봄의 절정을 알리는 나무이다. 그 풍성함은 인생의 화려한 순간을 연상하게도 하지만 바람을 맞아 연약하게 하늘거리는 줄기는 마치 흔들리는 인생의 한 면모 같기도 하다. 5월경 열매가 익으면 솜털 같은 버드나무 씨앗이 이리저리로 날리는데, 이처럼 이곳저곳 가볍게 날아다니는 버들솜은 정처 없이 떠도는 신세나 정 붙일 곳 없는 마음을 표현하

기에 좋은 소재가 된다.[36] 역대 시문을 보면 정처 없이 떠도는 처량함이나 화려한 옛날을 추억하는 마음을 담은 장면에서도 버드나무가 자주 등장했던 것을 살필 수 있다.

永貞革新運動의 실패로 柳州刺史로 폄적당한 柳宗元이 그곳에서 버드나무를 심으며 자신의 소회를 밝힌 작품을 보자.

種柳戲題　버들을 심으며 장난삼아 짓다
柳州柳刺史　유주에 사는 유자사는
種柳柳江邊　유강 가에 버들을 심는다
談笑爲故事　이 일은 지금은 담소거리가 되겠지만
推移成昔年　시간이 흐르면 옛 일이 되겠지
垂陰當覆地　늘어진 줄기는 그늘을 이루어 땅을 덮고
聳幹會參天　솟아난 줄기는 하늘을 수놓게 되리
好作思人樹　누군가를 생각하게 하는 나무가 되기에 좋으나
慚無惠化傳　선정을 펼침이 없을까 부끄러울 뿐이라

수연에서 각종 명칭을 활용하여 인물과 사건, 지점 등을 세미하게 밝히고자 하였다. 柳州刺史인 柳宗元 자신의 이름과 西江의 지류로 柳州를 지나가는 柳江 등을 명칭을 차례로 언급한 것인데 수연의 총 10자 중 4회에 걸쳐 '柳'자를 활용하여 발음상의 순통함을 도모한 수법이 이채롭다. 시제에 '戲'자를 넣어 엄숙한 주제를 부드럽게 하면서 동시에 참신한 기법을 연출한 예라 할 수 있다. 함연에서 자신의 버드나무 심는 행위가 사소한 것 같아도 시간이 지나면서 의미를 갖게 되리라는 확신을 담았는데 이는 일찍이 그가 참여했던 永貞革新運動이 시간의 흐름에 따라 새로운 평가를 받게 되리라는 의지를 투영한 것으로도 이해할 수 있다. 경련에서 버들이 자라 땅에 그늘을 드리우고 하늘을 수놓게 되리라는

36　전설에 의하면 隋 煬帝가 버드나무에 '楊'씨 성을 하사한 후 '버들솜(柳絮)'은 '楊花'로 불리어졌다 한다. 『全唐詩』에서는 총 208수의 시가를 통해 '柳絮', '楊花', '柳花'를 활용한 바 있다. 그중 17수가 '楊花'와 '柳絮'를 직접적으로 노래했고, '楊花' 이미지를 활용한 시가 101수, '柳絮'를 이미지로 활용한 시가 59수, '柳花'를 의상으로 활용한 시가 50수에 달한다. 버들솜을 제제로 활용한 시인은 약 백 명 정도에 달한다.(戴永新, 「唐詩中楊花意象之流變」, 『北方論叢』 2009. 제6기 참조)

희망을 부여한 것은 나무를 심는 자신의 치적이 후대에 백성과 나라를 이롭게 하리라는 확신을 동반한 언급이다. 미연에서 선정을 펼치지 못할까를 걱정하는 겸손함을 보였지만 한편으로 '思人樹'라는 고사[37]를 언급하며 자신의 정치행위가 반드시 후대에 보법이 되리라는 의지도 이입하였다. 가볍고 희화적인 표현을 구사했지만 내면에 담긴 의지와 의미는 심오한 작품이라 하겠다.

唐代 魚玄機는 버드나무가 주는 영화로운 이미지와 자신의 처량한 신세를 대비하는 묘사를 가한 바 있다.

賦得江邊柳　강가의 버드나무를 노래하다

翠色連荒岸　버드나무 비췻빛 색깔 황량한 언덕에 연이어 있고
烟姿入遠樓　아름다운 버들잎 자태는 멀리 있는 누각까지 어어졌네
影鋪秋水面　버들 그림자는 가을 호수 면에 깔리고
花落釣人頭　꽃은 낚시하는 이 머리 위로 떨어지네
根老藏魚窟　나무뿌리는 오래되어 노니는 물고기 굴이 되었는데
枝低繫客舟　가지는 늘어져 객의 배에 까지 이어졌구나
蕭蕭風雨夜　쏴아 쏴아 비바람 부는 밤
驚夢復添愁　꿈에서 깨어 다시금 수심에 젖나니

시가의 전반부에서는 강가의 버드나무가 연출하는 아름답고 몽롱한 모습을 한 폭의 그림처럼 묘사하였다. 버드나무가 늘어선 언덕 정경을 눈 닿는 곳까지 펼치며 시야를 확대하였고 호수 위로 흩날리는 버들 그림자와 꽃을 통해 한아한 정경을 연출하고자 하였다. 후반부에서는 오래된 버드나무 뿌리가 물고기 굴이 되어버린 상황을 언급하면서 불행했던 자신의 처지를 비유하였고 늘어진 가지가 객주와 연결되어 있음을 들어 서러운 감정을 끊지 못하는 심리를 대변하였다. 비바람 부는 밤에 꿈에서 깨어난 시인은 다시금 수심에 젖게 된다. 가을을

---

37 '思人樹' 고사는 『詩經』「甘棠」편의 "무성한 감당나무, 자르지도 말고 베지도 말지니, 김공이 이 나무 밑에 머문 적이 있음이라. 무성한 감당나무, 자르지도 말고 쓰러뜨리지도 말지니, 김공이 이 나무 밑에 쉰 적이 있음이라. 무성한 감당나무, 자르지도 말고 훼손하지도 말지니, 김공이 이 나무 밑에서 말씀하신 바가 있음이라.(蔽芾甘棠, 勿翦勿伐, 召伯所茇. 蔽芾甘棠, 勿翦勿敗, 召伯所憩. 蔽芾甘棠, 勿翦勿拜, 召伯所說)" 기록에서 나온 것이다. 김공이 남방을 순행할 때 甘棠 나무 아래에서 쉰 바가 있었는데 후세인들이 이를 기념하여 그 감당나무를 더욱 아끼게 되었다는 내용을 담고 있다.

맞은 버들이 노쇠한 것을 슬퍼하는 것일 수도 있고 자신의 신세가 쇠락하게 된 것에 대한 한탄일 수도 있다. 미모와 문재를 겸비한 처녀로 열여섯 어린나이에 李億의 첩이 되었지만 그의 처로부터 배척당해 女道士가 되었던 신세를 슬퍼하는 마음을 담은 구절로 이해가 가능하다. '柳色', '柳姿', '柳影', '柳絮', '柳根', '柳枝' 등을 차례로 등장시키면서 버드나무의 모습을 자세하게 그려냈고 그 속에 서정을 담아 情과 景이 교차하는 경지를 창출하고자 하였다. '시어와 구절을 다듬는 수법(煉字煉句)'이 실로 뛰어난 경지에 있음을 알 수 있다.

唐代 薛濤가 버들솜을 들어 자신의 신세를 토로한 작품을 살펴보자.

柳絮　버들솜

二月楊花輕復微　이월에 흩날리는 버들꽃 가볍고도 세미한데
春風搖蕩惹人衣　봄바람은 살랑대며 사람의 옷자락을 끌어당기네
他家本是無情物　버들솜은 본래 정이 없는 것이지만
一任南飛又北飛　자기 마음껏 남쪽이든 북쪽이든 날아간다네

버들솜은 가볍고 세미하여 봄바람에 자신을 맡길 수밖에 없는 신세이다. 제1구에서 이러한 버들솜의 자태를 형용하다가 제2구에서 사람을 등장시켰는데 이는 버들솜과 자신의 처지와의 연계 고리를 찾아낸 느낌을 제공한다. 어렸을 때 고향을 떠나 蜀에 들어가서 16세부터 세상의 풍진을 맛보게 되고 재주가 있었으나 자신의 위치를 갖지 못한 채 관리나 한객들에게 몸을 의탁하는 신세가 된 薛濤 자신의 삶을 은유한 내용으로 볼 수 있다. 가볍고 무정한 버들솜이 어디든 마음대로 날아간다는 내용은 버들솜의 자유로운 처신에 빗대어 마음 붙일 곳 없이 살아가는 자신의 처지를 한탄한 내용으로 보는 것이 시상에 부합할 것으로 여겨진다.

정치적으로 불운한 경력을 지녔던 李商隱도 버드나무를 통해 자신의 처연한 심정을 술회한 바 있다.

柳　버드나무

曾逐東風拂舞筵　일찍이 봄바람 따라 연석에서 춤추듯 흔들렸고

樂游春苑斷腸天　樂游原 봄 정원에서 마음껏 정신을 쏟았네
如何肯到淸秋日　어찌 할꼬 맑은 가을날이 되고 보니
已帶斜陽又帶蟬　석양은 이미 기울고 가을 매미가 우는 모습을

　이 시는 대략 大中 5년(851)경에 쓴 것으로 추측된다. 봄날 잔치자리에서 흩날리던 버드나무처럼 일찍이 樂游原의 봄과 연회를 만끽하던 시인이었는데 어느덧 가을이 되어보니 눈앞의 석양은 기울고 있고 그 속에 가을매미의 처량한 소리가 들려오는 상황을 맞고 있다. 晩唐 牛李黨爭의 와중에서 실의한 자신의 처지를 은유한 작품으로 봄날 흩날리는 버드나무와 가을 석양에 외롭게 서 있는 버드나무의 모습을 교차시키면서 자신이 처한 서글픈 신세를 생동감 있게 묘사하고 있다. '봄바람을 따라가다(逐)', '정신을 쏟다(斷腸)' 등의 표현을 통해 버드나무를 의인화하였고, '東風'과 '秋日'을 나열하여 세월의 흐름을 효율적으로 대비하였으며, 석양 속에 가을 매미가 우는 모습을 묘사하면서 '又'를 통해 서정의 깊이를 더하고자 하였다. 시어 이외에 느껴지는 시의 맛이 무궁하다는 인상을 얻게 되는 것이다.
　宋代 朱淑眞이 버들나무를 통해 자신의 어지러운 심사를 드러낸 작품을 살펴본다.

柳　버드나무

萬縷千絲織暖風　버들은 따뜻한 바람에 천 갈래 만 갈래 날리고
絆烟留霧市橋東　마을 동쪽의 다리는 연기와 운무에 얽혀 있네
砌成幽恨斜陽里　저녁햇살 비추는 섬돌에는 한 서려 있고
供斷閑愁細雨中　가는 비 내리는 중에 부질없는 근심 끊어지길 바랄 뿐

　'천 갈래 만 갈래(萬縷千絲)'는 수없는 아픔과 미련으로 인해 갈피를 잡지 못하는 자신의 마음을, '연기와 운무에 얽혀 있다(絆烟留霧)'는 세사에 얽매어 있으되 해결의 희망을 볼 수 없는 자신의 처지를 은유한 내용이다. 제3, 4구의 '幽恨'과 '閑愁'은 그러한 마음을 응결하여 나타내고 있어 이 시의 중심어 역할을 한다고 볼 수 있다. 자연 정경을 그리면서도 情의 묘사가 간절하여 읽는 이로 하여금

절절한 감정을 느끼게 한다.

金代 高士談은 관직에 들지 못한 자신의 서글픈 신세를 버들솜을 통해 은유한 바 있다.

楊花　버들솜

來時官柳萬絲黃	관로 오는 길에 만 갈래 노란 버드나무 순을 보았더니
去日飛球滿路旁	가는 길옆으로 온통 버들솜 날리누나
我比楊花更飄蕩	나는 이 버들솜보다도 더욱 표류하고 있네
楊花只是一春忙	버들솜은 단지 봄 한 철만 바쁠 뿐인데

'올 때(來時)'와 '갈 때(去日)'이라는 표현을 통해 시간의 빠른 흐름과 수목의 변화를 동시에 표현하고자 하였다. 시제와 제3구에 등장하는 '楊花'와 수구의 '柳'를 통해 버들을 지칭하는 용어로 '楊'과 '柳'를 혼용했음을 살필 수 있다. 짧은 시에서 '楊'과 '柳'를 번갈아 쓴 것은 마치 시인의 마음이 일정한 곳에 머무르지 못함을 호소한 것과도 같다는 느낌을 준다.

버드나무가 '버들솜(柳絮)'을 곳곳에 날리는 이유는 종자를 퍼트리기 위한 생존의 본능에서 기인한 것이었다. 새롭게 정착하여 새 생명을 창조하려 한 것이 나무의 의도였건만 사람들은 눈앞에서 흩날리는 현상을 통해 정처 없이 떠도는 신세를 생각해 냈다. 하얀 환영을 연출해내는 버들솜의 자태에서 봄날의 낭만보다 부유하는 신세를 우선적으로 생각해낸 것은 버드나무가 지닌 서글픈 이별의 정서와도 연관이 있을 것이다. 버드나무는 봄날의 기쁨을 느끼게 하면서도 헤어짐과 유랑하는 신세를 생각하게 하는 비애의 감정을 지닌 나무인 것이다.

'버드나무' 하면 유약한 이미지를 떠올리게 되지만 본래는 강인한 생명력을 지닌 나무이다. 나무를 베어버리면 도끼자국이 마르기도 전에 다시 싹이 나며 가지를 잘라 땅에 꽂으면 재빨리 뿌리를 내리는 습성을 지녔다. 버드나무는 풍성하게 흩날리는 모습과 하늘거리는 자태로 인해 봄의 서정과 낭만을 한껏 드러내는 존재로 자주 묘사되었다. '柳(留)'라는 해음현상과 연관하여 이별의 순간에 '折柳'하는 풍습이 있었기에 서글픈 송별의 감정을 전달하는 나무라는 인식도 강하게 각인되어왔다. 하얀 솜처럼 하늘거리며 날아다니는 버들솜은 정처 없이 떠도는 신세를 투영하기에 적합한 형상을 하고 있어 부유하는 시인의 서글픈 속내를 묘사할 때 이처럼 적절한 소재도 없었을 것이다. 여느 꽃이 凋落의 슬픔을 연출하는 것에 비해 버드나무는 정처 없이 날리는 柳絮의 흩날림을 통해 아련한 비애감을 연출해내는 특성을 지니고 있는 것이다.

8. 봄날의 요녀 복사꽃(桃花)

복숭아나무는 장미과 벚나무속에 속하는 식물이다. 복숭아나무의 꽃은 '桃花'라고 하며 열매는 '복숭아(Prunus persica)'라 한다. 우리말에서는 이 나무와 꽃에 대해 흔히 '복사나무'와 '복사꽃'으로 불려왔다. 초봄에 잎보다 먼저 피는 꽃은 붉은색 계열로 연분홍빛에 가까운데 주로 묵은 가지에서 피어난다. 열매는 7~8월에 익는데 열매인 '복숭아'는 모양이 둥글고 빛깔이 다양한 식용 과일로서 사과나무, 귤나무, 매실나무, 포도나무처럼 열매를 통한 효용성이 컸기에 예로부터 민가나 밭에 많이 심어져왔다.

'복숭아'는 전통적으로 '복숭아나무(桃樹)', '복사꽃(桃花)', '복숭아(桃實)' 등 세 부분을 통해 이미지와 상징성이 발전되어왔다. 역대 문헌을 보면 桃花는 『詩經』에서 행복한 앞날, 성숙한 처녀의 결혼 등의 의미로 사용되었고, 李白 시에 등장한 '桃花流水'의 한가로움이나 陶淵明「桃花源記」의 '別有天地'의 이상향 등으로 묘사가 되기도 하였으며, 아름다운 여인이나 농염한 자태 등 미색을 형용하는 이미지로 활용되기도 하였다. 桂樹는 뛰어난 香을 자랑하고, 梅花는 추위를 뚫고 일찍 피어나 기개를 발휘하며, 살구꽃은 늦게 피어나와 붉은색을 수놓는 등 여러 꽃들이 각자의 장점을 지닌 것처럼 桃花는 아름다운 자태를 통해 화사한 봄을 수놓으며 풍성한 미감을 선사하는 꽃으로 인식되어왔다. 한편, 복숭아나무 열매인 복숭아는 여인의 자태나 사랑의 정표,[38] 영생불사의 영약이나 신

---

[38] 『詩經』「衛風」「木瓜」에 보면 복숭아가 사랑의 정표의 이미지로 활용된 것이 보인다. "나에게 복숭아를 던져주기에, 나는 아름다운 구슬로 갚았지요. 보답을 하려는 게 아니라, 오래 좋게 지내고 싶어서입니다.(投我以木桃, 報之以瓊瑤. 匪報也, 永以爲好也)" 구절은 이를 나타내는 것이고 이를 통해 당시 여인들이 마음에 드는 남자에게 잘 익은 모

선의 과일 등[39]으로 묘사된 것이 보인다. 복숭아나무는 고래로 사악한 기운이나 귀신을 쫓는 辟邪의 도구로 사용되었으며 질병 제거에 효험이 있다는 믿음이나 西王母의 仙桃와 같은 불로장생의 상징으로도 묘사되었다. 이렇게 나무와 열매가 여러 의미를 갖고 묘사된다는 점은 복숭아나무가 다양한 의상을 지녔음을 설명해주는 부분이다.

봄의 전령으로 화사함을 발하는 桃花는 생명력이 왕성하며 꽃빛이 붉고 화려하여 사람들의 마음을 들뜨게 만드는 매력이 있다. 현실에서의 桃花는 마을이나 개울가에 노을처럼 피어서 바람에 일렁이며 시심을 자극하는데 이상향에서의 桃花는 미인이나 선녀와 함께 환상적인 향기와 자태를 드러내며 아련한 비경을 연상시킨다. 桃花는 시가에서 고향의 푸근함과 반가운 봄의 전령, 미인의 불그레한 미소와 농염한 자태, 유토피아와 무릉도원의 비경을 수놓는 화사한 환영 등의 이미지를 표현하는 데 있어 최적의 미감을 지닌 꽃이다. 중국 역대시가에서는 桃花의 화사한 자태의 찬미, 桃花를 통한 隱逸과 仙道思想 지향의 의식 서사, 화려하게 피었다가 쇠락하는 모양을 주목하여 '傷春意識'과 '身世之感'의 내용의 작품들이 다수 창작된 바 있다.

1) 화사한 자태를 통한 미감 표출

봄꽃들은 저마다 화사한 자태로 미감을 발휘하지만 여러 봄꽃들 가운데에서도 복사꽃은 단연 눈에 띈다. 진달래나 개나리 등이 키가 낮은 것에 비해 복숭아

과나 복숭아 등의 열매를 던져줌으로써 수줍게 마음을 표현하고 이에 동의한 남자들이 보석을 선물로 주고 사랑을 받아들였음을 알 수 있다. 중국 고대 풍습에 여자가 사모하는 남자에게 과일을 던지면 남자는 허리에 띠고 있던 구슬을 보내어 약혼을 했다고 한다. 이렇게 중국에서 복숭아는 고대에는 사랑의 의미를 표현하는 귀중한 과일이었는데 漢代 이후에는 귀신을 쫓거나 장수를 기원하는 의미로도 쓰였고 宋代 이후에는 창녀에 비견되기도 하였다.

39 『西遊記』에서는 孫悟空이 하늘나라에 올라가서 天桃를 따 먹고 힘과 영생을 얻었다 하고, 삼천 년을 살았다던 東方朔도 天桃를 세 개 먹고 그렇게 긴 수명을 얻었다고 하며, 西王母가 삼천 년마다 꽃을 피우며 한 개 먹으면 얼굴이 소녀와 같고 장생불사하는 天桃를 가꾸었다는 등의 이야기는 신령한 기운과 연관된 상상력을 자극한다.

나무는 교목의 자태를 자랑하며, 꽃의 색깔도 목련이나 벚꽃의 하얀색과 비교되는 붉은색으로 흐드러져 있어 사람의 마음에 春興을 불러일으키기에 충분하다. 복사꽃이 지닌 일차적인 미감은 그 화사한 모습이 발산하는 흥취에 있다. 고대 시가에서 桃花의 화사한 자태를 주목한 기록은 『詩經』「周南」에 처음 보인다.

桃夭   복사꽃

桃之夭夭   복숭아꽃의 화려함이여
灼灼其華   그 화려함이 밝고 밝도다
之子于歸   그대는 이제 시집을 가면
宜其室家   그 집에 어울리는 사람이 되겠지

'桃夭'는 "桃之夭夭"에서 나온 말로 복사꽃이 아름답게 핀 모습을 형용한 말인데 이 말은 화사한 봄꽃처럼 아름다운 성년을 맞이한 처녀를 이르는 뜻으로 이미지가 확대되고 있다. 또한 시집가기에 좋은 꽃다운 모습, 무르익은 아름다움, 인생의 화려한 출발 등을 의미하는 말로도 쓰이니 桃花는 시집가는 딸에게 덕담을 하기에 좋은 소재라는 의미를 갖고 있다.

唐代를 거치면서 桃花는 이미지가 한층 강화되게 된다. 시인들이 꽃을 묘사하면서 비유, 의인, 과장법 등 각종 수사기교를 발휘해나간 것과 맥을 같이하여 桃花는 '아름다움'의 의미를 반영한 '美景'이나 '美人'의 상징성을 점차 강화해나가게 되었다. 吳融의 「桃花」 같은 작품을 보면 복사꽃의 화사함을 들어 봄의 풍성한 미경을 표현함으로써 前代보다 확대된 미감을 표현한 것이 발견된다.

桃花   복사꽃

滿樹和嬌爛漫紅   온 나무 가득 화사한 붉은빛 흐드러지고
萬枝丹彩灼春融   가지마다 타는 듯 붉은색 봄의 융성함을 드러내네
何當結作千年實   이제 천 년의 결실을 맺으면서
將示人間造化工   이 대자연의 신비로운 조화를 드러내겠지

전반부에서는 봄의 융성함을 드러내는 붉은색 복사꽃의 자태를 칭찬하고 있는데 '爛', '灼' 등으로 불타는 정열처럼 화려하게 흐드러진 모습을 묘사하고 있

다. 후반부에서는 천 년의 결실을 맺어 사람들에게 복과 신령한 인상을 제공하는 복숭아의 생성을 기대하고 있어 자연의 아름다움과 신비로움에 대한 감탄을 과장적인 수법으로 표현한 것이 발견된다.

　杜甫도 강변을 거닐며 지은 다음 작품에서 아름다운 봄의 전령으로 복사꽃을 주목한 바 있다.

> **江畔獨步尋花七絶句　第五首**
> 강가를 홀로 거닐며 꽃을 노래한 절구 일곱 수 제5수
> 黃師塔前江水東　황사탑 앞 강 동쪽으로 흐르고
> 春光懶困倚微風　비치는 봄 햇살과 미풍에 나른해진다
> 桃花一簇開無主　복사꽃 풍성히 피었는데 주인은 없고
> 可愛深紅愛淺紅　짙고 옅은 빨간색 꽃 모두 다 사랑스러워

　杜甫가 成都 草堂에 정착한 이듬해인 上元 2年(761) 봄, 꽃구경을 함께 하려한 친구를 만나지 못한 채 홀로 강변을 거닐며 지은 시로써 경치 하나에 시 한수씩 지은 일곱 수 중 다섯 번째 작품이다. 부도탑인 '黃師塔' 앞에 강물이 흐르고 햇살이 나른하게 비추는 한가로운 봄날이 펼쳐져 있다. 이 정경을 더욱 아름답게 하는 것은 강변에 핀 복사꽃의 자태이다. 모두에게 펼쳐진 자연의 선물이기에 더욱 감사한 마음이 들고, 그러한 마음을 갖고 보니 색깔의 짙은 정도에 상관없이 모두가 사랑스러워 보인다.

　봄의 자태를 형용하는 桃花는 미인의 얼굴을 형용하는 데 있어서도 중요한 소재로 활용된 바 있다. 복숭아나무에 달린 꽃이나 복숭아 모두 그 모습이 여성을 연상시키기에 알맞으니 이른바 '人面桃花'의 고사는 여인의 자태를 형용하는 대표적인 단어가 된다. 이 '人面桃花' 고사는 唐代 孟棨의 『本事詩』「情感」편에 실린 崔護의 다음 작품에서 연유한다.

> **題都城南莊**　도성의 남쪽 장원을 노래하다
> 去年今日此門中　작년 오늘 이 문 안에는
> 人面桃花相映紅　사람의 얼굴과 복사꽃이 서로 붉게 비추었었네
> 人面不知何處去　사람의 얼굴은 어디로 가고 없는데

桃花依舊笑春風　복사꽃만 여전히 봄바람 속에 웃고 있구나

앞 두 구는 한 해 전 崔護가 淸明日에 都城 남쪽에 홀로 놀러 갔다가 만난 처녀의 모습을 회상하는 장면이다. 아리따운 자태를 복사꽃에 비유하면서 '紅顔'의 기억을 떠올리고 있다. 이어진 후반 두 구는 눈앞의 정경을 묘사한 부분인데 지금은 안 보이는 님에 대한 강렬한 그리움과 애상이 교차한다. '人面'과 '桃花'가 두 차례씩 등장하여 복사꽃과 미인의 자태가 더욱 강렬하게 오버랩되고 있다. 홍조 띤 수줍은 얼굴을 반만 보이고 웃는 여인의 자태는 아름다움의 극치를 보여주는 미인의 형상인데 이러한 화려함을 형용함에 있어 '桃花'가 지닌 이미지는 실로 지대하다. "복사꽃 같은 미인"이라는 표현은 다른 봄꽃인 "배꽃, 살구꽃, 개나리, 두견화 등과 같은 미인"이라는 표현보다 강렬하고 사실적인 느낌을 준다.

唐代뿐 아니라 宋代 이후로도 桃花는 수려한 미를 표현하는 데 있어 일차적으로 고려된 화목 제재였다. 歐陽脩는 「舞春風」에서 "혜초와 난초는 가지가 푸르러 더욱 한스럽고, 복숭아와 살구꽃은 말없이 꽃이 절로 붉다.(蕙蘭有恨枝尤綠, 桃李無言花自紅)"라고 하여 미색을 찬양하기도 했고, 蘇軾도 「桃花」에서 "꽃은 잎사귀를 기다리지 않고 앞다투어 피어, 화려하고 빈틈없이 가지에 달려 있네.(爭開不待葉, 密綴欲無條)"라고 하여 경쟁적으로 피어나는 복사꽃의 아름다움을 묘사하기도 하였다. 또한 蘇軾은 이별함에 있어서도 "봄 강물은 물오리처럼 짙고 선명한 녹색이요, 수면에 비친 복사꽃은 봄 경치를 희롱하네.(鴨頭春水濃如染, 水面桃花弄春臉)"라고 하여 봄의 미경을 수놓는 복사꽃의 화려함을 통해 헤어짐의 정한을 희석시키기도 하였다. 宋代의 文人들은 봄꽃에 대해 桃花보다는 梅花를 주목한 감이 있으나 桃花가 주는 미감을 홀시하지는 못하였다. 梅花에 반해 『范村梅譜』를 편찬한 바 있는 范成大 역시 「上秋日田園雜興十二絶」에서 "매화 공자를 찾아 사립문을 더듬어보았으나, 남북으로 가지를 살펴보아도 아직 봄이 깃들지 않았네. 문득 작은 복사꽃을 대하니 마치 비단처럼 고와, 나 자신이 무릉인이 된 듯하도다.(探梅公子款柴門, 枝北枝南總未春! 忽見小桃紅似錦, 却疑儂似武陵人)"라고 桃花를 칭송을 한 것은 理智的인 인식이 강했던 宋代에도 변함없이

위력을 발휘한 桃花의 매력을 살필 수 있는 면모이다. 宋代 이후로도 桃花는 아름다움의 화신으로 주목을 받아 각종 시가나 淸代 孔尙任의 『桃花扇』 같은 희곡, 소설 등에서 중요한 상징성을 지닌 제재 역할을 해오게 되었다.

복사꽃은 자태가 유난히 화사했기에 唐宋代를 거치면서 歌妓나 娼女들의 모습이나 生活을 묘사하는 부분에도 등장한다. 宋代 靑樓의 女子들이 흔히 桃花 장식 부채를 들고 있던 풍습은 중국문학에 있어 桃花의 意象을 '艶情'의 상징으로 인식하게 만드는 계기가 되었다. 宋代의 柳永이 그가 사랑했던 歌妓 秀香에게 쓴 詞 작품 「晝夜樂·贈妓」에서 "秀香은 복사꽃 핀 길가에 사는데, 신선의 모습이 이와 어울리는 듯(秀香住桃花徑, 算神仙, 才堪幷)"이라고 한 것을 비롯하여 많은 詞 작품 속에서 桃花가 妓女나 女色을 상징하는 표현으로 등장한 바 있다. 또한 桃花는 종종 오얏꽃과 함께 '桃李'로 병칭되기도 하였고[40] 찰나의 화사한 자태로 인해 때로는 경박한 꽃, 속된 기질을 지닌 꽃 등의 폄하된 평가도 받기도 하였다. 四君子인 梅蘭菊竹이 정결한 품격으로 인해 문인들의 애호를 받는 남성적인 꽃이었던 것에 비해 복사꽃은 화사한 자태와 수려한 외모로 인해 여성적인 미감 표현에 더욱 적합한 꽃으로 인식되었는데 이러한 점은 桃花가 상대적으로 경시되는 하나의 원인으로도 작용하였다. 그러나 이러한 다양한 인식 역시 桃花가 지닌 상징성과 매력의 범위가 지대하였음을 반증하는 것이라 하겠다.

---

40 桃花는 '桃李'라는 복합어로도 상당히 많이 등장하며 이 말은 모종의 상징성을 갖는다. 각종 문헌에서 '桃李'라는 표현을 가한 것은 복숭아꽃과 오얏(자두)꽃이 모두 봄에 개화하며 복숭아와 살구가 형태상 비슷한 면이 있기 때문으로 보인다. 오얏(李)나무 열매인 자두가 복숭아와 비슷하면서 조금 작고 신맛이 있는 것에 주목하여 자두의 이칭을 '오얏(李)'뿐 아니라 '자도(紫桃)'라고도 한 것을 보면 형질 면에서 복숭아와 자두를 비슷한 것으로 본 것이라는 추측을 갖게 한다. 역대 문헌에서는 '桃李'라는 표현으로 복숭아와 자두, 또는 그 꽃이나 열매를 공통의 형질을 지닌 것으로 보고 자주 병칭했으니 두 꽃을 모두 화사한 봄 경치를 나타내는 대표적인 꽃으로 본 것이다. 또한 '桃李'는 남이 천거한 좋은 인재를 비유하기도 하였으며, 성어 "桃李不言下自成蹊"는 복숭아와 오얏이 꽃이 곱고 열매가 맛이 좋아 오라고 하지 않아도 찾아오는 사람이 많고 그 나무 밑에는 길이 저절로 생기는 속성을 주목한 표현이다. 이 성어처럼 덕이 있는 사람은 스스로 말하지 않아도 사람들이 따름을 비유할 때 '桃李'를 활용하기도 하였다.

2) 隱逸과 仙道思想의 상징물

중국 역대 시가에서 복사꽃은 흔히 한가로운 경지나 은일의 서정 혹은 별천지나 이상향을 지칭하는 상징물로 묘사되었다. 특히 唐代에 들어와서 이러한 의경이 심화되었는데 이는 복사꽃의 환상적인 자태에다 민간의 설화와 道家의 仙道思想을 결합한 결과라고 볼 수 있다. 복사꽃이 詩文에서 '別有天地'의 이미지를 갖게 된 것에는 陶淵明의 「桃花源記」[41]와 『太平廣記』「述異記」의 기록 등이 선도적인 역할을 하였고 시가 중에서 한가로운 경지를 지칭하는 '桃花流水'의 이미지를 갖게 된 것은 李白의 「山中問答」一首[42]의 표현이 기원을 이룬다.

張旭의 시 「桃花溪」는 桃花溪(湖南省 桃源縣 西南에 위치)를 陶淵明의 「桃花源記」에 나오는 桃花洞과 연결하여 지은 작으로 盛唐 李白의 飄逸함을 계도하는 한아한 느낌을 담은 작이다.

桃花溪　도화계

隱隱飛橋隔野煙　들녘 안개 너머로 은은히 걸쳐 있는 다리 보이는데
石磯西畔問漁船　서쪽 물가 바위에서 어부에게 물어본다
桃花盡日隨流去　복사꽃이 하루 종일 물 따라 흘러가니
洞在淸溪何處邊　도화동은 이 맑은 물 어디쯤에 있는가 하고

'隱隱'은 桃花溪의 풍경을 묘사한 것인데 건너편 들녘에 깔린 안개로 인해 황홀한 仙景의 느낌을 창출한다. 물을 따라 종일토록 흘러가는 복사꽃과 눈앞에 보이는 자연은 더없이 맑고 빼어나다. 결구에서는 아름다운 정경에 도취된 작자

41　陶淵明의 「桃花源記」에서는 桃花에 대해 "복사꽃 숲이 언덕을 끼고 수백 보나 이어져 있는데 중간에 다른 나무는 하나도 없고 향기로운 풀이 그득하며 꽃잎이 분분하게 날렸다.(桃花林, 夾岸數百步, 中無雜樹, 芳草鮮美, 落英繽粉)"라고 하여 桃源을 아름다운 곳으로 묘사하였는바 이러한 의경은 중국인의 마음에 '桃花源'을 환상적인 자태를 지닌 이상국가라는 인식을 갖게 만든 요인이 된다.

42　李白 「山中問答」: "나에게 왜 푸른 산에서 사느냐 물으나, 빙그레 웃을 뿐 마음 절로 한가롭다. 복사꽃 강물에 아스라이 흘러가니, 별천지요 인간세상이 아니로다.(問余何事 棲碧山, 笑而不答心自閑. 桃花流水杳然去, 別有天地非人間)"

의 아득한 감정을 그렸는데 이러한 정취가 어디서 오는지에 대한 궁금함과 감탄을 표하고 있다. 전4구가 마치 한 편의「桃花源記」의 흥취를 요약해놓은 듯한 감흥을 제공하며 李白「山中問答」중의 '桃花流水杳然去'를 선도하는 듯한 청신한 의경을 발하고 있음을 살필 수 있겠다.

다음 王維의 작품에서의 복사꽃은 한아한 전원에서의 흥취를 더하는 자연물 역할을 하고 있다.

田園樂 第六首 전원에서의 즐거움 제6수

桃紅復含宿雨 복사꽃 밤비 머금어 더욱 붉고
柳綠更帶朝煙 버들은 푸르러 다시금 봄 연기를 띠고 있네
花落家童未掃 꽃잎 떨어지나 가동은 쓸지 않고
鶯啼山客猶眠 꾀꼬리 우짖는데 산객은 아직도 잠자고 있구나.

「田園樂」전 7수 중 제6수인데 통상적으로 활용되는 5, 7언이 아닌 6언을 통해 묘사를 가한 것이 특색이다. 자유롭고 여유 있는 필치를 펼치고자 한 작자의 의도를 느낄 수 있다. 자세히 살펴보면 전후 두 구가 각각 대를 이루고 있어 여유로움을 묘사하는 중에 유려한 필치를 활용한 것도 발견된다. 복숭아꽃과 버들 잎이 보여주는 紅綠의 조화가 자연의 색감을 부각시키고 있고 '未掃'와 '猶眠'이 아름다운 자연 속의 서정을 만끽하는 은자의 여유를 잘 담고 있는 것이다.

唐代 唐彦謙의 다음 시는 나그네 된 작자가 남방에서 자라는 '緋桃'를 보고 탈속과 망아의 경지에 이르는 모습을 표현한 작품이다.

緋桃 붉은 복사꽃

短墻荒圃四無隣 작은 담장은 황폐하고 사방에는 이웃도 없는데
烈火緋桃照地春 불 같이 화사하게 핀 緋桃는 봄 땅을 비추고 있네
坐久好風休掩袂 따스한 바람에 오랫동안 앉아 햇볕 가리고 쉬고 있노라니
夜來微雨已沾巾 어느덧 저녁이 되어 가는 비에 옷이 젖는다
敢同俗態期靑眼 속된 모습 보이기보다는 돋보이고 싶어
似有微詞動絳脣 마치 할 말이 있는 듯 붉은 입술을 움직인다
盡日更無鄕井念 하루 종일 보노라니 고향우물에 대한 생각도 사라졌으니
此時何必見秦人 이 순간을 어찌 세인들의 눈에 발견되게 하리오

詩題의 '緋桃'는 개화 시기는 늦지만 유난히 붉고 눈부신 아름다움을 자랑하는 복사꽃이다. 수연에서는 농염한 緋桃가 사방이 황량한 곳에서 고적하게 자라나는 것을 그림으로써 주변과 다른 모습을 지닌 복사꽃을 강렬하게 형상화하였고 함연에서는 이 개성적인 모습을 오랫동안 앉아서 바라보는 작자의 기쁨을 그렸다. 밤이 되어 내리는 가는 비에 緋桃가 지려는 모습까지 통찰한 부분이 세밀하니 하루 종일 관찰을 계속한 작자의 정겨운 시선이 느껴진다. 경연에서는 '靑眼(다른 이의 존중을 받음)'을 통해 緋桃가 속되지 않는 기운으로 존중을 받고 있음을 칭찬하였고 결미에서는 자신이 소유한 은일의 정도 펼치고 있다.

謝枋得의 다음 시는 陶淵明 「桃花源記」 중 난리를 피하여 桃源鄕을 이룬 부분에서 의미를 추출하여 避世 의식과 항거 의지를 밝히고 있는 작품이다. 복사꽃이 지닌 이상향의 이미지를 확대한 듯한 느낌을 준다.

慶全庵桃花　경전암의 복사꽃

尋得桃源好避秦　도원을 이룸은 秦나라를 피하기 위함인 것
桃紅又是一年春　복사꽃 붉으니 또 한 해 봄이 왔구나
花飛莫遣隨流水　흩날리는 꽃잎 흐르는 물에 보내지 마라
怕有漁郞來問津　한 어부가 도화원이 어딘가 물을까 걱정이라

이 시는 謝枋得이 宋 멸망 후 元에 항거하다 붙잡혀 도성으로 압송되던 시기에 지은 작품이다. 일반적으로 桃花가 신선들이 사는 武陵桃源을 지칭하는 이미지로 활용되었던 것에 비해 이 시에서는 秦나라의 화를 피하기 위한 별도의 세계라는 의미로 쓰였다. 낭만적 이상향의 이미지와 달리 현실을 피해 안위를 보전하는 형상으로 묘사하였으니 복사꽃의 이색적인 활용 면모가 돋보인다.

陶淵明이 「桃花源記」에서 桃花를 유토피아적 이상향의 상징물로 묘사한 후 후대 수많은 시가에서 문인들은 복사꽃을 한아함, 은일, 이상향 등의 이미지를 지닌 꽃으로 전형화하여 표현하였다. 唐代 文人의 경우 자신의 이상을 표현할 때나 현실 저편으로 상상의 나래를 펼 때, 낭만과 개성을 드러내며 仙道의 흥취를 드러낼 때 등에 있어 桃花는 가장 좋은 꽃이었다. 劉禹錫은 「桃源行」에서 "복사꽃 그득한 시내는 마치 거울과 같아, … 신선을 찾아 나섰으나 종적이 없

고, 그저 흐르는 물과 첩첩산만 눈앞에 있네.(桃花滿溪水似鏡, … 仙家一出尋無踪, 至今流水山重重)"라고 하여 종적 없는 선경을 아쉬워했고, 晩唐의 皮日休와 陸龜蒙은 각각 「桃花塢」 唱和詩를 지어 "복사꽃 언덕 이름은 있으나, 복사꽃이 피어 있는 모습 안 보이네.(塢名雖然在, 不見桃花發)"(皮日休, 「太湖詩・桃花塢」)라 하여 보이지 않는 선경을 추구하거나 "원컨대 여기에 동풍이 불어, 가지위에 봄바람을 일으키길. 원컨대 여기에 시내가 흘러, 꽃잎과 俗塵이 그 위로 흘러가길. 원컨대 여기에 멋진 새가 있어, 꽃 옆에 깃들며 이웃하길. 원컨대 여기에 나비가 들어, 꽃 찾아온 손님이 되길.(願此爲東風, 吹起枝上春. 願此爲流水, 潛浮蕊中塵. 願此爲好鳥, 得棲花際隣. 願此作幽蝶, 得隨花下賓)"(陸龜蒙, 「奉和襲美太湖詩二十首・桃花塢」)라고 하여 仙境을 찾는 간절한 마음을 여섯 개의 '願'자로 표현하기도 하였다. 理學이 성행했던 宋代에서 明初에 이르는 기간 중에 桃花는 그 자태가 발산하는 艶情性으로 인해 경박하고 요염한 꽃이라는 속된 이미지를 갖기도 했으나 明代 중엽부터 상업이 발전하고 程朱理學이 쇠퇴하는 추세와 함께 전통사고를 개혁하고자 하는 풍조가 발흥한 것에 맞추어 '桃花'는 '超逸', '飄逸', '自適' 등의 이미지를 다시금 회복하게 된다. 시문에서 전통적으로 활용된 '武陵桃源'이라는 용어는 복사꽃 의상에 있어 이미 굳건한 인식을 갖게 한 중요한 개념이었던 것이다.

3) '傷春意識'과 '身世之感'의 투영

桃花는 아름다운 자태나 마음속의 연인, 요염함이나 화사함, '別有天地'의 유토피아 등으로 자주 형용되었지만 또 한편으로 '傷春意識'과 '身世之感'의 투영에 있어서도 중요한 소재가 된 꽃이다. 凋落의 애상을 보여주는 것은 봄꽃을 비롯한 여러 꽃들의 공통인 특성이지만 도화의 경우는 그 애상의 정도가 더욱 강렬하다. 이는 桃花가 미인의 상징으로 인식될 만큼 피어 있을 때는 유난히 화려한 모습을 보이다가 짧은 개화 시기를 거친 후 凋落해버리는 특성이 있어 청춘의 짧은 순간이나 "佳人易老", "紅顔薄命"의 아쉬움을 떠올리게 만드는 것과 연관이 있다. 孟郊가 「雜怨三首」에서 "복사꽃의 쉽게 시듦이여, 화류계 여자의 붉은 화장과도 같구나. 나무는 백 년을 가는 꽃이 있으나, 사람은 변하지 않는 얼굴이 없나니.(夭桃花薄暮, 游女紅粉故. 樹有百年花, 人無一定顏)"라고 한 언급은 복사꽃처럼 고운 얼굴은 복사꽃처럼 짧은 찰나의 미를 지니고 있음을 지적한 것이다. 필 때 보다 질 때가 아름답다는 벚꽃처럼 복사꽃은 붉은 자태를 흩날리며 지는데 그 凋落의 애상 역시 심원하다. 떨어지는 복사꽃을 보면서 화려한 시절의 종말, 사랑의 종국, 이별의 아픔, 인생의 쇠잔함 등을 쉽게 떠올리게 되는 것이다.

李賀가 「將進酒」에서 미인을 묘사하며 복사꽃을 배경으로 활용한 부분을 보면 지는 청춘과 인생의 소멸이 함께 그려져 있어 비애감을 더욱 진하게 느끼게 된다.

將進酒　장진주

皓齒歌細腰舞	예쁜 여인 하얀 치아로 노래하며 가는 허리로 춤추네
況是靑春日將暮	하물며 이 청춘도 저물려하는데
桃花亂落如紅雨	복사꽃 붉은 비처럼 어지럽게 떨어지네
君終日酩酊醉	그대여 종일토록 흠뻑 취하지 않으려나
酒不到劉伶墳上土	무덤 속 劉伶에게 술이 가지는 못하리니

李白의 「將進酒」에서는 친구 丹丘나 岑夫子가 등장했는데 李賀의 「將進酒」에서는 이처럼 가는 허리를 지닌 미인과 복사꽃이 등장한다. 勸酒歌 속에 호방한 권유를 담는 대신에 퇴폐적인 분위기를 투영하게 되었으니 작자에게 인식된 "저물어가는 청춘(靑春日將暮)"은 "복사꽃의 어지러운 낙화(桃花亂落)"의 모습과 연결되어 유한한 인생과 아름다움을 떠올리게 하는 원인이 되었던 것이다.

唐代 宋之問의 다음 작품에 나타난 복사꽃도 凋落의 비애를 야기하는 역할을 하고 있다.

有所思　그리움

洛陽城東桃李花	낙양성 동쪽의 복사꽃과 자두꽃은

飛來飛去落誰家　이리저리 흩날려서 누구 집에 떨어지는가
幽閨女兒惜顔色　규방의 아가씨는 얼굴에 주름살 늘어감이 안타까워
坐見落花長嘆息.　떨어지는 꽃을 바라보고 앉아 장탄식을 하네

　정처 없이 떠돌다 이름 모를 생을 마감하는 인생처럼 복사꽃과 자두꽃은 특정한 귀결처가 없이 흩날리다가 누군가의 집에 떨어진다. 이 모습을 보고 젊은 아가씨조차도 凋落함에 따른 애상을 느끼게 된다. 좋은 시절이 지나가는 것에 대한 장탄식을 금할 수 없는 것이다. 화사한 개화 뒤에 떨어지는 꽃잎은 마치 누구도 피해갈 수 없는 인생의 쇠락함과도 같다. 복사꽃처럼 아름다운 꽃일수록 느껴지는 반향과 그 슬픔의 강도는 더욱 큰 것이다.

　唐代 董思恭이 노래한 다음 시에 나타난 복사꽃도 아름다움 속에 담긴 서글픈 비애를 연상하게 한다.

詠桃　복사꽃을 노래함

禁苑春光麗　궁정 정원에 봄빛이 화려한데
花蹊幾樹裝　꽃 사잇길 몇 그루 복숭아나무 심겨 있네
綴條深淺色　가지에 그득한 복사꽃 색깔 제각각 짙고 옅어
點露參差光　새벽이슬 맺힌 채 저마다 빛나누나
向日分千笑　해를 향해 수천 송이 꽃이 웃음을 띠고
迎風共一香　바람을 맞아 온통 향기를 흩날린다
如何仙嶺側　선령 근방에 피어 있어
獨秀隱遙芳　남몰래 홀로 멀리 향기를 날리는 꽃은 어떠할꼬

　새벽 이슬 맺힌 채 저마다 다양한 색감으로 빛나는 복사꽃의 자태를 주목하였다. 수천 송이가 햇살을 받아 화사한 모습으로 자신의 향기를 발한다. 제3연에서는 의인법을 활용하여 복사꽃의 융성함을 묘사했는데 '千笑'와 '一香'이 보여주는 자태와 향기는 다양함 속에 담긴 통일된 멋을 느끼게 한다. 시가의 전체적인 분위기는 복사꽃의 화사함을 찬탄하는 내용으로 되어 있으나 시인은 미연에서 '獨秀'라는 표현을 통해 자신의 외로운 처지와 불우한 정치경력을 떠올린다. 복사꽃의 화려한 정경을 보고 이면에서 느끼는 고독을 행간에 담은 것이다.

　白居易의 다음 시는 늦게 피는 복사꽃의 모습을 보고 화려함보다는 소슬한

여운을 느끼는 내용을 담고 있어 복사꽃의 색다른 아련함을 느끼게 한다.

晚桃花　늦게 핀 복사꽃

一樹紅桃亞拂池	한 그루 그득 핀 붉은 복사꽃 연못에까지 가지 늘어져
竹遮松蔭晚開時	대나무와 소나무 그늘에 가려 늦게 꽃 피누나
非因斜日無由見	비낀 볕에 드러나지 않으면 발견되지 않으리
不是閑人豈得知	한가로운 마음을 지닌 이 아니면 어찌 이를 알리오
寒地生材遺較易	차가운 땅에서 자라는 나무 쉽게 버림받고
貧家養女嫁常遲	가난한 집 딸 시집가는 것 늘 남보다 늦다
春深欲落誰憐惜	봄 깊어 꽃 지려 하나 누가 이를 아쉬워하리오
白侍郎來折一枝	나만이 와서 한 가지 꺾어 감상하누나

수연에서 연못가에 피어 있는 복사꽃이 대나무와 소나무 그늘에 가려 늦게 꽃을 피우는 모습을 그렸다. 세상이 칭송하는 것은 松竹의 절개와 푸르름이요 복사꽃의 요란한 화사함은 시샘을 받을 뿐이라는 것을 간접적으로 설파한 부분이다. 늦게 핀 모습은 '기우는 해(斜日)'와 조화를 이룬다고 보았고 이 경지는 마음이 허허로운 '閑人'이 아니면 쉽게 알지 못한다고 보았다. '寒地(長安)'에서 자라난 인재가 쉽게 버림받는 현실은 가난한 집 딸이 시집가는 것이나 늦게 핀 복사꽃처럼 애상을 느끼게 한다. 凋落하는 꽃에 대한 처연한 심정을 감추지 못하고 있는 것이다.

羅隱의 다음 작품 역시 桃花에 대한 다양한 의상을 표현하고 있는데 결국은 桃花가 지닌 비애의 형상을 표출하는 것으로 끝나고 있다.

桃花　복사꽃

暖觸衣襟漠漠香	따듯한 감촉에 옷깃에 도화향이 그득하니
間梅遮柳不勝芳	매화꽃과 버들솜 피는 사이 이처럼 향기로운 꽃 없으리
數枝艶拂文君酒	풍성한 가지들은 卓文君의 술처럼 매력있게 올라갔고
半里紅欹宋玉牆	한동안 이어진 붉은 복사꽃 宋玉의 담장 같네
盡日無人疑悵望	종일토록 사람없어 마음은 창망한데
有時經雨乍淒涼	때마침 비까지 내려 문득 처량하기까지 하다
舊山山下還如此	옛 산의 산하도 이와 같으려나
回首東風一斷腸	고개 돌려 동풍을 맞으니 애간장이 끊누나

'暖觸'과 '漠漠香'으로 이어지는 桃花의 향기와 자태는 매화와 버들 사이 다른 꽃을 능가하는 최고의 아름다움이다. 그 요염함은 漢代 卓文君이 司馬相如와 사랑의 도피를 한 후 생계를 위해 팔았다는 '卓文君酒'와 같은 매력이 있고, 한동안 이어진 붉은 복사꽃은 마치 宋玉의 담장[43]처럼 사람의 마음을 갈망하게 한다. 그러나 화려한 매력도 봄의 桃花처럼 잠깐이니 경연에서 桃花의 '紅顔薄命'의 운명처럼 자신의 심정이 '悵望', '淒涼' 등의 감정으로 이어짐을 이야기하였고 결국은 '斷腸'의 경지로 귀결되고 있다. 평생 열 차례나 進士科에 응시하였으나 급제하지 못한 자신의 한탄이 내면에 투영되어 있는 것이다. 桃花를 보면서 시인의 감정은 행복, 매력, 淒然, 榮華, 紅顔薄命, 斷腸 등의 복잡한 내면을 달리고 있음을 행간에서 발견할 수 있다.

宋代 劉克莊의「敷淺原見桃花」一首는 복사꽃의 낙화현상을 주목하며 傷春의 서글픔과 이를 극복하려는 의지를 함께 묘사하고 있는 작품이다.

敷淺原見桃花 부천원에서 복사꽃을 보고 지음

桃花雨過碎紅飛 　비 온 후 복사꽃잎 찢어져 흩날리니
半逐溪流半染泥 　반쯤은 개울물에 흘러가고 반쯤은 진흙에 떨어졌다
何處飛來雙燕子 　암수 제비가 꽃잎 물고 날아가는 곳 그 어디일까
一時銜在畵梁西 　한순간에 화려한 기둥 서쪽으로 물고 간다네

시제의 '敷淺原'은 江西省의 한 곳으로 劉克莊은 이곳에서 桃花를 바라보며 傷春의 비애를 느끼고 있다. 한때 화사하게 피었지만 비가 지나간 후 힘없이 찢어져 흩날리는 모습을 '碎紅飛'로 표현하였고 처참하게 땅에 떨어진 정경을 '半染泥'로 묘사하여 현실적인 모습으로 그리고 있다. 그러나 이 시는 無情한 落花의 비련에만 머무르지 않는다. 제3구에서는 꽃잎을 물고 가는 '雙燕子'를 등장시켰고 제4구에서는 '畵梁'을 언급하였으니 제비가 꽃잎을 물고 가는 형상을 포

---

43 '宋玉牆'은 楚 宋玉이「登徒子好色賦」에서 楚의 한 미녀가 담장 사이로 宋玉을 보며 연정을 키운 것을 묘사한 부분인 "미녀가 아름다운 웃음을 지으면서 楚나라 陽城의 귀족 자재들을 미혹하였는데 이 여인이 담장에 올라 신을 삼 년 동안 훔쳐보았어도 지금까지 마음을 허락하지 아니하였습니다.(嫣然一笑, 惑陽城, 迷下蔡. 然此女登墻窺臣三年, 至今未許也)" 구절에서 나온 고사이다.

착한 세밀함이 놀랍다. 복사꽃이 보여주는 落花의 비애와 자연의 흐름을 연계하여 포착한 작자의 독특한 혜안이 돋보인다. 情感과 意志를 모두 잘 투영한 기교를 살필 수 있는 것이다.

화사하게 피어났다가 한순간에 져버리는 복사꽃은 영원한 생명과 낙원을 상징하는 무릉도원의 이미지와 함께 '순간과 영원'이라는 이중적인 의미도 지니고 있다. 절정의 화려한 순간을 뒤로하고 한순간에 사라지는 찰나의 아름다움처럼 아름답고도 슬픈 양면의 이미지를 갖고 있는 것이다. 이러한 면모로 인해 복사꽃은 융성했던 왕조가 쇠락해가는 현실을 노래한 작품이나 李九齡 「山舍南小溪桃花」, 溫庭筠 「敷水小桃盛開因作」, 李商隱 「賦得桃李無言」, 皮日休 「桃花賦」 등과 같이 濟世의 재능을 발휘하지 못하는 시인의 처지를 노래한 시문 속에서 중요한 의상으로 등장할 수 있었다. 밝고 화사한 모습으로 절정의 미감을 표현할 때 복사꽃이 자주 활용되었다면 '傷春意識'과 '身世之感'이라는 비애감을 투영할 때에도 적절한 소재 역할을 담당했으니 환희와 비애라는 상반된 감정을 공유한 시적 소재로서도 손색이 없는 꽃이었음을 알 수 있는 것이다.

무리지어 핀 복사꽃이 분홍빛 화사한 자태를 선보이거나 落花하며 하늘하늘 흩날리는 모습을 연출할 때면 문인들은 다양한 감흥을 얻을 수 있었다. 봄날과 연관된 다양한 미감을 향유할 수 있었고 인생의 부침과 변화, 푸근한 고향, 아련한 봄날의 추억, 사랑과 이별, 아련한 정회, 비바람 뒤의 낙화 등 생각만 해도 눈물이 나는 정겨운 이미지를 창조해낼 수 있었던 것이다. "복사꽃의 화려함이여, 그 화사함이 밝고 붉도다.(桃之夭夭, 灼灼其華)"(『詩經』)라 하여 혼기에 든 처녀의 사랑과 행복을 기원하기도 했고, "빗속에 풀 색깔 더욱 선명하게 푸르러, 물 위의 복사꽃 타는 듯하다.(雨中草色綠堪染, 水上桃花紅欲然)"(王維, 「輞川別業」)라고 하여 자연경색의 아름다움을 노래하기도 하였으며, "복사꽃과 오얏꽃은 푸른 봄에 화창하니, 그 누가 밝은 해를 꿰어 멈추게 할 수 있으리.(桃李務青春, 誰能貫白日)" (李白, 「長歌行」)라는 표현 등을 통해 한때에 흥성하는 아름다움이나 紅顏薄命의 원한 등을 서사하기도 하였다. 번영, 행복, 아름다움, 조화, 기쁨, 열정 등의 긍정적 의상과 함께 청춘무상, 현실적 한계, 여성의 불행, 미인박명 등 고난, 불행, 고독, 비분 등 부정적 의상도 두루 표현할 수 있었던 것이다. 현실세상을 초월한 절대적 아름다움이나 仙境, 평온한 은일의 감정 등을 서사하는 데 있어서도 복사꽃은 중요한 꽃이었다. 피어 있든지 혹은 조락하여 낙화하든지 간에 복사꽃은 자신만의 미학적 이미지를 발휘하면서 시인들로 하여금 미적 감흥을 느끼게 만든 봄의 화신이었던 것이다. 복사꽃이 제공하는 감성에 계도받은 역대 시인들은 다양한 의상의 창출을 통해 복사꽃의 전형적인 이미지를 강렬한 미의 화신으로 형성시켜놓았다. 시문 창작에 있어 복사꽃이 지닌 매력이 참으로 지대했음을 생각하게 하는 부분이다.

9. 봄날의 몽환 배꽃(梨花)

'배나무'는 장미과 벚나무 속에 속하는 낙엽관목이다. '梨花'는 배나무의 꽃이며 열매는 '배(Prunus persica)'이다. 배나무는 잎보다 먼저 하얀 꽃이 피는데 그 꽃의 모양이 환상적이고 화사하여 흔히 '눈이 내린 것 같다'는 비유로 묘사되곤 하였다. 배나무의 '梨'는 돌배나무를 의미하는 '樆'에서 발음이 유래되었으며[44] 현재의 배나무는 개량종으로 원래는 산에서 나는 돌배나무를 말한다. 식물도감을 참조하게 되면 '배나무'가 아닌 '돌배나무' 항목에 내용이 실려 있음이 발견된다. 열매는 9~10월경에 다갈색으로 익는데 열매 중 약간 검은색을 띤 부분이 있어 노인피부의 반점(저승꽃)을 '梨色'이라 하는 것의 유래가 되었다.

배나무의 열매인 배는 고래로 과일 중 으뜸으로 받들어져왔고 배꽃은 봄에 내린 눈처럼 환한 이미지로 문인들의 주목을 받아왔다. '배꽃(梨花)'은 중국에서 '密父', '果宗', '快果', '玉乳' 등으로 불렸으며 『禮記』, 『莊子』, 『山海經』 등에 이 꽃과 연관된 기록이 나온다. 역대 중국 시가 창작에서도 중요한 소재였으니 필자의 조사에 의하면 『全唐詩』에 실린 시가 제목과 내용 중 '梨花'라는 단어가 148회 등장할 정도로 중요도가 높은 편이었다. 楊柳, 竹, 松柏, 蓮荷, 梅, 桃 등에 못지않게 주목을 받으며 작품 속에서 많이 활용되어온 꽃이었던 것이다.

화사한 흰색으로 雪景 같은 착시효과를 제공하는 梨花는 사람들의 마음을 환상적으로 만드는 매력이 있으며 보는 이의 시심을 자극하는 아련한 향기도 지니고 있다. 그렇기에 눈처럼 깨끗하고 그윽한 자태, 순결한 의식과 청초한 이미지,

---

[44] 『花鏡』에 "'梨'의 운은 '李'와 '之'를 결합한 것이며 한가로운 정원이나 넓은 밭에 심겨져 아침저녁으로 이슬 맞아 빛난다.(梨之韻, 李之結, 宜植閑庭曠圃, 朝暉夕靄)"라는 기록이 있다.

신비롭고 새로운 느낌, 슬픔에 잠긴 처연한 감정 등을 묘사할 때 좋은 소재로 활용될 수 있었던 것이다. 중국 역대시가에서 梨花의 속성을 노래한 작품은 梨花의 화사하고 정결한 자태를 묘사한 작품, 梨花가 지닌 고아한 품성과 향기로운 격조를 찬미한 작품, 화려하게 피었다가 쇠락하는 모양을 주목하여 각종 傷春意識과 悲感을 투영한 작품 등이 주를 이룬다.

1) 미인으로 치환되는 화사한 자태

주로 4월경 개화하는 梨花는 어느 날 갑자기 피어난 흰색 풍부한 자태를 통해 시인들의 마음에 눈같이 아름다운 환영을 제공한다. 차갑게 빛나는 백설의 번뜩임이나 하늘의 별처럼 반짝이는 화려함뿐 아니라 순백의 우아함과 아름다움까지 느끼게 하는 미적 존재가 된다. 전통 시가에서 梨花는 주로 '흰 눈(白雪)'이나 '나비(胡蝶)'로 묘사되거나 순수한 아름다움이나 미인의 모습을 형용할 때 많이 활용되어왔다. 눈처럼 희고 고운 꽃이 주는 미학적 이미지 속에는 천연의 아름다움과 함께 순연한 미인의 살결과 화사한 미모를 연상하게 만드는 매력이 존재하는 것이다.

齊의 王融이 연못가 배나무에 핀 꽃을 보고 느낀 그윽한 미감을 표현한 다음 작품을 보자.

詠池上梨花　연못가에 핀 배꽃을 보고 읊다
翻階沒細草　섬돌 위로 흩날리던 배꽃 잎은 가는 풀 사이에 떨어져 있고
集水間疏萍　물 위 부평초 사이에도 퍼져 있네
芳春照流雪　향기로운 봄에 눈처럼 빛나고 있으니
深夕映繁星　그 자태 저물녘 뭇 별들처럼 빛나는구나

梨花를 우아한 서정을 내포한 미적 존재로 승화시켰다. 연못가 배나무에 피어 있던 꽃이 풀 속과 물 위 이곳저곳에 점점이 흩어져 있는 모습은 아름다운 수채화를 연상시킨다. 앞 두 구에서 梨花가 보여주는 實景을 묘사했고 뒤 두 구

에서는 말로 표현할 수 없는 아름다운 경지를 虛景을 통해 그려냈다. 눈처럼 흩날리다 저물녘까지 뭇 별처럼 빛나는 梨花의 자태는 현실의 정경을 뛰어넘는 환상적인 상상력을 자극한다. 낙화를 소재로 하고 있으나 비감에 빠지지 않은 산뜻한 경지를 유지하고 있으며 실경과 허경을 적절히 융합하여 고아한 운치를 창출하고 있다.

宋代 謝逸이 지은 다음 시에서는 '胡蝶'으로 묘사하고 있어 배꽃을 '白雪'로 묘사한 작과 좋은 대비를 이룬다.

梨花　배꽃

冷香銷盡晚風吹　차가운 향기 다하고 저녁바람 부는데
脈脈無言對落暉　물끄러미 말없이 지는 해를 마주하네
舊日郊西千樹雪　지난날 교외 서쪽에 심어진 천 그루 눈 같은 배꽃들
今隨胡蝶作團飛　오늘은 호랑나비 따라 떼 지어 날고 있구나

바람에 날리는 배꽃을 눈에 비유하였다가 다시 나비로 비유하였다. 언뜻 보면 눈 같기도 하고 다시 보면 나비 같기도 한 배꽃의 신비로운 자태를 형용한 시가라 하겠다.

화려함 속에 순결한 이미지를 함께 소유하고 있음으로 인해 梨花는 미인의 모습으로 자주 형상화되곤 하였다. 唐代 殷璠이 쓴 同題의 두 수「贈歌人郭婉」중 제2수에 해당하는「梨花」一首를 살펴본다.

梨花　배꽃

雲滿衣裳月滿身　옷깃엔 구름 가득 몸에는 달빛 가득
輕盈歸步過流塵　배꽃 그득한 귀로길 경쾌한 미인 발걸음 흘러가듯
五更無限流連意　오경이 되도록 머무르고 싶은 마음 끝없고
常恐風花又一春　바람에 꽃 져서 봄이 다가는 것 늘 아쉬워라

梨花가 피어 있는 정경을 아름다운 미인이 달빛을 받으며 걸어가는 모습으로 치환한 구상이 이채롭다. 五更이 되도록 머무르고 싶은 마음이 이어짐은 梨花가 주는 찰나적인 감흥을 놓치기 싫어하는 작자의 마음이다. 이렇게 梨花는 봄

에 약 2~3주간 하얗게 피었다가 짧고 강렬한 몽환적인 이미지를 남긴 채 우리 곁을 떠나간다. 우연히 만난 미인처럼 시인의 마음에 늘 아쉬움을 남기고 긴 여운을 남기는 화사한 꽃으로 형용되고 있는 것이다.

白居易도 梨花를 통해 아름다운 여성의 모습을 연상한 바 있다.

江岸梨 강 언덕의 배나무

梨花有思緣和葉　배꽃은 마치 무슨 사연 있는 듯 잎과 어우러져
一樹江頭惱殺君　강가에 핀 한 그루 나무 나의 마음을 뇌살시키는 듯
最似嬌閨少年婦　그 모습 규방의 나이 어린 과부에 가장 어울려
白妝素袖碧紗裙　소박한 화장에 흰 소매와 푸른 치마 두른 듯

매 행마다 비유법을 활용하여 배꽃의 환상적인 자태를 찬양하였는데 그 표현이 강렬하고 자극적이다. 하얀 꽃 이미지를 보면서 시인은 어떤 사연 있는 미인의 모습을 연상하였는데, 슬픔에 둘러싸여 있는 어느 규방 어린 과부의 형상을 떠올리게 한다. 눈부시게 하얀 꽃과 시리게 푸른 잎을 통해 여인의 하얀 소매와 푸른 치마로 형상화하여 은유의 미를 돋보이게 하였다.

錢起가 주목한 梨花는 복사꽃의 화사함과 대비되는 순백의 아름다운 미를 지닌 존재로 인식되고 있다.

梨花 배꽃

艷淨如籠月　배꽃의 곱고 맑은 경지 몽롱한 달빛과도 같아
香寒未逐風　차가운 향기는 아직 바람에 사라지지 아니하였네
桃花徒照地　복사꽃이 부질없이 땅에 자태를 드리웠지만
終被笑妖紅　이 꽃 앞에서는 요염한 웃음을 거두게 되리라

배꽃을 요염하고 화려한 모습과 함께 '맑은(淨)' 경지를 지닌 꽃으로 보았고 찬바람에도 향기를 잃지 않는 지조 있는 꽃으로 보았다. 복사꽃의 요염함과 대비되는 매력을 지닌 것으로, 수수한 梨花가 桃花의 염려함을 압도하는 매력을 지닌 존재로 인식한 시각을 반영한 것이다.

宋代 黃庭堅도 미인을 형용하면서 배꽃의 형상을 활용한 바 있다.

次韻梨花 이화를 차운함

桃花人面各相紅 복사꽃은 사람의 얼굴에 서로 붉게 비치나
不及天然玉作容 배꽃이 지닌 천연의 옥의 자태에는 미치지 못한다
總向風塵塵莫染 세속의 풍진 속에서도 오염되지 않고
輕輕籠月倚墻東 가볍게 달빛 머금으며 동쪽 담장 가에 피었나니

桃花와 비교하는 표현을 통해 梨花의 속성과 자태를 찬양하고 있다. '桃花'가 홍조를 띤 미인의 발그레한 얼굴을 은유한다면 '梨花'는 세속의 풍진을 멀리한 채 천연의 미를 간직한 순결한 존재로 본 것이다. 수구에서는 唐代 崔護「題都城南莊」의 '미인의 얼굴과 복사꽃이 서로 비추고 있네(人面桃花相映紅)' 구절을 모의하였고, 말구에서는 몽롱한 달빛을 받으며 동쪽 담장 가에 말없이 피어 있는 수수한 꽃의 형상을 묘사하였다. 화사한 미인이 아닌 소박하고 수수한 미인의 형상으로 그리고 있어 여타 시인의 梨花 묘사와 비교를 이룬다.

汪洙는 배꽃을 우수에 찬 미인으로 형용하기도 하였다.

梨花 배꽃

院落沈沈曉 정원 깊은 곳에 둘러 핀 꽃
花開白雪香 꽃이 피면 백설에서 향기가 그윽하게 나는 듯
一枝輕帶雨 가지 한 그루 가벼운 비를 머금었는데
淚濕貴妃裝 마치 단장한 양귀비가 눈물을 머금은 듯

화사한 다른 봄꽃들에 비해 梨花는 소박한 흰색을 띠고 있어 요염함을 강조하는 미인의 형상과는 일정한 거리감이 느껴진다. 비를 머금은 자태는 시인으로 하여금 까닭 모를 우수의 서정도 느끼게 한다. 白居易가「長恨歌」제100행에서 "옥 같은 얼굴 쓸쓸히 난간에 눈물 흘리고, 배꽃 한 줄기는 봄비를 머금었네.(玉容寂寞淚欄幹, 梨花一枝春帶雨)"라고 하며 楊貴妃를 梨花에 비유했던 것처럼 汪洙도 이 자태를 보면서 슬픔을 머금은 미인의 형상을 떠올리고 있는 것이다.

이화는 무리지어 피어 있는 하얀색의 순결함과 몽환적인 이미지로 인해 '눈(雪)'과 '나비(胡蝶)'에 자주 비유되곤 하였다. 일찍이 梁代 蘇子顯이「燕歌行」에서 "낙양의 배꽃은 눈발처럼 떨어지고, 하수가의 작은 풀은 사철쑥처럼 작네.(洛

陽梨花落如雪, 河邊細草細如茵)"라고 한 것은 배꽃을 눈으로 표현한 예가 되고, 明代 朱淑眞이 「梨花」에서 "냉엄한 아름다움 아직 매화의 모습에 이르지는 못하였으나, 아름답게 단장하면 달과 함께 벗할 만하리. 호접몽 같다 하면 나비처럼 환상적이고, 사람을 대신해서 근심하는 듯하다가 어느덧 사람을 비웃고 있네.(冷艶未饒梅共色, 靚妝長與月爲鄰. 許同蝶夢還如蝶, 似替人愁卻笑人)"라고 한 것은 배꽃을 나비에 비유한 예가 된다. 배꽃은 桃李의 농염함과 살구꽃의 화려함을 뛰어넘어 천연의 미를 지닌 미인과 같은 존재로 인식되고 묘사되었던 것이다.

2) 고아한 기품과 품성의 체현

역대 시인들은 꽃을 감상하고 읊음에 있어 그 꽃의 자태뿐 아니라 그 꽃이 지닌 속성과 품성을 논하거나 칭송하곤 하였다. 꽃의 효용성은 시각을 통한 미감뿐 아니라 정신적 부분에서도 높은 영향력을 발하고 있었던 것이다. 梅花를 보면서 겨울을 이겨내는 인고와 절개를 인식했던 것처럼 梨花를 보면서 속되지 않은 향기와 고아한 품덕을 인식하고 있었음을 여러 시문을 통해 살필 수 있다.

唐代 丘爲의 다음 시는 梨花의 고운 자태와 향기로운 품성을 함께 찬양한 작품의 예이다.

左掖梨花 왼쪽으로 피어 있는 이화를 보면서
冷艶全欺雪 이화의 차가운 아름다움은 온전히 눈으로 착각하게 하고
餘香乍入衣 그 여향은 옷 속으로 스며들어 온다
春風且莫定 봄바람도 장차 이 꽃의 갈 길을 정하지 못할 지니
吹向玉階飛 옥계를 향해 그 잎이 흩날리리라

전반부에서는 梨花의 자태와 향기를 주목하여 서술하였고 후반부에서는 세속에 구애됨 없이 자유롭게 나아가는 자유로운 경지를 찬양하였다. 눈처럼 화사한 모습이 주는 몽환적인 이미지와 옷 속으로 파고드는 깊은 향기, 구속하거나 범접할 수 없는 정결함을 지닌 존재가 지닌 고아한 품격 등을 차례로 예거하며 이

화의 속성을 찬양하고 있는 것이다.

宋代 文同이 쓴 「梨花」 一首에서도 梨花의 자태와 함께 梨花가 지닌 품격을 주목한 것이 발견된다.

梨花 배꽃

寒食北園春已深　한식이라 북원에 봄은 이미 깊었는데
梨花滿枝雪圍徧　배꽃은 온 가지마다 눈처럼 둘러 있네
靑春每向風外得　이 꽃의 청춘은 매번 바람 밖에서 얻은 것이나
秀艶應難雪中見　빼어나고 아름다운 그 모습 눈 속에서는 보기 어렵네

수구에서 표현한 '北園'의 이미지는 황량하고 추운 정경을 연상케 하나 이미 寒食을 맞은 날씨는 봄의 훈풍이 감돌고 있는 따뜻한 분위기이다. 그 속에서 배꽃은 가지마다 눈처럼 둘러 있는데 '寒', '北', '雪' 등 차가운 이미지를 지닌 시어임에도 불구하고 실제로 느껴지는 내면은 아름답고 따뜻하다. 배꽃은 눈처럼 아름다운 모습을 하고 있지만 역설적으로 눈 속에서는 보기 어려운 존재이다. 시인은 대나무처럼 자신만의 독특한 미감을 지닌 채 청춘을 구가하는 존재로 배꽃을 인식하고 있는 것이다.

南宋의 陸游는 배꽃의 이미지를 거론하면서 복사꽃과 오얏꽃이 미치지 못하는 경지를 지닌 꽃으로 칭찬을 가한 바 있다.

梨花 배꽃

粉淡淸香自一家　화려하되 담담하고 맑은 향기 스스로 일가를 이루어
未容桃李占年華　복사꽃과 오얏꽃이 화려하게 세월을 독차지함 용인치 않네
常思南鄭淸明路　南鄭으로 향하던 길에 밝고 환하게 피었던 것 늘 생각하니
醉袖迎風雪一杈　술 취한 소매 사이로 바람 따라 눈 같은 꽃가지 하나
　　　　　　　들어오나니

담백하고 맑은 향기를 지닌 배꽃을 보며 남다른 감개를 느끼고 있는데 제2구에서 일시의 영화를 자랑하는 '桃李'와 비교를 가한 것이 눈에 띤다. '세월에 의부하는 소인배(桃李)'와 대조되는 배꽃은 맑고 그윽한 향기를 지닌 자신을 상징

하는 은유물이 된다. 제3구에서는 四川宣撫使를 맡아 南鄭에서 抗金의 전선을 시찰하던 길에 환하게 피어 자신의 의기를 드높이던 배꽃의 모습을 연상하면서 기개를 다시금 가다듬는 모습을 보이고 있다.

宋代 趙福元이 배꽃을 묘사한 다음 시 역시 빗속에서도 품위를 잃지 않는 성품을 주목하면서 미인의 모습을 떠올리는 내용으로 되어 있다.

梨花 배꽃

玉作精神雪作肤	옥을 정신으로 삼고 눈을 피부로 삼아
雨中嬌韻越淸癯	빗속에 아름다운 운치 더욱 맑고 가냘프다
若人會得嫣然態	만약 사람들이 이 아리따운 자태를 보게 된다면
寫作楊妃出浴圖	양귀비가 목욕을 하고 나온 그림으로 그리게 되리

배꽃의 흰 자태와 옥 같은 품성을 먼저 주목하였다. 빗속에 드러난 자태는 한층 가냘픈 모습을 발하고 있어 사람으로 하여금 말할 수 없는 회한을 느끼게 한다. 빗속에서 아름답게 빛나는 모습을 보면서 시인은 천하일색 양귀비가 목욕을 하고 나오는 모습을 떠올리고 있다. 맑고 가냘픈 모습을 대하면서 반대로 풍부한 미감을 발하는 존재로 묘사하고 있는 것이다.

金代 龐鑄가 주목한 배꽃의 모습 역시 희고 깨끗함으로 다른 꽃의 화려함을 압도하고 있는 모습이다.

梨花 배꽃

高潔本無匹	배꽃의 고결함은 본래 짝할 이 없어
誰令先衆芳	그 누가 다른 꽃보다 먼저 피게 하였나
花能紅處白	이 꽃은 다른 붉은 꽃 중에서도 흰빛을 띠나니
月共冷時香	달빛 차가울 때에도 향기를 더하리
縞袂淸無染	자태는 마치 흰 옷에 얼룩 없음과도 같아
氷姿淡不妝	얼음 같은 맑은 자태 담백하여 꾸밈없어라
夜來淸露底	밤이 되어 맑은 이슬 낮게 깔리니
萬顆玉毫光	온 꽃송이마다 옥같이 섬세한 빛 밝혀지게 되는 듯

梨花의 '白'색은 온갖 꽃의 자태를 압도하는 순결하고 소박한 내면을 상징한

다. 함연에서는 주변의 홍색 꽃과 차가운 달빛에도 아랑곳없이 자신만의 고아함을 지키는 梨花의 독자적인 성품을 논하였고, 경연에서는 결점 없는 얼음, 흰 옷 등에 비유하며 梨花의 순결한 미를 강조하였다. 다른 꽃, 밤낮, 계절 등의 환경에 영향을 받지 않는 고아한 품성을 지닌 존재가 梨花라는 칭찬을 가하고 있는 것이다.

역대 시가에는 梨花의 모습을 의인화된 각도에서 묘사된 표현이 많은데 이는 梨花가 지닌 속성을 인성에 비교하여 묘사하기를 즐긴 증거가 된다. 梨花는 화려함을 잔뜩 강조하다 염려한 향기만 흘린 채 세속의 미를 드러내는 桃李 같은 꽃과는 대조되는 이미지를 지닌 존재였다. 시인들은 봄바람에 향기를 날리는 고아하고 고독한 의상을 이화의 특색으로 주목하였고 이 점을 즐겨 묘사하였던 것이다. 梨花의 외면 자태와 내면 품성을 함께 찬양한 작품은 唐代를 거쳐 후대로 갈수록 더욱 많이 등장하게 되었는데 이는 각종 꽃이 지닌 내면의 이미지를 예술적 표현으로 승화시키기 위한 시인들의 노력이 반영된 결과였다 할 것이다.

3) 각종 傷春意識과 悲感의 투영체

梨花는 화사한 아름다운 자태를 지닌 꽃으로 순백의 고운 형상을 띤 미인의 자태나 고아하고 정결한 품성을 지닌 존재로 흔히 형용되었지만 또 한편으로 다른 봄꽃처럼 傷春意識과 身世之感의 투영에 있어서도 중요한 소재가 된 꽃이었다. 梨花의 희고 아름다운 자태는 때로는 한가로움과 여유로운 느낌도 제공하지만 꽃잎을 흩날리며 사라지는 凋落의 애상도 간직하고 있다. 떨어지는 배꽃을 보면서 시인들은 화려한 시절을 반추하거나 이루지 못한 사랑이나 회한, 이별의 아픔, 인생의 쇠잔함 등도 떠올리곤 하였다. 개화의 시기가 상대적으로 짧은 梨花였기에 그 정도가 더욱 극심했을 것이다.

岑參이 흰 눈 속에서 京兆로 돌아가는 武判官을 송별하며 쓴 다음 작품을 보면 눈이 배꽃처럼 묘사되면서 비감을 배가시키는 역할을 하고 있다. 일부를 예거해본다.

白雪歌送武判官歸京 흰 눈이 내리는 속에 무판관의 귀경을 환송하며 노래하다

北風卷地白草折 북풍이 땅을 말아가며 부니 백초가 꺾이고
胡天八月卽飛雪 오랑캐 땅은 팔월에도 눈이 날린다
忽如一夜春風來 홀연히 하룻밤 사이에 봄바람 불어
千樹萬樹梨花開 천 그루 만 그루마다 눈꽃이 피었네
散入珠帘濕羅幕 눈발은 주렴에 불어와 비단 휘장 적시니
狐裘不暖錦衾薄 갖옷도 따뜻하지 않고 비단옷도 얇구나

전체 9연 중 앞 3연에 해당하는 부분이다. 이 시는 본래 송별시로서 눈 내리는 추운 날 친구와 이별하는 회한을 강렬한 느낌으로 서사한 작품인데 제4구 '천 그루 만 그루마다 눈꽃이 피었네(千樹萬樹梨花開)'가 지닌 신선하면서도 다양함 함의가 이 시의 전체적인 분위기를 주도한다. 이 시에서 岑參은 자신의 고향, 그리움, 이별, 우정 등의 다양한 감정을 농축하여 표현함으로써 이 시 이후로 '눈'과 '배꽃'을 연관 짓게 만드는 계기를 만들어낼 수 있었던 것이다.

蘇軾의 다음 작품 역시 梨花를 들어 상춘의식과 인생의 수유함을 노래하고 있다.

東欄梨花 동쪽 울타리에 핀 배꽃

梨花淡白柳深靑 배꽃은 하얀데 버들은 더욱 파랗고
柳絮飛時花滿城 버들개지 날릴 때 배꽃도 활짝 피었네
惆悵東欄一株雪 슬프구나 동쪽 난간에 눈송이처럼 핀 한 그루 배나무
人生看得幾淸明 인생을 살면서 몇 번이나 그 맑은 모습을 볼 수 있으랴

梨花는 주로 淸明 즈음에 피어나 눈처럼 흰 자태를 드러낸다. 같은 시기에 날리는 버들솜도 하얀색이지만 짧은 시간 화사하게 피었다 지는 배꽃 역시 비애감을 느끼게 한다. 찰나의 미학이 제공하는 인생의 깨달음, 아름다움이 주는 비애, 공활한 하늘에 배경이 된 흰 빛깔이 제공하는 쓸쓸함 등은 이 시가 주는 깊은 情懷이다. 이 시를 쓸 때 당시 41세에 달하던 蘇東坡는 이미 많은 변고를 겪은 후였다. 母親과 妻子, 父親이 연이어 돌아간 뒤였고 정치적으로는 王安石의 變法으로 인해 야기된 新舊黨爭의 소용돌이 속에서 조정을 떠나 地方官을 전전

하는 신세 속에 있었다. 배꽃을 통해 느끼게 된 상춘의식, 인생의 애수, 실의한 중에 도모해보는 해탈의 경지 등을 고루 표현해낸 작이라 하겠다.

南宋代 陸游에게도 배꽃을 보면서 은거 의식과 회고 의식을 발한 작품이 있다.

春晚會山南　늦봄에 종남산 남쪽을 생각하다

梨花堆雪柳吹綿	배꽃이 눈처럼 피고 버들솜 날릴 때면
常記梁州古驛前	언제나 양주 옛 역참 앞이 생각나네
二十四年成昨夢	스물네 살에 꾸던 꿈 사라지고
每逢春晚即悽然	매번 늦봄이면 처량함만이 남나니

陸游 역시 배꽃이 눈처럼 지고 버들솜 날릴 때 남다른 회상을 해본다. 金과 대치한 南宋의 최전선 梁州(陝西 漢中)을 생각하면서 화려했던 왕조의 번성을 떠올린다. 애국적 의식을 기저로 한 시인의 마음에는 북쪽 변경에 있다가 成都로 물러나 이 글을 쓴 慶元 元年(1194)까지의 스물네 해 기간이 덧없이 흘러간 느낌이 일어난다. 처량한 현실만이 눈앞에 펼쳐져 있을 때 그 강렬한 회한을 잘 대변하고 있는 꽃이 梨花인 것이다.

梨花를 들어 宮女의 한을 투사한 武衍의 다음 작품을 보면 소재와 내용에서 무언가 이채로운 느낌을 얻게 된다.

宮詞　궁사

梨花風動玉闌香	배꽃은 바람에 옥 같은 향기를 날리고
春色沈沈鎖建章	봄빛이 깊어지는데 건장궁은 잠겨 있어라
唯有落紅官不禁	오로지 떨어진 붉은 꽃만이 궁에서는 금하지 않는 것
盡教飛舞出宮牆	흩날리기를 다하여야 궁의 담장을 넘을 수 있으리

배꽃을 통해 궁을 벗어날 수 없는 궁녀의 한을 투사한 작품이다. '建章宮'에 있는 궁녀의 청춘은 '春色'에 비견할 만하지만 '갇혀 있는(鎖)' 상태는 그들이 한계상황에 있음을 나타낸다. 비애감을 나타내는 '怨'자를 활용하지 않으면서도 봄에 개화하는 배꽃의 시기적 한계성과 '唯有', '盡教' 등 제약의 뜻을 지닌 단

어를 활용함으로써 한계적 의식과 슬픔을 잘 표현해내고 있다.

金代 元好問이 梨花를 들어 자신의 감개를 표현한 작품을 보자.

梨花 배꽃

梨花如靜女　배꽃은 마치 고요한 여자와 같아
寂寞出春暮　봄에 적막하게 피어났다 시들어간다
春工惜天眞　봄날은 공교하게 이 꽃의 천진함을 아끼고
玉頰凝風露　옥 같은 배꽃에는 바람과 이슬 응어리져 있다
素月淡相映　밝은 달은 담담하게 꽃과 서로 비추는데
蕭然見風度　쓸쓸한 모습으로 바람이 지나가는 것 바라보네
恨無塵外人　세속을 벗어난 이가 없음이 한스러워
爲續雪香句　눈 향기 구절을 계속 읽어 내려간다
孤芳忌太潔　고독한 향기는 큰 고결함을 꺼려
莫遣凡卉妒　뭇 꽃들로 하여금 시기하지 못하게 할지니

梨花를 묘사한 많은 시들이 꽃을 화사한 미인에 비유하는 것에 비해 이 시에서는 '靜女'에 비유하면서 적막하게 피어났다 시들어가는 모습으로 형용한 것이 이채롭다. 옥같이 고운 배꽃의 모습 속에 바람과 이슬도 응어리져 있다고 하면서 남다른 비애감을 소유한 존재로 본 것이 이채롭다. 제3연에서는 이화가 지닌 담백하고 소산한 서정을 부각시켰고, 제4연에서는 세속을 벗어난 고오한 존재로 梨花를 묘사하고 있다. 말연에서는 이 꽃이 지닌 고아함을 강조하면서도 세속의 질시를 경계하는 모습을 그림으로써 '세상을 향한 질타의 목소리(憤世疾俗)'를 내고 있음이 시선을 끈다.

역대 문인들은 많은 꽃을 즐겨 찾고 감상하며 노래하였는데 꽃이 지닌 현재의 화려한 모습과 성품 못지않게 조락하는 모습과 속성을 주목한 면도 많았다. 살아 있는 꽃이 주는 환한 이미지 못지않게 시들어 떨어지는 꽃의 모습은 사람으로 하여금 깊이 있는 성찰을 가능하게 해준다. 눈같이 희고 화사한 모습으로 시인의 마음에 희열을 선사하던 梨花는 각종 傷春意識과 悲感이라는 상반된 정서를 투영할 때에도 적절한 소재 역할을 하였던 꽃이었다.

梨花는 눈처럼 차갑고 흰 외모를 지녔으면서도 푸근한 정감을 제공하였고, 달빛과 함께 어우러진 모습을 통해 막연한 그리움을 유발하였으며, 봄비에 젖은 모습을 한 채 애타는 춘심을 느끼게 한 매력의 결정체였다. 梨花는 梅花처럼 고고한 향기와 고아한 품위를 지키면서도 桃李와는 달리 한 때의 화려함으로 세속적인 미에 빠지지 않은 채 정결하고 고운 이미지를 견지해왔다. 梨花는 자신이 지닌 의상을 통해 풍요로움, 환상, 눈처럼 정갈한 서정, 새로운 환희, 고아한 향기 등의 긍정적 이미지와 인생무상, 고독, 한계상황, 찰나 등 각종 비감 어린 부정적 이미지를 함께 연출하는 꽃이다. 환상적인 화려함을 갖고 피어 신선한 감흥을 주다가 눈처럼 凋落하는 자태를 통해 화사함 이면에 담긴 깊은 비애와 서정을 느끼게 해준다. 그렇기에 역대 시인들은 梨花가 지닌 매력과 독특한 이미지를 소중히 여기면서 아름다운 서정을 계속하여 추출해낼 수 있었던 것이다.

10. 다채로운 매력을 발하는 살구꽃(杏花)

살구나무는 장미과에 속하는 낙엽 소교목이다. 중국에서는 山東, 河北, 山西 산악지대로부터 滿洲에 이르는 지역에 자생했고 우리나라에서도 수입되어 일찍부터 많이 재배되어왔다. 우리나라에서는 '살구나무(杏)' 열매가 '개(狗)'에게는 해로운 독이 있다고 여겼기에 '殺狗'라는 명칭으로 불렀던 것으로 보인다. 살구 꽃은 장미과이기는 하지만 매화에 가까운 나무여서 매화와 비슷한 성질을 가지고 있고 꽃 모양도 비슷한 점이 많아 얼핏 구별이 어려울 수도 있다.[45] 꽃은 4월에 잎보다 먼저 피며 연한 붉은색을 띠고 있는데 淸明節을 전후하여 개화하기에 淸明節을 상징하는 꽃으로 알려져 있다.

'살구꽃(杏花)'은 『全唐詩』에 나오는 花木 상위 20위 중 11위를 차지할 정도로 많은 빈도를 보이고 있고 그 이미지 역시 다양하다. 봄에 꽃을 피워 가을에 열매를 수확할 수 있는 나무이기에 꽃이 지닌 아름다운 매력과 열매의 풍성함으로 시인들에게 다양한 느낌을 제공한다. 살구꽃은 한 가지에 많은 꽃이 피므로 풍성함, 번영 등의 의미를 지니고 있고, 어린 시절의 추억과 기억, 고향에 대한 서정과 감회 등의 아련한 그리움도 함유하고 있다.

---

[45] 매화와 살구꽃은 생김새가 비슷하지만 살펴보면 차이점이 있다. 매화는 온난한 기후를 좋아하는 데 비해 살구나무는 한랭한 기후를 좋아하는 특성을 지닌 것이 우선 다르다. 두 꽃 모두 5개의 꽃잎을 갖고 있고 그 밑에 5개의 꽃받침이 있다. 매화는 5개의 꽃받침이 꽃을 감싸고 있는 모습을 하고 있는 데 비해 살구꽃은 붉은 꽃받침이 뒤로 활짝 젖혀진 상태로 피는 것이 구별된다. 꽃에 나 있는 꽃술의 모양과 수를 보면 매화가 살구꽃보다 길고 많은 꽃술을 지닌 것을 발견할 수 있다. 두 꽃과 비슷하게 생긴 꽃으로 벚꽃을 들 수 있는데 매화가 잎자루가 짧아 꽃이 가지에 꼭 붙어 있는 것 같은 모습을 한 것에 반해 벚꽃은 꽃잎과 꽃받침조각이 각각 5개이기는 하나 수술의 길이가 매화보다 작고 꽃자루가 긴 것이 특징이다.

일찍이 孔子가 '杏亶'에서 제자들을 가르쳤다는 고사에서 유래하여 살구꽃은 학문의 전당이나 강학하는 장소를 의미하기도 했고, 삼국시대 吳나라 명의 董奉이 치료비 대신 살구나무를 심게 한 후 이 열매를 팔아 다시 가난한 이를 구제했다는 '杏錢' 고사에서 유래하여 '은자가 백성을 구휼함' 혹은 '良醫'의 의미도 함유하게 되었다. 고전시가에 나오는 살구꽃은 풍성함과 번영, 人生과 世事의 부침, 고향의 의미, 여인네의 요염함과 소인배의 형용 등 '繁', '艶', '嬌', '俗'을 두루 망라한 다양한 이미지를 연출하고 있다. 실생활과 밀접하게 존재하며 다양한 뜻과 의상으로 문학과 인생에 다채로운 미감을 제공해왔던 꽃이었던 것이다.

1) 정겹고 아름다운 존재

봄날에 개화하는 '살구꽃(杏花)'은 화려한 자태로 밝은 이미지를 연출한다. 봄 햇살 아래 홍백색을 넘나들며 연분홍빛 미소를 머금은 자태는 보는 이의 마음을 환하게 열리게 한다. 역대 시가에서 봄의 전령 역할을 많이 하였고 봄과 여인, 요염함 등을 표현할 때도 활용되었지만 살구꽃은 무엇보다도 '정겨운 아름다움'의 이미지가 가장 큰 꽃이다. 살구꽃을 노래한 시의 구성을 보면 '봄꽃의 정겨움과 아름다움'을 일차적으로 부각시킨 후 자신의 뜻을 부가해나가는 방식을 취한 경우가 자주 발견된다.

六朝時代 庾信이 노래한 「杏花」 작품을 보자.

杏花 살구꽃

春色方盈野　봄빛이 지금 들에 가득한데
枝枝綻翠英　가지마다 푸른 잎과 꽃이 터졌네
依稀暎村塢　어렴풋이 시골마을 비추며
爛熳開山城　화사하게 산성에서 피어나 있구나
好折待賓客　기쁘게 꺾어 손님을 초대하여
金盤襯紅瓊　금반에 붉은 옥을 올리네

시골 마을마다 핀 살구꽃, 산성에 핀 살구꽃 등이 너무 화려하기에 혼자 보기

아까워서 타인에게 보여주고자 하는 마음을 표현하였다. 杏花를 '금반(金盤)'의 '붉은 옥(紅瓊)'에 비유할 정도로 아름답게 묘사한 것이 시선을 끈다.

鄭谷은 매화와 비교하면서 杏花의 아름다움과 시듦에 대한 아쉬움을 표한 바 있다.

杏花 살구꽃

不學梅欺雪	살구꽃은 흰 눈과 혼동을 일으키는 매화 같지 않게
輕紅照碧池	푸른 못에 가볍게 홍조를 비추고 있다
小桃新謝後	작은 복사꽃이 막 시들고
雙燕卻來時	제비가 쌍쌍이 날아오는 때에
香屬登龍客	향기는 마치 등과한 사람처럼 고아하고
煙籠宿蝶枝	자태는 연무 속에 나비가 가지에 머무는 듯하다
臨軒須貌取	집에 가기 전 필히 이 모습 모사하려 함은
風雨易離披	비바람 속에 쉽게 시들까 아쉬워함이라

흰 눈과 색 구별이 되지 않는 매화에 비해 杏花는 눈에 들어오는 붉은빛을 하고 있다는 것을 수구에서 서술하였다. '매화 같지 않다(不學梅)'는 표현을 통해 매화 못지않은 뛰어난 미모를 지니고 있음을 시사하였고 '紅'과 '碧'을 대조시켜 색감의 상징성을 강조하였다. '小桃'와 '雙燕'을 등장시키면서 봄의 화사한 기운을 언급하였고 이러한 분위기 속에서 登科한 '登龍客'의 고아한 기품을 그림으로써 극한의 가치를 추구하고 있다. 경연에서 '香'과 '煙'으로 이어지는 신묘한 분위기는 행화의 자태를 더욱 요염하게 만드는 묘사가 된다. 말연에서 이 모습을 '모사하겠다(貌取)'하였는데 이는 비바람에 시들어 못 보게 되는 살구꽃을 마음에 간직하고자 하는 작자의 의도를 표현한 것이 된다.

杏花를 보면서 세상에 보탬이 되고자 하는 의식을 다짐하기도 하였다. 晩唐의 司空圖가 마을에 피어 있는 살구꽃을 보면서 노래한 작품을 살펴보자.

力疾山下吳村看杏花 其十二
역질산 아래 오촌에서 살구꽃을 보다 제12수

造化無端欲自神	자연의 조화는 무궁한 데다 절로 신령하여
裁紅剪翠爲新春	마치 재단한 듯 붉고 푸른 모습을 하고 새봄을 맞고 있네

不如分減閑心力　이 모습에 흐트러져 마음을 한가롭게 하는 것보다는
更助英豪濟活人　영웅호걸을 도와서 세상 사람을 살려야 할지라

만물을 꽃피우는 자연의 위대한 힘, 그 신령한 힘에 편승하여 살구꽃은 '재단한 듯 붉고 푸른 꽃과 잎(裁紅剪翠)'의 절묘한 자태를 뽐내고 있다. 그런데 작자는 杏花가 아름다운 자태를 자랑하는 것에만 시선을 고정해두지는 않는다. '못하다(不如)'라는 표현을 통해 '마음을 한가롭게 해주는 것(閑心力)'보다 '세상 사람을 살리는(濟活人)' 실용적인 역할을 담당하는 것이 杏花의 의무임을 설파하고자 하였다. 살구꽃은 꽃의 미모를 뛰어넘는 효용성을 지닌 존재라는 의식에 기반한 언급인 것이다.

살구꽃을 仙家의 꽃처럼 신묘한 아름다움을 지닌 존재로 보는 시각도 있었다. 宋代 문인 王禹偁이 살구꽃을 묘사한 작품 중 한 수를 살펴보기로 한다.

杏花 其七　살구꽃 제7수
陌上粉披枝上稀　길가에 빈번하게 날리는 꽃잎 가지에는 얼마 남지 않아
多情癒解撲人衣　떨어지는 꽃잎 옷깃에 스치매 그 다정함에 근심도 풀려져
雙成洒道迎王母　마치 시녀가 西王母를 맞으러 나오는 것일까
十里蒙蒙絳雪飛　십 리까지 아득하게 눈이 흩날리는 듯

길가에 빈번하게 날리는 꽃잎과 가지에 얼마 남지 않은 모습을 보면 봄날이 다 간 것 같은 아쉬움을 느끼게 된다. 날리는 꽃잎에 다정함을 느끼니 그로 인해 시인은 '마음에 쌓인 것이 풀리는(癒解)' 경지를 경험하게 되었다. 살구꽃이 흩날리는 정경은 현실을 초월한 상상력까지 자극한다. 마치 西王母의 시녀인 董雙成이 洒水道에서 西王母의 왕림을 받들어 나오며 십 리까지 仙藥이 흩날리게 하는 것 같은 신령한 경지를 연상하게 만든다. 落花하는 정경은 대체로 쓸쓸하지만 작자는 이 순간 오히려 신령한 경지를 체험하고 있는 것이다.

살구꽃은 봄꽃의 매력을 논할 때 빼놓을 수 없는 꽃이다. 겨울의 추위가 아직 가시지 않은 날씨를 이기고 피어나 연분홍빛 자태를 선보이게 되면 홍조를 띤 수줍은 얼굴을 반만 내밀고 웃는 여인의 자태 같은 아름다움을 연상하게 된다.

흔히 봄날의 요염함을 상징하는 꽃으로 복사꽃을 꼽고, 봄꽃의 왕으로 모란을 꼽는 데 비해 살구꽃은 볼수록 마음이 끌리는 아름다움으로 승부하는 꽃이다. 고혹적인 화려함보다는 친근한 아름다움으로 시선을 사로잡는 살구꽃의 모습에서 시인들은 무한한 연정을 떠올리게 되고 봄바람에 흩날리는 살구꽃을 보면서 사랑과 이별, 아련한 정회들을 연상하게 된 것이다.

2) 人生과 世事의 부침

長安 曲江에는 큰 '살구꽃 동산(杏園)'이 있었는데 唐代에는 과거에 급제한 이들에게 이곳에서 주연을 베풀어주고 치하를 하던 풍속이 있었다. 역대 시가에서 '수도 장안에서 봄을 즐기다(京都游春)', '급제연회에 참가하다(登科宴集)', '낙제하여 송별하다(送別下第)', '한식 즈음에 떠올리는 감회(寒食感懷)' 등 인생의 영욕이나 득실, 정치적 부침 등을 표현할 때 살구꽃을 많이 인용한 바가 있는데 이는 살구꽃이 핀 曲江 杏園에서 행했던 급제자 축하행사와 일정한 연관성이 있어 보인다. 역대 문인들이 살구꽃을 통해 인생의 '榮枯盛衰'를 표현한 것은 살구꽃이 봄의 개화와 낙화, 여름의 결실로 이어지는 일련의 과정을 잘 드러낸 면이 크지만 한편으로 唐代에 형성된 '과거급제의 영화'라는 상징성도 일정한 몫을 한 것이라고 추측해볼 수 있다.

韓愈는 人生과 世事의 부침이라는 내용을 펼치면서 살구꽃과 杏園의 이미지를 잘 활용한 바 있다.

杏花 살구꽃

居隣北郭古寺空 사는 곳 북쪽의 옛 절은 텅 비어 있는데
杏花兩株能白紅 살구꽃 두 그루 어찌 흰색과 홍색을 띠고 있나
曲江滿園不可到 曲江의 杏園은 이제 갈 수 없고
看此寧避雨與風 차라리 이 모습 바라보며 세파를 피해본다
二月流窜出嶺外 이월에 陰山嶺을 넘은 후에
所見草木多異同 보이는 초목마다 대부분 낯설어라

폄적을 당해 陰山嶺 아래 지방의 낯선 환경에 있던 韓愈는 문득 杏花를 보면서 과거 급제자로서 曲江의 杏園에서 주연을 누렸던 화사한 시절을 떠올리게 된다. '杏花能白紅' 구절로 살구꽃은 인생의 부침처럼 영고성쇠를 느끼게 하는 상념의 매개물이 되고 있음을 밝혔다. '寧避' 구에서는 차라리 이곳에서 세파를 잊고 사는 것이 좋겠다는 '의도적인 위안'을 도모한 것도 엿볼 수 있다.

羅隱의 「杏花」 一首에서도 杏花를 들어 人事에 기탁한 내용이 발견된다.

杏花 살구꽃

暖氣潛催次第春 따듯한 기운 어느새 봄을 재촉하는데
梅花已謝杏花新 매화는 벌써 시들고 살구꽃 새로 피었다
半開半落閑園裏 반쯤 핀 살구꽃과 반쯤 진 매화로 동산은 한가로운데
何異榮枯世上人 세상 사람들의 영고성쇠와 무엇이 다르랴

매화와 살구꽃을 들어 인사의 영고성쇠를 비유하는 내용이다. 차례대로 핀 봄꽃 중 매화는 이미 시들해졌고 바야흐로 살구꽃이 기운을 발하고 있다. 따듯하고 한가로운 동산은 아름다운 정경을 제공하지만 그 속에는 끝없이 피고 지는 꽃처럼 영고성쇠를 맞는 人事의 이치가 숨어 있음을 간파하고 있다. 불만을 지니고는 있으나 풀 기회가 없는 이의 애처로운 감정이 행간에 숨어 있는 것이다.

宋代 王安石도 杏花의 낙화하는 형상을 통해 세사의 허무함과 자신의 신세를 되돌아보고 있다.

北陂杏花 북쪽 언덕에 핀 살구꽃

一陂春水繞花身 저 연못 봄물은 꽃 주변에 넘실대고 있고
身影妖嬈各佔春 꽃모습 하늘하늘 봄빛을 비추고 있다
縱被春風吹作雪 살구꽃이 봄바람에 눈처럼 날린다 해도
絕勝南陌碾成塵 남쪽 밭길에 떨어져 먼지 됨보다 나으리

연못에 있는 봄물은 꽃 주변에서 풍요한 양분이 되고 있어 넉넉한 경지를 연출한다. 그러한 자태를 '妖嬈'라고 하여 극도의 아름답고 요염한 존재로 묘사하고 있다. 그러나 작자의 시선과 심정은 이내 落花의 처량함으로 이동한다. 눈처

럼 날리는 살구꽃잎은 마치 봄바람에 물러가는 눈처럼 한계를 다한 모습을 하고 있다. 길가에 떨어져 거마에 밟히고 바람에 날려 먼지로 전락하기보다는 눈처럼 날리며 산화하는 것이 낫다는 표현을 통해 살구꽃잎의 흩날림에 시선을 고정시키고자 하는 의도를 실어놓았다.

吳融이 杏花를 통해 우국의 서정을 느끼면서 자신의 의식을 밝힌 작품을 살펴본다.

途中見杏花　길 가는 도중 살구꽃을 보고

一枝紅艶出牆頭　한 가지의 붉고 요염한 꽃 담장 너머 피어 있고
牆外行人正獨愁　담장 밖 행인 이를 보고 홀로 근심스러워 한다
長得看來猶有恨　오래도록 보고 있자니 더욱 한이 일어
可堪逢處更難留　지금은 참을 만하지만 머물러 있기는 더 어려워라
林空色暝鶯先到　숲이 비고 날 저물자 꾀꼬리 먼저 날아들고
春淺香寒蝶未游　봄은 다하는데 날 차가워 나비도 아직 오기 전이라
更憶帝鄉千萬樹　장안의 천만 그루 살구꽃 생각하노라니
澹煙籠日暗神州　희미한 연기에 神州가 온통 암담하게 느껴지는구나

吳融은 唐末에 태어나 난세의 어려움을 겪은 시인이었기에 '一枝紅艶'을 보면서 시절의 암담함을 느끼고 있다. '牆外行人'이라는 표현은 이 세상을 어쩌지 못하는 방관자의 모습을 투영한 것이고, '獨愁'라는 표현은 홀로 근심스러워 하는 한계성을 암시하는 것이다. 그러한 감정에 이어 '猶有恨', '更難留' 등은 더욱 확연한 모습으로 침울한 분위기를 대변한다. '林空', '色暝', '春淺', '蝶未游' 등의 표현 역시 근심과 한을 더욱 물들이는 구절이다. 이 시기 長安에 피어 있는 천만 그루의 살구꽃을 생각할 때 '햇볕이 흐려진(日暗)' 현재 神州의 모습은 더욱 암담하게 느껴진다. 비관적 정서가 구절마다 서려 있음을 발견할 수 있으니 杏花의 이미지는 때로 화사한 시절과 대비되는 쇠락의 이미지도 연출하는 것임을 알 수 있다.

살구꽃은 정치적 역정을 거친 문인들이 인생의 영욕이나 득실, 정치적 부침 등을 나타내는 부분에서 여느 봄꽃 못지않게 자주 등장한다. 살구꽃은 시인들의 마음에 梅花나 벚꽃처럼 국가의 흥망성쇠 같은 커다란 스케일을 제공하는 꽃은

아니었다. 그러나 '曲江 杏園의 과거급제자 축하연' 같이 개인의 영화를 상징하는 측면은 다른 봄꽃들에 비해 상대적으로 강했다고 볼 수 있다. 화려함을 뽐내다 영락하는 것이 꽃들의 숙명이지만 살구꽃은 '영화'와 '부침'이라는 이중적 의미구조를 특히 강화한 꽃이라는 점에서 의미가 있는 소재라 할 수 있다.

3) '고향'과 '향수'를 대변하는 서정

일찍부터 중국을 비롯해 동아시아 문화권에서 많이 심어지고 꽃과 열매가 다양한 의미로 활용된 살구꽃은 언제나 사람과 가까운 존재였다. 마을이 있는 곳이면 그 정겨운 자태를 보여주었으니 어릴 적부터 사람들의 마음에 쉽게 각인된 친근한 나무라 할 수 있다. 살구꽃은 특히 淸明節 전후에 곱게 피어나는데 이 시기에 부는 바람을 '杏花風', 이 시기 내리는 비를 '杏花雨'라 한다. 이러한 연유로 살구꽃은 淸明節을 상징하는 꽃으로 인식되게 되었고 살구꽃을 보다보면 淸明節 절기와 연관하여 가족과 고향, 어린 시절의 추억 등을 떠올리게 된다. 살구꽃을 고향과 같은 푸근하고 정겨운 존재로 묘사한 작품이 많은 것은 이와 같은 의식을 바탕으로 한 것이라 생각된다.

비 내리는 淸明節에 길 가던 나그네의 눈에 띈 杏花의 정경을 그린 杜牧의 작품을 보자.

淸明 청명
淸明時節雨紛紛　청명에 비가 부슬부슬 내려
路上行人欲斷魂　길가는 나그네 애간장이 끊어지려 하네
借問酒家何處有　주막이 어디 있는가 물어보니
牧童遙指杏花村　목동이 멀리 살구꽃 핀 마을을 가리키네

淸明節이라는 명절을 맞아 집안과 조상을 찾아뵙지 못하는 객지의 나그네는 고향 생각에 애간장이 끊어지려 한다. 이 근심을 술로 풀어볼까 하고 주막이 어디 있는가를 물어보니 들녘의 목동은 멀리 杏花村을 가리킨다. 시골 어디서나 보이는 杏花村은 푸근한 고향, 쉴 곳, 주막 등의 이미지를 연출한다. 사대부나 귀족들은 매화나 난초처럼 품위와 氣節 있는 꽃을 좋아하여 한정된 공간 속에 심고 집중하여 정성을 쏟겠지만 서민들은 자연스럽게 피어 있는 살구꽃을 더 좋아했던 것 같다. 그렇기에 살구꽃은 고향의 정경을 구성하는 데 있어 빠질 수 없는 소재가 되었는지 모른다.

宋代 蘇軾의 시가 중에도 달밤에 살구꽃 밑에서 나그네와 술을 마시며 회포를 푸는 내용의 작품이 있다. 달과 꽃, 술과 情의 조화가 어우러진 한편의 풍경화를 보는 듯한 푸근한 정경을 선사하고 있다.

月夜與客飮杏花下　달밤에 손과 함께 살구꽃 아래에서 술 마시며

杏花飛簾散餘春	살구꽃은 주렴에 날아들어 남은 봄마저 흩어버리고
明月入戶尋幽人	밝은 달은 방에 들어 은자를 찾는다
褰衣步月踏花影	옷자락 걷고 달빛 아래 거닐며 꽃 그림자를 밟는데
炯如流水涵靑蘋	달빛은 흐르는 물이 푸른 개구리밥을 적시듯 밝다
花間置酒淸香發	꽃 사이에 술병 놓으니 맑은 향이 나오고
爭挽長條落香雪	긴 가지 휘어 당기니 눈 같은 꽃이 떨어진다
山城薄酒不堪飮	이 산동네의 막걸리는 마실만한 것이 못 되매
勸君且吸杯中月	술잔 속의 달을 마시라고 그대에게 권하노니
洞簫聲斷月明中	퉁소 소리도 끊기고 달빛만 밝구나
惟憂月落酒杯空	오직 저 달이 지고 술잔이 비어질까 걱정이네
明朝卷地春風惡	내일 아침 봄바람이 모질게 불면
但見綠葉棲殘紅	단지 꽃잎 진 자리에 푸른 잎만 보이리

이 시는 1079년 어느 봄날, 시인이 촉나라의 張師厚와 함께 꽃놀이를 가서 쓴 작품이다. 시인은 杏花가 아름답게 피어 있는 밝은 달밤에 객과 함께 황홀한 정경을 맛보며 달빛과 술이 주는 흥취에 한껏 취해 있다. 3~4구와 7~8구에서 발휘된 몽환적이고도 초월적인 서사가 특히 시선을 끈다. 이 밤 몽환적인 분위기를 제공하는 존재는 달과 杏花이며 화사하게 피어 있는 杏花가 유난히 情을 고취시킨다. 잦은 봄비에 흩어지는 꽃바람을 아쉬워하는 시인의 마음을 엿볼 수 있고 생기가 넘치는 봄밤 정경 속에 杏花가 주는 푸근한 정서도 맛볼 수 있다.

친구를 만나러 갔으나 미처 만나지 못하다가 담장에 핀 杏花를 보고 친구와

의 우정을 생각해낸 葉紹翁의 작품을 보자.

游園不值 동산에 노닐러 가서 친구를 만나지 못하고
應憐屐齒印蒼苔 아쉬워라 나막신 자국이 푸른 이끼에 남아 있는데
小扣柴扉久不開 살짝 두드려도 오랫동안 문은 열리지 않는구나
春色滿園關不住 정원에 봄빛 가득하여도 문 닫혀서 머물지 못하는데
一枝紅杏出墻來 붉은 살구 가지 하나 담장 밖으로 나와 있네

봄빛이 그득한 정원에서 화려하게 피어 있는 杏花의 모습을 통해 조우하지 못한 아쉬움을 달래고 있다. 친구와의 만남이 정해진 것이 아닌 듯 친구는 어디 가고 없어 아쉬우나 그 대신 생각지도 못하게 피어 있는 살구꽃이 시인의 마음을 밝게 해주고 있다. 봄이 주는 신선함처럼 정겨운 살구꽃 자태는 우정의 서사와 편안한 기분을 느끼게 해주는 전령으로서의 역할을 톡톡히 해내고 있다.

金代 元好問은 살구꽃을 보면서 느낀 추억과 서정, 역사적 일화 등을 총 13수의 「杏花雜詩」를 통해 표현한 바 있다. 다음은 그중 한 수이다.

杏花雜詩 살구꽃 잡시
嫋嫋纖條映酒船 하늘하늘 섬세한 살구꽃 가지 酒船에 비추이고
綠嬌紅小不勝憐 푸른 잎과 작고 붉은 꽃 더없이 사랑스러워라
長年自笑情緣在 장년에 되어도 이렇게 살구꽃에 정이 감에 미소 짓나니
猶要春風慰眼前 눈앞 봄바람에 더욱 위안을 얻는구나

시인은 현재 눈앞에 펼쳐지는 杏花의 아름다움과 옛날에 자신에게 추억을 갖게 한 기억 속의 杏花를 동시에 느끼고 있다. 장년에 되어서도 살구꽃에 정이 가는 것을 느끼게 되자 혼자 빙그레 미소 짓게 된다. 杏花가 주는 그리움과 서정, 어릴 적 추억과 고향에서의 서정이 행간에 듬뿍 실려 있다.

살구꽃이 지닌 붉고도 흰 자태를 주목하여 쓴 楊萬里의 작품을 살펴본다.

文杏塢 문행오
道白非眞白 희다고 말하나 진실로 흰 것은 아니요
言紅不若紅 붉다고 말하나 붉은 것 같지는 않다

請君紅白外　그대여 붉고 흰 것 외에
別眼看天工　다른 눈을 갖고 천연의 아름다움을 볼 수는 없는가?

희다고 말하나 진실로 흰 것은 아니고, 붉다고 말하나 붉은 것 같지도 않은 杏花의 자태는 실로 한마디로 언급하기 어려운 색깔을 갖고 있다. 시인은 杏花의 외면적인 아름다움보다는 내면에 담긴 천연의 미감을 발견할 것을 주문하고 있다. '別眼'은 바로 우리가 杏花를 보면서 간과하기 쉬운 '天工'을 찾을 수 있는 지혜의 눈이요, 현재의 모습과 다른 푸근하고도 서정적인 의미를 발견할 수 있는 또 다른 눈이다. 시가에 활용된 표현은 평이하지만 내면에서 담긴 哲理意識을 실로 깊이가 있는 것이다.

살구꽃은 봄꽃의 화사함과 요염함, 영화로운 영예와 쓸쓸한 부침의 면모 등을 표현하는 데 있어 매우 좋은 소재였다. 살구꽃의 다양한 매력 중 인가와 촌락 어디서나 쉽게 존재하며 추억을 만들게 하였던 정겨움을 빼놓을 수 없다. 사람들은 어려서부터 흔히 이 꽃을 접할 수 있었고 넉넉한 추억도 얻을 수 있었다. 성인이 되어 객지를 떠돌다가도 이 꽃을 보면 우선적으로 고향의 향수를 떠올릴 수 있었으니 소중한 어린 시절의 추억이나 고향의 향수를 상징하는 꽃으로서의 입지는 상대적으로 컸다 할 수 있다.

살구꽃은 엷고 붉은 색과 희고 아리따운 색을 동시에 지니고 자신의 독특한 미감을 잘 드러내는 아름다운 봄의 요정이다. 살구꽃은 봄날의 화사함을 표현하는 데 있어 중요한 꽃이었지만 아련하게 떠오르는 추억이나 인생의 세미한 부침을 표현하는 있어서도 중요한 소재였다. 유가의 스승인 孔子의 '杏壇'으로 학문과 교육의 의미를 더하게 되고, 吳나라 명의 董奉의 '杏田'으로 인술과 구휼의 상징성까지 함유하게 된 것은 살구꽃의 매력을 한껏 높여준 요인이 된다. 살구꽃은 만개시기의 한계성, 개화와 낙화로 이어지는 흐름으로 인해 人生과 世事의 부침을 묘사하는데도 자주 등장하였다. 살구꽃처럼 '美貌를 한껏 자랑했던 존재가 凋落'하는 양상은 누군가의 한을 표출하거나 부침을 서사하는 데 있어 매우 좋은 소재였던 것이다. 화려한 봄과 함께 왔다가 매력을 다하고 시든 후에도 시인의 가슴에 언제나 청순한 미를 제공하는 꽃, 학문과 구휼의 진정한 의미를 생각하게 하는 꽃, 淸明節을 맞아 가족과 고향을 더욱 생각하게 하는 꽃, 시절의 한과 영락의 비애를 함께 느끼게 해주며 세상에서의 삶을 다시금 생각하게 해주는 꽃, 역대 시인들은 살구꽃이 발산하는 이러한 다양한 매력을 놓치지 않았던 것이다.

11. 나무의 품성이 꽃을 빛나게 하는 석남화(石楠花)

石楠花(학명 Rhododendron metternichii)는 장미과 석남속에 속하고 '千年紅', '扇骨木' 등으로도 불리며 4~5월에 흰색 꽃이 피고 10월에 붉은색 열매가 맺힌다. 石楠나무는 관목 혹은 소교목으로 10여 미터까지 잘 자라며 관상용으로 많이 심어온 화목이다. 목재가 견실하여 마차 바퀴나 그릇 등의 용도로도 많이 활용되어 왔다. 아열대 수종으로 淮河 이남의 평원이나 구릉 지역에 많이 심겨져 있는데 그늘에서도 잘 견디지만 햇볕을 좋아하는 성품을 가졌다. 내한성도 비교적 강하여 영하 15도의 저온에도 낙엽을 유지하며 비옥하고 물기 많은 모래 토양에서 잘 자란다. 한편 우리나라의 '석남화(石南花)'와 중국의 '석남화(石楠花)'는 한자도 달리 쓰고 수종도 서로 다른 식물이다. 우리나라의 石南花는 철쭉과 꽃으로 赤, 白, 黃, 紅, 紫 색의 꽃이 4월에서 7월 사이에 피어나고 10월에 열매가 맺힌다. '만병초'로도 불리며 철쭉 비슷하게 꽃을 피우는 형상을 하고 있어 石楠나무 위에 흰 꽃을 드리우는 중국의 '石楠花'와 비교를 이룬다.

중국 고전시에서는 石楠花 '꽃'보다는 石楠'나무'의 자태와 기질을 읊은 작품이 상대적으로 많이 발견된다. 石楠나무가 관상수종으로 환영받았던 이유는 원형으로 된 '樹冠'이 아름다운 常綠을 유지하고 있으며, 하얀색으로 무더기져 있는 꽃과 함께 비췻빛 색깔을 띠고 있는 가늘고 긴 잎, 가을을 거치며 赤紅色으로 짙어지는 가지, 剪枝에도 튼실하고 울타리로서의 활용도도 좋은 점 등 외관과 실용적인 면에서 장점을 많이 갖고 있기 때문이라 볼 수 있다. 중국 고전시가에서 石楠나무에 관한 묘사는 주로 나무의 자태에 대한 칭송, 나무가 주는 한아하고 평안한 경지에 대한 감상, 石楠나무가 지닌 근실한 성품과 대비한 인생사 등을 노래한 것으로 되어 있다.

唐代 王建이 원로를 떠나기에 앞서 출행에 임하는 자신의 마음을 표현하는 중에 은연중에 石楠花의 매력을 서술한 작품을 본다.

看石楠花 석남화를 보면서

留得行人忘卻歸 나그네 된 이 돌아갈 생각 잊고 머무르게 하는 것은
雨中須是石楠枝 빗속에서도 의연한 석남화 가지 때문이라
明朝獨上銅臺路 내일 아침 동작대 가는 길 홀로 가리니
容見花開少許時 꽃 피어 있는 잠시나마 감상할 수 있게 해주기를

王建은 한미한 출신의 인사로 大曆 연간에 進士에 급제하여 변새를 종군한 적이 있다. 이 시는 서울을 떠나면서 石楠花를 통해 당시의 마음을 표현한 작품이다. 나그네 된 이의 발걸음을 잡는 것은 내리는 비를 맞고 함초롬히 피어 있는 석남화 한 가지이다. 석남화를 직접적으로 서술하지는 않았지만 비 오는 정경을 배치시킴으로써 석남화의 매력을 돋보이게 하였다. 작은 우산 모양을 한 꽃에 붉은 열매를 매단 가지가 시인의 마음을 매료시킨 상태임을 상상해볼 수 있다. 수구의 '머무르다(留)'와 말구의 '감상할 수 있게 해주기를(容見)'이 주는 의미가 떠나는 아쉬움을 가중시키고 있다. 지인들이 있는 京城을 떠나 원정길에 가는 시인의 마음에 한때나마 위안을 주는 존재가 石楠花인 것이다.

唐代 白居易가 석남나무에 대하여 쓴 작품은 石楠花와 나무의 자태를 전체적으로 감상하면서 자태와 특성을 칭찬하고 있고 덧붙여 세속에 대한 비유와 풍자까지 가하는 내용을 담고 있다.

石楠樹 석남나무

可憐顏色好陰涼 그늘져 서늘할 때의 나무 모습 사랑스러워
葉翦紅箋花撲霜 붉은 편지지를 잘라놓은 것 같은 잎에 서리 내린 듯한 흰 꽃
傘蓋低垂金翡翠 우산을 뒤집어놓은 듯 낮게 드리워 아름다운 비췻빛 발하고
燻籠亂搭繡衣裳 향로 같은 열매 수놓은 비단 치마처럼 나무 끝부분에 있네
春芽細炷千燈焰 여린 봄 싹은 천 개의 등불이 타고 있는 가는 심지와도 같고
夏蕊濃焚百和香 여름 꽃술 농염하게 타오르며 백합 같은 향기를 풍기네

見說上林無此樹　듣자하니 궁원에 이 나무는 없고
只教桃柳占年芳　복숭아와 버들만 화려하게 피어 시절을 밝힌다 하거늘

　시가의 전반부에서는 붉게 드리운 석남나무 잎, 흰색의 꽃, 우산을 엎어놓은 듯한 꽃의 자태, 나무 끝을 장식하고 있는 작은 열매의 아름다움 등 석남화가 주는 청량한 기운과 꽃과 잎의 색감과 모습을 세밀하게 관찰한 것이 돋보인다. 봄과 여름을 거치면서 피어나는 잎과 꽃의 모습을 천 개의 등불이 타는 것처럼 형용하였고 꽃술에서 나는 향기를 백합의 향기에 비유함으로써 꽃의 미감을 상대적으로 인식하도록 하였다. 자태나 향기가 이처럼 뛰어난데도 궁원에는 복숭아와 버들만 화사함을 발하고 있다는 기술은 뛰어난 인재가 인정받지 못하고 있는 세상에 대한 풍자의 뜻을 드러낸 것이 된다.

　石楠나무를 노래한 시가는 대부분 아름답고 기품 있는 자태를 칭송하는 내용을 위주로 하고 있다. 고아한 자태를 지닌 채 은자의 맑은 심신을 대변하는 존재로 석남나무를 노래한 唐代 胡玢의 시를 보자.

石楠樹　석남나무

本自淸江石上生　본래 맑은 강가 돌 사이에 피어났으나
移栽此處稱閑情　이곳에 옮겨 심어져 閑情이라 불리우네
靑雲士盡識珍木　고결한 인사들은 이 진귀한 나무를 알아보는데
白屋人多喚俗名　평범한 뭇 백성들은 속명으로 바꾸어 부르네
重布綠陰滋蘚色　녹색으로 여러 겹 깔린 그늘은 풍성한 이끼 모습인데
深藏好鳥引雛聲　깊이 숨은 아름다운 새는 봉황을 연상시키는 소리를 낸다
余今一日千回看　나 이제 하루에 천 번이나 보아도
每度看來眼益明　매번 볼 때마다 눈에 더욱 선명하구나

　본래 맑은 강 돌 사이에 자라던 석남나무가 한가로운 곳에 옮겨와 심겨 있는 상황을 설명함으로써 廬山에 은거하는 자신의 처지를 형상화하였다. '한가한 정으로 불려진다(稱閑情)'는 표현은 관직에 들지 않고 은거하는 자신의 모습을 은유한 것이다. 처사들은 한적하게 자라는 이 나무의 진면목을 알아보는데 세인들은 이 나무의 이름을 '千年紅'이라는 俗名으로 부른다는 언급을 함으로써 세인

과 다른 자신의 맑은 의식을 강조하였다. 자연 속에 짙게 깔려 있는 이끼나 깊은 숲 속에서 봉황 같은 울음을 우는 새의 모습들 역시 은거하는 시인의 고결함을 형상화한 표현이 된다.

唐代 權德輿가 쓴 시에 등장하는 石楠나무는 정갈한 자태를 지닌 여인 같은 존재이다.

石楠樹　석남나무

石楠紅葉透簾春　석남나무 붉은 잎 규방의 주렴 사이로 春意를 전하는데
憶得粧成下錦茵　마치 단장한 여인이 비단으로 수놓인 자리에 내려앉듯
試折一枝含萬恨　가지하나 꺾어보니 만 가지 한 머금게 되어
分明說向夢中人　이는 분명 꿈속의 님에게나 말할 뿐이라

청명 계절에 붉게 물드는 석남나무 잎은 마치 春意를 전하듯 규방 여인의 마음을 흔들어댄다. 잎이 떨어지는 모습을 단장한 여인이 비단 자리에 앉는 모습으로 처리함으로써 석남나무의 미감을 증가시켰다. 이 나무를 보면서 규중의 여인은 이별의 한을 떠올리게 되고 님을 만나지 못하는 현실을 꿈속에 부치게 된다. 의인법을 활용하여 석남나무의 매력을 효율적으로 묘사하고 있다.

唐代 朱長文은 석남나무가 관상용으로 훌륭한 역할을 하고 있음을 주목하였다.

蘇學十題·石楠　소학십제·석남

昔年曾賞玩　몇 해 전 이 나무를 감상하다가
移自碧山遙　멀리 푸른 산에서부터 옮겨다 심었네
古幹磨文石　오랜 줄기는 아름다운 돌처럼 마모되었고
寒枝熨翠綃　차가운 가지에는 아름다운 물총새 눌러앉았네
雖殊櫟梓用　비록 녹나무나 가래나무와는 쓰임이 다르지만
終免雪霜凋　종래에는 눈과 서리에 시듦 면치 못하겠지
來者宜珍護　내 뒤에 오는 이도 이 나무를 귀하게 보호해서
毋令困采樵　땔감으로 캐어지게 하지 말지니

석남나무는 멀리서부터 옮겨 심어다 놓을 정도로 가치가 있는데 이는 석남나

무의 자태가 훌륭해서만은 아니다. 오래되고 마모된 줄기, 차가운 가지 등의 표현에서는 세월의 흐름을 인지하게 될 뿐 현재의 자태가 대단하다는 느낌을 받을 수도 없다. 석남나무에 대한 직접적인 칭송을 절제하면서도 훗날 땔감으로 베어질까 안타까워하는 마음을 표현함으로써 나무의 매력을 강조한 것이 돋보인다.

석남나무가 주는 한아한 흥취를 그린 宋代 高似孫의 「石楠」과 宋代 宋庠의 「和中丞晏尚書西園石楠紅葉可愛」 작품 두 수를 차례로 살펴보기로 한다.

石楠 석남

自隨野意訂山行　자연의 섭리에 따라 스스로 산에 머무르고
香學楠花白水生　맑은 물가에서 피어난 석남화 향기를 배운다
借得風來帆便飽　바람이 불어오면 이를 틈타 한껏 돛을 펼치나니
隔溪新度一聲鶯　시내 너머에서는 꾀꼬리 울음 한 줄기 새로이 들려오는데

자연의 섭리에 따라 자라나고 향기를 피우는 석남나무를 보며 한가로운 흥치를 느낀다. 바람 일 때 돛을 달고 물 위를 내닫고 강 너머로 들려오는 꾀꼬리 울음을 즐기는 한아한 세계, 그 경치의 출발점은 바로 석남나무 한 그루인 것이다.

和中丞晏尚書西園石楠紅葉可愛 중승 안상서의 서원의 석남나무 붉은 잎을 아끼는 시에 화답하며

幾歲江南樹　강남에 이 나무 있은 지 그 몇 년인가
高秋洛涘園　한 가을 낙수 개울가 정원에 심겨져 있네
碧姿先雨潤　나무의 푸른 자태는 벌써 내린 비에 적셔져 있고
紅意後霜繁　번성할 생각에 훗날 서리 맞아도 더욱 풍성해지리
影疊光風動　빛과 바람에 요동하는 모습 겹치고
梢迷夕照翻　저녁 햇살 번득이는 중에 가지 끝 아련하다
一陪幽興賞　함께 그윽한 흥취를 감상하다 보면
容易到黃昏　어느덧 황혼은 쉬이 도래하나니

晏尚書의 서쪽 정원에 심겨진 석남나무의 붉은 잎이 특별히 사랑스러운 것은 세월을 겪으면서 늠름하게 자라난 훌륭한 자태와 비와 서리에도 풍성하게 자라나는 인내력과 생명력이 대견해서이다. 빛과 바람, 황혼녘의 석양을 받으며 몽환

적인 이미지를 연출하고 있는 나무의 모습은 감상하는 필자의 마음을 푸근하고 넉넉하게 만든다. 흥취에 매료되면 시간의 흐름을 잊게 된다는 표현으로 이 나무가 풍기는 남다른 매력을 은유하고 있다.

宋代 張舜民은 석남나무를 통해 인생사를 돌아보는 관점을 표현하기도 했다.

石楠 석남

六代喬楠二百齡	이백 년간 여섯 대를 잇는 동안 크게 자란 석남나무
分柯中有異枝生	갈라진 가지에 새로운 가지 생겨났네
孤根自合藏幽處	숨겨진 곳에서 하나의 뿌리로 절로 합쳐지고 있는데
瑞子何期應太平	상서로운 열매는 어느 세월에 태평스레 달리려나

석남나무의 오래된 모습을 보면서 느끼는 감격과 감탄이 실려 있다. 땅 위에서 여러 줄기로 번성하는 모습을 보이고 있는데 그 근원은 하나의 뿌리로 통한다고 보았다. 지속적으로 가지를 뻗으며 번영하는 나무를 보면서 세대의 순환을 겪으며 번영을 이루어나가는 인간의 존재감도 느끼게 된다. 수백 년을 지속하는 나무와 세대에 걸쳐 번성해가는 인간의 모습을 대비하면서 그 속에서 번영과 지속이라는 동일한 명제를 추구하고 있음이 발견된다.

石楠나무는 한아하고 조용한 의경을 제공하는 나무지만 이 나무를 바라보는 시인의 마음에 따라 때로는 우수의 투영체가 되기도 한다. 司空圖가 석남나무를 들어 자신의 소회를 밝히고 시국에 대해 우려의 정을 서사한 작품을 보자.

石楠 석남

客處偸閑未是閑	객이 된 이 고요한 곳에 있으나 한가롭지 못해
石楠雖好懶頻攀	석남나무가 비록 좋다 해도 가지를 늘이는 것에는 게으르다
如何風葉西歸路	흔들리는 잎 떨어져 서쪽 귀로에 향함은 어떠한가
吹斷寒雲見故山	바람 다하고 차가운 구름 일 때 고향 산을 바라보나니

唐末 난세를 피하여 은거하며 살아가는 시인이기에 몸은 한가롭지만 마음은 편안하지 못하다. 제2구에서 '가지를 늘이는 것에는 게으르다(懶頻攀)'라고 한 것은 석남나무가 상록관목으로서 높이가 12미터 이하에 그친다는 것을 인식한 표

현이다. 五代 梁太祖 朱溫이 唐을 이어 다스리면서 司空圖를 禮部尙書에 제수하였으나 응하지 않았던 이력을 연상하게 한다. 석남나무는 상록수지만 바람이 음습한 기운을 몰아내듯 서쪽으로 낙엽을 흩날리기 원하는 마음을 기술함으로써 쇠미한 唐朝의 중흥을 바라는 자신의 희망을 투사하고자 하였다.

　'石楠花'는 흐드러진 흰색 꽃무리 형상의 외모를 가지고 있다. 크고 화사한 꽃잎이나 짙은 색깔로 꽃송이가 온통 눈에 들어오게 하는 강렬한 외관보다는 특유의 긴 꽃술을 드리우며 나무가 흰 눈을 맞은 듯한 모습을 연출하는 것으로 자신을 표현한다. '石楠花'는 봄에 다른 꽃보다 먼저 피어 존재감을 드러내기보다는 뒤늦게 산발적으로 개화하므로 사람들의 시선을 끄는 능력도 상대적으로 약한 편이다. '石楠花'보다는 '石楠나무'가 상록의 의연한 자태를 유지하므로 더 주목을 받고 있고, 튼실한 삶을 이어가는 특성을 지녔기에 세인들의 마음에 잔잔한 여운을 선사하고 있다. 唐代 段成式이 「題石泉蘭若(석천 난약사에서 글을 쓰다)」에서 "울창한 대나무 울타리에 소나무로 된 문, 석남나무 그늘 아래 향기로운 풀 깔려 있네.(蘆竹爲籬鬆作門, 石楠陰底藉芳蓀)"라고 한 것이나, 唐代 司空圖가 「淛上(석수에서)」에서 "붉은 계수나무와 석남나무는 함께 자라기에 적당하고, 秦 땅의 구름과 楚 땅의 비가 어두운 중에 서로 화답한다네.(丹桂石楠宜幷長, 秦雲楚雨闇相和)"라고 한 구절은 모두 꽃보다 나무의 효용성을 주목한 것이라 할 수 있다. 우리나라에서는 신라인 崔伉과 연관된 '石南花' 설화가 유명하여 꽃이 더 주목을 받아왔는데 비해 중국에서는 '石楠花'보다 '石楠나무'가 더 주목을 받아왔다는 것이 비교가 되는 점이다.

12. 미모와 실용성 사이에서의 영욕 양귀비꽃(罌粟)

양귀비(학명 Papaver somniferum)는 양귀비과의 한해살이풀이다. 5~6월에 흰색, 붉은색, 자주색 등 여러 색의 꽃이 피는데 꽃이 시원스럽게 크고 아름다워 관상용으로 많이 심어왔다. 꽃이 지고 난 후 6~7월이면 길이 4~6센티미터로 둥근 달걀 모양을 한 삭과의 열매가 열리는데 윗부분에 많은 수의 작은 종자 알갱이를 담고 있다. 종자는 마취 성분이 없고 요리에도 사용되지만 익지 않은 열매에 상처를 내어 받은 유즙을 60도 이하의 온도로 건조하면 아편이 된다. 양귀비는 소아시아, 인도, 이란 등지가 원산지로 알려져 있으며 고대 그리스, 로마시대부터 진통제로도 많이 사용되었다. 아편의 알칼로이드 성분은 모르핀, 코데인 같은 주요 진통제를 제조하는 데 쓰이며 헤로인과 같이 중독성이 있다.

우리나라에서는 唐 玄宗의 황후로 최고의 미인으로 꼽히는 楊貴妃에 비길 만한 꽃이라 해서 '양귀비꽃'이라는 명칭을 붙였고 '罌粟', '약담배', '아편꽃' 등으로도 불리어졌다. 중국에서는 '楊貴妃'라는 명칭보다는 '罌粟', '米囊子' 등의 이름으로 많이 불리고 있고, '御米', '象穀', '虞美人', '鴉片花', '麗春花', '舞草', '百般嬌', '賽牡丹', '英雄花' 등의 이칭을 갖고 있다. 明代 李時珍의 『本草綱目』 穀部二에는 '罌粟'에 대하여 "罌粟(양귀비) 명칭은 米囊子, 御米, 象穀이라고 한다. 그 열매는 항아리같이 생겼고 쌀이나 수수 같은 곡식의 형상을 하고 있으며 먹을 수 있는 고로 이러한 이름들을 얻었다.(罌子粟. 釋名：米囊子, 御米, 象穀. 其實狀如罌子, 其米如粟, 乃象乎穀, 而可以供御, 故有諸名)"라는 해설이 있다. 양귀비꽃이 '米囊子', '御米', '象穀' 등 곡식과 연관된 이름을 얻게 된 연유를 알 수 있는 것이다.

'양귀비꽃'이라는 명칭은 매혹적인 미녀를 연상하게 하지만 중국 고전 문헌에서는 '罌粟', '米囊花' 등의 이름으로만 불러왔다. 꽃이 유달리 크고 환하게 생겼다는 점에서는 매력이 있지만 이 꽃을 보면서 외모의 화려함만 주목하여 唐代미녀 楊貴妃를 직접 결부시키지는 않았던 것이다. 양귀비꽃을 묘사한 역대 시문을 살펴보면 '米囊花'라는 별칭과 연관된 언급이나 미모에 걸맞지 않게 품성이부족한 꽃이라는 인식이 상대적으로 많은 것이 발견된다. 다른 꽃보다 애증과포폄의 강도가 지대했음을 느끼게 하는 부분이다.

唐代 郭震은 양귀비꽃이 '米囊花'라고 불리는 것에 주목하여 이름에 걸맞게유용한 역할을 하지 못한다는 풍자를 가한 바 있다.

米囊花　양귀비꽃

開花空道勝于草　꽃 피면 풀보다 뛰어나다고 헛된 말 하지만
結實何曾濟得民　열매 맺어서 백성들에게 득이 되는 것 무엇이 있었던가
却笑野田禾與黍　오히려 들녘 밭의 벼나 기장을 비웃으면서
不聞弦管過靑春　음악 소리도 못 들으며 청춘을 보낸다 하고 있네

양귀비꽃은 고혹적인 자태를 지녔지만 실제로는 일반 백성들에게 아무 도움도 되지 못하는 꽃이라는 생각을 '空道' 표현 속에 실어놓았다. '米囊花'라는 명칭은 쌀자루를 연상시키지만 실제로 이 꽃은 곡식과 연관도 없고 백성에게 유용한 식물도 되지 못한다. 사람들이 양귀비꽃을 보고 풍류를 즐기는 것에 대해 스스로 교만해하며 들녘의 곡식을 조소하는 태도를 지녔다고 비판하고 있는 것이다.

宋代 楊萬里도 양귀비꽃이 '米囊花'라는 별칭을 갖고 있는 것과 연관하여 풍유의 내용을 담은 바 있다.

米囊花　양귀비꽃

鳥語蜂喧蝶亦忙　새들은 지저귀고 벌들은 붕붕 나비들도 바쁘니
爭傳天語詔花王　다투어 천제의 소리를 꽃의 왕에게 전하네
東皇羽衛無供給　봄 황제의 친위대는 주는 것이란 아무것도 없는데
探借春風十日糧　봄바람을 찾아가 열흘 양식 빌려낸다네

양귀비꽃은 꽃이 화려하고 매혹적이라 새, 벌, 나비 등 다양한 생물들이 이 꽃을 찾으며 봄의 각종 소리를 전하고자 한다. 조물주인 천제가 이처럼 화려한 모습과 매력을 선사하여 '花王'이라 칭하고 있지만 정작 양귀비꽃은 아무것도 베푸는 것이 없다. 봄바람을 통해 꽃을 피워냈지만 '米囊花'라는 이름에 걸맞게 백성을 위한 사명을 다 완수했는가 하는 점은 의혹으로 남는다. 외모나 명성에 부합하는 처신을 촉구하는 내용을 펼치며 이 꽃을 희화하고 있는 것이다.

宋代 劉克莊도 양귀비꽃을 읊은 시에서 칭찬과 폄하의 뜻을 함께 담은 바 있다.

罌粟   양귀비꽃

初疑隣女施朱染	처음 보면 이웃 여인이 붉은 화장을 한 것 같고
又似宮嬪剪采成	궁중 여인이 교묘하게 잘라 꾸며놓은 것과도 같다
白白紅紅千萬朶	흰색 붉은색 천 송이 만 송이 양귀비꽃
不如雪外一枝橫	그래도 눈을 무릅쓰고 피어난 한 줄기 매화만은 못해라

양귀비의 자태는 곱고 화려하여 시선을 끌지만 교묘하게 인위적으로 꾸며놓은 것 같은 느낌을 제공한다. 흰색 붉은색 꽃이 천 송이 만 송이 화려한 자태로 압도적인 시각적 효과를 연출하지만 눈을 무릅쓰고 피어난 한 송이 소박한 매화에는 결코 미치지 못하는 것으로 보았다. 내면에 담은 정신과 인품이 얼마나 중요한 것인지 강조한 것임을 알 수 있다.

淸代 紀昀은 양귀비꽃이 세인들에 의해 폄하되는 것을 보고 반대로 이 꽃의 장점을 포착해보려는 의도를 드러내기도 하였다.

罌粟花   양귀비꽃

米囊花團六寸圍	양귀비꽃은 둥글고 넓이가 여섯 마디에 달하는데
雪泥漬出勝澆肥	눈과 진흙에 덮여 있다가도 물을 빨아들이며 잘 피어난다
階除開遍無人惜	섬돌 가에 두루 피어 있어도 아끼는 사람 없어
小吏時時挿帽歸	小吏가 때때로 모자에 끼워 넣고 돌아가곤 한다네

양귀비꽃은 크고 화려한데 그러한 꽃을 피우게 된 것은 스스로 물을 흡수하

고 눈과 진흙을 박차고 나온 결과라고 보았다. 세인들은 이 꽃에 대하여 좋지 않은 시각을 지니고 있고 꽃 자체의 노력을 인정하지 않지만 그래도 자신은 이 꽃에 대해 애호의 마음을 지녔음을 표현하였다. 자태만 화려하고 '米囊花'라는 이름에 못 미치는 양귀비꽃이지만 식물들은 나름의 가치를 갖고 있는 존재임을 인정하고자 하는 마음을 펼치고 있다.

　양귀비꽃(罌粟)은 고혹적인 자태를 지녔으면서 곡식과 같은 수많은 알갱이도 지니고 있는 꽃이다. 宋代 方嶽이「過北固山下舊居(북고산 아래 옛 거처를 지나가며)」에서 "밤에 글 읽으면 책 주위에 절로 풀이 생겨나 있었고, 아침에 배고프면 양귀비꽃을 마주했다네.(夜讀自生書帶草, 朝饑曾對米囊花)"라고 할 만큼 서민의 삶과 가까이 존재하고 있었고, 唐代 雍陶가「西歸出斜谷(서쪽으로 돌아가다 비스듬한 골짜기를 빠져나오며)」에서 "험한 잔도를 지나 크게 경사진 곳을 빠져나오는데, 다 나오니 평평한 냇가 보여 집에 이른 것 같네. 만 리 길 근심에 쌓인 객 오늘 시름 다하는 것은, 말 앞에서 처음으로 양귀비꽃을 보게 되어서라.(行過險棧出褒斜, 出儘平川似到家. 萬里客愁今日散, 馬前初見米囊花)"라고 하였던 것처럼 환한 자태로 나그네의 시름을 씻어주는 역할을 하기도 하였었다. 그럼에도 불구하고 아편 성분을 지녔다는 점과 '米囊花'라는 이름에 걸맞지 않게 실용성이 없었다는 이유로 양귀비꽃은 역대 시문에서 부정적인 이미지로 더욱 많이 묘사되어왔다. 아름답고 치명적인 외모는 갖추었으되 세인의 마음을 사로잡을 만큼 좋은 품성은 지닌 꽃은 아닌 것으로 인식되어왔다는 점에서 양귀비꽃을 대하는 감정은 더욱 복잡해지게 된다.

13. 고운 자태와 반듯한 매력의 조화 앵도화(櫻桃花)

앵도나무는 장미목 장미과의 소교목이다. 밑에서 많은 가지가 나오는 '총간형'으로 나무 전체의 모양은 둥근 수형을 이루고 있다. 본래 陽樹지만 '앵도나무 우물가에'라는 우리나라의 노래가사처럼 우물가 같은 습한 곳이나 그늘진 곳에서도 잘 자란다. 내한성을 지니고 있고 맹아력이 강해 생장도 빠르지만 건조한 곳과 공해가 많은 곳에서는 생장이 불량한 편이다. 다른 장미과 나무처럼 꽃잎이 다섯 장이며 꽃이 핀 후 한 달 남짓 지난 4월 중순경에 櫻桃 열매가 맺힌다. 열매를 의미하는 '櫻'은 가지에 주렁주렁 맺는 열매를 본뜬 글자이며 '桃'자가 붙은 것은 나무의 열매나 꽃이 복숭아를 닮았기 때문이다. '앵도나무'의 열매를 우리나라에서는 '앵두'라고 부르는데[46] 앵도 열매의 모양이 곱고 예뻐서 예쁜 여자의 입술을 '앵두 같다'라고 표현하기도 하였고 많은 열매가 달리므로 다산을 상징하는 존재로 보기도 하였다.

櫻桃나무는 중국 화북 지방과 티베트 지방이 원산지이며 우리나라에는 불교가 전파된 시기에 들어온 것으로 추측된다. 중국에서 '櫻桃'는 鶯桃, 楔荊桃, 含桃, 朱櫻, 樂桃, 表桃, 梅桃, 荊桃, 崖蜜, 蠟櫻, 朱英, 麥英 등의 이칭을 갖고 있다. 작고 영롱한 모양을 지닌 櫻桃 열매는 붉은빛이 대부분이지만 중국에는 노란색과 흰색 열매도 있다. 옛날부터 민가에서 많이 재배된 나무로 음력 3월을 '櫻月'이라는 애칭으로 불렀거나 역대 시인들이 즐겨 앵도를 시제로 삼았던 것

---

46 앵도나무를 우리나라 민간에서는 흔히 '앵두나무'라고 부르고 있어 '앵도나무'와 '앵두나무' 사이에서 혼동을 느끼게 된다. 이 나무 명칭의 유래는 '앵도(櫻桃)'에서 나온 것이며 많은 식물도감에 '앵도나무'로 써왔고 국가표준식물명에도 '앵도나무'로 되어 있어 한자어 '앵도나무'가 이 나무의 표준명칭임을 알 수 있다.

은 앵도나무가 실생활과 밀접한 관계에 있었음을 알려주는 부분이다. 봄의 전령 중 하나로 화사하기로 치면 복사꽃이나 벚꽃보다는 못하지만 앵도화는 아담하고 소박한 외모로 정겹고 다정한 느낌을 갖게 한다. 주로 흰색을 띤 앵도 꽃송이가 지면 그 자리에 선홍빛 탱글탱글한 앵두 열매가 풍성히 열려서 후한 결실을 보게 된다. 아름다운 꽃과 열매는 다양한 효용까지 지니고 있으며 풍요나 행복과 연관된 이미지를 지니고 있다. 역대 중국 고전시가 창작에서도 櫻桃는 중요한 소재였으니 唐詩의 경우『全唐詩』詩歌에 나타난 花木 상위 20위종 중 櫻桃는 제15위를 차지하고 있다. 중국 역대시가에 나타난 櫻桃花 관련 작품은 櫻桃花의 청신하면서도 소박한 자태, 櫻桃花가 지닌 맑고 정갈한 속성, 화려하게 피었다가 쇠락하는 모양을 주목한 傷春意識과 身世之感 등을 노래한 작품들이 주를 이룬다.

1) 청신하고 소박한 자태

흰색 자태로 소담스럽게 피어 있는 앵도화를 보다 보면 얼핏 화려한 느낌을 받게 되는데 그 화려함 속에는 복사꽃이나 벚꽃의 요염함과는 다른 수수한 멋도 존재한다. 복사꽃은 자극적인 분홍빛으로 눈을 흐리게 하고 벚꽃은 눈부신 개화와 낙화의 미학을 발하며 목련은 고귀한 자태와 그윽한 향으로 춘심 어린 미감을 자극한다. 이에 비해 앵도나무는 그 크기가 상대적으로 작고 아담하며 꽃의 자태가 수수하고 잎이 작은 특징을 갖고 있다. 꽃의 색깔은 주로 흰색이거나 그 속에 연한 붉은 빛을 가미한 형태가 대부분이다. 주로 민가 근처의 우물가나 담장 곁 같은 곳에 소박하게 피어 있는데 그 소박한 자태를 보다 보면 미묘한 설렘과 다양한 서정을 느끼게 된다.

唐 太宗이 앵도화를 제재로 삼아 운을 띠운 작품을 살펴보자. 唐의 융성과 번성을 기원하는 황제의 마음을 앵도를 통해 표현하고 있음을 살필 수 있다.

櫻桃春爲韻詩　앵도화 핀 봄을 운으로 한 시
華林滿芳景　화려한 숲에 온갖 꽃 그득한 경치

洛陽編陽春　낙양에 두루 봄빛이 비친다
未顔合運日　아직 얼굴을 보이지 않았지만 좋은 날에 피어나고
翠色影長津　비취색 그림자 나루터에 길게 비치게 될지니

　봄의 경치를 묘사함에 있어 숲의 전경을 먼저 그렸고 이어 낙양의 봄을 수놓는 온갖 꽃의 자태를 칭송하였다. 詩題에서 앵도를 언급하면서 앵도화의 화사하면서도 정결한 흰색을 주목한 것이 된다. 후반부에서는 향후 풍성하게 맺히게 될 앵두 열매의 결실을 기대하면서 나라의 장래를 축원하는 마음을 담았다.
　唐代 張祐도 앵도의 화사한 모습을 주목한 작을 남겨놓고 있다.

櫻桃　앵도
石榴未折梅又小　석류 열매 아직 벌려지지 않았고 매실도 작을 때
愛此山花四五株　나는 이 산에 꽃 피운 네다섯 그루 앵도나무를 아끼나니
斜日庭前風裊裊　해 지는 정원에 바람 산들거릴 때
碧油千片漏紅珠　푸르른 잎 사이로 천 알의 붉은 구슬이 맺혀 있네

　앵도화가 지닌 미감 그득한 자태와 푸른 잎, 붉은 앵두 열매 등을 두루 칭찬하며 묘사한 작이다. 10월과 5월에 각각 결실하는 석류 열매와 매실을 언급하면서 이보다 먼저 꽃을 피워낸 앵도의 모습을 칭찬하였다. 제3구의 '斜日'이 주는 의미는 쓸쓸한 쇠락의 경지이지만 말구에서 푸르른 잎 속에 풍성히 맺힌 붉은 열매를 언급함으로써 사람의 마음을 넉넉한 경지로 인도하고자 하는 작자의 의도를 행간에 실어 놓았다.
　宋代 范成大도 사랑스럽고 고운 앵도화 자태를 주목한 바 있다.

櫻桃花　앵도화
借煖衝寒不用媒　따스한 기운 빌려 추위를 뚫고 중매자도 없이
勻朱勻粉最先來　앵도화는 아리땁게 치장하고 제일 먼저 나왔네
玉梅一見憐癡小　옥 같은 매화는 한번 나타났다 시듦 아쉬웠는데
敎向傾邊自在開　이 꽃은 그 가장자리에서 스스로 피어 있나니

　앵도화를 의인화하여 미인에 비유하여 표현한 것이 시선을 끈다. 시의 전반부

에서 묘사된 앵도화는 예쁘게 치장하고 나온 봄 처녀와 같은 존재이다. '不用媒 (중매함도 없이)'라고 하여 이 꽃을 그 누가 주목하지 않았음에도 자신만의 아름다움을 갖고 뭇 꽃들의 대열에 당당히 서 있는 점을 주목하였다. 후반부에서는 매화와 비유되는 앵도화의 모습을 그렸다. 매화가 봄의 전령이라는 이미지로 세간의 주목을 받는 것에 비해 스스로 자리를 지키면서 존재를 밝히는 앵도화의 속성과 자태를 부각하고자 한 의도를 살필 수 있다.

앵도화는 우물가나 담장 곁 등 민가 어느 곳이던지 가리지 않고 환한 모습으로 사람들에게 친근함을 과시한다. 봄바람에 하늘거리는 작고 여린 잎을 지녔지만 촘촘히 피어나는 꽃무리를 통해 풍성한 기쁨도 느끼게 한다. 바라보는 이의 마음을 설레게 하면서도 절제의 미학을 담고 있고, 꽃송이가 달렸던 자리마다 붉은 앵두를 맺게 될 것이라는 행복한 상상까지 제공해주는 꽃인 것이다.

2) 정갈한 기품과 품성의 체현

민가 주변에서 쉽게 발견되는 앵도나무는 고귀한 자태보다는 소박한 모습과 정갈한 이미지를 유지하고 있으며 때가 되면 아름답고 맛있는 열매도 생산해내는 유용함도 지니고 있다. 중국 역대 시가를 보면 아담한 자태와 친근한 이미지 못지않게 정갈한 성품을 지닌 앵도화를 칭송하는 내용이 자주 등장한다. 고운 빛깔을 지닌 꽃의 자태에서 정결한 이미지를 얻게 되고 타인에게 유용함을 제공하는 특성에서 좋은 품성을 느끼게 된 결과로 여겨진다.

唐代 張籍은 櫻桃花를 통해 裴度의 인품을 칭송하는 내용을 담은 바 있다.

和裴僕射看櫻桃花　裴僕과 함께 앵도화를 감상하며
昨日南園新雨後　어제 南園에 새로이 비 온 후
櫻桃花發舊枝柯　옛 가지에 앵도꽃이 만발하였다
天明不待人同看　날 밝아 사람들이 함께 구경하기도 전에
繞樹重重履迹多　나무 둘레를 겹겹이 돌아다닌 자국 벌써 많아라

'새로이 비가 온 이후(新雨後)' '옛 가지(舊枝柯)에 앵도꽃이 만발하였다'는 '新舊'를 활용한 표현이 세월의 변화와 함께 신선하면서도 친근한 느낌을 준다. 특별히 소문 내지 않아도 사람들이 미경을 찾아온다고 한 내용을 통해 작자의 창작의도를 읽을 수 있다. 앵도화의 수려함이 매력을 발하듯 흠모하는 사람들이 절로 찾아오게 하는 인품의 향기를 裴度가 지녔다고 칭송하고 있는 것이다. "桃李는 말을 하지 않아도 그 나무 아래에 방문의 성황을 이룬다.(桃李不言, 下自成蹊)"는 말처럼 櫻桃花를 통해 인품을 표현한 작품의 예인 것이다.

韋莊이 白櫻桃의 자태를 노래한 다음 작품 속에서는 흰 앵도가 성스럽고 환상적인 존재로 그려지고 있다.

白櫻桃　하얀 앵도

王母階前種幾株　서왕모 계단 앞에 몇 그루 심겨 있더니
水晶簾內看如無　수정 같은 주렴 속에 보일 듯 말 듯
只應漢武金盤上　그저 한 무제 신령한 쟁반에서
瀉得珊珊白露珠　마치 백로 구슬처럼 또르르 굴러가나니

白櫻桃는 서왕모의 궁전 앞에 서있는 것처럼 신비로운 형상을 하고 있다. 그 희고 정결한 모습은 마치 漢 武帝가 장생불사를 위해 설치한 '金盤'에 백로주가 굴러가는 것 같은 신선한 이미지를 창출한다. 神仙故事를 통해 신령한 느낌을 이입하였고 '白櫻桃' 형상을 '白露'에 비유함으로써 정갈하고 고결한 이미지를 강조하고자 하였다.

唐代 皮日休는 櫻桃花의 품성을 竹林七賢의 고결한 성품과 같은 경지에 이른 것으로 보고 있다.

夜看櫻桃花　밤중에 앵도화를 보며

纖枝搖月弄圓霜　여린 가지는 달빛에 흔들린 채 둥근 이슬에 희롱당하고
半入鄰家半入墻　반쯤은 이웃집 반쯤은 내 집 담장에 걸쳐 있네
劉阮不知人獨立　劉伶과 阮籍이 다른 이가 몰라줘도 당당했듯이
滿衣淸露到明香　옷깃에 그득한 맑은 이슬은 날 밝을 때까지 향기로워라

수구에서 櫻桃花 나무는 달빛과 이슬에 정화된 존재로 그려졌고 제2구에서는 이 나무가 이웃집과 내 집 담장에 반씩 걸쳐 있는 형상으로 등장한다. 시인은 이 구절을 통해 櫻桃花가 지닌 신령한 의상과 청아한 경지, 자신의 마음이 이 櫻桃花를 닮아가고 싶은 것, 자신과 남들의 경계에 서 있는 앵도화의 정취 등을 함축적으로 그리고 있다. 앵도는 劉伶과 阮籍 같은 竹林七賢의 고결한 성품이 세속을 소오하며 자득의 경지에 올라 있는 것처럼 맑고 향기로운 의경을 창출하고 있는 것이다.

元代 方回의 다음 작품 역시 櫻桃花가 지닌 내면 정신을 주목한 시이다.

櫻桃花 앵도화

淺淺花開料峭風　엷게 꽃 필 때부터 차가운 바람 견뎌내고
苦無妖色畵難工　인내하며 요염하지 않은 그 모습 화공도 그리기 어려워라
十分不肯精神露　내면의 정신은 이슬에도 상하지 않고
留與他時著子紅　붉은 열매 맺으려 훗날을 기약하나니

전반부에서는 櫻桃花가 찬바람을 견뎌내며 자태를 드러내는 耐寒의 경지를 강조하였고, 후반부에서는 외부의 시련에도 정신을 흐트러뜨리지 않고 귀한 열매를 맺으려는 노력을 주목하였다. 앵두 열매의 풍성한 결실은 추위와 어려움을 극복하며 훗날을 위해 현실을 인내한 櫻桃花의 헌신에서 비롯된 것임을 칭송한 것이다.

앵도는 봄꽃의 화사함을 지니고 있으면서도 소박한 본분을 잃지 않고 자신의 자태를 유지하고 큰 힘을 들여 가꾸지 않아도 때가 되면 사람들에게 맛있는 열매로 유용함을 제공하는 품덕을 지녔다. 唐代 조정에서 신하들에게 앵두를 나눠 주던 풍습은 이러한 앵도나무의 품성을 잘 활용한 예가 된다.[47] 시인들은 앵도화

---

47 唐 張籍이 「朝日勅賜百官櫻桃(조회 날 칙령으로 백관에게 앵도를 나눠주며)」에서 "선과로 일찍이 인간 세상에는 없었더니, 오늘 아침 궁문에서 홀연히 보이네. 소리가 소반에 받들어 나누어줄 때에, 궁궐의 뭇 신하 공손히 그 은혜를 받드네.(仙果人間都未有, 今朝忽見下天門. 捧盤小吏初宣勅, 當殿羣臣共拜恩)"라고 한 구절, 王維가 「救賜百官櫻桃(칙령으로 백관에게 앵두를 하사하며)」에서 "부용꽃이 핀 궁궐에 뭇 관리가 모여 있는데, 궁궐에서는 붉은 앵도를 임금님이 하사하네.(芙蓉闕下會千官, 紫禁朱櫻出上蘭)"라고 한 구절, 崔興宗이 「和王維救賜百官櫻桃」에서 "조정에서 조회가 미처 다 끝나기

의 정갈한 품성을 주목하고 적절히 묘사하면서 고아한 인품을 효율적으로 은유해낼 수 있었던 것이다.

3) 각종 傷春意識과 悲感의 투영체

櫻桃花는 흔히 순백의 고운 형상을 띤 미인의 자태나 고아하고 정결한 품성을 지닌 존재로 형용되었지만 다른 봄꽃처럼 '傷春意識'이나 '身世之感'을 표현하는 데 있어서도 자주 활용된 꽃이었다. 櫻桃花는 고향의 서정과 반듯한 인품을 상징하는 이미지를 갖고 있는데 이러한 이미지는 과거에 대한 추억 못지않게 마음의 정화와 각성에 있어 큰 효과를 창출한다. 현실이 어려울수록 과거에 대한 회상이 상대적으로 강렬해지며 비애감이 깊을수록 낙화에 대한 서정이 깊게 느껴진다. 낙화하는 櫻桃花는 영화로운 시절에 대한 반추, 이루지 못한 사랑이나 회한, 이별의 아픔, 인생의 쇠잔함 등을 떠올리게 하는 중요한 감성의 매개체였던 것이다.

白居易는 櫻桃를 주제로 하여 총 6수의 시가를 남긴 바 있다. 吳 땅의 櫻桃를 주목하여 쓴 다음 작품에서는 앵도나무의 자태와 성품을 칭찬한 후 자신이 느끼게 된 감정을 순차적으로 표현하고 있다.

吳櫻桃 吳 땅의 앵도

含桃最說出東吳　앵도 중 가장 예쁜 것은 東吳에서 나온다더니
香色鮮濃氣味殊　향기와 색깔 선명하고 짙어 그 맛과 기운 이채롭다
洽恰舉頭千萬顆　천만 알의 앵두도 마치 기쁜 얼굴을 드는 듯
婆娑拂面兩三株　두세 그루에서 가볍게 흔들리며 얼굴을 내밀고 있다
鳥偸飛處銜將火　새가 몰래 날아든 곳에 불을 머금고 있는 듯
人爭摘時踏破珠　사람들이 다투어 따 갈 때 떨어진 앵두 구슬처럼 밟힌다
可惜風吹兼雨打　바람 불고 비가 내리칠 때면 더욱 애석하여라
明朝後日卽應無　내일 아침 그리고 모레 되면 이 또한 없어지겠지

전에, 임금님이 하사하는 앵두를 받게 되었네. …… 듣건대 이 앵도는 사람으로 하여금 좋은 안색을 갖게 한다니, 신농본초를 보면 절로 알지라.(未央朝謁正逶迤, 天上櫻桃錫此時. …… 聞道令人好顏色, 神農本草自應知)"라고 한 구절 등을 살필 수 있다.

앵도 중에서도 吳 땅의 앵도는 가장 아름답고 이채로운 멋과 흥취를 지닌 것으로 보고 있다. 제2구에서 '향기와 색깔, 맛과 기운(香色氣味)' 등을 두루 언급하여 '鮮穠', '殊' 등의 칭찬을 가한 것은 다른 지역 앵도와 구별되는 吳 땅 櫻桃에 대한 극찬이다. 吳 땅의 미녀처럼 아름다운 자태와 맛을 갖고 있고 풍성한 열매는 사람들의 열렬한 관심과 애호를 받는다고 보았다. 그런데 사람들이 따가던 중 떨어진 앵두 열매는 발길에 밟혀 구슬처럼 붉은 자태를 으스러뜨리고 만다. 사람들의 극찬을 받는 현재의 아름다움도 조만간 쇠하게 되는 운명에 있음을 간파한 내용이다. 앵도나무를 보면서 현재와 미래, 융성과 쇠락, 주목과 무관심, 희열과 비애 등의 다양한 감정을 한꺼번에 떠올리고 있는 것이다.

여러 친구들과 함께 술과 櫻桃花를 찾았던 白居易가 인생에 대한 겸손한 깨달음을 얻은 경지를 묘사한 시를 살펴본다.

同諸客攜酒早看櫻桃花
여러 객들과 함께 봄 술을 갖고 일찍부터 앵도화를 보러 감

曉報櫻桃發	새벽에 앵도화 핀 곳을 보러 간다 하여
春攜酒客過	봄 술 가지고 객이 되어 갔다네
綠餳粘盞杓	미주에 술잔과 표주박까지 들고
紅雪壓枝柯	가지에 붙은 붉고 하얀 꽃 시리도록 바라본다
天色晴明少	하늘 바라보니 맑은 날 드물고
人生事故多	인생사엔 정말로 일이 많다
停杯替花語	술잔 멈추고 꽃의 입장에서 말을 전하니
不醉擬如何	취하지 않으면 어쩔 뻔했는가

전반부에서는 봄 술을 갖고 꽃을 보러 간 완상의 흥취를 그렸다. 꽃을 한없이 감상한 시인은 주변의 모습도 살피게 된다. 이 꽃이 피게 된 과정은 순탄했지만 주변을 둘러싸고 있는 환경은 그리 순탄치만은 않다. 맑은 날이 적듯이 인생사에도 다양한 난제들이 쌓여 있다. 아름다운 눈앞의 진실보다 보이지 않는 난관이 그득한 미래에 의식을 집중하는 작자의 마음을 읽을 수 있다. 이러한 예측은 어려운 과거를 살아온 바탕이 있어 가능했다. 그 속에서 차라리 무언가에 취하지 않으면 안 되는 현실임을 말구에서 설파하고 있다.

唐代 于武陵의 다음 작품은 시간의 흐름에 따라 영락하는 앵도나무의 존재를 보고 느낀 점을 표현한 작이다.

白櫻樹 백앵도

記得花開雪滿枝	꽃이 필 때는 하얀 눈이 온 가지에 내린 듯했고
和蜂和蝶帶花移	벌과 나비는 꽃을 따라 바삐 이동했었다
如今花落遊蜂去	오늘 꽃 지니 노닐던 벌도 사라지고
空作主人惆悵詩	무단히 사람으로 하여금 슬픈 시 짓게 하누나

시절이 좋아 흰색으로 만개할 때에는 눈처럼 환상적인 멋을 창출하였고 꽃에는 벌과 나비 등이 관심을 갖고 찾아들었다. 그러나 시인은 좋은 시절이 가고 꽃도 져버렸으며 노닐던 벌도 사라지고 우수만이 남아 있는 현실 속에 있다. 인생무상, 영고성쇠의 진리를 다시 한번 느끼게 되는 순간인 것이다.

唐代 李商隱도 앵도화 아래에서 시절의 어긋남을 한탄한 바 있다.

櫻桃花下 앵도화 아래에서

流鶯舞蝶兩相欺	춤추며 나는 꾀꼬리와 나비가 서로를 희롱하나
不取花芳正結時	지금은 꽃이 화사하게 필 때가 아니라
他日未開今日謝	훗날을 기약하며 지금은 꽃이 지니
嘉辰長短是參差	좋은 시절 길고 짧음이 이토록 어긋나누나

꾀꼬리가 날아드니 나비도 꽃이 피어 있는 줄 알고 날아오듯 세상의 화사함과 주변 요동에 마음이 동해 달려들다 결국은 희롱에 그쳐 마음만 상하게 되었다. 시절에 대해 잘못 인식한 탓이다. 훗날의 개화를 기약하며 마음을 비우다 보니 좋은 시절의 펼쳐짐은 내 마음과 같지 않은 것임을 문득 깨닫게 된다.

唐代 李群玉도 앵도나무가 영락한 모습을 보며 느낀 비애감을 그린 바 있다.

題櫻桃 앵도나무에 부쳐

春初攜酒此花間	초봄에 술 들고 이 꽃 사이로 와서는
幾度臨風倒玉山	몇 번이고 바람 맞으며 옥산에 엎어졌었다
今日葉深黃滿樹	오늘 잎 색이 짙어져 누런빛이 나무에 그득해

再來惆悵不能攀　다시 와도 슬픔에 술잔 들 수 없으리니

魏나라 嵆康이 술 취하면 玉山이 무너지듯 했다는 '倒玉山' 典故를 활용하였는데 이 수법으로 인해 앵도화의 미경이 심화된 느낌이다. 그렇지만 작자가 주목한 정경은 '黃滿樹'로 대변되는 쇠락한 현실이다. 한때 극성의 영화를 누렸지만 다시 찾은 상황은 쇠락한 현실 속에 있으니 과거와의 비교는 상대적으로 더 큰 슬픔을 느끼게 한다.

杜甫가 앵두를 대하면서 과거 궁정 시절의 추억과 현재 비애감 사이의 미묘한 감정을 그려낸 작품을 살펴본다.

> **野人送朱櫻**　촌사람이 붉은 앵두를 보내오다
> 西蜀櫻桃也自紅　서촉의 앵도는 절로 붉은데
> 野人相贈滿筠籠　촌사람이 보내온 것 광주리에 그득
> 數回細寫愁仍破　여러 차례 씻으면서 부서질까 걱정도 했으나
> 萬顆勻圓訝許同　앵두 알알은 신기하게도 모두 둥글게 같은 모습
> 憶昨賜沾門下省　지난날 문하성에서 은총을 받았었고
> 退朝擎出大明宮　조회 파하고는 귀한 대명궁을 나오던 것 생각나네
> 金盤玉箸無消息　금쟁반 옥젓가락 무소식이니
> 此日嘗新任轉蓬　이제는 새로운 임지로 들풀처럼 흘러가나니

이 시는 두보의 成都 기거 시절인 寶應 元年(762)에 쓴 시로 추정된다. 杜甫는 蜀地의 野人이 보내온 앵두로 인해 그가 左拾遺를 맡았던 門下省과 大明宮에서의 기억을 떠올린다. 열매를 옮겨 담는 과정과 앵두의 모습을 통해 소박한 감흥을 표현하기도 했으나 후반부에서는 회상에 젖은 모습을 보여준다. 시인은 현재−과거−현재로 계속 연결되는 시간의 흐름과 소박하고 화려한 의상을 번갈아 활용하면서 앵도나무와 자신의 추억과의 접목을 시도하고 있다. 오늘을 통해 과거를 회상하고 소박한 모습을 통해 화려한 시절을 떠올리는 역설적인 서사를 펼쳐내고 있는 것이다.

봄의 전령 중 하나인 앵도화 역시 다른 봄꽃처럼 '절정과 추억'이라는 다면적인 의미를 지닌 꽃이다. 겨울이면 눈을 뒤집어쓰고 있다가 봄이 되면 벌과 나비

가 날아들며 기쁨을 느끼게 되고, 시간이 흘러 낙화하게 되면 벌과 나비도 사라지고 시절의 흐름을 느끼게 된다. 기쁨과 비애감이 교차하는 일련의 감정 고리를 차례로 연출하는 것이다. 인생의 비애감을 표현하거나 감정의 순환을 표현할 때 있어 유용한 소재가 되는 꽃이라 하겠다.

희고 소박한 자태를 지닌 櫻桃花는 빛나는 봄날을 알리는 대표적인 꽃이요 민가 주변에서 정겨움을 선사하며 시인의 가슴에 추억을 심어주던 꽃이었다. 꽃잎은 희고 열매는 붉어 색감의 대조를 통해 강한 미감을 느끼게 하였고, 길가나 담장, 우물가 등에 자생하면서 정겨운 배경으로 푸근한 서정을 제공하였으며, 새콤하면서도 오밀조밀한 맛과 멋을 지닌 앵두열매로 넉넉한 시심을 유발하게 하는 등 다양한 서정을 제공하였던 수목이었다. 습한 곳을 좋아하면서도 기한에도 강한 이 나무의 내성은 세상사 속에서 조용히 빛을 발하는 인생의 내공을 연상시킨다. 외모와 함께 소유한 그 내성을 들어 역대 시인들은 다양한 생활의 면모를 비유해낼 수 있었다. 앵도화는 복사꽃의 자극적인 분홍빛이나 벚꽃의 눈부신 낙화에 비해 주목을 덜 받았지만 나름의 소박하고 정겨운 느낌으로 편안함을 제공해왔다. 일찍이 우리나라에서도 남자가 처녀를 사랑할 때 미투리에다가 앵두꽃 가지를 넣어서 처녀의 집에 던졌다는 속설이 있는 것처럼 사랑의 전령사 역할에도 어울리는 고운 외모를 지녔다. 중국 唐代 조정에서 반듯한 몸가짐과 의식을 징표로 삼아 신하들에게 하사하던 꽃이었다는 점도 특기할 만하다. 사랑, 번영, 행복, 아름다움 등의 푸근한 의상과 신실함, 진실, 정직 등의 청정한 의상, 그리고 고향에의 향수, 영락하는 신세, 고독한 추억 등의 비애어린 감성 등 다양한 서정 표현에 있어 고루 활용할 수 있는 좋은 상징물이었던 것이다.

14. 친근한 정의 유발자 자형화(紫荊花)

紫荊花(학명 Cercis chinensis)는 콩과 자형속 관목 혹은 소교목인 박태기나무에 피는 꽃으로 중국이 원산지이다. 햇볕과 비옥한 토양을 좋아하며 꽃이 아름답고 내한성도 지녔기에 관상용으로 많이 심어졌다. 4월경 5장 꽃잎으로 이루어진 홍자색 꽃이 10~30개 정도 다발 형태로 피어난다. 처음 꽃봉우리가 올라올 때는 작은 점 같은 것들이 나뭇가지에 다닥다닥 붙은 형태인데 이 꽃봉오리가 점점 커져서 어느 날 '뻥튀기'를 한 것처럼 무더기 꽃을 피워내어 밥풀을 모아놓은 것 같이 핏빛 홍자색 꽃을 가지에 피워낸다.[48] 중국에서는 紫荊花를 '滿條紅', '鳥桑', '三荊樹' 등의 이칭으로 부르기도 한다. 홍콩에서는 紫荊花를 '區花'로 지정하여 홍콩을 상징하는 깃발 속에 이 꽃 문양을 넣어놓았다. 홍콩의 자형화는 가을에 개화하는 꽃으로 재래종 자형화보다 꽃의 크기가 크며 구분을 요하는 이종이다.[49]

紫荊花가 무리지어 핀 모습을 보고 한국과 중국에서는 흔히 밥풀을 연상했던 것 같다. 중국 시문에서 자형화를 노래한 구절을 보면 꽃 모양을 밥풀, 쌀가루

---

[48] '紫荊花' 나무의 우리말 명칭인 '박태기나무'는 '밥티기'에서 유래되었다고 한다. 꽃과 나무의 우리말 표현에는 이팝나무, 조팝나무, 며느리밥풀꽃 등 '밥'자를 넣은 명칭들이 여럿 있는데 이는 어렵고 힘든 시절 밥을 귀중하게 생각하여 이름을 부르거나 꽃 모양이 밥알을 닮았을 때 부른 명칭으로 생각된다. 한편 북한에서는 '박태기나무'를 '구슬꽃나무'라고 부른다. 몽글몽글 달린 꽃송이들이 마치 구슬처럼 방울졌다고 생각해서 붙인 이름으로 보인다.

[49] 중국에서 전통적으로 언급되어온 紫荊花(학명 Cercis chinensis Bunee)는 꽃이 작고 촘촘하게 피며 꽃이 먼저 피고 잎이 나중에 피는 봄꽃이다. 주로 중국 북방에 많이 분포하고 있다. 한편 홍콩(香港)의 區花로 지정된 異種 紫荊花(학명 Bauhinia blakeana Dunn)는 꽃이 크고 고우며 상록교목에 피어난다. 늦가을에 개화하는 꽃으로 중국 남방(특히 嶺南 지역)에 많이 분포한다.

등으로 묘사한 부분이 종종 발견된다. 그만큼 서민들의 의식 속에 친근한 이미지로 각인되어 있었던 것이다. 또한 중국에서는 紫荊花 나무인 박태기나무를 '三荊樹'로 부르면서 가족 간의 정이나 형제간의 우애를 상징하는 꽃과 나무로 흔히 묘사하기도 하였다.[50] 우리나라에서도 紫荊花를 형제간의 우애를 상징하는 꽃으로 보았는데 이는 서로 붙어 뭉치어 피는 형태에서 기인한 발상일 것으로 생각된다.

紫荊花는 봄에 개화하는 다른 꽃들에 비해 크고 화려한 면모가 적어 상대적으로 주목을 덜 받은 꽃이었지만 나름대로 개성적인 색깔과 자태, 의미와 상징성을 갖고 있는 꽃이다. 중국 고전 시문에 등장하는 자형화 묘사는 꽃의 자태를 노래한 내용, 무더기져 있는 꽃의 형상을 보고 밥풀이나 쌀가루를 연상하는 내용, 형제간의 우애나 가족 간의 정을 상기하는 내용 등이 주를 이루고 있다.

唐代 韋應物은 타지에서 자형화를 보면서 고향을 생각한 내용을 서술했는데 시가의 내면에 가족과 형제에 대한 정을 담고 있음을 추측해볼 수 있다.

見紫荊花   자형화를 보면서

雜英紛已積   많은 꽃들 떨어져 벌써 어지러이 쌓여 있는데
含芳獨暮春   홀로 향기를 품은 채 늦봄에 피어 있네
還如故園樹   마치 고향 정원의 나무와 같아
忽憶故園人   문득 고향 사람을 떠올리게 된다네

紫荊花는 봄이 다하는 시절에도 특유의 자색 자태를 유지하며 늦봄의 서정을

---

50 "형제가 화목하고 협심하여 잘 사는 것"을 의미하는 '三荊樹' 고사는 南朝 梁 吳均의 『續齊諧記』의 기록에서 연유한다. "京兆의 田眞 삼형제는 재산을 똑같이 나누기로 하였고 뜰에 심겨진 박태기나무 한 그루도 셋으로 잘라 똑같이 분배하기로 하였다. 이튿날 박태기나무를 자르려고 하자 그 나무가 순식간에 말라 죽었는데 마치 불탄 것 같았다. 田眞은 이 광경을 보고 크게 놀라면서 두 아우에게 말했다. '나무가 한 그루로 자라다가 우리가 그것을 자르려 한다는 말을 듣고는 말라 죽었다. 그러니 사람은 나무만도 못한 것이다.' 슬퍼함을 이길 수 없어 다시는 나무를 나누려 하지 않았다. 나무가 그 소리를 듣고는 싱싱하게 번성했고 형제는 서로 감동하여 마침내 우애가 좋은 집안을 이루었다. (京兆田眞兄弟三人, 共議分財. 生資皆平均, 惟堂前一株紫荊樹, 共議欲破三片. 翌日就截之, 其樹即枯死, 狀如火然. 眞往見之, 大愕, 謂諸弟曰 : '樹木同株, 聞將分斫, 故憔悴, 是人不如木也.' 因悲不自勝, 不復解樹. 樹應聲榮茂, 兄弟相感, 遂爲孝門)"

밝히고 있다. 봄의 우수를 느끼다가 홀로 피어 있는 자형화를 보며 문득 고향의 추억을 떠올리게 된다. 타향에서 고향의 정을 느끼는 데 있어 옛 동산의 나무와 꽃은 가장 좋은 매개체가 되고 있는 것이다.

宋代 舒嶽祥은 시간이 갈수록 자형화가 지닌 매력을 발견하게 된 마음을 표현한 바 있다.

詠紫荊花　자형화를 노래하다

自古惟聞棠棣詠　자고로 팥배나무와 앵두나무를 노래한 것만 듣다가
後人多感紫荊回　후대 사람들은 자형화를 많이 느끼고 전달하게 되었네
固知天理隨機觸　실로 하늘의 이치가 영감을 자극함을 알겠으나
亦本詩人起興來　역시 시인 자신이 흥을 불러일으켜야 하는 것
枯條誰綴桃花米　그 누가 마른 가지에 복사꽃 같은 쌀알을 장식했나
嫩蕊初挼撒酒媒　연한 꽃술이 처음 펼쳐질 때는 술누룩을 뿌려놓은 듯
野老門前栽一樹　들녘 오래된 문 앞에 한 그루 심었더니
才開桐角此花開　비로소 오동나무 피어난 언저리에 이 꽃이 피었구나

자형화 나무와 꽃에 대한 관심이 점차 늘어가는 세간의 모습을 보면서 스스로 흡족한 마음을 느끼게 된다. 시인 본인이 문득 느끼게 된 특별한 흥취의 발단은 자형화의 만개로부터 시작한다. 꽃이 맺히고 꽃술이 열릴 때 모습에서 느낀 신선한 감동을 회화적으로 묘사하여 색다른 느낌을 제공하고 있다. 미연의 '老門'과 '才開'를 통해서는 오랫동안 자형화의 개화를 기다려 온 작자의 남다른 애호와 기대감을 읽을 수 있겠다.

宋代 方回는 자형화를 보고 자줏빛 쌀가루를 입힌 유과를 생각해내는 여유와 해학을 발휘한 바 있다.

紫荊花　자형화

疏枝堅瘦骨爲皮　듬성한 가지 튼실하게 말라 겉을 굳게 하고
忽迸紅英簇紫葵　붉은 잎 홀연히 흩뿌리듯 자줏빛 꽃무리 드리웠네
嬌女乍看齒生液　아리따운 여인네 언뜻 보고 입에 침이 고이는 것은
分明茜糝綴餳枝　분명 붉게 쌀가루 묻힌 유과를 생각해내기 때문이라

자형화 나무는 가늘어 보이지만 실제로는 많은 꽃무리를 지탱하고 있을 만큼 튼실하다. 자형화의 자줏빛 꽃무리를 보면서 여인네는 문득 맛있는 유과(鍮果)를 생각해낸다. 촘촘하게 피어 있는 자형화 꽃은 붉게 물들인 쌀가루를 묻힌 유과의 모습과 비슷한 자태로 즐거운 미감을 선사하고 있는 것이다.

宋代 項安世는 寒食 날 자형화를 보면서 친족을 그리는 정과 고향을 떠올린 바 있다.

又寒食日見紫荊花有懷三館 한식에 다시 자형화를 보고는 三館을 생각하다

東君老去梨花白	동풍이 물러가니 이화가 하얗게 피었고
緋桃占斷春顏色	붉은 복사꽃이 봄의 모습을 점하고 있네
剩紅分付紫荊枝	남은 붉은색을 자형화 나무에 나누어놓았는데
回首千花儘陳跡	돌아보니 천 송이 꽃 깔아놓은 것 같은 모습이라
汗靑庭外曲池濱	汗靑庭 밖 曲池의 물가에서
憶昔攢葩繞樹深	그 옛날 꽃잎이 뭉쳐 나무를 깊게 둘러 있던 모습 추억하네
不解花枝緣底事	꽃가지 끝에 어찌 꽃이 피었을까 이해가 안 되면
也來江上看閒人	와서 강가의 이 한가한 이를 만나보기를

한식에 피어난 이화와 복사꽃의 자태를 보다가 자색으로 피어난 자형화의 고운 모습에 시선을 돌리게 되었다. 자형화의 자주색 자태를 '남은 붉은색(剩紅)'으로 형용한 것이 이채롭다. 이화와 복사꽃 못지않게 자형화도 봄을 밝히는 당당한 주체가 되고 있다. 이 모습을 보던 시인은 문득 옛날 三館에서의 추억을 회상한다. '三館'이라는 지명을 통해 형제간의 우의를 의미하는 자형화의 이칭 '三荊樹'를 연상하게 된다. 한식에 형제와 가족을 생각하는 마음을 꽃나무를 활용하여 절묘하게 표현한 것이 시선을 끈다.

宋代 衛宗武는 자형화의 자태와 상징성 모두를 주목한 묘사를 가하고 있다.

紫荊花 자형화

稼豔壓春葩	심어놓은 고운 나무에 봄을 압도하는 꽃이 피어나
葩成葉始芽	꽃이 피고 난 후 잎이 비로소 맺히기 시작한다
未張靑羽旆	푸른 깃털 같은 잎을 펼치기도 전에

先糝紫金砂　자줏빛 쌀알 같은 꽃이 금모래처럼 먼저 피어났네
譜接三荊樹　기록에는 삼형수라 하였고
名齊連萼花　꽃받침과 꽃이 이름을 나란히 하고 있네
移根向深谷　깊은 계곡에다 뿌리를 옮겨 심어
寂寞愛繁奢　적막한 중에 화려한 호사를 누려보나니

　잎보다 꽃이 먼저 피어나는 봄꽃의 속성에 맞춰 자형화 역시 가지에 풍성한 꽃무더기를 이루고 있다. 그 모습을 보고 "자줏빛 쌀가루 같은 꽃이 금모래처럼 피어났다(先糝紫金砂)"라는 표현을 가했으니 흔히 다른 시가에서 자형화의 꽃모습을 '쌀알(糝)'로 표현한 것과 맥을 같이한다. '三荊樹'라는 표현을 통해 이 꽃과 나무가 "형제가 화목하고 협심하여 잘 사는" 의미를 지니고 있음을 인식시키고 자형화를 보면서 우애를 돈독히 하는 마음을 얻을 것을 시사하였다. 이 꽃나무는 깊고 호젓한 계곡에 옮겨 심어도 넉넉히 개화하니 좋은 자연물을 보면서 푸근한 감성을 갖게 되는 것은 시인이 누릴 수 있는 풍성한 사치라 할 수 있는 것이다.

　사람들은 봄이 오는 것을 여러 꽃과 나무의 변화를 통해 실감하게 되는데 봄의 도래를 알리는 여러 식물들의 개화 시기가 각각 다르고 꽃의 자태나 개인의 취향 역시 다르기에 사람들이 식물에 주목하는 시기나 강도도 차이가 날 수밖에 없다. 풀꽃이 피어나면 들녘에 나와 사방을 주시하던 여인네들이 제일 먼저 봄이 온 줄을 알게 되고, 나무에 꽃이 피게 되면 아이나 남자들도 봄의 도래를 느끼게 된다. 여러 봄꽃 중 고매한 매화의 향기를 아끼는 사람도 있고, 진달래나 개나리의 친근함을 좋아하는 이도 있으며, 벚꽃의 화사함에 반하는 이도 있고, 목련의 기품을 흠모하는 이도 있다. 박태기나무에 보랏빛으로 무리지어 핀 자형화 모습을 보게 되면 그 강렬하고 신선한 색깔과 자태로 인해 무딘 감성을 지닌 사람까지도 봄의 서정을 듬뿍 느끼게 된다. 紫荊花는 자기만의 몫을 지닌 채 요란스럽지 않게 봄의 화사함을 수놓는 꽃이라 하겠다.

15. 사랑과 한을 동시에 품은 작약(芍藥)

芍藥(학명 Paeonia lactiflora Pall)은 미나리아재빗과 작약(Paeonia)속에 속하는 여러 해살이 초본식물이다. 품종이 많고 꽃의 색깔도 흰색, 분홍색, 붉은색, 자색, 황색, 녹색, 검정색, 혼합색 등으로 다양하다. 옛날부터 관상용으로 널리 재배해왔으며 반 그늘진 곳에서 잘 자란다. 명칭에 '藥'자가 들어가 있는 것처럼 작약은 한방에서 약재로 취급되어 백작약 뿌리는 빈혈 치료와 진통제로, 적작약 뿌리는 혈압과 해열제로 이용되고 있다.

『詩經』「鄭風」「溱洧」편의 "오직 총각들과 아가씨들은, 서로 즐겁게 웃으며, 작약을 주고받네.(維士與女, 伊其相謔, 贈之以芍藥)"라는 기록을 통해 鄭나라의 청춘남녀들이 작약을 주고받음으로써 사랑을 확인했던 풍습이 『詩經』 당시부터 있었음을 알 수 있다. 중국에서는 모란보다 훨씬 오랜 재배 역사를 지닌 꽃임을 알 수 있는 것이다. 芍藥은 중국에서 '十大名花'에 들어가는 꽃이며 '五月花神'으로도 칭송된다. 꽃 모양이 고와서 가냘프고 아름답다는 뜻의 '綽約'으로도 통칭되며 '꽃 중의 신선(花仙)'이나 '꽃의 정승(花相, 花中丞相)' 등으로도 흔히 불리우고 있다. 사랑의 징표로 사용되었을 뿐 아니라 이별할 시에도 이 꽃을 주고받았다 하여 '別離草', '可離', '將離', '離草' 등의 이칭도 갖고 있고, 색이 곱고 아름다워 '嬌容', '餘容'의 명칭도 얻었으며, 단단한 목질의 줄기가 없는 초본이기에 유약하고 뼈가 없다 하여 '沒骨花'라고도 불렸다. 그 밖에 '婪尾春', '犁食', '黑牽夷', '紅藥' 등의 이칭도 갖고 있다. 고대부터 많은 관심을 받다가 宋代 이후부터 작약에 대한 품종 분류가 실시되어 현재는 약 1,000여 종에 이를 정도로 많이 재배되고 있는 꽃이다.[51] 모란과 비슷하게 생겼고 모란과 같이 심어 감상하는 경우가 많았기에 자주 혼동되기도 하나 작약은 모란이 피고 난 뒤에 피어나는 花卉라는 점을 비롯하여 여러 차이점을 지니고 있다. 중국 전통 회화에서는 '작약을 으뜸(芍藥第一)'이라 하고 '모란을 두 번째(牡丹第二)'라고 평하기도 하였다. 흔히 모란을 꽃 중의 왕인 '花王'이라 하였고 작약을 꽃 중의 재상인 '花相'이라 했던 것은 작약이 모란보다 늦게 피어나 '殿春'이라 불렸던 것과 연관이 있어 보인다. 소설 『紅樓夢』에서도 작약은 매우 중요한 꽃으로 등장한다. 제62회의 "사상운이 취하여 작약 깔린 자리에서 자는(史湘雲醉眠芍藥茵)" 광경은 『紅樓夢』 중 가장 아름다운 정경 중 하나로 일컬어진다. 오랜 역사를 지닌 채 각종 시문과 작품, 회화 등의 소재로 등장하며 여러 이미지를 창출해온 중요한 '名花'라 할 수 있는 것이다.

작약은 다양한 품종만큼 다채로운 자태와 이미지를 창출해온 꽃이다. 그중에서도 '芍藥'이라는 명칭이 '아름다운 약속(婥約)'과 諧音을 이루고 있는 것과 연관하여 '사랑의 약속', '愛情之花'의 의미로 인식되는 경우가 많았다. 수줍고 부끄러운 자태를 지닌 것으로 인식되어 그리움을 전달하는 꽃으로도 많이 묘사되어왔는데 최근에는 부귀와 아름다움의 상징으로도 인식되어 중국에서 '七夕'을 대표하는 꽃으로 각광받고 있다. 작약에 대한 고대의 시문 중 鄭나라 풍습에 청춘남녀들이 작약을 주고받음으로써 사랑을 확인하였다는 내용을 담은 『詩經』 「鄭風」「溱洧」 편을 살펴본다.

溱洧 진수와 유수

溱與洧　　진수와 유수
方渙渙兮　지금 넘실거리고 있네
士與女　　총각들과 아가씨들은

---

51 芍藥에 관하여는 晉代 崔豹의 『古今注』에 이미 쌍떡잎종이 나왔다는 기록이 있으며, 隋代에는 원예로 재배되기 시작했고 宋代부터 품종 분류와 기록이 실시되어왔다. 宋代 『芍藥譜』에는 31종, 宋代부터 작약으로 유명한 揚州의 『揚州芍藥譜』에는 34종이 각각 기록되어 있었다. 이후로 明代 『鮮芳譜』에는 39종, 淸代 『花鏡』에는 88종이 실려 있으며, 淸 乾隆시대 揚州에서 재배되던 芍藥 품종은 '楊妃吐艶', '鐵線紫', '觀音面', '氷容', '金玉交輝', '蓮香白', '胭脂点玉', '紫金觀' 등을 비롯하여 100종이 넘었다 한다. 中華民國 초에는 上海의 한 개인이 400여 품종을 심었다는 기록이 있으며 현재는 세계적으로 약 1,000종에 달하는 작약 품종이 있는 것으로 알려져 있다.

方秉蘭兮	난초를 들고 있네
女曰觀乎	아가씨 왈 구경갈까요?
士曰旣且	총각 왈 이미 다녀왔다오
且往觀乎	다시 구경갈까요?
洧之外	유수 너머는
洵訏且樂	정말 넓고도 즐겁다는데
維士與女	오직 총각들과 아가씨들은
伊其相謔	서로 즐겁게 웃으며
贈之以勺藥	작약을 주고받네

'溱'과 '洧'는 鄭나리에 있는 두 강으로 3월 삼짇날 이곳에 총각과 처녀들이 서로 모여 봄놀이 행사를 벌이는 장면이다. 周나라 당시 제후국인 鄭나라의 풍속에 3월 삼짇날 동쪽으로 흐르는 물에 묵은 때를 씻으면 부정한 것을 없애고 행복과 안녕을 추구할 수 있다고 믿었기에 이 행사를 주관하였던 것이다. 이 기회를 활용하여 미혼 남녀들은 서로 자유롭게 어울릴 수 있었는데 이때 '勺藥(芍藥)'을 주고받음으로써 서로의 마음을 확인하곤 하였다. 이처럼 작약을 주고받았던 것은 '勺藥(芍藥)'의 발음이 '婥約' 즉 '사랑의 약속'이나 '정을 맺다'라는 말과 같은 발음을 갖고 있기 때문이었다.

唐代 韓愈의 시 중에서 작약의 강렬한 매력에 감탄을 가한 작품을 보자.

芍藥 작약

浩態狂香昔未逢	시원한 자태 강렬한 향기 일찍이 만난 적이 없으니
紅燈爍爍綠盤龍	붉은 등처럼 찬란하고 녹색 용이 휘감은 듯
覺來獨對情驚恐	맑은 정신으로 작약을 독대하면 그 정은 놀랍고도 두려워
身在仙宮第幾重	이 몸은 선경의 그 몇 층에 있는 것인지?

찬란히 빛나는 붉은 작약의 꽃망울과 꽃을 받치고 있는 녹색 꽃대가 시선을 끄는데 그 향기 또한 다른 꽃에 비길 수 없을 정도로 강렬하다. '狂香'이라는 과장된 표현은 시인이 얼마나 꽃과 향기에 매료되었는가를 알려주는 표현이다. 작약에서 얻는 지대한 감흥에 대해 시인은 '그 정이 놀랍고 두려울 정도(情驚恐)'라는 특별한 표현을 부가하여 감탄의 강도를 높이고 있다.

宋代 蘇軾은 趙昌이 그린 그림을 보면서 다음과 같은 제화시를 남겼다.

題趙昌四季芍藥　趙昌의 사계절 작약 그림에 대한 제화시
倚竹佳人翠袖長　대나무에 기대어 있는 가인의 푸른 소매 긴데
天寒猶着薄羅裳　날씨가 차가운데도 얇은 비단옷 입고 있구나
揚州近日紅千葉　양주에는 요 며칠 온갖 잎이 붉게 되었는데
自是風流時世妝　스스로 풍류를 노래하며 세상을 꾸미고 있도다

작약을 '佳人'으로 표현하면서 추운 날씨에도 얇은 옷을 걸치고 아련한 자태를 연출하는 비범한 꽃으로 묘사하고 있다. 꽃과 잎이 붉게 변하여 揚州의 이곳 저곳을 장식하고 있는데 그중에서도 작약이 가장 뛰어난 매력을 지닌 꽃이라는 시각을 투영하고 있다.

고대 중국에서는 남녀가 서로 작약을 주고받음으로써 사랑의 징표로 삼기도 했지만 헤어질 때 작약을 선물함으로써 석별의 정을 기리기도 하였다. 晉나라 崔豹는 『古今注·草木』에서 "작약은 일명 可離라고 하는데 이별하려고 할 때 이 꽃을 주었다.(芍藥一名可離, 故將別以贈之)"라는 기록을 남기고 있다. 작약의 이칭 '將離草', '別離草', '可離' 등은 이별과 연관된 의미를 지니고 있다.

작약을 들어 이별을 논한 작품 중 唐代 萬楚가 이별에 임하는 여인의 애타는 심정을 노래한 시를 살펴보기로 한다.

題情人藥欄　정인의 작약 울타리를 노래하다
斂眉語芳草　얼굴 찡그리면서 향기로운 화초에게 말하나니
何許太無情　어찌하여 그대는 그리도 무정한가
正見離人別　사랑하는 이와 헤어지는 것을 지금 보면서도
春心相向生　춘심을 가득 안고 피어나고자 하나니

이별의 순간이 왔기에 여인은 얼굴을 찡그리면서 자신의 안타까운 마음을 작약에게 전달한다. 내 마음도 모르는 채 화사하게 춘심을 머금고 피어나는 꽃이 무정하게 느껴지는데 정작 이 여인이 무정함을 탓하는 것은 꽃이 아니라 이별의 상대자임을 추측해볼 수 있다.

芍藥은 『詩經』과 『楚辭』에 등장할 정도로 역사가 오랜 꽃이다. 그럼에도 불구하고 중국에서는 모란을 으뜸으로 여겨 '꽃의 왕(花中之王)'이라 하고, 작약을 '꽃의 정승(花相)'이라 부르니 작약으로서는 억울할 만도 한 일이다. 그래서인지 역대 시가 중에서 작약을 통해 억울한 자신의 심신을 노래하면서 위안을 얻고자 한 작품도 여러 편 전해지고 있다.

唐代 柳宗元은 폄적의 아픔을 뒤로 하면서 작약을 통한 심신의 위안과 치유를 소원한 바 있다.

戲題階前芍藥　계단 앞 작약을 웃으며 노래하다

凡卉與時謝　평범한 화초들은 때맞추어 시드는데
妍華麗茲晨　곱고 화려한 작약 이 새벽에 피었어라
敧紅醉濃露　비스듬히 붉게 핀 작약 짙은 이슬에 취한 듯하고
窈窕留餘春　요조숙녀 같은 자태 남은 봄을 지키고 있다
孤賞白日暮　홀로 감상하는 중에 해가 저무나니
暄風動搖頻　강하고 따듯한 바람이 급하게 흔들어대네
夜窓藹芳氣　밤 창가에는 향기로운 기운 아득하고
幽臥知相親　고요히 누워 있으니 이 꽃과 서로 친한 것 알겠구나
願致溱洧贈　원컨대 진수와 유수에서 작약 선물하던 시간으로 돌아가
悠悠南國人　유유하게 남쪽 나라 사람으로 살았으면

다른 꽃이 시든 시각, 새벽부터 피어난 작약은 시인의 마음에 고운 서정을 재현하고 있다. 마치 양귀비가 술에 취해 붉은 뺨을 붉히고 있는 듯 요조숙녀가 환한 얼굴로 봄날을 밝히고 있는 듯 작약은 그렇게 화사한 자태로 시인의 마음에 환한 시선으로 다가와서 시름의 찌꺼기를 없애주고 있다. 새벽부터 이 모습에 빠져 있던 시인은 고요한 밤을 맞게 되자 이 꽃으로 인해 마음의 순화가 더 한층 이루어지게 되었음을 깨닫게 된다. 『詩經』의 청춘남녀들이 즐거운 마음으로 이 꽃을 감상하고 주고받았던 것처럼 자신도 남쪽 사람이 되어 시름을 잊고 살았으면 하는 소망도 투영해보았다. 작약의 미소는 남방에 폄적되어 온 시인의 우수에 찬 심정을 잠시나마 씻어주는 좋은 치료제가 되고 있는 것이다.

강직한 성품으로 세 차례나 폄적을 당한 일이 있는 宋代 王禹偁도 작약을 보

면서 스스로를 위로하고자 하는 마음을 펼친 바 있다.

芍藥詩 작약시

牡丹落儘正凄涼	모란은 다 져서 마침 처량한데
紅藥開時醉一場	붉은 작약 피어 있어 한바탕 취하게 하네
羽客暗傳屍解術	도사들이 모란의 시체를 변화하게 도술을 부렸는지
仙家重爇返魂香	신선이 다시금 불태워 혼과 향을 돌아오게 하였는지
蜂尋檀口論前事	벌들은 붉은 입술을 놀리며 이전의 일을 논하고
露濕紅英試曉妝	이슬은 붉은 꽃잎을 적시며 새벽 단장을 시도하는 듯
曾忝掖垣眞舊物	일찍이 관리로 있을 때 알던 옛 사람인 것처럼
多情應認紫薇郎	다정하게 대하니 마치 중서시랑을 알아보는 듯

폄적당해 있는 중에 자신의 소회를 담아 지은 작품이다. 모란이 지고 나면 붉은 작약이 이어서 핀다는 사실을 기술한 뒤 신선 도사들이 모란의 시체를 다시 작약으로 변화시켜 피게 하였다는 민간의 전설을 인용한 허구적 묘사를 가하였다. 작약 위에 내린 이슬을 보면서 작약이 단장하려고 하는 것 같다는 표현 역시 모란에서 작약으로 이어지는 인연을 염두에 둔 표현이다. '紫薇郎(中書侍郞)' 표현을 통해 王禹偁이 조정에서 자기를 알아주는 사람이 있기를 갈구하고 있음을 간파할 수 있다. 직간하다 폄적당한 신세에 있지만 자신의 뜻을 굽히지 않을 것도 행간을 통해 시사하고 있다.

宋代 蔡襄 역시 작약을 통해 마음의 위안을 받고 새로운 희망을 추구하고자 하는 생각을 밝힌 바 있다.

華嚴院西軒見芍藥兩枝追想吉祥賞花慨然有感
화엄원 서쪽 누각에서 작약 두 송이를 보며 길상정에서 꽃을 감상하는 감회를 적다

吉祥亭下萬千枝	길상정 아래 만 송이 천 송이 꽃가지
看儘將開欲落時	끝없이 보다 보니 해가 지려 하는구나
卻是雙紅有深意	오히려 이 두 송이 붉은 작약에 깊은 뜻이 있어
故留春色綴人思	봄 정경을 남겨놓아 사람의 그리움을 더하나니

蔡襄은 諫官으로써 范仲淹의 개혁정치를 지지하다가 보수파의 반대를 받아

실패한 적이 있다. 이 시의 전반에서는 일국의 번성을 의미하듯 만 송이 꽃이 아름답게 피어 있는 모습을 언급하고는 후반에서는 모든 꽃이 조락한 후에 겨우 남아 있는 작약 두 송이가 사람에게 전하는 봄 정경이 더욱 강렬한 인상을 주고 있음을 언급하였다. 국가가 쇠미해져 갈 때에도 희망을 발견하고자 하는 작자의 의도를 읽을 수 있겠다.

芍藥은 꽃 모양이 가냘프고 아름다워 '綽約'이라는 별칭에 잘 어울리는 꽃이다. 단단한 줄기를 지닌 목본식물 모란이 크고 화려한 자태를 가지고 '꽃의 제왕(花王)'으로 불리며 세인들의 주목과 칭송을 한 몸에 받는 데 비해 초본식물인 작약은 여린 모습으로 모란을 보좌하는 듯한 '꽃의 정승(花相)'의 명칭을 담당하고 있다. 작약이 모란보다 약 1천년 정도 일찍 문헌에 등장한 것에 비해 모란은 한참 뒤에야 작약의 이름을 빌린 '木芍藥'의 명칭으로 세상에 선을 보였던 것을 생각하면 분명 억울한 면이 있다. 시간의 흐름에 따라 모란이 남성적인 이미지를 강화해나갔다면 작약은 여성적인 이미지에 더 어울리는 면모를 갖추어나갔다고 생각해볼 수 있다. 그러나 芍藥은 자신의 처지를 신경 쓰거나 다른 꽃과 다투는 대신 더욱 다양한 품종과 자태를 선보이면서 본연의 모습을 가꾸어왔다. 마치 화려한 자리에서 주목을 받는 사람보다는 묵묵히 타인을 보좌하며 어려울 때마다 힘이 되어주는 사람처럼 작약은 사람들의 마음속에 위안과 희망을 제공하는 존재로 남기를 원했던 것 같다. 그럼에도 불구하고 섬약한 모습에서 아름다움과 강인함을 발견하고자 했던 많은 시인들에 의해 작약은 꽃 중의 중요한 존재로 인식되어왔다. 작약의 별칭이 '花相'에 불과하다 하지만 이 '꽃의 정승' 자리 역시 아무나 할 수 있는 것은 아니지 않는가?

16. 향기의 여신 라일락(丁香)

흔히 '라일락'으로 부르는 '정향(丁香)'은 봄의 다양한 꽃 중에서도 으뜸의 향기를 자랑하며 수많은 시인묵객들의 사랑을 받아온 꽃이다. 물푸레나뭇과에 속하는 '丁香木'은(학명 Syringa Linn, 영어명 Common Lilac)은 높이가 약 2~4미터에 달하는 관목으로 4~5월에 개화하는데 꽃의 모양이 길쭉한 데다 얼핏 보면 '못(丁)'의 형상을 하고 있어 '못의 형상을 한 향기로운 꽃'이라는 특성에 따라 이름이 붙여진 것이라는 추측을 해보게 된다. 丁香은 홍자색 혹은 백색의 꽃이 강한 향기를 발하고, 마주나게 달린 넓은 하트 모양의 잎은 예쁜 자태로 훌륭한 미감을 선사하며 일찍부터 여러 나라에서 정원수로 많은 사랑을 받아온 나무이다.

정향은 햇볕과 따뜻한 날씨를 좋아하여 특히 화사한 이미지와 어울리는 꽃이다. 우리나라와 서양에서 丁香木은 친근하고 강렬한 이미지로 시인들의 많은 사랑을 받아온 화목이었다.[52] 중국에서 丁香은 그 자태와 활용에 따라 '百結', '情

---

[52] 우리나라에서 정향은 재래종 '수수꽃다리'라는 화목으로 인식되며 친근한 이미지로 알려진 나무이다. 이 '수수꽃다리'는 황해도 동북부와 평남 및 함남의 석회암지대에 주로 자생하던 나무이다. 키 2~3미터에 하트형의 잎이 마주보기로 달리며 원뿔모양의 커다란 꽃대에 수많은 꽃이 피어 향기를 날리면 이 나무의 가치가 드러난다. '수수꽃다리'는 개회나무, 털개회나무 등 6~8종의 형제나무를 거느리고 있는데 서로 닮아서 구분이 어렵다. 이 꽃을 좋아하는 옛사람들은 머리 아프게 따로 구분하지 않고 합쳐서 중국 이름 그대로 '丁香'이라고 불렀다. 개화 초기에 서양 수수꽃다리가 수입되었는데 라일락은 향기가 조금 더 강하고 키가 약간 크게 자라는 것 외에 수수꽃다리보다 더 특별한 장점은 없는 편이다.(박상진, 『우리나무의 세계』, 서울 : 김영사, 2011, 141~143쪽 참조) 흔히 우리나라의 재래종 꽃 '수수꽃다리'를 라일락과 함께 언급하지만 식물학적으로 '수수꽃다리'는 '서양 라일락(학명 Syringa vulgaris)'과 다른 종으로 인식되고 있다. '수수꽃다리'는 서양 라일락보다 화관통부가 길이 1.5~2cm로 길고 열매가 장타원형으로 좁은 것이 형태상 구별되는 특징이다.(김진석 · 김태영, 『한국의 나무』, 서울 : 돌베개, 2011, 597쪽 참조)

客', '鷄舌', '丁子香' 등의 다양한 이명으로도 불려왔는데 여러 문헌에 이름이 등장하기는 하였지만 초기의 시문에서 음영의 대상으로 등장한 예는 많지 않은 편이었다. 주로 약용식물로 활용되던 丁香이 시가에 본격적으로 등장한 것은 唐代부터이다. 唐代 杜甫가 「江頭五詠·丁香」을 쓴 것을 시작으로 여러 시인이 정향에 대한 미감을 표현하게 되었는데 이는 정향의 의상이 본격적으로 정리되고 시가의 소재가 된 것이 唐代부터였음을 짐작하게 하는 부분이다. 『全唐詩』에 약 33회 정도 등장하였지만 이후 宋代를 비롯한 후대로 갈수록 시인들에게서 더욱 많은 주목을 받게 된다.

중국 역대 시문 중에 '丁香'의 명칭으로 등장한 라일락은 여타 꽃들과 마찬가지로 각종 아름다움을 형용하는 존재, 열정적인 사랑의 정표나 고귀한 정신의 표상, 한과 우수와 같은 고적한 서정의 투영체 등의 범주에서 그 형상이 주로 표현되어왔다. 한 그루만 있어도 주변에 강한 존재감을 과시하는 '丁香(라일락)꽃 향기'는 정향나무에서 느낄 수 있는 가장 강렬한 특성이라 할 수 있는데 이 빼어난 향기는 자신의 향기로 이름을 날리는 목련, 백합, 장미, 난 등 여타 나무의 향기와 비교해보아도 단연 돋보이는 정도라 하겠다.

1) 아름다운 자태와 향기의 표상

丁香은 그 자태와 향이 특히 빼어나 매혹적인 아름다움을 형용할 때 매우 빈번하게 인용되어온 화목이다. 丁香은 아담한 크기의 나무에 작은 나팔 모양의 꽃, 하트 모양 나뭇잎을 지니고 있는데 그 자태가 특히 사랑스럽다. 여기에 다른 꽃이 따라올 수 없는 빼어난 향기까지 지녔으니 달콤하되 속되지 않고 강렬하되 독하지 않은 기품을 발함으로써 주변을 매혹시킨다. 杜甫가 강가에 핀 꽃을 읊은 「江頭五詠」에서 묘사한 것을 필두로 丁香은 '香草'로 단순하게 언급되던 이전의 기술형태에서 벗어나 독자적인 미감의 투영체로 존재하게 된다. 역대 시인들은 정향을 매혹적인 아름다움이나 미인의 형상으로 즐겨 형용한 바 있다.

唐代 錢起가 쓴 다음 시를 보면 정향의 자태와 향에 특별히 주목하여 기술하

고 있는 것이 발견된다.

賦得池上雙丁香樹 연못가에 있는 한 쌍의 정향나무를 노래하다

得地移根遠 먼 곳에서 옮겨와 이곳에 심겨진 정향나무
交柯繞指柔 가지가 서로 얽혀 부드럽게 둘러있네
露香濃結桂 풍겨나는 향기는 계수 향처럼 진하고
池影鬪蟠虯 연못에 비치는 자태는 규룡이 서로 싸우는 듯
黛葉輕筠綠 검푸른 잎사귀는 녹색 댓잎처럼 가볍게 흔들리고
金花笑菊秋 화려한 꽃은 가을 국화를 비웃는 듯
何如南海外 저 멀리 남방 너머까지 심겨져서
雨露隔炎洲 뜨거운 땅에 우로를 내려 시원하게 하면 어떨까

　연못가에 심어진 정향을 멀리서 옮겨온 존재로 서술함으로써 정향이 귀한 존재라는 인식을 부각하고자 하였다. '부드럽게 얽혀진 가지(繞指柔)'는 정향의 아름답고 섬세한 외관을 돋보이게 하는 표현이며 함연에서 묘사한 정향의 향과 자태를 선도하는 이미지가 된다. 계수나무 향기를 연상케 하는 정향의 향기와 물 속의 규룡이 싸우는 듯 어우러진 정향나무 한 쌍의 자태를 묘사한 부분에서는 환상적인 아름다움과 신비감도 느끼게 된다. 경연에서 대나무와 국화에 정향을 비유한 부분은 정향이 마치 사군자처럼 기품을 지닌 존재로 인식되게 하는 효과를 창출한다. 이처럼 정향의 자태와 향에 대한 극찬을 가하던 시인은 미연에서 과장법까지 발휘하여 정향을 '더운 땅(炎洲)'의 기운까지 제압할 수 있는 존재로 표현하고 있다. 아름다운 향과 자태를 지니고 있는 정향이기에 땅의 기운까지 바꾸어서 사람이 편안히 거할 수 있도록 하는 능력도 지니지 않았을까 하는 상상력을 투영한 묘사인데 이 역시 정향이 지닌 매력을 부각한 구절이라 할 수 있겠다.

　丁香의 속성 중 가장 강렬하게 인식되는 것은 바로 정향의 향기라 할 수 있다. 이 향기는 음미할수록 강한 흥취를 얻게 할 뿐 아니라 때로는 다양한 시적 상상력과 표현력을 고양하는 매개체 역할도 하는 존재이다. 元代 元好問이 쓴 다음 시를 살펴봄으로써 정향의 향기가 제공하는 흥취와 그로 인해 시인이 얻게 되는 표현력 사이의 상관관계를 짐작해볼 수 있다.

賦瓶中雜花　병 속에 담긴 잡화를 노래하다

香中人道睡香濃　향기로운 여러 꽃 중 더욱 향이 진한 것이 있다 하나
誰信丁香嗅味同　그 누가 정향만 한 맛과 향기를 지닌 꽃이 있다 믿으리오
一樹百枝千萬結　한 나무 백 개 가지에 천만 송이 꽃을 피우니
更應熏染費春工　그 깊은 향기는 봄의 정교한 수고를 더 드러내는 듯

　여러 꽃들이 화병에서 각자의 향기를 발하고 있어 우열을 가리기가 쉽지 않은 중에 정향의 향기는 실로 다른 꽃의 향기를 압도한다. 제3구에서 '一', '百', '千萬'으로 점차 크기를 확대해가며 정향의 향기를 표현한 구절은 정량적으로 표현할 수 없는 정향의 향기를 재치 있게 언급한 표현이 된다.
　淸代 陳至言이 쓴 다음 시를 보면 의인법까지 활용하여 정향을 고아한 미인에 비유하고자 했던 의도를 엿볼 수 있다.

詠白丁香花　흰 정향화를 노래함

幾樹瑤花小院東　작은 동산 동쪽 몇 그루에 달린 예쁜 정향화
分明素女傍帘櫳　발을 내린 창가에 항아가 서 있는 듯
冷垂串串玲瓏雪　차갑게 드리워진 꽃은 영롱한 눈을 꿰어놓은 듯
香送幽幽露歡風　그윽한 향기 바람에 흩날리며 무성히 피어 있다
穩稱輕奩勻粉後　평온한 마음으로 가볍게 골고루 분장한 후
細添薄鬢洗粧中　깨끗이 단장한 귀밑머리에 세밀한 장식을 가한 듯
最憐千結朝來坼　아침 되어 펼쳐진 천 송이 꽃 가장 사랑스러워
十二闌幹玉一叢　굽이굽이 열두 난간 속에 한 무더기 옥이 피어 있는 듯

　동쪽에 몇 그루 피어난 정향은 옥 같은 자태를 자랑하니 이를 보고 시인은 전설의 姮娥를 떠올리면서 정향의 '高雅脫俗'한 용모를 칭송하고 있다. 말없이 창가에 서 있는 미인과 같은 정향은 온갖 상상력을 자극하며 사람의 마음에 정을 불러일으키고, 백설 같은 꽃에서 휘날리는 향기는 사람의 마음을 미혹되게 한다. 아름다운 소녀가 분갑을 열어 가볍게 단장하고는 여기에 세밀한 수식을 가해 미감을 더한 것처럼 기존의 아름다움 위에 매력을 더하여 창출해낸 절대적인 미 같은 느낌도 준다. 의인법을 활용하여 정향의 자태와 향기를 칭송하던 시인은 다시 미연에서 굽이치는 난간 사이에 옥 같은 형상으로 한 무더기를 이루고 있

는 정향의 존재를 주목하였다. 신운이 담긴 묘사를 통해 정향이 지닌 신비로운 아름다움을 점층적으로 표현하는 수법을 구사하고 있는 것이다. 한편의 시가 속에 '곱고 예쁜 미인', '백설과 같은 맑고 투명함', '옥과 같은 고결함', '청풍과 같은 맑고 그윽한 향기' 등의 다양한 묘사를 가하면서 정향의 미모와 향기를 극찬하고 있음을 발견할 수 있다.

丁香이 지닌 아름다운 미감을 묘사한 작품 중 색다른 자태를 주목한 예도 있다. 淸代 査禮가 자색 丁香에 대해 기술을 가함으로써 정향의 신비로운 자태를 부각시킨 작품을 살펴보기로 한다.

紫丁香花歌爲杭大宗編修賦
자색정향화가를 항대종을 위하여 편수하여 짓다

高枝似裊紫玉烟	고귀한 가지는 여린 자색 옥이 연무를 머금은 듯
低影還如紫玉舞	드리운 그림자는 자색 옥이 춤추는 듯
柔肌仙骨不勝扶	부드러운 피부에 신선과 같은 풍모를 부지하기 어렵고
細眼明眸凝欲語	세밀하고 밝은 시선으로 할 말 있는 듯 응시하네
蒙茸亂蕊笑紫荊	흐드러지게 피어난 꽃술은 자형화를 비웃는 듯하고
更比紫薇難擧重	자미화와 비교해도 경중을 가리기 쉽지 않구나
羨君深院金屋同	멋진 집 깊은 후원에 있는 그대를 흠모하노니
貯此娉婷十三女	아리따운 열세 살 소녀를 마음에 둔 것 같아라

향기와 자태가 뛰어난 자색 정향화가 시인의 붓끝을 통해 더욱 아름다운 자태로 형상화되고 있다. '高枝', '仙骨' 등의 표현으로 범상치 않은 정향의 기품을 그렸고 고아한 가지의 형상과 강렬하게 피어나는 보랏빛 향기를 '자색 옥이 연기를 머금었다(紫玉烟)', '자색 옥이 춤을 춘다(紫玉舞)' 등으로 신비롭게 묘사하였다. 제3구에서 시인은 자형화와 자미화와의 비교를 통해 자색 정향화가 지닌 가치를 상대적으로 높이고 있는데[53] 이 부분은 白居易「長恨歌」의 양귀비를 칭송

---

[53] '자형화'는 박태기나무의 꽃으로 연한 자줏빛 꽃잎을 갖고 있으며 나비를 닮은 잎을 지녔다 하여 나비목이라고도 한다. '자미화'는 배롱나무에 피는 꽃으로 역시 자줏빛 꽃잎을 갖고 있다. 자미화는 중국이 원산지로 부처꽃과에 속하지만 국화과에 속하는 백일홍과 모습이 비슷하여 이 자미화(배롱나무꽃) 역시 통속적으로 백일홍으로 명명되고 있다. 자형화와 자미화 모두 자색 정향과 비슷한 색을 띠고 있으나 자태와 향에서 정향에 못 미치는 것으로 본 것이다.

한 구절을 연상시킨다.[54] 자색 정향화는 같은 자색을 지닌 다른 꽃들과 비교해도 그 향과 색이 전혀 뒤지지 않는 뛰어난 존재라고 본 것이다. 전반부에서 부드럽고 아리따운 정향화의 외형에 대해 '간드러지듯 여리고(似嬈)', '부드러운 피부를 지녔다(柔肌)' 등으로 표현하였는데 이는 결국 미연의 '아리따운 열세 살 소녀(十三女)'라는 표현과 연결된다. 이처럼 자색 정향화를 유연한 소녀에 비유한 언급은 정향이 지닌 매력을 사람의 혼을 사르는 아름다운 미인과 존재로 승화시킨 묘사라 할 수 있겠다.

丁香의 자태와 향은 사람들의 오감과 미감을 자극하기에 충분한 소재였으니 예로부터 시인들이 정향을 노래한 여러 작품의 행간을 보면 '미인', '사랑스러운 존재' 등의 이미지를 가장 선호하면서 표현했던 것이 발견된다. 丁香花의 외양과 향기에 대한 일차적인 주목과 이 특징을 포착한 창의적인 묘사가 정향의 이미지를 계속 신비롭게 형상화해가는 결과로 이어진 것이다. 일례로 唐宋代 詩詞에서 정향을 일러 唐代 歌妓 謝娘에서 유래한 명칭인 '謝娘'으로 불렀거나, 淸代 詩詞에서 '아름다운 여자' 혹은 '자신이 사모하는 여성'을 뜻하는 어휘로 '丁娘'을 사용한 경우는 모두 정향의 외형적인 매력과 향을 미인에 빗대어 칭송한 경우이다. 꽃이 지닌 아름다운 외형에 대한 일차적인 찬사가 우아한 기품과 미인에 대한 숭모의 정으로 발전한 경우이며, 丁香의 아름다운 이미지를 한층 우아하게 이어가고자 하는 시인들의 바람과 감성이 반영된 결과라 할 수 있다.

2) 불변의 사랑과 고결한 정신의 상징

꽃이 지속적인 감흥을 주는 것은 화려한 외모만이 아니라 정신적인 측면에서도 시사점을 제공하기 때문일 것이다. 丁香은 그 아름다운 자태와 향을 통해 형

---

54 이 부분은 자형화와 자미화가 마치 시녀처럼 정향을 떠받들지만 정향의 아름다움과는 비교가 안 된다는 내용을 담은 대목으로 白居易 「長恨歌」에 나오는 구절 "봄 추위에 화청지에서 목욕함을 허락하여, 매끄러운 온천물에 기름진 때를 씻는다. 시녀들 부축하여 일어나니 아름다움에 당할 힘이 없고, 그 때부터 황제의 사랑 받기 시작하였네.(春寒賜浴華淸池, 溫泉水滑洗凝脂. 侍兒扶起嬌無力, 始是新承恩澤時)"를 연상시키는 표현이 된다.

언할 수 없는 미감을 제공할 뿐 아니라 불변의 사랑이나 고결한 정신의 상징으로도 흔히 인식되고 묘사되어왔다.

唐代 韓襄客이 다음 작품에서 丁香을 連理枝와 함께 언급한 것을 보면 丁香이 連理枝 못지않은 사랑의 상징성을 지닌 존재였음을 알 수 있다.

江南妓 강남의 기생

連理枝前同設誓 연리지 앞에서 함께 사랑의 맹세를 했고
丁香樹下共論心 정향나무 아래서 마음을 같이 하였지요

사랑의 굳은 징표를 대변하는 '連理枝'와 함께 정향이 언급되고 있어 정향 역시 사랑의 맹세를 나타내는 자연물로 활용되었던 것을 살필 수 있다. 사실 정향은 연리지보다도 효용성이 강한 식물이라 할 수 있다. 연리지는 그 존재가 특별하여 자주 발견되지 않지만 정향은 어디서나 쉽게 발견되는 꽃이며 향과 자태로 인해 더욱 실제적으로 인식된다는 특징을 지녔기 때문이다.

시인들은 진실하면서도 처연한 사랑을 그릴 때면 각종 꽃을 활용하곤 했는데 이는 깊은 감성을 표현하는 데 있어 꽃만큼 적절한 자연물이 없었기 때문이다. 설명할 수 없는 사랑과 정한의 깊이를 차라리 꽃에 비유함으로써 자신의 간절한 심정을 표출하고자 했던 것인데 이 경우 역시 丁香은 아주 훌륭하게 사랑의 투영체 역할을 하였다. 唐代 韋庄이 애정과 사랑의 이미지로 정향을 활용하여 묘사한 다음 작품에서 그 예를 발견할 수 있다.

悼亡姬 죽은 여인을 애도하며

鳳去鸞歸不可尋 봉황은 떠나고 난새도 돌아가 다시는 찾을 수 없고
十洲仙路彩雲深 신선이 사는 십주로 향하는 길에 오색구름만 깊다
若無少女花應老 만약 그 소녀가 없었다면 꽃도 시들 것이요
爲有姮娥月易沈 항아가 있다 해도 달도 기울 것이라
竹葉豈能消積恨 대 잎이 어찌 쌓인 한을 다 풀 수 있을 것인가
丁香空解結同心 정향은 함께 맺은 마음을 부질없이 흩뿌리네
湘江水闊蒼梧遠 상강의 물은 멀리 蒼梧山까지 드넓으니
何處相思弄舜琴 그 어디서 서로 그리워하며 순금을 연주할까나

죽은 총희를 그리워하며 쓴 시로 환상적인 묘사로 시작하여 신비롭고 애절한 사랑의 감정을 부각시키고자 하였다. 한과 사랑을 표현함에 있어 '댓잎(竹葉)'과 '丁香'을 활용한 것 역시 특이하다. 한 많은 사랑을 이야기함에 있어 舜帝를 좇아 瀟湘江에 투신한 娥皇과 女英의 '瀟湘斑竹' 고사의 인용을 최대한 절제한 채 자신이 사랑했던 여인을 잃은 슬픔을 丁香에 비유하고 있다. 정향이 지닌 사랑의 이미지를 슬픔과 애환의 이미지로까지 확대시킨 것이다.

明代 許邦才가 쓴 다음 작품 속에 등장하는 정향 역시 사랑의 비환을 투영하는 실체로 묘사된 것임을 알 수 있다.

丁香花　정향화

蘇小西陵踏月回	마치 蘇小小가 서릉에서 달빛 밟고 돌아오는 듯
香車白馬引郞來	백마가 끄는 향기로운 거마에 임을 모셔오는 듯
當年剩縮同心結	그 때에 서로가 함께 맺었던 마음
此日春風爲剪開	오늘 봄바람이 잘라버리누나

정향 향기를 蘇小小가 타고 다니던 '油壁車'에 비유하였고 蘇小小가 썼던 사랑의 시[55]를 정향의 자태에 비유하였다. 南齊시대 錢塘의 名妓 蘇小小를 정향과 연계하여 묘사함으로써 정향을 마음속 풀지 못한 근심의 형상으로 은유한 것이다. 아름다운 정향의 자태를 보면서 시인은 오히려 봄바람에 가슴이 찢겨나가는 듯한 깊은 슬픔을 느끼고 있다. 蘇小小의 고사처럼 정향은 시인에게 슬픈 전설을 떠올리게 하는 존재가 되니 깊은 사랑의 의미를 지닌 정향이 때로는 슬픔의 전령 역할도 하고 있음을 발견할 수 있는 것이다.

丁香은 사랑의 이미지와 함께 은은한 흥취와 맑은 기품도 느끼게 하는 존재이다. 이는 주로 정향의 강렬하고도 기품 있는 향기로 인해 얻게 된 느낌으로 역대 시인들은 기품을 형상화함에 있어 자주 정향을 활용한 바 있다. 明代 吳寬이 쓴 다음 시 속에 등장하는 정향의 의미를 생각해보기로 한다.

---

55 蘇小小가 썼다는 시 「蘇小小歌」는 다음과 같다. "저는 유벽거를 타고, 님께서는 청총마를 탔지요. 어느 곳에서 우리의 마음을 맺겠어요? 서령의 송백나무 아래에서입니다.(妾乘油壁車, 郞騎靑驄馬. 何處結同心, 西泠松柏下)"

丁香 정향

初栽只一幹	처음에 겨우 한 줄기 심었더니
肥壤卉爭蔭	비옥한 땅이라 식물들이 다투어 그늘을 이루었네
分移故園內	가지를 나누어 옛 동산 안에 옮겨 심으니
不知枯與榮	쇠하고 번성함도 모른 채 잘 자라는구나
終當問來使	나중에 누군가가 와서 이 꽃에 대해 묻게 되면
亦欲如淵明	도연명이 국화 사랑하던 것 같다고 말하고 싶어라

짧은 시 속에 정향이 지닌 속성을 효율적으로 은유한 작품이라 할 수 있다. 겨우 한 줄기에 불과하던 정향이 어느덧 번성하여 분가를 하게 되었고 옮겨간 곳에서도 주변을 탓하지 않고 잘 적응하는 모습을 보인다. 시인은 이 모습이 사랑스러워 문득 옛날 陶淵明이 국화를 아끼던 고사를 떠올리게 된다. 초매하고 고아한 인품으로 중국 문인들의 정신적 사표가 된 陶淵明을 들어 자신을 비유하고 자신이 아껴 기르는 정향을 국화에 비유하면서 그 정신과 기품을 칭송하고자 하는 의도를 드러내고 있는 것이다.

丁香은 동서양을 막론하고 사람들의 인식에 우아한 사랑의 정표라는 상징성을 부단히 제공해온 꽃이다. 그 자태와 향이 사랑만큼이나 달콤하기에 정향은 고금을 막론하고 각종 시와 노래에 아름답게 등장하고 있으며[56] 강렬한 존재감으로 인해 '청춘', '젊은 날의 회상', '처음 우정', '첫사랑' 등의 각종 수려한 꽃말도 지니고 있다. 중국에서는 전통적으로 청춘남녀의 사랑을 대변하는 전령 역할도 하고 있어[57] 사랑과 연관된 이 꽃의 이미지가 매우 보편적인 것임을 살필

---

56 현대에 유행한 노래 중 정향이 활용된 일례를 찾자면 <베사메무초(Besame Mucho)>라는 노래를 언급할 수 있다. 丁香은 영어로 '라일락', 불어로 '리라'라는 명칭으로 불리는데 이 <베사메무초>라는 노래 속에 등장함으로써 더욱 유명세를 타게 되었다. '베사메무초(Besame Mucho)'는 영어로 'kiss me much'란 뜻을 가진 스페인어로 1941년 멕시코의 여류 작곡가 콘수엘로 벨라스케스가 리라꽃(라일락)에 얽힌 아픈 사랑 이야기를 '베사메무초'란 제목의 노래에 담아 부르면서 유명해진 곡이다. 우리말로 번역하면 "베사메 베사메 무초, 고요한 그날 밤 리라꽃 지는 밤에. 베사메 베사메 무초, 리라꽃 향기를 나에게 전해다오. 베사메 무초야 리라꽃 같은 귀여운 아가씨"로 풀이된다.

57 丁香은 그 존재의 특성으로 인해 사람들 사이에서 사랑의 징표로 많이 활용되고 있다. 雲南의 崩龍族과 傣族 사람들은 매번 봄철을 맞게 되면 '采花節' 축제를 즐기는데 이때 청춘남녀들은 서로 다투어 정향을 꺾어서 자신이 사랑하는 사람에게 선물하는 풍습이 있다. 또한 일부 지방에서는 정향을 혼사를 의미하는 정표로 활용되기도 한다. 남녀

수 있다. 정향이라는 꽃 자체가 어떤 고매한 철학적 의미를 지닌 것은 아니지만 사람들은 이 꽃을 대하면서 그윽한 운치를 느끼게 되고 이로 인해 자기 자신이 지닌 인간적 향기의 경중을 되새겨보게 되는 계기로 삼고자 한 것이다. 정향이 지닌 '향기'는 '기품'이라는 단어와 의미의 연관성을 지니고 있으면서 사람들에게 시사점을 제공해온 것으로 추측해볼 수 있겠다.

3) 한과 우수 등 고적한 서정의 투영체

꽃이 지닌 자태와 기본적인 속성이 아무리 훌륭하다 해도 결국은 '榮枯盛衰'라는 자연의 이치를 따르기 마련이다. 丁香 역시 다른 식물처럼 화사한 봄날 만개했다 쇠락함으로써 순환과 영속성의 깨달음을 제공했던 꽃이었다. 盛하고 衰하는 과정과 모습을 통해 자신 인생의 회한을 반추하거나 시절에 대한 감회를 느끼게 되는 것은 꽃을 통해 얻을 수 있는 또 하나의 중요한 진리라고 할 수 있다.

唐代 杜甫가 쓴 다음 작품은 정향이 지닌 자태와 향기가 우수의 서정으로 인식되고 있음을 나타낸 예라 할 수 있다.

丁香 정향

丁香體柔弱 정향은 그 몸이 유약하여
亂結枝猶墜 어지러이 늘어진 가지에 가라앉아 있는 듯
細葉帶浮毛 가는 잎에는 솜털이 붙어 있고
疏花披素艶 성근 꽃은 희고 고운 자태 드러냈네
深栽小齋後 별채 후원 후미진 곳에 심어져
庶近幽人占 은자가 이 꽃을 차지하길 바라고 있구나
晚墮蘭麝中 뒤늦게 난사향 중에 떨어지더라도
休懷粉身念 몸을 꾸밀 생각일랑 말게나

가 정혼한 이후 한쪽에서 정향을 보내면 그 정향이 시들 때까지 기다렸다가 길일을 택하여 혼례를 올리는 풍습이 있는 것이다. 정향이 지닌 사랑의 의미를 생각하게 하는 풍습이라 하겠다.

이 시는 杜甫가 강가에 핀 꽃을 읊은 「江頭五詠」 중 한 수인데 수연에서 '유약하고(柔弱)' '어지럽다(亂)'는 표현으로 정향의 전체적인 이미지를 선도한 것이 이채롭다. 정향이 지닌 가늘고 솜털이 맺힌 잎, 어지럽게 흐드러진 가지, 희고 고운 자태 등을 묘사하면서 '弱', '亂', '細', '疏' 등의 시어를 통해 섬세한 이미지를 부가한 것도 주목할 만하다. 이러한 표현을 통해 정향은 '哀婉', '愁怨', '惆悵' 등의 정서를 지닌 존재로 인식되는데 그러한 애환은 은자의 삶이나 의식과 잘 어울린다고 보았다. 시인은 이와 같은 향기와 우수를 지닌 존재가 바로 자기 자신임을 은유하고 있는 것이다. 미연에서는 丁香이 '蘭麝香' 속에 떨어지는 것을 언급했는데 이는 그윽한 幽芳을 지닌 꽃이라 해도 濃密한 꽃 속으로 들어가면 자신의 실체가 묻혀 버리는 경지를 지적한 것이다. 이러한 언급을 통해 이 꽃처럼 고결한 천성을 지키면서 세속의 화려함과 거리를 둘 것을 다시 한번 다짐하게 되는 것이다.

주로 唐代부터 시가에 등장하던 丁香이 '憂愁'와 '幽怨'의 이미지를 갖게 된 것에는 李商隱이 쓴 다음 시의 계도가 컸다고 할 수 있다.

代贈 대신 마음을 표현함
樓上黃昏欲望休 황혼녘 누각 위에서 쉬고자 하니
玉梯橫絶月中鉤 옥 같은 사다리 비스듬한데 초승달 걸려 있네
芭蕉不展丁香結 파초잎 아직 펼쳐지지 않았는데 정향만이 몽우리를 맺어
同向春風各自愁 함께 봄바람 바라보며 제각기 시름겨워하노라

서로 다른 두 장소에서 두 사람이 느끼는 마음을 절묘하게 표현한 시이다. 저물녘 누각에 올라 바라보매 한 여인이 누각에 기대어 있는데 그 위 하늘에는 굽어진 초승달이 걸려 있다. 비스듬히 걸려 있는 사다리와 초승달을 통해 자신의 마음이 여인에게 기울고 있음을 은유한 것이다. 芭蕉잎은 아직 나오지 않은 상태이고 현재는 丁香만이 눈앞에 피어 있다. 지금 이 순간 느끼는 아름다운 정은 마치 눈앞에 피어 있는 정향처럼 각자의 위치에서 근심으로만 승화되고 있는 것이다.

李商隱이 정향을 그리면서 사용한 '丁香結' 표현은 후대로 가면서 '우수의

형상화'라는 뜻으로 의미의 정형화를 이루게 된다. 唐代 陸龜蒙이 쓴 다음 시에
나타난 정향 이미지 역시 자신의 근심을 표현하기 위하여 '丁香結'의 표현을 차
용한 것임을 알 수 있다.

丁香七絶　정향 칠언절구

悠悠江上無人問　유유히 흐르는 강 위에 친한 이 아무도 없고
十年雲外醉中身　십 년 은일의 삶을 사는 이 몸 취중에 있어라
殷勤解却丁香結　정향은 은근히 몽우리를 풀어서 피어 있고
縱放枝頭散誕春　흐드러지게 피어난 가지 끝마다 봄이 피어나나니

陸龜蒙은 관료세족 출신으로 열심히 과거에 임했지만 종래에는 낙방하고 고
향에 돌아가 은거하며 삶을 마친 인물이다. 앞 두 구는 정향을 들어 자신이 누리
는 은일의 삶을 묘사한 부분인데 강변에서 생장하는 丁香의 모습을 그리면서
외로이 은거하는 자신의 삶을 함께 은유하고 있다. 후반부에서는 춘풍이 불어대
는 가경 속에 피어 있는 정향으로 인해 자신의 시름이 사라지는 경지를 그렸는
데 '丁香結'이라는 표현을 통해 작자가 그간 근심 속에 있었음을 암시하기도 하
였다. 그러나 작자의 마음은 '흐드러지게 피어나다(縱放)'라는 결구의 표현처럼
세상에 알려지기를 바라는 갈망 속에 있다. 전반에서 우수에 싸인 자신의 마음
을 드러냈다면 후반에서는 정향이 아름다운 자태와 향기를 풍기듯 자신도 세상
에서 才華를 마음껏 뽐내고 싶은 의지를 지녔음을 표현하고 있는 것이다.

宋代 張泌이 쓴 다음 시를 보면 옛 추억을 회상하는 장면에 정향을 등장시킴
으로써 애상의 운치를 더했음을 느끼게 된다.

經舊游　옛날 노닐던 일을 회상하며

暫到高唐曉又還　잠시 고당에 이르렀다가 새벽에 다시 깨어보니
丁香結夢水潺潺　정향은 꿈으로 남아 있고 물만 잔잔히 흐르네
不知雲雨歸何處　운우가 돌아가는 곳 그 어디인가
歷歷空留十二山　부질없이 남아 있는 열두 개 산만 뚜렷한데

이른바 '高唐結夢', 즉 楚 懷王이 高唐에서 노닐 때 꿈속에 나타난 巫山 神

女와 동침하며 '雲雨之情'을 나누었다는 고사와 정향의 이미지를 연결하여 우수어린 감회를 표현하였다. 이 시에서 정향은 화려한 추억을 반추하는 이미지로 등장한다. 신기루처럼 아련하게 지나간 옛 영화나 추억을 회상하면서 그 추억과 회상을 정향으로 치환하였으니 '정향은 꿈으로 남아 있다(丁香結夢)'는 표현은 회한에 대한 아쉬움을 강렬하게 표현한 것이 된다.

정향은 역대 중국 시가에서 비애감을 간직한 이미지로서의 형상을 공고히 다져왔다. '미인'이나 '연정' 같은 사랑의 투영체 못지않게 비애와 슬픔의 투영체로도 많이 활용되면서 의미의 정형화를 이루어 온 것이다. 唐代 李商隱이 「代贈」에서 "파초잎 펼쳐지지 않았는데 정향만이 피어나서(芭蕉不展丁香結)" 슬프다고 읊었던 모습이 현대로 오면서 戴望舒가 「雨巷」에서 "부질없이 피어 있는 정향을 보며 빗속에서 슬픔을 느끼는(丁香空結雨中愁)"[58] 내용으로 재현된 것을 통해 정향이 지닌 내면적인 우수의 서정이 얼마나 깊고 짙게 중국 시가 속에서 존재하고 활용되어 온 것인지를 가늠해볼 수 있다.

봄의 햇살 아래 흰색 혹은 보랏빛으로 방울방울 달려 시인들의 미감을 자극하는 丁香은 순결한 아름다움의 환희를 느끼게 하는 미적 존재이다. 시야에 들어오기도 전에 멀리서부터 후각을 자극하는 정향의 달콤하고도 환상적인 향기는 사람들의 감각에 짙은 여운을 제공하는 서정의 매개체이다. 강렬한 향기로 다른 꽃을 압도하는 매력을 발산하는 것은 정향이 지닌 가장 큰 특색이 된다. 정향은 아름다운 미인이나 미적 존재의 형상, 사랑의 전령사, 고결하고 존귀한 존재, 화사함 이면에 감추어진 우수, 성쇠의 상징 등 다양한 이미지로 묘사되기에 충분한 자격을 갖춘 봄꽃이라 할 수 있는 것이다.

---

58 戴望舒는 「雨巷」 시에서 "기름종이 우산을 받쳐 들고, 혼자서 / 오래도록, 오래도록 방황한다. / 그리고 쓸쓸한 비 오는 골목, / 나는 만나고 싶다. / 라일락처럼 / 슬픈 원한 맺힌 아가씨를.// 그녀는 / 라일락 같은 모습, / 라일락 같은 향기, / 라일락 같은 우수를 지니고, / 빗속에 애절히 원망하고, / 애절히 원망하며 방황한다.(撑着油紙傘, / 獨自彷徨在悠長, 悠長 / 又寂寥的雨巷, / 我希望逢着 / 一個丁香一樣的 / 結着愁怨的姑娘.// 她是有 / 丁香一樣的顏色, / 丁香一樣的芬芳, / 丁香一樣的憂愁, 在雨中哀怨, / 哀怨又彷徨)"라고 하면서 정향이 지닌 상큼한 향기와 짙은 우수, 그로 인해 느끼게 되는 여운 등을 노래한 바 있다.

17. 잠이 덜 깬 선녀 해당화(海棠花)

　　海棠花(학명 Rosa rugosa)는 장미과의 쌍떡잎식물로 꽃은 홍자색을 하고 있고 향기가 강하며 품종에 따라 대략 3월에서 7월 사이에 개화한다. 꽃잎에는 방향성 물질이 함유되어 있어 향기를 풍기며 8월경에 황적색으로 익는 과실은 꽃과 함께 향수의 원료나 약용으로 쓰인다. 동북아시아의 여러 지역에 걸쳐 생장하는데 한국의 경우 해변의 모래밭이나 산기슭에서 잘 자라며 중국의 경우 四川 지방을 산지로 한 西府 海棠花를 비롯하여 河北, 陝西, 山東, 江蘇, 浙江 등지에서 두루 재배되어 지고 있다.

　　중국에서 海棠花는 전통적으로 '名花'로 칭송받아 온 꽃이다. 색, 향, 자태 등의 외면적 모습과 풍격, 기질, 풍취 등 내면적 요인이 두루 뛰어나다는 평가를 받으며 수많은 문학적 영감을 제공해왔다.[59] 해당화는 자신이 편한 곳을 선호하는 편이지만 실제로 생육조건은 그다지 까다롭지 않다. 햇볕을 좋아하고 물기가 많은 곳은 피하는 경향이 있으며 한발에도 강하고 내한성 역시 뛰어난 꽃으로 알려져 있다. 해당화는 화려함과 청순함을 공유한 채 속세를 초월한 듯 신비한 자태를 창출하며 여러 꽃들 사이에서도 좋은 조화를 이룬다. 해당화를 재배해오

---

[59] 海棠花에 대한 호평은 여러 문헌에서 발견된다. 일례로 陳思는『海棠譜序』에서 "매화는 봄이 오기 전에 피고, 모란은 봄이 온 후 피어나 여러 사람과 묵객들의 특별한 주의를 받는다. 유독 해당화만이 풍부한 자태와 자질로 두 꽃에 떨어지지 않는다고 할 수 있다.(梅花占于春前, 牡丹殿于春後, 騷人墨客特注意焉. 獨海棠一種豊姿艷質, 固不在二花之下)"라고 평한 바 있고, 吳芾는「和陳子良海棠四首」에서 해당화를 꽃 중의 으뜸으로 여겨 "십 년 동안 정원의 꽃들을 심었는데, 이 꽃만 한 아름다운 꽃은 별로 없어라. 이미 꽃이 계보 중 으뜸으로 치는데, 또다시 물어서 무엇하리오(十年栽種滿園花, 無似玆花艷麗多. 已是譜中推第一, 不須還更問如何)"라고 극찬을 가한 것을 예거할 수 있다.

면서 사람들은 해당화의 자태, 습성, 품질 등에서 얻은 좋은 이미지를 얻을 수 있었고 이 이미지를 다시 여러 신화와 전설, 詩詞賦 등에 이입하여 지속적으로 다채로운 형상을 창조해낼 수 있었다.

海棠花의 '海棠'이라는 명칭이 주로 唐代의 문헌에서부터 등장하는 것으로 보아 이 꽃은 외래종이거나[60] 唐代부터 재배된 꽃이 아닌가 하는 생각이 든다.[61] 海棠花라는 명칭이 정식으로 보이는 최초의 작품으로는 唐代 李紳의 「海棠」 一首를 꼽을 수 있으며 이를 필두로 많은 唐代 시인들의 작품 속에서 아름다운 미인의 표상, 화사하되 속되지 않은 절개를 지닌 꽃, 각종 다양한 정감의 투영체 등의 이미지로 많이 등장하게 된다. 이후 宋代를 지나면서는 고상한 절조를 지닌 꽃이라는 의미가 가중되어 우국의 시름을 노래하거나 개인의 비감을 노래할 때에도 많이 활용되게 되었다. 蘇軾이 남들이 주목하지 않는 해당화의 가치를 칭송한 것이나 陸游가 우국의 심정을 토로할 때 이 해당화를 즐겨 활용했던 것 등을 언급할 수 있다. 중국 전통시가에서 언급된 海棠花는 '수려한 미인', '傷春意識', '獨立不遷의 가치' 등의 이미지를 주로 표현하고 있다.

1) 화려하되 속되지 않은 미인의 형상

꽃은 본질적으로 여성과 연관된 아름다움을 지녔지만 해당화는 더욱더 여성적인 풍취를 풍기는 꽃이라 할 수 있다. 부드러우면서도 불그레한 꽃잎, 여인네의 질투처럼 줄기에 나 있는 가시, 하얀 백사장을 배경으로 곱게 번뜩이는 수많

---

60 『花木記』에 "나무 이름에 海자가 들어가는 것은 모두 그것이 해외에서 온 것을 뜻하는 것이다.(花木記曰, 以海爲名者, 悉種海外來)"라는 기록이 있다. 실제로 나무 이름에 '海'자가 붙은 것이 많다. 海石榴는 동백나무를 뜻하고, 海桐花는 상록수며 관목인 돈나무를 말하는데 바닷가를 즐기고 열매모양이 얼핏 오동나무의 그것에 닮아 있기에 海桐이란 이름을 얻은 것으로 보인다. 주로 바닷가에 사는 海松이 있는가 하면 중국에서는 잣나무를 海松子라고 한다. 海자가 붙은 것은 외국산 또는 다른 나라에서 온 것을 뜻하는 것으로 풀이된다.(강판권,『나무열전』, 파주 : 술항아리, 2007, 440~441쪽 참조)

61 고문헌에서 海棠花는 '野棠', '海紅' 등의 명칭으로 등장한다. 南北朝時期 沈約의 「早發定山詩」에 "野棠이 피어나 아직 지지 않았고, 산앵도가 이제 막 붉게 피려 하네.(野棠開未落, 山櫻發欲然)"라는 구절이 있지만 시문에 '海棠花'라는 명칭이 본격적으로 나타난 것은 唐代 이후부터이다.

은 꽃과 잎의 자태 등은 해당화의 고아한 풍격을 보여주는 면모들이다. 해당화는 하늘의 궁궐에서 기르던 것을 선녀가 떨어뜨려 이 땅에서 자라게 된 꽃이라는 전설이 있을 정도로 아름답고 신비로운 자태로 주목을 받고 있다. 일찍이 唐代 玄宗은 楊貴妃의 취한 모습을 해당화에 비유하여 '海棠春睡' 고사를 남겼는데 이와 연관하여 해당화는 '楊玉環', '美人'의 이미지와도 밀접한 관계를 갖게 된다. '미인', '고아한 아름다움', '속되지 않은 우아함' 등 아름다운 자태와 연관된 이미지는 해당화의 일차적이고도 전형적인 이미지라고 할 수 있다.

唐代 吳融이 해당화의 눈부신 자태를 주목하여 쓴 시를 살펴본다.

海棠 해당

雪綻霞鋪錦水頭	눈과 노을이 섞인 듯 錦江 가에 피어 있는 해당화
占春顔色最風流	봄 풍경을 나타내고 있는 꽃 중 최고의 풍류로다
若敎更近天街種	만약 그대가 경성 길가에 심겨진다면
馬上多逢醉五侯	곧바로 귀족들이 심취하게 될 터인데

蜀 땅에 핀 해당화를 풍경 특성과 연계하여 묘사했다. 錦江 가에 피어 있는 해당화의 모습은 흰 모래와 붉은 꽃이 어우러져 가히 '눈과 노을이 섞인 듯(雪綻霞鋪)'한 멋진 정경을 연출한다. 색채 미감을 동원한 세부적인 묘사가 돋보인다. 후반부에서는 그 아름다운 자태를 경성에서 선보인다면 능히 귀족들에게 인정받을 수 있을 것이라는 말로 칭찬을 더하고 있다.

唐代 崔德符의 다음 시는 해당화의 아름다움을 묘사하기 위해 각 구절마다 비유법을 활용한 것이 특징이다.

海棠 해당

渾是華淸出浴初	마치 양귀비가 화청지에서 처음 목욕하고 나온 듯
碧紗斜掩見紅肤	푸른 비단에 비스듬히 가리어진 붉은 피부를 보는 듯
便敎桃李能言語	桃李로 하여금 말을 할 수 있게 하고
西子嬌妍比得無	아름다운 서시라도 이와 비교할 수 없어라

해당화의 아름다움을 '양귀비가 목욕하고 나온 모습', '푸른 비단에 비스듬히

가리어진 붉은 피부' 등에 비교함으로써 미인의 요염한 자태와 연관된 이미지를 창출하였다. 설혹 세인들이 좋아하는 桃李가 말로써 자신의 미를 드러내고 서시가 이에 견준다 해도 이 해당화의 아름다운 모습에는 비기지 못하리라는 칭찬은 해당화의 자태를 극찬하는 구절이다. 허구적인 묘사와 비유적인 수법으로 해당화 자태의 미감을 극대화시킨 것이다.

唐代 鄭谷이 해당화를 읊은 시 역시 꽃의 수려한 자태를 주목하고 있다.

海棠 해당

春風用意勻顔色　봄바람은 제멋대로 해당화를 단장시키니
銷得携觴與賦詩　족히 술잔 들고 그대 위한 시를 지을 만하다
穠麗最宜新着雨　그대 모습은 새로이 비 내릴 때 가장 아름답고
嬌饒全在欲開時　그 요염함은 꽃 피려고 할 때가 최고라네
莫愁粉黛臨窓懶　莫愁가 울긋불긋 화장하고 창가에 기댄 듯
梁廣丹靑點筆遲　梁廣이 신중하게 그림을 그려가듯
朝醉暮吟看不足　아침에 심취하고 저녁에 읊조려도 그대 모습 아쉬워
羨他蝴蝶宿深枝　깊은 가지 속에 깃드는 나비를 부러워한다네

함연에서 묘사한 해당화의 모습은 '穠麗', '嬌饒' 등의 요염하고도 풍성한 아름다움인데 마치 미인의 신비로운 등장처럼 피어날 듯 말 듯한 시기의 모습을 가장 빼어난 자태로 보았다. 그 모습은 南朝의 미인 莫愁가 해당화에 취해 창가에 기대 있는 모습이나 唐代 花鳥畵로 유명한 梁廣이 해당화의 자태를 정성껏 그려낸 모습처럼 영롱한 자태를 연출한다. 말미에서는 차라리 나비가 되어 언제까지나 이 아름다움을 만끽하고픈 마음을 밝히는 것으로 여운을 남기고 있다.

海棠花는 중국에서는 蜀 땅이 원산지로 알려질 만큼 蜀 지방에서 잘 자라는 꽃이었다. 蜀 지역이 고향이었던 宋代 蘇軾은 본래부터 海棠花를 심고 가꾸는 기술이 뛰어났으며 가는 곳마다 해당화를 아껴 심고 가꾸는 노력을 했다고 한다. 蘇軾이 다음 시에서 그린 해당화 역시 꽃을 미인의 자태에 비유한 묘사이다.

海棠 해당

東風嫋嫋泛崇光　동풍이 살랑살랑 부는데 봄빛은 빛나고

香霧空蒙月轉廊　향기로운 안개 허공에 몽롱한데 달빛은 회랑을 도네
只恐夜深花睡去　다만 밤이 깊어 꽃이 잠들어 버릴까 봐
故燒高燭照紅妝　다시금 긴 촛불 사르며 빨간 화장 비추는 듯

　해당화를 칭송함에 있어 '虛實'을 결합한 상상력을 동원하고 있다. 동풍, 봄빛, 향기로운 안개, 달빛 등이 조화를 이루는 해당화의 모습은 환상적인 이미지를 연출하고 있다. 제3구에서는 양귀비의 '海棠春睡' 고사를 활용하여 미인의 이미지를 환기하였고 다시 말구에서는 젊은 여자의 화장한 자태를 형용한 '紅妝'을 海棠花에 비유하여 여성미를 더욱 부각시켰다.

　楊貴妃의 '海棠春睡' 고사에서 나타나듯 미인이 깊은 잠에서 깨어나 살짝 눈을 뜨는 '半覺半睡'의 모습은 고혹적이다. 해당화는 붉은색 꽃잎을 해풍에 하늘거리며 무언가 가냘프면서도 매혹적인 자태를 흘린다. 게다가 푸른 바다와 하얀 백사장이 배경을 이룬다면 그 고혹적인 매력은 더욱 눈길을 끈다. 唐代 최초로 해당화를 노래한 李紳이 「海棠」 一首에서 "해변에 핀 이 아름다운 나무의 기이한 모습, 仙山에서 옮겨다 심은 줄로 알았네. 아름다운 꽃술은 책 속에도 아름다운 동산의 향기가 나고, 자줏빛 꽃잎은 그림에서도 봉래산에서 보는 듯하네.(海邊佳樹生奇彩, 知是仙山取得栽. 瓊蕊籍中聞閬苑, 紫芝圖上見蓬萊)"라고 하여 이 꽃이 지닌 아름다운 자태와 신비한 매력을 들어 仙家의 꽃으로 비유하여 노래하였는데 이는 미인의 이미지를 형상화함으로써 다른 시가를 계도한 것이라 할 수 있다. 후대에 와서 明代 朱淑眞이 「海棠」 一首에서 "연지 바른 얼굴에 옥 같은 피부, 봄바람 아직 불지 않아도 이월이면 꽃이 피네. 일찍이 온천에서 목욕한 양귀비가 잠자는 것에 비유되었고, 西蜀 땅에 있던 杜甫는 차마 이 꽃을 노래하지 못하였네. 복사꽃도 아름다움에 부끄러워 근심하며 고개 돌리고, 버들도 그 고운자태 질투하며 그저 미간을 찌푸리네. 제비가 돌아오니 한식이 가까웠는가, 황혼진 정원에 가랑비만 내리는데.(胭脂爲臉玉爲肌, 未赴春風二月期. 曾比溫泉妃子睡, 不吟西蜀杜陵詩. 桃羞艶冶愁回首, 柳妬妖嬈祇皺眉. 燕子欲歸寒食近, 黃昏庭院雨絲絲)"라고 하면서 봄의 전령인 복사꽃과 버들도 해당화의 미모에 못 미친다는 표현으로 칭찬을 가한 것도 해당화의 가치를 개괄한 예로 볼 수 있다. 수많은 시인이 환상적

인 미인의 아름다움을 언급할 때 우선적으로 떠올릴 정도로 해당화는 미인의 이미지와 강한 연관성을 갖고 있는 것이다.

2) 고아하고 정결한 인품의 상징

해당화는 장미과에 속하는 꽃이지만 장미처럼 기하학적인 무늬도 없고 모란처럼 화려한 가치를 표방하지도 않는다. 맑고 귀여운 느낌이 나는 紫紅色 꽃은 고우면서도 속되지 않은 미모를 지녔고 계속 대해도 싫증나지 않은 매력을 발산한다. 해당화가 잘 자라는 곳은 자신의 가치를 잘 드러낼 수 있는 곳이다. 민가 인근보다는 산기슭이나 바닷가 모래밭 등에서 더 잘 자라는데 이로 인해 햇볕과 한발에도 강하고 내한성도 뛰어나다. 해당화는 봄꽃이기는 하나 桃李보다는 약간 늦게 개화하는 꽃으로, 늦게 피어난 만큼 더 오래 그 향기와 자태를 유지하는 면모를 보여준다. 신중하고 겸양을 실천하는 성품을 지녔으며 지조와 절조의 덕을 발휘하는 존재라는 인상을 준다. 해당화는 玉蘭, 牡丹, 桂花 등과 함께 심어지고 '玉棠富貴'의 길상물로 추종되면서 귀한 기품을 지닌 꽃으로도 인식되어 왔다. 이 점과 연관하여 역대 시인들은 해당화를 아름답고 고결한 상징체로 부각시키면서 그 속성을 칭송하거나 자신의 고결한 의지를 투사하곤 했던 것이다.

唐代 劉長卿이 해당화의 강인한 속성을 주목하여 쓴 다음 작품을 보자.

夏中崔中丞宅見海紅搖落一花獨開
여름에 최중승의 집에서 해당화가 지는 와중에 한 송이 홀로 핀 것을 보고

何事一花殘	어찌 한 송이 꽃만 남겨놓고
閑庭百草闌	한가로운 뜰에 온갖 풀들 시들었는가
綠滋經雨發	이 푸르름은 내리는 비를 맞고 피어난 것이요
紅艶隔林看	그 붉고 고운 자태 나무들 사이로 보이네
竟日餘香在	해가 지도록 향기가 남아 있어
過時獨秀難	때 지나 홀로 피기 어려웠으리
共憐芳意晩	그대와 나는 늦게까지 피어 함께 가련하도다
秋露未須團	가을 이슬에 다른 꽃과 함께할 수 없으니

서부 해당화인 '海紅'이 다른 풀들이 시들었을 때에도 홀로 피어나 있는 모습을 보고 감동을 받아 쓴 작품이다. '百草'가 시들어갈 때에도 홀로 꿋꿋이 피어 있는 자태, 비를 맞고 푸르게 피어나 숲 사이로 언뜻 언뜻 붉은 꽃잎을 비치는 모습 등을 통해 해당화의 외모뿐 아니라 '餘香'과 '홀로 빼어난 의기(獨秀)'를 칭찬하였다. 劉長卿은 고결하게 피어 있는 해당화 형상을 보면서 자신의 '고귀한 뜻(芳意)'을 대변하기에 더없이 적절한 은유체로 생각을 한 것이다.

唐代 齊己가 노래한 해당화도 고결한 성품을 지닌 형상을 하고 있다.

海棠花　해당화

繁于桃李盛于梅　해당화는 도리와 매화가 성할 때 번성하니
寒食旬前社後開　한식 열흘 전 社日이 지난 뒤 피어 있네
半月暄和留艷態　반달이 따스하게 비치는 중 고운 자태 유지하고
兩時風雨免傷催　두 차례 부는 비바람에도 꺾이지 않고 남아 있네
人憐格異詩重賦　사람들은 그 독특한 품격을 아껴 거듭 시로 읊어대고
蝶戀香多夜更來　나비도 그윽한 향기를 그리워해 밤이면 다시 날아드네
猶得殘紅向春暮　아직도 붉은빛 남아 있는데 봄은 저물려 하니
牡丹相繼發池臺　모란이 이를 아쉬워하며 연못가 누대에서 연이어 피어나누나

天時에 맞추어 피어나는 해당화의 생명력, 비바람에도 견뎌내는 용맹함, 사람들에게 고아한 모습을 보여주는 친화력 등 좋은 성품들을 차례로 열거한 시이다. '寒食 열흘 전', '社日[62]이 지난 뒤'라는 구체적인 시간에 맞추어 桃李와 梅花가 성할 때 만개하는 해당화는 자연의 오묘한 섭리를 나타내는 존재이다. 달빛과 비바람 속에서 의연하게 자태를 유지하고 있는 모습은 담대함과 용맹함을 느끼게 하며, 고운 외모와 향기는 주변 사람과 곤충을 끌어들이는 친화력을 발산한다. 해당화가 지닌 고아한 자태와 품성을 天時, 地利, 人和 등의 관점에서 칭찬한 시라 하겠다.

---

62 '社日'은 立春과 立秋가 지난 뒤 다섯 번째의 戊日을 말한다. 立春의 것을 春社, 立秋의 것을 秋社라고 하는데, 春社에는 농업과 토지를 관장하는 后土에게 곡식의 발육을 빌고 秋社에는 그 수확을 감사하는 제를 지낸다. 漢 이전에는 春社만 있었으나 漢 이후에 秋社도 생겼다 하며 宋代부터 立春과 立秋 후의 다섯 번째의 戊日을 社日로 부르기 시작했다 한다.

宋代 陳與義가 비를 맞으면서도 의연한 자태를 유지하고 있는 해당화를 읊은 시 두 수를 살펴본다.

雨中對酒庭下海棠經雨不謝
빗속에 술 마시는데 뜰아래 해당화가 비를 맞고도 지지 않는 것을 보며

巴陵二月客添衣	파릉의 이월 객의 옷은 두꺼운데
草草杯觴恨醉遲	풀들을 마주한 술잔 한이 많아 더디게 취한다
燕子不禁連夜雨	제비는 밤새 내리는 비에도 아랑곳 않고
海棠猶待老夫詩	해당화는 아직도 늙은이의 시를 기다린다
天翻地覆傷春色	하늘과 땅이 뒤집어진 듯한 봄 색깔에 마음 상하고
齒豁頭童祝聖時	이 사이는 넓어졌고 머리는 빠져 하늘의 축복 필요한 시기라
白竹籬前湖海闊	흰 대나무 울타리 앞의 호수는 광활한데
茫茫身世兩堪悲	망망한 이 신세 해당화와 함께 슬퍼지나니

春寒 봄추위

二月巴陵日日風	이월에 파릉 땅 매일 바람 부는데
春寒未了怯園公	봄 날씨 아직도 차가워 이 몸은 걱정이 가시지 않아
海棠不惜胭脂色	해당화는 고운 색깔 아끼지 않고
獨立蒙蒙細雨中	홀로 가는 비 맞고 서 있나니

「雨中對酒庭下海棠經雨不謝」 一首는 陳與義가 建炎 2년(1128)에 巴陵(湖南 岳陽에 있을 때 쓴 작품이다. 巴陵의 봄 날씨는 아직도 여러 겹의 옷을 입게 하는데 세상에 대한 분감이 그득한 시인은 거듭되는 술잔에도 우울한 기분을 떨쳐 버릴 수 없다. 함연은 해당화의 외모를 형용한 것이나 주된 의도는 의기를 유지하고 있는 해당화를 들어 자신의 감회를 담는 것이다. 경연과 미연에서는 金兵의 汴京 침략으로 인해 臨安으로 피난 와 있는 나라의 현실을 언급하였다. 하늘의 특별한 축복으로 구국의 대역사가 일어나기를 바라는 마음과 자신은 조로하고 병든 신세라 참여하기 어려운 안타까운 상황임을 표현하고 있다. 우국의지를 드러내는 데 있어 빗속에서도 의연한 자태를 유지하고 있는 한 그루의 해당화는 가장 좋은 투영체인 것이다. 「春寒」에서 노래한 해당화 역시 세찬 바람과 비가 내리는 추운 날씨에도 굳건하게 자신을 지키고 있는 의로운 형상을 대변한다.

애국지사의 꺾이지 않는 의기와 '獨立不遷'의 기상을 나타내는 존재, 시인 자신의 애국심을 대변하는 투영체가 바로 해당화인 것이다.

南宋의 陸游가 해당화를 노래한 다음 시는 그가 중년의 나이로 抗金 투쟁에 앞장섰던 일을 회상하며 쓴 작품이다.

海棠歌　해당화가

我初入蜀鬢未霜	내가 처음 촉에 갔을 때 머리 아직 희지 않았고
南充樊亭看海棠	南充의 樊亭에서 해당화를 보았었지
當時已謂目未睹	당시에는 해당화를 본 적이 처음이라
豈知更有碧鷄坊	成都 서쪽 碧鷄坊에서 해당화를 다시 볼 줄 어찌 알았으리
碧鷄海棠天下絕	碧鷄의 해당화도 천하의 절경인데
枝枝似染猩猩血	가지가지 마치 성성이 피를 뿌려 놓은 듯
蜀姬艶妝肯讓人	촉 땅의 아가씨 곱게 단장하고 마음이 착해도
花前頓覺無顏色	이 해당화 앞에서는 문득 그 빛을 잃는구나
扁舟東下八千里	조각배 타고 동쪽으로 팔천 리 흘러가보니
桃李眞成僕奴爾	도리는 해당화의 시녀에 불과할 뿐이구나
若使海棠根可移	만약에 해당화 뿌리를 옮겨 심을 수 있다면
揚州芍藥應羞死	양주의 작약은 부끄러워 죽을 지경이겠지
風雨春殘杜鵑哭	비바람에 봄이 사그라지고 두견새 통곡하는데
夜夜寒衾夢還蜀	밤마다 차가운 이불 덮고 촉으로 돌아갈 꿈 꾼다
何從乞得不死方	어찌 죽지 않을 방도를 구걸할 것인가
更看千年未爲足	다시금 천 년을 산다 해도 만족하지 못할 것이거늘

陸游는 乾道 6년(1170)에 山陰을 떠나 蜀 夔州에 들어가면서 160일에 달하는 당시의 여정을 『入蜀記』를 통해 기록한 바 있다. 그 때 해당화를 처음 보고는 자신의 우국의지와 북벌의 열망을 표현하는 투영체로 이 꽃을 형상화시켜 40여 수에 달하는 해당화 관련 시가를 창작해낸다. 陸游는 자신이 가장 아꼈던 매화에 이어 해당화를 의기를 지닌 꽃으로 묘사해냄으로써 해당화의 가치를 한층 드높인 것이다. 앞 4연은 해당화가 지닌 자태를 '천하의 절색(天下絕)'으로 묘사하면서 蜀 땅의 아가씨보다 뛰어난 외모를 지녔다고 칭찬한 부분이고, 후반 4연은 동쪽으로 돌아온 시인이 蜀 땅의 해당화를 더욱 사모하는 심정을 나타낸 부분이다. 강남의 화려한 경치를 수놓는 桃李도 이 해당화와 비교하면 '종(僕奴)'에 불

과하고 '甲天下'의 칭송을 받는 揚州의 芍藥도 해당화 앞에서는 '부끄러워 죽을 지경(應羞死)'이라 하였으니 해당화의 미모뿐 아니라 정신과 기상을 주목한 표현임을 알 수 있다. 우국의 심정이나 抗金의 투지를 설파하는 데 있어 桃李나 芍藥 등 뭇 봄꽃들이 따를 수 없는 기개를 지닌 꽃으로 해당화를 높이 평가하고 있는 것이다.

金代 元好問이 해당화를 노래한 시 역시 다른 꽃보다 높은 절조를 지닌 꽃으로 해당화를 보는 시각을 반영한 작품이다.

同兒輩賦未開海棠二首 其一
아직 피어나지 않은 해당화를 동료들과 함께 읊은 시 두 수 제1수

枝間新綠一重重　가지 사이마다 신록이 무성하고
小蕾深藏數點紅　깊이 감추어진 작은 꽃봉오리 수없이 붉은 점 머금었다
愛惜芳心莫輕吐　향기로운 꽃술 아끼니 가볍게 향기를 토하지 말지라
且教桃李鬪春風　그저 桃李로 하여금 봄바람과 싸우게 할 것이니

매 구절마다 해당화를 아끼는 마음을 담은 것이 느껴진다. 푸른 신록 속에 소박하게 숨어 있는 작은 꽃봉오리는 자신만의 붉은 마음을 머금고 있다. 아직은 개화를 기다리지만 개화를 하게 되면 자신의 체취를 날리게 되는데 이 향기는 매우 고귀하여 가볍게 드러낼 것이 아니라고 보았다. 名節을 중요하게 여기는 해당화이니만큼 세류의 흐름은 桃李에게 맡겨놓고 자신만의 때를 기다리고 있는 것이다.

봄꽃을 비롯한 뭇 꽃들은 화사한 자태로 쉽게 타인의 이목을 끄는 면이 있는데 의기를 지닌 꽃은 기다림과 인내의 덕을 발휘하며 자신의 존재를 천천히 드러낸다. 찬 눈을 뒤집어쓰고 인고의 세월을 지내다가 꽃망울을 펴내는 매화, 평소에 진한 향기만 풍기다가 오랜 시간이 흐른 후 꽃의 자태를 보여주는 난초, 가을이 깊도록 그 향기와 자태를 유지하며 은은한 기품을 선사하는 국화 등이 그러한 기품의 상징으로 추앙받는 꽃이다. 해당화 역시 다른 꽃들과 다투며 성급한 개화를 이루기보다는 시기를 지키면서 자신만의 청정한 향기를 유지하는 기품을 지닌 꽃이다. 淸代 袁枚가 「海棠下作」에서 "무더기 진 모습 마치 만 겹의

구름 같고, 서창에 햇살 비추니 그 모습 점점 더 밝아 보인다. 해당화는 스스로 향기가 있어, 그저 고요한 중에야 그 향기를 맡을 수 있나니.(堆滿萬重雲, 西窓日漸 曛. 海棠香自有, 只要靜中聞)"라고 하면서 해당화의 자태를 칭송한 것은 청정한 마음을 지닌 사람이야말로 해당화가 지닌 향기의 진가를 느낄 자격이 있다는 것을 설파한 것이다. 화사함 이면에 감추어진 해당화의 심지 깊은 모습은 은은한 기품과 향기를 좋아했던 시인들이 마음을 묘사하기에 충분한 면모를 지녔다. 이러한 특성으로 인해 해당화는 宋代 이후 어려운 시국을 살아나갔던 시인들의 우국의 서정과 자신들의 기개를 나타내는 데 있어 즐겨 선택하는 꽃이 될 수 있었던 것이다.

3) 傷春 의식과 고독감의 투영체

갖가지 사정으로 세상에서 고난을 겪을 때 시인들은 세미하고 미약한 자연물을 더욱 주목하게 되고 그 생명체에 대한 애착과 투사심리를 발휘하게 된다. 여러 봄꽃들이 순차적으로 피어나는 중에 피어나는 해당화는 다른 꽃보다는 늦게 지는 편이기는 해도 그 고운 자태가 영락하는 모습은 아련한 정감을 지닌 시인들에게 '傷春의 情'이나 '身世之感'을 깊이 불러일으키기에 충분했다. 예쁜 자태를 드러낼 때에는 사람의 마음을 붙잡고 언제까지나 기쁨을 줄 것 같았지만 결국 시들어 떨어지는 해당화는 짧은 사랑에 긴 이별을 느끼게 한다. 해당화는 그 자태와 영락함이 주는 애증이 더욱 특별해서 타향에서 이 꽃을 마주할 때면 그리움과 애절함이 한층 진하게 느껴지게 되는 꽃이다. 역대 중국의 문인들은 해당화를 보면서 화려한 시절의 종말, 기쁨의 소멸, 인생의 영락함, 고향에 대한 향수, 사무치는 회한 등의 다양한 감정을 떠올리고 그 마음을 표현한 경우가 많았다.

唐代 劉兼이 해당화의 자태를 미인에 비유하여 노래하면서 그 속에 담긴 한을 주목한 작품을 살펴본다.

海棠花　해당화

淡淡微紅色不深	엷고 희미한 붉은색은 너무 진하지 않고
依依偏得似春心	하늘하늘 날리는 꽃잎 마치 춘심을 머금은 듯
烟輕虢國鞾歌黛	박무 속에서 양귀비 누이가 먹으로 눈 단장하며 노래하는 듯
露重長門斂漏襟	이슬 무거운 장문궁에서 陳황후가 옷깃에 눈물 떨어뜨리는 듯
低傍綉帘人易折	비단 창가 아래에서는 사람들에게 쉬이 꺾이나
密藏香蕊蝶難尋	향기로운 꽃술이 숨어 있으면 나비도 찾기 어렵다
良宵更有多情處	아름다운 밤중에는 더욱 다정도 하여
月下芬芳伴醉吟	달빛 아래 향기 풍기는데 함께 취하여 읊조리나니

　해당화를 의인화하여 '양귀비의 누이(虢國夫人)'와 漢 武帝에 의해 長門宮에 유폐된 陳皇后의 고사에 연계시킨 것은 해당화를 통해 수심에 찬 아름다운 모습을 묘사하기 위한 포석이 된다. 해당화는 아름답지만 '紅顔薄命'의 운명을 지닌 존재이고 사람들의 주목과 질시를 받으면 '쉬이 꺾이는(易折)' 안타까운 속성을 지닌 존재이다. 다른 꽃들 역시 이러한 운명을 암시하는 존재지만 꽃의 미모가 출중할수록 그 느낌은 더욱 핍진하게 와닿는다. 말연에서는 달빛 비치는 밤중에 이 꽃의 향기와 매력을 더욱 진하게 느끼는 마음을 담음으로써 시가의 운미를 더하였다. 자신은 남들이 쉽게 느끼지 못하는 해당화의 유한성과 우수를 발견해내는 시각을 지녔으며 아름다운 밤에 그 고독한 매력을 조용히 느껴보고자 하는 희망을 품고 있는 것을 드러내고자 하였다.

　溫庭筠이 쓴 다음 작품을 보면 해당화의 아름다움과 처연함이 상대적인 크기를 점하고 있음을 살필 수 있다.

題磁嶺海棠花　자령에 피어 있는 해당화를 노래함

幽態竟誰賞	이 그윽한 자태 그 누가 칭찬하나
歲華空與期	화려한 세월에 그저 때맞추어 피어 있네
島回香盡處	섬 이어지는 곳까지 향기가 다하고
泉照艶濃時	지금은 샘물에 요염한 모습을 비추고 있구나
蜀彩淡搖曳	촉 땅의 고운 자태는 담담하게 하늘거리고
吳妝低怨思	오 땅의 고운 모습은 그저 원망을 품을 뿐
王孫又誰恨	왕손이여 또 그 누구를 한스러워하는가
惆愴下山遲	서글픈 마음에 느릿느릿 산을 내려오나니

온정균이 묘사한 해당화의 모습은 아름다움 이면에 깊은 슬픔을 감추고 있는 존재이다. 향기를 날리고 수려한 자태를 주변에 발하고 있지만 시인이 느끼는 해당화의 모습은 담담하게 하늘거리거나 원망을 품고 있는 모습에 불과하다. 전반부에서 '幽態', '歲華', '艶濃' 등의 시어가 주는 화사한 느낌은 후반부로 가면서 '怨思', '恨', '惆悵' 등의 서글픈 표현으로 대체되고 있다. 해당화가 지닌 아름다움은 그만큼의 비감을 창출하는 근원이 되는 셈이다.

蘇軾은 元豐 2년(1079) 신법 반대의 이유로 탄핵되어 黃州로 폄적되어 간 후 여러 편의 시를 통해 해당화의 자태를 노래한 바 있다. 주목받지 못하는 해당화의 가치와 자신의 신세를 연계하여 노래한 다음 작품을 살펴보자.

寓居定惠院之東雜花滿山有海棠一株土人不知貴也
정혜원 동쪽에 우거하는데 여러 꽃들이 산에 가득하다. 그중에 해당화 한 주가 있는데 주민들은 그것이 귀한 줄 모른다

江城地瘴蕃草木	강가 장기 많은 땅엔 초목이 무성한데
只有名花苦幽獨	그저 명화만이 홀로 고독함을 괴로워하네
嫣然一笑竹籬間	아리따운 하나의 미소는 그저 대나무 울 사이에만 있는데
桃李滿山總粗俗	복사꽃 오얏꽃은 산에 가득하나 모두 속될 뿐이네
也知造物有深意	알겠구나 조물주가 깊은 뜻이 있어
故遣佳人在空谷	일부러 가인을 보내 이곳 빈 골짜기에 있게 하였네
自然富貴出天姿	이 꽃의 자연스러운 부귀는 천연의 자태에서 나왔으니
不待金盤荐華屋	구태여 금쟁반에 담겨 귀한 집에 올려질 필요 없네
朱唇得酒暈生臉	붉은 입술 술을 마시면 뺨이 붉어지고
翠袖卷紗紅映肉	푸른 소매 말린 비단 붉게 얼굴 비추네
林深霧暗曉光遲	숲 깊고 안개 짙어 새벽빛 더딘데
日暖風輕春睡足	햇볕 따뜻하고 바람 가벼워 봄잠이 족하다
雨中有淚亦凄愴	빗속에 눈물 흘려 봐도 역시 슬프고
月下無人更清淑	달빛 아래 인적 없으면 더욱 맑아지네
先生食飽無一事	선생은 포식하고 할 일도 없어서
散步逍遙自捫腹	산보로 소요하면서 스스로 배를 문지른다
不問人家與僧舍	인가와 절간을 가리지 않고
拄杖敲門看修竹	지팡이 멈추고 문 두들겨 긴 대나무 숲을 구경하네
忽逢絶艶照衰朽	문득 여읜 얼굴을 비추는 아리따운 꽃을 만나니
嘆息無言揩病目	말없이 탄식하며 병든 눈을 비벼보네

陋邦何處得此花　궁벽한 시골 어디에서 이 꽃을 얻었던가
無乃好事移西蜀　아마 호사가가 서촉에서 옮겨왔던가
寸根千里不易到　작은 뿌리 천리 멀리 도달하기 쉽지 않은데
銜子飛來定鴻鵠　씨앗 물고 날아온 건 틀림없이 홍곡이리라
天涯流落俱可念　하늘 끝에서 유락하고 있음을 함께 슬퍼하나니
爲飮一樽歌此曲　한 동이 술을 마시고 이 노래를 부르네
明朝酒醒還獨來　내일 아침 술이 깨면 다시 홀로 찾아오리니
雪落紛紛哪忍觸　눈발처럼 분분히 떨어질까 싶어 차마 만질 수가 없네

　黃州에 폄적되어와 定惠院에 우거하는 신세라 여러 꽃들 중에 한 그루 피어
있는 해당화가 더욱 애절하게 느껴진다. 전반부 4연에서는 심산에서 여러 꽃들
의 자태에 묻혀 있어 고독한 형상을 지녔지만 해당화는 본래 천연의 미를 지닌
귀한 존재임을 강조하였다. 의인화 수법을 활용하여 해당화의 고운 자태와 속되
지 않고 고고한 품성을 칭송하였는데 불우하고 처량한 환경에서도 청신함을 유
지하고 있는 존재로 묘사한 것이 눈길을 끈다. 후반 7연에서는 자신의 신세를
해당화의 모습 속에 투영하고자 하였다. 西蜀이 고향인 해당화가 무슨 연고로
자기처럼 이곳 黃州에 유락한 신세로 와 있는지 설문의 수법을 통해 언급하였
다. 본인의 처연한 신세에 대한 강한 분감과 통탄을 감추지 못하고 있는 것이
다. 蘇軾은 해당화를 읊은 시를 통해 자신의 형상을 투사함으로써 菊花하면 東
晉의 陶淵明, 梅花하면 北宋의 林逋, 연꽃하면 北宋의 周敦頤를 각각 떠올리
듯이 해당화를 자신과 연관된 중요한 꽃으로 형상화해낼 수 있었다.
　南宋의 楊萬里가 쓴 해당화 시에서는 타지에서 느끼는 우수와 고향에 대한
사무치는 그리움이 행간마다 배어 있음을 살필 수 있다.

春晴懷故園海棠　맑은 봄 날 고향의 해당화를 생각하며
故園今日海棠開　옛 언덕에는 지금쯤 해당화가 피어 있겠지
夢入江西錦綉堆　꿈속에서나마 고향 江西 吉水의 꽃무더기 속으로 들어가네
萬物皆春人獨老　만물은 모두 봄인데 나는 홀로 늙어
一年過社燕方回　일 년 중 社日이 지나고 제비는 바야흐로 돌아오는 때
似靑如白天濃淡　푸른 하늘의 흰 구름은 짙어졌다 옅어졌다
欲墜還飛絮往來　버들솜은 오락가락 떨어질 듯 올라갈 듯

無那風光餐不得　저 아름다운 모습에 어쩔 수 없어 음식도 못 누리고
遣詩招入翠瓊杯　벽옥 술잔에 시를 지어 시름을 달래본다

　楊萬里의 '故園'은 江西 吉水인데 지금의 자신은 '宦游'의 신세로 광동에 와 있는 상황이다. 그러한 상황을 수연에서 언급하며 꿈속에서나마 고향의 꽃을 감상하고픈 희망을 그렸다. 화사한 봄이고 제비가 돌아오지만 귀향하지 못하는 자신의 신세는 한없이 초라하게 느껴진다. 그 불안한 마음을 푸른 하늘에서 짙어졌다 옅어졌다 하는 흰 구름과 오락가락하는 버들솜의 모습을 들어 표현하였다. 모든 상념을 불러일으키는 최초의 動因은 고향에 피어 있던 해당화의 수려한 모습이었으니 아름다움이 클수록 수심도 더욱 깊어질 수밖에 없는 것이다.

　淸代 曹雪芹이 쓴 시에는 白海棠의 자태로 인해 더욱 소슬해지는 한의 정서가 실려 있다.

詠白海棠　흰 해당화를 노래하다
半卷湘帘半掩門　이 꽃은 상수가에서 반쯤 문을 가린 주렴 같고
碾氷爲土玉爲盆　절구로 갈은 흰 얼음 흙에 옥으로 만든 화분에 심기어진 듯
偸來梨花三分白　배꽃의 세 흰색 빛깔을 훔쳐온 듯하고
借得梅花一縷魂　매화가 지닌 한 줄기 혼을 빌려온 것 같아라
月窟仙人縫縞袂　달에 사는 선녀가 흰 명주 소매를 바느질한 듯
秋閨怨女拭啼痕　가을 규방의 원한 맺힌 여인이 눈물 닦은 흔적인 듯
嬌羞默默同誰訴　조용한 중에 지닌 고운 수줍음 그 누구에게 호소할까
倦已西風夜已昏　서풍에 의지하는 중에 어느덧 밤은 깊었어라

　이 시는 曹雪芹이 쓴 『紅樓夢』에서 林黛玉이 읊은 시가로 白海棠의 자태를 묘사함으로써 서글픈 감정과 자신의 비극적인 운명을 암시한 내용이다. 白海棠의 표일한 자태를 얼음과 옥에 비유하였고, 배꽃의 세 단계 흰색 빛깔과 매화의 정신을 은유하면서 아름답고 고결한 해당화 자태에 대해 극찬을 가하고 있다. 시인이 이 아름다운 모습을 통해 드러내고자 하는 것은 결국 여인의 눈물과 한, 호소할 곳 없는 고독한 신세이다. 초연하고 아름다운 자태 속에 감추어진 고독한 이미지는 시인의 마음속에 있는 白海棠의 흰색 꽃잎 같은 투명한 우수인 것이다.

海棠花는 楊貴妃로 대변될 정도로 미인의 상징성을 대변하는 꽃이지만 "佳人易老", "紅顔薄命"의 아쉬움도 떠올리게 하는 꽃이다. 宋代 蘇軾은 해당화의 모습을 보면서 "빗속에 눈물 흘리는 모습 처량하고, 달빛 아래 아무도 없으니 더욱 정숙해라.(雨中有淚亦凄惶, 月下無人更淸淑)"(「寓居定惠院之東」)라고 하면서 꽃의 처량하고 고독한 모습과 우수어린 정서를 주목하기도 하였다. 아름다움과 화사함이 빛을 발할수록 내면의 우수가 깊어질 때의 심리를 표현하기에 좋은 정감체가 될 수 있었던 것이다.

海棠花는 唐代 이후로 더욱 주목을 많이 받게 된 꽃이다. 화려한 이미지로 인해 미인으로 형상화되면서 봄꽃의 화사함을 대변하는 꽃으로 주목을 받기도 했고, 천속하지 않은 기품을 소유한 채 염려함과 소박함 사이에 적당한 거리감을 지닌 꽃이라는 호평을 누리기도 했다. 蜀 지방을 대표한 지역적인 이미지로 인해 '西府 海棠'이라는 별칭과 함께 고향과 향수의 감정을 제공하기도 하였고, 빗속에서도 자태를 흐트러뜨리지 않는 의연함으로 인해 기개와 비감을 투영하기에도 좋은 꽃의 이미지도 소유하고 있었다. 봄꽃의 화사함과 은은한 매력을 함께 지니고 있어 오래 보아도 싫증나지 않는 꽃, 소박한 절제 의식을 소유하고 있는 꽃, 세찬 비에도 인내하고 스스로의 낙화시기를 기다림으로써 강인한 성품을 기르고 있는 꽃, 자태와 성품을 통해 미감과 기상을 동시에 느끼도록 하는 매력을 지닌 꽃이 바로 해당화인 것이다.

제3장

중국 고전시에 나타난
여름의 꽃과 나무

여름이라는 계절의 속성은 강렬함, 열정, 뜨거움, 도전, 휴식 등 여러 가지 의미로 상징화될 수 있다. 봄꽃들의 향연을 뒤로 하고 뜨거운 태양 아래 초록 수풀과 더불어 강렬한 색을 띤 여름꽃이 피어날 때 비로소 여름의 도래를 선명하게 느끼게 된다. 봄꽃이 화려한 개화를 이룬 후 짧은 시간 영예를 누리다가 장렬하게 낙화하며 비애감을 선사할 때쯤이면 여름 꽃들이 조용히 개화하여 사람들에게 새로운 기쁨과 희망을 선사한다. 봄꽃이 긴 겨울의 고난을 떨쳐버리고 눈부시게 개화하여 큰 감동을 주는 것에 비해 여름 꽃의 개화는 극적인 긴장감이 다소 떨어지는 편이라 할 수 있는데 이는 사람들의 시선이 이미 화사한 자태에 익숙해져 있는 것과도 무관하지 않을 것이다. 각종 여름 꽃들은 낮의 길이가 점점 길어지는 시기에 맞춰 순차적으로 피어나는데 꽃 피는 기간이 다른 계절에 비해 긴 것이 특징이다. 화사하고 강렬한 이미지는 봄꽃에 비해 떨어지지만 오랜 시간 동안 묵묵히 감흥을 전달하는 존재라는 점에서는 의미가 깊다.

봄꽃이 곤충과 함께 봄바람을 이용하여 자신의 존재를 퍼트린다면 여름 꽃들은 곤충을 통해 수분을 하는 비중이 상대적으로 높은 것이 특징이다. 그렇기에 여름 꽃은 곤충을 모으기 위해 각자의 개성적인 색과 향기를 가지고 승부를 건다. 봄꽃이 서로 시샘하듯 화려하게 피어 있다는 느낌을 준다면 여름 꽃은 남들을 부러워하지도 않고 시기하지도 않으면서 묵묵히 피어나 여름비와 강한 햇살을 견뎌내는 모습을 하고 있다. 봄꽃이 인고의 시간을 거친 후 화사한 개화를 이루어냈다면 여름 꽃은 개화한 후 뜨거운 햇살을 온몸으로 받으면서 긴 인고의 시간을 보낸다는 점에서 비교가 된다. 역대 중국 시문에 등장하는 여름 꽃은 여름 햇살 아래 정열적으로 빛나는 미인, 봄꽃이 조락하는 아쉬움을 대신하여 새로운 희망을 채워주는 존재, 뜨거운 여름 햇볕과 비바람을 묵묵히 견뎌내는 인내의 화신, 긴 생명력을 지닌 채 옆에 있는 친구 등의 이미지를 지닌 자연물이었다. 뜨거운 여름 햇볕 아래서 자신의 아름다움을 지켜나갔던 여러 꽃과 나무 중 나팔꽃, 난초, 능소화, 말리화, 맨드라미, 무궁화, 봉선화, 아욱, 석류, 연꽃, 원추리, 장미, 접시꽃, 치자꽃, 파초, 패랭이꽃 등 총 16종을 중심으로 역대 시인들의 작품들을 살펴보고 각 꽃과 나무가 지향했던 상징성과 의미를 생각해보기로 한다.

1. 부지런한 아침의 전령 나팔꽃(牽牛花)

나팔꽃(Morning Glory, 학명 Pharbitis nil)은 메꽃과에 속한 한해살이풀로서 다른 물체를 지지하며 자라는 속성을 지닌 덩굴식물이다. 나팔꽃의 한자어 명칭은 '牽牛花' 혹은 '牽牛'이며, '喇叭花', '草金鈴', '朝顔', '牽牛郎', '東雲草', '盆甑草', '狗耳草', '勤娘子', '碗公花', '碗仔花', '打碗花' 등의 이칭을 갖고 있다. 꽃은 7-8월에 백색, 홍자색, 흰색, 붉은색, 파란색 등 여러 색깔로 피어나며 잎은 어긋나는 형태로 심장형(하트 모양)으로 생긴 것이 많다.

나팔꽃은 한여름과 이른 아침을 상징하는 꽃이다. 보통 새벽 3시쯤부터 피기 시작하여 아침 5시쯤이면 활짝 피었다가 낮부터 오므라들고 오후에는 완전히 시들어버리는 속성을 지니고 있기에 새벽과 아침을 상징하는 이미지를 갖게 되었다. 나팔꽃은 새벽 일찍 피어나 아침을 밝히기에 어떤 꽃보다도 '부지런하다'는 이미지를 갖고 있다. 중국에서 나팔꽃이 '勤娘子'라는 속명으로도 불리는 것은 이 꽃이 지닌 부지런한 품성 덕분이라 할 수 있다. 새벽닭이 울 때쯤인 4시 전후면 피어나 나팔 같은 꽃망울을 활짝 열고 있으니 이 꽃은 소리를 내지 못할 뿐 새벽을 알리는 것에 있어서는 가히 닭에 비교되는 존재감을 지니고 있는 것이다. 나팔꽃과 비슷하지만 대낮에 꽃을 피우는 메꽃과는 이 점에서 비교가 된다. 하루 중 개화 시간은 짧지만 생명력은 강한 편이고 땅에 떨어진 씨의 수만큼 새싹을 돋게 하고 꽃을 피워낸다. 관상용으로 심기도 하지만 농경지나 생활지 주변에 자생하여 방제하기 어려운 잡초가 되기도 할 정도로 번식력도 강한 편이다. 기르기 쉬운 관상초로 씨를 심고 지주목을 적절하게 세워주면 잘 자라나서 한여름 아침을 온통 화사한 꽃으로 뒤덮는다. 『全唐詩』에 '牽牛花' 명칭이 나오지 않고 주로 宋代 이후 작품에 많이 등장하는 것으로 보아 대략 宋代에 중국에 들어온 것으로 생각된다. 역대 문인들은 짧은 생이지만 강렬한 미감을 발산하는 나팔꽃의 자태와 속성을 주목한 작품을 다수 창작하였는데 그 내용은 유약한 속성을 상쇄하는 나팔꽃의 강인한 의지와 '牽牛織女' 설화와 연관된 신비로운 자태를 칭송한 내용이 주를 이루고 있다.

1) 유약한 기질을 상쇄하는 고운 자태와 생명력

꽃은 일반적으로 아침에 피었다가 저녁에 시드는데 나팔꽃은 새벽에 피었다가 하루의 시간도 못 채우고 영락해버리는 속성을 지니고 있다. 게다가 혼자 힘으로 일어나지 못하고 다른 지지물에 의지하는 삶을 살아가는 모습은 이 꽃이 연약한 존재라는 것을 보여주는 면모가 된다. 역대 시인들의 나팔꽃 관련 작품을 보면 짧은 시간 존재했다 사라지더라도 자신이 지닌 영롱한 자태, 부지런함, 생명력 등을 통해 강렬한 이미지를 창출해낸 경향이 강했다. 유약한 자신의 한계성을 딛고 고운 자태와 생명력을 분출하는 나팔꽃에 대해 시인들이 긍정적인 시선으로 보려고 했던 결과로 여겨진다.

宋代 楊萬里는 여인의 옷같이 고운 자태를 하고 하늘을 향해 솟구치는 나팔꽃의 외모와 성품을 칭송하는 작품을 남긴 바 있다.

牽牛花三首 其一   나팔꽃 세 수 제1수
素羅笠頂碧羅襜　흰 비단 삿갓 위로 푸른 비단을 처마처럼 드리우고는
脫卸藍裳着茜衫　푸른 치마 풀어헤친 뒤 붉은 적삼을 걸쳤구나
望見竹籬心獨喜　대나무 울타리 끝을 바라보니 마음 유독 기뻐져
翩然飛上翠瓊簪　훨훨 날아올라 푸른 옥비녀를 꽂아 볼까나

나팔꽃의 자태를 소녀의 옷차림으로 치환하여 부위별로 다른 세미한 형상을 기술하였는데 '素', '碧', '藍', '茜', '翠' 등 여러 산뜻한 색감을 활용한 묘사로 인해 한층 선명한 느낌을 얻게 된다. "푸른 치마 풀어헤친 뒤 붉은 적삼을 걸치

고 있다'라고 한 부분은 파란 꽃이 시들어 붉은색으로 변하는 모습을 묘사한 것
으로 조락의 슬픔을 산뜻한 서정으로 재창조한 수법이다. 후반부에서는 꽃의 자
태 뿐 아니라 '훨훨 날아오르는(翩然飛上)' 나팔꽃의 진취적 성향을 칭송하고 있
음이 발견된다. 고운 자태도 감명을 주지만 하늘 향해 생명력을 드높이는 기개
는 더 큰 감동을 준다. 이를 깨닫게 된 시인은 남다른 기쁨의 경지에 이르고 있
음을 행간에서 기술하고 있다.

　　宋代 蘇轍은 정원 중의 있는 열 가지 식물을 묘사하는 중[1] 나팔꽃에 대하여
는 다음과 같이 기술하고 있다.

賦園中所有十首 · 其八 牽牛
정원 중의 있는 열 가지 자연물을 읊다 · 제8수 나팔꽃

牽牛非佳花	나팔꽃은 뛰어나게 아름다운 꽃은 아니나
走蔓入荒榛	황량한 덤불 속으로 덩굴을 뻗어 들어간다
開花荒榛上	덤불 위에서 꽃을 피우면서
不見細蔓身	가는 덩굴 몸체를 내보이지 않는다
誰翦薄素紗	그 누가 흰 비단을 얇게 마름질했나
浸文靑藍盆	남색 동이에 담가놓아 문양이 푸르러진 듯하네
水淺浸不盡	물이 얕아 다 담그지 못했는지
下餘一寸銀	아래쪽에는 한 치의 은색 꽃술 달려 있네
嗟爾危弱草	그대는 작고 약한 풀이라 탄식하지만
豈能凌霜晨	어찌 새벽 서리를 뚫고 피어날 수 있었으리오
物性有禀受	자연 사물의 품성에 받은 바가 있는데
安問秋與春	어찌 그대에게 가을과 봄을 물을 것인가

　　나팔꽃의 자태를 '흰 비단을 마름질한 후 푸르게 물든 무늬'에 비유하면서 빼
어나지는 않지만 본연의 고운 모습을 지닌 꽃으로 보았는데, 이 보다 더욱 주목
한 것은 황량한 땅을 가리지 않고 새벽 서리에도 꿋꿋하게 꽃을 피워내는 나팔
꽃의 생명력이다. 제4구에서 여린 몸을 지니고 있으면서도 아름다운 꽃을 외면

1　蘇轍의 「賦園中所有十首」는 정원에 있는 식물 '원추리(萱草)', '대나무(竹)', '부들(蘆)',
　'석류(石榴)', '창포(蒲)', '복사꽃(桃)', '쑥(蓬)', '마(麻)', '측백나무(柏)', '접시꽃(葵花)'
　등 여러 식물의 자태와 특성을 묘사한 작품이다.

에 드리울 뿐 덩굴 줄기의 유약함을 내보이지 않고 있다고 한 부분은 작자가 이 꽃에 내재된 의연한 성품을 남달리 귀하게 여기고 있음을 드러낸 언급이다. 말미에서는 나팔꽃이 한때 깊은 감동을 주면 그것으로 자연의 섭리를 충분히 이행한 것이니 굳이 봄가을까지 꽃을 피워내지 않아도 된다는 시인의 달관 의식을 기술하고 있다.

宋代 文同은 나팔꽃이 유약한 줄기를 지녔음에도 불구하고 하늘을 향해 자라나는 속성을 보며 다음과 같이 칭찬하였다.

牽牛花 나팔꽃

柔條長百尺　유약한 가지이지만 백 척까지 자라나며
秀萼包千葉　빼어난 꽃받침은 천 개의 잎을 감싸고 있다
不惜作高架　아낌없이 높은 올라갈 시렁 지어주어
爲君相引接　그대와 서로 가까이하고 싶나니

연약한 가지라도 끝없이 뻗어나가며 꽃을 피워대는 속성을 지녔음을 주목하면서 과장법을 동원한 칭찬을 가하고 있다. 제2구에서 '빼어난 꽃받침(秀萼)'을 언급하였는데 이는 나팔꽃 자체를 비유적으로 지칭한 표현이다. 후반부에서는 나팔꽃을 위해 헌신하고픈 마음을 밝힘으로써 유약함을 딛고 생명을 피워내며 번성하는 의지에 대해 동감을 표현하였다.

宋代 姜夔도 나팔꽃의 유한성을 아쉬워하며 정성스럽게 감상하고자 하는 심정을 읊은 바 있다.

牽牛花 나팔꽃

青花綠葉上疏籬　성근 울타리 위의 파란 꽃과 녹색 잎을 지닌 나팔꽃
別有長條竹尾垂　특별히 긴 대나무 울타리 끝까지도 꽃을 드리웠다
老覺淡妍差有味　담백하고 고움은 별개의 맛이 있음을 일찍부터 알기에
滿身秋露立多時　온 몸으로 가을 이슬 맞으면서 긴 시간 서서 보나니

나팔꽃이 성근 대나무 울타리를 따라 올라가며 파란 꽃을 피워내는 광경을 그리면서 '上'자를 통해 허공을 향해 힘차게 피어나는 꽃의 형상을 개괄적으로

묘사하였다. 긴 줄기 따라 올망졸망 맺힌 꽃의 자태가 사랑스럽지만 해가 뜨면 져버리는 나팔꽃의 운명을 알기에 시인은 새벽 꽃 필 때부터 나아와 이슬 맞으며 긴 시간 동안 감상에 빠져 있고자 하였다. 나팔꽃의 아름다움에 최대한 마음을 두려하는 시인의 의도가 선명하게 배어 있는 작품이다.

나팔꽃이 다른 식물을 의지하여 자라나는 습성과 연관하여 플로렌스 H. 크렌은 "나팔꽃은 한국의 철학자들에게 그 사람을 변하지 않게 만드는 특성이 부족한 호화롭게 사는 여자나 혹은 허세를 부리는 사람들에 대한 상징으로 쓰인다."[2] 라고 부정적인 의견을 펼치고 있다. 그러나 역대 중국 시가를 보면 이러한 기술과는 달리 나팔꽃에 대하여 대체로 긍정적인 측면에서 기술을 하고 있음을 살필 수 있다. 같은 덩굴식물인 '凌霄花'가 중국 고전시에서 권세에 의부하여 살아가는 사람으로 자주 비유된 것과는 비교가 되는 부분이다.

2) 견우와 직녀를 연상시키는 신비로운 서정

나팔꽃을 한국에서는 꽃 모양에 착안하여 '나팔꽃'으로 부르며 일본에서는 아침에 피는 특성을 주목하여 '朝眼花'라고 부른다. 중국에서는 '牽牛花'라는 명칭으로 많이 부르고 있는데 이는 나팔꽃의 씨앗 '牽牛子'가 "소를 끌고 와서 약값으로 사례할 만큼 효능이 있기에" 붙여진 것이라는 설도 있으나[3] 시문을 통해 살펴볼 때 '牽牛織女'의 고사와 연관된 명칭으로 보는 것이 더 타당하게 느껴진다. 역대 문인들은 나팔꽃을 보면서 銀河水, 牽牛와 織女, 牽牛星, 신선 등의 이미지를 투영하여 꽃의 미감을 신비스럽게 표현하고자 했으니, 나팔꽃을 매개로 하여 牽牛와 織女 같은 청순한 사랑이나 기다림을 그려낸 작품들을 여럿 살

---

2 플로렌스 H. 크렌, 『한국의 야생화 이야기』, 윤수현 역, 서울 : 민속원, 2003, 193쪽.

3 '牽牛花'라는 명칭과 연관하여 장광진, 『약용식물대사전』,(서울 : 그린홈, 2004) 40쪽에서는 "중국의 『本草綱目』(1596)에 중병에 걸린 왕을 나팔꽃 씨앗으로 치료하고 사례로 소를 받아서 끌고 갔다 하여 씨앗을 '견우자(牽牛子)'라 불렀다고 한다."라는 설명을 가하고 있고, 기태완은 『꽃, 마주치다』,(서울 : 푸른지식, 2013. 11) 182쪽에서 "『本草綱目』에 이 약이 처음 나오자 시골 사람이 소를 끌고 와서 약값으로 사례했기 때문에 견우라고 이름이 붙여졌다."라는 해설을 가하고 있다.

필 수 있는 것이다.

宋代 林逋山은 나팔꽃의 외모와 기다림의 미학을 연계한 작품을 창작하였다.

牽牛花 나팔꽃

圓似流錢碧剪紗 동전 같이 둥근 모습은 푸른 비단을 잘라놓은 듯
牆頭藤蔓自交加 담장 끝에 달린 덩굴은 스스로 가지를 얽혔네
天孫滴下相思淚 직녀는 그리움에 눈물 떨구며
長向秋深結此花 오랫동안 가을 기다리며 이 꽃을 피워냈나니

둥글고 파란 나팔꽃의 모습은 비단을 잘라놓은 듯 곱고 수려한 미를 드러낸
다. 담장 끝까지 올라가 올망졸망 얽혀 있는 모습 또한 최선을 다해 생명을 펼쳐
가는 나팔꽃의 의지를 대변한다. 시인은 '牽牛'와 연관된 '織女' 고사를 활용하
여 나팔꽃이 주는 서정과 기다림의 한을 투영하였다. 개화의 아름다움이 클수록
기다림의 슬픔도 컸음을 설파하고자 한 것이다.

宋代 秦觀도 나팔꽃의 자태를 은하수의 牽牛星과 연계하여 환상적이고 유미
적인 서술을 가한 바 있다.

牽牛花 나팔꽃

銀漢初移漏欲殘 은하수가 이동을 시작하여 鐘漏의 물방울 다하려는데
步虛人倚玉闌幹 신선은 옥난간에 기대어 있구나
仙衣染得天邊碧 신선의 옷은 하늘 저편 푸른색으로 물들어 있으면서
乞與人間向曉看 새벽 기다려 감상하도록 사람들에게 권하네

은하수를 가리키는 시계의 물방울이 다한다는 수구의 표현은 어둠이 다하고
여명이 밝아오는 시간이 도래함을 가리킨다. '步虛'는 道士들의 독경 소리인 '步
虛聲'의 줄임말로서 천상의 신선을 의미한다. 신선이 옥난간에 기대어 있다는
것은 견우를 기다리는 직녀의 모습을 떠올리게 하며, 푸른 옷을 입고 하늘 저편
에 있다는 것은 견우성의 모습으로 견우가 직녀를 만나러 오는 모습을 상상하게
만드는 표현이다. 밤새 이슬을 견뎌낸 나팔꽃의 영롱한 새벽 자태를 보도록 권
하는 부분에서는 짧은 개화 시간을 위해 기다림의 인내를 실행할 것을 권유하는

작자의 의도가 실려 있다 하겠다.

宋代 危積은 대나무를 휘감고 피어오른 나팔꽃의 자태를 보면서 견우와 직녀의 고사를 연상해냈다.

牽牛花   나팔꽃

靑靑柔蔓繞修篁   푸릇푸릇 유약한 덩굴 긴 대나무를 휘둘렀고
刷翠成花著處芳   자연이 빚어낸 비췻빛 꽃이 되어 곳곳에서 향기를 풍기네
應是折從河鼓手   마땅히 견우성에서 꺾어 와서는
天孫斜挿鬂雲香   직녀의 구름 같은 머리에 비껴 꽂아 향기 드리우리

나팔꽃의 덩굴줄기는 부드럽고 유약하지만 길고 굳건한 대나무를 휘감고 높이까지 올라가며 자신의 자태를 자랑한다. 제2구의 나팔꽃은 어디에서 자라나도 향기를 드리우며 자태를 빛낸다는 언급은 이 꽃이 지닌 적응력과 생명력을 칭송하는 부분이다. 이 고운 모습을 보면서 시인은 牽牛와 織女의 고사를 떠올리며 七夕에 견우와 직녀가 만날 때 직녀의 머리에 이 꽃을 꽂아주어 향기를 날리게 하는 청순한 사랑을 생각해낸 것이다.

宋代 施淸臣은 나팔꽃이 아침에 피었다가 낮에 시드는 모습을 안타까워하면서 신선처럼 신령한 미를 간직한 존재로 남기를 바라는 마음을 표현한 바 있다.

牽牛花   나팔꽃

一泓天水染朱衣   한 무더기 은하수에서 옷이 붉게 물들더니
生怕紅埃透日飛   붉은 먼지가 햇살에 날리는 것 두려워
急整離離蒼玉佩   무성하게 달린 푸른 옥패를 급히 정리하고는
曉雲光裏渡河歸   새벽 구름 햇살 속에 은하수 건너 돌아간다네

'牽牛花'라는 명칭에 걸맞게 나팔꽃을 은하수 속에 피는 꽃으로 묘사하면서 햇살을 피하려고 아침에 피었다가 정오에 사라지는 유한성을 지닌 존재로 묘사하였다. 나팔꽃의 자태를 '붉은 먼지(紅埃)'로 비유하면서 아스라이 사라지는 속성을 언급하였고 '은하수 건너 돌아간다(渡河歸)'는 표현을 통해 영락한 나팔꽃도 다시 회귀할 수 있다는 믿음을 실어보았다.

나팔꽃이 '牽牛織女'의 고사와 연관하여 '牽牛花'라는 명칭으로 불리게 된 것은 이 꽃이 다른 지지물을 타고 올라가는 유약함과 짧은 개화 시간이라는 자신의 한계성을 극복하고자 일찍부터 최선을 다해 꽃을 피워내는 노력과 무관하지 않을 것이다. 열심히 꽃을 피워내고 잠시 화려한 자태를 드러냈다가 안타깝게 시드는 나팔꽃을 보면서 사람들은 오랜 기다림 끝에 짧은 만남을 가진 후 이내 헤어져버리는 牽牛와 織女의 안타까운 숙명을 생각해낸 것 같다. 牽牛와 織女의 신비로운 전설처럼 한여름 아침을 영롱하게 빛내다 사라지는 것이 나팔꽃의 운명이었던 것이다.

새벽이슬을 머금고 아침 햇살을 받으면서 다양한 색으로 피어 있는 나팔꽃을 대하게 되면 청아하고 신선한 기운을 듬뿍 느낄 수 있기에 이 꽃은 역대로 사람들에 의해 많은 사랑을 받아왔다. 중국 속담에 "가을에는 국화를 감상하고, 겨울에는 매화를 떠받들며, 봄에는 해당화를 심고, 여름에는 나팔꽃을 기른다.(秋賞菊, 冬扶梅, 春種海棠, 夏養牽牛)"라는 말이 있을 정도로 수많은 화초 중에서 여름을 상징하는 대표적인 꽃의 이미지를 갖고 있다. 아쉬운 점은 이 꽃은 아침 일찍 피어나기는 해도 해가 떠오름에 따라 빠르게 조락해버리는 특성이 있다는 것이다. 꽃이 피어 있는 시간이 얼마 되지 못하며 추위나 서리에도 약해 가을이 오면 잘 버티지 못하는 모습도 보여준다. 그러나 '나팔꽃(牽牛花)'은 수명이 짧음에도 불구하고 그 사이에 씨를 맺고 번식하며 줄기를 활용하여 최대한 높이 자라는 생명력을 발휘하고자 노력하는 꽃이다. 자신의 한계를 알고 있지만 최선을 다해 개화를 이루는 이 꽃의 아름다운 분투를 사람들은 결코 홀시하지 않았다. 나팔꽃이 지닌 자신만의 기상을 세미하게 드러내며 칭송하였고 '牽牛織女'의 고사와 연관된 '牽牛花'라는 명칭에 걸맞게 신비로운 묘사를 지속적으로 부가하는 노력을 보여줌으로써 이 꽃의 존재감을 계속 드높여 왔다. 나팔꽃에 향해졌던 찬사를 통해 마치 부족하지만 노력하는 자에게 쏟아지는 갈채와도 같은 감동을 느끼게 된다.

2. 여름꽃 중의 군자 난(蘭)

난(蘭, orchid, 학명 Orchidaceae)은 수려한 곡선을 자랑하는 잎과 줄기, 기품 있는 꽃의 향기로 많은 사랑을 받아온 식물이다. 전 세계에 분포하며 자라는데 원예 상으로는 동양란과 양란으로 구별한다. 난 줄기는 곧게 자라는 것, 덩굴성으로 자라는 것, 알줄기(球莖)나 뿌리줄기(根莖)로 된 것 등이 있다. 잎은 단엽으로 대부분 어긋나며 밑 부분이 원줄기를 감싸면서 자란다. 꽃은 양성이고 좌우 대칭이며 꽃잎과 꽃받침조각이 각각 3개씩 있다. 난은 종마다 개화 시기가 다른데 일반적으로 6월에서 9월 사이에 개화한다.

난은 주로 심산유곡에서 자생하면서 찾아오는 사람이 없어도 자신만의 향기를 잃지 않고 절개를 지키는 식물이다. 세인들은 이러한 특성에 주목하여 어려운 상황 속에서도 절개나 지조를 지키는 군자의 삶을 떠올렸고 난의 향기처럼 선한 영향력을 풍기는 사람의 모습을 대비하기도 하였다. 隱君子, 선비, 隱者, 英才, 미인, 아름다움 등에 비유되는 상징성을 지니고 있으며 은은하게 멀리 퍼져나가는 향으로 인해 중국에서는 '國香'의 별칭도 얻고 있다. 예로부터 '梅蘭菊竹'으로 불리면서 '四君子'의 하나로 각종 시문이나 문인화의 중요한 소재로 활용되어왔다는 점은 난의 문화적 지위가 그만큼 높았음을 반증한다.

蘭은 일찍부터 문헌에 등장하지만 오늘날의 蘭과 초기 중국 문헌에 등장하는 蘭은 식물학상 다른 종일 것이라는 의견이 지배적이다.[4] 난에 대한 초기의 묘사

---

4 楚辭에 나오는 난은 屈原이 살았던 楚나라의 지형적 특징상 못이나 습지에 살며 청자색 줄기와 네 모서리의 잎, 박하 같은 미향을 지닌 '澤蘭'이었을 것이며 현재 우리가 말하는 난은 宋代 이후의 蘭일 것이라는 설이 지배적이다.(기태완, 『화정만필』, 서울 : 고요아침, 2007, 67쪽 참조)

는 심산유곡에 자생하면서 본분을 지키는 기질을 주목한 것이 많다가 점차 우아한 자태와 향기, 기질에 관한 종합적인 묘사로 발전하게 된다. 北宋시대에 와서 난이 玩賞의 대상으로 보편화되면서 세인들에게 '四君子'의 이미지를 비롯한 지위의 공고화를 이루게 된 것으로 보인다.

蘭에 대한 기록은 『詩經』, 『左傳』 등의 초기 문헌에서 구애에 활용되는 향초나 처녀의 아름다운 자태를 형용하는 상징물, 辟邪의 상징으로 언급하는 것으로 시작되었다. 孔子가 「猗蘭操」, 『孔子家語』 등에서 자신의 신세나 군자의 도리를 언급할 때 활용한 것이나 屈原이 자신의 기품이나 재능을 묘사할 때 난을 비유한 것을 필두로 여러 문인들에 의해 다양한 이미지를 지닌 식물로 묘사되어왔다. 蘭이 지닌 이미지와 상징성은 여느 식물보다 다양한데 그중에서도 난이 지닌 고고함이나 정결한 의지, 우아한 자태와 기품 있는 향기 등은 역대 작품에서 흔히 언급되어 온 장점이라 할 수 있다.

1) 고독하고 정결한 의지를 지닌 존재

난은 심산유곡에 자생하며 자신을 잘 드러내지 않기에 고적한 느낌을 주기도 하지만 향기와 기품을 잃지 않고 있으면서 내면에 자신만의 정결한 의지를 간직한 식물이다. 초기에는 구애할 때 활용하는 물품이나 몸에 지니는 避邪의 상징물 정도로 인식되다가 孔子와 屈原이 난을 들어 자신의 의지를 피력한 것을 필두로 역대 문인들에 의해 다양한 이미지가 첨가되어왔다.

蘭에 관한 초기의 기록 중 孔子가 지었다고 전하는 「猗蘭操」 작품을 보면 깊은 계곡에 오롯이 피어난 난을 통해 자신의 의지를 밝히면서 신세를 한탄하는 내용이 담겨 있다.

> **猗蘭操** 의란조
> 習習谷風 계곡에는 솔솔 바람 불고
> 以陰以雨 음산하고 비가 내리네
> 之子于歸 그대 돌아가는데

遠送于野　들판에서 멀리 전송하네
何彼蒼天　어찌하여 저 푸른 하늘은
不得其所　제 자리를 얻어주지 못하는가
逍遙九州　천하를 소요하여도
無所定處　정처가 없구나
時人暗蔽　이 시대 사람들 어둡고 몽매하여
一身將老　이 몸은 그저 늙어만 가네

일찍이 제후들을 찾아다니며 중용되기를 원했지만 뜻을 이루지 못하고 魯나라로 돌아가던 중 계곡에 무성히 피어난 香蘭을 보고 공자가 세상에서 자신을 알아주지 않음과 때를 못 만난 상황을 슬퍼하는 내용을 담은 작품이라 한다. 난 자체를 형용한 묘사는 아니지만 난이 피어 있는 '隱谷'과 꽃을 피우며 자신만의 향기를 뿜어내는 모습, 잡풀과 섞여 있는 난을 안타까워하는 모습 등을 통해 난이 지닌 품성을 강조하였으니 공자의 어록을 통해 일찍부터 난은 특별한 의미를 지닌 식물로 인식되었음을 알 수 있다.[5]

　孔子 이후 戰國時代 屈原 역시 자신의 정결한 이미지를 형상화함에 있어 난을 자주 사용하였던 것이 발견된다. 전체 273구에 달하는 「離騷」 중 제49~56구에 각종 향초와 함께 등장하는 난은 인재와 인품 등을 상징하는 의미로 활용되고 있다.

離騷　이소 제49~56구

余旣滋蘭之九畹兮　나는 이미 구원 넓이의 밭에 난초 재배하고
又樹蕙之百畝　또 百畝의 땅에 蕙草도 심었도다
畦留夷與揭車兮　留夷와 揭車를 밭두둑에 심고
雜杜衡與芳芷　杜衡과 芳芷도 섞어 심었노라
冀枝葉之峻茂兮　가지와 잎이 무성하기를 기다려
願俟時乎吾將刈　때를 기다려 베기를 바랬더니

5　孔子는 『孔子家語』 「在厄」 편에서 "사람이 없다고 하여 향기롭지 않음이 없고, 맑고 차갑다하여 위축되지 않네. 기는 난초처럼 오래도록 바꾸지 말고, 마음은 난초처럼 끝내 변하지 말라.(不以無人而不芳, 不因淸寒而萎瑣. 氣若蘭兮長不改, 心若蘭兮終不移)"라고 하여 군자의 덕을 언급함에 있어 난의 품성을 예로 든 바 있다. 어려운 상황에서도 기개를 바꾸지 않는 松柏이나 蘭처럼 군자도 자신의 항심을 유지할 것을 당부한 내용이다. 일찍부터 난에 대해 특별한 의미부여를 하고 있었음을 살필 수 있다.

雖萎絕其亦何傷兮　말라 죽는 것도 어찌 슬프지 않겠는가 만은
哀衆芳之蕪穢　　　뭇 향초들이 잡초에 황폐해지는 것에 더욱 서글퍼지누나

첫 구(제49구)에서 '九畹'(12畝가 1畹)은 본래 밭 면적을 의미하는 어휘로서 그 넓이에 비견할 만큼 많은 인재를 양성하였음을 암시하며, '蘭草', '蕙草', '留夷', '揭車', '杜衡', '芳芷' 등 여러 향초를 재배하였다는 것은 그만큼 다양한 인재들을 양성하였음을 상징적으로 표현한 것이다. 제53~56구에서는 그동안 양성한 인재들이 때가 되면 국가에 공을 세울 것을 기대하였으나 오히려 향초들이 잡초에 황폐해지듯 부패하거나 변절하여 마음을 안타깝게 함을 지적하며 슬퍼하고 있다. 난이 다른 향초와 함께 고결한 정신, 인재 등의 의미로 활용되고 있음을 살필 수 있는 것이다.

「離騷」 제305~332구에서도 난초를 정결한 의지를 지닌 식물로 보는 시각을 반영한 기술을 가하고 있다.

離騷　이소 제305~316구

時繽紛以變易兮　시속은 어지럽게 변화하는데
又何可以淹留　　또 어찌 그대로만 머물러 있으리오.
蘭芷變而不芳兮　난초와 白芷는 변하여 향기가 없고
荃蕙化而爲茅　　전초와 혜초도 변하여 띠풀이 되었네
何昔日之芳草兮　어찌 옛날에는 향초였던 풀들이
今直爲此蕭艾也　지금은 그저 쑥들로 되었을까
豈其有他故兮　　그 어이 다른 까닭이 있으리오
莫好修之害也　　꾸미는 것 좋아하지 아니하여 해를 입었도다
余以蘭爲可恃兮　나는 난초는 믿을 만하다고 여겼는데
羌無實而容長　　아아 실속은 없고 외모만 뛰어났구나
委厥美以從俗兮　그 선미함을 버리고 세속을 좇아
苟得列乎衆芳　　구차하게 여러 풀들 속에 끼어들었네

난초에 대해 자신의 정결한 품성을 지키는 식물이라는 기대감을 갖고 있었으나 시류를 이겨내지 못하고 띠풀이나 쑥 같은 잡초처럼 변하여 향기를 잃어버린 현실을 한탄하고 있다. 난이 실속 없이 외모만 뛰어난 모습을 지녔다고 한 것은

믿고 기대했던 인물들이 자신들의 올곧은 의지를 저버리고 시류를 쫓아가며 국가의 안위보다 개인의 영달을 추구하는 모습을 하고 있는 것에 대해 실망과 풍자를 드러낸 부분이다. 개성적인 향기와 품성을 지닌 존재를 통해 자신의 의지를 전달하고자 할 때 난은 매우 적절한 식물이라 할 수 있을 것이다.

孔子와 屈原이 난을 통해 자신만의 정결한 의지를 투영한 이후 역대 많은 시인들은 난이 간직한 고적한 기품을 칭송하면서 선인들의 절개와 의지를 기리고자 하였다. 唐代 杜牧이 난초가 피어난 개울을 보면서 쓴 작품을 보자.

蘭溪 난계

蘭溪春盡碧泱泱	난계에 봄이 다하니 푸르름이 넘실대고
映水蘭花雨發香	난꽃은 물에 비치는데 향기가 우중에 퍼지네
楚國大夫憔悴日	초나라 굴원이 초췌한 시간을 보낼 때에
應尋此路去瀟湘	응당 이 길을 찾아 소상강으로 갔으리

봄과 여름이 교차하는 시절에 개울가에 피어난 난초를 보면서 난초가 지닌 정결한 향기를 주목하고 있다. 청신한 기운 속에 난초를 감상하던 시인은 외롭게 정절을 지키던 屈原을 생각해낸다. 모든 이가 취해 있어도 자신은 깨어 있던 그 고독한 의기를 난초의 형상을 보면서 느끼게 되는 것이다. 그 정신을 따라 살고 싶은 마음을 "이 길을 찾아 소상강으로 갔으리"라는 표현을 통해 드러내고 있다.

南宋 楊萬里가 쓴 난초 관련 시에서도 屈原의 의기를 되새기는 모습을 살필 수 있다.

蘭花 난꽃

雪莖偸開淺碧花	눈처럼 고운 꽃대에 옅은 푸른빛 꽃 살짝 피우고
氷根亂吐小紅芽	얼음처럼 투명한 뿌리에서 작고 붉은 싹을 토해냈네
生無桃李春風面	도리처럼 봄바람 맞는 얼굴로 태어나지 않았으니
名可山林處士家	그 이름은 실로 산림 속 처사 집에 어울리네
政坐國香到朝市	국향이기 때문에 속세에 오게 되었고
不容霜節老雲霞	추상같은 절개가 용인되지 않고 운하와 함께 늙어가네
江蘺蕙圃非吾耦	강리나 혜포 같은 향초는 나의 짝이 아니니

付與騷人定等差　屈原에게 부쳐서 차등을 짓게 하리라

　수연에서 푸른빛의 꽃과 분홍빛 싹의 대조를 통해 난초가 지닌 시각적 미감을 산뜻하게 표출하였다. 난꽃은 봄바람 속에 화사하게 빛나는 도리처럼 세상의 인기에 영합하기보다는 산림 속 처사 집에나 어울리는 존재이다. 속세의 영달과는 격을 달리하는 고아한 기품을 지니고 있기 때문이다. 난은 國香을 지니고 있기에 사람들의 애호와 존경을 받게 되지만 한편으로 세인의 주목을 받게 되면 난이 지닌 절개의 가치는 상대적으로 감소하게 된다. 은자의 처신처럼 심산에서 고요히 자신을 지키고 있을 때 더욱 큰 의미를 지니게 되는 식물이기 때문이다. 미연에서는 南宋의 불우한 현실 속에서 저항하는 시인의 의지가 남다름을 은유하면서 자신의 절개를 굴원의 절개와 연계하여 서술하고 있다. 우국의 의지를 지닌 시인은 국향의 기품을 지닌 난이 심산에서 세상에 나온 것처럼 세상에 대한 소명의식을 저버리지 못한다. 자신과 비슷한 처지에 있었던 屈原만이 楊萬里 자신의 마음을 이해할 수 있으리라는 생각을 해보는 것이다.

　蘭을 고독하고 정결한 의지의 상징으로 보면서 그 정신을 되새기고자 하는 마음은 국난의 시기에 더욱 강렬해지게 된다. 국난으로 인한 처절한 울분을 투영하고 의기를 다잡는 데 있어 난은 충분한 상징성을 지니고 있기 때문이다. 이 경우 난은 기존에 소유한 정결한 기품이라는 상징성에다 우국, 충정, 절개 등의 심층적인 의미를 더하여 '氣節'의 상징성을 대변하는 존재로 인식되게 된다. 일찍이 屈原이 난을 통해 개성적인 절개를 보여주었던 것의 시발점이 우국의 충정이었던 점을 부각한 것이다. 宋代 유민 鄭思肖가 난 그림을 보면서 元에 나라를 뺏긴 울분을 토로한 작품을 살펴보자.

題畫蘭　난 그림에 부쳐
一國之香　온 나라에 퍼지는 향기
一國之殤　온 나라를 위해 죽은 충혼이로다
懷彼懷王　저 회왕을 그리워하니
于楚有光　초나라에 광명이 있으라

蘭 그림에서 향기를 연상하게 되고 그림 속의 난이 향기를 상실했듯 국가의 운명이 쇠락해져갔음을 안타까워하고 있다. 난을 보며 군자의 정절을 떠올리게 되고, 정절의 시인인 屈原이 비록 楚나라에서 버림받았어도 懷王과 조국을 그리워하였듯 우국의 심정을 한층 가다듬게 된다. 난의 이미지를 통해 충절, 국가 쇠망에 대한 비애감 표출, 우국의 고뇌 등을 투사하고 있다.

元代 倪瓚의 작품 중에서도 鄭所南이 그린 난을 통해 우국의 충정을 되새기는 내용을 발견할 수 있다.

題鄭所南蘭　정소남이 그린 난에 대하여
秋風蘭蕙化爲茅　가을바람에 난초와 혜초는 한갓 시든 풀로 변하고
南國淒涼氣已消　南宋은 처량하게 기운 이미 쇠했구나
只有所南心不改　그저 정소남의 마음만이 변하지 않고
淚泉和墨寫離騷　샘솟듯 눈물 흘리며 먹을 갈아 離騷를 쓰고 있네

가을바람에 난초와 혜초가 시들어 띠풀로 변하듯 南宋이 멸망하고 元이 들어설 때 절개를 지키지 못한 채 변절한 여러 신하들을 풍자하였다. 그런 와중에도 鄭所南만은 우국의 눈물을 흘리면서 屈原의 글을 씀으로써 절개를 지키고 있다. 난의 이미지를 우국, 충정, 절개 등과 연계시킨 의식을 읽을 수 있다.

清末 혁명시인 秋瑾은 난꽃을 보면서 다른 꽃과 비교할 수 없는 애국의 상징성을 발견한 바 있다.

蘭花　난꽃
九畹齊栽品獨優　구원의 땅에 심은 꽃 중 품격이 홀로 빼어나
最宜簪助美人頭　미인의 머리에 장식하기에 가장 적절하구나
一從夫子臨軒顧　굴원이 처소에서 돌아보게 된 이후로
羞與凡葩鬪艶儔　뭇 꽃들과 더불어 아름다움 다툼을 부끄러워하노라

秋瑾 역시 난을 보면서 屈原과 같은 의식을 떠올리게 된다. 九畹의 넓은 밭을 채운 모든 식물 중에서도 미인의 머리에 가장 어울리는 꽃은 난이라고 보았다. '美人'은 군자, 순전한 의식을 지닌 인물을 대변하는 존재이다. 屈原의 정신

을 가장 잘 대변하는 식물, 우국과 정절의 표상을 표현하는 꽃, 자신의 이상이나 의지를 드러내는 데 있어 난처럼 좋은 꽃이 없다는 의식을 표현하고 있다.

屈原은 화려하고 웅장한 서술 속에 난을 등장시키면서 자신의 남다른 절개를 부각시키고자 하였다. 이에 비해 이후의 문인들은 화려한 묘사보다는 난의 고절한 기품과 정신을 계승하는 것에 초점을 두고 그 의미를 발전시켜왔다. 난은 변함없는 절개와 의기, 우국과 충정을 대변하는 상징성을 소유한 채 역대 여러 시인들의 작품 속에서 그 정신을 이어온 식물이라 할 수 있다.

2) 우아한 자태와 향기

蘭은 멋진 풍채나 강인한 외모를 지니고 있지 않다. 가늘고 섬세한 잎이 바람이나 비를 맞으며 흔들릴 때는 유약한 모습으로 비쳐지기까지 한다. 섬세하고 가냘프게 늘어진 잎은 우아한 곡선으로 은근의 미학을 느끼게 하며 꽃이 피게 되면 특유의 향기까지 더하게 되어 오감을 즐겁게 해준다. 청초한 모습과 함께 내면에 지닌 강인한 의지는 청순하고 우아한 여인의 자태와 같은 기품을 느끼게 한다. 역대 시인들은 난의 청아한 자태와 향기를 감상하면서 여느 꽃에서 발견하기 어려운 멋과 운치를 느끼곤 하였다.

南宋의 朱熹는 바람 속에 퍼져가는 난의 향기와 기운을 소재로 한 작품을 남긴 바 있다.

蘭 난

謾種秋蘭四五莖	추란 네다섯 줄기를 가벼운 마음으로 심어놓았는데
疏帘底事太關情	성근 주렴은 어이하여 관심을 가지나
可能不作涼風計	아마도 무심하게 부는 서늘한 바람이
護得幽蘭到晩清	그윽한 난 향기를 실어 늦게까지 맑은 기운을 보내서 이지

서늘한 바람이 불어대는 한가로운 저녁을 청아하게 만드는 것은 그 속에 보이지 않게 퍼지는 난 향기가 작용한 덕분이라고 보았다. 바람, 주렴, 난의 향기 등이

어우러진 청명한 정경을 담담하게 묘사해놓았는데 난의 실체에 대한 언급 대신 맑은 향기를 통한 청아한 서정 창출에 공을 들인 흔적이 보인다.

明代 薛網은 난 꽃의 향기를 칭송하는 작품을 남긴 바 있다.

蘭花 난꽃

我愛幽蘭異衆芳	나는 그윽한 난꽃 향이 다른 꽃과 다르기에 좋아하나니
不將顔色媚春陽	봄 햇살 받으면서 외모로 아름다움을 다투지 않는다네
西風寒露深林下	서풍이 불어와 차가운 이슬이 깊은 숲에 내리고
任是無人也自香	감상해줄 이 없어도 스스로 향기를 발하고 있나니

시인이 난꽃을 좋아하는 연유는 스스로 화사함을 다투지 않는 면에 있다. 봄 햇살 속에 화려한 자태를 뽐내는 봄꽃들과 달리 난꽃은 조용히 피어나 자신만의 정결한 꽃향기를 은은히 발한다. 깊은 숲 속에서 차가운 바람과 이슬을 맞으면서 알아주는 사람 없어도 자신의 본분을 지키며 향기를 간직하고 있는 모습은 순박하고 자연스러운 천연의 미를 간직한 미인과도 같다.

明代 저명한 서화가 董其昌이 쓴 시에 나타난 난은 자신만의 우아한 향기를 주변에 제공하는 존재이다.

蘭 난

綠葉靑蔥傍石栽	녹색 잎 푸릇푸릇 바위 옆에 심어져 있어
孤根不與衆花開	외로운 줄기로 다른 꽃들과 어울리며 피지 않네
酒闌展卷山窓下	술을 마다하고 종이를 펼치는 산 창 아래서
習習香從紙上來	솔솔 향기가 종이 위에서 올라오나니

난은 자신의 굳건한 의지를 대변하듯 바위와 짝을 이룬 채 피어나면서 다른 꽃들과 구별되는 기품과 자태를 유지하고 있다. 그림을 그리려고 종이를 펼치던 시인은 어느덧 은은한 난초의 향기를 느끼게 되니 그 향기는 마치 종이에서 피어나듯 생동감을 느끼게 한다. 잎에서 꽃으로 이어지는 묘사 속에 다른 꽃과 다른 고결한 향기까지 이입하여 시류와 영합하지 않는 난의 성품을 강조하였다.

宋 劉克莊이 쓴 시를 보면 난이 지닌 자태, 향기, 품성, 상징성 등을 총괄한

미학적 이미지를 극대화한 후 다시 난을 아름다운 자손에 비유하고 있음을 살필
수 있다.

蘭 난

深林不語抱幽貞	깊은 숲에서 조용히 그윽한 정절 품고 있고
賴有微風遞遠馨	미풍에 의지하여 멀리까지 향기 실어 보내네
開處何妨依蘚砌	난 피어 있는 곳이 이끼 낀 섬돌인들 어떠랴
折來未肯戀金瓶	꺾어 와도 금빛 화병일랑 좋아하지 않네
孤高可把供詩卷	그 고고함은 시의 소재로 제공될 만하고
素淡堪移入臥屏	그 소담함은 침상 앞 병풍 속으로 들어올 만하네
莫笑門無佳子弟	가문에 훌륭한 자제 없다고 비웃지 말게나
數枝濯濯映階庭	몇 줄기 난이 계단 앞뜰에서 선명하게 드리우고 있나니

난은 깊은 숲에서 자신만의 그윽한 정절과 향기를 간직하면서 미풍에 은은하
게 실어 보내는 수수한 특성을 지녔다. 자신이 자라는 곳이 누추한 곳이라도 개
의치 않으며 화사한 삶을 추구하지 않는 소박한 성품을 갖추고 있어 가히 군자
다운 품격을 지닌 식물이라 할 만하다. 아울러 시로 읊기에 적절한 기품과 침상
앞 병풍에 놓고 감상해도 좋을 만한 소담한 의식도 간직하고 있다. 이렇게 좋은
난이 있는 한 가문에 훌륭한 자제가 없다고 탄식할 필요가 없다는 미연의 언급
은 난과 자손과의 연관을 언급한『左傳』의 기록[6]을 생각하게 한다. 섬돌 앞뜰에
피어난 몇 줄기의 난처럼 머지않아 훌륭한 자손의 출산으로 이어지길 바라는 마
음을 담아냈으니 이러한 구절을 통해 난이 지닌 수려한 아름다움을 멋진 자손의

---

6 『左傳』「宣公三年」에 鄭나라 文公의 첩이 꿈속에서 천사로부터 蘭을 받고 목공을 낳아
그 이름을 蘭이라 하였다는 기록이 있다. "당초에 정나라 문공에게 천한 첩이 있었으니
연길이라 하였다. 꿈에 천사가 자기에게 난을 주며 말하길 : '나는 백주이고 너의 조상이
다. 이 난으로써 너의 아들을 삼으려고 하는 것은 난이 나라에서 가장 향기로운 향을 갖
고 있어서 사람들이 그에게 복종하고 사랑하기를 난에게 하듯 하게 될 것이기 때문이
다.' 얼마 후 문공이 연길을 보고 그에게 난을 주며 섬기게 하였으나 사양하며 말하길
'첩은 재능이 없고 다행히 자식이 생긴다 하더라도 장차 신뢰를 얻지 못할 것이니 감히
난으로 징표를 삼았으면 합니다'라고 하자 문공은 그러자고 말했다. (연길은) 목공을 낳
고 이름을 난이라 하였다.(初, 鄭文公有賤妾, 曰 : 燕姞. 夢天使與己蘭, 曰 : 余爲伯鯈,
余而祖也. 以是爲而子. 以蘭有國香, 人服媚之如是也. 旣而文公見之, 與之蘭而御之,
辭曰 : 妾不才, 幸而有子, 將不信, 敢徵蘭乎. 公曰 : 諾. 生穆公, 名之曰蘭)"

이미지에 접목시킨 예를 살필 수 있는 것이다.

蘭은 여러 상징성을 지니고 있는데 그 출발점은 우아한 곡선을 자랑하는 잎과 특출한 향기를 비롯한 본연의 자태라 할 수 있다. 일찍이 『詩經』「澤陂」에서 "저 못의 둑에, 부들과 난초가 있네. 아름다운 한 사람이 있는데, 풍만하면서도 아름답네.(彼澤之陂, 有蒲與蘭. 有美一人, 碩大且卷)"라고 하여 난을 미인에 비유한 것이나 魏晉南北朝 시대에 "창문을 여니 가을 달빛이 들어오고, 촛불은 꺼지고 비단옷을 푸네. 휘장 속에서 웃음 지으며, 몸을 일으켜 난초와 혜초 향기를 맡아 보네.(開窓秋月光, 滅燭解羅裳. 含笑帷幌里, 擧體蘭蕙香)"(『吳曲』「秋歌十八首」)라고 한 기록들은 난이 지닌 자체의 아름다움을 주목한 기록들이다. 난은 특유의 자태와 향기를 통해 자신만의 강렬한 매력을 발산하는 식물인 것이다.

3) 빼어난 재능이나 실력

蘭은 다른 화목과 구별되는 기품을 지녔기에 다른 이가 따를 수 없는 특출한 재능이나 실력의 상징물로도 자주 활용되어왔다. 孔子가 「猗蘭操」에서 난을 보면서 타인이 알아주지 않는 자신의 능력과 불운한 신세를 한탄한 것을 필두로 역대 문인들은 종종 난을 들어 자신의 문장력이나 실력을 형용하기도 하였다. 난이 특유의 기품을 지녔지만 고적한 곳에 피어 있어 남의 주목을 덜 받는 것처럼 문인들은 자신의 능력이 세상에서 쓰임 받지 못하거나 존재감을 드러내고 싶을 때 종종 난을 들어 마음을 표현하곤 하였다.

陳子昻이 쓴 感遇詩를 보면 난을 아름다운 형상을 지닌 존재로 기술하면서 그 속에 자신이 지닌 재능과 의지를 강조한 면모가 발견된다.

感遇 其二　감우시 제2수

蘭若生春夏	난초와 두약은 봄과 여름에 피어나
芊蔚何靑靑	잎과 가지 얼마나 무성하고 푸르른지
幽獨空林色	공활한 숲 속에서 유독 그윽하고
朱葵冒紫莖	자색 줄기 위에 붉은 꽃 드리웠네
遲遲白日晩	해는 더디게 뉘엿뉘엿 지고

裊裊秋風生　한들한들 가을바람 일어나누나
歲華盡搖落　좋은 시절 다 가고 조락하게 되면
芳意竟何成　그 꽃다운 뜻을 어이 이룰꼬

　전반부에서 난초와 두약은 잎과 가지가 싱싱하고 숲의 다른 식물을 압도하는
특별한 아름다움을 지닌 식물로 묘사하였는데 시에 등장하는 난초는 특출한 재
능을 지닌 인물을 상징하는 의미로 쓰였다. 여름에서 가을로 들어가면서 조락의
시간은 다가오는데 난처럼 우수한 자신의 재능이 나라와 백성을 위해 쓰이지 못
한 채 시간이 흘러감을 슬퍼하는 모습이다. 자신의 정치적 의지를 펼치지 못하
는 초조함 때문에 아름다운 난을 바라보는 시인의 마음은 더 깊은 안타까움 속
으로 빠지고 있음을 읽을 수 있다.

　李白이 난초를 주제로 하여 쓴 작품에서도 타인에게 인정받지 못하는 비애를
담아놓은 것이 발견된다.

古風 三十八　고풍 제38수

孤蘭生幽園　외로운 난초 그윽한 동산에서 자라는데
衆草共蕪沒　잡초들 모두 우거져 덮여 있네
雖照陽春暉　봄 햇살을 쬐이기도 했지만
復悲高秋月　깊어진 가을 달 아래 다시 슬픔 일어나네
飛霜早淅瀝　아침에 무서리 허옇게 내리면
綠艷恐休歇　푸른 잎 고운 꽃 시들까 두렵네
若無淸風吹　맑은 바람 불지 않으면
香氣爲誰發　이 향기를 그 누구에게 전할 수 있을까?

　李白은 총 59편의 古風詩를 썼는데 이 시는 그중 제38수이다. 깊은 동산에
외롭게 피어난 난초를 보면서 굳건한 의지를 얻기 보다는 알아주는 이 없는 서
글픈 감정을 느끼고 있다. 자신의 재주와 포부를 발휘하지도 못한 채 세월을 보
내는 심정 혹은 알아주는 이 없는 현실에 대한 회한을 드러낸 구절로 이해가 된
다. 이 시의 창작 배경에 대해 開元 간에 李白이 玄宗과의 만남을 소원하며 지
은 것, 玄宗의 부름을 받고 翰林學士로 지내다가 高力士 등의 이간 질로 현종
과 소원해졌을 때 지은 것 등 다양한 해석이 존재하지만 전체적으로 고독한 난

이 지닌 장점을 들어 자신의 재능을 비유하면서 타인에게 드러내고 쓰임받기 원하는 마음을 담은 시로 보는 것이 적절한 것 같다.

唐 崔涂가 쓴 다음 작품도 역시 난초의 그윽한 아름다움을 특출한 재능에 비유하는 내용을 담고 있다.

幽蘭　유란

幽植衆寧知　그윽한 곳에서 자라니 뭇 잡초들 어찌 알리오
貞芳只暗持　곧은 향기는 그저 남몰래 유지하고 있구나
自無君子佩　군자의 장식품이 되지 않아도
未是國香衰　國香 난은 시든 적이 없네
白露沾長旱　가을 이슬은 긴 아침을 적시고
春風每到遲　봄바람은 매번 늦게 이르네
不如當路草　길 막으며 자라는 풀과는 다르니
芬馥欲何爲　그 향기는 그 무엇을 위하여 나는가

남들이 알아주지 않는 그윽한 곳에서 자라면서도 자신만의 곧은 향기를 잃지 않고 있는 난의 품성을 칭송하였다. 꽃의 조락을 이끄는 가을 이슬의 다가옴이나 식물의 개화를 선도하는 봄바람의 늦은 도래는 난의 생존을 어렵게 하는 환경적 요인이다. 난의 향기처럼 올곧은 성품을 지니고 있어도 본성을 유지하기 어려운 현실을 제시한 후 앞길을 막는 잡초와 다른 성품과 능력을 어떻게 지키고 활용해나가야 하는가에 대한 의문을 던지고 있다. 난의 향기를 올곧은 성품이나 능력에 비유한 예라 할 수 있다.

난은 자신을 잘 드러내지는 않으나 내면에는 어느 화목 못지않은 곧은 의지와 기품을 지니고 있는 식물이다. 모함으로 벼슬길에서 물러나게 된 李白이 "뜬 구름이 해를 가려 멀리 가지 못하고, 결국은 가을바람이 자색 난을 밀어내는구나.(浮雲蔽日去不遠, 總爲秋風摧紫蘭)"(「答杜秀才五松見贈(두수재의 '다섯 그루 소나무를 보면서 드림' 시에 답하여)라고 하여 밀려나는 자신을 난에 비유했던 것처럼 역대 시문에서 난은 賢才, 賢臣, 능력, 숨은 실력자 등의 의미로 사용되는 예가 많았다. 才德이 있었던 屈原이 옳게 쓰임 받지 못하면서 자신을 난에 비유했던 일화를 계승한 기술이라고 할 수 있다.

4) 고결하고 담백한 군자 정신의 표상

화려하지 않게 처신하면서 자신의 향기를 잘 보존하는 난의 기품은 행위와 도덕에 있어 고매함을 추구하는 옛 군자의 삶과 정신에 부합하는 면이 있다. 난이 이른바 '四君子'의 하나로 불리게 된 것을 초매한 품성이 군자의 정신을 대변하기에 부족함이 없다는 세간의 인식을 바탕으로 한 것이다. 이러한 인식은 일찍이 孔子와 屈原이 난을 들어 자신만의 정결한 의지를 표현했던 의식에서 진일보하여 보편적인 행동규범이나 의식에까지 난을 이입하고 이미지를 형상화한 결과라 볼 수 있다. 개인의 고독과 우수에서 군자의 의식과 처신을 대변하는 보편적인 방향으로 인식의 확대를 이룬 것이다.

전원에서 자신만의 삶을 지키며 살았던 陶淵明은 「飲酒」 제17수에서 난처럼 고결한 뜻을 지키며 살 것을 강조한 바 있다.

飲酒 其十七 음주 제17수

幽蘭生前庭　그윽한 난 꽃 앞뜰에 피어
含薰待淸風　향기 머금고 맑은 바람 기다리네
淸風脫然至　홀연히 맑은 바람 불어오니
見別蕭艾中　그 향기가 잡초와 다른 것 알겠구나
行行失故路　세속의 길에 나서면 옛 길을 잃으리니
任道或能通　자연의 도를 따라야 통달하리라
覺悟當念還　깨달았으면 마땅히 돌아가야지
鳥盡廢良弓　새가 없어지면 좋은 활이라도 버림받게 되나니

총 20수에 달하는 「飲酒」 시는 陶淵明이 벼슬을 버리고 고향으로 돌아와 은둔하면서 쓴 영회시인데 그중 제17수에서는 난을 들어 淸節한 의식을 유지할 것을 서사하였다. '幽蘭'은 향기를 품고 앞뜰에 피어 있으면서 맑은 바람에 자신의 인품을 드러낼 날을 기다리고 있다. '見別' 구절을 통해 난이 지닌 향기는 잡초와 다르다고 보는 시각을 투영하면서 행간을 통해 '幽蘭'을 절개 있는 지사 혹은 군자, '蕭艾'를 세속의 소인배로 비교하고자 하였다. 미연에서는 세속의 영

리를 좇다 보면 '兎死狗烹' 당할 수도 있음을 계시하면서 그러한 나락에 빠지지 않으려면 난과 같은 정결한 절개를 지키는 것이 필요하다는 의견을 제시하고 있다.

王維가 난 그림을 보고 쓴 제화시를 보면 난을 통해 맑은 정신과 의기를 고양하고자 했던 면모가 발견된다.

題蘭　난 그림에 쓰다

根移地因偏	난초를 옮기니 내 사는 곳도 세속에서 멀어지네
花老色未改	꽃이 오래 되도 그 자태는 바뀌지 않는구나
意蘇瘴霧餘	의기가 피어올라 나쁜 운무를 떨치려하고
氣壓初寒外	기세는 처음 추위도 압도할 정도라
婆娑靖節窓	도연명 창가에서 너울대는 것 같고
倣佛靈均佩	굴원이 찬 패옥과도 흡사한 듯하네

수연에서 난초가 그림으로 옮겨온 것을 희화적으로 표현하면서 그로 인해 마음이 정결해지게 되었다는 뜻을 드러내는 것에 중점을 두었다. 제2연에서는 난초가 지닌 뜻과 기세를 칭송하는 마음을 담았는데 나쁜 운무와 추위를 모두 물리칠 정도의 정결함과 강직함을 지닌 존재로 보았다. 난을 통해 세속을 멀리했던 도연명의 초연한 처신과 세상의 기운에 맞서 자신의 결연한 의지를 유지했던 굴원의 정신을 느끼게 된다. 난을 보면서 안온한 경지를 얻고 위안을 얻으면서 한편으로는 스스로의 마음을 정화하고 굳건한 의식을 유지하고자 하는 의지를 새삼 다짐하고 있다.

孟郊가 崔純亮과 헤어지면서 쓴 시가 중에 등장하는 난도 군자의 마음과 처신을 대변하는 존재이다. 시가 중 난의 의미를 빌려 군자의 도를 설파한 일부분을 절록하여 살펴본다.

贈別崔純亮　최순량과 이별하며 드림

小人智慮險	소인배들은 지식과 생각이 위태로우며
平地生太行	평지에서만 일생을 편안하게 보내려 한다네
鏡破不改光	거울은 깨어져도 빛을 잃지 않고

蘭死不改香　난은 죽어도 향기를 바꾸지 않는 법
始知君子心　이에 비로소 군자의 마음을 알겠으며
交久道益彰　사귐이 오래면 도가 더욱 창대하리니

　벼슬길이 순탄치 않고 인생의 장애가 많아 살아가기가 어렵겠지만 자신만의 도를 지키며 안온한 삶을 살 것을 권하는 내용을 담았다. 거울이 깨어지듯 실패하여도 자신의 의지를 바꾸지 말고 난이 시들어도 이듬 해 다시 동일한 향기를 발하듯 마음의 정절을 잃지 말 것을 설파하였다. 난을 통해 군자의 처신과 도를 비유한 내용이 시선을 끈다.

　南宋의 陸游가 난을 묘사한 시에서는 세상과 구별된 삶을 살아가는 난의 고결한 성품을 닮을 것을 다짐하는 내용을 담았다.

蘭 난

南巖路最近　會稽山 길 가장 가까워
飯已時散策　식사 후면 때때로 산책을 하네
香來知有蘭　향내 퍼져와 난이 있음을 알겠기에
遽求乃弗獲　급히 찾아보지만 얻지 못하네
生世本幽谷　태생이 본래 그윽한 골짜기에 자라는 것이니
豈願爲世娛　어찌 세상의 즐김 거리가 되기를 원하랴
無心托階庭　계단 앞뜰에서 의탁될 마음은 없으니
當門任君鋤　문을 가로막는다 싶으면 군주가 마음대로 없앨 것이라

　골짜기에 피어난 난은 자신의 존재를 쉽게 드러내지 않고 있다. 幽谷에서 자신의 향과 성품을 온전히 지킬 뿐 세상에 나아갈 의도를 지니고 있지 않다. 난의 성품처럼 본분을 정확히 인지하고 진퇴에 있어 신중을 기하는 군자의 처신을 은유적으로 강조하였고, 세상에서 활동하다 때로 군주에 의해 제거당하는 참화를 당할 수도 있다는 교훈도 행간에서 피력하고 있다. 재능을 함부로 현시하지 않는 것이 군자의 처신임을 蘭을 통해 비유하고 있는 것이다.

　鄭思肖가 난 그림을 보면서 쓴 작품 중 난을 군자의 상징으로 그려낸 작품을 보자.

畫蘭　난 그림

純是君子　이 꽃은 순전히 군자의 꽃이요
絕無小人　소인의 기상이란 전혀 없다
空山之中　빈산 속에서도
以天爲春　하늘을 봄으로 삼아 자라나니

난에서 군자의 꽃으로 보는 것은 심산유곡 적막한 환경에서도 대자연을 배경 삼아 생존하는 오롯한 기상을 지니고 있기 때문이다. 난 형체에 대한 묘사를 생략하고 그 정신만을 포착하여 서술함으로써 난의 고결한 성품을 한껏 강조한 수법이 뛰어나다.

元代 柯九思가 趙子昻(趙孟頫)이 그린 난 그림에 대하여 평을 가하면서 난의 기품과 女媧, 은자의 삶 등을 연결한 서술을 가한 바 있다.

題趙子昻畫蘭　조맹부가 그린 난에 대하여

補天事遠奈君何　조정의 일을 보좌할 일 멀어지니 그대 어찌할꼬
蒼石雲深憶女媧　푸른 바위 구름 깊은 은거지에서 女媧를 생각한다
惆愴幽人在空谷　빈 계곡에 있는 은자를 슬퍼하며
自紉芳佩鬢先旛　난초를 엮어 장식품 만들려다 귀밑머리 먼저 세었네

시가의 전반부에서는 황토로 인간을 빚어내고 치수 사업과 맹수 퇴치 등을 통해 인간세상을 이롭게 하려했던 전설상의 女媧처럼 세상을 제도하지 못하는 현실을 한탄하였다. 趙孟頫는 宋 황실의 후예로서 서화에 능했으며 宋이 망하자 은거에 들어간 인물인데 그가 그린 난초 그림은 현실을 반영하듯 빈 계곡을 배경으로 슬픔을 그득 안고 있다. 난초 장식품으로 군자의 풍격을 기리려 하였으나 어느덧 반백이 되었듯이 망국의 현실을 슬퍼하다 세월만 흘려보내게 되었다. 趙子昻의 난 그림을 보면서 女媧, 은자의 삶, 망국의 한, 세월의 흐름을 차례로 언급하였는데 그 발단은 세상을 향해 능력을 펼치기를 원했던 마음으로부터 시작된다. 난을 세상에서 타인에게 본을 보이면서 세상을 이끄는 군자의 처신과 이미지를 대변하는 꽃으로 보는 정서를 바탕으로 지어진 작품인 것이다.

蘭이 지닌 이미지 중 세속과 구별된 군자의 이미지를 투영한 작품은 난의 정

신세계를 극도로 존중한 결과라 할 수 있다. 또한 매화, 국화, 대나무와 함께 '四君子'로 칭송하며 '四君子' 중 여름을 대표하는 식물로 자리매김한 것은 수많은 문인들이 가한 인식과 동감을 바탕으로 이미지를 구축한 결과이기도 하다. 세상을 정신적으로 계도하는 것은 군자라고 보았던 과거의 관점과 연계하여 볼 때 난은 여러 화목들의 의식을 압도할 만한 정결한 기개를 지닌 식물이라는 정서를 문인들이 지니고 있었음을 알게 해주는 부분이다.

蘭은 화려하지도 않고 자신을 드러내고자 하지도 않으며 본연의 단아한 자태를 지키는 것을 좋아하는 식물이다. 강인한 외형이나 화사한 외형을 갖추고 있지 않기에 가까이하기 전에는 연약한 초본식물이라고 느낄 수도 있지만 난이 소유하고 있는 속성을 알게 되면 이내 그 고아한 기품과 이미지에 매료될 수밖에 없다. 孔子와 屈原이 난을 들어 속내를 표현한 것을 필두로 후대 문인들이 난에 담긴 미적 감각을 계승해온 결과 난은 어느 화목보다 다양한 이미지와 상징성을 지닌 식물로 발전을 해오게 되었다. 가녀린 몸체를 지녔지만 우아하고 향기로운 자태를 지닌 식물, 자신을 대놓고 드러내지 않는다 해도 남모르는 빼어난 재능이나 실력을 지니고 있는 존재, 세속의 흐름과 상관없이 자신만의 기개를 지님으로써 세상을 선도하는 군자의 의식을 대변하는 꽃이라는 인식을 더하면서 자신의 가치와 이미지를 넓혀온 것이다. 난이 오랜 기간 다양하게 이미지를 발달시켜왔다는 것은 난이 소유한 미학적 가치가 다른 꽃에 비해 뛰어나며 그에 상응할 만한 인식의 보편성도 지니고 있음을 방증한다. 역대 문인들은 일시의 흥미에 따라 난을 바라보거나 노래한 것이 아니었으니 난과 연관된 작품을 감상하고 분석하는 작업은 역대 문인들의 의식세계를 들여다볼 수 있는 하나의 좋은 방편이 될 수 있다는 생각을 해보게 되는 것이다.

3. 하늘 향해 뻗는 기품을 지닌 능소화(凌霄花)

凌霄花(학명 Campsis grandiflora)는 능소화과의 덩굴식물로 '紫葳', '凌苕', '女葳', '武葳', '菱華', '瞿陵', '鬼目', '赤艷', '金藤花', '燈籠花', '吊鐘海棠' 등의 다양한 이칭을 가진 꽃이다. 흡착뿌리를 통해 다른 나무나 벽면 같은 지지물을 붙잡고 덩굴 줄기를 뻗어가며 자라는 특성을 지녔다. 꽃잎은 귤색을 하고 있으며 꽃술 쪽으로 가면서 주황색과 황금색을 띠고 있다. 화관은 트럼펫 모양을 하고 있기에 서양에서는 능소화를 'Chinese trumpet creeper'라고 부른다. 주로 관상용으로 심으며 꽃은 말려두었다가 어혈이 들었을 때 약용으로 쓰기도 한다.

능소화는 중국이 원산지라는 말이 있지만 북미나 유럽에서도 많이 자생한다. 우리나라에는 언제 들어왔는지 정확하게 알려져 있지는 않으나 대략 조선 후기에 중국에 다녀온 사신에 의해 들여온 것으로 추정된다. 우리나라에서는 '紫葳', '金藤花', '大花凌霄花' 등으로 불리었는데 주로 양반 댁에서 심는 귀한 나무로 인식될 정도로 기품 있고 고급스러운 꽃나무로 아낌을 받아왔으며 문과에 장원급제를 한 사람의 관에 꽂던 '어사화'이기도 하였다.[7] 능소화가 다른 나무나 담

---

7   기태완은 『꽃, 마주치다』(서울 : 푸른지식, 2013), 214~215쪽에서 文一平(1888~1939)이 쓴 『花下漫筆』에서 "능소화는 중국이 원산으로 수백 년 전에 조선 사신이 연경에서 가져다가 심은 것이라고 하는 바 그리 풍미한 꽃이 아니나 매우 희한한 꽃으로 유명하다. 어제 전고에 익은 이동운을 만나서 들은즉 오늘날 경성 안에 이 능소화가 있는 데가 오직 사직동의 도장궁 한 곳뿐이라고 한다."라고 하며 일제강점기 당시 서울에 도장궁(德興君 사당) 담장에만 남아 있던 귀한 꽃이었다고 설명하고 있다. 또한 민철, 『문학 속에 핀 꽃들』(샘터사, 2013), 130쪽의 "옛날에는 능소화를 양반집 마당에만 심을 수 있었다는 이야기가 있어, 양반꽃이라고 부르기도 한다. 평민 집에서 능소화를 심으면 관아에 불려가 곤장을 맞았다는 얘기도 있다. 박경리의 『토지』에서도 능소화가 최참판댁의 상징으로 나온다. '환이 눈앞에 별안간 능소화 꽃이 떠오른다. 능소화가 피어 있는 최참판댁 담장이 떠오른다'라는 대목이 있다."라는 설명도 참조할 수 있다.

장을 타고 하늘을 향해 올라가면서 기품 있는 귤색 꽃과 연녹색 잎을 주렁주렁 단 채 한여름을 빛내고 있는 모습은 참으로 인상적이다. 지방에 따라 차이가 있지만 중국에서는 5월에서 8월까지 약 4개월간 꽃을 피우는 대표적인 여름 꽃의 이미지를 갖고 있다. 凌霄花는 강한 생명력을 가진 꽃으로 양지를 좋아하지만 척박한 토양에서도 잘 자라며 바위나 담장, 각종 나무를 가리지 않고 강한 흡착력을 발휘하면서 줄기를 높게 뻗어나간다. 현대 중국에서는 凌霄花의 의미를 '흠모', '명예', '자애로운 어머니 사랑' 등으로 인식하고 있다.

능소화는 엷게 붉은 꽃잎에 황금빛 꽃술을 밝히며 나팔 같은 외양으로 자신의 향기와 매력을 전달하는 꽃이다. 여린 줄기를 지닌 덩굴식물이지만 강한 집착력으로 하늘을 향해 뻗어 올라 '凌霄'라는 명칭에 어울리는 빼어난 자태를 선보이고 있기에 고래로 많은 시인들에 의해 주목을 받아왔다. 역대 문인들의 능소화에 대한 평가는 포폄을 달리한다. '강인한 생명력으로 구름을 헤치며 올라가는 나무'라는 긍정적인 이미지와 '다른 식물이나 지지물에 기생하여 자라는 나무'라는 부정적인 이미지를 모두 소유하고 있다. 다른 나무를 의지하여 자라는 모습은 권세에 의탁하여 영화를 도모하는 허장성세의 일면을 연상시킨다는 시각도 적지 않았던 것이다. 능소화에 대한 상반된 입장에 착안하여 포폄을 달리하는 작품들을 살펴보는 것도 의미가 있을 것이다.

1) 우아한 자태와 강인한 집착의 상징

凌霄花는 몸을 다른 지지물에 흡착시킨 채 뜨거운 여름 햇살과 장마, 소나기 등을 고루 견디며 하늘을 향해 자라난다. 마치 소식을 전하는 나팔처럼 주렁주렁 달린 수많은 꽃들은 화사하고 기품 있는 귤색과 황금색을 분출하고 있다. 역대 시인들은 능소화가 다른 나무에 의지한 채 자라나는 존재임을 인식하면서도 이 꽃의 기품 있는 자태와 강인한 생명력을 주목하였고 다른 꽃과의 비교를 통해 장점을 추출해내기도 하였다. 五代 歐陽炯은 능소화가 다른 나무에 의지해 자라기는 하지만 자체적인 미감을 소유한 나무라는 긍정적인 인식을 펼친 바 있다.

凌霄花　능소화

凌霄大半繞棕櫚　능소화는 대부분 종려나무를 둘러 자라는데
深染梔黃色不如　치자꽃 열매의 노란색도 깊게 물든 능소화만 못하다
滿樹微風吹細葉　나무 가득 미풍이 일어 가는 잎에 불어대니
一條龍甲颭淸虛　마치 한 마리 용이 푸른 하늘에서 날아다니는 듯

능소화가 자라는 모습을 커다란 상록수인 종려나무에 비교했고 능소화의 색깔을 치자꽃 열매 색과 비교함으로써 상대적인 미감을 느끼게 했다. 능소화의 잎이 바람에 흔들리는 모습을 한 마리 용이 푸른 하늘에서 날아다니는 형상에 비유하여 신비감을 증폭시켰다. 능소화가 지닌 표일한 서정을 그리기 위한 묘사에 공을 들인 흔적을 살필 수 있다.

宋代 楊繪 역시 능소화가 다른 식물을 의지한 덩굴식물이지만 나름대로 강한 생명력을 발휘하고 있다는 점에 주목을 가하고 있다.

凌霄花　능소화

直饒枝幹凌霄去　곧고 풍성한 능소화 가지는 하늘을 향해 솟아 있지만
猶有根源與地平　그 뿌리의 근원은 땅과 함께 나란히 한다네
不道花依他樹發　다른 나무에 의지해 꽃 피운다 말하지 마소
強攀紅日鬪妍明　강하게 붉은 해를 향해 올라 고운 자태를 다투듯 드러내나니

전반부에서는 능소화가 높이 솟는다 해도 다른 나무를 타고 올라가기에 그 근본은 땅에서 못 벗어나는 것을 주지시켰다. 후반부에서는 이 꽃이 다른 나무에 붙어서 꽃을 피우지만 해를 향해 올라가듯 고운 자태를 드러내는 강한 생명력을 지닌 존재임을 설파하였다.

宋代 賈昌期는 능소화를 세속을 벗어나는 기운과 해를 향한 충심을 지닌 꽃으로 묘사하고 있다.

凌霄花　능소화

披雲似有凌雲志　구름을 뚫고 올라가니 마치 속세를 떠나려는 뜻이 있는 듯
向日寧無捧日心　해를 향해 자라는데 어찌 해를 받드는 마음 없겠는가
珍重青松好依托　진중한 청송은 능소화의 의탁을 좋아하니

直從平地起千尋　평지에서 곧게 올라 팔천 척 솟아 있네

　청송에 의지하여 팔천 척으로 보일만큼 높게 올라가는 凌霄花의 모습을 보면서 이 꽃이 지닌 높고 원대한 의지를 찬양하고 있다. 다른 나무에 기생하는 신세지만 솟구치듯 자라는 모습을 보면서 해를 향한 충심도 지녔다고 보았다. 의인법을 활용하여 능소화를 묘사하면서 타인들에게 남에게 의지하더라도 겸손함과 충심을 잃지 말고 성장할 것을 권면한 내용이라 하겠다.

　宋代 陳造는 楊宰가 능소화를 아름답게 묘사한 것에 대해 동감의 마음을 밝힌 바 있다.

次韻楊宰凌霄花　楊宰 능소화 시에 차운하여 짓다

高花笑屬賦花人　아름다운 꽃의 미소는 꽃을 묘사한 이로부터 나오는 듯
花自鮮明筆有神　꽃이 절로 선명하게 느껴지니 신령한 필치로구나
可惜人間兩淸絶　애석하다 사람과 꽃 모두 이 맑은 정절 있다면
不教媚嫵對閑身　아름다운 자태를 한가한 이에게 대하게만 하지 않을 것을

　아름다운 능소화를 시가로 읊은 楊宰의 작품을 칭송하면서 '高花'라는 표현을 통해 능소화의 아름다움을 찬탄하고 있다. 꽃의 미감을 온전히 감상할 수 있고 이를 다시 시가로 형상화시킬 수 있는 능력을 '맑은 정절(淸絶)'이라 하여 감상의 안목과 창작의 노고를 동시에 주목한 것을 살필 수 있다.

　宋代 董嗣杲는 능소화가 지닌 생명력과 의지를 주목하여 다음과 같은 시를 남겼다.

凌霄花　능소화

根苗着土幹柔纖　뿌리와 싹은 땅에 붙어 있고 줄기는 부드럽고 섬세한데
依附青松度歲年　청송에 의지하여 자란 지 그 몇 년이던가
肜蕊有時承雨露　붉은 꽃술은 때때로 우로 받아 있고
蒼藤無賴拂雲烟　푸른 줄기는 무뢰한 듯 창공을 향해 뻗어간다
艶欹偷醉斜陽裏　석양 속에서 취한 듯 곱게 흔들리기도 하고
體弱愁纏立石顚　줄기는 나약하고 근심스럽게 선 돌 끝에 둘러 있네

翠颴紅英高百尺　비췻빛 잎과 붉은 꽃잎은 백 척 높이 다하는데
藏春塢上憶坡仙　藏春塢에서 소동파를 그리워하나니

능소화는 청송에 의지하여 자라나는 존재이지만 '無賴'하게 보일 만큼 거침없이 하늘을 향해 성장해나간다. 미약한 존재감을 지닌 꽃 같지만 자신의 의지를 유감없이 펼치고 있는 것이다. 시인은 때로는 취한 듯 흔들리고 때로는 근심을 지닌 듯 청초한 자태를 드러내는 이 꽃의 기품을 알아주는 이는 많지 않다고 본 것 같다. 말구에서 "봄 둑 위에 몸을 숨긴 채 蘇東坡를 그리워한다"는 언급을 통해 세인들이 이 꽃이 힘써 자라나는 모습을 가상하게 생각하며 정당한 평가를 해주기를 바라는 의견을 강조한 것이 시선을 끈다.

宋代 趙汝回는 능소화의 자연스러운 미감을 소중히 여기는 자신의 마음을 지인에게 전달한 바 있다.

凌霄花爲復上人作　복스님을 위해 쓴 능소화시

裊裊枯藤淺絳葩　하늘거리는 마른 줄기에 꽃은 가볍게 피어 있는데
贔緣直上照殘霞　줄기는 연이어 곧게 올라가며 사라지는 노을 받아 빛난다
老僧不作依棲想　노스님은 하릴없이 기거하며 생각하기를
將謂靑松自有花　청송에 절로 꽃이 피었다고 말하리라

마른 능소화 줄기를 언급한 '枯藤'은 노스님(복상인)의 형상을 투영한 것이라 느껴진다. 비록 '枯藤'일지라도 하늘 향해 올라가는 의지를 지녔으며 사라지는 노을에 빛나는 형국을 자랑한다. 제3구에서 하릴없이 기거하는 삶을 그렸지만 말구의 '절로 꽃이 피었다(自有花)'라는 언급과 연결하여 생각해보면 꽃과 사람에게서 가치를 찾고자 했던 시인의 마음을 읽을 수 있다.

宋代 黎雲昆이 노래한 능소화에 대한 시 역시 사랑스럽고 지혜로운 의지를 지닌 존재로 보는 시각을 반영한 작품이다.

詠凌霄花　능소화를 노래하다

墻頭高立數枝花　담 위에 높이 솟은 몇 줄기 능소화

何事向人吹喇叭　무슨 일로 사람들을 향해 나팔을 불어대나
坡老留詞傳百世　蘇東坡는 시를 지어 후세에 전하였고
萊公遺愛入千家　寇準은 나무를 심어 모든 이에게 사랑을 남겼다
攀登可報凌雲志　나무 타고 올라가며 구름을 뚫는 의지 가히 알리니
偃蹇能學蔓地瓜　굽었기에 땅의 오이 넝쿨과 같은 지혜를 배울 수 있었다
最是枝條柔弱處　가지가 부드러운 것이 가장 좋은 점이요
紅英金蕊映朝霞　붉은 꽃잎과 황금빛 꽃술이 아침노을에 빛나누나

　담 위로 솟은 능소화 꽃 모양을 나팔에 비유하면서 무언가 사람들을 향해 의미를 전하고자 하는 모습으로 간주하고자 하였다. 일찍이 蘇東坡가 소나무에 얽힌 능소화를 보고 시를 지었던 일화[8]와 北宋의 寇準이 巴東縣에 있을 시 두 그루의 잣나무를 심었던 일화[9]를 떠올리며 사랑의 마음으로 식물을 심었을 때 후대에 귀감이 되는 사실을 상기하였다. 부드럽게 굽을 줄 알기에 다른 나무를 타고 올라갈 수 있다고 보면서 지혜와 깨달음을 얻고자 하는 면모도 실어놓았다.
　宋代 趙蕃은 불전에 심어진 능소화를 보면서 그 아름다움을 자신의 소유로 삼고자 하는 욕구를 표현한 바 있다.

8　蘇軾이 杭州太守를 하면서 「減字木蘭花·凌霄花詞」 一首를 지은 적이 있는데 그 自序에서 일러 "錢塘 西湖에 시승 淸順이 있어 藏春塢에 기거하였는데 문 앞 두 그루 노송에 능소화가 타고 올라갔으며 늘 그 아래에 누워 있었다. 내가 군을 다스리고 있을 때 하루는 말을 타고 지나가는데 송풍이 쏴아 불자 그가 낙화를 가리키며 운을 구하였기에 내가 그것을 위하여 시를 지었다.(錢塘西湖有詩僧淸順, 所居藏春塢, 門前有二古松, 各有凌霄花絡其上, 順常晝臥其下. 余爲郡, 一日屛騎從過之, 松風騷然, 順指落花求韻, 余爲賦此)"라고 한 기록이 있다. 「減字木蘭花·凌霄花詞」의 내용은 다음과 같다. "두 마리 용 같은 소나무 마주하며 솟았는데, 하얀 비늘에 푸른 수염 연우 속에 있네. 듬성한 자태에 희미한 향기 날리는데, 그 아래 은자가 낮잠을 길게 자누나. 호수의 바람 맑고 부드러워, 두 마리 까치가 날아와 저물도록 짖어대누나. 비췻빛 물결에 가볍게 붉어오니, 그 때에 구름을 뚫고 능소화가 백 척 꽃잎을 드러내누나.(雙龍對起, 白甲蒼髥烟雨里. 疏影微香, 下有幽人晝夢長. 湖風淸軟, 雙鵲飛來爭噪晩. 翠颭紅輕, 時下凌霄百尺英)"
9　'萊公'은 北宋의 名臣 寇準이 '萊國公'에 봉해진 것에서 유래한 명칭이다. 寇準은 巴東縣에 있을 때 현청의 정원에 손수 두 그루의 잣나무를 심었는데 후세인들이 이를 甘棠樹에 비유하여 '萊公柏'이라 하였다. 淸代에 이르러 巴東에 큰 불이 나서 두 잣나무가 고사하였으나 당시 현령이 寇準이 심었던 것을 안타깝게 여겨 그 나무를 잘라내지 아니하고 나무 아래에 능소화를 심었더니 그 능소화가 나무를 타고 올라가 큰 나무로 자랐다는 일화가 있다.

詠智門佛殿前凌霄花與斯遠同作
지문 불전 앞 능소화를 사원동과 함께 읊다

桂栽初得地	처음 땅에는 계수나무를 심었더니
藤附亦凌霄	능소화가 의지하여 줄기를 하늘 높이 뻗었다
層葉圓如葆	둥글게 층층이 쌓인 잎 크게 무성하고
高花艶若燒	아름다운 꽃 곱게 불타는 듯하구나
故能開續續	자고로 꽃이 피면 계속 이어질 수 있으며
殊愈落飄飄	꽃이 져서 떨어지면 하늘거리며 날리는 법
有木方思種	나무가 있다면 바야흐로 심어볼 생각을 하여
從僧會乞苗	스님 따라가 묘목을 청해본다

계수나무에 감겨 올라가는 능소화의 자태를 보고 그 아름다움에 감탄하며 쓴 작품이다. 계수나무를 화려하게 장식하고 있는 능소화의 모습이 불타는 듯 곱게 느껴지자 시인은 자신도 이 나무를 심어 감상하고자 하는 욕구를 느끼게 된다. '꽃이 피면 계속 이어질 수 있다(開續續)'는 표현에서 아름다운 생명력의 지속을 희망하는 시인의 마음을 읽을 수 있고 '꽃이 떨어지면서 하늘거린다(落飄飄)'는 표현에서는 낙화의 비애에서도 미감을 얻고자 하는 의식을 담고 있음을 파악할 수 있다.

南宋代 陸游는 정원에 심어진 청송과 이를 둘러싸고 피어난 능소화가 조화를 이루는 모습을 보면서 지기와의 만남이 주는 의미를 생각한 바 있다.

凌霄花 능소화

庭中靑松四無隣	정원의 청송은 주위에 다른 나무가 없는데
陵霄百尺依松身	능소화만 백 척 높이로 소나무 줄기를 감싸고 있다
高花風墮赤玉盞	고운 꽃이지만 바람 불면 붉은 옥잔을 떨어뜨리는데
老蔓烟濕蒼龍鱗	오래된 덩굴은 푸른 용 비늘을 연기같이 적시고 있구나
古來豪杰人少知	고래로 호걸들은 지음을 만나기가 어려워
昂霄聳壑寧自期	하늘을 우러러도 천산만학 중에 만날 기약 어찌 있으랴
抱才委地固多矣	재주를 품었어도 땅에서 못 벗어나는 이는 실로 많으니
今我撫事心傷悲	지금 나는 이러한 일들을 생각하매 마음 슬퍼질 뿐이라

능소화는 주변에 다른 나무도 없이 높게 서 있는 소나무를 타고 올라가며 화

려한 자태를 드러내고 있다. '高花', '老蔓'으로 능소화의 곱고 품위 있는 모습을 그렸고 '蒼龍鱗'으로 연륜 있는 소나무의 구피를 은유하였다. 빼어나게 솟아난 두 식물 모두를 기품 있는 존재로 본 것이다. 능소화가 하늘을 향한 뜻을 지니고 있었어도 靑松이 없었다면 높이 오르지 못했을 것이라고 보면서 세상에서 지기 와의 조우나 지기와의 좋은 관계가 얼마나 어렵고 중요한 것인가를 확인하고 있 다.

陸游는 그의 다른 시를 통해 능소화의 개화와 낙화 모든 면을 즐기고픈 생각 을 담기도 하였다.

游彌牟菩提院庭下有凌霄藤附古楠其高數丈花已零落滿地
미모사 정원에서 노닐다 줄기가 늙은 녹나무에 의지해서 몇 길 높이 자란 능소화가 땅에 떨어진 모습을 보고

絳英翠蔓亦佳哉　붉은 꽃과 비췻빛 덩굴도 아름답지만
零亂空庭碼瑙杯　시들어 빈 정원에 떨어진 꽃은 마노로 만든 잔 같구나
遍雨新花天有意　온 땅에 내린 비로 새롭게 꽃 피어남은 하늘의 뜻이요
定知閑客欲閑來　한가한 객은 그저 한가로이 와서 즐기는 것만 알 뿐이라

陸游는 능소화가 녹나무에 의지해서 줄기를 뻗어나가는 상황보다도 개화와 낙화 때에 보여주는 특별한 아름다움과 생명력을 주목하고자 하였다. 능소화는 타인에게 의지하면서도 자신만의 미감을 함유한 존재이며 시절에 따라 피고 지 면서 자연의 섭리를 보여주는 존재라는 인식이 강했던 것이다.

南宋代 范成大는 산에 피어난 능소화를 보면서 산과 꽃을 아우르는 전반적 인 시각을 투영한 묘사를 가한 바 있다.

壽櫟堂前小山峰凌霄花盛開, 葱蒨如畵, 因名之曰凌霄峰
수력당 앞 소산봉이 능소화 핀 것처럼 그림같이 푸르러 그 이름을 능소봉이라 하다

天風搖曳寶花垂　하늘에 이는 바람 아름답게 드리워진 꽃을 흔들고
花下仙人住翠微　꽃 아래에는 푸른 산에 사는 신선이 있네
一夜新枝香焙暖　하룻밤 새에 새 가지에 향기 피어나니
旋薰金縷綠羅衣　향기 어린 황금색 실과 녹색 비단 옷 같네

山容花意各翔空　산의 자태와 꽃의 뜻 각자 하늘로 펼쳐지는데
題作凌霄第一峰　이를 일러 능소 제일봉이라 이름 짓네
門外輪蹄塵扑地　문 밖에는 수많은 바퀴자국이 땅의 먼지를 일으키는데
呼來借與一枝筇　그대 오라 하여 이 나무 지팡이 하나 빌려주리라

小山峰에 피어나 있는 능소화를 전체적으로 조망하면서 꽃은 小山峰을 의지하여 높이 올라가고 小山峰은 꽃으로 인해 화려해지고 있는 형상을 그렸다. 산에 피어난 능소화는 푸른 바탕에 황금색 자태를 뽐내며 향기를 발하고 있다. 이 모습을 대하면서 산과 능소화는 분리할 수 없는 일체의 미감을 지닌 존재로 인식하고 속세에 사는 이들도 함께 감상할 것을 권유하고 있다. 능소화를 일개 수목이 아닌 산 전체에 대비하여 서술을 가한 것이 이채롭다.

凌霄花는 화사하면서도 기품 있게 펼쳐진 꽃잎과 주렁주렁 달린 풍성함으로 한여름의 아름다움을 선사하다가 청순하게 낙화하며 여운을 남기는 꽃이다. 고고하면서도 풍요로운 자태와 유연하고 은은한 체취를 귀히 여긴 역대 시인들은 능소화가 다른 나무나 담장에 의지해 뻗어오르며 꽃을 피우는 특성보다는 외면으로 분출하는 미감과 강인한 성품을 주목한 작품을 남겼다. 덩굴식물이라는 숙명에 흔들리지 않고 자신의 역량을 최대한 펼쳐나가는 능소화의 가치를 귀하게 여긴 것이다.

2) 권세에 의탁한 허장성세의 화려함

'凌霄花'라는 명칭은 '하늘을 능가할 정도로 높이 자라나는 꽃'이라는 뜻을 내포하지만 실제로 능소화는 담장이나 높은 나무 같은 다른 지지물에 의지하여 살아갈 수밖에 없는 신세. 능소화가 다른 세력에 의지하여 자라는 모습을 보면서 일부 시인들은 꽃의 화려함 이면에 기생식물의 나약함이나 허장성세의 허상과 같은 이미지가 존재한다는 인식을 가하기도 하였다. 능소화에 대한 부정적인 묘사는 『詩經』「小雅」편에서 기아에 신음하는 백성들의 고통을 노래한 것에서 그 발단을 찾을 수 있다.

苕之華　능소화

苕之華　능소화여
芸其黃矣　옅은 노란 색으로 피었구나
心之憂矣　마음의 우울함이여
維其傷矣　가슴만 아프구나

苕之華　능소화여
其葉靑靑　그 잎이 푸릇푸릇하네
知我如此　내 삶이 이런 줄 알았다면
不如無生　태어나지 않은 것만 못하리

牂羊墳首　암양의 머리는 커다랗고
三星在罶　통발에는 그저 세 별만 비치고 있네
人可以食　사람은 먹을 수 있지만
鮮可以飽　배부르게 먹는 사람은 드물다네

　사방에서 외침이 발생하고 周나라 왕실은 망해가는 상황이 되니 기황에 든
백성들은 노란색으로 피어난 능소화를 바라보면서 상대적으로 슬픈 감정을 느
끼게 된다. 능소화가 다른 물건에 붙어 자라는 습성을 지녔으므로 비록 꽃을 피
웠으나 오래가지 못하고 시들게 되었다고 본 것이다. 이 시에서 凌霄花는 슬픔
을 유발하는 소재로 활용되고 있다. 제3장에서는 바짝 말라서 머리만 크게 남은
암양과 통발을 쳐놓아도 고기는 없고 별빛만 덩그러니 비추는 현실을 언급함으
로써 굶을 수밖에 없는 백성의 현실을 비유적으로 표현하였다. 1, 2장에 걸쳐 아
름답게 피어난 능소화를 반복적으로 묘사한 것은 처참한 현실의 고통을 꽃의 아
름다움과 비교하여 강조하기 위한 포석이었음을 알 수 있다.

　白居易는『新樂府』중 능소화를 노래한 시에서 능소화가 다른 나무에 의지
하여 자라나는 존재에 불과하다는 점을 주지시킨 바 있다.

有木詩八首 其七　나무를 읊은 시 여덟 수 제7편

有木名凌霄　凌霄라고 이름 하는 어떤 나무가 있으니
擢秀非孤標　꽃을 피우는 것은 높은 가지가 아니다
偶依一株樹　우연히 다른 한 나무에 의지하여

遂抽百尺條	마침내 백 척의 가지를 드리웠네
托根附樹身	내린 뿌리는 나무의 몸에 의지하고 있으나
開花寄樹梢	꽃 피는 것은 나무 끝에 기탁했네
自謂得其勢	스스로 이르기를 자신의 세력을 얻었다하나
無因有動搖	까닭 없이 동요함이 있네
一旦樹摧倒	하루아침에 나무가 꺾이고 쓰러져
獨立暫飄颻	홀로 서서 잠시 흔들리니
疾風從東起	질풍이 동쪽으로부터 일어나
吹折不終朝	아침이 끝나기도 전에 가지가 꺾여버리네
朝爲拂雲花	아침이면 구름에 솟아 꽃을 피우고는
暮爲委地樵	저녁이면 시들어 땅에 떨어져 땔감이 된다네
寄言立身者	입신하고자 하는 자에게 말하노니
勿學柔弱苗	유약한 싹에게서 배우지 말지니

　수연에서 능소화가 아름답게 피어나기는 하나 스스로의 힘으로 자라는 나무가 아님을 전제하고 있다. 제2연과 3연에서도 능소화가 무성하게 융성하는 모습을 그렸으나 이 역시 다른 나무에 의지해서 이루어낸 성과임을 각성시켰다. 자신이 의지하던 나무가 쓰러지게 되면 오롯이 질풍을 맞게 되는 상황을 그린 부분은 凌霄花가 아침에 피었다가 저녁에 시들 뿐 아니라 기생하는 신세에서 벗어나지 못하는 상황에 있음을 지적한 것이다. 능소화가 다른 나무에 기생하며 자라는 습성을 포착하여 권세에 의지하고자 하는 이에게 현명한 판단을 할 것을 경계한 작품이 된다.

　宋代 曾文照는 곧게 자라는 소나무를 감싸고 있는 능소화의 모습을 보면서 강함과 약함의 구분을 바로 할 것을 설파하고 있다.

凌霄　능소

凌波體纖弱	凌波仙子 같은 모습 섬세하고 유약하여
枝葉工托麗	가지와 잎은 빼어나고 아름답게 몸을 기탁하였다
靑靑亂松樹	푸릇푸릇 소나무에 어지럽게 둘러 있으니
直幹遭蒙蔽	곧게 뻗은 소나무 줄기는 능소화에 덮여 있구나
不有嚴霜威	만약 서리의 엄정한 위엄이 없었더라면
焉能辨堅脆	어찌 강하고 약함을 판별할 수 있었으리오

'凌波仙子'는 수선화의 이칭으로 능소화가 수선화같이 곱고 여린 모습을 지녔음을 비유한 표현이다. 그러나 시인의 의도는 능소화의 아름다움이 덮어버린 소나무의 강건한 본래 모습을 드러내는 데 있다. 미약한 세력이 진실을 기만하고 정직한 이가 수난을 당하는 현실을 은유하기 위해 능소화의 외면적인 자태를 거론한 것이다. 서리 내리는 추운 날씨가 오면 여름 꽃인 능소화는 시들지만 소나무는 상록의 푸르름을 굳건하게 유지한다는 현실을 고증하기 위해 능소화를 예시한 경우이다.

宋代 袁燮도 능소화를 미약하고 허세에 찬 의식을 대변하는 존재로 묘사한 바 있다.

詠凌霄花　능소화를 노래하다

松柏扳援有女蘿　줄기는 송백을 끌어당기며 松蘿처럼 둘러 있고
紅英亦復蔓高柯　붉은 꽃도 높은 줄기 위에 피어 있네
侵尋縱上雲霄去　위를 향해 가다 보니 구름 위로 올라가는데
究竟依憑未足多　다른 나무 의지해서 사는데도 족한 줄을 모르나니

능소화 줄기가 송백에 의지하며 올라가는 모습을 '겨우살이(女蘿)'[10]에 비유한 것이 이채롭다. '未足多'라는 표현을 통해 꽃과 줄기가 하늘을 향해 높이 솟아 아름다움을 자랑하면서 스스로 자족할 줄 모른다고 풍자한 것을 보면 능소화는 결국 다른 나무에 의지하여 살아가는 존재에 불과하다고 보는 시각을 반영한 표현임을 알 수 있다.

凌霄花에 대한 부정적인 이미지는 이 꽃이 다른 지지물에 의지해서 기생의 삶을 살아간다는 특성에서 기인한다. 『詩經』「苕之華」에서 처참한 기근을 당했을 때 사람들에게 식용 식물의 역할을 못하고 꽃만 피우고 있었다 하여 부정적으로 묘사된 것도 후대 시인들에게 영향을 미쳤을 것이다. 凌霄花는 권세에 의

---

10 '女蘿'는 '松蘿'의 별칭이다. '松蘿'는 '소나무겨우살이(Usnea longissima)'처럼 안개가 잘 끼는 고산지대에서 자라는 나무의 줄기와 가지에 누런 녹색으로 실타래처럼 주렁주렁 늘어져 달린 것을 말한다. 중국 고전시에서는 '삼줄(菟絲)'과 '女蘿'가 둘러 있는 형상을 부부와 情人의 관계에 비유하기도 하였다.(『文選』「古詩十九首·冉冉孤生竹」: "그대와 신혼을 하게 되니, 삼줄을 송라에 이은 것과 같구려.(與君爲新婚, 菟絲附女蘿)"

부하여 화려한 세월을 만들어가려는 일부 인간의 행태를 고발할 때 비유로 활용될 만한 특징을 일면 지니고 있다. 기생하여 삶을 살아가는 여러 식물 중 칡 역시 같은 특성을 지녔지만 칡의 경우 꽃이 능소화처럼 화려하지 않고 구근식물로서의 역할도 하고 있다는 점 때문에 상대적으로 비난을 덜 받고 있는 것과도 비교된다. 『詩經』에서의 부정적인 기술, 화려한 꽃을 피우되 실용성은 부족하다는 것 때문에 부정적인 인식을 얻어왔다는 점에서 기생하는 본성으로 인해 진정한 평가를 받지 못했던 능소화에 대한 안타까움이 일어나게 된다.

능소화는 '노을 진 하늘을 향해 올라가는(凌霄)' 이름에 걸맞게 자신의 능력이 닿는 최대한의 아름다움과 기품을 지향하며 생을 이어가는 꽃이다. 모든 꽃들이 그러하듯 자연 속에서 한 시대를 살아가면서 최선을 다해 영고성쇠의 과정을 겪는 모습을 보여준다. 역대 시가에서는 능소화의 밝고 화사한 외모를 주목했고 뜨거운 햇살을 무릅쓰고 하늘을 향해 뻗은 모습에서 인내심과 기상을 발견하려고 하였다. 한편으로는 권력에 의지하여 자신의 욕망을 채우거나 기생하는 삶을 경계하기 위한 의도로 이 꽃을 인용하기도 하였으니 실로 포폄이 공존하는 꽃이라 하겠다. 凌霄花는 밝고 환한 용모와 함께 기생하는 본성도 지니고 있는 꽃이다. 생물학적 관점에서 보자면 기생하여 자신의 삶을 이어가고자 하는 것은 덩굴식물의 숙명일 뿐 본래부터 다른 식물에 자신을 의지하려는 위선의 음모를 지닌 것은 아니다. 문인들이 하나의 대상을 대하면서 어떤 자태와 성향을 주목해서 보느냐에 따라 그 묘사의 내용은 달라질 수밖에 없다. 凌霄花가 우리나라에서 '고귀한 집에서 기르는 꽃', '부유한 자의 꽃'이라는 이미지를 얻었던 것과 분명 비교되는 부분이다. 凌霄花 꽃 자체는 나름대로 아름답고 향기로운 기품과 개성을 소유하며 존재하고 있는데 그 환한 미소를 어떻게 보는가는 우리 마음에 달린 것이 아닐까?

4. 속되지 않은 향기를 지닌 말리화(茉莉花)

　　현재 중국인들이 花茶로 애용하는 '茉莉花茶'의 나무인 말리(茉莉, Jasmine)는 木樨科 素馨屬의 상록관목 혹은 藤本植物의 총칭이다. 茉莉木의 원산지는 인도와 파키스탄으로 중국, 인도, 아랍, 이란, 이집트, 터키, 모로코, 알제리 등지에서 많이 재배되고 있다. 일찍부터 중국에 수입된 것으로 알려져 있으며 宋代에 福建省에서 茉莉花 꽃잎을 녹차에 섞은 차를 만들기 시작한 이후로 '香片'이라는 이름으로 보급되어 현재는 중국인이 가장 애호하는 花茶가 되었다. 茉莉는 온난습윤하고 따뜻한 환경을 좋아하며 잎 색은 연녹색이고 꽃잎은 희며 향기가 진하다. 흰색 꽃이 일 년 내내 피고 지는 데다 늘 강한 향기를 발하고 있기에 분재화목으로도 널리 재배된다. 말리(茉莉)는 초여름에 잎이 새로 나오고 3~9개의 꽃술을 가진 하얀 꽃이 나오는데 이 꽃의 향기가 매우 진하다. 茉莉花는 관상용으로도 많이 심어지며 차로 음용되기 위해 대량으로 재배되기도 한다.

　　茉莉花는 필리핀, 튀니지,[11] 인도네시아의 국화로서 애정과 우의, 충정과 존경, 청순, 정결, 질박, 영롱, 迷人, 당신은 내 생명 등의 상징성도 갖고 있다. 茉莉花는 세계적으로 약 60종이 있는데 素馨屬 중에 '雙瓣茉莉'가 가장 유명하고

11　2010년 12월 17일 부당한 공권력에 항의하다 분신자살한 튀니지의 노점상 무함마드 부아지지로 인해 튀니지에서 촉발된 시민혁명을 '재스민혁명'이라 부르는데 이는 튀니지 들판에 널리 자생하는 재스민 꽃을 민중과 연관시킨 명칭이다. 이 튀니지의 민주화 혁명은 이집트, 요르단, 리비아, 시리아, 예맨, 쿠웨이트 등 많은 아랍 국가에게도 영향을 미친 민주화운동의 시발점이 되었다. 중국에서 2011년에 시작된 반정부 시민운동 역시 재스민운동이라 부르고 있다. '재스민(Jasmine)'은 아랍어로 '신의 선물'이라는 뜻의 '야스민(yasmeen)'에서 유래한 명칭이다. 시민혁명에 대해 '재스민'이라는 명칭을 붙인 것은 이 꽃이 그만큼 민중의 마음속에 깊이 인식되고 있음을 설명하는 부분이 된다.

일반적으로 통칭되는 茉莉花 종류라 할 수 있다. 중국에서는 廣東, 福建, 浙江, 江蘇 등지에서 주로 생산된다. 예로부터 "人間第一香"의 칭송을 받았던 기호품이었던 것에 비해 唐代까지 茉莉花에 대한 기록은 한소한 편이며 본격적으로 茉莉花를 노래한 작품은 宋代 이후부터 등장한다. 茉莉花를 노래한 작품의 내용을 보면 말리화가 지닌 화사한 자태나 향기를 언급한 내용이 주를 이룬다.

1) 화사한 자태와 향기

茉莉花는 향기가 특히 강해 세인들에게 'Jasmine 향'의 이미지를 각인시킨 꽃이다. 茉莉花는 흰색 꽃이 주를 이루는 데다 그 모양 또한 정결하기에 이 꽃을 대하게 되면 자연스럽게 속되지 않은 고결한 존재를 연상하게 된다. 역대 시가에서 茉莉花의 자태와 향기를 찬양한 작품을 보면 茉莉花가 지닌 향기와 외형적 속성을 묘사한 내용이 가장 많이 발견된다. 화사한 자태와 향기는 말리화의 일차적인 특징이라 할 수 있는 것이다.

茉莉花의 자태와 향기를 함께 칭찬하고 있는 宋代 趙福元의 시를 살펴본다.

茉莉　말리화
刻玉雕瓊作小葩　옥을 깎고 다듬은 듯한 작은 꽃
淸姿原不受鉛華　본래 맑은 자태를 지닐 뿐 화려함을 용납하지 않는다
西風偸得餘香去　서풍이 불어와 그 향기를 훔쳐 가는가
分與秋城無限花　가을 성밖 무수한 꽃들과 비교되는구나

각종 수사기교를 동원하여 茉莉의 形象, 香 등을 거론한 후 茉莉花가 다른 꽃들과 다른 자태와 향기를 지녔음을 칭송하고 있다. 작지만 정결한 꽃의 모습에 대해 "옥을 깎고 다듬은 듯하다(刻玉雕瓊)"라고 하여 티 없이 하얀 옥처럼 귀하게 인식했다. 초여름부터 늦가을까지 개화하여 향기를 발하는 茉莉花에 대해 西風이 그 향기를 빼앗아갔다고 하면서 가을의 다른 꽃들을 능가하는 향기를 지닌 것으로 보고 있다.

清代 王士祿의 「末麗詞」에서는 茉莉花의 아름다운 자태를 주목하여 미인에 비유하고 있다.

末麗詞　말려사

氷雪爲容玉作胎　茉莉花는 빙설 모습인 듯 옥이 생겨난 듯
柔情含傍瑣窓隈　그윽한 정이 작은 창밖 물굽이에 흘러나네
香從淸夢回時覺　그 향기에 맑은 꿈도 깨고
花向美人頭上開　마치 미인의 머리에 피어 있는 듯

‘氷雪’, ‘玉’ 등은 아름답되 요염하지 않은 꽃의 형상을 묘사하기에 가장 적합한 단어가 된다. 작자는 창밖 물굽이까지 흘러가는 향기에 도취되어 있는데 그 향기는 ‘淸夢’도 깨울 정도로 청아하다. 말구에서는 茉莉花에 대해 “미인 머리에 피어 있는 듯(美人頭上開)”하다고 하였는데 이는 이 꽃이 미인의 기품과 자태를 수놓기에 합당한 가치를 지녔다는 시각을 반영한 표현이다.
宋代 王十朋의 다음 시도 茉莉花의 꽃과 향기를 노래한 작품의 예가 된다.

茉莉　말리화

日莫園人獻寶珠　해 저무는 동산에 누군가가 보석을 바친 듯
化成千億小芙蕖　꽃들은 마치 천 억 송이의 작은 연꽃들 같다
使君燕寢無沉麝　茉莉花에게 제비가 깃들지 않고 사향주머니가 없다 해도
凝此淸香自有餘　이 맑은 향은 절로 넘쳐나리라

해 저무는 동산에서 보석이 빛나듯 송이송이마다 하얗게 핀 茉莉花는 마치 끝없이 피어 있는 연꽃을 연상시킨다. 제비가 깃들지 않고 향주머니가 없다 해도 스스로 맑은 향이 넘쳐날 정도로 기품이 있는 꽃이라고 보고 있다.
南宋 劉克庄도 茉莉를 칭송하여 다음과 같은 시를 남기고 있다.

茉莉　말리화

一卉能熏一室香　한 포기만 있어도 온 집안 향기가 그득
炎天猶覺玉肌凉　염천에도 마치 옥의 표면처럼 시원하구나
野人不敢煩天女　남방 사람들 하늘의 더위 견디지 못해

自折瓊枝置枕旁　스스로 옥 같은 가지 꺾어 침상 곁에 놓아두누나

　南方의 여름밤은 열기가 가득하여 사람들이 잠 못 들고 정원에서 더위를 쫓기 바쁘다. 이때 茉莉는 주인의 마음을 아는 듯 자신의 하얀 꽃과 향기를 통해 사람들의 심신에 안정을 주고 더위를 잊게 하는 역할을 한다. 한 송이 茉莉花는 온 집안을 시원하게 하는 고마운 존재인 것이다. 茉莉花에 대한 진실한 애호 의식을 자연스럽게 느끼게 하는 작품이 된다.
　宋代 江奎는 茉莉花의 자태를 신비롭고 환상적인 존재로 치환하여 기술하기도 하였다.

茉莉 其二　말리화 제2수
雖無艷態驚人目　비록 놀라게 할 만한 염려한 자태는 없어도
幸有淸香壓九秋　다행히 맑은 향기가 있어 늦가을까지 퍼져간다
應是仙娥宴歸去　이는 아마 항아 신선이 잔치에 왔다 돌아가다가
醉來掉下玉搔頭　취해서 옥비녀를 떨어뜨리고 간 것이리라

　茉莉花는 형태가 둥글고 흰빛이 강렬하나 桃花나 月季, 牡丹처럼 艷麗한 용모를 자랑하지는 않는다. 그러나 그 향기는 늦가을까지 퍼져나가니 고래로 "人間第一香"이라는 칭송을 듣기에 적합한 것이다. 시인은 이 맑은 향기에 취해 마치 姮娥 신선이 지상의 잔치에 왔다가 옥비녀를 떨어뜨리고 간 것 같은 신비로운 존재로 묘사하였다.
　南宋의 道學者 朱熹도 茉莉花의 자태를 보고 느낀 감상을 시로 남겼다.

茉莉花　말리화
曠然塵慮盡　그 모습 마치 세속의 번뇌를 다한 듯
爲對夕花明　저녁에 대하니 꽃이 더욱 밝다
密葉低層幄　빽빽한 잎사귀 휘장처럼 깔려 있고
氷葵亂玉英　흰 꽃은 옥처럼 어지럽게 피어 있다
不因秋露濕　가을 이슬에 젖어보지 않으면
詎識此香淸　이 맑은 향기를 어찌 느낄 수 있었으리
預恐芳菲盡　이 아름다운 향기 다할까 미리 아쉬워해

微吟繞砌行　나직하게 읊조리며 섬돌 가를 돌아보네

　茉莉花의 자태를 '曠然', '明' 등의 표현을 통해 전체적으로 환한 이미지로 묘사했는데 이는 세속의 번뇌를 벗어버린 듯한 깨끗한 모습이다. 茉莉花의 잎과 꽃에 대해 묘사한 부분에서는 잎이 성하게 달린 모양을 '幄', 꽃이 화사하게 피어 있는 모양을 '亂玉' 등으로 독특하게 비유했다. 茉莉가 '가을 이슬(秋露)'을 견딘 후에 '맑은 향기(香淸)'를 얻게 되었다고 함으로써 茉莉花가 인고의 세월을 겪은 후 아름다움을 얻게 되었음을 피력했다. 향기가 아쉬워 그 주변을 떠나지 못하고 시가를 읊조리는 자신의 미련을 그림으로써 시가의 여운을 남기고 있다.
　南宋 羅願의 다음 작품은 茉莉花의 이종에 대해 신기한 느낌을 표현한 내용을 담고 있다.

奉簡李叔勤覓茉莉花栽
이숙근이 말리화를 찾아 심은 것에 대해 삼가 글을 드림

鄞令風流太史家　鄞州 땅의 풍류를 아는 한 太史가
早知茉莉有奇葩　일찍이 茉莉 중 특이한 꽃이 있음을 알았네
生嫌衆色空塵滓　뭇 꽃들의 자색이 부질없고 속되다는 혐오심이 생겨
偏閱餘香見等差　그저 이 꽃의 향기를 최고 등급으로 여겼네
多謝珠磯來座右　이 꽃이 물가 좌우에 핀 것에 감사하고
好將根葉到天涯　뿌리와 잎이 하늘까지 이어진 것을 좋아하네
蜀江紅紫粉披後　蜀 땅 강가에서 붉은 색과 자줏빛 꽃잎 날린 것을 본 후
初看東南第一花　처음으로 東南 지방의 제일가는 꽃을 보누나

　羅願이 지인에게 글을 보내는 형식으로 쓴 시이다. 山東 鄞州太史 李叔勤이 茉莉花를 심기 원하는데 친구의 집에 기묘한 茉莉花가 있음을 알기에 그것을 보내주기 원하는 내용을 담았다. 다른 꽃들은 茉莉花보다 속되며 茉莉야말로 최고의 등급을 지닌 꽃이라는 칭찬을 하고 있다. 이 꽃은 다른 꽃들이 지고 난 후에 피어나 수려한 미모를 자랑하니 이런 점을 들어 사람들이 '東南第一花'라고 칭찬한다는 설명을 결미에 부가하였다. '東南第一花'라는 칭송의 어원을 밝혀주는 기록 중의 하나라 할 수 있다.

茉莉花에 대한 시가가 주로 宋代 이후에 나왔다는 것은 茉莉花차가 宋代부터 민간에서 애호를 받게 된 것을 추측하게 하는 부분이다. 역대 시가에서 묘사된 茉莉花에 대한 칭찬은 잎에 대하여는 주로 푸른 빛깔에 주목하여 '綠', '密葉', '翠綠' 등으로 표현하였고, 꽃에 대하여는 '寶珠', '玉搔', '玉肌' '玉英' 등 보석이나 '氷雪', 氷蘗' 같은 투명하고 깨끗한 얼음에 비유를 가한 예가 많았다. 특히 향에 대하여는 '香淸', '幽佳' 등 맑고 그윽한 특성을 부각하며 칭찬을 한 내용이 많다.[12] 역대 시문에서 묘사한 茉莉花의 외형적 특징이나 향기는 꾸밈없는 보석이나 자연의 눈과 얼음, 맑고 그윽한 기품 등과 같은 천연의 미와 결부된 표현이 주를 이루고 있었던 것이다.

2) 고아한 기품의 찬미

중국 고전 시인들은 茉莉花가 지닌 외형적 특징과 향기 뿐 아니라 이 꽃이 지닌 남다른 격조와 기품까지도 주목하였다. 茉莉花의 외형적 미에 이어 내면의 속성을 주목한 작품들은 대개 茉莉花가 지닌 우아한 향기를 주목하는 것으로부터 묘사를 시작해나간다.

宋代 鄭剛中의 다음 작품을 보면 茉莉花의 향기를 耐寒의 고통을 감내한 매화의 향기에 빗대어 칭송하고 있다.

茉莉 말리화

眞香入玉初無信　진정한 향기가 옥 속에 들어 있다는 말 처음에 안 믿었는데

---

[12] 茉莉花가 세인들의 애호를 받고 있는 한 예를 나타내는 것이 중국인에게 익숙한 민요 <茉莉花>이다. 이 민요는 江蘇와 浙江 지역을 중심으로 明淸 시대부터 전해 내려왔다고 하는데 원 가사는 다음과 같다. "好一朶茉莉花, 好一朶茉莉花, 滿園花草, 香也香不過它. 我有心采一朶戴, 又怕看花的人兒要將我罵. 好一朶茉莉花, 好一朶茉莉花, 茉莉花開, 雪也白不過它. 我有心采一朶戴, 又怕旁人笑話, 好一朶茉莉花, 好一朶茉莉花, 滿園花開, 比也比不過它, 我有心采一朶戴, 又怕來年不發芽." 또한 이 곡은 현대에 들어와 동요로 편곡되어 남녀노소의 사랑을 받기도 했고 푸치니의 오페라 <투란도트>에서 공주의 이미지를 상징화하는 데 활용되기도 했다. 동요로 편곡된 노래의 가사는 다음과 같다. "好一朶美麗的茉莉花, 好一朶美麗的茉莉花, 芬芳美麗滿枝椏, 又香又白人人誇. 讓我來將你摘下, 送給情郎家, 茉莉花呀. 茉莉花."

香欲尋人玉始開　향기가 사람에게 느껴지게 되니 꽃 피기 시작하는 때라
不是滿枝生綠葉　가지마다 푸르른 잎을 피어내지 않는다면
端須認作嶺頭梅　자칫 영남의 매화로 인식할 것이라

　수구에서 '眞香'이라는 표현을 한 것은 茉莉花의 향기에 대해 세인들이 '人間第一香'이라 칭송한 것에서 착안한 것이다. 제2구에서 주체(人)와 객체(香)를 도치시킨 '香欲尋人' 표현으로 마치 향기가 사람을 찾는 듯 신기한 의경을 창출하였고 '玉' 표현을 통해 茉莉花를 옥처럼 정결한 존재로 치환하며 칭찬을 가하였다. 한 구 속에서 의인법과 은유법을 모두 구사하여 짧은 구절 속에 정교한 표현을 시도한 것이 눈길을 끈다. 후반부에서는 茉莉花의 향기를 추위를 뚫고 기개를 밝히는 매화에 비교하였다. 茉莉花의 기품 있는 향기는 매화와 같은 반열에 있어 군자의 칭호를 받기에 족하다는 의견을 펼치고 있는 것이다.

　鄭剛中이 茉莉花가 지닌 기개에 대해 칭송을 가한 또 다른 작품을 살펴본다.

茉莉　말리화
霜風吹枯枝　바람서리 불어 가지는 말라가나
曾有花如玉　일찍이 꽃이 옥처럼 고왔었지
茉莉抱何性　茉莉는 어떤 성품을 지녔기에
犯此炎暑酷　이 혹서의 더위를 이겨낼까
琢玉再爲花　옥을 깎아 꽃을 만든 듯
承以敷映綠　기름진 잎은 더욱 푸르르다
憐渠一種香　어여쁘다 이 꽃의 향기여
偏歷寒與燠　추위와 더위를 두루 거쳤나니

　가을이 깊어가며 찬바람에 말라가는 가지를 보고 시인은 옥처럼 고왔던 茉莉花의 자태를 반추한다. 수연에서 자태를 칭찬한 것에 이어 제2연에서는 茉莉花의 성품에 관심을 보였다. 여타의 꽃이 봄과 가을에 많이 피는 것과 비교할 때 茉莉花는 더운 여름을 지나면서 그 향기를 더욱 진하게 품고 있으니 이는 茉莉花가 지닌 강직한 면이요 四君子의 내한성과 비교되는 점이라는 것이다. 제3연에서는 꽃의 자태를 칭찬한 것에 이어 茉莉花가 향기를 풍기기까지 추위와 더위를 두루 거친 인고의 세월이 있었음을 설파하고 있다.

楊萬里는 시가를 통해 茉莉花의 자태와 향기를 아끼는 자신의 마음을 지기에게 전달하고자 하였다.

送茉莉花與慶長　말리화를 慶長에게 선물하여 보냄

江梅去去木樨晩	강가의 매화나무는 시들고 계수나무 꽃 아직 피지 않아
萱草石榴刺人眼	萱草와 石榴가 눈에 시리게 들어온다
茉莉獨立更幽佳	이때 茉莉花는 홀로 더욱 그윽하고 아름다워
龍涎避香雪避花	龍涎香도 이 향기를 피하고 흰 눈도 이 꽃을 피하는 듯
朝來無熱夜凉甚	아침에 피지 않더니 저녁에 차가움이 더해
急走山僮問花信	급히 아이 보내 꽃소식 물어본다
一枝帶雨折來歸	비 맞은 가지 꺾어 돌아오니
走送詩人覓好詩	그대에게 보내 좋은 시 짓게 하리라

茉莉花를 설명하기에 앞서 매화와 계수나무를 배경으로 하였다. 매화가 봄에 계수가 가을에 피는 계절적 특성을 감안할 때 茉莉花는 여름을 지나면서 성장하는 꽃이라는 것을 알 수 있다. 이어 황색의 萱草(원추리)와 붉은색의 石榴를 등장시켰는데 눈에 시리게 화사한 黃紅의 색감 대비가 인상적이다. 화사한 다른 꽃에 비해 茉莉花는 그윽한 중에 아름다운 절조를 지키니 그 품격이 상대적으로 돋보인다. 이어 이 꽃에 대한 가장 큰 칭찬을 제4구에서 하였는데 '龍涎香'보다 뛰어난 향기를 지닌 것과 흰 눈보다 하얀 꽃의 색감을 지닌 것을 대조적으로 설명하였다. 후반부에서는 이 꽃에 대한 애호의 마음을 담아 꽃가지를 지인에게 보내기 위한 작자의 노력을 피력했다. 아침부터 저녁까지 마음을 쓰며 山僮을 보내 개화소식을 물어보고 꽃가지를 꺾어 지인에게 보낸다. 이 꽃의 매력을 함께 느끼고 좋은 시로 재창조해낼 것을 기대하고 있는 것이다.

宋代 陳與義가 수레를 타고 가다 차 꽃의 매력을 느껴 지은 다음 작품을 살펴본다.

初識茶花　처음으로 말리화를 알아보고

伊軋籃輿不受催	삐꺽대는 대나무 수레는 재촉을 받지 않으니
湖南秋色更佳哉	호남의 가을빛 더욱 아름답다

青裙玉面初相識　푸른 치마 옥빛 얼굴을 처음으로 알아보니
九月茶花滿路開　구월 차꽃이 길가에 그득 피어 있네

　시문 중에 茉莉花라는 직접적인 표현은 없으나 내용의 특성상 茉莉花 같은
花茶를 지칭한 것은 분명하다. 茉莉花를 묘사한 시에서 흔히 보이는 '靑裙', '玉
面' 등의 표현과 9월까지 피어 있는 속성을 묘사한 것이 茉莉花의 특성과 부합
한다. 시인은 시제와 본문에서 밝혔듯이 처음으로 茶花를 본 경이로움과 다른
꽃과 달리 9월까지 피어 있는 것에 대해 경탄을 가하고 있음을 살필 수 있다.
　茉莉花는 여러모로 덕이 많은 꽃이다. 아름답되 요염하지 않고, 여름 햇살을
잘 견뎌내어 좋은 꽃차로 재탄생하며, 푸른빛을 잃지 않으면서도 아름다운 향기
를 피워내는 특성을 지녔다. 봄꽃 중 매화와 라일락, 가을꽃 중 계수나무가 향기
로 주변을 아름답게 한다면 말리화는 여름 햇살 아래서 풍요로운 향기를 발산한
다. 茉莉花가 다른 화목과 구별되는 가치를 지닌 꽃이라는 인식을 갖게 하는 부
분이다.

3) 시인의 마음과 의지의 표상

　역대 시인들이 茉莉花를 노래한 작품을 보면 茉莉花의 형과 색, 향, 기품 등
을 칭송하고는 이와 더불어 자신의 의지를 다지거나 신세지감을 표출한 예도 많
다. 아름다운 꽃을 보고 미감을 느끼면서 자신의 마음을 이와 동일시하거나 이
와 비교되는 자신의 현실적인 한계를 각성하고 불편한 심정을 토로하기도 했던
것이다. 茉莉花의 외형에 대해 칭찬을 가한 작품이나 기품에서 느끼는 감동을
투영한 작품 못지않게 이 꽃을 통해 정신적인 의미를 강화하거나 시인 자신의
기개를 표출한 작품 역시 일정한 의미를 지니고 있다 하겠다.
　宋代 王十朋이 茉莉花를 통해 자신의 의지를 서사한 작품을 살펴본다.

　　又覓沒利花　다시금 말리화를 찾으며
　　沒利名嘉花亦嘉　이익을 추구하지 않는다는 이름처럼 꽃이 아름다워

遠從佛國到中華　멀리 인도에서 중국에 왔네
老來恥逐蠅頭利　늙어지니 파리처럼 이익을 쫓는 것 부끄러워
故向禪房覓此花　그저 선방에서 이 꽃이나 찾아야지

王十朋은 南宋의 主戰派로 간신들의 처세나 세상의 명리를 비천하게 본 인물이었다. 시문에서 '沒利'라는 표현을 쓴 것은 이익이나 세속의 영리를 멀리하려는 의지를 갖고 세상을 살고자 하는 王十朋 자신의 의식을 반영한 것이다. '沒利'는 '茉莉'의 가차음자로 "이익을 추구하지 않는다"는 뜻을 펼치고자 하는 작자의 의도를 보여주는 표현이다. 인생을 살아갈수록 세상의 영화를 멀리하고 참된 자신을 돌아보고자 하는 마음이 생겨난다. 이 허정한 마음을 기르는 데는 불가식의 참선과 자연으로의 귀의가 최상의 방안임을 행간에서 밝히고 있다.

宋代 劉子翬는 茉莉花의 품격을 찬양하면서 자신이 그 품격을 닮을 수 있다면 湘水에 몸을 던진 屈原과 같은 경지에 이를 수 있다는 의지를 밝힌 바 있다.

茉莉花　말리화

翠葉光如玉　비췻빛 잎 마치 옥처럼 빛나고
氷葩淡不粧　얼음 같은 꽃 꾸미지 않아도 맑고
一番秋早秀　일찍부터 초가을까지 빼어난 모습
徹日坐旁香　종일토록 집안에 향기를 날린다
色照祇園靜　햇살 비추는 동산은 고요해
淸回瘴海凉　그 청신함은 습한 바다 기운도 맑게 한다
倘堪紉作佩　만약 이 꽃을 이어서 장식할 수 있다면
老子欲浮湘　이 늙은 이 상수에 몸을 던지리

茉莉의 '翠葉'은 푸르고 정갈하여 마치 玉같이 빛나고, 하얀 꽃은 얼음처럼 맑고 깨끗하기에 '얼음 같은 꽃(氷葩)'이라는 표현을 가하고 있다. 천연의 아름다운 미를 지닌 茉莉花는 여름에서 초가을에 이르도록 그 멋과 향기로 온 집안을 품위 있게 만든다. '祇園'은 '祇園精舍'로서 일명 '綠野園'이라 하여 석가모니가 불교를 전파했던 곳인 '사르나트(Sarnath)'를 일컫는 표현이다. 이 시에서는 '佛舍'를 의미하는데 이는 마치 綠野園처럼 심신에 정결함과 평온함을 제공하면서 瘴

氣를 정화시키는 신령한 곳이다. 미연에서 屈原 「離騷」의 "가을 난초로 노리개 장식을 하다.(紉秋蘭以爲佩)"라는 구절을 활용해서 "茉莉花를 이어서 장식을 만든다"라고 표현한 것은 자신의 심신을 청정하게 하겠다는 의지의 표현이요, 屈原이 湘江에 투신한 것처럼 자신도 고상함을 지키겠다는 의지의 표명이다. 전반부에서는 茉莉花의 실체를 들어 그 자태를 형용하였고 후반부에서는 자신의 허정한 의식과 기개를 담아냄으로써 전체적으로 '實'과 '虛'의 조화를 도모하였다.

다음 詞 작품은 明末의 抗淸詩人으로 절개가 높았던 屈大均의 작품으로 茉莉花를 통해 자신의 충정과 절개를 표현한 것이 특징이다.

夢江南·紅茉莉　몽강남·붉은 말리화

紅茉莉	붉은 茉莉花
穿作一花梳	그 꽃이 마치 빗살처럼 줄줄이 달려 있네
金縷抽殘蝴蝶繭	나비가 금실을 다 뽑아내어 쇠잔한 듯
釵頭立盡鳳凰雛	인동동굴에 봉황이 서 있는 듯
肯憶故人姝	옛사람의 아름다움을 떠올리게 하누나

일반적으로 茉莉花의 색이 흰색인데 붉은색을 띤 꽃으로 묘사한 것은 자신의 강렬한 기개를 상징하기 위한 표현이다. 꽃의 붉은 자태가 마치 빗살처럼 가지런히 달려 있어 그 정갈함이 시인의 눈길을 끈다. 꽃의 자태를 '金縷', '鳳凰雛' 등으로 화려하게 표현하였으니 마치 쇠잔한 明朝의 운명처럼 지나간 영광을 반추하게 한다. 그 모습을 그리워하며 충정을 발하는 심정을 말구에서 담았다. 屈大均은 그의 다른 시 「陽江道上逢盧子歸自瓊州賦贈」에서도 "하늘은 맑고 더없이 푸른데, 구름이 바람에 불려오네. 남방의 나무마다 귤이 맺혀 있고, 집집마다 茉莉花가 피어 있구나.(天晴空翠滿, 五指拂雲來. 樹樹奇南結, 家家茉莉開)"라는 표현을 통해 茉莉花의 융성한 모습을 노래한 바 있다.

淸代 冒春榮의 다음 시는 茉莉花의 화려함을 들어 사치와 허영에 찬 생활을 지적한 작이다. 미인과 茉莉花의 모습을 연결시킴으로써 독특한 의경을 창출한 점이 돋보인다.

抹麗花　말리화

美人攬靑鏡	미인이 거울을 손에 들고
鬟華飾簪珥	화려한 머리장식에 비녀와 귀걸이 하고 있네
鬂髮黑如漆	그 풍성한 머릿결 칠흑과도 같고
香雪散床第	향기는 눈이 흩어지듯 침상과 자리를 감싸네
朱門一夕花	부잣집 하루 저녁 꽃값이면
貧家三日米	가난한 집 사흘 쌀값이라네

시제에서 '아름다움을 더하다(抹麗)'라는 표현을 썼는데 이는 '茉莉'의 假借音을 활용하여 아름다움을 장식하는 것을 표현한 것이다. 미인이 거울을 보고 화장하는 모습을 시작으로 그녀의 화사한 머릿결을 집중적으로 묘사하였다. 제2구의 '鬟華'는 화려한 머리에 비녀와 귀걸이를 하고 여기에 茉莉花까지 장식한 모습이니 멋을 부리는 정도가 극도에 달했음을 보여준다. 여인이 화장을 하고 일어서자 칠흑 같은 머리에다 꽂은 茉莉花의 향기가 '香雪'이 흩어지듯 침상과 자리에서 퍼져나간다. 작자가 茉莉花의 향기를 언급한 의도는 제3연에 나타난다. 부잣집 미인의 하루 저녁 꽃값이 가난한 이 사흘치 쌀값에 해당한다는 언급으로 사치 풍조를 풍자한 것이다. 茉莉花의 아름다운 자태를 찬양하기보다는 지나친 화려함을 비판하였고, 화사함과 대비되는 서민의 삶을 등장시켰으니 마치 杜甫 시의 한 구절을 보는 것 같은 느낌을 준다. 평생을 포의로 검소하게 살았던 작자의 의식을 설파하기 위해 의도적으로 율시의 수사기교를 배제한 채 五言古體를 활용하였다는 느낌도 든다.

淸代 金聖嘆은 감옥에 피어 있는 茉莉花를 자신에 비유하면서 비애를 표현하였는데 茉莉花의 기품만큼 자신의 울회가 깊음을 비유적으로 표현한 작품의 예가 된다.

獄中見茉莉花　옥중에서 말리화를 보며

名花爾無玷	훌륭한 꽃답게 흠이 없는데
亦入此中來	이 감옥 속으로 들어왔구나
誤被童蒙拾	무지한 이들에 의해 잘못 처리되어
眞辜雨露開	비와 이슬 맞으며 고난 중에 피어 있네

托根雖小草　뿌리는 비록 작은 풀이나
造物自全材　스스로 온전한 자재를 지닌 존재로다
幼讀南容傳　어려서부터 南容傳을 읽었더니
蒼茫老更哀　늙어서도 아득하게 서글퍼라

　　감옥에서 보게 된 茉莉花에 대한 감상을 적으면서 내면에는 淸初에 불경죄로 투옥된 金聖嘆 본인의 심정을 담고자 하였다. 제3구에서는 '童蒙'이라는 표현으로 자신을 투옥한 吳地 巡撫 朱國治를 암유하면서 투옥에 대한 비분과 원한을 행간에 담고 있다. 茉莉는 귀한 이름을 가졌으며 본래 흠이 없는 꽃이나 자신처럼 무고하게 감옥에 들어오게 되었다고 언급함으로써 자신의 억울함과 부당한 처사에 대해 항의하고 있다. 비록 茉莉花처럼 뿌리는 작으나 자신도 하늘이 주신 본분을 다해왔으며 어려서부터 聖賢의 經傳를 읽으면서 심신을 가다듬었는데 지금의 현실은 끝없는 슬픔에 빠져 있음을 깊게 한탄하고 있다.

　　茉莉花는 그 꽃은 작지만 아름답게 핀 채 하얀 미소를 발하고 있고 맑고 우아한 향기로 심신에 평안을 주는 꽃이다. 여름 더위를 감내하고 향을 발하여 심신에 청량함을 제공할 뿐 아니라 화차로 변신하면 겨울 추위 속에서도 푸른 자태를 유지하여 주변에 기쁨을 주고 맑고 그윽한 맛을 내는 훌륭한 식품의 역할을 다하게 된다. 다양한 효용성과 장점을 지녔기에 茉莉花는 시인들에게 세상에서의 비분과 의지를 투영하기에 적합한 감정의 투영체가 될 수 있었던 것이다.

　　茉莉花는 한여름을 보내며 혹서를 감내하고 겨울의 추위에도 푸른빛을 잃지 않았기에 때로는 四君子에 비유되기도 하였고 자신의 화사한 자태로 인해 미인의 아름다움에 비유되기도 하였다. 茉莉花 '꽃'을 서술한 부분에서 玉을 비롯한 각종 보석에 비유되었던 것은 이 꽃이 정결함과 고귀함을 지녔음을 주목한 것이다. 보통의 꽃이 개화했을 때의 화려함이나 좋은 향기를 발하는 것에 비해 茉莉花는 花茶로 변신한 후에도 효용성과 매력을 발하는 것이 특징이다. 살아서 기쁨을 주고 꽃이 지고 난 후에도 화차로 변신하여 인간의 내면에 평온함을 제공하는 생명력과 여운을 지닌 꽃인 것이다. 시가에서 이 꽃을 들어 강렬한 의기를 표현한 작품이 많은 연유가 여기에 있다 하겠다. 또 茉莉花는 세상에서 오인받거나 주목받지 못했을 때의 서러움을 투영하는 데 있어서도 좋은 감정의 투영체가 된다. 만개 시기가 다른 꽃과 다르고 낙화의 서정성이 다른 꽃에 못 미치기는 해도 세사의 한과 인간의 기개를 담아내기에는 부족함이 없는 꽃이었던 것이다. 이 꽃에 대한 칭송이 끊이지 않았던 연유를 추측해볼 수 있겠다.

5. 닭 벼슬을 닮은 맨드라미(鷄冠花)

맨드라미(학명 Celosia cristata L)는 비름과의 1년생 화초이며 아시아 열대지역이 원산지이다. 한국에서는 '계관화', '홍계관화', '계관두화', '계관해당', '청상자' 등으로 불리며 중국에서는 '鷄冠花', '鷄髻花', '老來紅', '蘆花鷄冠', '筆鷄冠', '小頭鷄冠', '鳳尾鷄冠', '大鷄公花', '鷄角根', '紅鷄冠' 등의 이칭을 갖고 있다. 여름에서 가을까지 홍색, 황색, 백색 등의 꽃이 피는데 붉은색이 많지만 품종에 따라 색과 모양이 여러 가지다. 줄기 끝의 꽃 모양이 닭의 볏과 같다고 하여서 '鷄冠花'라는 이름을 얻었다. 꽃줄기 위쪽이 굵어져서 닭 벼슬 모양이 되고 아래쪽에는 작은 꽃들이 많이 자라서 열매를 맺는다. 고온다습한 기온을 좋아하고 추위에 약하지만 여름에 관상용으로 많이 심는다.

맨드라미(鷄冠花)는 본래 아열대성 식물로 인도를 거쳐 중국에 들어온 것으로 알려져 있다. 중국에서 최초의 명칭은 '波羅奢花'였는데 이는 梵語 문자의 음역이었다. 唐代 시문에 기록이 보이며 宋代로 들어오면서 南國의 奇花로 인식되며 관상용으로 많이 심어지게 되었다. 일설에 의하면 南北朝時代 陳後主가 총비 張貴妃를 위해 지은 「玉樹後庭花(옥수후정화)」 시의 "요염한 여인의 얼굴 마치 꽃이 이슬 머금은 듯, 옥 같은 나무에 빛을 흘리어 후원을 비추네. 꽃 피고 꽃 지는 것 오래가지 않으니, 온 땅에 붉은 꽃 떨어지면 정적 속으로 돌아가도다.(妖姬瞼似花含露, 玉樹流光照後庭. 花開花落不長久, 落紅滿地歸寂中)" 구절 중 '後庭花'가 맨드라미를 지칭한다는 의견도 있다.[13] 이 설의 정확성 여부를 떠나 맨드

---

13 '後庭花'는 본래 망국의 음을 나타내는 의미로 쓰였으나 北宋代 蘇轍의 「鷄冠花」 시 "후원의 꽃과 풀 무성하니, 그대가 흥망에 연루되어 있음을 안타까워하노라.(後庭花草 盛, 憐汝繫興亡)"에 "혹이 말하기를 작은 맨드라미는 바로 옥수후정화를 의미하는 것이

라미가 고래로 중국에서 세인들의 많은 주목을 받아온 꽃임을 알 수 있는 대목이다.

맨드라미를 노래한 중국 고전시가를 보면 곧게 뻗은 줄기 위에 꽃송이를 당당하게 펼친 모습을 칭송하는 내용을 담거나 닭과 닮은 외모에 대한 다양하고 흥미로운 느낌을 언급한 내용이 많다. 맨드라미의 자태가 닭과 닮았으되 실제 닭처럼 소리를 내지는 못한다는 점에 착안하여 제 역할을 하지 못하는 이를 비판할 때도 종종 소재로 활용하였다. 외모의 화사함보다는 꽃의 기품을 중시하는 마음이나 외관에 걸맞은 역할을 기대하는 마음을 투사한 작품이 주류를 이루고 있는 것이다.

唐代 羅鄴은 맨드라미의 곧고 의연한 자태와 기품을 칭송하는 시를 남긴 바 있다.

鷄冠花 맨드라미

一枝穠艶對秋光　맨드라미 한 줄기 농염하게 가을 햇살 마주하고
露滴風搖倚砌傍　섬돌을 기댄 채 이슬 맺히고 바람에 흔들고 있네
曉景乍看何處似　새벽 햇살에 언 듯 보이는 모습 어디서 본 듯하니
謝家新染紫羅裳　사령운 집에 새로이 물들인 자색 비단옷 같구나

맨드라미 한 줄기가 오롯이 서서 가을 햇살을 맞고 있는 모습이 도도하고 농염한데 가을 이슬과 바람에 흔들리는 모습에서 耐寒의 근성도 느끼게 된다. 시인은 새벽 햇살을 받고 있는 맨드라미를 보면서 문득 會稽 始寧縣에 莊園을 두고 산수를 모방하여 각종 화초를 심었던 南朝 謝靈運의 풍류와 기품 있는 비단옷을 연상하게 된다. 맨드라미는 화사함보다는 맑고 곧은 자태로 시인의 의식의 새로운 깨달음을 주는 꽃인 것이다.

宋代 張壔이 쓴 맨드라미에 대한 묘사는 웅장한 기세를 주목한 내용으로 이

라 한다.(或言矮鷄冠卽玉樹後庭花)"라는 自注가 있다. 南宋『碧鷄漫志』에 "오 땅과 촉 땅의 맨드라미 중에 작은 것이 있는데 높이가 대여섯 척에 불과하다. 붉거나 옅게 붉거나, 희거나 옅게 희니 세상의 안목으로 말하길 후정화라 한다.(吳蜀鷄冠花有一種小者, 高不過五六寸. 或紅, 或淺紅, 或白, 或淺白, 世目曰後庭花)"라는 해설이 있어 이 설을 다시 뒷받침하고 있다.

루어져 있다.

鷄冠花 맨드라미

牆東雞冠樹	담장 동쪽에 심겨진 맨드라미
傾豔爲高紅	고운 모습 기울인 채 높고 붉게 솟아 있다
旁出數十枝	수십 개의 가지가 생겨 나와
猶欲助其雄	마치 그 웅장한 기세를 돋우려는 것 같다
頳容奪朝日	붉은 얼굴은 아침해를 빼앗은 것 같고
桀氣矜晚風	새벽을 여는 기세는 늦바람을 아쉬워한다
儼如鬪勝歸	그 의젓한 자태는 싸워 이기고 돌아오는 이 같으니
歡昻出篍籠	대나무 무더기 사이에서도 환한 모습 드러내내

'高紅', '頳容' 등으로 대표되는 맨드라미의 붉은 자태는 아침 햇살보다 웅장하며 의젓한 기세를 지녔다고 보았다. 닭 벼슬 같은 자태를 하고 곧게 서 있는 모습은 수탉이 새벽을 여는 울음을 토하면서 어둠을 물리치는 것을 연상하게 한다. 어둠과의 싸움에서 승리하고 돌아오는 인물처럼 강렬하고 장엄한 인상을 제공하는 존재인 것이다.

宋代 趙企는 맨드라미의 자태가 닭과 닮은 점에 착안한 언급을 가한 바 있다.

鷄冠花 맨드라미

秋光及物眼猶迷	가을 빛 만물에 닿으니 시야가 더욱 흐릿한데
着葉婆娑拎碧雞	닭을 들어 올리고는 잎이 붙어 하늘거리는 모습
精彩十分佯欲動	고운 모습 대단하며 마치 움직이려 하는 듯
五更只欠一聲啼	오직 오경에 울어대는 소리 하나만 없구나

가을빛 받아 찬란하게 빛나는 맨드라미는 닭이 머리를 쳐든 것 같은 모습을 연상시키는데 시인은 '碧雞'라는 표현으로 꽃 이미지를 신비롭게 묘사하고자 하였다. '碧雞'는 신령한 닭을 의미하는 미칭으로 옛날 한 마리 봉황이 산에서 울어도 사람들이 알아보지 못하고 '碧雞'라고 했다는 전설에서 유래한 표현이다. 맨드라미는 닭(벼슬)을 닮았지만 새벽에 울지 못하는 점은 닭과 다른 점이라고 보았다.

南宋 楊萬里도 맨드라미의 자태를 수탉의 모습과 비교한 희화적인 작품을 남긴 바 있다.

宿化斜橋見雞冠花　화사교에 머물면서 맨드라미를 보며

出牆那得又高雞　맨드라미는 담장 너머 어찌 그리 높이 솟아 있나
只露紅冠隔錦衣　붉은 벼슬에만 이슬 내리고 금빛 옷은 가리어져 있네
卻是吳兒工料事　오 땅의 소년 맨드라미 심는 일에 공을 들이지만
會稽眞個不能啼　회계 땅의 이 꽃은 진짜 울지는 못하는구나

시인이 化斜橋에 묵으면서 보게 된 맨드라미는 낮은 담장 위로 솟아난 아름다운 수탉의 형상을 하고 있다. 제2구의 '紅冠'은 수탉의 벼슬, '錦衣'는 닭의 깃털을 의미하며 닭과 닮은 꽃 모습을 설명한 부분이다. 말구에서 '會稽'의 닭이 울지 못한다고 한 것은 '稽'의 중국어 발음이 '鷄'와 같은 것을 들어 희화적으로 표현한 것이다. 이채로운 표현으로 맨드라미의 특성을 부각시키고자 한 것을 발견할 수 있다.

宋代 洪適은 「次韻蔡瞻明秋園五絶句(蔡瞻明이 가을 정원을 노래한 다섯 절구에 차운하여 지은 시)」 중 맨드라미에 대해 다음과 같이 기술하면서 풍자를 가하고 있다.

鷄冠　맨드라미

芥毛金爪勇難幹　가는 깃털에 금빛 발톱 지닌 닭처럼 용맹한 줄기를 하고
肯作霜花對乍寒　기꺼이 서리 맞은 꽃 되어 갑작스런 차가움에 마주한다
若說乘軒有痴鶴　설사 수레 탄 바보 같은 학이 있다고 해도
司晨如此合峨冠　새벽 여는 닭처럼 귀한 모자에 합당할 수 있으랴

맨드라미는 섬세한 털과 금빛 발톱을 지닌 닭처럼 용맹한 모습을 하고 있고 갑작스럽게 내린 서리에도 당당한 모습을 잃지 않고 있다. 당당한 기운을 지닌 닭은 날개가 있으면서도 귀족의 수레를 타고 다니는 '바보 학'과 달리 새벽을 여는 소임을 수행하는 능력을 지녔다고 보았다. 무능하게 권세에 의존하는 학 같은 간신보다는 소임을 다할 줄 아는 닭 같은 충신이 중용되기를 바라는 마음을

풍유적으로 언급한 것이다.

明代 解縉은 새벽에 서리 맞은 채 서 있는 맨드라미를 생각하며 다음과 같은 시를 남겼다.

詠鷄冠花 맨드라미를 노래하다

鷄冠本是胭脂染　맨드라미는 본시 고운 화장으로 물들인 것인데
今日爲何成淡粧　오늘은 어찌하여 하얗게 단장하고 있나
只爲五更貪報曉　그저 새벽에 새벽을 알리는 것만 생각하여
至今戴却滿頭霜　지금까지 머리에 온통 서리를 뒤집어쓰고 있나니

맨드라미는 평소에 붉은색을 하고 있지만 지금은 새벽 서리를 하얗게 맞은 모습을 하고 있다. 이 모습을 보면서 꽃이 엷게 단장하고 있다는 생각을 했고, 새벽 서리를 무서워하지 않고 닭이 새벽을 깨우듯 자신의 본분을 다하고 있다고 표현함으로써 맨드라미에 대해 새롭고 신선한 이미지를 제공하고 있는 것이다.

淸代 洪亮吉은 맨드라미를 닭에 비유하면서 고관으로 있으면서 편안함만 추구하는 조신들을 비판하는 작품을 남겼다.

鷄冠 맨드라미

爾亦知時者　그대 역시 시절을 아는 자이지만
忘言得久安　말을 잊은 채 오랫동안 조용히 있다
未應憐鎩羽　날개 꺾인 깃털은 안타까움을 받기에 합당하지 못한데
空自揭高冠　부질없이 높은 관만을 드러내고 있구나
秋實寧同味　가을 열매는 정녕 같은 맛을 지녔어도
幽花不并看　그윽한 꽃을 함께 보지는 못한다
劉琨思起舞　유곤이 춤추었던 것 그리워하면서
側耳聽無端　무단히 이 꽃에 귀 기울여 들어보나니

새벽을 알리는 소임을 가진 닭이 소리를 내지 못하고 말없이 안위만 추구하고 있는 모습을 빌려 권좌에서 자신의 안위만 추구하는 조신을 조소했다. 西晉의 장군이며 시인인 劉琨은 일찍이 닭 울음소리를 들으면서 춤을 추거나 무예를 연마했고 훗날 대장군으로 오랜 기간 并州를 수비할 때 壯志를 펼치는 시를

다수 지은 바 있었다. 시인은 미연에서 이 고사를 떠올리면서 혹시라도 닭 울음 소리를 듣듯 맨드라미에서 시절을 경책하는 느낌을 얻게 되지 않을까 하는 기대감을 담아보았다. 닭과 닮았지만 맨드라미는 본래 꽃에 불과하기에 소리를 내지 못한다는 사실과 연계하여 시절에 맞는 소리를 내지 못하거나 제 역할을 제대로 할 줄 모르는 권세가들을 향해 비판과 풍자의 의미를 펼치고자 한 것이다.

올곧게 솟아 있는 줄기 위에 빨갛게 달린 맨드라미의 외관은 진정 닭의 볏을 연상시킨다. 화려한 외관보다는 닭과 닮은 외모를 지닌 채 이채롭게 정원을 빛내고 있는 모습에서 왠지 모를 정겨운 느낌을 얻기도 하며 여름 끝나갈 때부터 가을이 오기까지 마당 한구석에 줄곧 피어 있는 모습에서 신선한 경이로움을 느끼기도 한다. 맨드라미는 여름에 피어나 자신의 독특한 자태를 빛내다가 가을의 도래를 알리면서 사라져가는 꽃이다. 여름 햇살이나 가을 서리를 받는 것에 따라 이채로운 감각을 제공하기도 하였고 닭 벼슬과 닮은 외양 덕분에 수많은 시인들에 의해 해학적으로 읊어지기도 하였다. 피 같은 붉은색을 띤 채 고개를 당당히 들고 있기는 하나 다른 꽃과 같은 가녀린 인상의 꽃잎이나 그윽한 향기는 상대적으로 부족한 편이다. 독특한 외관으로 주목을 받지만 淸香이나 고귀한 기품은 상대적으로 부족한 꽃으로 여겨졌었던 것 같다. 허세를 띤 고관대작들을 풍자하는 작품에 맨드라미가 자주 등장하게 된 주된 원인이 이 때문이었을 것이라는 추측도 해본다. 맨드라미는 개성적인 면에서 다른 꽃과는 분명히 차별되는 특성을 지닌 꽃이라 할 수 있다.

6. 끊임없이 피고 지며 여름을 빛내는 무궁화(槿花)

무궁화(槿花)는 錦葵科 낙엽관목으로 우리나라를 비롯하여 중국, 인도, 소아시아 등지에서 자라는 꽃이다. 꽃이 크고 홑꽃, 반겹꽃, 겹꽃 등 다양한 양태를 갖고 있으며 꽃빛깔도 자색, 홍색, 연한 보랏빛, 분홍색, 흰색, 청색 등 다양하고 화려하여 우리나라에서는 예로부터 많은 주목을 받아왔다. '槿花'는 우리나라 꽃 '無窮花'[14]의 한자어로 '木槿', '舜英', '舜華', '薰華草', '朝開暮落花', '藩籬草', '籬障花', '朱槿', '赤槿', '朝花', '朝菌', '日給', '重台', '王蒸', '花上花', '平條樹', '淸明籬' 등으로도 불리어왔다. 이 꽃은 대개 6~9월에 개화하는데 여름부터 초가을까지 약 100일간 계속해 꽃을 피우기에 근면성과 끈기를 상징하기에 충분하다.

중국에서 무궁화는 조용히 촌락 한구석에 피어 있는 정도의 이미지여서 우리나라에 비해 상대적으로 칭송의 정도가 덜한 느낌이다. "꽃이 필 때 온 경성을 향기로 진동시키는 위상을 지닌 牡丹의 고귀함", "매화와 버들 사이에 피어 다른 꽃을 능가하는 복사꽃의 요염함", "경쾌한 미인이 흘러가듯 걸으며 흘리는 환한 미소를 띤 梨花의 얼굴", "겨울을 거치면서 하얗게 피어나는 기질을 지닌 早梅의 신선함", "늦은 가을 피어나 황량한 울타리에 기대어 冷香을 발하는 菊花의 서정", "못가에서 조용히 미인의 얼굴을 한 채 단아하게 피어 있는 연꽃의

---

14 '槿花'를 우리나라에서는 '無窮花'라고 부르고 있는데 이 '無窮花'라는 명칭은 우리나라에서만 쓰는 말이다. 이 말의 어원은 마치 '木綿'이 '무명'으로 변한 것처럼 '無窮花'를 지칭하는 한자어 '木槿'의 음이 '목근>무근>무궁' 순으로 변음이 된 후 여기에 한자음을 맞추어 '無窮花'로 표기했다고 보는 견해가 우세하다.(손광성, 『나의 꽃 문화 산책』, 서울 : 을유문화사, 1996, 204쪽 참조)

초탈함" 등과 같은 각종 꽃의 특성과 비교해볼 때 무궁화는 상대적으로 매력이 떨어진다고 보았던 시각을 반영한다. 실제로 '무궁화(槿花)'의 아름다움이란 단번에 느끼기보다는 하늘과 바람의 소리를 느낄 수 있을 만큼 가만히 오랫동안 바라보아야만 진정한 감흥을 얻게 된다. 비록 현란한 외모나 화사한 자태, 천지를 진동하는 향기는 없지만 무궁화는 순수의 미를 함유하고 있으면서 끊임없이 피고 지며 생명력을 이어간다는 점에서 시인들의 마음을 끌기에 충분한 품성을 지닌 꽃이라 할 수 있다.

1) 순수한 아름다움의 찬미

여름에 아름다운 꽃을 피워내는 무궁화는 맑고 밝은 꿈으로 채워져 있다. 본능적으로 농염한 환상과 불타는 야망을 지닌 봄꽃들과는 달리 무궁화는 검소한 이상을 추구하는데 그 '이상'은 요염함과 구별되는 아름다움·향기·지조 등을 의미한다. 미적인 기준에서 보아도 다른 꽃에 크게 뒤떨어지지는 않지만 내면에 담긴 의미가 더욱 가치를 발한다. 순수한 아름다움은 무궁화가 소유하고 있는 일차적인 미학이라 할 수 있다.

무궁화의 한자 명칭 '槿花'는 일찍부터 중국 시가에 등장했다. 『詩經』「鄭風」「有女同車」에 보면 槿花의 별칭 '舜華'[15]가 아름다움의 상징물로 등장한 바 있는데 그 시가의 전문은 다음과 같다.

有女同車 어떤 여자와 수레를 함께 타니
有女同車 어떤 여자와 수레를 함께 타니
顏如舜華 얼굴은 어여쁜 무궁화꽃
將翱將翔 나는 듯 가벼운 걸음걸이에
佩玉瓊琚 허리에 찬 패옥 달랑이네

---

15 '舜華'와 '舜花'는 모두 無窮花를 지칭하는 별칭이다. '舜華'의 '舜'은 '瞬'이란 의미로서 '瞬息間'에 피고 져버리는 꽃이라는 뜻이다.(기태완, 『花情漫筆』, 서울 : 고요아침, 2007, 359쪽 참조) 또 우리나라를 '槿域'으로 지칭하기도 하는데 이는 무궁화가 많이 자라는 지역이기에 붙은 이름이다.

彼美孟姜　孟姜 같은 저 어여쁜 여인이여
洵美且都　참으로 예쁘고 아리땁구나

有女同行　어떤 여자와 수레를 함께 타니
顔如舜英　얼굴은 어여쁜 무궁화꽃
將翶將翔　나는 듯 가벼운 걸음걸이에
佩玉瓊琚　허리에 찬 패옥 달랑거리네
彼美孟姜　孟姜 같은 저 어여쁜 여인이여
德音不忘　그 덕스러운 소리를 잊지 못하네

　일찍이 鄭나라 莊公의 세자 忽이 齊나라에 공을 세우자 齊나라 제후가 忽을
사위로 삼으려 하였다. 여자가 어질었음에도 忽이 아내로 삼지 않아 忽은 결국
齊나라에서 쫓겨났는데, 이 시는 忽이 여자를 버린 것을 풍자하며 齊나라 사람
들이 지은 것으로 전해지는 작품이다. '孟姜'은 齊나라 侯의 맏딸 '文姜'을 지칭
하며 이 시에 등장하는 '顔如舜華', '顔如舜英' 등 '槿花'를 묘사한 어구는 '아
름다운 여성'을 비유하는 표현이 된다. 이 시에서 연유하여 '顔如舜華' 표현은
'窈窕淑女', '傾國之色', '傾國之美', '絕世美人', '傾城之色', '萬古絕色', '絕世
佳人' 등과 함께 미인을 비유하는 표현으로 쓰이게 되었다. 다만 『毛詩序』에서
이 시를 풀이한 "齊나라 文姜은 어질지만 취하지 않았다.(齊女賢而不取)" 구절과
연관시켜 볼 때 화려한 모습으로 나라를 위태롭게 하는 미인을 지칭하거나 타인
을 압도하는 미모를 지칭하는 표현과는 거리가 있다 하겠다.
　唐代 시가 특히 初唐·盛唐代에 와서는 시인들이 槿花에 대하여 주로 아름
다운 자태와 화사한 개화의 흥취를 주목한 묘사를 가한 것을 발견할 수 있다. 唐
代 崔日用이 巡邊使로 떠나는 張說을 송별하면서 지은 작품을 보자.

奉和聖制送張說巡邊　순변사로 떠나는 장설을 송별하며 지은 봉제시
絕漠蓬將斷　삭막한 사막에 쑥마저 사라진 곳이나
華筵槿正榮　한쪽에는 무궁화가 화사하게 피어 있네
壯心看舞劍　굳은 마음으로 검무를 보고
別緒應懸旌　이별의 마음은 군기에 담아보세

쑥마저 보이지 않는 황량한 사막 길을 떠나는데 한쪽에 핀 무궁화가 화사한 자태를 드러내고 있다. '絶漠'과 '華筵', '蓬將斷'과 '槿正榮'이 각각 正對를 이루고 있다. 삭막한 사막 길이며 외로운 길이지만 그 길은 화사하게 빛나는 길이 될 것이며, 지금은 쑥마저 보이지 않는 황량함이 주변에 펼쳐지지만 결국은 화사하게 핀 무궁화처럼 영화롭게 될 것이라는 덕담을 펼치고 있다. 황량함을 나타내는 쑥과 대비하며 槿花를 묘사한 것이 시선을 끈다.

다음 예거하는 시구들은 槿花의 아름다운 개화를 묘사한 부분들이다.

五月奉教作 오월에 명을 받들어 지은 시 (李嶠)

果院新櫻熟　과수원에 새로이 앵두 익고
花庭曙槿芳　꽃 피는 정원에선 날 밝자 무궁화 한창 피어난다

樂府雜曲·鼓吹曲辞·有所思 악부잡곡 고취곡사 유소사 (沈佺期)

園槿綻紅艶　정원에 핀 무궁화 봉오리 붉고 아름답고
郊桑柔綠滋　교외의 뽕나무 연하고 푸르게 물이 올랐네

積雨輞川庄作 망천장에서 장마를 맞이하며 쓴 시 (王維)

山中習靜觀朝槿　산중에서 조용히 아침 무궁화 바라보며
松下淸齋折露葵　소나무 아래 맑은 집에서 이슬 맺힌 해바라기 따는 즐거움

'槿芳', '紅艶'과 같은 표현들은 槿花의 밝고 싱싱한 모습을 묘사한 것이며, 각 시가에 쓰인 '新'·'曙', '綻'·'柔', '靜'·'淸' 등의 표현 역시 槿花의 신선하고 淸明한 의상을 연출하기 위해 활용된 시어가 된다. 初唐·盛唐 시기의 시인들은 槿花의 화창한 개화를 주목하여 대체로 경쾌한 필치를 가미하고자 했음을 살필 수 있는 것이다.

上官儀의 다음 시구에도 槿花과 연꽃의 밝은 면모를 주목한 묘사가 가미되어 있다.

奉和秋日卽目應制 가을 절기에 따라 지은 응제시

落日飄蟬影　지는 햇살에 매미 그림자 어른거리고

平流寫雁行　고요히 흐르는 강물에는 날아가는 기러기가 비춰져 있네
槿散凌風縞　무궁화 향기는 바람 타고 가벼이 날리고
荷銷裏露香　연꽃은 이슬과 향기를 다하고 있나니

지는 해 비낀 볕에 여름의 여운이 고요하게 남는 경지를 그린 부분이다. 지는 햇살과 고요히 흐르는 강물이 그윽한 정경을 이루고 있고, 바람 타고 가볍게 날리는 무궁화 향기와 이슬을 머금은 연꽃의 단아함이 '靜中動'의 활력을 제공한다. 무궁화는 연꽃과 함께 밝고 환한 모습으로 이 시의 풍격을 높이고 있는 소재인 것이다.

戎昱의 다음 작품은 槿花의 자연미를 소박하게 묘사한 것이 특색이다.

題槿花　무궁화를 노래함
自用金錢買槿栽　돈을 주고 사서 심은 무궁화
二年方始得花開　두 해가 지나 비로소 꽃이 피었다
鮮紅未許佳人見　붉은 색 아직 띠지 않아 아름다운 이에게 보이기 전인데
蝴蝶爭知早到來　어찌 알고 나비가 먼저 찾아왔는가

수구 '돈을 주고 샀다(用金錢買)'는 표현으로 볼 때 시인은 槿花에 대한 특별한 애호심을 갖고 있는 것으로 보인다. 귀한 꽃은 아니지만 함부로 채취하는 꽃도 아닌 것이다. 심어놓은 무궁화는 기다림의 미학도 선사한다. 두 해가 지나서야 비로소 꽃이 피어나는데 그것도 절정의 붉은색을 아직 띠지 않고 있다. 아끼는 가인이 미처 보기도 전에 나비가 알고 먼저 찾아왔다. 진정한 아름다움을 내포하고 있는 '천연의 미'를 설파하고 있는 것이다.

朱槿花의 자태를 노래한 李商隱의 시를 살펴본다.

朱槿花　붉은 무궁화
蓮後紅何患　연꽃 이후에 붉게 피어도 무엇이 걱정이며
梅先白莫夸　매화 앞에 하얗게 피어도 자랑할 것 없도다
才飛建章火　朱槿花 한창때는 建章殿에 불붙은 듯하고
又落赤城霞　赤城山에 노을 비치는 것처럼 붉다
不卷錦步障　朱槿花는 비단 步障을 펼치지 아니하였고

未登油壁車　기름칠한 油壁車에도 오르지 아니한 듯 소박하다
日西相對罷　해 저물 때까지 서로 마주대할 수 있으니
休浣向天涯　휴가 때나 되어야 서로 멀어지게 되리

朱槿花는 紅·白·黃色을 띠고 있는 槿花의 여러 품종 중에서 가장 아름답다는 평을 듣고 있는 꽃이다. 수연의 '紅何患', '白莫夸' 등은 매화와 연꽃이 피는 중간시기에 꽃이 하얗게 먼저 피어나와 붉은 색으로 변하는 朱槿花의 특성을 지칭한 것이다. 朱槿花가 한창일 때는 마치 建章殿에 불붙은 것과 赤城山에 노을 비치는 것처럼 붉고 아름다운 경지를 연출한다. 경연에서는 옛날 부유했던 石崇이 출행 시 오십 리까지 바람과 먼지를 막기 위해 비단 步障을 깔았다는 고사를 떠올리며 자신은 비단 步障이나 기름칠한 油壁車를 사용할 만큼 화려함을 숭상하지 않고 소박한 풍취를 지향함을 설파하였다. 建章殿과 赤城山에 비견될 만큼 화사하지만 朱槿花가 지닌 미는 천연의 미이며, 세상의 호사나 세인의 사치로 인한 인위적 미와는 거리가 먼 존재임을 강조한 것이다.

추위에 강한 무궁화는 봄에 오는 소리에도 그 외모를 드러내지 않은 채 인내의 기다림을 고수한다. 목련이나 개나리, 복사꽃이나 살구꽃 같은 '迎春'의 나무들이 성급히 꽃을 피우는 동안에도 무궁화는 싹눈을 틔우지 않고 있다가 다른 봄꽃들이 화사한 자태를 모두 뒤로하고 사라져갈 때에야 서서히 눈을 틔우는 성품을 지녔다. 무궁화가 발하는 미는 화사한 자태로 이목을 현란하게 하는 봄꽃의 요염함이 아니며 청초하고 우수에 찬 인상을 발하는 가을꽃의 미와도 거리가 있다. 한여름을 지나면서 자신의 개화 시기에 맞추어 피어나되 단아하고 순수한 자신만의 미를 잃지 않고 있는 것이 무궁화의 매력이라 하겠다.

2) '朝開暮落'의 아쉬움 표현

무궁화의 별칭 중에 '朝開暮落花'라는 말이 있는데 이는 무궁화가 아침에 피었다가 저녁에 시드는 특성을 포착하여 가한 명칭이다. 이런 면모를 지녔기에 무궁화는 시가에서 종종 '榮華의 덧없음', '짧은 애정', '짧은 청춘', '젊음의 쇠

함', '빠른 세월의 변화' 등을 지칭할 때 사용되곤 하였다. 劉希夷가 「公子行」에서 "원컨대 곧은 소나무 되어 천년 세월을 보내기 바라나니, 그 누가 아름다운 무궁화 되어 하루아침에 져버리기를 논하겠는가.(願作貞松千歲古, 誰論芳槿一朝新)"라 하여 소나무와 무궁화의 대비를 통해 짧은 애정의 변화를 풍자한 것이나, 李賀가 「相和歌辭・莫愁曲」에서 "오늘이면 무궁화 져버리니, 내일 아침에는 오동나무가 가을을 알리겠지.(今日槿花落, 明朝梧樹秋)"라고 하여 오동나무와 비교하면서 짧은 청춘이나 얼굴의 급격한 노화를 비유한 것이 그 예라 할 것이다. 덧없는 생에 대한 안타까움과 새로운 개화로 인한 만감을 서술하는 데 있어 무궁화의 '朝開暮落'하는 속성은 적절한 모티브가 된다. 孟郊가 「審交」에서 "소인은 槿花와 같은 심성을 소유하고 있어, 아침에는 의지가 있으나 저녁에는 그 마음이 존재하지 않는다.(小人槿花心, 朝在夕不存)"라고 한 것처럼 폄하의 뜻을 펼치기 위해 무궁화를 활용한 적도 있지만 대부분의 시인들은 '朝開暮落'하는 숙명에 대한 아쉬움을 표현하기 위해 무궁화를 묘사하곤 하였다.

무궁화의 짧은 개화 시간을 한탄하고 있는 李白의 시가를 살펴본다.

詠槿　무궁화를 노래함
園花笑芳年　동원의 꽃들 향기로운 때를 맞아 미소 짓고
池草豔春色　못가의 풀은 봄빛이 아름답지만
猶不如槿花　오히려 무궁화가
嬋娟玉階側　옥계 옆에 아리땁게 서 있음만 못하네
芬榮何夭促　향기로운 꽃이여 어찌 그리 빨리 시듦을 재촉하는가
零落在瞬息　영락함이 순식간에 있도다
豈若瓊樹枝　어찌 瓊樹의 가지처럼
終歲長翕赩　세월 다하도록 무성함만 같겠는가?

아름다운 꽃들은 봄 햇살 아래 자태를 드러낼 뿐 계절을 뛰어넘는 영속성은 지니고 있지 못하다. 봄이 다 간 후 여름을 보내면서 무궁화가 단아한 자태를 보여주는데 그럼에도 불구하고 이 꽃은 빨리 시들고 만다. 봄꽃의 뒤를 이어 피어나기는 했어도 아침에 피었다가 저녁에 지고 마는 아쉬움을 연출하는 것이다. 미연에서는 무궁화가 차라리 天上의 瓊樹처럼 세월에 상관없이 무성하였으면

하는 작자의 바람을 담아보았다. 상대적으로 짧은 槿花의 아름다움을 아쉬워하고 있는 것이다.

가을까지 피어 있는 '가을 무궁화(秋槿)'도 '零落'을 표현하는 데 있어 적절한 소재로 인식되었던 것 같다. 白居易의 다음 작품을 살펴보자.

秋槿   가을 무궁화

中庭有槿花　정원 중에 무궁화 있어
榮落同一晨　하루아침에 영락한 모습 보이네
秋開已寂寞　가을에 피어 있으나 이미 쓸쓸한 저 분위기
夕隕何紛紛　저녁 해 지는 놀에 어찌 그리 분분한가
正憐少顔色　한참인 모습 그리 짧으니
復嘆不逡巡　다시금 탄식해도 종래 기다려주지 않는구나

가을 槿花 역시 청춘의 짧은 시간처럼 유한하며 변화가 빠른 인생에 대해 무한한 감회를 제공한다. 한 철 동안 개화하는 다른 꽃들과 달리 槿花는 아침에서 저녁까지를 하나의 주기로 삼는 만큼 상대적으로 짧은 시간을 사는 인간의 生을 비유하기에 적절하다고 여겼던 것 같다.

槿花의 영락함은 때로 시인들로 하여금 '紅顔'이 노쇠하여지는 서글픈 인상을 연상하게도 한다. 李商隱이 槿花를 노래한 다음 작품을 보자.

槿花   무궁화

風露凄凄秋景繁　이슬 맺힌 바람 쓸쓸히 불어 가을 경치 어지러운데
可憐榮落在朝昏　아침에 피었다가 저녁에 지는 모습 가엽구나
未央宮里三千女　未央宮의 삼천 궁녀들은
但保紅顔莫保恩　그저 紅顔만 지녔을 뿐 성은을 입지 못하였나니

'風露凄凄'로 시작되는 가을 비경이 서글픈 서정을 야기한다. 서글픈 정을 표현하는 데 있어 槿花의 '아침에 피었다 저녁에 지는(朝榮夕落)' 특성은 긴밀한 작용을 한다. 唐代 後宮인 未央宮에 있던 삼천 궁녀들이 紅顔을 지녔음에도 聖恩을 입기 어려웠다는 고사를 언급하고는, '紅顔'이 쇠하여 빛을 잃거나 '舊恩'이 오래가지 못하는 서글픈 상황을 묘사하면서 槿花를 활용한 면모가 발견되는 것

이다.

李商隱은 그의 다른 작품 「槿花」 1, 2수를 통해 槿花의 모습을 연작으로 읊은 바 있다. 이 작품들은 槿花를 연인에 비유하면서 짧고 서글픈 애정을 한탄하는 내용으로 이루어져 있는데 두 수 중 「槿花」 其一을 살펴보기로 한다.

槿花 其一　무궁화 제1수

燕體傷風力　趙飛燕과 같이 가냘픈 꽃은 바람에도 쉬이 상하고
雞香積露文　꽃잎에 쌓인 이슬도 丁香 같은 무궁화 미색을 훼손시키네
殷鮮一相雜　무궁화꽃에는 검고 붉은색이 함께 섞여 있어
啼笑兩難分　우는지 웃는지 그 모습 분간하기 어렵구나
月裏寧無姊　달 속에는 어찌 嫦娥가 없겠는가
雲中亦有君　구름 속에도 신이 있어 무궁화와 짝 한다네
三淸與仙島　三淸과 仙島의 仙境 속이라 해도
何事亦離群　어찌 무리와 떨어져 고독하게 지낼 수 있으리오

이 시는 李商隱이 女道冠인 그의 연인 宋眞人과의 석별을 아쉬워하며 쓴 것이다. 女道冠을 槿花에 비유하면서 槿花의 가냘픈 꽃과 아련한 향기를 부각시키고자 하였다. 함연에서 언급한 '殷鮮'은 한참 피어 있는 槿花의 붉은색과 시들어 지고 있는 검붉은색이 섞여 있는 모습으로 역시 쉽게 피고 지는 모습을 주목한 것이 된다. 경연에서는 달 속의 '嫦娥'와 屈原 『楚辭』 「九歌」 「雲中君」에 나오는 神인 '雲中君'을 거론하면서 매일 피고 지는 속성을 지닌 槿花라도 멋있는 친구가 있음을 언급하였고, 미연에서는 道家에서 말하는 '三淸'(玉淸, 上淸, 太淸)과 '仙島'(蓬萊, 瀛州, 方壺 등 海上에 있는 三神山)의 仙境 속에 산다 해도 인간은 결국 따뜻한 사랑의 정을 떠나보낼 수 없음을 설파하였다. 연인을 그리는 시가 속에 활용된 무궁화의 모습은 처량한 아름다움 그 자체인 것이다.

석양에 쇠하는 무궁화 꽃잎은 시인들로 하여금 짧은 영고성쇠의 비감을 느끼게 한다. '개화' 혹은 '쇠락함' 어느 면을 주목하여 보는가에 따라 무궁화 묘사는 상대적으로 다른 양상을 보이게 된다. 唐代 초기의 작품을 보면 대체적으로 밝고 경쾌한 모습으로 무궁화가 그려진 것을 볼 수 있는데 安史의 亂을 비롯해 사회적 어려움을 체험한 中唐 이후의 작품을 보면 애조 띤 서정과 비애감이 묻어

나는 '朝開暮落'의 아쉬움이 표현된 작품들이 상대적으로 많아진다. 무궁화가 지닌 긍정적인 측면과 애상적인 면모를 어떻게 보고 활용하였는가에 따른 결과라 할 것이다.

3) 피고지고 또 피는 영속성 찬양

꽃이 아무리 농염하게 매혹적으로 만개해 자신의 외모를 자랑한들 짧은 개화기를 뒤로하고 생명을 다한다면 아쉬움은 클 수밖에 없다. 무궁화는 아침에 폈다가 저녁에 지지만 다음 날이면 또 피어나는 영속성을 지녔다는 점에서 장점을 보여주는 꽃이다. 여름에서 가을에 이르는 긴 개화기를 자랑하면서 줄기만 남기고 가지를 다 쳐내도 다음 해가 되면 원상 복귀하여 만개하는 생명력을 지녔다는 것도 특기할 만하다. 진딧물에 뜯겨 불결한 모습을 보이기도 하지만 여간해서는 말라죽지 않고 단아한 품위를 잃지 않는 강한 생명력을 지닌 꽃이다.

피고지고 또 피는 무궁화의 영속성을 주목한 작품들은 무궁화 내면의 강인함을 주목한 작품들이다. '朱槿花'의 강한 생존력에 감동을 받아 쓴 李紳의 다음 작품이 그러한 예이다.

朱槿花　붉은 무궁화
瘴煙長暖無霜雪　오랜 습한 기운 펼쳐지고 눈과 서리 없는 시절
槿艷繁花滿樹紅　무궁화는 온 나무에 온통 붉고 아름답게 피어 있다
每嘆芳菲四時厭　뭇 꽃들은 화려하되 사계절 피지 못함 한탄하는데
不知開落有春風　무궁화는 봄바람 맞아 피고 지지는 않나니

李紳의 이 시는 '朱槿花'의 아름다운 자태와 함께 강한 생존력을 찬양하는 내용으로 되어 있다. 비록 매일 피고 지는 영락함 속에 있지만 '瘴煙', '霜雪', '春風'에 영향을 받지 않고 계절의 한계성을 뛰어 넘은 채 길고 긴 생명력을 반복하는 무궁화의 특성을 잘 포착한 작품이다.

다음 崔道融의 시 역시 무궁화가 지닌 강인한 생명력을 찬양한 작품이다.

槿花　무궁화

槿花不見夕　무궁화는 저녁에는 보이지 않는 듯하나
一日一回新　하루 한 차례씩 새로운 모습 보인다
東風吹桃李　동풍이 복사꽃과 오얏꽃에 불어대면
須到明年春　내년 봄까지 다시금 기다려야 하나니

　짧은 시이나 槿花의 강렬한 생명력을 부각시켜 논하고 있음이 인상적이다. 수구에서 무궁화는 저녁이면 보이지 않는다고 하여 아쉬움을 표현했지만 이내 제2구에서 '하루 한 차례씩 새로운 모습을 선보이는' 신비로운 경지로 분위기를 전환시켰다. 비록 세사가 급변하고 아침과 저녁을 보장할 수는 없지만 그래도 하루 다음에 또 하루를 펼쳐낸다는 '日新'의 철학적 의미를 시구 속에 담고자 하였다. 하루 동안 피었다가 져버리는 무궁화를 새롭게 생명을 창조하는 존재로 묘사하면서 시각의 전환을 도모하고자 한 노력이 엿보인다. 복사꽃과 오얏꽃은 화려하되 동풍에 한번 쓰러지면 내년 봄까지 길게 기다려야 하는 데 비해 槿花는 짧은 하루의 생명 뒤에 또 하루의 새롭고 신선한 탄생이 펼쳐짐을 기대할 수 있다. 피고지고 또 피는 영속성에 이 꽃의 가치가 있음을 간파한 것이다.

　白居易가 쓴 「放言」 五首 중에도 무궁화가 등장한다. 무궁화의 영속성을 주목하며 영화로운 존재로 찬양하는 내용을 담아 놓았다.

放言 其五　방언 제5수

泰山不如欺毫末　태산은 털끝만큼도 속일 것 없고
顔子無心羨老彭　顔子는 老彭을 부러워하는 마음이 없다
松樹千年終是朽　소나무는 천년을 가지만 결국은 썩어 버리고
槿花一日自爲榮　무궁화 꽃 생명은 하루로되 절로 영화롭다
何須戀世常憂死　어찌 세상에 연연하면서 늘 죽음을 근심하랴
亦莫嫌身漫厭世　자신을 혐오하고 세상을 비관하지도 말지라
生去死來都是幻　살고 죽는 것은 모두 덧없는 것
幻人哀樂繫何情　그 덧없는 인생의 고락에 어찌 마음을 쓰랴

　시인은 31세의 젊은 나이에 죽은 공자의 수제자 顔子(顔回)의 생이 800세의 장수를 누린 老彭(彭祖)을 부러워할 것 없는 가치를 지녔다고 보았고, 아침에 피

었다가 저녁에 시드는 槿花 역시 천년을 가지만 결국은 시들어버리는 소나무에 뒤지지 않는 영화로운 존재라고 보았다. 덧없는 인생 가운데서 인간의 애락에 얽매이지 않는 평정심을 찾기를 설파하면서 松樹의 千年보다 槿花의 一日을 더욱 높게 평가하는 역설적인 면모를 보였다. 피었다가 지는 듯 보이나 다시 피어나는 무궁화의 영속성을 주목한 것이 된다.

다음 예거하는 戎昱의 시에서는 무궁화가 지닌 그윽하고도 겸손한 성품을 은은한 필치로 찬양한 것이 발견된다.

紅槿花　붉은 무궁화

花是深紅葉麴塵　무궁화꽃 심히 붉고 잎에는 속세의 먼지가 끼었으나
不將桃李共爭春　복사꽃과 오얏꽃처럼 봄을 놓고 싸우지 아니한다
今日驚秋自憐客　오늘 가을이 마치 이웃처럼 오는 것 같아 놀라서
折來持贈少年人　이 꽃 꺾어 젊은이에게 주려 하나니

무궁화가 연출하는 '붉은 꽃'은 극한 아름다움이요 '먼지가 낀 잎'은 絕俗을 하지 않고 세인과 가까이하는 소박함을 가리키는 것이다. 무궁화는 봄날의 은총을 갈구하며 화사함을 다투는 복사꽃과 오얏꽃과는 다른 절개를 지녔다. 여름에 개화함으로써 화사한 봄의 햇살로 인해 자신을 영화롭게 하려고 하거나 한 시기만 화려하게 반짝이다가 짧은 일생을 보내고 마는 그런 꽃이 아니라는 점을 강조한 것이다. 이러한 특성에서 깨달음을 얻은 시인은 가을이 오기 전에 이 꽃을 꺾어 젊은이에게 줌으로써 또 다른 가르침을 주고자 하는 것이다.

역대 중국의 시인들은 무궁화의 영속적인 특성에서 깨달음을 얻어 世事는 무한히 반복하는 것이며 군왕의 은총이나 '부귀빈천' 등도 모두 찰나 같은 한계성을 지니고 있다는 가르침을 얻기도 하였다. 무궁화가 아침에 피었다 저녁에 지는 대조적 특성을 지니고 있는 것을 들어 세상의 변화를 논하기도 하였고, 青松과 朱槿의 화려함을 비교하면서 '아침에 영화를 이루다 저녁이면 먼지로 사라지는(朝榮暮化塵)' 무상함을 언급하기도 하였다. 무궁화 꽃이 특유의 긴 개화 시기를 지니고 있다는 점에서 강한 생명력을 발견하기고 하였으며 '아침에 피어났다 저녁에 지는(朝開暮落)' 무궁화의 속성에서 '저녁에 졌다가 아침에 다시 피어나는

(夕死朝榮)’ 전환의 진리를 발견해내기도 하였다.

　시인들에 의해 묘사된 ‘무궁화(槿花)’는 봄꽃이나 가을꽃과 달리 여름을 거치는 오랜 기간 피어 있으면서 자신의 생명력을 이어나간 강인한 꽃이었다. 복사꽃이나 살구꽃 같은 봄날의 나무들이 화사한 자태를 뽐낼 때에도 겸손히 자신만의 때를 기다릴 줄 아는 인내의 화신이었고, 아름답되 요염하지 않고 단아하되 강인한 내면과 천연의 미를 지닌 매력적인 존재였으며, 봄꽃의 화사한 여운이 사라져갈 때 피어나 가을꽃의 우수어린 서정이 펼쳐지기 전까지 여름의 청아한 면모를 한껏 수놓았던 아름다움의 연결자였던 것이다. 시가에서 발견되는 ‘무궁화(槿花)’의 이미지는 ‘하루 동안 영예롭게 피는데(槿花一日榮)’, ‘아침에 피었다 저녁에는 사라지며(朝開暮落)’, ‘저녁에 사라졌다 그 다음 날 아침이면 또다시 피어나는(夕死朝榮)’ 모습을 연출하면서 아름다운 순환 고리를 보여주는 꽃이었다. 청순한 미를 지니고 있지만 세상에 돋보이려 하지 않는 인내와 절제의 미학을 소유하고 있고 끊임없이 피고 지기를 반복하면서 생명력을 이어가는 매력을 지닌 꽃, 역대 시인들이 무궁화가 지닌 이러한 영속성을 주목하였기에 끊이지 않고 무궁화를 묘사해온 것이 아닐까 하는 생각을 해보게 된다.

7. 아름답고 환상적인 사랑의 희망 봉선화(鳳仙花)

鳳仙花(학명 Impatiens balsamina L)'는 봉선화과의 1년생 풀로서 중국, 인도, 말레이시아 등지가 원산지이다. 중국에서는 '金鳳花', '指甲花', '急性子', '鳳仙透骨草', '小桃紅', '海納', '旱珍珠', '菊奴', '女兒花' 등의 이칭을 갖고 있고,[16] 우리나라에서는 '봉숭아'로도 많이 불린다.[17] 주로 6월 이후부터 꽃이 피기 시작하는데 음지에서도 잘 자라고 공해에도 강하다. 분홍색, 빨간색, 주홍색, 보라색, 흰색 등 다양한 꽃 색깔이 있다.

봉선화는 뿌리, 줄기, 잎, 꽃, 과실, 씨앗 등 여섯 부분으로 이루어져 있는데 줄기와 가지 사이에서 꽃이 피어 있는 형상이 봉황을 닮았다 하여 '鳳仙花'라는 명칭을 얻었다. 꽃이 아름답고 여성들의 손톱 염료로 선호되었던 탓에 '指甲花', '女兒花' 등의 이칭을 얻었고, 씨앗이 익었을 때 살짝만 건드려도 씨앗이 튀어나가는 특성을 지녔기에 '急性子'라는 별명을 얻었으며, 여성들이 손톱을 물들

---

16 '鳳仙花'의 중국 고전 문헌에서 '金鳳花'라는 이칭으로 불렸다고 하나 현재 중국에서 '金鳳花'와 '鳳仙花'는 다른 식물로 인식되고 있다. '金鳳花'는 높이가 약 3미터까지 곧게 자라는 상록수의 꽃이다. 꽃의 화관이 오렌지색을 띠고 있으며 꽃잎 테두리가 황금색으로 되어 있어 불타는 듯한 느낌을 주는데 이 모습 또한 봉황의 비상을 연상하게 하므로 '金鳳花'라는 명칭으로 불리고 있다. 고전 문헌에 기록된 '鳳仙花'와 '金鳳花'의 구별은 쉽지 않다.

17 우리나라에는 물봉선, 노랑물봉선화, 거제물봉선, 가야물봉선, 오대물봉선, 미색물봉선, 흰물봉선 등 많은 봉선화 종류가 있으며, 전통적으로 여인들이 손톱을 곱게 물들이는 아름다운 꽃으로 인식되어왔다. 근현대로 오면서 우리 민족의 잠재의식 속에 봉선화는 더욱 특별한 의미의 꽃으로 인식되었다. 이는 일제강점기 때 홍난파의 가곡 <봉선화>가 일본에 의해 강점당한 우리 민족의 한과 슬픔을 표현한 민족의 애창곡이 되었던 것과 맥을 같이한다. 우리나라에서는 봉선화를 '봉숭아'라는 친근한 이름으로 부르면서 많이 심고 활용해왔으며 일반적으로 사랑스럽고 정겨운 존재로 인식하는 경향이 강하다.

이거나 목욕할 때 사용하는 등 여성이 애호하는 꽃이라 하여 '菊奴'라는 비하된 명칭으로도 불려왔다. 역대 중국시가에서 봉선화를 노래한 작품에서는 여성과 관계된 특징을 주목한 언급이 많이 보인다. 꽃물을 들이는 여성들에게는 아련한 사랑의 희망을 의미하는 꽃이었겠으나 일반 문인들의 정서에는 다소 비하된 이미지로 인식된 부분도 있었던 것 같다.

중국에서 봉선화는 전통적으로 서민들에 의해 관상용으로 많이 사랑받아왔을 뿐 아니라 손톱을 물들이는 용도로도 많이 활용되어왔다. 역대 문인들의 작품을 보면 꽃의 외관을 아끼는 이들은 봉황을 닮은 꽃의 자태를 칭송하면서 환상적인 미감을 부여하고 있고, 봉선화의 실용성을 주목한 이들은 여인들의 손톱을 곱게 물들이면서 미감과 희망을 증폭시켜주는 동시에 여인의 한을 아름답게 승화시켜주는 꽃으로 묘사를 가한 것이 발견된다. 봉선화가 '菊奴', '急性子'로 불릴 만큼 하품에 속하는 꽃이라는 폄하된 인식도 있었다고 하나 좋은 표현을 통해 이 꽃의 이미지를 향상시킨 작품들도 여러 수 있다.

唐代 吳仁璧은 봉선화가 신령한 존재감을 지닌 꽃으로 인식될 만한 가치를 지녔다고 보았다.

鳳仙花 봉선화

香紅嫩綠正開時 향기로운 붉은 꽃 여린 녹색 가지 피어날 때에는
冷蝶饑蜂兩不知 차가운 나비와 배고픈 벌들 모두 이 꽃을 알지 못했다
此際最宜何處看 꽃 필 때면 어디에서 구경하면 가장 좋을까
朝陽初上碧梧枝 아침 햇살 처음 비출 때 오동나무 푸른 가지에서라

봉선화 붉은 꽃과 녹색 가지가 피어나는 때에 나비와 벌들이 이 꽃을 쫓지 않는다는 언급은 봉선화가 유명한 화초가 아니기에 세인들의 주목을 받지 못하는 상황을 비유한 것이다. 봉황의 머리, 꼬리, 날개 등과 비슷한 자태를 지녀 '鳳仙'이라는 명칭을 얻은 것처럼 이 꽃은 아침 햇살을 받으며 봉황이 오동나무에 기거하듯 신령한 존재감을 발산하고 있는 꽃이라고 보았다. 주목받지 못하던 봉선화를 부각시킨 이러한 언급을 통해 겉으로는 평범해 보이지만 남달리 淸高하고 고결한 의식을 소유한 이를 칭송하고자 하였던 것이 시인의 의도라 할 수 있다.

南宋의 楊萬里는 봉선화를 묘사하면서 자태와 속성 모두를 순차적으로 칭송한 바 있다.

鳳仙花　봉선화

細看金鳳小花叢　작은 꽃무더기 속 봉선화 세밀히 살펴보아
費盡司花染作工　마음 다해 꽃을 관찰하고 공들여 물들이네
雪色白邊袍色紫　한쪽은 눈 같은 흰색으로 앞쪽은 자주색으로
更饒深淺四般紅　번갈아 짙고 옅은 풍성함으로 사방을 붉게 비추는구나

봉선화의 자태를 세심히 관찰하고 꽃잎을 손에 물들이는 작업을 함으로써 꽃의 자태와 실용성을 모두 소중히 생각하는 면모를 보이고 있다. '細看'으로 시작된 묘사를 '四般紅'으로 끝맺음함으로써 세부적인 관찰에서 전체적인 관찰로 시야를 넓혀가며 봉선화의 존재감을 확대시킨 수법이 돋보인다.

鳳仙花는 봉황을 연상시키는 외모와 명칭을 지녔기에 문인들은 종종 환상적인 필치로 꽃의 아름다움과 품성을 칭송하곤 하였다. 宋代 文珦 스님이 봉선화를 신령한 덕성을 지닌 꽃으로 묘사한 작품을 살펴본다.

鳳仙花　봉선화

何年鳳背古仙人　그 언제인가 봉황이 옛 신선을 등지고
草木之中自化身　초목 중에서 스스로 이 꽃으로 변화한 것이
丹袂翠翹秋色裏　붉은 옷깃 푸른 날개가 가을 정경 속에 펼쳐지니
猶資沆瀣養精神　양분이 풍성해지듯 이슬이 정신을 기르는 것 같구나

봉황이 신선을 등지고 이 꽃으로 변화하였다는 말은 '鳳仙花'의 명칭과 연관된 언급이지만 꽃이 지닌 남다른 자태에 대한 간접적인 칭찬도 된다. 봉선화의 꽃과 잎의 자태를 '붉은 옷깃(丹袂)'과 '푸른 날개(翠翹)'로 묘사하여 신선의 옷자락 같은 신령한 느낌을 창출했고, 맑은 이슬 속에 정신을 도야하는 신선처럼 이 꽃 역시 스스로의 기운을 넓혀나가는 신령한 존재라는 의견도 가미하고 있다.

宋代 舒岳祥은 자신이 봉선화를 아끼는 마음을 기술하면서 서술을 가할수록 그 애호의 정도를 깊게 묘사하는 방법을 활용한 바 있다.

同正仲賦鳳仙花 정중과 함께 쓴 봉선화 시

本愛眞紅一種奇 본래 진홍색 한 종류의 특별한 자태를 좋아했더니
後來紫白自繁滋 시간이 지나면서 자색과 백색 봉선화도 스스로 번성하였네
靑冠輕擧眞仙子 푸른 관이 가볍게 들려 있어 참으로 신선 같고
彩羽來儀瑞鳳兒 아름다운 깃이 내려앉은 모습 상서로운 봉황 같다
石竹通家分異樣 패랭이꽃은 온 집에 각기 다른 모양으로 피어 있고
園葵附譜亦多姿 정원의 접시꽃은 질서 있게 피었으되 이 또한 여러 자태이다
莫嫌性急難攖觸 성격이 급하여 건드리기 어렵다고 싫어하지 마소
我以爲規勝佩韋 나는 이 꽃을 규범을 존중하기 위한 경종으로 여기나니

봉선화에 대해 흥취가 많지 않아 진홍색 한 종류만 아끼다가 시간이 지나면서 자색과 백색 봉선화도 많이 기르게 된 상황을 기술하였다. '스스로 번성하였다(自繁滋)'라고 표현하고 있지만 어느덧 자신이 이 꽃을 많이 애호하게 되었음을 밝힌 것이다. 봉선화의 자태를 신선에 비유하여 신령한 흥취를 투사하였고 패랭이꽃과 접시꽃의 모습을 함께 언급하면서 다른 꽃에 뒤지지 않는 가치를 지닌 것으로 묘사하였다. 봉선화의 별칭이 '急性子'이듯 씨앗이 빨리 튕겨나갈 정도로 성질이 급하기에 세인들은 이 꽃을 싫어한다고 하지만 본인은 이 꽃을 '성격이 급한 사람이 스스로를 경계하기 위해 차고 다니는 부드럽게 다듬은 가죽(佩韋)'으로 활용하며 절제의 징표로 삼고 있다고 하였다. 봉선화가 지닌 세간의 부정적인 의미를 너그럽게 용인하고자 하는 의도를 드러낸 부분이다.

明代 瞿佑가 쓴 봉선화에 관한 시 역시 봉황과 연계된 신령한 이미지를 적극적으로 활용한 작품이다.

鳳仙花 봉선화

高臺不見鳳凰飛 봉황대의 봉황은 날아가고 없어 못 보았더니
招得仙魂慰所思 이 꽃 통해 신선의 혼 초대하여 그리움을 위로한다
秋露庭除蛩泣處 가을 이슬 정원 섬돌에 내리고 귀뚜라미 곳곳에서 울어대며
晚風籬落燕歸時 늦바람 담장에 날려 꽃잎 떨어지니 제비 돌아가는 때라
金盆夜搗聲相應 금쟁반에 꽃 찧는 소리 밤새 서로 호응하더니
銀甲春生色更宜 손톱이 봄에 피어난 색깔처럼 곱게 바뀌었다
好倩良工揮彩筆 솜씨 좋은 장인에게 청하여 고운 붓 칠하게 하여
寫成竹葉夾桃枝 댓잎에 복사꽃 가지 끼워 넣듯 그리게 함이 좋아라

봉선화와 봉황의 이미지를 연결하여 봉황은 없더라도 봉황의 이름이 실린 이 꽃을 통해 그리움의 정서를 위로하고자 하는 의도로 李白의 「登金陵鳳凰臺(금릉의 봉황대에 올라)」의 "봉황대에는 봉황이 노닐더니, 봉황은 날아가고 강만 혼자 흐르는구나.(鳳凰臺上鳳凰遊, 鳳去臺空江自流)" 구절을 전고로 활용하였다. 가을이 깊어가고 바람에 낙엽이 지게 되자 밤새 봉선화 잎을 찧는 소리가 곳곳에서 호응한다. 봉선화는 그리움의 투영체에서 여인네의 아름다움을 채워주는 소재로 재탄생하게 되는 것이다. 개화해서 아름다운 자태를 통해 마음에 위로를 주다가 꽃잎의 활용을 통해 미적 욕구까지 충족시켜주는 봉선화의 미감과 실용성을 애호하는 시인의 마음을 살필 수 있다.

淸代 呂兆麒는 봉선화의 명칭, 자태, 속성, 실용도 등을 망라한 묘사를 가하면서 이 꽃이 지닌 일부 부정적인 이미지의 쇄신까지도 도모한 바 있다.

鳳仙 봉선화

小卉名金鳳	작은 풀인데도 이름은 금봉황이요
簪來雲鬢秋	비녀로 꼽으면 여인의 머리 성숙하다
滋榮極蕃衍	생장하고 번성하여 무성하니
情韻入溫柔	온유한 정이 스며드는구나
染指色愈艶	손톱에 물들이면 모습 더욱 예뻐져
彈琴花自流	거문고 뜯으면 꽃이 절로 흐르는 듯
不須呼菊婢	봉선화를 하품으로 여겨 비천한 국화로 부르지 말길
羽客盡多愁	도사들은 많은 수심을 이 꽃 통해 사르나니

작은 풀이지만 여인네의 머리 장식이나 손톱 장식에 매우 유용하게 쓰이는 실용적인 면모를 주목하고 있다. 봉선화 물들인 손으로 현악기를 뜯으면 마치 봉선화 꽃잎이 음악을 타고 흩날리듯 그 운치가 더욱 고아해진다. 피어 있을 때 고운 장식으로서의 역할도 하지만 '指染花'라는 별칭에 걸맞게 손톱에 물들이고 나서 더욱 깊은 흥취를 제공하는 꽃인 것이다. 이러한 가치를 주목한 시인은 이 꽃을 봉황이 날아가듯 羽化登仙하는 경지에 이른 꽃으로 치환하여 꽃 중에서도 하품으로 여겨지는 시선에 대한 정정과 재평가를 강하게 주장하고 있는 것이다.

明代 林婭 같은 이는 봉선화의 명칭과 성품에 대해 부정적인 인식을 드러내

기도 하였다. 다른 문인의 작품과 내용적으로 비교가 되며 세간의 일부 인식을 살필 수 있는 자료도 된다.

詠鳳仙花　봉선화를 노래하다
鳳鳥久不至　봉황은 오랫동안 오지 않는데
花枝空復名　꽃가지는 부질없이 이 이름을 얻고 있네
何如學葵蕊　접시꽃 꽃술의 성품을 배워서
開即向陽傾　꽃이 피면 태양을 향하는 것이 어떠하리오

봉선화는 봉황과 연계된 멋진 명칭을 갖고 있지만 실제로는 작고 소박하여 이름에 걸맞지 않다는 평가를 가하고 있다. 해를 향해 자라는 접시꽃의 성품이라도 배워서 절개와 지조를 간직하는 것이 어떠한가라는 질문을 던짐으로써 봉선화는 자태나 성품 면에서 별다른 장점이 없는 꽃이라는 의견을 제시한 것이다.

鳳仙花에 대하여 문인들은 명칭, 외관, 속성, 활용도 등 다양한 분야에 걸친 기술을 가하여왔다. 다른 꽃보다 화사한 자태를 지녔거나 향기가 뛰어난 꽃은 아니지만 봉선화는 본연의 소박한 아름다움을 지닌 채 민가 주변에서 웃음을 띠우고 있고 여인들의 손톱을 곱게 장식해주는 등 친근한 매력을 유지하고 있는 꽃이라 할 수 있다. 봉선화는 명칭과 연관된 환상적인 미감을 드러내는 꽃이기도 하지만 "곱디고운 손톱을 물들이려고, 밤새 봉선화를 금빛 쟁반에 찧어대누나.(要染纖纖紅指甲, 金盆夜搗鳳仙花)"(明 瞿佑 「渭塘奇遇記(渭塘에서 특이하게 접한 것을 쓰다)」), "봉선화는 꽃 피었을 때 가장 고와서, 미인이 손톱을 붉게 물들인다네.(金鳳花開色最鮮, 染得佳人指頭丹)"(明 徐階 「鳳仙花(봉선화)」)" 등의 표현에서 보듯 실제 생활에서 소소한 즐거움을 주는 현실적인 꽃으로서의 이미지가 가장 강하다. 관상용으로서뿐 아니라 실용적인 측면에서도 존재감이 강한 꽃, 아름답고 환상적인 사랑을 기대하게 만드는 꽃, 이러한 점들은 봉선화가 사랑을 받기에 충분한 매력을 지녔음을 설명해주는 부분이라 할 수 있다.

8. 해를 향한 혼신의 열망 아욱(葵)

아욱(葵, Curled mallow)은 아욱목 아욱과의 2년생 초본식물로서 긴 잎자루에 5~7갈래로 난 어긋나고 둥근 모양의 녹색 잎을 가지고 있다. 잎은 약 60~90센티미터 높이로 자라는데 잎 가장자리에 톱니 모양의 '거치'가 있다. 아욱꽃은 주로 6~7월에 연분홍색의 오판화가 잎겨드랑이에 모여 달리는 형태로 핀다. 중국에서는 오래전부터 식용으로 이용해왔으며 전국적으로 재배되고 있다. 아욱은 생명력이 강하고 한여름의 무더위를 잘 견뎌내는 대표적인 여름 식물이다.

중국에서 '아욱'은 '葵', '葵子', '錦葵', '冬葵', '戎葵', '葵菜', '露葵', '冬葵菜', '滑菜', '馬蹄菜', '薪菜', '滑腸菜', '衛足', '衛足葵' 등으로 다양하게 표기되어왔고 『詩經』을 비롯하여 고대 문헌에서 자주 등장해온 식물이다. 일반적으로 '葵'는 '아욱(葵)'의 의미로 통용되어왔는데 이는 『說文解字』「艸部」에서 "규는 채소이다.(葵, 菜也)"라고 하였고 이때의 '葵'는 '冬葵', '錦葵', '荊葵', '芪苨', '滑菜' 등으로도 명명되는 아욱과(錦葵科) 아욱속(錦葵屬) 2년생 초본식물 '아욱'을 의미하기 때문이다. 그런데 한자어 명칭 '葵'는 '아욱과 식물'을 지칭할 뿐 아니라 해바라기와 접시꽃 등 다른 여러 식물에도 들어가 있는 경우가 많아서[18] 고전 문헌에서 쓰여진 '葵'가 구체적으로 어떤 식물인지에 대해서는 전문적인 고찰과 구분이 필요할 정도라 하겠다.[19]

---

[18] 식물의 명칭 중 태양을 향해 자라는 특징(向日性)이 있거나 부들부들하고 맛 좋은 채소의 특징을 가진 식물을 지칭할 때 주로 '葵'자를 쓰고 있음을 살필 수 있다. '葵'자를 명칭으로 활용한 그 밖의 식물로는 '向日葵'로 명명되는 해바라기, '蜀葵', '戎葵' 등으로 명명되는 '접시꽃(Alcea rosea)', '黃葵'로 명명되는 한해살이 풀인 '닥풀(Abelmoschus manihot)', '蒲葵', '扇葉葵' 등으로 명명되는 종려목(棕櫚目) 종려과(棕櫚科)의 '종려나무(학명 ivistona chinensis)' 등이 있다.

아욱은 '向日' 특성이 강하기에 충성과 절개라는 측면에서 좋은 본보기가 되어온 식물이지만 기본적으로는 채소로서의 실용성이 강한 식물이었다. 아욱은 파종하고 5주 후면 수확이 가능할 정도로 생육 기간이 짧고 병과 거름에 대한 걱정 없이 여름을 이겨내며 자란다. 줄기가 25센티미터 정도 크면 줄기 생장점 윗부분의 연한 잎과 줄기를 잘라 채소로 활용할 수 있다. 예로부터 한국과 중국에서 푸성귀로 많이 재배하던 식물이었으니, 白居易가 「夏日作(여름에 짓다)」에서 "전날 내린 비에 숲의 죽순이 부드러워지고, 새벽이슬에 동산 아욱이 싱싱하다. 아욱을 삶고, 연한 죽순을 베어내어, 조찬으로 준비하리라.(宿雨林筍嫩, 晨露園葵鮮. 烹葵炰嫩筍, 可以備朝餐)"라고 한 것이나, 唐 陸龜蒙이 「江南秋懷寄華陽山人(강남에서 가을에 화양산인을 생각하며 보내다)」에서 "정원의 귤나무 가지를 드리우며 냄새를 풍기는데, 동산의 아욱을 비틀어 꺾어 삶네.(庭橘低攀嗅, 園葵旋折烹)"라고 한 구절 등을 통해 아욱이 식용으로 즐겨 활용되었던 예를 살필 수 있다.[20]

1) 충절과 절개의 상징

아욱에 관한 최초의 기록은 『詩經』 「豳風」 「七月」편 "7월에 아욱과 콩을 먹는다.(七月亨葵及菽)" 구절에 등장한다. 이후에 나온 아욱에 관한 기록을 보면 '채

---

19 몇몇 식물에 대해 '葵'라는 명칭을 동일하게 부여하고 있는 점에 대하여는 심도 있는 연구가 필요하다고 본다. '葵'의 전통적 의미에 대해 연구한 논문으로 李艷, 「說文解字所收葵義考」(『鄭州航空工業管理學院學報』(社會科學版), 제29권 제2기, 2010.4)를 참조할 수 있다.

20 고전시에서는 종종 '葵' 어휘를 '아욱', '접시꽃', '오크라' 등의 식물과 혼용하여 사용하였기에 상황에 따라 구체적인 분별을 할 필요가 있다. 唐代 白居易의 시 「烹葵」(아욱을 삶다)에 "어제 저녁 식사를 안 하고 잤더니, 오늘 일어나니 아침에 배가 고프구나. 가난한 주방에 무엇이 있나, 쌀에 불을 때고 오크라를 삶네. 붉은 쌀알은 향기로우면서도 부드럽고, 녹색 꽃부리는 기름지면서도 통통하다. 허기가 왔으나 배부르게 되나니, 배부른 다음에 또 무슨 생각이 있겠는가.(昨臥不夕食, 今起乃朝飢. 貧廚何所有, 炊稻烹秋葵. 紅粒香復軟, 綠英滑且肥. 饑來止于飽, 飽後復何思)"라는 내용에도 '葵'를 삶아서 식용했음을 표현했는데 시제의 '葵'만 보면 이것이 '冬葵(아욱)'인지 식용식물 '오크라(秋葵, 학명: Abelmoschus esculentus)'인지 구분이 잘 되지 않는다. 이 시의 경우 제4구 "炊稻烹秋葵"에 나온 쌀과 함께 삶아 먹는 '秋葵'라는 표현과 제6구 "綠英滑且肥"에 나오는 '녹색 꽃부리' 등의 표현을 볼 때 식용으로 먹는 채소인 '오크라(秋葵)'로 유추해볼 수 있다.

소'로 묘사한 내용과 잎이 태양을 향하는 '向日' 특성을 주목한 내용이 주로 많은 편이다. 『爾雅·翼』에 "葵는 헤아리는 것이다. 아욱은 잎이 해를 향해 기울며 그 뿌리에 해가 비추게 하지 않음으로써 지혜롭게 뿌리를 헤아려주는 것이다.(葵者, 揆也. 葵葉傾日, 不使照其根, 乃智以揆之也)"라는 해설이 있고, 元代 王禎의 『農書』에서는 이러한 특성과 연관하여 '陽草'라고 칭하고 있으며, 아욱의 별칭인 '衛足', '衛足葵' 등도 아욱의 向日性을 고려한 명칭이다. 여러 문헌에서 아욱이 강인한 생명력으로 해를 향해 자라는 특징을 주목하여 '태양을 향한 일편단심', '변하지 않는 충절', '기개와 절조' 등의 마음을 표현할 때 자주 활용하여 왔음을 살필 수 있다.

아욱은 연약한 초본식물이다. '松竹'처럼 강인한 절조나 '梅蘭'처럼 고아한 향기를 지니지는 못했지만 해를 향해 자라나는 자신만의 의지는 보는 이에게 감동을 준다. 宋代 劉克莊이 아욱에서 영감을 얻어 쓴 다음 작품을 보자.

葵 아욱

生長古墻陰	아욱은 옛 담장 가 그늘에서 자라고 있는데
園荒草樹深	동산은 황폐하여 풀과 나무 우거졌다.
可曾霑雨露	비와 이슬에 흠뻑 젖어가도
不改向陽心	태양을 향한 마음 변치 않는구나

본래 해와 더운 날씨를 좋아하는 아욱의 속성에 맞지 않게 자라나는 곳은 오래된 담장 가 그늘 속이다. 게다가 주변은 황폐하여 양지식물의 취향과는 더욱 맞지 않는 환경을 제공한다. 그러나 이러한 열등한 환경이라 해도 아욱의 강한 생명력을 꺾지는 못하니 강인한 의지로 생존력을 발휘하는 자연의 모습에서 시인은 시련을 극복하는 지혜와 깨달음을 얻고 있는 것이다.

아욱을 묘사한 劉克莊의 다른 시 역시 아욱의 충절을 노래하고 있다.

葵花二首 其一 아욱꽃 두 수 제1수

植物雖微性有常	식물은 비록 미약한 듯해도 본성은 늘 유지하고 있는 법
人心翻覆至難量	사람의 마음은 뒤집어지니 실로 헤아리기 어렵구나
李陵衛律陰山死	이릉 장군이 규율을 지키며 음산에서 죽었다 해도

不似葵花識太陽 아욱꽃이 태양을 알아본 것 같지 않았을 것을

아욱을 보고 느끼는 충절의 이미지를 漢代 李陵이 흉노족에 투항해서 조정의 질타를 받은 고사와 연계하여 서술하였다. 李陵이 절조를 지켜 전사했다 한들 황제가 그를 온전히 알아주었을까 하는 의구심을 펼치고 있다. 사람의 마음은 상황에 따라 번복하지만 식물은 미약한 듯해도 변하지 않고 본성을 유지하는 존재임을 상기시키는 언급이다.

宋代 陳淳은 아욱의 자태와 기개를 모두 칭송하는 시를 남기고 있다.

對葵 아욱을 대하면서

開闔隨陽自曉昏	아침부터 저물녘까지 잎을 펼쳐 태양을 따라가는데
輕如綃縠淨瑤琨	그 자태 명주실같이 가볍고 옥같이 깨끗하다
淡黃相枕五重靚	엷은 노란색 꽃잎 다섯 겹으로 정갈하게 포개져 있고
濃紫深藏一竅渾	하나의 꽃술이 짙은 자색으로 깊이 감추어져 있다
熟視絕無妝點態	이 모습 오래 살펴봐도 장식한 자태는 절대 없고
細看不見剪裁痕	세밀히 보아도 잘라낸 흔적을 볼 수 없네
誰能會取個中意	그 누가 이 꽃에 담긴 의중을 깨달을 수 있나
與玩乾坤造化根	자연의 조화 따라 이루어져 뿌리 내리고 있는데

아욱이 지닌 외양과 함께 일관되게 태양을 향해 서 있는 의지를 칭찬하는 내용을 담고 있다. 올곧은 의지는 귀한 명주실과 옥에 비견할 만하고 그 자태는 장식과 마름질이라는 인위적인 행위로도 이룰 수 없는 것임을 밝히고 있다. 미연에서 아욱이 지닌 의기는 오묘한 자연의 조화로 인해 이루어진 것으로 묘사함으로써 이 꽃이 소유한 의연한 자태는 인간의 의식으로 이해할 수 없음을 설명하고 있다.

해를 향해 자라는 특성과 연관하여 충성심이나 일편단심을 표현할 때 시인들은 종종 아욱과 함께 다른 식물도 거론하곤 하였는데 그중 많이 활용된 것이 '콩(藿)'과 '원추리(萱草)'였다. 특히 '아욱(葵)'과 '콩(藿)'은 함께 거론되는 경우가 많아 '葵藿', '葵藿之心', '傾藿', '太陽及葵', '葵藿仰陽春', '葵藿傾葉', '葵藿志', '葵藿資' 등으로도 표현되었다. 魏 曹植이 「골육 간 통하기를 바라면서 올

리는 표(求通觀親表)」에서 "만약 아욱과 콩의 잎이 태양을 향해 기운다 할 때 비록 빛을 얻지 못한다 해도 끝까지 해를 향하는 것은 정성입니다. 신은 이를 은근히 아욱과 콩에 비교합니다.(若葵藿之傾葉太陽, 雖不爲之回光, 然終向之者, 誠也. 臣竊自比葵藿)"라고 하며 자신의 충심을 나타내려 한 것이 그 예이다. 『舊唐書』「良吏傳下」「倪若水」에 "초개같이 천한 목숨도 늘 몸을 바쳐 충절을 본받으려 하고, 아욱과 콩 같은 미천한 마음도 언제나 마음을 다해 주인의 은혜를 갚기를 원한다.(草芥賤命, 常欲殺身以効忠; 葵藿微心, 常願隳肝以報主)"라는 구절, 唐代 王維가 「삼가 동생을 추천함을 책망하며 올리는 표(責躬荐弟表)」에서 충절을 묘사할 때 "아욱과 콩의 작은 마음이라 해도, 삼가 해를 향할 줄 압니다. 견마의 뜻을 다하면, 어찌 하늘을 움직이기에 족하지 않겠습니까?(葵藿之心, 庶知向日. 犬馬之意, 何足動天)"라고 한 구절, 文天祥이 "푸른 하늘의 검어짐 막막하고, 한낮의 해가 누렇게 되어 아득하구나. 바람과 먼지가 사막에 그득하고, 세월은 흘러 성상이 바뀌네. 지하에서 두 기운이 맹렬하게 올라오고, 옥중에서는 길게 외롭고 분하도다. 그러나 아욱과 콩 같은 마음을 간직한다면, 쇠와 돌 같은 마음 변치 않으리. (漠漠蒼天黑, 悠悠白日黃. 風埃滿沙漠, 歲月稔星霜. 地下雙氣烈, 獄中孤憤長. 唯存葵藿心, 不改鐵石腸)"(「壬午(임오)」)라고 한 구절 등 여러 시구에서 '葵藿' 표현을 통해 자신의 충정을 아욱과 콩에 비교한 것을 살필 수 있다. '葵藿' 표현은 마치 소나무와 측백나무를 함께 논하면서 곧은 충심과 절개를 상징하는 '松柏' 표현과도 같은 표현이다.[21]

'아욱(葵)'은 종종 '원추리(萱草)'와도 함께 거론되었다. 원추리는 초여름부터 시작해서 초가을까지 차례로 피고 지며 생명력을 이어나가는데 한여름의 뜨거운 햇볕 속에서도 탐스러운 황금색 꽃을 달고 있어 보는 이에게 '근심을 잊게

---

21 '아욱과 콩잎'을 지칭하는 '葵藿' 표현은 군주에 대한 충성심이나 윗사람에 대한 존경심을 표현할 때뿐 아니라 소박하게 먹고 사는 삶을 묘사할 때도 자주 등장하던 표현이다. 唐代 劉駕가 「山中有招(산속에서의 초대)」에서 "비록 봄꽃을 심지는 않았지만, 침석에는 연꽃의 향기가 그득. 그대 이곳에 와서 아욱과 콩잎을 먹지 않으련가, 자연이 내린 작위가 어찌 영화롭지 않을손가?(春花雖無種, 枕席芙蓉馨 君來食葵藿, 天爵豈不榮)"라고 한 것이나, 唐代 徐夤이 「偶吟(우연히 읊다)」에서 "천권의 장서와 만 수의 시, 아침에는 콩을 찌고 저녁에는 아욱을 삶아 먹네.(千捲長書萬首詩, 朝蒸藜藿暮烹葵)"라고 한 구절 등이 그러한 예에 해당한다.

하는(忘憂)' 서정을 선사하는 꽃이다. 아욱과 원추리는 여름 햇살 아래 강인한 생명력을 발휘하면서 시인들의 마음에 깨달음을 선사한다는 점에서 함께 거론되기에 부족함이 없는 식물이다. 아욱과 원추리가 함께 언급된 시가 중 宋代 範成大가 두 식물로 얻게 되는 마음의 평정을 노래한 작품을 보자.

葵花萱草　아욱꽃과 원추리

衛足保明哲　아욱은 명철을 유지하게 하며
忘憂助歡娛　원추리는 즐거움을 도와준다
欣欣夏日永　여름 해가 긴 것을 기뻐하며
媚我幽人廬　은자의 오두막에서도 내게 아름다움을 펼치는구나

아욱은 햇살을 향하여 자라므로 절개와 기쁨의 상징이 되고 원추리는 근심을 잊게 하는 '忘憂草'의 역할을 함으로써 마음에 평안을 준다. 두 꽃 모두 여름 햇살 하에 잘 자라나면서 한적한 오두막에서 여름을 지나는 은자에게 잔잔한 기쁨을 선사하는 귀한 존재가 되고 있는 것이다.

宋代 趙蕃이 아욱과 원추리를 보고 느낀 감회를 시를 읊은 작품도 있다.

窓前葵萱皆吐花成詩二首　창 앞 아욱과 원추리 꽃 핀 것을 보고 쓴 시 두 수 제1수

僮能去蓬蔮　어린 종이 쑥과 명아주를 잘 제거해주어서
手自植葵萱　내 친히 아욱과 원추리를 심어놓았다
疊石就爲砌　돌들을 쌓아서 계단을 만들었고
啓窓因當軒　창문을 설치하여 처마를 삼았다
後先殊早晚　뒤서거나 앞서거니 아침저녁으로 다르건만
開斂共朝昏　아침저녁으로 함께 피고 지는 것 맞이한다
長夏曷以度　긴 여름을 어찌 헤아릴 수 있으랴
幽花相與言　그윽하게 피어난 꽃들과 더불어 대화하며 지내리니

손수 심어놓은 아욱과 원추리가 앞서거니 뒤서거니 하며 꽃을 피워내는 모습을 보고 시인은 마음의 흡족함을 느낀다. 태양을 향해 자라는 두 화초의 속성에서 깨달음을 얻고 긴 여름의 더위가 주는 고통을 꽃을 보면서 해소하고자 하는

마음을 행간에 심어놓았다.

宋代 黃庭堅도 '萱草(원추리)'를 노래한 작품에서 "원추리는 종래 북당에 심겨져 있으면서, 우로 받으며 자애로운 빛살을 빌리네. 국화와 아름다운 모습은 겨루기 어렵고, 아욱처럼 태양을 향해 몸을 기울인다네.(從來占北堂, 雨露借恩光. 與菊亂佳色, 共葵傾太陽)"(「次韻師厚萱草(사후의 원추리에 차운하여)」)라고 원추리와 함께 아욱을 거론하면서 태양을 향해 자라는 속성을 주목한 바 있다. '아욱(葵)', '콩(藿)', '원추리(萱草)' 등은 모두 미약한 존재 같지만 뜨거운 여름에도 해를 향해 자라는 생명력을 발휘한다. 비록 '松柏'에 비길 만한 위용은 없더라도 역대 문인들은 절개를 지키는 의지만큼은 장대하였던 것으로 인정하였던 것이다.

2) 뜨거운 열정 뒤의 비감과 회상

아욱은 해를 향하는 속성으로 인해 강인한 인상을 주기도 했지만 외관상으로 볼 때에는 채소의 미약한 형상을 벗어나지 못하는 식물이다. 생육 도중 꽃이 피기도 하지만 존재감은 미약하며 관상용으로도 적합하지 않지만 아욱이 채소로서의 실용적인 측면이 강했던 것과 연관하여 꽃도 주목을 받았을 것으로 생각된다. 아욱은 미약한 외모와 강인한 속성을 함께 지녔지만 이 식물 역시 조락의 섭리에서 자유로울 수는 없었다. 역대 시가에서 아욱의 생장과 조락을 주목하여 영고성쇠에 따른 비감을 표현한 몇몇 구절을 살펴보기로 한다.

漢代 無名氏에 의해 지어진 악부시 중 아욱의 속성을 빗대어 한때의 젊음을 경계한 노래가 있다.

長歌行 장가행

靑靑園中葵	푸릇푸릇 정원에 아욱 자라고 있는데
朝露待日晞	아침 이슬은 햇살에 마르길 기다리네
陽春布德澤	양춘에는 은택을 베풀어
萬物生光輝	만물에 광채가 생기게 한다네
常恐秋節至	언제나 두려운 것은 가을이 와서
焜黃華葉衰	노랗게 빛나던 화려한 꽃잎을 쇠하게 하는 것이지

百川東到海　온갖 냇물은 동쪽 바다로 흘러만 갈 뿐
何時複西歸　그 언제인들 서쪽으로 돌아갈 수 있으리오
少壯不努力　소년과 장년 때 노력을 하지 않는다면
老大徒傷悲　늙어서는 한갓 슬픔뿐이라

　　부모를 비롯해 주변 사람의 은혜를 받아 성장한 젊은이는 밝은 햇살 아래서
자신의 뜻을 펼치기를 기다리며 화사한 태양은 만물에 고루 은총을 베풀어준다.
젊음이라는 기회는 누구에게나 펼쳐지지만 이내 꽃을 시들게 하는 가을이 도래
하게 된다. 동쪽으로 흘러간 강물이 다시 회귀할 수 없듯 젊음도 되찾을 수 없는
것이니 세월을 아껴 사용해야하는 연유가 여기에 있는 것이다. 사계절의 변화와
만물의 성쇠가 각각 때가 있음을 거론하면서 주된 소재로 아욱을 활용하였다는
것은 이 꽃 또한 일시의 영화를 상징하기에 적절한 식물이라고 보는 관점에 따
른 기술이다.
　　魏晉代 陸機는 정원에 심어진 아욱을 보면서 자연의 섭리와 인간의 유한성을
겸허히 자각하고자 하는 의식을 표현하였다.

園葵詩　정원의 아욱을 읊은 시

種葵北園中　북쪽 정원에 아욱을 심어놓으니
葵生鬱萋萋　아욱이 피어나 울창하고 무성하게 자란다
朝榮東北傾　아침이면 피어나 동북쪽을 향해 기울이고
夕穎西南晞　저녁이면 봉우리 서남쪽을 향해 고개 숙이네
零露垂鮮澤　이슬 내릴 때 맑은 자태를 드리우고
朗月耀其輝　환한 달이 뜰 때 찬란하게 자신을 밝힌다네
時逝柔風戢　시간이 흘러 부드러운 바람이 그치고
歲暮商飆飛　세모가 되니 회오리바람이 날리네
曾雲無溫夜　구름이 없어지니 온기 없는 밤이 되고
嚴霜有凝威　근엄한 서리 내려 추운 위세를 드러내네
幸蒙高墉德　다행히 높은 담장 덕을 입고
玄景蔭素葵　그윽한 햇살 소박한 꽃들에 가리워져 있었네
豐條並春盛　풍성한 가지가 봄처럼 융성하였건만
落葉後秋衰　낙엽이 지고 나니 가을의 쇠락함이 오는구나
慶彼晚凋福　기쁜 일이라도 오래 되면 복이 시드는 것
忘此孤生悲　이것을 잊으면 외로움과 비애가 생겨나나니

아욱의 의연한 자태와 고고한 아름다움을 한껏 칭송하고 있지만 결국 작자가 주목한 것은 시간의 흐름에 따라 쇠락해 가는 생물의 이치이다. 시가 중에 '幸' 자를 활용함으로써 아욱이 지닌 번듯함이 자신의 능력만은 아님을 설파하였고 주변 환경의 도움조차도 시간이 흐르면 소용이 없음을 지적하였다. 미연에서 언급한 좋은 일만이 오래 갈 수는 없다는 논지를 증명하고자 아욱을 활용한 것이 아닐까 할 정도로 자연물을 통해 겸손을 깨달아야 함을 강변하고 있다는 느낌을 받게 된다.

戴叔倫도 아욱꽃을 보면서 한때의 개화에 이어 조락하는 모습을 탄식한 바 있다.

嘆葵花　아욱꽃을 탄식하며
今日見花落　오늘은 꽃이 떨어지는 것을 보지만
明日見花開　내일은 꽃이 피는 것을 본다
花開能向日　꽃은 피면서 해를 향할 줄 알건만
花落委蒼苔　꽃이 떨어지면 푸른 이끼에 몸을 위탁한다
自不同凡卉　스스로는 평범한 풀들과 같지 않지만
看時幾日回　이 모습 볼 수 있는 시간이 며칠이나 될꼬

해를 향하여 꽃을 피우던 아욱이었지만 꽃이 지게 되면 땅의 이끼와 함께할 수밖에 없는 운명을 갖고 있다. 해를 향한 절개를 가졌기에 남다른 존엄을 지킬 수 있었지만 시간의 흐름과 자연의 순리 앞에서는 결국 유한할 수밖에 없는 존재이다. 아욱을 통해 자연물과 인간의 유한한 한계를 자각하고 있음을 살필 수 있다.

李白이 유배되어 가는 도중 아욱과 자신의 신세를 대비하면서 비감을 표현하는 작품을 쓴 바 있다.

流夜郞題葵葉　야랑으로 유배되어 가는 중에 아욱잎을 보고 읊다
慚君能衛足　부끄럽구나 그대는 뿌리를 지키고 서 있는데
嘆我遠移根　내 자신은 뿌리를 옮겨 멀리 떠돌고 있음을 한탄하노라
白日如分照　태양이 분별 있게 비출 수 있다면

還歸守故園　나로 하여금 돌아가 고향의 정원을 지키게 할 수 있으련만

李白은 永王 李璘의 막부에 참여한 일로 肅宗에게 유배를 당하여 고향을 떠나 멀리 夜郎(貴州 境內)으로 유배되어 가는 도중 아욱의 모습을 보고는 이내 자신의 신세를 생각해내게 된다. 미약한 식물이지만 고향에 뿌리를 내리고 있는 아욱의 자태는 실의에 빠진 채 타향을 전전하는 시인의 마음을 돌아보게 하는 좋은 매개체가 된다. 태양을 향해 꽃을 피우고 있는 아욱의 자태를 보면서 공정하게 빛을 발하는 태양처럼 황제의 자애로움이 있었으면 하는 소원을 가져본다. 실의에 빠진 시인이 순간적으로 자신의 신세와 비교되는 비감의 투영체로 아욱을 인식하고 있음을 추측해볼 수 있다.

唐代 劉長卿이 유람지에서 발견한 아욱을 보고 노래한 작품을 살펴본다.

遊南園偶見在陰墻下葵因以成詠
남쪽 정원에 놀러갔다가 우연히 그늘진 담 아래 아욱을 보고 읊다

此地常無日　이곳에는 늘 해가 들지 않아도
靑靑獨在陰　그늘 속에서 홀로 푸르렀다
太陽偏不及　태양이 치우쳐 비추기에 이 식물에 미치지 못하는 것이지
非是未傾心·　이 식물이 태양을 향하는 마음이 없는 것은 아니다

햇살을 받지 못한 채 담장 아래 피어 있지만 '葵'라는 글자가 암시하듯 아욱은 푸른 자태를 유지하며 언제나 태양을 바라보는 마음을 지니고 있다. 아욱이 태양을 바라는 것은 숙명이지만 심어진 환경이 그늘 속이라 온전히 햇살을 향유할 수는 없다. 그럼에도 불구하고 푸른 존재감을 유지하는 아욱의 자태와 올곧은 심지를 잃지 않는 모습을 강조하였다. 마치 임금의 은혜를 그리워하면서도 사랑받지 못하고 있는 자의 심정을 대변하는 듯한 언급이다. 타인이 알아주던 알아주지 않던 항심을 유지하며 밝은 햇살을 바라며 생활하는 선비의 마음을 기탁한 작품이라는 점에서 의미가 있다 하겠다.

'아욱(葵)'이 문헌상 중요한 의미를 갖는 것은 고래로부터 민간에서 중요하게

활용되어온 채소인 데다가 강한 생명력과 '태양을 향해 자라는 특징(向日性)'으로 인해 충의와 절개의 상징으로 자주 묘사되었기 때문이다. 아욱은 '식용'이라는 실용적인 측면이 강한 식물이었고 '向日'의 특성과 연계된 상징성이 큰 식물이었기에 사람들은 친근하게 대하는 중에서도 큰 교훈을 얻을 수 있었을 것이다. 한편으로 여름의 더위를 무릅쓰고 햇살을 향하는 아욱의 강인함에서 사람들은 감동을 얻게 되지만 이 식물 역시 시간의 흐름에 따른 조락의 운명에서 자유롭지 못하다. 채소의 성질을 갖고 있기에 처연하게 꽃잎을 흩날리며 스러져가는 봄꽃들처럼 또렷하게 傷春意識을 느끼게 하는 존재도 되지 못한다. 그러나 뜨거운 햇살을 향해 쏟았던 강인한 열정이 있었던 만큼 '화려한 절정에 이은 조락과 이에 대한 회상', '인생의 세미한 부침' 등의 내용을 표현하는 데 있어서는 여느 꽃 못지않은 좋은 소재가 될 수 있었던 것이다. 그런데 여러 문헌에서 발견되는 '葵', '葵花' 등의 표현을 접할 때는 한 가지 주의할 점이 있는데 이는 '아욱(葵)'을 '접시꽃(蜀葵)'이나 '해바라기(向日葵)'로 오인하거나 오인된 기술을 가하는 점이다. '해바라기(向日葵)'의 경우 중앙아메리카가 원산지인 국화과의 일년생 식물로서 16세기에 콜럼버스가 아메리카 대륙을 발견한 다음 유럽을 거쳐 明代 이후에 중국과 우리나라에 들어온 것으로 알려져 있다. 그렇기에 明代 이전 고전문헌에서 발견되는 '葵'나 '葵花'는 해바라기가 아니라 '아욱'을 의미하는 표현으로 보아야 할 것이다.

9. 풍요와 번영의 상징 석류(石榴)

石榴나무는 석류나뭇과에 속하는 낙엽성 소교목으로 주로 따듯한 곳에서 잘 자라는 나무이다. 꽃은 주로 橙紅色인데 빨강, 노랑, 흰색도 있다. 주로 5~6월에 개화하여 깔때기 모양 꽃이 새로 나온 가지 끝이나 잎겨드랑이에서 1~5송이가 피어나고 열매는 10월경에 익는다. 옛 페르시아(이란)가 원산지로 알려져 있으며[22] 인도 북서부, 파키스탄, 아프가니스탄, 키르키스탄 등지의 해발 300~1,000미터 지대에서 자생하던 나무였다. 재배 역사가 길고 인류가 재배하는 과일나무 중 가장 건조한 지역에서 견디는 나무라 할 수 있다. 주로 중동 지역에서 재배되던 이 나무는 일찍부터 유럽을 비롯한 여러 나라에 전해져서 많은 애호를 받아왔다. 지금으로부터 3,000년 전 이집트의 피라미드 벽화에도 석류 그림이 그려져 있고 고대 유대인들도 이 나무를 신성시하였으며 성경에 약 30회 정도가 나오고 옷 술과 솔로몬의 성전 등에도 석류무늬 장식을 가하였다 한다. 중국에서는 漢武帝 때 張騫이 서역 정벌에 나섰다가 귀국할 때 함께 가져온 과일나무로 알려져 있고 晉나라를 지나면서 "천하의 기이한 나무, 九州의 이름난 과일" 등으로 널리 알려지게 된다. 한자로는 '安息榴', '西安榴', '樹榴', '若榴', '丹若', '金

---

22 '石榴'라는 이름은 '페르시아'의 중국식 명칭인 "安石國에서 자라는 나무"라는 뜻에서 유래한 것으로 알려져 있어 중국과 한국에서는 석류의 원산지가 페르시아라고 보는 것이 일반적인 견해이다. 석류의 학명은 'Punica granatum'이고 속명은 'Punica'이다. 이 속명 'Punica'는 라틴어로 카르타고를 뜻하는 'punicus'에서 따온 말인데 이는 석류를 북아프리카 카르타고 원산으로 본 연유이다. 종소명 'granatum'은 씨가 粒狀으로 갈라졌다고 하는 'granatus'에서 유래되었다. 이러한 학명들에 비추어볼 때 석류는 "카르타고 원산으로 열매가 낱낱이 갈라지는 나무"라는 유추도 가능하지만 석류의 원산지를 밝히는 것은 본서의 주된 연구가 아니므로 간략한 서술에 그친다.

釁’, ‘金罌’ 등으로 불리어지고 있다.[23] 우리나라에는 석류나무가 7세기 이전에 들어온 것으로 추측되고 있다.[24]

석류는 꽃을 즐기는 원예식물이면서 과일을 먹는 유실수이다. 붉은 주머니 속에 루비처럼 반짝이는 촘촘한 알갱이 때문에 중국에서는 일찍부터 ‘부귀’, ‘자손 번영’, ‘다산’, ‘多男’ 등의 상징으로 인식되어 연밥과 함께 결혼식의 의식상에 놓이거나 신혼의 축하선물로 보내어지기도 하였다. 익어갈수록 단단한 껍질을 깨고 속살을 들어내는 석류열매는 시고 단 맛을 지니고 있는데 그 모습이 마치 이빨을 드러내고 히죽히죽 웃고 있는 바보 같다고 해서 그 꽃말이 ‘바보’, ‘우둔함’ ‘히죽히죽 웃음’ 등으로 알려져 있다.

石榴花는 봄에 개화하는 梨花, 杏花, 桃花, 櫻桃花에 이어 5~6월에 개화하는 꽃으로 역대 시문 중에서 흔히 극한의 아름다움과 우아한 서정을 지닌 꽃으로 흔히 묘사되었다. 梁代 江淹, 晉代 潘岳과 張協, 宋代 梅堯臣 등 문인들이 「安石榴賦」를 통해 석류를 묘사한 것을 위시하여 『全唐詩』에서도 제16위의 빈도 수를 보이고 있어 역대 시가에서 애호가 비교적 높았던 식물이었음을 알 수 있다. 石榴는 밝고 화려한 자태를 지니고 있어 마치 지울 수 없는 사랑의 화인처럼 시인의 가슴에 강렬한 낙인으로 뜨거움을 선사한다. 역대 시인들은 꽃과 열매가 모두 붉은 石榴의 자태를 들어 ‘원숙한 아름다움의 표상’, ‘강렬한 사랑’ 등을 떠올리기도 했고 주변 환경에 굴함 없이 자신의 품격을 고수하는 독립적이고 독자적인 성품의 매력을 주목하기도 하였다. 석류는 꽃과 열매 모두 강렬한

---

23 석류는 다양한 별칭을 갖고 있는데 이와 별도로 ‘山石榴’는 석류가 아니라 ‘杜鵑花’를 의미한다. 杜牧은 그의 시 「山石榴」에서 “불꽃같은 진달래 작은 산을 비추는데, 번화하면서도 검박하고 요염하면서도 한아하네. 가지 하나 가인의 옥비녀 위에 꽂으니, 푸른 구름 같은 머리를 태워버릴 것 같네.(似火山榴暎小山, 繁中能薄艶中閑. 一朶佳人玉釵上, 只疑燒卻翠雲鬟)”라고 하였는데 이는 봄에 불타듯 산을 물들이는 두견화를 지칭한 것이었다. 또한 석류 명칭이 들어간 ‘海石榴’ 역시 석류의 이종이 아니라 ‘동백꽃’을 의미한다는 점에서 주의를 요한다.

24 중국을 통해 우리나라에 들어온 것으로 알려진 ‘석류(石榴)’는 우리가 중국 명칭을 그대로 사용하는 수목명이다. 우리나라의 문헌 중 석류에 관한 문헌은 『高麗史』에서 의종 5년(1151) 6월 부분에서 처음 그 기록을 찾을 수 있으나 통일신라시대의 암막새에 石榴唐草紋을 통해 이 당시 이미 석류가 번영과 풍요의 상징으로 생활 속에 뿌리내렸음을 알 수 있다. 우리나라에는 7세기 이전에 석류가 수입된 것으로 추정된다.(박상진, 『우리 나무의 세계』, 파주 : 김영사, 2011, 331쪽 참고)

이미지를 지니고 있는데, 꽃은 선홍색 빛깔을 띠고 있고 열매와 그 속에 든 씨껍질 역시 새빨간 색을 하고 있다. 그런 점으로 인해 역대 문인들의 석류화에 대한 이미지는 '붉고 정열적인 존재', '다른 꽃과 차별되는 독자적인 고아함', '상대적인 미감을 지니고 있어 아름다우면서도 고독한 존재' 등의 인식범주에 들어 있었던 것이 발견된다.

1) 화사하고 붉은 미감의 표출

석류화는 붉은색, 분홍색, 노란색, 흰색 등 여러 가지 색깔의 품종이 있으나 그중에서도 등홍빛을 지닌 꽃이 가장 보편적인 품종이라 할 수 있다. 석류화는 '五月花'라는 별칭이 말해주듯 장맛비가 내리는 음력 오월에 주로 피어난다. 빗물이나 이슬을 머금고 햇살에 반짝이거나 안개 속에서 몽롱하게 붉은 자태를 자랑하는 꽃잎의 아름다운 모습은 마치 '사랑의 화인', '사랑의 열정' 같은 강렬한 미감을 느끼게 한다. 宋代 王安石이 「詠石榴花(석류를 노래하다)」에서 "수많은 푸른 잎 속에서 피어난 한 송이 붉은 꽃, 봄 풍경을 느끼게 하는데 많은 꽃은 필요치 않아라.(萬綠叢中紅一點, 動人春色不須多)"라고 하며 돋보이는 선명한 아름다움을 칭송한 것을 비롯하여 역대 수많은 시인들의 작품 속에서 "불타는 듯 정열을 지닌 아름다운 존재"의 의미로 자주 등장했다. 이역에서 들어온 꽃이라는 점에서 신비한 이미지를 지니고 있고, 화사하고 정열적인 등홍색 꽃잎이 강렬한 미감을 주며, 익으면 빨간 껍질을 터뜨리고 나와 루비처럼 반짝이는 알맹이를 드러내는 석류의 새빨간 모습은 시인들로 하여금 풍성한 정감을 느끼게 하였던 것이다.

석류화가 지닌 자태를 칭송한 역대 시구들은 붉은 꽃이 주는 강렬한 이미지에 대한 칭송을 빼놓지 않고 있다. 元代 馬祖常이 趙中丞에게 石榴 가지를 꺾어 주며 지은 작품을 보면 石榴의 내원을 밝히면서 석류꽃의 아름다움을 칭송하고 있는 것이 발견된다.

趙中丞折枝石榴　趙中丞에게 石榴 가지를 꺾어 주며

乘槎使者海西來　이 나무는 일찍이 서역에서 사자가 들여온 후
移得珊瑚漢苑栽　한나라 동산에 산호처럼 심었던 것이라네
只待綠蔭芳樹合　녹음이 향기로운 나무와 합해질 때면
蕊珠如火一時開　구슬 같은 붉은 꽃 일시에 피어나나니

　石榴가 漢 武帝 때 張騫이 서역에서 귀국하면서 가져온 과일나무라는 것을 상기시켰다.[25] 오월에 개화하는 이 꽃의 특성과 연관하여 녹음이 우거질 때까지 기다린 것과 기다림 이후 한꺼번에 만개한 모습을 서술함으로써 적절한 기다림 뒤에 이어지는 기쁜 성취를 은유하고자 하였다.

　元代 張弘範이 쓴 시 역시 석류화와 석류의 붉은 자태가 주는 강렬한 의상을 주목하고 있다.

榴花　석류꽃

猩血誰教染絳囊　그 누가 붉은 주머니에 붉은 피를 칠해놓았나
綠雲堆里潤生香　푸른 구름 같은 가지와 잎 무더기 속에서 윤기와 향내 발하네
游蜂錯爲枝頭火　노닐던 벌이 꽃가지에 불이 났다고 착각하고
忙駕薰風過短墻　다급하게 훈풍 타고 낮은 담장 넘어가네

　석류화의 붉은 자태를 '붉은 피(猩血)'와 '붉은 주머니(絳囊)'에 비유하였다. 흔히 쓰이는 '紅', '赤', '紫' 등이 아닌 다른 글자를 통해 더욱 선명하게 붉은 이미지를 창출한 것이 시선을 끈다. 석류 가지와 잎의 모습을 '綠雲'으로 표현하여 풍성한 자태와 색감을 대조하면서 석류화의 색과 향기를 동시에 묘사한 표현도 빼어나다. 후반부에서는 벌이 붉은 꽃의 자태를 보며 불이 난 것으로 착각하였

---

25 張騫이 서역 정벌에 나선 서기 138년 이후에 석류가 서역에서 들어온 것에 대해 여러 문헌에서도 언급하고 있다. 梁代 元帝가 「詠石榴」 시에서 "서역에서 뿌리를 옮겨와 심었고, 남방에서는 이 열매로 술을 담근다네.(西域移根至, 南方釀酒來)"라고 한 것이 한 예이다. 석류가 수입된 이후 唐代에 와서는 長安 부근의 御花園인 上林苑과 驪山의 溫泉宮(현 華淸池) 일대에 많이 심어져 황족과 후비들의 애호를 받았는데 이것이 유명한 '臨潼石榴'의 시초가 된다. 武則天과 양귀비 등은 이 석류나무를 매우 아꼈다고 하며 唐代 이후로 석류는 전국에서 성황리에 재배되기에 이른다. 중국에서 석류는 약 2,000년의 역사를 지니고 있는 셈이다.

다는 과장 섞인 표현을 가하였다. 이처럼 산뜻한 이미지를 연출하게 된 것은 그만큼 석류화가 주는 느낌이 신선하고 강렬했음을 방증하는 것이라 하겠다.

李商隱은 석류화가 지닌 붉고 화사한 자태를 칭송하면서 신비로운 사랑의 실체를 은유적으로 묘사하고자 하였다.

石榴 석류

榴枝婀娜榴實繁	석류는 가지가 아름답고 열매도 무성한데
榴膜輕明榴子鮮	가지 내피는 가볍게 빛나며 석류열매도 잘 익었다
可羨瑤池碧桃樹	요지의 碧桃 나무인들 어찌 부러울쏜가
碧桃紅頰一千年	碧桃의 붉은 자태 천년을 간다 해도 석류에 비기지 못하리

石榴花가 지닌 아름다움과 석류 열매가 지닌 풍성함을 함께 그리면서 그 속에 자신의 비애 어린 사랑의 감정을 투영하고자 하였다. 석류를 仙家의 꽃과 열매인 桃花, 仙桃 등을 압도하는 존재로 찬양한 부분은 이채로운 느낌을 준다. 시인은 석류가 西王母의 瑤池에 있는 碧桃보다도 고귀하며 仙桃의 천년 세월을 뛰어넘을 정도로 지고지순한 존재라는 의식을 갖고 있다. 말구의 '一千年'이라는 숫자는 시인의 마음속에 오랫동안 존재하고 있는 사랑과 열정, 갈망 등을 상징적으로 보여주는 표현이다. 이 작품이 누구를 향한 사랑의 표현인지는 분명하지 않다. 그가 일찍이 「無題詩」에서 "이미 시간이 다 흘러 적막하고 쓸쓸한데, 소식은 끊어지고 석류만이 붉구나.(曾是寂寥金燼暗, 斷無消息石榴紅)"라고 자신의 첫사랑을 읊었던 대목과의 연관성을 생각해볼 수 있고, '三英'으로 일컬어지던 華陽 세 자매와의 사랑을 생각해볼 수도 있으며, 또 다른 여인 柳枝, 궁녀가 된 여인, 그가 25세에 결혼한 후 일찍 세상을 떠난 그의 아내 王茂元의 딸 왕씨 등을 모두 애정 묘사의 대상으로 생각해볼 수 있다.

석류화는 화려한 봄꽃이 가고 난 여름철에 돋보이는 붉은 자태를 보여주므로 시인의 정열적인 감정을 표현하는 데 있어서도 좋은 소재가 되는 꽃이다. 등홍색 석류화를 통해 시인들은 일차적으로 빛나는 화사함과 선명한 기쁨을 느끼게 되고, 자신의 가슴에 이는 불같은 정열까지 발견하게 된다. 唐代 王維가 「田家」에서 "저녁 비에 붉은 석류가 벌어지고, 새로이 가을 들어 녹색 토란이 토실토실해지네.(夕雨紅榴拆, 新秋綠芋肥)"라고 한 것이나, 李商隱이 「石榴花」에서 "대궐을 감싸던 남풍이 위로 불어 올라가려 하고, 그늘진 어린잎은 붉은 담장을 둘러싸고 있네. 석류는 이미 붉은색 꽃봉오리를 띠고 있고, 무한하던 봄빛이 다하니 더욱 강렬하여라.(待闕南風欲上場, 陰陰稚綠繞丹墻. 石榴已著乾紅蕾, 無盡春光盡更强)"라고 한 것 등은 강렬한 색채어의 대비를 통해 석류화의 아름다운 자태를 돋보이게 표현하고자 했던 예가 된다.

2) 高雅한 의지의 표상

석류는 다른 봄꽃들이 시들고 난 후에 초여름 비와 햇살을 받아 개화하는 꽃이다. 매화가 긴 겨울의 고난을 마감하고 향기로운 발화를 한 뒤 개나리와 진달래가 본격적인 봄의 시작을 알리고 나면 목련, 벚꽃, 살구꽃, 도화 등이 만개하여 화사한 봄의 절정을 이룬다. 두견과 영산홍의 여운까지 모두 뒤로하고 나면 어느덧 한층 짙어진 신록이 사방을 청정함을 발한다. 여름의 짙고 푸른 잎사귀 속에서 돋보이는 선홍색 색감을 자랑하는 석류화는 종종 '평범함과 대조되는 고아한 의지'나 '시류 속에서도 빛나는 인품' 등의 표상으로도 묘사되었다. 자신만의 귀중한 자아나 평범함을 뛰어넘는 개성적인 소견, 쉽게 인정받지 못해도 포기할 수 없는 자신만의 의지 등을 표현하는 데 있어 석류화의 이러한 특징을 매우 유용한 소재가 되었던 것이다.

南朝 齊나라 沈約이 석류의 특성을 들어 자신만의 고아한 의지를 표현하려 했던 면모를 살펴본다.

詠石榴　석류를 노래함
靈園同佳稱　멋진 동산에 피어 아름다운 명칭도 지니고 있고
幽山有奇質　고요한 산에 신기한 성품까지 갖고 피어 있네
停采久彌鮮　꺾어다 놓아도 오랫동안 신선함을 유지해
含華豈期實　화려하게 개화한 이 모습에 어찌 과실까지 기대하리오
長願微名隱　오랫동안 미천한 이름 감추어지길 원하지만
無使孤株出　외로운 나무로 내버려두지 못하는구나

석류화가 피어 있는 공간을 '고요한 산(幽山)'으로 묘사하면서 오랫동안 신선함을 유지할 수 있는 석류의 신기한 성품을 언급하였다. 자신도 석류처럼 고결한 성품을 지녔으며 외로운 경지에 있지만은 않기를 바라는 심정을 행간을 통해 드러내고자 하였다.

唐代 詩僧인 子蘭이 석류화의 아름다움을 묘사한 다음 작품에서도 석류화의 독특하고도 차별적인 성품에 대해 칭송을 가하고 있는 것이 발견된다.

千葉石榴花 천 개의 잎 속에 있는 석류꽃

一朵花開千葉紅　한 송이 꽃이 피어 천개의 잎을 붉게 물들이는데
開時又不藉春風　피어날 때 봄바람의 힘을 빌지 않는다네
若敎移在香閨畔　만약 향기로운 규방에 옮겨 심는다면
定與佳人艶態同　틀림없이 미인의 미모와 견줄 만한 모습일 터인데

수구에서 한 송이 꽃이 천 개의 잎을 붉게 비출 만큼 그 자태가 빼어나다는 과장 섞인 표현을 가하였고 제2구에서는 봄바람의 힘을 빌리지 않고 자신의 힘으로 수려한 모습을 이루어낸 점을 칭찬하였다. 봄꽃의 화사함이 사라진 여름에 비를 맞고 피어나서 빨간 자태를 드러내는 석류화의 차별적인 특성을 주목한 것이다. 말미에서는 석류화는 규중의 미인과 비교할만한 아름다움을 지니고 있으며 고운 자태 뿐 아니라 독특한 품성까지 지녔다는 칭송을 가하고 있다.

南宋의 楊萬里도 세속의 물들지 않는 자신만의 고아한 의지를 지닌 존재로 석류화를 묘사하고 있다.

詠榴 석류를 노래함

蒨羅縐薄剪薰風　엷은 석류 꽃잎의 붉고 선명한 자태는 훈풍을 잘라 만든 듯
已自花明蔕亦同　꽃이 붉고 화사하니 꽃받침도 같은 모습이라
不肯染時輕着色　시속을 좇아 경박한 색조를 띠지 않으려 하고
却將密綠獲深紅　빽빽한 푸른 잎사귀 속에 있으니 그 꽃 더욱 붉게 보이도다

석류를 들어 자신의 의지를 서사한 작품이다. 전연에서 석류의 아름다운 자태는 자연이 제공한 것이라는 섭리를 각성하면서 꽃의 붉은 모습 따라 꽃받침도

붉어진다는 표현을 하였다. 석류의 정신과 기상을 지향하면서 정절을 지킬 것을 시사한 부분이다. 후연에서는 시속에 어울리지 않고 자신의 본색을 지키는 석류화의 모습을 부각시켰다. 석류가 자신을 드러내지 않고 푸른 잎사귀들 사이에 숨어 있다 보니 오히려 그 붉은 색이 더욱 부각되게 된다. 대조의 수법을 통해 설리의 효과를 극대화한 것이 시선을 끈다.

석류나무는 특이하게도 비를 맞으면서 꽃을 피워낸다. 여타 나무들은 비를 맞으면 꽃잎을 떨어뜨리는데 석류꽃은 다른 꽃들과 생리적으로 선별되는 특징을 지닌 것이다. 唐代에서는 화사한 자태로 붉은 정열을 연상시키는 석류의 외관을 많이 칭송했는 데 비해 宋代 이후로 가면서 석류의 속성이나 내재적 성향, 개인의 의지나 고아한 인품 등을 묘사하고자 하는 시도가 상대적으로 많아지게 된 것을 발견할 수 있다. 외관에 대한 묘사 못지않게 석류화가 지닌 진정한 가치를 존중하고자 하는 의식이 지속적으로 이어졌음을 보여주는 것이라 하겠다.

3) 고적한 정감의 소유자

石榴花는 가볍고 엷은 잎을 지니고 있어 바람이 요동치거나 새로운 꽃잎이 성장하게 되면 피어 있던 꽃이 흔들리며 통째로 낙화하는 모습을 보여준다. 이로 인해 시인들은 시들어 떨어지는 石榴花를 보면서 고적한 서글픔이나 비애감을 느끼게 된다. 화려한 자태에 대한 찬탄과 고적한 감흥이 교차하는 이면에는 石榴花 역시 일시의 화사함을 뒤로한 채 스러져갈 것이라는 아쉬운 감정이 존재하고 있다. 역대 문인들은 석류화의 화사하면서도 고독한 모습을 통해 자신의 처한 상황을 효율적으로 대비하고자 하는 시도를 자주 실행한 것이 발견된다.

唐代 韓愈의 다음 작품을 보면 푸르른 이끼 속에 붉게 낙화한 석류화의 애상 어린 모습에서 영락한 신세에 대해 한탄을 가하고 있는 것이 발견된다.

詠張十一旅舍三詠·榴花
장십일의 여관에서 읊은 세 수의 시 중 석류
五月榴花照眼明　오월에 핀 석류꽃 눈이 부시게 밝은데

枝間時見子初成　가지 사이로 문득문득 이제 막 열매 맺힌 것 보이네
可憐此地無車馬　안타깝구나 거마도 지나가지 않았던 이곳에
顛倒靑苔落絳英　푸른 이끼 위에 엎어져 떨어진 붉은 꽃들이

　전반부에서는 석류화의 모습은 '明'자로 표현하며 밝고 화사한 자태를 찬양하였고 오월의 햇살 아래 새롭게 맺히고 있는 열매를 보며 희망과 기대감을 표현하기도 하였다. 새로이 피어나는 기대처럼 자신의 재능도 화사하게 펼칠 수 있길 바라는 모습인데 후반부에서는 돌연 반전의 모습을 드러내고 있다. '無車馬'라는 표현으로 석류가 피어난 곳이 사람들의 주목을 받지 못하는 곳임을 그렸고 그 내면에는 자신의 재능이 훌륭하다 해도 벼슬길과 거리가 먼 상태에 있음을 표현했다. 석류를 들어 자신이 '재주를 지니고도 기회를 얻지 못하는(懷才不遇)' 처지에 있음을 그렸는데, '푸른 이끼(靑苔)'와 '붉은 꽃잎(絳英)'의 선명한 대조를 통해 처연한 중에서도 산뜻한 기운을 느끼게 하는 필법을 구사한 것이 시선을 끈다.
　孔紹安의 다음 작품 역시 석류화를 통해 느낀 자신만의 비애감을 표현한 예가 된다.

侍宴詠石榴　연회를 받들며 석류를 노래하다
可惜庭中樹　애석하도다 저 정원에 있는 석류나무여
移根逐漢臣　한나라 신하가 옮겨와 심은 것이로다
只爲來時晚　옮겨와 심어진 시기가 늦어져
花開不及春　꽃이 피어도 봄을 따라갈 수 없나니

　隋唐 교체기에 唐 高祖 李淵의 부름을 받아 監察御史, 內史舍人 등을 역임했던 孔紹安이 연석에서 석류화를 보고 쓴 작품이다. 석류나무가 본래 봄꽃이 시들고 난 뒤 개화하는 특성을 지니고 있음을 인식하면서도 뭇 봄꽃들과 자태를 함께 하지 못함에 대한 안타까운 마음을 펼치고 있다. 시기적으로 달리 개화하는 모습에 대해 느낀 독특한 정서를 담고 있는 것이다.
　화려한 개화 뒤에 감추어진 고독한 우수는 석류화의 또 다른 이미지이다. 봄꽃의 쇠잔함을 보고 상춘 의식을 느끼게 된 후 봄꽃에 이어 시드는 석류화의 자

태는 상대적으로 쓸쓸한 서정을 더욱 크게 느끼게 한다. 元稹이 「智度師二首」 其一에서 "사십 년 전 말 위에서 옷자락 흩날리더니, 그 공명을 모두 스님의 옷 속에 감추었네. 석류 동산 아래 새들이 사는 곳에, 홀로 한가롭게 왔다가 홀로 돌아가네.(四十年前馬上飛, 功名藏盡擁僧衣. 石榴園下禽生處, 獨自閑行獨自歸)"라고 하면서 공명과 대조되는 한아한 삶의 처소로 석류동산을 언급한 것은 석류나무가 현재의 고독한 경지를 대변하기에 좋은 의경을 지녔다는 시각을 반영한다. 석류화는 불꽃같은 정열을 의미하기도 하지만 뭇 꽃들이 진 뒤에 적막하게 피었다 사라지는 모습으로 인해 더욱 처연한 경지를 느끼게 하는 존재이기도 하다.

南宋의 朱熹 역시 석류화를 대하면서 그윽한 자태 이면에 연출되는 서글픔을 주목한 바 있다.

榴花 석류화

窈窕安榴花　석류화의 그윽한 아름다움이여
乃是西隣村　서쪽 마을에서 자태를 드러내고 있구나
墜蕚可憐人　꽃받침 떨어지는 모습은 마음을 안타깝게 하는데
風吹落幽户　바람이 불자 고요한 곳에 떨어지나니

石榴花를 보고 일차적으로 화사한 아름다움을 인식하는 것이 일반적인데 朱熹는 그윽한 아름다움을 발하는 '窈窕'의 미로 표현하고자 한 것이 이채로운 느낌을 준다. 石榴花를 언급하면서 '安榴花', '西隣村' 등으로 표현함으로써 이 꽃이 서역에서 들어온 것임을 상기시켰다. 그러나 정작 시인이 주목한 것은 그윽한 아름다움을 연출했던 석류화가 바람에 떨어지는 안타까운 모습이다. 바람을 맞아 동백꽃처럼 꽃송이째로 떨어지는 모습은 유난히 서글픈 정서를 유발하는 것이다.

석류는 외국에서 들어왔지만 중국에서 어언 2천 년 역사를 지니고 있으며 많은 사랑을 받고 전국적으로 재배되면서 특유의 효용성과 미감을 형성해왔다. 신록의 오월이면 아름답게 등홍색 꽃을 피워내며 화사한 미감을 드러냈고 가을이면 풍요롭고도 탐스러운 과실을 맺으면서 부귀와 영화의 꿈을 함께 선사하였다.

소담스러운 석류 열매가 주는 맛과 이미지로 인해 사람들은 석류를 가지째 꺾어 집 내부에 걸어두면서 풍요를 상징하는 장식으로 삼았고 이를 바라보면서 행복한 소유 의식을 느끼곤 하였다. 특유의 맛을 지닌 석류 열매는 까 먹으면서 머릿속에 추억의 그림자를 떠올리게 하는 매혹적인 자극제이기도 하였다. 석류나무는 그 열매가 주는 풍성한 이미지로 인해 부귀와 번영 등을 상징하는 것으로 인식되어왔다. 그러나 문인들은 석류화가 제공하는 아름다움과 그윽한 이미지에 더 큰 의미를 두었던 것 같다. 빗소리를 들으며 개화한 후 정열적인 아름다움을 선보이는 석류화는 화사하면서도 고아하여 어떤 꽃에도 뒤지지 않는 면모를 지녔고, 화려함 뒤에 감추어진 고독감과 쇠락하는 특성으로 인해 화려한 봄꽃의 조락 못지않은 비애감과 애상을 연출한다. 강렬한 꽃 이미지를 앞세우는 봄꽃과 달리 푸른 신록을 배경으로 곱고 화사한 모습을 유지하고 있고, 다투지 않으면서도 자신만의 미감을 유지하고 있는 꽃, 고아한 미를 발하면서도 송이 채 떨어지며 서글픈 정경을 연출하는 꽃이 바로 석류화의 실체라 할 수 있을 것이다.

10. 더러움 속 청정함을 꽃피우는 수중군자 연꽃(荷花)

蓮(hindu-lotus)은 다년생 초본의 수생식물로서 인도가 원산지이다. 연못이나 강가에서 잘 자라며 논이나 늪지의 진흙 속에서도 잘 자란다. 6~8월에 이르는 기간 동안 잎겨드랑이(腋生)에서 나온 꽃자루 끝에 지름 15~20센티미터의 흰색 또는 연분홍색 꽃이 한 송이씩 달린다. 연잎은 원형으로 대략 30~50센티미터 정도의 큰 잎이 뿌리줄기에서 나온 긴 잎자루에 달려 있는 형태를 하고 있다. 뿌리줄기는 땅 속에서 길게 옆으로 뻗는데 원기둥 모양이고 마디가 있다. 뿌리를 연근(蓮根), 열매를 연밥이라고 하며 씨와 함께 식용한다. 중국에서 蓮의 이칭으로 '雷芝', '蓮荷', '曼陀羅花', '水丹花', '蓮花', '荷花', '簾車', '芙蓉', '芙蕖' 등이 있고, 우리나라에서는 '물부용', '부용', '不語仙', '池見草', '물꽃' 등으로도 부른다. 불가에서는 '蓮花'를 '蓮華'로 명명하기도 한다.

연꽃은 진흙 속에 자라면서도 깨끗하고 기품 있는 꽃을 피워내기에 周敦頤가 「愛蓮說」을 쓴 것을 비롯하여 선비들의 많은 사랑을 받아왔고, 속세의 더러움 속에서도 청정함을 상징한다 하여 불가에서는 극락세계를 상징하는 꽃으로 간주하고 있다. 연뿌리 수확을 위해 재배하는 연꽃은 주로 백색이며 불교의 관상용은 주로 연한 홍색이다. 전통적으로 '十大名花'에 속할 정도로 대중적인 애호를 받는 꽃이며 농작물로도 많이 재배되어왔다. '蓮'은 '戀'과 해음을 이루므로 연애의 감정을 묘사할 때 많이 인용되었고 씨앗을 많이 맺으므로 민간에서는 다산의 징표로 삼았다. 연꽃은 관상용으로도 좋지만 꽃과 잎을 차로 먹고, 잎, 씨앗, 뿌리 등을 식용, 약용으로 두루 활용하는 덕에 예로부터 실용성이 강한 식물로 알려져왔다.

연꽃은 습지를 선호하는 식물로 단아한 꽃과 크고 상쾌한 잎을 통해 맑고 청아한 정서를 느끼게 하는 꽃이다. 수면 위에 몇 줄기가 드러난 경우도 있지만 한눈에 들어오지 않을 정도로 군락을 이루며 자라는 경우도 많다. 아침이 되어 밤새 오므렸던 꽃잎을 활짝 피어내면서 햇살을 맞는 모습도 아름답지만 비가 올 때 연잎 위를 오가는 물방울의 자태 역시 이채로운 정경을 연출한다. 진흙에 뿌리를 두면서도 물 위에 고운 꽃을 피워내는 연꽃의 속성 또한 칭송을 받기에 충분하여 역대 문인들은 연꽃의 아름다운 자태와 다양한 특색을 주목한 묘사를 끊임없이 수행해왔다. 사랑의 감정, 세속에 물들지 않는 맑고 깨끗함 등을 표현하는 데 있어 연꽃을 매우 큰 상징성을 지닌 식물이기 때문이다.

1) 사랑의 상징

연꽃의 곱고 단아한 자태는 그 자체가 보는 이로 하여금 사랑스러운 느낌을 얻게 한다. 연꽃의 '蓮'은 '戀'과 諧音을 이루기에 예로부터 연꽃은 사랑과 연모의 상징으로도 인식되어왔다. 연꽃이 활짝 핀 못이나 강에서 배를 저어 가거나 연밥을 채취하는 총각과 처녀를 본다면 자연스럽게 사랑의 서사를 떠올리게 된다. 사랑의 상징과 연관된 작품 중『詩經』「陳風」에서 연못에 피어 있는 연꽃을 보면서 사랑하는 님을 떠올리는 내용을 담은 시를 예거해 본다.

澤陂

彼澤之陂	저 못의 둑에
有蒲與荷	부들과 연꽃이 있네
有美一人	아름다운 한 사람이 있는데
傷如之何	내가 상심한들 어쩌리
寤寐無爲	자나 깨나 어찌할 수 없어
涕泗滂沱	눈물과 콧물만 흘리노라

彼澤之陂	저 못의 둑에
有蒲與蕳	부들과 난초가 있네
有美一人	아름다운 한 사람이 있는데

碩大且卷　풍만하면서도 아름답네
寤寐無爲　자나 깨나 어찌할 수 없어
中心悁悁　마음속에 근심만 가득하네

彼澤之陂　저 못의 둑에
有蒲菡萏　부들과 연꽃이 있네
有美一人　아름다운 한 사람이 있는데
碩大且儼　훤칠하면서도 의젓하도다
寤寐無爲　자나 깨나 어찌할 수 없어
輾轉伏枕　뒤척이며 베개에 엎드려 있네

　연못에 있는 부들과 연꽃은 물과 어우러져 유별난 흥취를 느끼게 한다. 마음에 둔 여인과 총각을 보면서 직접 다가가지 못하고 마음 졸이는 심정을 묘사하였는데 연모하는 이의 자태는 못과 둑에 핀 연꽃처럼 환하고 아름답다. 그리움의 크기와 비례하는 듯 연꽃은 예쁜 꽃과 커다란 잎을 지닌 채 사랑의 상징성을 더해주고 있다.

　다음 王昌齡이 연 따는 정경을 묘사한 시를 보면 직접적으로 사랑을 노래하는 대신 '蓮'이라는 글자에서 연상되는 사랑의 상징성을 투영한 것이 느껴진다.

采蓮曲　연 따는 노래

荷葉羅裙一色裁　연잎은 연 따는 이의 치마와 같은 녹색이며
芙蓉向臉兩邊開　부용은 미인의 얼굴처럼 양쪽에 피어 있네
亂入池中看不見　연못 속 연꽃 사이에 들어가 있으면 보이지 않으니
聞歌始覺有人來　노랫소리를 듣고서야 누군가 오는 것을 알게 된다네

　연잎들 사이에서 연 따는 처녀가 입은 옷은 녹색으로 연잎과 같은 색이다. 연꽃과 미인의 얼굴이 섞여 있는 조화의 경지를 자연스럽게 표현한 구절이다. 노랫소리를 듣고서야 사람이 있음을 알 수 있다는 표현 역시 꽃과 사람이 일체를 이룬 경지를 간접적으로 표현한 대목이다. '蓮' 글자를 통해 연모하되 잡히지 않는 사랑의 실체를 느끼게 하는 수법을 펼치고 있다.

　白居易가 쓴 다음 시는 연꽃을 배경으로 만난 남녀의 사랑의 감정을 한층 은

유적으로 표현한 작이다.

采蓮曲 연 따는 노래

菱葉縈波荷脆風　마름잎 물결에 엉키어 있고 연은 바람에 하늘거리는데
荷花深處小船涌　연꽃 그득한 곳에서 작은 배가 드러나네
逢郎欲語低頭笑　마주친 총각에게 말 걸고 싶지만 고개 숙여 웃게만 되고
碧玉搔頭落水中　푸른 비녀를 물속에 빠뜨리게 된다네

　연 따던 소녀가 의중에 있던 남자를 우연히 만나게 되어 말을 걸려 하지만 부끄러움에 이내 고개를 수그린다. 오히려 당황하여 비녀를 물속에 떨어뜨리는 실수까지 하는데 이 모습을 통해 사랑을 느끼면서 긴장하는 청춘남녀의 솔직한 모습을 읽을 수 있다. 말로써 표현할 수 없는 소박하고 진실한 연모의 정을 행간을 통해 읽을 수 있는 것이다.

　여름에서 가을에 이르는 동안은 도처에 심겨진 연꽃이 자신의 향기를 풍기는 시기요 연을 따는 사람들의 모습이 호수, 하늘, 연꽃 등과 어우러져 한 폭의 정경을 이루는 시기이다. 고운 처녀가 하늘거리는 바람에 치맛자락을 날리며 푸른 연잎 사이를 다니는 모습은 보는 이로 하여금 소박한 서정을 느끼게 한다. 연잎의 붉은 꽃과 푸른 잎의 조화, 여인네의 수줍은 웃음소리, 연 따는 노래 소리가 어우러진 정경은 아련한 사랑의 정서를 불러일으키기에 충분하다. 꽃은 저마다 마음을 끄는 매력을 지니고 있지만 연꽃은 '蓮'과 '戀'의 상징성으로 인해 더욱 큰 연모의 정을 불러일으키고 있는 것이다.

2) 단아한 자태에 대한 칭송

　연꽃은 "명사의 여식(名士之女)"이라는 별칭이 있는데 이는 연꽃이 아름다울 뿐 아니라 단아한 자태와 그윽한 향기를 지닌 채 표일한 기품과 고아한 성품을 지니고 있기 때문이다. 한여름 뜨거운 태양을 온몸으로 받으면서도 화사한 광채를 발산하며 산들거리는 바람에 큰 잎을 너울거리고 있는 자태를 보다 보면 어

느새 경이감까지 느끼게 된다. 연꽃을 묘사한 역대 시문을 보면 연꽃이 주는 깨끗한 아름다움과 단아하고 청초한 인상에 대한 칭송이 끊이지 않고 있다.

南朝時代 梁나라 沈約은 물 위에 뜬 연꽃의 자태를 보며 자신의 마음을 환해지는 느낌을 표현한 바 있다.

詠芙蓉　연꽃을 노래하다

微風搖紫葉　미풍이 자색 잎을 흔들어대고
輕露拂朱房　가벼운 이슬이 막 피어난 꽃망울을 쓸어내리네
中池所以綠　연못 한가운데 저 푸르른 잎을 지닌 부용이
待我泛紅光　나를 기다렸다 붉은 자태를 물 위에 띄웠구나

'微風'과 '輕露'로 여름의 경쾌한 기분을 드러냈고 물 위에 피어난 연꽃을 자색, 녹색, 붉은색 등 다양한 색을 동원하여 청신하게 묘사하였다. 결구에서는 연꽃이 자기를 기다렸다 붉은 자태를 물 위에 띄웠다는 표현으로 자신이 느낀 산뜻한 자태를 표현하고자 하였다.

唐代 賈謨가 연못 위에 떠 있는 연꽃의 자태를 주목한 시를 살펴본다.

賦得芙蓉出水　연꽃이 물 밖으로 나와 있는 것을 노래함

的皪舒芳艷　곱고 향기로운 모습을 환히 펼치면서
紅姿映綠蘋　붉은 자태를 녹색 잎에 비추고 있네
搖風開細浪　바람 맞고 피어 있는 중에 가는 물결 일렁이고
出沼媚清晨　연못 위에 곱게 떠서 새벽을 아름답게 하네
翻影初迎日　해를 처음으로 맞아 모습이 바뀌더니
流香暗襲人　퍼지던 향기 어느새 사람에게 전해지누나
獨披千葉淺　유독 저 천엽연만이 엷게 피어나
不競百花春　온갖 봄꽃들과 다투지 않네
魚戲參差動　물고기는 요리조리 움직이며 물을 희롱하고
龜游次第新　자라는 다시금 놀러 나왔구나
涉江如可采　강을 건너며 어떻게 연을 캘 수 있을까
從此免迷津　이곳에서부터 길을 잃을 지경인데

연꽃의 곱고 향기로운 모습을 붉은 색과 녹색의 대비를 통해 부각시켰고 주

변 정경까지 시선을 확대시켰다. 연꽃의 색과 향기와 같은 특성 뿐 아니라 이로 인해 주변 정경까지 환하게 느껴지는 것 같다. 꽃잎이 특히 가는데서 이름이 연유한 천엽연이 다른 봄꽃보다 늦게 피어 아름다움을 선사하는 모습은 연꽃의 독보적인 존재감을 느끼게 해주는 부분이다. 미풍, 가는 물결, 맑은 새벽, 해 그림자, 물고기의 노닒, 자라의 행락 등 주변의 세부적인 환경은 연꽃의 아름다움을 배가시켜주는 훌륭한 조력자 역할을 하고 있다. 마치 연꽃을 위해 주변 풍경이 존재하는 것 같은 일체미를 느낄 수 있는 것이다.

宋代 歐陽脩는 물 위에 떠 있는 연잎의 오묘한 자태를 칭송한 시를 남겼다.

荷葉　연잎

池面風來波艶艶	못 위에 바람 불어오니 물결 곱게 일어
波間露下葉田田	물결 사이로 푸릇푸릇한 연잎 자태 드러나네
誰于水面張靑蓋	그 누가 수면에 이 푸른 우산들을 펼쳐놓았나
罩却紅粧唱采蓮	아름다운 여인들이 통발을 걷고 노래하며 연을 캐어내네

연꽃이 아름다운 모습을 피워낸 후 온통 녹색 잎으로 뒤덮인 연못을 보면서 자연의 아름다운 풍경에 감탄을 가하고 있다. 물결 이는 사이로 마치 우산처럼 커다란 잎을 드리운 연잎의 자태는 시인의 시흥을 한껏 드높이는 경이로운 존재이기도 하다. 노래하면서 연밥을 따는 여인들의 모습 또한 이 청신한 정경을 수놓는 중요 요소가 된다. 한편의 고운 풍경화와도 같은 청신하고 유려한 정경의 묘사가 이루어지고 있는 것이다.

宋代 文同의 다음 작품은 연꽃, 잎, 향기를 두루 감상한 느낌을 표현해놓은 것이다.

詠蓮　연꽃을 노래하다

金紅開似鏡	환하게 빛나는 붉은 연꽃은 거울처럼 피어 있고
半綠卷如杯	푸르스름하게 새로 나는 잎은 술잔처럼 말려 있다
誰爲回風力	그 누가 바람의 힘을 돌려
淸香滿面來	맑은 향기를 호수 면에 그득 불어오게 하였을까

햇살을 받아 눈부시게 빛나는 연꽃의 자태는 마치 거울이 빛을 반사하듯 아름다움을 주변에 비추고 있다. 이러한 자태를 보면서 시인은 '金紅'이라는 독특한 색감을 생각해내게 된다. 전반부에서 자태를 보면서 감탄했다면 후반부에서는 연꽃이 발하는 향기가 온 호수 면을 뒤덮고 있는 것에 대한 경이감을 표현하고 있다. 설문의 수법을 활용한 것은 눈앞에 보이는 자연의 신비로운 정경을 미처 형용할 수 없음을 일면 드러낸 것이기도 하다.

宋代 洪適의 다음 작품에는 붉은 연꽃에 대한 찬미가 담겨 있다.

多葉紅蓮 여러 잎을 지닌 붉은 연꽃
步有凌波袜　연꽃은 마치 선녀가 물결 위를 걷는 버선발 같고
掌爲承露磐　승로반을 받치고 있는 것과도 같네
尙嫌花片少　꽃잎이 적은 것을 싫어하여서
千葉映朱欄　천 개의 잎을 붉은 난간에 비추고 있나니

연꽃의 자태는 마치 선녀가 물결 위를 걷는 것과 같고 하늘을 향해 오롯이 솟아 있는 신령한 쟁반과도 같이 아름답고 신비롭다. '凌波袜'은 曹植 「洛神賦」의 "물결 위를 사뿐히 걸어가니, 비단 버선에 먼지가 일어나네.(凌波微步, 羅袜生塵)" 구절을 인용한 것이고, '承露磐'은 漢 武帝가 신선술을 좋아하여 建章宮에 承露磐을 세워놓고 이슬을 받았던 고사를 인용한 것이다. 이 연꽃은 비록 꽃잎은 적지만 잎은 무성하여 아름다움을 드러내기에 충분하다. 기구와 승구에서 전고를 활용하여 연꽃의 몽롱한 아름다움을 드러냈다면 후반부에서는 연꽃잎의 성한 모습을 대비의 수법을 통해 형용하고자 한 것이 발견된다.

宋代 楊萬里가 친구를 전송하며 쓴 작품에서는 연꽃이 이별의 상징인 버드나무를 대체하는 식물로 등장하고 있다.

曉出淨慈寺送林子方 새벽에 정자사에서 임여방을 송별하며
畢竟西湖六月中　지금 서호는 분명 유월 중이라
風光不與四時同　풍경이 다른 계절과 같지 않구나
接天蓮葉無窮碧　연잎은 하늘과 맞닿아 끝없이 푸르고
映日荷花別樣紅　햇살 비추이는 연꽃이 유난히 붉구나

西湖는 사시사철 아름답지만 연꽃이 피어 있는 시기에는 더욱 아름답다. 연잎이 끝없이 펼쳐져 있고 햇살 아래 빛나는 연꽃의 자태는 오늘따라 더욱 붉게 보인다. 이 좋은 정경 중에 친구를 송별하게 되니 어느새 이별의 슬픔을 사라지고 산뜻한 서정이 생겨난다. 시인은 서호의 풍경을 가장 아름답게 만드는 것은 연꽃이라 믿고 있는 것이다. 다른 이별시에서 버드나무를 들어 이별을 묘사하는 것과 달리 연꽃을 등장시켰으니 이는 신선하고 청명한 멋을 느끼게 하는 좋은 시도라 할 수 있다.

清代 鄭燮은 가을 연꽃의 매력을 다음과 같이 서술하였다.

秋荷　가을 연꽃

秋荷獨後時　가을 연꽃은 유독 나중에 등장하여
搖落見風姿　다른 꽃이 시들 때 자신의 풍모와 자태를 드러낸다
無力爭先發　먼저 태어나오려고 다툴 힘이 없어서
非因後出奇　뒤에 나와 신기한 자태를 드러내는 것은 아닌 것이라

연꽃은 봄꽃이 사라진 여름 호수 면을 환하게 비추는 역할을 하는 꽃인데 이 시에서 시인이 주목한 것은 가을 연꽃이다. 연꽃 중에서도 늦게 등장하는 모습을 보면서 시인은 다른 꽃과 겨루기에 부족한 면이 있어서 그런 것은 아니라는 상상을 해본다. 재주를 지녔으되 다른 이와 경쟁하거나 쉽게 드러내지 않는 사람을 은유한 것으로도 느껴지는 부분이다.

清代 曹寅은 연꽃의 향기가 주는 매력을 이채롭게 서술한 작품을 남겼다.

荷花　연꽃

一片秋雲一點霞　한 조각 가을 구름 한 점의 붉은 노을
十分荷葉五分花　온통 연잎이요 그중 반은 연꽃이라
湖邊不用關門睡　호숫가에서는 문을 잠그고 잘 필요가 없어
夜夜涼風香滿家　밤마다 서늘한 바람 일어 온 집안에 향기 그득하다네

제1구는 제2구와 대우를 이루는데 제1구 한 구절 내에서 다시 대우를 이루고 있다. 전반부 14글자 중 숫자를 4번 활용하여 주변 환경과 연꽃의 아름다움을

효율적으로 대비시킨 수법도 뛰어나다. 후반부에서는 연꽃 향기가 좋기에 문을 닫아놓고 잘 필요가 없다는 과장 섞인 묘사를 가하였다. 허구적 상상을 실경으로 승화시킨 면이 뛰어나다.

연꽃은 수생식물로서 잎이 넓고 대가 길어 날 때부터 다른 외양을 선보인다. 장미와 찔레는 꽃이 피어봐야 구별되고 백합과 나리도 그렇지만 연꽃은 싹이 피어날 때부터 다른 꽃과 구별되며 만개했을 때면 더욱 선명하게 고운 색깔을 과시한다. 연꽃이 세인들의 사랑과 주목을 받는 이유는 여러 가지이지만 처음부터 구별된 아름다움과 기품으로 향기를 발한다는 점은 이 꽃의 특성을 구분 짓게 하는 중요한 매력이 된다. 역대 시인들이 연꽃에 마음을 두고 그 자태와 향기를 칭송하게 만든 중요한 요인이라 할 수 있을 것이다.

3) 정결함과 순수의 상징

연꽃은 진흙탕에서 자라지만 진흙에 물들지 않고 맑고 깨끗한 자태를 피워낸다. 이러한 모습은 주변의 부조리와 환경에 물들지 않고 고고하게 처신하는 사람이나 자신 만의 정결한 의식을 갖춘 사람을 연상하게 한다. 역대 문인들은 자신의 맑은 의식을 표현하거나 세상의 어지러움과 구별된 처신을 표현할 때 연꽃의 이러한 특성을 즐겨 활용하여 작품을 창작한 바 있다.

우국과 애국의식의 상징으로 칭송받는 屈原은 「離騷」를 비롯한 작품 곳곳에서 연꽃의 정결한 특성을 활용한 묘사를 남겨 놓았다. 「九歌·湘夫人」 작품에서 "물속에 집을 짓고는, 연꽃으로 지붕을 삼는다. 창포 벽에 자란으로 만든 담벼락, 향기로운 혜초를 발라 집을 완성하네.(築室兮水中, 葺之兮荷蓋. 蓀壁兮紫壇, 播芳椒兮成堂)"라고 하여 上帝의 딸 湘夫人의 집을 정결하고 신령하게 묘사하기 위해 연꽃 지붕을 활용했던 것을 예로 들 수 있다. 연꽃은 이처럼 의롭고 정결한 의식을 표현하는 데 있어 중요한 소재였으니, 이와 연관하여 연꽃을 인용하면서 屈原 자신의 결백함을 토로한 「離騷」 중의 한 부분을 살펴본다.

離騷 이소

制芰荷以爲衣兮	마름과 연꽃으로 윗옷을 짓고
集芙蓉以爲裳	연꽃을 엮어 아래옷을 삼네
不吾知其亦已兮	나를 알아주지 않아도 그만
苟余情其信芳	그저 나의 마음이 실로 훌륭하기만 하다면

마름과 연꽃은 모두 물을 배경으로 자라는 식물로 정결함과 아름다움을 상징한다. 자신의 결백함을 증명하는 데 있어 연꽃은 가장 좋은 비유물이 되는 것이다. 제3구와 제4구는 서로 도치가 된 상태로 세상에 미련을 두지 않는 격절된 마음을 효율적으로 표현하고 있다.

唐代 李嶠는 연꽃의 구별된 품성을 생각하면서 옛날 屈原의 기품을 추억하는 작품을 남긴 바 있다.

荷 연꽃

新溜滿澄陂	새로이 물 흐르는 시냇가에 그득 무리지어 피어 있는데
圓荷影若規	둥근 연꽃 자태는 마치 둥근 자 같네
風來香氣遠	바람 불어와 향기 멀리 퍼져나가고
日落蓋陰移	해 지니 그늘도 옮겨져 가는구나
魚戲排緗葉	물고기는 담황색 잎을 희롱하며 놀고
龜浮見綠池	자라는 물 위에 떠서 푸른 연못을 바라보고 있다
魏朝難接采	魏나라 시대에는 이 꽃을 접하기가 어려웠으니
楚服但同披	屈原 같은 이만이 이 꽃을 걸칠 수 있으리

맑은 물에 떠 있는 연꽃의 그림자는 반듯한 형상을 하고 있다. 향기까지 더해지니 연꽃을 통해 얻을 수 있는 정감은 실로 무궁하며, 그 속에서 노니는 물고기와 자라의 모습은 서정성을 더해주는 존재가 된다. 이 아름답고 정결한 연꽃의 모습을 보면서 시인은 屈原의 모습을 떠올리게 된다. 屈原의 고결한 품덕이 새삼 그리워지게 되니 연꽃의 정결한 이미지는 사람의 심신을 정화시켜 줄만한 충분한 가치를 지니고 있는 것이다.

唐代 盧照隣은 연꽃이 지닌 장점을 주목하면서 연꽃이 사라지면 그 훌륭한 모습을 다시는 감상하지 못하리라는 예견을 통해 자신의 불운한 운명이 지닌 한

계점을 술회한 바 있다.

曲池荷　曲江池의 연꽃

浮香繞曲岸　떠 있는 연꽃 향 언덕 구비마다 둘러 있고
圓影覆華池　둥근 잎 그림자는 화려한 연못을 덮고 있네
常恐秋風早　가을바람 일찍 불어올까 언제나 걱정이니
飄零君不知　꽃 떨어지면 그대는 감상하지 못하리

이 시는 뜻은 컸지만 비천한 지위에 있었던 盧照隣이 永徽 3년(652)에 새로이 都尉를 맡았다가 질병으로 사직하고 고통 속에 있던 시기에 쓴 작품이다. 연꽃은 향기를 연못 언덕마다 풍기고 있고 둥근 잎은 달빛을 받으며 연못을 덮고 있다. 평온한 모습을 하고 있으나 가을바람이 불어오면 어느새 사그라지고 마니 조락의 운명에서 자유롭지 못한 가냘픈 식물의 운명을 갖고 있다. 결구에서는 자신도 연꽃처럼 하루아침에 사라질 운명에 있음을 예감하면서 서글픈 감정을 드러내고 있다. 아름다운 연꽃이 달빛 그윽한 정경 속에 있는 한아한 경지를 그리다가 후반부에서는 자신의 깊은 감회를 표출함으로써 景 속에 情을 투영하는 경지를 만들어냈다.

陸龜蒙은 연꽃 중에서도 깨끗하고 청순미가 유독 뛰어난 백련을 보면서 꽃의 기품을 알아주는 이 없는 현실을 서글퍼하고 있다.

白蓮　백련

素蘤多蒙別艷欺　흰 연꽃은 다른 꽃이 미혹될 고운 꽃잎을 많이 갖고 있어
此花端合在瑤池　이 꽃은 실로 요지 연못에 어울리는 꽃이라
還應有恨無人覺　알아주는 이 없으면 응당 한스러우리
月曉風淸欲墮時　새벽 달 뜨고 맑은 바람 불 때면 꽃은 떨어지려 하나니

흰 연꽃은 다른 꽃의 아름다움과는 비교가 안 되는 고운 자태를 지니고 있으며 신선이나 선녀들이 산다는 '瑤池'에 어울릴 정도로 빼어난 품격을 소유한 꽃이다. 품성이 뛰어나도 이 꽃의 진정한 가치를 알아주는 이가 없다면 한을 품을 수밖에 없다. 결구에서는 모든 꽃은 조락의 운명을 맞이하는데 희고 순결한 이

백련만큼은 새벽달 뜨고 맑은 바람이 부는 청아한 순간에 운명을 다하리라는 상상을 해보았다. 시인은 자신만의 청순한 의지를 지니고 살다가 조용히 운명을 다하는 백련의 모습에서 깊은 감동을 느끼고 있는 것이다.

李商隱도 연꽃의 기품과 특성을 묘사하는 작품을 통해 자신의 정치적 역정과 불운한 신세를 행간에 담아낸 바 있다.

贈荷花　연꽃을 바치며

世間花葉不相倫	세간에서 꽃과 잎에 대한 생각이 같지는 않아
花入金盆葉作塵	꽃은 금쟁반에 들이고 잎은 진토가 되게 하네
惟有綠荷紅菡萏	오로지 푸른 연잎과 붉은 연꽃만이
卷舒開合任天眞	잎을 폈다 말았다 천연의 미를 펼치네
此花此葉常相映	연꽃은 늘 꽃과 잎을 서로 비추어주어
翠減紅衰愁殺人	푸른 잎이 지거나 붉은 꽃이 시들 때면 근심에 젖게 되나니

꽃과 잎은 본래 같은 줄기에서 나와 같이 자랐으나 꽃은 다양한 색깔과 자태를 갖고 있고 자신만의 향기를 지니고 있다. 꽃은 잎보다 더 주목을 받아 금화분에 들여 분재로 감상하게 되지만 잎은 제거되어 썩어지게 된다. 그렇지만 더러운 진흙 속에서 아름다운 꽃을 피워낸 연꽃만은 꽃과 잎이 함께 서로를 비추며 아름다운 조화를 이루고 있다. 진흙을 배경으로 하고 있지만 그 더러움에 물들지 않고 있는 모습에 대하여 시인은 "천성 따라 피워낸 미(任天眞)"로 칭찬을 가하고 있다. 미연에서는 꽃과 잎이 서로 보좌하며 아름다움을 창출하는 연꽃처럼 자신도 지인의 지지와 보좌를 통해 뜻하는 바를 이루고자하는 마음을 투영하고 있다.

연꽃은 더러운 바탕을 지니고 있을지라도 환경에 굴하지 않고 피어나며 꽃과 잎의 고운 자태와 청정함을 잃지 않는다. 연잎 위에 물이나 오물이 닿았다 해도 그대로 굴러떨어질 뿐 흔적을 남기지 않는다. 악한 환경에서도 물들지 않고 자신을 지켜내는 사람이나 정결한 의식, 타인을 아우르는 따뜻한 인품을 표현하는 데 있어 연꽃만큼 적절한 식물도 없다는 생각을 해보게 된다.

지구상에 꽃이 피는 식물은 약 30만 종에 달할 정도로 많다. 대지를 딛고 꽃을 피워내는 꽃들 중에서 우열을 가리기란 힘든데, 이런 점을 생각해볼 때 수생식물 중에서 단연 최고의 영예를 지닌 식물로 蓮을 꼽을 수 있다. 蓮은 오염된 진흙탕에서 태어난 출신성분을 극복하고 청정한 꽃을 피워내는 의지를 보인다. 맑은 바람이 세미한 물결을 일렁이는 여름 연못에 단아한 모습으로 환한 미소를 짓고 있는 연꽃 한 송이를 보다 보면 속된 느낌은 사라지고 맑고 기품 있는 의식이 절로 일어난다. 연못을 가득 덮고 있는 풍성한 푸른 연잎을 배경으로 희고 붉은 색을 피워낸 꽃의 모습은 그 자체로 조화롭고 훌륭한 풍경을 연출한다. 좀 더 가까이에서 꽃과 연잎을 하나하나 살펴보다 보면 모두가 둥글고 원만하여 마음까지 절로 온화해지고 맑아지게 된다. 어느 연못에 연꽃이 피게 되면 물속 시궁창 냄새는 어느덧 사라지게 되고 주변에 그윽한 향기가 가득 채워진다고 한다. 또한 꽃을 피워내고 난 후 열매를 맺음으로써 사람들에게 좋은 식재료를 선사하며 타인을 이롭게 하기도 한다. 외모와 성품, 실제적인 효용성 면에서 연꽃은 어느 꽃에도 뒤지지 않는 아름다운 장점을 지니고 있다 하겠다.

11. 근심을 잊게 하는 원추리(萱草)

백합과에 속하는 여러해살이 풀 萱草(학명 Hemerocallis)는 동아시아가 원산지이며 우리말로 '원추리' 혹은 '넘나물'[26] 등으로 불리는 화초이다. 원추리는 한국과 중국 등지에 널리 자생하며 봄에 새순이 돋고 여름에 꽃을 피우며 가을이 지나도록 성장하면서 강한 생명력을 발휘한다. 산지, 계곡, 평야 등에 많이 자라며 습도가 높고 토양 비옥도가 높은 곳을 선호하지만 집 뜰이나 민가 주변에서도 잘 자라는 화초이다. 어린 순을 나물로 먹고 꽃을 중국요리에 사용하며 뿌리를 이뇨·지혈·소염제로 쓰는 등 관상용과 식용, 약용 면에서 많은 쓰임새가 있는 화초이다.[27] 원추리는 여름이 시작되면 잎사귀 사이로 꽃대가 올라오기 시작하며 7월경이면 꽃대 끝에 6~8송이의 노란색 꽃이 달린다. 꽃은 한 송이씩 피기 시작하는데 그 한 송이의 수명은 하루이지만 한 송이가 피고 지면 다음 날에 옆의 꽃송이가 무궁화처럼 피고 지기를 반복한다.

---

26 '원추리'라는 말은 『산림경제』에 처음 나온다. 고유의 이름은 '넘나물' 또는 '엄나물'이었고 '원추리'란 이름은 한자 이름 '훤초'가 변해서 된 것이라고 생각된다. '훤'이 발음하기가 힘이 들기에 '원초'가 되었다가 모음조화에 의해 '원추'가 되고 이것에 다시 '리'가 첨가되어 '원추리'로 변한 것이다. 도식으로 나타내면 "훤초-원초-원추-원추리"가 된다.(손광성, 『나의 꽃 문화 산책』, 서울 : 을유문화사, 1996, 100쪽 참조) 또한 우리나라에서 원추리는 종류에 따라 왕원추리, 각시원추리, 붉은 원추리, 노랑원추리, 애기원추리, 골잎 원추리, 홍도원추리 등으로 다양하게 불리어지고 있다.

27 원추리의 어린 순은 부드러우면서도 아삭한 맛이 나는 나물이다. 예로부터 원추리는 봄날의 미감을 드러내는 찬거리로 이용되어왔으며(이와 연관하여 불리어진 옛 이름이 '金針菜'이다) 독성이 약간 있어서 너무 많이 먹으면 안 된다는 말도 있지만 춘궁기에는 쌀이나 보리 혹은 밀가루에 원추리 뿌리를 갈아서 녹말을 만들어 구황식물로도 활용되어왔던 식물이다. 또한 원추리는 한방에서 황달의 치료제나 이뇨제, 강장제 등으로 써왔으며 민간에서는 변비 치료에도 활용되어왔다고 한다.

중국에서 원추리는 '萱草', '忘憂草', '宜男草', '諼草', '黃花菜', '金針菜' 등의 다양한 명칭으로 불리어지고 있는데 이는 원추리가 지닌 '근심을 잊게 하는 효능', '지니고 있으면 아들을 낳는다는 주술적인 의미', '황금빛 아름다운 자태', '봄철에 식용으로 활용되는 식물' 등의 이미지를 주목하여 붙인 이름이다.[28] 원추리는 습윤한 토양을 좋아하면서 내한성도 강하고 가뭄과 햇볕에도 굴하지 않는 강인함을 지닌 화초이다. 백합과 같이 고운 자태, 화사한 황금빛 꽃의 색깔, '忘憂'와 '宜男' 등 다양한 상징성, 난초와 같은 의연한 기품 등의 풍부하고도 다양한 이미지를 지닌 화초이며 『詩經』에 처음 등장한 이후로 중국 문학작품 속에서 자태, 습성, 기질과 연계하여 좋은 이미지를 형성해오면서 많은 시인들에게 문학적 영감을 제공해온 식물이다.

『詩經』에 '諼草'라는 명칭으로 등장한 것을 필두로 중국문학에서 언급된 원추리(萱草)의 이미지를 정리해보면 대략 '근심을 잊게 함', '어머님', '효심', '득남', '맑은 기품' 등의 의미와 연결되는 것을 살필 수 있다. 원추리는 사람들의 생활반경에 서식하고 있으면서 시인들이 각종 근심의 서사, 여인의 마음, 어머님에 대한 생각, 아들에 대한 희망, 집안의 번창, 군자의 기품 등을 표현하고자 할 때 소재로 활용하기가 매우 용이했던 식물이었다 할 수 있다.

1) 근심을 잊게 하는 忘憂草의 효용성

원추리는 중국과 우리나라에서 여인들에 의해 특히 애호를 받으며 심어진 화초였다. 그것은 꽃 자체가 아름다웠기 때문이기도 하지만 다른 목적도 있었기 때문인 것으로 여겨진다. 우선 새순을 먹을 수 있다는 경제적인 것이 그 하나이고, 이 꽃의 색깔과 봉오리의 생김새에 의한 주술적인 목적이 그 두 번째라 할

---

28 이상과 같은 의미와 달리 서양에서의 원추리는 밝고 아름다운 이미지를 대변한다. 원추리는 영어로 'Day Lily'라고 하는데 이는 '하루 낮 동안 꽃이 피는 아름다운 백합'과 같은 특징을 내포한 명칭이며 라틴어 속명인 '헤메로칼리스(Hemerocallis)' 역시 '하룻날의 아름다움'이란 뜻을 지니고 있다. 중국이나 동양적 사고와는 차이가 있음이 발견되는 것이다.(이유미, 『한국의 야생화』, 서울 : 다른세상, 2006, 393쪽 참조)

수 있다.[29] 이러한 실용적인 측면과 함께 원추리는 고래로 중국문학에서 '忘憂草'로도 불리며 문장 중에서 '忘懷'의 이미지로 활용된 경우가 많았다. 고래로 문인들이 각종 고통이나 고뇌를 표출하면서 '忘憂'의 의미를 표현할 때 가장 흔하게 활용하였던 화초였던 것이다. 일반적으로 萱草는 신체의 열이나 독을 제거해주며 가슴과 오장을 편안하게 하는 식물로 알려져 있어 마음의 근심을 제거하는 데 있어 일정 정도 약리적 효능이 있는 것으로 여겨졌다. 萱草가 忘憂草의 이미지를 지니게 된 것은 『詩經』「衛風」「伯兮」의 기록으로부터 시작한다. "어디서 원추리를 얻는다면, 뒤뜰에 심어볼 텐데. 당신 생각 떠나질 않아, 안타까워 가슴이 아파라.(焉得諼草, 言樹之背. 愿言思伯, 使我心痗)"라고 하여 원추리를 통해 심리적 평안을 도모한 언급에서 忘憂草 이미지의 시원을 찾을 수 있으며, 東漢과 魏晉代를 내려가면서 忘憂草의 이미지는 더욱 확고해지게 된다.[30] 우아하게 펼쳐진 잎과 길게 뻗은 꽃대, 백합처럼 깨끗하고도 노란빛을 발하는 꽃잎 등은 보는 이에게 시각적으로 환한 기쁨을 선사하였고 심신을 치유해주는 약리적 효과도 기대할 수 있기에 원추리는 실로 '忘憂草'로 불리기에 적합한 요소를 갖고 있다 할 것이다.

원추리는 『詩經』「衛風」「伯兮」편에 처음 나온다. 부녀자가 군역을 간 남편을 그리워하면서 시름을 잊고자 원추리를 찾는 내용이 나오는데 그 전문을 살펴보기로 하자.

---

29 원추리(萱草)의 색은 五色 중 중앙을 의미하는 황색 계열의 橙黃色이다. 이 색은 각 방향에서 들어오는 잡귀를 막아주는 벽사의 주력을 가졌거나 부귀와 번영을 상징하는 색으로 인식되기도 하였다. 신혼 신부에게 노랑저고리에 분홍치마를 입히거나 아이들의 색동옷에 노란색을 넣기도 하는 등 부귀와 번영의 상징으로 여겨진 색이었다. 원추리를 집 안에 심음으로써 집 안에 부귀영화를 들일 수 있다는 주술적인 의미가 있었던 것이다. (손광성, 앞의 책, 100~101쪽 참조)

30 원추리(萱草)가 근심을 잊게 하고 마음에 평안을 주는 풀이라는 신앙은 漢代에서 魏晉南北朝에 걸쳐 특히 융성했고 이에 따라 여러 작품들에서 원추리의 '忘憂' 효능에 대한 내용을 다루고 있음을 살필 수 있다. 魏 曹植 「宜男花頌」, 嵇含 「宜男花序」, 晉 傅玄 「忘憂草賦」, 夏侯湛 「忘憂草賦」 등의 작품을 들 수 있으며, 嵇康이 「養生論」에서 "기쁨에 마음을 합하고 분을 풀어버린다. 원추리는 근심을 잊게 하나니 우매하고 지혜로운 자 모두가 아는 바라.(合歡蠲忿, 萱草忘憂, 愚智所共知也)"라고 한 것이나 東晉의 陶淵明이 「飮酒」에서 "이 忘憂草를 띄워놓고, 나의 세속적 근심을 멀리 보내네.(泛此忘憂物, 遠我遺世情)"라고 한 것이 작품들의 예가 되겠다.

伯兮 그이여

伯兮朅兮	그이는 용감하여라
邦之桀兮	나라의 용사로다
伯也執殳	그이는 긴 창을 잡고
爲王前驅	임금을 위해 앞장을 선다
自伯之東	그대가 동쪽으로 떠나신 후
首如飛蓬	내 머리는 날리는 쑥대 같다
豈無膏沐	어찌 기름 바르고 감지 못하랴마는
誰適爲容	그 누구를 위해 화장할꼬
其雨其雨	비 내릴 듯 비 내릴 듯하면서도
杲杲出日	햇빛만 쨍쨍 난다
願言思伯	그이가 그리워서
甘心首疾	머리 아픈 것도 좋아라
焉得諼草	어디서 원추리를 얻는다면
言樹之背	뒤뜰에 심어볼 텐데
願言思伯	당신 생각 떠나질 않아
使我心痗	안타까워 가슴이 아파라

여인은 독백을 통해 남편을 군역에 보낸 한과 그리움을 서사하고 있다. 내 님은 용감하여 나라를 위해 싸우지만 지금 나와는 함께 하고 있지 않다. 그리움과 시름에 외모를 꾸미는 일도 게을리하는데 바라는 비가 내리지 않으니 현실과 내 마음의 소원은 종래 어긋나고 있다. 임을 그리는 마음에 머리가 아프지만 실제로 아픈 것은 나의 마음인데 이 마음을 위로해줄 초목이 바로 '萱草'이다. 이 시에서 '萱草'는 '諼草'라는 명칭으로 등장하면서 '忘憂'의 의미로 활용되고 있다.

『詩經』 「伯兮」편을 필두로 하여 역대 문인의 시문을 보면 원추리를 '忘憂草'로 비유하면서 '근심의 표현'이나 '근심을 잊게 하라'는 의미로 활용한 것이 자주 발견된다. 원추리의 이미지는 시가 작품 속에서 '기원(『詩經』)'-'발전(魏晉時期)'-'성숙(唐·宋)'의 단계를 거치며 발전해나갔는데 특히 魏晉南北朝를 거치면서 '忘憂草'로서의 상징성을 강화해나가게 된다. 南朝의 謝惠連이 "향기로운 원추리 저 언덕 위에 수려하게 피어 있는데, 본래 영화로운 풀은 아니로다. 다행히 근심을 잊게 하는 소용이 있으니, 뿌리째 옮겨 그대의 정원에 심었으면(芳萱秀陵阿, 菲質不足營. 幸有忘慢用, 移根托君庭)"(「塘上行」)라고 하여 원추리가 근심을 잊게 하는 효용이 있음을 표현한 것을 비롯하여, 魏 曹植의 「宜男花頌」, 稅含의 「宜男花序」, 晉 傅玄의 「忘憂草賦」, 夏侯湛의 「忘憂草賦」 등 魏晉南北朝 여러 문인들이 시가에서 원추리를 '忘憂草'와 연관시킨 것을 살필 수 있다.

원추리의 '忘憂草' 이미지는 후에 唐宋代를 거치면서 여러 시인들에 의해 더욱 강화된다. 唐代 韋應物이 정원에 있는 원추리를 보고 쓴 다음 시를 보면 이 식물이 '忘憂'의 효용성을 갖고 있다는 인식을 바탕으로 쓴 것임을 알 수 있다.

對萱草　원추리를 대하면서

何人樹萱草　누가 이 원추리를 심었을까
對此郡齋幽　대하매 郡齋가 온통 그윽하다
本是忘憂物　본래 이는 근심을 잊는 풀이라 했거늘
今夕重生憂　오늘 저녁에는 근심이 다시 피어나네
叢疏露始滴　성근 무더기에 이슬 맺히기 시작하고
芳餘蝶尙留　향기 남아 나비 아직도 머무르네
還思杜陵圃　다시금 두릉의 옛 동산 생각하매
離披風雨秋　가을 비바람이 마음을 쓸어가누나

원추리가 피어 있는 정원에는 그윽한 고요함이 감돌고 있다. 그러나 '忘憂草'로 불리는 萱草를 바라보는 시인의 마음에는 다시 근심이 피어난다. 근심과 평정 사이의 역설적인 美感을 나타내는 데 원추리가 활용된 것이다. 경연에서 아직 남아 있는 향기에 나비가 머무르고 있음은 작자의 추억이 杜陵의 故園에 머무르고 있는 모습이요, 이어진 미연에서 "가을 비바람이 마음을 쓸어갔다"라고 하였는데 이 역시 가을이 주는 처량한 향수의 역설적인 표현이 된다. 원추리로 인해 생겨나는 근심이 이 모든 시름의 발단인 것이다.

원추리는 근심을 잊게 하는 忘憂草의 역할을 하기도 했지만 韋應物의 시처럼 씻을 수 없는 근심을 부각시키기 위한 상대적 의미로 활용된 예도 많았다. 唐代 李中은 「所思(그리움)」에서 "문은 닫혀 있고 시들어가는 꽃은 적막한데, 늘어진 주렴에 기운 달이 유유하다. 설사 정원에 원추리가 있다 해도, 어찌 나에게 근심을 잊게 할 수 있으랴(門掩殘花寂寂, 簾垂斜月悠悠. 縱有一庭萱草, 何曾與我忘憂)"라고 했고, 「懷舊夜吟寄趙杞(옛날 밤을 생각하며 조기에게 써 보내다)」에서 "원추리가 어찌 쌓인 한을 잊게 할 것이며, 많은 글이 있다 해도 그 누가 그리움을 전달하리오(萱草豈能忘積恨, 尺書誰與達相思)"라고 하여 풀지 못하는 근심을 표현하기 위한 역설적인 의미로 활용한 것을 살필 수 있다. 吳融이 노래한 다음 시가를 보면 晩唐의 근심스러운 시절을 살아갔던 문인의 시름을 표현하기 위하여 '忘憂草'의 효용성을 절묘하게 활용한 것을 살필 수 있다.

忘憂花　망우화

繁紅落盡始凄涼	뭇 붉은 꽃들이 시들어 처량해져가는데
直道忘憂也未忘	이 꽃 이름이 망우화라 해도 종래 시름을 잊을 수 없네
數朵殷紅似春在	여러 붉은 송이의 꽃들은 마치 봄을 맞은 듯하니
春愁特此繫人腸	봄날의 시름을 어찌 잊을 수가 있으랴

원추리의 여러 명칭 중에서도 '忘懮花'를 제목으로 하여 시름을 잊는 것처럼 하였으나 실제로는 역설적으로 가슴에 그득한 근심을 그려내고자 하였다. 이 시의 행간을 통해 晩唐의 시대적 배경 속에서 영락한 신세에 빠진 吳融이 報國의 한을 풀지 못하고 근심 속에 살아가고 있음을 추측해 볼 수 있다. 담백한 표현을 지향하고 있으나 시가의 내면은 처량함, 자조, 모순 등의 심리를 반영하고 있기 때문이다. 대조와 반어법의 효과를 통한 감정서사의 극대화가 돋보이는 작이다.

宋代 蘇轍의 다음 작품을 보면 원추리의 신령한 이미지를 특별히 부각시켰는데 이는 결국 근심을 잊게 하는 효능의 찬미를 위한 것임을 발견할 수 있다.

萱草　원추리

萱草朝始開	원추리는 아침부터 피기 시작하는데
呀然黃鵠嘴	마치 누런 고니가 부리를 열어 우짖고 있는 듯
仰吸日出光	떠오르는 햇살을 맞이하며 호흡하는데
口中爛如綺	꽃잎은 비단처럼 화사하게 빛나고 있다
纖纖吐須蕊	꽃술은 마치 긴 수염을 드리우듯 섬세히 드리웠고
冉冉隨風哆	바람에 입을 열 듯 부드럽게 피어 있다
朝陽未上軒	아침 햇볕이 아직 집 위로 오르지 않았는데도
粲粲幽閑女	햇살은 여인의 거처로 그윽하게 비쳐온다
美女生山谷	이 미녀는 산의 계곡 속에 살아

不解歌與舞　노래와 춤을 알지 못한다
君看野草花　그대가 저 들에 핀 화초를 본다면
可以解慢悴　가히 근심과 우수를 풀 수 있으리니

　　五言古體의 형식으로 원추리의 자태를 그렸는데 관찰 수법을 통한 사실적 묘
사와 상상력을 동원한 환상적 묘사를 가함으로써 절묘한 배합을 도모하였다. 전
반 3연에서는 새벽에 피어나는 원추리의 자태를 누런 부리를 열고 있는 고니의
형상으로 비유하였고 햇살을 받아 화사하게 빛나는 꽃잎과 꽃술의 모습을 우아
하면서도 섬세하게 형용하여 사실적 표현을 통한 칭찬을 가하였다. 이어진 후반
3연에서는 원추리의 자태를 영롱한 미인의 모습에 비유하였는데 상상력을 가미
한 신비로운 이미지 창출이 특히 돋보인다. 제5연에서 원추리를 근심과 걱정 없
이 산 중에 사는 미인에 비유하였는데 이 비유는 슬픔을 간직한 '虞美人花'가
타인의 노래에 맞추어 춤을 추었다는 전설과 비교가 된다.[31]
　　明代의 高啓가 쓴 다음 시 역시 원추리가 지닌 '忘憂草'의 효능을 극찬하는
내용을 담고 있다.

萱草　원추리

幽花獨殿衆芳紅　이 그윽한 꽃은 봄꽃이 시든 후 홀로 향기롭고 붉은빛 띠고
臨砌亭亭發幾叢　섬돌에 아름답게 여러 송이 피어 있네
亂葉離披經宿雨　그득한 잎들은 연이은 비 맞고도 여러 갈래로 피고
纖莖窈窕擢薰風　섬세한 줄기는 바람 속에 그윽한 향기 날리네
佳人作佩頻朝采　아름다운 이는 언제나 이 꽃을 패용하였고
倦蝶尋香幾處通　피곤한 나비들은 향기 찾아 어디서든 날아드네
最愛看來慢盡解　보아하니 근심을 다 풀어주는 모습이 가장 사랑스러워
不須更釀酒多功　그대만 있다면 다시는 술로 근심을 풀지 않아도 되리라

　　다른 봄꽃들이 다 진 여름에도 원추리는 사람들이 드나드는 섬돌 가에 피어
그 아름다운 자태를 드러내고 근심을 잊게 한다. 그윽한 자태를 지닌 잎과 줄기

31　일찍이 楚覇王의 총희 虞美人은 垓下之戰에서 四面楚歌의 경지에 이르자 스스로 자결
　　하였는데 그녀의 무덤에 아름다운 꽃이 만발하여 그 꽃을 '虞美人花'라 불렀다 한다. 누
　　군가가 무덤 앞에서 覇王別姬 노래를 부르면 이 虞美人花는 노래에 맞추어 춤을 추게
　　되는데 그 모습이 매우 처량했다는 전설이 있다.

는 연이은 여름비를 겪고 난 뒤의 강인한 승리자처럼 그 아름다운 모습과 향기를 당당하게 드러내고 있는 것이다. 이러한 기품 때문에 佳人들은 늘 이 꽃을 아꼈고 나비와 같은 곤충도 멀리서 날아드는 것이라고 서술하고 있다. 그런데 이 꽃이 지닌 여러 장점 중에서 가장 훌륭하고 사랑스러운 것은 이 꽃이 지닌 '忘憂'와 '解憂'의 기능이라 하겠다. 그저 바라보는 것으로 마음에 위안을 주는 꽃, 굳이 술로 풀지 않아도 번뇌를 씻어낼 수 있는 꽃 그것이 바로 이 원추리가 지닌 가장 큰 매력인 것이다.

'忘憂草'란 별칭이 있듯이 원추리는 예부터 중국에서 걱정거리를 안고 있는 상대에게 그 고민거리를 잊게 해주려는 마음을 담아 선물로 주고받았던 화초였다. 예거한 작품 이외에도 唐代 沈頌은 "설사 석류꽃이 취하게 한다 한들, 종래에는 원추리를 통해 근심을 잊어야 할지니.(總使榴花能一醉, 終須萱草暫忘憂)"(「衛中作」)라 하여 객지에서 일어나는 까닭 모를 시름을 잊기 위해서는 원추리를 감상해야 함을 강조하기도 하였고, 唐代 錢起는 "품성이 졸렬하여 환유가 되었고, 마음 한가하나 문 닫혀 있을 때 많다. 비록 북당에 핀 원추리를 보고 있지만, 옛 동산의 고비를 잊을 수가 없구나.(性拙偶從宦, 心閑多掩扉. 雖看北堂草, 不望舊山薇)"(「新昌里言懷」)라고 하며 환유의 신세에 있는 고적함을 잊어보고자 하는 의도를 밝히기도 하였으며, 唐代 白居易는 폄적 가 있는 劉禹錫에게 "술은 마음의 번민을 풀어줄 수 있고, 원추리는 근심을 잊게 하나니. 묻노라니 원추리와 술을 함께 하면, 나와 그대가 만남과 같지 않겠는가?(杜康能散悶, 萱草解忘憂. 借問萱逢杜, 何如白見劉)"(「酬夢得比萱草見贈」)라고 하면서 위로의 마음을 전하며 원추리를 활용하기도 하였다. 원추리의 노란색 향기로운 꽃을 보고 미감을 느끼고, 새순을 먹음으로써 기쁨을 얻으며, 바람 따라 하늘거리는 난초잎 같은 줄기에서 심리적 해탈을 얻게 된다면 이는 이 화초를 통해 얻는 귀한 효용이 될 것이다. 보고 있으면 절로 근심을 잊게 되고 그렇게 함으로써 얻은 평온한 감격을 기록하여 다른 이에게 전하고 싶어 했던 문인들의 마음이 더해져서 원추리는 고래로 '忘憂'의 효능을 계속해서 강화해올 수 있었을 것이다. 고뇌의 서사, 심령의 해탈, 시름의 해소 등 마음에 드는 여러 번민들을 어떻게 표현하는가는 역대 문학작품에 있어서 빼놓을 수 없는 중요한 주제였을 터인데 그 주제를 표현하고 풀어내는

데 있어서 '忘憂草'의 의미를 지닌 원추리가 담당했던 역할이 얼마나 상대적으로 컸었던가를 생각해볼 수 있는 부분이다.

2) 어머님에 대한 효심이나 득남의 상징

'원추리(萱草)'는 근심을 잊게 하는 '忘憂草'로서의 이미지를 갖고 있으면서 한편으로 '(어머님이 거처하는) 北堂에 심겨지는 꽃'의 이미지도 갖고 있다. 역대 시문이나 민간문학을 보면 '원추리를 어머님께 선물한다'거나 '여인네가 기거하는 곳에 원추리가 심겨져 있다'는 등의 기록이 보이는데 이는 원추리를 보면서 쓸쓸함을 잊고 마음을 편히 하기를 바랐던 의도와도 연관이 있다. 원추리를 '모친', '모친에 대한 효심' 등의 이미지로 표현한 경우도 많이 발견되는데 이는 원추리가 여인들이 거처하는 '北堂'에 심어져 여인네의 시름을 덜어주면서 여성이나 여성의 심리를 대변하는 '여성적인 꽃'이라는 의미와도 연관된 부분이다.

'萱草'와 어머님이 거처하는 '北堂'을 연계한 기록은 『詩經』으로부터 시작된다. 『詩經』 「衛風」 「伯兮」 제14구의 "어디서 원추리를 얻는다면, 뒤뜰에 심어볼 텐데.(焉得諼草, 言樹之背)"라는 기록에서 '背'라는 곳은 '北堂' 즉 '後堂'을 의미한다. '萱草'와 '北堂'을 연계한 기록은 魏晉南北朝와 唐代를 거치면서 그 의미를 강화해나가게 된다. 魏晉南北朝까지의 시문을 보면 주부가 거처하는 곳을 '北堂'으로 표현하기는 했으나 '北堂'의 의미와 '母親'과의 연관성은 비교적 크지 않은 편이었는데 唐代를 지나면서 점차 '어머님', '자애로운 어머님의 마음', '어머님을 그리는 효심' 등의 이미지가 추가된다. 魏晉南北朝 이후 唐宋代에 거치면서 '萱草'는 '母親花'의 이미지를 얻게 되었으니 원추리를 들어 '어머님(母親)', '효심', '아들을 낳는 것(宜男)' 등의 의미로 활용한 시가가 다수 발견되는 소이이다.

唐代 孟郊가 쓴 다음 시를 보면 원추리가 어머님에 대한 그리움과 효심의 상징체로 활용되고 있는 것이 발견된다.

游子 떠도는 아들

萱草生堂階 원추리가 고향의 섬돌에서 자라날 때
遊子行天涯 나는 나그네 되어 하늘 끝에서 떠돌고 있네
慈親倚堂門 어머니는 북당 문에 기대어 계시겠지만
不見萱草花 원추리꽃은 눈에 보이지도 않겠지

고향의 모습을 떠올릴 때 가장 먼저 생각나는 것은 당연히 어머니와 고향집일 것이다. 어머니의 모습을 언급하기에 앞서 고향집 계단에 피어 있을 원추리의 모습을 상상해보았다. 말구의 '不見' 구절은 원래 아들이 어머니가 아들에 대한 걱정을 잊으라는 뜻으로 원추리를 심었는데 실제 어머니는 아들 걱정에 원추리가 눈에 들어오지도 않을 것이라는 뜻으로 이해할 수 있다. 자애로운 어머니의 모습을 형용함에 있어 원추리를 통해 근심과 그리움의 정서를 강화하는 수법을 발휘하고 있다.

宋代 朱熹가 원추리를 소재로 하여 북당에 거처하는 어머님을 생각하는 마음을 표현한 다음 작품을 살펴보자.

萱草 원추리

春條拥深翠 깊고 좁은 푸른색 가지 봄날에 드리웠고
夏花明夕陰 여름에 꽃이 피니 어스름 저녁에도 찬란한 모습
北堂罕悴物 북당에는 근심스런 사물이 사라지고
獨爾淡沖襟 유독 그대만이 담백하고 빈 마음을 간직하고 있구나

봄부터 자태를 드러내는 원추리의 푸른 가지에 이어 여름에 만개하는 꽃의 환한 모습을 순차적으로 묘사하였다. 행간을 살펴보면 시인의 마음은 제3구 '北堂'에 실려 있다. 어머님이 거처하는 '北堂'에 이 화초가 자람으로 인해 온갖 근심과 걱정이 사라지고 담백한 마음만이 어머님께 있기를 바라는 효심의 표현이 이 시의 중요한 주제가 되는 것이다.

元代 王冕이 쓴 다음 시에서도 원추리를 통해 어머님의 평안을 빌고 있음을 발견할 수 있다.

偶書　우연히 짓다

今朝風日好　오늘 아침 바람과 해가 좋아
堂前萱草花　방 앞 원추리꽃이 곱구나
持杯爲母壽　술잔 들고 어머님 위해 축수를 빌고
所喜無喧嘩　번잡함 없음을 기뻐하는도다

밝은 햇살 속에 바람을 맞아 흔들리는 원추리가 고운 형상을 연출한다. 이 화창한 정경을 보면서 시인은 어머님을 향한 축수를 떠올리며 어머님 마음에 근심이 없기를 바라는 염원을 담아본다. 원추리가 지닌 '母親', '孝心', '忘憂' 등의 이미지를 총괄하여 쓴 듯한 느낌을 주는 작이다.

원추리는 '아들을 낳는다', '사내아이를 낳는 데 좋다' 등의 뜻인 宜男花(宜男草)'의 명칭도 갖고 있다. '원추리(萱草)'에 '宜男花'라는 명칭이 붙여진 이유는 '忘憂草'의 경우와 같이 분명하지는 않으나 三國時代 曹植이 「宜男花頌」에서 "萱草는 宜男草로도 불리어지니, 화사하면서도 정결하도다.(草號宜男, 旣嘩且貞)"라고 칭송하면서 '정갈한 여인'과 '生男'과의 연관성을 언급한 것이나, 晉代 周處가 『風土記』에서 "宜男은 풀이름이다. 높이는 여섯 일곱 자에 달하고 꽃은 연꽃 모양이며 임신한 부인이 지니고 있으면 반드시 아들을 낳는다.(宜男, 草也. 高六七尺, 花如蓮, 宜懷妊婦人佩之, 必生男)"라고 했던 언급을 참조할 수 있다. 원추리가 '宜男草'로 불린 것은 '지니고 있으면 아들을 낳는 화초'라는 속설을 반영한 것인데 이러한 속설과 의미는 자연스럽게 '사내아이가 태어날 좋은 징조', '부부화합', '자손번창' 등의 의미와도 연결이 되었다. 원추리가 '宜男草'의 의미로 활용된 南朝 시기의 시가를 보자.

宜男草詩　의남초 시

可愛宜男草　사랑스럽구나 의남초여
垂采映倡家　화사한 빛을 드리우며 창기의 집을 비추는구나
何時如此葉　창기는 어느 때 이 꽃과 같이
結實復含花　열매를 맺고 다시금 꽃을 피울까

南朝 梁 元帝가 쓴 이 시는 원추리를 집안의 번영을 이루는 귀한 아들에 비

유하면서 기원의 마음을 담고 있다. '倡家'는 창기들이 사는 집인데 이 창기들은 가정을 이루지 않고 살아가므로 여염집 아녀자가 아들을 얻는 모습을 부러워할 것이라고 보았다. 이 시처럼 원추리의 번창을 집안의 번창, 아들의 성장 등과 연계한 것을 보면 원추리가 일찍부터 집안의 융성과 자식의 번영을 희망하는 이미지로 활용되었던 화초였음을 알 수 있다.

唐代 李嶠도 원추리는 좋은 품성을 도야하게 해줄 뿐 아니라 아들을 낳는 '生男'의 의미도 지니고 있다는 인식을 드러낸 바 있다.

萱 원추리

屣步尋芳草	신을 끌고 방초를 찾아다니는데
忘憂自結叢	원추리가 절로 무더기를 이루어 피어 있네
黃英開養性	누런 꽃잎은 좋은 성품을 길러주듯 피어 있고
綠葉正依籠	푸른 잎사귀는 마침 서로 모여 의지하는 모습
色湛仙人露	맑은 꽃 색깔은 선인의 이슬에 젖어 있는 듯
香傳少女風	그 향기는 소녀의 기풍을 전하는 듯
還依北堂下	흔히 북당 아래에 피어 있어
曹植動文雄	일찍이 曹植이 이 꽃 보고 문장을 지은 바 있나니

자신이 찾아다니는 여러 '芳草' 중에서도 원추리의 모습이 가장 강렬하게 눈에 들어온다. 함연과 경연에 나타난 원추리는 좋은 품성과 기품을 선사하는 화초요 맑은 색과 향으로 신선하고 그윽한 자태를 뽐내는 식물이다. 말연을 통해 여인네가 기거하는 '北堂'이라는 장소와 함께 원추리가 지닌 宜男花 이미지를 부각시켰다. 정결한 성품, 아들의 탄생 등의 이미지를 연결하여 좋은 성품을 지닌 아들(자손)이 집안에 번성하기를 바라는 마음을 담아본 것이다.

원추리는 전통적으로 '忘憂草'의 이미지가 가장 강했지만 唐宋代를 거치면서 시문 중에서 '北堂', '宜男草' 등의 시어와 연계하여 점차 '어머님', '어머님의 자애로움', '효심' 등의 이미지를 부가하게 된다.[32] 모친이 거처하는 곳을 '萱堂'

---

32 필자의 조사에 의하면『全唐詩』에 '北堂'이라는 단어는 총 54회 등장하는데 이 北堂과 원추리(萱草)를 연계하여 묘사한 작품은 萬楚「五日觀妓」, 元稹「和樂天早春見寄」, 劉禹錫「和南海馬大夫聞楊侍郎出守郴州因有寄上之作」, 駱賓王「同辛簿簡仰酬思玄上人林泉四首」 중 第二首 등 약 15수에 달한다. 또한『全唐詩』에서 원추리가 '宜男草'의

이라 한 것이나 母親을 '萱花', '萱闈', '萱室', '萱親' 등으로 칭한 것들은 모두 '萱草'와 '母親'과의 깊은 연관성을 파악하게 해주는 부분이다. 중국 고전시가에서 "사랑하는 사람을 전쟁터로 보낸 이의 한과 그리움"을 상징하던 원추리는 "멀리 길 떠난 자식의 무사를 비는 어머니"라는 식으로 이미지가 확대되고 전환되는 과정을 거쳐 "萱草=慈母"라는 알레고리를 형성하게 된 것으로 여겨진다.[33] 원추리의 또 다른 별칭인 '사내아이의 출산'을 의미하는 '宜男花' 명칭은 여인의 각종 소망, 남아 선호 사상, 집안의 번영, 부부화합의 기쁨 등 다양한 의미와도 연결되게 되었고, 宋代 이후로 가면서 '사랑하는 남자'의 의미까지 부연되게 되었다. 고전시가에 등장하는 원추리는 민가 곳곳에 심어진 채 곱고 화사한 자태로 주목을 받았을 뿐 아니라 여인들에게 소망을 선사하는 역할을 한 친근한 식물이었던 것이다.

3) 맑고 은은한 군자의 기품 표현

근심을 잊게 하며 아들에 대한 소망과 집안의 번영이라는 이미지를 지닌 원추리는 난초와 같이 기품 있는 자태를 하고 있으며 순연한 기상을 느끼게 하는 식물이다. 여름부터 가을까지 피어나는 황금빛 꽃은 아름답되 요염하지 않으며 청초한 면모까지 발하고 있어 마치 가을 국화처럼 은은하고 맑은 기품을 느끼게 한다. 인가 가까이에 피어 있어 쉽게 접할 수 있는 화초이지만 함부로 대할 수 없는 기품도 지녔기에 맑고 담백한 기품을 표현하는 대상물로 활용된 경우도 많았다. 역대 문인들은 난꽃처럼 청초한 원추리꽃을 보면서 담담하고 맑은 기품을 느꼈고 하늘거리는 원추리의 자태를 통해 만개한 꽃들이 춤추면서 자신의 향기

의미로 나타난 것은 李賀, 「雜曲歌辭・十二月樂辭・二月」, 于鵠 「題美人」, 李賀 「惱公」, 溫庭筠 「生祺屏風歌」 등 총 5수에 달한다. 宋代 시가에 나오는 원추리에 대하여는 付梅, 「論古代文學中的萱草意象」, 『閬江學刊』, 2012.2, 제1기)의 연구를 참조할 수 있다. 이 논문에 의하면 『全宋詩』에 나오는 萱草의 意象은 모두 490회에 달하며 그중 모친과 상관 있는 '北堂萱', '萱堂' 등은 모두 23회 나온다. 『全宋詞』에는 원추리가 102회, 그중 모친의 의상을 드러낸 것이 39회 등장한다.

33 中村公一, 『한시와 일화로 보는 꽃의 중국문화사』, 조성진 역, 서울 : 뿌리와이파리, 2004, 135쪽 참조.

를 드러내는 것 같은 미감을 느낄 수 있었던 것이다.

　唐 李咸用이 쓴 다음 시를 통해 원추리의 모습과 품성이 군자에 비유된 면모를 발견할 수 있다.

萱草　원추리

芳草比君子　이 방초는 군자에 비교할 만하고
詩人情有由　시인은 이 화초를 통해 정을 돋운다
只應憐雅態　그저 우아한 자태를 아끼나니
未必解忘憂　어찌 근심을 해소해주는 것만 바라서이랴
積雨莎庭小　가을비가 원추리 그득한 작은 정원에 내리더니
微風蘚砌幽　미풍이 섬돌 이끼에 그윽하게 불어온다
莫言開太晚　이 풀이 늦게 핀다고 탓하지 말지라
猶勝菊花秋　가을의 국화보다도 오히려 뛰어나나니

　원추리를 여인의 꽃으로 형용한 시가와는 달리 '군자의 꽃'으로 비유한 것에서 독특한 느낌을 받게 된다. 시인은 원추리가 근심을 해소해주는 화초라는 것을 알기는 하지만 실제로는 원추리가 지닌 '우아한 자태'로 인해 이 식물을 아끼고 있다. 경연에서는 원추리가 자라는 곳이 '積雨'와 이끼가 그득한 작은 정원인 것에 주목하였다. '군자의 꽃'에 어울리지 않는 협소한 공간에서 자라고 있는 것이다. 이러한 발견은 미연으로 가면서 "가을의 국화보다도 오히려 뛰어나다(猶勝菊花秋)"는 극찬으로 이어지고 있다. 세인들의 평가를 제대로 받지 못하고 있는 이 꽃의 가치와 자신의 신세에 대해 안타까운 마음을 동시에 표현하고 있는 것으로 추측할 수 있겠다.

　唐 羊士諤이 쓴 영회시에 나타난 원추리의 모습 역시 시인의 청정한 마음을 대변하는 식물이라는 상징성을 지니고 있다.

齋中詠懷　군재에서 마음속 생각을 읊다

無心唯有白雲知　내 마음이 무심한 것은 오직 흰 구름만이 알아
閑臥高齋夢蝶時　한가롭게 고재에 누워 호접몽을 꾸누나
不覺東風過寒食　어느덧 동풍이 스쳐가는 이 한식에
雨來萱草出巴籬　비 내리니 원추리가 담장 가에 돋아나네

'無心', '白雲' 등의 시어는 폄적과 무고 등의 세사를 두루 겪은 시인이 추구하는 맑은 경지를 대변하는 듯하며 마음을 비우고 호접몽을 꾸는 중에 흩날리는 비는 작자의 시름을 씻어주는 듯하다. 이 순간 담장 가에서 돋아나는 원추리 새싹은 세속의 번뇌와 야욕을 벗어던진 시인이 새롭게 갖게 된 허정한 마음을 대변하는 이미지 역할을 하고 있다.

宋代 蘇軾의 시에 나타난 원추리 역시 단아한 자태와 개성적인 품성을 지닌 존재로 묘사되고 있다.

萱草 원추리

萱草雖微花 원추리는 비록 작은 꽃이라 해도
孤秀能自拔 고독하고 아름다워 절로 빼어나다
亭亭亂葉中 오롯이 어지럽게 나 있는 잎사귀 중에
一一芳心揷 하나하나 향기로운 꽃술이 박혀 있나니

원추리는 자신만의 고독함과 빼어난 아름다움을 간직한 화초이다. 어지러이 솟아 있는 잎사귀 중에 하나하나 박혀 있는 향기로운 꽃술이 주는 기품은 실로 정갈한 인상을 제공하면서 소박한 중에 절제된 미감을 느끼게 한다. 작고 미약한 듯해도 스스로 귀함을 지니고 있고 혼돈스러운 환경에서도 자신의 신념을 견지할 수 있는 존재로 비유되고 있는 것이다. 원추리의 반듯한 기품을 특별히 주목하여 묘사한 시라고 할 수 있겠다.

淸代 姚永槪가 쓴 다음 시를 보면 원추리는 아름다운 자태, '忘憂草'의 효용, 고결한 품성 등을 모두 갖춘 식물로써 시인의 의지를 다잡는 존재 등으로 그려지고 있음을 발견할 수 있다.

詠常季庭前萱草 상계정 앞의 원추리를 노래하다

階前忘懷草 상계정 앞의 저 망우초
乃作貴金花 귀한 황금색 빛을 띠고 있구나
六出向我笑 여섯 개의 꽃잎이 나를 향해 미소 지으며
須端綴粟芽 꽃술 끝에는 곡식의 싹같이 작은 알갱이 드리웠네
君持杯謂我 그대는 술잔 들고 나에게 이르기를

所慉胡瑣瑣　근심스런 일이란 한갓 사소한 것이라 위로하네
酌酒對此花　이 꽃 향하여 술잔 기울이나니
自計未爲左　스스로 잘못된 길로 치우치지 않겠다 생각하네
我思植瑤草　나는 신선초를 심고 싶어
灌以醴泉流　감미로운 샘물을 이 꽃에 흘려 보내네
枝葉日茂美　가지와 잎이 나날이 아름답게 무성하여
佩之百疾瘳　그것을 몸에 지니면 온갖 병이 나을 듯
世間閑草木　세상에 있는 이 원추리가
那得解余愁　어찌 나의 근심을 풀어줄 것인가
斯言倘不逹　이 말이 만약 맞지 않는다 해도
願逐廬遨游　원컨대 사방에 있는 원추리 찾아 감상하리라

　常季庭 앞에 있는 원추리는 황금빛으로 고귀한 이미지를 느끼게 하며 각 꽃잎과 꽃술의 세미한 자태 역시 오묘한 미감을 제공한다. 이 모습에 기쁨을 느끼고 있는데 친구는 나에게 술과 함께 시름을 날려 보내면서 마음을 정화하기를 권면한다. 주변에서 '忘憂草'의 효능을 각인시키는데 정작 시인은 스스로 잘못된 길로 치우치지 않겠다는 각성을 하는 모습이다. 이 꽃이 지닌 기품은 '瑤草(仙草)'와 '醴泉'을 절로 떠올리게 하며 온갖 병이 나을 듯한 신령함까지 느끼게 한다. 모든 병에서 낫는 것이야말로 시름을 잊게 하는 힘이 될 것이라는 언외의 뜻도 읽을 수 있다. 원추리가 지닌 '忘憂草'의 효능에서 시작하여 자신의 고상한 의지를 서사해낸 시인의 구상이 특히 정교하다는 느낌을 갖게 한다.

　원추리는 한여름의 뜨거운 햇볕 속에서도 탐스러운 황금색 꽃을 달고서 보는 이에게 시원한 감동을 선사하는 꽃이다. 원추리의 영어명인 'Day Lily(一日百合)'처럼 하루만 피고 지는 아쉬움이 있다 해도 전체적으로 이 꽃은 초여름부터 시작해서 초가을까지 차례로 피고 지는 것을 통해 생명력을 이어나간다. 마치 무궁화처럼 인내와 지속의 의미를 느끼게 하는 화초인 것이다. 정원 한모퉁이에서 아름다운 꽃을 피워 보는 이에게 즐거움을 줄 뿐 아니라 심신을 정화하는 각종 의미까지 제공하는 원추리의 장점을 주목한 문인들은 자신이 느낀 감동을 다양한 내용으로 표현하였다. 杜甫는 「臘日」에서 "섣달그믐에 날 따뜻함은 늘 요원한데, 올해 그믐에는 모든 것이 얼어서 사라졌네. 산언덕의 눈을 뚫고 원추리

가 돋아나고, 봄빛 스며드는 사이로 버드나무 피어나네.(臘日常年煖尙遙, 今年臘日凍全消. 侵陵雪色還萱草, 漏洩春光有柳條)"라고 하여 맹동을 뚫고 피어나오는 원추리의 강인한 이미지를 노래하기도 했고, 錢起는「鋤藥詠」에서 "이 풀을 대하매 어느덧 모든 일을 잊게 되어, 김매는 일 제쳐두고 해 짧음을 한탄하네. 어찌 계단에 원추리와 나무가 없다 하랴, 그대의 그윽한 향기 세상에 잊혀진 것 서운해하나니.(對之不覺忘疏懶, 廢捲荷鋤嫌日短. 豈無萱草樹階埠, 惜爾幽芳世所遺)"라고 하여 원추리가 지닌 그윽한 기품과 향기를 주목하기도 하였으며, 李商隱은「韓冬郎卽事」에서 "원추리는 붉은 가루를 품고 있으며, 연꽃은 푸른 잎을 감싸고 있도다.(萱草含丹粉, 荷花抱綠房)"라고 하여 원추리가 지닌 고운 자태와 은은한 품성을 연꽃의 청초함과 비교하기도 하였고, 溫庭筠은「禁火日」에서 "청명이라 어리석은 생각 씻어 버리고, 작은 정원 동쪽에서 젓갈을 담그네. 원추리는 마치 춤추는 적삼처럼 녹색으로 흩날리고, 살구꽃 붉은 자태는 마치 봄의 한 자락 같구나.(駘蕩淸明日, 儲胥小苑東. 舞衫萱草綠, 春鬢杏花紅)"라고 하여 원추리를 청명의 속기를 씻어버리는 중요한 식물로 간주하기도 하였다. 뿌리가 잘 발달되어 있고 증식이 잘되는 원추리는 햇볕과 물, 바람만 있으면 튼튼히 자라서 매년 아름다운 꽃을 피워낸다. 역대 시인들은 원추리의 강인한 생명력과 고귀한 이미지를 시가에 표현하는 것을 통해 원추리가 지닌 의지와 성품을 배우고 함양하기를 원했음을 느낄 수 있겠다.

원추리는 인가 주변에서 흔히 볼 수 있는 화초로서 인간의 각종 감정의 투영과 대변에 있어 좋은 역할을 해온 존재였다. 역대 문인들에 의해 노래된 원추리 관련 작품들을 살펴보면 '忘憂', '孝慈', '宜男', '氣品' 등의 이미지가 교차되고 있다는 인상을 받게 된다. 비록 여성적인 이미지가 강했고 시국의 슬픔을 담을 만큼 커다란 그릇을 지니지는 못했으며 봄꽃의 화사한 아름다움이나 나무의 건장한 기백을 소유하지는 않았지만 원추리는 꽃과 풀의 이미지를 공유한 채 여름꽃의 수려한 자태와 들풀의 생명력, 평범하면서도 천속하지 않은 기품을 고루 갖춘 개성적인 멋을 보여주기에 충분한 매력을 지니고 있었다. 늘 곁에 있으며 편안함을 제공하면서도 들여다볼수록 새로운 아름다움을 제공하는 친구, 세상에서 벌어지는 온갖 스트레스와 마음의 병이나 근심 걱정을 안정시키고 순화시켜 주는 영혼의 치유자, 따뜻한 어머니의 정과 효심을 생각하게 하는 모성애, 자손과 집안의 번영을 기대하게 하는 희망의 인도자, 욕심내지 않는 소박함으로 자신의 품격을 지킬 수 있게 계도해주는 스승 등의 이미지를 골고루 소유하고 있는 화초인 것이다. 화려하고 자극적인 아름다움이 주목받고 거대하고 강대한 힘이 존중받는 현실 속에서도 원추리는 자신만의 소박한 아름다움과 질긴 생명력을 고수함으로써 잔잔한 감동을 준다. 우리에게 깊고도 따뜻한 의미를 지닌 채 다가오는 화초라는 칭찬을 가할 수 있을 것이다.

12. 한여름 최고의 매력을 발산하는 장미(薔薇)

薔薇(학명 Rosa hybrida)는 장미목 장미과의 관목성 花木으로 품종에 따라 형태, 모양, 색 등이 매우 다양하다.[34] 대개 5월 중순경부터 9월경까지 꽃을 볼 수 있다. 북반구의 한대, 아한대, 온대, 아열대 등에 두루 걸쳐 분포하며 아름다운 형태와 향기로 인해 일찍부터 관상용과 향료용으로 재배되어왔다. 그리스·로마 시대에 이미 서아시아에서 유럽 지역의 야생종과 이들의 자연교잡에 의한 변종을 재배하고 있었다. 18세기 말에 아시아의 각 원종이 유럽에 도입된 후 유럽과 아시아 원종 간의 교배가 이루어져 화색이나 화형은 물론 사계성이나 개화성 등 생태적으로 변화가 많은 품종들이 만들어졌다. 현재 약 7,000종 정도 개발되었으며 해마다 200종 이상 새 품종이 개발되고 있다 한다.[35]

---

34 장미는 세계적으로 품종이 매우 많아서 이에 대하여는 별도의 연구가 필요할 정도이다. '나무위키(https://namu.wiki/w/장미)'에 의하면 중국이나 한국에서는 장미류를 다음과 같이 구분한다. ① 장미(薔薇, 들장미류) : 현재 중국에서는 야생 장미류를 장미라 칭한다. 예컨대, 찔레(Rosa multiflora)는 野薔薇, Rosa murielae는 西南薔薇, Rosa albertii는 腺齒薔薇라 칭해진다. ② 월계화(月季花, Rosa chinensis Jacq.) : 중국어로는 月季. 지역에 따라서는 月月紅, 月月花, 長春花, 庚申薔薇 등으로도 불린다. 조선 전기의 원예서인 『養花小錄』에서는 사계화(四季花)라 기록하였는데, 사계화 중 화색이 분홍색인 것을 월계화라 칭한다고 기록하였으며, 또한 찔레를 청간사계(靑竿四季)라 칭하였으니 분류상에 있어 중국과 약간 차이가 있다. 영미권에서는 China rose라고 불린다. 현대 재배종 장미들의 탄생에 큰 영향을 끼쳤다. ③ 해당화(海棠花, Rosa rugosa) : 중국어로는 玫瑰, 북한에서는 열기나무라고 불린다. 영어로는 Rugosa rose, Japanese rose, Ramanas rose 등으로 불린다. 참고로 중국에서 海棠은 장미과 사과나무속에 속하는 Malus spectabilis(海棠花), Malus prunifolia(丸葉海棠), Malus halliana(垂絲海棠) 등의 종들, 즉 꽃사과 종류를 가리킨다.

35 현대 장미는 품종의 수가 이루 헤아릴 수 없을 정도로 많으며 이들의 특성 또한 매우 다양하다. 현재 새로운 종이나 품종을 맨눈으로 분류한다는 것은 불가능하다. 이는 많은 품종들이 서로 피를 섞고 있기 때문이다 이러한 불합리성 때문인지는 몰라도 세계장미

현재 우리 주변에서 흔히 접하게 되는 장미는 서구에서 수입된 개량종이 많지만 오래전부터 중국에서도 여러 종류의 장미를 재배해왔다. 장미는 '牛勒', '牛刺', '刺紅', '野客' 등 여러 이름으로 불리어졌고, 품종도 다양한데 '月季', '玫瑰', '茶蘼', '多花', '木香' 등이 유명하다. 한국에서도 일찍부터 중국 야생종을 관상용으로 가꾸어왔다. 장미는 여름을 대표하는 꽃으로, 봄꽃의 제왕으로 칭송되는 桃李나 가을의 菊花, 겨울의 寒梅 등과 비교해도 손색이 없을 정도의 미와 향기를 지닌 꽃으로 인식되어왔다.

영어에서 장미는 'Rose'로 통칭하지만 중국에서는 품종에 따른 다양한 명칭을 사용해왔다. 그중 많이 거론된 장미꽃 명칭으로는 '薔薇', '玫瑰', '月季' 등이 있는데 이들은 모두 장미속 장미과에 속하는 자매화들로서 모습과 특성이 비슷하여 종종 혼란을 야기하기도 한다. 주로 작은 꽃송이에 덩굴지어 자라는 꽃을 '薔薇'라고 칭하고, 꽃송이가 크고 한 줄기에 한 송이씩 맺히는 장미를 '玫瑰' 혹은 '月季'라고 함으로써 대략적인 구분을 하고 다시 세부적인 특징에 따라 구분을 가하고 있다.[36] 중국 고전시에 나타난 장미에 관한 묘사는 장미 전체를 언급한 묘사도 있고 여러 품종의 특성을 주목한 묘사도 있다. '薔薇', '玫瑰', '月季' 등 각기 다른 명칭으로 장미에 관한 시를 쓴 것은 비슷한 중에도 서로 다른

원예연합회에서는 아주 단순하고 간단한 방법으로 품종 혹은 종 분류를 시도하고 있다. 이 분류법에서 비중이 가장 큰 것은 장미의 성장 형태(덩굴성과 비덩굴성)와 꽃이 피는 형태이다. 덩굴성 장미에는 관목장미, 큰꽃장미, 다발꽃장미, 폴리안씨, 미니장미 등 다섯 종류가 있다. 이러한 분류는 1971년도의 세계장미발표회에서 승인된 이후 국제적으로 공인을 받아 널리 사용되고 있다.(차병진, 『장미 병해충과 생리장해 이렇게 막는다』, 서울 : 중앙생활사, 2006, 17쪽 참조)

36 '月季'와 '玫瑰'는 줄기가 주로 직립으로 뻗어가며 자라는데 月季는 줄기가 낮고 작으며 玫瑰는 가늘고 튼실한 줄기를 지녔다. 이에 비해 薔薇는 길고 가는 줄기를 지녔는데 덩굴성으로 다른 지지물을 잡고 자라는 특성을 갖고 있다. 薔薇는 한 줄기에 6~7송이 정도가 피는데 꽃 지름이 약 3센티미터 정도이며 한 해에 한 번 개화하며, 玫瑰花는 한 줄기에 1~3송이 정도가 피고 꽃 지름은 장미와 비슷하며 여름에 한 번 개화한다. 이에 비해 月季花는 한 줄기에 1~3송이 정도가 피는데 꽃 지름이 5센티미터가 넘고 꽃대가 길며 계절에 상관없이 피어나기에 '月月紅', '長春花' 등의 이칭으로도 불리고 있다. 향기는 玫瑰花가 장미나 월계화보다 강하다. '薔薇', '玫瑰', '月季' 등은 이 밖에도 줄기의 크기나 색깔, 줄기에 난 가시나 융털, 잎의 윤활 정도나 모양과 주름 등에서 차이가 난다. 月季와 玫瑰는 꽃이 진 후에도 꽃받침이 탈락하지 않는 데 비해 薔薇는 꽃과 꽃받침이 모두 탈락하며, 月季와 薔薇의 과실은 원형인데 玫瑰는 타원형으로 생기는 등 세미한 차이점들이 많이 있다.

매력을 지닌 장미의 여러 특징을 세밀히 관찰한 결과라고 볼 수 있다. 장미를 노래한 작품들을 '薔薇', '玫瑰', '月季' 등 명칭에 따라 분류하여 살펴보기로 한다.

1) 한여름을 빛내는 최고의 미인 ― 장미

중국에서 '薔薇'라고 하면 주로 재래종 찔레처럼 벽이나 담장을 의지하고 피던 덩굴장미를 의미해왔다. 장미는 黃薔薇, 香水薔薇, 十姉妹, 粉團薔薇 등 다양한 세부 품종이 있으며 금황색, 담황색, 홍색, 자색, 백색, 흑색 등 다채롭고 화려한 색감을 자랑한다. 꽃잎은 비교적 작고 홑잎으로 되어 있는데 주로 5월에서 9월에 이르는 동안 다양한 색상의 꽃을 피워낸다. 화사한 봄꽃들이 절정의 영화를 뒤로하고 시들어갈 때쯤 새롭게 피어나 여름꽃의 도래를 알리는 전령 역할을 하는 꽃이기도 하다. 한번 피어나면 대략 반년 정도 자태를 유지하면서 기쁨을 선사하기에 '기쁨을 주는 존재'라는 의미로 '買笑'라고도 불렸으며[37] 외양과 특징에 따라 '玉鷄苗', '紅刺', '刺花', '白殘花' 등으로도 불렸다. 역대 시가에서 장미를 묘사한 작품들을 보면 봄꽃에 뒤지지 않는 화려한 외관과 향기를 지니고 있으면서 여름꽃 중에서는 비교할 대상이 없는 절대미를 소유한 꽃이라는 칭송을 가한 내용이 많다.

南北朝시대 謝朓가 순차적으로 피어나는 장미 모습을 세부적으로 관찰하면서 쓴 시를 보자.

詠薔薇詩　장미를 노래한 시
低枝詎勝葉　낮은 가지에서 어찌 빼어난 잎이 나오는가
輕香幸自通　맑은 향기는 다행히 절로 전해진다네
發萼初攢紫　꽃봉오리 처음 피어날 때 자색을 모아놓은 것 같더니
餘采尚霏紅　캐어낸 뒤의 색깔도 여전히 붉은빛 흩날리는 듯

37　漢 武帝가 그가 총애하던 미인 麗娟과 꽃을 감상하던 중 장미를 보고 "이 꽃은 미인의 웃음보다도 한결 뛰어나다.(此花絕勝佳人笑也)"라고 칭찬하자 이를 시기한 麗娟이 황금 백 근을 주고 漢 武帝의 웃음을 사버렸다는 일화에서 '買笑'라는 별칭이 유래한다.(王辰,『桃之夭夭』, 北京：常務印書館, 2015, 63쪽 참조)

新花對白日　새롭게 피어난 꽃 밝은 해를 향하는데
故蕊逐行風　피었던 꽃술은 지나가는 바람을 쫓아가누나
參差不俱曜　올망졸망 각기 다른 자태로 빛나고 있으니
誰肯盼薇叢　그 누가 장미 무더기를 가볍게 볼 수 있으랴

흐드러지게 피어난 장미는 가지에 달린 잎보다도 많은 꽃송이를 자랑하는데 처음에는 자색을 띠고 피어나지만 익어가면서 붉은빛을 흩날리게 된다. 피어나는 꽃은 화사한 자태로 태양을 향하고 지는 꽃은 꽃잎을 떨군 채 바람 따라 흩날린다. 피고 지는 모습을 대조적으로 서술하면서 각기 다른 모양으로 榮落의 일생을 실행해가는 장미의 매력을 한껏 칭송하고 있다.

장미의 현란한 색채와 섬세한 아름다움을 노래하면서 꽃에 대한 특별한 사랑을 표현한 唐代 皮日休의 작품을 살펴본다.

重題薔薇　다시 장미를 묘사하다

濃似猩猩初染素　장미의 짙은 색은 마치 새로이 흰 비단에 선홍빛 물들인 듯
輕于燕燕欲凌空　경쾌하기는 제비가 창공을 솟구치는 것 같구나
可憐細麗難勝日　가녀린 아름다움이 햇볕을 이기지 못하여
照得深紅作淺紅　짙은 붉은색이 옅은 붉은색으로 비쳐지는 것 안타까워라

짙게 붉은 장미꽃과 가볍게 하늘거리는 꽃잎을 역동적인 형태로 묘사하면서 선명한 느낌을 부각시켰다. 장미는 원래 짙은 붉은색을 띠고 있으나 강렬한 여름 햇살에 다소 흐릿하게 비치는 모습을 안타까워하던 시인은 '凋落'의 뜻을 나타내는 시어를 자제한 채 장미의 다채로운 자태를 표현하는 수법을 채택하였다. 행간을 통해 장미에 대한 남다른 애호 의식을 투영하고 있음을 읽을 수 있겠다.

唐代 杜牧은 장미의 부드러운 자태와 빼어난 향기, 강한 생존력 등을 고루 망라한 묘사를 가하고 있다.

薔薇花　장미꽃

朵朵精神葉葉柔　꽃 송이송이 생기 넘치고 잎들은 부드러워
雨晴香拂醉人頭　비 개자 향기가 취한 사람 머리 위로 흩날리네
石家錦障依然在　石崇 집의 고운 담장 안이 그대로 재현된 듯

閒倚狂風夜不收　한가롭게 담장에 의지하니 광풍도 밤새 걷어가지 못하누나

장미꽃은 송이송이마다 생기가 넘쳐나고 향기도 흩뿌리니 꽃의 자태에 취해 있던 사람의 머리 위로 다시금 향기가 내려앉는다. 晉代의 부호 石崇의 가원 金穀園 안의 화려함이 그대로 재현된 듯 장미는 화사함을 자랑하면서 광풍도 어쩔 수 없는 존재감을 유지하고 있다. 연한 장미꽃이지만 이 꽃의 아름다움은 실로 강렬한 것임을 시사하고 있는 것이다.

장미의 개화는 여름의 도래를 의미하기도 한다. 역대 시인들은 장미의 개화를 보면서 봄꽃의 조락에 따른 우수를 극복하고 여름꽃의 흥취를 새롭게 느끼고자 하였다. 장미화원을 만들어 여러 품종의 장미를 손수 가꾸었다는 梁 元帝 蕭繹이 쓴 다음 작품은 봄과 여름이 교차하는 시절에 장미를 통해 규방의 시름을 덜어보고자 했던 여인네의 심정을 간파하는 내용을 담고 있다.

看摘薔薇　장미 꺾는 것을 보면서
倡女倦春閨　미인은 봄 규방에서 무료하여
迎風戲玉除　바람 맞으면서 고운 계단에서 노닌다
近叢香影密　가까운 꽃무리에는 아름다운 자태 빽빽한데
隔樹望釵疏　나무 너머로 보이는 장미 덩굴의 모습 성글구나
橫枝斜綰袖　비스듬히 기운 가지 소매에 걸리고
嫩葉下牽裾　여린 잎은 아래에서 치마에 끌리네
墻高攀不及　담장은 높아 오를 수 없고
花新摘未舒　꽃은 새로 피었으되 꺾기에는 아직 덜 자랐네
莫疑揷鬢少　귀밑머리에 꽂은 꽃 적다 생각하지 마소
分人猶有餘　남들과 나누기에 오히려 넉넉하리니

봄이 무료한 여인네가 장미의 미모를 탐하여 감상하고자 하였으나 여름에 만개하는 장미인지라 아직 듬성듬성한 채 덜 자란 상태이다. 덜 자란 꽃이나마 꺾어서 머리에 꽂아보니 역시 마음이 흡족해진다. 머리에 꽂은 꽃은 비록 적지만 장미는 꽃의 과소를 능가하는 탁월한 아름다움을 지니고 있기에 오히려 넉넉하다고 보았다. 꽃으로 인해 풍성해진 마음을 서사하여 읽는 이로 하여금 환한 마

음을 갖게 한다.

梁 簡文帝가 쓴 다음 작품 역시 여름을 알리는 존재로서의 장미의 의미를 주목하는 내용을 담고 있다.

詠薔薇 장미를 노래하다

燕來枝益輭 제비가 도래하니 가지는 더욱 가벼워지고
風飄花轉光 바람이 불어대니 꽃들의 자태도 바뀌어간다
氤氳不肯去 화창한 봄 날씨가 물러가지 않으려 하자
還來階上香 돌아온 장미가 섬돌 위에서 향기를 날리누나

봄에 절정을 이루던 봄꽃들이 따뜻한 날씨를 누리면서 쉽사리 물러가지 않으려고 하자 새롭게 피어난 장미는 향기를 통해 자신의 존재감을 과시하면서 여름의 도래를 알리고자 하였다. 초여름 꽃 중에 자신이 여왕이며 바야흐로 자신의 시대가 도래하였음을 알리고 있는데 그 수단은 은은한 향기이다. 가는 세월을 아쉬워하는 뭇 봄꽃들을 아름다운 향기로 전송하는 장미의 모습에서 우아한 여유를 발견할 수 있다.

唐代 朱慶餘가 장미를 노래한 작품 속에도 장미가 여름을 알리는 꽃이라는 의미를 담고 있음이 발견된다.

題薔薇花 장미꽃을 노래하다

四面垂條密 장미의 빽빽한 가지 사방으로 드리워져 있는데
浮陰入夏淸 장미꽃 넝쿨 그림자는 입하에 청아한 모습을 하고 있네
綠攢傷手刺 초록빛 무더기는 손을 가시에 찔리게 하여도
紅墮斷腸英 붉은 자태 떨어지면 애간장 끓게 하는 꽃이로구나
粉着蜂須膩 꽃가루 붙은 벌은 모름지기 살이 오르고
光凝蝶翅明 햇살 응어리진 나비는 날개를 번득인다
雨中看亦好 빗속에서 감상해도 역시 좋건만
況復値初晴 하물며 막 갠 날씨에 다시 대하는 즐거움이랴

장미는 곱게 피어나 여름의 청아한 흥취를 더하는 역할을 수행한다. 손이 가시에 찔리는 아픔을 주기도 하지만 붉게 조락하면서 애절한 의미도 제공한다.

경연에서는 장미에 날아드는 벌과 나비의 모습을 풍요롭고 화사하게 묘사함으로써 시인이 느낀 흥취를 한껏 과시하였고, 미연에서는 장미가 지닌 매력은 비나 햇살 등 날씨에 상관없이 지대한 것임을 나타냈다. 장미의 자태와 주변 정경, 이를 대하는 시인의 흥취를 순차적으로 나열하면서 묘사한 것이 특징이다.

唐代 高騈이 여름날 정경을 묘사한 작품에서 장미가 주요한 제재로 등장하는 것도 같은 맥락으로 볼 수 있다.

山亭夏日　여름날 산 정자에서

綠樹陰濃夏日長　푸른 나무 그늘은 짙고 여름 해는 긴데
樓臺倒影入池塘　누대 그림자 못 속에 거꾸로 비쳐 있네
水精帘動微風起　수정 발 흔들리며 실바람 일어나고
滿架薔薇一院香　한 시렁 그득 핀 장미는 온 정원을 향기롭게 하나니

산 정자에서 느낀 여름날 흥취를 표현하는 데 있어 푸른 나무 그늘, 연못에 길게 거꾸로 비친 정자의 그림자, 가볍게 이는 바람, 한 시렁 그득 피어 있는 장미 등의 다양한 요소를 동원하였다. 제3구에서는 바람이 먼저 분 다음에 발이 흔들리는 현상, 즉 원인과 결과를 바꾸어 표현함으로써 오묘한 시적 표현을 강구하였다. 그러나 이 시의 이미지를 결과적으로 지배하는 것은 여름 정원을 온통 향기롭게 수놓고 있는 장미의 형상이다. 긴 여름을 한가롭고 여유롭게 만드는 장미의 매력과 효용성을 한층 부각시키며 칭송하고 있는 것이다.

장미의 아름다운 외관이나 품성, 여름을 밝히는 존재감 등을 노래한 다수의 작품들 외에 장미에 대한 지나친 애호나 사치와 부요함을 과시하는 것을 경계한 작품도 보인다. 唐代 賈島는 裴度가 興化寺 정원에 개인의 사욕을 위해 장미를 심은 것을 보고는 장미에 대한 지나친 애호를 비판하는 내용을 시가에 담았다.

題興化寺園亭　흥화사 동산 정자에서 짓다

破却千家作一池　천 호의 집을 부수어서 하나의 연못을 만들고
不栽桃李種薔薇　복사꽃과 오얏은 아니 심고 장미를 심었구나
薔薇花落秋風起　장미꽃이 떨어질 때면 가을바람도 일어
荊棘滿亭君自知　가시가 온 정자에 그득해짐 그대는 절로 알게 되리

천 호의 집을 헐고 그 자리에 연못 하나를 만들고는 개인의 취향을 살려 장미를 그득 심어놓았다. 아름다운 꽃의 상징이지만 개인의 사치품으로 전락해버린 장미를 보고는 안타까움을 금치 못하고 있다. 비판의 시선으로 장미를 바라보다 지금은 아름답지만 가을바람을 맞게 되면 시들어 가시만 남게 되는 현상까지 예견하게 된다. 꽃의 화사함을 칭송하기보다는 가시의 위해성을 들어 裴度에게 비판의 칼끝을 들이대고 있는 것이 이채롭게 느껴진다.

장미는 여름으로 들어가는 시절에 피어나기 시작하여 눈부신 햇살 아래 농염한 향기를 발하는 매혹적인 아름다움을 지닌 꽃이다. 덩굴 속에 만개한 채 시선을 사로잡는 화사한 꽃송이는 강렬한 매력을 발산하며 여운을 남기는 미인과도 같다. 역대 시인들은 장미의 화사한 외모와 향기를 칭송하는 것을 일차적인 작업으로 삼았지만 그에 못지않게 봄꽃이 조락하는 아쉬운 때에 새롭게 여름의 여왕으로 등극하는 장미를 찬양하고자 하는 의도도 많이 발휘하였다. 장미는 아름다운 향기와 자태로 매력을 발산하는 꽃, 여름의 서막을 열며 초록의 신선함을 선도하는 꽃, 봄꽃이 제공했던 화려한 영광을 다시 한번 재현하여 심신에 위안을 제공하는 꽃으로서의 의미가 큰 미적 존재였던 것이다.

2) 빼어난 자태와 향기를 지닌 매력의 소유자 — 玫瑰花

‘玫瑰’와 ‘月季’는 얼핏 보면 비슷한 모습을 하고 있고 크고 화려한 꽃송이로 장미의 자태를 대표하는 꽃이지만 식물학적으로 꽃과 잎, 줄기, 열매 등에서 서로 구분되는 특징을 지니고 있다.[38] ‘玫瑰花’는 東北 지역 산지에서 잘 자

---

38 玫瑰花와 月季花는 대략 다음과 같은 차이점이 있다. 먼저, 매괴화는 자홍색 꽃이 가장 많고 흰색도 있는 편인데 월계화는 흰색, 붉은색, 분홍색, 자색, 황색, 녹색 등 좀 더 다양하며, 매괴화가 월계화보다 꽃향기가 짙고 화려하다. 매괴화는 꽃의 수명이 대략 1~2일인 데 비해 월계화는 짧게는 3~5일, 길게는 7~10일 정도에 이른다. 매괴화는 한 철 피는 데 비해 월계화는 사계절 피어나는 점도 구분된다. 매괴화 꽃은 차, 술, 음식, 기름 등에 활용하는 데 비해 월계화는 주로 관상용으로 활용된다. 잎을 보면 매괴화는 5~9매의 작은 잎으로 되어 있고 표면에 털과 광택이 없이 잎맥에 요철과 주름이 있고 잎 뒷면에 ‘白粉’과 부드러운 털이 있는 데 비해 월계화의 잎은 3~7매의 작은 잎으로 되어 있는 데다 앞뒷면에 털과 주름은 없고 광택이 있는 편이다. 줄기와 가시를 보면 매괴화

라며 '筆頭花', '刺玫花'로도 불린다. 보통 '刺玫果', '山刺玫(학명 Rosadavurica)' 등으로 불리는 종과, 꽃이 크고 오래가며 정원에서 많이 재배되는 '家玫瑰花(학명 Rosarugosa)' 종 등으로 이분된다. '玫瑰花'는 매년 4~6월경에 개화하는데 장미과 식물 중에서 가장 일찍 개화하는 꽃이며 여러 장미 품종 중에서도 향기가 가장 강한 꽃으로 그 존재감을 과시하고 있다. 玫瑰花를 노래한 역대 시가들은 꽃, 잎, 향기 등에서 다른 꽃들을 압도하는 매력을 지닌 존재로 이 꽃을 묘사하고 있으며 그러한 특성으로 인해 '徘徊花', '天之驕子' 등의 미칭도 얻고 있다. 여러 작품에 등장하는 玫瑰花는 주로 자태와 향기에 있어 강렬한 미감을 발휘하는 꽃으로 묘사되고 있다.

唐代 唐彦謙은 매괴화가 지닌 섬세한 매력을 표현하기 위해 신비로운 미인의 형상을 차용한 묘사를 가하고 있다.

玫瑰　매괴화

麝炷騰清燎	사향 향초의 맑은 불빛이 피어오르는 듯
鮫紗覆綠蒙	남해 인어가 짠 비단을 녹색으로 뒤덮어놓은 듯
宮妝臨曉日	궁중의 미인이 새벽 해를 맞이하는 것 같고
錦緞落東風	비단이 동풍에 날리는 것 같구나
無力春煙裡	봄 아지랑이 속에 힘없는 모습처럼 보이고
多愁暮雨中	저녁 비 내리는 중에 많은 우수를 품은 듯도 하다
不知何事意	대체 어떤 뜻으로 인해
深淺兩般紅	짙고 옅은 두 붉은 모양을 하고 있는지 모르겠나니

새벽 연무 중에 붉게 피어 있는 매괴화는 사향 향초가 발하는 것 같은 몽롱한 향기를 사방에 흩뿌린다. 녹색 지엽 역시 남해 인어가 짠 녹색 비단을 뒤덮어놓은 듯 아스라한 장면을 연출한다. 매괴화의 자태를 미인이 새벽 햇살을 받는 모습이나 동풍에 비단이 흩날리는 형상으로 본 함연의 설정은 바람에 흩날리는 장미의 자태를 유미적이고 환상적으로 표현한 부분이다. '無力'과 '多愁'라는 표현

는 줄기에 곧고 강한 가시가 많은 편인 데 비해 월계화는 줄기에 가시가 적게 달려 있다. 그 밖에 매괴화의 과실은 넓적한 원형이며 월계화의 과실은 원형에 가까운 것도 구분된다.

이 이채로운 느낌을 유발하는데 이는 봄 아지랑이 속에 피어 있거나 저녁 비를 머금고 있는 매괴화가 여린 모습으로 수심에 젖어 있는 여인네처럼 아련한 회한을 불러일으킨다고 본 것일 수도 있고, 봄 아지랑이와 저녁 비 이후에 조락의 운명을 맞이하게 되는 매괴화의 상황을 안타까워하여 가한 표현으로도 볼 수 있다. 정교한 對仗, 의인화 수법, 가설 형식 등을 잘 활용하여 매괴화 꽃이 발하는 매력과 섬세하고 아련한 감성을 효과적으로 창출하고 있는 것이 발견된다.

宋代 楊萬里도 매괴화의 잎, 가지, 꽃, 향기 등을 전체적으로 언급하면서 이 꽃이 지닌 무한한 매력을 강조한 적이 있다.

紅玫瑰　붉은 매괴화

非關月季姓名同	월계화와 같은 이름이 아니고
不與薔薇譜諜通	장미와도 족보가 통하지 않네
接葉連枝千萬綠	잎과 가지는 서로 이어져 한없이 푸르고
一花兩色淺深紅	한 종류 꽃에도 짙고 옅은 두 가지 붉은색 실려 있다네
風流各自胭脂格	각자 풍류를 지니고 있으면서 곱게 단장한 모습 격조 있고
雨露何私造化功	우로가 어찌 이 꽃에만 내렸는지 천지의 조화로다
別有國香收不得	국향의 꽃이 별도로 있어 그만한 칭호를 얻지 못한다 해도
詩人熏入水沉中	시인은 沈水香 속으로 빠져드는 듯 하나니

月季花나 薔薇와는 서로 다른 계보를 지닌 매괴화의 특수성을 지적하면서 이 꽃이 지닌 특성을 구분하고자 하는 의도를 수연에서 밝혔다. 이어 잎, 가지, 꽃 등을 차례로 언급하면서 매괴화가 지닌 선명한 매력을 생동감 있게 묘사하였고, 자태와 풍류 못지않게 높은 격조를 지녔음을 또한 언급하면서 꽃이 지닌 내면의 가치를 부각시켰다. 미연에서의 '水沉'은 沉香, 沈水香 등 진귀한 향료를 의미하는 것으로 '國香(모란)'과 함께 매괴화가 지닌 귀한 향기를 칭찬하는 표현이 된다. 매괴화 잎, 가지, 꽃의 자태와 향기의 가치를 서술함으로써 시각과 후각이 반영된 진한 여운을 창출하고 있다.

明代 陳淳은 다음 시를 통해 장미와 매괴화를 잘 구별하지 못하는 세간의 풍조를 언급하면서 매괴화는 장미와 비슷하지만 별도의 매력을 지니고 있음을 구분하고자 하였다.

玫瑰 매괴화

色與香同賦	자태와 향기가 장미와 같이 묘사되는데
江鄕種亦稀	강가 마을에서는 심어진 것도 드물다네
隣家走兒女	이웃에서 뛰어다니는 아이들은
錯認是薔薇	이 꽃을 장미로 착각한다네

매괴화는 색감이 밝고 아름다우며 향기가 한층 짙지만 세간에서는 장미와 잘 구별하지 못하는 데다 강가 마을에는 심어진 것이 드물다 하였다. 제2구에서 가한 '드물다(稀)'는 표현은 드물어서 '귀하다(貴)'라는 이미지를 연상시킨다. 이웃에서 뛰노는 어린아이들이 장미와 매괴화를 착각한다는 표현은 매괴화가 지닌 매력이 한층 뛰어난데도 이를 알아보지 못하는 세간의 풍조를 안타까워하는 마음을 이면에 투영한 것이기도 하다.

淸代 秋瑾도 매괴화를 노래하면서 새롭게 단장한 미인을 능가할 정도의 뛰어난 미감을 지닌 존재로 형상화한 바 있다.

玫瑰 매괴화

聞道江南種玉堂	강남에서는 귀한 집에 심는다고 들었는데
折來和露鬪新粧	꺾어와 이슬 머금으니 새로이 단장한 미녀에 견줄 만하네
却疑桃李夸三色	복사꽃 오얏과 함께 셋이서 자태를 자랑하는 것처럼 보여도
點得春光第一香	봄빛을 머금은 꽃 중 으뜸의 향을 지녔다네

매괴화는 자태가 범상치 않고 귀한 품성을 지닌 것으로 인식하여 새로이 단장한 미녀와 매력을 다툴 정도라고 보았다. 미녀는 화장을 했는 데 비해 매괴화는 이슬만 머금고 있으니 이미 승부는 기운 듯하다. 게다가 이 꽃은 복사꽃 오얏과 같은 대표적인 봄꽃과도 자색을 겨룰 정도인데 그 향기는 다른 봄꽃을 능가하는 경지에 있다고 보았다. 매괴화의 아름다움은 다른 꽃이나 미인의 매력을 뛰어넘는 경지에 있는 것이라는 극찬을 가하고 있는 것이다.

'玫瑰'라는 어휘는 司馬相如 「子虛賦」의 "그 보석은 바로 赤玉빛 玫瑰라.(其石則赤玉玫瑰)"라는 구절에서 美玉의 명칭으로 등장한 것을 필두로 줄곧 아름다움의 대명사로 활용되어왔고, 현대어에 와서는 '玫瑰' 어휘가 장미꽃을 대표하는 통칭으로 쓰이고 있다. 매년 4월에서 6월에 이르는 기간에 처음 꽃을 피우면서 선보이는 고운 자태와 맑은 향기는 관람하는 이로 하여금 극렬한 미감과 고운 서정을 느끼게 한다. "봄이 간직했던 꽃봉오리 바람 불어 꽃잎 벌어졌고, 하늘이 고운 옥 물들이듯 햇살 비추는 중에 꽃잎 펼쳐 있네.(春藏錦綉風吹折, 天染瓊瑤日照開)"(唐 徐夤「司直巡官無諸移到玫瑰花」), "큰 소반만 하게 피어 있는 매괴화, 그 뛰어난 모습 마치 자색 모란이 꽃봉우리 터뜨리는 듯.(玫瑰花開大于盤, 絶勝懷新紫牡丹)"(明 陳確「初夏庭中玫瑰盛開口占」) 등의 찬사는 매괴화가 장미 중에서도 색과 향이 가장 뛰어난 꽃이라는 점을 떠올리게 하는 구절이다. 매괴화는 관상용으로도 훌륭하지만 차나 음식, 약재 등으로도 활용되면서 실용성까지 발휘해왔다는 점에서 대중의 사랑을 받기에 충분한 장점을 지닌 품종이라고 볼 수 있다.

3) 사계절을 지배하는 강인한 생명력의 화신 — 月季花

장미의 한 품종인 '月季花'는 녹색으로 곧게 선 줄기 위에 풍성한 꽃을 피워낸 형상을 하고 있다. 잎은 3~5조각이 함께 달리는데 평평하게 펼쳐진 채 번들거린다. 다른 장미 종에 비해 꽃 지름이 크고 화려하기에 '月貴花', '花中皇后'의 미칭으로도 불리며 아름다운 자태와 품위를 지닌 꽃이라는 이미지도 소유하고 있다. 월계화는 화사한 자태로 시선을 사로잡지만 사실 이 꽃이 지닌 가장 큰 장점은 사계절을 넘나드는 강인한 생존력에 있다. 추위를 이겨내고 꽃을 피우는 매화나 봄의 전령 역할을 하는 桃李, 가을의 군자인 菊花 등과 견줄 만한 매력과 생존력을 소유하였으니, 月季花가 '長春花', '月月紅' 등의 별칭을 갖게 된 것은 사계절을 지배하는 이 꽃의 강인한 생명력과 연관이 있는 것이다. 역대 시가에서 월계화를 노래한 작품들을 살펴보면 고운 자태가 오랜 생명력을 발휘하는 점을 주목한 언급이 특히 많은 편이다.

宋代 徐積이 월계화를 노래한 시가를 보면 월계화의 자태와 지속성에 대해 강한 애호와 칭송을 가하고 있음을 볼 수 있다.

詠月季　월계화를 노래하다

誰言造物無偏處	그 누가 조물주의 마음이 치우치는 곳 없다 했나
獨遣春光住此中	봄빛을 유독 이 꽃에만 보냈는데
葉裡深藏雲外碧	잎 속에는 구름 너머의 푸른 하늘을 깊이 담았고
枝頭常借日邊紅	가지 끝에는 햇살의 붉은 모습을 언제나 빌리고 있다
曾陪桃李開時雨	일찍이 桃李와 함께 피어 봄비를 맞았더니
仍伴梧桐落葉風	어느덧 오동나무와 함께 하며 바람에 낙엽을 날리네
費盡主人歌與酒	주인에게서 노래와 술은 다 떨어진다 해도
不教閑却賣花翁	꽃 파는 노인으로 하여금 한가하게 하지 말기를

　수연의 '獨遣' 시어를 통해 조물주가 월계화에 유독 마음을 썼다고 하였는데 이는 이 꽃을 대하는 시인의 마음을 대변한 표현이 된다. 월계화 자태를 묘사함에 있어 구름과 하늘을 은유하여 신령한 분위기를 연출하였고 '碧'과 '紅'의 색채를 대비하여 청아한 의미를 부가하였다. "桃李와 함께 피어 봄비를 맞았다"거나 "오동나무와 함께 낙엽을 날린다"는 표현은 계절을 넘나들며 생명력을 이어가는 월계화의 장점을 부각시킨 것이며, 미연에서 노래와 술은 다 떨어져도 이 꽃만큼은 계속 감상하고자 한 것은 시인의 마음이 그만큼 이 꽃에 매료되어 있음을 드러낸 것이라 할 수 있다.

　월계화는 계절을 넘나드는 강한 생명력을 지닌 꽃이라는 인식을 시인들에게 각인시킨 점이 강하다. 宋代 韓琦의 다음 시 역시 사철 피어 있는 月季에 대한 감동을 표현하는 데 주력하고 있다.

東廳月季　동청의 월계화

牡丹殊絶姿春風	모란은 봄바람 속에서 시든 자태를 보이고
籬菊蕭疏怨晚叢	울타리 옆 국화는 가을 성근 꽃무리 속에서 원망 품고 있네
何以此花榮艶足	어이해 이 꽃은 화려하고 고운 모습 풍성한가
四時常放淺深紅	사계절 항상 피어 옅고 진한 붉은 자태 보이나니

　모란은 고혹적인 교태를 자랑하는 꽃이지만 봄바람 속에서 시들어가고, 국화는 오롯한 절개를 지녔지만 현재는 늦가을을 한탄하며 생명을 다해가고 있다. 모란과 국화는 각기 봄과 가을을 대표하는 꽃으로서 매력을 발산하며 칭송을 받

는 꽃이지만 계절의 순환에 따라 凋落하는 운명을 맞게 되니 아쉬움이 클 수밖에 없다. 이에 비해 月季는 봄에서 겨울에 이르기까지 고운 자태를 유지하는 강한 생명력을 소유하고 있다. 제3구의 '足'자는 이 꽃을 대하는 시인의 풍성한 기쁨을 담고 있을 뿐 아니라 '四時常放'이라는 표현과 함께 월계화의 생명력을 대변하는 詩眼이라 할 수 있다.

뭇 식물들은 쇠락하는 것이 일반적이며 세한성은 특정한 식물이나 나무에서나 찾아볼 수 있다. 월계화는 흔히 겨울에도 봄꽃 같은 화사함을 유지하니 내한성을 주목하는 시인들의 좋은 소재가 되는 것이다. 臘日 즈음에 피어 있는 月季花를 보면서 어느 꽃 못지않은 자태와 생명력을 지니고 있음을 찬양하고 있는 宋代 楊萬里의 작품을 살펴본다.

臘前月季　납일 전 월계를 보며

只道花無十日紅	열흘 붉은 꽃이 없다고 말을 하지만
此花無日不春風	이 꽃은 봄바람을 품고 있지 않은 날이 없다네
一尖已剝臙脂筆	끝이 벌어져 있는 꽃봉오리는 한 자루 고운 붓 같고
四破猶包翡翠茸	사방으로 터진 듯 싸고 있는 것은 비췻빛 꽃받침이네
別有香超桃李外	뛰어난 향기는 복사꽃과 오얏을 능가하는 데다
更同梅鬪雪霜中	눈과 서리 속에서 매화와도 겨룬다네
折來喜作新年看	이 가지 꺾어와 새해에도 즐겁게 감상하면서
忘却今晨是季冬	지금 새벽이 한겨울 속에 있음을 잊고자 하나니

'臘日'[39]에 핀 月季는 '花無十日紅'이라는 말이 무색할 만큼 오랜 생명력을 발휘할 뿐 아니라 붉은색 꽃봉오리와 녹색 꽃받침의 오밀조밀한 자태로 곱고 아름다운 감성까지 제공한다. '剝', '包'라는 상반된 의미를 가진 두 글자로 月季의 형상을 개괄적으로 기술한 것이 시선을 끈다. 月季는 桃李보다 뛰어난 향기를 지니고 있을 뿐 아니라 梅花와 겨룰 정도의 내한성도 소유하고 있다. 세인들이

---

39 '臘日'은 민간이나 조정에서 조상이나 종묘 또는 사직에 제사 지내던 날로서 冬至 뒤 셋째 戌日이 이에 해당한다. '臘平', '臘享'이라고도 한다. 우리나라에서는 조선 태조 이후 동지 뒤 셋째 未日로 정하였다. 中國 湖北, 湖南 지방의 연중행사를 적은 책인『荊楚歲時記』에 의하면 실제로는 불편한 점이 많아 민간에서는 따로 12월 8일을 臘日로 정했다는 기록이 있다.

아끼는 봄의 桃李와 겨울의 梅花 못지않은 매력을 지닌 존재라는 것을 강조하고자 한 시인의 마음을 읽을 수 있다.

宋代 朱淑貞도 月季花의 긴 생명력을 주목한 바 있다. 月季花의 이칭인 '長春花'를 시제로 한 연유에서부터 그 의도가 짐작된다.

長春花　장춘화

一枝纔謝一枝妍　한 가지에 꽃이 지면 다른 가지에 꽃이 번성하니
自是春工不與閑　이는 봄 神이 이 꽃에게 한가함을 허락하지 않은 때문이라네
縱使牡丹稱絶艶　설사 모란이 절세의 미인으로 칭송 받는다 해도
到頭榮悴片時間　번영의 극에 달하면 일순간 쇠락하게 되나니

봄꽃으로 가장 큰 사랑을 받는 모란이라 해도 한때의 영화를 누리는 것에 그치지만 長春花(월계)는 이름처럼 봄을 지나면서 긴 생명력을 유지한다. 한 가지의 꽃이 다하면 또 다른 가지에 꽃을 피우는 속성은 봄 신이 한가함을 허락하지 않은 연유라는 표현으로 이 꽃의 매력을 신비롭게 부각시킨 것이 이채롭다.

淸代의 孫星衍도 겨울에서 봄에 이르도록 생명력을 유지하고 있는 月季花의 모습을 주목하여 다음 작품을 남겼다.

月季花　월계화

已共寒梅留晩節　한매와 함께 늦은 계절까지 남아 있더니
也隨桃李鬪濃葩　도리 피는 것 따라 고운 꽃의 자태를 겨룬다네
才人相見都相賞　재자가인들이 서로 보기만 하면 모두 이 꽃을 감상하니
天下風流是此花　천하의 풍류가 바로 이 꽃에 있기 때문이라

寒梅와 함께 겨울을 이겨낸 月季花는 봄에 피어난 桃李와도 미모를 견주고 있다. 겨울과 봄을 대표하는 꽃들과 겨룰 정도의 긴 생명력을 자랑하지만 실제로는 寒梅의 내한성과 桃李의 미모와 견주는 것이니 각 계절화의 가장 뛰어난 장점을 모두 갖추고 있다는 뜻이 된다. 제3구에서 '꽃과 사람이 서로 자태를 비추는(花人相映)' 형상으로 표현한 것은 재자가인들이 미모와 내한성을 모두 갖춘 이 꽃의 장점을 주목하고 있음을 드러내는 대목이다.

月季花는 玫瑰花보다 향기가 진하지는 않지만 계절에 상관없이 꽃을 피워내는 특징을 갖고 있다. 시들어가며 꽃받침을 통째로 떨어뜨리는 장미에 비해 시든 후에도 꽃받침을 그대로 유지한다는 점에서 강인하고 올곧은 기품도 느끼게 한다. 한두 계절에 걸쳐 자신의 존재감을 드러내고 조락하는 다른 꽃들에 비해 월계화는 사계절을 넘나들며 자태를 뽐내기에 그 가치가 상대적으로 대단하게 느껴진다. 매화처럼 寒雪을 이겨내는 강인함으로 감동을 선사하는 꽃들이 소수라는 점을 생각할 때 월계화는 주목을 받기에 합당한 면모를 지녔다고 볼 수 있다.

장미를 노래한 작품 중 역대 중국시가에서 가장 많이 언급된 '薔薇', '玫瑰花', '月季花' 등 세 종류에 관한 시가를 살펴보면 각 품종마다 고유한 미적 가치와 세미한 차이가 있음을 파악할 수 있다. '薔薇'는 초여름의 신록과 함께 농염한 자태와 향기를 동반한 아름다움을 새롭게 선보이며 봄꽃 조락에 따른 아쉬움을 다독여주었다는 점에서 장미 품종 중의 선두주자라고 할 수 있다. '玫瑰花'는 장미 중에서도 자태와 향기가 가장 뛰어나 장미의 가치를 대변하는 꽃이라는 점에서 주목할 만하다. '薔薇'가 덩굴을 이루면서 집체적인 면모를 과시했다면 '玫瑰花'는 오롯이 솟아 도도하고도 화려한 자태를 뽐내는 존재라는 점에서 외관상 차이점을 느낄 수 있다. 고혹적인 자태를 지닌 '玫瑰花'가 식용, 약용에 이르기까지 다양하게 활용되며 지속적인 주목을 받아왔다는 것은 '玫瑰花'가 지닌 매력과 효용이 특출했음을 느끼게 하는 부분이다. '月季花'에 대한 주목과 칭송 역시 다른 장미 품종에 뒤지지 않는다. 특히 '月季花'는 사계절 꽃을 피워내는 강인한 생명력으로 인해 매화에 버금가는 칭송을 받아온 꽃이다. 추위를 견뎌내며 인고의 세월을 보낸 후 봄의 서막을 알리는 매화와 비교할 때 계절에 상관없이 꽃을 피워낸다는 것은 '月季花' 만의 장점이라 할 수 있다. 역대 시인들이 각기 다른 장미 품종에 대한 기술을 가해왔다는 것은 꽃이 지닌 세미한 특징과 미감에 대한 감동이 깊었음을 나타내는 것이며 장미의 매력이 그만큼 다양하고 세분화된 면모를 지니고 있었음을 방증하는 것이기도 하다.

13. 수수하고 친근한 아가씨의 미소 접시꽃(蜀葵花)

접시꽃(蜀葵花)은 역사가 오래된 꽃으로 우리나라 전국 각지에서 자라며 중국에서도 어디서나 잘 자라는 꽃으로 알려져 있다. 봄이나 여름에 씨앗을 심으면 그해에는 잎만 무성하게 영양번식을 하고 이듬해 줄기를 키우면서 꽃을 피워낸다. 꽃 색깔은 붉은색, 연한 홍색, 흰색 등인데 대략 6월경 줄기 아래쪽에서 위로 올라가는 형태로 피어난다. 멀리서 보면 무궁화와 비슷한 모양을 하고 있고 꽃가루가 많아서 벌과 곤충이 즐겨 찾는다. 접시꽃은 '千葉', '五心', '重臺', '剪絨', '鋸口' 등 원예품종도 비교적 많은 편에 속한다.

여름의 서막을 알리며 크고 화려한 자태를 자랑하는 접시꽃은 수수한 아름다움을 느끼게 하는 접시 모양을 한 다양한 색깔의 꽃, 크고 소박한 푸른 잎사귀, 햇살을 향해 줄기차게 얼굴을 마주하는 기개, 곧게 뻗은 줄기 등을 매력으로 사람들의 마음에 환한 기쁨과 의연한 기상을 제공한다. 중국 역대시가 속에 나타난 접시꽃의 속성을 노래한 작품은 접시꽃의 수려하면서도 수수한 자태, 접시꽃이 지닌 충절의 속성, 화려하게 피었다가 쇠락하는 모양을 주목한 비애감과 '身世之感' 등을 노래한 작품들로 크게 분류된다.

1) 수수함과 수려함을 고루 지닌 자태

붉은색, 흰색, 노란색, 자색 등 다양한 색상을 지닌 접시꽃(蜀葵花)을 보면 커다란 꽃송이가 주는 환한 이미지가 제일 먼저 마음을 사로잡는다. 소담스럽게 피어 있는 접시꽃을 보면 화려한 느낌과 함께 속되지 않은 수수한 멋이 있음을 느끼게 된다. 대부분의 봄꽃이 세밀하고 화려한 반면에 여름꽃인 접시꽃은 꽃의 크기가 상대적으로 크고 수수하면서도 잎이 큰 콩과 특유의 특징을 지녔다. 주로 민가 주변이나 외진 곳에 피어 있기에 이 꽃에 대한 이미지도 친근하고 서민적인 편이다. 환상적인 외모를 지닌 것은 아니지만 자태를 보고 미묘한 설렘과 다양한 서정을 느끼게 하기에 충분한 꽃인 것이다.

唐代 岑參이 접시꽃에 대한 특별한 애호 의식을 담아 쓴 작품을 보자.

蜀葵花歌   접시꽃 노래

昨日一花開	어제 한 송이 꽃이 피었고
今日一花開	오늘 또 꽃 한 송이 피었네
今日花正好	오늘 핀 꽃은 딱 보기 좋은데
昨日花已老	어제 핀 꽃 이미 시들어버렸네
始知人老不如花	사람이 늙으면 꽃보다도 못함을 알게 되나니
可惜落花君莫掃	아쉽게 낙화해도 그대 쓸지 마소
人生不得長少年	인생이란 항상 소년일 수 없는 것이니
莫惜牀頭沽酒錢	술상 맡에선 술값 아끼지를 말게나
請君有錢向酒家	청하노니 돈 있으면 술집으로 가게나
君不見蜀葵花	그대는 보지를 못하였는가? 촉규화를

접시꽃은 음력 端午를 전후해서 개화하기에 여름의 서막을 알리는 꽃이라 할 수 있다. 접시꽃이 커다란 꽃망울과 곧은 자태를 한 채 소박하게 주변에 피어 있는 것을 보던 시인은 이를 통해 인생의 흐름을 떠올리며 세월의 우수를 투영하게 된다. 오늘 피었다가 내일 지는 모습일지라도 이에 연연하지 말며 순간의 아름다움을 감상하고자 하는 달관된 의지가 짙게 배어 있는 작이다.

唐代 張祜가 노래한 노란 접시꽃의 형상도 미인의 아름다움을 차용한 느낌을 주고 있다.

黃蜀葵花   노란 접시꽃

名花八葉嫩黃金	이 명화는 연한 황금빛 여덟 개의 잎을 지니고 있고
色照書窓透竹林	죽림 서창에 고운 자태 비추고 있네
無奈美人閑把嗅	마음 끌린 미인이 꽃가지 잡고 한가로이 향기 맡아 보는데

直疑檀口印中心   마치 붉은 입술이 꽃술 가운데 도장 찍는 것 같구나

　　노란색 접시꽃의 고운 자태를 미인의 모습에 비유하여 묘사한 작이다. 접시꽃의 꽃잎이 여러 개로 갈라져 있는 모습을 주목하여 '八葉'이라 하였는데 이는 파란 죽림 서창에 황금빛으로 비추는 고운 자태를 연상시킨다. 후반부에서는 꽃이 주는 아련한 향기와 꽃술의 환상적인 자태를 모두 미인에 비유하고 있어 의인법을 동원하는 동시에 환상적이고 유미적인 필치를 도모하고 있음을 살필 수 있다.

　　唐代 鄭谷의 시에도 노란색 접시꽃을 보고 느낀 점이 기술되어 있다.

和知己秋日傷懷   지기가 가을날 슬퍼함에 화답하여

流水歌聲共不回   흐르는 물의 노래 소리 다시 돌아오지 아니하나
去年天氣舊亭臺   지난해 같은 날씨가 옛 누대에 펼쳐있네
梁塵寂寞燕歸去   먼지 낀 대들보 적막한 중에 제비 돌아가는데
黃蜀葵花一朶開   노란 접시꽃 한 송이가 피어 있구나

　　가을이 주는 처연한 정서와 흘러간 세월의 회한을 느끼고 있는 중인데 현실에서 포착되는 구체적인 실경은 없다. 봄에 날아들어왔던 제비도 가을 되니 돌아가버리고 시인의 마음에 허전한 무상만이 남게 되었다. 이때 문득 발견하게 된 한 송이 노란 접시꽃의 자태는 고독한 정서와 함께 새로운 희망을 느끼게 하는 존재가 되는 것이다.

　　唐代 徐夤이 노래한 접시꽃 시에서는 토속적인 이미지를 한껏 활용하고 있음이 발견된다.

蜀葵   접시꽃

劍門南面樹   검문 남쪽을 대하고 있던 나무
移向會仙亭   會仙亭으로 옮겨 심겨지게 되었네
錦水饒花艶   錦江이 흐르는 곳에 고운 접시꽃 풍성히 피어 있고
岷山帶葉靑   면산에서 잎은 푸른색을 띠고 있네
文君慚婉娩   탁문군도 그대의 유순한 모습에 부끄러움 느끼고
神女讓娉婷   신녀도 그대 앞에서는 예쁨을 사양하네

爛熳紅兼紫　찬란한 붉은 자태에 자색 빛까지 더하더니
飄香入綉扃　흩날리는 향기가 비단창문으로 들어오나니

劍閣 남쪽에 있다가 會仙亭으로 옮겨 심어지게 되어도 접시꽃은 그 품성을 잃지 않고 의연한 모습을 유지하고 있다. 제2연에서 '錦水'와 '岷山', '花艶'과 '葉靑'의 대비를 통해 산과 강을 가리지 않고 풍성한 자태를 드러내고 있는 접시꽃 모습을 극찬하였다. 접시꽃의 자태를 묘사함에 있어 미남자 卓文君과 巫山의 神女를 동원하였고 그들조차 이 꽃의 미모를 따를 수 없다 하였으니 시인은 실경과 허경, 현실과 고사를 망라한 상상력을 동원하며 극도의 묘사를 가하고 있는 것이다. 접시꽃의 명칭 '蜀葵'에서 발견되는 지명의 이미지를 살려 '劍門', '會仙亭', '錦水', '岷山', '文君', '神女' 등 '蜀' 땅의 서정을 매구 마다 표현하고 있는 것이 특히 시선을 끈다.

唐代 陳標는 꽃 중의 으뜸이라고 하는 모란과 비교를 가하며 접시꽃의 속성을 칭송한 바 있다.

蜀葵　접시꽃

眼前無奈蜀葵何　눈앞에 피어 있는 접시꽃 어찌 할까나
淺紫深紅數百窠　옅은 자색에 진한 붉은색을 더한 꽃송이 수백 그루일세
能共牡丹爭幾許　능히 모란과 다투어볼 만하지만
得人嫌處只緣多　사람들이 싫어하는 곳에 피어 그저 푸르름만 더하구나

자색과 검붉은색을 더한 접시꽃의 자태는 꽃 중에 으뜸이라 하는 모란과 대적할 만큼의 화려함을 지니고 있다. 부귀영화를 의미하며 칭송을 받는 모란과 달리 접시꽃은 편벽된 곳에 피어 조용히 자신의 본분을 지키고 있을 뿐이니 '安分自足'의 교훈을 발하는 꽃이라 할 수 있다. 그러한 의미에서 말구의 '只緣'은 이 시의 詩眼이라 할 만큼 심오한 의미를 지닌 표현이 된다.

접시꽃은 요염한 자태를 뽐내며 세인들의 주목을 받는 봄꽃의 매력과는 거리가 있지만 민가 주변 어느 곳이든지 가리지 않고 피어나 큰 꽃봉오리를 당당히 드리우며 환한 미소를 보여주는 꽃이다. 그 모습은 한껏 수수하면서 친근한 이

미지를 느끼게 하며, 곧게 올라간 줄기 위에 올망졸망 환한 꽃을 차례로 피워낸 모습 역시 올곧은 심성을 지닌 채 환한 미소를 머금은 미인의 덕을 느끼게 한다. 푸근한 친구와도 같은 접시꽃을 보다보면 마음은 어느새 환한 기쁨으로 채워지게 되는 것이다.

2) 충성심과 의기의 상징

접시꽃(蜀葵花)은 콩과 식물로 태양을 바라보며 자라는 특징을 지닌 꽃이다. 곧게 뻗은 줄기에 소담스럽게 달린 꽃송이는 일차적으로 아름다운 미감을 느끼게 하지만 이 꽃에 관심을 갖고 들여다보면 줄곧 햇살을 향해 고개를 쳐들고 있는 해바라기를 연상하게 된다. 해바라기가 '向日葵'라는 명칭으로 불리는 것처럼 접시꽃도 '葵'의 의미를 지니고 있다. 접시꽃은 군주나 나라를 향한 변함없는 충성심을 표현할 때 많이 활용된 식물이며 강인한 절개를 드러낸 구절에서도 자주 등장한다. 고귀한 자태보다는 소박한 형상을 지닌 것으로 인식되지만 실상은 자신만의 정갈한 뜻을 갖고 한결같이 태양을 바라보는 강렬한 의지도 지니고 있는 것이다.

唐代 武元衡이 하얀 접시꽃을 보고 지인들에게 자신의 마음을 밝힌 시를 보면 접시꽃을 대하는 시인들의 의식이 어떠했는지 그 일단을 파악할 수 있다.

宜陽所居白蜀葵答詠東諸公
의양에 기거하며 흰 접시꽃을 보면서 제공들에게 답하며

冉冉衆芳歇	뭇 꽃들이 사그라질 때 피어 나와
亭亭虛室前	빈집 앞에 오롯이 피어 서 있다
敷榮時已背	꽃들이 번화할 시기는 이미 어긋났으나
幽賞地宜偏	그윽하게 감상하기에 편벽된 한쪽 땅이 적당하다
紅艷世方重	붉은 꽃 자태를 세상에서 중히 여기나
素華徒可憐	흰 꽃 또한 어찌 아끼지 않으랴
何當君子願	어찌 군자가 되어 별도의 바램이 있으랴
知不競喧妍	그저 아름다움을 경쟁할 줄 모르는 것일 뿐이라

빨간 접시꽃의 화려한 이미지와 달리 흰 접시꽃은 소박하고 고요한 정취를 선사한다. 봄꽃들이 화려함을 뒤로하고 스러져갈 때 이 꽃은 편벽된 곳에서 피어 나와 조용히 자신의 본분을 지키고 있다. 세상에 드러나지 않는다 해도 다툼의 욕심을 뒤로 한 채 본인의 의식을 지키는 삶의 중요함을 강조하기 위해 시인은 '君子'의 표현까지 동원하고 있는 것이다.

劉長卿이 남원에 놀러 갔다가 접시꽃을 발견하고 읊은 작품을 보자.

遊南園偶見在陰墻下葵因以成詠
남원에 놀러갔다가 우연히 그늘진 담 아래 접시꽃을 보고 읊다

此地常無日　이 땅엔 항상 햇살이 없는데
靑靑獨在陰　푸릇푸릇 홀로 그늘에 피어 있네
太陽偏不及　태양은 치우쳐 비쳐 꽃에 못 미치나
非是未傾心　꽃이 마음을 기울이지 않은 것은 아니라네

햇살을 받지 못한 채 담장 아래 피어 있지만 접시꽃은 푸른 자태를 유지하며 언제나 태양을 바라보는 마음을 지니고 있다. '葵'라는 글자가 정확히 접시꽃을 의미하는지는 의문의 여지가 있지만[40] 타인이 알아주든 알아주지 않든 항심을 유지하며 밝은 햇살을 바라며 생활하는 선비의 마음을 기탁한 작품으로 볼 수 있겠다.

宋代 楊巽齋가 주목한 접시꽃의 속성은 다채로움 속에 강인한 의기를 담고 있는 것이 특징이다.

蜀葵　접시꽃

紅白靑黃弄淺深　붉은색 흰색 청색 황색 등 옅고 진한 색으로
旌分幢列自成陰　깃발 갈라지고 휘장 늘어진 듯 그늘을 드리웠네
但疑承露矜殊色　그저 이슬 받아 특별한 색깔을 띠고 있는 듯하지만

40　기태완은『꽃, 들여다 보다』(서울 : 푸른지식, 2012) 223쪽에서 이 시에 대해 "이 시에서 노래하고 있는 것은 과연 해바라기인가? 아욱인가? 아니면 촉규화인가? 그 어떤 주석가도 결코 단정할 수 없는 일일 것이다."라는 의견을 펼친 바 있다. 실제로 '葵' 一字만을 가지고 접시꽃이라고 단정하기에는 무리가 따른다. 대체로 태양을 바라보며 마음을 지닌 꽃의 이미지로 보는 것이 무난할 것 같다.

誰識傾陽無二心　　그 누가 알리오 태양을 향하여 두 마음 품지 않음을

접시꽃이 각종 화려한 색깔로 자태를 뽐내는 것을 보면서 사람들은 이 꽃이 하늘의 은총을 받아 이채롭게 빛나는 것이라고 생각한다. 화려한 외양에도 불구하고 접시꽃은 태양을 오롯이 바랄 뿐 다른 마음을 품고 있지 않다고 보았다. 접시꽃이 지닌 충절과 의기에 대한 칭송인 것이다.

明代 李東陽이 접시꽃을 노래한 다음 시는 충신의 기개를 표현한 대표적인 작품이라 할 수 있다.

蜀葵　접시꽃

羞學紅妝媚晚霞　온갖 꽃과 다투며 저녁노을 요염하게 맞이함이 부끄러워
祇將忠赤報天家　그저 충성스러운 붉은 마음을 태양을 향해 드리웠다
縱使雨黑天陰夜　설령 하늘에 비구름이 어둡게 드리운 밤을 보낸다 해도
不是南枝不放花　햇살 맞은 가지가 아니면 꽃을 피우지 아니하나니

접시꽃은 태양을 향하는 성품처럼 밝고 곧은 면을 지향하는 특색을 지녔다고 보고 있다. 온갖 꽃이 주변을 미혹해도 이 꽃은 오롯이 태양을 향하는 충심을 간직한 채 어두운 비바람을 견디는 존재라고 본 것이다. 접시꽃의 자태와 품성을 들어 충군의 마음을 기탁한 면모가 행간을 통해 발견되니, 이 꽃은 대나무 못지 않게 옛 시인들이 자신의 절개를 기탁할 때 많이 활용된 꽃임을 알 수 있겠다.

明의 蔣忠이 붉게 핀 접시꽃을 보고 노래한 다음 작품에서도 내면에 담긴 의지를 표현하고자 노력한 면이 발견된다.

墨葵　붉은 접시꽃

密葉護繁英　빽빽한 잎은 번성한 꽃을 잘 보호하고 있는데
花開夏已深　꽃이 피어나니 여름이 벌써 깊었구나
莫言顏色異　이 꽃의 색깔이 다른 꽃과 다르다 말하지 말지니
還是向陽心　그저 태양을 향한 마음은 한결 같으리

수구를 통해 접시꽃이 커다란 잎을 지녔음을 알 수 있으며 제2구를 통해 이

꽃이 개화하는 시기가 6~8월 즉 여름임을 알 수 있다. 앞 2구에서 접시꽃의 외관과 개화 속성을 언급한 시인은 뒤의 두 구를 통해 이 꽃이 지닌 훌륭한 품성을 언급하였다. 꽃의 색깔은 흰색과 붉은색이 많지만 황색, 분홍색, 자색, 검붉은색도 발견된다. 그중 붉은 정도가 가장 진한 접시꽃에 대해 중국에서는 전통적으로 '墨葵'라고 불러왔기에 명칭상 다소 이채로운 느낌을 받기도 하지만 태양을 향한 곧은 마음을 지녔다는 점에서는 역시 칭송받을 만한 가치가 있다는 생각을 펼쳤다. 접시꽃이 지닌 명칭이나 외관보다는 내면의 의미를 주목한 작품이라 할 수 있다.

淸朝의 呂兆麒가 접시꽃을 찬미한 다음 작품은 꽃의 외관과 내면의 속성을 고루 살펴보고자 하는 의지를 담고 있는 것이 특징이다.

蜀葵　접시꽃

昔向燕臺見　옛날 연소왕의 황금대에서 보았더니
今來蜀道逢　이제 사천의 길가에서 만나게 되었네
熏風一相引　따듯한 바람이 인도하면
豔色幾回濃　아름다운 꽃을 몇 번이고 농염하게 피어내리
翠幹抽筠直　꽃대는 마치 대나무처럼 곧게 뻗어 있고
朱華剪綵重　붉은 꽃은 비단을 잘라놓은 것처럼 농후해라
傾陽曾有願　일찍이 태양을 향해 소망하였기에
莫認木芙蓉　그저 목부용화처럼 보지는 말지니

사천 길가에서 접시꽃을 대하자 시인은 그 옛날 인재를 귀하게 여기던 燕昭王의 누대에 피어 있던 접시꽃을 연상하게 된다. 접시꽃을 보며 반가움을 표하는 동시에 사람을 귀하게 여기는 성품을 되새기고 있다. 이어진 제3구의 '熏風'은 여름에 개화하는 접시꽃의 특성과 연관하여 바람을 너그러움의 상징으로 형상화한 구절로서 그 너그러움에 힘입어 접시꽃은 몇 번이고 아름답고 농염한 자태를 드러낼 수 있다고 보았다. 경연에서는 접시꽃의 올곧은 줄기와 선명한 형상을 칭송하였고, 미연에서는 접시꽃과 비슷하게 생긴 채 아름다움을 뽐내는 목부용화와의 비교를 통해 접시꽃이 오롯이 태양을 바라보는 품성을 지녔음을 찬양하고 있다. 접시꽃의 자태와 성품을 고루 통찰한 묘사가 돋보인다.

접시꽃은 햇살을 향하여 자라는 성품을 지녔기에 고귀한 정신이나 인격 등의 이미지를 잘 대변할 수 있는 꽃이다. 여름꽃의 화사함을 지니고 있으면서도 소박한 본분을 잊거나 잃지 않고 자신의 자태를 유지하는 기질, 공들여 가꾸지 않아도 주변 어디서나 피어나 사람들에게 의미 있는 가르침을 제공하는 모습 등은 접시꽃이 지닌 고귀한 품성이라 할 수 있겠다.

3) 다양한 우수와 悲感의 투영체

자생지를 가리지 않고 자라며 햇살을 향해 자세를 흐트러뜨리지 않는 접시꽃 이미지는 자신이 표현하고자 하는 충성심이나 의지를 드러내는 데 있어 좋은 효용성을 지닌다. 한편으로 자신이 지닌 남다른 기개를 표현하고픈 생각이 강렬하게 일거나 비애감이 생길 때 이 꽃의 낙화를 바라보게 되면 그만큼 비감과 우수도 깊어지게 된다. 시인들은 수수하게 피어 자신만의 의지를 간직하다 사라지는 접시꽃의 조락을 보면서 영화로운 시절을 회상하기도 하였고 표현하지 못한 의지나 회한도 떠올리며 인생을 안타까워하는 마음을 표하기도 하였다. 접시꽃의 조락에 따른 비애나 회한을 표현한 작품들 역시 주목할 만한 서정을 내포하고 있는 것이다.

唐代 崔涯가 노란 접시꽃을 보며 읊은 다음 작품을 보면 까닭 없는 근심이 시인의 마음을 사로잡고 있음을 느끼게 된다.

黃蜀葵 노란 접시꽃

野欄秋景晚　들녘 난간에서 늦게까지 가을 경치 보는 중에
疏散兩三枝　두 세 줄기 쓸쓸히 피어 있는 노란 접시꽃
嫩碧淺輕態　곱고 파란 줄기에 엷고 가벼운 자태를 하고
幽香閑澹姿　그윽한 향기에 한가롭고 맑은 자태를 더하고 있네
露傾金盞小　꽃은 이슬에 기울어져 작은 금잔처럼 보이고
風引道冠欹　바람은 꽃봉오리를 하늘거리도록 인도하네
獨立悄無語　홀로 피어나와 고요하게 아무 말 없으니
清愁人詎知　이 꽃의 맑은 근심을 사람들이 어찌 알까나

여름을 거쳐 가을까지 피어 있는 노란 접시꽃 자태는 바라보는 이를 숙연하게 하는 서정체가 된다. 화사함이나 번다함의 기운은 배제한 채 두세 줄기 오롯이 피어 있는 자태는 형언할 수 없는 감동을 제공하는 존재인데 시인은 이 꽃에서 무언의 근심을 발견하고 있다. '淸愁' 표현을 통해 맑고 소박한 근심을 논하고 있는 시인은 어느덧 우수에 잠긴 존재가 되어 있는 것이다.

唐代 陳陶가 노래한 접시꽃의 형상 역시 고독한 여인네의 한을 담고 있는 존재를 연상하게 한다.

蜀葵詠 접시꽃을 노래하다
綠衣宛地紅倡倡　푸른 옷 땅에 드리운 채 붉은 꽃 흐드러져
熏風似舞諸女郞　훈풍에 흔들리니 마치 아가씨가 춤추는 듯
南鄰蕩子婦無賴　남쪽으로 떠도는 이를 보낸 의지할 곳 없는 여인네가
錦機春夜成文章　봄밤에 베틀에서 아름다운 무늬의 비단을 짜내는 듯

접시꽃의 붉고 화려한 자태가 바람에 흔들리는 형상을 보면서 시인은 한없는 아름다움과 까닭모를 우수를 동시에 느끼게 된다. 수구에서 '綠衣'와 '紅倡倡' 구절을 통해 꽃과 잎의 자태를 수려하게 표현하고 '熏風'을 등장시켜 아스라한 배경을 창출한 것에 이어 이 꽃의 모습을 고독한 여인의 형상에 비유한 것이 이채롭다. 접시꽃의 형상을 일차적으로 의인화한 것뿐 아니라 우수를 뒤로한 채 비단을 짜내는 여인네의 모습을 상기함으로써 접시꽃이 지닌 고독의 서정을 한껏 드높인 것이 시선을 끈다.

6월에 개화하여 8월까지 여름을 밝히는 접시꽃은 더위 속에서 햇살을 향하는 강인함을 지녔기에 사람들은 이 부분에서 일차적인 감동을 얻지만 이 꽃 역시 시간의 흐름을 뒤로 한 채 낙화의 운명을 맞이할 수밖에 없다. 화사한 개화를 자랑했다가 처연하게 꽃잎을 흩날리며 스러져 가는 봄꽃들이 아름다운 傷春意識을 느끼게 한다면, 접시꽃이 조락하는 모습은 수수하고 정겨운 존재가 사라져 가는 안타까움이나 가까운 벗을 상실하는 것 같은 서운함을 유발시키는 역할을 수행한다고 볼 수 있다.

다양한 자태와 함께 수수한 형상을 띤 접시꽃은 뜨거운 여름의 서막을 알리며 태양을 향해 시선을 멈추지 않던 대표적인 꽃이요 민가 주변에서 정겨움을 선사하며 시인의 가슴에 추억을 심어주던 꽃이었다. 붉고, 하얗고 노랗고 검붉은 등의 다양한 색깔을 지닌 채 실로 접시처럼 크고 환한 꽃잎을 지닌 이 꽃은 그 꽃이 지닌 자태 하나로도 아름다움을 느끼기에 충분한 존재였으며, 길가나 담장, 우물가 등에 자생하면서 정겨운 배경으로 푸근한 서정을 유발하게 하는 존재였다. 접시꽃은 햇살을 향해 오롯이 자라는 품성을 통해 충성과 의기에 대한 남다른 각성을 제공하는 꽃이다. 외양 못지않게 강렬한 내면의 성품을 지녔기에 역대 시인들은 다양한 의지와 충성의 마음을 표현할 때 자주 이 꽃의 모습을 차용하곤 하였다. 여름에 피어나 생을 이어가는 강인한 상징성을 지닌 꽃이기는 해도 다른 꽃들과 마찬가지로 인생의 부침과 변화, 아련한 정회, 쇠락의 아픔 등 다양한 비감의 이미지를 유발하는 것에는 빠지지 않는 꽃이었다. 접시꽃을 통해 고향을 향한 향수, 영락하는 신세, 고독한 추억 등의 비애 어린 감성 등 다양한 의상을 표현할 수 있었던 것은 접시꽃 내면에 담긴 다양한 의기가 시인의 마음에 커다란 반향을 불러일으키는 힘을 지녔던 연유임을 생각해 볼 수 있다. 접시꽃이 지닌 조용하되 강렬한 매력의 크기를 가늠하게 하는 부분이라 할 수 있겠다.

14. 빙옥 같은 자태를 지닌 청정군자 치자꽃(梔子花)

치자꽃(학명 Gardenia jasminoides Ellis)은 茜草科 梔子屬에 속하는 꽃이다. 중국에서는 '黃果子', '山黃枝', '黃梔', '山梔子', '水梔子', '越桃', '山黃梔', '黃梔子', '山梔', '白蟾', '鮮支', '詹卜' 등 여러 이칭으로도 불리며, 한국에서는 '木丹花', '林蘭' 등으로도 불린다. 꽃은 6~7월에 흰색으로 피는데 시간이 지나면서 황백색으로 변하므로 梔子花의 별칭에 '黃'자가 붙은 것으로 보인다. 치자꽃 열매를 '梔子'라고 하는데 9월에 황홍색으로 익으며 빨간 속 씨가 있다. '梔子花'의 '梔子'라는 명칭은 그 열매가 '술잔(卮)'과 비슷하게 생겼기에 얻은 것이다.

梔子花는 전형적인 산성 화훼로 고온다습한 기후와 배수가 양호한 땅에서 잘 자란다. 광야, 구릉, 산비탈, 물가 등을 선호하며 중국 전역은 물론 미주 북부에 이르기까지 광범위하게 생장하고 있다. 중국에서는 河南省 唐河縣의 치자화가 '중국 국가원산지 지리표지인증'을 받았고 전국적으로 가장 큰 생산규모를 자랑한다. 梔子花는 영문명이 'Cape Jasmine'인데 이는 말리화(Jasmine)처럼 향기의 특징에서 연유한 것으로 보인다. 꽃과 열매가 아름다워서 관상용으로 많이 심는다. 일찍이 宋代 曾端伯(曾慥)은 열 가지 꽃을 골라 '花中十友'라는 명칭을 붙인 바 있다. 芳友는 난초, 淸友는 매화, 殊友는 瑞香, 淨友는 蓮, 禪友는 詹蔔, 奇友는 蠟梅, 佳友는 菊, 仙友는 桂, 名友는 海棠花, 韻友는 茶藤가 이에 해당한다. 또한 宋代 張敏叔은 열두 꽃을 花客이라 했는데, 賞客은 모란, 淸客은 매화, 壽客은 菊, 佳客은 瑞香, 素客은 丁香, 幽客은 난초, 靜客은 연꽃, 雅客은 차마, 仙客은 桂, 野客은 장미, 遠客은 茉莉, 近客은 芍藥 등이 이에 해당한다.[41] 이 중

---

41 이민수, 『한문독본』, 서울 : 을유문화사, 1976, 123~124쪽, 기태완, 『화정만필』, 서울 : 고

禪友로 거론된 '詹蔔'이 바로 치자꽃이니 '花中十友' 중 禪趣를 배양하고 정신을 맑게 해주는 꽃으로 치자꽃을 인정하고 있었음을 알게 해주는 명칭이다.

치자꽃은 여섯 갈래로 곱게 뻗은 하얀색 잎과 황금빛 꽃술이 지닌 고아한 흥취로 보는 이의 시선에 신선함을 제공한다. 청아한 향기로 정신을 맑게 하고 푸른 잎의 상록성으로 기백을 느끼게 하며 치자를 통해 염색과 각종 약효, 방향제 등 실용적인 용도를 제공하니 가히 매력이 넘치는 꽃이라 할 수 있다.[42] 특히 여름의 강렬한 햇살 아래서 그윽한 자태를 지니고 있는 모습은 마치 얼음처럼 시원한 청량감을 느끼게 한다. 역대 시인들은 눈을 새롭게 해주고 정신을 맑게 해주는 이 식물의 이미지를 간과하지 않았다. 치자꽃의 자태를 묘사한 것으로부터 치자의 효능이나 꽃이 지닌 정신을 묘사한 것까지 다양한 내용을 지닌 작품들이 전해지고 있다.

南朝 梁 蕭綱은 치자꽃의 자태를 '形似'의 수법을 동원하여 다음과 같이 묘사하였다.

詠梔子花　치자꽃을 노래하다

素花偏可喜　흰 치자꽃 가히 기쁨을 주니
的的半臨池　연못가에 반쯤 걸쳐 환하게 빛나네
疑爲霜裏葉　흰 서리 속에 잎이 있는 것이라 생각했더니
復類雪封枝　다시 눈에 뒤덮인 가지와도 같구나
日斜光隱見　햇살 속에 빛이 보였다 안보였다 하고
風還影合離　바람 속 꽃 그림자 붙었다 떨어졌다 하누나

흰색으로 우아하게 핀 치자꽃이 연못가에 자태를 반쯤 걸치고는 밝고 깨끗한 서정을 선사하고 있어 이 모습을 보는 시인으로 하여금 남다른 기쁨을 느끼게 한다. 잎 끝에 하얗게 피어 있는 치자꽃은 서리와 눈을 연상시키는데 '霜'과 '雪'

요아침, 2007, 200쪽 등 참조.

42 朝鮮 世宗 때 명신이며 원예전문가인 姜希顔(1419~1464)은 그의 저서 『菁川養花小錄』의 '梔子花' 항목에서 이 꽃의 장점을 ① 순백의 색조, ② 청아한 방향, ③ 상록의 불변성, ④ 황색 염료용 열매 등의 4가지로 요약하여 설명한 바 있다. 이는 마치 선비가 갖출 덕목처럼 느껴진다. 曾端伯 또한 그와 같은 맥락에서 '花中十友'에 梔子를 '禪友'로 포함한 것이라 여겨진다.

로 흰색을 묘사하면서 '復'자로 반복한 것은 치자꽃의 청아한 자태를 거듭 강조하는 효과를 창출한다. '隱見'과 '合離'의 표현 역시 치자꽃 모습을 역동적으로 인식되도록 묘사한 부분이다. 보였다 안 보였다 한다는 표현을 통해 치자꽃의 외관을 더욱 아름답고 환상적으로 그리고자 했던 시인의 의도가 담긴 구절이다. 짧은 기술 속에 대조, 비유, 과장, 허실 대비, 靜中動 등 각종 수법을 발휘하여 치자꽃의 외모를 한껏 칭송한 점이 돋보인다.

南北朝時代 謝朓는 치자꽃의 자태와 열매의 효능을 모두 칭찬하는 작품을 남겼다.

詠牆北梔子 담장 북쪽의 치자를 노래하다

有美當階樹　아름답구나 섬돌 앞 치자꽃나무여
霜露未能移　서리와 이슬도 변하게 할 수 없네
金蕡發朱采　황금빛 열매 번성하여 붉은색을 발하는데
映日以離離　비추는 햇살 속에 풍성하여라
幸賴夕陽下　다행히 석양 아래 있어
餘景及西枝　남은 햇살 서쪽 가지에까지 이르는구나
還思照綠水　푸른 물가에서 자신의 모습 비추길 바래보나
君階無曲池　그대 있는 섬돌에는 굴곡진 연못도 없구나
餘榮未能已　남아 있는 꽃도 자신을 보전할 수 없는데
晚實猶見奇　늦은 열매가 더욱 신기하게 보이네
復留傾筐德　큰 덕이 임하여 다시금 머물게 하니
君恩信未賞　그대의 은혜는 실로 헤아릴 수 없구나

담장 북쪽에서 계단을 마주하고 서 있는 치자꽃은 서리와 이슬에도 '獨立不遷'의 기세로 꿋꿋하게 자리를 지키고 있다. 자신의 모습을 비출만한 연못이 있어 물의 기운을 얻지도 못하고 남아 있는 꽃도 오래 못 갈 순간에 있지만 가을로 향하면서 노란색으로 물들어가는 梔子의 결실을 기약한 채 자신의 본분을 다하고 있는 것이다. '석양의 여광이 미친다(及西枝)'라고 한 것이나 치자꽃에 대해 '그대(君)'라는 의인화된 존칭을 계속 사용하는 기술에서 이 꽃을 향한 작자의 특별한 애호를 읽을 수 있다. 한방에서 梔子는 불면증, 황달, 해열, 이담, 지혈, 소염, 이뇨 등에 효과가 있다고 한다. 또한 천을 노랗게 염색하거나 빈대떡이나 전 같은 음식물을 노랗게 하는 착색제로 많이 쓰였으며 향기가 강해 방향제로도 많이 활용되었다. 시인은 이런 점을 들어 '그대의 은혜 실로 헤아릴 수 없으리(君恩信未賚)'라는 표현을 가했으니 이 부분은 치자꽃을 대하는 시인의 심정을 밝힌 것으로 이 시의 主旨가 된다고도 할 수 있겠다.

唐代 杜甫는 치자꽃이 많은 주목을 받는 꽃은 아니지만 남다른 개성과 가치를 지닌 꽃임을 언급한 바 있다.

梔子 치자

梔子比衆木　치자를 뭇 나무들과 비교해볼 때
人間誠未多　인간세상에 이런 꽃 실로 많지 않다네
於身色有用　치자의 몸 색은 쓸모가 있고
與道氣相和　도기와 서로 화합하네
紅取風霜實　붉은 열매는 바람과 서리 맞아 결실을 맺고
靑看雨露柯　푸른 가지는 우로를 맞아 볼 수 있네
無情移得汝　무심코 너를 옮겨 심었는데
貴在映江波　고귀한 자태를 강 물결에 비치고 있나니

수연의 언급을 통해 치자꽃이 다른 꽃보다 많이 길러지거나 사랑받는 꽃은 아님을 묘사했지만 곧이어 이 꽃은 실용적인 쓰임새를 갖고 있고 나름대로의 개성을 지니고 있는 가치 있는 존재임을 설명하였다. '誠未多'라는 표현은 이 나무처럼 가치 있는 나무가 그렇게 많지 않음을 은유한 것이고, '氣相和'라는 표현은 차가운 성질을 가진 梔子가 내장의 열기를 다스려주는 효능을 가졌음을 언급한 것이다. 가을 풍상을 겪으며 붉게 맺히는 열매와 우로 맞아 더욱 푸르러지는 가지를 바라보면서 무심코 옮겨 심은 나무였지만 어느덧 귀한 자태로 주변을 비추는 존재가 되어 있음에 대해 무한한 칭찬을 가하고 있다.

唐代 劉禹錫은 令狐相公과 치자꽃을 감상하다가 함께 얻게 된 아름다운 감흥을 시를 통해 주고받았다.

和令狐相公詠梔子花 영호상공이 노래한 치자꽃 시에 답하여

蜀國花已儘　촉 땅의 모란은 이미 다하였고

越桃今已開　월 땅의 복사꽃도 지금은 이미 피어나 있다
色疑瓊樹倚　치자꽃 자태는 아름다운 나무에 의지해 피어난 듯
香似玉京來　그 향기는 마치 천계에서 날아오는 것 같아라
且賞同心處　꽃 감상하다 마음이 함께 하는 부분 있으니
那憂萼葉催　어찌 잎이 뒤틀리며 떨어짐을 걱정하리오
佳人如擬詠　아름다운 이가 이 꽃을 헤아려 시를 읊으니
何必待寒梅　어찌 한겨울 매화를 기다릴 필요가 있으랴

모란과 복사꽃은 봄을 밝히는 꽃이요 화사한 자태로 세인들의 남다른 애호를 받는 꽃이다. 그러나 시간의 흐름 따라 화려함도 다하게 되니 봄꽃의 흥취는 어느덧 추억으로 남을 뿐이다. 아쉬움이 남는 순간 여름 치자꽃의 새하얗고 정갈한 자태가 색다른 느낌을 선사한다. 시인은 이 시를 통해 꽃이 주는 미감과 흥취를 지기와 함께 느끼고 시를 주고받을 수 있음을 감사하는 마음을 담고 있다. 근본적으로 치자꽃의 우아함 자태와 향기가 없었다면 불가능했을 일이었다.

宋代 董嗣杲가 쓴 치자꽃 묘사는 세부적인 관찰에 환상적인 필치를 더한 것이 특징이다.

梔子花　치자꽃

玉瓣涼叢擁翠煙　옥 같은 잎 차갑게 무리지어 있는데 푸른 연기 둘러 있고
南薰池閣燦雲仙　南薰池 누각에는 빛나는 구름이 신령하구나
芳林園裡誰曾賞　멋진 숲 속에서 일찍이 그 누가 감상했나
簷卜坊中自可禪　치자꽃은 절에서 스스로 선취를 얻고 있다네
明豔倚嬌攢六出　밝고 고운 꽃잎 예쁘게 모였다 여섯 갈래로 뻗어 나고
淨香乘烈嫋孤姸　맑은 향기 강렬히 피어오르며 외롭고 곱게 흔드네
風霜成實秋原晚　바람과 서리 맞으며 늦가을 들녘에서 열매 맺으니
付與華燈作樣傳　화려한 등을 비추어 그 모습 전하였으면

치자꽃이 피어 있는 곳 주변을 신령한 분위기로 묘사하여 이 꽃이 지닌 초탈한 이미지를 부각시켰고, 절에 피어난 꽃을 보면서 선취를 느끼는 경지에 이르는 것을 '스스로 선취를 얻었다(自可禪)'라고 하여 꽃이 지닌 신령한 이미지를 강조하였다. 시제에서는 '梔子花'라고 하였는데 제4구에서 치자꽃의 별칭 '簷卜'을 시어로 채택한 것도 독특한 표현이 된다. 전체적인 조망에서 세부적인 꽃 묘

사로 들어가면서 치자꽃 자태를 유미적으로 기술한 후 열매의 결실을 기대하는 작자의 미래의식을 투영하는 순서로 시상을 배치한 수법도 돋보인다.

宋代 楊萬里는 한적한 운치를 풍기는 치자나무의 고요한 자태를 주목한 작품을 남기고 있다.

梔子花　치자꽃

樹恰人來短	치자나무는 사람처럼 작지만
花將雪樣年	그 꽃은 장차 눈처럼 희게 해마다 피어나리
孤姿妍外淨	외로운 자태 곱고도 깨끗하여
幽馥暑中寒	그윽한 향기 한여름에도 시원하게 느껴진다
有朶簪瓶子	꽃가지 있어 병에 꽂아 넣어놓으니
無風忽鼻端	바람 없어도 향기가 코끝에 와닿는구나
如何山谷老	산골짜기에 있는 저 노인네
只爲賦山礬	그저 이 꽃나무를 위해 시를 짓는 흥취가 어떠한가

치자꽃 하얀 형상은 차가운 눈처럼 느껴지니 그 향기로 인해 한여름에도 서늘한 기운을 느끼게 된다. 화병에 꽂아둔 몇 개의 치자 가지로 인해 바람의 작용 없이도 꽃향기를 느끼게 된다. 산속에 은거하는 이의 고독한 생활을 배경으로 하였으되 치자나무로 인한 고아하고 그윽한 흥취가 흐르고 있어 쓸쓸함이나 비애감을 느낄 겨를이 없는 것이다.

宋代 舒嶽祥은 치자꽃의 세부 관찰에 이어 이 꽃 주변의 흥취를 전반적으로 묘사한 바 있다.

梔子花　치자꽃

六出臺成一寸心	여섯 개 꽃잎은 하나의 중심을 이루었고
銀盤裡許貯金簪	은쟁반 속 금비녀를 꽂아놓은 듯
月中不著蠅點璧	달빛 비추어도 벽에 붙은 벌레가 드러나지 않더니
春過翻疑蝶滿林	봄 지나가고 계절 바뀐 듯 나비가 숲에 그득하다
陸地水光山院靜	땅에는 물에 햇살 비추고 동산 담장은 고요한데
炎天氷片石壇深	더운 날 얼음 같은 꽃 조각 돌 마당에 깊이 쌓여 있네
楊州只說瓊花好	양주에서는 그저 예쁜 꽃만 좋다하는데
漠漠風水何處尋	막막한 환경에선 그 어디서 이런 꽃 찾으리

희고 곱게 여섯 갈래로 갈라진 치자꽃잎과 금색으로 빛나는 꽃술은 보는 이이게 정결하고 산뜻한 인상을 줄 뿐 아니라 마음이 정화되는 느낌까지도 선사한다. 이 꽃을 감상하는 사이에 계절이 흐르고 있음을 간접적으로 언급하면서돌마당에 흰 색으로 활짝 피어 한여름의 더위를 씻어주는 치자꽃의 매력적인 자태를 칭송하였다. 미연에서는 미향으로 불리는 楊州인지라 예쁜 꽃이 지천에 널렸지만 치자꽃 같은 고요한 기품을 지닌 꽃은 흔치 않음을 언급하였다. 여러 꽃 중에서도 치자꽃을 상대적으로 귀하게 여기는 마음을 잘 부각시킨 부분이 된다.

明代 沈周는 치자꽃의 자태와 향기에 대해 은유적인 수법을 동원한 섬세한 묘사를 가한 바 있다.

薝蔔 치자꽃

雪魂氷花凉氣淸 雪魂을 담은 듯 얼음 같은 꽃 맑은 기운 전하고
曲闌深處艶情神 굽이진 난간 깊은 곳에서 고운 정신 드러낸다
一鉤新月風牽影 새로이 뜬 한 조각 달빛 속에 바람이 꽃 그림자 실어갈 새
暗送嬌香入畫庭 남몰래 고운 향기를 아름다운 정원에 흘러오게 하나니

'薝蔔'은 치자꽃의 이칭으로 『本草綱目』「木部三」에 보면 "薝蔔은 치자이다.(薝蔔, 梔子)"라는 설명이 나온다. '치자꽃(薝蔔)'은 흰 눈의 혼이 실린 듯 얼음 같이 빛나고 있고, 정원 깊은 곳에서 자신만의 고아한 정신을 소유한 채 그윽한 심지를 지키고 있다. 고요한 밤이 오고 바람이 일게 되니 마침내 깊은 곳에서 남몰래 피어 있던 치자꽃은 바람 따라 자신의 우아한 향기를 정원에 전달한다. 숨겨진 미학, 아름다운 존재가 마침내 실체를 드러내는 순간이다. '新月'은 치자꽃이 지닌 흥취를 새롭게 인식하게 되는 상황을 암시하는 시어라 하겠다.

한여름에 피어나 겨울의 흰 눈 더미처럼 촘촘하게 꽃잎을 드러내고 있는 치자꽃과 치자나무는 마치 내리치는 여름 햇살을 가리는 눈 쌓인 우산처럼 시원한 정경을 선사한다. 비로드같이 윤기 나는 초록빛 나뭇잎과 회갈색으로 반짝이는 가지들, 그 위에 창백하면서도 고혹적인 레이스를 드리운 치자꽃의 자태는 한여름에 느끼는 청아한 의식을 대변한다. 여기에 주변을 가득 채워주는 치자꽃

향기는 여름의 최고 미인인 장미의 향기를 능가한다. 재스민과 같은 집안일 것이라는 생각도 해보게 된다. 치자꽃 향기는 마음이 삭막한 이에게 텅 빈 충만의 미학을 깨닫게 해주며 선비의 오롯한 정신과 기상까지도 느끼게 해준다. 이 꽃의 자태와 향기는 정녕 지나는 이로 하여금 발길을 멈추고 고아한 기품이란 어떤 것인지를 생각해보게 하는 감흥의 근원이 되는 것이다. 가을이 되면 황금빛깔로 익어 노란색 염색의 재료로 쓰이게 되는 치자 열매 역시 사라져버린 꽃의 외모와 향기 이후의 분신이 되어 헌신의 소임을 다하면서 치자꽃의 존재감을 드러낸다. 재스민 꽃에서 사랑의 미약인 향유를 얻었듯이 치자 열매를 통해서는 음식과 염료, 진정과 해열, 이뇨 등에 도움이 되는 실제적인 도움을 얻을 수 있는 것도 좋은 점이다. 바라보면 편안해지는 꽃, 죽어서도 헌신의 책임을 다하는 꽃, 그 귀한 존재감을 생각할 때면 풍성한 사랑의 향기가 온 마음을 흐뭇하게 감싸는 꽃, 그러한 느낌을 제공하는 것이 치자꽃의 참다운 매력이라 할 수 있다.

15. 한여름 밤의 꿈 파초(芭蕉)

파초(芭蕉, 학명 Musa basjoo Siebold)'는 파초목 파초속 파초과의 다년생 초본식물로 열대 아시아가 원산지이다. 높이가 약 3~5미터에 달하며 잎은 긴 타원형에 선명한 녹색을 하고 있으며 광택이 난다. 꽃은 7~8월에 황색을 띤 흰색으로 피어나며 열매도 달리는데 식용이 가능한 것과 불가능한 것이 있다.[43] 파초의 근경은 '芭蕉根', 잎은 '芭蕉葉', 꽃은 '芭蕉花', 종자는 '芭蕉子', 莖汁은 '芭蕉油'라 하며 약용한다. 芭蕉는 잎이 크고 넓으며 따뜻한 날씨를 좋아하나 내한성은 약하다. 줄기의 번식 능력이 뛰어나고 적응성도 강하며 생장 속도도 빠른 편이다. 파초는 바나나 열매를 수확하고 나면 그 생명을 다하게 되지만 죽기 전에 새로운 땅속줄기를 탄생시키고 이 줄기가 다시 6~7개월 후면 새롭게 꽃을 피우고 9~12개월 이후에 바나나 열매를 성숙시킨다. 한국에서는 파초를 주로 남부지방에서 관상용으로 심지만 중국과 여러 나라에서는 바나나 열매를 수확하기 위한 농작물로 많이 심는다. 파초는 중국에서 '甘蕉', '芭苴', '香蕉', '水芭蕉', '紅蕉' 등의 이칭으로도 불린다. 키가 크고 잎도 커서 멋도 있고 시원한 청량감을 주기에 예로부터 관상용으로 많이 심어져왔으며 역대 시인들의 작품에도 자주 등장하고 있다.

파초의 넓은 잎은 뜨거운 햇살을 가리기에 적합하고 그늘을 이루기에 보는

---

43 '芭蕉'와 바나나라는 의미를 가진 '香蕉', '大蕉' 등은 엄밀히 말하면 같은 식물이 아니다. 관상용 '芭蕉'와 '바나나'는 같은 속 같은 과의 초본으로 외형이 비슷하지만 차이점도 있다. 芭蕉는 잎 끝이 비교적 가늘고 중간이 두꺼우며, 한쪽 면은 평평하고 한쪽 면은 약간 굽은 찌그러진 원형을 하고 있으며, 果皮에는 3개의 모서리가 있다. 이에 비해 바나나는 잎이 마치 초승달처럼 굽어 있으며 果皮에는 5~6개의 모서리가 있다. 파초 열매의 맛은 달지만 약간 쓴 맛이 도는 데 비해 바나나 열매는 달고 부드러운 맛이다.

이로 하여금 시원한 청량감과 편안한 느낌을 갖게 한다. 쏟아지는 빗방울이 파초잎에 내릴 때 나는 다양한 소리 역시 시인들의 감각을 자극하는 좋은 자극제가 된다. 역대 중국 문인들은 파초잎을 활용하여 글씨를 쓰거나 시상을 펼치기도 하였는데 커다란 잎이 발하는 흥취는 남국을 향한 향수와도 같아 자유로운 상상력을 발휘하는데 부합하는 면이 있었을 것이다. 파초를 묘사한 역대 시가들은 시원한 외모에서 느껴지는 심리적 편안함과 위안, 뜨거운 햇살을 막아주고 그늘을 제공하는 보호자의 역할, 남국에서 옮겨온 신세와 연관된 고향에 대한 향수, 빗소리와 어우러질 때면 더욱 아련해지는 우수와 비애감 등에 대한 내용이 주를 이루고 있다. 아름다운 꽃이 화사한 자태를 뽐내다가 조락하면서 비애감을 창출하는 것과는 달리 파초는 서 있는 존재 그 자체로서 고독과 우수와 같은 각종 서정을 유발하는 매개체라는 점이 특기할 만하다.

1) 다양한 감정과 상상력을 유발시키는 잎의 존재감

역대 시인들의 작품 속에 등장하는 芭蕉 관련 묘사는 시원스러운 파초 자태가 주는 심리적 청량감과 이국적인 분위기가 가미된 맑고 신령한 기운의 서사가 주를 이룬다. 파초의 넓고 큰 잎을 독특하고 신선한 기분을 창출하는 감정의 매개체로 묘사한 것도 자주 발견할 수 있다. 시인들은 잎을 사용하여 글씨를 쓰는 장면을 서사하거나 주위 환경과 파초잎의 조화에 따른 감흥을 서사하는 방식으로 이 식물에 대한 애호 의식을 즐겨 표현하였다. 파초잎의 역할을 주목한 작품과 파초가 지닌 의연한 성품을 주목한 작품이 여러 수 전한다.

唐代 錢珝는 아직 펼쳐지지 않은 파초잎을 보면서 다양한 상상력을 발휘하며 묘사를 가한 바 있다.

未展芭蕉 아직 펼쳐지지 않은 파초

冷燭無煙綠蠟幹 차가운 초는 연기도 없이 초록빛 촛대를 이루는데
芳心猶卷怯春寒 향기로운 마음은 아직 깔때기처럼 말려 봄추위를 겁내는 듯
一緘書札藏何事 한 통의 편지 속에 그 어떤 사연을 담았는가

會被東風暗拆看　봄바람 만나게 되면 몰래 뜯어서 보고자 하나니

　파초의 서 있는 모습을 보며 '차가운 초(冷燭)' 형상을 떠올리는 시인의 발상이 신선하다. 파초의 초록빛 자태는 서늘한 기운을 발산하며 잎은 마치 봄추위를 겁내는 듯 아직 펼치지 못하고 말려 있다. 시인은 잎이 펼쳐지면 각종 사연을 쏟아낼 수 있을 것으로 기대하면서 봄바람의 도래와 새롭게 펼쳐지는 잎의 날개짓을 기대하고 있다. 말구에서 '몰래 뜯어본다(暗拆)'라고 한 표현 역시 신비감을 유발한다. 파초가 주는 이국적인 정취가 무한한 상상을 향한 자극제로 작용하고 있는 것이다.

　宋代 賀鑄가 파초의 잎을 보면서 남다른 감회를 서술한 작품을 살펴보기로 한다.

題芭蕉葉　파초잎에 대하여 적다

十畝荒池漲綠萍　십 묘 넓이 황량한 연못에 녹색 부평초 그득한데
南風不見芰荷生　남풍이 불어도 세발마름과 연의 피어남 아직 보지 못하였다
隔窗賴有芭蕉葉　창 너머에서는 파초잎에 의지하고 있네
未負瀟湘夜雨聲　아직까지 瀟湘江의 밤비 소리를 경험하지 못했나니

　넓고 황량한 연못에 녹색 부평초만 그득하고 마름과 연꽃은 아직 피어나지 않고 있다. 무언가 마음 둘 곳이 마땅치 않은 차에 창 너머에서 넘실대는 파초잎은 새롭고 신선한 느낌을 제공한다. 내리는 빗소리를 들었으면 좀 더 일찍 존재감을 느꼈을 파초였건만 이제라도 느끼게 되니 반가운 마음이 더하게 된다. 시인에게 있어 파초는 瀟湘江에 내리는 비처럼 슬픈 서정의 유발체가 아니라 남다른 평안을 주는 위로자처럼 느껴진다. 그러한 마음을 제3구의 '賴(의지하다)'자로 집약하고 있고 있는 것이다.

　파초잎은 종이와 같이 시문을 적는 도구로도 흔히 사용되었다. 아마 시인들은 커다란 잎을 보면서 종이로 가늠할 수 없는 독특한 창작의식을 느꼈을지도 모른다. 唐代 路德延의 다음 시를 살펴보자.

芭蕉 파초

一種靈苗異　한번 심어놓으니 신령하게 나오는 싹이 기이하여
天然體性虛　천연의 자체와 성품이 허허롭다
葉如斜界紙　잎은 기울어진 종이와 같이 생겨서
心似倒抽書　마음은 마치 글을 써내는 듯하구나

　　파초의 자태가 신기하지만 특별한 매력을 발하기보다는 담담함을 유지하고
있는 것처럼 보인다. 시인의 마음을 끄는 것은 커다랗게 기울어 있는 잎의 모습
이다. 그 광경을 보면서 어느덧 종이에 글을 채우는 상상을 해보게 된다.
　　파초잎에 글을 쓰는 행위는 상상에 그치지 않고 실제로 이루어지기도 하였다.
唐代 韋應物이 여러 아우들에게 보낸 시에 그러한 내용이 실려 있다.

寄諸弟 여러 아우들에게 보냄

秋草生庭白露時　가을 풀 돋은 정원에 흰 이슬 내리는 때
故園諸弟益相思　고향 동산의 여러 동생들이 더욱 그리워지네
盡日高齋無一事　종일 높은 서재에서 할 일도 없어
芭蕉葉上獨題詩　파초잎 위에 홀로 시를 적나니

　　가을 풀에 백로 내리는 계절이 되니 고향 생각과 친지들에 대한 그리움이 더
욱 간절하다. 한가한 마음에 더욱 아련하게 솟구치는 향수를 기록하기 위해 파
초잎을 떠올리고 그 위에 시상을 적어 내려가고 있다. 파초잎은 종이와는 또 다
른 감성의 투영체가 되고 있는 것이다.
　　파초는 잎의 존재감뿐 아니라 높고 푸른 자태로 남다른 기상도 보여주는 식
물이다. 역대 파초를 묘사한 작품 중에는 파초가 발하는 청량감과 신령한 기운
을 주목한 내용이 상당수 있다. 그중 宋代 楊萬里가 파초가 발하는 신령한 향기
와 시원한 기운을 칭송한 작품을 살펴보자.

芭蕉 파초

骨相玲瓏透入窓　파초의 굳은 자태 영롱하게 창으로 들어오고
花頭倒挿紫荷香　꽃봉오리 거꾸로 꽂인 채 자색 연꽃 향 나네
繞身無數靑蘿扇　몸을 둘러싼 잎은 무수한 푸른 비단 부채 같아

風不來時也自凉　바람 없을 때에도 절로 서늘하구나

　　파초에 대하여 '玲瓏'이라는 표현을 가함으로써 신비감을 증폭시켰고 꽃봉오리에서 나는 향기를 자색 연꽃의 향기로 치환하여 오묘한 흥취를 더하였다. 파초잎은 가만히 있어도 저절로 청량한 느낌을 창출하며 보는 이의 마음에 한아한 감흥을 제공한다. 화사한 자태를 뽐내는 꽃들에게서는 찾아보기 힘든 편안한 서정이라 할 수 있다.

　　淸代 喬湜은 파초가 발하는 맑은 서정과 그 속에 담긴 강인한 기개를 주목하고 있다.

芭蕉　파초
綠雲當窓翻　녹색 구름 같은 잎 창을 가로 막은 채 번뜩이고
淸音滿廊廡　맑은 소리는 장랑 밑에 그득하구나
風雨送秋寒　비바람이 가을 추위를 앗아가 버렸나
中心不言苦　파초의 마음은 고통을 말하지 않고 있나니

　　파초잎이 움직이는 형상을 '翻'으로 처리하여 역동성을 가미하였고 바람과 잎이 내는 소리를 '淸音'이라 하여 한층 청아한 서정을 창출하였다. 가을바람이 불어와서 한기를 퍼트리는 순간에도 꿋꿋하게 서 있는 모습을 보면 강대한 기개를 품고 있는 듯한 느낌도 받게 된다. 추위에 약한 식물인지라 모습을 유지하고 있는 것 자체가 강인한 인내심을 발휘한 것이 된다. 시인이 파초에서 주목하고자 한 것은 파초 내면에 담긴 의연한 품성임을 알 수 있겠다.

　　파초는 잎이 크고 넓어 시나 글씨를 적기에 적합하다. 예로부터 종이 대신으로 활용하기 적절했던 실용성으로 인해 본래 중국 남방과 동남아 등 열대지방의 식물임에도 일찍부터 북방으로 유입된 것이라 여겨진다. 처음에는 파초잎을 단지 글을 적는 도구로 인식하였겠으나 점차 파초잎을 보면서 창작에 대한 다양한 의식도 고양하게 되었음을 생각해볼 수 있다. 이 남국 식물은 이채롭고 경이로운 특성으로 다른 식물에서 느낄 수 없는 신선한 의식을 제공하였을 것이니, 시원하게 푸르른 파초잎을 대하다 보면 어느새 시인의 의식은 청아해지고 화려한

꽃이 주는 기쁨과 비견할 만한 또 다른 신선함도 느낄 수 있게 되는 것이다.

2) 비와 결합된 우수의 서정 유발

파초의 비를 맞게 되면 잎에 떨어지는 빗방울과 흐르는 빗물로 인해 다양한 소리를 창출하게 된다. 파초와 빗방울이 이루어내는 청각적 효과는 듣는 이의 마음에 색다른 우수와 서정을 발생시킨다. 남국의 식물인 파초가 타향에서 비를 맞고 있는 모습을 보다보면 다른 꽃에서 느끼지 못했던 감각적인 느낌을 얻게 되기 때문이다. 속언 중 "창밖에 파초 있고 창 안에 사람이 있는데, 파초잎과 사람 마음에 빗방울이 또렷이 떨어지네.(窓外芭蕉窓裏人, 分明葉上心頭滴)"라는 말은 이러한 정서를 반영한 표현이다. 파초를 묘사한 작품 중에 빗방울 떨어지는 파초의 모습을 통해 우수와 향수를 비롯한 여러 감각을 투영한 작품이 다수 전해진다.

唐代 杜牧은 파초잎에 비가 내리는 모습을 보면서 향수의식을 느낀 바 있다.

芭蕉 파초

芭蕉爲雨移　파초가 비로 인해 옮겨져
故向窓前種　창 앞에 심어지게 되었다
憐渠點滴聲　잎에 내리는 빗방울 소리 아끼나니
留得歸鄕夢　귀향의 꿈이 남겨 있기 때문이라
夢遠莫歸鄕　꿈은 요원하니 귀향하지 마소
覺來一翻動　꿈에서 깨어나면 생각이 바뀌게 되리니

비바람이 파초에 날리고 이로 인해 파초는 자리를 옮겨 창 앞에 심겨지게 되었다. 모진 운명으로 인해 먼 이국에서 타향으로 이주해온 이가 느끼는 '身世之感'을 은유하고 있는 듯하다. 제2연부터는 파초를 의인화하며 파초와의 대화를 시도하고 있다. 내리는 빗방울 소리에 고향에 대한 꿈을 떠올리게 되고 타지에서의 향수를 절절히 느끼고 있음을 이해하고 있지만 결국은 '芭蕉失鹿'의 고사처럼 고향에 갈 수 없는 현실을 직시하기 바라는 마음을 담고 있다.[44] 귀향의 기쁨을 누리지 못하는 운명에 대한 아련한 회한과 동정이 담겨 있는 것이다.

明代 高啓가 파초가 비 맞은 정경을 노래한 시에는 한가한 일상 속에서 아련한 우수를 떠올리는 상황이 담겨 있다.

芭蕉 파초

靜遶綠陰行	고요히 녹음 속을 다니다가
聞聽雨聲臥	빗소리를 들으며 누워 있네
還有感秋詩	다시 가을을 느낀 시가 있는데
窓前書葉破	창 앞의 시 적을 파초잎은 찢어져 있구나

고요히 녹음을 다니는 모습, 한가하게 누워 빗소리를 듣는 정취, 가을의 도래를 느끼며 새로운 시상을 가다듬는 모습 등이 잔잔하게 나열되어 있다. 파초잎을 종이 삼아 시상을 펼치려는 한아한 흥취를 돋우었으나 막상 보니 파초잎은 비를 맞아 찢겨져 있다. 파초잎이 찢어져 있는 정경을 보면서 한아한 흥취가 문득 멈추어져버린 듯한 현실을 느끼게 되니 시인의 마음은 다시금 고독한 우수 속으로 들어가게 되는 것이다.

唐代 司空圖의 다음 시도 파초를 통해 느끼는 향수를 기술한 작이다.

芭蕉 파초

雨洗芭蕉葉上詩	빗방울이 파초잎에 써놓은 시를 씻어버렸고

---

44 파초가 풍부한 상상력을 제공하는 식물이라는 인식을 갖게 된 것과 연관하여 인간세상의 득실이 모두 꿈과 같이 덧없다는 뜻을 지닌 '芭蕉失鹿', '焦鹿夢' 등의 고사를 생각해볼 수 있다. 『列子』「周穆王」에 보면 "鄭나라 사람 중 들녘에서 나무를 하던 이가 있었는데 우연히 놀란 사슴을 만나 때려잡았고는 남들이 볼까 봐 도랑 속에 숨겨 넣고 파초잎으로 덮어놓고는 스스로 기쁨을 이기지 못하였다. 조금 있다가 그만 숨겨놓은 장소를 잊어버렸으므로 자기가 겪은 일을 꿈으로 여기고 말았다. 그가 도중에 그 일을 이야기하면서 왔는데 그 말을 들은 다른 사람이 있어 그 말대로 가서 감추어놓은 사슴을 찾아가지고 돌아가 그 집안 사람에게 말하길 '나무하던 이가 꿈결에 사슴을 얻었으나 그 감춘 곳을 몰라 내가 이제 그것을 얻었으니 저것은 실로 진짜 꿈인 것이다.'라고 하였다.(鄭人有薪於野者, 遇駭鹿, 御而击之, 斃之, 恐人見之也, 遽而藏諸隍中, 覆之以蕉, 不勝其喜. 俄而遺其所藏之處, 遂以爲夢焉, 順途而咏其事, 傍人有聞者, 用其言而取之, 既歸, 告其室人曰：向薪者夢得鹿而不知其處, 吾今得之, 彼直眞夢者矣)"라는 기록이 있다. 황홀하고 얼떨떨한 심정에 취해 득실을 제대로 살피지 못하는 경우에 쓰는 고사라 할 수 있다.

獨來憑檻晚晴時 홀로 와서 난간에 기대보니 때 늦게 날이 개어 있네
故園雖恨風荷膩 고향의 옛 동산 한스러운데 바람만이 연잎을 스쳐가고
新句閑題亦滿池 하릴없이 새 시를 쓰려 하되 수심만 연못에 그득해라

　홀로 타향에서 나그네 된 시인이 파초잎에 자신의 우수를 기록해놓았지만 날
리는 비바람이 파초를 씻어버려 기억이 씻겨나간 느낌이다. 뒤늦게 다시 와서
시를 써보려 하니 연못에 연잎이 그득한 것처럼 자신의 향수가 넓고 깊게 퍼져
있는 것을 깨닫는다. 빗물에 씻겨나간 시구는 시인 마음의 일부일 뿐이요 시인
의 우수는 글로 다 표현할 수 없을 만큼 아득한 것임을 드러낸 것이다.
　清代 鄭燮이 쓴 시도 파초를 통해 느끼는 정의 지대함을 서사하고 있다.

芭蕉 파초

芭蕉葉葉爲多情 파초는 잎마다 정이 많아서
一葉才舒一葉生 한 잎이 다 펼쳐지면 또 한 잎 생겨나네
自是相思抽不盡 그리움이란 다하지 못하는 것이니
却敎風雨怨秋聲 비바람으로 하여금 가을 원망의 소리를 내게 하리라

　파초가 정이 많다는 것은 시인의 정이 많은 것을 의미한다. 차례차례 돋아나
는 파초잎을 보면서 마치 소녀가 자신의 마음을 펼치듯 신비스럽게 상상력을 펼
쳐나가 본다. 가을 비바람이 파초잎을 때리자 원망하듯 호소하듯 소리가 높아지
고 덩달아 詩意도 깊어진다. 파초는 뜻을 지녔는데 비바람은 무정하게 불어대니
파초를 대하는 자신의 정이 사라질까 안타까워하는 것이 시인의 마음인 것이다.
　파초는 본래 남국이 고향이므로 이 식물을 대할 때면 고향 떠난 이의 삶을 저
절로 떠올리게 된다. 타지에 와서 뿌리를 내리고 살면서도 크고 싱싱한 잎을 드
리우기란 쉽지 않은데 이 식물은 특유의 적응력으로 타지에서의 삶도 잘 이어나
간다. 그러나 열대식물의 특성상 가을바람이 불고 추위가 오면 더 이상의 인내
는 기대하기 힘들다. 그 서막을 알리는 것이 바로 빗소리이니 파초잎에 이는 바
람소리와 빗소리는 아쉬운 한계 의식과 까닭 모를 비애감을 느끼게 하는 요인이
된다. 말 못할 우수와 비애감이 피어오를 때 파초잎이 비와 바람을 맞아 내는 소

리는 마치 내 마음을 대변하는 호소와도 같다. 파초잎은 창작의 의지를 깨우고 감성을 투영하는 데 있어 다른 꽃과 비교되는 색다른 감흥을 제공하는 존재인 것이다.

바람에 일렁이는 파초잎의 넓고 푸른 자태를 보면 다양한 생각과 발상이 절로 일어나게 된다. '芭蕉'라는 이름은 한 이파리가 돋아나면 한 이파리가 '마르는(焦)' 특성과 연관하여 붙여진 명칭이라 하는데 이러한 특성은 마치 끝없이 신록을 뿜어내며 여름을 채우는 파초의 특성을 대변하는 것과도 같다. 타향에 뿌리를 내리고 선채 이국적인 이미지를 발산하는 식물이지만 파초는 외지인의 어색함을 큰 잎의 실용성으로 대체함으로써 자신의 자리를 굳건하게 개척해나가는 의연함을 보여준다. 잎을 통해 새로운 창작이나 서사의 마음을 유발하기도 하고, 타지에서 마음 고생하는 이의 회향의식과 향수를 투영하기에도 좋은 대상물이며, 잎에 이는 바람을 통해 까닭 모를 심연에 목말라하고 고독해하는 이들의 마음에 평안을 제공하거나 우수에 찬 마음을 대변하기도 한다. 타인에게 실용적인 존재가 되면서도 자신만의 한계성과 우수를 지니고 있으며, 무언가 모를 고독이나 그리움에 대해 청량감을 제공하면서 자신은 빗소리와 함께 서글픈 감성도 소유하고 있다. 파초는 시인의 심리 속에서 소용돌이치는 무한한 갈증과 은밀한 우수를 담아내기에 적절한 품성과 이미지를 지니고 있는 식물인 것이다.

16. 단정함과 이채로움을 함께 간직한 패랭이꽃(石竹花)

　패랭이꽃(石竹花, 학명 Dianthus chinensis)은 石竹과의 여러해살이풀로서 꽃은 흰색, 분홍색, 붉은 색, 자색 등 다양한 색깔이 있다. 꽃잎 끝부분이 카네이션 꽃잎 모양처럼 들쑥날쑥 뾰족한 것이 특징이고 잎 역시 색과 모양이 다양하다. 중국이 원산지라고 하며 한국에서 개화기는 6월에서 8월, 중국에서는 봄부터 가을에 이르는 동안 개화한다. 내한성이 있지만 혹서를 견디기에는 한계가 있어 생장에 적당한 습기와 그늘을 필요로 한다. 한국에서는 지역을 가리지 않고 자라며 세계적으로 카자흐스탄, 중국, 몽골, 러시아 동북부, 유럽 등에 분포한다.

　한국에서 패랭이꽃은 꽃잎이 잘고 깊게 갈라져서 장식용 술처럼 생긴 '술패랭이꽃'을 비롯한 다양한 종류가 있으며 한자어로는 '石竹花', '大蘭', '山瞿麥' 등으로 명명된다. '패랭이꽃'이라는 명칭은 거꾸로 뒤집으면 패랭이 모자와 흡사한 것에서 유래했던 것으로 생각되며 예로부터 선비들의 회갑 축하 선물용으로도 많이 활용되었다. 중국에서는 패랭이꽃을 '石竹花'로 부르며 '洛陽石竹', '石菊', '繡竹', '香石竹', '康乃馨' 등의 이칭으로도 부른다. 明代 『花史』에 "석죽화는 매년 뿌리를 나눠 심어야 번성한다.(石竹花須每年起根分種則茂)"라는 기록이 있으며 清代 『花鏡』에는 "가지와 잎이 마치 능소화 같아서 섬세하면서도 푸른 비취색 빛깔을 띠고 있다.(枝葉如苕, 纖細而靑翠)"라는 기록이 있다. 우리가 흔히 보는 카네이션꽃도 패랭이꽃과 한 속이다. 카네이션이 미국 어머니날에 유래하여 어머니의 은혜를 상징하는 꽃으로 많이 활용되듯이 중국에서도 석죽화는 어머니를 연상하는 꽃의 이미지로 인식되고 있다.

1) 강인한 생명력과 의지의 표상

패랭이꽃(石竹花)은 화려하거나 향기가 진한 이미지보다는 지역을 가리지 않고 잘 자라나는 특징으로 인해 강인하고 친근한 이미지가 강한 꽃이다. 우리나라에서 서민들이 쓰던 '패랭이'라는 이름을 붙였다는 것은 이 꽃이 서민적이고 친근한 이미지를 창출한다는 것을 반증하는 것이기도 하다. 중국 고전시에 나타난 패랭이꽃(石竹花)은 강인한 생명력이나 의지의 상징으로 많이 활용된 바 있으며 우정이나 깨달음의 상징으로 활용된 예도 있다.

패랭이꽃이 강한 생명력과 의지의 표상으로 활용된 예를 살펴보기로 한다. 唐代 司空曙가 절에 핀 패랭이꽃을 보고 그 생명력과 지속성을 찬미한 시를 보자.

雲陽寺石竹花 운양사의 석죽화

一自幽山別	그윽한 산속에서 한번 이별을 하였더니
相逢此寺中	이 절에서 다시 만나게 되네
高低俱出葉	높고 낮은 가지에 모두 잎이 나 있으며
深淺不分叢	무리지어 있어 짙고 옅은 모습 구분되지 않네
野蝶難爭白	들판의 나비는 이 꽃과 흰색을 다투며 어지러이 날고
庭榴暗讓紅	정원의 석류화도 희미해져 석죽화에 붉은색을 양보한 듯
誰憐芳最久	그 누가 이렇게 향기가 가장 길게 가는 꽃을 아끼려나
春露到秋風	봄 이슬부터 가을바람 맞기까지 오래가는 것을

깊은 산속에서 한번 보았는데 雲陽寺에서 다시 만나게 된 기쁨을 언급하고는 패랭이꽃이 지닌 강한 생명력과 번성함, 다른 생물과 꽃에 뒤지지 않는 희고 붉은 자태에 대한 칭송을 이어나갔다. 함연과 경연의 내용을 보면 패랭이꽃 자태에 대해 칭송을 가한 것 같지만 실제 작자의 의도는 이처럼 강인한 생명력과 고운 자태를 지닌 꽃에 대해 주목이 이루어지지 않음을 한탄하는 것에 있다. 수연에서 잠시 만났다가 헤어진 짧은 인연을 말한 후 미연에서는 오랜 기간 이어지는 꽃의 생명력을 서사한 것이 좋은 대비를 이룬다. 귀한 속성을 지닌 꽃을 알아주지 않는 세간의 시선을 언급하면서 자신의 신세를 은연중에 기탁한 것 또한

눈길을 끄는 부분이다.

패랭이꽃은 얼른 눈에 띌 정도로 겉모습이 화사하진 않지만 지역에 상관없이 자라나 비교적 오랜 기간 동안 꽃을 피워냄으로써 스스로의 가치를 높이는 꽃이다. 이 꽃의 존재 가치를 인식하게 된 시인들은 미처 생각하지 못했던 깨달음을 노래할 때 이 꽃을 활용하기도 하였다. 顧況이 패랭이꽃을 통해 청명한 깨달음을 얻는 경지를 노래한 작품을 보자.

道該上人院石竹花歌　도해스님의 정원에 핀 패랭이꽃을 노래하다

道該房前石竹叢　도해스님 방 앞에 무리지어 핀 패랭이꽃
深淺紫, 深淺紅　짙고 옅은 자색이요 짙고 옅은 붉은색이라
嬋娟灼爍委淸露　곱고 찬란한 그 모습에 맑은 이슬이 의탁하고
小枝小葉飄香風　작은 가지와 잎은 향기로운 바람에 흔들리네
上人心中如鏡中　스님 마음속은 마치 거울 속 같아
永日垂簾觀色空　종일 발을 드리우며 색과 공을 관찰한다네

사원 뜰에 피어 있는 패랭이꽃에 맑은 이슬과 향기로운 바람이 함께한다고 하면서 꽃이 지닌 영롱하고 투명한 모습을 한껏 찬양하였다. 패랭이꽃은 강인한 생명력이 동반된 번식력과 친근한 자태를 유지하는 특성을 통해 은은한 깨달음을 제공하는 존재라는 것을 인식하게 된 것이다.

唐代 皇甫冉은 병을 앓고 있는 중에 패랭이꽃을 발견하고 느낌을 적었는데 그 속에 스스로 느낀 애상의 정을 담고 있다.

病中對石竹花　병중에 패랭이꽃을 대하며

散點空階下　빈 계단 아래 흩어져 피어 있는 패랭이꽃
閑凝細雨中　가는 비 속에 한적하게 엉겨 있구나
那能久相伴　어찌 이 꽃과 오랫동안 함께할 수 있으리
嗟爾殢秋風　가을바람이 불어와 그대를 둘러쌈을 탄식한다네

병을 앓고 있던 皇甫冉이 빈 계단 아래 산개해 있는 패랭이꽃의 모습을 보면서 쓸쓸한 기운을 느끼게 되는데 여기에 가는 비까지 내리자 우수는 더욱 깊어

지게 된다. 제2구의 '閑'자는 본래 한가롭고 여유로운 모습을 의미하지만 여기서는 한적함 이상의 쓸쓸함을 내포한 표현이 되고 있다. 정경을 통해 우수의 서정을 느낀 작자의 마음은 후반부에서 꽃 개화 시기의 한계성과 가을이 주는 소슬함으로 인해 더욱 아련해지게 된다. 주변에 흔히 존재하는 사물이라도 자신의 신세와 연관하여 인지할 때는 극한 슬픔의 투영체가 될 수도 있는 것이다.

齊己는 패랭이꽃을 노래한 시를 통해 평범한 듯 보였던 패랭이꽃이 고아한 미적 존재로 눈에 들어온 환희를 언급한 바 있다. 의식의 확장을 통해 새로운 미감의 발견을 추구할 것도 행간을 통해 밝혀놓았다.

石竹花 패랭이꽃

石竹花開照庭石　패랭이꽃이 정원 돌 틈에 밝게 피어 있는데
紅蘇自稟離宮色　붉은 이끼 같은 성품에 천자의 궁전을 옮겨온 듯한 자태
一枝兩枝初笑風　가지에 하나둘씩 바람 맞아 미소 짓더니
猩猩血潑低低叢　선명한 붉은 피 튀어난 듯 흐드러지게 무리를 이루었네
常嗟世眼無眞鑒　참된 감상을 할 줄 아는 안목 세상에 없음이 늘 안타까운데
卻被丹靑苦相陷　오히려 단청에 의해 괴로움에 서로 빠져들었네
誰爲根尋造化功　그 누가 이 꽃의 뿌리를 찾아 조화의 신공을 펼쳐냈나
爲君吐出淳元膽　그대 위해 진실한 마음을 토해내본다
白日當午方盛開　정오의 태양에 바야흐로 흐드러지게 피어나
彤霞灼灼臨池臺　붉은 노을이 이글거릴 때 못가 누대에 임해 있네
繁香濃艶如未已　화사한 향기가 농염함을 다하지 않았기에
粉蝶遊蜂狂欲死　아리따운 나비와 노니는 벌들이 미쳐 죽을 듯 찾아오네

시인은 정원 돌 틈에 피어 있는 패랭이꽃을 보며 마치 궁궐에서 피어 있는 것처럼 화려하다고 느끼고 있다. 바람을 맞으며 한 송이 두 송이 피어나던 꽃은 어느덧 흐드러진 자태를 띠며 가지를 드리웠는데 이 모습을 진정으로 감상할 이가 적기에 안타까움은 더해진다. 진실한 자태와 향기가 있는 꽃이 때가 되면 나비와 벌의 무한한 방문을 받게 되는 것처럼 인품의 향기를 지니고 있으면 언젠가는 그 가치가 빛을 발하리라는 소망을 행간에 실어 놓고 있다.

宋代 王安石은 패랭이꽃이 모란에 버금가는 아름다움을 지니고 있는 것으로 보았다. 패랭이꽃을 보면서 이 꽃의 가치를 알아주지 않는 세태를 한탄한 내용

을 담은 다음 작품을 보자.

石竹花　패랭이꽃

春歸幽谷始成叢　봄이 그윽한 계곡을 돌아나가면 비로소 피기 시작하여
地面芬敷淺淺紅　지면에 향기를 펼치며 옅은 붉은색으로 피어 있네
車馬不臨誰見賞　거마가 오지 않으니 그 누가 이 꽃을 감상하리오
可憐亦解度春風　안타깝게도 봄바람도 그 뜻을 알지 못하고 지나갔나니

패랭이꽃을 대나무에 비견하여 '石竹花'로 부르는 것처럼 이 꽃은 반듯한 꽃대 위에 선 채 연분홍빛 아름다움으로 부귀를 상징하는 면모도 지녔다. 한때 '洛陽花'로 불릴 만큼 귀족들의 관심을 받았던 패랭이꽃이 지금은 모란에게 명성과 자리를 내어주고 알아보는 이 많지 않은 신세로 전락한 것에 대한 비애감을 표현하고 있다. 정치적으로 실의하여 찾는 이 별로 없는 외로운 자신의 처지를 투영하기에 적절한 꽃이라는 인식을 갖고 진정한 가치를 알지 못하는 세태에 대해 일갈을 표하는 작품이라 하겠다.

北宋의 문인 張耒가 패랭이꽃을 대나무에 비유하여 칭찬한 시를 살펴보자.

石竹花　패랭이꽃

眞竹乃不花　진짜 대나무라면 꽃을 피우지 못하는데
爾獨艷暮春　그대는 유독 지는 봄을 곱게 물들이고 있구려
何妨兒女眼　아녀자들 눈으로 보기에
謂爾勝霜筠　그대가 서리 맞은 대나무보다 낫다 한들 어떠리오
世無王子獻　세상에서 귀한 이들의 떠받듦이 없다면
豈有知竹人　어찌 대나무와 같은 이를 알아보리오
粲粲好自持　밝고 깨끗한 모습 스스로 지키기 좋아하니
時來稱此君　때때로 와서 그대를 此君이라 부르리라

패랭이꽃이 곧은 절개와 고결한 성품으로 칭송을 듣는 대나무와 비슷한 자태와 성품을 지니고 있는 것으로 보았다. 대나무는 화려한 꽃을 피우지 않는 데 비해 패랭이꽃은 고운 꽃도 피우고 있어 아녀자들 눈에는 더욱 귀하게 보이기도 한다. 대나무와 같은 품성과 고운 자태를 갖고 있어도 세인들의 주목이나 귀한

이들의 칭송이 없으면 인정받지 못한다는 한탄도 실어놓았다. 그럼에도 불구하고 자신은 이 꽃의 진정한 가치를 알아주면서 대나무를 애호하여 '此君'이라 부르는 것처럼 패랭이꽃도 친근한 존재로 인식하겠다는 의식을 미연에 실어놓았다. 세상에서 인정받지 못하는 존재에 대한 안타까움을 표현하는 데 있어 패랭이꽃의 이미지는 좋은 소재 역할을 하고 있는 것이다.

獨孤及이 패랭이꽃을 통해 흔들리지 않는 우정을 노래한 내용을 살펴본다.

答李滁州題庭前石竹花見寄
이저주가 정원 앞에 핀 패랭이꽃을 보고 쓴 시에 답하여

殷疑曙霞染	짙은 붉은색 자태 새벽 노을에 물들어 있는 듯
巧類匣刀裁	교묘한 꽃잎 모습은 칼로 마름질해놓은 듯
不怕南風熱	남풍의 뜨거움도 두려워하지 않고
能迎小暑開	소서를 맞아 꽃을 피워내는 능력이 있네
遊蜂憐色好	노닐던 벌들은 이 꽃의 아름다운 자태를 아끼고
思婦感年催	그리움 품은 여인들은 세월의 빠름을 느끼게 되네
覽贈添離恨	그대가 보내준 시를 읽어보매 이별의 한이 더해지니
愁腸日幾回	마음에 우수를 품은 날이 그 몇 회던가

꽃의 자태를 아름답게 묘사한 수연과 강인한 생명력으로 여름의 열기를 이겨내는 속성을 칭송한 함연을 통해 패랭이꽃의 외양과 내면을 두루 인지하였음을 알 수 있다. 벌이 꽃을 아끼는 모습과 '思婦'의 감정을 언급함으로써 이 꽃을 통해 얻게 된 자신의 느낌을 부각시켰는데 이는 친구와의 이별에 따른 그리움처럼 작자의 마음을 슬픔으로 인도하는 요인이 되고 있다.

패랭이꽃은 일찍이 '洛陽花'로 불리며 귀족들의 사랑을 받은 바 있는데 어느새 모란에게 그 명칭과 자리를 내어주고 사람들에게 덜 주목받는 신세가 되었다. 지역을 가리지 않고 잘 자라며 곧은 자태와 아름다움을 함께 지닌 존재이건만 화사한 꽃에 밀려 잊혀진 신세로 전락한 모습은 보는 이로 하여금 안타까움을 느끼게 한다. 그러나 분수를 지키면서 자신의 삶을 이어나가는 패랭이꽃 모습은 잊혀진듯 하면서도 언제나 자신의 위치를 지치고 있는 불변의 친구와도 같다. 패랭이꽃이 문득문득 깨달음을 줄 수 있는 것은 드러내지 않은 채 소박한 아

름다움을 지키면서 언제나 의연하게 서 있기 때문이 아닐까?

2) 단아하고 우아한 미적 존재감

패랭이꽃(石竹花)은 南朝時代부터 궁인들의 옷에 문양으로 자주 새겨지던 꽃
이었다. 낮은 지대나 건조한 곳, 냇가 모래땅 등을 가리지 않고 피어나 소박한
자태를 드러내기에 누구에게나 친숙한 인상을 준다. 한편으로 꽃 끝이 삐죽삐죽
갈라진 이채로운 형상을 하고 있어 비단옷에도 잘 어울리는 도안으로 인식된 것
같다. 패랭이꽃은 각종 草蟲圖에도 자주 등장하는 소재였는데 이는 이 꽃이 단
아한 아름다움을 소유하고 있다는 인식을 반영한 것으로 보인다. 궁인의 옷이나
그림의 소재로 활용되어 단아하고 우아한 특성을 발하는 패랭이꽃 모습을 주목
한 작품이 몇 수 있다.

李白의 시를 보면 패랭이꽃이 궁인의 옷에 수놓아져 있다는 내용이 나온다.

雜曲歌辭・宮中行樂詞 잡곡가사・궁중행락사
小小生金屋　어려서부터 귀한 집에서 자라나
盈盈在紫微　고운 자태 자미성에 있네
山花揷寶髻　산꽃을 구름머리에 꽂고
石竹繡羅衣　패랭이꽃을 비단옷에 수놓았네
每出深宮里　매 번 깊은 궁궐에서 나와서
常隨步輦歸　늘 왕궁의 수레를 수행하며 돌아가네
只愁歌舞散　그저 걱정하기는 가무가 파하면
化作綵雲飛　채색구름 되어 날아가 버릴까 하는 것이라

궁중 여인의 생활을 그린 구절 속에서 패랭이꽃이 비단옷에 어우러져 있었음
을 자연스럽게 인지할 수 있다. 들녘에 흔하게 피어 있던 꽃이었지만 궁중에서
완상될 정도로 귀한 대접을 받던 꽃이기도 하였다.

陸龜蒙의 시에도 패랭이꽃이 궁녀들의 옷에 수놓아져 있음을 나타낸 내용이
나온다.

石竹花詠　패랭이꽃을 노래하다

曾看南朝畫國娃	일찍이 남조 때 그려진 궁녀들의 그림을 보니
古蘿衣上碎明霞	옛 비단옷 위에 밝은 노을이 흩어져 있는 듯
而今莫共金錢鬪	이제는 금전화와 다투게 하지 마소
買卻春風是此花	봄바람을 팔아버린 건 바로 이 꽃이라오

첫 구를 통해 南朝時代부터 唐代까지 궁녀들의 옷에 패랭이꽃이 도안으로 그려져 있었음을 알 수 있다. 그 자태가 고아해서 일몰 시 애잔하게 비추는 노을의 은은함과 여명을 밝히는 밝은 기운을 겸비한 인상을 준다. 제3~4구에서는 小錢을 연상시키는 도안을 지닌 패랭이꽃의 형상에서 착안한 언급이 이어진다. 늦봄에서 여름에 이르는 기간에 개화하는 石竹花와 여름에서 가을에 이르는 기간에 피어나는 金錢花는 모두 아름답지만 개화 시기가 다르니 비교할 필요가 없다는 의견과 패랭이꽃이 봄빛에 연연하지 않음을 언급함으로써 이 꽃의 가치를 높이고자 한 뜻을 펼친 것으로 해석된다.

宋代 王安石도 패랭이꽃의 아름다움을 감상하면서 이 꽃이 옛날 미인들의 옷에 수놓아졌었던 것을 회상한 바 있다.

石竹花　패랭이꽃

退公詩酒樂華年	조정에서 물러난 이 시와 술로 즐거운 날을 보내며
欲取幽芳近綺筵	그윽한 향내 맡고자 가까운 곳에서 주연 자리 펼쳤네
種玉亂抽靑節瘦	아름다운 자태 들쑥날쑥 푸른 마디 위에 펼쳐 있고
刻繒輕染絳花圓	가볍게 붉은 꽃 비단을 아로새긴 듯 둘러 피었네
風霜不放飄零早	바람과 서리는 꽃이 일찍 떨어지는 모습 아랑곳 않고
雨露應從哀惜偏	비바람이 꽃을 지게 하니 온통 애석해 한다
已向美人衣上繡	이전에는 미인들의 옷 위에서 수놓아져 있었건만
更留佳客賦嬋娟	이제는 가객들이 노래하는 중에 그 고운 모습 남아 있나니

조정에서 물러난 신세라 한가로우니 꽃의 향기와 자태를 즐기기에 거리낌이 없다. 패랭이꽃에 대해 '좋은 인연'을 뜻하는 '種玉' 표현을 가한 것은 시인이 진정으로 이 꽃의 아름다움에 감탄하고 있음을 드러낸 것이다. 이 꽃의 아름다움을 해하는 것은 오로지 바람과 서리 같은 자연의 순리일 뿐이다. 결미에서는

이 꽃이 품격을 지닌 존재였다는 증거로 미인의 옷에 수놓아졌었던 사실을 기억해낸다. 이제 그 추억을 뒤로 한 채 가객의 노래 속에서나 고운 모습을 간직하고 있어 안타까움을 더하게 되는 것이다.

패랭이꽃은 홍색, 분홍색, 흰색 등 다양한 색깔을 하고 있는데다 꽃잎 끝이 삐죽삐죽하여 특이한 형상으로 인식되기 쉽다. 그 세밀한 모습을 본 따 비단 위에 수를 놓으면 교묘하고도 정교한 문양이 형성되어 이채로운 느낌을 창출하게 된다. 비단 옷과 그림에 패랭이꽃이 등장하게 된 연유와 패랭이꽃이 '수놓아진 대나무(繡竹)'라는 이칭을 얻게 된 연유를 알게 해주는 부분이라 하겠다.

중국에서 패랭이꽃을 '石竹花'로 부르는데 이는 패랭이꽃이 대나무처럼 하나의 꽃대에서 올라와 반듯한 형상을 하고 있으면서 산간의 돌과 흙을 배경으로 잘 자라는 습성을 주목한 명칭으로 보인다. 패랭이꽃은 '山瞿麥'로도 불리는데 이는 패랭이꽃이 '옆으로 뿌리를 잘 뻗어나가는(瞿)' 성질을 갖고 있고, 그 종자를 식용할 수 있어 '보리(麥)'처럼 식량을 대체할 수 있는 특성을 감안한 명칭이다. 패랭이꽃은 대나무의 반듯함 같은 아름다움과 돌과 흙 사이에서도 뿌리를 잘 뻗어나가는 탁월한 생명력, 식량을 대체할 만한 종자의 실용성 등의 장점을 갖추고 있는 꽃이다. 또한 역대 궁인들의 옷과 각종 草蟲圖에 등장하여 특유의 정교한 문양을 과시하기도 하였다. 비단 위에 꽃 끝이 세밀하게 갈라진 모습으로 수놓아진 문양을 보노라면 이 꽃의 문양을 새길 때 적지 않은 수고와 세심한 손길이 있었음을 가늠하게 된다. 패랭이꽃 본연의 아름다운 모습과 비단과 그림 위에 수놓아진 모습을 보다 보면 다른 꽃이 쉽게 모방할 수 없는 아름다운 문양을 지니고 있는 것이 느껴진다. 귀한 비단옷에 이 꽃이 장식되었다는 것은 예로부터 패랭이꽃의 단아하고 우아한 아름다움이 특별히 주목받았음을 알게 해주는 부분이다. 소박한 삶을 살면서도 곧고 단정한 이미지를 갖추고 있고, 꽃잎을 시원하게 펼치고 있으면서 이채롭고 독특한 문양을 펼치고 있는 패랭이꽃은 다른 꽃과 잘 어울리면서도 자신만의 특징을 지니고 있는 '和而不同'의 경지를 지닌 꽃이라 할 수 있는 것이다.

제4장

중국 고전시에 나타난
가을의 꽃과 나무

뜨거운 햇살을 받으며 환하게 여름을 밝히던 꽃들이 다음 해를 기약하며 사라져갈 때면 한편에서 청량한 가을 기운을 받으며 청초하고 소박한 자태로 단장한 가을꽃들이 새롭게 피어난다. 개화하여 사람들에게 기쁨을 주다가 시들어 안타까움을 느끼게 하는 꽃의 특성을 생각할 때 가을꽃은 여름꽃의 조락을 상쇄해주는 소박한 선물이 되는 셈이다. 가을꽃은 행복과 슬픔을 동시에 유발하며 다양하게 우리의 감성을 자극하는 특성을 가지고 있다. 어느덧 알록달록한 색으로 변한 단풍잎의 변화는 깊은 감성을 느끼게 하고 귀 기울이지 않아도 들려오는 오동잎 떨어지는 소리는 은은하게 애를 태운다. 가을의 꽃과 나무는 그 번성함이 여름꽃에 비해 상대적으로 짧다. 가을꽃은 청초함을 유지한 채 우리 인간의 영화가 한때의 환영에 불과함을 은연중에 깨닫게 한다. 함초롬히 피어 있는 가을꽃을 통해 자연의 향기와 깊어가는 가을 서정을 절감하면서 봄과 여름보다 한층 절실하게 꽃의 개화와 낙화의 섭리를 생각해보게 된다. 낙화는 이별, 소멸, 희생을 의미하는데 가을꽃을 노래한 작품을 보면 다른 계절 꽃보다 존재의 허무함이나 시절의 한을 더욱 절실하게 그렸음을 발견할 수 있다. 가을꽃이 영락하는 모습은 격동의 시대를 사는 문인들에게 더욱 비장한 느낌으로 인식되었을 것이다. 특히 조대가 변화하는 시대에 살던 문인들은 가을꽃의 이런 속성을 빌려 자신의 회한을 표현해낸 경우가 많았다. 가을 햇살 아래서 청초한 모습을 드러내며 시간의 오묘한 흐름과 결실의 진리를 몸소 보여주고 있는 가을의 여러 꽃과 나무 중 갈대, 계수나무, 국화, 베고니아(추해당화), 오동나무 5종의 식물들을 중심으로 역대 시인들의 작품들을 살펴보고 그 상징성과 의미를 생각해보기로 한다.

1. 가을을 상징하는 아련한 그리움 갈대(蒹葭, 蘆葦)

1) 갈대(蒹葭, 蘆葦)의 특징

갈대(학명 Phragmites communis Trin)는 벼과 갈대속 갈대종에 속하는 여러해살이 풀이다. 전 세계적으로 온대와 한대에 걸쳐 널리 분포하며 강변이나 호숫가, 습한 모래땅 등에서 많이 자란다. 주로 군락을 이루며 자라는데 번식력이 좋아 짧은 시간에 널리 퍼지는 특성을 지녔다. 꽃은 8~10월에 줄기 끝에서 작은 꽃 이삭이 2~4개 정도 빽빽하게 달리는 형태로 피어나 자주색에서 담백색으로 변해간다. 열매는 穎果로 긴 타원형이며 종자에 관모가 있어 바람에 쉽게 날려 멀리 퍼진다. 가을 들녘이나 물가를 수놓고 있어 가을의 풀밭을 상징하는 풀이라 할 수 있다. 중국에서는 '葦', '蘆', '蘆筍', '蒹葭' 등의 이칭으로도 불린다.

바람을 맞아 흔들리는 갈대의 모습은 연약한 이미지를 연출하지만 사실은 척박한 땅에서 자라나는 풀의 대명사일 정도로 생명력과 번식력이 뛰어나며 땅을 견고하게 해주는 식물이다. 미나리와 함께 대표적인 수질정화 식물로 알려져 있고 염분에 강해 해안에서도 잘 자란다. 어린순은 '蘆筍'이라 부르는데 식용이 가능하며 이삭은 빗자루를 만드는 데 쓰였고 이삭의 털은 솜을 대신하여 사용하기도 하였다. 사료로서의 효용도 높으며 다 자란 줄기는 발이나 자리를 엮는 데도 쓰였다. 예로부터 파피루스 같은 종이 대용이나 펄프 원료로도 많이 쓰였고 비단, 인조견사, 각종 자리나 창, 지붕의 원료가 되기도 하는 등 활용도가 매우 큰 편이다. 한방에서는 蘆根, 蘆莖, 蘆葉, 蘆花 등을 모두 약재로 활용하며 진토, 소염, 이뇨, 해열, 해독 등에 효능이 있는 것으로 알려져 있다. 갈대는 흔히 억새와 혼동되기도 하지만 갈대가 강가나 습지에서 자라는 반면 억새는 산이나 들에서 자란다는 것이 구분되며 그 외에도 여러 세부적인 차이점이 있다.[1]

『詩經』「秦風」편의「蒹葭」시에서 갈대가 사모의 정을 나타내는 소재로 쓰인 것을 시작으로 이후 작품들에서도 누군가를 사모하는 상징물로 묘사한 경우가 많았다. 중국어에서 '葭思(친구를 생각함)', '葭莩(친척을 지칭하는 의미)' 등의 단어에 '갈대(葭)'가 들어가는 것도 같은 연유라 생각된다. 중국 고전시가 중에서 '蒹葭', '蘆葦' 등을 소재로 하여 쓰여진 작품들은 누군가를 그리워하는 마음이나 아련한 회한을 묘사한 작품, 갈대가 연출하는 평온하고 서정적인 분위기를 감상하는 내용을 담은 작품 등이 주를 이루고 있다.

2) 아련한 그리움이나 비애의 표상

갈대는 꽃을 피우지만 특별히 곱거나 아름다운 형상을 하고 있지는 않다. 중국 고전시에서 갈대가 주된 소재나 배경으로 등장하는 작품을 보면 모종의 그리움을 형용하는 부분에 특히 많이 등장한다. '그리움' 이미지가 형성된 것은 『詩經』「秦風」편에서 누군가를 그리는 장면에서 갈대를 주요 배경으로 활용한 것이 그 시원이라 할 수 있다. 강가나 호숫가에서 더부룩한 갈색 빛깔의 갈대 이삭과 무리진 모습을 보면 까닭모를 서글픔이나 비애감을 느끼기 마련이다. 가을 서정을 한껏 짙어진 채 사람들의 그리움이나 비애를 담아내는 배경 역할을 가장 효율적으로 잘 수행하는 식물로 갈대를 빼놓을 수 없다. 역대 시인들은 갈대의

---

1 네이버사전(http://krdic.naver.com)에서는 갈대와 억새에 대하여 다음과 같이 기술해놓았다. "갈대 : 볏과의 여러해살이풀. 높이는 1~3미터이며, 잎은 길고 끝이 뾰족하다. 줄기는 단단하고 속이 비어 있으며 발, 삿자리 따위의 재료로 쓴다. 습지나 물가에 자라는데 우리나라를 비롯하여 전 세계에 널리 분포한다.", "억새 : 볏과의 여러해살이풀. 높이는 1~2미터이며, 잎은 긴 선 모양이다. 7~9월에 누런 갈색 꽃이 피는데 작은 이삭은 자주색이다. 잎을 베어 지붕을 이는 데나 마소의 먹이로 쓴다. 여러 가지 변종이 있으며, 한국, 일본, 중국 등지에 분포한다." 그 밖에 둘 다 볏과의 풀이지만, 억새의 이삭은 하얀 색깔에다가 부채꼴 모양을 한 정갈한 깃털을 갖고 있고 잎도 갈대보다 억세다. 갈대는 키가 약 2미터 정도로 약 1~2미터인 억새보다 크며, 억새의 이삭은 회색인 데 비해 갈대의 이삭은 더부룩한 갈색을 띠고 있는 것이 비교된다.

이런 면모를 직간접적으로 잘 활용하면서 시가의 흥취를 높여왔던 것이다.

『詩經』에 나오는 '蒹葭'의 모습을 살펴본다.

蒹葭　갈대

蒹葭蒼蒼　갈대는 푸르고 푸른데
白露爲霜　흰 이슬 맞아 서리처럼 되어 있네
所謂伊人　내가 말하는 저 사람은
在水一方　강물 건너편에 있는데
遡洄從之　물결 거슬러 그를 따르려 해도
道阻且長　길이 험하고 멀어
遡游從之　물결 따라 내려가 그를 따르려 해도
宛在水中央　아스라이 강물 한가운데에 있네

蒹葭凄凄　갈대는 우거져 무성한데
白露未晞　흰 이슬 내려 아직 마르지 않았네
所謂伊人　내가 말하는 저 사람은
在水之湄　강물 가에 있는데
遡洄從之　물결 거슬러 그를 따르려 해도
道阻且躋　길이 험하고 가파르구나
遡游從之　물결 따라 내려가 그를 따르려 해도
宛在水中坻　아스라이 강물 한가운데 모래섬에 있네

蒹葭采采　갈대는 더부룩한데
白露未已　흰 이슬은 아직 다하지 않았다
所謂伊人　내가 말하는 저 사람은
在水之涘　강물 가에 있네
遡洄從之　물결 거슬러 그를 따르려 해도
道阻且右　길 험하고 구불구불하여
遡游從之　물결 따라 내려가 그를 따르려 해도
宛在水中沚　아스라이 강물 한가운데 섬에 있네

누군가를 사모하면서도 가까이할 수 없는 마음을 표현한 시이다. 갈대가 시들지 않았을 때 이슬이 서리가 되니, 추수 때가 되어 온갖 하천이 강으로 들어가는 시점 즉 가을임을 알 수 있다. 시는 세 부분으로 나누어지는데 '白露'의 상태로 보아 각기 다른 시간을 묘사하는 것으로 이해할 수 있다. 첫째 장에서는 새벽이 밝아올 때 물 한가운데 있는 그리운 이를 찾고 있고, 둘째 장에서는 날이 어느 정도 밝아 白露가 사라져갈 때 강 가운데 모래섬에 있는 그리운 이를 찾고 있으며, 셋째 장에서는 날이 환하게 밝은 후 강 가운데 섬에 있는 그리운 이를 찾는 내용이다. 시간의 이동에 따라 찾는 이가 있는 곳도 '水中央', '水中坻', '水中沚' 등으로 점점 구체적으로 드러나고 있으나 종래 길은 험하고 막혀 있는 상태이다. 세 장에 걸쳐 찾는 내용을 중복하여 묘사하였지만 그럴수록 그리움은 더욱 깊어지는 형상이다. 이 시에 대해 淸代 陳啓源이 『毛詩稽古編』에서 "무릇 사모하는 이는 반드시 구하는 것인데 보이면서도 구할 수 없으니 사모하는 정이 더욱 지극해지는 것이다.(夫說之必求之, 然唯可見面不可求, 則慕說益至)"라고 한 평을 연관하여 살펴볼 수 있다. 임금이 이 시를 읊으면 현명한 신하를 바라는 내용으로 이해하고, 백성이 이 시를 읽으면 어진 관리를 기다리는 내용으로 이해되며, 여인네가 이 시를 읽으면 짝을 그리워하는 애정시로 인식된다. 갈대가 그리움의 상징이라는 인식을 갖게 하는 출발점이 된 시라 하겠다.

唐代 여류시인 薛濤는 친구를 보내는 정을 서술하면서 갈대를 활용하였는데 『詩經』「秦風」「蒹葭」 편에서 갈대를 비흥수법으로 활용한 것을 답습한 면모를 보이고 있다.

送友人 친구를 보내며
水國蒹葭夜有霜　水鄕의 갈대에 서리가 내려 있고
月寒山色共蒼蒼　달빛은 차가운데 산의 자태와 함께 푸르구나
誰言千里自今夕　그 누가 천 리의 이별이 오늘 저녁부터 시작된다 말했나
離夢杳如關塞長　꿈에서 벗어나면 관새의 먼 길처럼 아득하리니

水鄕, 갈대, 차가운 달, 산 야경 등은 이별의 시간, 장소 등과 어우러져 한층 절묘한 비애를 창출하고 있다. '천 리(千里)', '관새의 먼 길(關塞長)' 등의 시어로 인해 『詩經』「秦風」「蒹葭」 시의 아득한 정경과 만나기 어려운 상황이 재현되는 것 같은 인상을 받게 된다. 「蒹葭」에서는 강 저편에 보이는 섬에 그리운 이가 있는 상황인 데 비해 이 시에서는 더욱 아득하게 멀어져가는 상황을 서술하

고 있어 그리움의 정도가 확장된 느낌이다.

杜甫는 외부 영향에 쉽게 흔들리는 갈대의 나약한 모습에 대해 안타까움을 표현한 바 있다.

蒹葭　갈대

摧折不自守	꺾이면 스스로를 지키지 못하는데
秋風吹若何	가을바람 불어오니 어찌 할꼬
暫時花戴雪	잠시 꽃들이 흰 눈을 이고 있는데
幾處葉沉波	여러 곳에서 잎이 물결에 깔려 있도다
體弱春苗早	몸집은 연약해도 봄 싹은 일찍 나고
叢長夜露多	무더기가 길어서 밤에는 이슬을 많이 받네
江湖後搖落	강과 호수의 뒤에서 흔들리며 떨어지니
亦恐歲蹉跎	세월 따라 넘어질까 이 또한 두렵구나

바람에도 자기 스스로를 지킬 수 없는 나약한 존재이며 흰 눈을 이고 있어 고결하게 보이는 것도 잠깐이요 잎이 꺾이어 물속에 떨어져 있는 상황을 면치 못하게 된다. 연약한 몸이라 봄에 일찍 싹을 틔워보지만 그마저도 밤이슬의 침노를 받기 십상이다. 강과 호수에 피어 있지만 연이나 마름 같은 다른 수중식물에 치여 빛을 보지 못하고 넘어지는 형국이 될까 근심스럽다. 지위가 약하여 스스로 일어설 수 없지만 그래도 어떤 노력을 지속해보고자 하는 의지를 이면에 싣고 있다. 연약한 존재에 대한 걱정과 애호의 심정을 담은 작가의 의지가 엿보이는 것이다.

갈대는 이별의 상황이 많이 연출되는 물가나 호숫가를 배경으로 피어 있기에 이를 바라보는 시선에는 상대적으로 비감이 많이 스며들게 되었을 것이다. 물가나 호숫가에는 나그네의 발길도 잦았을 것이니 객려에 지친 이들의 한탄이나 수심의 묘사 역시 갈대를 통한 경우가 많았다. 唐代 劉禹錫이 밤에 牛渚에 머물며 "갈대에 저녁 바람 일고, 가을 강에는 물고기가 일렁이네. 저녁노을은 순식간에 자태를 바꾸고, 객이 된 기러기는 아직도 울어대네.(蘆葦晚風起, 秋江鱗甲生. 殘霞忽變色, 游雁有餘聲)"(「晚泊牛渚」)라고 하여 나그네의 수심을 표현할 때 쓴 것이나, 唐代 許渾이 밤에 永樂에 머물며 "연꽃 핀 물가에 수심 일고 붉은색이 푸른 물결을 덮었는데, 吳 땅의 아가씨들은 함께 채련가를 부르네. 橫塘을 떠난 지 벌써 수천 리, 갈대에는 서글프게 비바람이 잦구나.(蓮渚愁紅蕩碧波, 吳娃齊唱采蓮歌. 橫塘一別已千里, 蘆葦蕭蕭風雨多)”(「夜泊永樂有懷」)라고 하여 고향 떠난 이의 서글픈 정서를 담을 때 갈대를 활용한 경우를 볼 수 있다. 또한 물가에서 이별하는 모습에도 갈대는 자주 등장한다. 唐代 賈島가 耿處士를 떠나보내는 장면에서 “수많은 강과 산이 이어진 길, 외로운 배는 몇 달이 가야 할지. 강과 고원에는 가을빛 들어 고요하고, 갈대는 저녁 바람에 소리 내어 울고 있네.(萬水千山路, 孤舟幾月程. 川原秋色靜, 蘆葦晩風鳴)”(「送耿處士」)라고 하여 이별에 임하는 자신의 마음을 갈대의 울음으로 대신한 것이나, 晩唐의 黃滔가 친구와 헤어지며 “새는 석양빛을 갖고 와 먼 나무에 흩뿌리고, 사람은 모랫가 주변의 눈을 밟고 가네. 혼은 꿈속에서 부질없이 소상강 언덕에 매어 있고, 물에 연기 일어 아득한 중에 갈대꽃 피어 있네.(鳥帶夕陽投遠樹, 人冲臘雪往邊沙. 夢魂空繫瀟湘岸, 水茫茫蘆葦花)”(「別友人」)라고 하여 떠나는 이의 외로운 마음과 서글픈 정경을 묘사할 때 갈대를 활용한 것들을 예로 들 수 있을 것이다. 갈대는 시가에서 외로움과 그리움, 객수와 향수, 수심과 비애를 대변하는 상징물로 자주 등장하였는데 그 장소가 물가였다면 그 효용성은 더욱 크고 깊었던 것이다.

3) 한가하고 평온한 분위기 연출

흔히 갈대는 바람에 쉽게 흔들리는 연약한 존재지만 흔들리되 쉽게 꺾이지 않는 내유외강의 성품도 지니고 있다. 습지나 갯가, 물가 모래땅에서 군락을 이루며 자라는데 이 정경을 보다 보면 묘하게도 물과 잘 어우러진 평온한 감성을 얻게 되기도 한다. 그래서 인지 역대 시가에서 갈대나 갈대꽃을 한가롭고 평화스런 정경을 위한 소재나 배경으로 다룬 경우도 많이 볼 수 있다. 연약한 몸으로 비애감이나 우수를 야기 시키면서 한편으로는 평온한 서정을 제공하기도 하는 것이다.

唐代 姚合이 노래한 갈대의 모습은 한거하는 이의 심정을 대변하는 평온의

상징이 되고 있다.

種葦 갈대를 심으며

欲種數莖葦 갈대 몇 줄기를 심고 싶어서
出門來往頻 문을 나서서 빈번하게 왔다 갔다 하네
近陂收本土 가까운 언덕에서 흙을 퍼 와서는
選地問幽人 땅을 고르려고 은자에게 물어보네
靜看唯思長 고요히 바라보니 그저 생각만 길어져
初移未覺勻 처음 옮겨 심을 때 두루 펼쳐 심는 것 생각 못 했네
坐中尋竹客 좌중에 대나무를 찾는 객이 있어
將去更逡巡 막 가려 하다가도 다시금 머뭇거리네

갈대를 심는 과정과 애호하는 심정에 의미를 두고 한일한 필치로 그 과정을 묘사하고 있다. 갈대를 심기 위해 문을 나서서 빈번하게 왔다 갔다 하는 것이나 아무데나 심지 않고 흙을 퍼 와서 적당한 곳을 문의하는 모습은 작은 식물에도 정성을 다하고자 하는 작자의 성의를 드러낸 부분이다. 대나무를 통해 심신의 청량함을 얻고자 하는 이가 있듯 시인은 갈대를 통해 고결한 마음을 배양하고자 하는 의지를 지니고 있다. 말구의 '逡巡'은 평정을 갈구하는 시인의 조심스러운 희망을 대변하는 표현이라 하겠다.

唐代 羅鄴은 스스로의 지경을 고수하고 주변과 조화를 이루면서 갈대 본연의 모습을 잃지 않기를 희망하는 마음을 담아 갈대꽃을 묘사하고 있다.

蘆花 갈대꽃

如練如霜幹復輕 흰 비단과도 같고 서리와도 같은 줄기 가볍기도 하여라
西風處處拂江城 서풍에 강가 곳곳에서 흔들리고 있네
長垂釣叟看不足 길게 낚싯대 드리운 늙은이 이 모습을 미처 다 못 보고
暫泊王孫愁亦生 잠시 길 멈춘 나그네 근심도 피어난다
好傍翠樓裝月色 그대는 푸른 누각 가에서 달빛 받고 있는 것이 좋으니
枉隨紅葉舞秋聲 가을바람에 붉은 잎 춤추는 것 따라함은 잘못이로다
最宜群鷺斜陽裏 백로 무리가 석양 속에 있는 모습과 가장 잘 어울리니
閑捕纖鱗傍爾行 한가롭게 작은 물고기 잡는 곳에서 그대와 동행하리니

갈대는 바람에 흔들리는 연약한 존재로 등장하지만 흰 비단과도 같고 서리와
도 같은 모습으로 전체 정경 속에서 조화를 이루고 있다. 가을 되어 곱고 붉게
물든 잎이 바람에 흔들리는 형상은 멋진 흥취를 연출하지만 갈대는 누각 가에서
달빛을 받고 있는 모습이 더 어울린다고 보았다. 바람에 흔들릴 때보다 고요하
게 달빛을 받고 있는 갈대의 모습은 주변 정경을 한층 평온하게 만들며, 백로의
무리가 석양 속에 있을 때 배경으로 등장하는 모습 또한 서로 잘 어울린다고 보
았다. 주변을 조화롭게 하면서 평온한 기운을 발산하는 것이 갈대의 성품이듯이
각자의 본분에 맞게 제 역할을 다하는 것이 도리임을 설파하고 있는 것이다.

唐代 王貞白은 갈대를 통해 은일하는 자의 낙을 서술하고 있다.

蘆葦 갈대

高士想江湖	고상한 선비는 강호를 생각하면서
湖開庭植蘆	호숫가 한가로운 정원에 갈대를 심었네
淸風時有至	맑은 바람이 때때로 불어오니
綠竹興何殊	푸른 대나무 감흥을 어찌 그칠 수 있으랴
嫩喜日光薄	연한 자태 기쁘고 햇살은 엷어도
疏慢雨點粗	조금 근심하기는 빗방울 굵어지는 것이라
驚蛙跳得過	놀란 개구리 높이 뛰어오르고
鬪雀嫋如無	참새들 다투어 나는 모습 더없이 예쁘구나
未織巴籬護	울타리를 짜서 갈대를 보호하지 않고 있는데
幾始邛竹扶	그 언제부터 邛竹에 의지하여 기를 수 있을까
惹煙輕弱柳	연무가 아득할 때는 부드러운 버들처럼 가볍고
蘸水漱淸蒲	물에 잠길 때에는 맑은 부들처럼 씻기고 있네
漑灌情偏重	물 끌어 관개하니 정은 더욱 깊어지고
琴樽賞不孤	거문고와 술잔 들어 감상하니 외롭지 않다
穿花思釣叟	꽃 꽂아보니 낚시하는 늙은이 생각나고
吹葉少羌雛	잎피리 불어보니 羌族 어린아이가 아쉽다
寒色暮天映	차가운 모습이 저녁 하늘 아래 펼쳐지고
秋聲遠籟俱	가을바람 소리 멀리서 天籟를 일으키네
朗吟應有趣	낭랑하게 시를 읊으면 흥취 또한 있으리니
瀟灑十餘株	십여 그루를 통해 한을 씻어보리라

은거의 낙을 추구하는 심정을 담아 은사가 정원에 갈대를 심는 장면으로 시

작하여 갈대가 지닌 한아하고 평온한 이미지를 서두부터 제시하고 있다. 맑은 바람 맞으며 녹죽과 함께 흔들리는 갈대는 개구리나 참새와 조화를 잘 이루며 주변을 장식하고 있다. 부드러운 줄기로 연무 속에서 하늘거리고 물에 잠겨 깨끗하게 씻기고 있는 모습은 갈대의 서정을 최고로 드러내는 모습이다. 이 정경 속에서 음악과 술을 생각하는데 저 멀리서 자연의 바람소리가 들려오며 시인의 흥을 한껏 돋운다. 이 모든 정경을 평화로운 흥취로 인도하는 식물은 바로 갈대인 것이니 갈대가 지닌 조화의 덕이 무한하게 느껴지는 것이다.

唐代 司空曙가 강가 마을을 배경으로 쓴 작품에 등장하는 갈대의 모습 역시 고요하고 평온한 분위기를 연출하고 있다.

江村即事 강촌에서 쓰다

釣罷歸來不繫船 낚싯배 파하고 돌아와도 배는 묶여 있지 않고
江村月落正堪眠 강촌에 달이 지니 잠들기 좋은 시간이로다
縱然一夜風吹去 문득 한 밤중에 바람 불어오는데
只在蘆花淺水邊 오직 갈대만이 얕은 물가에 피어 있나니

수구에서 낚싯배 파하고 돌아온 후 배가 묶여 있지 않은 한가하고 평온한 상황을 그렸는데 이는 『莊子』「列御寇」 편에서 "뛰어난 자는 수고하고, 현명한 자는 근심하나 무능한 이는 구하는 바가 없다. 배불리 먹고 즐겁게 노닐며, 배를 띠워도 묶어놓지 않으며, 한가하게 노니는 자로다."(巧者勞而智者憂, 無能者無所求, 飽食而遨游, 泛若不繫之舟, 虛而遨游者也)"라고 한 경지를 차용한 것으로 '不繫船'은 한가로운 어촌 풍경을 대변하는 시어가 된다. 사람들의 번다함이 사라진 시간에 오로지 갈대만이 피어 있으면서 바람에 흔들리며 한밤의 정취를 대변하고 있다. 시가 전체는 청신하고 빼어난 분위기를 연출하고 있는데 이러한 연출의 이면에 '묶여 있지 않은 배'의 무위의 정신과 평온한 분위기를 연출하는 갈대가 중요한 제재로 활용되고 있음을 살필 수 있다.

갈대가 시가 중에서 고즈넉한 풍경이나 한아한 경지를 연출한 모습은 여러 작품에서 발견된다. 晚唐 黃滔가 은거하는 이를 묘사할 때 "열 묘가 넘는 갈대밭이 보이고, 새로이 가을드니 눈과 서리 내려 있네. 세상 사람들이 이곳에 이르

면, 속세의 근심일랑 절로 잊게 되리.(十畝餘蘆葦, 新秋看雪霜. 世人誰到此, 塵念自應忘)"(「題山居逸人」)라고 한 부분에 등장하는 갈대는 한적하고 평온한 상황을 표시하기 위한 정경묘사에 활용된 것이고, 宋代 戴复古가 "강가에 해 지며 넓은 모래 빌을 비추는데, 조수 물러가는 중에 고깃배는 누각 언덕에 비스듬히 매여 있네. 흰 새 한 쌍 물 위에 서 있다가, 사람을 보자 놀라 갈대숲으로 들어가누나.(江頭落日照平沙, 潮退漁船閣岸斜. 白鳥一雙臨水立, 見人驚起入蘆花)"(「江村晚眺」)라고 한 부분을 보면 평화로운 강가에서 한가로이 서 있던 새들이 사람을 보자 숨는 곳으로 묘사되어 일종의 '안전하고 평화로운 곳'의 이미지를 연출한 것들을 예로 들 수 있다.

갈대는 가을의 정서를 대변하는 식물이다. 宋代 方岳이 "갈대에 바람소리 일고 돌다리 위로 달이 떠 있다.(蘆葦秋聲石橋月)"(「山中」), 元代 吳萊가 "가을바람 쏴쏴 부는데 갈대는 차갑게 있다.(秋聲颯颯蘆葦寒)", 明代 唐寅이 "들녘 물가에 가을이 드니 갈대에 소소히 바람 분다.(蘆葦蕭蕭野渚秋)"(「題畫卄四首」)라고 한 구절들을 통해 역대 시인들은 갈대를 가을의 상징으로 활용했던 예를 살필 수 있다. 가을을 상징하는 '가을바람(秋風)'이나 '가을물(秋水)'과 가장 잘 어울리는 식물이 바로 갈대인 것이다. 그러나 다른 꽃들이 시인들의 주목을 받고 영롱한 찬탄을 통해 그 자태를 뽐내온 것에 비해 갈대는 '大雅之堂'에 오르지 못하는 신세로 살아올 수밖에 없었다. 화사한 느낌을 줄 수 있는 꽃의 실체가 빈약하고 몸체도 나약하여 바람에 이리저리 흔들리는 모습을 하고 있기에 갈대의 형상에서 올곧은 의지를 느끼기란 쉽지 않았을 것이다. 가을이라는 계절감이 형성하는 느낌 역시 쓸쓸하고 외롭기 마련인데 갈대는 가을의 비감을 온몸으로 대변하는 식물이므로 이 모습에서 밝은 희망을 발견하는 것도 기대하기 힘든 것이었다. 또한 일반적으로 갈대는 외진 강가나 호숫가를 배경으로 자라는 속성을 갖고 있어 이 모습을 대하는 사람들로서는 더욱 외롭고 처연한 감성을 떠올릴 수밖에 없었을 것이다. 갈대를 대하고 묘사하는 이들이 폄적당한 관리, 고향을 떠난 나그네, 실의한 문인 등 인생의 어려운 상황에 빠져 있는 이들이라면 갈대에서 느끼는 이미지 역시 한층 더 서글픈 형상으로 나타나게 된다. '갈대(蘆葦)'를 詩題로 하거나 주된 소재로 삼은 작품도 많지 않다. 많은 시가에 등장하면서도 시인의 애잔한 심정을 표현하거나 가을 분위기를 연출하기 위한 부가적인 소재로 활용된 것이 대부분인데 어쩌면 이것이 시가에 등장하는 갈대의 숙명인지도 모른다. 그러나 갈대는 한편으로 편안하고 친근한 느낌도 주는 식물이다. 거친 물가나 모래밭에서도 불평 없이 잘 자라면서 여러모로 활용되며 인간에게 유익함을 제공하는 특유의 성품을 갖고 있기 때문일 것이다. 한아한 가을의 흥취 묘사, 한가하게 사는 은자의 평온한 모습, 자연 속에서 여유와 평안을 추구하는 순간 등에 등장하는 갈대의 모습은 가을의 비애감을 덮는 평안함을 연출하기도 한다. 예로부터 회화에서는 '갈대(蘆)'와 함께 있는 '기러기(雁)'의 諧音 현상을 활용하여 노년의 평안을 의미하는 '노안도(老安圖)' 그림을 많이 그려왔다. 갈대가 지닌 평온한 이미지가 상당 부분 이입되었을 것을 추측해볼 수 있다. 주변 정경을 밝히면서도 본연의 역할에 충실한 존재, 나약한 이미지를 하고 있지만 거친 땅을 터전으로 살아가며 스스로 강인함을 소유하고 있는 존재가 바로 갈대라 할 수 있다. 갈대가 유발하는 서정이 비애와 평온함을 넘나드는 것은 외유내강한 갈대 자체의 속성과도 깊은 연관성이 있을 것이라는 생각을 해보게 된다.

2. 아름다운 향기에 담은 신비한 상상 계수나무(桂花)

　'桂樹'와 '桂花'는 그 독특한 생명력에 어울리는 단정한 수형과 가을에 물드는 단풍, 꽃과 잎에서 퍼져 나오는 아름다운 향기 등이 매혹적이고 정원수나 가로수, 공원의 관상수로서도 많은 사랑을 받고 있는 나무이다. 우리나라 중남부 지방에서 볼 수 있는 桂樹는 대부분 일본산으로 꽃은 5월경에 잎보다 먼저 붉은색으로 피어나며 특유의 향기가 있다.[2] 이에 비해 '連香樹'라고도 하는 중국의 桂樹는 江南에서 흔히 볼 수 있고 강남을 대표하는 수종 중 하나이다. 桂樹를 '木犀'라고도 하는데 이는 桂樹의 나무껍질이 '코뿔소(犀)'의 무늬와 닮아서 붙여진 이름이다. 지중해가 원산인 녹나뭇과 상록수인 서양의 월계수는 중국의 계수와 구분되는 나무이다.

　桂花의 꽃 색깔은 하얀색과 노란색, 붉은색 등을 띠고 있는데 색깔에 따라 金桂, 銀桂, 丹桂로 크게 나눈다. 桂花는 梨花, 桃花, 櫻桃花, 杏花 등 봄에 일찍 개화하는 다른 꽃에 비해 개화 시기가 늦고 꽃잎도 작지만 5월부터 10월까지 이어지는 달콤한 향기는 세인들의 시선과 후각을 사로잡기에 충분하다.[3] 일반적으

---

[2]　桂樹나무는 미나리아재비목 계수나뭇과(Cercidiphyllaceae)에 속하는 나무로서 일본과 중국이 원산지이다. 여기서 말하는 桂樹는 그리스의 月桂樹나 桂皮나무의 '桂'와는 다른 품종이다. 나무 생김새가 넓은 타원형으로 멋지게 자라기 때문에 관상용으로 널리 심고 있으며 기를 때에는 키가 15미터까지 자란다. 심장 모양으로 생긴 잎은 나오기 시작할 때는 적자색이지만 다 자라면 녹색으로 변하고 잎이 질 때쯤에는 노란색이나 주홍빛으로 물든다. 계수나무의 꽃은 암꽃과 수꽃이 서로 다른 나무에서 자라는 자웅이주이며 달콤한 향기와 아름다운 하트의 맵시를 지닌 잎사귀가 빼어난 매력을 자랑한다.

[3]　桂樹를 중국에서 '連香樹'라고도 하는 것은 캐러멜과 같은 달콤한 향기가 봄부터 가을까지 이어지는 특성에 의해 명명된 것이다. 특히 10월경에 노란 단풍이 들 때쯤이면 향기가 더욱 강해진다. 잎 속에 들어 있는 탄수화물의 일종인 엿당(maltose)의 함량이 높아지면서 기공을 통하여 휘발하기 때문에 달콤한 냄새를 풍기는 것이다.(박성진,『우리 나

로 향기가 좋다고 알려진 꽃들은 향기가 맑거나 진하거나 둘 중 하나인데 계수 나무는 맑고 진한 향을 동시에 지니고 있어 그 향의 매력이 특히 독특하다고 볼 수 있다. 하트 모양으로 생긴 잎사귀 역시 10월경에 단풍이 들 때면 더욱 달콤하고 진한 향기를 발하고 있어 꽃과 잎이 모두 향기로운 수종이라 할 수 있다.

桂樹는 전통적으로 중국 고전시가에서 建功立業, 남녀의 春心, 그리움의 정서, 순수하고 오랜 우정 등의 이미지를 지닌 존재로 묘사되어왔다. 桂樹는『全唐詩』시가 편명 花木 중 12위를 차지할 정도의 빈도를 보이고 있고 다양한 이미지를 지닌 꽃으로 언급되어왔다. 桂樹는 華南 일대가 원산지이며 '木犀'라는 별칭과 함께 바위산에 나무가 많이 자라는 특성에서 기인한 '巖桂'의 별칭도 지니고 있다. 桂花 꽃향기에 대해 중국인들은 "沁人肺腑"라는 말로 표현하는데 이는 "그 향기가 가슴속까지 파고든다"는 의미이다. 초여름과 가을을 거치는 긴 시간 동안 퍼져 나오는 계수나무 향기는 달콤한 상상력과 다양한 미감을 유발하기에 충분한 매력을 지녔다 할 수 있다.

1) 은일서정이나 고매한 인덕의 은유

桂花는 蘭, 茉莉와 함께 "香花三元"으로 불리어왔으며 꽃뿐 아니라 잎 모양도 주목을 받아왔다. 계수의 전형적 형상이라 할 수 있는 하트 모양의 잎은 서로 마주 나면서 싱그러운 초록 색감을 뽐낸다. 잎 뒷면은 흰백색이고 잎의 가장자리는 둔한 톱니 모양을 하고 있어 다른 나무와 구별된다. 계수나무의 잎은 윤기를 발하는 데다 먼지가 잘 달라붙지 않아서 역대 시가에서 세속과 구별된 고결한 사람이나 은자의 온화한 품덕을 노래할 때 자주 활용되곤 하였다. 唐代 徐賢妃의 다음 작품을 보자.

擬小山篇 소산을 모의하여 지은 작
仰幽巖而流盼　그윽한 바위 위로 그 향기가 흘러나오는
撫桂枝以凝想　계수나무 가지를 쓰다듬으며 생각을 정리합니다

무의 세계』, 파주 : 김영사, 2011, 26쪽 참조)

將千齡兮此遇　천년 세월 동안 이러한 만남이 있어왔는데
荃何爲兮獨往　그대여 어찌 이 향기를 홀로 두고 가시려는지요?

　계화가 지닌 향기를 천년의 세월에도 변치 않는 그윽한 덕으로 승화하여 비유하였다. 이 시로 인해 徐賢妃는 桂花의 花神으로 칭송받게 되었으니 그녀의 단정하고 정숙한 성품이 계화의 향기나 형상과 닮은 것으로 여겨졌기 때문이었다.
　初唐의 문인 張九齡이 쓴「感遇十二首」중 其一을 살펴본다.

感遇十二首 其一　감우시 십이 수 제1수
蘭葉春葳蕤　난초 잎 봄에 무성하고
桂華秋皎潔　계화는 가을에 고결해지네
欣欣此生意　이 생기에 기뻐지게 되니
自爾爲佳節　절로 좋은 계절임을 알겠노라
誰知林棲者　누가 알리오 숲속에 사는 은자들이
聞風坐相悅　난초와 계화 풍취를 서로 기뻐하는 것을
草木有本心　초목도 본심이 있거늘
何求美人折　어찌 미인인들 꺾어주길 바랄쏜가?

　이「感遇十二首」는 張九齡이 荊州長史로 폄적되어 간 후에 지은 것인데 본래 張九齡은 廣東 曲江人으로서 그의 고향에는 蘭과 桂가 많았기에 난초와 계화로 자신을 비유하여 시세에 영합하지 않고 고결함을 유지하는 마음을 드러내고자 하였다. 蘭처럼 桂花는 고아한 향기를 드러내면서 명리를 탐하지 않는 절개와 도도함도 지니고 있다. 이런 특징으로 인해 桂花는 산중 은사의 담백한 정서나 청고한 인격을 지닌 은사를 나타낼 때 자주 인용된 바 있다.
　南朝시대 范雲은 현실의 각종 번뇌와 거리를 둔 은자의 삶을 비유하는 매체로 桂花를 활용한 바 있다.

詠桂　계수나무를 노래함
南中有八樹　남방에 계수나무가 있어
繁華無四時　사계절에 상관없이 번화하네

不識風霜苦　풍상의 고통도 모른다면
安知零落期　어찌 영락하는 때를 알 수 있으리오

　시 중의 南中은 현재 중국 廣東을 비롯한 西南의 광활한 지역을 의미한다. 햇빛을 좋아하고 더운 날씨에 강하며 남방에서 널리 자생하므로 사계절의 변화에도 큰 변화 없이 향기를 흩날린다. 작자는 풍상의 고통도 모른다면 영락하는 때도 알 수 없다는 심오한 철학적 질문을 제시하였다. 零落의 悲哀를 알아야 생명의 소중함을 깨달을 수 있다는 가르침을 설파하고 있는 것이다. 은자의 삶은 고아함을 지킬 수 있어 좋기는 하지만 현실의 풍상을 벗어난 채 산다는 것이 어떤 가치가 있는지에 대한 근본적인 의문을 제시하고 있다.

　桂花는 맑은 향기를 발산하고 계수 잎도 달콤한 향기를 풍기므로 계수나무 주변은 좋은 향기가 넘쳐나기 마련이다. 속세의 어지러움을 정화시켜줄 수 있는 맑은 인품이나 구별된 심성을 표현하기에 좋은 면모를 지니고 있는 것이다. 봄 매화가 맑은 향기로 빼어난 인품을 상징하고, 여름 난초가 그윽한 향기로 남다른 품성을 표현한다면 桂樹 향기는 가을의 흥취를 높이는 초매한 기품을 상징한다. 가을 향기를 전하는 꽃 菊花가 세속과 절연하고 사는 강직한 은자의 이미지를 함유하고 있는 데 비해 桂花는 부드럽고 맑은 태도로 주변을 아름답게 하는 이미지를 지니고 있어 좋은 대비를 이룬다.

2) 榮譽와 榮達의 의지 표현

　『晉書』「郤詵傳」에 보면 "무제가 동당에서 모임을 할 때 郤詵에게 묻기를 '경은 스스로를 어떻게 생각하는가'"라고 하자 郤詵이 대답하길 '신이 살펴보건대 어진 대책이 천하의 제일인데 신은 겨우 계림의 가지 하나이며 곤산의 옥 한 조각일 뿐입니다'라고 했다.(武帝於東堂會送, 問詵曰 : 卿自以爲如何? 詵對曰 : 臣鑑賢良對策, 爲天下第一, 獲桂林之一枝, 昆山之片玉)"라는 기록이 보인다. 郤詵은 과거에 합격한 자신에 대해 "계림의 가지 하나에 불과하다(桂林一枝)"라는 겸양의 표현을 한 것인데, 여기에서 유래하여 "계수나무를 꺾다(折桂)"는 말은 科擧에 합격한 것을 의미하고 '桂籍'은 과거에 합격한 사람의 명부를 의미하는 말로 쓰이게 되었다. 桂樹는 공명심의 발휘, 參政에 대한 열정 등으로 은유되기도 했으니 唐詩 중에 등장하는 '折桂', '攀桂', '擢桂' 등은 과거급제의 의미와 상관이 있는 어휘이다. '桂'는 '貴'와 音이 상통하는 바가 있고 급제 여부에 따라 일신의 가치가 크게 차이가 나므로 계수를 통해 급제와 귀한 신분으로의 상승의 열망을 은유하기도 하였다. 許渾이 과거에 낙방한 후 친구에게 보낸 시에서 "사람 마음의 귀함과 낮음은 달 속의 계수와 같네.(人心高下月中桂)"(「下第貽友人」)라고 한 것은 이와 같은 의식을 반영한 것이라 하겠다. 桂樹를 인재의 才華와 美德을 형용하는 뜻으로 활용한 예는 여러 시인의 작품 속에서 발견된다. 杜甫가 豆盧峰에서 여러 문인들에게 쓴 시의 일부를 절록해본다.

同豆盧峰貽主客李员外賢子輩知字韻
두려봉에서 주객 이원외와 여러 현자들에게 지자운 시를 드리며

夢蘭他日應　꿈에 난초를 보아 다른 날 응시할 것이라 생각했는데
折桂早年知　계수나무 가지를 꺾었으니 일찍이 출세할 것을 알았네

향기로운 식물인 '蘭草'와 '桂樹'를 통해 과거와 연관된 영예를 묘사한 부분이다. "계수나무를 꺾는다(折桂)"라는 표현을 통해 과거에 합격하거나 군주의 눈에 들어 은총을 받게 됨을 은유하였다. '折桂'가 '立身揚名'의 또 다른 표현으로 서사된 경우라 할 수 있다.

王維가 친지들에게 답한 내용을 담은 시에서도 계수를 과거나 영예의 의미와 연계하여 활용한 것이 보인다.

同崔傅答賢弟　최부와 함께 어진 동생들에게 답하여

洛陽才子姑蘇客　洛陽의 자제와 蘇州의 객들은
桂苑殊非故鄉陌　계수나무 동산이 고향의 거리와 다른 것을 알리라

여기서 '계수나무 동산(桂苑)'의 의미는 과거장을 의미한다. 桂樹를 과거와 연결된 의미로 활용하였는데 역시 계수를 출세와 연관이 있는 상징물로 본 시각을

반영한 경우이다.

桂樹를 들어 인재의 才華와 美德을 형용한 경우는 羅隱의 다음 시에서도 발견된다.

長安秋夜 장안의 가을밤

遠聞天子似羲皇　천자가 복희씨 같다는 말 얼핏 들었더니
偶舍漁鄕入帝鄕　뜻하지 않게 어촌에서 제왕의 도시로 들어왔네
五等列侯無故舊　다섯 등급 열후들 중에 아는 이 없어
一枝仙桂有風霜　仙桂 한 가지가 풍상을 겪게 되겠구나

羅隱 자신을 '仙桂'에 비유하면서 자신의 많은 경험에도 불구하고 조정에 중용되지 못하는 아쉬움을 토로한 내용이다.

위 시에서와 같은 비유는 白居易의 다음 작품에서도 발견된다.

盧山桂 여산의 계수나무

偃蹇月中桂　이리저리 얽힌 달 속의 계수
結根依靑天　그 뿌리를 푸른 하늘에 두었다네
天風繞月起　하늘의 바람 달에 불어와서
吹子下人間　불려나와 인간세상에 떨어졌네
飄零委何處　영락하여 그 어느 곳에 날아갔는가
乃落匡廬山　바로 이 여산에 와 있네
生爲石上桂　돌 위에 자라나는 계수는
葉如翦碧鮮　잎사귀가 마치 가위로 잘라낸 듯 푸르고 곱다
枝幹日長大　가지와 줄기는 나날이 자라나고
根荄日牢堅　뿌리도 나날이 굳건히 자리 잡네
不歸天上月　하늘에 달로 돌아가지 못하고
空老山中年　부질없이 산중에서 늙다가 중년을 맞았구나
盧山去咸陽　여산에서 함양으로 가는 것은
道里三四千　그 길이 삼사천 리라네
無人爲移植　옮겨 심어줄 사람 없어
得入上林園　궁정의 원림에 들어가지 못한다
不及紅花樹　계수는 붉은 꽃이
長栽溫室前　오랫동안 온실 앞에 심겨져 있는 것만 못한 것일까

이 시는 백거이가 계수를 빌려 자신의 영락한 처지를 비유한 것이다. 수연에서 계수의 비범한 출신을 이야기하였고 제2, 3연을 통해 여산까지 오게 된 내력을 허구적으로 설명하였다. 이는 자신이 直言을 하다가 江州司馬로 좌천된 내력을 빗댄 것으로 계수가 지닌 비범한 풍모와 자신의 신세를 대비한 것이 된다. 자신은 賢才의 재능을 지니고 있어 바위에서도 질진 생명력을 보이는 桂樹처럼 장소에 연연하지 않는 실력을 지니고 있음을 은유하였다. 말연에서는 廬山이 長安에서 거리가 먼 것처럼 자신은 궁중에서 총애받는 사람들보다 현실적으로 불리한 상황에 있음을 한탄하였다.

唐代 玄宗 開元 15年(727)에 와서 武后時期(684~704)부터 실시했던 進士科를 발전시켜 "시부로 인재를 선발하는(以詩賦取士)" 과거제도를 실시하게 되었는데 이로 인해 天下의 庶人들과 文人들의 功名을 향한 열망은 극도로 확장된다. 桂樹가 '학업성취', '영예'라는 꽃말을 갖게 된 것이나 園林이나 書房에 桂樹를 심어 과거 합격의 소망이나 '建功立業'의 의지를 표현하던 풍조는 이러한 배경과도 연관이 있다. 중국의 계수나무와 종류는 다르지만 서양에서도 계수나무는 영예를 상징하는 나무로 인식되어왔다. 그리스 신화에 나오는 다프네(Daphne)가 아폴론에게 쫓기다 나무로 변해버렸다는 서양 '月桂樹(Lourel)' 역시 "학문의 영예와 승리", "성공과 명성"이라는 꽃말을 갖고 있다. 고대 그리스나 로마에서 월계관을 올림픽 승자나 학자에게 씌워주었던 풍습 역시 계수가 영광과 영예를 상징하고 있음을 나타낸다. 동서양을 막론하고 계수나무는 영예와 영광의 상징성을 띠고 존중받아왔음을 알 수 있는 것이다.

3) 아련한 상상력이나 그리움의 투사체

桂樹는 '月桂'라는 별칭과 함께 '桂兔', '桂輪', '桂魄', '蟾桂', '玉桂' 등 달과 연관된 다양한 이칭을 갖고 있는 나무이다. 계수나무 향기는 다양한 흥취를 제공하면서 신비롭고 아련한 상상력을 자극하는 역할도 했었던 것 같다. 옛 시인들은 계수와 달을 연관시키거나 계수나무를 통해 즐겨 상상의 나래를 펼치곤 하였다. 桂樹는 姮娥의 전설[4] 등 달과 연관된 신화로 인해 '月桂'라는 명칭을 얻게 되었고 이와 연관된 다양한 이미지가 더해져 '不死', '再生'의 의미도 갖게 되었다. 월계수는 달과 연관된 이미지로 인해 시가에서 종종 신비로운 존재나 그리움의 대상을 표현하는 상징체가 되기도 하였다. 宋代 謝逸이 쓴 다음 작품을 보자.

詠巖桂　벼랑의 계수나무

輕薄西風未辦霜	서리 아직 내리지 않았는데 경박한 서풍이 불어
夜揉黃雪作秋光	이 밤에 노란 계화를 어루만져 가을을 빛나게 하네
摧殘六出猶餘四	바람에 꽃잎 여섯이 시들어도 아직 네 잎은 남았으니
正是天花更着香	지금은 바로 계화가 더욱 향기로워지는 때로다

경박한 서풍이 계화를 어루만지고 있다고 의인화한 표현이 독특하고, 화사하게 피어난 계화가 가을밤을 빛내는 모습 또한 유미적이다. 桂花를 형용함에 있어 "黃雪", "天花" 등의 신비스러운 형태로 묘사한 것도 이채롭다. 바람으로 인해 꺾인 여섯 개의 꽃잎과 상관없이 남아 있는 네 개의 꽃잎이 더욱 향기를 내뿜고 있다는 표현을 썼으니 그 구상 또한 매우 독특하고 신비롭다.

唐代 李商隱이 쓴 「無題詩」를 비롯한 여러 시에서도 桂樹가 달과 연관하여 언급되었음을 살필 수 있다.

無題詩　무제시

風波不信菱枝弱	바람과 파도는 여린 마름 가지를 아랑곳 하지 않으니
月露誰教桂葉香	달밤의 이슬을 그 누가 계화 잎에 향기롭게 뿌려줄까?

4　옛날 중국 신화에 의하면 吳剛이라는 신선은 연회에서 옥황상제의 술을 엎어버리는 잘못을 저질러 옥황상제에게 벌을 받아 달나라로 귀양 가서 높이가 오백 장이나 되는 桂樹를 도끼로 찍는 일을 계속해야 했다. 그러나 吳剛이 도끼질을 해서 넘어뜨려도 桂樹는 다음 날 어김없이 원래의 모습으로 되돌아와서 영원히 그대로 남아 있다는 전설이다. 보름달의 오른편에 있는 어두운 부분이 신선이고 왼쪽에 보이는 어두운 부분이 桂樹라고 한다. 또한 姮娥라는 여인은 남편인 羿가 西王母로부터 어렵게 얻어온 불사약을 먹고 달나라로 도망가서 두꺼비 혹은 토끼가 되었다 한다. 시간이 지나면서 이런저런 이야기들이 뒤섞여서 달 속에 계수나무가 있고 그곳에 토끼가 있다는 식의 전설이 형성되게 되었다.

향기를 발하고 있는 계화의 모습에 달밤 이슬을 등장시켜 환상적인 이미지를 부가하였으니 아련한 그리움을 나타내는 愛情詩의 면모에 잘 부합된다 하겠다. 李商隱의 다음 시 구절에서도 계수를 환상적으로 그래낸 것이 보인다.

昨夜 어젯밤
昨夜西池凉露滿　어제 저녁 서쪽 연못에 서늘한 이슬 그득하여
桂花吹斷月中香　달 속에서 발하는 계수나무 꽃향기도 끊어진 듯

계화 향기로 인해 사방이 아름답게 느껴졌으나 차가운 밤 그득하게 내린 이슬은 이 향기를 사라지게 만들었다. "吹斷"이라는 표현은 일체의 아름다움과 희망이 끊긴 느낌으로 "月中香"이라는 환상적인 표현과 묘한 대조를 이루고 있다. 桂樹와 桂花의 '桂'자는 사물의 명칭에 미감을 더하는 역할도 한다. 배를 "桂舟"라고 하고, 배를 젓는 노를 "桂棹", "桂楫", 배를 젓는 삿대를 "桂獎", 계피를 넣고 빚은 술을 "桂醑", 궁궐 내 후비의 처소를 "桂闈"라고 하는 것들은 '桂'자를 추가하여 아름답고 영광스러운 의미나 아련한 존재감의 의미를 추가한 경우라 할 수 있다. 계수가 신비로운 미감을 부여하는 상징물로 다양하게 활용된 것과 연관하여 宋代 楊萬里가 桂樹를 형용한 시가를 살펴본다.

叢桂 계수나무 무더기
不是人間種　이 나무는 인간세상에서 심어진 것이 아니요
移從月里來　달에서 심겨져 온 것이라
廣寒香一點　廣寒宮에서 그 향기가 나와
吹得滿山開　그 향기 불어와 온 산에 그득하나니

桂樹의 근원을 달과 연관시키고 있어 이채로운 이미지가 더욱 부각된다. 제3구의 "廣寒"은 唐代 玄宗이 음력 8월에 달빛을 감상하다가 장엄한 궁궐의 모습을 보고 "廣寒宮은 맑고도 공허하도다.(廣寒淸虛之府)"라고 했다는 데서 유래한 표현이다. 一點의 향기가 滿山에 그득하다는 다소 과장적인 표현으로 桂花 향기를 칭송하고 있는 것이다.

宋代 呂聲之의 시에서도 桂花 향기에 아스라한 감성을 이입한 묘사가 이루

어져 있음이 발견된다.

桂花 계수나무꽃

獨占三秋壓衆芳	늦가을에 홀로 짙은 향기를 내뿜고 있으며
何誇橘綠與橙黃	어찌 저리 귤나무는 푸른색을 귤은 노란색을 자랑할까
自從分下月中種	지금 달 속에 심겨진 계수가 땅에 내려온 것 분명한데
果若飄來天際香	그 열매는 하늘 끝까지 향기를 날리는 듯 하구나
清影不嫌秋露白	銀桂의 맑은 모습은 가을 이슬의 투명함 못지않고
新叢偏帶晚烟蒼	새로이 숲을 이룬 나무들은 저녁연기에도 푸르구나
高枝已斷谷詵手	높은 가지는 이미 谷詵의 손에 의해 잘려졌으나
萬斛奇芬貯錦囊	만 섬 되는 빼어난 향기는 금주머니에 그득하나니

가을 하늘에 黃綠色으로 영롱한 빛을 띤 채 향기를 발하는 桂花가 선명한 인상을 제공한다. 달 속에 있다가 추석을 맞이하여 인간 세상에 떨어졌다는 전설을 차용한 '月中種'과 하늘 끝까지 향기가 이어진다는 '天際香' 표현은 귤 향의 신비감을 배가시키는 표현이다. 후반부에서는 녹황색 꽃을 피우는 丹桂에 이어 銀桂의 맑은 모습을 등장시켰다. 그 고아한 자태는 마치 새벽에 내리는 가을 이슬처럼 청아하고 저녁연기에도 푸르름을 유지하고 있다. 말연에서는 谷詵의 "桂林一枝" 典故를 인용하여 꽃과 人事를 대비하였고 다시 그 향기를 '금주머니(錦囊)'에 그득 차있는 것 같은 신비로운 상태로 형용하였다. 정경 속에 전설과 고사를 이입하여 계화 향기를 환상적으로 표현하면서 칭송을 가하고 있다.

계수나무의 그윽하고 달콤한 향기는 가을을 맞이한 시인들의 다양한 영감과 상상력을 자극하기에 충분하다. 계수나무는 姮娥의 전설과 연계되어 달이나 신비로운 존재를 형상화할 때 자주 활용되었다. 중국 전설 중에는 달 속에 仙宮이 있으며 옥토끼가 계수나무 아래서 장생약을 찧고 있다거나 도끼질을 해서 계수나무를 넘어뜨려도 다음 날이면 어김없이 원래의 모습으로 되돌아온다고 하는 내용이 있다. 이처럼 계수나무가 상상의 나무로 인식되게 된 것은 계수의 끈질긴 생명력과도 연관이 있다. 본래 습지를 좋아하는 나무이지만 건조한 곳에서도 잘 적응하며, 원줄기를 베더라도 뿌리에서 바로 맹아가 나와 새로운 개체를 이루는 계수의 특성과 연관이 있는 것이다.

4) 순결하고 변함없는 우정의 서사

桂樹는 특정 나무의 명칭이지만 때로는 명칭의 범위를 넘어 향기로운 나무, 신령한 나무, 영광의 나무 등의 이미지를 대변하기도 한다. 계수가 지닌 다양한 매력과 좋은 이미지로 인해 어떠한 신비로운 존재에 대한 막연한 동경이나 소망을 투영하는 대상물로 묘사된 경우도 많았다. 우정이나 인간관계를 묘사하면서 아름답고 순수한 정을 계수의 품성이나 향기에 비유하는 경우 역시 많았고, 송별에 임하는 심정을 묘사할 때 버드나무처럼 계수를 활용한 경우도 있었다. '버드나무(柳)'가 머무르게 하고 싶은 마음을 대변하는 식물로 쓰였다면, '계수나무(桂)'는 영예와 영광의 기원을 담기에 충분한 상징성을 지니고 있었기 때문이다.

初唐 陳子昂이 이별의 순간에 '버드나무(柳)' 의상 대신 桂樹를 이용하여 친구를 송별한 부분을 살펴본다.

送客 객을 송별하며
江南多桂樹 강남에는 桂樹도 많아
歸客贈生平 돌아가는 객에게 평생 선물하고파

강남에 많은 것이 계수나무인데 이 나무를 선물함으로써 자신과 강남을 기억하기를 바라는 마음을 담았다. 한편으로 桂樹의 은은한 향기처럼 인간관계가 평생 지속되기를 기대하는 마음이나 '桂'를 '貴'와 연계시킨 '고귀함, 영달' 등의 의미를 투사한 것이라는 생각도 해보게 된다.

王維도 桂樹를 들어 친구에 대한 우정을 표시한 적이 있다.

送綦母潛落第還鄉 낙제하여 고향으로 가는 기모잠을 전송하며
置酒長安道 장안으로 가는 길에 술을 차려놓고
同心與我違 그대와 같은 마음으로 나는 돌아가리
行當浮桂棹 그대 가는 길 마땅히 계수나무 노를 젓고 가리라
未幾拂荊扉 얼마 지나지 않아 형문 앞을 쓸겠지
遠樹帶行客 멀리 있는 나무들 객을 보내는 듯
孤城當落暉 외로운 성에는 저녁 햇살 비추네

吾謀適不用　나의 생각 그대의 나아감에 못 미치나
勿謂知音稀　知音이 드물다고 말하지는 말게나

　제3구의 '계수나무로 만든 노(桂棹)'는 고귀함을 상징한다. 여기서 "마땅히 계수나무 노를 저어 가리라"하고 한 표현은 고귀한 기품을 지닌 친구의 인품을 상징하면서 앞날에 귀한 일이 펼쳐지기를 바라는 자신의 소망을 나타낸 은유이기도 하다.

　杜牧도 송별하는 선배에게 계수나무 가지를 통해 자신의 마음을 전달한 바가 있다.

　　池州送孟遲先輩　지주에서 맹지 선배를 송별하며
　　手把一枝物　손에 하나의 가지를 들고 있는데
　　桂花香帶雪　계화꽃 향기가 눈 속에 날리네

　석별함에 있어 계수나무 가지를 들고 있는데 손에 든 계화의 향기는 차가운 눈을 아랑곳하지 않고 사방에 흩날리고 있다. 桂樹는 이별 상황에서 흔히 사용되던 버드나무 못지않게 우정의 표시로 사용되면서 사람 사이의 고귀한 정을 상징하곤 하였던 것이다.

　白居易의 다음 작품에서도 계수를 통해 이별의 정을 표현한 면모가 발견된다.

　　別萱桂　원추리와 계수를 통해 이별의 정을 노래함
　　使君竟不住　그대를 종래 머무르게 할 수 없어
　　萱桂徒栽種　차라리 원추리와 계수를 옮겨다 심어보네
　　桂有留人名　계수에는 다른 사람을 만류한다는 뜻이 있는데
　　萱無忘懷用　원추리는 근심을 잊을 만한 효용이 없다네
　　不如江畔月　강가에 뜬 저 달도
　　步步來相送　송별에 임하는 나의 걸음만 못하리

　이 작품을 통해서도 桂樹가 이별할 때 활용되던 식물이었음을 알 수 있다. 원추리는 '忘懷草'인데 忘懷草로도 이별의 슬픈 감정을 씻어버릴 수 없기에 계수를 심음으로써 슬픔을 희석시키고자 한 것임을 살필 수 있다.

宋代 朱淑貞은 桂花를 통해 누군가에게 알려지기 바라는 마음을 표현한 바 있다.

秋夜牽情　가을밤 정에 이끌리어

彈壓西風擅衆芳	계수는 서풍에 밀려 짙은 향기를 뿜어내는데
十分秋色爲誰忙	이 그득한 가을색은 누구를 위해 바쁜 것인지
一枝淡貯書窓下	서재 창문 아래에 서 있는 계수나무 한 가지
人與花心各自香	사람과 꽃의 마음에는 각자의 향기가 있나니

桂樹는 서풍을 받아 농밀한 향기를 발하니 사람의 마음속에 그 향기가 파고 들어온다. 후반부에서는 자신이 文才와 美貌를 갖추었음에도 불구하고 진가가 알려지지 않고 있음에 대한 한탄을 실어 놓았다. 서재 창문 아래 있는 계수나무가 자신만의 향기와 정절을 지니고 있듯이 자신도 은은한 향기를 지니고 있음을 은유하고 있는 것이다.

李白이 친구를 송별하면서 지은 다음 작품에도 桂樹가 등장하고 있다.

送崔十二游天竺寺　최십이가 천축사로 유람 가는 것을 송별하며

還聞天竺寺	일찍이 天竺寺에 대하여 들었는데
夢想懷東越	꿈에서 동쪽 越 땅에 있겠거니 상상했네
每年海樹霜	매년 바닷가 나무에 서리가 내릴 때면
桂子落秋月	계수 열매가 가을 달 아래 떨어지리
送君游此地	그대를 이 땅에서 보내는 지금
已屬流芳歇	이미 꽃다운 향기는 다하였네
待我來歲行	내가 세밑에 다녀감 기다려서
相隨浮溟渤	서로 함께 먼 바다를 여행하세나

이백은 가을 달과 계수나무를 연계한 언급을 가하면서 헤어지는 친구와 오랜 시간 서로 신비롭게 뇌리에 남는 관계로 남기를 소망한 것으로 보인다. 桂樹가 이별에 임하는 시인이 변치 않는 우정을 논하는 자리에서 활용되고 있음을 발견할 수 있는 것이다.

역대 송별시에서 가장 많이 활용된 나무로 '버드나무'를 꼽을 수 있는데 이는

'버드나무(柳)'가 이별의 순간이나 헤어지는 상대방을 '머무르게 하고(留)' 싶은 마음을 반영한 상징성을 지니고 있기 때문이다. 桂樹 역시 이별을 서술하는 장면에서 많이 활용되었는데, '桂'자는 '영예'와 '영화'의 뜻을 지닌 '貴'자와 비슷한 발음을 지니고 있어 의미를 살리기가 좋았기 때문이었다. 무엇보다 계수나무를 들어 순수하고 변함없는 정을 상징할 수 있었던 가장 큰 이유는 계수나무가 좋은 품성과 향기를 지니고 있었기 때문이었다. 좋은 품성이 밑받침되지 않는 한 글자의 유사성만을 가지고 의미를 통용하기에는 한계가 있기 때문이다.

桂花는 가을에 개화한 후 늦은 계절까지 달콤한 꽃과 잎의 향기를 사람들에게 선사하며 긴 여운을 남기는 꽃이다. 일반적으로 봄꽃이 화사하고 가을꽃이 청초하다면 桂花는 봄꽃의 화사함과 가을꽃의 여운을 동시에 갖고 있으면서 서리 내리기 전까지 긴 생명력을 자랑하는 매력을 지닌 꽃이라 할 수 있다. 계수나무는 이러한 특성을 지녔기에 은일의 서정이나 고매한 인덕을 은유할 때 즐겨 활용되었고, '折桂'라는 어휘를 통해 알 수 있듯이 영예와 영달의 의지를 표현할 때도 매우 적합한 나무였다. '月桂樹'라는 별칭처럼 신비로운 존재감도 지니고 있어 아련한 상상력이나 그리움을 투사할 때도 자주 활용되었고 헤어지는 순간이나 순수하고 변함없는 우정을 서사하는 장면에서도 자주 등장하였다. 桂花와 桂樹를 은유하거나 지칭할 때 '天香'과 '月桂樹'라고 표현했던 것은 계수나무가 지닌 짙고 오래가는 향기와 신비로운 인상과도 연관이 있다. 사람들의 마음에 정겹고 넉넉한 인심을 제공하는 桂花의 모습과 향기는 칭찬의 순간 뿐 아니라 이별의 순간에도 푸근한 정과 여운을 느끼게 한다. 온갖 꽃이 다 지면서 가을의 영락함을 보여줄 때에도 끝까지 향기를 잃지 않고 남아 시인의 가슴에 아련한 상상력을 제공하여 주는 꽃, 현실과 전설 사이를 넘나들면서 신비로운 향과 자태를 유지함으로써 잔상의 여운을 느끼게 해주는 꽃, 역대 시인들이 桂樹가 지닌 이런 독특한 매력을 놓치지 않고 재창조해냈던 것을 여러 작품을 통해 살펴볼 수 있는 것이다.

3. 깊은 인품을 소유한 가을의 은자 국화(菊花)

국화(菊花, Chrysanthemum)는 국화목 국화과에 속하는 꽃으로 세계적으로 2만 3천여 종이 있으며 중국에는 약 3천 종이 있다. 꽃은 노란색, 흰색, 빨간색, 보라색 등 다양한 색이 있고 크기나 모양도 품종에 따라 다르다. 꽃의 지름에 따라 대륜(18센티미터 이상), 중륜(9센티미터 이상), 소륜 등으로 나누며 꽃잎 형태에 따라 분류하기도 한다. 종류가 많은 만큼 별칭도 많아 '節華', '更生', '朱嬴', '金蕊', '日精', '傅公', '壽客', '金英', '黃華', '黃花', '秋菊', '日精', '女華', '延年', '白花', '陶菊', '隱君子', '隱逸花', '重陽花', '傲霜', '霜下傑', '黃金甲', '東籬', '東籬佳色' 등의 다양한 이름으로 불린다. 별칭 중 '黃花', '黃蕊', '黃金甲'처럼 노란색과 연관된 명칭은 국화의 주된 색이 황색인 데다 음양오행에 있어 '黃色'이 중앙을 의미한다는 것, 국가의 지고지순한 이를 '黃帝'라고 부르는 것 등과 연관하여 '꽃의 왕자'의 의미도 함유된 명칭이라 할 수 있다. 국화는 햇볕을 좋아하고 그늘을 싫어하며 적은 양의 물에도 생명을 잘 유지한다. 온난다습한 기후에서 잘 자라며 내한성이 강해 한겨울에도 뿌리를 지하에 두고 월동한다.

국화는 동양의 관상식물 중 가장 역사가 오랜 꽃이며 가을을 상징하는 꽃이지만 실제로는 여름에서 겨울에 걸쳐 두루 성장한다. '여름 국화(夏菊)'는 '五九菊'으로도 불리며 매년 음력 5월에서 9월 사이에 한 차례 피어난다. '가을 국화(秋菊)'는 이른 국화와 늦은 국화 두 종류가 있다. 이른 국화는 9월 중순에서 하순 사이에 중형 크기로 피어나고, 늦은 국화는 10월에서 11월 사이에 대형 크기로 피어나는데 이 종류가 국화의 가장 보편적인 '秋菊'이라 할 수 있다. 겨울에 피어나는 '寒菊'은 '冬菊'으로도 불리며 12월에서 이듬해 1월 사이에 피어난다.

국화는 중국 '十大名花' 중 세 번째로 거론되는 꽃이며 "四君子(梅蘭竹菊)" 중 하나이다. 연꽃, 매화, 대나무와 함께 '四逸'로 칭해지며, 모란, 작약과 함께 '三佳品'에 들기도 한다. 강인한 성품으로 가을 추위에 맞서는 기상을 지녔기에 절개를 지키는 군자의 이미지를 대변하는 꽃으로도 꼽힌다. 중국 절기문화에 있어서도 국화는 중요 식물이었다. 중국인들은 예로부터 '重陽節(음력 9월 9일)'이면 국화를 감상하며 국화주를 마시는 풍속이 있었는데 이는 국화가 장수와 벽사의 의미를 지녔다고 믿었기 때문이다. 국화는 차나 약재로 쓰이는 등 실생활에서도 효용성이 컸으며 길상과 장수의 상징으로도 많은 사랑을 받아왔다. 현재 세계 각국에서 장례식 때 흰 국화를 바치는 풍습이 있는 것도 국화가 지닌 기품과 이미지를 대변하는 예라 할 수 있다. 중국 고전시가에서 국화는 장수의 상징, 중양절에 가족이나 지인과 함께 감상하는 꽃, 벽사의 표징, 陶淵明이 사랑했던 은자의 꽃, 늦가을에 서리를 두려워하지 않고 피어나는 기개의 표상, 어려운 상황에도 자신의 절개를 지키는 군자 등 다양한 의미와 상징성을 지닌 꽃으로 묘사되어왔다. 실용성과 상징성, 의의 등에 있어 어느 꽃 못지않은 비중을 지니고 있는 것이다.

1) 長壽와 辟邪의 상징

고대 문헌을 보면 불로장수나 액막이를 위하여 국화를 식용으로 활용한 기록을 많이 찾아볼 수 있다.[5] 중양절 같은 명절에 국화를 감상하고 국화주를 마시는

---

5 漢代의 『風俗通』과 魏 文帝인 曹丕의 『與鍾繇書』에 보면 장수와 관계된 국화에 대한 기록이 나온다. 민속 문화전통과 관련된 부분으로 현존하는 가장 빠른 기록은 漢代 『風俗通』에 보인다. 이 전적에 기록된 국화의 자액이 섞인 물을 먹고 마을 사람들이 오래 살았다는 내용은 국화와 장수의 개념이 연관된 것을 보여준다. 국화의 식용 문제와 관련하여 중국의 『本草經』에서는 "줄기는 紫色이요, 향기롭고 그 맛이 감미로우며 그 잎사귀로 국을 끓일 수 있는 것이라야 '眞菊'이다"라고 하였고, 『抱朴子』에서도 식용 여부로써 진국이나 아니냐를 판별한다고 하였다. 국화로 담근 술이 중양절 풍속과 결합되면서 장수와 벽사의 개념을 강화하게 되었다. 도교의 신선사상에서도 인간의 불로장생을 추구하는 심리에 부응하여 국화의 장수 기능을 연결한 내용을 많이 언급하고 있다. 국화가 전통적으로 불로장수를 상징하는 꽃으로 인식된 또 다른 예는 '杞菊延年', '松菊延年' 등의 축수 문구를 통해 환갑·진갑 등의 잔칫상에 현화로 많이 사용한 것이나, 민화에서

풍습은 국화가 장수나 벽사와 연관된 상징성을 갖고 있음을 보여주는 부분이며, 민간이나 神仙類 전설에 국화와 관련된 장수의 이미지가 이입된 것 역시 국화가 지닌 효용성을 주목한 결과라 할 것이다. 중국 고전시에서도 국화를 식용한 내용을 이입하거나 장수와 연관된 이미지로 활용한 예가 많다. 屈原의 『楚辭』에도 여러 번 등장하고 있어 초기부터 국화에 관한 주목과 기술이 많았음을 알 수 있다. 『楚辭』에 실린 몇 구절을 예거하면 다음과 같다.

老冉冉其將至兮　　늙음이 천천히 다가옴이여
恐脩名之不立　　　이름을 남기지 못할까 두렵구나
朝飮木蘭之墜露兮　아침에는 목란에 내린 이슬을 마시고
夕餐秋菊之落英　　저녁엔 가을 국화의 떨어진 꽃잎을 먹는다 (『楚辭』「離騷」)

春蘭兮秋菊　　봄에는 난초 가을에는 국화
長無絶兮終古　영원히 끊임없이 이어져라 (『楚辭』「九歌·禮魂」)

播江離與滋菊兮　강리를 파종하고 국화를 심어서
願春日以爲糗兮　봄날 마른 음식으로 삼고 싶구나 (『楚辭』「九章」)

「離騷」에서는 楚國에서 배제된 채 시간은 덧없이 지나가고 자신은 늙어가고 공업을 이룰 길이 점차 막연해지는 상황을 표현하였다. 이때 예시된 목란과 국화는 자신의 높은 덕성과 절개를 표현하는 상징물 역할을 하고 있다. 「九歌」에서는 봄의 난초와 함께 가을 국화를 함께 거론하였는데 역시 진실한 의지가 변치 않기를 바라는 마음을 담았다. 「九章」에서 언급한 국화는 춘궁기를 이기게 해주는 식물로 국화가 활용된다는 기록이면서 한편으로는 환난의 시기에 좋은 역할을 하는 사람이나 상징물의 의미도 갖고 있다.

怪石과 함께 층층이 벌어져 피어 있는 국화 그림으로 바위처럼 장수하는 국화를 의미한 것 등을 들 수 있다. 그 밖에 辟邪와 중앙에 대해서는 梁代의 문헌인 『續齊諧記』를 참조할 수 있다.(이상은 오만종·김춘순, 「중국 국화시의 상징성 연구(상)」,『중국인문과학』제38집, 2008.4.) 또한 "언어학적으로 소리 값이 비슷한 어휘군의 친화력은 상징적인 유대와 통합을 유도한다. 국화가 장수를 상징하고 중앙절을 기다려 양기가 넘치는 높은 산에 올라가서 국화주를 마시는 풍습은 같은 음원을 활용한 고대인의 지혜였다. 음이 유사한 구(久), 국(菊), 쥬(酒), 구(救), 구(九)는 상징의 유어(類語)로 거듭나는 것이다."(이어령 책임편찬, 『국화』, 서울 : 종이나라, 2006, 10쪽)의 내용도 참조할 수 있다.

국화가 지닌 효용성과 연관하여 일찍이 魏나라 鍾會가 『魏鐘司徒集』 「菊花賦」에서 국화가 지닌 다섯 가지 아름다움을 논한 것을 살펴본다.

菊花賦　국화부

故夫菊有五美焉	고로 국화에게는 다섯 개의 아름다움이 있으니
圓花高懸	동그란 꽃송이 높다랗게 매달려 있음은
準天極也	천극을 본뜬 것이요
純黃不雜	잡색이 섞이지 않는 순황색은
后土色也	땅의 빛깔이로구나
早植晚發	일찍 심어 늦게 피어난 것은
君子德也	군자의 덕이요
冒霜吐類	서리 무릅쓰고 꽃을 피워내는 것은
象勁直也	굳세고 곧은 기상이며
盃中體輕	술잔에 꽃잎이 떠 있는 것은
神仙食也	신선의 음식이로다

동그랗게 꽃송이가 높이 달려 있는 것은 마치 '天極'의 형상과 같고, 국화의 노란색은 땅의 빛깔을 나타내며, 일찍 심어 늦게 피는 특성은 인내심을 품은 군자의 덕을 상징하고, 가을 서리에도 꿋꿋하게 피어 있는 모습은 곧고 굳은 기상을 나타내며, 술잔 위에 떠 있는 꽃잎은 음식으로서의 맛과 운치를 더한다. 국화를 대하면서 天, 地, 德, 氣, 味 등의 방면에서 깊은 의미와 아름다움을 고루 품고 있는 식물로 인식하고 있었음을 알 수 있다.

東晉 成公綏도 국화가 지닌 다양한 효용성을 다음과 같이 언급한 바 있다.

菊頌　국화를 노래하다

先民有作	인간이 존재하면서부터
詠茲秋菊	이 가을 국화를 보면 시를 읊었다네
綠葉黃華	푸른 잎에 노란 꽃
菲菲彧彧	아름답고도 무성하구나
芳逾蘭蕙	향기는 난초를 능가하고
茂過松柏	무성함은 소나무와 측백나무를 능가한다네
其莖可玩	그 줄기를 감상할 수 있으며
其葩可服	그 꽃 또한 먹을 수 있다네

味之不已　맛뿐만 아니라
喬松等福　王子喬나 赤松子 같은 복도 누린다네

　노랗게 피어난 가을 국화의 아름다운 자태와 무성한 모습에서 감동을 얻은 시인은 인간이 존재하면서부터 국화를 감상했다는 말로 극찬을 가하고 있다. 국화의 향기와 무성한 자태는 난초와 송백을 능가할 정도라는 표현 역시 국화에 매료된 시인의 마음을 대변한다. 국화의 효용성을 언급한 시인은 '王子喬'와 '赤松子' 같이 不死의 존재로 언급되는 仙人에 국화 이미지를 대비시키고 있다. 국화가 민간에서 장수와 연관된 상징성을 갖는 것을 활용한 표현인 것이다.
　唐代 李世民은 식물이 榮枯盛衰하는 법칙을 생각하며 국화의 자태를 관찰한 내용의 시를 남겼다.

賦得殘菊　늦은 국화를 노래하다
階蘭凝曙霜　계단 가의 난초는 이른 서리에 움츠러들었는데
岸菊照晨光　연못 연안에 핀 국화는 새벽빛 받아 비추고 있네
露濃晞晚笑　이슬이 사라질수록 국화의 웃는 모습 또렷한데
風勁淺殘香　바람이 강해지니 남은 향기 옅어지네
細葉凋輕翠　가는 잎은 시들어 가벼운 푸른색을 띠고 있고
圓花飛碎黃　둥근 꽃들은 금황색 꽃잎을 흩날린다
還持今歲色　올해 이 모습을 다시 보았듯
復結後年芳　내년에도 향기롭게 다시 열리리라

　못가 언덕에 피어 있는 국화는 새벽빛 받아 빛나면서 서리에도 꿋꿋한 자태를 잃지 않고 있다. 국화는 황금빛 꽃잎을 출렁이며 아름다운 자태를 선보이고 있지만 강한 바람에 여향이 희미해가듯 잎이 시드니 시인으로 하여금 세월에 따른 쇠락의 아쉬움을 느끼게 한다. 그러나 지금 모습이 사라져갈지라도 내년을 생각할 때면 다시금 부활의 소망을 갖게 된다. 영고성쇠의 법칙에는 순응하지만 새로운 개화에 대한 희망도 포기할 수 없는 것이다. 시들어가는 국화를 보면서 새로운 희망과 기대감을 발견하는 순간이다.
　宋代 歐陽脩도 국화를 장수의 상징으로 보는 시각을 펼친 바 있다.

菊　국화

一枝敢在霜前折　국화 한 가지 서리 내리기 전 꺾어보는데
九日應從籬下收　중양절에는 응당 울타리 아래에서 거두게 되리

共坐欄邊日欲斜　벗과 함께 앉았는데 난간에 해 넘어가려 하여
更將金蕊泛流霞　다시 황금빛 국화꽃을 유하 술잔에 띄워보네
欲知却老延年藥　늙음을 물리치고 나이를 늘려주는 약을 알고자 하면
百草摧時始見花　온갖 풀 스러져갈 때 이 꽃을 보기 시작한다네

벗과 함께 앉아 넘어가는 해를 바라보며 술 마시는 한가로운 장면을 연출하였다. 해 넘어가듯 시간이 흘러가자 국화꽃을 '流霞(신선주)'에 띄우는 행위를 통해 아름다운 순간을 이어가려는 의지를 나타냈다. 뭇 꽃들이 사라져갈 때도 굳세게 피어 있는 국화의 품성을 들어 장수의 상징으로 국화를 인식한 예를 보여주는 작품이다.

역시 국화를 보면서 장수를 염원하는 마음을 담은 淸 湛汎의 시를 살펴보자.

菊花　국화

一枝敢在霜前折　국화 한 가지 서리 내리기 전 꺾어보는데
九日應從籬下收　중양절에는 응당 울타리 아래에서 거두게 되리
我有嬌慈今鶴髮　나에게는 백발이 다 되신 홀어머니 계시니
年年益壽向伊謀　해마다 오래 사시기를 이 국화 보면서 기원하리라

백발이 다 되신 홀어머니의 장수를 기원하는 마음을 갖고 서리 내리기 전 깨끗하게 피어 있는 국화 한 가지를 꺾어본다. 국화는 중양절에 가족이 모이는 것과 연관된 의미를 갖고 있는데 그 내면에는 장수의 축원과 연관된 의미도 포함하고 있음을 알 수 있다.

전통적으로 국화는 장수의 상징이 되었을 뿐 아니라 벽사의 상징으로도 많이 다루어졌다. 중국에서는 重陽節이 되면 국화주와 국화로 만든 음식, 국화 관람 등 국화를 활용한 각종 행사를 실행해왔다. 重陽節은 음력 9월 9일로 陽肴 가운데서 極陽인 9가 겹쳤기에 '重九'라고도 한다. 이날이 되면 사람들은 단풍의 명소나 국화가 있는 곳을 찾아 국화주를 마시면서 시를 짓거나 그림을 그리면서 즐겼다. 즐거운 명절 풍속으로 보이지만 그 내원은 양기가 겹친 날을 액막이하기 위한 벽사의 의미에서 비롯된 것으로 보인다.[6] 중양절에 국화주를 마시면 무

병장수한다고 하여 궁중과 민간에서 애용한 것은 벽사의 기원을 반영한 것이기도 하다. 역대 시가 중에는 중양절 행사를 언급하면서 국화와 국화주에 관한 기록을 담은 작품이 여럿 있다. 唐代 沈佺期가 중양절 연회에서 황제의 명에 따라 지은 시를 보면 국화가 중양절 풍속에서 활용된 예를 살필 수 있다.

九日臨渭亭侍宴應制 중양일 위정에서 연회를 모시면서 응제한 시

御氣幸金芳	황제께서 국화를 감상하기 위해 납시어
憑高薦羽觴	높은 곳에 올라 술잔을 드시네
魏文頒菊蕊	魏 文帝는 국화를 나누어준 바 있고
漢武賜萸囊	漢 武帝는 수유와 蘘荷를 하사했었네
去宿留聲吹	지난밤 머물렀던 곳에 노랫소리 남아 있고
歸鴻識舞行	돌아가는 기러기도 춤추며 행렬을 지었네
年年重九慶	해마다 중양절 경사스러운 날을 맞아
日日奉天長	날마다 천자의 장수를 봉축하네

응제시를 통해 중양절에 황제가 행한 행사와 황제를 향한 축원을 담았다. 중양절에는 높은 곳에 올라가 국화주를 마시는 풍속이 唐初에 있었으며 조정에서도 이 행사를 실행했음을 알 수 있다. 이전에도 魏 文帝가 국화를 나누어 주었고 漢 武帝가 수유와 蘘荷를 신하들에게 하사했었음을 언급하였는데 이를 통해

---

6 梁 吳均은 『續齊諧記』에서 重陽節 행사의 유래에 대해 다음과 같이 기록해놓고 있다. "汝南 땅의 桓景이 費長房을 따라 배운 지 몇 년이 되었다. 長房이 말하길 '9월 9일에 너의 집안에 재앙이 있을 것이니 응당 급히 가서 집안사람들로 하여금 각기 진홍색 주머니를 만들어 수유를 담아 어깨에 메고 높은 곳에 올라 국화주를 마시면 이 재앙을 없앨 수 있을 것이다.'라고 하였다. 桓景은 長房의 말대로 모든 가족을 산에 올라가게 하였고 저녁에 돌아와보니 닭과 개, 소와 양이 한꺼번에 죽어 있었다. 長房은 이 소식을 듣고 이것으로 재앙을 대신할 수 있다고 말했다. 요즘 사람들이 9일에 높은 곳에 올라 술을 마시고 부인들이 수유 주머니를 휴대하는 것은 이에서 시작된 것이다.(汝南桓景, 隨費長房游學累年. 長房謂曰, 九月九日汝家中當有災, 宜急去, 令家人各作絳囊, 盛茱萸以繫臂, 登高飲菊花酒, 此禍可除. 景如言擧家登山, 夕還, 見鷄犬牛羊一時暴死. 長房聞之日, 此可代也. 今世人九日登高飲酒, 婦人帶茱黃囊, 蓋始於此)" 이 기록을 통해 중양절 국화주와 수유가 邪氣와 惡氣를 쫓기 위한 벽사의 의미로 활용된 것을 알 수 있다. 수유가 벽사의 의미로 활용된 것은 東晉시대 宗協이란 사람이 중양일에 수유를 넣은 술을 마시고 있는데 난데없이 죽었던 친구가 찾아왔기에 종협은 그가 귀신임을 알아차리고 술을 권했더니 "수유의 氣가 있다"고 하면서 술잔을 던져버리고 도망쳤다라고 하는 전설과 연관이 있다.

중양절에는 조정에서 災厄을 면하기 위해 국화, 수유, 蘘荷 등을 주고받았고 황제를 장수를 기원하는 행사를 했음을 알 수 있다.

다음 徐寅의 시는 중양절과 관련된 桓景의 고사를 생각하며 지은 작품인데 액운을 없애는 데 국화가 활용된 것을 밝히면서 국화의 덕과 가치를 함께 예찬한 것이 발견된다.

菊花 국화

桓景登高事可尋	桓景이 높은 곳에 올랐던 사적을 찾을 수 있으니
黃花開處綠畦深	국화는 푸른 밭 깊숙한 곳에 피어 있네
消災避惡君須探	재액을 없애고 악운을 피하려면 그대 국화를 캐어야 하리
冷露寒霜我自禁	차가운 이슬과 서리를 자기 스스로 감내한다네
籬物早榮還早謝	울타리 가에 있는 초목들은 일찍 피고 일찍 지는데
澗松同德復同心	시냇가 소나무도 같은 덕과 마음을 지녔네
陶公豈是居貧者	도연명이 어찌 가난하게만 살았다 하리오
剩有東籬萬朶金	동쪽 울타리 가에 만타래 황금이 있었던 것을

재액을 없애고 악운을 피하려고 국화를 캐내었다는 언급을 통해 국화가 지닌 벽사의 의미를 파악할 수 있다. 국화는 재앙을 없애고 악운을 피하기 위해 활용된 꽃일 뿐 아니라 '登高'와 '飮酒'를 통해 형제간과 친구간의 정과 우의를 다지게 한 매개체 역할을 한 식물이었다. 이러한 면을 주목하여 소나무와도 같은 덕과 마음을 지녔다고 칭송한 것이다. 그 옛날 도연명은 비록 가난한 삶을 살았지만 그가 좋아했던 국화를 통해 마음의 위안을 풍성히 얻었을 것이라는 생각도 해본다. '만타래 황금(萬朶金)'이라는 표현을 통해 재물보다 국화의 가치를 중히 여겼음을 파악해볼 수 있겠다.

국화는 예로부터 불로장수를 상징한 꽃으로 사랑을 받아왔다. 국화가 국화주, 국화전, 국화차 등 다양하게 식용에 활용되었다는 것은 국화의 효능을 말해주는 것이지만 이러한 풍습은 불로장수와 벽사의 기원과도 연관이 있다. 국화에 대한 별칭 중 '更生', '長壽花', '壽客', '傅延年', '延齡客' 등이 있다는 것은 이 꽃을 통해 장수를 기원하고자 하는 마음이 그만큼 컸음을 나타내는 것이라 하겠다.

2) 은자의 상징

국화는 꽃 중에서도 은자의 이미지를 가장 잘 대변하는 꽃이다. 화물이 시들 어가는 늦가을에 피어나 고고함을 지키고 있는 국화의 자태는 세상의 화려함을 뒤로한 채 자연 속에서 담담하게 자신을 지키는 은자의 형상을 떠올리게 한다. 특히 東晉의 陶淵明이 국화를 애호하여 「飮酒」 시에서 "동쪽 울타리 아래서 국 화를 캐어들고, 아스라이 남산을 바라본다.(采菊東籬下, 悠然見南山)"라는 名句를 남긴 이래로 국화는 은자의 상징으로 널리 알려져왔다. 국화의 이칭 중 '隱君 子', '隱逸花', '東籬', '東籬佳色' 등을 통해 국화와 은자의 연관성이 매우 강했 음을 알 수 있다. 국화가 은자의 이미지를 형성하는 데 있어 출발점이 된 陶淵 明의 다음 시를 살펴본다.

飮酒 其五 음주 제5수

結廬在人境　사람 사는 곳에 오두막을 지어 살아도
而無車馬喧　거마의 시끄러운 소리가 없다
問君何能爾　그대에게 묻노니 어찌 그러한가
心遠地自偏　마음이 세속과 멀어지면 땅이 저절로 편벽된다네
采菊東籬下　동쪽 울타리 아래에서 국화를 꺾어 들고
悠然見南山　아스라이 남산을 바라본다
山氣日夕佳　산 기운은 저물녘에 아름다운데
飛鳥相與還　날던 새들은 서로 더불어 돌아오네
此中有眞意　이 가운데 참뜻이 있으니
欲辨已忘言　밝히고자 하나 벌써 말을 잊는구나

이 시는 飮酒詩 20수 중 제5수로 국화에 대한 陶淵明의 애호 의식을 가장 잘 드러낸 작품이라 할 수 있다. 내가 사는 곳이 인간세상일지라도 마음을 멀리하 면 은일의 삶을 누릴 수 있다는 의식을 기저에 담고 있다. '我'와 '物'의 관계가 주관적 마음에 의해 결정되며, 마음과 처신에 따라 주변 상황에 관계없이 자연 합일의 경지에 들 수 있음을 설파하고 있는데 이 순간 국화는 시인과 자연을 하 나로 연결해주는 '無我之境'의 좋은 매기체가 된다. 그는 「歸去來辭」에서도 "三

逕은 이미 황폐했으나, 소나무와 국화는 여전하구나.(三逕就荒, 松菊猶存)"라고 하여 국화와 소나무를 변하지 않는 기개를 지닌 식물로 표현한 바 있다.

陶淵明 飮酒詩 중 제7수에도 국화를 언급한 구절이 나온다.

飮酒 其七　음주 제7수

秋菊有佳色　가을 국화에 고운 색이 들어
裛露掇其英　이슬 젖은 그 꽃잎을 따네
汎此忘憂物　이 꽃을 망우물에 띄워
遠我遺世情　내게서 세상에 대한 정을 멀리 떨쳐 버리네
一觴雖獨進　한잔 술 비록 홀로 들이키지만
杯盡壺自傾　잔이 다하면 병이 절로 기울어지누나
日入群動息　해 지자 모든 사물 움직임 멈추고
歸鳥趨林鳴　돌아온 새들은 숲에서 재잘대네
嘯傲東軒下　동쪽 창 아래서 휘파람 불며 노니니
聊復得此生　애오라지 이 삶을 다시 얻었기 때문이라

관직 생활을 접고 다시금 전원 생활을 하게 된 즐거움을 음주하면서 반추하고 있다. 이 순간 술과 함께 평안함을 제공하는 것은 그가 사랑했던 국화이다. 가을 이슬에 젖은 국화의 자태도 곱지만 그 꽃을 술에 띄워 마심으로써 세상에 대한 미련까지 떨쳐버릴 수 있다고 했으니 陶淵明이 느꼈던 국화의 효용성은 실로 지대했음을 알 수 있다. 자연에서 소요하며 진정한 자유를 느끼는 데 있어 국화는 아름답고 소중한 동반자였던 것이다.

陶淵明의 마음을 기쁘게 해주었던 은자의 꽃 국화는 이후 여러 시인들의 작품을 통해 그 한아한 흥취를 계속 이어나가게 된다. 唐 王翰은 타향에서 국화를 보면서 전원으로 귀향한 도연명의 흥취를 떠올려 보았다.

題菊　국화에 부쳐

我憶故園時　내가 고향 원림을 추억해보노라니
繞籬種佳菊　울타리 둘러가며 아름다운 국화를 심었었지
交葉長靑蔥　서로 난 잎들은 길고 푸르게 자라났고
餘英吐芳馥　남은 꽃들은 좋은 향기를 토했다네
別來二十載　다른 곳으로 온 지 20년

粲粲抱幽獨　　그윽하고 고독한 마음 품고 깨끗하게 살아왔네
豈無桃李顔　　어이하여 복숭아와 오얏의 자취가 안 보일 때
歲晚同草木　　한 해 늦은 시절에 다른 초목과 함께 피어 있는가
及玆睹餘芳　　지금까지 남아 있는 향기 맡아보니
使我淚盈掬　　나로 하여금 눈물 그득 맺히게 하네
離披已欲摧　　시들어 떨어져가는 초목들은 벌써 꺾어지려 하는데
瀟灑猶在目　　국화만은 말쑥하게 여전히 남아 있네
雨露豈所偏　　비와 이슬이 어찌 이 꽃만 비껴 가겠는가
歲月不可復　　세월은 돌이킬 수 없다네
歸去來南山　　終南山으로 돌아가서
餐英坐空谷　　꽃잎 먹으며 빈 골짜기에 앉으려 하나니

　국화는 화려하게 봄을 밝혔던 桃李가 다 사라진 후 늦은 시절에 피어나 자신만의 향기를 뿜어낸다. 이 모습을 보면서 시인은 눈물을 가득 삼키고 있다. 타향에서 고적하게 살아온 20년 동안 마음속에 잔재하던 고향의 국화가 이 순간 재현되고 있기 때문이다. 그러나 국화가 늦게까지 피어 있다 해도 영속하는 존재는 없는 법, 시인은 세월의 흐름을 거부할 수 없음을 깨닫고 終南山으로 돌아가 陶淵明 같은 은자의 삶을 살아가기를 희망한다. 국화의 모습을 통해 지나간 세월에 대한 회한, 고향에 대한 향수, 歸隱의 의지, 陶淵明과 같은 은자의 삶 등을 차례로 생각해보게 되니 시인에게 국화가 주는 의미는 실로 지대했던 것이다.
　국화에 대한 사랑이 남달랐던 南宋 范成大는 국화의 존재감은 항상 같을지라도 이를 바라보는 시각은 한결 같지 않을 수 있다는 생각을 펼친 바 있다.

重陽後菊花兩首 其二　중양절 후 쓴 국화 시 두 수 제2수
過了登高菊向新　　중양절 지나 높은 곳에 올라 보니 국화는 여전히 신선한데
酒徒詩客斷知聞　　술 마시는 무리와 시 짓는 사람들은 끊어졌다네
恰如退士垂車後　　마치 은퇴한 선비가 수레를 묶어놓은 후에는
勢利交親不到門　　권세와 이익을 위해 사귀었던 친구들이 그 집에 오지 않음
　　　　　　　　　　같구나

　중양절이 지난 후 높은 곳에 올라보니 국화는 아직도 신선한 모습을 유지하고 있는데 사람들의 발걸음은 끊어져 있다. 명절 이후로 관심이 사라진 모습을

보면서 야속함을 느낀 채 세태에 대한 한탄을 가하고 있다. 제2구는 陶淵明이 「歸去來辭」에서 "사귐을 그치고 노님을 끊자! 세상이 나와 서로 어긋나 있거늘, 다시 수레를 몰아 무엇을 구하랴?(請息交以絶遊. 世與我而相違, 復駕言兮焉求)"라고 했던 언급을 활용한 것으로 보인다. 말구에서는 은퇴하게 되면 그동안 권세와 이익을 위해 사귀었던 친구들은 발길을 끊어버린다는 교훈을 상기시켰다. 변하지 않고 의리를 지키고 있는 것은 국화밖에 없다는 생각을 행간에서 드러내고 있는 것이다.

속세를 떠나 고고하게 살아갔던 陶淵明이 국화를 아꼈던 이후로 많은 시인들은 국화를 통해 은자의 형상을 은유해내게 되었다. 늦가을에 찬 서리를 맞으면서도 은근한 멋과 기품을 잃지 않고 있는 국화는 절개를 지키며 살아가고자 했던 은자들의 삶을 대변한다. 후대 문인들은 陶淵明을 떠올리며 국화를 감상하거나 노래하면서 陶淵明과의 정신적 합일을 이루거나 심리적 위안을 얻을 수 있었다. 국화는 세상에서 자신의 가치를 지키거나 어려운 현실을 이겨낼 수 있는 역량을 필요로 할 때 즐겨 찾고 읊었던 꽃이었던 것이다.

3) 절개와 지조의 상징

국화가 고결한 은자의 상징성을 갖게 된 것은 도연명이 좋아했던 연유도 있지만 국화가 지닌 덕과 기질이 기본적으로 탁월했던 연유를 들 수 있다. 일찍 심어 늦게 피어나는 모습에서 군자의 德이 느껴지고, 서리를 이겨내며 피어나는 모습에서 선비의 의지를 엿볼 수 있으며, 물 없어도 피어나는 모습을 통해 寒士의 기백을 표현해낼 수 있다. 모든 초목들이 시들어가는 가을에 홀로 싱싱하게 꽃을 피워내며 풍상에 대항하는 국화는 고결한 절개와 지조를 품기 원하는 선비의 정신과 많은 공통점을 지니고 있다. 국화는 매화 못지않게 지조를 지닌 꽃으로 사랑받아왔으니 역대 문인들은 국화의 절개와 지조를 주목한 작품을 다수 남긴 바 있다.

杜甫의 다음 작품은 늦가을에 피어나 풍상을 견뎌내는 국화의 품성을 주목한 시이다.

詠菊 국화를 읊다

靈菊植幽崖 신령스런 국화 그윽한 절벽에 심어져
擢穎陵寒飆 빼어난 꽃송이 차가운 질풍에도 꿋꿋하네
春露不染色 봄 이슬도 국화의 자태를 물들이지 못하고
秋霜不改條 가을 서리도 국화의 의지를 바꾸지 못하리

국화가 심겨진 곳은 찾아주는 이 드문 절벽이다. 타인의 시선에 연연하지 않으면서 위태로운 환경과 풍상에도 자신만의 인내심을 발휘하는 국화의 모습에 찬탄을 보내고 있다. 봄 이슬도 국화의 자태를 물들이지 못하고, 가을 서리도 국화가 지닌 의지를 바꾸지 못한다는 구절을 통해 담담하게 피어 있으나 내면에는 자신만의 강직한 기상을 간직한 식물이 국화임을 알 수 있다.

唐의 白居易가 노래한 다음 시에서도 국화가 풍상을 견디는 기개를 지닌 존재로 묘사되고 있다.

詠菊花 국화를 읊다

一夜新霜著瓦輕 지난밤 새로 내린 서리 기와에 가볍게 앉았는데
芭蕉新折敗荷傾 파초는 새로 꺾어지고 시든 연꽃은 쓰러져 있네
耐寒自有東籬菊 추위 견디며 동쪽 울타리 가에 홀로 버티고 있는 국화
金粟初開曉更淸 노란 꽃술 처음 피어나니 새벽녘에 더욱 맑구나

밤새 내린 가을 서리에 파초와 연꽃은 꺾이고 시들었지만 국화는 추위를 견디며 의연한 자태를 뽐내고 있다. 서리가 심한 새벽녘에 노란 꽃술을 드리우며 맑고 아름다운 자태를 선보이는 국화는 시인으로 하여금 내한의 의지와 인내의 미학을 고루 느끼게 한다.

唐代 鄭谷 시에 나오는 국화는 중양절이 지난 후에도 변함없이 스스로를 지키면서 시류에 흔들리지 않는 면모를 대변한다.

菊 국화

日日池邊載酒行 매일 못가에 술을 싣고 다니면서

黃昏猶自繞黃英　황혼녘에도 여전히 홀로 국화를 맴돌고 있네
重陽過後頻來此　중양절이 지난 후에도 자주 이곳에 오게 되니
甚覺多情勝薄情　다정한 국화가 박정한 사람보다 나은 것을 깊이 느끼게
　　　　　　　　되누나

　중양절에는 많은 이들이 연못 주위에 북적거리면서 국화를 칭송했으나 명절이 지나자 더 이상 국화를 찾지 않는다. 사람이 찾건 찾지 않건 여전히 자리를 지키고 있는 국화는 시인에게 변하지 않는 의리를 느끼게 하는 존재이다. 상황에 따라 쉽게 변하는 사람과 달리 절개를 지키며 자신의 본분을 다하는 국화의 모습을 보면서 시인은 굳은 절개에 대한 깊은 깨달음을 얻고 있는 것이다.
　宋代 朱淑貞이 쓴 다음 시에서도 가을 서리에 꿋꿋하게 맞서는 국화의 특성을 들어 절개와 지조의 상징으로 보는 시각을 담고 있다.

黃花　국화

土花能白又能紅　국화는 희기도 하고 붉기도 하니
晚節由能愛此工　늦은 계절에 이 공교함이 더욱 사랑스럽네
寧可抱香枝上老　향기를 안고 가지 위에서 늙어갈 지언정
不隨黃葉舞秋風　시든 잎이 가을바람 따라 춤추지는 않는다네

　다채로운 국화를 보면서 시인은 그 아름다운 모습에 마음을 뺏겨보기도 하지만 이내 계절 따라 시들어가는 모습에 안타까움을 느끼게 된다. 그러나 국화는 가지 위에서 향기를 날리며 영락할지언정 찬바람에 자신이 흔들리지는 않는다. 국화는 봉건시대의 관습에 의해 원치 않는 결혼생활을 하다가 결국은 이를 거부하고 자신만의 흥취를 위해 살았던 시인의 의지와 삶을 대변하는 꽃이 되고 있는 것이다.
　南宋의 애국시인 陸游가 국화를 노래한 시 중 제2수를 살펴본다.

菊花兩首 其二　국화 두 수 제2수

菊花如端人　국화는 마치 올곧은 사람처럼
獨立凌氷霜　홀로 선 채 얼음과 서리를 능멸하네
名紀先秦書　그 이름은 秦代 이전부터 서적에 기록되어 있고

功標列仙方　그 공적은 열선들의 처방에 나열되어 있네
紛紛零落中　어지러이 흩날리는 낙엽 속에
見此數枝黃　몇 줄기 노란 국화꽃 보이네
高情守幽貞　고아한 정취는 그윽한 올곧음을 지키고
大節凜介剛　큰 절개는 강인함을 갖고 늠름하네
乃知淵明意　이에 도연명의 뜻을 알겠으니
不爲泛酒觴　술잔에 꽃 띄우기 위해서가 아니었다네
折嗅三嘆息　가지 꺾어 향기 맡으며 세 번 탄식함은
歲晚彌芬芳　한 해 저물 때에 더욱 향기로워지기 때문이라네

　　어지럽게 흩날리는 낙엽처럼 시국 따라 변절하기보다는 정절을 지키고 있는
국화의 강인함을 배울 것을 강조하였다. '三經'이 황폐해져가도 절개를 지키고
있는 소나무와 국화의 모습은 陸游가 南宋의 회복을 갈망하는 애국의 열정을
비유하는 데 있어 더없이 좋은 소재가 되는 것이다. 국화는 장생, 국화주, 중양
절 등 문화전통과 관련된 이미지를 갖고 있고 陶淵明과 관계된 隱士의 이미지
도 지니고 있지만 무엇보다도 시절에 맞서는 강인함, 변치 않는 절개 등을 표현
하기에 좋은 꽃인 것이다.
　　明代 文徵明이 국화도를 보고 읊은 다음 작품에도 국화가 지닌 절개와 인내
심에 대한 칭송이 담겨 있다.

存菊圖　국화가 있는 그림
西風采采弄秋黃　가을바람이 국화를 무수히 희롱하는 중에
種菊人遙菊未荒　국화를 심은 이 멀리 갔어도 국화는 황폐해지지 않았구나
老圃尙餘淸節在　오래된 밭에는 아직 맑은 절개가 남아 있고
殘英常抱枯枝香　남은 꽃송이를 항상 안고 있어 늙은 가지가 향기롭네
愁侵九日還逢雨　중양일에 다시 비를 만나니 근심이 들고
寒入東籬忽踐霜　동쪽 울타리에는 찬 기운 들어와 홀연히 서리 내렸네
珍重孤兒偏擴惜　이 고독한 꽃을 깊이 아끼며 널리 애석해 하나니
百年手澤自難忘　백 년 동안 손에 익은 유물을 절로 잊기는 어렵구나

　　차가운 가을바람이 무수히 불어와도 국화는 자태를 지키고 있고, 국화 심은
이가 멀리 가서 돌보지 않아도 국화는 자신의 모습을 유지하고 있다. '오래 된

밭(老圃)', '늙은 가지(枯枝)' 등은 국화의 영속성을 상징하고 '청절'과 '향기'는 국화의 기품을 상징한다. 시간이 흐르고 비와 서리가 몰려오면 종국에는 국화도 쇠락의 운명을 맞이할 수밖에 없지만 그 유래와 정신은 쉽게 사라지지 않을 것이라는 의견을 표출하고 있다. 그만큼 국화는 소중하고 아름다운 꽃인 것이다.

국화가 지닌 순결하면서도 강인한 의지는 시대에 항거하는 지사의 의지를 대변하기도 한다. 淸에 항거했다가 실패한 후 각지를 떠돌면서 울분을 토해냈던 明末 시인 屈大均의 작품 속에 등장한 국화의 모습을 보자.

白菊 하얀 국화

冬深方吐蕊	겨울이 한창일 때 바야흐로 꽃술 토해내고
不欲向高秋	중추 시절만 바라지는 않네
搖落當靑歲	꽃은 청춘의 시절에 떨어졌지만
芬芳及白頭	그 꽃다운 향기는 흰 머리까지 이른다네
雪將佳色映	눈은 국화의 아름다운 모습을 비추고
氷使落英留	얼음은 떨어지는 꽃송이를 남아 있게 하네
寒絕無人見	추운 날씨에 보아주는 사람 전혀 없어도
梅花共一丘	매화와 함께 한 언덕에 심겨 있다네

흰 국화는 중추를 넘어 추위가 깊어가는 늦가을에 비로소 꽃술을 토해내는데 과장법을 이입하여 '겨울이 한창일 때(冬深)'라고 표현하였다. 겨울로 들어가면서 국화는 아름다운 시절을 다 보내고 영락하지만 그 꽃다운 향기는 마지막까지 이어진다고 함으로써 극도의 아름다움이 이어지기를 바라는 심정을 부각시켰다. 한겨울에도 국화를 감상하고픈 시인의 의지는 경연에서 눈과 얼음을 대비시켜 국화의 아름다움을 보존하는 것으로 묘사된다. 매화와 함께 심겨져 있는 국화는 매화처럼 내한의 인내심과 의지를 지닌 꽃의 상징으로 인식되고 있는 것이다.

淸代 袁枚도 국화시를 통해 절개와 의기를 칭송한 바 있다.

晩菊 늦은 국화

千紅萬紫盡飄流	온갖 꽃들이 다 바람에 흩날려 사라질 때에
開到寒花歲已周	가을 국화 피어나 있으니 한 해가 이미 저물 때라
晩節不嫌知己少	늦게 피어난 절개는 알아주는 이 적어도 싫다 하지 않으니

香心如爲故人留　그 향기로운 마음은 마치 고인이 남겨놓은 것 같으리

'晩菊'은 뭇 꽃들이 시들어가는 한 해 말에 피어나 자태를 선보이며 생명력을 자랑한다. 풍상을 이겨내는 골기를 지녔으며 타인이 자신을 알아주지 않아도 개의치 않는 의연함까지 지니고 있다. 志士들이 늦게까지 절개를 지켜도 알아주는 이가 적은 안타까운 상황을 대변하고 있는 듯하다. 국화의 향기처럼 의기를 지닌 지사의 정신만은 후대에까지 남아 강한 영향력을 미치리라는 의지를 행간에 담은 것이 느껴진다.

전통 시가에서 국화는 장생불로, 은일하는 군자, 기개와 의지를 지닌 선비 등의 이미지를 대표해왔다. 그러나 작품 중에는 전통적 이미지와 대치되는 의미로 국화를 활용한 예도 있다. 唐末에 사회제도에 반감을 갖고 반란을 기도했던 黃巢가 낙제한 후 지은 다음 시에 나오는 국화는 전통적인 상징성과 대치되는 형상을 하고 있다.

不第後賦菊　낙제 후 국화를 노래하다
待到秋來九月八　기다려라 9월 8일 가을이 오길
我花開後百花殺　내 꽃이 피고 난 뒤면 모든 꽃이 지게 될 것이다
冲天香降透長安　하늘을 찌르는 꽃향기 장안성에 스미면
滿城盡帶黃金甲　성안의 모든 이들 황금의 갑옷을 두르리라

重陽節인 '九月九'일을 변용하여 '九月八'일로 하였다. 이처럼 '八'자를 사용한 것은 入聲 '甲'자 아래 '八'자가 '殺'자와 같이 있음을 들어 자신의 의지를 드러낸 것이며, 이어진 '我花' 구절에서는 자신의 성이 '黃花(菊花)'와 같은 '黃'인 것을 들어 자신이 反唐의 거사를 실행할 것임을 암유한 것이다. 금색 갑옷을 입은 농민군이 장안을 점령하면 온통 황금색으로 천지가 변할 것이라는 생각을 펼쳤는데 이 시에 등장하는 국화는 반란의 상징성을 내포하는 의미로 활용된 것이다. 陶淵明이 고아한 정신을 지닌 은자의 상징으로 국화를 활용했던 것과는 매우 다른 발상인 것이다.

元代 何中은 「菊花」 시에서 국화와 매화를 비교하여 "국화는 유인(幽人)과 같

고, 매화는 열사와 같다. 모두 풍설 속에서 꽃이 피지만, 드러나는 품격은 서로 같지 않구나.(菊花如幽人, 梅花如烈士. 同居風雪中, 標格不相似)"라고 하였는데 이는 매화가 '烈士'처럼 맹렬한 겨울 추위를 뚫고 나와 강한 이미지를 연출하는 것에 비해 국화는 '幽人'처럼 서서히 추워가는 가을 날씨 속에서도 자신의 그윽한 향기를 잃지 않고 품격을 지키는 것을 주목한 것이다. 강인한 내성을 지니고 있으면서도 드러내지 않은 채 향기를 발하고 있는 국화의 모습은 소박하고 참된 삶으로 세속의 오욕을 말없이 압도하고 있는 은자의 삶을 연상시키는 것이다.

국화는 생장에 있어 많은 물을 필요로 하지 않으며 차가운 가을바람과 서리에도 강인한 면모를 보인다. 험한 환경에도 잘 견딜 뿐만 아니라 다른 꽃이 사라지는 한 해의 마지막 시절에 피어나 인내와 성숙의 미학을 선보인다. 화사한 봄꽃과 화창한 여름꽃의 추억이 사라져갈 때 가을의 성숙을 알리며 황금빛 꽃봉오리를 피워내는 모습은 한 해를 마감하는 풍요로움을 상징하기도 한다. 울긋불긋한 봄 색깔과 신록이 우거진 푸른 여름에 이어 성숙과 완성의 의미를 지닌 황색의 기운을 선사한다는 점에서 결실의 기쁨과 감사의 마음도 느낄 수 있다. 국화의 별칭인 '黃花', '黃華' 등은 황색으로 빛나는 번영과 결실의 의미를 담아낸 명칭일 것이다. 눈과 서리라는 역경에도 굴하지 않고 꽃을 피우는 국화는 추운 겨울을 인고하며 세한에 꽃봉오리를 터뜨리는 면에 있어 매화와 닮은 점이 있다. 그렇기에 매화와 국화를 병칭하여 '歲寒二友'라고도 한다. 매화가 봄의 도래를 알리는 꽃으로서 '花魁', '春風第一枝'라는 명칭에 부합되는 역할을 하는 데 비해, 국화는 한 해의 마지막을 장식하는 꽃의 역할을 하고 있어 가히 '晩秋의 꽃'이라 할 만하다. 국화는 탐스러운 자태와 깊은 향기를 지니고 있기에 세인들의 주목을 받기에 충분한 조건을 지니고 있지만 스스로는 '幽人'으로 불릴 만큼 자신의 본분을 지키며 묵묵히 인내하는 모습을 고수한다. 국화는 드러내지 않는 은자의 삶을 체현하고 있지만 결국 이 은근한 매력에서 세인들은 더 깊은 감동과 여운을 느끼면서 국화의 가치와 의미를 높여왔음을 여러 시가를 통해 파악할 수 있는 것이다.

4. 애절한 가을의 사랑 베고니아(秋海棠花)

베고니아(秋海棠花, 학명 Begonia grandis)는 베고니아과 베고니아속에 속하는 여러해살이풀로서 수많은 종과 다양한 자태로 전 세계 사람들에게 각종 미감을 선사해온 꽃이다. 개화 시기는 종마다 약간씩 다르지만 중국에서 자생하는 '秋海棠花'의 경우 7~8월경에 옅은 홍색으로 수꽃(4개의 꽃잎)과 암꽃(5개의 꽃잎)이 한 나무에서 피어난다. '베고니아'라는 명칭은 프랑스의 식물 애호가 베공(Begon, M)의 이름에서 유래되었다고 하며 중국에서 '秋海棠花'라고 호칭한다. 전 세계적으로는 약 8백여 종에 달하는 많은 종이 있으며 꽃 색깔은 흰색, 노란색, 붉은색, 분홍색, 자주색 등 다양한 색이 있다.

중국에서는 베고니아(秋海棠花)를 팔월에 주로 피는 꽃이라 하여 '八月春', 한 처녀가 사랑하는 사람을 기다리다가 오지 않자 흘린 눈물이 꽃이 되었다는 전설에서 비롯한 '斷腸花', '相思草' 등으로도 부르며 '巖丸子'라는 별칭도 있다. 수풀 속 비옥한 부엽토 위나 그늘진 습지를 좋아하고 음습한 암석이나 계곡 이끼 층에서도 잘 자라며 분재로도 많이 심어져 집안의 분위기를 밝고 아름답게 만드는 역할을 해왔다. 갸름한 심장 모양의 잎과 다채로운 색상을 지닌 꽃의 자태에서 시인들은 아름다운 감흥을 얻었고, 가을을 맞아 차가운 우로에도 아랑곳 없이 피어나는 모습에서 삶의 의지와 기백을 발견할 수 있었으며, 이 꽃의 속성을 통해 세상사와 자연의 섭리가 전달하는 메시지도 읽을 수 있었다. 베고니아는 明代에 와서야 여러 문인들에 의해 시가에 등장하게 되는데[7] 역대 중국 고전

---

[7] 필자의 조사에 의하면 『全唐詩』에 '秋海棠花'라는 명칭은 등장하지 않고 있어 '海棠花'가 『全唐詩』 시제에 총 57회 등장하는 것과 비교를 이룬다. 唐代에 이르기까지 중국에서 베고니아(추해당화)에 대한 관심이 없었는지 혹은 전파되지 않았는지에 대하여는 별

시가에서 활용된 베고니아 이미지는 주로 아름답고 기품 있는 자태에 대한 묘사나 이 꽃이 지닌 불굴의 인내와 기개에 대한 찬미, 이 꽃을 통한 슬픔과 비감의 투영 등의 내용을 담고 있다.

1) 아름답고 기품 있는 자태

베고니아는 외형상 화려하거나 튼실한 꽃나무 형태를 지닌 꽃은 아니며 수선화나 매화처럼 인고의 세월을 지내며 꽃을 피워내는 식물도 아니다. 베고니아는 수많은 종류만큼 다양한 매력과 의미를 지니고 있으며 무성한 잎을 통해 풍성한 여유를 느끼게 하고 가을에 피어나는 청초한 이미지를 통해 무한한 창작의 영감을 제공하는 꽃이다. 자신만의 色, 香, 味, 意를 지닌 채 조용하면서도 기품 있는 매력을 발하고 있는 것이다. 역대 중국 문인들은 베고니아의 외형적 아름다움을 일차적으로 주목하였지만 이 꽃의 품성을 통해 느끼게 되는 이차적 감흥도 중요하게 생각하였다.

淸代 朱受新이 흰색 베고니아를 보고 쓴 다음 작품을 보면 흰색이 발하는 청아하고 신령한 이미지를 잘 포착한 것이 느껴진다.

白秋海棠 흰색 베고니아

淸秋湛露浥瓊芳	맑은 가을에 이슬 흠뻑 맞은 채 아름다운 향기 날리는데
素影風搖玉砌旁	흰 그림자 바람에 흔들리며 섬돌 가에 피어 있네
夜靜看花人獨立	고요한 밤에 이 꽃을 보며 홀로 서 있노라니
水晶簾外月如霜	수정 같은 주렴 밖으로 서리 같은 달이 비추누나

맑은 가을에 이슬 맞은 베고니아가 향기를 날리고 있는데 섬돌 가에 피어 있는 흰색의 자태는 더욱 우아한 멋을 드러낸다. 전반부에서 형, 색, 향 등에 대해 묘사를 가한 시인은 후반부에서는 이 꽃의 분위기와 자신의 특별한 기호를 밝히

도의 연구를 필요로 한다. 베고니아 관련 시가는 주로 明代 이후에 등장하게 되는데, 이를 통해 베고니아가 외래종으로 들어와 주목을 받지 못하다가 明代 이후에야 세인들의 애호를 받게 된 연유가 아닐까 하는 추측을 해보게 된다.

고 있다. 고요한 밤에 홀로 서있는 형상을 통해 진정으로 꽃을 대하는 마음을 드러냈고 수정 같은 주렴과 서리 같은 달로 이 꽃이 연출하는 신령한 분위기를 부각시키고자 하였다. 꽃이 지닌 고아한 모습과 함께 시인 자신의 고고한 품격을 은유하기 위한 묘사 수법이라 하겠다.

清代 袁逢盛의 다음 작품은 친구가 노래한 흰색 베고니아에 화답하여 쓴 것으로 베고니아의 신령한 기운을 주목하는 내용을 담고 있다.

和周雪客白秋海棠 주설객의 흰 베고니아에 화답하여

數枝搖曳玉階新 섬돌 가에 새로이 핀 흰 베고니아 가지들이 하늘거리는데
不與芳紅嫁早春 이른 봄에 피는 다른 꽃들과 서로 다투지 않는다
自恃豐神比秋水 이 꽃은 가을 물처럼 맑은 신운을 스스로 자랑하니
却充白帝掖庭人 마치 가을 신의 처소에 있는 시녀와도 같구나

섬돌 가에 새롭게 피어난 흰 베고니아는 이른 봄에 피는 다른 꽃들과 계절을 달리 한 채 자신만의 고고한 면모를 드러내고 있다. 바람에 흔들리는 베고니아는 가을 물처럼 청아한 신운을 휘날리고 있으니 '가을 신(白帝)'를 보좌하는 시녀의 자태가 느껴진다. 환상적인 필치를 동원하여 베고니아의 품격을 한 단계 높이려는 의도에서 나온 기술인 것이다.

清代 章穗芬이 베고니아를 읊은 작품을 보면 소녀와 꽃의 이미지를 혼합하여 미감을 향상시킨 점이 돋보인다.

詠秋海棠 베고니아를 노래하다

紅粉粧成對夕曛 곱게 단장한 붉은 자태 저녁노을 마주한 채
半偎籬落半墻根 반쯤은 울타리에 기대어 있고 반쯤은 담장 밑에 있네
娟娟笑靨西風里 예쁜 미소 서풍에 보조개 짓고 있으니
不見當年舊淚痕 올해는 이전의 눈물 흔적 볼 수 없어라

붉은 노을빛 받아 고혹한 매력을 드러내고 있는 소녀의 자태를 서두에서 언급하였고, '반쯤 기대어 있다' 등의 표현을 통해 수줍음을 간직한 미완의 아름다움을 표현하고자 하였다. 추풍에 미소 짓고 있는 꽃의 모습을 '웃음 띤 보조개(笑

厴)'로 표현한 것 역시 추해당의 매력을 강조한 묘사가 된다. 말구에서는 눈물 흔적을 씻어내고 웃음을 부각시킴으로써 밝고 생기 있는 여운을 남기고자 한 것이 발견된다.

淸代 『花鏡』에서는 "베고니아는 곱게 단장하여 부드럽고도 아름다우니 실로 미인이 화장에 연연해하지 않은 것과도 같다.(秋海棠, 嬌冶柔媚, 眞同美人倦妝)"라고 이 꽃이 지닌 천연의 미를 칭찬한 바 있다. 시가에 등장하는 베고니아 모습은 형태적 특성에 따라 다양하게 묘사되어 있다. 진한 녹색, 붉은 녹색, 자홍색, 짙은 갈색 등 다양한 색깔을 지닌 잎, 희고 붉은 색깔을 띠고 있는 꽃송이, 고우면서도 속되지 않은 자태, 친근한 모습 속에 간직한 아름다운 기품 등이 고루 주목을 받았던 것이다. 그중에서도 천연의 미감을 발휘하며 신운의 기품을 느끼게 하는 점을 베고니아가 지닌 가장 큰 장점으로 꼽을 수 있겠다.

2) 불굴의 인내와 기개

꽃을 피우는 식물은 스스로 번식하면서 세상을 변화시켜왔다. 새로운 서식지로 들어가 자신들의 삶의 영역을 확대시키기도 하고 개체 수를 늘리면서 보다 정밀하게 서식지를 분할하기도 하며 동물에 의해 꽃가루를 매개하여 멀리 서식지까지 자신의 유전자를 유통시키는 등 다양한 방법을 통해 순차적으로 꽃을 피우며 개화의 특성을 이어왔다.[8] 베고니아 역시 연약한 화초의 형태를 갖고 있지만 자신의 의지가 담긴 무성한 꽃과 잎을 통해 강한 생명력을 보여준다. 민가의 돌담이나 햇볕이 들지 않는 음지에서도 잡초처럼 질긴 자생력을 갖고 자라나고, 따스한 봄기운을 마다하고 한기 섞인 가을 기운을 배경으로 개화를 이루어낸다. 다양한 품종이 존재한다는 것은 다양한 환경에도 굴하지 않고 생명력을 이어왔다는 하나의 증거가 된다. 베고니아의 강인한 생명력과 기상을 드러낸 작품이 소중하게 인식되는 연유인 것이다.

---

8   윌리엄 C. 버거, 『꽃은 어떻게 세상을 바꾸었을까』, 채수문 역, 서울 : 바이북스, 2010, 313~318쪽 참조.

明代의 저명한 화가 陳道復은 베고니아를 제재로 읊은 題畵詩에서 베고니아가 지닌 기상을 주목한 바 있다.

畵秋海棠 베고니아 그림

翠葉紛披花滿枝 비췻빛 잎 어지러이 피어 있고 꽃은 가지에 가득
風前裊裊學低垂 바람 앞에 하늘거리며 아래로 늘어져 있다
墻根昨夜開無數 어젯밤 담장 밑에서 무수한 꽃이 개화했으니
誰說秋來少艷姿 그 누가 가을 오면 꽃의 고운 자태가 적어진다 했는가

무성히 피어 있는 잎과 가지에 가득한 꽃을 통해 베고니아의 자태를 묘사하면서 '하늘거린다(裊裊)'라는 대조적인 표현으로 곱고 부드러운 이미지를 부가하였다. 이 꽃을 그리고 노래한 작자의 의도는 후반부에 있다. 가을 들어 꽃들이 하나 둘 시들어갈 때 담장 밑에 피어나 끈질긴 생명력을 발휘하는 베고니아는 가히 풍골 어린 강인한 면모를 연상시킨다. 꽃과 함께 무성하게 피어나는 불굴의 정신과 자태를 뛰어 넘는 옹골찬 기개를 그림에 담고자 한 작자의 의도를 느낄 수 있는 것이다.

淸代 袁枚가 쓴 다음 시에서도 베고니아의 자태와 함께 향기와 기품을 드높이고자 하는 의도를 느낄 수 있다.

秋海棠 베고니아

小朶嬌紅窈窕姿 작은 꽃 술 아름답고 붉어 그윽한 자태
獨含秋氣發花遲 홀로 가을 기운을 머금고 천천히 꽃을 피운다
暗中自有淸香在 남몰래 절로 맑은 향기 머금고 있으니
不是幽人不得知 이는 은자가 아니면 알지 못하리

秋海棠의 자태를 형용함에 있어 '嬌紅'과 '窈窕'의 두 단어를 함께 활용하였다. 아름답되 요염하지 않은 그윽한 미를 지니고 있음을 주목한 것이다. 이어 홀로 가을 기운을 머금고 있어 자신만의 풍골을 지녔음을 강조하였고 천천히 개화하는 면을 들어 자신만의 때를 기다리는 인내심을 칭송하였다. 이 꽃이 소유한 기품은 그 내면에 품고 있는 맑은 향기가 대변한다. 고결한 삶을 영위하는 은자

라야 이 꽃의 진정한 가치를 알 수 있다는 언급을 통해 베고니아가 지닌 淸高한 기상을 부각시키고자 한 것을 발견할 수 있다.

淸代 張以寧도 베고니아의 미모는 자신만의 기개를 바탕으로 이루어진 것임을 노래하고 있다.

秋海棠　베고니아

軟漬紅酥百媚生　곱고 부드럽게 스며든 색깔 양귀비를 떠올리게 하고
嫣然一知欲傾城　싱긋 웃는 그 모습 성을 기울일 정도이네
不須更乞春陰護　봄 그늘의 보호를 다시금 빌리지 않더라도
綠葉低遮更有情　푸른 잎사귀 밑에 다정함이 숨어 있구나

베고니아의 모습을 보면서 "눈동자 한번 굴리고 웃으니 온갖 아름다움이 피어났다(回眸一笑百媚生)"(白居易, 「長恨歌」)는 양귀비의 자태를 떠올리고 '傾國之色'의 미모와 연관을 지어본다. 베고니아는 '秋海棠花'라는 이름처럼 가을에 피어나는 꽃이니 만물을 소생시키는 봄의 능력을 빌릴 필요가 없다. 오히려 가을 찬바람에도 두려움 없이 자라남으로서 강인하면서도 사랑스러운 모습을 연출하고 있는 것이다. 청초한 매력을 발하면서도 내면에 인내와 기개를 간직한 가을 꽃의 특징을 대변한다 할 수 있다.

음지와 습지 등 좋지 않은 환경에서도 풍성한 꽃과 잎을 피워내는 베고니아의 모습은 험난한 인생을 사는 사람들에게 조용한 가르침을 깨닫게 한다. 베고니아의 모습을 보고 느낀 의지와 각오에 대해 淸末의 혁명가 秋瑾은 다음과 같이 노래하고 있다.

秋海棠　베고니아

栽植思深雨露同　심겨진 이 꽃 우로 맞을수록 생각이 깊어져
一叢淺淡一叢深　한 무더기 옅은 모습 한 무더기 깊은 자태
平生不藉春光力　평생 봄빛의 힘을 빌리지 않고도
幾度開來鬪晚風　그 몇 차례나 늦바람과 싸우면서 피어나는지

가을에 피어난 베고니아의 모습을 보고 깊이 있는 철학을 느끼게 된다. 따듯

한 봄빛의 힘을 빌리지 않고 차가운 가을 우로 맞아 피어나니 이 꽃은 시련을 딛고 의기를 발하는 투쟁정신을 떠올리게 한다. 봉건적 혼인생활이 자신에게 가져다 준 압박감과 고통을 딛고 부녀의 지위향상을 위해 투쟁하고 자유연애와 자유결혼을 주장하며 여성운동의 선구에 섰던 秋瑾에게 힘을 주었던 존재가 바로 이 베고니아임을 알겠다.

베고니아는 통풍이 잘 되는 곳, 습하지 않고 배수가 잘되며 햇볕이 잘 드는 곳이면 더욱 잘 자라는 특성을 갖고 있다. 본연의 의지에 따라 잘 자라며 현란한 재색은 없어도 힘든 일을 잘 해내는 시골처녀와도 같은 끈기를 지녔다. 주목을 끄는 아찔한 매력보다는 마음속으로 스며들어 오는 은은한 기품이 더욱 친근함을 느끼게 한다. 歲寒의 이미지가 강한 소나무, 대나무, 매화 등의 명성에는 못 미쳤으나 나름의 강한 생명력을 지녔기 때문에 시가 작품 속에서 의지와 인내력의 상징으로 자주 묘사되었다. 역대 문인들은 실의에 빠져 좌절했을 때나 용기를 얻고 싶을 때 베고니아를 보면서 힘을 얻었다. 순박하고 미약한 듯 보이지만 차가운 우로를 이겨내고 푸근하게 꽃과 잎을 피워내는 베고니아야말로 화초의 강자라 할 수 있는 것이다.

3) 슬픔과 비감의 투영체

베고니아는 여러 품종에 따른 미색과 기백을 자랑하는 꽃이며 그에 따른 다양한 별칭도 갖고 있다. 그런데 『群芳譜』에 실린 '斷腸花', '八月香', 『漳州府志』에 실린 '相思草', 『大觀錄』에 실린 '斷腸草', 『分類草藥性』에 실린 '一口血' 등의 명칭을 보면 다분히 가녀린 화초의 모습과 연관된 여성적인 이미지와 비련의 느낌을 얻게 된다. 한 처녀가 사랑하는 사람을 기다리다 오지 않자 흘린 눈물이 꽃이 되었다는 전설에서 비롯한 '斷腸花', 애틋한 기다림과 그리움의 상징인 '相思草' 등의 별칭에서 보듯 역대 문인들은 이별과 기다림의 아픔을 표현할 때 베고니아를 많이 활용하였으며 이 꽃을 통해 자신의 불우한 신세를 투영하기도 하였다.

清代 洪亮吉이 흰 베고니아가 다른 꽃보다 늦게 개화하여 주목받지 못하는 것을 안타까워한 시가를 살펴본다.

白秋海棠　흰 베고니아

墻角離離殿衆芳	담장 구석 멀리에서 뭇 꽃들 뒤에 피어나
空濛影不上斜陽	몽롱한 연우를 맞으면서도 햇빛을 보지 못하네
孤花忘到色香味	고독한 이 꽃은 색과 향, 맛까지 잊혀 지게 되니
一洗俗名稱斷腸	세상의 모든 명칭을 뒤로한 채 단장화라 부르리

秋海棠이 斷腸花로 불리는 것에 착안하여 자신의 슬픔을 서사하고자 하였다. 뭇 꽃들이 화사한 자태를 뽐낸 후에 피어난 흰 베고니아는 담장 구석에서 몽롱한 연우를 맞은 채 가을의 비감을 표출하고 있다. '墻角', '不上斜陽', '孤花' 등의 시어는 이 꽃이 피어 있는 궁벽한 배경을 나타내며 동시에 세상에 대한 감정을 잃어버린 작자의 심정을 대변한다. 이 꽃의 처연한 모습을 대하노라니 색과 향, 맛까지 모두 잊게 되며 오직 '斷腸'의 감정만이 남게 된다. 嘉慶 4년(1799)에 시폐를 논박한 상서가 격렬해서 겨우 목숨을 건지고 伊犁로 유형을 당했던 시인이기에 이 꽃을 대하면서 우선적으로 斷腸의 슬픔을 떠올리게 되는 것이다.

淸代 黃景仁의 다음 작품 역시 베고니아를 통해 자신의 우수를 기탁한 작품이다.

午窓偶成　오후의 창가에 핀 꽃을 보고 우연히 짓다

繞離紅遍雁來紅	울타리를 둘러싸고 피어 있는 雁來紅은 온통 붉고
翹立鷄冠也自雄	꼿꼿이 서 있는 맨드라미는 절로 웅건하도다
只有斷腸花一種	그저 이 단장화 한 종류만이
墻根愁雨復愁風	담가의 근심어린 비와 우수에 차 있는 바람 맞나니

이 시의 작자인 黃景仁은 가난한 집에서 자라났고 여러 번 과거에 낙방했다가 乾隆帝가 東巡할 때 실시한 과거에서 2등으로 합격하여 겨우 縣丞에 제수된 인물이다. 이 시를 통해 자신의 처연한 심정과 불우한 신세를 투영하고자 한 의도가 발견된다. '비름과 식물(雁來紅)', '맨드라미(鷄冠花)' 등과 베고니아와의 비

교를 시도하였는데 '雁來紅'과 '鷄冠花'라는 조류 명에 해당하는 꽃 이름을 열거한 것이 독특하다. 베고니아를 슬픔의 상징인 '斷腸花'로 표현한 것이나 "담가에서 근심어린 비와 우수에 차 있는 바람 맞고 있다"라고 표현한 것도 이채롭다. 처연한 감정과 우수에 젖어 있는 자신의 자화상을 그리는 데 있어 베고니아는 매우 적절한 투영 대상이 되고 있는 것이다.

베고니아는 잎이 풍성하기는 하지만 어긋나게 자라나는 특성이 있다. 이러한 모습은 마치 엇갈리는 마음이나 짝사랑 같은 苦戀을 연상시킨다. 위에서 예거한 시 작품 이외에도 宋代 陸游와 唐琬의 고사에서 유래한 「釵頭鳳」 詞 역시 베고니아와 연관이 있는 아픈 전설을 담고 있다. 결혼했지만 어머니의 반대로 헤어져야 했던 두 사람이 이별에 임하면서 唐琬이 陸游에게 한 화분의 베고니아를 증표로 선물하였는데 唐琬은 이 꽃을 '斷腸花'로 불렀고 陸游는 '相思花'로 부르며 각자의 처절한 심정을 표현한 바 있다.[9] 그 후 唐琬이 陸游를 그리워하다가 죽게 되자 베고니아는 비련과 苦戀의 상징으로 부각되었고 이 고사로 인해 각종 시가에서 서글픈 사랑이나 정서를 표현할 때 자주 활용되었다. 중국 문

---

9 이별 후 陸游는 王氏女와 재혼하여 10년간 외지로 돌았고 唐琬은 趙士程과 결혼하게 되었다. 후에 陸游가 沈園에 갔을 때 한 화분에 심겨진 베고니아를 보고 唐琬과의 추억을 떠올리게 된다. 그러다 그곳에서 唐琬을 다시 만나게 되자 「釵頭鳳」 一首를 각각 담장에 써놓은 것으로 자신들의 심정을 표현한다. 「釵頭鳳」 一首의 내용은 다음과 같다.
陸游의 詞 : "고운 손 살포시 들어, 황등주를 권할 적에, 궁 담 안 버들가지 봄빛이 무르익었었지. 저 몹쓸 봄바람, 기쁜 정을 시들게 하네. 쓸쓸한 이 마음, 숨겨온 지 몇 해였나? 틀렸어, 틀렸어, 틀려버렸다. 봄빛은 예와 같은데, 사람은 부질없이 늙어, 진한 눈물 흔적 손수건에 배어나네. 꽃이 진 한가로운 연못 가에, 태산같이 굳은 약속, 편지도 전할 수 없어졌다. 생각 말자, 생각 말자, 생각을 말자꾸나.(紅酥手, 黃滕酒, 滿城春色宮牆柳. 東風惡, 歡情薄. 一懷愁緒, 幾年離索. 錯, 錯, 錯. 春如舊, 人空瘦, 淚痕紅浥鮫綃透. 桃花落, 閑池閣. 山盟雖在, 錦書難托. 莫, 莫, 莫.)"
唐琬의 詞 : "세상 인심은 각박하고 사람 인심 모질기도 하여라. 황혼녘에 비까지 내리니 꽃이 쉬이 떨어지겠구나. 아침 바람에 비는 말랐는데, 눈물 흔적은 그대로 남아 있네. 글을 써서 마음속 일을 말하고 싶어도 난간에 기대어 혼잣말을 할 뿐. 어렵구나, 어렵구나, 어렵구나. 그대와 나 제각기 가정 이루어 지금은 옛날과 다르네. 오랫동안 병든 영혼 날이 갈수록 적적하기만 하고, 모서리에 부는 바람 차갑고, 밤에 난간에 홀로 서 있자니, 남이 그 사연 물어볼까 두려워 눈물 삼키며 일부러 웃음 짓는다. 숨겨야지, 숨겨야지, 숨겨야지.(世情薄, 人情惡, 雨送黃昏花易落. 曉風乾, 淚痕殘. 慾箋心事, 獨語斜欄. 難, 難, 難. 人成各, 今非昨. 病魂常似秋千索, 角聲寒, 夜闌珊. 怕人尋問, 嚥淚裝歡. 瞞, 瞞, 瞞.)"

인에게 있어 베고니아는 비련의 투영체로서의 이미지가 매우 강했던 꽃이라 할 수 있다.

　중국에서 베고니아(秋海棠花)는 오랜 기간 많은 사랑을 받고 전국적으로 재배되면서 자신만의 효용성과 미감을 형성해온 화초라 할 수 있다. 베고니아는 작고 풍성한 자태를 지닌 채 여름에서 가을로 이어지는 화원을 아름답게 장식하거나 분재 형태로 집안에 활력을 주는 역할을 담당해왔다. 풍성한 베고니아 꽃과 잎은 보는 이로 하여금 넉넉한 아름다움을 느끼게 하고 창작 소재로써의 욕구도 느끼게 한다. 우로가 내리는 가을이면 각종 아름다운 꽃을 피워내며 화사한 미감을 드러냈고, 가을이라는 계절이 주는 비감에 걸맞게 다양한 감성을 느끼게 했던 비감의 투영체이기도 했다. 중국 고전시에서 베고니아와 연관된 아름다운 표현들이 많이 이루어질 수 있었던 것은 다양한 품종만큼 다채로움을 지닌 이 꽃의 이미지와도 연관이 있다. 가을에 조용히 개화하는 꽃으로 고운 기품을 간직하되 결코 다른 꽃과 다투지 않고 자신만의 순박함에 자족할 줄 알며 조용한 중에 그윽한 미를 발하는 내재미의 실현자이기도 하였다. 외로움이나 비감의 이미지도 함유하고 있어 세상사에 상처받은 문인들이 자신의 마음을 편하게 투영할 수 있었던 것 역시 베고니아가 지닌 남다른 특징이라고 할 수 있을 것이다.

5. 봉황의 신비로움을 지닌 가을의 전령 오동나무(梧桐樹)

오동나무(학명 Paulownia coreana)는 현삼과의 낙엽교목이다. 우리나라의 오동나무는 재래종이며 울릉도가 원산지로 추정되는 데 비해 중국 고서에 나오는 '梧桐'은 우리가 '碧梧桐'으로 부르는 나무여서 구별을 요한다. '梧桐'과 '碧梧桐'은 서로 다른 나무인데, '碧梧桐(학명 Firmiana simplex)'은 줄기가 푸르고, 희고 작은 꽃들이 올망졸망 모여서 피는 형태인 데다가 그 잎과 열매의 모양과 크기 역시 '梧桐'과 서로 다르다.[10] 중국에서 오동나무는 華北, 華南, 西南 지역에 광범위하게 분포하는데 특히 長江 유역에서 가장 많이 재배되고 있다. 오동나무는 자태도 훌륭하지만 목재로서의 실용성도 커서 각종 가구나 악기의 제작에도 많이 활용되어왔다. 음악과 연관한 기록에도 오동나무는 자주 등장하는데 "매화는 아무리 추워도 함부로 향기를 팔지 않으며, 오동은 천년을 묵어도 항상 아름다운 곡조를 간직한다.(梅一生寒不買香, 桐千年老恒藏曲)"라는 옛말은 오동나무 악기의 뛰어남을 나타낸 말이 된다. 오동나무는 다른 나무보다 가볍고 나뭇결이 아름다울 뿐 아니라 갈라지거나 뒤틀리지 않고 속이 비어 있는 덕분에 소리 전달이 잘 된다고 한다. 오동나무는 옛날에 딸을 낳으면 심었다가 딸이 커서 혼인할 때 베어서 혼수가구로 사용할 정도로 재목이 가볍고 유연한 데다 방습성이 있어 장롱, 관, 상자, 악기 등의 제작에도 많이 쓰였다. 유미적이고 환상적인 이미지를 지녔을 뿐 아니라 실제적인 측면에서도 많은 편리함을 제공해온 나무인 것이다.

예로부터 집 안에 오동나무를 심어놓으면 봄마다 보라색 예쁜 꽃들을 볼 수 있을 뿐 아니라 크고 넓은 줄기와 잎으로 인해 마음이 너그럽고 편안하게 되며

---

10 기태완,『화정만필』, 서울 : 고요아침, 2007, 164쪽 참조.

청운의 꿈도 키울 수 있다고 믿었다. 오동나무 잎이 여름비와 가을바람을 맞으며 내는 소리를 들으며 특별한 흥취를 얻기고 하였고 큰 잎이 가을바람에 떨어지는 것을 보면서 가을의 도래를 느끼기도 하였다. 오동나무는 봉황과 연관된 이미지도 소유하고 있어 "봉황은 대나무 열매만 먹으며 오동나무 가지에만 깃든다."라는 말이 있을 정도로 고상하고 신령스러운 존재로 인식되고 있다. 고전시가에 등장하는 오동나무는 단독으로 묘사된 경우도 있지만 봉황, 거문고, 우물, 달, 밤비 등의 이미지와 함께 사용된 예가 많으며 결합하는 이미지에 따라 다른 의미와 상징성을 갖기도 한다. 역대 시문에서 오동나무를 묘사한 작품이나 다른 소재와 결합하며 오동나무를 노래한 작품들은 매우 다양한 상징성을 창출하고 있는 것이다.

1) 신령함과 그리움의 상징

『詩經』「大雅」「卷阿」편에서 봉황과 오동이 함께 언급된 것을 시작으로 오동나무는 예로부터 신령스러운 기운을 지닌 나무라는 이미지를 형성해왔다.[11] 역대 많은 시문에서는 오동나무를 노래하면서 봉황과 연계된 이미지를 투영하였는데 이는 결국 오동나무로 하여금 상서로움과 신령함의 전형적인 상징물이 되도록 하는 결과로 이어지게 되었다.

최초로 오동나무와 봉황을 연관하여 기술한 『詩經』「大雅」「卷阿」편을 살펴보기로 한다.

鳳凰鳴矣　봉황의 울음이여
于彼高岡　저 높은 언덕에 있네

---

11 『詩經』「大雅」「卷阿」를 비롯하여 봉황이 오동나무에 깃든다는 서술은 여러 문헌에서 발견된다. 그중 『莊子』「秋水」편을 보면 "莊子가 惠子를 만나자 말하길 남방에 한 새가 있어 그 이름을 원추라고 하는데 그대는 그것을 아는가? 무릇 원추는 남해에서 출발하여 북해에까지 날아가는데 오동이 아니면 머물지를 않고, 대나무 열매가 아니면 먹지 않으며, 예천의 물이 아니면 마시지 않는다고 한다.(莊子往見之, 曰∶南方有鳥, 其名爲鵷鶵, 子知之乎? 夫鵷鶵, 發于南海而飛于北海; 非梧桐不止, 非练實不食, 非醴泉不飲)"라는 기록이 보인다.

梧桐生矣　오동나무가 자람이여
于彼朝陽　저 언덕 동쪽에 있네
菶菶萋萋　오동나무 무성하고
雝雝喈喈　봉황은 조화롭게 우네

『毛詩序』에서는 이 시에 대하여 "召康公이 成王을 경계한 것이다.(召康公戒成王也)"라는 해설을 가한 바 있다. 賢者를 구하고 吉士를 등용하기를 바라며 오동나무에 깃드는 봉황처럼 어진 이를 등용하여 현자의 도를 실현하기를 권하는 내용으로 본 것이다. 이 시에서 유래하여 조정에서 바른 말 하는 것을 '朝陽鳳鳴'이라 하였으며 아침볕에 봉황새가 우는 것은 길조로 여기게 되었다.

宋代 司馬光이 오동나무를 보면서 신령한 기운을 느끼게 된 심정을 서술한 작품을 보자.

梧桐　오동나무

紫極宮庭闊　궁정 넓은 곳에 자줏빛이 극성이니
扶疏四五栽　네다섯 그루 심겨진 오동나무 잎과 줄기 온통 풍성하네
初聞一葉落　낙엽 하나 떨어지는 소리를 처음 듣고서
知是九秋來　깊은 가을이 온 줄을 알게 되었다
實滿風前地　오동 열매 바람 불어 앞마당에 그득한데
極添雨後苔　비 온 후라 이끼도 한껏 뒤덮여 있네
群仙儻來會　뭇 신선들이 혹시 이곳에 와서 모인다면
靈鳳必徘徊　신령한 봉황도 필시 이곳을 배회하리라

궁정 마당에 심어진 오동나무로 인해 사방이 풍성한 느낌이다. 오동나무의 잎이 크고 떨어진 열매가 땅을 덮을 정도라 그렇게 느끼기도 하지만 오동나무 자체에서 느껴지는 서정 또한 지대한 것이다. 오동나무를 통해 가을의 도래를 느끼고 비 온 후의 신선함을 만끽하게 되지만 이 순간 시인에게 큰 의미로 인식되는 것은 신선과 봉황을 떠올릴 정도로 오동나무가 신령한 기운을 발하고 있다는 점이다. 오동나무가 소유한 정취는 이처럼 특별하고 신비스러운 경지로 사람의 의식을 유도하고 있다.

宋代 陶夢桂도 오동나무를 기술하면서 봉황과 연관된 신령한 이미지를 투영

한 바 있다.

梧桐　오동나무

妝點山居要碧梧	산 거처를 꾸미려면 반드시 벽오동을 심어야 하니
向來培植費工夫	앞으로는 심는 작업에 공을 들여야 하리라
一株隨風成仙去	한 그루 오동나무 바람 따라 신선 되어 흩날리니
留得孫枝乞鳳雛	새 가지 남겨두어 봉황 오기를 바래보리라

벽오동을 통해 한아한 흥취와 청순한 기운을 느낄 수 있다고 생각하는 시인은 산에 기거하면서 공을 들여 오동나무를 심고자 하였다. 오동나무를 보면서 신선의 기운을 느끼고 봉황이 기거하는 듯한 신령한 지경에 이르고자 하는 희망을 가져 본 것이다.

오동나무와 달이 함께 묘사된 작품도 오동나무와 봉황이 연계된 작품처럼 오묘한 감흥을 유발한다. 봉황과 연계된 오동나무가 신령하고 상서로운 이미지를 발산한다면 달과 연계된 오동나무는 '그리움'과 '환상'의 이미지를 창출한다. 白居易가 아녀자의 한을 노래한 다음 작품에 등장하는 오동나무는 달과 함께 모종의 그리움을 연출하는 시적 소재로 활용되고 있다.

空閨怨　빈방에서의 아녀자의 한

寒月沈沈洞房靜	차가운 달빛 적막하게 고요한 방 비추고
眞珠帘外梧桐影	진주 발 밖에는 오동 그림자 서리네
秋霜欲下手先知	서리가 내리려는 걸 손이 먼저 아는지
燈底裁縫剪刀冷	등잔불 아래에서 가위질하는 손이 차갑기도 하구나

차가운 달빛이 빈 규방의 적막함을 더하고 있는 중에 오동나무가 주렴 밖에 서 있다. 차가운 밤에 달빛과 오동나무는 말없이 서로를 보좌하면서 적막하고 아련한 기운을 창출하고 있는 것이다. 오동나무는 시적 화자의 형상이고 달은 시적 화자가 느끼는 그리움을 은유하는 실체로 볼 수 있다. 오동나무와 달 이미지가 유기적으로 결합하면서 화자가 느끼는 그리움이 배가되고 있다.

宋代 邵雍은 달빛 비치는 밤에 오동나무 자태를 보면서 누군가 아련한 대상

을 떠올리는 상황을 노래한 바 있다.

月到梧桐上吟　오동나무 위에 달이 뜬 것을 보고 읊음

月到梧桐上　오동나무 위에 달이 뜨고
風來楊柳邊　바람은 버드나무 가에 불어온다
院深人復靜　정원 깊은 곳에는 사람도 고요한데
此景共誰言　이 경치 그 누구와 함께 논할 수 있으리

　달빛이 모든 만물을 비추고 있는데 시인이 주목한 것은 그중에서도 오동나무
이다. 이 나무를 대하면서 시인의 마음은 평온함을 얻고 있는데 그 고귀한 감회
를 나눌 이 없음이 안타깝다. 누군가에 대한 그리움을 표현하는 데 있어 달빛이
비추는 오동나무는 더 없이 좋은 감정의 투영체가 되고 있는 것이다.
　明代 周翼이 오동나무에 비추는 달빛을 묘사한 작품에는 달의 이미지를 부가
하여 오동나무를 더욱 환상적으로 그려내고자 했던 의도가 담겨 있다.

周履道徵賦梧桐月　주리도가 오동나무에 어린 달빛 읊기를 부탁하여

雲卷淸秋畫角悲　구름 걷힌 맑은 가을 하늘 화각소리 구슬픈데
梧桐滿地月明時　오동잎 땅에 그득한데 달 밝을 때라
斜穿翠葉通銀井　달빛은 비스듬히 푸른 잎 뚫고 우물로 통하는데
化作金波落硯池　금빛 물결로 변하여 연지로 떨어지네
靑女乍驚烏鵲夢　청녀는 언뜻 오작의 꿈을 놀라게 하는데
素娥偏惜鳳皇枝　항아는 봉황의 가지를 매우 애석해하네
故人有約來何暮　고인과 약속이 있는데 어느 저녁에 오려는가
獨立雲階影漸移　홀로 구름 낀 섬돌에 있는데 그림자 점점 옮겨가네

　맑은 가을밤을 배경으로 서 있는 오동나무는 잎이 다 진 상태이지만 달빛을
받아 교교한 자태를 한층 빛내고 있다. 출렁이는 달빛에 흔들리는 연못물을 '金
波'라고 표현하였고, 서리와 눈을 주관하는 여신 '靑女', 月宮에 사는 달의 여신
'素娥(姮娥)' 같은 신화 속 인물을 등장시킴으로써 시가에 환상적인 멋을 더하였
다. '翠', '金', '靑', '素' 등의 색채어를 활용하여 신선한 감각을 창출한 것도 뛰
어난 수법이다. 이러한 유미적인 설정은 시가의 소재와 배경이 오동나무였기에

가능한 것이 아니었을까?

봉황은 상상 속의 동물로서 신령하고 고귀한 이미지를 갖고 있고 봉황이 등 장하는 세상은 태평성세를 의미한다는 속설이 있다. 시가에서 오동나무와 봉황 이 함께 나오는 경우는 고매한 인품이나 신령한 기품을 그리기에 적합한 구도가 되었고 태평성세를 희구하는 마음을 담아내기에도 좋은 설정이 되었다. 달 또한 오동나무의 이미지를 환상적으로 형상화시켜주는 부가물이 된다. 가을밤을 배경 으로 달빛을 받으며 서 있는 오동나무는 아련한 그리움이나 환상적인 희망을 떠 올리게 하는 정감의 투사체가 된다. 오동나무는 봉황이나 달과 함께 묘사되면서 신령함, 고귀함, 그리움, 환상 등의 이미지를 한층 배가할 수 있었던 것이다.

2) 맑은 기품을 소유한 고귀한 친구

오동나무는 늠름한 기상을 자랑하며 크게 성장하는 교목이다. 아름드리 줄기 와 넓고 큰 잎, 보랏빛 서정을 제공하는 꽃과 수많은 씨앗을 간직한 열매 등은 풍성함과 넉넉함을 지닌 정겨운 친구 같은 느낌을 제공한다. 오동나무를 소재로 한 역대 시문 중에는 이 나무의 성품과 연관하여 맑은 기품을 소유한 사람이나 고귀한 인물을 칭송하는 경우가 많았다.

南朝시대 沈約은 오동나무의 가치를 소중하게 여기는 생각을 밝힌 바 있다.

詠梧桐詩 오동나무를 노래한 시
秋還遽已落 가을이 오게 되면 잎은 벌써 떨어지게 되고
春曉猶未薆 봄날 새벽은 아직 잎이 피어나지 않은 때라
微葉雖可賤 작은 잎은 비록 하찮을 수 있지만
一剪或成珪 가지를 하나 잘라 홀을 만들 수도 있나니

오동나무의 잎 하나만을 보았을 때는 조락의 운명을 피하지 못하는 나약한 존재이지만 잎의 생성과 소멸에 상관없이 줄기는 향후에 홀의 재료가 될 수 있 음을 피력하였다. 눈앞에 보이는 작은 변화 이면에 담긴 존재의 의미를 파악한 지혜가 엿보이는 부분이다.

唐代 戴叔倫은 오동나무를 맑고 고운 성품을 지닌 나무로 보는 시각을 투영하여 시를 읊었다.

梧桐 오동나무

亭亭南軒外 남쪽 누각 밖에 싱싱한 오동나무
貞幹修且直 맑은 가지를 잘 가다듬은 채 곧게 뻗었네
廣葉潔靑陰 넓은 잎은 깨끗하고 맑게 그늘을 드리웠고
繁花連素色 풍성한 꽃은 서로 이어가며 흰색을 띠고 있다
天資韶雅性 하늘이 우아하고 아름다운 성품을 부여하였으니
不愧知音識 이런 지기를 알아보게 되어 부끄럽지 않구나

오동나무의 전경, 가지, 잎, 꽃 등을 세부적으로 묘사하였다. '貞', '潔', '素' 등의 표현이 발하는 맑고 청아한 기운과 '直', '雅' 등에 투영된 곧고 우아한 의지는 이 나무의 가치를 한층 높여주는 표현이 된다. 맑고 고운 성품을 지닌 나무를 만난 기쁨이 행간마다 펼쳐져 있는 것이다.

오동나무는 잎이 크고 그늘이 무성하여 심리적으로 평안함을 제공할 뿐 아니라 목재 역시 가볍고 방습성이 좋아 가구나 악기의 좋은 재료가 된다. 오동나무가 거문고의 재료로 쓰이는[12] 사실과 연관하여 오동나무와 거문고를 소재로 함께 채택하여 언급한 작품도 다수 있다. 재질이 좋은 오동나무와 뛰어난 거문고는 시가에서 "탁월한 재능을 알아보는 안목", "지음을 그리워함", "懷才不遇의 안타까움" 등의 의미를 창출한다. 唐代 李嶠가 오동나무를 들어 좋은 품성을 지닌 이가 알아주는 이를 만나지 못한 것에 대해 안타까움을 표현한 작품을 보자.

桐 오동나무

孤秀嶧陽岑 역양의 산 무리에서 홀로 빼어나 있고
亭亭出衆林 그 우뚝 선 자태는 뭇 숲에서도 출중하네

---

12 오동나무와 거문고에 관한 여러 고사 중 '焦尾琴' 고사는 특히 유명하다.『後漢書』「蔡邕傳」에 "어떤 吳나라 사람이 오동나무로 아궁이에 불을 지피는데 蔡邕이 들어보니 불타는 소리가 요란하였다. 그 나무가 훌륭한 재목임을 알고는 그에게 청하여 꺼내 거문고를 만들었다. 과연 아름다운 소리가 났는데 그 꼬리 부분에 불에 탄 부분이 있어서 당시 사람들이 이 거문고를 '焦尾琴'이라 불렀다 한다.(吳人有燒桐以爨者, 邕聞火烈之聲. 知其良木, 因請而裁爲琴, 果有美音, 而其尾猶焦, 故時人名曰焦尾琴焉)"라는 기록이 있다.

春光集鳳影　봄볕 아래서는 봉황의 그림자 모이고
秋月弄圭陰　가을 달 아래서는 잎이 홀처럼 아름다운 그늘을 드리웠네
高映龍門迥　용문 멀리 높이 비추고
雙依玉井深　깊은 옥정 옆에 나란히 의지하여 서 있네
不因將入爨　아궁이 속으로 들어가지 않았으니
誰謂作鳴琴　그 누가 훌륭한 거문고가 될 거라고 말할 수 있으리오?

　오동나무가 뭇 산의 여러 나무 중에서도 특히 출중한 형상을 하고 있음을 언급한 후 이 나무는 봉황이 날아드는 신령한 이미지를 지닌 나무이며 그 잎 새는 홀처럼 아름답게 그늘을 조성하고 있음을 언급하였다. "黃河의 잉어가 '龍門'을 지나면 용이 된다"는 전설을 차용하여 오동나무가 유난히 훌륭한 나무임을 강조하였고, 오동나무와 깊은 관련을 맺고 있는 '우물(玉井)'을 언급하여 좋은 나무와 그 나무를 지지하는 깊은 水源이 함께 존재하고 있음을 나타냈다.[13] 미연에서 불에 타고 있는 오동나무의 비범한 재질을 알아보고 그것을 꺼내 거문고를 만들었다는 漢代 蔡邕의 고사를 인용하였다. 오동나무를 '좋은 성품과 훌륭한 재능을 지닌 이'로 비유하면서 세상에서 뜻을 펼치지 못하는 인재에 대한 탄식을 가하고 있다. 이처럼 오동나무를 들어 뛰어난 인재를 칭찬하는 내용을 담은 것은 오동나무가 맑은 기품과 재능을 지니고 있어 좋은 인재상에 부합하는 나무였기 때문이다.

　오동나무는 큰 줄기와 넓은 잎으로 대변되는 외모를 지니고 있어 보기만 해도 넉넉한 위안을 얻게 된다. 봉황과 연계된 이미지가 오동나무를 신령하고 아름답게 형상화한다면 오동나무의 성품과 연관한 이미지는 진실한 의식이나 맑

---

13 오동나무와 '우물(井)'이 함께 등장하는 구도도 종종 우수 어린 상황을 연출한다. 우물가에 오동나무를 즐겨 심고 우물가 오동나무를 '井桐'이라 부르던 풍속과 연관한 것인데, 張籍이 「相和歌辭・楚妃怨(상화가사・초비원)」에서 "오동나무잎 아래 금정이 있어, 도르래 시렁을 가로지르며 흰 줄을 끌어당기네.(梧桐葉下黃金井, 橫架轆轤牽素綆)"라고 한 것이나, 王昌齡이 「相和歌辭・長信怨(상화가사・장신원)」에서 "금정 가의 오동나무잎이 누런데, 주렴을 걷지 않은 사이에 밤서리가 내렸구나.(金井梧桐秋葉黃, 珠簾不捲夜來霜)"라고 한 것, 陸龜蒙이 「井上桐(우물가의 오동)」에서 "우물 난간 옆에 홀로 서 있는데, 벽오동이 바람 속에 하늘거리네.(獨立傍銀牀, 碧桐風裊裊)"라고 한 것 등 여러 기록을 통해 오동나무와 우물이 고독, 슬픔, 원망의 정을 효율적으로 표현하는 매개물이었음을 알 수 있다.

고 고귀한 기품을 대변한다. "매화는 아무리 추워도 함부로 그 향기를 팔지 않고, 오동은 천년을 묵어도 항상 아름다운 곡조를 간직한다"는 말이나, "봉황새는 오동나무가 아니면 둥지를 틀지 않고 대나무 열매가 아니면 먹지 않는다"는 말은 오동나무가 지닌 맑고 고운 품성을 주목한 것에서 나온 표현이라 하겠다.

3) 가을의 우수를 일깨우는 전령

『御定佩文齋廣群芳譜』「木譜」'桐條'에는 "오동잎이 하나 떨어지면 천하 사람들이 가을이 온 것을 알게 된다.(梧桐一葉落, 天下盡知秋)"라는 구절이 있다. 오동잎은 비를 맞게 되면 특별한 소리를 내며 떨어지는데 이 현상이나 소리를 통해 시인은 특별한 서정을 느끼게 된다. 가을바람이나 비를 맞아 커다란 자태를 허공에서 흔들다가 결국은 소리를 내며 땅에 착지하게 되는 오동잎을 보면서 시인들은 남다른 우수를 느끼고 계절의 흐름과 인생의 유한함을 더욱 절감하게 된다. 오동나무가 가을비와 함께 묘사된 작품은 가을이 주는 비애감 뿐 아니라 세월의 흐름, 조락의 비애감과 같은 애절한 감성을 더욱 배가시킨다. 오동나무는 가을을 일깨우는 전령인 동시에 인생의 유한함과 우수를 느끼게 하는 감성의 각성제인 것이다.

唐代 王昌齡은 관청에서 오동나무를 바라보면서 느끼게 된 한없는 비애감을 다음과 같이 서술한 바 있다.

段宥廳孤桐 단유청에 서 있는 외로운 오동나무
鳳凰所宿處 봉황이 머무는 곳
月映孤桐寒 달빛은 휘영청 고독한 오동나무에 차갑게 비추네
槁葉零落盡 마른 잎 영락하여 다 졌는데
空柯蒼翠殘 빈 가지에는 푸른빛이 아스라하네
虛心誰能見 텅 빈 마음을 그 누가 볼 수 있나
直影非無端 곧은 그림자는 까닭 없는 것이 아니네
響發調尚苦 음향 울리면 가락은 오히려 괴롭지만
清商勞一彈 수고스럽게 청상곡 한 곡조를 연주한다네

외롭게 선 채 가을에 잎을 다 잃고 있지만 그래도 봉황이 머무는 신령한 나무이기에 푸른빛을 잃지 않은 채 허허로운 마음을 일깨우고 있다. 그 모습을 보면서 시인은 알 수 없는 시름을 추스르며 清商曲을 연주해본다. 겨울에도 줄기와 가지가 푸른빛을 띠는 오동의 기개는 비애와 의지를 함께 제공하는 귀한 소재가 되는 것이다.

宋代 王安石은 오동나무를 통해 느끼게 된 가을 서정을 다음과 같이 노래하였다.

秋日在梧桐　가을날 오동나무 가에서

秋日在梧桐	가을날 오동나무 가에 있으니
轉陰如急轂	그늘이 변하는 것이 급한 수레바퀴 같다
冥冥蔽中庭	정원을 어둡게 뒤덮고 있다가
下視今可暴	아래로 떨어지는 것이 이제 가히 급해졌구나
高蟬不復嘒	고결한 매미 다시는 가냘프게 울지 않고
稍得寒鴉宿	가지 끝에는 차가운 까마귀 깃들고 있다
百繞有衰翁	이 나무를 그저 둘러싸고 도는 노쇠한 늙은이 있어
行歌待春綠	노래 부르면서 봄의 푸르름을 기다리리라

군건한 줄기와 커다란 잎을 과시하던 오동나무이건만 가을을 맞이하니 그 변화가 실로 눈에 확연히 들어올 정도가 되었다. 정원을 덮고 있던 그늘과 매미의 울음소리는 사라지고 차가운 까마귀가 나무에 유숙하며 가을의 깊어짐을 알리고 있다. 이 정경을 바라보는 시인 역시 함께 늙어가는 심신을 느끼게 되지만 그 와중에도 오동나무는 봄의 푸르름을 기대할 수 있는 희망의 제공자라는 점에서 그 존재감이 특별하게 느껴지는 것이다.

宋代 李複도 오동나무의 번성과 쇠함을 대비하면서 시간의 흐름을 아쉬워하는 작품을 남긴 바 있다.

梧桐　오동나무

猗猗梧桐樹	아름답구나 오동나무여
前日繁花馥	전날에는 무성하게 꽃향기를 날렸도다

西風不相饒　가을바람은 서로를 풍요롭지 하지 못하였고
影疏不可暴　자태는 성글어져 햇볕도 쬐일 수 없구나
坐看一葉落　낙엽 하나 떨어지는 것 앉아서 보면서
余懷念群木　나는 무리지어 있던 나무 모습을 그리워한다
漫有千歲憂　천년의 근심이 그득하게 있는데
流光如急轂　흐르는 세월은 급한 수레바퀴와 같이 가누나

아름답던 오동나무가 서풍에 잎을 다 내어버리고 성근 자태를 남긴 모습은 보는 이로 하여금 무한한 추억과 회상을 느끼게 한다. 속언에 "오동은 천년을 묵어도 항상 아름다운 곡조를 간직한다.(桐千年老恒藏曲)"라는 말이 있는데 이 시에서 작자는 오동나무를 보면서 천년의 근심을 떠올리고 있다. 세월의 흐름에 따라 변해가는 나무의 모습은 무한한 비애를 창출하고 있는 것이다.

宋代 陳葺芷 역시 오동나무로 인한 시간의 흐름에 대한 느낌과 가을의 비감을 서술한 바 있다.

梧桐　오동나무

夢回曆曆雨聲中　꿈속에서 들은 빗소리 역력한데
窓影分明曉色紅　창문에 그림자 또렷한 중에 새벽이 붉게 밝아오네
出戶方知是黃葉　문 나서매 시든 오동잎 떨어지는 소리였음을 이제 알겠으니
更無一片在梧桐　어느덧 오동나무에는 한 조각 잎도 남아 있지 않는구나

커다란 오동나무 잎에 내리는 빗소리는 꿈결에 들어도 특별한 느낌을 받을 정도로 감각적인 감흥을 창출한다. 문을 나서자 그 소리는 비에 오동잎 지는 소리였음을 알게 되었는데 이를 깨닫고 둘러보니 어느덧 잎은 한 조각도 남아 있지 않은 상태이다. 계절과 날씨는 그렇게 아쉬운 조락을 야기하며 지나가버리는 것이다.

元代 丁鶴年도 오동나무의 조락을 아쉬워하는 작품을 남겼다.

梧桐　오동나무

井梧徹夜下霜風　우물가 오동나무에 밤새 서리바람 내려
錦繡園林瞬息空　비단 같은 원림이 순식간에 텅 빈 듯

老儘秋容何足惜　노쇠함이 다한 가을 얼굴 얼마나 애석한가
鳳巢吹墮月明中　벽오동은 달빛 밝은 속에서 바람에 떨어지는데

　오동나무 한 그루에 밤새 서리바람 내렸을 뿐인데 아름다운 원림이 순식간에 텅 비어버린 듯한 느낌을 받게 된다. 오동나무의 존재감과 애호가 남달랐음을 나타내는 부분이다. 벽오동잎을 떨어뜨리는 것은 가을인데 시인은 오히려 가을의 모습을 '노쇠한 늙은 얼굴(老儘秋容)'로 묘사하고 있고 오동나무를 '봉황이 머무는 둥지(鳳巢)'로 표현하고 있다. 계절의 변화에 따라 쇠락하는 신세를 면치 못해도 오동나무가 신령한 기운을 잃지 않고 있기를 바라는 시인의 마음을 담은 것이라 생각된다.

　오동나무로 인한 서글픈 감정은 대부분 가을과 연관된 상황에서 야기되는데 이로 인해 때로는 나무 주변의 사물까지도 비애감을 창출하는 주체가 된다. 唐代 戴察은 가을 달밤에 오동나무를 보면서 나무에 맺힌 이슬이 주는 아련한 비애를 다음과 같이 서술하였다.

月夜梧桐葉上見寒露　달밤에 오동잎 위로 내린 차가운 이슬을 보면서

蕭疏桐葉上　성근 오동나무 잎 위로
月白露初團　달빛 비추는데 흰 이슬 처음으로 둥글었네
滴瀝淸光滿　이슬방울 또렷하고 맑은 빛이 그득해
熒煌素彩寒　등불처럼 빛나는 중에 희고 고운 모습 차갑구나
風搖愁玉墜　바람이 흔들어대니 옥 같은 이슬 떨어질까 걱정이요
枝動惜珠乾　가지가 움직이니 진주 같은 이슬 마를까 애달프다
氣冷疑秋晚　날씨가 차가우니 가을이 깊은 게지
聲微覺夜闌　소리 희미하여 밤이 한창임을 알게 되네
凝空流欲遍　이슬은 허공에 엉겨 있어 두루 흐르려 하고
潤物淨宜看　사물을 적시면서 정화해주니 보기에도 좋구나
莫厭窺臨倦　이 모습 바라보며 피곤하다 싫어 마소
將晞聚更難　장차 이슬이 마르면 모이기는 더욱 어렵나니

　가을 오동나무는 비애를 느끼게 하는 자연물인데 그 위에 맺힌 작은 이슬은 더욱 아련한 비감을 느끼게 한다. 작고 여린 존재인 이슬을 바라보면서 시인은

바람의 요동과 가지의 흔들림으로 인해 이슬이 사라져버릴까 안타까워한다. 허공에서 내리면서 만물을 두루 적심으로써 생기를 제공하고 맑고 깨끗하게 정화시켜 주는 이슬의 성품을 잘 알고 있기 때문이다. 가을과 함께 사라져가는 오동나무 잎과 이슬의 존재가 새삼 이목을 끄는 부분이다.

오동잎이 떨어지면 가을이 온 줄 안다고 했듯이 오동나무는 가을을 일깨우는 전령이요 시간의 흐름을 각성하게 하는 계도자였다. 宋代 朱子는 『朱文公文集』「勸學文」에서 소년은 쉽게 늙고 학문은 이루기 어려우니 순간의 세월이라도 헛되이 보내지 말기를 권유하면서 "연못가의 봄풀이 채 꿈도 깨기 전에, 계단 앞 오동나무 잎이 가을을 알린다.(未覺池塘春草夢, 階前梧葉已秋聲)"라고 한 바 있는데 이는 부지중에 가을이 도래하여 오동나무 잎이 소리를 내며 떨어지듯 세월은 빨리 흘러가 버리는 것임을 강조한 표현이라 할 수 있다.

오동나무를 바라보면 잎이 크고 넓은 것을 우선 발견하게 되는데 이로 인해 서정 또한 특별히 크고 깊어지게 된다. 오동잎은 크기가 크므로 비를 맞아 떨어지면 소리를 유발하기 마련이다. 밤에는 시각보다 청각적인 이미지가 유효하기에 시인들은 오동잎에 떨어지는 밤비와 그 소리를 통해 자신의 감성을 더욱 효율적으로 투사할 수 있었다. 오동잎은 한밤의 정적을 깨는 소리를 냄으로써 가을의 도래와 함께 시인의 서정을 일깨우는 역할을 즐겨 담당해왔다. 풍요롭고 넉넉한 모습을 지닌 채 사람들과 함께 해온 친근한 나무이며 주변의 각종 자연물과 조화를 이루면서 다양한 감성도 유발해왔던 감성의 계시자였다. 고전시 중에 나오는 오동나무는 봉황, 달, 가을비, 거문고 같은 악기 등과 함께 등장하며 신령하고 아련한 이미지를 배가시킨 경우도 많았다. 봉황과 연관된 이미지를 갖고 있기에 이 나무를 통해서 사람들은 신령한 상상력을 발휘할 수 있었고, 오동나무에 비추는 달빛의 환영을 통해 아련한 그리움을 투사할 수 있었으며, 천 년의 가락을 함유한 흥취를 지녔기에 한없는 서정을 돋을 수 있었다. 빗방울 맞는 잎과 조락하는 잎을 통해 가을의 도래뿐 아니라 잠든 감각까지 일깨울 수 있었으니 오동나무는 시인들의 창작에 끝없는 영감을 제공해온 감성의 훌륭한 매개체였다고 할 수 있는 것이다.

제5장

중국 고전시에 나타난
겨울의 꽃과 나무

봄꽃의 개화, 여름꽃의 인내, 가을꽃의 서정을 차례로 감상하다 보면 화려하고 아름다웠던 꽃들이 모두 시들어 사라지고 냉혹한 얼굴로 직멸의 시공간을 연출하는 겨울을 맞는다. 아름다운 꽃을 바라보면서 인생과 청춘을 노래하던 시인들은 찰나에 머무는 꽃처럼 짧은 인생을 한탄하면서 그간의 번화함이 한때의 幻影으로밖에 남아 있지 않음을 슬퍼하게 된다. 겨울은 노년을 맞이한 인생처럼 새로운 희망이나 아름다움을 추구하기보다는 추억과 회상을 더욱 갈구하게 만든다. 그러나 꽃이 시들었다고 해서 그 아름다움이 끝나버린 것은 아니다. 우리의 삶이 황혼에도 여운을 발하듯이 겨울의 수목에도 그 내면에는 각각의 아름다움과 품성이 여전히 존재하고 있다. 겨울 추위가 맹위를 떨치고 세상이 눈으로 뒤덮여 꽃이 사라져버린 현실은 안타깝지만 그 속에는 다시 꽃필 그날에 대한 그리움처럼 모종의 희망도 존재하고 있는 것이다. 孔子가 『論語』「子罕」 편에서 소나무와 측백나무를 칭찬하여 "날씨가 추워진 연후에 송백이 시들지 않음을 안다.(歲寒然後, 知松柏之後凋也)"라고 한 것처럼 추위에도 자신을 지키고 있는 수목들을 새로운 시선으로 바라보고 지금은 고요하게 잠들어 있는 것 같은 세상의 초목들도 분명히 다시 개화하게 된다는 것을 깨닫는 지혜를 얻을 수 있다.

　역대 시가 중에 등장하는 겨울 화목은 '세한', '인내', '고고함', '소망', '불변의 기상' 등 정신적으로 훌륭한 가르침을 제공하는 역할을 하고 있다. 차가운 눈과 겨울바람 속에서도 자신의 아름다운 자태와 품성을 통해 메마른 서정에 따듯함을 전하고 있는 여러 겨울 꽃과 나무 중 귤나무, 대나무, 동백, 소나무, 수선화, 측백나무, 사철나무 7종의 식물들을 중심으로 역대 시인들의 작품들을 살펴보고 그 상징성과 의미를 생각해보기로 한다.

1. 고결하고 풍성한 겨울의 선물 귤나무(橘)

  동아시아가 원산지로 알려진 귤나무(mandarin(tangerine) tree)는 상록활엽수로 초
여름에 흰색 꽃이 개화하여 겨울에 노란색 귤열매를 맺는 나무이다. 열매인 귤
은 새콤달콤한 맛으로 많은 이들의 애호를 받고 있으며 식용뿐 아니라 약으로도
많이 활용되어왔다. 귤은 紅橘, 綠橘, 金橘, 朱砂橘, 四季橘 등 다양한 품종이
있는데 우리가 흔히 언급하는 '柑橘'은 귤(橘), 밀감(柑), 금귤(金橘), 유자(柚), 탱
자(枳) 등을 총칭하는 용어이다. 귤은 秦漢 이전까지 북방에서는 재배되기 힘들
었고 강남에서 주로 재배되었던 것으로 알려져 있는데 「橘頌」을 쓴 屈原의 고
향이 湖北省 秭歸인 것으로 보아 기원전부터 蜀漢 일대에서 재배된 것으로 추
정된다. 漢과 晉시대를 거치면서 귤은 양잠, 어업, 소금 등과 함께 중요한 사업
으로 간주되어 상당한 규모로 경작되게 되었고 唐宋代를 거치면서 점점 많은
지역에서 다양한 품종으로 재배되기에 이르렀다.

  귤은 예로부터 신기한 과일로 여겨져 조공이나 진상품으로 바쳐지기도 했고
선계의 묘사에 표현되기도 하는 등 신령한 이미지가 강한 과일이었다. 게다가 겨
울이 되면 초라하게 시든 다른 나무들에 비해 귤나무는 싱싱한 잎과 향긋한 향기
를 풍기면서 황금색으로 익어가는 열매를 자랑한다. 귤은 겨울을 거치는 동안 색
상이 녹색에서 황색으로 변하며 당도도 높아질 뿐 아니라 芳香이 더욱 강해진다.
여름에 피어나는 흰 꽃의 순결한 이미지와 늦가을에 날리는 달콤한 향기, 겨울에
익어가는 황금빛 열매 등은 세인들의 특별한 애호와 주목을 받기에 충분한 요인
을 지니고 있는 것이다. 귤나무는 농한기에 해당하는 겨울에 생산되어 농민들의
생활에 여유를 제공하므로 풍요와 부의 상징성도 갖고 있는 나무이다.

문화적 측면에서도 귤과 귤나무는 중국인들에게 吉祥物로 인식되어온 과수였다. '귤(橘, jú)의 발음이 '吉(jí)'자와 비슷하기에 귤은 '吉祥', '吉利', '吉祥如意', '吉慶平安', '大吉大利', '幸運', '幸福', '圓滿', '神聖' 등의 이미지를 지니고 있고, 귤나무는 '豊饒', '富饒' 등의 풍족한 이미지를 갖고 있으며, 황금빛 귤의 색깔은 '기쁨', '부드러움', '유행', '감동' 등의 의미를 지니고 있다. 새해가 되면 金橘을 비롯한 각종 귤의 분재를 가꾸면서 '吉祥如意'의 상징으로 삼기도 했고 순조로운 일 년을 기원하기도 하였다. 백성들의 생활과 밀접한 관계에 있었기에 고래로 많은 문인들은 귤나무의 특성을 반영한 다양한 작품을 창작해왔던 것이다.

1) 아름다운 자태와 고결한 품성의 표상

귤나무가 지닌 무성한 잎과 가지, 歲寒에도 시들지 않는 절조, 향기로운 꽃과 열매 등 色, 香, 味, 意에 따른 '四絕'의 매력은 고래로 많은 중국의 시인묵객들에게 창작의 영감을 제공한 제재였다. 문인들은 귤의 화사한 외형적 아름다움을 주목하기도 하였고 귤을 통해 각종 감정이나 의지를 표현하기도 하였다.[1] 귤나무는 수려한 자태 그 자체로도 좋은 형용의 대상이 되지만 이 나무가 지닌 정신적 가치는 더욱 중요한 창작의 모티브가 된다. "귤나무는 淮水 남쪽에서 자라면 귤이 되지만, 淮水 북쪽에서 자라면 탱자가 된다.(橘生淮南則爲橘, 生于淮北則爲枳)"라는 『晏子春秋』의 '南橘北枳' 고사가 말해주듯 귤나무는 강남이 주재배지이며 다른 지역에서는 생장이 쉽지 않다는 속설을 지닌 나무이다. 현대적 관점으로 보면 이 '南橘北枳' 설에 대한 이견도 있을 수 있지만 고래로 귤나무가 '옮겨 심으면 고유의 좋은 품성을 잃는 나무'라고 인식된 나무였음을 알려주는 고

---

1 귤을 노래한 최초의 작품인 屈原의 「橘頌」의 창작에 이어 魏晉南北朝를 거치면서 魏代 曹植의 「植橘賦」, 晉代 王叔之의 「柑橘贊」, 晉代 劉瑾의 「柑樹賦」, 梁代 齊虞義의 「橘詩」, 梁代 吳均의 「橘賦」, 隋代 李孝貞의 「園中雜詠橘樹詩」 등 여러 詩賦 작품들이 창작되었고 귤의 생산이 광범위해지고 본격화된 唐代 이후로 가면서 귤을 주제로 한 작품은 더욱 다양하게 창작된다.

사가 된다. 시인들은 귤나무를 보면서 자신의 품성을 가다듬기도 했고 세속에 흔들리지 않는 자신만의 기개를 확인하기도 하였으며 어두운 현실에서도 자신의 이상을 굳건히 지켜나가는 의지를 높이기도 하였다.

『楚辭』「九章」에 실린 「橘頌」은 중국 고전시 중 최초로 귤을 묘사하면서 귤나무의 정신적인 기백과 屈原 자신의 의지를 밝힘으로써 귤나무의 전형적인 이미지를 형성한 작품이다. 다른 楚辭體 작품과 달리 4언을 기본으로 하고 있는데 그 내용은 귤나무의 외형적 특색에 대한 찬미와 내면의 품격을 칭송하는 것으로 이루어져 있다.

橘頌　귤을 노래함

后皇嘉樹	후황의 아름다운 나무가 있으니
橘徠服兮	귤이 우리 땅에 내려왔도다
受命不遷	자연의 명을 받아 처소를 바꾸지 않고
生南國兮	강남에서 자라는구나
深固難徙	뿌리가 깊고 단단하여 옮기기가 어려우니
更壹志兮	더욱 한결같은 지조를 지녔다
綠葉素榮	녹색 잎에 흰 꽃은
紛其可喜兮	무성하여 즐겁게 한다
曾枝剡棘	겹겹의 가지와 날카로운 가시에
圓果搏兮	둥근 과일이 맺혀 있도다
靑黃雜糅	푸르고 누런 과일이 뒤섞이어
文章爛兮	무늬가 찬란히 빛나는구나
精色內白	선명한 겉 빛깔에 속은 희어서
類可任兮	중한 일을 맡길 수 있을 것 같도다
紛縕宜脩	무성한 잎은 잘 가꾸어져서
姱而不醜兮	아름답고 밉지가 않구나
嗟爾幼志	아! 너의 어릴 때의 뜻은
有以異兮	남다른 바가 있었지
獨立不遷	홀로 우뚝 서서 변치 않으니
豈不可喜兮	어찌 기쁘지 않을쏜가
深固難徙	뿌리가 깊고 단단하여 옮기기 어려우며
廓其無求兮	너그러워 따로 바랄 게 없도다
蘇世獨立	속세에 홀로 깨어 우뚝 서서

橫而不流兮	마음대로 행하고 속세와 어울리지 않네
閉心自愼	마음을 굳게 닫아 스스로 삼가며
不終失過兮	끝내 실수하지 않는구나
秉德無私	덕을 지니어 사사로움이 없으며
參天地兮	천지의 조화에 참여하는구나
願歲幷謝	원컨대 세월이 다가도록
與長友兮	너와 더불어 우정을 오래 나누고 싶다
淑離不淫	조촐히 세속 떠나 지나치지 않으며
梗其有理兮	강직하게 조리를 지켜가노라
年歲雖少	나이는 어려도
可師長兮	가히 스승으로 본받을 만하고
行比伯夷	행실은 백이와 같아서
置以爲像兮	귤나무를 심어 가히 표상을 삼을 만하도다

총 36구 18연에 해당하는 장시로 내용상 이분하여 고찰해볼 수 있다. 전반부에서는 이른바 '體物寄情'에 해당하는 수법을 통해 귤나무의 외형에 대한 감상을 표현하였고 후반부에서는 '托物言志' 수법으로 귤나무의 내재된 좋은 성품과 자신의 이상을 표현하였다. 전반부에서 형용한 귤의 이미지는 皇天后土 중에서 가장 좋은 나무, 남국에서 살며 뿌리를 강건히 하여 옮기가 어려운 나무, 녹색 잎과 하얀 꽃의 순결함을 지닌 나무, 겹겹이 에워싼 가지와 가시 속에서 열매를 맺는 나무, 파란색에서 황금색으로 변해가며 미감을 더하는 나무, 선명한 열매 속에 흰 내면을 지닌 나무 등으로 실로 사랑스럽고 믿음직한 외모를 지닌 존재로 묘사되고 있다. 특히 '受命不遷', '深固難徙', '更壹志兮' 등은 귤나무에 대해 굳세고 강한 의지를 소유한 믿음직한 존재로 신뢰를 가한 부분이다. 그러한 신뢰는 후반부의 '托物言志' 수법을 통해 가일층된 칭송으로 이어진다. 어려서부터 남다른 기강을 지닌 존재, 속세와 영욕을 함께 하지 않는 고결한 품성의 소유자, 스스로 삼가면서 덕을 발휘하는 조화로운 인품을 지닌 인물, 오래도록 변치 않는 의리와 기개를 가진 존재, 천지와 공존할 수 있는 표본 등의 이미지를 지닌 존재로 묘사되고 있는 것이다. 각종 의인법을 동원하여 귤나무의 향기로운 품성을 극찬한 것과 비유, 인용, 과장 등 각종 수사기교를 발휘한 것이 돋보이는 작품이다. 四言賦體로 쓰여진 구법, 憤怨이 없는 깔끔한 서정의 서사, 신선하고

강직한 의기의 표현 등을 도모함으로써 屈原 자신의 고결한 성품을 강조하고자 한 수법도 시선을 끈다.

屈原의 「橘頌」 이래로 귤나무는 '뿌리가 깊고 단단하여 옮기기 어려운(深固難徙)' 기개와 정절을 지닌 나무, 고결한 정신의 소유자라는 인식을 얻게 된다. 唐代 張九齡의 「感遇十二首」 중에 나오는 귤나무 역시 차가운 겨울에 열매를 익어가는 '歲寒心'의 기백을 소유한 강인한 존재로 묘사되어 있다.

感遇十二首 其七　감우시 열두 수 중 제7수

江南有丹橘	강남에 붉은색 귤이 있다는데
經冬猶綠林	겨울을 지나면서 그 나무는 더욱 푸른 숲을 이룬다네
豈伊地氣煖	그 땅이 어찌 따듯해서만인가
自有歲寒心	스스로 추위를 이겨내는 정신을 지니고 있기 때문이라네
可以薦嘉客	가객들에게 추천해 올릴 만하니
奈何阻重深	어찌 험산준령이 가로막혔다 할 것인가
運命唯所遇	운명은 오로지 맞서면 될 뿐
循環不可尋	그 순환됨은 근원을 찾을 수 없는 것
徒言樹桃李	한갓 복사꽃과 오얏나무만 말하지 말지니
此木豈無陰	이 나무인들 어찌 그늘을 드리우지 않으리오

귤나무는 강남의 따듯한 기후를 생장조건으로 한다는 환경론보다 '歲寒心'과 기백을 더욱 중시하는 관점을 보였다. 강건하고 맑은 정신세계를 의미하는 이 귤을 군자들에게 추천하여 올리고자 하니 험산준령 같은 환경의 어려움은 문제가 되지 않는다. 桃李의 화려함과 풍성한 과실이 사람들의 애호를 받기는 하나 시인에게는 귤나무와 같은 강인한 생명력과 고결한 품성이 더욱 의미 있게 느껴진다. 환경에 굴하지 않고 운명에 맞서며 굳은 정절을 지킬 것을 표현하는 데 있어 귤나무가 중요한 제재 역할을 하고 있는 것이다.

唐代 李紳이 쓴 다음 작품에서도 귤을 품성의 고결함을 나타내는 의미로 형용하고 있다.

新樓詩二十首·橘園　새로이 누각에서 지은 시 이십 수 중 귤원

江城霧斂輕霜早	운무 걷힌 강가 마을에 일찍이 가벼운 서리가 내려 있고

園橘千株欲變金　동산의 천 그루 귤나무는 황금색으로 변하려 하네
朱實摘時天路近　붉은 열매 딸 때는 하늘이 더욱 가깝게 느껴지고
素英飄處海雲深　흰 꽃잎이 날리는 곳에 넓은 구름 깊게 드리웠다
懼問枳棘愁遷徙　혹여 가시 많은 탱자처럼 옮겨질까 걱정하나
每抱馨香委照臨　언제나 향기를 품고는 그 자태를 환히 비추고 있다
憐爾結根能自保　그대는 뿌리가 튼실해 스스로를 지킬 수 있고
不隨寒暑換貞心　추위와 더위 따라 절조를 바꾸지 않는구나

　전반부에서는 귤나무의 아름답고 풍성한 자태를 칭찬하였고 후반부에서는 귤나무가 지닌 변치 않는 기상을 칭송하고 있다. 운무 속에서 황금색 열매가 익어가는 귤나무는 그 자체가 아름다운 정경을 연출하는데 하늘과 가까운 주변의 붉은 기운도 흰 열매와 꽃잎을 더욱 선명하게 부각시키는 배경이 된다. 꽃과 열매를 형용함에 있어 색감의 대조와 함께 공교한 대장을 활용하여 신선한 느낌을 도모하였다. 귤나무는 비록 외형상으로 가시를 지니고 있으나 내면으로는 독특한 향기와 '獨立不遷'의 지조를 간직한 고상한 품격의 소유자라는 칭찬을 가하고 있고 그 근거를 밝히기 위해 屈原「橘頌」중의 "뿌리가 깊고 단단하여 옮기기 어려우니, 더욱 한결같은 지조를 지녔다.(深固難徙, 更壹志兮)" 구절을 인용한 것이 발견된다.
　唐代 柳宗元은 귤나무의 강직한 기질과 자신의 처지를 연계하여 원분을 표출한 바 있다.

南中榮橘柚　남방에는 귤나무 무성한데

橘柚懷貞質　귤나무는 곧은 자질을 지녀
受命此炎方　명을 받아 이곳 더운 지방에 산다
密林耀朱綠　빽빽한 숲에 붉고 푸르게 빛나고
晚歲有餘芳　한 해의 끝에서 향기로운 여운을 남긴다
殊風限淸漢　한수를 한계로 부는 바람도 서로 다르고
飛雪滯故鄉　날리는 눈은 고향에 가지 못하게 잡는다
攀條何所嘆　가지를 잡고 그 무엇을 한탄하는가
北望熊與湘　북쪽으로 웅수와 상수를 그저 바라보노라니

　시제의 '南中'이라는 표현으로 보아 柳宗元이 永州에 유배되었을 때 쓴 시로

보인다. 남방에 무성한 귤나무를 보면서 '貞質'을 지닌 존재로 인식한다. 귤나무가 대자연의 명령을 받아 이곳 '炎方(永州)'에 살고 있다는 구절은 屈原의 "자연의 명을 받아 처소를 바꾸지 않고, 강남에서 자라는구나.(受命不遷, 生南國兮)" 구절을 인용한 표현인데 영에 의해 유배되어 온 자신의 처지를 은유한 느낌이다. 시 중에 활용된 '貞質', '朱綠', '餘芳', '淸漢' 등의 시어를 통해 귤나무를 지극한 정절의 상징으로 활용했음을 알 수 있다.

여름에 하얗게 피어나는 귤꽃의 자태 역시 미감을 자극하는 존재였다. 宋代 劉克莊이 귤꽃의 아름다운 자태와 그 향기로운 기품을 함께 칭송한 다음 작품을 살펴보자.

橘花 귤꽃

一種靈根有異芬	한 그루 신령한 줄기에서 이채로운 향기가 나더니
初開尤勝結丹賣	처음 피어난 꽃 더욱 빼어난 자태로 아름답게 맺혀 있네
白如詹蔔林中見	그 하얀색은 마치 치자꽃 숲속에서 본 것 같고
淸似㫋檀國里聞	그 맑은 향기는 부처 나라의 내음을 맡는 것 같네
淡月珠胎明璀粲	맑은 달은 구슬 같은 귤 꽃술을 밝게 비추고 있고
微風玉屑撼繽粉	미풍은 귤꽃의 꽃잎을 아득히 흩날리게 하네
平生荀令熏衣癖	東漢의 荀彧이 평생 향기로운 옷을 입었다는 것처럼
露坐花產至夜分	이슬 맺힌 꽃 사이에 앉아 밤늦도록 있어보네

수연에서는 처음 피어나는 귤꽃의 이채로운 향기와 아름다운 귤 색상을 들어 白과 紅이 조화된 신령하고 빼어난 자태를 칭송하였다. 꽃의 색감과 신령함을 칭송함에 있어 치자꽃이라는 현실적 존재와 부처의 나라라는 가상적 존재를 함께 예거한 것은 품격을 높이기 위한 노력이라 할 수 있다. 달빛과 미풍에 찬란하게 빛나고 흩날리는 꽃술과 꽃잎에 대한 묘사 부분 역시 순백색 귤꽃에 대한 극찬이며 그 향기에 심취해 東漢 荀彧의 취향을 따라해보고자 하는 것 역시 꽃에 대한 칭찬에서 근원한 것으로 보인다. 屈原이 「橘頌」에서 상징적 수법을 가하여 귤나무의 품격을 칭송한 것과 같은 맥락에서 귤꽃의 자태와 속성을 묘사하고 있는 것이다.

明代 錢士升이 금귤에 대한 애호의 감정을 표현한 다음 작품을 보면 귤이 주

는 정서와 이 과일에 대한 사랑의 정도가 어떠했는지를 살필 수 있다.

金橘 금귤

密密金丸不禁偷	빽빽이 달린 금빛 알갱이 그 누가 훔쳐가도 어쩔 수 없지만
最憐懸着樹梢頭	가지 끝에 달려 있는 모습이 가장 사랑스러워라
老人口腹原無分	이 노인의 입과 배는 본래 분별이 없지만
留得深秋供兩眸	깊은 가을까지 남겨놓고 입과 눈이 함께 감상하리라

'金彈'처럼 빽빽이 달려 있는 황금빛 금귤의 모습이 풍성한 멋과 운치를 제공한다. 시인은 이 과일을 따 먹는 것을 '훔쳐가도 어쩔 수 없다(不禁偷)'라고 재치 있게 표현하였다. 과일을 따 먹는 것을 아름다움을 훔쳐가는 행위로 묘사한 것이다. 다른 꽃이 모두 시든 시절에 새롭게 열매 맺어 눈과 입에 즐거움을 선사하는 존재이니 오래도록 남겨놓고 감상하고픈 애호의 마음이 절로 생겨나는 것이다.

역대 시문 중 귤나무를 묘사한 작품은 기본적으로 귤나무의 기품과 아름다운 모습을 함께 칭송하는 내용을 기저에 담고 있다. 南朝 齊梁間의 시인 虞羲는 「橘詩」에서 "홀로 서리를 맞고 서 있는 귤나무여, 중주에서 영화롭고 아름답도다. 예로부터 절개가 있었나니, 세모에도 그 무엇을 걱정하리오.(獨有凌霜橘, 榮麗在中州. 從來自有節, 歲暮將何慢)"라고 하며 귤나무를 서리와 세모의 추위에도 아름다운 자태를 뽐내며 '歲寒心'을 발휘하는 존재로 보았고, 唐代 顧況은 「諒公洞庭孤橘歌」에서 "심지도 않았는데 생겨난 한 그루 귤나무, 그 누가 이 섬돌 가에 있게 했나, 강릉의 천 그루 木奴가 부럽지 않구나. 나무 아래는 흰 개미가 살고, 나무 위에는 푸른 참새가 깃드네. 처마 밑으로 날리는 꽃은 아름다운 향을 품고, 그 결실은 마치 마니구슬을 꿴 듯하구나.(不種自生一株橘, 誰敎渠向階前出, 不羨江陵千木奴. 下生白蟻子, 上生靑雀雛. 飛花簷卜旆檀香, 結實如綴摩尼珠)"라고 하며 홀로 자생하며 기백과 품위를 지키고 있는 귤나무를 칭찬하기도 했으며, 張彪는 「勅移橘栽」에서 "남쪽의 귤이 북쪽으로 오면 탱자가 된다고 한 말은, 고래로 모두 허언이로다. 옮겨 심는 시기만 그르치지 않는다면, 그늘이든 햇볕이든 그대는 모두 은혜롭게 여기네.(南橘北爲枳, 古來爲虛言. 徒植期不變, 陰陽感君恩)"라고 하여 '南橘

北枳' 설에 반기를 들기도 했었다. 또한 南宋 范成大는 「田園雜興」에서 "새로이 서리 내린 새벽 가을이 깊음을 알리고, 푸른 숲은 색을 다하여 울긋불긋해졌다. 오로지 귤나무 숲만이 그 색이 달라, 푸르게 번성함 속에 황금빛을 그득 발하는구나.(新霜徹曉報秋深, 染盡靑林作縓林. 惟有橘園風景異, 碧叢叢里萬黃金)"라 하면서 가을이 깊어가자 푸른색과 황금색으로 변한 귤나무 숲의 정절을 노래하기도 하였고, 淸代 蔡柔曾은 「橘園」에서 "귤 동산의 풍경은 이채로워라, 이 나무는 그늘이 많네. 여름이면 눈 같은 꽃이 피고, 가을이면 금빛 열매가 맺힌다. 이 나무를 보고 육기는 효심을 품었고, 굴원은 충심을 불러일으켰네. 서리를 이겨내는 절조를 지녔으니, 그 누가 홀로만 이를 감상하리오(橘園風景異, 此木正多蔭. 夏到花如雪, 秋來子似金. 陸生懷孝行, 屈子起忠心. 亦有凌霜操, 誰來獨賞音)"라고 표현하며 귤나무의 모습과 효용, 내면적 의미 등을 종합적으로 가미한 칭찬을 가한 바 있다. 귤나무는 여름의 흰 꽃과 겨울의 황금빛 열매로 아름다운 자태와 향기를 자랑하면서 동시에 효심과 충심 등 고아한 기백을 느끼게 함으로써 시인들의 정신적인 품격에 지대한 영향을 주는 존재로 많은 사랑을 받는 나무였던 것이다.

2) 풍요와 번영의 상징

고래로 많은 문인들은 귤나무를 대하면서 신령하고 진귀한 과수라는 의식을 갖고 시를 쓰거나 직접 귤나무를 재배하면서 귤의 다양한 효용성과 매력을 노래하기도 하였다.[2] 귤은 귀한 이에게 주는 조공이나 선물, 신선들이 먹는 신령한 과일, 한가한 遊樂의 흥취에 어울리는 과일 등의 이미지를 지닌 과일이었는데

---

2 많은 문인들은 귤나무의 소산에 대해 중요하게 생각하였고 손수 귤나무의 경작에 힘을 기울인 문인들도 여럿 있었다. 唐代 柳宗元 같은 시인은 생활이 어려워도 귤나무를 재배하는 것을 잊지 않았으니 그가 「柳州城西北隅種柑樹」一首에서 "손수 황감 이백 주를 심어, 봄이 오니 새 잎이 성 한귀퉁이에 그득하네.(手種黃柑二百株, 春來新葉遍城隅)"라고 노래한 기록을 살필 수 있다. 또한 杜甫도 晩年에 夔州에서 두 해 동안 생활할 때 지인의 도움을 받아 四十畝에 달하는 果園에서 柑橘 재배를 생업의 한 수단으로 삼기도 했다. 그로 인해 杜甫가 夔州生活 기간에 쓴 430여 수의 시가 중 柑橘에 관한 시는 약 20여 수에 달한다. 이처럼 많은 이들이 귤나무의 중요성을 인식하고 있었고 그로 인해 귤나무와 귤에 대한 시 역시 왕성하게 탄생되기에 이르렀던 것이다.

민간에서는 '부요'와 '풍부함', '번성' 등의 의미로도 인식하였다. 三國時代 李衡이 武陵에 '귤나무 일천 수(甘橘千樹)'를 심어놓아 아들로 하여금 부를 누리게 하였다는 '木奴故事'가 대변하듯 귤은 현실적으로 중요한 재산이었고 부의 수단이기도 하였다. 역대 시가를 살펴보면 귤나무가 지닌 기백을 칭송한 작품과 더불어 귤나무를 번영과 풍요의 상징으로 활용된 작품들이 적지 않다.

唐代 李嶠가 쓴 영물시 중 귤나무를 소재로 한 다음 작품을 보면 귤나무가 주는 풍요로운 정서가 행간에 그득함을 살필 수 있다.

橘 귤

萬里盤根植　만 리까지 그득 심어져 있는 귤나무
千秋布葉繁　천 년 동안이나 그 잎이 번성해왔네
旣榮潘子賦　일찍이 반악의 부에도 등장했고
方重陸生言　육기의 시에서도 여러 번 언급되었다
玉花含霜動　옥 같은 꽃은 서리를 머금어 흔들리고
金衣逐吹翻　금 색 귤은 바람 따라 출렁이네
願辭湘水曲　원컨대 굴원이 쓴 橘頌처럼
長茂上林園　上林苑에서도 오랫동안 무성하기를

만 리까지 심어져 있는 귤나무의 풍성함과 천 년을 이어온 귤나무의 번성함을 그렸다. 귤나무의 풍성함은 사람들에게 번영의 상징으로 인식되어왔고 일찍이 潘岳의 「橘賦」와 陸機의 시에서도 가송된 바 있다. 경연에서는 귤나무의 형상에 대해 '서리를 머금어 흔들리고(含霜動)' '바람 따라 출렁이는(逐吹翻)' 모습으로 표현하여 황금색 귤이 지닌 풍요로운 이미지를 다시 한번 강조하였다. 미연에서는 이 귤나무가 황제의 宮苑 上林苑에서 오랫동안 무성한 것처럼 재덕이 있는 신하가 조정을 훌륭히 보좌하기를 바라는 마음을 담고 있다.

宋代 王十朋이 아름다운 형상으로 알알이 달려 풍요로운 금빛 서정을 선사하는 金橘을 칭송한 시가를 살펴본다.

金橘 금귤

黃柑綠橘未分珍　노란색 밀감 푸른색 귤과 그 가치가 다르지 않아

瑣碎登盤輒獻心　작은 금귤 쟁반에 담아 문득 바치고픈 마음
正可呼爲木奴子　가히 木奴子라고 불릴 만하니
不知誰是鑄金人　그 누가 이 금귤을 만들었을까

전반부에서는 금귤이 지닌 맛과 색을 칭송하고 있다. 수연에서 새콤하고 신선한 금귤의 맛을 차별된 형상으로 설명하고자 한 것이 이채롭다. 후반부에서는 衣食의 필요 없이 집안에 풍족함을 제공하는 '木奴子'로 지칭된 귤나무를 아들에게 가산으로 남긴 李衡의 고사를 차용했는데 그로 인해 금귤은 푸근하고도 여유로운 느낌을 제공한다. 말구에서는 이토록 풍성한 금귤을 만든 이가 누구인가 하는 반어적 표현을 통해 더욱 풍성한 의경을 창출하고자 하였다.

귤나무는 풍요와 번영의 이미지뿐 아니라 시공간적으로 좋은 부분을 지칭하는 의미로도 활용된 바 있다. 宋代 蘇軾이 친구에게 쓴 시 중에 귤나무가 익어가는 시기를 인생의 호시절에 비유한 대목이 나온다.

贈景文　경문에게 주다

荷盡已無擎雨蓋　연잎은 이미 다 져서 빗물을 받치지 못하고
菊殘猶有傲霜枝　국화는 시든 채 아직 서리 맞은 가지를 지니고 있네
一年好景君須記　일 년 중 가장 좋은 경치를 그대는 기억할지니
最是橙黃橘綠時　녹색 귤이 노랗게 익어가는 가장 좋은 시기라네

늦가을에서 겨울로 접어드는 시기는 소슬한 바람이 불고 연잎과 국화가 모두 쇠잔하게 사라져가는 시기이다. 蘇軾은 이러한 시기에 굴하지 않고 익어가는 귤의 풍성한 자태를 주목하고 있다. 겨울로 넘어가는 시기는 비록 풋풋한 청춘의 시기는 아니지만 인생의 열매를 맺는 성숙기요 원숙의 경지에 든 황금 같은 시기라고 본 것이다. 귤이 익어가는 시기가 주는 풍요로운 정서를 잘 포착하면서 시간을 아끼라는 권면의 뜻까지 담고 있다.

귤나무는 '진귀한' 이미지를 갖고 있는 과수였고 그 열매인 귤은 선물이나 '진상품'으로 자주 활용되었던 과일이었다. 물류가 발달하지 않았던 시기였으므로 남방의 과일은 북방에 있는 조정에 귀한 진상품이 될 수 있었을 것이다. 그러나 귤나무는 풍요와 부요의 상징적인 의미가 더욱 강한 나무였다. 梁代 簡文帝

가 「詠橘詩」에서 "아무런 장식도 하지 않았지만, 옥쟁반에 담아 맛볼 만하리.(無假存雕飾, 玉盤余自嘗)"라고 하며 귤의 진귀한 면모를 노래하기도 했고, 梁代 吳均이 「橘賦」에서 "이 과일은 옥쟁반 위에 담길 만하도다. 구름같이 늘어선 천 그루의 나무를 보네.(亦委體于玉盤. 見雲夢之千樹)"라고 귤을 귀하게 여기는 마음과 풍요롭게 심겨져 있는 나무의 모습을 형용하기도 했으며, 徐陵이 「詠柑詩」에서 "만 실에 그득한 귤나무 집안을 떠받드는 듯, 천 그루 귤나무 초나라의 풍요를 드러내는 듯(萬室擬封家, 千株挺荊國)"이라 하여 귤나무의 생산과 소출로 인한 부와 풍요를 강조하기도 하였고, 唐代 張彤은 「奉和揀貢橘」에서 "다니다 손에 그득히 딴 귤을 보노라니, 부지중에 그 그윽한 향기 벌써 옷깃에 그득하네.(行看采摘方盈手, 暗覺馨香已滿襟)"라고 하여 귤의 풍성함과 그윽한 향기가 주는 여운을 여유 있게 묘사하였으며, 南宋의 葉適은 「橘枝詞」를 통해 "온 집안에 빽빽이 들어차 있는 귤 마치 금빛 옷을 입힌 듯, 사람들은 짧은 해를 틈타 광주리에 널어놓았다.(蜜滿房中金作皮, 人家短日挂疏籬)"라고 하며 永嘉 지방에서 귤을 풍성히 수확하여 갈무리하는 모습을 노래하기도 하였다. 귤나무는 풍요로운 소출로 인해 번영과 풍요의 상징으로 인식되었을 뿐 아니라 시인들에게도 풍부하고 여유로운 상상력을 제공해준 나무였던 것이다.

3) 사랑과 이별 등 각종 정표의 이미지

귤은 새콤하고 달콤한 맛을 통해 상큼한 미감을 느끼게 하는 특징을 지녔다. 귤은 새콤한 맛과 신선함으로 인해 좋은 새해 선물이 되기도 하였고 복을 기원하는 吉祥物로 활용되기도 했으며 신혼부부에게 주어지는 축하의 선물이 되기도 하는 등 민간에서 다양한 선물로 활용했던 과일이었다. 이렇게 선물로 활용했던 기저에는 축복, 사랑, 우정, 축하 등 각종 호의로 대변되는 모종의 감정을 전달하고자 하는 의도도 존재하고 있었다.

孟浩然이 쓴 다음 시를 보면 귤을 애정의 상징으로 간주한 내용이 발견된다. 고귀한 사랑처럼 무언가 귀한 것을 주고받으려는 심리가 귤을 통해 반영된 예라 할 수 있다.

庭橘 정원의 귤

明發覽群物	여명이 밝아와 만물을 비추니
萬木何陰森	온갖 나무가 어찌 어두울쏜가
凝霜漸漸水	응어리졌던 서리가 점차 물로 변하니
庭橘似懸金	정원의 귤나무는 마치 금을 달아놓은 듯 하다
女伴爭攀摘	여자아이들 다투어 귤을 따려고 하는데
摘窺礙葉深	깊은 잎사귀 사이를 살펴보면서 좋은 것을 따누나
并生憐共蒂	가시 맺힌 나무까지도 아끼는 듯
相示感同心	서로 보여주며 한 마음으로 감탄하네
骨刺紅羅被	귤나무 가지 끝 가시는 붉은 비단수건과 잘 어울리고
香黏翠羽簪	귤 향기는 비췻빛 머리장식에 스며드는구나
擎來玉盤里	옥반에 소중히 담아 오면
全勝在幽林	고요한 숲속에 있는 것보다 훨씬 나으리

여명이 비쳐오자 나무들이 밝아지고 서리가 녹는 밝은 이미지가 펼쳐진다. 환한 햇살 속에서 금을 달아놓은 듯 빛나는 귤나무는 정원의 다른 나무들을 압도하는 사랑스러운 자태를 뽐내고 있다. 귤을 따기 위해 여자들이 모여들었는데 마치 정인을 구하듯 성의를 다하고 있다. 시어 중 '가시가 달린 나무(共蒂)'는 종종 '情人'을 의미하는 단어로 활용되는데 이는 뒤 구절의 '同心'과 연결되어 사랑의 합일을 암시하는 용어로 쓰였다. 귤의 가시와 귤 향기가 여자들의 수건과 머리장식에 잘 어울린다는 표현 역시 '가시(정인)'와 '여자(수건, 머리장식)'를 연관시켜주는 의미를 내포한다. 귤나무를 사랑의 정표로 활용하여 상징성을 부각시킨 것이다.

唐代 陸龜蒙이 쓴 다음 시에서도 귤나무는 사랑과 그리움의 정서로 등장하고 있다.

新秋雜題六首·倚 새 가을에 느낀 감정을 쓴 시 여섯 수·의

橘下凝情香染巾	귤나무 아래에 맺힌 정은 향기 어린 수건 같고
竹邊留思露搖身	대숲 옆에 남겨둔 그리움은 이슬 맞아 흔들리는 듯
背煙垂首盡日立	연기 등지고 머리 숙인 채 해 지도록 서 있자니

憶得山中無事人　문득 하릴없이 산중에 있는 은자가 그리워지네

　가을을 맞아 느끼게 된 무언가 모를 그리운 정을 묘사하였는데 그 배경으로 활용된 것이 귤나무와 대나무이다. 귤나무는 여름꽃과 가을 향기를 차례로 선사하다 겨울에 과일이 익어가는데 그 꽃이 남긴 향기는 마치 여인네가 건넨 수건에서 느끼는 아련한 그리움과 같다. 귤나무 향기로 인한 그윽한 감정은 해지도록 시인의 마음을 수놓고 있는 것이다.

　아련한 그리움이나 사랑을 표현하기 좋았던 귤나무의 이미지는 사람 사이의 정뿐 아니라 고향에 대한 그리움이나 정을 묘사할 때에도 활용하기 좋은 제재였다.

相和歌辭・江南曲　상화가사・강남곡 (唐代 張籍)

江南人家多橘樹　강남의 인가에는 귤나무가 많고
吳姬舟上織白紵　오 땅의 아가씨 배 위에서 흰 모시를 짜고 있네

秋宿湘江遇雨　가을에 상강에서 유숙하다 비를 만나다 (唐代 譚用之)

鄕思不堪悲橘柚　귤과 유자나무를 보자 고향 생각 참지 못하겠으니
旅遊誰肯重王孫　행유하다 그 누가 다시 은자가 되리오

登甘露寺北望　감로사에 올라 북쪽을 바라보며 (宋代 徐鉉)

遊人鄕思應如橘　나그네 고향을 그리는 정 마치 귤나무를 그리워함 같아
相望須含兩地情　이 땅 바라보면서 두 곳의 정을 한꺼번에 느끼누나

　이상 몇 수의 작품에서 언급하듯 귤나무는 따듯한 강남, 푸근한 고향 등의 감상을 떠올리게 하는 좋은 자연물이었다. 귤나무가 지닌 '獨立不遷'의 의식, 의연함, 풍성함, 번영 등의 이미지는 고향의 푸근한 정과 연결하기 합당한 제재였던 것이다.

　역대 시문 중에는 병든 친구에게 문안하며 귤을 건네거나 귤을 통해 신선한 힘을 얻게 되기를 기원한 내용도 많다. 韋應物이 鄭騎曹가 병들어 橘을 구한다는 글을 받고 답장으로 쓴 시와 皮日休가 魯望에게 귤을 보내며 쓴 시, 韓偓이

병석에서 회복하여 새롭게 기운을 차리기를 희망하는 내용을 담은 구절들을 절록하여 살펴보자.

答鄭騎曹求橘詩 鄭騎曹가 병들어 橘을 구한다는 시에 답하여 (韋應物)

憐君臥病思新橘　그대가 병들어 누워 새로 나온 귤을 먹고 싶다 하여
試摘猶酸亦未黃　시험 삼아 귤을 따보니 아직 시고 익지 않았네
書後欲題三百顆　이 글을 쓴 후 삼백 알을 모두 살펴보고 싶지만
洞庭須待滿林霜　동정호 숲에 서리 그득 내리기까지 기다려야 하나니

早春以橘子寄魯望 이른 봄 귤을 魯望에게 보내며 (皮日休)

知君多病仍中聖　그대가 병이 많으나 여전히 술 취하기를 즐긴다 하여
盡送寒苞向枕邊　삼가 이 귤을 보내니 차갑게 하여 침상 가에 두고 먹기를

秋深閑興 가을이 깊어감에 한가한 흥취를 발하며 (韓偓)

病起乍嘗新橘柚　병상에서 일어나 언뜻 새로 나온 귤과 유자를 맛보고
秋深初換舊衣裳　가을이 깊어감에 옛 옷을 새 옷과 바꾸어 입어본다

이러한 기록들을 통해 병든 이들이 신선하고 새콤한 맛을 그리워하는 것을 이해하며 쾌차를 바라는 마음과 함께 귤을 보내는 일이 많았음을 알 수 있다. 귤은 본래의 영양과 맛으로 인해 그 자체가 좋은 치료식이었는데 주고받는 정성까지 포함되면 더욱 뛰어난 치료효과를 발휘하는 식물이 되었을 것이다.

귤과 귤나무를 통해 각종 서정을 전달하는 장면에 있어 빼놓을 수 없는 또 한 가지는 송별의 심정과 順路를 기원하는 장면에 등장하는 귤의 이미지이다. 일례로 王昌齡이 쓴 다음 시를 살펴보자.

送魏二 위이를 송별하며

醉別江樓橘柚香　취한 채로 강루에서 이별하매 귤과 유자향 날리고
江風引雨入舟涼　강바람은 비를 끌어들여 배 위로 차갑게 흩날리네
憶君遙在瀟湘月　그대를 생각하며 멀리 소상강 위에 뜬 달 바라보노라니
愁聽淸猿夢里長　근심 속에 들려오는 원숭이 소리 꿈속까지 멀리 퍼지누나

이 시는 王昌齡이 龍標尉로 폄적되어 갔던 시기에 쓴 것으로 전반부의 實景

과 후반부의 虛境이 잘 조화를 이루고 있는 작품이다. 이 시에서 특히 눈길을 끄는 것은 이별장면에 등장하는 귤과 유자의 향기이다. 사람의 감정을 자극하는 맛을 지닌 과실답게 우아한 향기를 날리는 귤과 유자는 이 시에서 이별의 서운한 감정을 배가시켜주는 자연물로 등장한다. 귤과 유자의 향기가 등장하는 실경은 이별의 의경을 확대시키고 좀 더 감각적으로 허경을 인식하게 하는 역할을 하고 있다.

역대 시가에는 이별하면서 귤이나 귤나무를 배경으로 등장시켜 자신의 섭섭한 마음을 표현하거나 우정을 전달한 내용이 상당 수 존재한다. 필자가『全唐詩』에 나타난 '橘'자를 살펴본 결과 특히 송별시에서 '橘'자가 많이 활용되고 있음을 발견할 수 있었다. 봄에 이별하는 장면 중에 특별히 '버들(柳)'이 많이 등장하듯 겨울에 남방에서 이별하거나 떠나가는 이에게 있어 귤나무는 매우 특별한 정서와 상징성을 지니고 있었음을 알게 된다. 唐代 徐晶이 친구를 蜀中으로 보내면서 쓴「送友人尉蜀中」의 "옛 친구가 漢中尉로 간다니, 청컨대 西蜀의 시 지어주시게. 그곳의 인가에는 귤을 많이 심었고, 거문고 연주를 좋아하는 풍류를 지녔다지.(故友漢中尉, 請爲西蜀吟. 人家多種橘, 風土愛彈琴)", 張九齡이 고향 사람을 전송하며 쓴「別鄕人南還」의 "귤과 유자는 남쪽 따뜻한 곳에 나오고, 뽕나무와 느릅나무는 북쪽 음지에서 나온다네. 어찌 영락함이 서로 다르다 말하겠나. 그 정경 보니 이별의 마음 절로 나온다네.(橘柚南中煖, 桑楡北地陰. 何言榮落異, 因見別離心)", 劉長卿이 孫逸이 廬山으로 돌아감을 송별하여 쓴「送孫逸歸廬山」의 "팽려 호숫가에는 귤과 유자 향기 날리고, 심양성 밖에는 단풍나무와 삼나무 그늘졌네. 청산은 끊임없이 三湘水 가에 늘어서 있고, 나는 새는 부질없이 떠나는 배를 만 리까지 따라오네.(彭蠡湖邊香橘柚, 潯陽郭外闇楓杉. 靑山不斷三湘道, 飛鳥空隨萬里帆)" 등을 비롯한 수많은 시구에서 귤과 귤나무가 이별 장면에 활용된 경우를 발견할 수 있다. 이별에 임하면서 귤의 고결한 품성을 들어 지인의 인품을 칭찬하고 싶어 했던 마음, 남방의 풍요로운 산수를 대표하는 상징물인 귤나무를 통해 특별한 우정과 사랑, 축복 등의 감정을 펼치고자 했던 마음 등이 복합적으로 반영된 정서라고 볼 수 있다.

굴나무는 여름에 피어나 눈부신 햇살 아래 오랫동안 향기를 발하는 흰 꽃의 순결한 아름다움을 지니고 있고, 늦가을에서 겨울로 들어가는 시기에 열매가 익어가는 달콤한 향기로 사람들의 감각을 사로잡으며, 겨울이면 푸른 잎 속에 황금빛 열매를 알알이 맺음으로써 세인들을 유혹하는 특별한 매력의 소유자이다. 신맛으로 상큼한 매력과 강렬한 여운을 얻게 하고 달콤한 맛으로 기쁜 느낌을 얻게 하는 특징은 모종의 정서를 표현하는 데 있어서도 유용하게 작용한다. '歲寒心'을 지닌 의기와 기백이 있는 나무, 아름다운 향기와 자태를 자랑하는 매력 있는 나무, 풍요와 번영의 상징성을 갖고 있는 푸근한 나무, 새콤달콤한 열매로 신선한 감각을 제공하는 서정성 있는 나무, 황량한 겨울 풍경 속에서 푸른 잎과 황금빛 열매의 이채로운 풍경을 제공하는 나무로 많은 주목을 받아왔다. 屈原이 「橘頌」을 통해 강인한 성품과 의지를 칭송한 것을 필두로 역대 시인들은 서리와 한파에도 꿋꿋한 굴나무의 기상을 노래하기도 하였고, 백성에게 봉사하는 유실수의 장점을 칭찬하기도 하였으며, 겨울에 결실을 맺음으로써 인생의 새로운 황금기를 느끼게 하는 정신적 활력소로 표현되기도 하였다. 굴나무는 각종 정서를 표현하는 데 있어 복합적인 감정표현을 가능하게 해주는 중요한 매개체였던 것이다.

2. 사계절 곧고 푸른 청정군자 대나무(竹)

대나무(竹)는 품격 있는 자태와 고매한 기질로 고래부터 많은 사랑과 칭송을 받아온 식물이다. 대나무는 벼과의 상록성 목본으로 생태상 풀도 아니고 나무도 아닌[3] 대나무아과(Bambusoideae)의 속성을 지녔다. 세계적으로 75속 1,000여 종이 있는데 아열대 및 열대에서 온대지방까지 널리 자생하며 아시아 남동부, 인도양과 태평양 제도에 그 수와 종류가 가장 많다. 중국에서도 대나무는 여러 곳에 자생하는 중요한 수목으로 毛竹, 剛竹, 桂竹, 紫竹, 孟宗竹, 斑竹, 山竹, 矢竹, 鳥竹, 粉竹, 淡竹 등 다양한 종류가 있다.[4] 몇 년 동안 영양생장을 한 다음 수년에

---

3 尹善道「五友歌」의 "나모도 아닌 거시 풀도 아닌 거시, 곳기난 뉘 시기며 속은 어이 뷔연난다. 더러코 사시에 프르니 그를 됴하하노라." 시구에 나온 것처럼 대나무는 옛날부터 나무와 풀의 구분이 모호한 "非草非木"의 식물로 인식되었고 현재까지도 풀과 나무어느 한쪽으로 지정되고 있지 않다. 나무와 풀의 가장 큰 차이는 나무는 부피생장을 하고 풀은 그렇지 않다는 점이다. 나무는 줄기의 목부가 2차 생장을 하는데 줄기의 부피생장은 겉씨식물과 쌍떡잎식물에서만 볼 수 있는 현상이다. 외떡잎식물은 부피생장을 하지않으므로 외떡잎식물에 속하는 벼과의 대나무 종류들은 모두 풀인 셈이다. 한편 나무가완전히 자라면 땅 위의 줄기는 여러 해 동안 죽지 않고 부피생장을 하는데 대나무는 이러한 나무의 속성도 갖고 있다. 許慎은『說文解字』에서 "대나무는 겨울에 자라는 풀로,고로 竹은 草자를 거꾸로 쓴 모양을 따랐다.(竹冬生草也, 故字從倒草)"라고 풀이하였다."竹"의 象形이 "艸"라는 글자를 거꾸로 쓴 것이라 본 것으로 정상적인 풀이 아니고 "거꾸로 된 풀"로 보았으니 이는 나무라는 해석도 가능하다. 손광성은『나의 꽃 문화 산책』(서울 : 을유문화사, 1996) 제273쪽에서 "대는 풀이 아니라 나무이다. 첫째, 몇 십 년이지나도 줄기가 살아 있으며, 둘째, 줄기와 굵기는 한 해에 다 자라고 말지만 매년 잔가지가 자라고 거기에서 새 잎이 돋고 오래된 잎은 말라서 떨어진다. 셋째, 목질부를 가진 식물이라서 더욱 그렇다."라고 하면서 대나는 나무의 속성이 강하다는 의견을 낸 바 있다.

4 중국에는 약 300종의 대나무가 있다. 중국 대부분 지방에 분포되어 있지만 고온다습한지방에서 잘 자라며 주로 長江 유역이나 華南, 西南지방에서 많이 보인다. 毛竹, 剛竹,桂竹, 紫竹 등은 黃河 이남유역에서 많이 자란다. 우리나라에서는 왕대속(Phyllostachys),조릿대속(Sasa), 해장죽속(Arundinaria)의 3속 15종의 대나무가 자라고 있는데 특히 키가

서 수십 년 만에 꽃을 피우는데 꽃이 피면 "開花病"에 걸려 죽는다고 한다. 소나무, 매화와 함께 "松竹梅", "歲寒三友" 등으로 병칭되는 대나무는 '四君子'와 '十長生'의 하나로도 귀하게 인식되어왔다. 利殖과 繁殖이 잘 되고 빨리 자라기로 손꼽히는 나무이며 효용성도 커서 건축재, 낚싯대나 그릇 등 각종 생활용품, 관상용, 식용 등 다양한 부분에서 활용되어왔으니 실로 인간의 생활과 밀접한 식물이라 할 수 있다.

『詩經』「衛風」「竹竿」에는 시집 온 여인이 친정 淇水에서 대나무 낚싯대로 낚시하던 것을 회상하면서 "길고 가는 대나무 낚싯대로 기수에서 낚시했었네. 어찌 그것을 생각하지 않겠는가만 멀어서 이를 수가 없다네.(籊籊竹竿, 以釣于淇, 豈不爾思, 遠莫致之)"라고 한 기록이 나온다. 이를 통해 중국에서 대나무가 일찍부터 인간에게 많은 추억과 효용성을 제공하였던 초목이었음을 알 수 있다. 대나무는 청정한 자태, 늘 푸르름을 유지하는 불변의 지조, 추위에도 굴하지 않는 내한성, 속이 비어 있으나 올곧게 자라는 기상 등으로 인해 옛날부터 지조와 절개를 상징하는 식물로 인식되어왔다. 부정과 불의에 타협하지 않고 지조를 지킬 때 가장 많이 비유하는 수목이 바로 대나무였다. 깊은 상징성으로 인해 문인들의 사랑을 받았고 여러 시문과 그림 속에 등장하여 감동을 주었으며 "雨後竹筍", "孟宗雪筍" 등을 비롯해 열거할 수 없을 정도로 많은 고사성어 속에 등장한 바 있다. 대나무를 지칭하는 '節槪樹', '虛心淸節', '琅玕', '寒友', '三淸', '歲寒三友', '此君', '故人', '抱節君', '化龍', '妬母草', '尊者' 등 여러 이칭은 대나무의 다양한 속성과 상징성을 잘 나타내는 표현들이다.[5] 唐詩 창작에 있어서도

10미터 이상 자라는 왕대속 식물만을 대나무라고 부르기도 한다.

5 대나무는 곧고 빈 줄기와 四時 푸르른 잎으로 虛心과 절개의 의미가 강해 '節槪樹', '虛心淸節', '抱節之無心' 등의 칭송을 받는다. 사계절 변함없음과 허식이 없는 것으로 인해 碧玉, 琅玕 등의 玉에 비유되기도 하고 唐代 李衛公이 어느 절의 대나무가 마음에 들어 그 절의 승려에게 매일 대나무의 평안 여부를 보고하게 했다는 고사에서 나온 '平安', 竹林七賢이 대나무를 '三淸(梅花, 水仙, 竹)', '三友(松, 竹, 梅)' 등으로 불렀던 등은 대나무와 연관된 이미지 명칭이라 하겠다.(권영한, 『재미있는 나무이야기』, 서울 : 전원문화사, 1997, 22~23쪽 참조) 또한 王子猷가 집 주위에 대나무를 심어놓고 하루라도 '이분(此君)'이 없으면 살 수 없다고 하여 생긴 '此君', 여러 마디를 지닌 외양과 그것이 상징하는 의미인 절도를 갖춘 군자라 해서 '抱節君', 대나무 지팡이를 연못에 던졌더니 용이 되었다 해서 나온 '化龍', 어미의 키를 시샘해서 빨리 자라려는 풀의 뜻인 '妬母草' 등의 용어도 대나무

대나무는 매우 중요한 소재였으니 『全唐詩』 詩歌 篇名 중의 花木 상위 20위종 중에서 버드나무에 이어 제2위를 차지한 것만 보아도 작품 속에서 활용된 대나무의 이미지가 실로 지대했음을 알 수 있겠다.

역대 많은 작품을 통해 대나무에 형성된 다의적인 상징성은 창작에 있어 중요한 소재로 활용되었고 그로 인해 형성된 의상은 다시 작품 창작에 많은 영향을 미쳤다. 대나무는 '四君子'의 이미지에 부합되는 훌륭한 덕을 지닌 나무이다. 뿌리가 굳건하여서 흔들리지 않는 모습은 깊은 덕을 상징하며, 곧게 뻗은 줄기의 형상은 치우치지 않는 바른 몸가짐과 처신을 생각하게 하고, 내면이 비어 있는 허정함은 텅 빈 마음으로 도를 체득하여 겸허히 타인을 대하도록 하는 가르침을 주며, 곧게 이어진 마디마디는 반듯한 생활과 절도를 지킬 것을 시사하고, 사계절 푸르러 시들지 않는 속성은 한결같은 마음으로 세상을 살아가게 하는 깨우침을 갖게 한다.

1) 변하지 않는 절개의 표상

대나무는 곧고 반듯한 외형과 사철 푸르른 면모로 변하지 않는 절개의 표상이 되는 식물이다. 일찍이 『禮記』 「禮器」에서는 인품을 논함에 있어 "그 사람됨은 화살대의 겉처럼 푸르다.(其在人也, 如竹箭之有筠)"라 하여 대나무의 푸르름을 주목한 바 있고, 『詩經』에서는 淇水 가의 대나무를 소재로 전 3연에 걸쳐 "푸른 대가 우거져 있는 것처럼 군자의 형상을 한(綠竹猗猗, 有匪君子)" 모습으로 武公의 덕과 대나무의 절개를 묘사한 바 있다.[6] 전통적으로 대나무는 허정한 심성을 견지하며 절개를 지키는 의식과 삶을 의미하는 존재로 인식되어왔다. 대나무의 일차적인 덕성으로 '節槪'와 '淸德'을 들 수 있는데 이는 대나무가 지닌 변치 않

의 이미지를 나타내는 명칭이다.(손광성, 『나의 꽃 문화 산책』, 서울 : 을유문화사, 1996, 274쪽 참조)

6 「衛風」 「淇奧」 : "淇水 저 물굽이에, 푸른 대 우거져 있네. 어여쁘신 우리 님은, 마치 뼈와 상아 잘 다듬은 듯, 구슬과 돌을 잘 갈고 간 듯. 엄하고 너그럽고, 환하고 의젓하도다. 어여쁘신 우리 님을, 끝내 잊지 못하리라.(瞻彼淇奧, 綠竹猗猗. 有匪君子, 如切如磋. 如琢如磨. 瑟兮僩兮, 赫兮咺兮. 有匪君子, 終不可諼兮)

는 절개와 강직함을 상징적으로 의미하는 것이 된다.

張九齡은 다음 작품에서 淸雅하고 고매한 대나무의 속성을 높이 칭송했다.

和黃門盧侍御詠竹　황문 노시어의 대나무를 노래한 시에 화답하여

淸切紫庭垂	대나무 맑은 마디 아름다운 정원에 드리웠고
葳蕤防露枝	우거진 가지에는 이슬이 맺혀 있다
色無玄月變	달 모습 변해도 푸른빛 잃지 않고
聲有惠風吹	바람 불어도 맑은 소리를 낸다
高節人相重	고상한 氣節은 사람들이 중시하는 바요
虛心世所知	허정한 마음은 세상 사람들 모두 아는 바다
鳳凰佳可食	봉황이 이 아름다운 열매를 먹는다 하니
一去一來儀	한 번 가면 한 번 오는 것이 정해진 예의라

시가 속에 묘사된 대나무는 달의 변화나 시간의 흐름에도 푸른빛을 잃지 않는 불변의 존재요 바람에도 늘 맑은 소리를 내는 청아한 군자와 같다. 그러한 氣節과 허정한 마음은 세상 사람들이 모두 흠모하는 바이니 대나무는 "봉황이 와서 그 열매를 먹을 정도로(鳳凰佳可食)" 고매한 속성을 지녔다는 典故[7]를 생각하게 하는 식물이라 하겠다.

劉禹錫이 정원의 대나무를 보고 쓴 다음 시에서도 '竹'과 '君子'를 동일시하는 의식을 담고 있음이 보인다.

庭竹　정원의 대나무

露滌鉛粉節	이슬 내려 마디에 묻은 흰 가루 씻기고
風搖靑玉枝	푸른 옥빛을 띤 가지는 바람에 하늘 하늘
依依似君子	그대 의젓한 모습 군자와 같아
無地不相宜	이 세상에 어울리지 않는 곳이 없네

'滌'을 통해 세속의 먼지가 씻기듯 심신을 정화시키는 대나무의 청정한 기운

---

[7] "孤竹待鳳"에 관한 典故는 『莊子』「秋水」의 "봉황은 남해에서 출발하여 북해를 날아가는데 오동나무가 아니면 머물지 않고, 대나무 열매가 아니면 먹지 않으며, 예천이 아니면 마시지 않는다.(夫鵷鶵發於南海, 而飛于北海, 非梧桐不止, 非練實不食, 非醴泉不飮)"라고 한 구절에서 발견된다.

을 형용하였고 이어 '靑玉'과 같은 푸른 자태가 바람에 고요히 요동치는 청아한 모습을 그렸다. 이 의젓한 모습은 군자의 형상에 부합되는 것으로 대나무는 세상 어디에서도 표상이 되는 품격을 지녔다고 본 것이다.

楊巨源의 다음 작품에서도 대나무는 고아한 품격을 지닌 존재로 묘사된다.

池上竹 못가의 대나무

一叢嬋娟色	한 무더기 대나무 고운 빛깔
四面淸冷波	사방 못가에서는 청랭한 물결이 인다
氣潤晩煙重	물 기운 그득한데 저녁 운무 짙게 깔리고
光閑秋露多	한가로운 햇살 비추는데 가을 이슬 그득하다
翠筠入疏柳	푸른 대나무는 성근 버들과 서로 의지하고
淸影拂圓荷	맑은 그림자 가을 연잎에 떨치고 있다
歲晏琅玕實	한 해가 다 갈 때 竹實을 맺으니
心期有鳳過	마음속으로 봉황의 내방을 기다리게 하누나

못가의 대나무는 淸冷한 물결과 조화를 이루며 청아한 자태를 드러내고 있다. 물안개와 운무가 어우러진 속에 이슬이 내려 못가의 저녁은 아스라한 정경을 연출한다. 대나무는 성근 버들을 배경으로 하여 맑은 그림자를 연잎에 비치고 있으며 버들과 연잎이 시들어도 대나무의 푸른 자태는 변치 않는 절도를 유지한다. 이러한 모습에서 신령한 느낌을 얻은 시인은 봉황이 와서 '琅玕實(竹實)'[8]을 먹는다는 속설을 활용하여 대나무의 고아한 품격을 칭송하고 있는 것이다.

李白은 涂縣 북쪽에 있는 慈姥山에서 마주한 대나무의 청정함을 다음과 같이 묘사하고 있다.

---

8 옥의 한 종류인 '琅玕'은 대나무를 지칭하는 용어로 많이 쓰인다. 杜甫가 「鄭駙馬宅宴洞中」에서 "주인집 그늘진 골짜기에 세미한 운무가 일고, 머무는 객들은 여름 대자리에서 푸른 대나무를 바라보네.(主家陰洞細烟霧, 留客夏簟靑琅玕)"라고 하였는데 이때의 '靑琅玕'은 대나무의 푸르름을 비유한 것이다. 또한 '琅玕實'은 봉황이 오죽을 먹지 않고 竹實만을 먹으며 聖人만이 이를 볼 수 있다는 속설을 활용한 표현이다. 이 표현은 많은 시가에 등장하는데 일례로 淸의 孫枝蔚도 「壽李書雲都諫」에서 "아각은 하늘에 걸쳐, 그 위에는 봉황이 둥지를 트네. 봉황은 琅玕玉을 먹고, 맑은 소리를 높이 울린다네.(阿閣亘中天, 其上巢凰鳳. 飽食惟琅玕, 亮音聞高岡)"라고 하여 봉황이 竹實을 먹는다는 표현을 한 바 있다.

慈姥竹 자로산의 대나무

野竹攢石生	들녘의 대나무 돌을 뚫고 자라나 있고
含烟映江島	연기 머금은 자태 강가 섬에서 빛난다
翠色落波深	물속에 드리운 푸른 잎새는 물결을 더욱 푸르게 하고
虛聲帶寒早	허정한 소리는 차가운 아침 기운을 머금었다
龍吟曾未聽	이처럼 미묘한 龍吟曲을 일찍이 들어본 적 없고
鳳曲吹應好	鳳曲 같은 훌륭한 소리 잎새에 인다
不學蒲柳凋	물가 버드나무가 추위에 시듦에 아랑곳하지 않고
貞心常自保	대나무는 자신의 정절을 언제나 유지하나니

야생지에서 돌을 뚫고 피어난 강인함과 연무 낀 정경 속에서도 푸른 자태를 잃지 않는 대나무의 청정함을 노래하였다. 이어 함연에서 "물속에 드리운 푸른 잎새가 물결을 더욱 푸르게 한다"는 표현과 "차가운 아침 기운을 머금고 들려오는 허정한 소리"를 통해 대나무의 고매한 품격을 입체적으로 표현하였다. 대나무에 이는 소리는 '龍吟曲', '鳳曲' 같은 琴曲의 훌륭한 소리에 비견된다. 계절의 변화에 따른 '蒲柳'의 시듦에도 불구하고 불변의 기개를 지키는 대나무의 貞節에도 칭송을 가하였다. 대나무의 강인함, 常綠性, 耐寒性, 貞節 등을 고루 칭찬하고 있음이 발견되는 것이다.

元稹의 「新竹」 역시 대나무의 절개를 노래한 작품이다.

新竹 새로 난 대나무

新篁才解籜	새 죽순은 대나무 껍질을 벗고 솟아나
寒色已青葱	찬 기운에도 일찍부터 푸르름을 갖고 있다
冉冉飄凝粉	점차 자라나매 줄기에 하얀 분이 끼고
蕭蕭漸引風	잎사귀는 점차 소슬하게 바람에 흔들린다
扶疏多透日	대나무 사이로 햇살 그득 비추이는데
寥落未成叢	죽순의 성장은 아직 숲을 이룰 정도는 아니라
惟有團團節	오로지 마디마디 절개가 있어
堅貞大小同	굳은 정절은 크고 작음에 상관없이 같다네

새로 난 죽순은 본능적으로 추위를 이겨내고 대껍질을 벗고 솟아나서 푸른 자태를 보여준다. 대나무는 성장하면서 스스로의 자태를 갖추고 바람에도 적응

하며 자신의 기질을 살려나간다. 말연에서는 그 성장의 정도에 상관없이 대나무가 지닌 마디는 동일함을 언급했다. 죽순의 마디는 처음부터 형성되어 있어 성장 후에도 변하지 않는 특성을 주목한 것이다. 시인은 말연의 "堅貞大小同"을 통해 대나무의 마디처럼 불변의 성질을 갖고 있는 굳센 정절이야말로 대나무를 상징하는 가장 대표적인 표상임을 밝히고 있다. 대나무의 외형적 성장과 내면적 속성을 고루 묘사한 것이다.

李益이 竹窓에 들려오는 바람소리를 듣고 친구 苗發과 司空曙에게 쓴 다음 작품 속에서 대나무를 통해 불변의 우정을 표현한 것을 살펴본다.

竹窓聞風寄苗發司空曙 죽창에서 바람소리를 듣다가 묘발과 사공서에게 보냄

微風驚暮坐	미풍이 댓잎을 놀라게 하는 저녁에
臨牖思悠哉	창가에 기대앉으니 그리움 한이 없다
開門復動竹	문 열면 다시금 대나무 요동치고
疑是故人來	마치 옛 친구가 찾아오는 듯
時滴枝上露	때 마침 방울진 가지 위의 이슬
稍沾階下苔	조금씩 모여 계단 아래 이끼 위로 떨어진다
何當一入幌	어찌하면 휘장 안에 들어가
爲拂綠琴埃	綠琴에 쌓인 먼지를 떨쳐버릴 수 있을까

산들산들 불어오는 바람은 댓잎을 움직이기에 충분하고 친구에 대한 그리움을 불러일으키기에도 족하다. 대나무를 친구에 비유해 '故人'이라고 부르는데 이는 晉代 王徽之가 대나무를 아껴 '此君'이라고 불렀던 것을 연상시킨다. 이때 내리는 이슬은 시인의 그리움을 머금고 계단 아래 푸른 이끼 위로 떨어진다. 末句의 '綠琴'은 司馬相如의 옛 거문고 이름이 '綠綺琴'이었던 것을 이른 것인데 知音의 부재로 綠琴에 먼지가 쌓여 있음을 그림으로써 친구를 그리는 정을 간곡하게 표현했다. 대나무가 시문 속에서 변치 않는 우정의 매개체가 된 예이다.

羅鄴은 대나무를 맑고 고결한 품성을 지닌 존재로 형상화하면서 자신의 능력과 품성을 대나무에 비유한 바 있다.

竹 대나무

翠葉才分細細枝	푸른 잎에 세세한 가지 또렷하게 보이는데
淸陰猶未上階墀	맑은 그늘은 아직 섬돌 위로 드리우지 못했네
蕙蘭雖許相依日	혜초와 난초가 해를 의지할 수 있게 되었어도
桃李還應笑後時	도리는 아직 웃을 날을 뒤로 기약하고 있네
抱節不爲霜霰改	절개를 품고 있어 서리와 싸라기눈에도 바뀌지 않으며
成林終與鳳凰期	숲을 이루어 종래에는 봉황과 함께 하기를 기약한다
渭濱若更征賢相	위수 물가에서 현명한 재상을 찾는 일 다시 일어난다면
好作漁竿繫釣絲	즐거이 낚싯대 만들어 낚싯줄을 매달 수 있으리

대나무는 혜초와 난초처럼 해를 보좌할 덕성을 지녔으며 종래에는 봉황과 함께 할 고귀한 존재라는 인식을 갖고 있다. 桃李가 세상에서 주목을 받기는 해도 대나무의 덕성에는 미치지 못하는 존재라는 풍자도 가하고 있다. 미연에서는 그 옛날 강태공이 渭水에서 낚시하다가 周나라 西伯(文王)을 만났던 일화를 소개하면서 대나무처럼 고귀한 절개를 지킨다면 결국 누군가에게 인정을 받게 될 것이라는 믿음을 표현하고 있다.

대나무는 지조 있는 군자에 가장 많이 비유되는 식물이다. 白居易는 산문 「養竹記」에서 대나무가 지닌 여물고(固), 바르고(直), 속이 비어 있고(空), 곧은(貞) 속성에 근거하여 군자의 '樹德', '立身', '體道', '立志' 등 품덕의 의미를 이끌어낸 바 있고[9] 이 외의 많은 문인들도 대나무를 통해 강직함과 허정함, 불굴의 정신을 노래한 바 있다. 대나무는 올곧고 내면이 허정하면서도 절개를 지닌 식물로 능히 사람의 道德에 견줄 만한 존재가 될 수 있는 것이다. 한 그루의 靑竹을 대하면서 군자의 모습을 느끼기도 하고 志士의 貞節을 깨닫기도 한다. 대나무는 사람과 친숙하고 사람에게 많은 효용성을 선사하면서 깨달음의 요소까지 제공하고 있는 것이다.

---

9 白居易 「養竹記」: "竹似賢, 何哉? 竹本固, 固以樹德, 君子見其本, 則思善建不拔者. 竹性直, 直以立身; 君子見其性, 則思中立不倚者. 竹心空, 空似體道; 君子見其心, 則思應用虛者. 竹節貞, 貞以立志; 君子見其節, 則思砥礪名行, 夷險一致者. 夫如是, 故君子人多樹爲庭實焉."

2) 한적과 은일지향의 심정 대변

당당하게 솟아 있는 대나무의 멋진 자태는 감탄을 자아내기에 충분하다. 가을 달빛 아래 그윽이 서 있는 모습이나 곧게 드리운 그림자, 잎새에 맺힌 이슬의 청아함, 성근 숲속에서 바람에 일렁이며 아스라한 소리를 내는 요동 등은 대나무를 바라볼 때 얻을 수 있는 그윽한 운치가 된다. 『詩經』을 비롯한 각종 작품 속에서 지속적으로 등장하던 대나무는 魏晉代에 와서는 嵇康, 阮籍, 山濤, 向秀, 劉伶, 子咸, 王戎 등으로 대표되는 竹林七賢으로 인해 공전의 주목을 받게 된다. 이른바 '竹林'은 세속과 대비되는 공간이요 개인의 性情을 자유롭게 펼칠 수 있는 일종의 '정신적 유토피아'의 공간이 되었으니 이로 인해 대나무의 이미지 또한 중요한 의미를 더하게 되었다. 선비의 절개와 기개를 나타내면서도 개인의 자유와 한적한 서정을 대변하는 나무의 이미지를 덧붙이게 된 것이다.

대나무가 등장하는 한적한 경지를 나타낸 작품으로 王維와 裴迪이 『輞川集』에서 수창한 「竹里館」을 빼놓을 수 없다.

竹里館 죽리관 　(王維)

獨坐幽篁里　홀로 그윽한 대숲에 앉아
彈琴復長嘯　거문고 치다가 다시 길게 읊조린다
深林人不知　숲이 깊어 사람이 있는지 모르나
明月來相照　맑은 달만 내려와 비추누나

竹里館 죽리관 　(裴迪)

來過竹里館　죽리관에 와 있으니
日與道相親　날로 도와 가까워지네
出入惟山鳥　오로지 산새만이 날아들며
幽深無世人　그윽한 곳에 세속인은 없나니

王維는 「竹里館」에서 인적이 없는 적막한 산속에서 자연 경치를 감상하는 고적한 心懷와 은거 생활의 고아함을 노래하였고 裴迪은 대숲 속에서 세속의 번뇌를 벗어나 득도한 경지를 노래하였다. 인적이 배제된 모습은 얼핏 공허한 경지를 연상하게 하지만 실제로는 밝은 달과 산새가 작자의 시심과 함께 하며 아름다운 조화를 이루고 있는 것이다.

劉禹錫의 다음 작품에도 대나무를 통해 한가한 정을 돋우는 내용이 담겨 있다.

新竹　새로 난 대나무

新竹修修韻曉風	잘 자란 새 대나무 새벽바람에 흔들려
隔窓依砌向朦朧	창 너머 섬돌 가에 그 그림자 희미하네
數間素壁初開後	몇 칸 안 되는 초가집 문 새벽에 처음 여니
一片清光入坐中	한 조각 맑은 빛 방안으로 들어오네
欹枕閑看知自適	베개에 기대어 절로 한가한 마음 느끼며
含毫朗詠與誰同	붓을 들고 읊조리니 이 정을 누구와 함께 할까
此君若欲長相見	이 대나무 오래토록 보고 싶은데
政事堂東有舊叢	政廳의 동쪽에도 옛 대나무 밭이 있기는 하지

창 너머 바라보는 新竹은 새벽바람에 흔들리며 몽롱한 아름다움을 느끼게 한다. 소박하게 사는 초가집 문을 여니 맑은 빛이 방 안으로 그득 들어온다. 시인은 느긋하게 베개에 기대어 이 경치를 바라보면서 한가함을 느낀다. 형언할 수 없는 맑은 경지를 표현해보고자 하나 이 벅찬 감격을 전할 이가 선뜻 생각나지 않는다. 대나무의 절개와 한아한 풍취를 다면적으로 느끼는데 그 정을 표현하기에는 내면의 의기가 너무 큰 상황임을 짐작할 수 있다. 말연에서는 대나무를 아끼는 마음을 '此君'으로 표현하면서 자신의 정치적 의지와 호매한 의지를 담고자 한 의도를 느낄 수 있다.

다음은 白居易가 못가에 심어진 대나무를 보고 느낀 閑情을 그린 작이다.

池上竹下作　못가 대나무를 보고 지은 시

穿籬繞舍碧逶迤	집 창가 울타리는 푸른 대나무로 둘러싸였고
十畝閑居半是池	십 묘 땅에 한거하는데 반은 연못이라
食飽窓間新睡後	배불리 먹고 창가에서 낮잠을 잔 후
脚輕林下獨行時	가벼워진 다리로 숲에서 홀로 걸어본다
水能性淡爲吾友	물은 성품이 담담하여 내 벗이 될 수 있고
竹解心虛即我師	대나무는 마음이 허정하여 나의 스승이로다
何必悠悠人世上	어찌 이 어둑어둑한 세상에서

勞心費目覓親知　마음 쓰며 별도의 친구를 찾으리오

　자신이 한거하는 환경을 '푸른 대나무가 둘러싸다(碧遶池)'와 '반은 연못이다
(半是池)'로 묘사함으로써 대나무와 연못이 시인의 마음에 차지하는 정도가 지대
한 것임을 밝혔다. 이 경치 속에서 시인은 배부른 식사와 낮잠을 즐기고 가벼운
걸음으로 대숲을 거닐어본다. '獨行'이라는 표현이 있지만 물이 벗이 되고 대나
무가 스승이 되어 자신의 함께하니 외롭지 않다. 물과 대나무를 통해 지기를 찾
은 환희를 미연에서 설파하고 있다. 虛靜함 속에 담긴 得意의 경지를 표현하는
데 있어 대나무는 매우 좋은 소재로 활용되고 있는 것이다.
　杜荀鶴의 다음 작품에서도 은일 생활 중에 느끼는 낙을 대나무를 통해 표현
하고 있는 것이 발견된다.

新栽竹　새로이 대나무를 심고서
剗破蒼苔地　푸른 이끼 낀 땅을 뚫고 나온 새 대나무
因栽十數莖　십여 그루 심어놓은 대나무 사이에서 나왔다
窓風從此冷　창가에 이는 바람은 지금 이렇게 찬데
詩思當時清　시를 짓는 마음이 이 순간을 맑게 해준다
酒入杯中影　대 숲에서 술 마시매 술잔에 그림자 이고
棋添局上聲　바둑판 위에 댓잎 소리 일렁인다
不同桃與李　복숭아나 살구꽃과 달리
瀟洒伴書生　맑은 기운이 서생과 함께하도다

　푸른 이끼 낀 땅을 배경으로 자라는 新竹이 이전에 심어놓은 십여 그루 대나
무와 생장을 같이한다. 이러한 환경은 시인으로 하여금 清泠한 기운을 느끼게
하며 시심을 가다듬게 하는 좋은 소재가 된다. 새로 대나무를 심어놓은 후 느끼
게 된 행복인데 이는 또한 생활의 작은 변화를 의미한다. 대숲에서 술 마시고 바
둑 두면서 그늘과 바람이 주는 한가함을 함께 누리는 경지는 한때에 그치는 복
숭아나 살구꽃이 주는 기쁨과는 다른 '맑은 경지(瀟灑)'로서 서생이 느낄 수 있는
清高한 품격이라 할 수 있다.
　魏晉代 竹林七賢과 연관을 이루면서 대나무는 한아한 서정을 추구하는 선비
들에게 더욱 중요한 식물로 인식된다. 唐代에 들어와서도 山東省 徂徠山에서

李白과 교유하던 孔巢父, 韓准, 裴政, 張叔明, 陶沔 등의 은자를 지칭하는 "竹溪六逸" 명칭에서 보듯 대나무는 속세를 벗어나 한가롭게 은거하는 서정을 표현하는 단어로서의 역할을 계속 수행한다. 곧고 속이 비어 있는 대나무는 심지가 허정하고 세속의 물욕을 비운 군자의 德性을 연상시킨다. 문인들은 대나무의 허정한 모습과 아름다운 자태에서 淸淨의 의미를 추출했고 세속적인 부귀나 영화와 반대되는 정신해탈과 소요의 경지를 이입시켰다. 대나무를 통해 청고한 덕성을 얻었을 뿐 아니라 한적함과 은일의 서정을 함께 도모하고자 했던 것이다.

3) 애정과 충정의 투영

대나무는 '진실한 정'의 의미도 지니고 있는데 이는 '湘夫人(湘妃)'과 연관된 '斑竹고사'에서 유래한 것이다. 舜帝를 쫓아 瀟湘江에 투신을 한 娥皇과 女英이 보여준 절개와 사랑은 대나무의 節義와도 매우 잘 부합한다.[10] 일반 대나무가 푸른색으로 淸高한 기질을 상징하는 것에 비해 '斑竹'은 푸른 대에 서린 붉은 반점으로 인해 절개 속에 담은 '진실한 정' 이미지를 연출한다. 여러 시문 속에서 '斑竹'은 애정과 충정의 의미로 활용되어왔고 쓸쓸하고 처연한 묘사 속에 진실한 정을 담을 때에도 많이 활용되어왔다.

'斑竹'의 이미지를 활용한 대표적 작품으로 劉禹錫의 「瀟湘神」을 꼽는다.

瀟湘神　소상강의 여신

斑竹枝, 斑竹枝	대나무에 서린 피, 대나무에 서린 피여
淚痕點點寄相思	방울방울 서린 눈물흔적마다 그리움을 부치누나
楚客欲聽瑤瑟怨	楚 땅의 객이 되어 원한 서린 옥 거문고 소리 듣는데
瀟湘深夜月明時	瀟湘江에 밤이 깊어 달이 밝구나

---

10 전설에 의하면 고대 舜이 남방을 원정하던 중에 죽어서 蒼梧의 들에 장사지냈는데 그의 두 왕비 娥皇과 女英이 쫓아와서 瀟湘江의 대숲에 피눈물을 뿌리고 강에 투신해서 죽었다 한다. 두 왕비는 湘水의 신이 되었는데 이를 湘妃 혹은 湘夫人이라 부른다. 그들이 뿌린 피눈물이 대나무에 붉은 반점으로 얼룩졌는데 이를 '斑竹' 혹은 '湘妃竹'이라 부르게 되었다 한다. 西晉 張華의 『博物志』에 "堯之二女, 舜之二妃, 曰湘夫人. 舜崩, 二妃啼, 以淚揮竹, 竹盡斑"라는 기록이 있는데 이 전설은 후대에 많은 시문의 소재가 되었다.

劉禹錫이 朗州司馬로 폄적당해 楚 땅에 객이 되어 있을 때 湘妃의 전설을 부각시켜 쓴 것이다. 「斑竹枝」라는 이칭에 맞게 민가풍 節奏를 지녔으며 劉禹錫이 처음 사용한 詞牌名 「瀟湘神」으로도 유명하다. 달빛 비치는 밤에 瀟湘江을 찾아 娥皇과 女英의 고사를 생각하며 그녀들의 한과 사랑을 반추해본다. 이때 들려오는 '옥 거문고(瑤瑟)' 소리는 한과 그리움을 더하여 '상수의 여신이 거문고를 뜯는 것 같은(湘靈鼓瑟)' 소슬한 정서를 느끼게 만든다. 짧은 시이나 전설 속 대나무와 서글픈 가락을 소재로 활용하여 객이 된 자신이 느끼는 서정과 知音을 찾는 마음 등을 잘 표현한 것이 발견된다.

王睿의 다음 작품에서도 娥皇과 女英의 고사를 활용하였는데 서글픈 비애를 극복하고 대나무의 절개를 신비스럽게 표현한 것이 이채롭다.

竹 대나무

庭竹森疏玉質寒	정원에 성글게 난 대나무 수려하고도 찬 기운 띠고 있어
色包蔥碧盡琅玕	그 푸른 빛 마치 琅玕玉 같다
翠筠不樂湘娥淚	푸른 대나무 줄기 娥皇과 女英의 눈물로 서글프고
斑籜堪裁漢主冠	대나무 표피는 漢 高祖의 관이 되기도 했네
成韻含風已蕭瑟	바람에 소리 머금으니 이미 소슬해지고
媚漣凝渌更檀欒	아름다움 더하여져 더욱 멋있는 대나무 되었네
此君引鳳爲龍日	대나무는 봉황을 끌어들이고 용이 되기도 한다 하나
笻節稍雲直上看	그 마디 구름 끝에 이어져 올려보아야 하는구나

수연의 대나무는 찬 기운을 띠고 있는 琅玕玉같이 아름다운 절개를 지향한다. 함연에 등장하는 대나무는 娥皇과 女英의 눈물 어린 고사와 漢 高祖가 썼다는 대나무 껍질로 만든 관을 떠올리게 한다. 斑竹에 바람이 부니 천연의 음악 소리가 되어 소슬함을 느끼게 된다. 미연의 봉황과 용을 통한 묘사 역시 함연에서 활용한 고사의 맥을 이으며 신비감을 제공한다. 대나무가 지닌 고상한 절조와 비애감을 동시에 표현한 작품이라 하겠다.

李嶠가 묘사한 대나무도 湘妃와 '斑竹'이 발산하는 아련한 이미지를 담았다.

竹 대나무

高幹楚江濆	싸릿대 楚 땅 강가에 피어 있고
嬋娟合曙氛	아름다운 모습 새벽 기운을 머금었다
白花搖鳳影	강 물결은 봉황의 그림자 일렁이는 듯
靑節動龍文	푸른 대나무의 斑點은 용의 무늬인 듯
葉掃東南日	동남쪽에 해 떠서 댓잎에 비추이고
枝捎西北雲	서북쪽 이는 구름 대나무 가지 끝을 스친다
誰知湘水上	그 누가 알리요 湘水에서
流淚獨思君	눈물 흘리며 홀로 그대를 생각하는 것을

長江 가에 자라는 싸릿대가 새벽 운무 속에서 수려한 자태를 드러내고 있다. 白과 靑의 색감을 동원하여 강 물결과 대나무의 반점을 봉황과 용의 형상으로 은유한 수법이 독특하고 빼어나다. 東南과 西北의 對偶를 활용하여 댓잎과 가지에 이는 햇살과 구름을 묘사한 부분 역시 묘사가 수려하다. 미연에서 湘妃의 고사를 활용하여 소슬한 느낌을 부가함으로써 시가의 특별한 운치를 창출하고자 하였다.

唐代 여류시인 薛濤의 다음 작품도 대나무를 감상하면서 느끼는 서글픈 정회를 표현하고 있다.

酬人雨後玩竹 다른 이의 비 온 후 대나무를 노래한 작품에 화답하여

南天春雨時	남쪽 하늘에 봄비가 내릴 때
那鑒雪霜姿	눈과 서리의 자태 어찌 이와 비견하리오
衆類亦雲茂	대숲의 무리지음 구름처럼 무성하여
虛心寧自持	절로 허정한 마음을 가지게 된다
多留晉賢醉	晉代의 술 취한 현인들이 이 속에 많이 머물렀고
早伴舜妃悲	일찍이 舜의 두 妃의 슬픔을 대나무는 함께했지
晚歲君能賞	죽기까지 이 대나무를 감상할 수 있다면
蒼蒼盡節奇	푸르디푸른 절개를 간직할 수 있을 터인데

봄비 뒤에 바라본 대나무는 눈과 서리의 신선함 못지않은 빼어난 자태를 드러낸다. 무성한 대나무를 바라보며 시인은 竹林七賢과 湘妃의 고사를 떠올린다. 薛濤는 자신이 晉代 竹林七賢처럼 많은 이들과 내왕했음과 舜의 두 妃처럼 내면의 슬픔을 지니고 있음을 표현하고자 한 것이다. 대나무는 청정한 슬픔에 빠

진 자신의 마음과 절개를 표현하는 데 있어 가장 좋은 식물이 되고 있는 것이다.

대나무는 세상과 벗하지 않고 세상이 주는 화려함에 병들지 않으며 자신만의 절의를 지켜나가는 식물이다. 대나무는 서로 뿌리를 함께하면서 깊은 연대감을 갖고 살다가 뿌리에 연결된 대나무 한 그루가 '開花病'에 걸려 꽃을 피우고 죽으면 그 대나무밭 형제들이 다 같이 죽는 속성도 지니고 있다. 마치 舜帝를 쫓아 瀟湘江에 투신을 한 娥皇과 女英이 보여준 절개와 사랑처럼 외부 세력에 순순히 타협하지 않으면서도 타인의 슬픔과 마음을 함께 하는 덕성을 지니고 있는 것이다. 허정한 면모 못지않게 아름답고 슬픈 사랑의 상징성에 부합하는 이미지를 갖춘 식물이라 할 수 있다.

대나무는 곧은 줄기와 든든한 뿌리, 사철 푸르른 자태, 세속의 욕심을 비운 듯한 속을 지닌 채 세파에 흔들리지 않고 절개를 지키는 식물이다. 텅 빈 마음으로 도를 체득하며 허탄하게 남을 받아들이면서도 자신의 언행에 반듯함을 유지하는 군자의 이미지를 연상하게 한다. 역대 시문과 그림에서 대나무에 대한 애정을 갖고 많은 묘사를 해온 것은 대나무가 지닌 淸德, 孤節, 正直, 剛健, 義理, 不變, 眞實 등 강인하면서도 올곧은 각종 이미지를 주목한 연유이다. 이러한 이미지는 선비, 君子, 大夫, 志士, 忠臣, 烈士(烈婦), 高友 등 인간적인 德性을 갖춘 존재를 또한 연상하게 만든다. 대나무는 충직하고 일관된 사랑, 함께 하는 헌신의 이미지도 갖고 있어 자신의 슬픔을 표현하는 데 있어서도 매우 좋은 소재가 되었다. 세속과 구분되는 자신만의 충직함을 간직하였으되 외로운 정직으로 마음 아파할 때, 말할 수 없는 내면의 슬픔을 지닌 채 일관된 사랑을 간직하고 있을 때, 애착을 갖고 있으면서도 포기할 수 없는 억울한 심정을 표현할 때 대나무는 좋은 상징물로서의 역할을 잘 수행하는 것이다. 대나무는 또한 올곧음과 정절, 사랑과 우정을 넘나드는 다양한 이미지를 지닌 소재로도 수많은 작품 속에 등장하여 왔다. 화사하지 않으면서도 한결같은 푸른 절개를 지키고 있는 모습은 혹독한 추위에도 인내하면서 내면의 향기를 발하는 '歲寒三友'의 특성을 유감없이 보여준다. 고난 어린 심정과 창작의식을 발휘하는 데 있어 대나무는 어느 초목보다도 적절한 성품을 지니고 있는 식물이라 할 수 있다.

3. 겨울을 대표하는 애절한 미인 동백꽃(山茶花)

동백나무(冬柏, Camellia japonica)는 진달래목, 차나뭇과, 동백나무속, 동백나무종에 속하는 나무이며 크기는 약 6~9미터에 이른다. 우리나라 남부와 일본, 중국 등에 자생하는 상록교목으로 산지, 해안, 촌락 부근에서 잘 자라며 10월 초부터 4월까지 꽃을 피우는 내한성이 강한 나무이다. 꽃은 대개 붉은색을 띠고 있지만 흰색, 분홍색 꽃을 피우기도 한다. 한겨울에 꽃이 피므로 수분에 있어 곤충의 도움을 받지 못해 동백나무 꿀을 먹고 사는 동박새의 도움으로 수분을 하는 '조매화'이다. 꽃과 나무는 관상용으로 많이 활용되지만 기름과 목재의 쓰임 또한 지대하다. 겨울에 피는 꽃 중에 대표적인 꽃이라 할 수 있다.

우리나라에서 '동백(冬柏)'이라고 부르는 '동백(冬栢)'을 글자 그대로 풀면 '겨울 잣나무'라는 뜻이 되는데 동백나무의 한자명이 왜 '동백(冬栢)'인지는 밝혀져 있지 않다. 중국에서는 동백꽃을 '산다화(山茶花)'라 하며 '川茶花', '耐冬', '曼陀羅樹', '海石榴' 등의 이칭을 갖고 있다. 우리나라에서 수입된 동백꽃을 '海石榴'[11]라고 하며 중국 자생종인 山茶花와 구별하였던 것을 통해 중국에는 다양한

---

11 '海石榴'에 대해서는 명칭에 근거하여 '바닷가에서 나는 석류', 혹은 '꽃을 감상하기 위해 가꾼 애기석류로 바다와는 관련이 없는 꽃', 혹은 '茶花'를 지칭한 꽃 등의 다양한 설명이 있다. 또한 '海榴'는 '동백'과 '석류'를 혼동하여 지칭된 경우도 많고 중국학자들도 혼동하여 쓰기도 한다. 北魏 正始 4년에서 北魏 永熙 3년(507~534) 사이에 나온 花草 전문서적『魏王花木志』에서는 桂州(현 廣西 桂林)의 山茶와 中原地區의 茶花를 "海石榴"라고 한다는 기록이 있어 茶花의 재배가 남방에서 중원으로 확대되었다는 것을 나타냈다. 南朝 陳代(557~589) 연간에 江總이 建康에서 지은 시「山庭春日」중에 나온 "푸른 언덕가에 갯버들이 피었고, 연못가에는 해석류가 붉게 비치고 있네.(岸綠開河柳, 池紅照海榴)" 구절을 볼 때 海石榴가 이미 중원지역의 조경에 등장하고 있었음을 알 수 있다. 한편 王琦 注引『太平廣記』에서 가한 "신라에는 해홍과 해석류가 많다. 唐 황제에게 李德裕가 해석하길 '꽃 중에 '海'자를 지닌 것은 모두 해동에서 온 것이다'라고 하

종류의 동백이 존재했음을 알 수 있다. 중국에서는 동백꽃에 대해 특별히 애착을 갖고 있기에 전통적으로 중국 十大名花의 반열에 이 꽃을 올려놓기도 하였다. 동백꽃은 강렬하고도 우아한 품성을 지닌 나무라는 인식에 맞게 역대 시문에서 정열의 화신, 세한의 인고와 의지, 비애감을 더하는 낙화 등을 표현할 때 자주 활용되어왔다.

1) 정열의 화신

꽃들은 자신이 지닌 아름다운 자태와 향기로 인해 흔히 미인의 형상에 비유된다. 다른 꽃이 사라진 겨울에 피어나 흰 눈발이 흩날리는 설경을 배경으로 새빨간 꽃잎의 자태를 선보이는 동백꽃은 사람들에게 산뜻한 흥취를 제공하는 겨울의 요정과 같다. 향기가 없어 아름다움을 전파하지는 못하지만 붉은색으로 이목을 끄는 모습은 가히 겨울 꽃의 백미라 할 수 있다. 엄동설한에도 추위에 굴하지 않고 활활 타오르며 선명한 자태를 드러내는 이 꽃은 정렬의 화신으로 형용되기에 충분한 자격을 지닌 것이다.

李白은 海石榴(冬柏)의 자태를 들어 사랑의 감정을 묘사한 바 있다. 五言古詩의 소박한 형태 속에 다양한 전고를 이입하면서 깊은 서정을 투영한 다음 작품을 보자.

詠隣女東窓海石榴 이웃집 아가씨의 동쪽 창가에 심어진 동백을 노래함

魯女東窓下	노 땅의 아가씨 집 동쪽 창 아래에는
海榴世所稀	세상에서는 희귀한 동백을 심어놓았네
珊瑚映綠水	붉은 산호가 푸른 물에 비친다 해도
未足比光輝	이 붉은 동백이 빛나는 것에는 못 미치리
清香隨風發	맑은 향기 바람에 날리고
落日好鳥歸	해 저물 때 아름다운 새 돌아온다네
願爲東南枝	원컨대 동남쪽을 향한 가지가 되어

였다.(新羅多海紅并海石榴. 唐贊皇李德裕言, 花名中帶'海'者, 悉從海東來)"라는 기록을 참조해볼 때 고대 중국에서는 海石榴가 新羅에서 들어온 외래 석류화의 일종인 것으로 이해하고 있었음을 살필 수 있다.

低擧拂羅衣　낮게 치켜 올라 그대의 비단 옷에 스치기를
無由一攀折　한 번 당겨서 꺾어볼 방법이 없으니
引領望金扉　그저 목을 길게 빼어 그대의 문가만 바라보고 있나니

　수연에서 魯 땅의 아가씨를 묘사함에 있어 '海石榴처럼 아름답다'라고 하면서 '세상에 희귀한 것(世所稀)'이라는 표현을 가하였는데 이는 "사랑하는 사람이 있으면 (그 집 위의 까마귀 같은) 주변까지 아름다워 보인다."는 '愛屋及烏' 고사를 활용한 표현이 된다. 제2연에서는 海石榴(冬柏)의 모습을 바다의 산호에 비유하여 표현하였는데, 이 부분은 潘岳이「安石榴賦」에서 "마치 신선이 숲에 깃들이듯, 산호가 푸른 물에 빛나듯.(似長离之棲鄧林, 若珊瑚之映綠水)"이라고 했던 표현을 활용하여 미감을 증폭시킨 것이다. 색채를 활용한 외모의 묘사에 이어 제3연에서는 동백꽃의 향기를 찾아 새가 날아오는 상황을 설정함으로써 내면에 담긴 아름다움을 포착한 표현을 가하였다. '淸香隨風發' 구절은「古詩十九首」중「西北有高樓」의 '淸商隨風發' 구절을 활용한 표현이다. 제4연에서는 본격적으로 자신의 마음을 투영하여 햇살을 향해 동남쪽으로 낮게 뻗은 가지처럼 여인의 사랑을 간절히 갈구하는 자신의 심정을 표현하였고, 미연에서는 마음을 전할 방법이 없어 애타는 심정으로 하릴 없이 그녀의 문가만 바라보고 있는 상황을 그림으로써 애모의 정이 사랑의 슬픔으로 바뀐 모습을 그렸다.

　唐代 楊凭은 海石榴(冬柏)에 대해 다른 평범한 꽃들을 압도하는 차별적인 미감을 지닌 존재로 묘사하고 있다.

海榴　동백꽃
海榴殷色透帘櫳　동백꽃의 검붉은색 창문 발 틈으로 비치는데
看盛看衰意欲同　성해 보이거나 쇠해 보이거나 그 하지만 매력은 모두 같네
若許三英隨五馬　이 꽃이 만약 三英 장식이 되어 五馬를 수종할 수 있다면
便將濃艶鬪繁紅　그 농염한 모습 뭇 꽃의 붉은색과도 견주어볼 만할 터인데

　시인은 담장 가에 예쁘게 핀 동백꽃의 모습에서 아름다운 의경을 발견하였다. 개화하여 화사한 자태를 보이거나 혹은 쇠하는 과정에 있거나 동백꽃의 모습은 아름다운 형상에서 벗어나지 않는 의경을 창출한다고 보면서 극찬을 가하고 있

다. 이 꽃의 아름다움을 본 시인은 옷 위에 장식으로 꽂은 '三英'과 태수가 타고 다니는 '五馬'를 연상한다. 동백꽃의 화려함은 세속의 지위에 걸맞은 아름다움이요 이 매력은 뭇 꽃들의 붉은색을 한 번에 압도하는 미감을 지닌 존재라는 의견을 펼치고 있는 것이다.

宋代의 蘇軾이 주목했던 동백의 자태는 어떠했는지 작품을 통해 살펴본다.

邵伯梵行寺山茶　소백 범행사의 동백꽃

山茶相對阿誰栽　동백꽃은 그 누구와 상대하고자 심겨 있을까
細雨無人我獨來　가는 비에 아무도 없어 나 혼자 보러 왔네
說似與君君不會　그대와 함께해도 의미를 못 깨달을 수 있다 하네
燦紅如火雪中開　눈 속에 붉고도 찬란하게 피어난 모습 마치 불과 같은데

동백꽃이 피어 있는 곳은 邵伯(현 江蘇 江都縣 북쪽) 梵行寺로서, 적막한 산사에 피어 있는 동백의 자태를 특별히 여겨 찾아간 것 같다. 비 맞으며 찾아간 산사에는 아무도 없고 동백꽃만 시인을 반긴다. 동백의 의미를 말로 다 표현할 수 없어 '說似'라고 하였고 정열적으로 붉게 피어 있는 동백의 모습을 눈 속에 피어난 불에 비유하였다. 엄동계절에도 세한의 의지를 보여주며 피어 있는 동백의 모습을 '燦紅如火'라고 하며 강렬한 색채미를 투영한 것이다. 세한의 상징인 매화가 흰색 자태로 순백의 의지를 드러내는 데 비해 동백은 불타는 듯 강렬한 붉은 색채로 절정의 미감을 선사하고 있는 것이다.

宋代의 楊萬里도 붉은 동백의 모습에 흥취를 느끼면서 몽롱한 필치로 미감을 서사하고자 하였다. 다음 楊萬里가 넓은 시선과 세밀한 관찰력을 동원하여 쓴 작품에는 동백꽃의 정신까지도 헤아리고자 하는 의지가 피력되어 있다.

山茶　동백꽃

樹子團團映碧岑　동백꽃 나무 푸른 산언덕과 어울리며 서로 비치는데
初看喚作木犀林　처음에 얼핏 보면 마치 계수나무 숲 같구나
誰將金粟銀絲膾　그 누가 이 귀한 곡식과 귀한 얇은 회 같은 것을
簇釘朱紅茱碗心　붉은 음식 그릇 가운데 담아놓듯 만들어놓았을까
春早橫招桃李妬　이른 봄까지 피어 유혹하니 복사꽃과 살구꽃의 시기를 받고

歲寒不受雪霜侵　세한에도 눈과 서리의 침탈을 받지 않는 도다
題詩畢竟輸坡老　시를 지어도 필경 蘇軾의 작품에 못 미칠 것이지만
葉厚有稜花色深　잎이 두텁고 꽃 색이 짙음은 나타낼 바가 있음이라

　멀리 보이는 동백나무의 모습을 푸른 산의 자태와 병렬시켜 묘사하였고 동백꽃의 세밀한 형상을 음식에 빗대어 묘사하였다. 푸른빛을 띠고 산과 함께 무리지어 비치는 동백나무의 원경을 묘사하면서 계수나무 숲에 비유하였는데 이러한 모습을 통해 독자는 산에 심겨진 동백나무 형상을 더욱 선명하게 떠올릴 수 있다. 동백꽃의 모습을 묘사함에 있어 음식을 담아놓은 것에 비유한 것은 매우 독특한 발상이라 아니할 수 없다. 빨간 꽃잎 속에 노랗게 피어난 가는 꽃술을 생동감 있게 표현하여 향과 맛을 생각나게 하였으니 절로 실감나는 느낌을 얻게 된다. 전반부에서 원경에서 근경으로 이어지는 동백꽃에 대한 묘사를 가했다면 후반부에서는 동백의 의미에 초점을 맞추었다. 이른 봄까지 피어 있는 인내력과 세한의 눈과 서리를 견디어내는 강인한 의지를 피력함으로써 동백꽃의 남다른 면모를 주목하였다. 동백꽃의 외양과 내면의 의지를 두루 설파하고자 한 의도를 보이고 있는 것이다.

　明代 張新이 쓴 다음 동백꽃 묘사는 극도의 상상력을 가미하여 수려한 자태와 정신을 칭찬한 예가 된다.

山茶花　동백꽃
胭脂染就絳裙襤　붉은색 염료로 치마를 새빨갛게 물들인 듯
虎珀粧成赤玉盤　붉은 호박 장식으로 옥쟁반을 이루어놓은 듯
似共東風解相識　흡사 봄의 신 東君과 서로 알고 지내는 듯
一枝先已破春寒　가지 하나 피어나 벌써 봄추위를 무너뜨리고 있네

　동백꽃이 지닌 극도의 아름다움을 '빨간색'을 통해 강조하고 있다. 동백을 요염한 미인에 형용하면서 각종 보석을 동원하여 우아한 정서를 투영하였고 '紅', '赤' 등의 색채어를 통해 꽃이 지닌 강렬한 색감을 강조하였다. 차가운 겨울을 이겨낸 동백은 봄을 알리는 전령 역할도 하고 있어 이 꽃의 개화를 보고 '봄의 신(東君)'의 조화를 인식하게 된다. '破'자를 통해 이 꽃이 마치 봄추위를 무너뜨

리는 강력한 기운을 지니고 있는 것 같은 느낌을 유발하고 있다.

동백꽃은 빨간색을 통해 정열적인 이미지를 제공하는 꽃인데 중국에서는 하얀색의 동백꽃을 노래한 작품도 있다. 明代 瞿佑가 쓴 다음 작품을 보자.

白山茶　흰 동백꽃

消盡林端萬點霞	숲의 자태 다하는 곳까지 붉은 노을 펼쳐져 있는데
叢叢綠葉襯瑤華	흰 동백은 푸른 잎 배경으로 화사한 아름다움 드러내고 있네
寶珠買斷春前景	눈앞 봄 정경을 비싸게 사서 잘라놓은 듯
宮粉粧成雪裏花	궁녀가 화장한 듯 염려한 자태 눈 속에 꽃을 피워냈네
余子竟傳丹灶術	그대는 필경 영생의 술법을 통해 전해 내려온 것 같으니
此身甘傍玉川家	그 몸은 즐거이 盧소의 집 곁에 있었던 듯
江頭梅樹無顏色	강가의 매화나무는 아직 물이 오르지 않았으니
何況溪邊瑞草芽	하물며 시냇가 풀싹들의 징후는 어떠하랴

'紅(霞)', '綠', '白(瑤)' 등 각종 색채어를 대조적으로 활용하여 흰 동백꽃(白山茶花)이 귀한 품격과 요염한 자태를 지녔음을 언급하였다. 唐代 盧소이 기거하던 곳에 심어놓은 차나무와 이 동백꽃이 공존했었다는 상상력까지 가미하여 흰 동백꽃(白山茶花)이 오랫동안 품격을 유지하기를 또한 희망하고 있다. 미연에서는 한겨울의 풍상을 겪고 있는 흰 동백꽃이 매화와 풀싹의 출현에 앞서 기개를 발휘하고 있음을 부각시켰다. 歲寒의 절조를 지닌 모습을 강조하기 위한 표현인 것이다.

꽃은 아름다운 자태로 인해 미인의 자태로 묘사되기도 하지만 그 내면에 담긴 자태, 색, 향, 기질 등이 얼마나 고아한 품성을 지녔는가에 따라 가치의 척도가 달라지기도 한다. 동백은 정열적인 자태로 빼어난 매력을 발산하는 꽃이지만 동백의 매력을 한층 높이는 것은 한겨울 추위를 이겨내고 피어난 기개 어린 당당함과 정열이라 할 것이다. 이런 점으로 인해 동백꽃은 꽃에 향이 없다는 치명적인 약점에도 불구하고 겨울을 대표하는 꽃으로서의 이미지를 유감없이 구가하고 있는 것이다.

2) 세한의 인고와 의지

동백꽃을 노래한 여러 시가를 보면 동백의 절개와 인내력, 내한성에 대한 주목도 많이 이루어졌음을 발견할 수 있다. 추위 속에서 잘 자라며 내한성이 강한 나무로 흔히 소나무, 대나무, 매화 등을 꼽는다. "松竹梅", "歲寒三友" 등으로 병칭되는 세 나무는 세간에서 자주 언급되어왔지만 이에 못지않게 주목할 만한 가치가 있는 것이 동백이다. 시인들은 한겨울에 당당히 피어난 동백을 보면서 시련에 강해지려는 의지를 다지기도 했고 실의를 딛고 새로운 용기를 얻기도 하였다. 동백을 통해 자신의 품성을 가다듬기도 하였고 세속에 흔들리지 않는 자신만의 기개를 확인하기도 하였으며, 어두운 현실을 타파하고 자신의 이상을 굳건히 지켜나가겠다는 의지를 고양하기도 하였다. 동백은 강한 내한성과 인내심뿐 아니라 "松竹梅"가 지니지 못한 정열적인 자태도 지니고 있는 꽃이다. 외양과 내면의 기질이 모두 강렬한 식물이라는 평가를 받기에 충분한 가치를 지닌 존재인 것이다.

唐 司空圖가 붉은 동백꽃을 노래한 작품을 보면 자태 이면에 담긴 고아한 품성을 주목한 흔적을 발견할 수 있다.

紅茶花   붉은 동백꽃
景物詩人見即夸   시인들은 경물을 보면 감탄을 해대는데
豈憐高韻說紅茶   어찌 붉은 동백의 고아한 운치를 아끼지 않으랴
牡丹枉用三春力   모란은 봄철 내내 칭송을 받지만
開得方知不是花   피어 있는 모습 보면 꽃 같지도 않건만

붉은 山茶花(동백)의 자태와 운치에 대해 반어적인 표현을 통해 찬미를 가한 작품이다. 부귀를 형용하며 화사한 자태를 뽐내는 모란은 '봄철 내내(三春)' 사람들의 주목을 받는다. 이에 비해 차가운 겨울을 이겨내고 고아한 품성을 드러내는 동백이 상대적으로 덜 주목받는 것에 대한 안타까운 마음을 표현하였다. 꽃의 자태와 함께 겨울을 이겨내고 꽃을 피운 고아한 내면의 운치를 주목한 작품

인 것이다.

宋代 蘇軾도 동백의 내한성을 주목한 작품을 남기고 있다.

趙昌四季·山茶　조창사계·동백꽃

遊蜂掠盡粉絲黃	벌들이 노닐며 가늘고 노란 동백 꽃술을 다 빨아들였는데
落蕊猶收蜜露香	떨어지는 꽃술에 달콤한 이슬과 향기가 아직도 맺혀 있네
待得春風幾枝在	봄바람 불 때까지 몇 개의 가지는 남아 있겠지
年來殺菽有飛霜	해마다 콩과 식물은 날리는 서리에 다 죽어버리건만

벌들이 꽃의 꿀을 모조리 빨아먹는 현상을 '掠盡'으로 표현하여 동백꽃이 지닌 달콤한 속성을 주목했고, 떨어지는 꽃술에도 오랫동안 맺혀 있는 향기를 부각시켰다. 蘇軾이 정작 주목하고자 한 부분은 동백꽃의 내한성이다. 이 시에 나타난 콩과 식물처럼 대부분의 식물들은 서리가 내리면 죽음을 면치 못하는데 동백꽃은 겨울을 지나면서도 왕성하게 피어 있다가 봄이 될 때까지 그 자태를 유지하고 있다. 놀라운 내한성을 지닌 동백꽃의 장점을 잘 포착한 작품이 된다.

南宋의 陸游도 동백이 지닌 긴 생명력을 주목한 작품을 남긴 바 있다.

山茶一樹自冬至淸明後著花不已
동백꽃이 동지에서 청명에 이르도록 피어 있음을 읊음

東園三日雨兼風	동쪽 동산에 사흘 동안 비바람이 함께 불어대더니
桃李飄零掃地空	복사꽃 살구꽃 바람에 떨어져 땅과 하늘에 흩날리네
惟有山茶偏耐久	오로지 동백꽃만 오랫동안 버티고 있어
綠叢又放數枝紅	푸른 잎 무더기 속 붉은 꽃 피운 몇몇 가지를 드러내나니

시제의 언급처럼 동백은 冬至에서 淸明을 거치는 약 네 달 동안 붉은 자태를 유지한다. 사흘 동안 비바람이 불면 갓 피어나 화사한 자태를 자랑하던 복사꽃과 살구꽃도 낙화하여 먼지와 뒤섞이는데 그간의 세월을 견뎌낸 동백꽃은 아직도 강한 내구성을 자랑하며 맺혀 있다. 말구에서 '綠'과 '紅'을 대비하면서 동백의 강인한 자태를 강조한 부분은 이미 쇠망한 宋代의 기운 속에서도 항전의 의지를 굽히지 않았던 陸游의 의지를 담은 느낌을 주는 대목이다.

宋代 劉克庄의 다음 시도 동백의 품성을 주목한 작품의 예로 거론할 만하다.

山茶 동백

青女行霜下曉空	여신 青女가 새벽에 서리를 타고 내려온 듯
山茶獨殿衆花叢	전각 여러 꽃무더기 사이에 동백이 홀로 피어 있네
不知戶外千株縞	집 밖 천 그루의 나무 있어도 얼음 맺혀 있어 몰랐더니
且看盆中一本紅	화분 속 한 그루의 붉은 꽃송이를 이제야 보게 되네
性晚每經寒始拆	동백의 본성은 매번 차가움을 겪으면서 비로소 피어나와
色深却愛日微烘	그 색이 짙고 햇살 받기도 좋아한다
人言此樹尤難養	사람들이 말하길 이 나무가 특별히 기르기 어렵다 하나
暮漑晨澆自課僮	아침저녁으로 어린 종에게 물주라 하면 될 뿐이라

수구를 통해 동백이 피어나는 계절이 겨울임을 알 수 있다. 서리와 눈을 관장하는 여신인 青女가 새벽에 내려온 듯 여러 꽃무더기 사이에서 오롯이 피어 있는 동백의 자태는 가히 독보적인 미를 과시한다. 함연에서는 '戶外'와 '盆中', '千株'와 '一本', '縞'와 '紅'의 대비를 통해 동백의 자태를 상대적으로 부각시켰다. 후반부에서는 동백의 품성에 주목한 서술을 가하였다. 내한성이 있으면서도 햇살을 좋아하는 이중적 특성을 소유하고 있고, 까다롭게 느껴지지만 실상은 특별한 관리 없이 물만 주어도 되는 평이한 속성을 지닌 존재로 묘사했다. 동백은 고통을 인내할 줄 알면서도 타인에게 까다롭지 않은 속성을 지니고 있는 것이다.

동백꽃이 지닌 정열적인 외모는 고난과 혹한을 이겨낸 인내의 바탕에서 생성된 것임을 인식할 수 있다. 비록 "歲寒三友"의 반열에까지 올라가지는 못했지만 동백은 그 나름대로의 내한성과 기품을 가지고 역대 많은 시가에서 자신의 가치를 선보여왔다. 다른 꽃들이 자취를 감춘 혹한의 계절에 홀로 붉은 자태를 드러내며 세상에 아름다움을 선사하는 동백꽃이야말로 진정한 겨울의 강자라 할 수 있을 것이다.

3) 비애감을 유발하는 낙화의 모습

흩날리는 눈발을 배경으로 하고 피어 있는 동백꽃 모습은 아름답고 고아한 인상을 주지만 다른 꽃이 사라진 계절에 홀로 피어 있어 고독한 감정을 불러일으키기도 한다. 아름답게 지는 꽃은 별로 없다지만 동백꽃이 지는 모습은 어느 꽃보다도 슬픈 미학을 선사한다. 벚꽃처럼 흩날리며 지는 것이 아니고, 진달래처럼 꽃잎이 시들어 말라붙는 것도 아니며, 살구꽃이나 石榴花처럼 흔들리며 낙화하는 것도 아니다. 동백은 마치 칼로 베어낸 듯 꽃송이째로 뚝뚝 떨어져 이를 본 시인들은 다른 어느 꽃에서보다도 강렬하고 슬픈 비애감을 느끼게 된다. 내한의 능력을 발휘하면서 정열의 화신 같은 강렬한 이미지를 발하던 동백은 그 화려한 개화 못지않게 처절한 낙화의 미학을 제공하는 꽃이다. 역대 문인들은 동백꽃의 낙화를 보면서 흔히 자신의 불우한 처지나 서글프고 고독한 의식을 빗댄 표현을 가하기도 하였다.

唐代 貫休가 동백꽃의 낙화를 그린 다음 시를 보면 동백이 한스럽게 사라져간 '붉은 정절'의 상징으로 활용된 것을 살필 수 있다.

山茶花 동백꽃

風裁日染開仙囿   나날이 고와진 풍채로 선계와 같은 동산에 피어 있더니
百花色死猩血謬   온갖 꽃의 자태 사라지고 붉은 피 같은 동백도 어그러지네
今朝一朵墮階前   오늘 아침 동백꽃 한 송이 계단 앞에 떨어지니
應有看人怨孫秀   이 모습 본 사람이면 응당 孫秀를 원망하겠지

동백꽃은 피같이 붉은 자태로 선명한 모습을 하고 있으며 피어 있을 때는 선계와 같은 분위기를 형성하지만 지게 되면 꽃송이째로 떨어져 마치 하나의 생명체가 통째로 죽어간 것 같은 느낌을 준다. 시인들은 이 꽃의 지는 모습에서 애절한 감정을 떠올리게 되고 비통함을 간직한 채 죽음을 맞이한 전대의 많은 인물을 떠올리기도 한다. 시인은 石崇의 애첩 '綠珠'의 고사[12]를 소재로 하여 동백이 지닌 강렬하고 붉은 정절의 이미지를 부각시켰다. 동백이 피었을 때 발하는 우아한 풍채와 낙화를 통해 보여주는 강렬한 이미지는 우아한 기품과 정절을 지닌 채 비통한 죽음을 맞이한 미인의 이미지와도 잘 부합하는 것이다.

---

12 西晉의 부호 石崇은 金谷園을 지어놓고 호사를 누리면서 애첩 綠珠를 아꼈는데 趙王 司馬倫의 심복 孫秀가 그 애첩을 연모하여 石崇을 사지로 몰아넣으려 하자 綠珠가 자결하였다고 하는 고사를 활용한 부분이다.

唐代 柳宗元이 海石榴(冬栢)를 옮겨다 심은 후 자신의 감회를 투영한 작품을 살펴본다. 동백꽃을 통해 느끼게 된 적적한 감회가 실려 있음이 느껴진다.

新植海石榴 새로이 동백꽃을 옮겨다 심으며
弱植不盈尺 약한 식물 한 자도 안 되지만
遠意駐蓬瀛 본래 蓬萊와 瀛州에 있었던 고아한 뜻을 지닌 식물이라
月寒空階曙 새벽녘 달빛은 빈 섬돌에 차가운데
幽夢綵雲生 아득한 꿈속에서는 오색구름 피어나네
糞壤擢珠樹 분토 속에서도 아름다운 나무 자라나고
莓苔揷瓊英 푸른 이끼 사이에서도 고운 꽃잎 빛난다
芳根閟顏色 향기로운 뿌리 속에 고운 모습 담겨 있으니
徂歲爲誰榮 지난 세월은 그 누구를 위한 화려함이었던가

막 심어진 한 그루 석류나무는 아직 유약한 모습을 하고 있다. 동백꽃(海石榴)이 新羅로부터 들어왔다는 점과 연관하여 海東의 仙山인 '蓬萊'와 '瀛州'를 거론한 부분은 동백꽃의 미감을 신비롭게 증폭시키는 역할을 한다. 제2연에서는 심겨진 동백꽃이 차가운 달빛과 공허한 시간을 겪으면서 새벽을 기다리는 모습을 그렸는데 그 와중에 오색구름 가득한 美夢을 꾸고 있음을 묘사하였다. 珍珠와 같은 귀한 자태와 紅玉과 같은 꽃의 모습을 그린 제3연의 배경은 '糞壤'과 '莓苔'로 대변되는 열악한 생존환경이다. 과거 蓬萊와 瀛州 같은 아름다운 곳에 있었던 시간을 반추하면서도 현실에 대한 강한 인식을 놓지 않고 있다. 새로운 곳에 이식되어 생명의 흐름을 다시 이어가야 하는 동백(海石榴)을 보면서 일찍이 꺾여버린 청운의 꿈이 작자의 내면을 아프게 감싸고 있음을 상기하고 있다. 동백꽃은 시대를 살아가는 시인 자신의 자화상이 되고 있는 것이다.

皮日休의 다음 작품은 병중에 있던 시인이 동백꽃을 감상하다가 친구를 떠올린 내용을 담은 작품이다.

病中庭際海石榴花盛發, 感而有寄
병중 정원에 만발한 동백꽃을 본 느낌을 적어 보내다
一夜春光綻絳囊 봄 달빛 그득한 밤이면 붉은 주머니 터져 있고
碧油枝上晝煌煌 낮이면 푸른 가지 찬란하게 빛났지

風匀只似調紅露　적절한 바람 따라 붉은 이슬 만들어졌고
日煖唯憂化赤霜　햇살 비치면 붉은 이슬이 서리로 변할까 걱정이라
火齊滿枝燒夜月　온 가지는 저녁 달빛 받아 불타듯 빛나는데
金津含蕊滴朝陽　꽃술은 아침 햇살에 금빛 이슬 다시금 머금으리라
不知桂樹知情否　저 달빛은 정을 아는지 모르지만
無限同遊阻陸郎　함께 노닐던 陸龜蒙은 아득한 헤어짐 속에 있네

　　달빛을 받아 빛나는 동백꽃의 자태를 묘사하면서 붉고 푸른 화사한 원색의
색감을 동원하여 밤이라는 시공간상의 어두움을 보완하였다. 함연에서는 바람과
햇살 따라 꽃에 맺힌 이슬이 맺혔다가 사라지는 현상을 그림으로써 작자의 우울
한 기분을 투영하였고 경연에서는 달빛에 빛나는 동백꽃의 화사한 모습에 이어
아침 햇살에 꽃술이 빛나는 형상을 소망해보았다. 동백나무에 비치는 달빛을
'桂樹'로 표현하여 색다른 미감을 창출하였고 친구를 향한 그리움을 그 속에 담
아 정의 서사를 한층 증폭시키고자 한 것이 발견된다.[13]
　　皇甫曾의 다음 작품 역시 동백꽃을 들어 고적한 정감과 은거를 지향하고자
하는 의식을 투영하고 있는 작품이다.

韋使君宅海榴詠　위사군 댁의 동백꽃

淮陽臥理有淸風　회하에 누워 있는 중에 맑은 바람 맞아
臘月榴花帶雪紅　동짓달 동백꽃이 눈 속에서도 붉게 빛나네
閉閤寂寥常對此　문 닫아 걸고 쓸쓸히 지내며 이 장면을 늘 대하노라니
江湖心在數枝中　강호를 향한 마음 몇 개의 가지 속에 걸쳐 있네

　　淮水 가에서 은거하는 중에 감상하는 동백꽃 자태를 그렸다. '淸風' 표현을

13　이 시에 대해 陸龜蒙은 다음과 같은 화답시를 통해 서로의 마음을 소통하고 있어 참고
　　로 예거해본다. 「奉和襲美病中庭際海石榴花盛發, 感而有寄(피일휴가 병중에 정원에
　　활짝 핀 동백꽃을 보고 쓴 작품을 받고 감동하여 부치는 시)」: "관청에서 진실한 이가
　　동백꽃을 보내오니, 아름다운 난초가 아직 환히 피지 아니한 때라. 새벽의 화사함을 기
　　대하지 않았는데 벌써 해가 떠오르고, 불같은 해가 발하여 추위를 어우르고 서리를 녹이
　　네. 그 누가 아름다운 이름을 바다의 곡조에서 가져왔나, 다만 강가 햇살 받아 아름다운
　　후손을 피웠네. 일찍이 사씨의 정원에서 이 꽃을 보았더니, 오늘 한 줄기 맑은 향기 내
　　마음을 적시네.(紫府眞人餉露囊, 猗蘭灯燭未熒煌. 丹華乞曙先侵日, 金焰欺寒却照霜.
　　誰與佳名從海曲, 只應芳裔出河陽. 那堪謝氏庭前見, 一段淸香染郡郎)"

통해 은거하는 심신이 맑은 경지에 있음을 그렸고 동짓달 눈 속에서 자태를 유지하고 있는 모습을 '雪紅'으로 표현하여 선명한 의지를 부각시켰다. 겨울 눈 속에 핀 동백꽃(海榴花)이 주는 이미지는 강인함이지만 작자는 이 모습 속에 은거의 심정을 투영하고자 하였다. '寂寥', '數枝' 등에서 느껴지는 이미지는 세속의 번다함을 뒤로 한 은자의 서글픈 감회이다. 겨울 동백꽃은 쓸쓸하고 한적한 마음을 유발하는 미적 실체로 작용하고 있는 것이다.

화려한 개화를 뒤로한 채 서글프게 낙화하는 모습은 동백꽃의 또 다른 미적 이미지를 부각시킨다. 봄꽃의 쇠잔함이 상춘의식을 느끼게 하는 것처럼 겨울 한파를 이겨낸 동백꽃의 장렬한 낙화는 강인함 뒤에 숨겨진 비감을 생각하게 한다. 화려한 정열의 상징체인 동백꽃이 고독한 정감을 야기하는 미학적인 존재로 부각되기도 하는 것이다. 붉은 자태로 불꽃같은 정열을 느끼게 하지만 낙화할 때 꽃봉오리째 뚝뚝 떨어지는 동백꽃 모습은 보는 이로 하여금 처연한 감정을 느끼게 하기에 충분한 것이라 하겠다.

동백꽃은 한겨울에 만개한 모습을 제공한다는 점에서 뛰어난 존재감을 지닌 꽃이라 할 수 있다. 한국과 중국인의 생활과도 밀접한 동백꽃은 까다롭지 않게 자라고 피면서 대중의 사랑을 받아왔다. 한겨울을 이겨내는 내한성으로 청정한 기운과 기개를 자랑하는 모습은 겨울 꽃의 제왕이라는 칭송에 어울리는 장점이 된다. 동백은 비록 향기는 없지만 모든 식물이 시든 한겨울에도 수려한 청록의 자태를 유지하는 잎과 강렬한 붉은색 꽃으로 고혹적인 미감을 선사한다. 동백꽃은 아름다운 자태 못지않게 존재에 대해 깨달음을 제공하는 스승의 역할도 수행해왔다. 동백나무가 정열의 화신, 강인한 생명력과 내한성, 비애감을 지닌 존재로 묘사되어 온 것은 충분한 이유가 있는 것이다. 역대 시인들은 동백꽃의 매력을 주목하고 동백꽃을 통해 자신의 마음을 가다듬거나 기상을 높이고자 하는 노력을 해왔다. 흰 눈을 배경으로 정열의 붉은 기상을 드러내는 동백꽃을 아끼고 그 의미를 배우고 싶어 했던 시인들의 마음과 노력, 이 점이 바로 중국 고전시가에서 동백꽃이 의미 있는 존재로 끊임없이 묘사되어왔던 중요한 이유라 할 수 있는 것이다.

4. 고난 속에서도 의연한 사철나무(冬靑)

사철나무(학명 Ilex chinensis Sims)는 노박나뭇과 상록교목이다. 맹아력이 뛰어나 가지치기에도 잘 버티며 사철 잎이 푸르고 내한성이 강한 특성을 갖고 있다. 잎은 타원 모양으로 마주 나는 형태이며 앞면에는 광택이 있고 가장자리에 둔한 톱니가 있다. 대부분 상록수의 잎이 침엽이거나 깃털형, 원통형이고 송진 같은 수액을 함유하고 있는 것에 비해 사철나무는 잎에 수액이 없이도 추위를 잘 견딘다. 6~7월에 잎겨드랑이에서 나오는 우산 모양 꽃차례에 꽃이 달리며, 10~11월경에 빨간 색 열매가 맺힌다. 중국에서는 사철나무를 '冬靑'이라고 하고 '감탕나무속'을 '冬靑屬'이라고 하기 때문에 중국 명칭 '冬靑(사철나무)'은 감탕나무속 나무를 통칭하는 것이기도 하다.[14] 보통 500~1,000미터 산언덕에서 상록활엽수림을 이루며 자라지만 평지에서도 잘 자라며 정원수나 담장, 분재 등으로도 많이 활용되고 있다.

사철나무는 화사한 외모와 거리가 있는 나무이다. 사철나무 중에서 가장 화려한 부분은 꽃이라 할 수 있는데 이마저도 연녹색 작은 꽃들이 녹색 잎과 구별이 되지 않을 정도로 피는 것에 불과하다. 암술 1개에 수술 4개, 꽃잎 4쪽까지 꽃으로 갖출 것은 다 갖췄지만 향기나 색깔도 볼품없고 별다른 존재감도 없다. 열매 또한 맛이나 색상이 좋은 것이 아니기에 새들에 의해 주목받거나 잘 전파되지도

---

[14] 중국에서의 사철나무 명칭 '冬靑'은 우리말 '중국먼나무(학명 Ilex chinensis Sims)'에 해당되는 나무이고 우리나라에서 '冬靑木(학명 Ilex pedunculosa)'이라고 하는 나무는 감탕나뭇과 다른 수종의 나무이다. 학술적으로는 엄밀히 구분되어야 하지만 역대 중국 시문에서 사철나무에 속한 나무들을 '冬靑'으로 통칭한 것에 따라 본서에서는 별도의 구분 없이 '冬靑'으로 명명하기로 한다.

않는다. 사철나무는 이름처럼 사철 푸른 잎을 자랑하면서 겨울에도 자태를 흐트러뜨리지 않는 강인한 내한성과 생명력을 유지한다는 점이 장점이다. 사철 푸른 기상을 유지하는 성품 때문에 '萬年枝'라는 별칭을 얻고 있고 '松柏'처럼 변치 않는 충절을 지닌 나무로 인식되어왔으니 이는 꽃과 열매의 매력이 떨어지는 단점을 잘 상쇄하는 점이라 할 수 있다.

사철나무는 어디서나 평범하게 볼 수 있는 나무이지만 상록수라는 점에서 고난이나 역경을 느낄 때면 더욱 새롭게 인식되는 나무이다. 맹아력이 뛰어나고 전지 작업에도 적합한 수종이다 보니 정원수로 단장할 때나 울타리나 경계목으로도 많이 활용되었다. 역대 중국 시가에 나타난 사철나무는 늘 푸른 자태와 변하지 않는 성품을 지닌 존재로 고향에 대한 향수를 느끼게 해주거나 변화하는 세태와 대조되는 의연한 존재로 많이 묘사되었다.

고향을 떠난 이가 타지에서 사철나무를 보면서 느끼는 감성을 드러낸 작품으로 宋代 張鎡가 읊은 시를 예거해본다.

南湖賦冬青花四首 其一 남호에서 사철나무를 노래한 시 네 수 제1수

雜樹花香少似君　온갖 나무와 꽃향기 섞인 중에 그대와 같은 이 적어라
雨餘風曉或斜曛　비 온 뒤 바람 부는 새벽이나 비끼는 석양빛 같구나
行人不着淸新句　나그네가 청신한 시구에 집착하지 않는 것은
亦合移時駐屐聞　이동하다 나막신 소리 듣고 멈추는 것과 같은 것이라

사철나무를 바라보던 시인은 비 온 후 바람 부는 새벽의 청량함과 비끼는 석양에 빛을 발하는 것 같은 여운을 느끼게 된다. 평상시 자연스러운 모습을 하고 있는 사철나무지만 문득문득 비범한 이미지를 감추고 있어 보는 이의 마음에 번뜩이는 감성을 제공한다. 나그네가 청신한 시구에 대한 집착을 버리는 것은 다니다가 비가 오면 발길을 멈추는 것과 같은 자연스러운 행위라는 표현을 하였다. 사철나무가 천연의 미를 지닌 존재라는 인식을 바탕으로 가한 언급이 된다.

唐代 趙嘏가 宛陵館을 지나가다가 사철나무를 보고 옛 고향을 떠올리는 내용을 담은 작품을 살펴본다.

宛陵館冬青樹　완릉관의 사철나무

碧樹如煙覆晚波	푸른 사철나무는 연기처럼 저녁 물결을 뒤덮고 있고
淸秋欲儘客重過	맑은 가을 다하려 할 때 나그네는 이곳을 다시 지나가네
故園亦有如煙樹	고향 동산에도 이처럼 연기 같은 나무가 있었는데
鴻雁不來風雨多	기러기는 안 오고 비바람만 많이 이는구나

저녁 물가 풍경을 뒤덮고 있는 사철나무 무리를 보면서 푸르른 감성을 가다듬어본다. 가을이 주는 청량함과 사철나무가 주는 시원한 감흥에 기뻐하다가 문득 고향 동산을 뒤덮고 있던 사철나무가 생각난다. 변치 않는 사철나무처럼 고향도 그 모습을 유지하고 있을까 하는 생각을 해보지만 눈앞에는 어느새 비바람만 잔뜩 몰려오고 있다. 나그네로 하여금 향수를 더욱 깊이 느끼게 할 뿐이다.

사철나무는 변치 않는 상록수이므로 눈앞의 현실이 변화의 와중에 있거나 한계상황을 보일 때면 이 나무의 가치가 더욱 높아 보인다. 唐代 許渾이 사철나무의 변치 않는 자태와 계절의 흐름을 대조하며 쓴 시가를 보자.

洞靈觀冬靑　동령관 사철나무

霜霰不凋色	서리 흩뿌려도 청정한 자태 시들지 않고
兩株交石壇	두 그루가 마주 보며 돌단에 심겨져 있다
未秋紅實淺	가을 아직 오지 않았는데 붉은 열매 옅게 맺고
經夏綠陰寒	여름을 거치면서 푸르렀던 녹음에는 한기가 이네
露重蟬鳴急	이슬 거듭 내리니 매미 소리 급해지고
風多鳥宿難	바람 잦아지니 새들도 유숙하기 어려워라
何如西禁柳	서쪽 궁궐에 있는 버드나무가
晴舞玉闌幹	맑은 날씨에 옥난간에서 춤추던 모습 지금은 어떠한지

서리에도 변치 않고 돌단에 서 있는 사철나무는 굳건한 이미지를 한껏 자랑한다. 푸른 잎 색깔은 불변하는데 나무를 둘러싼 주변 날씨와 환경은 변화의 조짐을 보이고 있다. 가을이 오자 급해진 매미와 가지를 흔드는 바람에 혼동을 느낀 새들의 모습은 급변하는 시국이나 환경의 변화를 암시한다. 봄바람 맞아 궁궐 옥난간에서 춤추던 버드나무가 지금은 힘을 잃고 있는데 사철나무는 늘 푸른 자태를 유지하고 있다. 의연함을 지킨다는 것은 이처럼 큰 가치를 지니고 있는

것이다.

南宋 末의 애국시인으로 추앙받고 있는 林景熙가 시국의 아픔을 느끼면서 사철나무 꽃을 노래한 작품을 보자.

冬靑花　사철나무 꽃

冬靑花	사철나무 꽃
花時一日腸九折	하루에 아홉 번 창자가 잘릴 정도로 슬플 때 꽃이 피었네
隔江風雨晴影空	강 건너 臨安 故宮의 사철나무는 비바람에 맑은 모습 사라졌고
五月深山護微雪	五月 紹興 宋陵의 사철나무에 희미한 눈이 남아 있구나
石根雲氣龍所藏	돌 뿌리에 구름 기운이 이니 용이 숨어 있는 것인가
尋常螻蟻不敢穴	평범한 땅강아지와 개미는 감히 구멍을 뚫을 수 없네
移來此種非人間	옮겨와 이곳에 심으니 인간 세상의 나무가 아니로고
曾識萬年觴底月	일찍이 황제가 마시던 술잔 밑에 달이 있네
蜀魂飛繞百鳥臣	촉제의 혼 날아와 이곳에 둘러 있고 뭇 새들은 신하가 되네
夜半一聲山竹裂	한밤 산에서는 대나무 갈라지는 듯한 일성이 들려오나니

사철나무가 심어진 정경 속에 南宋 멸망으로 인한 비애감을 투영한 작품이다.[15] 사철나무는 불멸의 이미지를 내포하며 皇陵에 심겨져 있지만 宋 왕조가 쇠약해가는 환경 속에서 이 나무를 바라보는 작자의 심정에는 슬픔이 가득 밀려온다. 宋代 황제들의 유골을 수습한 후 표식을 위해 심어놓은 사철나무에 꽃이 피고 있는데 이를 바라보니 하루에도 창자가 아홉 번 뒤틀리듯 슬픔이 몰려온다. 南宋의 수도 臨安과 유골을 묻은 會稽는 錢塘江을 사이에 두고 있는데 臨安 궁궐에 심어진 사철나무는 宋朝의 멸망으로 맑은 모습이 사라졌고 會稽 宋陵에 심어진 사철나무에는 하얀색 꽃이 피기 시작하여 잔설이 남은 듯한 광경을

---

15 1276년(宋 端宗 景炎 元年)에 元에 의해 南宋의 수도 臨安이 함락되고 이어 南宋은 멸망하게 된다. 얼마 후 元 황제가 楊璉眞伽에게 江南 佛敎를 총괄하라는 명을 내리자 그는 1278년에 紹興 일대의 여덟 황릉과 황후의 능을 발굴하여 재물을 탈취하고는 유골을 鎭南塔에 안장하였다. 또한 會稽의 徽宗과 欽宗 두 황제 이하 역대 제왕과 왕후의 무덤도 모두 발굴한 후 유골 잔해를 수풀에 방치하였는데 아무도 이를 거두는 이가 없었다. 이에 南宋의 유신 林景熙, 謝翶, 唐珏 등이 약초 캐는 이로 분장하여 위험을 무릅쓰고 산에서 유골을 수습하여 두 개의 함에 넣은 후 蘭亭 山中에 매장하고는 宋 고궁의 사철나무를 이식하여 표지로 삼았다. 林景熙는 이 사건을 기록하는 의미로 이 시「冬靑花」와 「夢中作四首」를 써서 자신의 비분강개한 심정을 표현한 바 있다.

연출하고 있다. 마치 흑암과 광명이 교차하듯 시인의 애증이 흐르고 있는 장면이다. '萬年觴'은 황제가 마시던 술잔을 의미하며 사철나무의 별칭 '萬年枝' 표현을 연상시킨다. 망국의 황제인 蜀帝 杜宇의 혼이 담긴 두견화를 바라보는 뭇 새들은 南宋의 충신들을 의미하며, 한밤중 산에서 들려오는 대나무 쪼개지는 소리는 두견새의 애절한 소리를 의미한다. 망국의 비애를 실은 시인의 애절한 마음 혹은 元 왕조의 파멸을 은유한 표현 등으로 이해할 수 있겠다.

明代 李東陽이 宋代 역사를 회고하면서 사철나무의 모습을 대조한 작품도 눈길을 끈다.

冬靑行 동청행

高家陵	고조의 능과
孝家陵	효종의 능이
鱗骨儻蛻龍無靈	살과 뼈가 다하여 벗어지듯 황제의 영혼도 사라지고
唐義士	당의사와
林義士	임의사
野史傳疑定誰是	야사에 전해지게 되는 이는 그 누구인가
玉魚金粟俱塵沙	옥어와 진귀한 음식은 모두 모래가 되었구나
何須更問冬靑花	어찌 반드시 사철나무 꽃이 다시 피는가 물어보랴
徽欽不歸梓宮複	휘종과 흠종은 돌아오지 않고 관으로 덮여져 있고
二百年來空朽木	이백 년 동안 헛되이 썩은 나무가 되었구나
穆陵遺骼君莫悲	목릉에 유해가 남게 되도 그대 슬퍼 말게나
得葬江南一抔足	강남 땅 한구석에 장사지내지게 되면 족하리니

漢代 고조와 明代 朱元璋은 모두 한 조대를 개국하며 천하에 기개를 떨쳤건만 지금은 모두 사라졌고 한 시대의 필부나 한 순간의 영화 역시 모래처럼 허망하게 사라져버렸다. 계절마다 꽃을 피우며 변치 않는 푸른 자태를 유지하는 사철나무는 굳건한 모습을 보이건만 흘러간 역사는 다시 돌이킬 수 없다. 宋代 쇠망의 상징인 徽宗과 欽宗의 존재 역시 참담함을 뒤로 한 채 관에 뒤덮여 있을 뿐이다. "(빼앗긴 산하라도) 江南에 장사지내지게 된다면 족하다"라는 언급에서는 겸허한 마음으로 역사를 회고하면서 현실에 최선을 다하라는 무언의 교훈을 떠올리게 된다.

역대 시가에서 사철나무는 불변의 이미지를 지닌 채 변화의 무상함을 대조하는 의미로 많이 활용된 바 있다. 타인의 이목을 끄는 화려한 모습은 없지만 변치 않고 의리를 지키는 것으로 자신의 존재감을 유지하는 장점은 주목을 받은 만하다. 타향에서 마주하는 사철나무의 형상을 보게 되면 고향에 대한 향수를 떠올리게 되고 고궁이나 황릉에 심어진 모습을 보게 되면 조대의 변화에 따른 무상함을 느끼게 된다. 宋代 唐珏이 「冬靑行(동청행)」에서 사철나무를 보면서 "오랫동안 하늘이 구구하게 굽어 살피는 중에, 천년이나 비바람 맞고 있나니.(老天鑒區區, 千載護風雨)"라고 한 것이나, 元代 楊維楨이 「冬靑塚篇(사철나무 무덤을 노래한 시)」에서 사철나무가 심어진 황릉을 보면서 "강남의 石馬는 오랫동안 울지 않는데, 무덤의 사철나무는 지금까지도 공손하게 자리를 지키고 있네.(江南石馬久不嘶, 塚上冬靑今已拱)"라고 한 대목들은 사철나무가 변치 않고 존재하면서 역사를 바라보고 있음을 주목한 구절이다. 어디서나 볼 수 있는 흔한 나무이지만 찾아보기 쉽지 않은 굳센 성품을 지니고 있다는 점에서 사철나무는 존재감이 특별한 나무라 할 수 있겠다.

5. 사계절 나무들의 제왕 소나무(松)

'소나무(松樹)'는 역사가 깊고 분포지가 다양하며 그 자태와 속성이 고아하여 예로부터 많은 사랑과 칭송을 받아온 나무이다. 『詩經』「衛風」「竹竿」의 "기수가 유유히 흐르니, 전나무로 노를 만들고 소나무로 배를 만든다.(淇水悠悠, 檜楫松舟)"라는 기록으로 보아 상고시대부터 소나무는 인간의 생활과 밀접한 관계가 있었고 그 효용성 또한 지대했음을 알 수 있다. 한국에서도 소나무는 한국인의 생활과 가장 밀접한 연관을 지닌 나무이다. 관상용, 정자목, 神木, 당산목 등으로 많이 심어졌는데 특히 마을을 수호하는 神木이나 산신당의 山神木 중에는 소나무가 가장 많았다. 소나무는 한국인이 가장 좋아하는 나무이며[16] 우리나라 어디서나 흔히 볼 수 있는 나무이다. 한국인들은 태어날 때부터 소나무 금줄과 인연을 맺은 후로 솔숲과 함께 생활하고 소나무를 활용한 음식을 먹으며 소나무가 그려진 십장생도 병풍이나 가구, 송연묵으로 간 먹물 등을 사용하다가 종국에는 소나무 관 속에 들어가 도래솔이 둘러싼 무덤에서 소나무와 영겁의 시간을 함께 보낼 정도로 소나무와 밀접한 생활을 해왔다.

소나무는 소나뭇과의 상록침엽 교목으로 한국, 중국 북동부, 우수리, 일본 등 주로 극동 지방에서 성장하는 식물이다. 한국에서 소나무는 '소나무'라는 명칭과 함께 솔, 참솔, 솔나무, 송목, 소오리나무 등으로도 불리어지고 있고 한자어로는

---

16 2006년에 산림청이 한국갤럽을 통해 일반인들이 가장 좋아하는 나무를 물어본 결과 절반에 가까운 46%가 소나무를 꼽았으니 2위를 차지한 은행나무(8%)와 격차가 있다.(박상진, 『우리나무의 세계』, 서울 : 김영사, 2011, 367쪽) 2004년 6월에 한국갤럽이 실시한 조사에서도 한국인은 은행나무(4.4%), 단풍나무(3.6%), 벚나무(3.4%), 느티나무(2.8)를 제치고 소나무(43.8%)를 가장 좋아한다고 대답한 바가 있다.(전영우, 『우리가 정말 알아야 할 우리 소나무』, 서울 : 현암사, 2004, 16쪽)

松, 赤松, 松木, 松樹, 靑松, 雌松, 遼東, 油松 등의 명칭을 지니고 있다.[17] 중국에서도 소나무는 매우 중요한 수목이며 白皮松, 雪松, 黃松, 紅松 등 다양한 명칭으로 불리어지고 있다.[18] 생장지에 따라 '陸松(내륙)'과 '海松(바닷가)'으로 분류되고 잎의 개수에 따라 '2엽송(적송, 해송 등)', '3엽송(백송, 리기다소나무, 테다소나무)', '5엽송(잣나무)' 등으로 분류된다. 모습과 특성에 따라 赤松(紅松), 白松, 盤松, 金剛松 등 다양한 종류로 구분되며 잎과 화분, 나무 등의 효용성 역시 지대하다.[19]

소나무는 청정하고 빼어난 자태, 계절에 상관없이 상록을 유지하는 불변성, 추위에도 굴하지 않는 내한성, 지역적 한계에 국한되지 않고 생명을 이어가는

---

17 소나무는 한자로 '木'과 '公'을 합한 형성문자 松으로 쓰는데 이때의 公은 '公爵'의 공이라는 벼슬을 의미하는 설이 있다. 일찍이 진시황제가 泰山에서 비를 피하게 해준 소나무에게 '木公'이라는 벼슬을 주었고 이에서 '松'자가 되었다는 설이다. 한국말에서 소나무, 또는 솔이라는 말이 있는데, '솔'은 '으뜸'이나 '우두머리'를 뜻하며 나무 중에 우두머리라는 뜻으로 '수리', '술'이라고 부르다가 '술'에서 '솔'로 변천하고 솔나무에서 'ㄹ'이 탈락하여 소나무로 부르게 되었다는 설명도 있다.(강판권, 『나무열전』, 파주 : 술항아리, 2007, 70~72쪽 참조)

18 중국에는 총 10屬, 113종, 29변종의 소나무가 있다. 특성과 자생지에 따라 白皮松, 雪松, 黃松, 紅松 등으로 분류된다. 수피가 탈락하여 흰색이 드러나는 白皮松은 山西, 河北, 河南, 陝西, 甘肅, 四川 북부, 湖北 서부 등에 많이 자생한다. 雪松은 히말라야 산지에 자라며 紅松은 果松, 海松 등으로도 불리는데 내한성이 강해 小興安嶺 산맥과 백두산 일대에서 주로 자란다.(趙慧文, 『歷代詠花草詩詞選』, 北京, 學苑出版社, 2005, 459쪽 참조)

19 소나무의 학명은 'Pinus densiflora'이며 영어명은 'Japanese red pine'으로 1842년 네덜란드 식물학자 쥬카르느(Zucarinii)가 『일본식물지』 1권에 '일본적송(Japanese red pine)'으로 소개한 것에서 유래한다. 지구상의 소나무는 100종에 달하는데 각 종류마다 속성이 다양하니 남복송(男福松, aggregata)은 열매인 구과가 가지의 밑부분에 모여 나며 여복송(女福松, congesta)은 열매인 구과가 가지의 끝부분에 여러 개가 모여 달린다. 금송(金松, aurescens)은 잎의 밑부분을 제외하고 잎 전체가 황금 빛깔을 띠며 은송(vittata)은 잎에 흰색 또는 황금색의 가는 선이 세로로 있다. 金剛松(erecta)은 줄기가 밋밋하고 곧게 자라며 외형적으로 소나무의 형태이나 곰솔의 요소가 있기 때문에 소나무와 곰솔 간의 잡종으로 본다. 처진소나무(pendula)는 가지가 가늘고 길어서 아래로 늘어진 형태이다. 반송(盤松, multicaulis)은 줄기 밑 부분에서 굵은 곁가지가 많이 갈라지며 수형이 우산처럼 생겼다. 소나무의 효용을 보면, 잎은 치의 식용재료에, 송아가루 화분은 다식에, 껍질은 송기떡 등에 각기 재료로 활용되어 식용된다. 뿐만 아니라 잎은 소화불량이나 강장제에, 꽃은 이질에, 송진은 고약의 원료 등 약용으로도 쓰인다. 나무는 중요한 건축재나 펄프 용재로 이용되고 테레핀유는 페인트 등의 원료로 쓰인다. 한편 美松은 미국의 대표적인 바늘잎나무로서 소나무와는 科가 같으나 屬이 다르며 金松은 낙우송과의 나무로 소나무와는 관련이 없다.

강인함 등으로 인해 나무 중의 제왕이라는 칭송을 받는 나무이다. 소나무의 품성은 사람들의 의식에 지대한 영향을 미쳤고 고대의 각종 문헌에서부터 많은 언급이 이루어져왔다.[20] 다양한 미감과 상징성으로 인해 여러 시문과 그림에서도 즐겨 소재로 활용해왔다. 『全唐詩』시가 편명에 나오는 花木 상위 20종 중 측백나무(栢)와 함께 제4위를 차지한 것은 작품 속 소나무 소재의 중요성을 말해주는 부분이다. 역대 시문에서 불변의 절개, 강인한 생명력과 장수, 인내력과 내한성, 고고함에서 기인한 외로움, 懷才不遇한 신세 등을 표현할 때 자주 활용되어왔음을 살필 수 있다.

1) 변하지 않는 절개의 표상

소나무 잎의 수명은 2년인데 2년생 잎이 낙엽으로 떨어지면 곧 새 잎이 들어서서 상록수로서의 품위를 지켜나간다. 소나무가 지닌 常綠의 자태는 시가에서 주로 변하지 않는 굳은 절개의 상징으로 묘사되었다. 매서운 추위와 사나운 눈, 비바람에도 꺾이거나 시들지 않은 채 꼿꼿한 자세와 푸르름을 지니고 있으므로 굳은 의지와 절개를 비유하는 데 있어 훌륭한 소재가 되었던 것이다. 孔子가 『論語・子罕』편에서 소나무와 측백나무를 칭찬하여 "날씨가 추워진 연후에 송백이 시들지 않음을 안다.(歲寒然後, 知松柏之後凋也)"라고 한 것과 연관하여 "송백의 절조(松柏之操)"라는 말이 나왔는데 이 말은 소나무의 기개를 개괄하는 성어가 된다.

---

20 『論語』「子罕」편에 보면 孔子가 소나무를 칭찬하여 "날씨가 추워진 다음에라야 송백이 시들지 않음을 알 수 있다.(歲寒然後, 知松柏之後凋也)"라고 한 것을 비롯하여 『禮記』「禮器」: "소나무와 측백나무의 마음은 사계절을 통해 그 가지와 잎을 변치 않는 것이다.(松柏之有心也, 貫四時而不改柯易葉)", 『莊子』「讓王」: "큰 추위가 오고 서리와 눈이 내리니 송백의 건재함을 알겠도다.(大寒既至, 霜雪既降, 吾是以知松柏之茂也)", 『莊子』「德充符」: "땅에 명을 받은 것 중에 오직 송백만이 올곧다. 겨울과 여름에 청청하기 때문이다. 하늘의 명을 받은 것 중에는 오직 요순만이 올곧으니 이는 만물 중에 으뜸이라 할 수 있다.(受命于地, 唯松柏獨也正, 在冬夏青青; 受命于天, 唯堯舜獨也正, 在萬物之首)", 『荀子』「大略」: "날씨가 춥지 않으면 송백을 알 수 없고 일이 어렵지 않으면 군자를 알 수 없다.(歲不寒, 無以知松柏. 事不難, 無以知君子)" 등의 기록을 통해 先秦時代부터 松柏에 대한 칭찬이 많았음을 알 수 있다.

唐代 王睿가 쓴 다음 작품에서는 거의 매 행마다 소나무의 절개를 칭송하고 있음을 살필 수 있다.

松 소나무

寒松聳拔倚蒼岑	차가운 소나무 청산에 우뚝 빼어나
綠葉扶疏自結陰	푸른 잎 무성하게 절로 그늘을 만든다
丁固夢時還有意	丁固가 소나무 꿈을 꾸었을 때 뜻을 이루었는데
秦王封日豈無心	진시황이 五大夫松을 봉할 시 어찌 생각이 없었으리오?
常將正節棲孤鶴	소나무는 늘 정절을 지켜 외로운 학이 깃드나니
不遣高枝宿衆禽	높은 가지에 다른 뭇 새들은 깃들지 못하도다
好是特凋群木後	모든 나무들 시든 후에
護霜凌雪翠逾深	서리와 눈이 내려도 소나무의 푸른빛 더욱 깊어라

산 위에 우뚝 솟아 있는 소나무의 자태를 그리면서 '寒松', '蒼岑', '綠葉', '結陰' 등으로 푸른빛과 음양의 조화를 또렷이 부각시키고자 하였다. 三國時代 丁固가 소나무 꿈을 꾼 후 자신이 훗날 公의 자리에 오를 뜻을 가졌고 결국 이 꿈을 이루었다는 고사[21]와 秦始皇이 泰山에서 비를 피하게 해준 소나무를 五大夫로 봉한 고사[22]를 통해 소나무가 지닌 신비로운 기개를 배가시켰다. 소나무와 벗이 되는 '외로운 학(孤鶴)'과 '뭇 새(衆禽)'를 대조함으로써 소나무가 지닌 고상한 품덕을 칭송하였다. 소나무는 정직, 고결함, 정절 등의 여러 장점을 지녔는데 그 중에서도 서리와 눈에도 굴하지 않고 常綠을 유지하고 있음을 가장 높이 칭송하고 있다.

李商隱은 다른 화목과의 비교를 통해 소나무의 변치 않는 모습을 강조한 바 있다.

---

21 『三國志』「吳志」「孫皓傳」: "처음에 丁固가 尙書 업무를 맡았는데 소나무가 배 위로 자라는 꿈을 꾸었다. 다른 이에게 말하길, '소나무는 十八과 公으로 이루어져 있으니 후에 18년이 지나면 내가 공이 될 수 있지 않겠는가?'라고 하였다. 마침내 꿈대로 되었다. (初, 丁固因爲尙書, 夢松樹生其腹上, 謂人曰: '松字十八公也, 後十八歲, 吾其爲公乎?' 卒如夢焉)"

22 『史記』「秦始皇本紀」: "진시황이 태산에서 제사를 지낼 때 폭우를 만나 소나무 밑에 피한 적이 있는데 이로 인해 그 소나무는 五大夫 벼슬을 받았다.(秦始皇祭泰山, 遇暴風雨, 避于松下, 于是封此松爲五大夫)"

題小松　작은 소나무를 노래함

憐君孤秀植庭中	정원 나무 중 외로이 빼어난 너의 모습 아끼는데
細葉輕陰滿座風	가는 잎에 가볍게 그늘 드리웠는데 바람이 그득하네
桃李盛時雖寂寞	복숭아 살구꽃 필 때는 알아주는 이 없고 쓸쓸하나
雪霜多後始靑葱	심한 눈과 서리 지나간 후 비로소 푸른 자태 돋보인다
一年幾變枯榮事	다른 꽃은 한 해 동안 수많은 영락함이 있지만
百尺方資柱石功	백 척 소나무의 자질은 기둥석 같은 공력을 지녔다
爲謝西園車馬客	서원에 모여 감탄하던 수많은 거마객들
定悲搖落盡成空	쇠락하여 사라져갈 꽃들만 슬퍼하고 있구나

　　정원의 작은 소나무가 주목을 받지도 못한 채 자신의 자태를 외로이 지키고 있다. 잎도 무성하지 않고 꽃도 화려하지 않아 복숭아와 살구꽃처럼 '盛時'를 갖지 못하는 것처럼 보인다. 그러나 소나무의 진가는 눈과 서리가 지나간 후 비로소 드러난다. 순간의 영락함에 머무르는 것이 아니라 변치 않는 푸른 자태를 묵묵히 간직하고 있는 것이다. '외롭게 빼어난 모습(孤秀)'으로 있다가 눈과 서리를 맞으면서도 '푸른 자태(靑葱)'를 유지하고 결국은 '기둥석 같은 공력을(柱石功)' 발휘하는 과정은 마치 주목을 못 받던 한 인재가 어려운 세상을 견디어낸 후 자신의 진가를 드러내는 인간승리의 과정을 보여주는 것 같은 인상을 준다.

　　李白은 벼슬길에 있는 侍御士 韋黃裳에게 소나무의 절개와 같은 올곧은 지조를 지킬 것을 권유한 바 있다.

贈韋侍御黃裳 其一　위시어 황상에게 드리는 시 제1수

太華生長松	화산에서 자라난 소나무
亭亭凌霜雪	눈과 서리에도 꿋꿋하게 치솟아 있네
天與百八高	하늘 향한 백여덟 자 높이
豈爲微飆折	어찌 작은 바람에 꺾이리오
桃李賣陽艷	복사꽃과 살구꽃이 햇살에 아름다움을 팔아
路人行且迷	길가의 행인들을 미혹케 해도
春光掃地盡	봄빛이 땅을 쓸어가면
碧葉成黃泥	푸른 잎 누렇게 변해 흙이 되리니
願君學長松	원컨대 그대는 소나무의 정절을 배워
愼勿作桃李	복사꽃과 살구꽃 같이 됨을 삼가시게

受屈不改心　굴욕을 당해도 마음을 변치 않는다면
然後知君子　결국에는 군자로 알려지리니

　암벽이 많고 험난한 太華(華山)에서 자라는 소나무는 지형적인 어려움과 험한 날씨에도 불구하고 꿋꿋하게 솟아 있다. '百八高'에 달하는 소나무가 작은 바람에 요동하지 않듯 큰 그릇을 배양하여 하찮은 일에 미혹됨이 없기를 권유하였고, 일시의 아름다움으로 세속인들의 시선을 끌기보다는 변치 않는 정절을 지킬 것을 또한 권유하였다. 말연에서 '굴욕을 당하다(受屈)'라고 한 것은 벼슬길에서 무고한 참언으로 실의할 경우를 가정한 것으로 이 경우에도 충성심을 변치 않고 인내한다면 결국에는 고귀한 인품이 드러나게 되리라는 권면의 표현이 된다.
　清代 陸惠心이 쓴 「詠松」 一首도 소나무의 고아하고 정결한 특성을 찬양하고 있다.

詠松　소나무를 노래함
瘦石寒梅共結隣　마른 바위와 차가운 매화와 함께 歲寒三友인 소나무
亭亭不改四時春　사계절 동안 꿋꿋한 기상을 바꾸지 않는다
須知傲雪凌霜質　모름지기 눈과 서리 이겨내는 자질이 있음을 알겠거니
不是繁華隊裏身　화려함 속에 자기 자신을 집어넣지 않음이라

　青松을 '瘦石', '寒梅'와 함께 '歲寒三友'의 절개를 지닌 존재로 묘사하고 있다. 어려움 속에서도 "꿋꿋한 기상을 바꾸지 않는(亭亭不改)" 소나무는 눈과 서리 속에서 자신을 단련하였기에 강인하고도 진실한 성품을 얻을 수 있었다고 보았다. 소나무의 늠름한 기상은 세상의 화려함과 벗하지 않는 정결함을 간직한 덕분이라는 의견도 제시하고 있다. 혹한을 이겨내고 紅塵을 제거한 연후에야 꿋꿋한 기상과 순수성을 얻을 수 있다는 주장인 것이다.
　소나무는 常綠을 유지하는 영속성으로 인해 예로부터 절개를 지키는 나무라는 칭송을 받았고, 변치 않는 고매한 인격을 지닌 군자를 상징하기에 가장 적절한 나무라는 인식도 얻게 되었다. 계절의 변화나 눈과 추위에 아랑곳하지 않는 "不搖不屈"의 기개는 "不變", "亭亭", "青靜", "凌雲" 등의 단어와 함께 많은 시

가 속에서 불변의 기상을 자랑하는 소나무의 전형적인 이미지를 형성해왔다. 늘 푸르고 단정한 모습을 띤 소나무의 의연한 자태는 사람들에게 푸른 기상을 가르쳐주는 귀한 지표가 되고 있는 것이다.

2) 강인한 생명력과 장수의 표식

소나무에는 소나무와 함께 사는 박테리아가 있는데 이식이나 분재를 하게 되면 소나무 박테리아를 유지시키기가 쉽지 않아 살기 어려운 나무로 알려져 있다. 그러나 소나무는 자신의 의지로 뿌리를 내리고 살려고 한다면 어떤 나무보다도 강한 생명력을 보여주는 나무이다. 오늘날 동북아에서 소나무가 가장 흔한 나무로 자리 잡게 된 것은 소나무가 지닌 강인한 생명력에 연유한다. 소나무는 양지식물로 햇볕만 있으면 척박한 땅과 건조함에도 인내심을 발휘하며 끈질긴 생명력을 이어나간다. 돌무더기나 바위틈, 흙 한 줌 없는 높은 바위산 봉우리에서도 견디며 심지어 바닷가 모래사장에서도 사시사철 푸름을 잃지 않는 강인함을 발휘할 수 있다. 파도가 뿌리는 소금 물방울을 맞고도 푸른 기상을 유지한다는 것은 다른 식물들로서는 엄두도 못 내는 경지인 것이다. 역대 문인들은 소나무가 지닌 강인한 면모를 주목하여 강한 생명력이나 장수의 상징으로 표현하기도 하였다.

杜甫의 시가 중 이식 후에도 강건하게 자라는 소나무를 보면서 국난 속에서도 소나무처럼 강한 생명력을 유지하기를 기원한 작품이 있다.

四松 네 그루의 소나무

四松初移時　네그루의 소나무 처음 옮겨와 심었을 때에
大抵三尺強　대략 세 척 정도의 크기였다.
別來忽三載　다른 곳으로 갔다가 홀연히 삼 년 만에 다시 오니
離立如人長　마치 사람들처럼 의연히 줄지어 서 있다
會看根不拔　뿌리가 뽑히지 않은 것을 보게 되니
莫計枝凋傷　가지가 상할 걱정은 없는 것이다
幽色幸秀發　다행스럽게도 그윽한 색깔 빼어나고

疏柯亦昂藏	거침없이 자란 큰 나무줄기 기개가 대단하다
所揷小藩籬	지금은 작은 울타리처럼 심어져 있으나
本亦有堤防	소나무는 본래 제방 역할을 할 힘이 있다
終然振拔損	그러나 종국에는 훼손을 당해
得愧千葉黃	부끄럽게도 많은 잎이 누렇게 되지 않을까
敢爲故林主	감히 성도 초당 숲의 주인이 되어 있는데
黎庶猶未康	이 땅의 서민들은 아직도 평안함을 얻지 못하고 있네
避賊今始歸	도적을 피해 이제야 돌아왔건만
春草滿空堂	초당은 온통 황폐해 있다
覽物嘆衰謝	주위의 황폐한 물건을 보면서 시절의 쇠락함을 한탄하다가
及玆慰凄涼	네 그루 소나무를 보매 처량함을 위로 받누나

成都에서 초당을 짓고 살 때 지은 작품이다. 수연에서 처음 草堂을 지은 후 세 척 높이의 소나무 네 그루를 이식하여 심었음을 밝혔다. 杜甫는 代宗 寶應 元年(762) 成都를 떠났다가 삼 년 후인 764년에 다시 돌아왔으니 제3연의 '忽三 載'는 이를 의미한다. 돌아와서 네 그루의 소나무가 건재하게 마주 보고 서 있음 을 발견하게 된다. 돌보지 못했음에도 잘 자라는 강인한 생명력에 감탄하며 '다 행(幸)'이라는 표현을 가하였다. 소나무가 제방 역할을 할 능력이 있음을 설파한 부분 역시 소나무의 강인함을 찬양한 구절이다. 그러나 이 땅에는 아직도 도적 이 횡행하고 불안한 시국이 이어지니 나라의 안위를 생각할 때 참담한 마음을 감출 수 없다. 집 떠난 사이에 황폐해진 초당 주변의 물품들을 살펴보다 그래도 변치 않고 서 있는 소나무를 보고는 이내 위안을 얻게 되는 것이다.

강인한 생명력으로 오랜 수명을 향유하는 소나무이기에 역대 시문에서는 흔 히 '祝壽'와 '長生'의 표상으로도 형용되어왔다. 소나무가 장수를 상징하는 '十 長生' 중 하나로서 '長生不死'의 표현에 자주 등장하게 된 것이 그 예이다.[23] 인 간이 강렬히 희구하는 것이 '장수'이기에 소나무는 선망의 대상이 될 수밖에 없 었다. 『詩經』 「小雅」 「天保」편에서 송백의 무성함을 군주의 鴻德에 비유한 부

---

23 '十長生'은 "해, 구름, 山, 水, 돌, 솔, 불로초, 거북, 鶴, 사슴" 등인데 이 중 흔히 소나무 와 연계되어 묘사되는 것은 鶴이다. 古人들은 鶴을 산에 사는 생물로 고결하고 청아하 여 신선의 기운을 지닌 존재로 보았으며 소나무는 '靜'이고 鶴은 '動', 소나무는 '剛'이 고 鶴은 '柔'의 존재로 보았다. 이 둘을 합친 '松鶴'이 長壽, 延年, 順理의 상징이 된 것 은 이와 같은 시각을 반영한 것이다.

분을 보면 소나무가 무한과 영원, 장수 등의 상징으로 활용되고 있음을 알 수 있다.

> **天保** 하늘의 도우심
>
> 如月之恒   차오르는 달처럼
> 如日之升   떠오르는 해처럼
> 如南山之壽   남산의 영원함처럼
> 不騫不崩   헐어지거나 무너지지 않고
> 如松柏之茂   소나무와 측백나무의 무성함처럼
> 無不爾或承   그대를 계승하지 않음이 없도다

임금의 덕을 찬양하면서 해, 달, 남산 등과 함께 松柏을 예거하였다. 松柏에 대해 불변의 기상을 간직하고 끝없이 장수하면서 무한한 번영을 상징하는 존재라는 인식을 갖고 가한 묘사인 것이다.

唐代 李嶠도 소나무의 절개를 묘사하면서 장수하는 특성에 주목한 바 있다.

> **松** 소나무
>
> 鬱鬱高巖表   높은 바위 위에서도 울창한 숲을 이루고
> 森森幽澗陲   깊은 시냇물 가에 빽빽한 가지를 드리웠다
> 鶴棲君子樹   이 군자의 나무에 학이 깃드니
> 風拂大夫枝   바람이 오대부송 가지를 흔드네
> 百尺條陰合   백 척의 가지에서 그늘을 이루니
> 千年蓋影披   천년 동안 그 그림자 덮이리라
> 歲寒終不改   날씨가 추워도 변하지 않는
> 勁節幸君知   그 굳센 절조를 그대는 알아주길 바라노라

'鬱鬱'과 '森森'은 높고 그늘진 곳 모두에서 왕성한 생육을 자랑하는 소나무의 속성을 칭송하기 위한 표현이다. 소나무와 함께 '鶴'을 배치하여 장수와 고결함의 의미를 강화하였고 秦始皇의 五大夫松 고사를 활용하여 소나무의 신비감을 증폭시켰다. '百尺', '千年' 등 길고 영구한 세월을 언급한 부분 역시 소나무의 장수를 칭송한 표현이 된다. 이 시에서는 소나무의 영속성, 장수에 대한 경이로움을 먼저 언급한 후 '歲寒'에도 변치 않는 기개를 강조하는 수법을 발휘하고

있다.

宋代 吳芾이 쓴 「詠松」一首도 소나무가 장수하는 속성을 주목한 시이다.

詠松 소나무를 노래함
古人長抱濟人心　옛 사람들은 세상을 제도할 마음을 오랫동안 품었나니
道上栽松直到今　길가에 소나무를 심은 것 지금까지 이어오네
今日若能增種植　오늘날 소나무를 더 심게 된다면
會看百世長靑陰　백 세대를 거쳐 가며 오랫동안 푸른 그늘을 이룰 수 있으리

소나무의 한계 수령은 정확치는 않으나 대략 300년에서 500년 정도인 것으로 알려져 있다. 지금 심어진 소나무는 먼 훗날을 생각한 고인들이 심어놓은 것이니 이에 대해 감사하며 후세를 위해 소나무를 植生할 것을 권유하고 있다. '百世'라는 표현은 소나무가 장수하는 특성에 착안하여 소나무처럼 자손이 대대손손 평안을 누리기를 기원한 내용이 된다.

역대 시가에서 소나무는 節義의 상징으로 많이 묘사되었지만 강하고 장수하는 속성을 지향하는 인간의 욕망을 대변하는 대상으로도 인식되었다. 소나무는 "十長生"의 하나이며 十長生圖, 松鶴圖, 松巖圖, 松鹿圖 등은 모두 장수의 의미를 묘사한 그림이 된다. 천년을 산다는 학이 집을 짓고 장수한다는 거북도 엎드린다는 소나무는 짧은 세상을 살아가는 인간에게 언제나 동경의 대상이 되었다. 각종 시가나 歲畵를 비롯하여 家禮나 壽宴 등의 자리에 소나무를 상징하는 내용이나 그림이 등장하였던 것은 그러한 의식에서 비롯된 결과라 하겠다.

3) 인내력과 내한성의 상징

소나무는 추위 속에서 잘 자라는 침엽수로서 측백나무와 더불어 영하 80도에서도 견디는 강인한 존재이며 열대성 기후보다는 한대성 기후에서 진가를 발휘하는 나무이다. 전통적으로 "歲寒"의 이미지가 강했던 소나무는 宋代로 오면서 대나무, 매화와 함께 "松竹梅", "歲寒三友" 등으로 병칭되기 시작했다. 이는 세

식물이 모두 내한성을 지닌 것에 대한 칭송인데 이러한 내한성은 시가 작품을 통해 시련에 강한 면모와 인내력의 상징으로 자주 형상화되곤 하였다. 실의에 빠져 좌절했을 때 바위벼랑을 뚫고 내린 소나무의 모습을 보고 용기를 얻거나, 차가운 폭설을 뒤집어쓰고도 기개를 보이는 소나무를 통해 인내심을 고양하고 새로운 의지도 얻게 된다. 이러한 속성은 "누항에 기거하면서 한 그릇 밥과 한 표주박의 물로도 인내하며 절조를 지키는"[24] 유가 선비의 수양정신과도 잘 부합한다. 역대 시가를 보면 소나무가 지닌 불변의 절개와 못지않게 소나무가 지닌 인내력과 내한성이 자주 거론되어왔음을 살필 수 있다.

소나무의 인내력을 묘사한 작품으로 南朝의 樂府民歌 「冬歌」를 보자.

冬歌　겨울 노래

淵氷厚三尺	연못의 얼음 두께가 세 척
素雪覆千里	흰 눈은 천 리를 덮었네
我心如松柏	내 마음은 송백과 같은데
君情復何似	그대의 정은 무엇과 같나요?
果樹結金蘭	과수는 금란 같은 열매를 맺지만
但看松柏林	그저 송백 숲만 바라봅니다
經霜不墜地	서리를 겪으면서도 지지 않고
歲寒無異心	날이 추워도 다른 마음 품지 않지요

연못의 얼음 두께가 세 척에 달하고 눈이 천 리를 덮을 정도로 차가운 겨울이 이어지지만 자신의 마음은 松柏같이 세파를 잘 견디어내고 있음을 설파하였다. 서리와 추위에도 변하지 않는 사랑의 절조를 표현하는 것이 이 시의 주제인데 소나무처럼 차가운 겨울을 견디는 '사랑의 인내'가 중요한 전제를 이루고 있는 것이다.

다음 劉楨의 작품에서도 소나무의 불변성을 거론하는 중에 인내하는 속성을 주목한 것이 발견된다.

---

24 『論語』「雍也篇」: "공자가 이르길, 어질도다 顏回여. 한 그릇 밥과 한 표주박의 물로 누항에 기거하면서 남들은 그 근심을 견디지 못하지만 顏回는 자신의 즐거움을 변치 않고 있으니 어질도다 顏回여.(子曰: 賢哉回也. 一簞食, 一瓢飮, 在陋巷, 人不堪其憂, 回也不改其樂. 賢哉. 回也)"

贈從弟 其二 이종사촌 동생에게 주는 시 제2수

亭亭山上松　정정한 산 위의 소나무
瑟瑟谷中風　솔솔 부는 계곡의 바람
風聲一何盛　바람소리 강하다 해도
松枝一何勁　솔가지 또한 강건하다
氷霜正慘凄　서리가 차갑게 내려도
終歲常端正　소나무는 끝까지 항상 단정하다
豈不罹凝寒　어찌 혹한의 고통이 없을까마는
松柏有本性　송백은 자신의 본성을 지키나니

'亭亭', '瑟瑟' 등의 첩어를 통해 소나무의 강인함을 부각시켰고 반문의 어기를 지닌 '一何'를 반복적으로 운용하면서 강대한 바람소리와 맞서는 소나무 가지의 강인함을 강조하였다.[25] 바람에 이어 차가운 서리와 추위를 등장시켰는데 점점 심각해지는 외부 날씨에도 소나무는 끝까지 단정한 자태를 유지하는 존재로 보았다. 고통을 이겨내며 불굴의 의지를 발하는 소나무는 동생에게 자신의 뜻을 전달함에 있어 가장 좋은 비유물이라 본 것이다.

唐代 錢起가 쓴 「松下雪」 一首 역시 소나무의 인내하는 속성을 깊이 있게 묘사한 작품이다.

松下雪 소나무에 날리는 눈

雖因朔風至　삭풍에 눈 흩날려도

---

25 역대 시가에서 소나무의 강인함을 나타낼 때는 눈, 혹한 등의 이미지를 함께 활용하였고 장수를 나타낼 때는 十長生들과 함께 묘사되었으며 한적한 경지를 표현할 때는 바람과 함께 비유되기도 했다. 일례로 李白이 쓴 「南軒松」에는 "남헌에 소나무 한 그루 있어, 가지와 잎이 풍성히 뒤덮여 있다. 맑은 바람이 시도 때도 없이 불어오니, 맑은 정신 속에 밤낮을 보낸다.(南軒有孤松, 柯葉自綿冪. 淸風無閑時, 瀟洒終日夕)" 같은 표현이 등장한다. 또한 宋 徽宗 崇寧 元年(1102)에 黃庭堅이 鄂城 樊山에서 노닐다가 솔숲의 정자에서 바람소리를 듣고 「松風閣」이라는 七言詩를 썼는데 이 시가 담긴 『松風閣詩帖』은 黃庭堅 만년의 行書로도 유명하다. 이 서책은 逷逸의 『蘭亭』, 顔氏의 『祭侄』 등의 行書 精品과 병칭될 만한 명성을 갖고 있다.(현재 台北 故宮博物院 소장) 또한 河北 承德의 避暑山庄에 "萬壑松風"이라는 독특한 건축이 있는데 계곡에 심어진 古松의 모습처럼 고요한 환경을 제공하여 역대 청나라 황제가 한적하게 독서를 할 수 있었다 한다. 소나무와 바람의 병칭을 나타낸 예들인데 이를 통해 소나무와 바람의 병칭은 시련을 나타낼 때 뿐 아니라 佳境을 묘사할 때도 활용되었음을 알 수 있다.

不向瑤臺側　대궐 섬돌 위에 내리지 않는구나
惟助苦寒松　차가운 소나무 시달리는 것 도와
偏明後凋色　겨울에도 시들지 않는 기상을 밝혀주네

　朔風에 눈이 흩날리지만 높은 신분을 지닌 이에게는 별로 의미가 없다. 눈은 세상에서 어려움을 겪는 이들에게 어려움을 배가시키고 그들의 마음을 더욱 공고하게 만든다. 눈을 차가운 소나무가 시달리는 것을 도와주는 존재로 표현한 것이 이채롭게 느껴진다. 이러한 어려움을 겪고 난 이후에야 비로소 소나무는 진정으로 '늦게까지 시들지 않는 모습(後凋色)'을 밝힐 수 있는 것이다.

　'歲寒三友'의 하나로 꼽히는 소나무는 역대 많은 시가에서 인내력과 내한성을 상징하며 그 가치를 높여왔다. "솔가지 하늘 향해 차곡차곡 올라가고, 빽빽한 솔잎은 은하수에 펼쳐 있네. 강한 바람은 굳은 정절을 알리니, 눈을 뒤집어 쓴 다음에야 그 정절을 보인다네.(修條拂層漢, 密葉障天浮. 凌風知勁節, 負雪見貞心)"(南朝 范云 「詠寒松詩」), "송백은 죽어도 변치 않나니, 천년을 두고 푸르름을 간직한다. 지사는 빈한할수록 더욱 강건하나니, 도를 지킴에 별도의 경영함이 없다.(松柏死不變, 千年色青青. 志士貧更堅, 守道無異營."(唐 孟郊 「答郭郎中」), "큰 눈이 푸른 솔을 짓눌러도, 푸른 솔은 곧고 바르다.(大雪壓青松, 青松挺且直)"(陳毅 「詠松」), "푸르른 빛 본래 서리 내린 후에 또렷하고, 소나무에 이는 차가운 소리 달 빛 속에 들려온다.(翠色本宜霜後見, 寒聲偏向月中聞)"(唐 韓溉 「松」) 등은 모두 소나무의 강인한 인내력을 칭송한 구절의 예이다. 혹한을 이겨내는 인내력을 통해 사시사철 푸르름을 유지하는 소나무야말로 진정한 강자인 것이다.

4) 외로움이나 '懷才不遇'의 표현

　소나무는 품격이 고상하고 절개가 뛰어난 나무이다. 소나무는 군락을 지어 자라면서 청정함을 유지하기도 하고 외롭고 험한 곳에서 묵묵히 자신의 본분을 이어나가기도 한다. 높은 바위에 외로이 솟아 있는 자태는 보는 이로 하여금 함부로 할 수 없는 고상한 면모도 느끼게 한다. 시가에서 소나무를 표현할 때 '孤松'

이라고 표현하며 '고고한 자태'를 강조하기도 하지만 간혹 '고독하게 서 있는 존재'의 이미지로 이 표현을 활용하기도 한다. 주변의 나무들과 비교되는 우아한 자태를 가지고 '獨也靑靑'하게 서 있는 모습은 장엄해 보이기도 하지만 일견 외로운 분위기도 지니고 있기 때문이다. 역대 시가 중에는 소나무의 이미지를 통해 자신의 외로움이나 '재주를 품고 있어도 기회를 얻지 못한(懷才不遇)' 신세를 표현한 경우도 많이 있다.

顧愷之가 사계절을 노래한 「神情詩」에는 봄물, 여름 구름, 가을 달, 겨울 산 등의 배경이 나오는데 이때 겨울의 이미지를 드러내는 식물로 소나무가 등장한다.

神情詩 정을 펼친 시

春水滿四澤 봄물은 사방 못마다 그득하고
夏雲多奇峰 여름 구름은 기이한 봉우리마다 그득하다
秋月揚明輝 가을 달은 휘영청 밝은 빛 비추는데
冬嶺秀孤松 겨울 산마루에는 외로운 소나무가 빼어나다

사계절의 특징만 추려내어 짤막하게 쓴 함축적인 묘사 속에 사계절의 변화와 오묘한 질서가 담겨 있다. 땅과 하늘을 오가는 시선 속에 포착된 소나무는 군락을 짓지 않고 외로이 홀로 산마루에 걸쳐 있는 모습을 하고 있다. 겨울의 쓸쓸함을 보여주기 위한 이미지로 소나무가 활용된 예라 하겠다.

소나무는 재질이 단단하고 내구성이 뛰어나 훌륭한 재목감이 되는 특성을 지녔기에 시가에서 뛰어난 인재를 비유하는 표현으로도 흔히 등장한다. 인재는 타인이 알아주거나 선발되었을 때 그 효용성이 드러나는 것이며 뛰어난 인재가 주목받지 못하거나 희생의 재물이 되는 경우에는 무한한 서글픔을 느끼게 된다. 추위와 눈을 이겨내기 전까지 그 면모를 쉽게 드러내지 않는 소나무는 자신의 재능을 세상에 펼치기 위해 고난을 감내하는 숨은 인재의 모습을 연상시킨다. 東晉代 謝安의 질녀이며 安西將軍 謝奕의 딸인 謝道韞의 작품에서 '懷才不遇'의 신세를 소나무에 빗대어 표현한 내용을 살펴본다.

擬嵆中散詠松　혜강의 작품을 모의하여 소나무를 노래함

遙望山上松	아득한 산 위의 소나무
隆冬不能凋	맹렬한 겨울 추위에도 시들지 않았다
願想游下憩	저 나무 아래에서 쉴 수 있기를 바라며
瞻彼萬仞條	만 길 높은 곳에 달린 가지를 쳐다본다
騰跃未能升	뛰어올라도 닿을 수 없어
頓足俟王喬	전설 속의 왕교를 그저 기다릴 뿐
時哉不我與	시대는 나와 함께하지 않아
大運所飄颻	큰 운은 그저 날아가버렸나

산꼭대기에서 겨울을 이겨내는 소나무의 빼어난 품격을 찬양하고 있지만 수구의 '遙望' 표현을 통해 나와는 먼 거리에 있는 존재라는 의식을 담아 보았다. 소나무와 함께 하고픈 욕심이 있지만 소나무는 만 길 높은 곳에 가지를 드리우고 있는 것이다. 어려서부터 총명하다는 평을 듣고 호방한 성품을 지녔지만 여성의 몸으로 큰 뜻을 펼치기에는 세상과의 거리감이 존재한다. 학을 타고 날아다녔다는 신선 王喬처럼 羽化登仙의 경지에 올라야 저 멀리 있는 소나무에 닿을 수 있겠다는 상상력만 발휘해 볼 뿐이다.

唐代 杜荀鶴이 어린 소나무가 미처 주목받지 못하는 것을 보고 감회를 표현한 작품을 보자.

小松　어린 소나무

自小刺頭深草里	일찍이 어려서는 가시 같은 싹으로 풀 속에 묻혀 있다가
而今漸覺出蓬蒿	이제야 점차 높은 모습을 드러내네
時人不識凌雲木	당시 사람들 능운목임을 알지 못하나
直待凌雲始道高	하늘 높이 구름을 뚫고 솟아야 비로소 높다 하리라

어린 소나무가 막 땅속에서 나왔을 때에는 겨우 '가시 같은 싹의 모습(刺頭)'을 하고 있지만 그 기개를 접지 않고 묵묵히 성장해나간다. 일정한 때가 되어야 사람들은 비로소 이 나무가 '凌雲木'임을 알아차리게 된다. 세인들의 짧은 예지력에 대해 안타까운 마음을 표현하고 있다. 시구에 나타나지는 않았지만 세인들에 의해 알려지지 못하고 꺾여나가거나 잘려진 소나무의 존재도 생각해볼 수 있

다. '自小', '漸覺', '凌雲'으로 이어지는 의미의 흐름은 주목받지 못하던 인재가 세상을 향해 기개를 펼쳐나가는 일련의 성장 과정을 표현한 대목으로도 볼 수 있다.

소나무는 거친 곳이나 궁벽한 땅에서도 잘 자라지만 그런 연고로 얼핏 세인의 주목을 받지 못하는 경우도 있다. 그 점에 착안하여 시인들은 계곡 밑 개울가에 자라는 소나무 '澗底松'[26]을 들어 '懷才不遇'의 처지를 표현하기도 했다. 白居易가 澗底松을 소재로 하여 '懷才不遇'의 처지를 한탄한 작을 보자.

澗底松　개울 아래의 소나무

有松百尺大十圍	크기가 열 아름인 백 척의 소나무가 있는데
生在澗底寒且卑	개울 아래에 있어 차갑고 비루하다
澗深山險人路絶	계곡은 깊고 산은 험해 길이 끊어졌고
老死不逢工度之	늙어 죽어도 공인의 베임을 받지 못하네
天子明堂欠梁木	천자는 명당을 위해 대들보를 베고자 하나
此求彼有兩不知	여기저기서 구해도 서로를 알아차리지 못하누나
誰喻蒼蒼造物意	그 누가 하늘의 깊은 뜻을 알 수 있으랴
但與之材不與地	그저 재주만 있을 뿐 좋은 땅을 찾지 못했음이라
金張世禄原憲貧	金日磾와 長安世는 세상의 녹을 누렸으나 黃憲은 빈한했고
牛衣寒賤貂蟬貴	풀 옷은 춥고 천하나 관복은 귀하도다

'澗底松'은 높이가 백 척이요 십 리까지 돋보일 정도의 위용을 갖추고 있으나 처한 곳이 계곡 밑 개울가라 차갑고 비루한 신세를 면치 못한다. 알아주는 이 없어서 공인에 의해 쓰임도 얻지 못하는 처지이다. 天子는 인재를 구하고 자신도 관직을 갈구하지만 서로 연결이 되지 않아 안타까운 상황에 있다. 이러한 처지에서 세상의 현상을 보다보니 옛날 漢代 간신 金日磾와 長安世는 세상의 녹을 누렸으되 黃憲과 같은 현자는 쓰임을 받지 못해 빈한함을 면치 못했던 세상사가 다시금 회상되어 더욱 안타까움을 느끼게 된다.

---

26 '澗底松'은 晉代 左思의 「詠史詩」의 "무성한 것은 계곡 아래의 소나무요, 축 늘어진 것은 산꼭대기의 풀싹이로다.(鬱鬱澗底松, 離離山上苗)"에서 온 말로 재주가 뛰어난 이가 계곡 밑 즉 낮은 자리에 있고 이에 비해 재주도 없이 높은 자리에 있는 권세가의 자재들을 풍자한 시어로 쓰인다.

거친 땅을 뚫고 싹을 틔어 낼 때부터 눈과 서리의 억압을 이기며 자라나는 소나무의 특성은 각종 시가에서 才子佳人이나 영웅이 겪는 고난을 묘사하기에 충분한 면모를 지녔다. 소나무가 지닌 불변의 기개, 인내와 내한성으로 대표되는 강인함 등의 장점은 영민한 인재의 형상에 부합되는 특성들이다. 세상의 뛰어난 인재는 타인과 같지 않은 능력과 생각을 지녔다는 이유로 고독한 형상을 지니기도 하고 타인의 질시를 받기도 한다. 나무의 제왕 소나무 역시 뛰어난 인재상과 함께 고독한 영웅의 형상을 공유하고 있는 존재라 할 수 있는 것이다.

한국인과 밀접한 관계에 있는 소나무는 한반도 어디서나 잘 자라면서 대중의 사랑을 받아왔고 나무의 제왕이라는 칭송에 맞게 중요한 나무로 존중받아왔다. 역대 시가에서 묘사된 소나무는 변하지 않는 절개의 표상, 강인한 생명력과 장수의 표식, 인내력과 내한성의 상징, 외로움이나 '懷才不遇'의 표현 등의 이미지를 유감없이 드러내는 존재였다. 화사한 단풍을 뽐낸 후에 모든 식물이 잎이 떨어지거나 시들어가도 소나무는 수려한 청록의 자태를 유지하고 있고 혹한과 강풍을 이겨내는 강인한 면모를 자랑한다. 소나무 스스로가 의지를 갖고 자라고자 하면 아무리 궁벽한 곳이나 바위 위라 해도 강인한 생명력을 발휘할 수 있고 장수의 상징으로도 강한 이미지를 지니고 있다. 껍질과 잎, 열매 등의 효용성이 크고 재목으로서의 가치도 지대하여 인간의 생활과 매우 밀접한 연관성을 지녔다. 화사함을 지녔으되 생명력이 짧아 일시에 피고 지는 꽃나무나 외모만 훌륭하고 효용성이 떨어지는 나무와는 다른 매력을 지닌 것이다. 효용성과 외모, 이미지와 의미 등 모든 분야에 있어 어떤 나무보다도 큰 상징성을 지니고 있기에 인간에게 큰 깨달음을 주거나 인생을 반추하게 만드는 스승의 역할을 수행해올 수 있었다. 역대 시인들이 소나무의 매력을 주목하여 쓴 작품들은 소나무를 통해 시인 자신의 마음을 가다듬고 기상을 높이고자 했던 노력의 흔적이었다. 청정한 자연물인 소나무를 아끼고 그 의미를 배우고 싶어 했던 시인들의 마음과 노력, 이 점이 바로 중국 고전시가에서 소나무가 중요한 이미지를 지닌 존재로 끊임없이 묘사될 수 있었던 이유라 할 것이다.

6. 단아하고 영롱한 물의 여신 수선화(水仙花)

水仙花(Chinese Sacred Lily, Chinese Narsissus, Daffodils)는 石蒜科 水仙屬에 속하는 다년생 초본식물이다. 약간 습한 땅에서 잘 자라며 땅속줄기는 검은색으로 양파처럼 둥글고 잎은 난초잎같이 선형으로 자란다. 꽃은 12월에서 3월경 꽃줄기 끝에 피는데 한겨울의 추위를 이겨내고 피어나므로 역대 문인들은 수선화를 매화와 함께 즐겨 노래해왔다. 수선화는 곱고 단아한 자태를 지녔다. 가늘고 긴 줄기에 난초 같은 잎이 길게 드리워져 있고 여섯 장에 달하는 흰 꽃잎의 자태가 아름다우며 꽃잎 위에 노란색 술잔 모양의 꽃받침(副花冠)이 있어 더욱 고아하게 느껴진다. 수선화의 술잔 모양 꽃받침을 보고 詩酒를 좋아하는 중국 문인들은 '金盞銀臺'로 비유하며 꽃을 향한 미감을 투영해왔다. 수선화는 지중해가 원산지로 알려져 있지만 이는 서양 수선화종에 불과하고 실제로는 중국과 아시아에서도 많은 종이 자생해온 것으로 알려져 있다.[27]

水仙花에 대한 중국 최초의 기록은 晚唐 殷成式의 『酉陽雜俎』 「廣東植」 「木篇」에서 찾을 수 있다. "로마제국에서 들어온 식물로 뿌리는 계란만 하며 잎은 서너 척에 달하고 마늘처럼 가운데 줄기가 있고 줄기 끝에서 여섯 장의 꽃잎이 개화한다.(捺袄出拂林國, 根大如鷄卵, 葉長三四尺, 似蒜, 中心抽條, 莖端開花, 六出, 紅白色, 花心黃赤不結籽, 冬生夏死. 取花壓油, 涂身去風氣. 拂林國王及國內貴人皆用之)"는

---

27 수선화는 원산지와 종이 다양하여 원래의 종을 정확히 알 수는 없지만 현재는 종간 잡종을 통하여 약 200품종 이상이 나와 있고 원예적 분류는 꽃 모양을 기준으로 11가지 형으로 나눈다. 중국에서는 재래종 수선화를 '中國水仙'이라고 부르며 중국의 수선화는 전통적으로 '金盞銀臺'와 '玉玲瓏' 두 개의 품종이 있는 것으로 알려져왔다.(金波, 『花卉寶典』 北京 : 中國農業出版社, 2006, 149쪽 참조)

기록으로 보아 외국에서 들여와 전파한 식물로 추측할 수 있다. 중국에서 수선화는 천여 년의 재배 역사를 가지고 있는데 그 잎과 줄기가 양파와 마늘과 비슷하여 六朝시대에는 '雅蒜'으로 불리었고 宋代에는 '天葱'으로 불리기도 하였으며, 그 밖에 '金盞', '銀臺', '儷蘭', '雅客', '女星' 등 외양과 이미지와 연관된 다양한 별칭도 갖고 있다. 서양에서 수선화는 그리스 신화의 '나르시시즘(Narcissism)'[28] 이미지가 강하며 중국에서는 '물의 선녀(水仙)'라는 이름처럼 각종 고사와 연관된 신령한 이미지로 널리 알려져 있다. 唐代까지 '水仙'이라는 명칭은 각종 시문에서 주로 '水中女神'의 의미로 활용되어왔다.[29] 그러한 인식과 연관하여 수선화가 '洛神', '湘妃', '漢濱仙女', '姑射仙', '玉淸', '素娥靑女', '玉霄' 등의 仙人과 연관된 여러 별칭을 얻게 된 것으로 보인다.

'水神'의 의미로 활용되던 '水仙花'가 꽃의 의미로 주목받기 시작한 것은 宋代부터였다고 할 수 있다. 宋代 黃庭堅은 수선화에 관심을 갖고 시를 쓴 중국 최초의 수선화 음영시인이다. 黃庭堅보다 불과 여덟 살 많은 蘇軾이 그의 문집에서 '水仙'이라는 명칭을 '水中女神'의 의미로만 활용하였던 것과 대조를 이룬다. 문인들은 百花가 시든 겨울에도 松, 竹, 梅에 뒤지지 않는 수선화의 생명력을 주목하였고 水仙花를 소재로 한 다양한 詩畫 작품을 창작하여 왔다. 적당한 햇볕과 온도, 물만 있으면 화분에서도 잘 자라는 꽃이라 분재로도 많이 길러지며 세인들의 사랑을 받아왔다. 宋代에 와서는 수선화를 노래한 詩詞 작품이 140여 수에 달할 정도로 공전의 성황을 이루게 되었다. 宋代는 수선화 관련 시가 창작의 선도 시기였으며 동시에 수선화 음영에 있어 황금기였다고 말할 수 있을 것이다. 수선화는 전통적으로 중국 '十大名花'의 하나로 칭송되며 신령하고 영

---

28 수선화의 屬名인 나르키수스(Narcissus)는 그리스어의 옛말인 'narkau(최면성)'에서 유래된 말인데 이는 그리스 신화에 나오는 나르키소스라는 아름다운 청년이 샘물에 비친 자신의 모습에 반하여 물속에 빠져 죽은 그 자리에 핀 꽃이라는 전설에서 유래된 것이라고도 한다.

29 필자의 조사에 의하면『全唐詩』에는 '水仙' 어휘가 총 22회 등장한다. 그런데 '水仙' 어휘가 활용된 의미를 보면, 杜甫,「桃竹杖引贈章留後」: "뿌리를 자르고 껍질을 벗겨내니 자옥과 같고, 湘江의 복비 여신도 얻지 못해 아쉬워할 듯.(斬根削皮如紫玉, 江妃水仙惜不得)", 李商隱,「板橋曉別」: "물의 여신은 잉어를 타고 가려 하고, 한밤의 부용은 붉은 눈물을 잔뜩 흘리누나.(水仙欲上鯉魚去, 一夜芙蓉紅淚多)" 등으로 모두 '물의 선녀', '물의 여신' 등의 의미로 사용되고 있음이 발견된다.

롱한 神女, 깨끗하고 단아한 풍모와 기품의 소유자, 歲寒의 인고를 간직한 강렬한 생명체 등 각종 미감의 상징으로 묘사되어왔다.

1) 세속을 벗어난 신녀의 이미지

역대 문인들은 水仙花의 단아하고 아름다운 자태 뿐 아니라 수선화가 지닌 우아한 기품과 신령한 기운을 주목해왔다. 수선화의 하얗고 노란 꽃잎과 꽃술은 미녀 머리의 옥비녀 같이 고아하고, 난초처럼 여리게 뻗은 푸른 줄기와 잎은 미녀의 허리처럼 하늘거리면서 청순하고도 가녀린 상상력을 느끼게 한다. '水仙'이라는 이름처럼 신묘한 분위기를 제공하는 꽃으로 인식되어 각종 전설과 고사가 접목된 '水神'의 이미지로 형상화된 경우도 많았다. 水仙花는 曹植이 「洛神賦」에서 洛水의 여신 宓妃를 '물결 가르는 선녀(凌波仙子)'[30]로 묘사한 것에 영향을 받아 洛水의 여신 '宓妃'로 묘사되거나, 屈原이 洛水의 湘夫人을 생각하며 쓴 「湘君」, 「湘夫人」의 기술[31]을 따라 '湘水女神'으로 그려지기도 하였고, 鄭交甫가 漢水에서 두 명의 신녀에게서 패옥을 받았던 고사[32]와 연관하여 '漢水女神'으로 표현되기도 하였다. 역대 시문에서 수선화를 신녀와 연관하여 행한 각종 묘사는 수선화로 하여금 탈속의 기운을 소유한 고매한 꽃의 이미지를 갖게

---

30 宓妃는 伏羲의 딸로써 황하의 신인 河伯의 아내였으며 洛水를 건너다 빠져 죽어 洛水의 여신이 되었다고 한다. 曹植은 「洛神賦」의 서문에서 "황초 3년에 나는 경사에서 낙천을 건너게 되었다. 고인이 말하길 이 물의 신하는 복비라 하였기에 송옥의 초양과 신녀의 고사 같은 감정을 느껴 이 賦를 짓는다.(黃初三年, 余朝京師, 還濟洛川. 古人有言, 斯水之臣, 名日宓妃. 感宋玉對楚王神女之事, 遂作斯賦)"라고 하여 洛神을 宓妃라고 밝힌 후 洛神의 자태를 묘사한 바 있다.

31 堯帝의 딸 娥皇와 女英은 舜에게 시집을 가서 각각 后와 妃가 되었는데 舜이 南巡을 하다 죽자 두 사람도 湘江에 뛰어들어 자결했다 한다. 상제가 두 사람을 안타깝게 여겨 그들의 혼백을 湘江의 水仙으로 삼았고 그들이 臘月 水仙의 花神이 되었다는 전설이 있다. 屈原은 이 전설을 인용하여 「湘君」, 「湘夫人」 등의 작품을 쓰게 되는데 「湘夫人」의 首句에서 "堯제의 딸 湘夫人이 북쪽 강가에 있네, 아득히 강물 바라보니 근심에 젖는구나.(帝子降兮北渚, 目眇眇兮愁子)"라고 하면서 湘夫人을 堯帝의 딸로 형용한 바 있다.

32 西漢 劉向이 편찬한 『列仙傳』卷上에는 鄭交甫가 한수에서 만난 두 명의 신녀에게서 패옥을 받았는데 잠시 후 홀연히 패옥과 두 신녀가 사라졌다는 내용의 '江妃二女' 고사가 실려 있다.

하는 중요한 배경이 되었던 것이다.

수선화를 꽃의 의미로 처음으로 노래한 이는 宋代 黃庭堅이었다. 그는 수선화에 대한 남다른 애호 의식을 갖고 「次韻中玉水仙花二首」, 「王充道送水仙花五十支欣然會心爲之作詠」, 「吳君送水仙花并二大本」, 「劉邦直送早梅水仙花四首」 등을 비롯한 여덟 수의 작품을 남긴 바 있는데, 그중 王充道가 보내온 수선화에 대해 기쁨을 표현하면서 수선화를 '宓妃'에 비유한 다음 시를 살펴보기로 한다.

> ### 王充道送水仙花五十支, 欣然會心, 爲之作詠
> 왕충도가 수선화 오십 그루를 보내와 기쁜 마음에 시를 짓다
>
> 凌波仙子生塵襪　물결 가르는 선녀는 버선에 먼지 일 듯 포말을 일으키고
> 水上輕盈步微月　물 위에 가볍게 떠 희미한 달빛 밟고 걷는 듯
> 是誰招此斷腸魂　누가 이 애끊는 혼을 불러서
> 種作寒花寄愁絕　차가운 꽃으로 심어놓고 수심을 붙였는가
> 含香體素欲傾城　향기 머금은 자태는 성을 기울이듯 아름답고
> 山礬是弟梅是兄　산반은 아우요 매화는 형이네
> 坐對眞成被花惱　앉아 마주하며 오롯이 꽃에 매혹되었다가
> 出門一笑大江橫　문을 나서 웃음 지으며 큰 강을 건너간다네

수선화를 '물결 가르는 선녀(凌波仙子)' 즉 洛水의 여신 宓妃로 묘사하여 신비로운 자태를 강조하였는데, 후대 문인들도 이 구절에 영향을 받아 수선화를 여신의 이미지로 많이 활용하게 된다. 洛神의 슬픈 영혼을 연상한 시인의 마음은 '애끊는 혼(斷腸魂)'－'수심을 붙이다(寄愁絕)'－'고뇌(惱)' 등의 흐름을 갖게 되는데 이는 수선화의 비애감을 강화시키는 효과도 창출한다. 후반부에서는 수선화를 山礬(장미과 꽃), 매화 등과 비교하는 형식을 통해 그 아름다움을 부각시켰다. 꽃의 슬픈 고사에 빠져 있던 작자는 이내 마음을 털고 큰 강을 건너게 된다. 친우가 보내온 수선화를 보다 보니 어느덧 시제의 언급처럼 '기쁜 마음을 얻는(欣然會心)' 경지에 이르게 된 것이다.

黃庭堅이 劉邦直이 매화와 함께 보내온 수선화를 보고 쓴 다음 작품에서도 수선화와 신녀를 연관하여 묘사하고 있다.

劉邦直送早梅水仙花   유방직이 보내온 조매와 수선화

得水能仙天與奇　물을 얻으면 하늘의 선녀처럼 기이한 모습
寒香寂寞動氷肌　얼음 같은 살결에서 차가운 향기가 조용히 흩날리네
仙風道骨今誰有　이 꽃의 仙道 같은 기풍을 지금 그 누가 지녔는가
淡掃蛾眉簪一枝　꾸미지 않은 미인의 머리에 꽂힌 한 개의 비녀 같으니

水仙花가 지닌 청고하고 기묘한 풍취를 그림에 있어 하늘의 선녀 이미지를 활용하였고 맑은 꽃잎에서 흩날리는 향기를 얼음 같은 살결과 차가운 향기로 형용하며 신비감을 증폭하였다. 미인의 머리에 꽂힌 비녀처럼 오뚝 솟아 있는 화관을 보면 설명할 수 없는 천연의 미를 느끼게 된다. 수수하되 범접할 수 없는 절대적 자연미를 지닌 수선화의 자태를 신녀와 미인으로 비유하고자 한 것이다.

宋代 黃庭堅을 필두로 후대 문인들 역시 수선화를 여신에 자주 비유하곤 하였다. 宋代 張孝祥이 지은 다음 작품을 보자.

以水仙供都運判院   수선화를 비유하여 도운판원에게 드리는 시

玉壺寒露映眞色　옥 항아리에 찬 이슬 맺히듯 본연의 색 빛나고
霧閣雲窓立半身　선녀가 연무 낀 누각과 구름 낀 창에 반쯤 모습을 드러낸 듯
可但凌波學仙子　낙수 여신이 선녀로 화한 것처럼
絕憐空谷有佳人　빈 계곡에 가인이 있는 듯한 모습 실로 사랑스러워라

수선화의 희고 깨끗한 색감과 자태를 칭송하였는데 그 아련한 모습은 선녀가 연무 낀 누각과 구름 낀 창에 반쯤 모습을 드러낸 듯 실로 신묘한 경지를 창출한다. 제3, 4구에서는 曹植의 「洛神賦」와 杜甫 「佳人」의 "절세에 아름다운 이 있어, 허정한 계곡에 유거한다네.(絕代有佳人, 幽居在空谷)" 구절을 인용하여 '凌波仙子'와 '空谷佳人' 등으로 비유하면서 수선화에 대해 새로운 미감을 부여하고자 하였다. 수선화의 몽롱한 미감과 고상한 기풍을 투영하기 위해 신화와 전고를 이입한 것인데 이 절묘한 상상력으로 인해 수선화의 이미지는 더욱 絕俗의 경지를 지니게 된다.

宋代 劉放의 수선화 작품에서도 신녀의 이미지를 추구하였는데 이 시에서는 水神이 아닌 달의 여신 嫦娥와 눈과 서리의 여신 靑女를 등장시키고 있는 점이

이채롭다.

水仙花　수선화

莩于桃李晚于梅　매화보다는 늦으나 桃李보다는 일찍 피어나
氷雪肌膚姑射來　얼음 같은 흰 피부의 선녀가 하강한 듯
明月寒霜中夜靜　맑은 달빛과 차가운 서리 맞고 이 밤에 고요히 피어나
素娥靑女共徘徊　嫦娥와 靑女가 함께 배회하고 있는 듯

　차가운 기운을 이겨내며 매화에 이어 개화하는 수선화의 품성을 노래하면서 선녀의 얼음같이 맑고 고운 피부 같은 자태도 함께 칭송하였다. 후반부를 보면 시인은 수선화가 자라나는 환경을 더욱 주목하고 있음이 보인다. 차가운 서리 맞고 피어난 수선화는 맑은 달빛 속에서 고요한 품성을 발하고 있어 嫦娥와 靑女가 함께 강림한 것과 같은 신령한 의경을 연출한다.

　明代 袁宏道는 수선화의 모습을 형용하면서 『山海經』에 나오는 神木 '扶桑나무'와 莊子에 나오는 神人이 산다는 '藐姑射山'을 거론함으로써 신령한 이미지를 강화한 바 있다.

水仙花　수선화

琢盡扶桑水作肌　부상나무를 깎아 만들고 물로 피부를 만든 듯
冷光眞與雪相宜　영롱하게 빛나는 모습 실로 흰 눈 같구나
但從姑射皆仙種　姑射山으로부터 신선이 가져다 심은 것이니
莫道梁家是待兒　梁玉淸을 직녀의 시녀로만 말하지 말지니

　허구적 필법으로 수선화의 자태를 설명한 점이 이 시의 가장 독특한 점이니 수선화의 모습을 "神木 扶桑나무로 만들어지고 그 피부는 물로 만든 듯하다"라고 한 제1구의 표현이 실로 이채롭다. 제3구의 '姑射'는 피부가 빙설과 같은 神人이 산다는 '藐姑射山'을 지칭한 것으로[33] 이 수선화는 신선이 藐姑射山에서 가져와 심었을 정도로 신령한 모습을 하고 있다. 수선화는 비록 작고 유약하지

---

[33] 『莊子』「逍遙游」: "막고야산에는 신선이 기거한다. 그 피부는 빙설과 같고 부드러움은 처녀와 같다.(藐姑射山, 有神人居焉, 肌膚若氷雪, 淖約若處子)" 구절 참조.

만 梁玉淸 같은 시녀의 위치를 넘어 절로 '花中之仙'의 반열에 올라 있는 존재라고 본 것이다.

水仙花와 神女, 神仙의 이미지는 매우 밀접한 관계에 있다. 역대 여러 시가에서 '洛水의 여신 宓妃', '湘水女神', '漢水女神', '藐姑射山의 仙人' 등으로 표현된 것 이외에도 宋玉의 「高唐賦」에 나오는 '巫山神女',[34] 屈原,[35] 男水神 琴高,[36] 洛神과 湘妃,[37] 洛神과 漢女[38] 등 각종 신령한 이미지를 결부시킨 묘사의 예를 발견할 수 있다. 水仙花가 '水仙'의 한자어와 같은 표현을 씀으로써 신선의 형상을 떠올리게 한 것도 있지만 수선화의 자태가 그만큼 신령하고 초매한 기품을 지녔기에 형상화된 이미지라고도 할 수 있는 것이다.

2) 맑고 청아한 자태의 찬양

문인들이 수선화를 묘사한 작품을 보면 수선화의 신비로운 이미지 못지않게 꽃, 줄기, 뿌리, 잎 등 본질적이고도 현실적인 실체를 세밀하게 부각시킨 면도

---

34 宋代 高文虎는 「水仙」에서 "아침저녁으로 양대를 향하여 눈물 흘리나니, 근심이 다하고 혼이 얼어 한 잔 물이 되었구나. 무협의 구름은 깊어 어제의 꿈을 아득하게 하고, 소상강의 눈은 두터워 내 슬픔처럼 쌓여 있네.(朝朝暮暮泣陽台, 愁絶氷魂水一杯. 巫峽雲深迷昨夢, 瀟湘雪重寫余哀)"라고 읊은 바 있다.

35 晉 王嘉 「拾遺記洞庭山」의 "굴원은 충성심으로 인해 배척을 받아 호숫가에 은거하게 된다. …… 급기야 맑고 차가운 물에 투신하게 된다. 초나라 사람들은 그를 사모하여 수신이라 불렀다.(屈原以忠見斥, 隱于沉湖, …… 乃赴淸冷之水. 楚人思慕, 謂之水仙)"라는 구절을 인용하여 宋代 劉克莊은 「水仙花」에서 "굴원의 혼은 물에 가라앉아 상수의 객이 되었다.(騷魂洒落沉湘客)"라는 표현을 가한 바 있다.

36 琴高는 『列仙傳』에 "세상을 떠나 홀로 한가로이 살다가 탁수로 들어갔다. 붉은 잉어를 타고 맑은 물결 속을 노닐었는데 물 따라 자유롭게 다니는 낙이 무궁하였다.(離世孤逸, 浮沉琢中. 出跃赦鱗, 入藻淸沖. 是任水解, 其樂無穷)"라는 기록처럼 붉은 잉어를 타고 琢水로 들어갔다는 水神의 이름이다. 宋代 韓維가 「從厚卿乞移水仙花」 시에서 "금고가 사는 곳은 원래 물을 의지하는 곳이요, 수선화는 겨울이 와도 서리를 무서워하지 않는다.(琴高住處元依水, 靑女冬來不怕霜)"라고 하면서 수선화와 금고를 함께 묘사한 것을 예로 들 수 있다.

37 宋代 曾豐 「譚賀州勉賦水仙花四絶」: "물과 수증기가 봄을 더욱 물들이나니, 상비와 낙수의 여신이 이 꽃의 전신이로다.(與水相蒸暖益春, 湘妃洛女是前身)"

38 宋代 徐淵子 「七言散句」: "새벽바람이 낙포에 불고 물결을 가를 때, 저녁달이 강 언덕에 비추고 漢女가 패옥을 풀어줄 때이구나.(曉風洛浦凌波際, 夜月江皇解佩時)"

발견된다. 하얀 꽃받침 위에 도도하게 자리 잡은 노란 화관의 생김새를 주목하여 '金盞銀臺', '玉盤金盞' 등에 비유하기도 했고, 여유 있게 늘어진 잎의 모습을 '부추 잎'이나 '녹색 요대(綠帶)', 오롯이 서 있는 줄기를 '옥 가지(玉枝)', 양파나 마늘 같이 실하게 생긴 구근을 보고 '葱根', '雅蒜', '天葱'으로 형용하는 등 수선화의 각 부분과 연계된 표현들을 창출한 바 있는 것이다. 또한 白, 綠, 黃의 색깔로 구성된 수선화의 전체 색감과 이 색상이 주는 청아하고도 소담한 미감을 노래하기도 하였고, 겨울을 지나며 은은한 淸香을 오랜 시간 뿜어내는 수선화의 향기와 기품을 부각시키기도 하였으며, '金盞銀臺', '玉盤金盞' 등의 별칭으로 대변되는 金, 銀, 玉 등의 보배로운 이미지를 활용하여 다른 어떤 꽃에도 뒤지지 않는 귀한 가치를 찬양하기도 하였다. 수선화가 지닌 자태, 색, 향, 기질 등을 주목한 작품들은 수선화가 보여주는 맑고 청아함을 주로 노래하고 있다.

黃庭堅은 徽宗 建中 靖國 元年(1101)에 四川에서의 6년 폄적 생활을 마감할 때 三峽을 떠나 荊州(湖北 江陵)에 잠시 머물면서 荊州知州 馬瑊(馬中玉)과 창화한 적이 있었다. 그 당시 수선화를 소재로 시를 썼던 「次韻中玉水仙花二首」의 제1수를 살펴보기로 한다.

次韻中玉水仙花二首 其一 중옥의 수선화에 차운한 시 두 수 제1수
借水開花自一奇 물을 빌려 꽃을 피우니 절로 빼어나고
水沈爲骨玉爲肌 沈香木으로 뼈를 이루고 옥으로 살결을 이루었네
暗香已壓酴醿倒 암향은 도미화를 완전히 압도하나
只比寒梅無好枝 다만 한매에 비해 좋은 가지가 없구나

수구에서 "물을 빌려 꽃을 피워냈다" 함은 수선와의 구근을 화분에다 심고 수경한 것을 관찰한 표현이다.[39] "침향목(水沈木)으로 뼈를 이루고 옥으로 살결을

---

39 水仙花는 石蒜科의 다년생 초본식물로서 수경재배가 가능하다. '借水開花'라는 구절이 특이한 느낌을 주기는 하지만 실제로 가능한 재배법이다. 胡仔는 『苕溪漁隱叢話』 後集 卷31에서 이 구절에 대해 "수선화는 물에서 생겨나지 않으니 비록 水자를 통해 꽃을 형용하려 했으나 도리어 語病이 생겼다(第水仙花初不在水中生, 雖欲形容水字, 却反成語病)"라고 하며 지적하였다. 그러나 楊萬里의 「水仙花」 시에 "하늘의 선녀는 땅을 밟지 않으니, 물을 빌려 이름을 드러내었네(天仙不行地, 且借水爲名)"라는 구절이 있으니 黃庭堅의 이 구절이 語病이 아님을 알 수 있겠다.

이루었다"는 표현은 수선화가 선녀의 자질을 지닌 신비스러운 꽃이라는 시각을 반영한 묘사이다. '酴醾'는 장미의 일종으로 초여름에 커다란 꽃이 피고 향기가 빼어나 蘇軾과 韓愈를 비롯한 문인들의 찬양을 받은 바 있으나[40] 황정견은 수선화의 암향이 이를 능가한다고 보았다. 말구에서 수선화의 가지가 매화보다 못하다고 한 것은 수선화의 자태와 특징을 객관적으로 묘사하고자 한 의도에서 나온 것으로 보인다.

范成大가 화병에 피어 있는 수선화를 보고 쓴 시를 살펴본다.

瓶花 병 속에 핀 꽃

水仙攜臘梅　수선화는 납매와 나란히 피어났다가
來作散花雨　꽃비를 흩날리듯 꽃이 진다
但驚醉夢醒　그저 꿈에서 깨어날 수 있다면
大辨香來處　꽃향기 날아오는 곳을 알 수 있으련만

수선화가 추운 겨울을 이겨내고 납매와 함께 피어나서 향기를 날리는 품성을 지녔음을 칭송한 작이다. 시인이 특히 강조한 수선화의 자태는 제2구의 낙화할 때 선녀가 꽃비를 흩뿌리듯 아름답게 지는 모습이다. 꽃이 지는 모습은 시인으로 하여금 아름답고도 처연한 감정을 자아내게 한다. 후반부에서는 그윽한 수선화 향기의 여운을 좀 더 명확히 인식하고자 하는 마음을 담아 보았다.

楊萬里는 다음 시에서 '겹꽃잎 수선화(千葉水仙花)'에 대한 묘사를 가한 바 있다. 이 작품은 수선화의 종별 특성을 파악할 수 있는 자료의 의미도 지닌다.[41]

---

40 蘇軾은 「杜沂游武昌以酴醾花菩薩泉見餉」에서 "요염함을 꾸미지 않아도 이미 절색이요, 바람이 없어도 향기가 멀리 가도다.(不粧艶已絕, 無風香自遠)"라고 酴醾花를 찬양하였고, 韓愈는 「惜酴醾」에서 "(도미화는) 꽃 중에 가장 마지막에 기이한 향을 토하는 꽃이로다.(花中最後吐奇香)"라고 칭찬한 바 있다.

41 이 「千葉水仙花」 시에는 다음과 같은 『幷序』가 있어 이 내용을 통해 겹잎 수선화에 대한 이해를 높일 수 있다. 『幷序』 : "세상에서는 수선화를 '金盞銀臺'로 별칭한다. 홑잎 수선화는 하나의 술잔 형상으로 짙은 황색의 금빛을 띠고 있다. 천엽 수선화의 경우 꽃잎이 말리고 주름져 한 조각 빽빽한 형상을 하고 있고 그 아래 옅은 황색과 위의 엷은 흰색이 한데 섞여 있어 이 모습은 실로 술잔의 형상과는 다르니 어찌 옛 명칭으로 불려 욕되게 하리오 요컨대 홑꽃잎 꽃은 마땅히 옛 명칭으로 불려야 하나 천엽 수선화는 실로 수선화라는 이름에 걸맞은 것이다.(世以水仙爲金盞銀臺, 蓋單葉者, 其中有一酒盞, 深黃而金色. 至千葉水仙, 其中花片卷皺, 密蹙一片之中, 下輕黃而上淡白, 如染一截者,

千葉水仙花　천 개의 잎을 지닌 수선화

薤葉蔥根兩不差	잎은 염교, 뿌리는 파와도 비슷한데
重蕤風味獨淸嘉	겹꽃잎 늘어진 모습 홀로 맑고 아름답다
薄揉肪玉圍金鈿	꽃술은 엷고 부드러운 옥이 금비녀를 둘러싼 듯하고
淺染鵝黃剩素紗	꽃잎은 옅게 물들인 노란색 밑에 흰빛이 도네
臺盞元非千葉種	홑잎 수선화는 겹잎 수선화와 본래 다르나니
豐容要是小蓮花	이 풍성한 외모는 작은 연꽃과도 같구나
向來山谷相看日	그간 황정견의 수선화 작품을 보고
知是他家是當家	다른 것으로 알았더니 바로 이 모습이로구나

　잎과 뿌리로 시작된 '겹잎 수선화(千葉水仙花)' 묘사가 꽃술과 꽃잎의 색과 형태의 묘사로 이어진다. 꽃을 직접 보지 않고도 겹잎 수선화의 형태를 짐작할 정도로 그 묘사가 세밀하고 비유가 아름답다. '金盞銀臺'로 별칭하는 홑잎 수선화와 비교할 때 겹잎 수선화의 자태는 한껏 풍성한 느낌을 주니 활짝 피어난 연꽃과도 같다. 시인의 마음을 끄는 별도의 흥취를 소유하고 있는 것이다. 말연에서는 황정견의 시를 통해 수선화를 간접적으로 감상했던 시인이 현재 직접 관찰함으로써 느끼는 기쁨을 그리고 있다. 허상이 아닌 실제 모습에서 더욱 진한 감동을 얻게 되는 것이다.

　수선화는 난초처럼 단아하면서도 기품이 있으며 화사하면서도 요염하지 않은 천연의 아름다움을 자랑한다. 수선화를 제재로 한 역대 작품들은 수선화의 형, 색, 향 등을 주목하여 각종 비유와 기교를 활용한 다양한 묘사를 가해왔다. 宋代 韋驤은 "가냘프고 아름다워 선녀 같은 자태, 강 언덕에서 패옥을 풀던 때를 연상시키네.(綽約仙姿, 仿佛江皐解珮時)"(「減字木蘭花·水仙花」)라고 하여 수선화 줄기의 가냘픈 모습을 그렸고, 宋代 李石은 "피부는 마치 가을물을 잘라다 놓은 듯, 무성히 드리운 잎은 마치 용궁에서 나온 듯.(肌肤剪秋水, 垂雲出龍宮)"(「水仙花二首」其二)이라 하여 잎과 줄기의 미려한 자태를 칭송했으며, 元代 錢選은 "새벽 연기 옅은 소매에 횡행한데, 가을 물결 소리가 밝게 울리는 듯.(曉烟橫薄袂, 秋瀬韻明璫)"(「水仙花圖」)이라 하여 수선화의 맑은 자태를 '가을 물결 소리(秋瀬韻)'에 비유

與酒杯之狀殊不相似, 安得以舊日俗名辱之? 要之, 單葉者當命以舊名, 而千葉者乃眞水仙云)"

하기도 하였고, 明代 梁辰魚는 "그윽한 꽃 피어 있는 곳에 달빛 희미한데, 가을 물에 마음을 뺏겨 엷게 화장했네.(幽花開處月微茫, 秋水凝神暗淡粧)"(「水仙花」)라고 淸幽한 풍모를 칭송하기도 하였으며, 明代 顧辰은 "금쟁반에 널리 퍼진 구슬 주머니가 겹겹이요, 바람이니 옥패가 비췻빛 요대에 길게 흔들리네.(金盤露積珠繻重, 玉佩風生翠帶長)"(「題錢山水仙花」)라고 하여 金盤과 玉佩의 영롱한 이미지를 활용하여 수선화의 미감을 증폭하기도 하였다. 각종 화려한 수식과 비유를 통해 수선화의 실체를 표현하였다는 점은 이 꽃이 지닌 다면적인 미감이 지대함을 반증하는 것이라 하겠다.

3) 기품 있는 절조와 비감의 소유자

수선화는 신령한 탈속의 경지와 고매한 자태의 이미지가 강한 꽃이다. 물을 배경으로 생장하여 정결하고 단아한 인상을 갖게 하고, 寒梅와 함께 겨울을 이겨내고 꽃을 피움으로써 氷雪의 강인함을 느끼게 하며, 꽃잎과 비늘줄기, 뿌리 등이 모두 하얀색이어서 맑은 순백의 기품을 느끼게 한다. 역대 시문을 보면 수선화를 고아한 기품과 강렬한 의지를 소유한 꽃으로 보고 '水月', '風露', '霜雪' 등의 배경과 함께 孤寂하고 淸冷한 존재로 묘사한 기록이 많다. 여신이나 여성과 연관된 묘사가 많은 것과 연관하여 화사한 봄꽃의 '陽剛' 이미지보다는 난초같이 절조를 내재한 '陰柔'의 이미지가 상대적으로 강한 꽃인 것이다. 이러한 이미지적 특성은 문인들로 하여금 자신의 비애나 절의를 표현하기에 좋은 꽃이라는 인상도 갖게 하였다. 강한 절의를 소유하였으되 세상의 인정을 받지 못했거나 인고의 세월을 보낸 淸幽한 감성을 은은하게 투영하고 싶을 때 수선화는 매우 적절한 대상이 되었던 것이다.

黃庭堅이 中玉의 수선화에 차운한 시 두 수 중 세속의 주목을 받지 못하고 유락한 상태로 민가에 피어 있는 수선화를 노래한 제2수를 살펴보기로 한다. 이 시는 수선화의 자태를 읊고 있지만 실제로는 이웃에 사는 빈한한 집안의 미녀와 자신의 신세를 대비하며 그 비감을 수선화에 투영하는 '托物寓意'의 목적을 띠고 있는 작품이다.

次韻中玉水仙花二首 其二　중옥의 수선화에 차운한 시 두 수 제2수

淤泥解作白蓮藕　진흙 속에서 능히 백련 뿌리가 돋아나고
糞壤能開黃玉花　거름 더미에서도 황옥화가 피어나네
可惜國香天不管　가엽도다 이 국향을 하늘이 관리하지 않아서
隨緣流落小民家　가난한 민가에서 유락하는 인연을 갖고 있나니

시 중에 나오는 '國香'은 山谷이 형주에 머물고 있을 때 우연히 목격한 이웃집 예쁜 소녀의 이름으로 수선화와 黃庭堅 자신을 지칭하는 쌍관어 역할을 한다. 비천한 집에 태어나 아랫마을 가난한 집에 시집을 간 이 여인의 유락한 신세는 四川과 荊南 일대에서 폄적 생활을 전전한 자신의 불우한 신세와 남들이 알아보지 못하는 수선화의 진면목을 동시에 떠올리게 한다. 洛神의 전설을 담고 있는 수선화는 깨끗한 품성과 맑은 향기를 지닌 꽃이지만 때로는 거름 더미에서 꽃을 피우며 이 같은 애상을 자아내기도 한다. 연뿌리에서 수선화로 이어지는 소재의 전화는 이웃집 여인을 거쳐 자신의 신세를 기탁하는 교묘한 구상으로 이어진다. 단순하게 꽃의 형태를 묘사하는 차원을 넘어 寓意를 기탁하는 수법을 지향하고 있는 것이다.

陳與義가 그린 水仙花는 야생의 수선화에서 천연의 미와 기품을 발견하고 그 품격에서 위안을 얻게 됨을 노래한 작이다.

詠水仙花五韻　수선화를 다섯 운으로 노래한 시

仙人緗色裘　선녀와 같은 이 꽃 꽃술은 담황색 갖옷 같고
縞衣以裼之　꽃잎은 하얀색 겉옷을 걸치고 있는 듯
靑帨粉委地　잎은 파란색 노리개 땅에 드리운 듯하고
獨立東風時　동풍이 불어올 제 홀로 서 있네
吹香洞庭暖　따듯한 동정호에 향기 날리고
弄影淸晝遲　흔들리는 꽃 그림자에 맑은 한낮 더디 간다
寂寂籬落陰　싸릿대에 그늘이 지니 분위기 쓸쓸한데
亭亭與予期　이 꽃만이 늠름하게 나와 만날 기약 한다
誰知園中客　동산 안에 한 객이 있어

能賦會眞詩　다정하게 會眞詩를 지을 줄 그 누가 알았으리오

　이 시를 지을 당시 陳與義는 岳陽에 있었는데 동산 주변에서 우연히 이 꽃을 발견하고 이 꽃이 고독한 중에 맑고 고운 품격을 지녔음을 칭송하게 된다. 수선화의 고운 자태와 기품 있는 향기를 차례로 묘사한 후 본인의 형상을 꽃과 대비하였는데 고아한 풍취와 다정한 會眞詩[42]를 짓는 인물로 자신을 묘사함으로써 스스로 위안을 삼고 있음이 보인다. 야생의 수선화는 분재와 비교되는 천연의 미와 기품을 지니고 있다. 이 수선화의 우아한 자태에 맞추어 선녀가 춤추는 듯 그림자도 흔들리고 있으니 시인의 마음은 어느덧 다정한 會眞詩의 창작을 갈망하게 된다. 고적한 분위기를 일신하고 진정을 담은 창작을 시도하게 됨은 수선화가 발하는 남다른 기품과 절조에서 비롯된 것이라 하겠다.
　張耒의 다음 작품은 수선화의 아름다운 자태, 신비로운 전설, 맑은 기품 등을 두루 언급한 후 자신의 신세 의식을 투영하는 것으로 운미를 마감하고 있다.

水仙花　수선화

宮樣鵝黃綠帶垂　궁정의 거위처럼 담황색 꽃에 푸른 잎 드리웠는데
中州未省見仙姿　이 꽃의 신령한 자태 일찍이 중원에서는 보지 못했어라
只疑湘水絹機女　마치 상수의 비단 짜는 여신과도 같고
來伴淸秋宋玉悲　맑은 가을에 퍼지는 송옥의 슬픔과도 같구나

　수선화의 꽃과 잎을 '궁정에서 기르는 어린 거위의 담황색(宮樣鵝黃)'에 비유한 것과 수선화의 자태를 상수의 비단 짜는 여신과 같은 영롱한 모습에 비유한 것이 이채롭다. 이 시를 창작한 시인의 의지는 말구에 있다. 두 차례나 폄적당해 뜻을 이루지 못한 張耒 자신의 신세를 '宋玉悲秋' 전고를 통해 표출하고 있는 것이다. 수선화 자태를 묘사하면서 자신의 비감을 대비하였으니 수선화를 통한 서정의 서사를 성공적으로 이루어낸 작품의 예가 되는 것이다.
　宋代 理學家 朱熹의 시가 중 水仙花의 형태뿐 아니라 수선화가 지닌 남다른

---

42 「會眞詩」는 元稹 『鶯鶯傳』에서 張生이 崔鶯鶯에게 써주면서 사랑의 감정을 표현하였다는 시이다.

절조를 주목한 작품이 있다.

賦水仙花　수선화를 노래하다

隆冬雕百卉	겨울이라 모든 꽃들이 시들었는데
江梅歷孤芳	강가의 매화만 외롭게 피었구나
如何蓬艾底	저 봉창 밑에 있는 수선화는 어떠한가
亦有春風香	이 꽃 역시 봄바람에 향기를 머금었네
紛敷翠羽帔	잎은 비췻빛 깃털처럼 화려히 흩날리고
溫艷白玉相	따뜻하고 예쁜 꽃 마치 백옥 같은 모습이라
黃冠表獨立	여신의 노란 머리 장식 같은 꽃술은 홀로 우뚝 서
淡然水仙裝	담담하게 물의 여신 형상을 하고 있네
弱植晚蘭蓀	연약하게 심어져 蘭草와 蓀草처럼 자라나나
高標摧氷霜	고아한 기품은 얼음과 서리를 압도하네
湘君謝遺褋	湘水의 여신은 자신의 내의를 애인에게 양보했고
漢水羞捐璫	鄭交甫는 漢水가 언덕에서 귀걸이를 건네주었네
嗟彼世俗人	안타깝다 저 속세의 사람들이여
欲火焚衷腸	정욕이 불처럼 타올라 창자를 다 태워서
徒知慕佳冶	한갓 아름답고 요염한 것을 사모할 뿐이라
詎識懷貞剛	어찌 정절과 굳은 절조를 알겠으며
凄涼柏舟誓	『詩經』「柏舟」의 죽어도 변치 않는 열녀의 처량한 맹세와
惆愴終風章	『詩經』「終風」의 정숙한 여인의 서글픔을 알겠는가
卓哉有遺烈	훌륭하도다 강렬한 가르침의 전래여
千載不可忘	이는 천 년이 지나도 잊지 못할 것이라

전반 8구에서 수선화의 형상을 이야기하였고 이어 후반 12구를 통해 수선화가 지닌 절조와 품격을 칭송하였다. 사람들은 추위를 이기고 꽃을 피우는 매화의 의기를 칭송하지만 수선화 역시 봉창 밑에 피어나서 말없이 자연의 섭리를 보여주고 있다. 이어 수선화의 잎, 꽃, 꽃술 등으로 이어지는 세부적인 묘사를 가함으로써 점입가경의 경지를 그려냈는데 활용된 '淡然', '蘭蓀', '高標' 등의 표현을 보면 시인의 최종 의지는 수선화 미모의 형상화에 있지 않음을 알 수 있다. 수선화의 자태 이면에 담긴 고아한 품성을 찾아내고 칭송하며 깨달음을 얻는 것에 공력을 들였으니 후반부에서 활용된 湘夫人, 鄭交甫 등의 신선고사와 『詩經』「柏舟」, 『詩經』「終風」 등의 열녀 묘사[43]는 수선화의 고아한 덕성과 성

품을 나타내기 위한 전고활용이요 세상 사람들을 향해 설파하고 싶은 哲理의 서사라 할 수 있다. 수선화의 자태를 심층적으로 표현하면서 그 속에 담긴 진리까지 포착하고 있어 수선화의 가치가 한껏 높아진 느낌을 얻게 된다.

수선화는 매화처럼 내한의 고독한 시간을 감내한 채 氣節을 소유하고 있는 꽃이다. 아름다운 자태와 은은한 암향을 자랑하지만 내면에는 청순하고도 고아한 기백을 소유함으로써 시인들의 정신적인 품격에 지대한 영향력을 제공하기도 하였다. 수선화의 기품을 특별히 주목한 元代 邵亨貞은 "빙설 같은 자태 마치 스스로의 정신을 드러내는 것 같아, 신선의 자태가 세상의 먼지에 더럽혀지지 않았음을 알겠노라.(氷霜如許自精神, 知是仙姿不汚世間塵)"(「虞美人·水仙」)라고 수선화의 고결한 정신세계를 노래하기도 하였고, 元代 陳基는 "예로부터 수선화는 『詩經』 「關雎」의 덕을 이어온 꽃이요, 漢水 가에서 노니는 여인을 예의로 거절함 가르치는 꽃.(終古關雎遺德化, 禮防游女漢江濱)"(「題水仙」)이라 하여 貞女의 이미지를 지닌 꽃으로 평가하기도 하였으며, 淸代 曹貞吉은 "수선화의 외면은 얼음을 새겨 넣은 것 같아, 눈을 재단하여 옷을 만든 듯, 『詩經』 「關雎」의 요조숙녀 같구나.(鏤氷作面, 剪雪爲衣, 溪畔盈盈女)"(「解語花·詠水仙」)라고 하여 그윽하고 품격 있는 요조숙녀의 이미지로 형상화하기도 하였다. 수선화의 단아한 자태 내면에 간직한 인내와 정결한 절조는 은은한 기백과 인품을 사모했던 시인들이 마음을 사로잡는 매력을 지녔고 어려운 시국이나 불우한 생을 살아나갔던 시인들의 서정과 의기를 나타내는 데 있어서도 더할 나위 없는 시사점을 지닌 꽃이었음을 특기할 수 있겠다.

水仙花는 한 해를 보내고 새해를 맞는 시기 즉 봄의 길목에서 피어나는 꽃으로 신춘의 기쁨과 아름다움을 상징하는 꽃이다. 희고 노란 빛깔로 물가 습지를

---

43 『詩經』 「柏舟」에서 "늘어진 저 두 갈래 긴 머리, 실로 나의 남편입니다. 죽어도 다른 생각 갖지 않겠습니다.(髧彼兩髦, 實維我特. 之死矢靡慝)"라고 한 여인의 굳은 절조와 『詩經』 「終風」에서 "바람 사납게 몰아치듯 하다가도 나만 보면 히죽 웃으며 조롱하는 그이. 함부로 농지거리하고 희롱만 일삼으시니 이내 마음 슬퍼지네.(終風且暴, 顧我則笑. 謔浪笑敖, 中心是悼)"라고 하며 남편에게 학대받는 여인네의 슬픈 노래를 활용한 부분이다.

환하게 수놓고 있어 봄의 서정을 그리워하는 사람들의 마음에 신선한 감흥과 역동하는 자연의 변화를 느끼게 해줄 뿐 아니라 분재의 형태로 청아한 기품을 자랑하며 서재의 문향을 드높이는 역할을 맡아 오기도 하였다. 중국인들은 고래로 水仙花에 대해 다른 꽃에게서 찾아볼 수 없는 독특한 의미를 부여하여 왔다. '水仙'이라는 표현이 의미하듯 꽃 자체보다는 水神의 고사가 먼저 형성되었고 여기에 각종 신령한 이미지가 지속적으로 투영되어 神女, 신선, 세속 초월의 존재 등 세인의 의식을 뛰어넘는 선계의 꽃으로 이미지 형상화를 지속해온 것이다. 宋代 이후 수선화가 본격적으로 꽃의 이미지를 형성하기 이전까지 중국 시문에서 수선화는 '水神'의 범주에서 크게 탈피하지 못하고 있었다. 그로 인해 후대 수선화 시문의 내용 역시 '水中之仙'의 이미지를 우선적으로 표방하게 된 면이 있었다. 그러나 수선화는 꽃 자체가 아름답고 기품이 있는 식물이다. 희고 깨끗한 꽃, 여유롭게 늘어진 비췻빛 푸른 잎, 맑고 고운 담황색 꽃술, 파와 마늘을 연상시키는 몸체와 구근 등은 가히 뭇 꽃들과 비교해도 절대 지지 않는 미색과 매력을 지녔음을 증명한다. 한겨울의 서리와 한파에도 굴하지 않는 인내를 감수하고 단아한 자태를 이루어내며 암향을 발하는 강인한 성품과 의지는 시인들에게 존재 이면에 담긴 다양한 교훈과 감동까지 느끼게 한다. 청초하지만 歲寒의 기백을 담고 있고, 민가 근처에 평범하게 피어 있지만 선계의 신비함을 느끼게 하며, 보석 같이 영롱한 자태로 한없는 미감을 느끼게 하는 꽃, 이것이 바로 수선화가 소유한 평범하면서도 개성적인 매력이라 할 것이다.

7. 변하지 않는 충절의 표상 측백나무(柏樹)

측백나무(학명 Thuja orientalis)는 구과목 측백나뭇과 상록침엽수다. 수형은 원뿔 모양을 하고 있으며 높이 25미터, 지름 1미터에 달할 정도의 상록교목이지만 흔히 관목상을 하고 있다. 잎은 비늘모양으로 뾰족하며 가지를 가운데 두고 서로 어긋난 형태로 달린다. 열매는 구과(毬果)로 원형이며 9~10월에 익는다. 내건성과 내한성이 강하고 사질양토에서 잘 자라며 대기오염에 대한 저항성도 강하다.

측백나무는 늘 푸르른 잎으로 싱그러움을 느끼게 하지만 사실은 매우 더디게 자라는 나무이다. 오랜 세월을 견디어낸 건축물이나 고분, 사당 옆에 측백나무가 서 있는 모습을 보면서 이 나무의 강한 생명력을 생각해보게 된다. 측백나무 잎 모양은 보통 W자인데 扁柏과 花柏나무는 잎 모양이 Y자형과 V자형으로 되어 있다. 가지가 많이 갈라져서 반송같이 되는 것을 '천지백(for. sieboldii)'이라 하며 한국 특산종을 '눈측백(T. koraiensis)'이라고 하는데 이때 '눈'은 '누워 있다'의 의미이다. 미국에서 들어온 서양 측백나무는 가지가 사방으로 퍼지며 향기가 있고 잎이 넓어 아름답기에 울타리나 관상용으로 많이 심는다. 측백나무는 흔히 소나무와 함께 거론되어 '松柏'으로 명명되는데 우리나라에서 '松柏'을 '소나무와 잣나무'라 하여 '柏'을 잣나무로 오역하고 있지만 중국 고전 문헌에 나오는 '柏'은 측백나무를 의미하는 것이므로 주의를 요한다.

중국에서는 전통적으로 측백나무를 성인의 기운을 받은 나무로 생각하였다. 周나라 때는 측백나무를 제후의 무덤에 심었고 漢 武帝는 측백나무를 先將軍에 비유하는 등 늘 푸른 측백나무의 기상을 존중해왔다.[44] 고전 시가에서 측백나무

---

44 강판권, 『나무열전』, 파주 : 글항아리, 2105, 98쪽.

는 소나무와 함께 거론되어 대개 '松柏'의 형태로 많이 표현되어왔다. 『論語』 「子罕」편의 "날씨가 추워지고 난 후에야 소나무와 측백나무의 늦게 시듦을 안다.(歲寒然後, 知松柏之後凋也)", 「孔雀東南飛(공작은 동남쪽으로 날아가고)」의 결미 부분 "동서로 소나무와 측백나무 심었으며, 좌우로 오동나무를 심었네. 가지와 가지 서로 덮이어 있고, 잎과 잎은 서로 통하고 있구나.(東西植松柏, 左右種梧桐. 枝枝相覆蓋, 葉葉相交通)", 唐代 貫休 「春送僧(봄에 스님을 보내며)」의 "진달래 빽빽하여 꽃비가 짙게 날리는데, 스님을 보내는데 비를 무릅쓰고 강 가운데 이르렀네. 강가의 버드나무 다시 꺾지 못하니, 스스로 푸릇푸릇 송백의 마음 가져본다.(蜀魄關關花雨深, 送師衝雨到江潯. 不能更折江頭柳, 自有青青松柏心)" 등의 표현은 모두 '松柏'이 함께 거론된 예이다. 중국 고전시에서 측백나무만 따로 언급한 작품은 별로 많지 않은 편이다. 작품 속에서 측백나무를 거론한 내용을 보면 대체로 측백나무가 지닌 기상, 불변성, 내한성, 굳센 절개 등을 비유한 것이 많다.

唐代 杜甫가 成都의 武侯祠를 찾아 제갈량을 추모한 시 「蜀相」에 등장하는 측백나무는 제갈량의 맑고 정정한 기개를 대변하는 상징물 역할을 하고 있다.

蜀相 촉나라 승상

丞相祠堂何處尋　제갈 승상의 사당을 어디서 찾을 것인가
錦官城外柏森森　금관성 밖 측백나무 우거진 곳이로다
映階碧草自春色　햇살은 섬돌에 비치고 푸른색은 절로 봄빛을 띠고 있는데
隔葉黃鸝空好音　잎 사이에서는 꾀꼬리들이 부질없이 좋은 소리를 내고 있네
三顧頻煩天下計　세 번 이나 빈번하게 찾아가 물었던 천하의 계획
兩朝開濟老臣心　두 조대를 거치며 제도했던 늙은 신하의 마음
出師未捷身先死　출사하기도 전에 몸이 먼저 죽었으니
長使英雄淚滿襟　오래도록 영웅들로 하여금 옷깃에 눈물 그득하게 하여라

이 시에서 측백나무는 제갈량의 곧은 마음을 대변하는 매우 중요한 배경이 되고 있다. '柏森森' 세 글자에 불과한 표현 속에 맑고 청정한 기백, 깊은 충성심, 신령한 기운, 변치 않는 정절 등 충심과 연관된 강렬한 기운이 담겨 있기 때문이다. '柏森森' 표현이 이처럼 강렬한 의미를 지니게 된 것은 諸葛亮의 인품과 공적 때문이지만 그 정절을 표현하는 데 있어서 측백나무만한 올곧은 자연물

이 많지 않은 것 때문이라고도 생각해볼 수 있다.

唐 李商隱이 諸葛亮의 사당에서 그의 충심을 생각하며 쓴 詠史詩에도 충심의 표상으로 측백나무가 등장한다.

武侯廟古栢　무후묘의 오래된 측백나무

蜀相階前栢	제갈량 묘 섬돌 앞의 측백나무
龍蛇捧閟宮	용과 뱀처럼 올라가며 닫힌 사당을 받들고 있네
陰成外江畔	외강의 밭두둑에 그늘을 드리우고는
老向惠陵東	오래도록 惠陵의 동쪽을 향하고 있네
大樹思馮異	큰 나무를 보니 馮異 장군이 생각나고
甘棠憶召公	팥배나무를 보며 召公을 떠올린다
葉凋湘燕雨	잎은 湘水의 연우에 시들고
枝拆海鵬風	가지는 바다의 붕새 바람에 꺾이어졌다
玉壘經綸遠	玉壘山에서의 경륜은 심원했건만
金刀歷數終	황금 칼의 운명은 끝을 맺었네
誰將出師表	그 누가 출사표를 지어
一爲問昭融	한번 하늘에 물어보려나

李商隱에게는 賈誼, 王粲, 漢高祖, 諸葛亮 등 역사적 인물이나 사건을 소재로 한 영사시 작품이 많다. 이 시에서는 전반 8행까지 측백나무의 모습을 그렸고, 후반 4행을 통하여서는 諸葛亮을 추모하고 현실에 대한 바람을 피력하고 있다. 諸葛亮은 충심을 지녔고 남다른 경륜을 지녔지만 결국은 운명하여 시국을 바꾸지 못하였으며 시인이 처한 唐末의 현실 역시 諸葛亮 같은 이의 등장도 없고 쇠미해가는 운명을 타개하지 못하는 지경에 있어 매우 안타깝다. 그에 비해 이 시의 측백나무는 '변하지 않는 의리', '굳건한 기상', '정직한 기개' 등의 긍정적인 존재감을 발휘하는 자연물이 된다. 변하거나 쇠해가는 시절이나 사람과 대를 이루며 변치 않는 절개를 상징한다는 점에서 의미를 지니고 있는 것이다.

唐代 雍陶 역시 諸葛亮 사당에 있는 측백나무를 소재로 한 작품을 남긴 바 있다.

武侯廟古柏　무후묘의 오래된 측백나무

密葉四時同一色　빽빽한 잎은 사철 같은 색이요
高枝千歲對孤峰　높게 솟은 가지는 천년 동안 외로운 봉우리를 마주하고 있다
此中疑有精靈在　이 속에는 아마 정령이 깃들어 있어
爲見盤根似臥龍　휘돌아 뻗어간 뿌리로 하여금 와룡처럼 보이게 하는 것이지

　측백나무는 사계절 변함없이 푸른 잎을 자랑하며 굳건한 자태로 천년 동안 고봉을 마주하고 있다. 시제에 나온 '古柏', '千歲' 등은 오랜 세월을 의미하지만 측백나무에서 느껴지는 기운은 한껏 젊고 청정하다. 시인은 측백나무의 생기 있는 모습은 '精靈'이 살아 역사하기 때문이며 이로 인해 측백나무의 휘돌아 뻗어간 뿌리가 와룡처럼 보이게 되었다는 허구적 묘사를 가하였다. 측백나무를 통해 諸葛亮의 정신이 살아 있음을 확인하고자 한 것이며 諸葛亮이나 사당을 묘사하는 대신에 측백나무를 통해 제갈량의 정신과 기개를 칭송하고자 하는 의도를 담은 것이다.

　宋代 司馬光은 봄을 맞이하여 화려한 자태를 뽐내는 桃李의 유한성과 푸른 자태를 유지하고 있는 측백나무의 긴 생명력을 비교하는 기술을 가한 바 있다.

栢　측백나무

紅桃素李竟年華　붉은 복사꽃과 흰 오얏꽃은 한 해 화려함을 다하면서
周遍長安萬萬家　장안의 집집마다 두루 피어 있네
何事靑靑亭下栢　정자 아래 측백나무는 어인 일로 푸릇푸릇 하여
東風吹盡亦無花　동풍이 다 불도록 꽃을 피워내지 않는가

　봄바람에 도리가 화사한 모습을 드러낸 채 장안 곳곳을 밝히고 있는데 측백나무는 질박한 자태를 하고 있을 뿐 화려함을 드러내지 않는다. 요염한 도리화가 '竟'으로 자신을 드러내는 것에 비해 측백나무는 꾸밈없는 '無花'의 상태를 유지할 뿐이다. 측백나무가 무언중에 드러내고 있는 것은 변치 않은 '靑靑'함과 신선한 활력이다. 일시적으로 화사함을 과시하다 영락의 신세를 면치 못하는 도리에 비해 강하고 긴 생명력으로 굳건한 믿음을 주는 존재임을 역설적으로 표현한 것이다. '何事'를 통한 설문수법이 읽는 이로 하여금 긴 여운을 느끼게 한다.

宋代 黃庭堅도 정자에서 측백나무를 바라보면서 변치 않는 자태를 칭송하는 작품을 남긴 바 있다.

何氏悅亭詠柏 하씨의 열정에서 측백나무를 노래하다

澗底長松風雨寒	시내 아래 큰 소나무 비바람에 차가운데
岡頭老柏顔色悅	산마루의 오랜 측백나무는 얼굴색이 밝구나
天生草木臭味同	하늘이 초목의 향기와 맛을 같게 만들었고
同盛同衰見氷雪	함께 성하고 함께 쇠하면서 얼음과 눈을 맞게 하네
君莫愛淸江百尺船	그대 맑은 강에 띄운 백 척의 배만 아끼지 말게나
刀鋸來謀歲寒節	칼과 톱을 가져와 추운 계절을 도모해야 하리니
千林無葉草根黃	온 숲에 잎이 없어지고 풀뿌리가 누렇게 되는데
蒼髥龍吟送日月	푸른 구레나룻 한 용이 세월을 보내면서 노래하고 있나니

일반적으로 '松柏'을 동시에 거론하며 변하지 않는 기상을 지닌 존재로 묘사하는 것에 비해 '長松'을 차가운 상태로 묘사하였고 '老柏'을 기쁜 얼굴 모습으로 묘사한 것이 이채롭다. 초목은 영고성쇠의 법칙을 따라 '함께 성하고 함께 쇠하며(同盛同衰)' 겨울을 맞게 되지만 측백나무는 잎과 풀의 시듦 없이 언제나 푸른 기상을 유지하고 있다. '悅'자는 측백나무를 바라보는 시인이 대견하고 기쁜 마음을 얻게 된 것을 대변하는 표현이라 할 수 있는 것이다.

중국에서 측백나무는 '柏'으로 표기되는데 흔히 소나무와 함께 '松柏'으로 병칭될 만큼 소나무와 같은 위상을 지닌 나무로 알려져왔다. 이 나무가 우리나라에 들어와서는 '側柏나무'라는 명칭을 얻게 되었는데 여기서 '側'은 '기울다'는 의미이고 '柏'은 나무이름을 뜻한다. '측백나무'란 '서쪽(흰 방향)으로 기운 나무'의 의미로 해석될 수 있다. 측백나무는 예로부터 신선이 되는 나무로 인식되어 귀한 대접을 받아왔다. 소나무는 百樹의 으뜸이라 하여 '공(公)'이라 하였고 측백나무는 '백(伯)'이라 하여 소나무 다음 가는 작위에 비유되었다. 周나라 때 군주의 능에 소나무를 심고 왕족이나 제후의 묘지에 측백나무를 심거나 諸葛亮의 무덤을 비롯한 제후들의 무덤에 심었던 것은 그러한 사고를 반영한 것이다. 측백나무는 皇宮이나 孔廟 등에도 많이 심겨졌는데 이는 곧게 뻗은 줄기와 사철

변하지 않는 기상이 위엄과 기품을 드러내면서 번영과 지속을 상징하기 적절했던 연유로 보인다. 소나무와 함께 푸른 기상을 대표하면서도 곧게 뻗은 자태를 통해 적절히 굽어 자라는 소나무의 유연성과 조화를 이루는 모습은 측백나무가 지닌 또 다른 면모라 할 수 있겠다.

1. 단행본

李文初, 『中國山水詩史』, 廣東高等教育出版社, 1991.
章尙正, 『中國山水文學硏究』, 學林出版社, 1997.
葛曉音, 『山水田園詩派硏究』, 遼寧大學出版社, 1993.
臧維熙, 『中國山水的藝術精神』, 學林出版社, 1994.
俞　琰, 『詠物詩選』, 成都, 成都古籍書店, 1984.
麻守中, 張軍, 『歷代旅游詩文賞析』, 吉林文史出版社, 1991.
王志淸, 『盛唐生態詩學』, 北京大學出版社, 2007.
趙慧文, 『歷代詠花草詩詞選』, 學苑出版社, 2005.
劉　錟, 『詠花古詩欣賞』, 語文出版社, 1999.
金　波, 『花草寶典』, 中國農業出版社, 2006.
徐曄春, 『觀花植物千種經典圖鑑』, 吉林科學技術出版社, 2012.
榮　斌, 『詠梅詩詞精選』, 金盾出版社, 2008.
商友敬, 『山情水韻』, 上海古籍出版社, 1991.
禹克坤, 『中國詩歌的審美境界』, 中國廣播電視出版社, 1992.
段寶林, 江溶, 『中國山水文化大觀』, 北京大學出版社, 1996.
『古典詩詞百科描寫辭典』上下, 百花文藝出版社, 2003.
小尾郊一 著, 尹壽榮 譯, 『中國文學속의 自然觀』 江原大出版部, 1988.
馬華・陳正宏, 『중국은사문화』, 강경범・천현경 역, 동문선, 1992.
배다니엘, 『唐代 自然詩史』, 푸른사상사, 2015. 4.
최형선, 『생태학이야기』, 현암사, 1999.
그레함 데이비, 『생태학적 학습이론』, 변홍규 외 역, 학지사, 1998.
낸시 라이트・도날드 킬러, 『생태학적 치유』, 박경미 역, 이대출판부, 2003.
이남호, 『녹색을 위한 문학』, 민음사, 1998.
장정렬, 『생태주의 시학』, 한국문화사, 2000.
김욱동, 『문학생태학을 위하여』, 민음사, 1998.
박이문, 『문명의 미래와 생태학적 세계관』, 당대, 1998.
강판권, 『세상을 바꾼 나무』, 다른, 2011.
윤호진, 『한시와 사계의 花木』, 교학사, 1997.
김재황, 『시와 만나는 77종 나무』, 외길사, 1991.

전영우,『나무와 숲이 있었네』, 학고재, 2002.

남효창,『나무와 숲』, 계명사, 2008

임경빈,『나무백과』, 일지사, 1997.

강판권,『나무열전』, 글항아리, 2007.

조유성,『식물백과』, 지식서관, 2011.

고정희,『식물, 세상의 은밀한 지배자』, 나무도시, 2012.

백승훈,『꽃에게 말을 걸다』, 매직하우스, 2011.

손우경,『나무이야기』, 그루, 1996.

기태완,『花情漫筆』, 서울 : 고요아침, 2007.

김태정,『우리 꽃 백가지』, 서울 : 현암사, 1990.

권영한,『재미있는 나무이야기』, 서울 : 전원문화사, 1997.

이유미,『내 마음의 나무여행』, 진선, 2012.

박상진,『역사가 새겨진 나무이야기』, 김영사, 2004.

오병훈,『살아 숨쉬는 식물 교과서』, 마음의 숲, 2010.

이상희,『꽃으로 보는 한국 문화 1,2,3』, 넥서스, 2004.

이상희,『우리 꽃 문화 답사기』, 넥서스, 1999.

손광성,『나의 꽃 문화 산책』, 서울 : 을유문화사, 1996.

박시영,『우리 들꽃 이야기』, 서울 : 해마루북스, 2007.

신동환,『꽃의 비밀』, 가치창조, 2009.

이유미,『한국의 야생화』, 서울 : 다른세상, 2006.

中村公一,『꽃의 중국문화사』, 조성진 역, 서울 : 뿌리와이파리, 2004.

関丙秀,『韓國漢詩史』, 太學社, 1997.

崔珍源,『國文學과 자연』, 成大出版部, 1981.

신현락,『한국 현대시와 동양의 자연관』, 한국문화사, 1998.

강영안,『자연과 자유사이』, 문예출판사, 1998.

裵宗鎬,『동양철학으로 본 자연관』, 일념, 1987.

에머슨,『자연』, 신문수 역, 문학과지성사, 1998.

井手至,「花鳥歌の源流」,『萬葉集研究』, 塙書房, 1973.

笠原仲二,「中國人の自然観と美意識」, 東京 : 創文社, 1982.

山田孝雄,「花の宴」『桜史』, 桜書房, 1941.

2. 논문

徐應佩,「中國山水文學與思維方式」,『語文學刊』(呼和浩特), 1990.5.

姚漢榮,「中國山水文學的幾個問題」,『中國古代近代文學研究』, 1993.4.

周錫馥,「中國田園詩之研究」,『中國古代近代文學研究』, 1991.10.

李文初,「中國山水詩人的審美追求」,『中國古代近代文學研究』, 1996.1.

汪蘇娥,「淺談中國山水田園詩的審美構成因素」,『中國古代近代文學研究』, 1997.11.

吳全蘭,「自然美－中國古典詩歌的一種審美理想」,『中國古代近代文學研究』, 1998.12.

木　公,「山水詩興起原因新探」,『湖南師範大學社會科學報』, 1996.11.

郭道榮・嚴文琴,「禪宗與中國山水詩」,『成都文學學報』(社科版), 1993. 제2기

張　晶, 「禪與唐代山水詩派」, 『社會科學戰線』(長春), 1994.6.

李瑞騰, 「唐詩中的山水」, 『古典文學』 第三集, 學生書局, 民國 69. 12.

李文初, 「論東晉的山水詩」, 『中國古代近代文學研究』, 1986.4.

葛曉音, 「盛唐田園詩和文人的隱居方式」, 『中國古代近代文學研究』, 1990.4.

葛曉音, 「山水方滋, 老莊未退」, 『中國古代近代文學研究』, 1985.5.

王　靑, 「濟梁山水旅行詩歌折射的文化心態」, 『中國古代近代文學研究』, 1991.10.

王定璋, 「唐代山水旅行詩歌折射的文化心態」, 『中國古代近代文學研究』, 1991.7.

潘知常, 「唐代山水詩中美感的演進」, 益陽師傅學報, 1996.3.

蕭　馳, 「兩種田園情調」, 『中國古代近代文學研究』, 1990.4.

蔣　寅, 「走向情景交融的詩史進程」, 『文學評論』, 1991년 제1기

陳邵明, 「隱逸文化與古代文學審美視野的開拓」, 『長沙水電師院學報』(社科版), 1996.4기

田耕宇, 「隱逸觀念的新變」, 『中國古代近代文學研究』, 1996.11.

孟二冬, 「論中唐詩人審美心態與詩歌意境的變化」, 『文史哲』, 1991.5.

李旦初, 「中國古代文學流派理論發展梗概」, 『中國古代近代文學研究』, 1989.2.

章尙正, 「山水審美中的生命精神」, 『中國古代近代文學研究』, 1998.12.

王力堅, 「山水以形媚道」, 『中國古代近代文學研究』, 1996.8.

王志淸, 「山水詩中物的心態和詩論」, 『中國古代近代文學研究』, 1993.5.

李春靑, 「論自然範疇的三層內涵」, 『中國古代近代文學研究』, 1997.5.

張子剛, 「詠物詩審美特徵漫談」, 『延安大學學報』 제22권 2003.3.

林大志, 「論詠物詩在齊梁間的演進」, 『河北大學學報(哲社科版)』 제28권, 2003.

于志鵬, 「論梁代詠物詩的發展狀況」, 『商丘師範學院學報』 제20권 4기, 2004.8.

于志鵬, 「齊梁詠物詩特徵探析」, 『西南交通大學學報』 제8권 5기, 2007.10.

趙紅菊, 「論南朝詠物詩的特徵」, 『語文學刊』, 2007년 제7기.

樊　榮, 「梁陳詠物詩試論」, 『新鄕師範高等專科學校學報』 제13권, 1999.8.

劉方華, 「中國古典詩詩中楊花意象的情感意蘊」, 『泰山鄕績企業職工大學學報』, 2003.1.

史言喜, 「論古典文學中"花"的意象」, 『長城』, 2009.3.

趙惠霞, 「古典詩詞中的"水""花"意象探析」, 山西師大學報(社科版), 제33권 제2기, 2006.3.

韓方方, 「從花的意象看中西物象審美文化心理」, 『淮南師范學院學報』, 제3기, 2008.

葉衛國, 「中西詠花詩的藝術風格和審美特徵初探」, 『江西師範大學學報』, 제40권, 2007.4.

戴誠·沈劍文, 「讀唐寅詠花詩」, 蘇州鐵道師範學院學報, 제17卷 第3期. 2000.9.

辛衍君, 「唐宋詞花意象符號研究」, 蘇州大學學報(哲社科版), 2006,9. 제5기.

宋曉冬·毛水淸, 「唐宋詩詞中女性筆下的花意象」, 廣西社會科學, 2006 제3기.

陳菲·徐曄春, 「唐詩花園－萱草篇」, 南方農業, 2009.12. 제3권.

付　梅, 「論古代文學中的萱草意象」, 閩江學刊, 2012.2. 제1기.

楊　燦, 「嫣然一笑竹籬間, 桃李滿山總粗俗」, 中國林業科學大學學報, 2012.12. 제6기.

徐利英·吳瑤, 「淺析宋詞中的海棠意象」, 長城, 2011.5.

陳蘇梅, 「析陸游的海棠詞」, 梅州 : 語文學刊, 2009. 제5기.

翟明女, 「人生如花, 花浸情思 －李淸照詞作中花意象解讀」, 名作欣賞, 2011. 제35기.

姜楠南·湯庚國, 「中國海棠花文化初探」, 『南京林業大學學報』, 2007.3. 제7권 제1기.

鄭瑛珠, 「『詩經』野荣考」, 『作家雜誌』, 2010. 제8호.

曾雲琦, 「中國柑橘歷史與文化價值研究」, 福建農林大學 석사논문, 2008. 4.

王維貴, 「詩歌與橘文化」, 保健醫苑, 2007.4.

程　杰, 「論中國文學中杏花意象」, 『江海學刊』, 2009.1.

張子剛,「詠物詩審美特徵漫談」,『延安大學學報』제22권 2003.3.
徐利英・李桂紅,「試論宋詞榴花意象的情感意蘊」,『長成』, 2011.12.
李振中,「談岑參詩中梨花意象意義及成因」, 牡丹江 : 牡丹江師范學院學報, 2006. 제4기.
王生平,「論松竹梅菊的美」, 甘肅社會科學, 1994. 2기.
周泉根,「松竹梅成爲中國審美文化傳統的內在發展邏輯」,『撫州師專學報』제20권, 2001. 3.
楊福俊,「談中國古典松竹梅詩歌」, 內蒙古電大學刊, 1994. 6기.
전영숙,「韓國 歌辭 文學에 나타난 自然 －動植物을 中心으로」, 서울大學校 석사논문, 1982.
하상규,「韓國 自然詩歌에 끼친 陶淵明의 影響」, 東亞大學校 박사논문, 1996.
심우영,「중국의 山水自然詩 園林美學」,『中國文學硏究』제36집, 2008.
이용재,「唐 自然詩에 형상화된 새(鳥)의 이미지 考」,『중국어문학논집』제29집, 2004.
윤정현,「六朝 詠物詩의 흥성배경」,『중국문학연구』3권, 1985.1.
임승배,「詠物詩의 流變」,『중국문학연구』23집, 2001.1.
서 성,「中唐 詠物詩의 발전방향과 그 특징」,『중국어문논총』21집, 2001.1.
김준옥,「詠物詩의 성격 고찰」, 한국언어문학회, 1991.
유병례,「한・중 고전시가에 나타난 오동나무 이미지 비교」,『중어중문학』제44집, 2009.
陳傳席,「中國文化藝術의 분열과 重心이동 및 山林과 관계」,『美術史論壇』제19호, 2004.
전영숙,「한국과 중국의 민족의식에 나타난 대나무 인식」,『중국어문학논집』제33호, 2005.
민길홍,「朝鮮 後期 唐詩意圖」,『미술사학연구』제233・2334호, 2002.
허영환,「당시화보 연구－중국의 화보 2－」,『미술사학』제3권 1991.
김선자,「連理枝와 比翼鳥－에로틱 이미지」,『중국어문학논집』제16호, 2001.
정향민,「中國 古木圖의 象徵性과 樣式變遷」,『미술사학연구』제198호, 1993.
김승심,「중국 시가에 나타난 은일의 유형」,『중국문화연구』제3집, 2004.
서현찬,「동서양의 자연시에 나타난 자연관 비교연구」, 경상대 석사논문, 1995. 6.
강효금,「중국 자연시의 특성에 관한 연구」, 계명대 석사논문, 1986.
이승원,「생태학적 상상력과 우리 시의 방향」,『실천문학』, 1996 가을호
송휘복,「푸르른 울음, 생생한 초록의 광휘－에코토피아의 시학」,『현대시』, 1996. 5.
송미령,「중국어 비유와 중국 문화 관계 고찰」,『중국어문학논집』제23호, 2006.
심광현,「중국문화연구가 던져주는 기대와 반성」,『중국현대문학』제70호, 2014.
공상철,「문화론의 문제설정을 위한 시론」,『중국현대문학』제17호, 1999. 12.
矢嶋 美都子,「漢詩に於ける杏花のイメージの変遷」, 日本中國學會報 43号, 1991.
市川桃子,「桜桃描寫表現の変遷－盛唐から中唐へ－」,『中國古典詩における植物描寫の硏究
    －蓮の文化史』, 汲古書院, 2007.2.
神谷かをる,「色も香りもさくらめど－古今集の「桜」と漢詩文」, 光華女子大學硏究紀要 29,
    1991.12.
笹川勲,「菅原道眞の桜花詠－寛平期宇多朝における『菅家文草』卷五・三八四番詩の位相－」,
    國學院大學紀要50, 2012.2.
韓 雯,「日中古典詩歌における'梅'のイメージ比較」, 創価大學 博士論文, 2012.3.
遠藤嘉浩,「漢詩に見る春の花－梨・桃・李・杏・紅梅・梅」, 特集 花の文化史－アジアの花
    と人々, 1997.
內田美由紀,「伊勢物語67段『花のはやしをうしとなりけり』と漢詩について」,『和漢比較文學
    第11号』, 1993.7.
悅子牧,「花は咲くのか笑うのか」－日中文化交流の一側面－」,『日本漢文究硏學』13号, 二松
    學舍大學, 2018.